浙江省社科规划课题成果

晚清报载小说戏曲禁毁史料汇编

上

Compilation of Historical Materials of
Forbidding and Damaging Novels and
Operas in the Late Qing Newspapers

张天星　编著

图书在版编目(CIP)数据

晚清报载小说戏曲禁毁史料汇编：全2册/张天星编著．—北京：北京大学出版社，2015.10

ISBN 978-7-301-26387-7

Ⅰ.①晚… Ⅱ.①张… Ⅲ.①小说史—中国—清后期②戏曲史—中国—清后期 Ⅳ.①I207.409②J809.2

中国版本图书馆CIP数据核字（2015）第244144号

书　　　名	晚清报载小说戏曲禁毁史料汇编（上下） WANQING BAOZAI XIAOSHUO XIQU JINHUI SHILIAO HUIBIAN
著作责任者	张天星　编著
责任编辑	王　琳
标准书号	ISBN 978-7-301-26387-7
出版发行	北京大学出版社
地　　　址	北京市海淀区成府路205号　100871
网　　　址	http://www.pup.cn　新浪微博：@北京大学出版社
电子信箱	dianjiwenhua@126.com
电　　　话	邮购部62752015　发行部62750672　编辑部62756449
印　刷　者	北京宏伟双华印刷有限公司
经　销　者	新华书店
	720毫米×1020毫米　16开本　60.5印张　980千字 2015年10月第1版　2015年10月第1次印刷
定　　　价	160.00元（上下）

未经许可，不得以任何方式复制或抄袭本书之部分或全部内容。
版权所有，侵权必究
举报电话：010-62752024　电子信箱：fd@pup.pku.edu.cn
图书如有印装质量问题，请与出版部联系，电话：010-62756370

国家社科基金后期资助项目
出版说明

后期资助项目是国家社科基金设立的一类重要项目，旨在鼓励广大社科研究者潜心治学，支持基础研究多出优秀成果。它是经过严格评审，从接近完成的科研成果中遴选立项的。为扩大后期资助项目的影响，更好地推动学术发展，促进成果转化，全国哲学社会科学规划办公室按照"统一设计、统一标识、统一版式、形成系列"的总体要求，组织出版国家社科基金后期资助项目成果。

全国哲学社会科学规划办公室

目　录

前言 ·· 2
凡例 ·· 19

上编　禁毁令章 ·· 1
官方法令 ··· 1
1869年（同治八年己巳）·· 1
禁迎神赛会示·· 1
1872年（同治十一年壬申）··· 2
叶邑尊禁止刊刻淫书告示··· 2
邑尊查禁乡约犯科告示·· 3
叶邑尊严禁乡民易犯各条告示（节录）··························· 3
学台彭公严禁淫戏告示·· 4
1874年（同治十三年甲戌）··· 5
邑尊据禀严禁妇女入馆看戏告示··································· 5
道宪查禁淫戏··· 5
1875年（光绪元年乙亥）·· 6
上海县正堂叶示·· 6
上海县水利厅赵示··· 6
1876年（光绪二年丙子）·· 7
鄞县正堂戴示··· 7
1877年（光绪三年丁丑）·· 7
鄞县正堂戴示··· 7
禁条示众·· 7
禁止演戏·· 8
禁开戏馆示·· 8
1878年（光绪四年戊寅）·· 9
严禁淫书春画··· 9
禁防淫俗官谕··· 9

卖戏示禁 …………………………………………………… 9
　　鄞县正堂沈告示 …………………………………………… 10
　　永禁开设戏馆示 …………………………………………… 10
1879 年（光绪五年己卯）…………………………………………… 11
　　正风俗示（节录）…………………………………………… 11
　　禁售淫书春画示 …………………………………………… 12
　　严禁串客示 ………………………………………………… 12
　　永禁淫戏串客示 …………………………………………… 12
　　严惩淫戏 …………………………………………………… 13
　　申禁茶肆说书示 …………………………………………… 13
1880 年（光绪六年庚辰）…………………………………………… 14
　　饬办保甲示附条约（节录）………………………………… 14
　　严拿串客 …………………………………………………… 14
　　禁售淫书淫画示 …………………………………………… 15
　　严禁淫戏告示 ……………………………………………… 15
1881 年（光绪七年辛巳）…………………………………………… 16
　　重禁串客示 ………………………………………………… 16
　　禁售淫书淫画示 …………………………………………… 16
　　恭录谕旨 …………………………………………………… 17
　　禁售淫书小说示 …………………………………………… 17
1882 年（光绪八年壬午）…………………………………………… 17
　　查案重申禁令示 …………………………………………… 17
　　谕单照录 …………………………………………………… 18
　　谕拿串客赌徒悬赏示 ……………………………………… 18
　　申禁敝俗示（节录）………………………………………… 19
1883 年（光绪九年癸未）…………………………………………… 19
　　申禁串客 …………………………………………………… 19
1884 年（光绪十年甲申）…………………………………………… 20
　　观察条示（节录）…………………………………………… 20
　　严禁淫戏示 ………………………………………………… 20
1885 年（光绪十一年乙酉）………………………………………… 20
　　江夏县正堂罗示 …………………………………………… 20
　　严禁淫戏 …………………………………………………… 21
　　禁串客条示 ………………………………………………… 21

谕旨恭录 …………………………………………………… 22
　　续录广东南海县张明府剀切劝导示（节录）………… 22
　　整顿风俗示 ………………………………………………… 22
　　禁夜戏示 …………………………………………………… 23
　　禁串客条款 ………………………………………………… 23
　　严禁淫戏示 ………………………………………………… 23
　　示禁淫戏 …………………………………………………… 24

1886年（光绪十二年丙戌）……………………………… 25
　　申禁串客示 ………………………………………………… 25
　　申禁淫戏 …………………………………………………… 25
　　谆谆告诫（节录）………………………………………… 26
　　严禁淫戏示 ………………………………………………… 26
　　禁刊印淫书示 ……………………………………………… 26
　　谆禁淫书 …………………………………………………… 27
　　县示照录 …………………………………………………… 28
　　禁串客示 …………………………………………………… 29

1887年（光绪十三年丁亥）……………………………… 29
　　示禁淫戏 …………………………………………………… 29
　　示禁淫戏 …………………………………………………… 29
　　示禁书场 …………………………………………………… 30
　　禁赛会扮杂剧示 …………………………………………… 30
　　禁售淫书 …………………………………………………… 31

1888年（光绪十四年戊子）……………………………… 31
　　南邑告示（节录）………………………………………… 31
　　禁逼幼女为娼示 …………………………………………… 32
　　作为淫巧 …………………………………………………… 33

1889年（光绪十五年己丑）……………………………… 33
　　示禁赌戏 …………………………………………………… 33
　　禁条示众（节录）………………………………………… 34
　　续录潮州府曾太守告示 …………………………………… 34
　　接录潮州府曾示（节录）………………………………… 35
　　县示照录 …………………………………………………… 35
　　禁唱夜戏 …………………………………………………… 36
　　县示照录 …………………………………………………… 36

1890年（光绪十六年庚寅） ······ 37
元宵节后禁止花鼓 ······ 37
禁说淫词 ······ 37
严禁淫词小说示 ······ 37
示禁淫戏 ······ 38
禁止淫词小说示 ······ 39
钦命头品顶戴江苏等处承宣布政使黄条教（节录） ······ 40
驱逐淫邪 ······ 42
温州府示 ······ 42

1891年（光绪十七年辛卯） ······ 43
禁止茶园书馆卖戏示 ······ 43
禁止茶园书馆卖戏示 ······ 43
严禁淫戏赌博示 ······ 43
示禁弹唱 ······ 44

1892年（光绪十八年壬辰） ······ 44
黄堂政绩 ······ 44
弭患无形 ······ 45
禁串客示 ······ 45

1893年（光绪十九年癸巳） ······ 46
示谕照登 ······ 46
上海县严禁花鼓戏示 ······ 47

1894年（光绪二十年甲午） ······ 47
分条示禁（节录） ······ 47
严禁串客示 ······ 48
示禁摊簧 ······ 48
力挽颓风 ······ 48
局示照登 ······ 49
严禁演唱摊簧告示 ······ 49
维持风化 ······ 49
示禁唱歌 ······ 50
严禁茶馆弹唱淫词 ······ 50

1895（光绪二十一年乙未） ······ 51
禁止茶肆弹唱淫词 ······ 51
四言示谕 ······ 51

示禁赛灯	51
谕禁浇风	52
严禁花鼓	52
整顿风俗示	53
示禁新戏	53
禁革浇风	54
示禁小说	54
黄堂条教	55
县示照录	55

1896年（光绪二十二年丙申）

示禁串客	56
整顿风俗	56
示禁女伶	57
维持风化	57
四言韵示	57
严禁淫书	58
禁售淫书	58

1897年（光绪二十三年丁酉）

示禁串客	59
列款示禁	59
去莠安良	60
宪示照登	61
族禁条约（节录）	61
整顿保甲	62

1898年（光绪二十四年戊戌）

沪南新筑马路善后章程（节录）	63
罚款充公	64
县示照登	65
告示照登	65
示禁淫书	66
示禁采茶戏	66

1899年（光绪二十五年己亥）

| 演戏须知 | 67 |
| 宁波知府禁条 | 68 |

剀切示禁 …………………………………………………… 68
　　严禁串客 …………………………………………………… 69
　　移风易俗 …………………………………………………… 69
　　禁唱淫词 …………………………………………………… 70
　　示谕照登 …………………………………………………… 70

1900年（光绪二十六年庚子）………………………………… 71
　　新政可观（节录）………………………………………… 71
　　琴堂诰诫（节录）………………………………………… 71
　　力挽浇风 …………………………………………………… 72
　　查案示禁 …………………………………………………… 73
　　示禁淫书 …………………………………………………… 73
　　禁唱淫词 …………………………………………………… 74
　　示禁淫书 …………………………………………………… 74
　　严禁淫书 …………………………………………………… 75
　　会衔示禁小说 ……………………………………………… 76
　　禁唱淫词 …………………………………………………… 76
　　示禁寺庵宣卷 ……………………………………………… 77
　　禁演夜戏 …………………………………………………… 77
　　示端风化 …………………………………………………… 78

1901年（光绪二十七年辛丑）………………………………… 79
　　禁唱淫词 …………………………………………………… 79
　　示禁淫书 …………………………………………………… 79
　　谕示章程（节录）………………………………………… 80
　　示禁串客 …………………………………………………… 80
　　宪示照录 …………………………………………………… 81
　　禁赛神会 …………………………………………………… 81
　　查禁淫书 …………………………………………………… 82
　　开单传禁 …………………………………………………… 83
　　示端风化 …………………………………………………… 83

1902年（光绪二十八年壬寅）………………………………… 84
　　示禁淫戏 …………………………………………………… 84
　　谳员示禁 …………………………………………………… 84
　　黄堂文告（节录）………………………………………… 85
　　示革浇风（节录）………………………………………… 85

整顿风化	86
禁卖女座示	86
八续江宁学堂章程（节录）	87
巡警条规（节录）	87
局宪□示	87
总巡示禁	88

1903 年（光绪二十九年癸卯） …… 88

学堂纪略（节录）	88
禁遏邪淫	88
再续京师大学堂译学馆开办章程（节录）	89
谕禁女优	89
谕禁演戏	89
抚院赵前在山西护抚任内示谕晋民十四则（节录）	90
法员示谕照录（节录）	90
示革浇风	91
禁止淫戏	91

1904 年（光绪三十年甲辰） …… 91

示遏颓风	91
天津县示	92
县署示谕	92
札饬禁书公文	93
札禁书报之野蛮	93
札禁悖书	94
化莠文言（节录）	95
实业学堂之禁令（节录）	95
严禁戏园演唱淫戏	95
示禁演戏	96

1905 年（光绪三十一年乙巳） …… 96

府县会衔告示	96
告示	97
上海道饬令县廨谕禁新书札	98
天津县示	98
禁唱淫词	99
天津县详请禁止男女合演淫戏及蹦蹦戏文并批	100

禁止男女合演淫戏及蹦蹦戏 …………………………………… 101
严斥请开戏园 ……………………………………………………… 101
直隶总督袁奏拟定天津四乡巡警章程折（节录）……………… 102

1906年（光绪三十二年丙午）……………………………… 102

承德县白话告示（节录）………………………………………… 102
禀请革除恶习（节录）…………………………………………… 103
添开戏园批词 ……………………………………………………… 103
禁止开筵演戏 ……………………………………………………… 103
天津巡警总局颁布演戏章程 ……………………………………… 103
外城巡警总厅白话告示 …………………………………………… 104
京师巡警部颁布违警章程 ………………………………………… 104
北京外城卫生局颁布《戏园章程》 ……………………………… 105
外城巡警总厅示谕违警浅说（节录）…………………………… 106
查禁淫戏及迷信戏 ………………………………………………… 106
上海总工程局西区分办处第一次宣告（节录）………………… 106
外城总厅谕禁淫迷各戏 …………………………………………… 106
警章改良（节录）………………………………………………… 107
批禁寺僧献戏烧香 ………………………………………………… 107
道札严禁演戏赌博 ………………………………………………… 108
陆军第九镇严禁各军挟妓观剧札文 ……………………………… 109
上海总工程局违禁章程（节录）………………………………… 109

1907年（光绪三十三年丁未）……………………………… 110

禁止妇女入庙烧香 ………………………………………………… 110
严禁恶俗 …………………………………………………………… 110
颁定违警罪章（节录）…………………………………………… 110
示禁迷信 …………………………………………………………… 111
札饬改良戏剧 ……………………………………………………… 111
批饬会禁赌博演戏 ………………………………………………… 111
鄂臬整顿浇风 ……………………………………………………… 112
南段巡警第三局二区示 …………………………………………… 112
警局示禁（节录）………………………………………………… 112
民政部奉谕札饬改良戏剧 ………………………………………… 113
巡警局示禁淫戏 …………………………………………………… 113
监视条规（节录）………………………………………………… 113

警局摘示禁令（节录） …………………………………………… 113
　　民政部酌拟大清违警律草案（节录） …………………………… 114
　　不准开设戏园 ……………………………………………………… 114
　　保定工巡总局告示 ………………………………………………… 114

1908年（光绪三十四年戊申） ……………………………………… 115
　　南段巡警总局告示 ………………………………………………… 115
　　京师新颁学堂禁律（节录） ……………………………………… 116
　　保定工巡总局批示 ………………………………………………… 116
　　保定工巡总局批示 ………………………………………………… 116
　　示禁女伶演戏 ……………………………………………………… 116
　　禁唱淫词 …………………………………………………………… 117
　　保定巡警总局批示 ………………………………………………… 117
　　京师督学局拟定学堂禁律 ………………………………………… 117
　　饬令严禁演戏 ……………………………………………………… 118
　　皖抚严禁演戏 ……………………………………………………… 118
　　告诫地保（节录） ………………………………………………… 118
　　宪政编查馆奏考核违警律折（节录） …………………………… 118
　　禁止淫戏 …………………………………………………………… 119
　　违警律白话释义问答（节录） …………………………………… 119
　　国丧未奉遗诏以前礼节服式暨应行事宜（节录） ……………… 119
　　总工程局示谕（节录） …………………………………………… 119
　　府县告示 …………………………………………………………… 119
　　国恤谕令租界戏园停演 …………………………………………… 120
　　法公廨示谕（节录） ……………………………………………… 120
　　示谕严查匪徒 ……………………………………………………… 120

1909年（宣统元年己酉） …………………………………………… 121
　　保定工巡局告示 …………………………………………………… 121
　　注意风化之条陈 …………………………………………………… 121
　　厦门巡警局告示 …………………………………………………… 121
　　监督禁学生演剧 …………………………………………………… 123
　　示禁演剧 …………………………………………………………… 123
　　本司叶会同臬司通饬各属随时查禁悖谬词曲书报文 ………… 123
　　驳斥恳求弛禁演戏之批词 ………………………………………… 124
　　批示改良词曲 ……………………………………………………… 124

禁止军人阅看小说…………………………………………………125
牌示戏园改名……………………………………………………125
批斥请开女戏园…………………………………………………125
抚批不准开设戏园………………………………………………126
革除赛会陋习办法………………………………………………127
保定工巡总局批示………………………………………………127
外城巡警总厅示…………………………………………………127
演影戏男女混杂…………………………………………………128
中府示禁开唱……………………………………………………128
示禁淫书…………………………………………………………128
抚部院批巡警道详核准霓裳公司建园演戏并拟取缔简章
　呈核文………………………………………………………128
江西谘议局呈禁赌博议案文（节录）…………………………131

1910年（宣统二年庚戌）……………………………………131
法领取缔游戏影戏等场规则（节录）…………………………131
禁售《断肠草》小说……………………………………………131
江苏提学司樊详请禁止学生演剧文……………………………132
传谕军人不可外出游戏…………………………………………134
本署司袁札饬各府申明上海民立中学演剧案内情节较重
　之教员学生不准聘收文……………………………………134
严禁军人经营剧馆………………………………………………135
取缔戏园…………………………………………………………136
出示禁止演戏……………………………………………………136
通饬查禁大逆不道之新书………………………………………136
注意风化…………………………………………………………136
先设学而后演戏…………………………………………………137
督宪批绅士徐炯等呈请禁止戏园女座札饬巡警劝业道会
　商详夺一案文………………………………………………137
总督堂札据劝业巡警道会详举人徐炯等呈请禁止戏园女
　座文…………………………………………………………138

1911年（宣统三年辛亥）……………………………………139
饬查惠秀女学演剧之文牍………………………………………139
劝学所宣布惠秀女校之怪剧……………………………………140
本司叶移会巡警道查禁各书肆售卖淫书淫画文………………141

取缔书场…………………………………………… 141
　　梨园仍不准开演…………………………………… 142
　　取缔戏园条规（节录）…………………………… 142
　　巡警道传知严禁卖唱文…………………………… 142
　　取缔庙园设摊之手续（节录）…………………… 143
　　禁设戏园之抚札…………………………………… 143
　　上海城自治公所辛亥夏季议事会议决事件（节录） 144
　　代理巡警道晓谕各班演剧当以正传雅曲补助教育为主牌
　　　示文………………………………………………… 144
　　护督宪批在籍侍讲学士翰林院编修伍肇龄等为呈恳严饬
　　　取销戏园女座以正风俗一案文并原呈………… 145
　　醒世社即进化团之化名…………………………… 145
　　批斥开设女戏园…………………………………… 146
　　禁止迎神赛会……………………………………… 147
　　两江督院张批巡警局申送严定取缔第一舞台开演女戏规则
　　　请察核由…………………………………………… 147
　　本总局移复劝业道商人翁瑞亭禀开女戏碍难照准文 148
民 间 约 章 ………………………………………………… 149
　　惜字条约…………………………………………… 149
　　安仁乐善局衣米章程（节录）…………………… 150
　　训学良规（节录）………………………………… 150
　　上海虹口公善局义学惜字施医给药章程（节录） 151
　　同善普元局办理章程（节录）…………………… 151
　　教善讲堂章程（节录）…………………………… 151
　　新曲会章程（节录）……………………………… 151
　　鄞县组织自治会…………………………………… 152
　　创设风俗改良会（节录）………………………… 152
　　江夏县公益会会议要件（节录）………………… 152

中编　查禁报道 …………………………………………… 153
　1870 年（同治九年庚午）………………………………… 153
　　上海城内禁戏……………………………………… 153
　1871 年（同治十年辛未）………………………………… 153
　　疏请禁淫书………………………………………… 153

1872年（同治十一年壬申） …… 154
　　评阅《红楼梦》遭父杖责 …… 154
　　纪英国领事官禁止花鼓戏女堂倌事 …… 155
1874年（同治十三年甲戌） …… 155
　　武圣关帝已升中祀禁止优伶戏出 …… 155
　　法界查禁花鼓淫戏 …… 155
　　禁演花鼓淫戏日期 …… 156
　　汉镇花鼓戏禁革案 …… 156
　　演剧滋事 …… 156
　　饬拿串客 …… 157
　　戏园分设已禁 …… 157
　　杭城戏园夜演 …… 157
　　英美工部局议改领照章程 …… 158
　　戏园夜演已准 …… 159
1875年（光绪元年乙亥） …… 159
　　戏园主具禀 …… 159
　　戏园主复请开禁 …… 159
　　龙泉阁唱戏停止 …… 160
　　英租界一律停止唱戏 …… 160
　　惩禁花鼓戏 …… 160
　　国制停漱 …… 160
　　唱戏被责 …… 160
　　违禁作乐 …… 161
　　驱逐女档子 …… 161
　　查禁唱戏 …… 162
　　再述京师演戏情形 …… 162
1876年（光绪二年丙子） …… 162
　　国忌停演 …… 162
　　演戏被阻 …… 163
　　江西演剧 …… 163
　　禁优演戏 …… 163
　　杭州戏馆未准复开 …… 164
　　禁开戏馆 …… 164
　　广东禁戏 …… 164

旧调重弹 …………………………………………………………… 164
拟禁戏馆 …………………………………………………………… 165

1877年（光绪三年丁丑） 165

流民被逐 …………………………………………………………… 165
弹词枷锁 …………………………………………………………… 165
禁止弹唱 …………………………………………………………… 166
请禁喧嚣 …………………………………………………………… 166
谕禁深夜开锣演戏 ………………………………………………… 166
禁止深夜演戏 ……………………………………………………… 166
遵禁深夜演戏 ……………………………………………………… 167
演戏未定 …………………………………………………………… 167
查禁戏园 …………………………………………………………… 167
提讯优人 …………………………………………………………… 167
具结不开戏园 ……………………………………………………… 167
谕禁花鼓戏纪闻 …………………………………………………… 168
戏园闭歇余闻 ……………………………………………………… 168

1878年（光绪四年戊寅） 168

捕捉花鼓戏 ………………………………………………………… 168
演花鼓戏 …………………………………………………………… 168
旧禁重申 …………………………………………………………… 169
戏馆将成 …………………………………………………………… 169
台戏弛禁 …………………………………………………………… 169
拆坍《牧羊圈》 …………………………………………………… 170
禁止深夜演戏 ……………………………………………………… 170
深夜演戏提究 ……………………………………………………… 170
违禁夜演 …………………………………………………………… 171
复申严禁 …………………………………………………………… 171
痛打花鼓 …………………………………………………………… 171
惩责花鼓戏伶人 …………………………………………………… 172
本年六月后法公堂罚款收付清单（节录） ……………………… 172

1879年（光绪五年己卯） 172

禁卖淫书 …………………………………………………………… 172
苏垣禁演灯戏 ……………………………………………………… 172
禁止戏园 …………………………………………………………… 173

新禁评话⋯⋯⋯⋯⋯⋯⋯⋯⋯⋯⋯⋯⋯⋯⋯⋯⋯⋯⋯⋯⋯⋯ 173
禁唱淫戏⋯⋯⋯⋯⋯⋯⋯⋯⋯⋯⋯⋯⋯⋯⋯⋯⋯⋯⋯⋯⋯⋯ 174

1880年（光绪六年庚辰）⋯⋯⋯⋯⋯⋯⋯⋯⋯⋯⋯⋯⋯⋯⋯ 174

违禁殴差⋯⋯⋯⋯⋯⋯⋯⋯⋯⋯⋯⋯⋯⋯⋯⋯⋯⋯⋯⋯⋯⋯ 174
议演新戏⋯⋯⋯⋯⋯⋯⋯⋯⋯⋯⋯⋯⋯⋯⋯⋯⋯⋯⋯⋯⋯⋯ 175
禁演淫戏⋯⋯⋯⋯⋯⋯⋯⋯⋯⋯⋯⋯⋯⋯⋯⋯⋯⋯⋯⋯⋯⋯ 175
遵示演戏⋯⋯⋯⋯⋯⋯⋯⋯⋯⋯⋯⋯⋯⋯⋯⋯⋯⋯⋯⋯⋯⋯ 175
淫戏遵禁⋯⋯⋯⋯⋯⋯⋯⋯⋯⋯⋯⋯⋯⋯⋯⋯⋯⋯⋯⋯⋯⋯ 176
戏园违禁⋯⋯⋯⋯⋯⋯⋯⋯⋯⋯⋯⋯⋯⋯⋯⋯⋯⋯⋯⋯⋯⋯ 176
夜戏取厌⋯⋯⋯⋯⋯⋯⋯⋯⋯⋯⋯⋯⋯⋯⋯⋯⋯⋯⋯⋯⋯⋯ 176
茶馆封闭⋯⋯⋯⋯⋯⋯⋯⋯⋯⋯⋯⋯⋯⋯⋯⋯⋯⋯⋯⋯⋯⋯ 176
严禁女唱⋯⋯⋯⋯⋯⋯⋯⋯⋯⋯⋯⋯⋯⋯⋯⋯⋯⋯⋯⋯⋯⋯ 177
禁卖淫书⋯⋯⋯⋯⋯⋯⋯⋯⋯⋯⋯⋯⋯⋯⋯⋯⋯⋯⋯⋯⋯⋯ 177
严惩淫戏⋯⋯⋯⋯⋯⋯⋯⋯⋯⋯⋯⋯⋯⋯⋯⋯⋯⋯⋯⋯⋯⋯ 177
查办淫戏⋯⋯⋯⋯⋯⋯⋯⋯⋯⋯⋯⋯⋯⋯⋯⋯⋯⋯⋯⋯⋯⋯ 177
戏园具结⋯⋯⋯⋯⋯⋯⋯⋯⋯⋯⋯⋯⋯⋯⋯⋯⋯⋯⋯⋯⋯⋯ 178
驱逐女伶⋯⋯⋯⋯⋯⋯⋯⋯⋯⋯⋯⋯⋯⋯⋯⋯⋯⋯⋯⋯⋯⋯ 178
封禁戏园⋯⋯⋯⋯⋯⋯⋯⋯⋯⋯⋯⋯⋯⋯⋯⋯⋯⋯⋯⋯⋯⋯ 178
查拿唱演淫词⋯⋯⋯⋯⋯⋯⋯⋯⋯⋯⋯⋯⋯⋯⋯⋯⋯⋯⋯⋯ 178
查缉戏园⋯⋯⋯⋯⋯⋯⋯⋯⋯⋯⋯⋯⋯⋯⋯⋯⋯⋯⋯⋯⋯⋯ 178

1881年（光绪七年辛巳）⋯⋯⋯⋯⋯⋯⋯⋯⋯⋯⋯⋯⋯⋯⋯ 179

淫戏被驱⋯⋯⋯⋯⋯⋯⋯⋯⋯⋯⋯⋯⋯⋯⋯⋯⋯⋯⋯⋯⋯⋯ 179
忌辰禁止演戏⋯⋯⋯⋯⋯⋯⋯⋯⋯⋯⋯⋯⋯⋯⋯⋯⋯⋯⋯⋯ 179
唱戏滋衅⋯⋯⋯⋯⋯⋯⋯⋯⋯⋯⋯⋯⋯⋯⋯⋯⋯⋯⋯⋯⋯⋯ 179
重惩串客⋯⋯⋯⋯⋯⋯⋯⋯⋯⋯⋯⋯⋯⋯⋯⋯⋯⋯⋯⋯⋯⋯ 180
淫词宜禁⋯⋯⋯⋯⋯⋯⋯⋯⋯⋯⋯⋯⋯⋯⋯⋯⋯⋯⋯⋯⋯⋯ 180
演戏伤人⋯⋯⋯⋯⋯⋯⋯⋯⋯⋯⋯⋯⋯⋯⋯⋯⋯⋯⋯⋯⋯⋯ 180
戏园奉谕⋯⋯⋯⋯⋯⋯⋯⋯⋯⋯⋯⋯⋯⋯⋯⋯⋯⋯⋯⋯⋯⋯ 180
演戏干禁⋯⋯⋯⋯⋯⋯⋯⋯⋯⋯⋯⋯⋯⋯⋯⋯⋯⋯⋯⋯⋯⋯ 181
国忌日谕停演戏⋯⋯⋯⋯⋯⋯⋯⋯⋯⋯⋯⋯⋯⋯⋯⋯⋯⋯⋯ 181
整顿风俗⋯⋯⋯⋯⋯⋯⋯⋯⋯⋯⋯⋯⋯⋯⋯⋯⋯⋯⋯⋯⋯⋯ 181
国丧停戏⋯⋯⋯⋯⋯⋯⋯⋯⋯⋯⋯⋯⋯⋯⋯⋯⋯⋯⋯⋯⋯⋯ 181
禁止演戏⋯⋯⋯⋯⋯⋯⋯⋯⋯⋯⋯⋯⋯⋯⋯⋯⋯⋯⋯⋯⋯⋯ 182
苏郡禁戏⋯⋯⋯⋯⋯⋯⋯⋯⋯⋯⋯⋯⋯⋯⋯⋯⋯⋯⋯⋯⋯⋯ 182

花鼓夫人	182
优伶卖艺	183
戏园呈禀	183
众伶求恩	184
查禁清唱	184
演戏干查	184
戏园续闻	185
戏园清唱	185
禁止清唱	185
演戏押停	185
封戏园续闻	186
戏园清唱	186
伶人违禁	186
违制原情	186
惩办伶人	186
御史丁奏为请饬严行禁止折	187
严禁串客	187
禁演夜戏	188
建台奉禁	188
禁演淫戏	188
惩办淫戏	189
梨园苦况	189
演戏纪始	189
违例演剧	189

1882年（光绪八年壬午） …… 190

茶寮清唱近闻	190
唱书被笞	190
花园开唱	190
演戏纪始	191
梨园近闻	191
禁演淫戏	191
京师演戏	192
演戏封禁	192
申禁淫戏	192

戏园开演 · 192
戏园停演 · 193
拘演影戏 · 193
跟班辱打说书人 · 193
邑尊谕话 · 194
饬查戏园 · 194
花鼓难禁 · 194

1883年（光绪九年癸未） · 194
左宗棠饬禁淫书 · 194
禁毁淫书效果不佳 · 195
查禁恶俗 · 195
禁妇女观剧 · 195

1884年（光绪十年甲申） · 195
循例请示 · 195
违禁殴差 · 196
禁止戏园 · 196
庆寿演剧遭责 · 196
唱戏被拘 · 197
驱逐优伶 · 197
驱逐流莺 · 197
禁演梨园 · 197
严惩淫戏 · 198
严禁茶馆演唱花鼓 · 198
花鼓判罚 · 198
禁扮淫戏 · 198
拘拿清串 · 199

1885年（光绪十一年乙酉） · 199
严禁串客 · 199
驱逐女伶 · 199
地保糊涂 · 200
惩究串客 · 200
严禁淫戏 · 200
查禁淫戏 · 200
禁演淫戏 · 201

违禁被拘	201
谕禁赌博	202
祈雨禁戏	202
伶人逮案	202
禁止上吊	202
严禁淫戏	203
查拿花鼓	203
释放无辜	203
严禁淫戏及妇女观剧	203
御史文奏为请旨饬禁妇女听书宴会折	204
京师禁止妇女听书	204
京师禁止妇女听书观剧	204
禁阻演剧	204
团拜禁戏	205

1886年（光绪十二年丙戌） ... 205

禁演淫戏述闻	205
大张晓谕	205
武举招女伶演剧判罚	206
龙灯导淫	206
再申禁令	207
花鼓启衅押候覆讯	207
示禁淫书	207
鄞令新政	207
邑宰善政	207
禁止演剧聚赌	208
查禁书场	208
驱逐绳妓	208

1887年（光绪十三年丁亥） ... 208

串客滋事	208
愚民负固	209
重禁淫戏	209
拟禀禁花鼓	209
禁唱淫词	210
斋戒日停止演戏	210

严惩串客 210
拘惩串客 210
示禁淫书画片 211
京师禁唱《杀子报》 211
西官留心戏园淫戏 211
停演新戏 212
莲花落滋事被禁 212
不准演戏 212

1888年（光绪十四年戊子） 213

请禁落子 213
防微杜渐 213
密查串客 213
优孟衣冠 214
惩办花鼓 214
驱逐花鼓 214
惩办串客 214
查禁恶剧 214
传讯园主 215
候传园主 215
演《斗牛宫》之诘讯 215
赛会禁扮杂剧 216
严惩淫戏 216
严禁导淫 216
惩戒窑调 216
维持风化 217
查禁花鼓 217
禁止酬神夜戏 217
演灯干禁 218

1889年（光绪十九年己丑） 218

严禁淫戏 218
阻唱花鼓 218
传禁淫戏 218
禀请提办 219
影戏讯究 219

  影戏判罚 …… 219
  花鼓抗差 …… 219
  戏园发封 …… 220
  严禁戏耍 …… 220
  禁唱淫词 …… 220
  惩办出租淫书 …… 221
  演剧受罚 …… 221

1890 年（光绪十六年庚寅） …… 221
  禁演女班 …… 221
  谕禁女伶 …… 221
  饬查女戏 …… 222
  谕禁淫戏 …… 222
  禁演恶剧 …… 222
  请禁小说 …… 222
  惩办花鼓 …… 222
  花鼓不法 …… 223
  禁茶肆说书 …… 223
  传谕书贾 …… 223
  传谕书贾 …… 223
  演唱花鼓戏判罚 …… 224
  提讯地保 …… 224
  花鼓判罚 …… 224
  地保演唱花鼓荷枷 …… 225
  演唱花鼓戏判罚 …… 225

1891 年（光绪十七年辛卯） …… 225
  戏资宜改作赈资 …… 225
  查禁落子 …… 225
  绅士阻止花鼓 …… 226
  整顿风俗 …… 226
  拟禁戏园 …… 227

1892 年（光绪十八年壬辰） …… 227
  请禁淫书 …… 227
  查案申禁 …… 227
  演戏酬神 …… 227

戏园停演 … 228
恐滋事端停戏一天 … 228
访拿串客 … 228
惩办串客 … 228
演《荡河船》判罚 … 229
查禁淫书 … 229
禁止影戏 … 229
说书启衅判罚 … 230
诲淫被获 … 230
补提肆主 … 231
肆主狡狯 … 231
拿办得亿楼主 … 231

1893年（光绪十九年癸巳） … 232

上元陋俗 … 232
禁演淫戏 … 232
查禁聚赌 … 232
驱逐幼伶 … 232
说书受责 … 233
驱逐花鼓 … 233
演唱花鼓判罚 … 233
禁演夜戏 … 234
唱曲被拘 … 234
提讯馆主 … 234
研讯花鼓启衅 … 234
花鼓启衅判罚 … 235
禁唱淫词 … 235
禁止淫词 … 235
唱戏被拘 … 236
禁止搭台看戏 … 236
枷满开释 … 236
演唱花鼓判罚 … 236
演唱花鼓递籍 … 237

1894年（光绪二十年甲午） … 237

查禁歌妓 … 237

诱捕串客 ······ 237
查处滩簧 ······ 238
禁唱淫书 ······ 238
售卖淫书判罚 ······ 238
查处串客 ······ 239
演唱《双沙河》判罚 ······ 239
演唱淫戏 ······ 239
演唱滩簧判罚 ······ 239
滩簧禁绝 ······ 240
演唱滩簧续判 ······ 240
劣绅请究串客 ······ 240
拿获淫戏 ······ 241
拟办演唱花鼓 ······ 241
唱书受罚 ······ 241
拘拿花鼓 ······ 242
冒差禁戏 ······ 242
演剧遭惊 ······ 242
男看戏 ······ 242

1895年（光绪二十一年乙未） ······ 243

查禁串客 ······ 243
驱逐弹唱 ······ 243
弛禁花鼓 ······ 243
饬禁赛会 ······ 243
重申禁令 ······ 244
因军情示禁演剧 ······ 244
欲惩弹唱 ······ 244
禁止喧哗 ······ 244
饬禁淫戏 ······ 245
书场被禁 ······ 245
示禁售书 ······ 245
示禁斗会 ······ 246
整顿风俗 ······ 246
戏园暂封 ······ 246
以优代妓 ······ 247

请禁淫书 …… 247
淫书害人 …… 247
禁止聚福班演剧 …… 248
太守被殴 …… 248
禁售淫书 …… 248
开单示禁淫书 …… 249
窃案后禁止演戏 …… 249

1896年（光绪二十二年丙申） …… 249
新年禁花鼓 …… 249
禁演新剧 …… 250
严禁赌娼 …… 250
禁止滩簧 …… 250
禁革浇风 …… 250
淫书案破 …… 251
刊售淫书判罚 …… 251
改名开演 …… 251
传讯女伶 …… 252
邑尊谕保 …… 252
演唱《巧姻缘》传案 …… 252
维持风化 …… 252
演唱《巧姻缘》判罚 …… 252
查究烟馆演唱淫词 …… 253
赌局翻新 …… 253
饬查女伶 …… 253
禁阻女伶 …… 254
禁止女伶演戏 …… 254
女伶演戏判罚 …… 255
汛弁被伤 …… 255
控办流氓 …… 255
请禁淫戏 …… 256
演唱淫戏判罚 …… 256
抄获淫书 …… 256
查获淫书 …… 257
抄获淫书判罚 …… 257

禁唱淫戏 ………………………………………………… 257
刊售《野叟曝言》押候 ………………………………… 257
淫书案发 ………………………………………………… 258
刊售《野叟曝言》判罚 ………………………………… 258
淫书案结 ………………………………………………… 258
焚毁《野叟曝言》及板片 ……………………………… 258
访拿棍徒 ………………………………………………… 259
违章扫兴 ………………………………………………… 259
演唱花鼓押候递籍 ……………………………………… 259
严禁花鼓 ………………………………………………… 259
饬毁淫书 ………………………………………………… 260
查禁淫书 ………………………………………………… 260
谕逐女伶 ………………………………………………… 260
饬禁女伶 ………………………………………………… 260
禁止花鼓 ………………………………………………… 261
移拘劣役 ………………………………………………… 261
严禁淫戏 ………………………………………………… 261
禁止女班 ………………………………………………… 261
示毁淫书 ………………………………………………… 262

1897年（光绪二十三年丁酉） 262

绅士禁止夜戏 …………………………………………… 262
遏密八音 ………………………………………………… 263
禁停鼓乐 ………………………………………………… 263
花鼓难禁 ………………………………………………… 263
淫书难售 ………………………………………………… 263
奉禁淫书 ………………………………………………… 264
一体示禁 ………………………………………………… 264
严禁花鼓 ………………………………………………… 264
驱逐花鼓 ………………………………………………… 265
演戏聚赌难禁 …………………………………………… 265
售卖淫书判罚 …………………………………………… 265
严禁花鼓 ………………………………………………… 265
严禁弹唱淫词 …………………………………………… 266
同禁淫戏 ………………………………………………… 266

花鼓判罚 266
演唱《左公平西》判罚 266
惩办夜戏 267
唱曲启衅请究 267
维持风化（节录）...... 267
查获演戏聚赌 268
演唱《送灰面》判罚 268
燕街普度 268
灾民驱逐演剧 268
地保勒索 268
饬逐女伶 269
放逐郑声 269
惩唱淫词 269
禁开戏园 270
禁演新戏 270

1898年（光绪二十四年戊戌）...... 270
革除恶俗 270
驱逐售卖小说 271
整顿风俗 271
说情无益 271
茶肆发封 271
茶楼封闭 272
茶肆罚锾 272
弹词肇衅 272
会衔示禁 273
拿获演唱《玉蜻蜓》...... 273
禁止花鼓戏入城 274
查禁落子馆 274
雷厉风行 274
禁妇女入园听戏 275
女戏停止 275
租界拟禁落子馆 275
试期不准演戏 276
严禁淫戏 276

禁止演戏 …………………………………………………… 276
禁止租界茶园弹唱不果 …………………………………… 276
禁唱淫词 …………………………………………………… 277
有伤风化 …………………………………………………… 277
茶肆须知 …………………………………………………… 277
郑声宜放 …………………………………………………… 278
淫风宜戢 …………………………………………………… 279
禁售淫书 …………………………………………………… 279
整顿风化 …………………………………………………… 279
禁唱淫戏 …………………………………………………… 279
凡戏无益 …………………………………………………… 279
严禁清音 …………………………………………………… 279
整顿风俗 …………………………………………………… 280
禁演淫戏 …………………………………………………… 280
禁唱淫词 …………………………………………………… 280
阻演影戏 …………………………………………………… 281
演唱淫戏判罚 ……………………………………………… 281
谕民安分 …………………………………………………… 281
戏园受罚 …………………………………………………… 281
串客违禁 …………………………………………………… 282
禁止演剧 …………………………………………………… 282
演唱《珍珠衫》判罚 ……………………………………… 282

1899年（光绪二十五年己亥） ……………………… 282

演唱《翠屏山》判罚 ……………………………………… 282
淫词宜禁 …………………………………………………… 283
禁唱淫书 …………………………………………………… 283
驱禁花鼓 …………………………………………………… 283
禁卖淫书 …………………………………………………… 283
惩究演戏聚赌 ……………………………………………… 284
查禁淫书 …………………………………………………… 284
弭患无形 …………………………………………………… 284
阻止演剧 …………………………………………………… 284
演唱花鼓判罚 ……………………………………………… 285
拘捕摊簧 …………………………………………………… 285

演唱花鼓罚银 · 285
禁唱淫词 · 285
弹唱《玉蜻蜓》押候 · 286
弹唱《玉蜻蜓》判罚 · 286
禁唱淫曲 · 286
演唱花鼓从宽开释 · 287
禁唱淫戏具结 · 287
查拿演唱淫戏 · 287
禁演传奇 · 287
演唱花鼓判罚 · 287
示禁夜戏 · 288
论打桩歌声当弛禁 · 288
争论禁止歌唱事 · 288
工人歌唱被责 · 288
查禁淫戏 · 288
拘押包庇花鼓之地保 · 289
售卖《倭袍记》判罚 · 289
惩办包庇花鼓之地保 · 289
提究隐匿花鼓之地保 · 289
饬查摊簧 · 290
禁开坤戏园 · 290
查禁淫书 · 290

1900年（光绪二十六年庚子） · 290

戏园新议 · 290
示禁赛灯 · 290
示禁庙会 · 291
售卖《杏花天》判罚 · 291
查禁花鼓淫词 · 291
禁唱淫词 · 291
禁演花鼓淫戏 · 292
禁唱花鼓 · 292
示禁赛会 · 292
请禁淫书 · 292
谕禁迎灯 · 293

新婚忌戏 …… 293
禁止灯会演戏 …… 293
查禁淫书 …… 294
严禁淫词 …… 294
革除恶习 …… 294
批准示禁 …… 294
禁卖淫书 …… 294
严禁淫书 …… 295
环求弛禁 …… 295
禁约伶人 …… 295
厉禁重申 …… 296
售卖淫书判罚 …… 296
查获淫书 …… 296
禁令重申 …… 296
学政饬禁淫书 …… 297
谕禁淫词 …… 297
惩禁滩簧 …… 297
众怒难犯 …… 297
演唱滩簧判罚 …… 298
演唱拘讯 …… 298
书业禁毁淫书 …… 298
戒严停止演戏 …… 298
淫词判罚 …… 299
准演影戏 …… 299
严禁胜会 …… 299
优伶困苦 …… 299
禁唱淫词 …… 300
弹唱《倭袍》判罚 …… 300
拿办淫戏 …… 300
拘获串客 …… 300
易勇驻防 …… 300
淫戏宜禁 …… 301
诲淫判罚 …… 301
驱逐花鼓 …… 301

请禁演戏聚赌……301
禁演淫戏……302
查禁淫词……302
限日查覆……302
弁髦禁令……302
日人请禁戏园夜演……302
严禁淫戏……303
演唱淫戏判罚……303
暂缓弛禁……303
禁演影戏……303
违谕开演……304
淫戏罚洋……304

1901年（光绪二十七年辛丑）……304
  提讯演唱滩簧……304
  示禁滩簧……304
  诲淫宜办……304
  演唱滩簧判罚……305
  抗谕待查……305
  请禁淫书……305
  封闭戏园……306
  滩簧启衅判罚……306
  奉禁鼓乐……306
  故智复萌……306
  禁唱淫词……307
  饬差查办……307
  严拿花鼓……307
  演唱《珍珠衫》判罚……307
  淫戏被罚……307
  演唱花鼓及莲花落判罚……308
  整饬风化……308
  查禁淫书淫画……308
  禁设戏园……308
  演戏摊派判罚……309
  提讯图董地保……309

候查淫戏	309
花鼓启衅提讯	309
禁止演剧	310
学戏启衅提究	310
学戏启衅判罚	310
再记学戏启衅判罚	311
马路唱曲判罚	311
查禁淫书	311
禁设戏园	311
淫书宜禁	311
收毁淫书	312
查售淫书	312
查封茶馆	312
伶工受责	312
查获淫书	313
禁唱淫词	313
查究淫书	313
查禁淫书	313
严究淫书	313
严究淫书续述	314
饬查书板	314
夜戏弛禁	314
禁唱淫词	314
淫书判罚	314
演唱《卖胭脂》判罚	315
示禁花鼓	315
照章严禁	315
拘惩花鼓	315
唱书缚差案判罚	316
维持风化	316
续记唱书缚差案判罚	316
禁止夜戏	317
严禁中宵演剧	317
续记唱书缚差案判罚	317

演唱《送灰面》判罚 ……………………………………… 318
整顿风化 …………………………………………………… 318
续记唱书缚差案判罚 ……………………………………… 318

1902年（光绪二十八年壬寅） …………………………… 318
严禁唱妓 …………………………………………………… 318
严禁淫出 …………………………………………………… 319
诲淫重罚 …………………………………………………… 319
重申禁令 …………………………………………………… 319
戏园难开 …………………………………………………… 319
拘获出版《石头记》 ……………………………………… 320
私印淫书 …………………………………………………… 320
打联相示众 ………………………………………………… 320
查禁淫戏 …………………………………………………… 320
禀请驱逐 …………………………………………………… 320
法公堂自一千九百一年正月起至六月底止罚款收付清
　单（节录） ……………………………………………… 321
禁茶肆说书 ………………………………………………… 321
驱唱淫词 …………………………………………………… 321
示禁串客 …………………………………………………… 321
严禁淫书 …………………………………………………… 321
禁设髦儿戏 ………………………………………………… 321
整理风教 …………………………………………………… 322
花鼓启衅 …………………………………………………… 322
禀请究办 …………………………………………………… 322
饬差查禁 …………………………………………………… 322
驱逐淫曲 …………………………………………………… 322
查禁淫词 …………………………………………………… 323
驱逐花鼓 …………………………………………………… 323
严禁滩簧 …………………………………………………… 323
准演夜戏 …………………………………………………… 323
女班被禁 …………………………………………………… 323
女班开禁 …………………………………………………… 324
出售淫书判罚 ……………………………………………… 324
拘押花鼓 …………………………………………………… 324

夜戏弛禁 ································· 325
严禁花鼓聚赌 ····························· 325
禁止滩簧 ································· 325
禁止茶肆唱摊簧 ··························· 325
禁唱盲词 ································· 325
扮演淫戏判罚 ····························· 326
禁止聚赌 ································· 326
谕禁花鼓 ································· 326
花鼓判罚 ································· 326
禁约茶寮 ································· 326
淫戏禁止 ································· 326

1903 年（光绪二十九年癸卯） ············· 327
演唱东乡调判罚 ··························· 327
讯究淫戏 ································· 327
严禁书厂 ································· 327
查究弹唱淫词 ····························· 327
藐法何益 ································· 328
严禁花鼓聚赌 ····························· 328
惩办串客 ································· 328
会讯演唱淫戏案 ··························· 328
茶肆发封 ································· 329
淫戏讯结 ································· 329
拟封禁新小说报馆 ························· 329
申明禁示 ································· 330
谕令停唱 ································· 330
禁阅书报 ································· 330
集甲谕话 ································· 330
改充经费 ································· 330
谕禁三日 ································· 331
维持风化 ································· 331
淫词宜禁 ································· 331
乡民抗拒禁戏 ····························· 331
整顿风俗 ································· 331
禁止夜戏 ································· 331

饬禁淫戏 332
允宜查究 332
严禁唱歌 332
诲淫宜禁 332
捕拿淫戏 332
驱逐复来 333
禁阻开园 333
戏园停止原因 333
严惩诲淫 333
诲淫宜罚 334
禁止巫觋演戏 334
演戏聚赌判罚 334
科场禁止《槐花谣》 334
停演原因 335
禁演女戏 335
演唱夜戏 335
流氓难办 335
匪棍行凶 335
拘惩花鼓 336
禁戏兴学 336
女戏行踪 336

1904 年（光绪三十年甲辰） 337

禁唱淫词 337
谕禁并志 337
戏馆发封 337
敛钱演戏判罚 337
请禁串客 338
又禁灯戏 338
驱逐书厂 338
示禁演戏 338
禁演坤戏 338
理宜查禁 338
禁唱淫词 339
示禁演戏 339

禁演淫戏批词	339
禁书缘起	340
闭塞民智	340
禁书之骚扰	340
禁卖新书	341
惩办串客	341
禁演淫戏	341
严究诲淫	341
花鼓聚赌判罚	341
诲淫认罚	342
严查驱逐	342
娈童隐匿	342
催科要政	342
严查演戏酬神	342
禀告滩簧	343
严禁恶习	343
严禁演戏聚赌	343
查究花鼓	344
严禁挟妓	344
女伶被拘	344
请究淫戏及花鼓	344
演戏聚赌再罚	345
禁止《小说报》	345
禁迎会减演戏	345
请罢颐和园演剧	345
禁止演戏	346

1905年（光绪三十一年乙巳） …… 346

查禁花鼓戏聚赌	346
谕禁会唱	346
禁止《小说报》	346
关心风化	346
整顿风化	347
谕禁演唱淫词	347
饬差禁唱淫词	347

禁唱淫词 …………………………………………… 347
不允开设戏园 ……………………………………… 347
行贿受惩 …………………………………………… 347
饬差查禁淫词 ……………………………………… 348
禁唱淫词 …………………………………………… 348
饬甲谕禁演唱淫词 ………………………………… 348
禁止幻戏 …………………………………………… 348
严查贿隐 …………………………………………… 348
违禁拘责 …………………………………………… 349
稽核书肆 …………………………………………… 349
整顿风俗 …………………………………………… 349
谕禁演唱淫词 ……………………………………… 349
巡兵违章 …………………………………………… 349
髦儿戏又将开演 …………………………………… 349
戏园捐助学费 ……………………………………… 350
示谕赛会禁令 ……………………………………… 350
查禁花鼓 …………………………………………… 350
求禁淫戏 …………………………………………… 350
禁戏拒伤勇丁 ……………………………………… 351
谕禁妇女观戏 ……………………………………… 351
禁演淫戏 …………………………………………… 351
请禁花鼓聚赌 ……………………………………… 351
严禁淫戏续志 ……………………………………… 351
驱逐土娼女伶 ……………………………………… 352
严禁演唱淫戏 ……………………………………… 352
请禁髦儿戏 ………………………………………… 352
擅扯禁止演戏告示 ………………………………… 352
少尹惩淫 …………………………………………… 353
禀请谕禁 …………………………………………… 353
不准演戏赌博 ……………………………………… 353
示禁敛钱演戏敲诈 ………………………………… 353
谕禁宣淫先声 ……………………………………… 353
积习难除 …………………………………………… 354
查拿花鼓 …………………………………………… 354

禁演淫戏 …………………………………………… 354
演唱淫戏受惩 ……………………………………… 354
驱逐花鼓淫戏 ……………………………………… 354
查禁淫词 …………………………………………… 355
查禁演唱淫词 ……………………………………… 355
谕革浇风 …………………………………………… 355
立愿烧毁淫书 ……………………………………… 355
停止传剧纪闻 ……………………………………… 355
禁演《三上吊》 …………………………………… 355
电禁学堂演戏 ……………………………………… 356
保定设优伶学堂 …………………………………… 356
整顿风化 …………………………………………… 356
歌曲改良 …………………………………………… 356
谕戒演剧 …………………………………………… 356
禁演淫戏 …………………………………………… 357
商请严禁出会演戏 ………………………………… 357
禁演淫邪小说 ……………………………………… 357
黑龙江停戏办学 …………………………………… 357
整顿学规 …………………………………………… 357
禁演淫邪小说再志 ………………………………… 358
禁止弹唱 …………………………………………… 358

1906年（光绪三十二年丙午） ……………………… 358
禁用真军器演戏 …………………………………… 358
严禁淫戏 …………………………………………… 358
总巡捉赌 …………………………………………… 358
新正禁扮花鼓 ……………………………………… 359
请禁淫戏 …………………………………………… 359
改良戏曲 …………………………………………… 359
拘禁淫戏 …………………………………………… 359
拘询班主幼伶 ……………………………………… 359
请禁男女合演戏班 ………………………………… 359
禁演淫词 …………………………………………… 360
传保催缴上忙 ……………………………………… 360
请禁淫书 …………………………………………… 360

演唱淫戏被拘 …………………………………… 360
道宪饬拿流氓 …………………………………… 360
查禁书场 ………………………………………… 360
禁止演唱什不闲 ………………………………… 361
饬拿纠众劫犯 …………………………………… 361
东安市场之萧索 ………………………………… 361
禁查淫戏 ………………………………………… 361
示禁演戏 ………………………………………… 361
演唱花鼓判罚 …………………………………… 361
雇唱花鼓判罚 …………………………………… 362
发封书场 ………………………………………… 362
通饬禁演淫盗戏剧 ……………………………… 362
札饬查淫戏 ……………………………………… 362
谕保禁演花鼓淫戏 ……………………………… 362
罚演淫戏 ………………………………………… 363
松府札县严禁乡镇演戏聚赌 …………………… 363
禁止赛会 ………………………………………… 363
札局查办聚赌 …………………………………… 363
严禁淫戏 ………………………………………… 363
警厅调查戏目 …………………………………… 363
演唱淫戏被罚 …………………………………… 364
演唱淫词之结果 ………………………………… 364
惩责贩售淫书 …………………………………… 364
查究花鼓淫戏 …………………………………… 364
预禁淫戏 ………………………………………… 364
违禁演唱淫词 …………………………………… 364
学堂教员请禁花鼓淫戏 ………………………… 365
查拿花鼓淫戏未果 ……………………………… 365
严查演唱淫戏之匪棍 …………………………… 365
查究花鼓淫戏 …………………………………… 365
拿办花鼓淫戏 …………………………………… 365
请禁花鼓淫词 …………………………………… 366
禁止淫戏 ………………………………………… 366
提究藉花鼓淫戏敛钱 …………………………… 366

重惩扮演杂戏 ………………………………… 366
饬禁淫词小说 ………………………………… 366
禁售淫词曲本 ………………………………… 366
谕禁旗丁观剧 ………………………………… 367
藉花鼓淫戏敛钱讯结 ………………………… 367
查禁淫词 ……………………………………… 367
禁采茶戏 ……………………………………… 367
责成佐贰董保以杜匪类 ……………………… 368
谕禁醵资唱戏 ………………………………… 368
勒拿聚赌演戏棍徒 …………………………… 368
限拿演唱花鼓淫词 …………………………… 368
饬呈改良戏目 ………………………………… 368
惩唱花鼓淫戏 ………………………………… 369
拟罚开演女戏之秀才 ………………………… 369
派差禁阻棍徒敛钱演戏 ……………………… 369
改良戏曲 ……………………………………… 369
禁唱淫词 ……………………………………… 369
查究演唱淫词 ………………………………… 370
禀禁演唱艳曲淫词 …………………………… 370
商会请禁说书 ………………………………… 370
密查弹唱淫书 ………………………………… 370
禁止演《拳匪纪略》 ………………………… 370
禁演淫戏 ……………………………………… 371
谕禁迎赛 ……………………………………… 371
将开夜戏 ……………………………………… 371
芦溪县乡民聚赌抗官 ………………………… 371
缓开夜戏 ……………………………………… 371
严禁演戏 ……………………………………… 371
赣抚饬办汛兵 ………………………………… 372
禁演唱艳曲淫词 ……………………………… 372
请禁演唱淫戏 ………………………………… 372
髦儿戏不准开演 ……………………………… 373
学堂查出禁书 ………………………………… 373
改良戏本 ……………………………………… 373

禁止学生听戏……373
停演戏兴办学堂……374
禁唱淫戏……374
什不闲改良……374
不卖女坐的原故……374
有伤风化……374
不准卖女座……375
禁卖淫书……375

1907年（光绪三十三年丁未）……375
藉戏敛钱因而获咎……375
责令开报戏目……376
学界禀请改良淫戏未果……376
禁唱花鼓淫戏……376
改良说书……376
查禁淫书画……377
查禁淫秽书画……377
严禁演唱花鼓淫戏……377
演唱花鼓判罚……377
茶肆违禁被罚……377
禁止观戏……377
查禁私唱淫词……378
整顿风化……378
学生观戏……378
调查淫词……378
请禁花鼓淫词……378
禁唱淫词……378
印刷《野叟曝言》判罚……379
茶馆主具结不唱花鼓淫戏……379
禁唱淫词……379
禁唱淫词……379
饬逐外国戏法……379
禁唱淫词续志……379
禁唱淫词……380
淫词仍未禁绝……380

禁演百戏	380
不准开演洋戏	380
查禁演唱摊簧	380
查淫词	381
派差查禁赌博演戏	381
请禁男女演戏	381
戏馆不准开设	381
示禁演唱淫戏	381
严禁营兵至汉口观剧	382
违警被罚	382
谕保严催未完钱粮	382
大祀孔子停戏三天	382
通咨改良戏曲	382
严谕地保整顿恶俗	383
究唱淫词	383
判责演唱淫词	383
聚唱淫词判罚	383
限制优伶前往吕宋	383
奏禁戏园男女混杂	384
俾侍御条陈三款	384
售卖《金瓶梅》判罚	384
俾侍御奏请禁止演剧助振	384
唱戏肇事	385
翻印淫书判罚	385
禁唱淫词	385
私印淫书押候	385
查禁薄俗	385
查究聚赌	385
歌唱淫词判罚	386
是宜驱逐	386
严惩劣差设场弹唱淫词	386
禀请封闭书场	386
附生开设戏馆	386
附生开设戏馆续闻	387

各茶肆定期传讯 ………………………………………… 387
花四宝、尤金培不演戏原因 …………………………… 387
演唱花鼓戏受罚 ………………………………………… 387
不准开设洛园 …………………………………………… 388
新剧腐败被逐 …………………………………………… 388
援例请准演唱 …………………………………………… 388
严禁演戏聚赌 …………………………………………… 388
批饬实力查户清匪 ……………………………………… 389
演唱淫剧被罚 …………………………………………… 389
严惩花鼓淫戏 …………………………………………… 389
河快庇唱淫戏 …………………………………………… 389
驱逐女伶 ………………………………………………… 389
禁唱花鼓淫戏 …………………………………………… 389
示禁迎会恶习 …………………………………………… 390
优人被逐出境 …………………………………………… 390
谕禁演戏聚赌 …………………………………………… 390
禁唱淫词 ………………………………………………… 390
严禁兵丁看戏 …………………………………………… 390
饬查演唱淫词 …………………………………………… 391
照旧开演神戏 …………………………………………… 391
南门脸生意萧条 ………………………………………… 391
开唱《倭袍》判罚 ……………………………………… 391
蹦蹦戏出境 ……………………………………………… 391
查禁淫词赌博 …………………………………………… 391
禀准开演戏法 …………………………………………… 392
查禁开唱摊簧 …………………………………………… 392
复谕呈送戏目 …………………………………………… 392
饬禁淫词 ………………………………………………… 392
禁止演剧 ………………………………………………… 392
批斥不准设园演戏 ……………………………………… 393
贩卖淫书判罚 …………………………………………… 393
不准开设戏园 …………………………………………… 393
谕禁淫戏 ………………………………………………… 393
饬禁影戏 ………………………………………………… 393

谕禁演唱花鼓戏 …………………………………………… 394
禀请谕禁新戏 ……………………………………………… 394
禁唱花鼓淫戏 ……………………………………………… 394
传究串演影戏 ……………………………………………… 394
藉整风俗 …………………………………………………… 394
查究淫词 …………………………………………………… 394
出售淫书判罚 ……………………………………………… 395
维持风化 …………………………………………………… 395
禁止书场锣鼓 ……………………………………………… 395
捕房查验戏目 ……………………………………………… 395
查禁淫戏新章 ……………………………………………… 395
禁止淫戏 …………………………………………………… 395

1908年（光绪三十四年戊申） ………………………… 396
英美领事照会禁阻演戏 …………………………………… 396
拿办演剧聚赌 ……………………………………………… 396
封禁文明茶园之原因 ……………………………………… 396
不准演戏筹款 ……………………………………………… 396
禁演新剧 …………………………………………………… 397
严禁军士听戏 ……………………………………………… 397
重申禁令 …………………………………………………… 397
禁演淫剧 …………………………………………………… 397
严惩扮演串客 ……………………………………………… 397
法租界花鼓宜禁 …………………………………………… 397
禁唱淫词 …………………………………………………… 398
查禁淫词 …………………………………………………… 398
封禁髦儿戏园 ……………………………………………… 398
禁止茶馆弹唱淫书 ………………………………………… 398
查禁鬼儿戏 ………………………………………………… 398
准演孩儿戏 ………………………………………………… 398
弹唱业对于害群之惩戒 …………………………………… 399
金陵戏馆封禁之原因 ……………………………………… 399
谕禁迷信陋俗 ……………………………………………… 399
枷责扮演摊簧之游民 ……………………………………… 399
女伶将禁 …………………………………………………… 400

戏园寥落 …………………………………………………… 400
查禁演戏酬神 ………………………………………………… 400
饬禁演戏 ……………………………………………………… 400
罚究演唱淫词 ………………………………………………… 400
扮演淫戏罚锾 ………………………………………………… 401
罚唱淫词 ……………………………………………………… 401
髦儿戏赁屋开演 ……………………………………………… 401
严阻演戏 ……………………………………………………… 401
警局罚办新章 ………………………………………………… 402
唱淫词分别议罚 ……………………………………………… 402
罚款不准减少 ………………………………………………… 402
照常唱演淫词 ………………………………………………… 402
请开戏园 ……………………………………………………… 403
押追罚款 ……………………………………………………… 403
学董请禁演戏 ………………………………………………… 403
不准减罚 ……………………………………………………… 403
禀请照常演戏未准 …………………………………………… 403
茶肆仍唱淫词 ………………………………………………… 404
查究入监唱戏 ………………………………………………… 404
绅商迷信神鬼之一斑 ………………………………………… 404
严禁茶肆唱妓 ………………………………………………… 404
道宪禁止唱演淫戏 …………………………………………… 404
函请禁演淫词 ………………………………………………… 405
戏园又将押闭 ………………………………………………… 405
分派包探 ……………………………………………………… 405
严禁郑声 ……………………………………………………… 405
又一请演戏者 ………………………………………………… 405
查禁淫词 ……………………………………………………… 406
不准开办髦儿戏馆 …………………………………………… 406
禁演评书 ……………………………………………………… 406
说书 …………………………………………………………… 406
传谕地保 ……………………………………………………… 406
女班戏园禀请押迁 …………………………………………… 406
惩办演唱摊簧 ………………………………………………… 407

演戏不准使用真刀 …………………………………………… 407
花鼓戏 ………………………………………………………… 407
分别惩办演唱花鼓淫词 ……………………………………… 407
饬禁赌博淫戏 ………………………………………………… 408
是宜严惩 ……………………………………………………… 408
讯断演唱淫词 ………………………………………………… 408
申禁梨园 ……………………………………………………… 408
再唱淫词 ……………………………………………………… 408
查禁滩簧 ……………………………………………………… 409
传禁弹唱淫词 ………………………………………………… 409
驱逐流娼 ……………………………………………………… 409
国恤汇纪五（节录）………………………………………… 409
捕房禁戴红结与唱摊簧 ……………………………………… 410
公共公廨宝谳员复工部局函 ………………………………… 410
国恤汇纪七（节录）………………………………………… 411
通告遵守国制以存国体 ……………………………………… 411
弹唱淫词 ……………………………………………………… 411
查禁淫词 ……………………………………………………… 412
照请转饬戏园停演 …………………………………………… 412
租界戏园不再停演 …………………………………………… 412
同业相讦 ……………………………………………………… 412
不准男女合演 ………………………………………………… 412
禁唱滩簧 ……………………………………………………… 413
热闹厂之冷落 ………………………………………………… 413
告诫地保之硃谕（节录）…………………………………… 413
戏园援请开演 ………………………………………………… 413
请演马戏被驳 ………………………………………………… 413
封禁戏园 ……………………………………………………… 413

1909 年（宣统元年己酉）……………………………… 414
运动开设戏园 ………………………………………………… 414
戏园求请开演 ………………………………………………… 414
禀请开演髦儿戏未准 ………………………………………… 414
戏园请求援例开演 …………………………………………… 414
呈控违制演戏作乐 …………………………………………… 415

戏园未准开演 … 415
抵制城内开设戏馆 … 415
严禁观剧 … 415
谕禁演唱淫词 … 416
照请谕禁男女合演戏剧 … 416
公共公廨谳员宝禀沪道文 … 416
请禁男女合演之恶习 … 416
败坏风化 … 416
不准演唱淫词 … 417
国恤未准开演 … 417
查复并非厦局总办 … 417
严禁花鼓戏 … 417
巡官严禁弹唱淫词 … 418
天仙茶园之抗官 … 418
投请领照演唱摊簧 … 418
请禁戏园男女合演 … 418
风化攸关 … 419
不准演唱淫词 … 419
绅商学界电控天仙园主 … 419
开唱淫词 … 419
禁唱淫词 … 419
拿讯演唱淫词被逃 … 419
照覆允禁男女合演戏剧 … 420
拿办违禁赛灯 … 420
工部局禁止男女合演 … 420
详志违禁演戏枪伤巡士事 … 420
伤风败俗 … 420
惩罚花鼓摊簧淫戏 … 421
允禁戏园男女合演 … 421
请开落子园被斥 … 421
髦儿戏忽停忽演 … 421
葡国禁演弑王故事 … 421
戏园只许清唱 … 422
戏园遵谕停演 … 422

戏园查封……422
管押候讯……422
示禁演戏……422
憨不畏法……422
又封戏园……423
部电饬查违禁演戏案……423
开演停演……423
有恃无恐……423
禀请禁止演戏……424
票提包唱淫词之舌人……424
京师戏园已准说白清唱……424
查封戏园之原因……424
禁止幼妓出入酒馆戏园……424
查封戏园之龃龉……425
何谓改良……425
演唱淫词……425
天津县议事会禀督宪华界演剧事宜请酌核文……425
饬查开设戏馆情形……426
续获演唱花鼓淫戏……426
小戏亦须清唱……426
戏园之冷落……426
天津县议事会议覆公告……427
饬候开禁示谕……427
戏园开封……427
伤风败俗……427
喜连成戏衣改良……427
天津县议事会为代诉梨园困苦情形录批申报天津道府文……427
查禁淫词……427
丹桂茶园停演……428
仍须罚洋……428
增抚维持戏园……428
讯判演唱淫词……428
骚扰不堪……429
振夏社被毁原因……429

戏园请演《三上吊》……………………………………………… 429
议结藉商演戏抗官案详情………………………………………… 430
禁止小旦踩跷之善政……………………………………………… 430
天津县议事会议覆公告…………………………………………… 430
民部议覆黄允中查禁游观条陈…………………………………… 431
审判厅批…………………………………………………………… 431
卖唱犯夜…………………………………………………………… 431
拘责走唱…………………………………………………………… 431
严禁军人阅看小说………………………………………………… 432
谕禁演唱淫词……………………………………………………… 432
滩簧不准迁地……………………………………………………… 432
禁绝建醮陋俗……………………………………………………… 432
拟订小说检查例…………………………………………………… 433
禁止演戏…………………………………………………………… 433
弹唱淫词…………………………………………………………… 433
保全幼女…………………………………………………………… 433
查究幼女演戏唱曲………………………………………………… 433
禁唱淫词…………………………………………………………… 434
禁同乐园说白清唱………………………………………………… 434
严禁幼妓应局登台………………………………………………… 434
饬禁巡警观剧……………………………………………………… 434
限缴罚款…………………………………………………………… 434
限缴罚款…………………………………………………………… 435
严禁观剧…………………………………………………………… 435
拟禁止小说出版…………………………………………………… 435
禁止演剧…………………………………………………………… 435
示禁淫书…………………………………………………………… 435
国丧内之演剧……………………………………………………… 436
提议禁演淫戏……………………………………………………… 436
严禁售卖《袁项城》之小说……………………………………… 436
吴城罢市纪闻……………………………………………………… 436
江西吴城镇商务分会禀禁演戏始末……………………………… 436
挺押不理…………………………………………………………… 437
无力罚洋…………………………………………………………… 437

停演戏剧……437
鹦歌戏伤风败俗……437
查究淫戏……438
春仙茶园停演夜戏……438
严禁戏园演唱淫剧……438
示禁滩簧……438
天津县议事会议覆公告……438
戏园被封……439
又奏参广西右江道沈秉炎等纵兵演戏聚赌等片……439
女说书罚洋五角……439
天津县议事会申津海关道请禁止租界淫戏文……439
不准演唱影戏……440
严禁茶园演唱淫戏……440
演淫戏……440
禁唱淫词……440
败坏风化……441
戏园停演……441
乡董请禁茶肆设赌害人……441
演唱淫词……441
驱逐开唱淫词……441
戏馆违章……441
演唱滩簧……442
日人干涉内地戏园志要……442
嘉兴府英守禀报文明戏园李乐山勾串日本人违禁演剧文……442
封闭日人干预之戏园……444
浙抚注重文明戏园之交涉……444
记日人干涉嘉兴文明戏园事……444
拘办茶肆开演女戏……446
关于天津地方自治之文件……446
禁止弹唱淫词……446
禀请弛禁演戏……446
警勇罚戏……447
淫戏被禁……447
会仙茶园停演三天……447

一律驱逐 ………………………………………………… 447
谕禁演戏 ………………………………………………… 447
传戏园停演期 …………………………………………… 448
不堪言状 ………………………………………………… 448
改传为提 ………………………………………………… 448
县令驱逐女伶 …………………………………………… 448
忌辰停演戏剧 …………………………………………… 448
查拿勾串洋人之奸商 …………………………………… 448
查究聚赌 ………………………………………………… 449
查拿花鼓淫戏 …………………………………………… 449
请禁女说书馆 …………………………………………… 449
巡警查禁影戏之纠葛 …………………………………… 449
戏园开演 ………………………………………………… 450
不准演髦儿戏 …………………………………………… 450
捕头查禁淫戏 …………………………………………… 450
呈请开设坤书馆之未准 ………………………………… 450
准演说白清唱 …………………………………………… 450
汇志查封戏剧 …………………………………………… 450
再志准演说白清唱 ……………………………………… 451
封禁戏园再志 …………………………………………… 451
开演说白清唱 …………………………………………… 451
戏园子将开禁 …………………………………………… 451
停演说白清唱 …………………………………………… 451
不准唱戏 ………………………………………………… 451
法畏中国民气发涨 ……………………………………… 452
理应停演 ………………………………………………… 452
演戏筹款批驳 …………………………………………… 452
内城夜戏难禁 …………………………………………… 452
请演义务戏被驳 ………………………………………… 452

1910 年（宣统二年庚戌） ……………………………… 453

禁止影戏 ………………………………………………… 453
区长维持风化 …………………………………………… 453
学堂演剧之结果 ………………………………………… 453
小蓬莱书馆复开 ………………………………………… 453

演唱淫戏	453
传询违章演唱淫戏	453
证明淫态	454
演唱淫词	454
原非淫戏	454
违章演唱淫戏之结果	454
坤书仍不准阅演	455
天津县议事会议覆说帖	455
滩簧小曲未便开唱	455
查禁演唱摊簧淫词	455
仍禁观剧	455
演戏弛禁	456
谳员维持风化	456
严禁演唱淫戏	456
走唱被罚	456
违禁赛灯干咎	456
申请查禁淫词	457
禁演淫词	457
自治公所整饬风化	457
关于天津地方自治之文件	457
请禁淫戏	457
示禁蚕花戏	457
请禁淫戏之说帖	458
巡警不准观剧	458
戏捐影响	458
理宜重申禁令	458
禁演淫戏	458
理应严禁	458
女伶进步	459
维持风化	459
天津县议事会议覆说帖	459
驱逐歌妓	459
天津县议事会议覆说帖	460
禁演淫戏	460

是宜严禁 … 460
禀禁戏馆 … 460
示禁淫词荡调 … 460
是宜严禁 … 460
不准设立音乐公所 … 460
严禁淫戏 … 461
关心风化 … 461
禀禁土棍演剧聚赌 … 461
严惩勾串日商演戏之祸首 … 461
戏园停演 … 462
停工致哀 … 462
监司招集女班演戏之风潮 … 462
商会拟不再演戏酬神 … 463
迷信渐除 … 463
呈请名坤角分演未准 … 463
演戏酬神被驳 … 463
演唱花鼓 … 463
维持风化 … 464
戏园改良 … 464
男女不准合演 … 464
商会主持演戏之奇突 … 464
重禁演剧 … 465
《袁世凯》之价值 … 465
严禁演戏聚赌 … 465
陈区长维持风化 … 466
小河沿拟禁唱大鼓书 … 466
封闭茶馆 … 466
勿再妄想 … 466
请逐歌妓出境 … 466
诙谐被禁 … 467
开唱淫词 … 467
大令维持风化 … 467
小戏忽然停演 … 467
沿街演剧 … 467

阻止禁演淫戏之怪象…………………………………………… 468
禁演淫戏………………………………………………………… 468
警务长禁演淫戏………………………………………………… 468
学堂造就《红楼梦》人才……………………………………… 468
吴江议事会提议禁止演戏……………………………………… 469
演淫戏被罚……………………………………………………… 469
戏园状况………………………………………………………… 469
禁止淫戏………………………………………………………… 469
女界公愤………………………………………………………… 469
驱逐女大鼓……………………………………………………… 469
实行禁设………………………………………………………… 470
驱逐淫伶………………………………………………………… 470
《国华报》刊载《邬生》小说被控…………………………… 470
《瑞青天》小说被禁…………………………………………… 470
演戏未准………………………………………………………… 471
《国华报》被控之结果………………………………………… 471
戏园妓馆均停七日……………………………………………… 471
弹唱淫词………………………………………………………… 471
驱逐开唱淫书…………………………………………………… 472
弹唱淫词………………………………………………………… 472
女伶扮演淫妇之活剧…………………………………………… 472
髦儿戏忽准忽禁………………………………………………… 472
调查书场………………………………………………………… 473
再志女伶扮演淫妇之活剧……………………………………… 473
取缔女座之条陈………………………………………………… 473

1911年（宣统三年辛亥）……………………………………… 474
警道维持风化…………………………………………………… 474
严警习风………………………………………………………… 474
戏园因防疫停演………………………………………………… 474
若何淫亵………………………………………………………… 474
法界戏园亦不准再演淫戏矣…………………………………… 474
禁演淫戏续志…………………………………………………… 475
小报被控之结果………………………………………………… 475
取缔演唱淫戏…………………………………………………… 475

戏园停演 · 475
戏园告苦 · 475
戏园弛禁 · 476
批驳髦儿戏 · 476
饬查开唱淫词 · 476
兜售淫书 · 476
戏禁开不得 · 476
剧场忽来霹雳 · 477
扬州影戏之末路 · 477
禁阻洋商演剧 · 478
淫伶被辱 · 478
朱家阁开印戏之活动 · 478
会议厅限制演戏之议决 · 478
芜湖警务总办严禁演剧 · 479
芜湖演剧风潮续志 · 479
禁女学戏 · 480
只须缴捐 · 480
鄂督禁演新剧原因 · 480
请禁戏园之公函 · 480
不准弛禁 · 481
滩簧唱不得 · 481
唱淫词自应罚办 · 482
不准商界演戏 · 482
维持风化 · 482
群舞台演戏中止 · 482
地痞横行 · 482
禁锢地痞 · 482
商团擒获流氓 · 483
商团擒获流氓续志 · 483
讯办演唱淫词之痞棍 · 483
土棍乘机骚扰 · 484
警察善政 · 484
奉谕停演 · 484
鄂警道限制乐户 · 484

下编　禁毁舆论·················485
论说·················485

请禁花鼓戏说·················485
正本清源论·················485
劝勿点淫戏说·················487
论淫书淫画淫戏不宜看·················487
拟开演善戏馆莫如禁绝各戏园淫戏论·················488
禁止妇女看戏论·················489
与众乐乐老人致本馆书·················490
国忌演戏说·················491
劝子弟勿阅淫书淫画淫戏论·················492
论戏园·················492
劝戏园勿开演说·················494
论禁止音乐事·················495
劝妇女勿轻看戏说·················496
书《劝妇女勿轻看戏说》后·················496
论禁戏·················497
论宁波戏馆事·················498
论禁戏·················499
请禁淫词小说论·················501
禁淫词小说书后·················502
戒撰淫书小说论·················503
书《拆坍〈牧羊圈〉》后·················504
请禁淫词小说论·················506
论立言宜得体·················507
淫戏不可不禁说·················509
淫戏不可不禁论·················509
禁导淫说（节录）·················511
书宁郡宗太守《严拿串客》告示后·················511
租界戏园亵法·················513
戏说·················513
国忌申禁演戏说·················515
国忌禁演戏续说·················517

论淫戏难禁……518
戏馆为民间开演说……519
请禁邪戏女伶议……521
论申禁淫戏之法……522
伶说……523
论戏无益……525
论禁演淫戏……526
书陈宝渠太守《申禁淫戏》示谕后……527
租界淫戏非不可禁论……529
论淫戏之害……530
论淫戏之害……531
论恶戏宜与淫戏同禁……533
淫戏难禁说……534
维持风化议（节录）……536
严禁演唱花鼓淫戏论……537
书《禁演淫戏续闻》后……538
查禁书场说……539
论沪上官宪商禁租界书场事……541
论淫词小说之害……542
阅甬江串客滋事情形因书所见……543
禁淫戏议……544
论书场不遵禁令……546
论淫书之害……548
论淫戏淫词之害……549
论西官留心禁淫戏事……550
论淫书不宜排印……552
戏无益说……553
戏评（节录）……555
禁淫戏答问……556
移风易俗莫善于戏说……557
论戒淫宜先绝导淫之机（节录）……558
论书场之弊……559
论蔡太守谕禁女伶演戏事……560
除淫书说……561

乡镇宜禁演剧说 ………………………………………… 562
书黄方伯《禁止淫书小说示》后 ……………………… 564
读《黄方伯禁售淫书示》引伸为论 …………………… 565
禁淫书原始 …………………………………………… 566
防淫扼要说 …………………………………………… 567
禁淫刍言 ……………………………………………… 569
杜淫篇 ………………………………………………… 570
拟劝沪上戏园改演善戏说 ……………………………… 572
论惩办串客 …………………………………………… 573
报纪蔡太守查禁淫书事书后 …………………………… 575
论宜奏毁《山海经》一书 ……………………………… 576
论酬神宜禁淫戏 ……………………………………… 578
请禁淫书论 …………………………………………… 580
论文字当戒污秽 ……………………………………… 580
论戏园肆行无忌 ……………………………………… 582
劝沪上各书坊勿排印淫书说 …………………………… 584
论海滨恶俗 …………………………………………… 585
劝禁演淫戏说 ………………………………………… 586
论淫戏宜禁而不能禁之故 ……………………………… 588
论禁弹唱书词宜加区别 ………………………………… 589
阅保甲总局禁唱摊簧告示有感而言 …………………… 591
论近日沪地新出石印《万年清》小说诬圣悖谬亟应严禁…… 592
论英巡捕头拘拿唱滩簧人送办事 ……………………… 595
论演《铁公鸡》戏剧之妄 ……………………………… 596
续论《铁公鸡》戏剧之妄 ……………………………… 598
论妇女决不宜入戏园 …………………………………… 599
论示禁新戏事 ………………………………………… 601
劝文人莫看淫书说 ……………………………………… 602
论淫书翻刻之盛 ……………………………………… 603
论广禁止淫书义 ……………………………………… 605
论淫书破案事 ………………………………………… 606
论武戏诲凶之患大 ……………………………………… 608
论新戏诲淫之害深 ……………………………………… 609
论官长示禁淫戏凶戏宜摘其关目 ……………………… 611

论淫书愈出愈多亟当严禁 ………………………………… 612
论重禁淫戏之善 ……………………………………………… 614
论淫戏之禁宜严于淫书 ……………………………………… 615
与客谈禁淫书 ………………………………………………… 617
驳客问禁淫书 ………………………………………………… 618
论租界中淫书有禁绝之机 …………………………………… 620
阅初九日本报载有饬毁淫书事喜而书此 …………………… 621
论淫书当禁而不易禁 ………………………………………… 623
论丹桂茶园重演《杀子报》之违禁 ………………………… 624
论演戏之害 …………………………………………………… 625
论会场浩劫事 ………………………………………………… 626
论报纪姑苏申宦后人禀请禁唱《玉蜻蜓弹词》事 ………… 628
禁止演唱淫戏说 ……………………………………………… 630
论淫戏之害 …………………………………………………… 631
论妇女不宜看淫戏 …………………………………………… 632
女戏将盛行于沪上说 ………………………………………… 632
禁止赛灯说 …………………………………………………… 634
禁淫书说 ……………………………………………………… 635
续务实说 ……………………………………………………… 636
禁花鼓淫戏议 ………………………………………………… 637
论英界查禁淫戏事 …………………………………………… 639
论英界禁唱淫词事 …………………………………………… 640
迪民智以弭北乱论 …………………………………………… 641
莫看小说 ……………………………………………………… 642
论小说与群治之关系（节录）……………………………… 643
禁演淫戏说 …………………………………………………… 644
移风易俗议 …………………………………………………… 645
伶部改良策（节录）………………………………………… 646
说戏 …………………………………………………………… 649
说戏本子急宜改良 …………………………………………… 650
说改良戏剧 …………………………………………………… 651
论戏曲（节录）……………………………………………… 652
盐城陈惕庵孝廉拟请屏斥优伶疏稿 ………………………… 653
论上海风俗之坏（节录）…………………………………… 654

论改良戏剧…………………………………………………… 655
　　说戏………………………………………………………… 656
　　伤风败俗…………………………………………………… 657
　　请禁唱本…………………………………………………… 658
　　戏本赶紧改良……………………………………………… 659
　　论愚民暴动于中国前途之危险（节录）………………… 660
　　论剧馆有伤风化…………………………………………… 661
　　开民智莫善于演戏说（节录）…………………………… 663
　　论近人编辑无益小说有害卫生卒致自戕生命事………… 664
　　劝说书先生改良说书……………………………………… 666
　　戏曲改良的浅说…………………………………………… 667
　　论演剧急宜改良…………………………………………… 670
　　论中国贫困之原因（节录）……………………………… 671
　　论小说急宜改良及其改良之办法………………………… 671
　　论戏界改良（节录）……………………………………… 673
　　论议事会之对于优伶……………………………………… 673
　　论宜永禁男女合演之戏剧………………………………… 674
　　论改良戏剧与小说之必要（节录）……………………… 675
　　易无益为有用论…………………………………………… 675
　　论川省戏曲宜改良之理由………………………………… 676
　　妇女不可听戏……………………………………………… 677
　　蹦蹦戏亟宜严禁…………………………………………… 679
　　小说累人…………………………………………………… 680
　　请弛青浦县属朱家角镇戏禁意见书……………………… 681
　　禁止年青男女观剧………………………………………… 684

新闻…………………………………………………………………… 685
　1869年（同治八年己巳）……………………………………… 685
　　丁日昌示禁民间迎神赛会………………………………… 685
　　丁日昌饬上海县与租界设法禁绝花鼓戏（节录）……… 685
　　丁中丞禁花鼓戏花烟馆（节录）………………………… 685
　　虹口花鼓戏园当禁………………………………………… 686
　1870年（同治九年庚午）……………………………………… 686
　　禁男女合演戏文…………………………………………… 686
　　赛会演戏之非……………………………………………… 687

1872年（同治十一年壬申） ……………………………… 687
　　禁止女子弹唱 …………………………………………… 687
　　拟禁女弹词 ……………………………………………… 688
1873年（同治十二年癸酉） ……………………………… 689
　　石塘赌场 ………………………………………………… 689
1874年（同治十三年甲戌） ……………………………… 689
　　妇女观剧受辱 …………………………………………… 689
1875年（光绪元年乙亥） ………………………………… 690
　　续闻都门演剧情形 ……………………………………… 690
　　上海戏园不得不禁 ……………………………………… 690
　　宝兴茶园演戏 …………………………………………… 691
　　论上海戏园 ……………………………………………… 691
　　淫书宜禁 ………………………………………………… 691
　　弹词宜禁 ………………………………………………… 692
　　金陵火灾 ………………………………………………… 692
1876年（光绪二年丙子） ………………………………… 693
　　买书得财 ………………………………………………… 693
1877年（光绪三年丁丑） ………………………………… 693
　　淫戏宜禁 ………………………………………………… 693
　　荒诞戏宜禁 ……………………………………………… 694
　　花鼓戏宜禁 ……………………………………………… 694
　　违禁唱戏 ………………………………………………… 694
　　复拟开设戏馆 …………………………………………… 695
1878年（光绪四年戊寅） ………………………………… 695
　　花鼓戏 …………………………………………………… 695
　　男女说书宜禁 …………………………………………… 695
　　导淫惨死 ………………………………………………… 696
　　邪戏宜禁 ………………………………………………… 696
　　违禁争演淫词 …………………………………………… 696
　　男女合唱 ………………………………………………… 696
　　违禁复演花鼓戏 ………………………………………… 696
1879年（光绪五年己卯） ………………………………… 697
　　茶馆热闹 ………………………………………………… 697
　　违禁演戏 ………………………………………………… 698

淫戏为害	698
优伶侈肆	699
花鼓戏干禁	699
黄梅淫戏	699
坐唱淫词	699
淫戏宜禁	700

1880年（光绪六年庚辰） …… 700

诲淫宜禁	700
淫曲宜禁	700
观剧害命	700
听曲伤人	700
潜演花鼓	701
复演花鼓戏	701
女班演戏	701
淫戏宜禁	701
戏园违禁	701
女唱弛禁	702
花鼓戏宜禁	702
违禁说书	702
违禁当惩	703
优唱宜禁	703

1881年（光绪七年辛巳） …… 703

官绅干禁	703
戏园藐法	704
藉端开赌	704
演剧诱赌	704
演唱淫词宜禁	704
唱戏诲淫	705
玩禁宜惩	705
违制演戏	705
唱演淫戏	706
违制演戏	706
违制演戏	706
违制演戏	706

淫戏复演 ………………………………………………… 706
影戏又演 ………………………………………………… 707
淫戏类志 ………………………………………………… 707
拟开戏园 ………………………………………………… 707
玩禁诲淫 ………………………………………………… 708
玩禁类志 ………………………………………………… 708
伶人亵法 ………………………………………………… 708
淫戏宜禁 ………………………………………………… 709

1882年（光绪八年壬午）

淫曲宜禁 ………………………………………………… 709
优伶梗令 ………………………………………………… 709
藉端开赌 ………………………………………………… 710
狮林演剧 ………………………………………………… 710
茶馆违禁 ………………………………………………… 710
淫戏为害 ………………………………………………… 711
淫戏害人 ………………………………………………… 711
花鼓戏复演 ……………………………………………… 712
淫戏滋害 ………………………………………………… 712
演唱花鼓 ………………………………………………… 712
演唱花鼓 ………………………………………………… 712
花鼓盛行 ………………………………………………… 712
私唱花鼓 ………………………………………………… 713
违例演剧 ………………………………………………… 713
小说害人 ………………………………………………… 713

1883年（光绪九年癸未）

淫戏盛行 ………………………………………………… 713
淫戏宜禁 ………………………………………………… 714
淫戏开演 ………………………………………………… 714
淫戏宜禁 ………………………………………………… 714
串戏宜禁 ………………………………………………… 714
乡间淫戏 ………………………………………………… 715
淫戏盛行 ………………………………………………… 715
淫戏宜禁 ………………………………………………… 715
演唱淫戏 ………………………………………………… 715

淫戏宜禁 …………………………………………………… 716
1884年（光绪十年甲申） …………………………………… 716
　　淫戏败俗 …………………………………………………… 716
　　女戏盛行 …………………………………………………… 716
　　淫戏害人 …………………………………………………… 716
　　淫戏宜禁 …………………………………………………… 717
　　淫戏宜禁 …………………………………………………… 717
　　淫戏宜禁 …………………………………………………… 717
　　藐视禁令 …………………………………………………… 717
　　女棍宜惩 …………………………………………………… 718
　　淫书害人 …………………………………………………… 718
1885年（光绪十一年乙酉） ………………………………… 718
　　淫戏宜禁 …………………………………………………… 718
　　不法宜惩 …………………………………………………… 719
　　请究淫戏 …………………………………………………… 719
　　串客难禁 …………………………………………………… 719
　　金泽来函 …………………………………………………… 719
　　男女演剧宜禁 ……………………………………………… 720
　　诲淫宜禁 …………………………………………………… 720
　　花鼓宜禁 …………………………………………………… 720
　　淫戏盛行 …………………………………………………… 720
　　串客宜禁 …………………………………………………… 721
　　小说误人 …………………………………………………… 721
　　会戏宜禁 …………………………………………………… 721
1886年（光绪二年丙戌） …………………………………… 722
　　女花鼓宜禁 ………………………………………………… 722
　　串客宜禁 …………………………………………………… 722
　　花鼓戏宜禁 ………………………………………………… 722
　　唱曲宜禁 …………………………………………………… 722
　　演戏聚赌贻害地方 ………………………………………… 722
　　串客宜禁 …………………………………………………… 723
　　恶俗宜禁 …………………………………………………… 723
1887年（光绪十三年丁亥） ………………………………… 723
　　淫戏宜禁 …………………………………………………… 723

男女混杂 …………………………………………… 724
花鼓宜禁 …………………………………………… 724
花鼓难禁 …………………………………………… 725
淫戏惑人 …………………………………………… 725
淫戏宜禁 …………………………………………… 725
赛会花鼓败俗 ……………………………………… 725
演戏聚赌宜禁 ……………………………………… 726

1888年（光绪十四年戊子） …………………… 726
落子败俗 …………………………………………… 726
赶会开赌 …………………………………………… 726
花鼓宜禁 …………………………………………… 727
演戏聚赌 …………………………………………… 727
花鼓戏宜禁 ………………………………………… 727
串客宜禁 …………………………………………… 727
维持风化 …………………………………………… 727
影戏宜禁 …………………………………………… 728
郑卫之声 …………………………………………… 728
演戏聚赌宜禁 ……………………………………… 728
淫词宜禁 …………………………………………… 728
花鼓戏宜禁 ………………………………………… 729
串客宜禁 …………………………………………… 729

1889年（光绪十五年己丑） …………………… 729
串客及庙戏宜禁 …………………………………… 729
花鼓戏宜禁 ………………………………………… 729
串客宜禁 …………………………………………… 729
淫词宜禁 …………………………………………… 730
花鼓宜禁 …………………………………………… 730
菊部翻新 …………………………………………… 730
菊部清谈 …………………………………………… 730
淫书宜禁 …………………………………………… 731
串客宜禁 …………………………………………… 731
小说误人 …………………………………………… 731

1890年（光绪十六年庚寅） …………………… 732
女伶开演 …………………………………………… 732

男女班宜禁 ………………………………………………… 732

恶俗宜禁 …………………………………………………… 732

凡戏无益 …………………………………………………… 732

花鼓败俗 …………………………………………………… 733

淫戏害人 …………………………………………………… 733

演戏聚赌宜禁 ……………………………………………… 733

伤风败俗 …………………………………………………… 733

赛会扮戏宜禁 ……………………………………………… 734

淫词宜禁 …………………………………………………… 734

中元节会宜止 ……………………………………………… 734

演戏聚赌宜禁 ……………………………………………… 735

恶俗宜惩 …………………………………………………… 735

花鼓宜禁 …………………………………………………… 735

1891年（光绪十七年辛卯）………………………………… 736

串客宜禁 …………………………………………………… 736

恶俗难除 …………………………………………………… 736

串客宜禁 …………………………………………………… 736

串客宜禁 …………………………………………………… 737

男落子宜禁 ………………………………………………… 737

1892年（光绪十八年壬辰）………………………………… 737

女弹词宜禁 ………………………………………………… 737

串客宜禁 …………………………………………………… 737

淫戏宜禁 …………………………………………………… 738

串客暨演剧聚赌宜禁 ……………………………………… 738

儒家戏班宜禁 ……………………………………………… 738

花鼓宜禁 …………………………………………………… 739

花鼓及演剧聚赌宜禁 ……………………………………… 739

演剧无谓 …………………………………………………… 740

祸由串客 …………………………………………………… 740

演唱淫戏 …………………………………………………… 740

淫戏宜禁 …………………………………………………… 741

淫词败俗 …………………………………………………… 741

戏场聚赌 …………………………………………………… 741

中元节请僧唱曲败俗 …… 741
影戏宜惩 …… 742
淫戏宜禁 …… 742
花鼓戏宜禁 …… 742
花鼓聚赌为害 …… 742
采茶曲宜禁 …… 742

1893年（光绪十九年癸巳） …… 743

蚕花戏宜禁 …… 743
串客宜禁 …… 743
淫风流行 …… 743
花鼓宜禁 …… 744
打山头 …… 744
串客宜禁 …… 744
淫词宜禁 …… 744
花鼓又闻 …… 744
诲淫宜禁 …… 745
花鼓淫戏 …… 745
花鼓宜禁 …… 745
优伶无分 …… 745
淫戏宜禁 …… 746
唱本败俗 …… 746
滩簧宜禁 …… 746
私戏官做 …… 747
风俗攸关 …… 747
滩簧愈炽 …… 747
淫戏肇祸 …… 748
影戏宜禁 …… 748
滩簧宜禁 …… 748
档子班宜禁 …… 749
薄俗宜惩 …… 749
海滨恶俗 …… 749
帽儿戏 …… 749

1894年（光绪二十年甲午） …… 750

戏无益 …… 750

淫戏宜禁 750
花鼓宜禁 751
恶俗难禁 751
花鼓宜禁 751
淫声复起 751
男落子败俗 752
演戏无益 752
淫书宜禁 752
淫书又见 753
重唱淫词 753

1895（光绪二十一年乙未）

演戏无益 753
花鼓戏 753
花鼓宜禁 754
淫词宜禁 754
影戏宜禁 754
淫曲宜禁 754
小说宜禁 755
摊簧宜禁 755
淫戏又见 755
淫书宜禁 755
淫书宜禁 756

1896年（光绪二十二年丙申） 756

花鼓宜禁 756
花鼓宜禁 756
串客难禁 756
贩卖淫书 757
串客聚赌宜禁 757
串客宜禁 757
香火戏宜禁 757
售卖淫书 758
淫书难尽 758
花鼓戏宜禁 758

1897年（光绪二十三年丁酉） 758

淫戏宜禁 ……………………………………………… 758
人心不古 ……………………………………………… 759
花鼓戏宜禁 …………………………………………… 759
演唱淫词 ……………………………………………… 759
诲淫逞凶 ……………………………………………… 759
女伶宜禁 ……………………………………………… 760

1898年（光绪二十四年戊戌） …………………… 760

浇风复煽 ……………………………………………… 760
郑声败俗 ……………………………………………… 760
串客宜禁 ……………………………………………… 761
淫词败俗 ……………………………………………… 761
演戏聚赌 ……………………………………………… 761
花鼓宜禁 ……………………………………………… 761
观剧肇祸 ……………………………………………… 762
演采茶戏 ……………………………………………… 762
淫剧宜禁 ……………………………………………… 762
艳曲重闻 ……………………………………………… 762
香火戏宜禁 …………………………………………… 763
禁如未禁 ……………………………………………… 763
斗会败俗 ……………………………………………… 763

1899年（光绪二十五年己亥） …………………… 763

一班老戏 ……………………………………………… 763
花鼓宜禁 ……………………………………………… 764
风化须端 ……………………………………………… 764
花鼓宜禁 ……………………………………………… 764
花鼓宜禁 ……………………………………………… 764
酬神演剧劳民伤财 …………………………………… 765
清音莲花宜禁 ………………………………………… 765
演唱采茶 ……………………………………………… 765
花鼓戏馆宜禁 ………………………………………… 765
香火戏败俗 …………………………………………… 765
络绎不绝 ……………………………………………… 766
禁戏刍言 ……………………………………………… 766
淫戏宜禁 ……………………………………………… 766

淫书宜禁 …………………………………………………… 766

续志淫书宜禁 ………………………………………………… 767

1900年（光绪二十六年庚子） ………………………… 767

郑声宜放 …………………………………………………… 767

花鼓宜禁 …………………………………………………… 767

女优宜禁 …………………………………………………… 767

灯会演戏难禁 ……………………………………………… 767

淫戏宜禁 …………………………………………………… 768

禁修年例 …………………………………………………… 768

1901年（光绪二十七年辛丑） ………………………… 768

整顿风化 …………………………………………………… 768

郑声宜放 …………………………………………………… 768

花鼓宜禁 …………………………………………………… 769

浇风宜惩 …………………………………………………… 769

玩票无耻 …………………………………………………… 769

郑声宜禁 …………………………………………………… 769

茶戏兴唱 …………………………………………………… 769

1902年（光绪二十八年壬寅） ………………………… 770

诲淫宜禁 …………………………………………………… 770

花鼓宜禁 …………………………………………………… 770

花鼓宜禁 …………………………………………………… 770

淫戏宜惩 …………………………………………………… 770

演戏何多 …………………………………………………… 770

何心演剧 …………………………………………………… 771

1903年（光绪二十九年癸卯） ………………………… 771

忌辰斋戒演戏 ……………………………………………… 771

糜费可惜 …………………………………………………… 771

淫戏宜禁 …………………………………………………… 772

陋俗难除 …………………………………………………… 772

光蛋聚赌 …………………………………………………… 772

淫词宜禁 …………………………………………………… 772

淫词宜禁 …………………………………………………… 773

论演戏无益 ………………………………………………… 773

神通广大 …………………………………………………… 773

1904年（光绪三十年甲辰） ··· 773
　　敛钱办会 ··· 773
　　沪城年景 ··· 774
　　戏园又开 ··· 774
　　淫戏宜禁 ··· 774
　　戏诚无益 ··· 774
　　不改恶习 ··· 774
　　风化攸关 ··· 775
　　被逐来津 ··· 775
　　风化攸关 ··· 775
　　淫戏宜禁 ··· 775
　　女优何多 ··· 776
　　教女学戏败俗 ··· 777
　　有伤风化 ··· 777
1905年（光绪三十一年乙巳） ······································ 778
　　浇风宜禁 ··· 778
　　髦儿戏又将开演 ··· 778
　　传说将禁女戏 ··· 778
　　髦儿戏一例弛禁 ··· 778
　　有关风化 ··· 779
　　赛会几肇事端 ··· 779
　　天津的风俗可算坏透了 ··································· 779
　　奉劝花钱的浪荡哥儿们（节录） ··························· 780
　　有意抗违 ··· 780
　　淫词互答 ··· 780
　　淞镇乡人械斗 ··· 780
　　淫曲宜禁 ··· 780
　　采茶淫戏 ··· 781
　　花鼓戏之影响 ··· 781
　　上海福记书庄购毁淫书之纪念 ····························· 781
　　风俗攸关 ··· 781
　　唱崩崩戏 ··· 782
　　鬼怪戏文宜禁 ··· 782
　　落子馆也该当改良 ······································· 782

幼妓宜禁 …………………………………………… 782
1906年（光绪三十二年丙午）………………………… 783
　　败坏风俗 …………………………………………… 783
　　恶俗亟宜惩革 ……………………………………… 783
　　山东风气淫靡之一斑 ……………………………… 783
　　演戏赛会之无益有损 ……………………………… 783
　　弁髦示谕 …………………………………………… 783
　　破坏风化 …………………………………………… 784
　　扮演淫戏 …………………………………………… 784
　　又演花鼓淫戏 ……………………………………… 784
　　京师戏园改良 ……………………………………… 784
　　宝邑境内大演花鼓淫戏 …………………………… 784
　　花鼓淫戏有害地方 ………………………………… 785
　　唱演花鼓戏之害 …………………………………… 785
　　禁采茶戏 …………………………………………… 785
　　大伤风化 …………………………………………… 785
　　改良戏本 …………………………………………… 785
　　伤风败俗 …………………………………………… 786
　　为甚么禁唱关爷的戏 ……………………………… 786
　　宝胜和又唱《翠屏山》…………………………… 786
1907年（光绪三十三年丁未）………………………… 786
　　无赖宜惩 …………………………………………… 786
　　淫戏宜禁 …………………………………………… 787
　　青浦县赌风大炽 …………………………………… 787
　　淫戏出境 …………………………………………… 788
　　宜严查禁 …………………………………………… 788
　　宜禁演戏 …………………………………………… 788
　　高安赌风甚炽 ……………………………………… 788
　　又演蹦蹦戏 ………………………………………… 788
　　淫剧宜禁 …………………………………………… 788
　　女大鼓弛禁 ………………………………………… 789
　　浇风宜惩 …………………………………………… 789
　　淫戏宜禁 …………………………………………… 789
　　男女合演淫戏宜禁 ………………………………… 789

女书宜禁 790

1908 年（光绪三十四年戊申）

戏园开演 790
弹唱淫词 790
淫戏宜禁 790
野蛮风俗 791
蹦蹦戏败俗 791
淫词宜禁 791
淫戏宜禁 791
巡警省事 791
坤伶劣败 792
落子园宜行禁阻 792
淫戏宜禁 792
淫戏未禁 792
淫词宜禁 793
淫戏宜禁 793
淫戏宜禁 793
淫词安康宜禁 793
男女合班演剧 794
再志淫戏宜禁 794
淫戏宜禁 794
国丧愤言其三 794
国恤纪·租界戏园 795
国恤记·梨园 795
观剧思春 795
有伤风化 795
想必可乐 796
淫书当毁 796
不成事体 796

1909 年（宣统元年己酉）

淫戏宜禁 797
演戏肇祸之原因 797
判若天渊 797
禁止演戏余谈 797

戏曲急宜改良	798
少妇看戏之多	798
子弟班宜严禁	798
淫戏宜禁	798
说书宜改良	798
事宜从俗	799
预备观剧	799
淫戏宜禁	799
淫伶急宜驱逐	799
淫戏宜禁	800
男女混杂	800
上议事会	800
落子园宜禁止夜演	801
徒縻虚费	801
落子园宜禁	801
女功德理宜禁止	801
淫戏宜禁	801
瘟疫后之演戏耗财	801
戏场开赌	802
妇女听崩崩戏者宜鉴	802
伤风败俗	802
携妓观剧宜禁	802
陋俗宜除	803
童戏何多	803
伤风败俗之咏乐戏园	803
有伤风化	803
有伤风化	803
风俗之害	803
风俗之害	804
倒得瞧瞧	804
美中不足	804
排演叶子戏	804
各显其能	805
有伤风化	805

诚心找罚 805
有伤风化 805
快听热闹戏吧 806
全不够格儿 806
淫书宜禁 806
南宁迷信神权之陋习 806
夜花园之滩簧 806
妇女听戏之受惊 807
戏园观剧吊膀子之无耻 807
官场耶？戏场耶？ 808
书场与学堂之关系 808

1910年（宣统二年庚戌） 808
有伤风化 808
演戏消厄 808
淫戏宜禁 809
有伤风化 809
元宵赛灯之无谓 809
官场醉心猫儿班之真相 809
戒点淫戏 809
禁演淫戏又成具文 810
禁如不禁 810
看戏何益 810
伤风败俗之尤 810
淫戏宜禁 810
迷信流弊 811
恶习宜除 811
败俗宜禁 811
演剧酬神 811
有关风化 811
和尚戏新改头之丑态 811
陈鸣山之下流 812
观戏无益 812
淫戏宜禁 812
演戏有何益处 812

商民演戏之无益 …………………………………… 812
县令亦提倡迷信耶？ ……………………………… 813
淫戏将见 …………………………………………… 813
淫戏复来 …………………………………………… 813
淫戏亟宜禁止 ……………………………………… 814
新监司特权志 ……………………………………… 814
诲淫宜禁 …………………………………………… 814
淫剧又见 …………………………………………… 814
商界之福 …………………………………………… 814
男女路线宜分 ……………………………………… 815
惨无人理 …………………………………………… 815
提倡蹦蹦戏的请看 ………………………………… 815
风俗之害 …………………………………………… 816
有幸有不幸 ………………………………………… 816
蹦蹦儿戏演唱捉放 ………………………………… 816
女伶淫浪 …………………………………………… 816

1911年（宣统三年辛亥） …………………………… 817
戏馆亦为自治事业矣 ……………………………… 817
花鼓恶俗 …………………………………………… 817
闽侯城议事会之颠倒 ……………………………… 817
买良为优 …………………………………………… 817
风化攸关 …………………………………………… 817
少奶奶提倡秧歌戏 ………………………………… 817
王锡珍不恤人言 …………………………………… 818
淫戏之伤风败俗 …………………………………… 818
孀妇可疑 …………………………………………… 818
活毁孩子 …………………………………………… 818
维持风化 …………………………………………… 819
杀之不足惜 ………………………………………… 819
警察之责 …………………………………………… 819
荒年行乐之迷信 …………………………………… 819

广告 ……………………………………………………… 820
劝禁清客演戏 ……………………………………… 820
劝戒点演淫戏说 …………………………………… 821

戒淫文（节录） …………………………………………… 821
劝毁淫书启 …………………………………………………… 821
各茶园遵制改演清唱 ………………………………………… 822
戒藏淫词小说启 ……………………………………………… 822
奸淫律条（节录） …………………………………………… 824
劝毁淫书 ……………………………………………………… 824
劝惜字纸（节录） …………………………………………… 825
劝戒演淫戏说 ………………………………………………… 825
山阴金兰生先生劝毁淫书说 ………………………………… 826
二百三十号画报告白 ………………………………………… 828
《格言联璧》善书开印 ……………………………………… 828
请禁淫书 ……………………………………………………… 829
征印各种善书启 ……………………………………………… 829
劝毁淫书 ……………………………………………………… 829
今日报章附送关道宪蔡观察《戒淫编》 …………………… 830
浙省阃业禁售淫书 …………………………………………… 830
孳善社收毁淫书启 …………………………………………… 831
维持风化 ……………………………………………………… 832
国丧停演 ……………………………………………………… 832
注意：关于请禁戏馆之函牍 ………………………………… 832

歌曲 ………………………………………………………… 834
砭俗新乐府（录其二） ……………………………………… 834
沪城口占仿竹枝词二十首接录（录其一） ………………… 834
鄂垣竹枝词接录（录其一） ………………………………… 834
戒淫诗三十首（录其二） …………………………………… 835
闻里人有演女伶者感赋二首 ………………………………… 835
卖山歌书 ……………………………………………………… 835
小热昏之瞎嚼蛆 ……………………………………………… 835
唱小曲 ………………………………………………………… 836
说因果 ………………………………………………………… 836

索引 ………………………………………………………… 837
后记 ………………………………………………………… 869

前　　言

　　小说戏曲禁毁史料是关于查禁、禁止、销毁小说和戏曲的法令、舆论和活动记录等文献资料之总称。小说戏曲的禁毁问题是中国小说史、戏曲史、文学制度史、文化管理史研究的重要内容，小说戏曲禁毁史料的搜集与整理则是此类研究之基础。对此，前辈和时贤如王利器、朱传誉、陆林、丁淑梅等先生曾对1911年以前的禁毁小说戏曲史料做过广泛的搜罗，持续的辑补。但以往关于小说戏曲禁毁史料的搜罗主要依据书籍文献，而于晚清报载小说戏曲禁毁史料关注甚少。笔者历时多载，共普查出刊载有小说戏曲禁毁史料的晚清中文报刊74种，其分布及名称参见下表：

表1　本编史料涉及的晚清报刊分布及名称统计表

地区	报刊名称
北京	《中西闻见录》《京话日报》《顺天时报》《正宗爱国报》《政治官报》《醒世画报》《燕尘杂记》
上海	《上海新报》《中国教会新报》《申报》《万国公报》《瀛寰琐记》《新报》《益闻录》《点石斋画报》《新闻报》《游戏报》《字林沪报》《同文沪报》《中外日报》《大陆报》《女报》《警钟日报》《笑林报》《时报》《觉民报》《东方杂志》《南方报》《卫生学报》《华商联合报》《图画日报》《神州日报》《图画新闻》《民吁日报》《民立报》《天铎报》
天津	《时报》《国闻报》《大公报》《蒙学报》《北洋官报》《直隶教育官报》《津报》《中外实报》《教育杂志》
哈尔滨	《远东报》
长春	《吉长日报》
沈阳	《盛京时报》
兰州	《甘肃官报》
烟台	《渤海日报》
南京	《南洋官报》《江南警条杂志》
杭州	《浙江官报》《浙江教育官报》《全浙日报》

续表

地区	报刊名称
宁波	《甬报》
绍兴	《绍兴白话报》
长沙	《湘报》《湖南官报》《湖南教育官报》
成都	《四川教育官报》《四川官报》《四川警务官报》
重庆	《广益丛报》《重庆商会公报》
武汉	《湖北警务杂志》
昆明	《云南教育官报》
桂林	《广西官报》
厦门	《鹭江报》《厦门日报》
澳门	《知新报》
台北	《台湾日日新报》《台湾新报》
横滨（上海）	《新小说》

从这74种报刊上，共获得小说戏曲禁毁史料2364则（篇），汇成本编，并按照禁毁令章、禁毁舆论、查禁报道三类分类如下：

表2 本编史料分类统计表　　　　　　　　　　　　单位：则（篇）

禁毁令章		禁毁舆论				查禁报道
官方禁令	民间约章	论说	新闻	广告	歌曲	1356
299	10	158	507	22	12	

由上表可见，晚清报载小说戏曲禁毁史料数量不菲、相当可观。以下即以这2364则（篇）小说戏曲禁毁史料为基础，对本编史料的特点和价值进行归纳和总结，以期读者对晚清报载小说戏曲禁毁史料有大致之了解。

一　主要特点

与王利器等先生搜集的小说戏曲禁毁史料相比，因载体、媒介、时代不同，本编史料亦具有诸多新特点，主要表现在五个方面：

（一）新闻特色，报章体式。

近代报刊出现以前，小说戏曲禁毁史料的表达形式主要表现为诏令谕旨、奏议疏文、律法科条、告示定例、乡约俗训、官箴学规、清规会章、佛偈果报、碑禁报禁、邸钞禁、书目禁、功过格等。近代报刊出现后，虽然仍刊载了许多与禁毁小说戏曲相关的告示谕令等，但新闻、社论成为小说戏曲禁毁史料的主要表现方式，此从表2所列查禁报道1356则、报载论说158篇、舆论性新闻507则可见。即便是刊载告示谕令，新闻采编人员有时也会在谕令前后加上按语，藉以制造新闻舆论。如1894年4月18日《字林沪报》刊载《严禁演唱摊簧告示》之按语云：

> 按，演唱摊簧，本干禁律，城内各茶馆既得贤有司严行示禁，想雷厉风行之下，原不难弊绝风清，但租界中如四马路鸿园等处仍阳奉阴违，未能禁绝，所望贤有司重申禁令，挽此颓风也。

在所载告示之后说明仍有人弁髦禁令，并点明违禁之具体地点，显而易见，《字林沪报》的采编人员正试图通过刊载禁毁示谕和按语以形成舆论监督，进而影响查禁。本编所收像这样加有新闻舆论式按语的告示有20余则，说明报刊媒介出现后，禁毁小说戏曲的表达形式开始具有鲜明的新闻舆论特色。并且还说明晚清报刊不仅仅是小说戏曲禁毁史料的主要载体，而且还作为一种舆论工具，直接参与晚清小说戏曲禁毁活动。

（二）报载舆论，参与禁毁。

置身于弊窦丛生、危若累卵之时势的晚清报人，他们几乎一致地把挽风俗、启民智作为办报宗旨。早期《申报》的主要宗旨是"寓劝惩以动人心，分良莠以厚风俗"。① 吴趼人办报之目的是"于政教风俗，多所绳纠"。② 李伯元创办《游戏报》亦堂而皇之地宣称："寓意劝惩""无非欲唤醒痴愚"。③ 由于众多的晚清报人将正人心、挽颓风作为办刊宗旨，加上小说戏曲改良运动在清末发展成时代思潮，报刊与晚清小说戏曲禁毁活动遂水乳交融、不可剥离。

晚清以前，禁毁史料的主要载体为书籍，由于版刻印刷费时费力，生产周期过长，难以短期内形成新闻舆论。而禁毁信息的布告和宣讲，因受众有限，也不可能形成较广泛的新闻舆论。近代报刊短则日报，长则月刊，发行量大，出版周期短，报刊遂成为制造和发起新闻舆论的主要媒

---

① 《本馆自叙》，1872年9月9日《申报》。
② 魏绍昌，《吴趼人研究资料》，上海古籍出版社1980年版，第13页。
③ 《论〈游戏报〉之本意》，1897年8月25日《游戏报》。

介。特别是伴随晚清报刊数量的增长和新闻自由思想的发展，舆论监督开始成为清末报界的主流新闻思想①。禁毁小说戏曲多被视为改良社会风俗的重要内容，其与晚清大多数报刊的宗旨相合。因此，晚清报刊在禁毁小说戏曲的问题上可以说是汲汲以求、热心异常。其主要表现在三个方面：

1. 登载论说，制造舆论。本编共收集报载相关禁毁论说 158 篇，从内容上看，这 158 篇可大致分为三类：其一，认为有害无益、呼吁查禁，计 130 篇；其二，研讨禁毁之法，计 7 篇；其三，对禁毁活动予以评论，计 21 篇。可见，晚清报载禁毁小说戏曲论说的主体内容为制造禁毁舆论。报载论说所形成的舆论，有时会刺激官吏发起查禁活动。晚清上海频繁的小说戏曲禁毁活动就与上海报刊舆论不无关系。其中，上海报载舆论与黄承乙禁戏之间的互动关系即为显例。黄承乙于 1883 年 11 月至 1885 年 6 月任上海公共租界会审谳员，在任期间曾两次颁布查禁淫戏的示谕，具体查禁活动亦较频繁。1885 年 5 月初，黄承乙传谕租界各戏园，"所有艳曲淫词一概不准演唱，如敢违犯，定予严惩"。5 月 4 日，《申报》报道了该新闻，对黄承乙大加赞颂：

噫，沪上风俗之坏，至斯而极矣，得太守实心实力整顿一番，苟得持之有恒，则淫媟之风何患不能渐息？维持风化，太守真古之贤令尹哉！②

但是传谕之后，《申报》某主笔入园观剧，发现戏园将《杀子报》等改换名目，仍照演不误，于是撰写社论《淫戏难禁说》，希望黄承乙实力查禁："此次谕条大抵循例奉行耳，况公堂示谕，何人不视为具文，岂独戏馆为然哉？太守亦何尝计较哉？吁！"③字林沪报馆则发表《论恶戏宜与淫戏同禁》，认为黄承乙谕禁淫戏，办理至当，但京班恶戏尤宜禁④。两篇社论刊登后，黄承乙"雷厉风行"，请值年领事加盖印信，饬差协捕梭巡各戏园，如遇违禁者，立即拿下，枷示游行⑤。但咏霓戏园误听人言，仍演

---

① 参见拙文《新闻舆论——晚清谴责小说兴起的重要动力》，《明清小说研究》2012 年第 4 期。
② 《严禁淫戏》，1885 年 5 月 4 日《申报》。
③ 《淫戏难禁说》，1885 年 5 月 12 日《申报》。
④ 《论恶戏宜与淫戏同禁》，1885 年 5 月 5 日《字林沪报》。
⑤ 《查禁淫戏》，1885 年 5 月 17 日《申报》；《禁演淫戏》，1885 年 5 月 18 日《字林沪报》。

《杀子报》，黄承乙遂饬差拘提该园司帐人杨映川，押候发落①。对于此次报载舆论参与查禁的效果，申报馆颇为满意："顾淫戏一事，自本馆著为论说后，黄芝生太守已俯采刍荛，严行禁止。"② 实际上，自1870年代杨乃武与小白菜案、杨月楼风月案始，晚清报人已逐渐认识到报载舆论在参与社会事务中可发挥不一般的作用，晚清报载论说对禁毁小说戏曲问题关注始终，也是晚清报人欲借舆论参与社会治理的一种重要方式。

2. 新闻曝光，呼吁查办。自1870年代起，晚清中文报刊在本外埠有招聘新闻记者之举，像1876年申报馆招募外埠记者的薪金是"每月致送鹰饼四枚"，③即现银4元。为报馆采访新闻可以谋生，新闻记者在晚清逐渐发展成为一种社会职业。但晚清尚未出现新闻从业者培训机构，记者多是传统文人半道出家。晚清记者传统教育崇道义、济天下的学历背景，加上报馆挽世风、开民智的舆论需求，晚清报人习惯把时弊颓俗严加纠弹，报刊对违禁戏曲的演出及违禁小说的出版予以曝光的报道即为晚清报人纠弹时弊、维持风俗之表现。如：

> 花鼓戏久干例禁，今闻四明公所后之荒地上又有男女在彼演唱如《双望郎》《拔兰花》等出，种种淫亵，声口不堪入耳，虽听者半系肩挑负贩之流及乡村妇女，然伤风败俗，莫此为甚，愿地方官及早禁止也④。

此则新闻将违禁戏曲演出的地点、剧目予以报道，最后呼吁官府及时查禁，这是典型的新闻曝光。再如：

> 刊刷淫书，本干例禁，故经苏藩宪通饬各属将著名淫恶各书一律劈板禁售在案，近闻又某姓在法大马路某里第三十七号门牌租借房屋，于晚间在彼刷印《肉蒲团》若干部，现已工竣，将次出售。夫《肉蒲团》何书？而某乃胆敢刊刷，想贤长官知之定当严为查禁也⑤。

这则新闻将违禁小说刊刻的准确地址及进展情况予以曝光，呼吁官吏查

---

① 《违禁被拘》，1885年5月19日《申报》。
② 《维持风化议》，1885年7月13日《申报》。
③ "访请报事人"广告，1876年2月22日《申报》。
④ 《复演花鼓戏》，1880年5月31日《申报》。
⑤ 《淫书又见》，1894年10月15日《新闻报》。

禁。本编收集此类曝光性新闻300余则，可见晚清报人欲挽回世风的拳拳之心。此类曝光新闻并非都是言之谆谆、听者藐藐之辞，有时也会对查禁产生实质性影响，特别是在信息传播灵便的城镇。例如1882年4月24日《新报》曝光上海租界戏园正在杂演《来唱》等七种小戏，两天后会审公堂谳员陈福勋即出示严禁，且示谕中按次序抄录了《新报》新闻所载的剧目及相关文字，陈福勋显然是看了《新报》新闻之后立即颁发禁令①。1908年夏，奉天各戏园搬演《珍珠衫》等违禁戏剧，经《盛京时报》报道后，"即由巡警总局谕禁演唱"。② 慑于曝光新闻的舆论压力，此时甚至出现违禁者打击报复新闻记者之举，1897年3月16日，《字林沪报》记者因曝光上海新弄内凤裕茶园演唱摊簧一事，遭到该园主丁宝和的逞凶报复。报馆不得已，将此事登报声明，为记者撑腰③。说明报馆曝光在晚清小说戏曲禁毁中起过一定作用。

3. 褒扬先进，批评落后。小说戏曲禁毁舆论在晚清的一大变化是：新闻舆论开始成为社会舆论的主体，新闻舆论监督开始在查禁活动中发挥重要作用。其中，对查禁得力的官员予以颂扬、对查禁不力的官员予以批评是报人及报刊发挥舆论监督的主要表现。在报刊褒扬者中，汤斌、丁日昌、黄彭年等是出现次数最频繁的官员，其次有陈宏谋、裕谦、谭钧培、宗源瀚等，这些封疆大吏皆有过颁发示谕、发起大规模禁毁小说戏曲之举。例如《字林沪报》刊载《禁淫书原始》褒扬道光十年江苏按察使裕谦、苏州知府汪忠增永禁淫书淫画："积年毒焰几于扫灭一空，譬之拨云雾而见青天。二公之大功欤！抑合省之快事也。"赞扬丁日昌的禁毁效果："终丁公任，吴下肃然。"赞美黄彭年查禁淫书："风声所树，同挽狂澜，真三吴士民之福哉！"④ 在另一篇社论中，字林沪报馆认为汤斌等人堪称禁毁之楷模："是故历来江苏贤大吏如汤文正公、陈文恭公、裕终节公，近世如丁雨生中丞、黄子寿方伯，莫不以严禁淫书为务，集资收买，其法备至。"⑤ 报载舆论之所以将丁日昌等人念念不忘，目的很简单：制造新闻舆论，让晚清官吏效仿贤宦，严申厉禁。与之相反，查禁不力的官员则遭到报刊舆论的批评，常见的方式是在违禁新闻后用"不闻不见""充耳不闻""愦愦无闻""无闻无见""置若罔闻""甘为聋瞆""纸糊泥塑"等

---

① 《优伶梗令》，1882年4月24日《新报》；《谕单照录》，1882年4月27日《申报》。
② 《淫戏宜禁》，1909年5月23日《盛京时报》。
③ 《诲淫逞凶》，1897年3月17日《字林沪报》。
④ 《禁淫书原始》，1890年7月22日《字林沪报》。
⑤ 《报纪蔡太守查禁淫书事书后》，1892年8月23日《字林沪报》。

词语对有地方之责者予以批评，此类新闻在本编史料中触处可见，兹不赘。

（三）时效迅速，记载详尽。

在晚清，代表19世纪先进出版水平的石印、铅印技术开始在中国新闻出版界广泛采用，手动、畜力和蒸汽印刷机器也先后于19世纪在中国投入报刊出版。在轮船、火车、政府邮政的推动下，报刊"朝登一纸，夕布万邦"①、"朝甫脱稿，夕即排印，十日之内，遍天下矣"② 渐成现实。同时，商品经济的经营理念也被引入晚清报刊的出版发行之中，派报处、分馆、民信局、报刊广告、电报在新闻出版发行中日渐发挥重要作用。晚清报载小说戏曲资料的采编、传播和影响在报刊商品及媒介特性的双重作用下，刊载和传播更迅捷、更广泛。本埠的查禁新闻一般第二天即可见报，外埠的查禁活动也可在较短时间内被登载传播。例如，1882年4月3日，苏州葑门外黄天荡地方于国制期内迎赛演剧，地方官饬差封禁，并将戏台拆卸，5天后，上海《新报》就报道了该新闻③。1896年1月19日，江宁府首县上元和江宁两县知县会衔整顿风俗，禁卖淫词小曲，6天后该示谕即见于《新闻报》④。可见，报刊趋时好新的媒介特点，决定了晚清报载小说戏曲禁毁史料相比书载史料而言，反映事件的时效更快捷。

报载新闻，一般包含人物、时间、地点、起因、经过、结果，而且报刊还可以作跟踪报道和深度报道。因此，相比书籍，报刊史料一般更加细致详尽。由于小说戏曲禁毁活动多是热点新闻，报刊对时新资讯的需求使得晚清小说戏曲禁毁活动大多从起始到结束都较详细地被报刊报道。例如，1900年上半年，上海地方官发起一场较大规模的禁毁小说运动，代理上海知县戴运寅、公共租界会审谳员翁延年各开列小说30余种，出示严禁⑤。《申报》《字林沪报》《新闻报》等报载新闻较详细地报道了这次查禁活动的缘起和执行情况。原来，此次查禁活动是由杭州士绅樊达璋、许之荣等人联名禀请浙江学政文治通饬各属查禁小说，文治还移知江苏巡抚转饬上海道台照会租界领事，一体查禁⑥。只有综合这些报道我们才能明白，为何浙江学政禁毁小说要辗转波及到上海？盖其时上海已经成为中

---

① 梁启超，《论报馆有益于国事》，《时务报》第1册，1896年8月9日。
② 解弢，《小说话》，上海中华书局1919年版，第116页。
③ 《演戏封禁》，1882年4月8日《新报》。
④ 《整顿风俗》，1896年1月25日《新闻报》。
⑤ 《示禁淫书》，1900年3月25日《申报》；《示禁淫书》，1900年4月10日《申报》。
⑥ 《请禁淫书》，1900年3月18日《申报》。

国出版中心，转饬上海严禁乃是以绝根株之意。从中我们可以看出士绅在小说戏曲禁毁中的发起作用，还可以看出租界的小说戏曲禁毁需要通过外交手段这一半殖民地特性。报刊的跟踪报道还将一些查禁活动从起始到结束详细地记录下来。例如，1909年2月27日，上海大马路松鹤楼茶肆演唱花鼓，店主董阿庆被法捕房拘案判罚，该案直到同年6月28日才讯结，董阿庆因无力缴纳三百元罚金，被处以坐牢两个月相抵。在四个月里，《申报》从案发、反复审讯到结案一共用了8则新闻报道了该事件。一些禁毁小说戏曲活动的前因后果，非综合多种报刊报道不能明其详。例如，1904年5月军机处查禁《新小说》等书刊之际，对禁令或查禁活动予以报道的报刊有《申报》《游戏报》《大陆报》《警钟日报》《大公报》《京话日报》《中外日报》《觉民》《天津日日新闻》等，其中进行跟踪报道或评论的有《申报》《大公报》《警钟日报》等，综合这些报刊，我们对该次查禁的原因、经过和效果能有较详尽的了解①。

（四）来源广泛，可窥全貌。

1870年代以后，近代报刊逐渐为国人所接收，特别是1896年以后，国人成为办报的主体，各主要城镇报馆竞设。晚清报载小说戏曲禁毁史料也就分布在华夏大地较广泛区域的报刊上。本编禁毁史料涉及的晚清报刊74种，分布于22个城镇。由表1可见，其报刊北从哈尔滨、长春、沈阳，南至台北、澳门、昆明，西至成都、重庆、兰州，皆有分布。由于晚清报刊在主要外埠皆招募有记者，而外埠记者的新闻采编活动，将广阔区域的禁毁小说戏曲信息源源不断地传递到报馆。可以说，在晚清，只要有报刊或记者之地，就会有关于禁毁小说戏曲的相关报道。本编收集官方禁令共计299则，其余1356则查禁活动报道则来自更广泛的地区。可以毫不夸张地说，从数量和地区分布上讲，晚清报载小说戏曲禁毁史料是了解晚清禁毁小说戏曲相关问题的首要文献。

在近代化交通和通讯工具的推动下，晚清报刊不仅报道了国内的查禁新闻，对于国外的小说戏曲查禁活动也有所报道。如1896年3月7日《新闻报》以《禁演新剧》为题，报道了广东戏班在马来西亚大霹雳埠上演以1884年中法战争为题材的新剧，地方官以"于法人体面不雅"为由，出示禁止。1909年第2期《直隶教育官报》以《监督禁学生演剧》为题

---

① 参见拙文《清末查禁〈新小说〉的原因及效果探析》，《宁波大学学报》（哲社版）2013年第6期；《晚清军机处发起大规模查禁书刊的时间辨证》，复旦大学中国古代文学研究中心编《中国文学研究》第19辑。

刊载了中国驻日本留学监督处颁发的禁止留日学生演剧的告示①。此外《知新报》报道了英国查禁小说的消息②，《申报》还刊载了葡萄牙禁演弑君题材戏剧的新闻③。总之，晚清报载禁毁小说戏曲史料来源广泛，它们反映了晚清小说戏曲禁毁较完整的历史原貌。

（五）新旧杂陈，个性鲜明。

本编史料在内容上也具有鲜明的时代特点，一言蔽之，新旧杂陈。晚清伊始，中国文化遭遇"三千年未有之大变局"之冲击，中国社会开始了艰难的近现代转型，"变"成为近代中国社会文化的整体趋势。处于社会转型期的晚清小说戏曲禁毁既表现出对传统的继承，也呈现出明显的时代新变，本编史料即真切地反映了这一趋势，兹举禁毁原因以说明之。

就禁毁原因而言，清代前中期的小说戏曲禁毁的主要原因分为违碍、诲盗、诲淫三种。诲盗和诲淫仍是晚清禁毁小说戏曲的主要原因，像《西厢记》《水浒传》《金瓶梅》《红楼梦》等仍数次遭到禁毁。至于违碍，即种族之虞的原因在晚清已经式微，而携带新思想、呼吁社会变革类的小说戏曲则引起清朝统治者的担忧，并被查禁，如1904年5月军机处发起的对《新小说》等书刊的禁毁，1905年5月上海道台对宣传革命小说《洗耻记》的查禁等，说明结合时势，禁毁原因亦在嬗变。不尽如此，作为半殖民地政府，清政府还会慑于列强淫威，对内容涉外的戏剧予以查禁。如1892年2月20日，温处道李光久道台函谕永嘉知县邵禀经，出示严禁酬神会戏扮作西人模样④。1905年9月25日晚，松江府中学堂为纪念孔子诞辰演戏，其中有《美利坚虐待华人抵制美货》及《芬兰国被俄所灭》两出，学务处获知后致电松江知府田庚，申斥以儆⑤。1908年，福州平讲小戏班开演以古田教案为题材的新剧，英国领事照会洋务局通饬严禁⑥。1909年，北京梨园排演以法国占领越南、宣传爱国题材的新剧《越南亡国惨》，尚未上演，被法人探悉，函请警察禁止⑦。这些说明，晚清禁毁小说戏曲原因还有半殖民地国家受制于人的独有特点。此外，晚清小说戏曲禁毁还和开民智紧密相关。在清末启蒙运动中，传统的小说戏曲被视为

---

① 《监督禁学生演剧》，《直隶教育官报》第2期，1909年3月6日。
② 《禁售淫书》，《知新报》第61册，1898年8月8日。
③ 《葡国禁演弑王故事》，1909年3月3日《申报》。
④ 《弭患无形》，1892年3月12日《字林沪报》。
⑤ 《电禁学堂演戏》，1905年10月4日《中外日报》。
⑥ 《英美领事照会禁阻演戏》，1908年1月7日《申报》。
⑦ 《法畏中国民气发涨》，《正宗爱国报》第954期。

滞碍民智进步之根源,"吾中国群治腐败之总根源"①"中国人心风俗之败坏,未始不坐是"。②古典小说戏曲、尤其内容是包含神仙鬼神等迷信内容的小说戏曲成为舆论打压、官绅查禁、志士改良的对象。如1900年9月4日《申报》刊载《续务实说》,认为义和团"假托神鬼附体,枪炮不入,书符诵咒,如醉如狂"等愚昧信仰是中了小说戏曲的毒,"此皆中毒于演义小说诸书,故深信不疑,一成不易也"。1901年7月12日《申报》刊载的《迪民智以弭北乱论》也是一篇禁毁舆论代表,其中云:

> 直隶一省,枕山面海,地方数千里,平原旷野,广漠无垠,其民风蠢愚而强悍,闾巷游手好闲之子,往往持弓跃马以为豪。稍知文义者,又喜观古今小说,如《封神传》《西游记》《水浒传》《三侠五义》《七侠五义》《小五义》《续小五义》《绿牡丹》等书,凡涉鬼神荒谬之谈,豪猾嚣张之概,皆眉飞色舞,津津而乐道之。至梨园所演各武剧,钲鼓动地,尘埃张天,观者方倦而思卧,而彼中人则无不狂声喝采,喧阗若雷,一若王三太、窦二墩之真有男儿好身手,可以纵横无敌者。盖其性蠢愚,则一切怪奇之说,人知必无是事者,彼则深信不疑;其性强悍,则一切兵刃之危,人方趋避不遑者,彼则轻蹈不惧。此固禀姿使然,而非人力所易转移者。

此两篇社论刊载于义和团运动兴起之际、小说界革命发起之前,可注意的是该舆论已经将北方民风蠢愚而强悍的原因归结为喜观鬼神强梁类小说戏剧之故。说明在小说界革命正式发起之前,舆论开始关注小说戏曲与中国民智不开之间的关系。在清末小说戏曲改良运动中,呼吁禁止和改良神仙鬼怪类小说戏曲的舆论此起彼伏,并且官方对此类小说戏曲还落实到查禁行动上。1905年,巡警部禁止北京各书棚演说奸盗邪淫小说,"另编各种忠君爱国开化民智小说逐一发给,令其逐日演说"。③清末北京警厅已经把查禁迷信戏作为戏园演戏管理的重要内容④。据报道,清末京津地区包含神仙鬼怪内容的小说遭到警察的严厉查禁:"京津一带自设巡警以来,所有迷信之曲词戏本以及小说等书,凡托鬼神以演义者,一概出示禁止,

---

① 梁启超,《论小说与群治之关系》,《新小说》第1号,1902年11月14日。
② 《中国唯一之文学报〈新小说〉》,《新民丛报》第14号,1902年7月15日。
③ 《禁演淫邪小说再志》,1905年12月25日《津报》。
④ 《查禁淫戏及迷信戏》,1906年7月21日《津报》。

戏本勿得开演，小说不准售卖。"① 总之，相比清代前中期，晚清禁毁小说戏曲的原因具有诸多时代新特点。此外在查禁力量、审判方式、查禁形式等方面，晚清禁毁小说戏曲也发生诸多变化，其内涵也值得探究。

二 文献价值

本编史料是时人记时事，禁毁新闻是报馆记者通过多种途径采访而来，社论、评论则是报馆主笔或时人对小说戏曲禁毁问题的认识和看法。因此，本编史料具有高度的真实性，较具文献研究价值，兹举数例：

（一）小说戏曲名目史料：具有补正晚清小说戏曲名目的作用。

本编史料涉及的小说，除其重复和重名，共计80余种，戏曲剧目共计340余种。这些小说戏曲名目的文献价值主要表现在两个方面：

1. 补已版小说戏剧目录书之遗漏。如《高伶彩云小说》，该小说樽本照雄《新编清末民初小说目录》、陈大康《中国近代小说编年》、刘永文《晚清小说目录》等皆未著录。1900年4月上海英美租界会审公廨谳员翁延年开单查禁《金瓶梅》等29种小说时提到："自示之后，立即将所有后开应禁各淫书，以及近日新编《高伶彩云小说》，俚句两本，连同底本一律销毁。"② 据推测，该小说应是以轰动一时的伶人高彩云奸占官妾案为内容，根据1901年的禁令，该小说又名《风流案》③。像《袁项城》小说诸家目录也未著录，据报道，这部小说1909年由天津河北大胡同振华书局印售，"其中所载各事均系抄录上海某报无根之言而成"，因"皮书袁太保之名，词中并直指御名，实属荒谬"，④ 袁世凯之子袁克定亲赴天津与直隶总督陈夔龙面商禁毁之策，遂由巡警道与日领事交涉，以千元之价将该书购入焚化⑤。再如《瑞青天》，诸家目录亦皆未著录。这部编撰于1910年的小说因内容关涉湖广总督瑞澂，瑞澂特饬巡警搜获该书板及书籍数百部，并将作者俞上林解送巡警局惩处⑥。至于戏剧名目，亦有不少补遗，如《大少拉东洋车叫出局》《恶棍张桂卿强奸乡妇》《芬兰国被俄所灭》《狼心狗肺》《美利坚虐待华人抵制美货》《尼姑养儿子》等晚清曾遭禁剧目可补已版近代戏剧目录之遗。

---

① 《禁止妇女人庙烧香》，1907年2月1日《津报》。
② 《示禁淫书》，1900年4月10日《申报》。
③ 《查禁淫书》，1901年9月28日《申报》。
④ 《严禁销售〈袁项城〉之小说》，《广益丛报》第205期，1909年6月17日。
⑤ 《〈袁世凯〉之价值》，1910年7月11日《天铎报》。
⑥ 《瑞青天小说被禁》，1910年11月30日《申报》。

2. 厘清清代小说戏曲的异名现象。改换小说和戏剧名目是逃避查禁的常见策略。不少小说戏曲名目屡经改易，名称竟多至 10 余种。改换名目给小说戏曲研究带来不少麻烦。例如，《红楼梦》被上海书局改名《金玉缘》为人所知，但被改名《幻梦记》则阙然无闻。1887 年 9 月 16 日，上海县知县蒯光华访闻有人将《红楼梦》改名《幻梦记》，"绘图题词，精其板式，广为销售"，遂出示查禁销毁①。又如，1868 年丁日昌查禁淫词开列有《日月环》小说，但它的另一名称则是《申报》一则《英界公堂琐案》提到的，1896 年苏州书贾张根堂将《日月环》改名《碧玉环》，捆载来沪销售，被包探赵银河查获，连人带书解送公堂惩办②。再如，《无稽谰言》1838 年遭到禁毁，1903 年，上海书局将其改名《夜雨秋灯续录》刊印出售，此前 1896 年 11 月 9 日《申报》一则开单禁令提到它被改名为《欢喜奇缘》，而《欢喜奇缘》目前学界仅知道它是《欢喜冤家》的改名。可见，晚清报载小说戏曲禁毁史料对厘清晚清小说戏剧的异名现象不无小补。表 3 和表 4 分别是根据本编史料整理的《小说戏剧同书（剧）异名表》，可见一斑：

表 3　本编史料中的小说同书异名统计表

原名	改换名目	原名	改换名目
《灯草和尚》	《奇僧传》	《高彩云》	《风流案》《高伶彩云小说》
《国色天香》	《七种才情传》	《红楼梦》	《金玉缘》《幻梦记》
《海上四大金刚奇书》	《四大金刚》《海上繁华》	《绿牡丹》	《龙潭鲍骆新书》
《绿野仙踪》	《仙踪缘》	《拍案惊奇》	《续今古奇观》《拍案惊声》
《品花宝鉴》	《群花录》《群花鉴》	《清风闸》	《得意缘》
《肉蒲团》	《觉后传》《觉后禅》《耶浦缘》《觉后集》《玉蒲团》《浦缘觉后禅》《觉复禅》	《隋炀艳史》	《风流天子传》

---

① 《禁售淫书》，1887 年 9 月 18 日《申报》。
② 《英界公堂琐案》，1896 年 4 月 19 日《申报》。

续表

原名	改换名目	原名	改换名目
《桃花影》	《桃花传》《牡丹奇缘》《第三奇书》《第三奇书桃花梦》	《倭袍传》	《倭袍》《荤倭袍》《南楼记》《果报录》《双梦缘》《三杰传》
《无稽谰语》	《欢喜奇缘》	《玉蜻蜓》	《芙蓉洞》《玉芙蓉》《蜻蜓缘》
《如意君》	《青铜镜》	《醉菩提》	《皆大欢喜》

表 4　本编史料中的戏剧同剧异名统计表

原名	改换名目	原名	改换名目
《打斋饭》	《斋饭》《无介寺》	《大闹天津府》	《乾元山》
《打樱桃》	《寿山会》	《翠屏山》	《杀嫂上山》《杀嫂投山》《石十回》《双投山》《代杀山》《上山杀嫂》
《关王庙》	《庙中会》《玉堂春》	《海潮珠》	《碧玉钏》
《火烧第一楼》	《火烧第十楼》《游张园》	《来富唱山歌》	《来唱》《来富唱歌》
《卖胭脂》	《月英偷情》《月华缘》《月英缘》	《迷人馆》	《画春园》《醉仙楼》
《奇妖传》	《荡平奇妖》	《秦淮河》	《大嫖院》
《巧姻缘》	《天缘巧配》	《三笑姻缘》	《笑中缘》《三笑》
《三世奇冤》	《奇中奇》《奇奇奇》	《送灰面》	《二不知》《三只手》《贼偷情》
《杀皮》	《万安情》	《杀子报》	《第一报》《油坛记》《孽冤报》《报仍还报》《怨还报》《孽缘报》《天齐庙》《清廉访案》《善恶报》《和尚不守清规》
《双摇会》	《夺头彩》	《贪欢报》	《三续今古奇观》《醒世第一书》《欢喜冤家》《十美图》

续表

原名	改换名目	原名	改换名目
《挑帘裁衣》	《裁衣》	《铁公鸡》	《大清得胜图》
《武松杀嫂》	《武十回》《杀嫂》	《瞎子捉奸》	《瞎捉奸》《眼前报》《捉奸》《瞎子算命》
《小上坟》	《荣归祭祖》《游虎邱》《小荣归》	《左公平西》	《扫尽叛逆》
《铡姑子》	《白衣庵》	《战宛城》	《割发代首》
《捉拿张桂卿》	《张桂卿》《捉张桂卿》《张桂卿强奸乡妇》《张桂卿吊膀子》	《难中福》	《旗开得胜》

（二）地方戏曲史料：研究晚清地方戏发展演变的重要文献。

本编史料涉及最多的剧种是地方戏曲，诸如宁波串客、髦儿戏、花鼓戏、采茶戏、蹦蹦戏、莲花落、东乡调、滩簧、香火戏、黄梅调等等。其中一些后来发展成为颇有影响的剧种或曲艺，如宁波串客是甬剧的前身，蹦蹦戏和莲花落是评剧的主要源头，东乡调发展为沪剧，扬州香火戏是扬剧的主要来源。过去，这些地方戏曲史料，多是根据老艺人的回忆整理而成。而且截止目前，学界尚未对近现代报刊所载的这些地方戏曲资料作全面系统的整理和研究。本编史料中涉及各地方戏曲资料无疑是研究近代地方戏曲可资参考的文献资料，它们不但有助于了解近代地方戏生存发展状况，其中一些如深入研究，还可改变我们既有的认识。兹举一例，当前，学界几乎一致认为扬州香火戏伴奏乐器仅用锣鼓，"（香火戏）音乐伴奏不用管弦器乐，只用大锣大鼓，所以又叫'大开口'"。[①] "（香火戏）没有吹、弹、拉的乐器"。[②] "扬州香火戏不用丝弦乐器，只以大锣大鼓伴奏。……香火戏因曲调单调，又没有吹、弹、拉的乐器。"[③]《江苏戏曲志·扬州卷》也说香火戏"仅以锣鼓伴奏"。[④] 等等，不一而足，皆指出扬州香火戏仅用锣鼓伴奏的演出特点。但晚清《申报》所载有关扬州的一

---

① 王鸿，《扬州散记》，江苏古籍出版社1985年版，第85页。
② 朱福烓，《扬州史述》，苏州大学出版社2001年版，第257页。
③ 苏保华，《扬州文学镜像研究》，社会科学文献出版社2009年版，第305页。
④ 《江苏戏曲志》编委会编，《江苏戏曲志·扬州卷》，江苏文艺出版社1997年版，第17页。

则禁戏舆论告诉我们，至19世纪末，扬州香火戏已有使用管弦乐器伴奏之举：

> 每届中元，居民咸醵资延缁流羽士，释放瑜伽焰口，赈济无祀孤魂，月之中旬为最盛，盖亦习俗相沿也。今岁各居民花样翻新，皆雇香火，登台演唱。香火者，即江南之巫觋也。金铙法鼓，一变而为俚语村歌，巷尾街头，触目皆是。而香火因生涯陡旺，遂亦兴高采烈，踵事增华，向不过一钲一鼓者，今则丝竹管弦，袍笏咸备。本坊有庙宇，即假庙内戏台，无庙即择旷地搭台开演，清歌妙舞，粉面带颊，俨然与梨园子弟无异①。

这则资料所说"向不过一钲一鼓者，今则丝竹管弦，袍笏咸备"，说明19世纪末，扬州香火戏伴奏乐器除锣鼓之外，开始出现管弦乐器。尽管仅凭这一则资料否定扬州香火戏仅用锣鼓伴奏之通说稍显武断，而香火戏使用过管弦伴奏的更多证据仍有待发现，但至少这则史料可以提醒我们对香火戏仅用锣鼓伴奏之定论持审慎态度。

具体而言，本编史料宁波串客史料100余则（篇）、髦儿戏史料40余则、莲花落（落子）史料30余则、蹦蹦戏史料30余则、采茶戏史料20余则、香火戏史料5则，其中尤以花鼓戏史料及滩簧史料为最，大有俯拾即有之慨，兹不赘列。笔者相信，这些史料将有助于这些地方戏的了解和研究。

（三）戏曲演员史料：晚清艺人演出活动的稀见记录。

本编还收集了不少晚清戏曲演员演出时的遭禁史料，诸如王石泉、牡丹花、王幼香、杨月楼、徐云标、林四龄、林步清、李文斌、谢少泉、丁少坡、朱耀笙、王绶卿、陆菊芬、小金凤、九思红、花宝卿、莺莺红、杜云卿、小白菜、姜桂喜、郝凤英等。由于晚清从业戏曲仍被视为贱业，关于这些演员演出的文字记载十分稀少，笔者所见有关他们的史料，虽不成系统，但不无价值。例如，从谢少泉、丁少坡、朱耀笙、王绶卿等在沪上茶园弹唱《玉蜻蜓》和《倭袍记》而被查禁的报道可以获知清末民初苏州弹词名家结伴到上海谋生的史实，其或对弹词不同流派相互促进发展产生影响。又如，吴新雷主编《中国昆剧大辞典》和方家骥、朱建明主编《上海昆剧志》等著作将晚清著名甬昆演员徐云标的卒年定于1900年，但是

---

① 《竹西凉月》，1898年9月11日《申报》。

一则关于宁波禁止夜戏的报道显示，至少 1901 年 11 月，徐云标仍在英租界宁波伶人新开雅仙戏馆中演出①。再如，李文彬编演《杨乃武与小白菜》，吴宗锡主编《评弹文化辞典》解释为："亦称《奇冤录》《余杭奇案》《杨乃武》。长篇弹词。民国初年李文斌据清末实事编演。"② 有研究者认为：1911 年冬浙江籍弹词艺人李文彬惨淡经营、苦心构撰成长篇弹词《杨乃武与小白菜》（当时亦称《余杭奇案》、《奇冤录》）。③ 1910 年 12 月 22 日《申报》以《弹唱淫词》为题报道云：

  邑庙豫园得意楼茶馆下堂近雇无赖李文彬弹唱《奇冤录》淫词，事为东二区钱副巡官查悉，于昨日饬派巡警前往阻止，讵李正在上台弹唱，兴高采烈，置之不理，该巡警遂至台上将李拖下，立即带区留候，饬传茶馆主到区讯罚。

根据这则查禁新闻，至少 1910 年 12 月，清末民初弹词名家李文彬（即李文斌）已经完成了《杨乃武与小白菜》弹词的编写并开始演出。因此，将该弹词编演时间断年于 1911 年或"民国初年"皆有误。等等，不一而足。

  （四）违禁判罚史料：违禁小说戏曲审判的珍贵档案。

  清代对违禁小说戏曲处罚的科条著在法典，言之甚明。《大清律例》卷三十四规定：当街搭台演唱夜戏者，将为首之人"照违制律杖一百，枷号一个月"，查禁不力的保甲，"照不应重律杖八十"。对于违禁小说，大清律例规定，刊刻者"系官革职，军民杖一百，流三千里；市卖者杖一百，徒三千里；买看者杖一百"。④ 这两则史料常为研究者征引，以说明清代对违禁小说戏曲判罚之严酷及泛刑法化特征。但是已出版的禁毁小说史料编著，皆不见收录官方对民间违禁者予以判决的审判档案史料，如王利器先生《元明清三代禁毁小说戏曲史料》收录《雍正六年郎坤援引小说陈奏革职》《雍正六年七月江西清江县知县牛元弼以张筵唱戏被参》等 8 则关于官员违禁的处罚史料，而于普通百姓违禁判罚史料则未见收录。清代是否有民众因小说戏曲违禁而受到官方惩处？其处罚是否遵照《大清律例》之规定执行？其审判方式具有哪些特点？这些都是我们探讨清代禁毁小说戏曲时需要正面回答的问题。而欲将这些问题引向深入，非有新材料

---

① 《十洲新曲》，1901 年 11 月 28 日《申报》。
② 吴宗锡主编，《评弹文化辞典》，汉语大词典出版社 1996 年版，第 86 页。
③ 潘讯，《苏州弹词〈杨乃武与小白菜〉研究》，苏州大学 2008 年硕士论文，第 7 页。
④ 王利器，《元明清三代禁毁小说戏曲史料》，上海古籍出版社 1981 年版，第 21 页。

的发现不可。因此，本编收集的190余则官方对违禁小说戏曲予以判罚的史料具有十分重要的文献价值，它们有助于了解晚清违禁小说戏曲判决的特点和演变，对近代文艺管理制度、法律制度等研究都有一定参考价值。例如，由晚清报载违禁小说戏曲判罚史料可见，晚清官方对违禁小说戏曲的判罚皆未依据《大清律例》规定的流、杖、徒等刑罚，而是男性违禁者处以笞刑和枷示，女性违禁者多判以掌颊，并且从20世纪初开始，罚金开始代替笞刑被普遍地采用，而警察也开始成为小说戏曲检查的专职力量。而这其中就包含着近现代文艺管理制度的萌芽和传统法制的近现代转型，值得注意。

（五）论说式禁毁舆论：丰富了晚清小说戏曲理论资料。

本编收集报载禁毁论说158篇，除录取的梁启超《论小说与群治之关系》、陈独秀《论戏曲》等少数篇章的相关内容外，其余尚未为诸家晚清文论编著所收录，这150余篇文论可以丰富晚清小说戏曲理论资料，有助于我们梳理晚清禁毁小说戏曲的理论特点、禁毁理论与晚清小说戏曲理论近现代转型的关系、禁毁与小说界革命和戏剧改良的关系等理论问题。例如，表面上看，晚清禁毁小说戏曲与小说戏曲跃为"文学之最上乘"之间似乎存在矛盾。实际上，二者在终极目标、思维角度、论证方法等方面皆多有相同或相通之处。诸如小说戏曲的禁毁者和小说界革命的提倡者都希望通过小说戏曲来调控民心风俗，都希望精选小说戏曲的内容以哺育民众，都认为小说戏曲尤其是戏曲是当时社会传播最广和感人最深的媒介，都极力论证小说戏曲在教化民众中具有的所谓巨大作用，等等。正如1889年《字林沪报》一篇题为《移风易俗莫善于戏说》的社论所云："居今日而欲移风易俗，颇有一极简便极容易之妙法，惟取其所以败害风俗家喻户晓者，反其道而行之，对其病而药之耳。"① 晚清小说界革命的兴起一定程度上讲就是禁毁小说戏曲"反其道而行之"的产物。喋喋不休的晚清报载禁毁小说戏曲理论实际上属于晚清文论近代化转型的范畴，许多篇章甚至是晚清小说界革命理论的特殊组成部分。

当然，晚清报载小说戏曲禁毁史料并非尽善尽美，瑕疵主要表现为：一、晚清访事打听采访新闻，于人名等时常无由核对，同一人物而异名现象突出，如"沈榕青""沈榕卿""沈荣青"皆指晚清一位参与禁戏的芜湖保甲局总办，宁波知府庄人宝号"兼伯"，《申报》每次报道作"坚白"，等等；二、由于访事的关注度转移或报刊版面有限以及报刊缺佚等原因，

---

① 《移风易俗莫善于戏说》，1889年6月14日《字林沪报》。

一些查禁事件未见连贯报道；三、由于快速编排出版，错讹字相对较多。这些都是我们在使用晚清报载小说戏曲禁毁史料时应稍加注意的。多年来，发掘报载史料、开展媒介研究已成为近现代文学艺术研究中的显学。截止目前，大多数晚清报载小说戏曲禁毁史料尚未进入研究者的视域。笔者相信，本编史料的公开出版，一定会对晚清小说戏曲及社会文化的相关研究有所裨益。尽管如此，由于晚清报刊浩繁，笔者才疏，虽始终怀揣对学术敬畏之心去辛勤耕耘，其中罅漏肯定不少。不足之处，幸读者不吝赐正。

张天星

2015 年 4 月 3 日于临海

凡　例

一、本编所收内容，其时限起自同治八年，终于宣统三年，即1869年至1911年。

一、本编禁毁小说戏曲史料皆为晚清中文报刊所载，其内容包括新闻、社论、公文、广告。收录标准：1. 禁止小说戏曲编撰、刊售或演出的禁令、新闻和舆论；2. 认为小说、戏曲、优伶无益的舆论；3. 禁止一类人如学生、妇女等阅小说看戏剧的禁令、新闻和舆论；4. 禁止女伶、幼伶登台或男女合演的禁令、新闻和舆论。

一、本编次序按照上编、中编、下编三编编排，上编为禁毁令章，禁毁令章分为官方法令和民间约章两部分，中编为查禁报道，下编为禁毁舆论，禁毁舆论分为论说、新闻、广告、歌曲四部分。所有内容按每则刊登时间先后为序，少数不能确定月日者置于相关年份之末，时间皆依据公元纪年。

一、所收内容，均在文末注明出处，即刊名、期数和时间。

一、所收内容尽量保存本来面目，其观点、材料，概不加删改。若篇目中有与本编无关内容，则用"（节录）""（前略）""（后略）"表示，以省篇幅。

一、各编小题，尽量采用原报，对出自一组新闻或无标题者，始行补拟标题，并注明其原题，文前用"○"表示是从一组新闻中选出者。

一、因报刊之快速出版，其错讹脱衍文字，自是不少。辑录时均加以校核与订正，在存真的前提下，佚缺字以"□"代替；无法辨认的字以"■"替代；能确定是错别字的，则径直改正。

一、报刊文字，相对通俗，而所载人物，纷繁驳杂，本编对史料中出现的相关人物，以页下注的形式加以注释，读者可以结合《索引》参考其人。

一、为便于查阅，书后附有《索引》，是对本编出现的相关人名、书名、剧名、曲名的索引。

上编 禁毁令章

官 方 法 令

1869年（同治八年己巳）

禁迎神赛会示①

兵部侍郎兼都察院右副都御史江苏巡抚部院丁②为再行剀切晓谕以惜民财而保闾里事。照得律载军民装扮神像鸣锣击鼓迎神赛会者，杖一百，罪坐为首之人等语，例禁原属綦严。前因承平日久，地方富饶，城乡百姓亦复各安耕凿，每遇迎神赛会之时，尚无奸匪窃发之事，地方官曲顺舆情，遂亦稍宽禁令。兵燹之后，财尽民穷，兼之米粮食物无不昂贵，诸从节省，尚恐终岁辛勤，不敷一年日用，何堪以意外之糜费，再夺其正用之资财？且散勇游兵，往往藉端生事，尤不可不预为防范。兹本部院访闻各属乡镇渐有迎神赛会情事，其故由于乡民愚蠢无知，以为迎神赛会可以得福，殊不知此皆为首之人冀图敛钱肥己，倡此祸福之说，以惑愚民。究之所为福者，茫杳无凭，而附近村庄重则被劫，轻则被窃，其祸立见。且出会之处，间以演戏，游手光棍复藉此开设赌场，小民误入局中，一掷即成空手，及至翻本不胜，任凭剥衣抵偿，赌博之祸又如此。在会之人，或因分钱不均，激成殴打，不逞之徒，或因酗酒猖狂，自开仇衅，斗殴之祸又如此。并有年轻妇女，因而被人引诱，抱耻墙茨，甚有相约潜逃，永罹陷阱，奸拐之祸又如此。吾民须知福在自求，如果孝弟力田，即不迎神赛会，神必锡之以福。若其作奸犯科，即终日迎神赛会，神亦必降之以祸。况正直之神明断不乐此无礼之祈祷，名为敬神，实则侮之，吾民又何苦以有益之钱财，

---

① 迎神赛会与演戏往往紧密相连，晚清报刊登载了不少禁止迎神赛会的谕令和舆论，本编仅选取其中明确提及演戏的禁令或舆论。

② 丁，丁日昌（1823—1882），字禹生，一作雨生，广东丰顺人。贡生，咸丰九年任江西万安知县，后入曾国藩幕，曾协助曾国藩、李鸿章等创办江南制造局，协助开创开平、台湾煤矿和轮船招商局。历任两淮盐运使、苏松太备兵道、江苏巡抚、福建巡抚等职。丁日昌任江苏巡抚期间，于同治七年查禁淫词小说，开单名目达120余种。

作此无益之举动乎？除饬县随时访查，嗣后如有首倡迎神赛会者，不论绅董民人，准其照例严办，毋许姑容外，合行重申例禁，剀切示谕。为此示仰各属诸色人等一体遵照，毋再狃于积习，致蹈刑章。该地方文武官弁如不严行禁止，亦即随时参办。切切特示。同治八年六月二十九日示。

余考嘉庆十七年，上谕开设会场，一体查禁。又同治五年，上海之粤人为赛会，铁铳毙人，惩治永禁。又同治六年，御史王书瑞①奏愚民惑祸福，神诞倡会，灯采演剧，昼夜喧阗，坏风俗而酿乱阶，如有借称善会烧香聚众，严行禁止，奉旨依议。乃七年上海仍旧赛会，八年丁中丞出此示，余旧报已登大略，兹因友寄，更载全文。惟示禁后上海有宁波人仍聚众赛兰盆胜会，高跷大旗，妓装故事，较前更盛，是可诧也。后陈司马②禀观察，不肖敛钱，奸宄混迹，恐滋事端，请照会领事官，饬巡捕一体严禁，不遵由地方官严办。上海县朱邑尊③亦示禁乃止。此前事也。略叙附后。

(《中国教会新报》1869 年第 66 期)

1872 年（同治十一年壬申）

叶邑尊④禁止刊刻淫书告示

为出示谕禁事。照得风俗贞淫，阅于人心邪正，欲端风俗，先治人心。乃有射利奸商将各种淫书小说刊板发售，流毒人心，经前县详蒙藩臬宪通饬各属严禁在案。兹据绅董禀称，各坊铺复蹈故辙，殊堪痛恨，除饬各巡查委员随时查察外，合再出示谕禁。为此示仰各书坊及画张店铺人等知悉，尔等如有未缴各种淫书板片及淫画春册，立即呈缴辅元堂⑤给价销毁，不准存留片纸，以绝根株。此后各书坊毋得再贩淫书出售，沿街书摊

---

① 王书瑞（1806—1877），字云史，原名步曾，号又沂，浙江长兴人。清道光十四年进士，曾任营缮司郎中、江南道监察御史、刑科掌印、给事中等职。

② 陈司马，陈福勋（1810—1893），字宝渠，浙江钱塘人。1864 年洋泾浜北首理事衙门设立后，任首任理事，1869 年公共租界会审公廨设立时，任首任会审谳员。后出任洋务提调、上海城厢保甲总巡，殁于总巡任上。

③ 朱邑尊，朱凤梯（1812—1880），字梧冈，直隶大兴人，祖籍浙江萧山。捐从九品，又捐同知，同治七年起署上海县令三年。

④ 叶邑尊，叶廷眷（1828—1886），字顾之，又字孔勋，广东省香山人。同治六年署上海知县，次年卸任。同治十一年复署上海知县，次年授上海知县。后曾任江苏候补道、上海轮船招商局总办。

⑤ 辅元堂，即同仁辅元堂。同仁堂成立于嘉庆九年，辅元堂创办于道光二十四年，咸丰五年，同仁堂与辅元堂合并，称同仁辅元堂，为晚清上海影响最大的善堂，地址在今上海市区药局弄 95 号。晚清上海著名富商兼善士经纬、其子经元善都曾出任同仁辅元善堂之董事。该善堂致力于义赈、义学、育婴、敬惜字纸、缴毁淫书等善举。

不许刷印小说，摆列出卖，其画张店铺亦毋许描画春册，以正人心而端风化。如敢故违，一经查出，定将该店铺人等捉案重究，决不宽贷，各宜凛遵毋违。特示。

（上海县）（1872年10月2日《申报》）

邑尊查禁乡约犯科告示

出示晓谕事。据乡约总局职董江承桂①、沈嵩龄②等禀称，历奉宪谕遵行乡约，现查宣讲处所城厢六处，各镇二十三处，历时已久，各董或有事故，或有他迁，若不查明请谕，深恐废弛。职等延访各镇董事，慎择讲生，专司其事，倘有花鼓戏、赌博、牛场、焚棺、逼醮以及好讼好斗等事，由董事讲生劝惩，环求示谕等情到县。据此，除谕饬各镇董事遵照外，合行晓谕。为此示仰保甲居民人等知悉，宣讲乡约，原为化导人心，尔等各静听，不得喧扰，更不得作奸犯科，致干拿究。该保甲务须于讲所弹压，毋任滋扰，其各凛遵毋违。特示。

（上海县）（1872年11月15日《申报》）

叶邑尊③严禁乡民易犯各条告示（节录）

为出示严禁事。照得本县重莅斯土，一月于兹，凡作奸犯科、有害吾民者，均已分别示禁拿办，第地方较广，耳目难周，访闻各乡镇仍有玩法棍徒，不知敛迹，本不难即行拿办，惟念尔等愚民囿于积习，一旦置之法网，本县亦所不忍，姑再剀切示谕，为尔等自新之路。所有应禁各条，开列于后：

——禁开场聚赌并花鼓淫戏。

以上各条重则斩绞流徒，轻则杖责枷号，所有某乡某镇著名棍徒，本县已默识于心，此示之后，倘能痛改前非，亦不究其既往，若以再三之告诫，视为寻常之具文，惟有执法从事，决不曲为宽贷。本县爱民如子，疾恶如仇，愧无善政可施，惟以除暴安民为念。尔等务各怀刑自爱，慎勿以身试法，是所厚望。凛遵。特示。

（上海县）（1872年12月10日《申报》）

---

① 江承桂，上海人。举人，曾获五品衔即选内阁中书之职，咸丰至光绪初年曾任同仁辅元堂、清节堂、乡约施医局等善堂董事。

② 沈嵩龄，上海人。晚清上海著名善士，曾任乡约施医局、通瀛公所、放生局等慈善机构董事。

③ 叶邑尊，即叶廷眷。

学台彭公①严禁淫戏告示

为出示严禁事。照得本部院考试苏州时，据苏提调详据试用训导吴振宗②等禀称，窃维风俗之厚薄，系于人心之邪正，视乎趋向，趋向不端，则风俗因之而坏。近如淫书淫画二者，固易荡人心志，然其甚者，尤莫如淫戏一端。夫于千百广众之中，为男女亵狎之剧，无论少年血气未定，意逐神驰，即平素谨饬自持者，至此亦不能制，长淫风戕人性命，莫此为甚。盖忠孝节义之事，千万人效之，未必尽能感化；奸盗邪淫之事，一二人导之，无不立见披靡。迩来因奸谋命之案，各属均有，未始非荡检踰闲之说，职为厉阶。前年丁中丞③抚吴时，曾行查禁，其贩淫书合淫药之流固已稍稍敛戢，惟淫戏淫画至今未尽。查道光中优伶徐秀龄等扮演《葡萄架》等淫戏，当经绅士公禀郡尊桂公祖④出示严禁。现在戏园中无论文武京班，大率以淫戏动人，据为利薮，甚至创造《逍遥乐》及《串淫空欲》等名目，种种淫剧，不可胜数。其中因以陷溺者，正自不少，伤风败俗，实基于此。此次应请颁发示谕，实贴戏园门首，谕令梨园子弟，嗣后此种淫剧，不准再演，违者绳以峻法。至淫画俗名春工，实为导淫之尤物，近见洋广货铺中，所售洋画春工居多，如玄妙观中之西洋镜，洋画摊亦不能免，睹者如市，廉耻尽亡，此而不禁，将何以整齐风俗？敢请转详饬府，广发示谕严禁，务使净尽而后已，庶人心日趋于正，风俗因之而厚等情到院。查所禀各情，实属有关风化，亟应出示禁止，除出示札饬苏州府查禁外，兹查该属上海县城系人烟聚集之所，诚恐似此事件在所不免，合行出示严禁。为此示仰居民人等知悉，尔等自念别人讲乡约送善书，方欲大家成个好人，何独售卖扮演此等，甘为不肖？且其所以为此者，无非为利起见，而究之此辈，仍终岁穷困，亦不知利在何处？况尔等各有身家，何可轻罹法网？自示禁之后，其各激发天良。凛遵毋违。特示。

（江苏）（1872年12月26日《申报》）

---

① 彭公，彭久余，字味之，湖北江夏人。曾任都察院左副都御使、吏部右侍郎、江苏学政。按，此示谕又见《中国教会新报》1873年第219期，题目为《江南学院彭公告示》。

② 吴振宗，字连生，苏州人。曾任内阁中书、上元县训导、尊经阁监院等职。曾于同治七年创办毓元局善堂，从事护婴、恤嫠等善举。

③ 丁中丞，即丁日昌。

④ 桂超万（1784—1863），字丹盟，安徽贵池人。道光十三年进士，历任阳湖知县、栾城知县、宣化知府、扬州知府、苏州知府、福建汀漳龙道、福建按察使等职。著有《宦游纪略》《养浩斋诗稿》等。

1874年（同治十三年甲戌）

邑尊①据禀严禁妇女入馆看戏告示

上海一区，戏馆林立，每当白日西坠，红灯夕张，鬓影钗光，衣香人语，沓来纷至，座上客常满，红粉居多。自伶人杨月楼②犯案，合邑绅董正本清源，请禁妇女看戏。因由上海县移知会审陈司马③一体示禁。果尔禁绝，则一曲氍毹，两行金粉，此情此景，将付之水流花谢矣。若窒碍不行，示者自示，而看者自看，言之而不行，不如不言之为愈，不将视告示为具文哉？姑将该示录呈一览耳。

出示谕禁事。据合邑绅董江承桂、郁熙绳④等禀称，上海五方杂处，良莠不齐，近因洋泾浜一带，尤为华靡，戏馆优觞，男女杂沓。兹悉优伶杨月楼犯事解讯，计其在馆演剧，大都肆其淫荡，始由勾引青楼，继渐串诱良户，求提严办，并请移会示谕各家长约束，不准妇女入馆看戏，以端风化等情到县。据此，除移会审委员外，合行出示谕禁。为此示仰军民人等知悉，尔等为家长者，务各约束妇女，不准入馆看戏，免伤风化。各宜凛遵毋违。特示。

（1874年1月7日《申报》）

道宪查禁淫戏

淫戏之能伤风化，固尽人而知者也，无如无习惯使然，遽难禁绝。今道宪沈观察⑤藉案欲挽颓风，行县之檄文内开：

查演唱淫戏，久干禁例。近来各国租界内各戏馆每有演唱淫戏，引诱良家子女，如优伶杨月楼，凡演淫戏，丑态毕露，诱人观听，以致作奸犯科，伤风败俗，莫此为甚。除杨月楼犯案由县按例严办外，此后各戏馆如再不知悛改，仍演淫戏，应即查拿惩究，以昭炯戒等

---

① 邑尊，即叶廷眷。
② 杨月楼（1844—1890），谱名久先，从艺后改名久昌，字月楼，安徽怀宁人，清末著名京剧表演艺术家，名列"同治十三绝"。
③ 陈司马，即陈福勋。
④ 郁熙绳，晚清上海著名船商、善士，曾任果育堂兼清节堂董事，也是1872年上海轮船招商局成立时主要投资者之一。
⑤ 沈观察，沈秉成（1822—1895），原名秉辉，字仲复，号耦园，浙江归安人。咸丰六年进士，历任国史馆协修、云南逸东道、江苏常镇道、苏松太道、安徽巡抚、署两江总督等职。

因。将淫戏名目,开单札饬叶邑尊并及租界之陈司马,会同严切示禁,将告示实贴戏馆,使之触目警心,违即重究云。

噫!此公之力图整顿,亦煞费苦心矣。惟恐劝者谆谆,听者藐藐耳。奉禁戏目列之如左:

昆腔淫戏:《挑帘裁衣》《茶坊比武》《来唱》《下唱》《倭袍》《斋饭》。

京班淫戏:《翠屏山》《海潮珠》《晋阳宫》《梵王宫》《关王庙》《卖胭脂》《巧姻缘》《卖灰面》《瞎子捉奸》《双钉记》《双摇会》《截尼姑》。

(上海)(1874年1月10日《申报》)

1875年(光绪元年乙亥)

上海县正堂叶①示

为出示严禁事。照得聚赌抽头,例禁綦严,向来各业人等每藉新年为名,彻夜赌博。更有不法棍徒,藉此勾引,肆无忌惮,前经分别移行严禁在案。兹本县访闻并有棍徒勾串妇女演唱花鼓情事,实属为害地方。况当国制期内,其罪尤不可恕,除分别移行饬差查禁外,合行出示严禁。为此示仰军民人等知悉,尔等务各安分守法,毋许聚赌演唱花鼓,如敢故违,一经访获到案,决不宽贷。其各凛遵毋违。特示。

(1875年3月2日《申报》)

上海县水利厅赵②示

为出示严禁事。准乡约局函开,县署之照墙后茶馆内每夜于二鼓后弹唱《倭袍》书,描摹淫亵,殊属妄为,请赐驱逐等因到厅。准此,查《倭袍》一书,最为邪淫,久奉宪禁在案。今该说书胆敢复为弹唱,实属藐法,除饬差驱逐外,合行出示晓谕。为此示仰地甲及茶馆主人等知,自示之后,无论《倭袍》,凡有淫书,不准弹唱,如敢故违,定即立提地甲及该茶馆主详县严行究办。其各凛遵毋违。特示。

(1875年4月15日《申报》)

---

① 叶,即叶廷眷。
② 赵,即赵承恩,根据《申报》报道,其人于1873年至1881年间任上海县县丞、主簿。

1876年（光绪二年丙子）

鄞县正堂戴①**示**

为出示严禁事。照得开设戏馆，哄动多人，易滋事端，宁郡虽系通商码头，与上海情形不同，从未开过戏馆。前次东门外创设庆丰茶园，业经示禁在案。兹奉道宪②面谕，访闻江北岸地方，有图开戏馆情事，饬速严行禁止等因。奉此，除照会各国领事官查照外，合亟出示严禁。为此示仰该地商民人等知悉，尔等须知开设戏馆，现奉道宪面谕严禁，务即中止，免生事端，倘敢故违禁令，开馆演戏，立提首事之人及该戏子到案，从重究惩，不稍宽待，各宜凛遵毋违。特示。光绪二年十一月初三日给。

按，此示于初三日发给，初五日悬贴，然戏馆仍然照常工作，看台看楼围墙均已筑就，只需盖瓦而已。并闻戏馆主法人贝鲁爱前已来沪禀请法总领事，备文照会宁道宪，然则此禁得毋成画饼欤？本馆附识。

（宁波）（1876年12月25日《申报》）

1877年（光绪三年丁丑）

鄞县正堂戴③**示**

照得本邑五方杂处，往来商民络绎不绝，其中良莠不齐，深恐匪徒混迹其间，且有江湖之徒，或为医卜，或业歌弹，以及当街变弄戏法，飞刀舞棍，演唱木头之戏，招看西洋之景，此皆最易煽惑人心，滋生事端。又有棍徒凶丐，强讨硬索，尤为闾阎之害，亟应一体禁绝，以靖地方。除会同城守营督饬差保严行查禁驱逐外，凡尔前项外来一切江湖人等，务于三日内赶紧出境，不得再事逗留。倘敢故违不遵，定即严提到县，分别究办，决不宽贷，其各凛遵毋违，切切特示。光绪三年正月十六日示。

（宁波）（1877年3月6日《申报》）

禁 条 示 众④

宁波府李太守⑤现在出示，令郡城内外每夜二炮后，不准开设烟馆，所有茶坊酒肆亦当一概关闭，倘敢抗违，定行严拿重办，地保容隐，一并

---

① 戴，戴枚（1822—1877），字干廷，江苏丹徒人。1876年至1877年任鄞县县令。
② 据查，该道宪为瑞璋。瑞璋，正红旗满洲人，1875年至1882年任宁绍台道道台。
③ 戴，即戴枚。
④ 该则告示亦见1877年7月31日《新报》，题为《宁波禁令示谕》。
⑤ 李太守，李小翰，1877年5月21日接印任宁波知府，1878年2月21日离任。

治罪，决不宽贷。又开禁十款条列后：

无耻娼优扮演抬阁。……串客游民扮做淫戏。

以上十款皆严禁不贷，如敢故违，定即拿办。宁郡风气，或自此而得转移欤？

(1877年7月13日《申报》)

禁 止 演 戏①

鄞县正堂沈②为示禁事。照得现奉抚宪按临宁郡校阅营伍，各处弁兵均须奉调操演，云集府城，所有民间演唱、城厢内外神戏，无论在庙在街，均应暂行停止，以免喧哗拥挤，致生事端。除传谕各戏班遵照外，合行出示晓谕。为此示仰城厢内外军民人等知悉，自本月初十日起，至宪驾启程日止，凡尔等应行雇演街庙各戏，一概暂停演唱，俾免喧扰滋事，倘敢故违，定行提县究处，决不姑宽。其各遵照毋违。特示。

(1877年10月18日《新报》)

禁开戏馆示

钦加四品衔补用总捕府正任钱塘县调署鄞县正堂加六级纪录十二次沈③为遵札示禁事。查接管属内光绪三年八月十六日奉府宪李④札开。照得本府风闻戏子蔡宗明串同劣绅郭诗丞等在江北岸地方托名洋商开设会春戏园。查上年开设戏馆，经前府严禁中止，详请道宪永禁立案，并札知该县嗣后永不准复开，旋又移址江北开设。据监生李庆瑞禀，奉道宪批府转饬该县查禁各在案。兹则故智复萌，仍蹈前辙，殊堪痛恨，札饬迅速示禁，不准开设，如敢抗违，即提该戏馆首事从重惩办，仍将遵办缘由具报备案等因下县，示禁在案。兹奉前因，合再出示严禁。为此示仰阖邑商民诸色人等知悉，自示之后，务各遵照宪饬，不准托名洋商，再行开设戏馆，倘敢故违，定即严提戏馆首事及该班头到县从重究办，决不姑宽，各宜凛遵毋违，特示。光绪三年九月初九日。

(1877年10月20日《申报》)

---

① 该则示谕亦见1877年10月19日《申报》，题为《暂禁神戏示》。
② 沈，沈宝恒，字澄之，江苏元和县人。曾任浙江海盐、临安、钱塘、鄞县等县知县。1877年10月14日接署鄞县知县（《前任鄞县宰逝世》，1877年10月19日《申报》），1878年初离任。
③ 沈，即沈宝恒。
④ 李，即李小翰。

1878年（光绪四年戊寅）

严禁淫书春画

上海县正堂莫①为出示严禁事。照得刊售邪淫小说，流毒无穷，绘卖秽亵春画，贻害非浅，经前县先详奉潘臬先迪饬各属严禁。嗣据堂董禀称，近来各坊店仍蹈前辙，故智复萌，实堪痛恨，当经移委水利厅查禁在案，诚恐日久玩生，故智复萌，除委查外，合行出示严禁。为此示仰各书坊及画张店铺人等知悉，尔等如有未缴各种淫书板片及春画等轴，立即呈缴辅元堂给价销毁，不准存留片纸只字，以绝根株。以后毋得再贩淫书出售，沿街书摊不准摆列小书出售，其画张店铺毋许描售淫画，以正人心而端风化。如敢故违，一经察出，定将该店铺人等提案重究，决不宽贷。各宜凛遵。特示。

（1878年3月12日《新报》）

禁防淫俗官谕

上海县水利厅赵②为出示严禁事。准本县正堂莫③移开。照得售卖淫书淫画及妇女入馆吃茶，大为风俗人心之害，屡经出示严禁在案，诚恐日久玩生，除查案分别出示严禁外，移委严密稽查禁绝以端风化等因到厅。准此。查此案前经转委，业经本厅饬查取结，并示禁在案，兹准前因，除照案饬查取结外，合再示禁。为此示仰书坊画张等铺及茶馆店主人等知悉，自示之后，尔等务各遵照，毋许售卖淫书小说以及淫画，务期尽绝，如敢私下刊售，一经察出，定行提究。至各茶馆不准容留妇女吃茶，如有妇女来店，随时逐去，毋许私留，以端风化。如敢故违，定提该店主及本妇夫男移究，该保甲倘敢容隐，并处不贷。各宜凛遵毋违。特示。

（1878年4月2日《新报》）

卖 戏 示 禁

番禺县袁④为再行示禁事。照得春秋报赛，鼓吹休明，俗久相沿，例原不禁，惟县属城乡各处时有不法棍徒每藉酬神为名，搭棚卖戏，男女溷

---

① 莫，莫祥芝（1826—1889），字善征，号九茎，晚号拙翁，莫友芝之弟，贵州独山人。咸丰四年随军镇压杨龙喜义军，因功补湖南县丞。历任六合、高邮、上元、通州、江宁、上海等县知县。

② 赵，赵承恩。

③ 莫，即莫祥芝。

④ 袁，袁祖安，字敦斋，江苏如皋人。同治元年进士，历任广东琼山、南海、番禺等县知县，钦州知州。

集，昼夜喧哗，火烛奸盗，在在堪虞，当经出示禁止，并札各巡司一体查禁各在案。兹复访闻城垣附近各乡仍敢藉端卖戏，似此显违功令，实属不法已极，苟非该处绅耆扶同徇庇，何致横行若此？本县执法如山，奚虽差拘到案，严行究办。惟念尔等一人受押，举家仓皇，故法外施仁，不惮谆谆诰诫。尔等非同木偶，岂无改悔之心？合再示仰县属军民人等知悉，须知卖戏聚赌，最易滋生事端，此次示禁后，务宜痛改恶习，切勿藉端演戏。绅耆人等系属一乡表率，尤须严束子弟，慎毋任听为非。至戏班人等，须知卖戏系属违禁，切勿贪图小利，发箱演唱。倘再抗违，一经查出，或被告发，定将为首卖戏之人及戏班行主严拿到案，治以应得之罪，决不姑宽。各宜凛遵毋违。特示。

（广东）（1878年4月3日《新报》）

鄞县正堂沈①告示

为出示严禁事。奉本府宪宗②札开，案查前府任内，因郡城赛会每有妆饰妇女，或雇用流娼扮演杂剧，于风俗人心大有关系，札饬示禁，并严拿为首之人，照例惩办，毋稍宽纵等因到县。奉此。查是案前奉札饬，节经前县示禁差拿在案，兹奉前因，除饬差查拿外，合亟出示严禁。为此示仰阖邑军民及诸色人等知悉。尔等须知迎神赛会，理宜诚敬，何得妆饰妇女，并雇娼女扮演杂剧，亵渎神明？自示之后，务各恪遵禁令，如敢故违，定提为首之人到案，照例惩办，决不宽贷，各宜凛遵毋违。特示。

（1878年5月2日《申报》）

永禁开设戏馆示

鄞县正堂沈③为遵札示谕事。光绪四年三月二十六日奉道宪瑞④札开，本年三月二十一日准英领事固⑤照会，据向在本口之英商包尔斯禀称，拟在此处开设戏园一所，如蒙道署允准，或四月半年，除亲自照管外，再当雇用稳干买办，决不滋生事端。每夜的于子正停演，并愿捐资助赈等情禀祈照会前来。据此，本领事查该商素称妥练，相应照会照请酌夺等由。准此，查此案前于光绪二年八月间，有华人在东门外开设戏园，当经前署宁

---

① 沈，即沈宝恒。
② 宗，宗源瀚（1834—1897），字湘文，江苏上元人。由幕僚被推荐为知府，历署衢州、湖州、嘉兴、宁波等地知府，后升任温处备兵道。著有《颐情馆集》等。
③ 沈，即沈宝恒。
④ 瑞，即瑞璋。
⑤ 固，固威林（William M. Cooper），英国外交官。1869年至1874年署理台南领事，1877年至1887年任驻宁波领事。

府孙守①饬令闭歇详道立案。嗣十月间法商贝鲁爱在江北岸开演，即有监生李庆瑞以戏园滋事等词，来道具控，复经本道分别照会谕饬禁止。而上年八月间美商会理复在该处开设，又据绅士陈政钥等禀，以事属无益、民实有害等词联名公禀请禁。复经本道札府督县出示永远禁止在案。兹准前由，除照覆固领事并抄案分别札饬暨此次照覆领事文稿一并札发详报外，合行札饬，札县即便查明前项告示，如因未曾遍贴晓谕，以致该商在本口尚未见知，复有此举，务再声明前案，出示多为缮发，遍贴晓谕，永远禁止，俾可周知，免致再生觊觎，切切，计发抄案并照会覆稿等因下县。奉此。查是案前奉宪札示禁，不准开设戏馆戏园，倘敢故违，定即严提为首之人及班头戏子到县从重究办，决不姑宽，各宜凛遵毋违。特示。

（1878年5月7日《申报》）

1879 年（光绪五年己卯）

正风俗示（节录）

江南苏州府正堂钱②为剀切晓谕事。照得立身之道，惟孝弟与力田，足国之经，在务本而节用，倘放僻邪侈，无所不为，势必刑祸相寻，身名俱裂。在国则为梗化之顽民，在家则为不肖之败子。此理甚明，人所易晓。本署府到任以来，凡有害地方之事，均经分别谕禁，至再至三，无如积习相沿，骤难变革，责任攸关，中心耿耿，今再并案示禁。为此示仰诸色人等一体知悉，自示之后，务各矢勖矢俭，勉为善良。遵照后开应禁各条，不得稍有干犯，倘言谆听藐，任意玩违，一经觉察，定即提案，治以应得之罪。至于倾家失业、穷饿终身尤其次者也。其各凛遵，毋贻后悔，切切。

禁迎神赛会荒废正业。……禁搭台演戏科敛钱财。

以上十条，本署府一概禁绝，毫不宽容，耳目不及之处，并许旁人告发，所告得实，立提严办。如挟嫌冤诬，亦即反坐不贷。如敢明遵暗违，准其军民禀报，一面查拿究办，自有花红给赏。一体遵照。特示。

（《万国公报》第十一年五百二十四卷，1879年2月1日）

---

① 孙守，即孙尚绂，直隶盐山人，孙葆元之子。历任刑部主事、员外郎，署金华、宁波知府，曾参与审理杨乃武与小白菜案。

② 钱，钱宝传，字君彦，浙江嘉善人。附贡生，历任江苏候补知县、青浦县知县、长洲知县、署松江知府、苏州知府、镇江关道等职。

禁售淫书春画示

上海水利厅赵①为出示严禁事。准本县正堂莫②移开。照得售卖淫书淫画及妇女入馆吃茶，大为风俗人心之害，屡经出示严禁在案，诚恐日久玩生，除查案分别出示严禁外，移委严密稽查禁绝，以端风俗等因到厅。准此，查此案前准移委，业经饬查取结，并示禁在案，兹准前因，除照案饬查取结外，合再示禁。为此示仰书坊画张等铺及茶馆店主人等知悉，自示之后，尔等毋各遵照，毋须售卖淫书小说以及淫画，务期尽绝，如有私行刊售，一经察出，定行提究。至各茶馆亦不准容留妇女吃茶，如有妇女来店，随时逐出，毋许私留以端风俗，如敢故违，定提该店主及本妇夫男移究，该保甲倘敢容隐，并处不贷。其各凛遵毋违。特示。

（1879年3月7日《新报》）

严禁串客示

鄞县正堂石③照得本县访闻鄞邑各乡，屡有无耻之徒，搭台扮演串客，又有开场聚赌，昼夜不休，以致匪类潜踪，无由觉察，殊于风俗人心大有关碍，亟应严行禁绝，以清匪源。除饬传地保具结并密访查拿外，合行出示严禁。为此示仰该处居民及诸色人等知悉，尔等务须各安正业，勿事无益之游戏。自示之后，倘敢再有扮演串客以及聚赌情事，一经查拿到案，立即从重究办，地保容隐，一并究惩，决不姑宽。各宜凛遵毋违。切切特示。

（1879年4月17日《申报》）

永禁淫戏串客示

宁波府正堂宗④为严禁串客淫戏事。当本府前经访闻宁属各县地方有花鼓戏，名曰串客，男女合演，丑词淫态，极其不堪。村镇中每演一次，辄有寡妇失节闺女败检诸事，伤天害理，莫此为甚。曾经由府出示严禁，并札各县饬令各地保出具遵禁切结在案。诚恐日久玩生，除饬各县认真访拿惩办外，合亟出示严禁。为此示仰诸色人等知悉。如有前项花鼓戏串客在乡，立刻驱逐，不遵驱者，立时拿送到县。倘有雇演之人，一并提案究惩。凡村镇中明理解事之人，尤宜自相禁约，永远不准演唱，有违禁者，准绅耆士庶速赴本府或县署，指控拿究。倘地保人等见而不禁，别经本府

---

① 赵，即赵承恩。
② 莫，即莫祥芝。
③ 石，石玉麒，字康侯，湖南邵阳人。1878年6月2日接印任鄞县知县。
④ 宗，即宗源瀚。

访闻，或有赴府县指控，定先将地保提府责惩，仍由各县一体留心访查禁遏。特示。

（1879年4月24日《申报》）

严惩淫戏

本埠前有演唱花鼓戏者，淫词小曲，最易坏人子弟，经各宪严禁拿办，自后此风为之一肃。前日邑庙二门内及花园桂花厅前，复有苏人男女三四辈在该处仍复男女合演淫词小曲，经巡防东局委员访知，带同巡勇拿获二人，其余逃匿，当场责打一三百、一五百，着巡勇驱逐出城，一面出示谕禁曰：

照得城隍庙戏台廊下，近有无赖流氓演唱花鼓淫词，秽语丑态，男女溷杂，环而坐听，神殿之前似此亵渎，殊属非是。业经示禁驱逐外，合再谕禁。如敢仍旧演唱，定行拿究不贷，地甲容匿得贿，一并从严惩办，决不姑宽。特示。

（上海县）（1879年10月1日《新报》）

申禁茶肆说书示

特授江南苏州府正堂毕①为示禁事。照得省城风俗凡遇考试之际，各茶馆开设书场以及戏法，演耍杂技，再有私妓假称书寓名目，诱人观听，并无知土妓妇女入肆吃茶，勾引良家子弟，最坏风俗。历经示禁在案，兹届府试之期，各属文童云集省垣，诚恐该茶馆等复萌故智，滋生事端，除访拿外，合行示禁。为此示仰各茶馆及地保人等知悉，自示之后，不准在茶馆内开场说书、南词对白、演耍杂技，亦不得容留妇女入肆吃茶，如敢故违，定即提究押闭，照律从重惩办，地保得规包庇容隐，察出重惩。其各凛遵。切切特示。

（1879年12月31日《新报》）

---

① 毕，毕保厘，字治孙，号东屏，湖北蕲水人。咸丰十年进士，入翰林院编修，累任贵州主考官、学政、苏州知府。

1880 年（光绪六年庚辰）

饬办保甲示附条约（节录）

钦命护理江苏巡抚部院谭[①]为剀切晓谕事。照得安民莫先于除盗，除盗之法莫良于保甲，乃地方官屡经举行，迄未能收实效者，则以稽查之不严，赏罚之不明，又无端人正士以襄理其间，无怪乎良法美意竟等虚文也。今本护院仿照于清端[②]保甲成法，略为变通，并列条约四十则，札饬各州县认真举办，每月本护院派员巡查一次，严为稽考，所有门牌纸张，一切用费，均由官捐廉，不扰民间分文，倘有书差、地保人等藉端讹索，许汝等鸣官究治，合亟通行出示晓谕。为此示仰城乡市镇居民人等知悉，自示之后，务须遵照后开各条，实力举行，以期荛除民安，风清俗美，本护院有厚望焉。各宜凛遵毋违。特示。计开：

——不准迎神赛会、妇女入庙烧香。——不准聚众敛钱、唱演花鼓戏文。

以上十五条如有犯者，责成社长密报地方官，以凭查拿究办，徇隐不报，发觉一体重惩。

（1880 年 4 月 1 日《申报》）

严拿串客

前报宁波南乡串客演戏，乡民又聚众殴差。兹悉宗太守[③]已传该处地保至署，重责五百板，即派绿头勇与湖南勇数十名，押同地保往拿，当获串客三名到案，各予重责，发交鄞县管押外，又饬选派差役四出访提。闻宗太守痛恨已极，俟岁试事毕，若非治以立笼之罪，恐不足以昭炯戒，并严谕阖属一体示禁，务期官民同心，共除此害，或不能自己拿捉，尽可访明姓名密禀拿办。所有告示照录如下：

宁波府正堂宗示。串客淫戏，备极丑态，引诱男妇，败坏风俗，一概严禁，有犯者无论地保、图差、宗房、干首、村民，仍准捆送，

[①] 谭，谭钧培（1834—1894），贵州镇远人，字宾寅，别字序初。同治元年进士。历任翰林院编修、监察御史、常州知府、山东按察使、江苏巡抚、云南巡抚、湖北巡抚、云南巡抚等职。

[②] 于清端，于成龙（1617—1684），字北溟，号于山，山西离石人。顺治十八年以明经谒选吏部，授广西罗城知县。后历任四川合州知州、湖北武昌知府、福建布政使、两江总督等职。

[③] 宗太守，即宗源瀚。

有连同戏具获送府县衙门者,每获一名赏给一千文,能获十名赏十千文,以次递加。其藉庙会开赌之赌棍,连赌具捆送,一名亦赏钱一千,十名赏钱十千文,以次递加。务各官民齐心,严禁获拿,为地方除害,如地保、屋主、地主等通同徇隐者,一并拿办毋违。特示。

(1880年4月5日《申报》)

禁售淫书淫画示

钦加五品衔即补县左堂特授上海县水利厅赵①为出示严禁事。准本县正堂莫②移开。照得售卖淫书淫画及妇女入馆吃茶,大为风俗人心之害,屡经出示严禁在案,诚恐日久玩生,除查案分别出示严禁外,移委严密稽查禁绝以端风俗等因到厅。准此,查此案前准移委,业经饬查取结并示禁在案,兹准前因。除照案饬查取结外,合再示禁。为此示仰该书坊画张等铺及茶馆店主人等知悉,自示之后,尔等务各遵照,毋许售卖淫书小说以及淫画,务期尽绝,如有私行刊售,一经察出,定行提究。至各茶馆不准容留妇女吃茶,如有妇女来店,随时逐去,毋许私留,以端风俗,如敢故违,定提该店主及本妇夫男移究,该保甲倘敢容隐,并处不贷。各宜凛遵毋违。特示。

(1880年5月1日《新报》)

严禁淫戏告示③

会审分府陈④为出示严禁事。奉苏松太道刘⑤札开,据协赈公所、江浙闽广绅士谢家福⑥等禀称:窃维移风易俗,莫善于乐。今时鞠部梨园,摹色绘声,穷极形相。其移人心志,尤易尤捷云云。已故金匮善士余治⑦笃行乐善,晚年注意惟以禁绝淫戏,乘机化导,尝取近世事迹足为劝戒

---

① 赵,即赵承恩。
② 莫,即莫祥芝。
③ 该则告示亦见1880年5月24日《新报》,题为《严禁唱演淫戏》。
④ 陈,即陈福勋。
⑤ 刘,刘瑞芬(1827—1892),字芝田,安徽贵池人。诸生,从李鸿章与太平军作战,主持水陆军械转运。历任上海道台、两淮盐运使、江西布政使、广东巡抚等职。
⑥ 谢家福(1847—1897),字绥之,号桃源主人、望炊楼主人等,苏州人。谢出身行善世家,本人亦为晚清著名善士,光绪七年参与筹办上海电报总局,为中国电信事业先驱之一。著述甚丰,主要有《望炊楼诗文稿》《桃坞名胜记》《五亩园小志》等。
⑦ 余治(1809—1874),字翼廷,号莲村,别号晦斋、寄云山人等,江苏无锡人。道光十五年补金匮学附生。余治是道咸同年间江南颇有影响的善士,从事义塾、保婴、禁淫书淫戏等活动。著有《庶几堂今乐》《得一录》《尊小学斋诗文集》等。

者，编演杂剧，名曰《庶几堂今乐》。另募优僮习演，嗣以集资不敷，将优人遣散。《今乐》刻本亦未竣工，绅等惜之，已将《庶几堂今乐》二十八种募资刻成，拟请饬发各戏园，依样习熟，每日夜搭演一出，冀广观听。有能就此字迹，略加关目，耸动观听者，由绅等酌赏加奖。至淫亵诸剧，本干例禁，拟请出示严禁，随时查惩。呈送善戏刻本，请饬发各园，一律遵照，并取具各戏园遵禁淫戏切结，以端风化而正人心等情到道，饬将发去善戏刻本，转给各戏园，依样习演，并取具禁止淫戏切结送查等因。奉此，除将善戏刻本分发取结外，合行出示严禁。为此示仰该戏园主及各优伶一体遵照，务将发去善戏刻本，赶紧依样习熟，以三个月为限，每日夜搭演一出，惟淫戏即以出示之日为始，不准再演，倘敢故违，一经察出，立提园主严办，决不姑宽。凛之切切。特示。

（上海公共租界）（1880年5月24日《申报》）

1881年（光绪七年辛巳）

重禁串客示

宁波府正堂宗①示。串客淫戏，备极丑态，引诱男妇，败坏风俗，一概严禁。有犯者无论地保、图差、宗房、干首、村民，仍准捆送。有连同赌具获送府县衙门者，每获一名，赏给一千文，能获十名，赏十千文，以次递加。其藉庙会开赌之赌棍，连赌具捆送，一名亦赏钱一千，十名赏钱十千文，以次递加。务期官民齐心严禁获拿，为地方除害。如地保、屋主、地主等通同徇隐者，一并拿办，毋违特示。

（1881年3月13日《申报》）

禁售淫书淫画示

钦加五品衔即补县左堂上海水利厅赵为出示严禁事。案准县正堂莫移委查禁售卖淫书淫画及妇女入馆以端风俗等因到厅。准此。经本厅饬查取结示禁在案，兹恐日久玩生，除查案饬查禁逐外，合再示禁。为此示仰书坊画张等铺及茶馆店主人等知悉，自示之后，尔等务各遵照，毋许售卖淫书小说以及淫画等情，如有私行刊售，一经察出，定行提究。其茶馆遵照，另发示谕，不准容留妇女吃茶，如有来店，立即逐去，倘敢故违，查出并提移究。保甲知情容隐，并处不贷。各宜凛遵毋违。切切特示。

（1881年4月29日《新报》）

---

① 宗，即宗源瀚。

恭 录 谕 旨

○七月初七日，奉上谕。御史丁鹤年[①]《奏内城茶园违禁演戏请饬严禁》[②]一折，据称内城丁字街、十刹海等处竟敢开设茶园，违禁演戏，殊属不成事体，着步军统领、八旗都统即行查明严禁，毋稍宽纵。钦此。

(北京)(1881年9月8日《申报》)

禁售淫书小说示

江南扬州府江都县正堂谢[③]、甘泉县正堂桂[④]为出示严禁事。照得劝效善良之事终鲜乐闻，教行诈伪之端类皆动听，是以欲崇正学必先黜邪言。卷查同治七年奉前抚宪丁[⑤]札饬查禁淫词小说，当经前县勒限示禁，一面会同亲往搜查，业据各书坊将应禁各书刷印成本及镌刻板片缴县销毁。兹本县等访闻各书坊日久玩生，仍复装订市买，实为风俗人心之害。本即搜查究办，姑先开单会衔示禁。为此示仰开设书坊人等知悉，须知开卷本为有益，惟淫词小说非徒无益，而又害之。所有后开应禁书目，即仰各书坊将已刷成本并刻存板片一律销毁，倘仍阳奉阴违，照旧市买，定即搜查究办，勿谓言之不预也。其各凛遵毋违。特示。

(1881年12月28日《新报》)

1882年（光绪八年壬午）

查案重申禁令示

钦加五品衔即补县左堂特授上海水利厅赵为出示严禁事。案准县正堂莫移会查禁售卖淫书淫画及妇女入馆吃茶以端风俗等因到厅。准。经本厅饬查取结示禁在案，兹恐日久玩生，除查案饬查禁逐外，合再示禁。为此示仰书坊画张等铺及茶馆店主人等知悉，自示之后，尔等务各遵照，毋许售卖淫书小说以及淫画，如有私行刊售，一经察出，定行提究。其茶馆遵照，另发示谕，不准容留妇女吃茶，如有来店，立时逐去，倘敢故违，查出并提移究。保甲知情容隐，并处不贷。各宜凛遵毋违。特示。

(1882年3月31日《新报》)

---

① 丁鹤年（1826—1888），字仙谱，号柳溪，汉军镶黄旗人。历任工部主事、都水司员外郎、监察御史、重庆知府、湖州知府等职。

② 《奏内城茶园违禁演戏请饬严禁》，见本书第187页。

③ 谢，谢延庚，字心畲，浙江会稽人。监生，候补县，曾任六合、江都等县知县。主编有《江都县续志》《六合县志》等。

④ 桂，桂正华，字实之，安徽石埭人。附生，曾国藩幕僚，曾担任曾国藩行营及衙署巡捕，与太平军作战，屡立军功。历任沭阳、山阳、甘泉等县知县。

⑤ 丁，即丁日昌。

谕 单 照 录①

昨报列《申禁淫戏》一则②，兹悉陈太守③饬差发谕单与大观、全桂、金桂、天仙、禧椿等五家戏园，饬令永远凛遵，违干究办。今将谕单照录于左：

会审分府陈为谕禁事。照得租界各戏馆优伶较众，前因无以谋生，姑准说白清唱，俾资衣食，在上者体恤下情，可谓至矣！且缘各戏馆时演淫戏，屡次传案禁遏，从宽具结，未加责处。本分府政不苛求，亦为众所共晓，尔等应如何恪遵禁令，安分营生，乃详加察访，并据沪上各绅商面述，近日各戏馆逐渐肆行，居然与寻常开演仿佛，甚至每演必有淫邪小戏杂乎其间，如《珍珠衫》《画春图》《卖胭脂》《送灰面》《打斋饭》《小上坟》《来唱》等类，指不胜屈，难以枚举。即正本戏中苟有生旦合演，无不恣意调情，穷形尽态，不堪寓目，引诱愚民，坏人心术，莫此为甚。于地方风俗大有关系，叠经传禁，仍复不悛，何各优伶之冥顽无耻至于此极？本应提案重办，姑再剀切谕禁，并密饬捕役随时查报。自此次严谕之后，各戏馆如敢复蹈故辙，仍演以上各淫戏以及诸如此类戏剧，一经发觉，除立将馆主提案严办外，并提扮演之优伶重责枷示各戏馆门首，以昭炯戒。本分府叠予宽容，倘再不知愧悔，则是终于梗令，断非语言文字所可感化者，虽尽法处治，亦不为过，决不姑宽，其各凛遵，毋贻后悔。切切特谕。

(上海公共租界)（1882年4月27日《申报》）

谕拿串客赌徒悬赏示

宁波府正堂宗④为出示申禁事。照得串客淫戏，备极丑态，引诱男妇，败坏风俗，一概严禁，有犯者无论地保、图差、宗房、干首、村民，均准捆送。有连同戏具获送府县衙门者，每获一名赏给钱一千文，能获十名赏十千文，以次递加。其藉庙会开赌之赌棍连赌具捆送，一名亦赏钱一千，十名赏钱十千文，以次递加。务期官民齐心严禁拿获，为地方除害。如地保、屋主、地主等通同徇隐，一并拿办。毋违。特示。

(1882年5月1日《申报》)

---

① 该告示亦见1882年4月29日《新报》，题为《申禁唱演淫戏谕》。
② 《申禁淫戏》，1882年4月26日《申报》。
③ 陈太守，即陈福勋。
④ 宗，即宗源瀚。

申禁敝俗示（节录）

钦加运同衔特用同知直隶州署理江苏松江府上海县正堂加二级范[①]为列款示禁事。照得稂莠不除，则嘉禾不长，奉行不力，则政令不行。本县疾恶素严，求治最急，虽不能竭人情之变，济王法之穷，而于自外生成，显违禁令者，固无不按罪列章，各予以应得之罪。现当下车伊始，旧谱新翻，合撮数条，先当棒喝，今列示如左：

一花鼓戏 节取以往之事，扮演杂剧，原以警醒愚顽，使之向善窒欲。乃世风不古，淫戏盛行，更有花鼓名目，专以男女私情，编成演唱，导淫害俗，流毒无穷，现在拿办。（后略）

以上八条，但指切近上海者而言，其余违条犯法之事，不胜枚举，本县定当遇事严办，不存姑息，慎毋以身尝试。切切特示。

（1882年9月1日《字林沪报》）

1883年（光绪九年癸未）

申禁串客示

宁郡四乡向有串客，曾经宗太守[②]拿办在案。现届新正，太守恐其故智复萌，重出告示，遍贴城乡。兹将告示录左：

宁波府正堂宗示，串客淫戏，备极丑态，引诱男妇，败坏风俗，一概严禁。有犯者，无论地保、图差、宗房、干首、村民，仍准捆送。有连同戏具获送府县衙门者，每获一名赏给一千文，能获十名即赏十千文，以次递加。其藉庙会开赌之赌棍连赌具捆送，一名亦赏钱一千，十名赏钱十千，以次递加。务各官民齐心严禁获拿，为地方除害。如地保、屋主、地主等通同徇隐者，一并拿办。毋违。特示。

（1883年2月17日《申报》）

[①] 范寿棠，字小衡，浙江山阴人。监生，候补县，曾署昆山、上海等县知县。光绪八年六月署理上海知县。

[②] 宗太守，即宗源瀚。

1884年（光绪十年甲申）

观察条示（节录）

署理宁绍台道马①为剀切晓谕事。照得为政首重保民，安良必先除莠，本道现奉大宪奏委署理斯篆，所属宁绍台三府，民情素称纯厚，勤俭可风。乃下车以来，访问各属，人心不古，俗尚浇漓，甚有作奸犯科，引诱讹诈，大为地方之害。本道不忍不教而诛，除饬各县访拿严办外，合行列款晓谕。为此示仰合属军民人等知悉，尔等务须各归恒业，安分营生，切勿妄作非为，贻害良善。自示之后，如有不法之徒，仍蹈后开各项恶习，贻害闾阎，准被害之人赴地方衙门指名呈请究办。本道爱民如子，嫉恶如仇，刑章具在，弗谓言之不预也。其各懔遵毋违，特示。计开各条：

——严禁串客淫戏。

（宁波）（1884年4月22日《申报》）

严禁淫戏示

钦加知府衔署理上海租界会审事务江苏即补分府黄②为再行出示严禁事。照得演唱花鼓淫戏，败俗伤风，最为恶习，叠奉道宪行经本廨查禁拿办在案。今闻租界复有茶肆中坐唱淫戏，殊违禁令，胆玩已极，除访拿究办外，合再出示严禁。为此示仰诸色人等知悉，自示之后，如敢再违禁令，演唱花鼓淫戏，定与该茶馆主一体拿案严办，地保得贿容隐，并干究处。其各凛遵毋违，切切特示。

（1884年11月17日《申报》）

1885年（光绪十一年乙酉）

江夏县正堂罗③示

新年已过，各务正业。聚赌玩灯，滋事最易。花鼓彩船，一概禁革。

---

① 马，马驷良，初名伯良，字星五，云南楚雄人。1884年3月3日接印任宁绍台道，同年7月24日离任。

② 黄，黄承乙，原名安澜，号芝生，浙江姚江人。历任上海公共租界会审谳员、台湾台中县知县、江苏候补道等职。

③ 罗，罗缃（1841—?），字云坞，四川华阳人。咸丰十一年优贡，与太平军、捻军作战，以军功升任候补县，历任湖北应城、江夏知县，荆门知州。著有《怡云馆文牍略存》。

倘敢不遵，拿案枷责。

(1885年3月24日《字林沪报》)

严 禁 淫 戏

总镇衔即补协镇武昌城守营参府樊①为出示严禁事。照得本参府顷奉督部堂卞②札开。照得武汉各属前因多有扮演花鼓夜戏，串唱淫词小曲，实为风俗人心之害。甚或藉此引诱奸拐，开场聚赌，诲盗启淫，莫此为甚，曾经前部堂通饬各县严禁在案，兹本署部□□□□□□□□□地方仍有演唱花鼓淫戏情事，若不严申禁令，何以遏邪慝而正人心？合亟札饬，札到该将，立即遵照，赶紧出示严禁，□□□□□□□□痛改前非，并责成地方绅士交相劝戒，以挽颓风。经此次示禁之后，倘敢复蹈前辙，立即会同营汛将创首演戏之人开拿惩办详报，慎勿视为具文。兵役如敢受贿容隐，一并从重究办，毋稍宽贷等因。奉此，查唱演淫戏，久经禁止在案，兹奉前因，竟有不法之徒，仍然创首戏演花鼓，引诱良家子弟，藏垢纳污，无所不至，败坏风俗，实堪痛恨，除严饬汛官选派弁兵在于附近偏僻街巷严密查拿外，合亟出示晓谕严禁。为此示仰该城乡军民人等知悉，自示之后，如有演唱花鼓小曲者，赶紧痛改前非，各图正业，如再不知羞辱，或访闻，或查出，先责地保隐瞒不报之罪，然后将该犯扭送地方官从重严加究惩。该兵役等亦不准妄拿无辜，是为至要。其各凛遵毋违，特示。

(1885年4月1日《字林沪报》)

禁串客条示③

○新任宁波府陈太守④自出示访拿地棍后，又有禁款十条：(前略)串客游民搬做淫戏。……无耻娼优扮演抬阁(后略)。以上十款皆严禁不贷，如有违犯，定即拿究。

(1885年4月18日《申报》)

---

① 樊，樊国泰(1832—?)，湖南清泉县人。咸丰四年以武童身份投效清军，与太平军作战，同治十三年十一月因军功补授武昌城守营参将，光绪十二年升补湖北汉阳协副参将。

② 卞，卞宝第(1825—1892)，字颂臣，江苏仪征人。咸丰元年举人。历任礼科给事中、顺天府尹、河南布政使、福建巡抚、湖南巡抚、代理湖广总督、闽浙总督兼福建船政等职。

③ 该组新闻原题为《宁镇近闻》。

④ 陈太守：陈漱山(? —1885)，1885年4月任宁波知府，同年8月12日卒于任上。

谕旨恭录

〇同日①奉上谕。御史文海②《奏妇女听书宴会有伤风化请旨饬禁》③一折，据称近来书馆书厂、饭铺酒肆竟有妇女听书宴会，任意游玩等语。妇女入市游观，迭经降旨严禁，乃竟罔知忌惮，踵而加甚，实属不成事体。着步军统领衙门、顺天府、五城御史出示晓谕，一体严禁，遇有此等情事，即行拿究，并查明该家长，分别惩办，以挽浇风。倘查禁不力，虚应故事，或别有徇隐情弊，一经发觉，定惟该管各衙门是问。钦此。

(1885年9月29日《申报》)

续录广东南海县张明府④剀切劝导示（节录）

〇三禁　禁奢华以惜物力。婚丧之礼，载于《会典》，不可僭越。淫祀夜戏，例有明禁。乃粤东之婚丧逾制，动费千金，醵会则篷厂崔巍，高接云汉，明灯万盏，傀儡盈千，所费不赀，毫无益处。至演戏三日，戏金棚厂数过千金，梨园子弟身价，有每年数千金者，为他省之所未闻，此等无益之费，如能节之，亦保富之一道。

(1885年10月17日《字林沪报》)

整顿风俗示

宁绍台道薛⑤为出示严禁事。照得宁绍风气向称纯朴，乃近来访有游手无耻之徒名曰串客，扮演春戏，藉以敛钱。更有地方痞棍，开设花会，纠众聚赌。种种不法，日益滋蔓，大都贿结胥保，肆无忌惮，而乡愚被其煽诱，若痴若狂，流荡往返，或伤风败俗，或荡产倾家，贻害闾阎，莫此为甚，若不严行拿禁，何以维世道而正人心。除通饬各属一体严查禁止外，合亟出示晓谕。为此示仰军民商贾人等一体知悉，尔等须知庙会聚赌最为命盗之源，串演淫戏尤为败俗之害，慎勿以勤劳之资，甘输痞棍，清白之户，浸染邪魔。嗣后务宜痛自警省，各安尔分，各守尔业。为父兄者尤须时时儆诫子弟，勿任游荡犯法，致为身累。自示之后，倘仍有不法棍

---

① 指八月十三日。
② 文海，字仲瀛，满洲镶黄旗人。咸丰十一年由内阁中书入直，同治元年举人。历任北京西城都察院御史、户部员外郎等职。
③ 《奏妇女听书宴会有伤风化请旨饬禁》，见本书第204页。
④ 张明府，张琮，字石磷，又作石邻，广西临桂人。同治元年举人，曾任广东南海县、顺德、东莞等县知县。著有《白石仙邻词稿》。
⑤ 薛，薛福成（1838—1894），字叔耘，号庸庵，江苏无锡人。"曾门四学士"之一，近代改良主义思想家、外交家、政论家、文学家。历任宁绍台道道台、出使英法意比大使等职。著有《庸庵全集》。

徒，妄蹈故辙，或扮演春戏，或开设花会，或趁赛会聚众赌博，或纵妇女演唱花鼓，即由地方官严拿到案，从重惩办，如有差保包庇徇隐，一经发觉，定即加等治罪，决不宽贷。其各凛遵毋违，切切特示。

（宁波）（1885年10月31日《申报》）

禁 夜 戏 示

钦加同知衔调署宁波府鄞县正堂加十级纪录十二次程①为出示严禁事。照得贪夜演唱戏剧，为创首者杖一百，枷号一个月，例禁何等森严。乃近日访闻本城各庙酬神演戏，日夜开台演唱，不特男女拥挤混杂，难保无奸盗偷窃情事，况复显违例禁，情殊可恶，除饬差密访严拿外，合行出示晓谕。为此示仰地方居民庙祝等人知悉，自示之后，毋许贪夜开台演戏，一经察出，定将为首之人照例惩办，决不宽贷。毋违。切切特示。

（1885年10月31日《字林沪报》）

禁串客条款②

〇新任宁波府胡练溪③太守近有禁款十条，榜贴通衢：串客游民搬做淫戏。……无耻娼优扮演抬阁。（后略）

（1885年11月24日《申报》）

严禁淫戏示④

正任川沙厅调办上海租界会审事宜罗⑤为出示严禁事。照得演唱淫戏，有干例禁，近奉各大宪叠经札饬严禁在案。兹闻租界各戏馆将向来所禁各淫戏改换名目，仍敢演唱，淫情丑态，描摹毕露，实为地方人情之害。又有《杀子报》之戏，其中淫恶更足以丧天理而坏人心，今闻改名《油坛记》《孽冤报》等名，且胆敢穿著近时官服，装点扮演，以为哄动愚人之计，实属有伤体统。除将各戏园主并演淫戏之各优人随时密查拿究外，合行出示严禁。为此示仰各戏馆人等知悉，嗣后各项淫戏同《杀子报》，毋得再行改名演唱，如敢不遵，定将该馆主人等提案，从重究治，

---

① 程，程云俶（1839—?），字稻村，江西铅山人。同治元年壬戌科举人，曾任慈溪、仙居、钱塘、鄞县等县知县，后任宁波知府。
② 该组新闻原题为《甬上杂闻》。
③ 胡练溪，胡元洁，字练溪，安徽绩溪人。道光己酉举人，1885年9月16日接印任宁波府知府，1893年11月因病乞假离任。
④ 该则示谕亦见1885年12月24日《字林沪报》，题为《示禁淫戏》。
⑤ 罗，罗嘉杰，字少耕，福建上杭人。1874年前后为候补同知，1898年为江苏候补道，曾任南汇县知县、上海公共租界会审谳员、江苏粮道等职。1885年9月7日至1886年7月任上海公共租界会审谳员。

尽法惩办，决勿稍宽，其各凛遵毋违，特示。计开各淫戏名目：

《月英偷情》即《卖胭脂》，《庙中会》即《关王庙》，《杀嫂上山》即《翠屏山》，《天缘巧配》即《巧姻缘》，《第一报》即《杀子报》又名《油坛记》《报仍还报》《冤还报》《孽缘报》《善恶报》，改名不一，淫恶不堪，《瞎子算命》《送灰面》《打斋饭》《百花赠剑》《珍珠衫》《双沙河》，《杀皮》即《万安情》，《赠剑投江》《巧洞房》《崔子杀妻》《青纱帐》《错杀奸》，《荣归祭祖》即《小上坟》，《月中情》《金镯记》。

(1885年12月24日《申报》)

示　禁　淫　戏①

会审府罗②为出示晓谕事。照得演唱淫戏，有干例禁，前奉各大宪叠经札饬严禁在案。乃近闻租界各戏馆将向来所禁各淫戏改换名目，仍敢演唱，淫情丑态，描摩毕露，实属地方人心之害。又有《杀子报》之戏，其中淫恶更足以丧天理而坏人心，今闻改名《油坛记》《孽冤报》等名，且敢穿著近时官服，装点扮演，以为哄动愚人之计，实属有伤体统。除将各戏馆主并演淫戏之伶人随时密拿查究外，合行出示严禁。为此示仰各戏馆人等知悉。嗣后各项淫戏并《杀子报》，毋得再行改名演唱，如敢不遵者，将该馆主人等提案，从重究治，尽法惩办，决不稍宽，其各懔遵毋违。特示。计开：

《月英偷情》即《卖胭脂》，《庙中会》即《关王庙》，《天缘巧配》即《巧姻缘》，《杀嫂投山》即《翠屏山》，《第一报》即《杀子报》《油坛记》《孽冤报》《善恶报》，改名不一，淫恶不堪，《瞎子算命》即《瞎子捉奸》，《送灰面》《金镯记》《错杀奸》《崔子杀妻》，《杀皮》即《万安情》，《赠剑投江》《打斋饭》《月中情》《巧洞房》《双沙河》《珍珠衫》《百花赠剑》，《荣归祭祖》即《小上坟》。

(1885年12月24日《字林沪报》)

---

① 本则与刊登于1885年12月24日《申报》上的《严禁淫戏示》相同，但所开戏剧名目略有出入，故录此以备参考。

② 罗，即罗嘉杰。

1886年（光绪十二年丙戌）

申禁串客示

宁波府正堂胡①示：串客扮演淫戏，最为地方之害，该庄首、柱首袖手旁观，任串通同，经宗前府②严拿惩办，并将该处柱庄首一并提究在案。近闻此风如故，若不严行拿禁，殊不足以端风化而正人心。串客淫戏均责成柱首、庄首密开姓名，报官拿办，如能捆拿串客人等送官者，均各从优给赏。倘柱首、庄首知情纵容，并地保、屋主、地主等通同徇隐，一并分别提拿惩办，毋违特示。

（1886年2月11日《申报》）

申 禁 淫 戏

钦加总镇衔武昌城守营参府陈发协镇都督府樊③为剀切出示严禁事。照得顷奉署督部堂裕④札开。照得本署部堂访闻武汉地方从前每于正二月间多有扮演花鼓淫戏，甚至彻夜达宵，男女混杂，实为风俗人心之害。并有藉此引诱奸拐、开场聚赌者，诲盗启淫，莫此为甚。虽经前部堂札饬严禁，而不肖兵役得规包庇，地方文武漫不加察，仍然肆行无忌，言之殊堪痛恨。现届新正，诚恐若辈故智复萌，亟应先行示禁，以止邪慝而正人心，合行札饬到营，立即遵照，赶紧出示严禁，务使军民人等各归本业，痛改前非，并责成地方士绅交相劝戒，以挽颓风。此次示禁之后，倘敢复蹈前辙，立即会同地方官将创首演戏之人严拿解县惩办，慎毋视为具文。兵役如敢受贿包庇，一并从重究办，毋稍宽贷。仍将遵办缘由及示稿贴过地方呈送查核等因。奉此，查民间聚赌、唱演花鼓等事，久干例禁，自应一律严禁，不惟以正风俗兼免藏垢纳污，除选派千把员弁查拿外，合再出示晓谕禁止。为此示仰军民诸色人等知悉，自示之后，如有前项不法之辈，该绅董等及各父兄应宜交相劝改，各守本分，谋图正业，倘再疲顽梗化，仍然下流前辙，一经查出，究责地保容隐不报，立将创首花鼓淫戏以及好赌之徒拿送地方官从严惩办，若不肖兵役受贿包庇者，拿案加等治罪，言出法随，决不宽贷。其各凛遵毋违。特示。

（1886年2月20日《字林沪报》）

---

① 胡，即胡元洁。
② 宗前府，即宗源瀚。
③ 樊，即樊国泰。
④ 裕，裕禄（1844—1900），字寿山，满洲正白旗人。曾任热河备兵道、安徽布政使、四川总督、军机大臣、礼部尚书兼总理各国事务衙门等职。1885年4月至1889年8月，署湖广总督。

谆谆告诫（节录）①

特授湖北武昌府正堂李②为条列示禁事。照得地方应禁之事甚多，若非三令五申，小民仍多犯法，本府愿与尔百姓同心为善，故将应禁各条除刊入保甲门牌示禁外，更大张告示晓谕，俾知本府爱民苦心，不惜此谆谆告诫焉。计开：

一禁演唱花鼓，如犯重责，枷号示众。

以上十二条大干法纪，尔军民人等务各勉为善良，切勿轻蹈法网，如有违犯，一经本府访闻，或被里绅族牌甲长告发，定行拿案照例究办，决不姑宽。其各凛遵毋违，特示。光绪十二年三月初八日。

(1886年5月5日《字林沪报》)

严禁淫戏示

宁波府正堂胡③为出示严禁事。照得民间春祈秋报，虽击鼓鸣锣，例所不禁，兹本府访闻郡城赛会，每有雇用娼妓扮演杂剧以及唱演串客花鼓淫戏等情，大为风俗人心之害。现值赛会届期，合行出示严禁。为此示仰诸色人等知悉，如有雇用流娼扮演抬阁、唱演淫戏，定必严拿，照例惩办，本府言出法随，毋谓言之不预也。切切特示。

(1886年5月16日《申报》)

禁刊印淫书示④

钦加三品衔升用道候补府正任松江川沙抚民厅调办上海租界会审事宜罗⑤为出示谕禁事，奉苏藩宪李⑥、臬宪朱⑦会札。照得淫词小说，向干例禁，前于同治七年奉前抚宪丁⑧遵饬禁毁在案，迄今事阅多年，不无日久

---

① 该示谕亦见1886年5月28日《申报》，题为《武昌府示》。
② 李，李有棻（1842—1906），字乡垣，湖南平江人。早年为徐桐管家，经徐引荐，任汉誊录及校对官。历任安陆知府、武昌知府、陕西按察使、江宁布政使、署理两江总督等职。
③ 胡，即胡元洁。
④ 该示谕亦见1886年6月1日《字林沪报》，题为《禁印淫书示》。
⑤ 罗，即罗嘉杰。
⑥ 藩宪为布政使尊称，据查是年江苏布政使为李嘉乐。李嘉乐，字宪之，河南潢川人，历任青州太守、江苏按察使、江西布政使、江西巡抚等职。著有《仿潜斋诗钞》《诗梦钟声录》等。其人于1884年11月4日至1886年6月9日任江苏按察使。
⑦ 朱，朱之榛（1840—1909），字竹石，浙江平湖人，以荫生授官，先后署督粮道、江苏按察使、江苏布政使等职。
⑧ 丁，即丁日昌。

玩生，近闻上海有等淫棍丑类，竟将前禁《金瓶梅》《红楼梦》等项淫书工楷缮写，绘图付印。少年子弟见之，贻害实非浅鲜，所幸尚未印成售散，亟应预先查禁，以儆邪淫而维持风化。合亟札饬，立即遵照出示，晓谕同文、积山各书局，无论西商华商所开，或照请领事官，或传谕局主，均不得违禁代为刻印，其余活字之铅板锡板并木板等一体禁止，务期多缮示谕，分贴各书局书肆门首，凡淫书之类，一律毋许代印，倘敢故违，察出定干严惩等因到廨。合行出示晓谕。为此示仰各书局书肆人等一体遵照，倘敢故违，察出定干严惩，决不宽贷。其各凛遵毋违，特示。

(1886年6月1日《申报》)

谆禁淫书①

署理苏州府吴县正堂马②为谆切谕禁事。照得民间流传淫书小说，最为世道人心之害，前经宪行饬禁，将所有淫书藏板给价收毁，流毒顿除，无奈日久玩生，近来渐有违禁渔利之辈，虽大部淫书有无刻板印行，目下尚无见闻，而一切淫词小说唱本固已公然摊卖，日见流行，若不重申禁令，贻患伊于何底？合亟谆切晓谕。为此示仰阖邑刻字匠铺售书坊肆及居民总保人等一体知悉，尔等须知淫书秽板前已由县给价收买，一律销毁，悬为厉禁，现在如有刻印淫书小曲者，务各于一月内悉自焚毁，慎勿再思罔利害人，自干咎戾。至尔刻字匠尤宜约齐同业，议一互相查禁之法，约定以后无论为己为人，再不得刻卖淫书小说，同业中一有犯规，务须公评请究，庶可永绝祸根。此本县为尔诸民造福之计，务各分别遵行，如延至限满不即销毁，则必吊取板片追问刻自何人，印自何处，从重治罪，决不宽贷。本县言出法随。各宜懔遵无违，特示。光绪十二年五月十三日。

淫书之害，古人言之详矣，而小说唱本其害尤甚，盖此等书立说浅薄，稍识之无，便能传诵，即不识字者，听之亦能心领神会。不肖书贾以其售多利速，往往喜于印行，不知天之报应亦最酷。昔无锡有某甲，因抄淫亵山歌六本，减寿十年，临死时自言其故，嘱付其子取归烧毁，以免少受泥犁之苦。又有嵇某者，好刻小说及春宫图像，其后两目双瞽，家遭火患，死之日棺殓无所措。近日我苏有某者开一书肆于胥门内，每将淫词小说租赁看阅，并著有《青楼梦》等书数种，灾梨祸枣，遍处印行，年未三

---

① 本则亦刊载与1886年第574期《益闻录》，题目相同，未作识语。
② 马，马海曙（1826—1895），字薇香，号渔珊，浙江鄞县人。太平天国战争中以县丞衔为清军筹集粮饷，曾任丹徒、元和、长洲、吴县、金坛、宝山等县知县。

十以瘵疾死，家业荡然。售卖淫书小说之祸如是如是，今马渔珊明府议禁及此，诚属为民造福之计。惟查昔年汤文正公①之严禁淫书，则许人据实出首，将书板立行焚毁，其编次者、刊刻者、发卖者一并重责，枷号通衢，仍追原工价勒限另刻古书一部，完日发落。近年丁中丞②之严禁淫书，则一律给价收毁。今限民于一月之内自行销毁，窃恐今日之民究非三代之民，不如仿照汤、丁二公之法略为变通，责成各书肆举立董事，自相稽查，并准他人据实出首，官为追取工价以赏出首之人，如是则虽有藏其书者，自不敢卖于人，淫书小说之害，或可挽回于万一，而马明府一片好心，亦不至尽属具文也。质诸有道者以为何如？吴下不才生识。

(1886年6月23日《字林沪报》)

县示照录

钦加同知衔特授直隶天津府天津县正堂卓异候升加十级纪录十次姚③为出示严禁事。案蒙府宪汪④转奉臬宪札开。照得直属民间如遇年岁丰收，每喜建造寺观庵庙，挨户捐助，费实不赀。查定例，民间有愿造寺观神祠者，呈明该督抚具题奉旨后方许营造，若不俟具题擅行兴造者，依违制律论等语。诚以建造神宇，徒耗民财，是以例禁綦严。田间幸获大有，若不遇事节省，何以备荒歉？闻秋稼登场之后，各村庄无不集资演剧，则又不但耗财而已。淫剧之引诱，风化攸关，奸拐赌博盗窃等事，在在堪虞。以上两端，在民间以为敬神，殊不知尔室屋漏，神实凭之，何必立像肖形始为尊？奉豚蹄杯酒，神亦享之，何必征歌选舞始致麻和？凡人果能存心好善，神必默佑。况聪明正直之谓神，福善祸淫，报应昭著，岂若乡里小民必以搭台演戏为快乐耶？本年雨水甚多，惟除被灾较重之十数州县外，其余均称中稔。诚恐无知愚民仍蹈前项陋习，自应通饬谕禁以端风俗而保民财，饬即严行查禁等因。蒙此。合行出示谕禁，为此示仰津邑诸色人等知悉，自示之后，尔等毋得创建神庙，演唱戏剧，务各勤俭务农，毋事嬉游，以节用度而备荒歉。倘敢仍蹈故辙，一经查出，定行重究不贷，

---

① 汤文正公，汤斌（1607—1687），字孔伯，谥文正，河南睢州人。顺治九年进士，历任国史院检讨、潼关道副使、翰林院侍讲、浙江乡试主考官、内阁学士、江宁巡抚、礼部尚书、工部尚书等职。著有《洛学集》《潜庵语录》等。

② 丁中丞，即丁日昌。

③ 姚，姚长龄（1843—？），安徽桐城人。监生，由北河县丞保归知县，曾任东光、静海、天津等县知县。

④ 汪，汪守正，字子常，浙江钱塘人。监生，精医术，曾任阳曲、平遥等县知县，天津府知府。

其各凛遵毋违。特示。

（1886年11月22日天津《时报》）

禁 串 客 示①

○鄞县正堂朱②示。照得本县访闻鄞邑各乡近有无耻之徒扮做串客淫词，媚态不堪言状，实于风俗人心大有关碍，合再出示严禁。为此示仰阖邑诸色人等知悉，尔等须知扮演串戏，伤风败俗，例禁甚严，嗣后务各痛改前非，勿蹈故辙，倘敢故违，定提为首及扮演之人从重严惩。该地保容隐，一并革究，决不宽贷。凛之慎之毋违。特示。

（宁波）（1886年11月23日《申报》）

1887年（光绪十三年丁亥）

示 禁 淫 戏

汉阳清军府陈为出示严禁事。案准汉阳协镇都督府樊③移开奉署督部堂裕④札开。照得本署部堂访闻武汉地方，每自正二月间，多有扮演花鼓淫戏，甚至彻夜连宵，男女混杂，实为风俗人心之害，并有藉此引诱奸拐、开场聚赌者，诲盗资淫，莫此为甚。虽经迭饬严禁，而不肖兵役得规包庇，地方文武漫不加查，仍然肆行无忌，言之殊堪痛恨。瞬届新正，诚恐若辈故智复萌，亟应出示严禁，务使军民人等各勤本业，痛戒前非。并责成地方士绅交相劝戒，以挽颓风。经此次示禁之后，倘敢复蹈前辙，立即会同地方官将创首演戏之人严拿解县惩办，慎毋视为具文。兵役如敢受贿包庇，一并从重究惩，不稍宽贷等因。奉此，除早经出示严禁外，合再示禁。为此仰军民人等一体遵照毋违。特示。

（1887年2月18日《申报》）

示 禁 淫 戏⑤

租界各戏园所演淫恶等戏叠奉前会审宪示禁在案，迄今日久，未免玩生，经蔡太守⑥访闻，于前日特出告示，照请值年领事官盖印后分发各戏

---

① 该组新闻原题为《鄞县告示汇录》。

② 朱，朱庆镛，字友笙，江苏泰县人。同治十年进士，曾任浙江松阳、鄞县等县知县。著有《友鹿山房诗存》。

③ 都督府樊，即樊国泰。

④ 督部堂裕，即裕禄。

⑤ 本则亦载1887年3月2日《申报》，题目为《示禁淫戏》，但不如《字林沪报》详细。

⑥ 蔡太守，蔡汇沧（1841—1906），字二源，浙江德清人。历任赣榆县令、上海英租界会审谳员、南汇县知县、山东登莱青备兵道、东海关监督等职。

园门前悬挂,兹将告示录左:

钦加知府衔署理上海租界会审事宜江苏即补分府蔡为出示严禁事。照得演唱淫戏,最为风俗人心之害,历经本廨示禁并取具各戏园遵结各在案,兹本分府访得,迩来租界各戏馆仍敢故违演唱,实属胆玩,合再出示严禁。为此示仰各该戏馆一体遵照,自示之后,毋再演唱淫戏,倘敢故违,定提严究,决不宽贷。其各凛遵毋违,特示。光绪十三年二月初七日。

(1887年3月7日《字林沪报》)

示禁书场

英界四马路一带,书场日多,艳曲淫词,男女混杂,最为风俗之害,兹由苏松太道龚观察①照会英正领事转饬工部局,出示发交总巡派捕持贴各书场茶馆严行禁止,其示照录如左:

管理上海英美租界事务工部局为出示严禁事。现奉英正领事来文,内开顷准关道宪龚函称,上海英租界地方开设书场茶馆演唱淫词小曲,引诱年轻子弟,男女混杂,殊不知羞,实于风俗人心大有关系,移请出示严禁等因到本正领事,准此,札饬前因转局。奉此。合应出示严禁。为此示仰该书场茶馆人等一体知悉,自示之后,务遵本局给发章程,安分贸易,毋得演唱淫邪词曲,蛊惑人心,是为至要,如敢阳奉阴违,一经查出,即拿究办。其各凛遵毋违,特示。光绪十三年三月日示。

(1887年3月30日《字林沪报》)

禁赛会扮杂剧示②

〇鄞县正堂朱③为遵札示禁事,案奉府宪札开。照得郡城赛会每有装饰妇女或雇用流娼扮演杂剧,于风俗人心大有关碍,兹值都神会期将届,诚恐民间狃于积习,不知悛改,合亟查案饬禁等因到县。奉此,查是案节经本县出示严禁,兹访闻城厢内外,已有招贴捐助女太保、女抬阁等项名

---

① 龚观察,龚煦瑗(1835—?),安徽合肥人,字仰蘧。初为江苏候补道。光绪十二年任苏松太道。后历任浙江按察使、四川布政使、出使英法意比等国公使。
② 该组新闻原题为《鄞县示谕汇录》。
③ 朱,即朱庆镛。

目,此等恶习实堪痛恨,奉札前因,合再出示严禁。为此示仰阖邑军民及诸色人等知悉,尔等须知迎赛社会,理宜诚敬,不得再雇青年女子流娼装扮沙船、抬阁,亦不许摆摊聚赌,酗酒滋闹,如敢抗违,定提为首人并扮会之流娼一并照律惩办,决不姑宽。各宜懔遵毋违。特示。

(1887 年 5 月 14 日《申报》)

禁 售 淫 书

前日上海县蒯大令①出示,略谓:淫书淫词,例禁綦严,访闻近有不肖之徒,改《红楼梦》为《幻梦记》,改《倭袍》为《果报录》,而且绘图题词,精其板式,广为销售,有少年子弟见之,适启其淫荡之心,实为世风之害。前奉藩臬宪会札谕禁,兹循旧案,凡各书坊存有此种淫书,着即消毁,其刻板缴同仁辅元堂消毁。自示之后,如再玩法私售,查出从严处治。

(1887 年 9 月 18 日《申报》)

1888 年（光绪十四年戊子）

南邑告示（节录）

南汇县袁②为重申禁令剀切劝谕事。照得本县莅任以来,凡民间大小各案,无不随到随审随结,命案重件,亦即登时讯详,书差稍有迟玩,随时堂回提比,接见缙绅,面谕父老以及传唤地保,皆再三谆嘱,总以保甲为本,息讼为先。犹恐智识庸愚,未能遍知民隐。嗣经周历各乡村庄市镇,所有人情好歹,风俗美恶,并水利沟渠之孰通孰塞,讼棍土豪之孰强孰悍,均已访闻大概。城中善堂如积谷、育婴、恤嫠、普济、宾兴、书院亦俱会董筹商,崇实黜华,力求实济,此本县孜孜求治之意,深恐上负宪恩,下辜民望,谅此邦士民所共知共谅者也。然近日词讼仍繁,诱嫁拐骗之风未尝少减,推求其故,或为本县昏不知人,奉职无状之所致。但以百里之大,四乡之广,一人耳目,窃恐难周,全赖缙绅大夫及各乡各镇各团各图诸董实力匡维,共图补救,究竟何者当兴当革?何事应猛应宽?何等棍徒善于滋扰?何等唆讼技量最精?何家能孝友一门?何人为乡党善士?诸绅董土著于斯,自能目击耳闻,确有实见。本县自知愚暗,最肯虚

---

① 蒯大令,蒯光华,字虎臣,江苏候补知县,1887 年接替莫祥芝代理上海县令,同年被裴大中接任。

② 袁,袁树勋(1847—1915),字海观,湖南湘潭人,晚号抑戒老人。历任江苏高淳知县、铜山知县、上海知县、天津知府、江苏按察使、江苏巡抚、两江总督等。

衷，不妨各举所知，互相商榷，当行则行，可止则止，断不致施施见拒，自诩才华，能得去一分弊受一分益，减一分浮靡得一分实惠，风俗朴纯，各安其业，岂不乐欤？今本县先将应禁应劝各层条示于后，皆为南邑省事惜钱而起，务望诸绅董曲体苦心，遵示严禁。本县公余之暇，仍复周履各乡，宣讲圣谕，查办保甲，密拿讼棍土棍。并与诸绅董就近商酌公务，倘有应办事宜，随时在乡讯断，以期不扰不累。至于下乡随带人役，不过十人，概系优给饭食，不准扰及民间，即本县舟资茶饭，亦俱自备，誓不累人杯水。惟此兢兢业业之心，庶几勤以补拙，南邑风气素厚，耕读相安。近以海上通商，竞尚奢靡，毗连咫尺，习俗移人，若不及时敦朴，必致民穷财尽，其患何可思议耶？各宜凛遵毋违。特示。应禁各条详列于后：

一严禁演唱花鼓淫戏，查出定提为首之人严究，并责地保。

以上严禁劝谕各条，皆为挽回风俗、绥靖地方起见，各镇保团图甲绅耆，务当仰体本县苦衷，一律随时劝勉，倘有怙恶不悛之徒，准其指控，或随时捆送，到案即惩，不使尔等花费一文，则良懦乡民，受绅董之惠不浅也。企予望之。

（1888年2月5日《申报》）

禁逼幼女为娼示①

○"寄语风流贤令尹，护花恩比种花多。"此懒云山人句也。近读江、甘两邑宰会衔告示一道，其惠及群芳实为情文兼全，因节录之云：

近闻扬城有等不法之徒专买少女雏姬，教演淫词艳曲，逼勒为娼，堕溷飘茵，致令无以自拔，纵有自欲从良，又敢多方困阻，指勒不放。更有一种刁生劣监，为之包庇，龟鸨遂即恃为护符，种种浇风，殊堪痛恨。合亟会衔示禁，为此示仰诸色人等知悉，此后遇有诱买少女雏姬逼勒为娼者，许即指名禀控。倘有不放从良，并准其父兄以及本身从实控诉，本县讯明后，当即按照官价饬令备赎给领，并将包庇之人严办。该父兄等将女领回，亦不得复卖为娼，察出并究不贷。

或谓两邑宰之意可谓美矣，然天下之狠心毒计、凌虐幼孩者正复不少，即如老优之于徒弟，工匠之于学生，村妪之于养媳，种种惨酷，几无

---

① 该组新闻原标题为《虹桥月色》。

人理。两邑宰独于虐妓是禁，诚何故欤？曰：子不观蒋励堂①相国诗曰："人言此是鸳鸯侣，我当哀鸿一例看。"女子一入勾阑，几不能见天日，盖较之幼伶艺徒等类，其苦更有十倍者，此禁之所以更严也。然百里侯明镜高悬，安见他项之不逐渐示禁哉？拭目俟之可也。

（扬州）（1888年6月25日《申报》）

作 为 淫 巧

钦加同知衔署南海县事优先补用县正堂加三级纪录十次张②为出示严禁事。照得省城内外街道凡遇神诞，街坊值事每向各铺户敛钱张灯建醮以答神庥，是仿古人春祈秋报之遗意，俗尚相沿，本可不禁，惟迩来世风不古，习俗浇漓，踵事增华，变本加厉，街上悬挂灯架多用鲜明彩缯，装饰人物，扮作淫戏，暗用线索抽使行动，神情毕肖，栩栩欲活，往来男妇老幼观者如堵。作此奇技淫巧，亵渎神明，不能邀福，实干阴谴，且为风俗人心之害，亟应严行禁止，合亟出示晓谕。为此示谕工艺街坊人等知悉，尔等制作手艺，所有以前装造淫戏人物，立即一律自行拆毁，不准贪利再造出赁，各街坊值事亦不得贪图奇巧，租赁淫戏灯架悬挂，诱人观看。经此次示谕之后，倘敢故违，一经查出，定将制造出赁之人及该街坊首事一并拘案究惩，并将灯架起出全行烧毁，以端风俗而正人心。本县为整饬地方起见，不得不严行查禁。其各懔遵，毋贻后悔。特示。

（1888年11月28日《字林沪报》）

1889年（光绪十五年己丑）

示 禁 赌 戏

上海县裴邑尊③查得本邑各乡每有无赖演唱花鼓淫戏及聚赌引诱愚民，实为地方之害，因于昨日特出六言告示，饬差发贴四乡。今将告示抄录于后：

赌博为害地方，花鼓戏属诲淫。现奉桌宪饬拿，期在有犯必惩。
沪地五方杂处，每有地棍流氓。一俟秋成有获，即图引诱愚民。

---

① 蒋励堂，蒋攸铦（1766—1830），字颖芳，号砺堂，汉军镶蓝旗人，辽阳人。乾隆四十九年进士，历任江苏巡抚、河南道总督、四川总督、直隶总督、军机大臣等职。

② 张，即张琮。

③ 裴邑尊，裴大中，字浩亭，安徽霍邱人。1868年任江苏补用知府。后任无锡、昭文、上海等县知县，通州、直隶知州。

演唱花鼓淫戏，藉以赌博为生。男女为戏所惑，败坏风俗声名。农民为赌所诱，银钱耗于俄顷。此等鬼蜮伎俩，言之实堪痛恨。不忍不教而诛，用特先行示禁。尔等务宜警省，各自革面洗心。倘敢复蹈故辙，定予严办不轻，本县言出法随，慎勿视为具文。

(1889年1月17日《字林沪报》)

禁条示众（节录）

宁绍台道吴①为剀切晓谕严禁事。照得为政首在保民，安良必先除莠，本道恭膺简命，观察浙东，所属宁绍台三府民情素称纯厚，勤俭可风，乃下车伊始，访闻近来各属人心不古，俗染浇漓，竟有作奸犯科，引诱讹诈，大为地方之害。本道不忍不教而诛，除饬各府厅县严密拿办外，合行列款晓谕严禁。为此示仰阖属军民人等知悉，尔等务须各守恒业，安分营生，切勿妄作非分，怙恶不悛。自示之后，如有不法之徒，仍蹈后开各项恶习，贻害闾阎，准被害之人赴地方官衙门指名呈请究办。本道爱民如子，嫉恶如仇，刑章具在，勿谓言之不预也。其各懔遵毋违。特示。计开各条：

——严禁串演淫戏。

(宁波)(1889年4月10日《申报》)

续录潮州府曾太守告示

署潮州府曾太守②勤求民隐，近日续发告示一道，前报已录其半，今再录下半篇于左：

(前略)——梨园菊部所以豢养闲人，原属例所不禁，潮属白字戏班悉用弱岁孩童充当脚色，登台演剧从无二十岁以上之人，若遇两班相斗，则日夜曾无已时。班中稍有名色之童，虽步步提防，犹有匪徒劫夺，不如所欲，白刃相加，嗟彼孩童何辜若此？为父兄者贪此身价，竟将子弟送入戏园，何忍心害理至如此极？如谓家道寒贫，难于

---

① 吴，吴引孙(1851—1920)，字福茨，扬州人。光绪五年顺天乡试举人。历任浙江司行走、宁绍台道台、新疆布政使、湖南布政使等职。

② 曾太守，曾纪渠(1848—1897)，字寿人，号修源，又号静臣，湖南湘乡人。曾国藩之弟曾国葆抚之、曾国潢次子。二品荫生，曾任连州知州、潮州知府、署肇庆知府、广州惠潮嘉备兵道、奉旨记名出使大臣等。

养活，寄诸戏馆，冀可出头，不知雏凤即擅新声，梨园纵推独步，而日暮途远，惟以戏子终身，为父母者更何所取耶？嗣后贫贱之家，生有子弟，或饬令耕种度活，或教其小贩营生，切勿误贪重金，轻卖子弟学戏，使其渐入下流也。（后略）

以上各条不知尔等自视何如？本署府则确有见闻，故特不惮烦言，详为开导，尔等务当共体此衷，互相劝勉。夫天下无不可行之政，亦无不可化之人。惟视乎教与不教耳。使惟坐拥皋比，日孳孳于公私财利，将民生吏治概置不问，致令积习日深，流弊日广，微特实有不忍，抑且深以为戒。本署府仰蒙督宪厚恩，期以整饬地方相报，虐民之政，自信必无，而各属情形或尚未能尽悉，示中所已及者，愿尔等迅速回头；即示中所未及者，亦愿尔等自为推广，庶几型仁讲让，永革浇风，自必政和年丰，治臻上理矣。其各凛遵毋违。特示。

（1889年6月13日《字林沪报》）

接录潮州府曾告示（节录）

一梨园乐部所以豢养闲人，原属例所不禁，潮属白字戏班悉用弱岁孩童充当脚色，登台演剧，从无二十岁以上之人，若遇两班相斗，则日夜曾无已时，班中稍有名色之童，虽步步提防，犹有匪徒劫夺，不如所欲，白刃相加。嗟彼孩童，何辜若此？为父兄者贪此身价，竟将子弟送入戏园，何忍心害理至如此极？如谓家道寒贫，难于养活，寄诸戏馆，冀可出头，不知雏凤即擅新声，梨园纵推独步，而日暮途远，惟以戏子终身，为父母者更何所取耶？嗣后贫贱之家，生有子弟，或饬令耕种度活，或教其小贩营生，切勿误贪重金，轻卖子弟学戏，使其投入贱流也。

（1889年7月16日《申报》）

县 示 照 录

昨日裴邑尊①出有六言告示，传谕差保持赴各乡张挂，告示列下：

赌博为害地方，花鼓戏属诲淫。前奉臬宪饬查，业经出示严禁。沪地五方杂处，每有棍徒流氓。演唱花鼓淫戏，藉以赌博为生。男女为戏所惑，败坏风俗声名。农民为赌所诱，银钱耗于俄顷。此等鬼蜮伎俩，言之实堪痛恨。兹当秋成有藉，诚恐故智复萌。不忍不教而

---

① 裴邑尊，即裴大中。

诛，用特再申禁令。尔等务宜警省，各自革面洗心。倘敢复蹈故辙，定予严办不轻。本县言出法随，慎勿视为具文。

(上海)(1889年10月30日《申报》)

禁唱夜戏

正任台州仙居县调署温州府永嘉县正堂宁①为出示晓谕事。照得现届隆冬，宵小易生，一经演唱夜戏，更虞匪徒混迹。且学宪莅临在即，考试士子云集，又恐藉生事端，合行出示严禁。为此示仰各庙董事及掌班人等知悉，自示之后，无论城厢内外、道观庙院及祀神酬愿，一概不准演唱夜戏，倘敢故违，定提首事之人从重究办，如差保得规，一概究惩不贷。特示。光绪十五年十月二十三日。

(1889年11月22日《字林沪报》)

县示照录

特用清军府特授江苏松江府金山县正堂加三级纪大功三次夏②为出示晓谕事。案准华亭县移奉府宪札开，据华、奉、金三县职贡生耆张功镕③等禀称，华境之漕泾南北库，华、奉交界之欢庵、阮港、胡家桥，华、金交界之三多桥、新桥，金山境之王巷、河泾湾、八字桥、旧港等镇，每有土著棍徒联络蠹役，不时开场聚赌，积日累月，习惯无忌，每藉佛会，敛钱演戏，实则聚众赌博，抽头渔利，联名环求，分檄查禁等情到府。札饬移会一体拿禁等由过县，准。经出示严禁，并饬差查拿在案。兹据差禀七保、十七等各有不法棍徒褚其珍、张阿洪、王阿金通同陆绍生、沈雷朱三姓，并有不识姓名十余人称为旱光蛋，日与匪类为伍，常在松陵一带地方，恃强打架，遇事生风，或聚众赌博，扰害良居。前来，除批示并分别移营饬差协拿外，合行出示晓谕。仰各邑诸色人等知悉，自示之后，如有前项玩法棍徒，恃强打架，滋事扰害，以及聚众赌博，准被害之人并地保指名禀县，以凭提案严办，地保徇隐，一并惩治，不稍宽贷。其各遵照毋违。特示。

(1889年12月5日《申报》)

---

① 宁，宁本瑜(1855—?)，字瑄香，号昆圃，安徽休宁人。光绪九年进士，历任青阳、永嘉等县知县。其人精黄歧术，曾校刊《治疗汇要》三卷行世。

② 夏，夏槐，字午亭。江苏候补县，曾署荆溪县、金山县等县知县。1890年以"才能平庸，办事迟钝，惟文理尚优，着以教职归部诠选"，革去金山县令之职。(《本馆接奉电音》，1890年10月26日《申报》)

③ 张功镕，江苏华亭县人，光绪乙酉补行乙亥恩贡，其他待考。

1890年（光绪十六年庚寅）

元宵节后禁止花鼓①

近有一种无业游民装扮花鼓、荡湖船等戏，淫词亵语，游唱通衢，一时哄动多人，尾随观听。经地方官访闻，立即出示谕禁云：

> 每届元宵佳节，扮演花鼓龙灯。现在节期已过，务宜照旧营生。特此出示谕禁，尔等其各凛遵。倘再憨不畏法，立时提案严惩。

保甲局亦出示云：本局访闻近有外来棍徒，扮演花鼓等戏，并演唱淫词，非惟风化攸关，抑且易于滋事，合亟示禁，其各凛遵等语。亦可见各宪维持风化，绥靖地方之意也。

（扬州）（1890年2月18日《申报》）

禁说淫词②

湖州府乌程县张黻廷大令觐光③莅任后，勤于民事，因小说淫词为害匪浅，出有四言示谕一通，为特照录于后，其文曰：

> 小说淫词，久干例禁。有等茶馆，罔知明文。延雇唱客，借作营生。昼夜弹唱，勾引多人。淫歌艳曲，悦耳动听。愚民无知，以假为真。心神荡佚，妄想邪行。攸关风化，禁令亟申。流徒笞杖，定例綦明。自示之后，各宜凛遵。倘敢违犯，立拿究惩。慎莫尝试，法不容情。

（1890年3月30日《字林沪报》）

严禁淫词小说示

头品顶戴江南苏州等处承宣布政使司布政使黄④为严禁书坊出售淫词小说事。查例载刻印淫词小说者，系官革职，军民杖一百流三千里，市卖

---

① 该组新闻原题为《维扬杂录》。
② 该示谕亦见1890年3月31日《申报》，题为《湖州府乌程县严禁小说淫词》。
③ 张觐光，字黻廷，台湾嘉义人。光绪庚辰科进士，同年五月，著交吏部掣签，曾任新城、乌程等县知县。
④ 黄，黄彭年（1824—1890），字子寿，号陶楼，晚号更生，贵州贵筑县人。道光二十五年进士。历任湖北安襄郧道道台、湖北按察使、陕西按察使、江苏布政使、江苏护理巡抚、湖北布政使等职。著有《陶楼诗文集》等。

者杖一百徒三年，买看者杖一百，定例森严，理宜恪守。又查江苏省例，曾经前抚宪丁①出示严禁，并将应禁书目一一指出，通饬各属一体遵行在案。奈日久弊生，复蹈覆辙，而各书肆胆敢视诰诫为具文，目官司为傅舍，公然贩卖，煽焰扬波，贪利昧义，殊属有关风化，本应查拿即行惩治，但不可不教而诛。兹特剀切明示，俾知警悟。我朝定鼎以来，圣祖、神宗德隆天地，道迈古今，凡所以导民之善、防民之过者，法无不备，意无不周。颁行《圣谕广训》十六条，令学官朔望讲诵，并饬各州县立讲约所，不时讲解，申以孝弟之义，示以中正之规，无非欲民不入邪僻，不陷慆淫，勉为驯良，无干法令。至各州县有孝子悌弟、烈妇贞嫠，均令地方大吏汇题旌表，皆所以诱掖斯民归于至善也。数百年沐浴圣教，渐仁摩义，宜乎于变时雍善良成俗。且苏省为文物之邦，其转移变化之机，当较他省为尤易，乃子弟率多浮荡，里风日就嚣陵，深原其故，必有隐斫其天良、潜移其耳目者。廉耻之防日溃，节义之概无闻，是皆由于淫词小说有以深害之也。从前说部之兴，大半文人狡狯之作，或尚有惩创之意寓乎其中，然艳冶之词、荒唐之语，已觉造孽匪浅。后之摹仿者愈趋愈卑，俚鄙狎亵、狂悖荒谬之谈，尤足悦俗子庸夫之目，而市坊不肖之徒反以此为奇货，日事剞劂，广布流传，不知此等谬种，一日不绝，人心风俗即日坏一日，而莫可救药。孔子以郑声为可恶，孟子以邪说为宜息，而淫词小说较古昔圣贤所深恶而痛疾者其贻患为尤烈，安得不亟思挽救？合行晓示，尔书贾人等，自示之后，勒限一个月，已锓者急削其板，已印者急毁其书，宽既往之愆，示将来之罚。倘敢阳奉阴违，营私罔上，一经发觉，势必名列爱书，身投异域，剥肤抱痛，后悔难追，本司言出法随，无稍延玩。特示。

（1890年5月7日《字林沪报》）

示 禁 淫 戏②

英会审员蔡太守③奉到苏潘司黄方伯④禁演淫戏告示，发贴通街。今将宪示照录于左：

头品顶戴江南苏州等处承宣布政使司布政使黄为明白示禁以端风

---

① 丁，即丁日昌。
② 该示谕亦见1890年6月14日《字林沪报》，题为《严禁淫凶戏剧示》。
③ 蔡太守，即蔡汇沧。
④ 黄方伯，即黄彭年。

教而正民心事。照得演戏观剧，事虽侈靡，于人无益，然由来已久。如将古来忠孝节义事迹描摹演唱，亦属可歌可泣，足以动人兴感之心，是于无益之中尚不尽属无益也。惟演唱淫戏，易启邪思，演唱武戏，尤近诲盗。凡年轻子弟，血气未定，观此淫浪之剧，无不神驰心荡，艳彼所为。其粗暴愚氓，性本非良，再看强悍之戏，更生桀黠之心，诩为英干。光天化日之下，何容有此诲淫诲盗之为？若用之于庙台酬神，尤属荒谬。为此择尤示禁，特仰戏园班头、识目、戏脚人等知悉。自示之后，凡属淫盗之阕，一概不准演唱。如敢故违，一经访闻，定即封班拿究。须知不禁演戏，已属从宽，藐玩不遵，即难宽贷。又查有小毛儿戏，男女不分，演唱淫曲，尤属败坏风气，必应禁绝。其各凛遵，毋贻后悔。凛之切切，特示。

计开淫戏如《卖胭脂》《打斋饭》《唱山歌》《巧姻缘》《珍珠衫》《小上坟》《打樱桃》《看佛手》《挑帘裁衣》《下山》《倭袍》《瞎子捉奸》，《送灰面》即《二不知》，《杀子报》即《天齐庙》，《秦淮河》即《大嫖院》，《关王庙》等戏。强梁如《八蜡庙》《赵家楼》《青枫岭》《浔阳江》《武十回》《三上吊》《绿牡丹》《鸳鸯楼》《杀嫂》《刺媳》《盗甲》《劫狱》等剧，名目不胜枚举，无非奸盗邪淫。凡若此者，均宜永禁。此外，或有亵神侮圣之戏亦不准演，如违严究不贷。

（1890年6月14日《申报》）

禁止淫词小说示[1]

会审分府蔡[2]抄奉头品顶戴江南苏州等处承宣布政司布政使黄[3]为严禁书坊出售淫词小说事。查例载刻印淫词小说者，系官革职，军民杖一百流三千里，市卖者杖一百徒三年，买看者杖一百。定例森严，理宜恪守。又查江苏省例曾经前抚宪丁出示严禁，并将应禁书目一一指出，通饬各属一体遵行在案。奈日久弊生，复蹈覆辙，而各书肆胆敢视诰诫为具文，目官司为傅舍，公然贩卖，煽焰扬波，贪利昧义，殊属有关风化，本应查拿，即行惩治，但不可不教而诛。兹特剀切明示，俾知警悟。我朝定鼎以来，列祖、神宗德隆天地，道迈古今，凡所以导民之善、防民之过者，法无不备，意无不周，颁《圣谕广训》十六条，令学官朔望讲诵，并饬各州

---

① 该示谕亦见1890年7月6日《字林沪报》，题目相同。
② 蔡，即蔡汇沧。
③ 黄，即黄彭年。

县立讲约所，不时讲解，申以孝弟之义，示以中正之规，无非欲民不入邪僻，不陷慆淫，勉为驯良，无干法令。至各州县有孝子悌弟、烈妇贞嫠，均令地方大吏汇题旌表，皆所以诱掖斯民归于至善也。数百年沐浴圣教，渐摩仁义，宜乎于变时雍善良成俗。且苏省为文物之邦，其转移变化之机，当较他省为尤易，乃子弟率多浮荡，里风日就嚣陵，探原其故，必有隐斫其天良、潜移其耳目者。廉耻之防日溃，节义之概无闻，是皆由于淫词小说有以深害之也。从前说部之兴，大半文人狡狯之作，或尚有惩创之意寓乎其中，然艳冶之词、荒唐之语，已觉造孽匪浅。后之摹仿者愈趋愈卑，其鄙俚狎亵狂悖纰缪之谈，尤足悦俗子庸夫之目，而市坊不肖之徒反以此为奇货，日事剞劂，广布流传，不知此等谬种，一日不绝，人心风俗即日坏一日，而莫可救药。孔子以郑声为可恶，孟子以邪说为宜息，而淫词小说较古昔圣贤所深恶而痛疾者，其贻患为尤烈，安得不亟思挽救？合行晓示，尔书贾人等，自示之后，勒限一个月，已锓者自削其板，已印者急毁其书，宽既往之愆，示将来之罚。倘敢阳奉阴违，营私罔上，一经发觉，势必名列爱书，身投异域，剥肤抱痛，后悔难追，本司言出法随，毋稍延玩。特示。

（1890年7月6日《申报》）

钦命头品顶戴江苏等处承宣布政使黄条教（节录）

一迎神赛会，本干例禁，乃闻镇市乡村更有公举桀黠者流，充会中之首事，届逢令节，每选人身服神衣神冠，头插黄纸甲马，其人即以神自居，他人亦以神事之。……又制高跷抬阁等类，以雏鬟孩稚扮演杂剧，以为竭诚敬神。每有倾跌殒命而不悔者，则常镇皆有之，肆行无忌，举国若狂，殊不知神之灵爽，岂乐此以相为儿戏哉？《语》曰敬鬼神而远之，《传》云渎则不告。古圣至言，渎且不可，况亵事耶？凡若此者，慢亵已甚，而劳民伤财，尤不可待言。自示之后，咸宜恍然大悟，革面洗心，勉为善良，用迓神庥，此等无益之举，一切永禁。为民父母者，更当因势利导，使民信从，不可徒以刑罚威迫，转致玩违而别生枝节也。

一优伶贱技，无所不为。冶容诲淫，况经搬演。三吴民荒于嬉，水陆冲衢，游手之徒，动辄开设戏馆，耕织余暇，居乡之辈时常起搭春台，神庙报酬，因缘为利，淫词演唱，莫知其非。《律》载："凡乐人搬演杂剧戏文，不许装扮历代帝王后妃，及先贤忠臣烈士神像，违者杖一百。"立法何等森严，矧许其装扮淫夫淫妇乎？自示之后，凡淫戏如《杀子报》《巧姻缘》《卖胭脂》《小上坟》《倭袍》《嫖院》《挑帘裁衣》之类，及小本唱片多种已干例禁者，各有司宜详访名目，勒石永禁，亦不准改名再演，违者立拿班头，尽法痛处。绅士军民人等于城乡内外祀神酬愿、报祖祈年，倘有点演淫戏者，地方官即行严办，不得稍徇情面，以干参处。戏馆戏台共有几处，由地方官详细开报，嗣后只许歇，不许开，违者拿办。又凡坐唱清音，堂名中所有摊簧淫戏如犯禁者，永远禁止，违者一律严惩，并预防差役骚扰。又有一等奸民，收买幼女，教以演戏，名曰帽儿戏。盖皆稚鬟为之，所买之人既欲急于谋利，遑恤他人弱息？故初学督教严酷异常，竟有甚于非刑不忍闻见者，既成既长，又使之出则陪宴，入则售奸。近更有合幼童稚鬟为一班者，不但伤风败俗，抑且惨毒实甚，概予严禁，有犯必惩，勿谓之不预也。

　　一嫌疑重男女之防，风化辨贞淫之迹。是以由左由右，《礼》立其规；采唐采葑，《诗》严其刺。未闻招摇过市、蹀躞褰裳如是其无耻者也。查闻吴中陋习，花园林立，戏馆盛开，杂沓喧阗，举不知怪。园则士女溷坐，馆则包厢后列，冶游者既非邮妇，在座者岂尽鲁男？上彼轻薄之徒，评头品足，睹兹妖淫之戏，荡魄摇心，风俗所关，鲜克由礼。游观自便，渐至忘形。历经本司严禁饬遵在案。今当气候清和，仍恐诸妇女呼群啸侣，轻蹈前辙，不得不重申禁令，永行谕遵。自示之后，凡善局善堂中之花园及戏馆厢座与春台庙楼并市上花鼓小戏，一切妇女仍不准游看，该园馆主亦不准擅放妇女径入，违者园馆发封，妇女责令供出家长，按名问究。务望为父兄与夫主者各劝家人勿再轻犯，否则诸妇女有关颜面，若经责问，恐后悔莫追矣。

　　一妓馆烟寮向为纳汙藏奸之所，而茶坊酒肆亦属废时失业之场，所以屡拿烟妓未及酒茶者，诚不欲好为已甚也。宜由专心民事之州县随时实心体察，大约茶酒之肆，愈少愈佳，烟妓之窝，愈绝愈妙，乃闹市之茶馆纷纷添设男女说书，甚至有卖小戏者，此所诱引人为不善，惟恐其不至十分耳。况说书者无非以子虚乌有之事，沕为邪淫奸盗之词，情皆荒谬，语尽无稽，故意言之凿凿可凭，能使听者亹亹不倦，人皆以为取笑一时，何伤大雅？殊不知日渐月渍，有乖名教也。又况所说《水浒》《倭袍》之类，本犯厉禁。凡说淫书者，其招牌但称古今传奇，尤属狡狯，故其装点趋避，情节实堪痛恨。至僻静之茶馆，则牌九、小摊、别棍、麻雀，种种赌博，无所不有，虽非明目张胆，聚众抽头，而诱害乡愚，实非浅鲜。自示之后，均宜实力严禁。古人云"勿因善小而不为，勿以恶小而为之"，是在贤有司有志为之焉。

　　以上诸条举吴中易犯者剀切劝谕，……淫词小说……等事已经分列严示者，不在此例。自示之后，与前示一体遵照，毋稍玩忽。本司服官斯土，惟愿风俗日纯，民生日厚，期望之心，不容自己，想贤父老决不以为烦细，贤有司亦不以此言为河汉也。其各凛之勉之。特示。光绪十六年四月　日。

(1890年8月3、6、7、10、11日《字林沪报》)

驱 逐 淫 邪

金陵夫子庙前地方辽阔，江湖卖技者流咸集于此，近复有匪徒于该处设一布围，围中悬画十数张，画中所图，多系唐宫秘戏，外以一远镜引人窥看，少年子弟遂以为得未曾有，争先快睹，一见魂消。又有人于围中演唱亵狎情事，尤觉穷形尽相。事为官宪所知，立即出示禁止云：

河北段保甲分局候补分府凌[①]、钦加同知衔署理上元县正堂梅[②]、钦加同知衔实任清河县调署江宁县正堂赵[③]为出示晓谕事。照得圣庙街道，理宜严肃，以昭诚敬，查近有无赖匪徒什佰成群，竟敢于街前支搭厂棚，张演淫画淫戏，锣鼓喧阗，终朝不绝，以致狂童游女，逐臭纷来，剪绺丢包，乘机窃发。以文教礼乐之区，为败俗伤风之地，是可忍，孰不可忍。苟非物类，谁不寒心？若不立予驱除，何以去奸邪而端政化？为此严切晓谕，自示之后，若有无赖匪徒仍蹈前辙，甲长更夫并不随时驱逐，定即一并查办。其各懔遵。特示。

(南京)(1890年9月23日《字林沪报》)

温 州 府 示

特授温州府正堂德[④]为严禁事。照得花戏、夜戏，本干例禁，兹因本府定期考试，士商云集之际，易滋事端，合再严行示禁。为此示仰合郡士庶军民及保甲领班人等知悉，如遇敬神酬愿以及贺祝等事，必不可缓者，只准以白昼为止，毋许以夜间演唱，倘敢故违，立拿地保及演戏首事领班人等到案惩办，决不宽恕。其各凛之，切切特示。

(1890年10月18日《申报》)

---

① 凌，凌梦兰，其人具体不详，据《申报》报道，其于1880—1890年代任江苏通判，先后任调办河南段、河北段保甲局差。

② 梅，梅采，字石卿，湖南武陵人。曾署上元、如皋等县知县。

③ 赵，赵受璋(1851—?)，字品如，号筱帆，河北祁县人。光绪六年进士，历任句容、江宁、铜山、泰州等县知县，后升任江苏候补道。

④ 德，德克吉讷(?—1895)，字峻臣，满洲镶白旗人。光绪元年五月由内阁中书入直，历任军机章内中书、蒙古副都统、青州副都统、温州府知府等职。

1891年（光绪十七年辛卯）

禁止茶园书馆卖戏示①

○步军统领衙门为剀切晓谕事。照得京师为首善之区，理宜严肃，方昭慎重，所有京城内各地方开设之茶园、书馆，演唱杂耍书词，原为例所不禁，无如小民贪利无知，其中竟有加扮杂剧，影射卖戏，且复多方粉饰，耸人听闻，招引无知之徒，肆坐观听，以致男女混淆，滋生事端，实于风化大有关系，亟应出示严禁。为此示仰该地方官兵一体知悉，嗣后于所辖地面开设之茶园书馆，如有卖戏情事，务须立为严行查禁，倘敢不遵，着即按名锁拿，解赴本衙门，定必从严惩办，决不姑容。该官兵如有徇情容隐，阳奉阴违，亦必一并惩办不贷，各宜凛遵勿违。

（北京）（1891年1月13日《申报》）

禁止茶园书馆卖戏示②

○近来宣武门内一带说白清唱之处，尽行装扮杂剧，影射卖戏，男女混杂，迭出事端。大金吾三堂宪访闻确实，一律禁止，因各处黏贴告示，其文曰：

> 步军统领衙门为剀切晓谕示。照得京师为首善之区，理宜严肃，方昭慎重，所有内城各地方开设之茶园、书馆，演唱杂耍书词，原为例所不禁，无如小民贪利无知，装扮杂剧，影射卖戏，且复多方粉饰，耸人听闻，招引匪徒，列坐观听，以致男女混淆，滋生事端，实于风化大有关碍。为此示仰该地面官兵一体知悉，嗣后所属地面开设之茶园、书馆，如有私自卖戏情事，务须立即严行查禁，倘敢不遵者，即按名锁拿，解赴本衙门，从重惩办，决不姑容。该官兵等知情徇隐，阳奉阴违，亦必一并严惩不贷，各宜凛遵勿违。

（北京）（1891年1月20日《申报》）

严禁淫戏赌博示

宁波府正堂胡③为严禁事。照得淫戏赌博最为败俗伤风，历经严禁在案，不图日久玩生，访闻不法棍徒近来故智复萌，或扮演串客淫戏，描摹

---

① 该组新闻原题为《长乐钟声》。
② 该组新闻原题为《燕筑余声》。
③ 胡，即胡元洁。

闺房丑态，或纠众聚赌，哄骗无识愚民，藉以敛钱，不顾法纪，而被其煽惑者若痴若狂，流荡忘返，踰闲倾家，皆自此始，贻害闾阎，莫此为甚。揆其肆无忌惮之心，大都贿结差保所致，若不严行拿禁，何以维世道而正人心？除行鄞县并饬差访拿外，合行出示严禁。为此示仰军民人等知悉，尔等须知庙会聚赌，最为命盗之源，串演淫戏，尤为风俗之害，慎勿以勤劳之资，甘输痞棍，清白之户，浸染邪魔，嗣后务宜痛自警省，各安本分。为父兄者尤须时时儆诫，毋任子弟妇女流荡犯法，致玷家声。自示之后，倘敢故违，一经拿办不贷。其各懔遵毋违，切切特示。

（1891 年 4 月 5 日《申报》）

示 禁 弹 唱

丹徒王大令①近奉道宪札开，准英领事函称，租界酒馆饭铺不准容纳娼妓弹唱，爰即出示谓：

诚恐各铺户未尽周知，因转饬到县。为此示谕军民人等知悉，租界以内不容妓女往来，租界以外岂容腥秽渎我市廛？兹限二十天，至十月二十日止，凡流娼土妓，一概迁移，别图正业，违者房屋封闭充公，差保徇庇，治以应得之罪，切勿视为具文云云。

想自此以后，人心正而风俗安矣。

（《益闻录》1891 年第 1119 期）

1892 年（光绪十八年壬辰）

黄 堂 政 绩

○钦加三品衔赏戴花翎署理江西九江府正堂加五级随带加六级纪录二十次崇②为出示严禁以肃风化事。照得无耻之徒，演唱采茶淫词，久干例禁，兹本府莅任，访所属地方，有等外来不法游民，无分昼夜，在于各处唱演采茶，引诱男妇聚集观看，大为风俗人心之害，且不免有开场聚赌，窝藏窃贼，乘间肆窃情事。若不严行驱逐禁止，不足以靖地方而敦风化。除密访查拿外，合亟出示严禁。为此示仰阖属军民人等一体知悉，尔等嗣

---

① 王大令，王得庚（1861—?），字纬辰，一字伟臣，号寄斋，浙江仁和人。光绪十八年进士，改翰林院庶吉士，光绪二十年著以知县即用，历任江苏赣榆、华亭、元和、宝山、丹徒等县知县。

② 崇，崇俊，正白旗满洲人。由监生捐纳笔帖式，历任祠祭员外郎、南昌府知府、饶州知府等职。

后须知演唱采茶，最足以坏习俗，务各互相禁约，嗣后毋得任令仍前演唱。其演唱采茶之人，各宜痛改前非，另谋生业。自示之后，倘敢仍蹈前辙，一经访闻，或被告发，定即拘案，从重究办，决不宽贷。该捕保人等，有稽查之责，不得徇情容隐，如违并究。各宜凛遵毋违。特示。

(1892年1月17日《申报》)

弭 患 无 形

调署温州永嘉县正堂邵①为出示谕禁事。本年正月二十二日奉道宪李②函谕，顷接英领事来函以近日大街灯会有扮作西人式样，任人戏弄，并遇西人过路，每有民人跟随叫骂，函请饬禁等语到县。奉此。查搬演时事，本属有违禁令，除谕饬地保随时劝阻外，合行出示谕禁。为此示仰阖邑军民人等知悉，现在中外通商，共敦和好，理应彼此以礼相待，岂容任意侮弄？况各海口教事叠出，均因民教不和，以细故而酿成大祸，地方受累无穷，即如前年温州教堂案赔款巨万，民间罗掘一空，迄今元气未复，均足为前车之鉴。自示之后，尔等酬神会戏慎勿扮作西人模样。至于西人路过叫骂跟随或令小儿故意掷石辱骂，行同无赖，不但虑肇衅端，抑且令西人笑我无礼。此等行径，尤宜改过。本县为消弭祸患起见，不惮谆谆告诫，倘敢故违禁令，或有不法棍徒从中构隙起衅，定即严提到案究办，决不宽恕。其各懔遵毋误。特示。正月二十九日。

(1892年3月12日《字林沪报》)

禁 串 客 示③

○宁波府正堂胡④示：串客扮演淫戏，最为地方之害。历经前府拿办，犯者丝毫不贷。近闻此风复萌，合再出示告诫。此后城厢各处，不准复演丑态。责成庄保柱首，密将姓名开载。如能现获捆送，更当从优赏赉。倘敢知情容隐，一体严惩毋骇。本府令出惟行，决不稍为延挨。各宜凛遵猛省，免致后悔毋涯。特示。

(1892年6月25日《申报》)

---

① 邵，邵禀经，字补堂。1891年至1894年任永嘉县知县。
② 李，李光久(1845—1900)，字健斋，湖南湘乡人。历任江南候补道、署温处道、江海关道、浙江按察使等职。著有《誓师要言》。
③ 该组新闻原题为《告示例登》。
④ 胡，即胡元洁。

1893年（光绪十九年癸巳）

示 谕 照 登

　　头品顶戴兵部侍郎兼都察院右副都御史巡抚广东地方提督军务兼理粮饷刚①为严禁敛钱聚众建醮酬神以重民生而防灾患事。照得春祈秋报，固民俗之同风，而赛会迎神实殊方之陋习，粤东媚信神鬼，俗尚奢靡，每藉神诞为名，高搭彩棚，建醮演剧，灯火炫耀，鼓吹喧阗，其张挂陈设之具，极巧穷工，淫佚无度，男女混杂，彻旦连宵，一会之费，动辄千金，一年之中，常至数会。主会者科敛为事，好事者奔赴若狂。而盗贼抢窃斗殴攘夺放火诱拐等案每酿于此，即如前月肇庆府属金利墟建醮失火，烧毙致千余人，民独何辜，遭此浩劫？皆由地方土棍，藉端蛊惑，以致罹此奇灾，言之实堪痛恨。夫神聪明正直，捍患御灾，体天地好生之心以为心，无不怀保小民，爱护珍惜。今见尔等自作之孽，定必深恶而痛绝之，尚能降福孔皆乎？尔等奉祀神明，无非欲趋吉避凶，求福免祸，只当致敬尽礼，斋戒纠虔，神必鉴其真诚，来格来享。古云"牺牲既陈，粢盛既洁"。从未闻争奢斗靡，踵事增华。试问彩棚之高大，物之盛，陈设之华丽，灯火之繁多，于神有何益处？而暴珍物力，复伤耗民财，其害处不胜枚举。况粤东人情好胜，凡遇此等胜会，断不肯另择空广之所，必于城厢内外，墟场市镇，相率举行。试思人烟辐辏之区，肩摩踵接，往来践踏，拥塞道途，本地之莠民，外来之滑贼，相与溷迹，防不胜防，小而抢窃衣物，打架争斗，大而联会盗劫，掳拐人口，甚至逞凶放火，百弊丛生，随处皆可伤人，随时皆可滋事，是非求福之举，实为贾祸之尤，既无吉之可趋，反有凶之难避，在愚民毫无知识，以为一方盛举，积习相沿，不如是不足以昭诚敬，而读书明理者无不为之寒心。揆厥所由，皆因主会之人欺世惑众，敛钱肥己，罔思日后，只顾目前，慢神虐民有如此者。本部院痌瘝念切，凡有害民生之事，无不谆谆诰诫，以期渐挽浇风。各属地方报赛迎神，原为例所不禁，而搭棚建醮，张灯结彩，非徒无益于事，抑且有害于民，亟应严切劝谕，以重地方而安民命。除通饬遵照外，合行出示晓谕。为此示谕各属绅商军民人等一体知悉，尔等须知祀神惟在诚敬，不事铺张，幸勿狃于积习，执迷不悟。自示之后，倘有仍前高搭彩棚，敛钱建醮演剧者，应即将主会值理姓名，先行报县查考，设遇盗贼抢劫诱拐赌博等

---

① 刚，刚毅（1837—1900），字子良，清满洲镶蓝旗人。笔帖式出身，累升至刑部郎中。历任山西巡抚、江苏巡抚、广东巡抚、军机大臣、工部尚书等职。

事，即惟该主会值理是问，如有火患伤人，以主会值理者拟罪赔修。各宜懔遵毋违。特示。

（广东）（1893年2月3日《申报》）

上海县严禁花鼓戏示①

○上海县正堂黄②为再行出示严禁事。据黄浦司详称，切查乡间每于秋收之际，以酬神为名演唱花鼓淫戏或唱影戏，以致男女混杂，难保无私奔勾合情事。兹查今年此风更甚，风闻北桥一带，因演唱花鼓戏致出强奸等事，又十八保十二图地方因演唱花鼓戏有流氓徐全和等成群结队在戏场调戏妇女，以致互相聚殴，实于地方风化攸关，详祈鉴核严禁等情。查演唱花鼓淫戏，最为败坏风俗，本县早经示禁在案，现在此等淫戏四乡多有，应即一律禁绝，以挽恶风而免事端。据详前情，除严密访拿外，合亟再行出示严禁。为此示仰农民地保等知悉，尔等须知演唱花鼓戏，本在应禁之例，调戏妇女尤为风化所关，自示之后，凡现在演唱者，务当一律收场，别图正业，不得复萌故智。凡为家长者，更宜各诫妇女，勤习女工，切勿任意闲游。本县爱民若子，执法如山，故不惮谆谆告诫，倘敢视为具文，仍蹈故辙，一经访提到案，定必痛惩以法，勿谓言之不预也。各宜凛遵毋违。特示。

（1893年10月22日《申报》）

1894年（光绪二十年甲午）

分条示禁（节录）③

新任宁波府钱甘卿④太守牌示，前已录报，兹将开禁十款列后：

一串客游民搬做淫戏。

以上十款皆严禁不贷，如有犯者，定即拿究。想宁郡风气或自此而丕变欤？

（1894年1月11日《申报》）

---

① 该组新闻原题为《县示汇录》。该示谕见于10月22日《新闻报》，题为《县示照录》；亦见10月23日《字林沪报》，题为《县示两录》。

② 黄，黄承暄，字嘉玉，号愛堂，江西萍乡人。历任东台、上海等县知县，四川省盐茶道、署布政使。1892年任上海县令，1895年离任。

③ 该禁条亦见1894年1月17日《字林沪报》，该组新闻原标题为《月湖寒柝》。

④ 钱甘卿，钱溯时，字甘卿，江苏太仓人。由监生捐光禄寺典簿，历任宁波知府、杭州知府。

严禁串客示①

○宁波串客最为风俗之害,现经府尊出示严禁,其文曰:宁波府正堂钱②示:串客扮演淫戏,贻害地方匪浅。无非海淫聚赌,照例查办从严。历经前府拿办,现在此风复然。特再出示告诫,淫戏不准复演。花龙牌九赌博,访拿一体严究。有犯许即捆送,赏赉格外从优。如或得贿容隐,并究庄保柱首。各宜凛遵猛省,获案决不轻宥。

(1894年2月12日《申报》)

示禁摊簧③

○本城豫园各茶肆演说平话,听者如云,巡防东局委员王二尹④厉禁高悬,一律驱逐,犹恐利之所在,不免阳奉阴违,遂于昨日出示悬挂城隍庙头门,略谓:

> 园内各茶馆藉说书为名,招集无赖演唱摊簧,不惟引诱良家子弟,且男女混杂,于风化攸关,故特出示谕禁,如各茶馆主有违犯情事,一经查出,定即提局重惩不贷,各宜凛遵毋违。

(上海县)(1894年3月14日《申报》)

力挽颓风

昨日十二点钟水利厅林绍衣⑤二尹传齐各铺地保谕曰:

> 妇女啜茗,向干例禁。近日此风渐肆,尔等可向茶肆主传谕,如以后仍有妇女混入茶寮,以致男女混杂,惟肆主是问。各处书场不准再唱淫书摊簧,引诱良家子弟。尔等须剀切谕禁,不得阳奉阴违,致干咎戾。

二尹真能以易俗移风为己任者。

(上海县)(1894年3月31日《申报》)

---

① 该组新闻原题为《府县两志》。
② 钱,即钱溯耆。
③ 该组新闻原题为《上海巡局琐案》。
④ 王二尹,王经畬,其人具体待考,据《申报》报道,其人1890年代任上海巡防东局委员。
⑤ 林绍衣,其人待考,据《申报》报道,其人于1893年6月出任上海县水利厅同知。(《临别赠言》,1893年6月4日《申报》)

局 示 照 登①

办理上海城厢内外总巡保甲局为出示晓谕事。照得书场演唱摊簧以及评话淫词小说，风化攸关，前经由局禁止。兹据得意楼等茶馆主王兰亭等禀称，伊等在于邑庙内开设各茶肆，向来倩邀讲说评话，藉招听客以资糊口，此后所有摊簧小说以及《倭袍》《双珠凤》等类遵谕停止，仍自选择正经故事评讲，环求复业前来。查阅所禀尚属可行，合行出示晓谕。为此示仰该茶馆主等知悉，自示之后，务各安分营生，切勿容唱《倭袍》《双珠凤》等小说，致干咎戾，所有摊簧名目最为恶习，无论城厢内外，一概不准演唱，倘敢阳奉阴违，一并提案，从严究办不贷。切切特示。计开应禁：

《水浒》《倭袍》《双珠凤》《玉蜻蜓》。

（1894年4月18日《新闻报》）

严禁演唱摊簧告示

办理上海城厢内外保甲总巡局为出示晓谕事。照得书场演唱摊簧以及评话淫词小说，风化攸关，前经由局禁止，兹据德意楼等茶馆主王兰亭禀称，伊等在于邑庙内开设各茶馆，向来倩邀讲说评话，藉招听客以资糊口，此后所有摊簧小说以及《倭袍》《双珠凤》等类遵谕停止，仍自选择正经故事评讲，环求复业，不敢违禁等情具禀前来。查阅所禀尚属可行，合行出示晓谕。为此示仰该茶馆主等知悉，自示之后，务各安分营生，切勿容唱《倭袍》《双珠凤》等小说致干咎戾。所有摊簧名目最为恶习，无论城厢内外一概不准演唱，倘敢阳奉阴违，一并提案，从严究办不贷，切切特示。

按，演唱摊簧，本干禁律，城内各茶馆既得贤有司严行示禁，想雷厉风行之下，原不难弊绝风清，但租界中如四马路鸿园等处仍阳奉阴违，未能禁绝，所望贤有司重申禁令，挽此颓风也。

（1894年4月18日《字林沪报》）

维 持 风 化

江西访事人云，迩年风俗人心益形败坏，奸淫寇盗，案牍如山，原其作俑之人，实由各书坊贩卖诲淫诲盗之书而起。南昌府倪覃园②太守有见

---

① 该示谕亦见1894年4月18日《申报》，标题为《晓谕茶肆》。
② 倪覃园，倪恩龄，字覃园，云南昆明人。光绪二年进士，授编修。先后任会试、顺天乡试同考官，官至南昌知府、柳州知府。

于此，因督饬南昌、新建二邑宰出示严禁，其文曰：

> 稗官小说，荒唐不经，其中海淫海盗等书，或绘男女媒亵之情，或述萑符窃据之状，愚民诵习熏染，易启奸萌，最为风俗人心之害。久经饬属查明向例应禁各书名目，禁止销毁在案。兹据职员欧阳熙、贡生谢焜、欧阳懋等以市井遍卖淫书，禀乞示禁等情前来，查近来邻境会匪充斥，流娼繁多，业已分别拿办驱逐，所有一切违禁奸淫等书，亟应重申厉禁，以正心术而清治源。除批示外，合行出示严禁。为此示仰省城各书坊人等知悉，尔等铺内如存有应禁淫词邪说等书，立即尽行销毁，不准私售渔利，倘敢故违，定饬查拿到案，治以应得之罪。至绅民为家长者，亦应约束子弟，勿得违禁买看自误。并不许棍徒因官府有此示谕，捕风捉影，藉端图诈滋事，并干严究不贷。各宜懔遵毋违，切切特示。

（1894 年 5 月 16 日《申报》）

示 禁 唱 歌

时当夏令，每有无赖之辈掉臂游行，口唱村词俚曲。上海县黄大令①恶其有伤风化，先期出有四言告示，照录于后：

> 访得棍徒，沿街高唱。七字吴歌，杜撰淫浪。饬甲查拿，毋任漏网。严提到案，决不宽放。

（1894 年 6 月 8 日《申报》）

严禁茶馆弹唱淫词②

〇苏州总捕同知保甲总办刘少峰③司马于本月二十日出有告示一道，略谓：

> 苏城内外各茶馆每有设立书场并俗名打山头者，弹唱种种淫词小曲，哄动多人，男女杂坐，不但风化攸关，抑且易滋事端，本应提究，不忍不教而诛。除密访外，合出示谕禁。为此示仰诸色人等知

---

① 黄大令，即黄承暄。
② 该组新闻原题为《苏台小志》。
③ 刘少峰，其人待考，据《申报》报道，其人 1894 年至 1897 年任苏州总捕同知，1903 年前后任江宁驻芜湖米厘局总办。

悉，自示之后，各茶馆倘再容留妇女杂坐，弹唱淫词小曲，定将该茶馆主提案究惩，房屋立即发封。尔等须知，本局为整饬风化起见，各宜凛遵，毋得以身尝试，自罹法网。

(1894年6月30日《申报》)

1895（光绪二十一年乙未）

禁止茶肆弹唱淫词①

○城内各茶肆往往雇人弹唱淫词小说，纠赌抽头，禁谕谆谆，若无闻见。前日保甲总巡翁明府②发出四言告示曰：

城厢茶馆，叠经稽查。禁止妇女，入馆吃茶。弹唱淫词，关碍风化。聚赌抽头，有干律法。并禁痞棍，吵闹喧哗。讲茶莫吃，安分生涯。如敢故违，立即严拿。地甲容隐，一并杖枷。

(上海县)(1895年2月18日《申报》)

四 言 示 谕③

弹唱淫词，设局聚赌等情，本干厉禁，屡经地方官谆谆示谕，无如日久玩生，仍有不法之徒胆敢在茶园中弹唱赌博，败俗伤风，莫此为甚。事为保甲总巡翁明府访闻，特悬四言示谕，严行禁止，使若辈触目警心，知所敛迹，亦地方之福也。爰照录之，以供众览：

城厢茶馆，叠经稽查。禁止妇女，入馆吃茶。弹唱淫词，关碍风化。聚赌抽头，有干律法。并禁痞棍，吵闹喧哗。讲茶莫吃，安分生涯。如敢故违，立即严拿。地甲容隐，一并杖枷。

(1895年2月18日《新闻报》)

示 禁 赛 灯

扬城每届新正，有一种游手好闲之辈，制就龙灯兔灯，以及易弁而

---

① 该组新闻原题为《沪城杂志》。
② 翁明府，翁延年，字从九，号笠渔，湖南湘潭人。曾任阳湖、清河、铜山等县知县，上海英美租界会审谳员。1894年至1895年任上海城厢内外保甲总巡。
③ 该示谕亦见1895年2月18日《字林沪报》，题为《重申禁令》。按，本则与《申报》同日所载《四言示谕》在颁发的时间和缘起上可以互补，故录此以供参考。

钗,扮演花鼓等戏。自元宵起以迄二月二日,锣鼓喧天,沿街游赛,引诱人家妇孺出观,彼等藉以评头品足,任意诙谐,甚至攫抢簪环,实为风俗人心之害。且当此海氛不靖,在稍有知识者,方义愤填膺,杞忧甚切,安有此闲情逸致?是以江、甘两邑宰暨保甲总巡城守营守府公同出示严禁,略谓:

> 扬城每至新正,即有游手好闲之徒迎赛龙灯及花鼓等灯,锣鼓喧阗,沿街嬉戏,保无青皮地痞乘间滋生事端,历经示禁在案。现值军情紧要,大军络绎过境,尤宜严禁。为此示仰诸色人等知悉,务各安分守己,各自营生,毋得再蹈前辙,倘有不遵,定行提惩云云。

此亦大令等弭患无形、绥靖地方之意也。

(扬州)(1895年2月19日《申报》)

谕禁浇风

本县水利厅林珍虞①少尹昨日午后饬传城厢内外各铺地甲到署,谕饬各茶肆毋许妇女入内啜茗,遇有设摊售卖淫书淫画,均予一并查拿解办。此系奉正堂黄大老爷②移委查禁之事,不得视为具文,各铺甲遵谕而出。少尹并拟告示一道,发交头铺地甲悬贴示禁,略谓:

> 售卖淫书淫画、妇女入肆啜茗等事,久干例禁,并仰各书坊一律知悉,亦不准刷印淫书发卖,致干提究不贷。

(上海县)(1895年3月22日《申报》)

严禁花鼓

照得花鼓淫词,久干例禁,皖城向有无业游民,每于更深僻静之处,扮演淫戏,俗名为黄陂调也,引诱良家子弟,大伤风化,其害不可胜言,前经各宪叠次示禁在案,若辈稍知敛迹。无如日久玩生,近时复萌故智,竟敢于东门外五里庙地方白昼演唱,连日通宵达旦,男妇往观者络绎于途,事闻于保甲总局潘作卿③观察,以此风断不可长,即饬差保往拿,并

---

① 林珍虞,据《申报》报道,其人于1894年至1895年间任上海县主簿。
② 黄大老爷,即黄承暄。
③ 潘作卿,潘汝杰,字作卿,广东南海县人。监生,同治十一年报捐郎中,历任试用知府、安徽候补道、淮北牙厘局总办、安徽保甲局总办等职。

向威军商拨小队二十名分途缉捕，庶免差保朦蔽。而观察爱民如子，嫉恶如仇，因念若辈无知，不忍不教而诛，一面先行告示张贴通衢，兹照录如左：

> 花鼓淫戏，邪词野曲。形容丑态，伤人心目。妇女观之，丧贞败节。极宜严禁，以端风俗。委员督保，认真查诘。提案重办，毋稍玩泄。

(安庆)(1895年4月26日《申报》)

整顿风俗示

宁波府正堂钱①为出示严禁事。照得现经本府访闻鄞县各乡有等不法赌徒藉庙会为名，明目张胆，扮演串客，日夜纠众聚赌，花笼牌九，哄骗多端，愚民无知，隐受其害。郡城之内，赌风亦炽，而以寅卯柱为尤甚。似此干犯禁令，败坏风俗，流毒何穷，实堪痛恨。除由府严密访拿外，合行出示严禁。为此示仰诸色人等知悉。尔等须知开场聚赌，例禁綦严，轻则枷杖，重则遣戍，法令煌煌，不容违犯。扮演串客，更为世道人心之害，获案尤当重究。自示之后，务宜革面洗心，各安正业。倘或不知悛改，仍复故违，一经拿获，即行尽法惩办，差保得规，徇隐不报，一并提案究治，聚赌房屋，封锁入官。本府言出法随，决不宽贷，其各凛遵毋违，特示。

(1895年6月23日《申报》)

示 禁 新 戏②

沪上各戏园近日新排各种新戏，如天仙之《铁公鸡》《鲍公十三功》，天仪之《左公平西》，天福之《僧王平匪》等，皆系昔年发逆扰乱故事，枪刀锋利，旗帜鲜明，每一登场，坐客常满。近为新任英美两界谳员屠别驾③所闻，以移风易俗，莫善于乐，似此任情扮演，恐以启莠民不靖之心，且剧中如向忠武、张忠武、左文襄、曾文正④诸公无不功高宇宙，名振寰区，优孟衣冠，殊多亵渎，因于昨日饬传各戏园领班至廨，谕令停

---

① 钱，即钱溯时。
② 该示谕亦见1895年7月29日《申报》，题为《约束梨园》。
③ 屠别驾，即屠作伦，字兴之，京兆宛平人。监生，江苏试用通判，曾任署清河知县、江宁府南捕通判、淮安府军捕通判等职。1895年至1896年间任上海英租界会审谳员，1905年3月29日至同年6月3日再任上海英租界会审谳员。
④ 向忠武、张忠武、左文襄、曾文正，即向荣、张嘉祥、左宗棠、曾国藩。

演，今将告示录左：

英美租界会审分府屠为示禁事。照得演唱新剧，理宜扮作忠孝节义各出，以资观感，乃近查各茶园演唱《铁公鸡》《左公平西》暨《鲍公十三功》等戏，其中情节支离，任情捏造，颠倒是非，甚至将士百衰，转皆情逆党英雄，描摹凶恶情形，尤为惊心触目。不独有亵前代名臣，而于世道人心亦大有关系，除差查遵照外，合行示禁。为此示仰该园管班人等知悉，自示之后，将前项《铁公鸡》等戏一概禁演，并不许改换名目，再行演唱，倘敢有违，一经查出，即行提案究办，决不稍宽。本分府言出法随，切勿尝试。凛之切切，特示。光绪二十一年六月初六日。

(1895年7月29日《新闻报》)

禁革浇风

扬城每届中元节，好事者多醵金于当街支搭板台布幕，悬点明灯，招雇缁流讽诵瑜珈焰口，谓之赈孤。诵至半途并演唱各种艳曲，如《老鼠告状》《银纽丝》《剪剪花》等，不一而足，由月之中旬以迄月杪，几于无日无之，红男绿女，纷至沓来，围台团坐而听，败俗伤风，莫此为甚。本届**甘邑宰方大令**①有鉴于此，特出简明告示谕禁，其大旨谓：

赈孤原属不禁，然拦街搭台，男女杂坐，难免匪徒溷迹，滋生事端，且亦有关风化，自示之后，只准于寺院暨店屋之内施放焰口，如再有前项情事，定提严惩云云。

此示一出，省事者无不恪遵功令，奉命唯谨，而牛山濯濯者则不免垂头丧气，不似往届之采烈兴高矣。

(扬州)(1895年9月16日《申报》)

示禁小说

巴县正堂何②为示禁事。照得昨阅抄报，省城各报房妄将福建省台湾

---

① 方大令，方果卿，字臻峻，安徽定远人。曾任扬州保甲总巡、甘泉、金匮、无锡等县知县。

② 何，何咸德，字又卿，福建侯官人。光绪元年恩科解元，以知县分发四川，历任泸州盐务局委员、巴县、宜宾知县等职。1895年6月4日接替陈一山署巴县知县，同年11月离任。

战略事迹附会装点，捏造上谕小说，刻板刷卖渔利，当经首府县查拿责禁在案。渝郡人心浮动，此等捏造小说，当亦不免。除差查外，合行出示严禁。为此示仰本城各书铺知悉，自示之后，所有前项捏造小说及有关时政等书，未经奉有明文者，一概不准刻卖，以免煽惑人心。倘敢不遵，一经本县查出，定行从严惩办不贷。特示。

（四川）（1895年10月8日《申报》）

黄 堂 条 教

宁波访事人云，新任宁波府程稻村①太守下车伊始，循例出示，黏贴通衢：

（前略）——严禁串客游民扮做淫戏。——严禁无耻娼优扮演抬阁。（后略）

（1895年10月31日《申报》）

县 示 照 录②

钦加运同衔特用府补用直隶州上海县正堂黄③为重申禁令事。照得安良必先除暴，立法尤在警顽，上海为华洋互市之区，五方杂处，良莠不齐，而租界地方匪徒尤易混迹，一切作奸犯科之事，较他邑为尤甚。本县下车以来，倏已数载，举凡地方利弊，悉心访察，其间有最为风俗人心之害者，业经列款示禁在案，无如日久玩生，故智复萌，据生监职董李鸿光等具禀前来，合再揭款。为此示仰合邑诸色人等知悉，尔等须知天道好还，作恶无不报之理，王章宣列，犯法有必办之刑。自示之后，务各安分谋生，切勿为非作歹，倘敢貌违禁令，怙恶不悛，一经访闻，或被告发，定即立提到案，尽法严办，决不姑宽。本县爱民若子，嫉恶如仇，故不惮谆谆告诫，切勿视为虚声恫喝，甘心以身尝试，后悔无及。各宜凛遵。切切特示。计开：

（前略）——严禁花鼓淫戏。无耻棍徒演唱花鼓淫戏，引诱子女失贞败节，兼之宵小易于窃发，实为地方风俗之害。此后务宜另图正

---

① 程稻村，即程云俶。

② 该示谕亦见1895年11月20日《新闻报》和《字林沪报》，题目分别为《县示照录》和《县示照登》。

③ 黄，即黄承暄。

业，违则立提究惩，地保容隐并究。（后略）

以上各条皆指切近上海而言，各宜触目警心，互相劝戒，是为至要。

(1895年11月20日《申报》)

1896年（光绪二十二年丙申）

示 禁 串 客

鄞邑侯杨稚虹①大令励精图治，思挽颓风，兹由宁波访事友寄来六言告示，禁止扮演串客，因即备录于后：

妇女最重名节，人心端赖防闲。演唱淫词艳曲，其害不堪尽言。尔等扮演串客，无非意在图钱。百般奸淫丑态，哄动众人观看。乡里寡妇处女，心中本是安然。一旦目睹心荡，名节不能保全。淫为万恶魁首，律法何等森然。嗣后永宜禁绝，如违定干重惩。

噫，何事不可为，而必欲诱人宣淫以赚钱，实属罪大恶极，今明府出示告诫，若辈能从此洗心改图，另谋生计，庶不负大令一番苦心也。

(1896年1月22日《新闻报》)

整 顿 风 俗

江宁王、翁②两首县自下车伊始，素著循声，前次严行拿缉地方赌痞流氓等，早已将告示访单遍贴通衢，当地居民老少无不同声颂扬，今两明府又复会衔出示两张，到处粘贴：

（前略）一则禁卖淫词小曲。近有闲民，每以篾帘遍挂淫词小曲，到处摊卖，实与风化有关。自示之后，如有阳奉阴违，一经访查，定行重办，决不宽贷。

此示业于本月初五日张示通衢矣。

(1896年1月25日《新闻报》)

---

① 杨稚虹，杨文斌，字稚虹，云南蒙自人。历任瑞安、乐清、鄞县、嘉兴等县知县。

② 指江宁府首县上元和江宁两县知县，分别为王芝兰和翁延年。王芝兰，字伯芳，山东长清人。光绪六年（1879）进士，曾任长洲、丹徒、上元等知县。

示 禁 女 伶①

会审分府屠②为出示严禁事。照得演唱戏曲，男女混杂，实属有关风化，本分府访闻同庆广东戏园有女伶混杂演剧，殊违禁令，业经饬差传谕该女优散去。惟恐日久玩生，复萌故智，合行出示严禁。为此示仰该戏园主遵照，自示之后，不许再邀女优同演，如敢故违，一经访闻，定提严究，决不宽贷。凛之切切。特示。光绪二十二年四月二十二日。

（1896年6月6日《新闻报》）

维 持 风 化

○英界五马路同庆戏园雇用女伶演剧，经英谳员屠通守③谕饬值日差传案讯究，嗣悉此事可以毋庸传讯，特由通守出示一道谕禁严行，其文曰：

钦加四品衔办理上海英美租界会审事务兼办洋务局提调正任江宁府南捕分府屠为出示严禁事。照得演唱戏曲，男女混杂，实属攸关风化，本分府访闻同庆戏园女伶混杂演剧，殊违禁令，业经出差传谕，将该女优散去。惟恐日久玩生，复萌故智，合行出示严禁。为此示仰该戏园遵照，自示之后，不准再邀女伶同演，倘敢故违，一经访闻，定提严究，决不宽贷。凛之切切。特示。

（1896年6月6日《字林沪报》）

四 言 韵 示

本埠保甲总巡钟明府④昨日饬发四言告示数百张，分给沪南十六念三七铺并城厢内外各地甲晓谕通衢，今特录后：

保甲总局钟示：城厢茶馆，叠经稽查。禁止妇女，入馆吃茶。弹唱淫词，关碍风化。聚赌抽头，有干律法。并禁痞棍，吵闹喧哗。讲茶莫吃，安分生涯。如敢故违，立即严拿。地甲容隐，一并杖枷。

（上海县）（1896年6月9日《新闻报》）

---

① 该示谕亦见1896年6月6日《申报》，题目相同。
② 屠，即屠作伦。
③ 屠通守，即屠作伦。
④ 钟明府，钟尔谷，字寿百，晚清《申报》上又作"守伯""受百"，江西庐陵人，1896年至1898年任上海城厢保甲总巡，后任铜梁知县。

严 禁 淫 书[①]

钦加四品衔办理英美租界会审事务兼办洋务局提调正任江宁府南捕分府加一级纪功二次屠[②]为出示严禁事。照得刊售淫书，最为风俗人心之害，例禁綦严，接奉各大宪晓谕查禁，并经本分府饬着差捕查拿罚办，起获淫书尽行焚毁，嗣因访闻另有不肖之徒妄撰《灯草和尚》一书，极为淫亵，又经密饬查禁各在案。兹据该书业职董管斯骏[③]以查得肇记书局所印淫书，虽奉获案焚毁，其石印各底稿尚在，应请饬缴焚毁。再查悉近有人将著名极淫之书改换名目，摆列书摊及四处兜销，开具改名淫书清单，禀乞示禁等情前来。查该书业等胆敢收各种淫书，改换名目，刊印发售，实属故违禁令，除批示并饬差查拿究办外，合行出示严禁。为此示仰各书坊铺及各书摊并捎贩小书人等一体知悉，尔等须知刊售淫书大干例禁，自示之后，务收各种淫书连同底稿赶即焚毁，勿再出售，倘敢故违，一经查拿到案，定予按例严办。各宜凛遵毋违。切切特示。光绪二十二年十月日给。计开淫书名目：

《肉蒲团》改名《觉后传》，《拍案惊奇》改名《续今古奇观》，《桃花影》改名《牡丹奇缘》，《清风闸》改名《得意缘》，《红楼梦》改名《金玉缘》，《国色天香》改名《七种才情传》，《无稽谰语》改名《欢喜奇缘》，《隋炀艳史》改名《风流天子传》，《倭袍传》改名《果报录》，《清廉访案》改名《杀子报》，《贪欢报》改名《三续今古奇观》又名《醒世第一书》。

（1896 年 11 月 9 日《字林沪报》）

禁 售 淫 书

淫书之伤风败俗，坏及人心，直同刲刃于胸腹，使无再生之理。而性情邪僻者，率日把一编，游嬉于利刃毒药之中，不知自返，良堪悼惜。官场示禁，并烧毁劈板，屡加警觉，欲返一世于仁义之途，而此风卒不可绝。夫亦下流之难返，下愚之不移矣。兹有桂太守[④]示谕，颇为剀切，照录如左：

---

① 本则亦载 1896 年 11 月 9 日《申报》和《新闻报》，题目皆为《示禁淫书》。
② 屠，即屠作伦。
③ 管斯骏，名秋初，江苏吴江人，别署平江藜床卧读生、藜床旧主。著有《刘大将军平倭百战百胜图说》等。
④ 桂太守，桂铁，满洲正白旗人。光绪二年报捐郎中，历任四川保宁府知府、宁国府知府、安庆府知府等职。

  赏戴花翎督办皖南保甲垦务总局特授江南宁国府正堂加三级纪录十次桂为严禁书贾出售淫书事。照得淫词小说，大干例禁，本府访闻每逢学宪考试各属，有等随棚书贾出售前项书本，伤风败俗，实堪痛恨。合亟出示严禁。为此示仰书坊人等知悉，尔等贩书随棚贸易，各宜积修阴骘，贻厥子孙，所有一切淫书，务速全行毁弃，不得贪利暗售，坏人心术，自干法纪，倘敢故违，仍行贩卖，一经查获，定即照例严办，不稍宽待，凛遵毋违。特示。

（《益闻录》1896年第1565号）

1897年（光绪二十三年丁酉）

示 禁 串 客

  串客者何？宁波轻薄子弟偶习淫词艳曲，即相约登场，雨意云情，工于摹绘，并头交颈，恬不知羞。盖较之闽中七子班，尤为淫荡无度焉。昨得宁波采访友人来信悉，宁波府程稻邨①太守目击浇风，特申严禁，某日为之出示晓谕曰：

  照得扮演淫戏，例禁綦严，宁郡外来串客，口唱淫词，手摹淫态，淋漓尽致，见者神移，败俗伤风，莫此为甚，迭经各前府示禁严拿在案。现因日久玩生，复萌故态，宁属市镇以及四乡又有串客演唱，实堪痛恨。除派差查拿外，合亟出示严禁。为此示仰军民人等知悉，嗣后切勿雇演淫戏，遇有演唱之人，立即驱逐，不准容留在境，如串客胆敢任意逗留，许尔等据实禀请拿办，倘尔等仍前雇演，或地保包庇，则是抗违禁令，一经拿获到案，定即严惩，地保一并革究。其各凛遵毋违。特示。

（1897年1月6日《申报》）

列 款 示 禁

  署理江都县童米孙②大令到任后整饬地方，不遗余力，前因扬城民情刁敝，浇风恶俗，几于不堪枚举，当经出示申禁，俾得化莠为良，同归于

---

① 程稻邨，即程云俶。
② 童米孙，童宝善（1853—？），字性初，号米孙，浙江德清人。曾任华亭县知县、江都知县、和州知州。

善，无如言者谆谆而听者藐藐。日前大令因复开列条款，重申禁令，以期力挽狂澜，兹将宪示照录如左：

　　署理江南扬州府江都县正堂童为列款示禁事。照得扬城五方杂处，良莠不齐，其滨江沙洲暨东南乡一带，居民离城较远，尤多未谙法禁，以致恶习相沿，深堪痛恨，现经本县逐事访闻，合行列款示禁。为此示仰后开各项人等知悉，尔等须知此种恶习有害地方，例罪綦严，断难幸逭。本县以化民善俗为心，不忍不教而诛，特先申明约束，嗣后务各痛改前非，勉为良善，倘敢怙恶不悛，仍蹈故辙，一经访闻，或被告发，定即提案，从重治罪，决不宽贷，毋谓言之不预也。其各凛遵毋违。特示。计开：

　　（前略）一售卖淫词小曲，张设淫画，引诱青年子弟以致失足败坏，殊属大伤风化，亟应禁止。（后略）

　　以上各条均干例禁，自此次出示晓谕后，再有前项情事，许被累之家指交地保禀办，该地保等倘敢得贿容隐，定即一体究惩不贷。

（1897年3月27日《新闻报》）

去莠安良

宁波访事人函云，宁郡系通商口岸，地方辽阔，牵车服贾者，踵趾相错，往往有游手好闲之辈，专事诈骗，名为空手党。遇有可欺之人，或称索欠，或称磕碰，拥入茶坊，纷纷争论，名为吃讲茶。稍拂其意，即强搜身畔，罄其所有而后已。迨讹诈得手，即在茶坊诱赌，甚至招雇串客，弹唱淫词。现经府宪程太守①力为整顿，出有六言告示，遍贴通衢，以昭炯戒。其文曰：

　　访闻城厢内外，俱有茶店开设。游手无业之徒，相率麇聚终日。与人稍有龃龉，纠党强行拉入。名为讲茶评理，必须罚钱方息。良民畏其凶横，不敢与之争执。若辈得步进步，遂可任意鱼肉。迨至诈钱到手，自谓赌本充足。诱令经纪小民，日夜打牌掷色。大者荡产轻生，小亦废时失业。店主抽头渔利，不顾干犯法律。甚或故违禁令，出钱招雇串客。夜间弹唱淫词，尤属大坏风俗。本府执法如山，务当除尽恶习。特此出示谕禁，各宜自知敛迹。倘敢藐视抗违，仍复显蹈

---

① 程太守，即程云俶。

前辙。一经本府访闻,定即严提究责。

(1897年7月24日《申报》)

宪 示 照 登①

江苏松江府上海县正堂黄②奉府宪恩札,奉布政司使聂③札开,查该府所属各处地方赌风甚炽,并有无赖棍徒在乡村开设茶馆,招集游手日夜聚赌,致乡愚无知,堕其术中,往往极卒岁之收获,作片时之孤注,且失业旷时,多行不义。举凡窝留匪窃、抢孀逼醮、拐卖妇女、撑船夺牛一切搭串讹诈滋生讼端之事,大半由此而起。此外更有一种外来游民,率领妇女演唱花鼓淫戏,导人淫靡,莫此为甚。现届农忙,札府县一体示谕查禁等因到县。奉此,除饬差随时查拿解究外,合行出示严禁。为此示仰诸色人等知悉,须知开设茶馆聚赌抽头、率领妇女演唱花鼓淫戏以及窝留匪窃、抢孀逼醮、拐卖妇女、撑船夺牛一切搭串讹诈等事,均属大干禁令,自示之后,务各安分守法,别谋正业,切勿作奸犯科,自取咎戾。倘敢仍蹈前辙,一经查拿到案,定即从严惩办。至洋烟一项,为患尤甚,尔乡民人等切勿听信引诱,轻于呼吸,以致一朝上瘾,旷时失业,累及终身。本县爱民如子,执法如山。况奉藩宪谆切饬禁,故不惮再三告诫,各宜凛遵毋违。切切特示。

(1897年8月6日《申报》)

族禁条约(节录)

江西访事友人手毕云,江西各属多聚族而居,族各有祠,祠各有族房长,即各有公财产。其举族房长,或尚年齿辈行,或尚功名正直,祠各不同,素多妥善。近年来风气日坏,讼事日多,南昌府江切吾④太守督同南昌县孟子卿⑤明府、新建县文芝坞⑥明府颁发族禁,勒石永远遵守,可谓

---

① 本则示谕亦载1897年8月6日《新闻报》,标题为《县示照录》,署"光绪二十三年陆月 日示。"

② 黄,即黄承暄。

③ 聂,聂缉椝(1855—1911),字仲芳,湖南衡山人。曾国藩之婿。历任上海制造局总办、苏松太道、浙江按察使、江苏布政使、江苏巡抚、安徽巡抚、浙江巡抚等职。

④ 江切吾,江毓昌(1837—?),字切吾,江苏上元人。咸丰三年以捐助军饷奉旨由监生以县丞选用。历任瑞昌知府、南昌知府、吉南赣宁备兵道、四川按察使等职。

⑤ 孟子卿,孟庆云,字子卿,浙江会稽人。曾任江西新昌、南昌等县知县。后升任观音阁通判。

⑥ 文芝坞,文聚奎,字芝坞,安徽桐城人。投笔从戎,累功至知县,历任江西上高、新喻、新建、南昌等县知县。

图治握要者矣。其约曰：

> 府者县之所积也，县者族之所积也。是故欲治府先治县，欲治县先治族。盖族之为地近，近则耳目易周，族之为谊亲，亲则语言易入。父诰其子，兄勉其弟，长上训诫其卑幼，使之日改过迁善，而族治矣。族治则县治，县治则府治，此治国必先齐家也。府属聚族而居，族有长房，有长各董其事，宜若易治。然而卒不治者，狃于近习，视子弟若路人，一任其所为，而不之禁，即或心知其非，思有以禁之，而所谓族房长者，其举也不问智愚贤不肖，惟视其辈行年齿之尊，或衰迈而气颓，或愚懦而识浅，言不足以警众，行不足以服人，虽欲禁也，乌乎能严？是以一家有败类伤及阃房，一房有败类伤及阃族。小则伤财，大则灭祀，其患有不可胜言者。本府前在瑞州任内廉得其情，撰立族禁条约，颁发各祠，行之颇著成效。兹者移守洪都，已及一载，察看斯邦风土亦与瑞郡相同，自应仿照颁发，俾尔各族勒石于祠，永远严束其子弟。其族房长以辈行年齿举者，姑仍其旧，但于族房各举品行端方，办事公正，年力富强者一人，以为之副使，代理其事，以训诫其子弟，务令各子弟恪守禁约，人人亲其亲，长其长，以永保其宗族，较之法堂之威刑、官长之劝戒，更有捷于影响之实效，此则本府所厚望者焉。倘一年之内，族中子弟均能安分和睦，并无违犯禁约，则是族房长董劝有方，由都图长查实禀明，本府给匾示奖，合将禁约列左，有应增者，并准胪列，禀请批示。

（前略）一禁演唱采茶淫戏，引诱子弟，败坏风俗，违者公同禀官拘究。（后略）

(1897年12月13日《申报》)

整顿保甲

江西采访友人云，各属保甲大抵有名无实，故事虚行，时值隆冬，急须加意整顿。南昌府江切吾太守因督同南昌县孟子卿明府、新建县文芝坞明府，剀切晓谕，其文曰：

> 安民之要务，莫先于清盗源，弭盗之良规，莫过于严保甲。历年迭奉上宪札饬实力奉行，谆谆诰诫，乃节经举办，毫无实效者，皆由稽查不严，赏罚不明，又无端人正士襄理其间，无怪乎良法美意，竟等具文也。本府前在瑞州酌议新章五则，饬属认真举办，行之颇著成

效。今者移守洪都，忽焉一载，虽省城保甲久奉上宪委员分段稽查，而乡间外属未能一律举行，自应仿照办理，以期荡除良安，风清俗美。诚恐尔等未达本府之意，合亟督同剀切谕晓。为此仰阖属绅民人等知悉，尔等细思与其贼盗为患，本身先已受害，仍须经官动府，告状催词，即使官府明察，不准书差需索，不令尔等受累，而失时废业，惹气伤财，已受无穷苦恼，何若思患预防，家家得以无事，具享平安之福？须知本府县苦口劝谕，并非于官府有何利益，所以不惜心力，不吝钱财，必欲实力奉行者，无非为尔等卫身家、求乐业，以希稍尽守土之责，此外无他意也。尔绅民各有天良，倘不仰体本府县苦心，仍前玩忽，抚心自问，岂能安乎？其各懔遵毋违。特示。

（前略）一厚风俗。洋烟、赌博、娼妓、采茶淫戏，最为风俗之害，各团烟馆查明若干家，另造一册，责令该户连邻出具不容留匪人保结，本人出具如容留匪类，除照例治罪外，仍将房屋充公甘结。倘屋系租赁，必须房东出具如有留匪情事，愿将房屋充公保结。若无以上各结，勒令收歇改业。其赌博、娼妓、采茶淫戏一律严禁，照明赏罚一条办理。……倘能一二年内移风移俗，确著成效，本府县自当酌给花红，以示奖励。

以上五条，与旧章相辅而行，但能实力举办，不徒良善得安，匪类绝迹，将见官绅百姓联为一气，由此兴利除害，次第举行，必收如身使臂，如臂使指之效。惟是府属公正绅耆向不肯出头问事，须知干预词讼，是为无品，若有关一郡一邑大利害，仍复袖手旁观，地方何赖有此绅士？况本府县苦心孤诣，为立有利无害良法，既不令委员书差赴乡，若公正绅耆再不相助为理，试问府县只有两人，能否处处亲办？是绅耆不乐乡里治安，不愿风俗敦厚，其辜负本府县一片婆心犹小焉者也。想公正绅耆深明大义，谊笃桑梓，当不至出此。

(1897年12月24日《申报》)

1898年（光绪二十四年戊戌）

沪南新筑马路善后章程（节录）①

钦加盐运使衔在任候选道江苏松江府上海县正堂黄②、钦加总镇衔总

---

① 本章程亦载《湘报》1898年第139号。
② 黄，即黄承暄。

理上海马路工程善后总局福建尽先补用协镇陈①为会同出示晓谕事。照得南市马路临江填地，工程艰巨，原以便行人、利商务起见，现经大工告竣，交由本局管理善后事宜，应行议定章程，永远遵守，庶不负大宪设立此路之初意，即居民行人亦均可实受其益。今将章程开列于后，各宜凛遵勿违，此谕。计开：

第二十款　凡淫书淫画，不准沿街摊卖。

以上系草创章程，尚有未尽事宜，当与地方商董随时斟酌，陆续整顿。

（1898年1月20日《申报》）

罚款充公

沪城邑庙春风得意楼茶肆因弹唱淫词兼容留妇女品茶，总巡钟受百②明府亲往拘获讯供判罚在案。昨日明府特将罚款榜示局门，录其文曰：

办理城厢内外保甲总巡花翎同知衔即补县正堂钟为榜示事。照得本总巡自接办保甲以来，所有拿获犯事各人，自愿缴呈罚款，免予深究，或将缴到洋银由局禀请道宪拨归改过局经费，或径由该犯送交本地绅董充作善举之用，迭次榜示局门，以昭至公。兹将本月罚款充作何项之用，列榜示知，须知榜者。计开：春风得意楼茶馆违禁弹唱淫词，招集年少妇女与男子同坐一处，听书饮茶，伤风败俗，莫此为甚。本总巡亲往拿获，本当严究，姑准四铺绅董吴以义、顾学鹏、李瑾等与该肆主代求，自愿罚洋三百元，以充邑庙花园内沿池铁栏杆及花草浜修路之费，同请免予深究。本总巡以该茶肆既愿罚洋以充善举，自应照准，著将所罚之洋如数缴送同仁辅元堂，发给收条，呈局验明，并具改过切结销案。

（上海县）（1898年2月11日《申报》）

---

① 陈，陈季同（1851—1907），字敬如，号三乘槎客，福建侯官人。1873年福建船政学堂毕业，曾任驻德法公使馆翻译、使馆参赞等职。1898年任上海善后局总办。陈季同是第一位将《聊斋志异》译为法文的人。

② 钟受百，即钟尔谷。

县 示 照 登

上海县正堂黄①为查案出示严禁事。案奉本府宪恩②札奉布政使司聂③札开，本司访闻该府所属地方赌风甚炽，每有一种无赖棍徒在乡村开设茶馆，招集游手，日夜聚赌，乡民无知，堕其术中，往往竭卒岁之收获作片时之孤注，倾家荡产，无以为生。又或兼开烟灯，引诱乡民吸食洋烟，失业旷时，多行不义。举凡窝留匪窃，抢孀逼醮，拐卖妇女，撑船夺牛，一切搭串讹诈，滋生事端之事，大半因此而起。此外更有一种外来游民，率领妇女演唱花鼓淫戏，导人为邪，莫此为甚。札府饬县一体示谕查禁等因，奉经示禁差拿在案。兹查前项恶习，仍未能免，殊甚痛恨。除再饬拿外，合行查案示禁。为此示仰诸色人等知悉，须知开设茶馆，聚赌抽头，率领妇女演唱花鼓淫戏，以及窝留匪窃，抢孀逼醮，拐卖妇女，撑船夺牛，一切搭串讹诈等事，均属大干例禁。自示之后，务各安分守法，别谋正业，切勿作奸犯科，自取咎戾。倘敢仍蹈故辙，一经查拿到案，定即从严惩办。至洋烟一项，为患尤甚，尔乡民人等切勿听人引诱，轻于呼吸，致一朝上瘾，旷时失业，累及终身。本县爱民如子，执法如山，况奉藩宪谆切饬禁，故不惮再三告诫。各宜凛遵毋违。切切特示。

(1898年3月13日《申报》)

告 示 照 登

钦加盐运使衔在任候选道江苏松江府上海县正堂黄、钦加同知衔办理城厢内外保甲总巡兼清道事宜江苏即补县正堂戴④为出示严禁事。照得本委现奉苏松太道蔡⑤札委总办上海城厢内外巡防保甲兼清道事宜，职有专司，责无旁贷，自应认真稽查，庶足以卫闾阎而安良善。查上海水陆通衢，五方杂处，人烟稠密，良莠不齐，较他处为最。流氓盗贼，几成渊薮，聚赌抽头，竟成锢习。客栈向有循环号薄，逐日清查，烟间熄灯，夜有定章，时刻立法，不为不密，无如日久玩生，阳奉阴违，其最可恶者，开台基、吃讲茶、流氓拆梢、弹唱淫词，败坏风俗，莫此为甚。历经本县

---

① 黄，即黄承暄。
② 恩，恩兴（1856—？），字诗农，正红旗满洲人。由官学生考取中书，历任方略馆译汉官、侍读、松江府知府等职。
③ 聂，即聂缉椝。
④ 戴，戴运寅，字子迈，湖南湘乡人。以县丞升任候补县，历任代理上海县令，后任南汇、昆山等县知县。
⑤ 蔡，蔡钧，字和甫，浙江仁和人。历任广州通判、出使美国委员、署理上海道、驻日公使等职。蔡钧署理上海道时间为1897年10月1日，1899年4月因四明公所事件被清廷撤职。

出示严禁拿办在案，无奈锢习太深，人心不古，旋禁旋犯，罔知禁令，言之实堪痛恨。兹本委视事伊始，不忍不教而诛，除督率各局严密梭巡拿获惩办外，特列简明数条，会同剀切严禁，合行出示晓谕。仰城厢内外居民铺户及诸色人等一体知悉，尔等务宜各安本分，正业营生，恪遵后开各条，勉为良善。未犯者束身自爱，已犯者改过自新，共乐盛朝熙熙之民，岂不懿欤？自示之后，倘敢仍蹈前辙，或经查拿，或被告发，定即提案讯明，由本委照律详办，决不宽恕。本局巡役及地甲人等如有在外徇隐包庇，藉端需索等事，一经查出，立即严惩。本县委一秉至公，言出法随，切勿以身尝试，其各凛遵，切切特示。计开：

（前略）一禁讲茶。愚民细故，动辄茶馆评理，流氓讼棍，乘衅滋闹，小则讹诈，大则斗殴，酿成巨祸。如弹唱淫词，尤易坏人心术，务须一律禁止，倘有不遵，拿案重办。（后略）光绪二十四年三月十三日示。

（1898年4月5日《申报》）

示禁淫书

钦加同知衔候补县正堂代理上海英美租界会审分府郑①为查案示禁事。案奉前苏藩宪黄②札饬查禁书坊印售淫词小说等因，当经蔡③前分府抄奉宪示谕禁在案。兹本代分府访闻，各书坊复有印售《西厢记》《绿野仙踪》《野叟曝言》《果报录》《觉后传》《石头记》《水浒传》《海上四大金刚奇书》《金瓶梅》等各淫书，实属故违禁令，除随时查究外，合再查案示禁。为此示仰各该书坊局等一体遵照，自示之后，不准再印各项淫书出售，倘敢不遵，定即提究不贷。凛之切切，特示。

（1898年9月12日《申报》）

示禁采茶戏④

○江西访事友人云，三脚班采茶淫戏，败俗伤风，最为闾阎之害，现

---

① 郑，郑汝骙，字瀚生，广东香山人。曾至美国留学，通英语，历任驻日本使馆西文翻译、洋务局提调、帮审委员、法界会审公堂谳员、镇江交涉署长、南京洋务局会办等职。
② 黄，即黄彭年。
③ 蔡，即蔡钧。
④ 该组新闻原题为《滕王寒蝶》。

经南昌县孟子卿①明府、新建县黄杏林②明府访闻，出示严禁，略谓：

> 民间敛钱演戏，废业耗财，原属有损无益。或遇春祈秋报，赛社酬神，事非得已，亦只应于白昼演唱将敬，若昏夜演唱三脚班采茶淫戏，不特亵渎神明，而且败坏风俗，甚至宵小乘机窃发，棍徒结党横行，酗酒打架，聚赌摇摊，其害何可胜言？本县访闻各村落往往敛钱聚众，无昼无夜，扮演采茶淫戏，实属为害地方，大干例禁，合亟出示严禁。为此示仰各乡诸色人等一体知悉，嗣后如遇报赛酬神等事，止许日间演唱忠孝廉节正大戏剧，不准昏夜演唱采茶三脚班淫戏，并责成各乡保内绅耆地保人等随时稽查禁止，如敢故违，许该绅耆等指名禀县以凭，立拿严惩，若容隐不行禀报，别经发觉，一并严究不贷。

似此雷厉风行，未知若辈见之能从此稍为敛迹否？

（1898年12月23日《申报》）

1899年（光绪二十五年己亥）

演 戏 须 知

昨日英界公堂署理谳员郑瀚生③大令发出告示一道，其文曰：

> 为出示严禁事。照得租界各戏园演唱《铁公鸡》等戏，早经示禁在案，嗣因各园主置办砌末，资本甚巨，工部局准令暂演，系为体恤起见。初时开演，情节尚无关碍，乃近来添砌秽语，任意描摹，不独有亵名臣，而于世道人心亦大有关系。会商工部局亦以各戏园近来所演为非，除饬遵外，合行出示严禁。为此示仰各戏园主人一体知悉，自示之后，不准再将《铁公鸡》并《左公平西》《鲍公十三功》等戏演唱，倘敢不遵，定即拘案究办，决不宽贷。其各凛遵毋违，特示。

（1899年1月25日《申报》）

---

① 孟子卿，即孟庆云。

② 黄杏林，黄锡光，字杏林，湖南人。候补县，先后任湖口、德安、新建、丰城、南昌等县知县。1898年任江西新建县知县，1903年再署新建县知县。

③ 郑瀚生，即郑汝骙。

宁波知府禁条①

○某日府尊庄坚白②太守颁发条教十条：

（前略）——严禁串客游民扮做淫戏。——严禁无耻娼优扮演抬阁。（后略）

想府尊雷厉风行，断非空言徒托也。

(1899年3月12日《申报》)

剀 切 示 禁③

钦加四品衔补用直隶州调署江苏松江府上海县正堂兼袭云骑尉王④为查案出示严禁事。案奉前府宪恩⑤札奉布政使司聂⑥札开，本司访闻该府所属地方赌风甚炽，每有一种无赖棍徒在乡村开设茶馆，招集游手，日夜叙赌，乡民无知，堕其术中，往往极卒岁之收获作片时之孤注，且倾家荡产，无以为生。又或兼开烟灯引诱乡民吸食洋烟，失业旷时，多行不义，举凡窝留匪窃，抢孀逼醮，拐卖妇女，撑船夺牛，一切搭串讹诈滋生无端之事，大半由此而起。此外更有一种外来游民，率领妇女，演唱花鼓淫戏，导人淫靡，莫此为甚。札府饬乡县一体示谕查禁等因，历经示禁在案，诚恐日久玩生，合行查案示禁。为此示仰诸色人等知悉，须知开设茶馆叙赌抽头、率领妇女演唱花鼓淫戏以及窝留匪窃，抢孀逼醮，拐卖妇女，撑船夺牛，一切搭串讹诈情事均属大干禁令。自示之后，务各安分守法，别谋正业，切勿作奸犯科，自取咎戾。倘敢仍蹈故辙，一经查拿到案，定即从严惩办。至洋烟一项，为患尤甚，尔等乡民切勿听人引诱，轻于呼吸，致一朝上瘾，旷时失业，累及终身。本县不惮烦言，谆谆告诫。各宜凛遵毋违，切切特示。光绪二十五年二月初二日。

(1899年3月15日《新闻报》)

---

① 该组新闻原题为《甬江官场纪事》。
② 庄人宝，字质可，号兼伯，晚清报刊上作"坚白"，江苏震泽人。同治三年举人，由同知而升候补用，1899年1月19日接印任宁波知府，1900年3月15日离任。后任湖墅厘局总办、牙厘局提调等职。著有《香姜阁诗余》。
③ 该示谕亦见1899年3月15日《申报》，题为《查案出示》。
④ 王，王豫熙（1841—1921），字欣甫，浙江海宁人。附贡生，捐升知县，历任江苏赣榆、东台、上元、萧县、上海等县知县。主编有《赣榆县志》等。
⑤ 恩，即恩兴。
⑥ 聂，即聂缉椝。

严禁串客①

〇日前宁波府庄太守②发出示谕曰：为严禁事。照得扮演淫戏，例禁綦严。宁郡前有外来串客演唱淫词，手摹淫态，淋漓尽致，见者神移，败俗伤风，莫此为甚，迭经各前府示禁严拿在案。兹本府访闻宁属市镇以及四乡又有串客演唱，实堪痛恨。除派差查拿外，合亟出示严禁。为此示仰军民人等知悉，尔等须知处世以正经为先，治生惟正业是务，方足以保身家而裕后。若串客之唱淫词摹淫态，是导人以邪僻之心，相率入于禽兽之路，为害于风俗人心实非浅鲜。自示之后，尔等务宜各安本业，遇有串客再行演唱，立即驱逐，不准容留境内。如敢抗违，许尔等据实禀请拿办，并责成地保随时严查驱逐。倘敢得规包庇及将不法人隐匿容留，一经访出，定即一并严拿，尽法惩办，勿谓言之弗预也。其各凛遵毋违。特示。

(1899年4月30日《申报》)

移风易俗

江西访事人来函云，石幹臣③明府经上宪檄令代理新建县篆务，莅任之始，即罗列各款，出示严禁曰：

宰治之道，必先正本清源，化导有权，尤贵移风易俗。本县下车伊始，深以民瘼为怀，博访周谘，殊多陋习。盖新邑地处省会，五方杂处，良莠不齐，守法者固不乏人，玩法者亦复不少，若不剀切诰诫，何以挽积习而振颓风，兹将应禁各条胪列于左：

（前略）一正风俗。查演唱淫戏，聚赌窝娼，最易败坏风俗，诱惑人心，故例禁綦严。现闻县属各乡，有等无赖棍徒，藉口春赛秋报，或遇神诞，雇演采茶淫戏，招集娼妓，开场聚赌，纠众敛钱。淫戏则描摹尽致，丑态毕呈；娼妓则粉黛极妍，媚情胡底，最足荡人心志，丧人操守；赌博则废时失业，破产倾家，甚至流为匪类，不特亵渎神明，实大为风俗人心之害。除饬差查拿外，嗣后各乡不得仍蹈前辙，倘敢故违，许该处绅耆约保人等公呈控究。若受贿徇纵，一并严究不贷。

以上各条实为当务之急，合亟出示晓谕。为此仰阖邑军民诸色人等知悉，嗣后凡我民人恪遵诰诫，勿以睚眦小嫌，动辄斗殴；勿因饥

---

① 该组新闻原题为《超然亭问俗》。
② 庄太守，即庄人宝。
③ 石幹臣，石守谦，字幹臣，山东人。候补县，历任江西新建、武宁、清江等县知县。

寒交迫，流入匪徒；勿以刀笔为生涯；勿以健讼为能事；勿任情砌控，藉命图讹；勿演唱采茶，聚赌窝娼。为父兄者，诏勉子弟，为邻保者，劝戒愚氓，勉为守法之民，共享升平之福。自示之后，倘再积习未除，冥顽如故，则惩一所以儆百，去莠所以安良，惟有严拿到案，尽法惩办。本县居心最恕，嫉恶如仇，令出惟行，勿谓言之不预也。特示。

(1899年5月12日《申报·附张》)

禁唱淫词

迩来南市新马路一带，每当夕阳西下之时，流氓成群结队，临水纳凉，见有妇女闲行，即口唱淫词，任情调笑。工程局会办司徒司马①查知其事，发出六言告示，严行禁止，其文曰：

照得马路宽敞，人多夜晚乘凉。每有流氓结党，淫词戏曲播扬，引诱妇女闻听，调笑打架异常。乘间攫物讹诈，毫无忌惮心肠。特先出示严禁，急早去恶为良。倘再仍蹈故辙，惩办具有典章。凡尔探捕差役，一体加意巡防。遇有前项恶棍，严拿毋许纵飏。

(上海县)(1899年7月3日《申报》)

示谕照登

特用府补用直隶州正堂办理上海英美租界会审事宜翁②为出示晓谕事。准英国翻译官梅③函开，查租界章程，凡一切取人憎厌之事皆当禁止。如造屋打桩之时，木匠数十人必齐声高唱，助其势力，并有随口编唱，侮弄途人，一见妇女经过，故意高声喝彩，淫词秽语，喧哗嚷闹，不堪入耳，使人心烦，清晨不能安枕，殊为可厌。当经工部局董传到木作首事数人，剀切劝导，于六月初八日起，打桩各木匠不准籍口助力高声唱和，如敢故违，即由巡街捕拘案请究。今限期将近，诚恐租界各木匠未及周知，函请示谕等因。准此。查水木匠人等打桩吆喝，高唱淫词俚曲，实属攸关风化。兹准前因，合行出示谕禁。为此示仰水木匠人等知悉，自示

---

① 司徒司马，司徒贻芬，据《申报》报道，其人于1899年至1900年任上海马路工程局会办，1901年任浦江水利局总办，1902年至1906年任洋商租地会丈局会办。

② 翁，即翁延年。

③ 翻译官梅，梅尔思（S. F. Mayers），清末英国驻上海大使馆参赞翻译，民初任中英银公司代表等职。

之后，凡造房屋打桩，不准再有高声喊唱淫词俚曲，倘敢故违，立即提案究办，决不宽贷，其各凛遵毋违。特示。

（1899 年 7 月 19 日《申报》）

1900 年（光绪二十六年庚子）

新政可观（节录）

宁波采访友人云，新任鄞县知县徐大令①下车之始，即条示禁令，遍贴通衢：

——严禁串客淫戏以除恶俗，如违并提雇演之人一体重惩。

以上十条各宜凛遵，毋得视为具文也。

有见者谓大令若能实力施行，不徒以官样文章了其事，则堇山甬水有不诵起舆人者乎？

（1900 年 1 月 3 日《申报》）

琴堂诰诫②（节录）

浙江宁波府鄞县正堂徐③为出示晓谕事。照得本县新莅斯土，于地方利弊，民生休戚，虽未周知，然下车以来，已细加访察，深悉此间商民杂处，良莠不齐，循公守法者固多，而作奸犯科者亦复不少。因思兴利必先除弊，惩暴乃可安良，亟应力为整饬，以挽颓风。本县实心任事，因地制宜，不遗余力，合行出示晓谕。为此示仰阖邑士商居民人等知悉，自示之后，务宜各安本分，凛遵示谕。计开：

——风化宜正也。乡愚演扮串客，早经严办在案，乃访闻近时又有似道非道之人，演唱淫词，供人招雇。不法书坊刊售淫书，希图渔利，与夫无赖女流专作蚁媒，贩卖人口。种种恶习，均干例议，一经本县查觉，或被人告发，定即提案严惩不贷。

---

① 徐大令，徐国柱，字蓉斋，湖北黄冈人。监生，从军刘铭传部，中法战争以军功保荐县丞，历任乌程、鄞县等县知县。

② 本示谕亦载 1900 年 1 月 23、25 日《新闻报·附张》，题目为《照录鄞县除弊惩暴告示》。

③ 徐，即徐国柱。

以上十条，剀切告诫，移风易俗，首在于此，均宜凛遵谨守，切勿玩视，致贻后悔。此外如有未尽事宜，随时再行示谕饬遵。特示。光绪二十五年十二月初六日给。

(1900年1月15、16日《申报》)

力挽浇风

宁波采访友人云，郡城向有花会、花龙、庙会、串客四事，皆恶习也。倾人囊橐，败人声名，坏俗伤风，罪难擢发。事为鄞县主徐大令访悉，除饬传四乡地保面谕禁止外，又出示通衢，略谓：

照得鄞邑地方，向有花会、花龙、庙会、串客四种恶习，均堪痛恨，花会其最，业经本县亲拿严办在案。若花龙者，乃系棍徒租屋聚众，朋赌抽头，藉以渔利，虽稍次于花会，然贻害亦复不浅。至庙会则在二三月演戏之时，就戏场附近田内搭盖篷厂，聚赌抽头。其田先有地棍向佃户租出，转租赌棍，名曰"包田场"。赌洋者名曰"大桌子"。赌钱者名曰"小桌子"。通宵达旦，肆无顾忌，竟有售卖食物，收押衣饰船只等情。每赌或三五日，或七八日，便转移他处，直至农事方兴，田须播种。又另行租屋租船，四散赌博。赢者浪费花用，输者荡产倾家，甚至负累窘迫，投缳投河，服毒自尽，无耻之尤，流为盗贼，地方受害，不胜枚举。串客即哑戏是也，纠合十余无赖，略置行头，或在人家，或在庙宇，演唱淫戏，满口污语，百般丑态，以致愚夫愚妇触目动心，鳏夫因而图奸，嫠妇因而失节，伤风败俗，莫过于此。究其从前屡禁不遵之故，皆因兵役地保得规包庇所致。本县为民父母，不忍不教而诛，除将得规差保随时察访革究外，合行出示谕禁。为此示仰阖邑军民及差保人等知悉，尔等须知聚众赌博，大干例议，演唱淫词，亦有应得之罪，岂容干犯，自罹法网？况人生在世，渔樵耕种，肩贩佣工，在在均可谋生，何可以身试法？自示之后，务各革面洗心，别图生业。本县执法森严，毋得视为具文，自贻噬脐之悔。倘敢怙恶不悛，复蹈故辙，一经本县亲诣拿获，定当尽法惩治，田亩船只，一概充公，店房租屋，分别拆毁，设有兵役地保，仍敢受贿容隐，一并斥革严办，勿谓言之不预也。其各遵照毋违。特示。光绪二十六年正月十八日给。

(1900年2月26日《申报》)

查 案 示 禁

钦加同知衔代理上海县正堂戴①为查案出示严禁事。案奉前府宪恩②札、奉布政司聂③札开，本司访闻该府所属地方，赌风甚炽，每有一种无赖棍徒，在乡村开设茶馆，招集游手日夜聚赌，乡民无知，堕其术中，往往极卒岁之收获，作片时之孤注，且倾家荡产，无以为生。又或兼开烟灯，引诱乡民吸食洋烟，失业旷时，多行不义，举凡窝留匪窃，抢孀逼醮，拐卖妇女，抢船夺牛，一切搭串讹诈，滋生讼端之事，大半由此而起。更有一种外来流氓，率领妇女演唱花鼓淫戏，导人淫靡，莫此为甚，札府饬县一体示谕查禁等因。历经遵办在案，诚恐日久玩生，合行查禁。为此示仰诸色人等知悉，须知开设茶馆，聚赌抽头，率领妇女演唱花鼓淫戏以及窝留匪窃、抢孀逼醮、拐卖妇女、抢船夺牛一切搭串讹诈情事，均属大干禁令。自示之后，务各安分守法，别谋正业，切勿作奸犯科，自取咎戾，倘敢仍蹈故辙，一经查拿到案，定即从严惩办。洋烟一项为患尤甚，尔乡民人等切勿听人引诱，轻于呼吸，致一朝上瘾，旷时失业，累及终身。本县不惮烦言，谆谆告诫，各宜凛遵毋违。特示。光绪二十六年正月。

(1900年2月28日《申报》)

示 禁 淫 书 ④

代理上海县正堂戴为出示严禁事。照得印售淫书淫画，久悬厉禁，乃自铅板石印盛行，流播更广，贻害年轻子弟，蛊迷闺阁良媛，深堪痛恨。近尤明目张胆，敢于热闹之区，沿途设摊挱卖。甚至茶坊烟馆，手持兜售，实属憨不畏法。推原祸始，良由石印铅板，各坊局争相贪利，刷印广售，致奸徒得以辗转贩卖，流毒日甚，造孽无穷，若不严加惩创，难期遏绝淫风。除派差严拿外，合先严禁。为此示仰石印铅板各书贾阊业一应人等知悉，须知印售各种淫书，最足伤风败俗，自示之后，尔等各将淫书底本一律销毁，不准再行印卖。倘敢阳奉阴违，许尔军民一应人等遇见即便悉数获解到县，听候量予奖赏，违禁匪徒，定予照例候办，决不姑宽，其各凛遵毋违。特示。光绪二十六年二月十四日示。计开：

《金瓶梅》，《倭袍》又名《果报录》、《三杰传》，《奇僧传》化名《灯

---

① 戴，即戴运寅。
② 恩，即恩兴。
③ 聂，即聂缉椝。
④ 本则示谕亦载1900年3月25日《中外日报》，标题相同，《中外日报》所载省去了开列的书目。

草和尚》,《蝴蝶缘》,《肉蒲团》化名《觉后禅》及《耶浦缘》,《贪欢报》化名《欢喜冤家》及《三续今古奇观》,《品花宝鉴》化名《群花鉴》,《风流案》,《桃花影》化名《牡丹缘》,《隔帘花影》,《绿野仙踪》化名《仙踪缘》,《百花台》,《平妖传》,《痴婆子》,《杏花天》,《意外缘》,《笑话新里新》,《青铜镜》化名《如意君》,《拍案惊奇》,《后笑中缘》,《今古奇观》,《杀子报》,《玉蜻蜓》化名《蜻蜓缘》及《芙蓉洞》,《赛桃源》,《三笑姻缘》,《野叟曝言》,《国色天香》,《花天酒地》,《正续四大金刚》,《金如意》,《换空箱》。

(1900年3月25日《申报》)

禁唱淫词

杭州访事人云,两浙盐运司兼署浙江臬司世振之①廉访以杭城近多无业游民歌唱淫书,大为风俗人心之害,因于本月十九日出示严禁,其文曰:

> 照得淫词邪曲,久干例禁,本署司访闻省城人家,每逢喜庆等事,雇唤坐唱,名曰滩簧。如果所唱是忠孝节义正大戏文,本在所不禁,乃所唱滩簧,率多淫曲,最易荡人心志。更有一种说书之人,在于茶馆胡言乱道,甚至指手划脚,描摹丑态,年轻子弟以及无知妇女,被其引诱,必致荡检踰闲,大为人心风俗之害。除饬保甲局及地方官严拿外,合行出示晓谕,嗣后滩簧说书人等,不准再唱淫荡之书,如有不遵,一经拿获,定即从重究办。本署司言出法随,决不姑宽。毋违。特示。

(1900年3月28日《申报》)

示禁淫书

特用府补用直隶州题补阳湖县正堂办理上海英美租界会审分府翁②为出示严禁事。照得各书坊书局印售淫词小说,以及奸贩捆卖,例禁綦严,前奉江苏前藩司黄③札饬查禁,业经出示严禁,并传集各书坊局经手面给书目禁售,并饬差严密查察在案。兹准上海县移开,上海石印铅板各书坊局,每将淫书印售贩运,或在茶坊烟馆手持兜卖,最为风俗人心之害。并

---

① 世振之(?—1901),世杰,字振之,满洲镶黄旗人。历任宁夏道、苏州织造、两浙盐运使、浙江按察使等职。
② 翁,即翁延年。
③ 黄,即黄彭年。

准杭州协德善堂绅董开单，函请禁办各等因到廨。准此，除函致巡捕房并随时严密查察、遇即严惩外，合行出示严禁。为此示仰各书坊局以及书摊捐贩人等知悉，自示之后，立即将所有后开应禁各淫书，以及近日新编《高伶彩云小说》俚句两本，连同底本一律销毁，倘敢阳奉阴违，一经查拿解案，定予严办，决不宽贷。其各凛遵毋违，切切特示。计开：

《金瓶梅》，《倭袍记》化名《果报录》、《三杰传》，《梅花影》化名《牡丹缘》，《三笑姻缘》，《笑话新里新》，《隔帘花影》化名《影奇传》，《青铜镜》化名《如意君》，《野叟曝言》，《奇僧传》化名《灯草和尚》，《绿野仙踪》化名《仙踪缘》，《拍案惊奇》化名《续今古奇观》，《百花台》，《国色天香》，《蝴蝶缘》，《后笑中缘》，《花天酒地传》，《肉蒲团》化名《觉后禅》、《耶蒲缘》，《奇妖传》化名《荡平奇妖》，《今古奇观》，《正续四金刚》，《贪欢报》化名《欢喜冤家》，《三续今古奇观》，《痴婆子》，《杀子报》化名《清廉访案》，《品花宝鉴》化名《群花录》，《金如意》。

（上海公共租界）（1900年4月10日《申报》）

<h3 align="center">严禁淫书</h3>

署理上海县正堂戴①为出示严禁事。奉署按察司朱②札奉护抚部院陆③札准浙江提督学院文④咨据仁和县职员许之荣⑤等禀称，坊肆私售淫书，请通饬严行查究，并恳移咨江苏抚院转饬查究上海租界各书局不准违例私印等情到县。奉此，查例载凡市卖一应淫词小说者，军民杖二百，流三千里，市卖者杖一百，徒三年，买看者杖一百。定例綦严，岂容尝试？除分移英法两廨查禁外，合行示禁。为此示仰合邑各书坊及诸色人等知悉，自示之后，务各另图正业，毋再售卖，倘敢阳奉阴违，一经访获，定即按例重惩，决不姑宽。各宜凛遵毋违，特示。

（1900年5月10日《新闻报》）

---

① 戴，即戴运寅。

② 朱，即朱之榛。

③ 陆，陆元鼎（1839—1908），字春江，号少徐，浙江仁和人。同治十三年进士，历任山阳知县、泰州知府、惠潮嘉道道台、江苏按察使、湖南巡抚、江苏巡抚等职。

④ 文，文治，字叔平，满洲镶红旗人，同治乙丑进士。曾任福建、浙江学政、广东学政、兵部侍郎等职。

⑤ 许之荣，字春卿，浙江仁和人。兵部尚书许庚身（1825—1893，字星叔）长子，任内阁中书，特赏郎中。

会衔示禁小说[1]

○日前南昌县孟子卿[2]、新建县江云卿[3]两明府会衔出示曰：

稗官小说，荒诞不经，其中诲淫诲盗等书，或绘男女媟亵之情，或述崔苻窃据之状，愚民习诵薰染，易启奸萌，最为人心风俗之害，例禁綦严。又，康有为等所著各种逆书，前奉上谕严查销毁，即经出示晓谕，一体查禁销毁在案。兹访闻市井仍卖淫词小说，并私藏康有为等报章及各种逆书，亟应重申厉禁，以正心术而清治源。除随时严密查拿外，合亟出示严禁。为此示仰城市各书坊及诸色人等知悉，自示之后，尔等如存有一切淫词邪说，及康逆等所著逆书报章，立即尽行销毁，不准私售渔利，存留阅看。倘敢故违，一经查知，定即严拿到案，治以应得之罪。至绅民为家长者，亦应约束子弟，不得违禁购阅，并不许棍徒人等因有此示，藉端图诈滋事，并干严究不贷，切切特示。

(1900年5月27日《申报》)

禁唱淫词

本邑南市马路工程局总办程雨村[4]大令以时当炎夏，每有无赖游民藉纳凉为由，见有妇女独行，即高唱淫词，任情调谑，实属有关风化，爰颁给六言告示，张贴通衢，其文曰：

照得时届夏令，夜晚马路乘凉。男女贤愚不等，流氓混杂猖狂。每有调戏妇女，淫词艳曲播扬。甚至乘间偷窃，无端讹诈打降。凡尔巡捕差役，各当加意暗访。遇有此等恶棍，严拿毋许纵飏。随时解局讯实，惩办非等平常。兹特出示严禁，急早变善良。

(1900年7月3日《申报》)

---

[1] 该组新闻原题为《洪崖访道》。
[2] 孟子卿，即孟庆云。
[3] 江云卿，江召棠(1849—1906)，字云卿，安徽桐城人。光绪九年为彭玉麟之文案，光绪十五年保荐为候补知县，历任上高、南昌、新建、鄱阳、德化等县知县。1906年2月江任南昌知县时为法天主教传教士王安之等刺死，激起义愤，遂爆发了清末有名的南昌教案。
[4] 程雨村，其人待考，据《申报》报道，其人于1900年任上海南市马路工程局总办。

示禁寺庵宣卷①

〇庵观寺院每喜雇人宣卷，耸动愚人，俚曲淫词，不堪入耳，事为保甲提调王太守②所闻，出示申禁，其文云：

> 照得省城庵观寺院，每有编就俚词，当众说唱，名为宣卷，任意插科，语多不经。此等词曲，既非梵音佛典，亦非忠孝遗文，男女环坐观听，终宵不彻，殊属有伤风化。为此出示严禁，嗣后如再有入夜宣卷者，立即访拿重究，并提该庙住持一并治罪。各宜凛遵毋违。特示。

（杭州）（1900年11月6日《申报》）

禁演夜戏

宁波访事友来函云，宁波府高屿卿③太守下车伊始，首先严禁演戏，盖以节耗费而端风俗，亦为政切要之图也。讵料民间不能仰体宪意，仍有违禁演唱者，且时当深晚，依然袍笏登场。太守恶之，爰于上月某日，再行出示严禁，略谓：

> 唱演夜戏，例禁綦严。盖深夜演戏，鱼龙混杂，男女拥挤，凡赌博斗殴，盗窃奸拐等事，往往由此而起。故本府莅任之初，首先严禁，盖亦为绥靖闾阎起见，并非故事烦苛也。乃前日访闻江东石戏台庙，仍敢有违禁夜演之事，当经本府亲往查明，将余庆丰班首带归讯究。既念其到案之后，即知有违禁令，咎实难辞，再三求恩宽办。并据老聚丰等十九班一体环求，各称自此以后凡在宁属乡镇，如再开演夜戏，愿甘封箱究办，公叩免究前来。本府闻宁属风俗，各乡演唱社戏，往往预向戏班订定，届期不往，必须受罚。更有一种首事，待日中戏毕，命唱夜戏，如不接应，将戏箱扣留，询据各班首当班申诉，照本府所闻相同。均应剀切谕禁。为此示仰宁属各县士庶人等知悉，尔等须知春祈秋报，酬神演戏，固属闾阎恒情，在所不禁，然当此国事多艰，皇居未奠，地方不靖，盗劫频闻，凡在食毛践土之伦，理宜共切忧危，何可故事奢靡，尚图逸乐？况敬神在于诚敬，岂必定演夜

---

① 该组新闻原题为《三潭月印》。
② 王太守，王锡奎（1843—?），字靖臣，湖南长沙县人。监生，投笔从戎，捐县丞，在左宗棠军中办理税厘，捐同知，办理营务河工，保荐为浙江候补府，1900年任杭州保甲局提调。
③ 高屿卿，高英，字屿卿，号伟卿，江苏江宁县人。监生，历任萧山知县、临海知县、台州知府、宁波知府、宁绍台道等职。

戏始谓仰答神庥？且有夜戏必有赌博，输极无聊，盗心起矣。而男妇抛家听戏，门户不谨，防范疏矣。其间流弊尤有不可胜言者。兹已将违禁夜戏之余庆丰班从宽封箱十二日，以示薄惩，所有此十二日以内各乡所订之戏，该班不能如期而至，彼系恪守官法，与寻常失约不同，首事人等不得仍循俗例，执此议罚。其各县城乡镇市，嗣后演唱社戏，只准日中，不准掌火，如敢勒令戏班贪夜演唱，一经访闻，或被戏班到案供明，定提该首事地保严惩不贷。本府令出惟行，幸勿轻为尝试也。其各凛遵毋违。特示。

(1900年11月25日《申报》)

示端风化

江西访事友人云，南昌府江礽吾①太守以各属乡村，每届秋末冬初，酬神演剧，并有刻画床笫之私、描摹淫亵之状以悦人目者，败俗伤风，莫此为甚，爰特出示严禁曰：

民间搭台演戏，耗费钱财，聚众生事，原属有损无益。然或遇喜庆敬神酬愿，事非得已，亦只许偶尔演唱，其一切淫戏夜戏，久经禁止在案。兹本府访闻各处乡村，每于冬日农隙之时，演唱采茶淫戏，愚夫愚妇，昼夜聚观。甚至敛钱演戏，藉作聚赌之场，开赌抽头，又为演戏之费。兼旬累月，举国若狂。愚民因之而倾家，良懦因之而殒命。况复匪徒混迹，宵小乘机，私宰耕牛，拐带妇女，既坏风俗，又害闾阎，此等颓风，亟宜严禁。除移城外保甲总局并饬县随时查禁拿办外，合行示禁。为此示仰合属军民诸色人等知悉，尔等须知演唱淫戏夜戏，久干例禁，而赌博私宰，尤为法所不容；又况败坏风俗，所害者无非自己子弟，滋生事端，所费者无非自己钱财，盗贼由此而生，人命由此而出。仔细思量，利害昭然。自示之后，务各父诫其子，兄勉其弟，共安生业，勉为善良，毋得再蹈前辙，自罹法网。倘敢言谆听藐，一经访闻，或被告发，定即饬县拘案，照例严办，决不宽贷。尤望公正绅耆，剀切开导，严行禁止。倘有不遵，准即公同禀官拿办，以正人心而励风俗，不得回护瞻徇，同干未便。其各凛遵毋违。特示。

(1900年12月10日《申报》)

---

① 江礽吾，即江毓昌。

1901年（光绪二十七年辛丑）

禁 唱 淫 词

昨晨包探赵银河至英美租界公廨禀称，前曾奉谕令本租界查禁摊簧淫词，兹查得览胜楼茶肆前于夏间因演唱摊簧，经前谳员翁大老爷①严行禁止，惟迄今尚未停唱，应请提究。司马商之梅翻译②，谓览胜楼既仍违禁演唱摊簧，如不查禁，殊于风俗有碍，应饬将照会吊回，不准再唱。既而发出告示一纸，粘贴通衢，略谓：

> 照得摊簧淫词，有伤风化，前因览胜楼书场违禁演唱，业经翁前分府饬差查禁，并提究在案。兹本分府访闻租界内各茶馆复有演唱情事，除查明提究外，合行出示谕禁。为此示仰各该茶馆书场人等一体知悉。自示之后，尔等勿再演唱摊簧淫词，倘敢故违，一经提案，定予严办不贷。其各凛遵毋违，切切特示。

（上海公共租界）（1901年1月10日《申报》）

示 禁 淫 书

办理英美会审分府张③为出示谕禁事。据三品衔光禄寺署正沈宗畴④等禀称，窃惟通都大邑之间，风俗半多淫靡，而尤以上海为最甚，一入机陷，大之倾家，小之失业，而追原祸始，实由淫书为之先导。少年子弟粗识字义，辄喜偷买私看，废寝忘餐，纵情淫欲，有身未成立而已斫丧者，有因欲成疾以致夭殇者，是淫书之为害，关系实非浅鲜。职等慨念及此，因创立同善社，设上海庆顺里内，由同人集资，专收刊售之淫书及板片，送文昌宫焚毁。现在收毁者虽已不少，而究竟不过万分之一。职等一再筹思，无入书肆搜禁淫书之权力，苦口劝说，无人坚信，私售隐密，稽察为难，伏查淫书干禁，定例綦严，历荷前宪屠⑤、翁⑥叠次申禁在案，无如日久玩生，私售仍复不少，联名叩据情函致工部局，并移会上海县、法公

---

① 翁大老爷，即翁延年。
② 梅翻译，即梅尔思。
③ 张，张辰，字柄枢，广西人。1890年以试用同知分发江苏，1899年至1903年任上海英租界会审襄谳员、谳员。
④ 沈宗畴（1857—1926），名孝耕，广东番禺人。年十四，捐光禄寺署正。著述甚丰，有《南雅楼诗钞》《南雅楼诗话》等。还参与编辑《著作林》《国学粹编》等期刊。
⑤ 屠，即屠作伦。
⑥ 翁，即翁延年。

堂、工程局一体出示严禁，限令一月内将淫书及板片送社内焚毁，由社酌给价值，倘逾限查出，由社禀请提究，以期尽绝根株，于世道人心，不无裨益等情。据此，除分别移会暨函致捕房并饬差查禁外，合行示谕。为此示仰各书坊贩户一体知悉，自示之后，尔等不得印售淫书，如有已经印成者，即将所印各种淫书连同板片刻速径送该善社，汇收消毁，听候酌给价值，倘敢逾期不缴，一经访闻或被指控，定即提案严惩，决不姑宽。其各懔遵毋违，切切特示。

(1901年2月5日《新闻报》)

谕示章程（节录）

前日本邑南市马路工程局总办叶孟纪①司马发出告示一道，后附《马路善后章程二十四款》，今特照录如左，文曰：

为出示晓谕事。照得本局马路设立各款善后章程，系由前委员陈②协戎参仿租界办法，拟就章程二十四款，咨呈前道宪蔡③禀奉南洋商宪刘④批准照办，并会县出示在案。现本委接办以来，本处商民时有违章情事，惟时阅数载，诚恐间有未尽知悉，为再出示晓谕，将各章程开列如左。自示之后，如敢再违，定即拘局分别惩办究罚，决不宽贷。各宜凛遵毋违，特示。计开：

第二十款　凡淫书淫画，不准沿路摊卖。

(上海南市)(1901年2月9日《申报》)

示禁串客⑤

〇鄞县正堂徐⑥为出示重申禁令。照得鄞邑向有花会、庙会、花龙、串客诸般犯法之事，花会有筒师、航船子各目，庙会有大桌子、小桌子等名色，花龙即同牌九，串客亦曰哑戏，为害地方，不胜枚举，曾经出示严禁在案，第恐日久玩生，不法之徒，复萌故智，除随时严密查拿外，合再

---

① 叶孟纪，江苏候补同知，据《申报》报道，其人于1900年至1901年任上海马路工程局总办，1902年任上海亲兵营管带。

② 陈，即陈季同。

③ 蔡，即蔡钧。

④ 刘，刘坤一(1830—1902)，字岘庄，湖南新宁人。廪生出身，咸丰五年随从湖南楚勇作战，因军功先后升任直隶州知州、知府、道员、广东按察使，后历任广西布政使、两广总督、两江总督、加太子太保。有《刘坤一遗集》。

⑤ 该组新闻原题为《示谕汇登》。

⑥ 徐，即徐国柱。

出示严禁。为此示仰阖邑军民及差保人等知悉，尔等须知开设花会，厥罪匪轻，前经本县先后获犯严行惩办，尔等均所目击。至庙会花龙赌博，串客演唱淫词，亦属大干例禁，岂容任意干犯，自罹法网？苟能勤俭作家，何业不可营生？何必作此犯法之事，以致身家性命不保？自示之后，务各革面洗心，别图生业，倘敢怙恶不悛，仍蹈前辙，一经访拿，定即尽法严办，差保得规庇护，一并斥革严拿。本县嫉恶如仇，言出法随，慎勿视为故常，自贻噬脐之悔。其各凛遵毋违，特示。

（1901年2月27日《申报》）

宪 示 照 录

浙江宁波府鄞县正堂徐为出示严禁事。本年二月十一日，奉府宪高①札。照得迎神赛会，不特徒耗糜费，亦易滋生事端，本府访闻各县民间历届春祈，举行各种神会，或装设抬阁，或扮演故事，逞奇斗巧，招摇过市，愚民无识，结队成群，相约往观，以致男女夹杂其间，体统全失，举邑若狂，既耗资财，又伤风化。此风以镇海为最盛，奉化次之，慈、象各县又次之，宁郡城乡亦所不免。更有一种庙会，亦每以春祈为名，敬神演剧，习俗相沿，原可听从民便，乃渔利棍徒，竟乘机设厂租屋，聚赌抽头，非经旬累月不止。其中良善者输极轻生，强悍者流为窃盗。至于花会，鄞县境内迭经严办，现已敛迹，镇海、奉化依旧阳奉阴违，毗连镇海之慈北，亦未能尽绝，若不严行查禁，何以培民气而靖地方？合即通饬札县，立即按照前情，参酌出示禁止，倘敢故违，立提会首严惩。一面谕饬柱首、地保，所有各会概行停止演戏酬神，务须凛遵。本府前次示谕，只准日中，不准掌火。再有藉会赌博，即行严拿重办，并予该柱首、地保以应得之咎。仍勒令各船埠头出具不敢装载赌客赶赴庙会聚赌结存案，一面将遵办缘由录示申报备查毋违等因。奉此，合行出示严禁。为此示仰阖邑会首及地保人等知悉，尔等须知迎神赛会，有干例禁，务须遵照宪饬，概行停止，倘敢不遵，定即严行提办。各宜凛遵，切切毋违。特示。光绪二十七年三月十五日。

（1901年5月7日《申报》）

禁 赛 神 会

芜湖访事友来函云，安徽宁国府属各州县，迎神演戏之风最盛，繁昌

---

① 高，即高英。

县陈大令①恶其劳民伤财,特出示禁止曰:

照得时届社会,赛会演戏,原属四乡农民藉伸春祈秋报之意,故为例所不禁,惟现值时事多艰,各处会匪游勇纷纷蠢动,凡有赛会演戏之处,必人烟稠密,土客纷纭,更有开场聚赌,打降逞凶,一若以酬神为名,肆无忌惮,其中良莠不齐,匪徒最易溷迹,贻害闾阎,莫此为甚。若不严申禁令,何以杜匪类而靖地方?除谕饬各都绅董妥为劝禁外,合亟出示谕禁。为此仰阖邑军民等人知悉,自示之后,务各勤理农事,不准赛会演戏,致滋事端,倘敢故违,定提为首之人从严究办。其各凛遵。切切特示。

(1901年8月21日《申报》)

查 禁 淫 书

淫书小说,向干例禁,无如贪利忘害之徒,往往改易名目,私行印售,沪上此风尤盛,前经苏松太兵备道兼江海关监督袁海观②观察访闻,札饬英美租界公廨谳员张柄枢司马,查拿理文轩主戎文彬、文宜书局主程茂生、青莲阁下书摊主庄阿福到案罚锾,薄示惩儆。迩者书业董事某君以前次起案之书,尚未详尽,爰开列各种淫书名目,禀请司马一律示禁。司马准之,即饬某君传谕各书坊务将所开各书,照单销毁。计开:

《金瓶梅第一奇书》《灯草和尚》《奇僧传》《杏花天》《红杏情史》《绿野仙踪》《隔帘花影》《牡丹缘》《玉蜻蜓》《换空箱》《风流天子》《痴婆子传》《遇仙奇缘》《野叟曝言》《四大金刚》《飞跎子传》《续今古奇观》《肉蒲团》(即《浦缘觉后禅》)《倭袍》《果报录》《品花宝鉴》《意外缘》《杀子报》《贪欢报》《金如意》《双珠球》《蜃楼志》《三笑》《拍案惊奇》《各色小调》《国色天香》《禅真后史》《名妓争风》《风流案》(即《高彩云》)《续金瓶梅》《梼杌闲评》《浓情快史》《今古奇观》《则天外传》。

(1901年9月28日《申报》)

---

① 陈大令,陈元弼,福建建安人。据《申报》报道,其人于1901年至1903年任安徽繁昌县知县。

② 袁海观,即袁树勋。

开 单 传 禁①

查禁淫书，例禁在案，本年苏州大宪复札饬上海会审公廨张司马②，将违禁卖书之各书贾分别究罚，因恐日久玩生，故于前日谕饬抄发各书铺照单一律禁止，如违查明禀究，今将单开书目列下：

《金瓶梅第一奇书》《灯草和尚》《奇僧传》《杏花天》《红杏情史》《绿野仙踪》《隔帘花影》《牡丹缘》《玉蜻蜓》《换空箱》《风流天子》《痴婆子传》《遇仙奇缘》《野叟曝言》《如意君传》《青铜镜》《花天酒地》《名妓时调》《禅真逸史》《小南楼传》《无稽谰语》《四大金刚》《飞跎子传》《续今古奇观》《肉蒲团》《耶浦缘》《觉后禅》《倭袍》《果报录》《品花宝鉴》《意外缘》《杀子报》《贪欢报》《金如意》《双珠球》《蜃楼志》《三笑姻缘》《拍案惊奇》《各色小调》《国色天香》《禅真后史》《名妓争风》《风流案》（即《高彩云》）《续金瓶梅》《梼杌闲评》《浓情快史》《今古奇观》《则天外传》。

（1901年9月28日《新闻报》）

示 端 风 化

京师访事友人云，此间地方自各国暂管以来，茶馆戏园每有女伶演剧，游荡子弟更或不顾廉耻，挟妓冶游，目下和局既定，地方一律肃清，亟须大加整顿，除女伶已于九月杪概行驱逐外，旋由会办五城事宜顺天府府尹巡视五城察院出示严禁，略谓：

近日五城地面戏园酒馆私卖女座，时有人家邀同女眷，游客携带乐妓入座观剧，进馆饮酒，男女混杂，毫无顾忌，沾染申沪之恶习，伤坏风俗之萌芽，恭查《钦定台规》内载妇女庙期名色永远禁革，如有仍前违犯者，立即根究，照例将本妇夫男治罪，并将失察之该管文武地方官一并议处等语。是妇女入庙烧香，尚且大干例禁，况酣歌恒舞之场，岂容混迹？其中致多勾引邪淫、诱拐逃走之案，若不亟行严禁，何以端风化而正人心？除饬传各戏园酒馆主，出具不卖女座甘结外，合行出示禁止。为此示仰官绅军民各色人等知悉，须知中馈宜治，女流无暇逸之时，内政先修，家长有防闲之责。自示之后，如有女眷擅行游宴，娼妓过市招摇，再到酒馆戏园强买座位者，准该戏园

---

① 本则与同日《申报》所载《查禁淫书》在书目上略有出入，故收录以资参考。
② 张司马，即张辰。

卯头、酒馆佣保到官喊报，立派弁役官媒扭获到案，议夫男以应得之罪，治荡子以违制之刑，倘该戏园酒馆得钱容留妇女在座，一经查出，定必从严惩办不贷，若司坊稽查不力，一并咨部察议。凛之毋违。特示。

（北京）（1901年12月1日《申报》）

1902年（光绪二十八年壬寅）

示禁淫戏

日前本邑英租界中会仙、天仙两戏园诸伶搬演《小上坟》《送灰面》等淫戏，先后经张才宝、胡瑞龙、金立生诸包探将各园主传送英美租界公堂，禀请判罚。谳员张柄枢[①]司马以近来境内戏馆林立，难免阳奉阴违，因特重申禁令，出示严禁，其文曰：

照得淫书淫戏，有伤风化，均干例禁，迭奉各宪饬禁在案。乃近来复有戏园演唱淫戏，殊违禁令，除已提违禁之戏园主到案谕罚外，合再出示严禁。为此示仰各该园主等一体遵照，毋再演唱后开各淫戏名目，倘再故违，即提案严办不贷。其各凛遵毋违，特示。计开：

《卖胭脂》《打斋饭》《唱山歌》《送灰面》《巧姻缘》《珍珠衫》《小上坟》《打樱桃》《看佛牙》《挑帘裁衣》《下山》《倭袍记》《瞎子捉奸》《杀子报》（即《天齐庙》）《秦淮河》（即《大嫖院》）《关王庙》《荡湖船》。

（上海公共租界）（1902年1月21日《申报》）

谳员示禁

英美会审分府张[②]为出示严禁事。照得淫书淫戏，有伤风化，均干例禁，迭奉各宪饬禁在案，乃近来复有戏园演唱淫戏，殊违令禁，除已提违禁之戏园主到案谕罚外，合再出示严禁。为此示仰各该园主等一体遵照，自示之后，毋再演唱后开各淫戏，倘敢故违，提案严办不贷。其各凛遵毋违。特示。计开：

《卖胭脂》《打斋饭》《唱山歌》《巧姻缘》《珍珠衫》《小上坟》

---

① 张柄枢，即张辰。
② 张，即张辰。

《打樱桃》《看佛牙》《挑帘裁衣》《下山》《倭袍》《瞎子捉奸》《送灰面》（即《二不知》）《杀子报》（即《天齐庙》）《秦淮河》（即《大嫖院》）《关王庙》《荡湖船》。

（1902年1月21日《新闻报》）

黄堂文告（节录）

福州访事友人云，去岁十二月初二日署福州府程太守[①]出示曰：

为严禁事。照得闽中风气素称纯朴，居其间者宜如何敦崇古处，勉为善良，乃世风不古，民性日漓，每有踰闲荡检之为，致贻世道人心之害。本署府下车伊始，利病尚未周知，第就平日见闻所及，亟应禁止者，约有数端，合行列款示禁。为此示仰诸色人等知悉，务各遵照后开条款，父诫兄勉，湔除旧污，毋再稍有违犯，自罹法网。其各懔遵毋违。特示。计开：

——沿街摊卖淫词小说或高悬招帖出售赌具，殊属不成事体，亟应严禁，倘敢仍前售卖，一经查出，照例严办。

（1902年2月27日《申报》）

示革浇风（节录）

宁波访事人云，日前新任鄞县黄鞠友[②]大令出示晓谕曰：

为严禁事。照得除莠所以安良，惩一即可儆百，本县下车伊始，所有花会赌博等事，最为地方之害，亟应严拿究办，以肃法纪，兹将应禁各条开列于后：

——严禁串客淫戏，以除恶俗，如违立拿重办。

以上十条，均应从严禁止，倘敢故违，一经访闻，或被告发，定即提案照例惩办，决不姑宽，毋谓言之不预也。其各凛遵毋违，特示。

（1902年3月7日《申报》）

---

① 程太守，程祖福（1867—？），字听彝，号容孙，原籍浙江钱塘，出生于北京大兴县。光绪十四年举人，十五年考取中书，历任方略馆校对官、盐运候补道、邵武知府、建宁知府、福州知府。

② 黄鞠友，黄大华（1855—1910），字鞠友，号红豆梦中人，湖北武昌人。光绪十五年进士，历任衢县、鄞县等县知县。

整顿风化

宁波访事友人云，新任鄞县黄鞠友大令下车伊始，访悉匪人诱赌诲淫，为害甚烈，慨然有整饬风化之心，爰于日前出示晓谕曰：

为严禁事。照得鄞邑地方向有花会、花龙、庙会、串客四种恶习，均堪痛恨。花会其最，业经前县拿获严办在案。若花龙者，乃系棍徒租屋聚众赌博，抽头藉以渔利，虽次于花会，然贻害亦复不浅。至庙会则在二三月演戏之时，就戏场附近田内搭盖篷厂，聚赌抽头，其田先由地棍向佃户租出，转租赌棍，名曰包地场。赌洋者名曰大桌子，赌钱者名曰小桌子，通宵达旦，肆无忌惮，竟有售卖食物、收押衣服船只等情。每赌或三五日，或七八日便转移他处，直至农事方兴，田须播种，又另行租屋租船，四散赌博，赢者浪费花用，输者荡产倾家，甚至负累窘急，投缳投河，服毒自尽，无耻之尤流为盗贼，地方受害不胜枚举。串客即哑戏是也，纠合十余无赖，略置行头，或在人家，或在庙宇演唱淫戏，满口污语，百般丑态，以致愚夫愚妇触目动心，鳏夫因而图奸，寡妇因而失节，伤风败俗，莫过于此。究其从前屡禁不遵之故，皆因兵役、地保得贿包庇所致。本县为民父母，不忍不教而诛，除将得规差保随时察访革究外，合行出示晓谕严禁。为此示仰阖邑军民及差保人等知悉，尔等须知聚众赌博，大干例禁，演唱淫戏，亦有应得之罪，岂容任意干犯，自罹法网？况人生在世，渔樵耕读、负贩佣工，在在均可谋生，何可以身试法？自示之后，务各革面洗心，别图生业。本县执法森严，毋得视为故常，自贻噬脐之悔。倘敢怙恶不悛，复蹈故辙，一经本县亲访拿获，定当尽法惩治，田亩船只概行充公，店房租屋分别拆毁，设有兵役地保仍敢受贿容隐，一并斥革严办不贷，勿谓言之不预也。其各遵照毋违，特示。

（1902年3月9日《申报》）

禁卖女座示①

○会办五城事宜顺天府府尹陈大京兆②访知境内戏园、饭馆设立女座，殊于风化攸关，因会同五城察院示禁，略谓：携眷招妓，欢饮冶游，

---

① 该组新闻原题为《神京珥笔》。
② 陈大京兆，陈璧（1852—1928），字玉苍、佩苍、雨苍，晚号苏斋，福建闽侯县人。光绪三年进士，历任湖北主考官、湖北道监察御史、刑科给事中、顺天府知府、商部侍郎等职。著有《望岩堂奏稿》。

本属伤风败俗，前经出示晓谕，厉禁颓风。近日复闻饭庄有私卖女座者，除饬五城各局饬传戏园饭庄取具不卖女座甘结外，为此示谕各戏园饭庄知悉，倘再有希图渔利，私卖女座及招接娼妓各情事，一经发觉，定将该戏园饭庄掌柜收押枷示，决不宽贷。

（北京）（1902年4月28日《申报》）

八续江宁学堂章程（节录）

第十八节　各生出讲堂后应自在房寻译功课，禁看《清议报》《国闻报》以及淫词艳曲、无益小说等书，禁谈民权、自由、革命、流血等语，亦不准群聚荒戏，阻扰他生功课，违者严惩。

（1902年6月16日《新闻报》）

巡警条规①（节录）

总办天津巡警局曹②为出示晓谕事。照得天津现值收还伊始，所有巡警条规亟宜刊发，以便遵守，合行示谕，为此传仰军民人等一体遵照毋违。切切特示。计开：

——凡遇有酒馆、戏园、书场滋扰喧闹者，均应拘局惩罚。——凡夜深逾限而酒馆尚未闭门或戏园演剧未散，俱迟至子时者，亦应拘罚。

（1902年8月23日《大公报》）

局宪□示

前报纪苏垣盘门业户大昌祥等禀请商务局禁止髦儿戏园不准迁赴阊门以保地租一节，顷已奉宪允准，批语录左：

查女戏园一项，向在盘门开设，前据两次禀求迁赴阊门，均经由局驳饬在案，阊胥盘马路同为振兴商务而设，本局一体维持，从无歧异，应如所请，嗣后髦儿戏园仍只准在盘门演唱，永不准迁往阊门，以维市面。仰候札饬工程局出示申禁可也。

（苏州）（1902年12月23日《新闻报》）

---

① 此则亦载1902年8月29日《新闻报》，题为《巡警条规照录》。
② 曹，曹嘉祥（1865—1926），字希麟，广东顺德人。早年以幼童选派美国留学，先后入华文学校与圣克劳大学学习。归国后于北洋海军任职，历任镇远舰大副、烟台水师署提调、天津巡警道等职。

总 巡 示 禁

办理城厢内外保甲总巡朱森庭①明府昨日发出示谕一道,略云:本总巡自到差以来,地方应办各事无不力加整顿,乃近来访闻城内外大小茶肆往往招留轻薄无耻少年登台演唱花鼓淫戏并留妇女吃茶等事,败俗伤风,莫此为甚。合亟出示禁止,如敢故违,立提究办,并派差分投查访云。

(上海县)(1902年12月24日《新闻报》)

1903年(光绪二十九年癸卯)

学堂纪略(节录)

粤省旧有实学馆,后复建水陆师学堂,经营惨淡,迄无成材,论者惜之。今水陆师学堂又改设武备学堂矣,其为气象一新欤?抑徒更易名目欤?非外分所能揣测也。惟据传出该堂之切要章程数条,采用西法,亦颇妥善,照录于下,以告世之留心尚武精神者。

——军纪所禁九事:聚赌、饮酒、外出、吹洋烟、午寝、穿长衣、唱戏、看小说、看淫书,违者重罚。

(广东)(1903年5月1日《大公报》)

禁 遏 邪 淫

九江访事人录示,赏换花翎升用府在任候补直隶州大计卓异调补江西鄱阳县调署德化县正堂随带加一级江云卿②大令严禁淫书小说以端风俗告示一道,其文曰:

照得淫书小说,败坏人心,流毒无底,迭奉上宪严札饬禁,不啻三令五申。兹本县访闻浔郡书坊贪图厚利,擅售淫书邪说,从前如《金瓶梅》《肉蒲团》《欢喜冤家》等类,近日如康党所作各种小说,污蔑犯上,年轻恶少,无知女流,往往闻之意荡思淫,或风月调情,或手足勾引,伦常为之不顾,廉耻因而道丧,控告悖薄不修、窬夜私奔之案层见迭出,实为风俗人心之害,言之深堪痛恨。本拟亲诣各书坊搜检,片板穷究其源,严绳以法,第不教而诛,殊有不忍,合行出

---

① 朱森庭(1832—?),浙江慈溪人。清末历任法租界代理会审谳员、上海马路工程局委员、英租界代理会审谳员、上海城厢内外保甲总巡、警察总巡等职。
② 江云卿,即江召棠。

示严禁。为此示仰阖邑书坊诸色人等知悉，尔等须知读书识字，男则当效圣贤，女则应守闺箴，勿阅淫乱之词，勿撰邪艳之说。坊家路摊售卖淫书以及康党所作各种邪说，片板一律销毁尽绝，不准存留片纸尺幅，致罹刑章。自示之后，倘再罔知功令，贪利擅售，则是愍不畏法，天理难容，一经搜获，或被告发，立即严拘从重惩治，决不稍为宽贷，其各凛遵毋违。特示。

（1903年5月8日《申报》）

再续京师大学堂译学馆开办章程（节录）

第五章　学生规则　（前略）第十一节　馆中无论何地何时不得喧哗扰乱，不得歌唱戏曲、吸食洋烟及赌博等事。（后略）

（1903年6月9日《申报》）

谕 禁 女 优

各处茶园招集女优演唱淫戏，玉顺茶园冯月娥业已被捉在案，现经天津县唐大令①颁示严禁，于昨日饬行地方向各戏园门首挨家粘贴告示一张，其文照录如下：

> 照得扮演杂戏，本系义取劝惩。或演忠孝故事，或唱节义曲文。其余淫词秽曲，例禁甚为严明。乃查津郡戏园，雇募无耻娼伶。登场丑态百出，看者惑志荡神。不但大伤风化，亦且为害人心。玉顺茶园违令，业经本县访闻。所有女优铺掌，驱逐责处攸分。特此晓谕严禁，务须一体凛遵。如果再有违犯，重办决不容情。

（天津）（1903年6月21日《大公报》）

谕 禁 演 戏

青州府曹太守②札饬邻近铁路州县庄村，略云：向来演戏，例所不禁，但今时人民良莠不齐，藉端滋事者实属不少。查安邱高家庄被毫斯耐击毙一案，实因高家庄演戏，铁路工人藉端生事，肇此不测之祸。甚望尔等邻近铁路庄村节省演戏之钱充作学堂公费，为国家培养人材，且开子弟

---

① 唐大令，唐则瑀，字佩员，广西临桂人。举人，光绪二十九年继章焘任天津知县。
② 曹太守，曹允源（1855—1927），字根荪，一字耕荪，号复庵，江苏吴县人。光绪十二年进士，历任宣化、青州、徽州、襄阳、汉阳知府，官至湖北安襄郧荆兵备道。民国后曾任江苏省立图书馆馆长。著有《复庵集》《复庵文类稿》等。

上进之路云云。

(《湖南官报》第411号，1903年6月23日)

抚院赵①前在山西护抚任内示谕晋民十四则（节录）

当戒之事四：……曰演戏。演戏之风，晋为最盛。所演之戏，劝忠劝孝之事少，诲淫诲盗之事多，其道情、花鼓、秧歌等戏尤多秽亵。无论老幼男女，杂沓聚观，所见所闻，无一正事，乡曲恶习，罔不由之，幼童受害尤深。盖因天真未漓，先入为主。纵观此等恶剧，未有不神思颠倒者。欲其一心向上，勉为善人，其可得乎？至于《封神》《水浒》等剧，以劫盗为忠义，以人命为草菅，足以导残忍之心，启顽固之习。上年义和团匪所施伎俩，虽有种种变相，皆不出此等戏剧之范围，其害尤为显著。论者皆谓宜将演剧一事概行禁绝，本部院以为不如因而用之，为因势利导之善策。盖演戏实最佳之事，感动人心，捷于影响，凡不识字不读书之人，皆能不言而喻，故各国于演剧一事皆有学问者为之，极为郑重。晋民既好演戏，莫如嗣后凡一村演戏，本村之社长及读书识字之人必须查明所演何剧，应遵定例选择忠孝节义之事，方准演唱，而将剧中之最足乱风俗者明定禁约，如有不遵者，重罚点戏之人，及禀官宪照例治罪。如此则虽有人欲点此剧，而演戏之人必不敢犯公论受重罚，庶几不禁而自绝矣。此外则有能以教化之事编作戏文歌词，令优伶瞽瞍随处演唱，培养善心。开牖民智者，准其将演本呈由地方批定准演，酌予记功嘉奖，尤为有益。此外则如淫画，俗所谓避火图者，皆应禁绝，此画多由直省贩来，已饬地方印委于入晋关隘出查禁，不准贩入。

(《湖南官报》第445号，1903年7月27日)

法员示谕照录（节录）

驻京法国三等参赞世袭男爵中国特赏二品顶戴端②近日于东交民巷一带贴有禁约告示十六条，录下：

禁唱淫词浪说。……禁弹唱积聚多人。

(北京)（1903年9月15日《新闻报》）

---

① 赵，赵尔巽（1844—1927），字次珊，号无补，隶汉军正蓝旗，辽宁铁岭县人。同治十三年进士，曾任安徽、山西按察使，新疆、山西布政使，湖南巡抚、署理户部尚书、盛京将军，湖广、四川总督等职。

② 端，端贵，法国外交官，清末任法国驻京领事馆参赞。

示 革 浇 风

沙市访事人云，此间五方杂处，每有匪徒藉端滋事，为害闾阎。日前江陵县张云生①大令出示晓谕曰：

照得县属各乡，每遇丰年，一交秋节，四乡各村，无不以酬神为名，非敛钱演唱大戏，即唱花鼓皮影，其实皆痞徒藉以聚赌抽头，输极之后，即流为盗贼，奸拐之案亦因之而起，甚至彼此争竞，酿成命案，种种恶习，言之真堪痛恨。本县去岁到任，曾将花鼓赌博等事，刊示严禁。本年收成颇称丰稔，深恐仍蹈前辙，亟应重申禁令，以挽颓风。除饬差严密查拿外，合行出示严禁。为此示仰各乡军民人等一体知悉，嗣后不准以酬神为名，敛钱唱戏，致匪徒藉此聚赌抽头，酿成巨案。仍责成团绅、保甲、族长、户首随时禁阻，以免匪类聚集，奸盗生事，为害地方。自示之后，倘再有前项情事，团绅人等知情容留，一经访闻，或被告发，立即拿案惩办，并将徇隐之团保人等传案并究，决不姑宽。弗谓言之不早也。其各凛遵毋违。特示。

(1903 年 10 月 16 日《申报》)

禁 止 淫 戏

新竹第三区警务派出所长谓该管区诸保正曰：尔等管内人民，或有喜庆事，作为芝居演剧者，例于报明警察外，须更禀报甲内保正。但台湾芝居间多反叛淫词之剧，以后遇有请演者，须将其演地及演剧之名记列于册，其作淫剧反叛者，则禁止之，以为风俗登其淳良云尔。

(新竹)(1903 年 10 月 20 日《台湾日日新报》)

1904 年（光绪三十年甲辰）

示 遏 颓 风

江西访事人云，去年赣省收成颇为丰稔，及当农功已毕，岁晚务闲，每有不法匪徒在四乡私宰耕牛，开场聚赌，更或演唱淫戏，引诱善良。事为南昌县江云卿②明府访闻，因即出示谕禁曰：

---

① 张云生，张集庆（？—1904），字云生，陕西三原人。举人，历任湖北蒲圻、恩施、麻城、江陵、汉阳等县知县。

② 江云卿，即江召棠。

为再行出示厉禁以靖地方而安生业事。照得私宰为窃盗之源，赌博尤间阎之害，是以例禁綦严，不容稍有干犯。本县今秋奉调履任，访闻县属乡镇市墟有搭盖篷厂，演唱淫戏，私宰聚赌，罔利肥私，节经出示严禁，并复签差四出查拿，遇案惩治。当时该匪徒尚知畏法，各自敛迹。近日接见绅耆，佥言各乡赌风仍未尽绝。且闻差役痞棍从而包庇，前撰告示亦未张贴。似此胆大妄为，实属世所罕见，若不再申厉禁，严拿惩治，不足以肃法纪而安善良。除密派亲兵妥役往乡密访查拿外，合再出示厉禁。为此示仰阖邑军民人等知悉，开场赌为害最烈，轻则废时荡产，重则为匪丧身，是故律法森严，岂容一再尝试，嗣后务宜改弦易辙，革面洗心，勿贪意外之财，各谋正经之业。自示之后，倘再言之谆谆，听之藐藐，或有差役痞棍得规包庇，则是冥顽不灵，其罪难恕，一经有人密报，定即严拿到案，尽法惩治。其或偶入迷途，被诱赌博，准将输出钱文若干及同场聚赌各姓名赴案出首，不坐首者之罪，并追赌输之钱。地保图差各在所辖境内，梭织巡查，按月出具无赌切结，具报备案，日后查有隐瞒并拘究处。贡监绅耆为四民之首，亦当仰体此意，随时禁革，力挽颓风。其中如有不听约束，以赌为生者，并许指名禀送，或密函告知，以作访闻拿究，决不稍从宽贷。特示。

(1904年2月20日《申报》)

天 津 县 示

为出示严禁事。照得本县访闻县境先春园地方有游手好闲之土棍聚集多人，排演京秧歌会，挨户敛资，稍拂其意，轻则狂舞喧闹，重则恶言恫喝，凶悍逼人，使该铺户不敢不给钱文，此等恶风，殊堪痛恨，自应严禁以挽颓俗。除派差随时查拿外，合亟出示严禁。为此示仰阖属军民铺户人等一体知悉，尔等务须各安本分，自图正业，不得仍前游惰，聚众玩嬉。况秧歌淫状百出，丑态不堪，大为风俗人心之害，久已有干禁例，津邑为各国通商码头，凡尔居民尤宜勤求生业，勉为善良，自经此次严禁之后，倘有无知棍徒胆敢视为虚文，复蹈前辙，准受害人指名扭禀，定即重惩，决不宽贷。其各凛遵毋违，切切特示。

(1904年3月1日《大公报》)

县 署 示 谕

大鼓说书，落子淫词，令人倾听，意荡情移，大伤风化，舍业而嬉。

况近学堂，尤属不宜，先行示禁，其各遵依，一经拿获，从重惩治。

(天津)(1904年5月12日《大公报》)

札饬禁书公文①

日前军机处函致某某大臣及各处学堂云：近闻南中各省书坊报馆有寄售悖逆书，如《支那化成论》《支那革命运动》《新广东》《新湖南》《浙江潮》《并吞中国策》《中国自由书》《中国魂》《黄帝魂》《野蛮之精神》《廿世纪之怪物》《帝国主义》《瓜分惨祸预言》《新民丛报》《热血谭》《荡虏丛书》《浏阳二杰集》《新小说》《广长舌》《最近之满洲》《新中国》《支那活历史》等种种名目，骇人听闻，丧心病狂，殊堪痛恨。若任其肆行流布，不独坏我世道人心，且恐环球太平之局亦将隐受其扰害。此固中法所弗容，抑亦各国公例所不许者。务祈密饬各属体察情形，严行查禁，但使内地无销售之路，士林无购阅之人，此等狂言，不难日就澌灭。想□□关怀世教，必能妥筹办理等因。并闻某某已遵照晓谕各属，略云：本大臣准此，查近来狂悖之徒，创为新书报纸，远近煽惑，其大逆不道之言，实足为风俗人心之大患，若不严行查禁，其流毒不知伊于胡底。应饬严查各书坊铺店，不准代售以上所开各书报，官绅士庶均不准购阅，原有者立即销毁。自此次申禁之后，如有仍敢销售者，查出将房产充公，购阅者缉拿监禁。其各处学堂学生如有购阅者，除拿禁外，并惟该总办及教习等是问。合行严札通饬云云。

(1904年5月22日《大公报》)

札禁书报之野蛮②

近日北洋大臣③札饬通属曰：(上略)军机处函开，近闻南中各书坊报馆，有寄售悖逆书，如《支那化成论》《支那革命运动》《新广东》《新湖南》《浙江潮》《并吞中国策》《中国自由书》《中国魂》《黄帝魂》《野蛮之精神》《二十世纪之怪物》《帝国主义》《瓜分惨祸预言》《新民丛报》《热血谭》《浏阳二杰》《新小说》《广长舌》《最近之满洲》《新中国》《支

---

① 本则告示亦载1904年第3期《大陆报·时事批评》，标题为《政府严禁书报》，并附有一段评论：噫！书报者所以开发民智者也。而在政府之意则曰：如某书某报者，乃革命党所作，教人革命者也。夫革命党不自革命，而作书报教人革命，已非能革命者矣！政府犹惧之如虎，必欲杜绝之，则何其愚？吾为革命党谐曰："《红楼梦》中之晴雯，临死时谓宝玉曰：'徒担了虚名，早知如此，不如当初打个正经主意了。'"咄！尔革命党亦应该打个正经主意了。

② 本则与上一则内容大致相同，但提到"北洋大臣"为此次禁书报的发起者则为上一则所无，故录之以资参考。

③ 北洋大臣，即袁世凯。

那活历史》等种名目，骇人听闻，丧心病狂，殊堪痛恨。若任其肆行流布，不独坏我世道人心，且环球太平之局亦将隐受其扰害。此固中法所弗容，抑亦各国公例所不许者。务祈密饬各属体察情形，严行查禁，但使内地无销售之路，士林无购阅之人，此等狂言，不难日就澌灭。想贵大臣关心世教，必能妥筹办理等因。本大臣准此，查近来狂悖之徒，创为新书报纸，远近煽惑，其大逆不道之言，实足为风俗人心之大患，若不严行查禁，其流毒不知伊于胡底。应饬严禁各书坊铺店，不准代售以上所开各书报，官绅士庶均不准购阅，原有者立即销毁。自此次申禁之后，如有仍敢销售，查出将房产充公，购阅者饬拿监禁。其各处学堂学生如有购阅者，除拿禁外，并该总办及教习等是问。合行严札通饬（下略）。以上录《天津日日新闻》。

（1904 年 5 月 28 日《警钟日报》）

札 禁 悖 书

镇江访事人云，日前常镇通海兵备道郭月楼①观察奉两江总督魏午帅②札开：准军机处函开，近闻南中各省书坊报馆，有寄售悖逆各书，如《支那运动》《革命军》《新广东》《新湖南》《浙江潮》《并吞中国策》《自由书》《中国魂》《黄帝魂》《野蛮之精神》《二十世纪之怪物》《帝国主义》《瓜分惨祸预言》《新民丛报》《热血谭》《荡虏丛书》《浏阳二杰论》《新小说》《支那化成论》《广长舌》《最近之满洲》《新中国》《支那活历史》等种种名目，骇人听闻，丧心病狂，殊堪痛恨。若任其肆行流布，不独坏我世道人心，且恐环球太平之局亦将隐受其扰害。此固中法所不容，抑亦各国公例所不许。务希密饬各属，体察情形，严行查禁。但使内地无销售之路，士林无购阅之人，此等狂言，不难日就澌灭等因。刻已遵札出示晓谕，大旨谓：仰书坊报馆及诸色人等知悉，自示之后，倘敢再售前项悖逆各书，一经查出，定即饬提严办。其各学堂诸生及士民人等，务各束身自爱，不得购阅，致干咎戾，各宜遵照毋违。

（1904 年 6 月 29 日《申报》）

---

① 郭月楼，郭道直，字月楼，安徽合肥人。由监生捐府分发江苏补用，因参与镇压太平军、捻军有功赏加按察使、布政使等衔，历任镇关道道台、福建兴泉永道道台等职。

② 魏午帅，魏光焘（1837—1915），字午庄，号午邶，晚号湖山老人，湖南邵阳人。初为厨工，咸丰六年入湘军，为曾国荃赏识，屡立战功。历任甘肃按察使、新疆布政使、新疆巡抚、云贵总督、陕甘总督、两江总督兼南洋大臣等职。

化莠文言（节录）

松江访事人云，日前府尊田绍白①太守发出四言韵示，张贴通衢，其文曰：

素闻松郡，物阜民康。现被匪扰，远近惊惶。少年子弟，日日荒唐。勾结外匪，倚势逞强。游荡失业，野性豺狼。种种不法，习以为常。敛钱唱戏，聚赌开场。……特颁韵示，剀切周详，凡我百姓，牢记勿忘。

(1904 年 7 月 11 日《申报》)

实业学堂之禁令（节录）②

实业学堂奏定章程，如学堂考试章、斋舍规条、全堂通行章、讲堂规条、操场规条、会食堂规条等，有采奏定学堂章程者，有译自日本学规者，本馆虽得全稿，因篇幅过长，未能全录，兹将其特别禁令、赏罚各章照录，以供众览：

第五节　学生不得阅稗官小说、谬报、逆书，凡各学科内应用之参考书，均不得携带入学堂。……第十一节　堂中无论何地何时不得喧哗扰乱及歌唱戏曲、吸食洋烟、赌博等事，及踰闲荡检、故犯有伤礼节之事。

凡犯以上各条，轻者记过开除，仍追缴学费，重者陈明商部堂宪办理。

(北京)(1904 年 10 月 23 日、24 日《大公报》)

严禁戏园演唱淫戏③

○镇江访事人云，日前镇江洋务局总办邵虎伯④刺史接奉常镇通海兵备道郭月楼⑤观察札文，内开：

---

① 田绍白，田庚(1858—?)，字绍白，号镇西，一号果轩，安徽怀远县人。光绪八年进士，钦点翰林院庶吉士。1905 年任松江知府。

② 该章程亦见 1904 年 10 月 23 日《申报》，题为《六续京师实业学堂章程》。

③ 该组新闻原题为《润州杂志》。

④ 邵虎伯，江苏候补县，任金陵洋务局员，1897 年至 1898 年襄理英租界公廨谳政。后任镇江洋务弹压委员、洋务局总办等职。

⑤ 郭月楼，即郭道直。

梨园演戏，原属例所不禁，但止准扮演忠孝节义等剧，以资观感，不容演唱淫戏，为风俗人心之害。兹本道访闻西城外宝丰戏园，托名洋商开设，日夜演戏，甚至招集髦儿班中女伶与男优伶合串淫荡无耻之戏，裸身露体，备极丑态。遂致哄动青年男妇，纷纷往观，举国若狂，颇有不能自抑之势。似此败俗伤风，非特有干例禁，实属渔利玩法，亟应严行查禁，以挽颓风而正人心等因到局。奉此。合亟出示严饬禁止，倘敢恃符抗违，立即会县押闭，并提该馆主从重惩办。

(1904 年 11 月 1 日《申报》)

示 禁 演 戏

常德府朱叔彝①太守日前接奉庞渠庵②廉访示谕，遍贴通衢，示中略谓：

现闻湘省各乡镇敛钱演戏，聚众抽头，难保无匪徒从中煽惑，滋生事端，小则诓骗诱拐，大则抢劫散飘，无恶不作，于地方受害非浅。此次浏阳普迹马会演戏聚赌，当经常备军哨弁拿获会匪彭太华、罗得胜二名，皆乘各乡镇演戏时从中诱骗，散放飘布。刻下粤西匪乱未靖，湘省须格外严防。以后各乡镇不准敛钱演戏，如违拿究不贷。

(湖南)(1904 年 11 月 23 日《新闻报》)

1905 年（光绪三十一年乙巳）

府县会衔告示

为出示严禁事。照得明刑所以弼教，知耻乃可自强。津郡为通商码头，繁华日盛，女优娼妓，纷至沓来，因而无耻之徒，即以此为牟利之计，其间诱拐良家妇女送入娼窑者有之，逼令弱女养媳学戏卖笑者有之，甚至青年寡妇被亲属逼令为娼者亦在所不免，败俗伤风，莫此为甚。本府县心殷保赤，疾恶如仇，目击情形，殊深痛恨，自应严拿人犯，随时惩办，以安良善而挽浇风，除派差暗地访缉，并请巡警总局、卫生总局转饬员弁巡兵一体查究外，合亟酌拟条规，出示严禁。为此示仰合郡军民人等一体知悉，须知卖良为娼，律有明条，即尊长逼令卑幼陷入邪淫，法例亦

---

① 朱叔彝，朱其懿（1846—1910），字叔彝，一作淑彝，江苏宝山人。历任沅州知府、永州知府、衡州知府、常德知府、湖南省学务处调等职。

② 庞渠庵，庞鸿书（1848—1915），字劬盦，又字渠庵，号鹏亭，江苏常熟人。光绪六年进士，历任湖南按察使、布政使、巡抚等职。

所不恕。既往不咎，来者可追，自示之后，尔等务各深思利害，勉为驯良，毋再拐卖妇女，自贻恶孽，倘仍狃于积习，不知悛改，敢与各娼窑串同渔利，狼狈为奸，一经查出，或据被害之人指名告发，定即从严究办，决不姑宽。各宜凛遵毋违，特示。计开拟定查办规条六则：

——由卫生局会同巡警局查禁拐卖良家女子为娼及学唱戏等事，有犯案者，交地方官按律惩办。

——查出之良家女子应送广仁堂收养，若系拐诱，准该父母亲属领回，若系契买，则不准领回，送广仁堂收养，照堂内向章或择配或留养。

——定例不得卖良为娼，嗣后请卫生局于查捐时按名点问，如有无知妇女被人拐卖，以至流入娼窑者，准该妇女向查捐局员喊诉，带回卫生局讯究。

——卫生局窑捐向有名册，自出示之后，如有新入娼窑者，应赶局注册声明来历，若匿不注册者，即以拐论。

——凡人家蓄养女伶排演戏本、学习弹唱，本属有伤风化，若小户贫民藉此渔利，其流弊更不可问，嗣后必须经卫生局注册查考，其门牌上注明人数，如有诱人子女展转典卖等弊，即按诱拐究办。

——凡人家毒打使女逼令弹唱者，或父母逼令子女者，或翁姑逼令童养媳妇者，准巡兵闻声敲门问明情由，将其门牌号数报知总局，即出票提案讯办，以挽颓风。

本馆按，此举极好，于人心风俗，裨益良多，保全良家妇女亦必不少，各局果能实力办理，毫不徇私，其造福讵有穷哉？

（天津）（1905 年 4 月 27 日《大公报》）

告　　示①

工巡局示：为出示严禁事。照得城内各饭庄每因宴会演戏，男女混杂，并尼庵僧寺聚集梨园，招引妇女观剧，有关风化，前经先后出示禁止在案。其官绅第宅，喜寿唱戏，搭桌卖座，显系棍徒戏班串通，倚势借端尝试取巧渔利，实属有违禁令。除分饬各局派捕严查外，合行出示严禁。为此仰城内住户居民人等一体遵照，自示之后，倘仍有违禁演戏卖座情弊，一经查出，商民则提案究惩，职官则据实参办。本部堂言出法随，决

---

① 该告示亦载 1905 年 5 月 15 日《大公报》，题为《工巡示谕》，文字略有出入。

不宽贷，其各自爱，勿贻后悔，凛之切切。特示。

（北京）（1905 年第 261 号《京话日报》）

上海道饬令县廨谕禁新书札

为札饬事。案据书业职商俞复①等禀称，窃因《警世钟》一书，累及书肆伙友羁押西牢，当经职商等公代表白，恳恩讯释，一面将应禁书籍禀请示禁等情，本经宪台批准会审讯释在案。嗣由职商等邀约同业会议，建设书业公所，举董事数人，专司查察新书，一有新出之书，即行会议传观，倘稍有侵犯之处，应即随时禀请示禁，庶免动辄得咎。现在草章初定，尚未尽善，容俟妥定章程后，再当禀请立案，惟目前市面流行尚有数种，盖不知其应禁不应禁？故不能自以为禁耳。应将书籍名目五种，除前已奉禁不复冗叙外，合行另单粘呈宪鉴。此种书籍是否应禁之书，禀恳会同英总领事出示悬禁，俾众周知。如示禁之后，倘再贩售，则是自罹法网，甘受王章。所有前次《警世钟》一案，实以未奉禁令，遽被羁押，应请照会英总领事，重行提审讯明释放，俾免冤抑而平众愤等情，除附呈《新广东》《新湖南》《革命问答》《洗耻记》《思痛录》等书籍五种到道。查《洗耻记》等书五种，语多谬妄，自在应禁之列，除批示分行并将《警世钟》一案照会领袖转商英总领事重行提案会审外，合行抄单札饬，札到该县廨即便查照单开各书，一体出示谕禁，毋违。此札。计抄书目：

《新广东》《新湖南》《革命问答》《洗耻记》《思痛录》。

（1905 年 5 月 24 日《申报》）

天 津 县 示

为出示严禁事。案据县属候选道前台州府知府徐士鉴②、候选部司事华承彦③、举人高树南、举人李锦源、举人王仁辅、举人钟霖、举人赵承恩、举人刘承荫、举人张灿文、生员张叔艾、生员陈法清、生员邓承嗣、生员华以恪、生员吴世绮、生员徐人杰、生员张彤乔、生员吴蔚文、生员李向辰、生员刘响声、生员萧世仁、生员黑继贤、生员顾寅昌、生员徐人文、生员温尚田等禀称，窃查近日津郡戏馆，日多一日，男女合演淫戏，

---

① 俞复（1866—1931），字仲还，江苏无锡人。光绪二十年举人，曾参与公车上书，曾任江苏省咨议局议员、无锡民政署民政长、上海文明书局经理、中华书局印刷所所长。

② 徐士鉴（1833—1915），字婉卿，一字沅青，直隶天津人。咸丰八年举人，历任内阁中书、记名御史、台州知府等职。著有《蝶坊居诗文钞》等。

③ 华承彦，字屏周，天津人。近代书法家华世奎之父。举人，与津门名士九人组成"九老会"，从事文学活动。著有《周易古本》。

亦日甚一日，丑态百出，肆无忌惮，妇女入座听戏，亦毫不知羞，伤风败俗，莫此为甚。查津郡女戏之兴，渐由德国租界而开，彼时虽女角登台，尚无男女合演淫戏之事，自庚子后，毫无忌惮，竟敢男女合为一班，唱者高其声价，听者争先快睹，遂使买卖幼女者日益繁多。其间无耻之徒，有女不嫁，专教演戏，并有匪棍诱拐良家女孩卖为女优。此等事件，层见叠出，虽经出示严禁，但禁者自禁，演者自演，几成积重难返。今欲概行禁止，戏馆皆有捐输，又恐此禁彼开，禁犹未禁。窃拟仿照上海章程，恳请照会各国租界领事等官，禁其男女合演，不禁其男女分演，各隶戏园男优只入男班，名其戏馆曰某茶园，女优只入女班，名其戏馆曰坤剧馆，各从其类，不准溷杂，违则将园主重惩。如此变通，不但不致杜女优生活之路，而仿上海租界定章照会津郡租界，事同一律，亦易于奉行。至其种种淫戏如《战宛城》《杀子报》《珍珠衫》《百万斋》之类，更须择尤禁演。在读书明理之士，见其淫有淫报，或可藉为惩劝之资。所虑惟蒙养小学堂学生，每逢休息之期，不免有相邀观剧之事，当此血气未定之年，忽睹此男女宣淫之戏，恐其情窦萌芽，不能遏抑，必至暗废学界发达之机，必须厉禁，不准演唱，倘敢故犯，科掌班及园主以诲淫之罪。最可恨者，外来崩崩戏，在河东、河北、西头等处演唱，其戏价既廉，听者日众，则其诲淫尤甚，其男女同入散座，挨肩并膝，殊属不成事体。窃拟以后妇女听戏，必须包厢，不准入散座，违则一律惩罚。绅董等为挽风俗、正人心起见，故不揣冒昧，敬献刍荛，如蒙采择，伏赐严明告示，勒诸珉石，以垂久远，违则从重惩办，庶津郡一方之人心，从此日趋于正，而淫风靡俗，亦可挽救于万一矣。除通禀外，理合联名，叩恳批示遵行，实为德便等情。据此，除批示并详明各宪核办外，合行出示严禁。为此示仰阖邑军民及演唱崩崩戏人等知悉，自示之后，尔等须知崩崩戏一项，扮演淫剧，丑态百出，实为风俗人心之害，当此振兴学校，更足阻碍文化，嗣后茶园等处，概不准招引演唱，凡业戏及游闲之人，应另图生涯，不得在境勾留，败坏风化。倘有本地及外来痞徒，妄冀渔利，故违禁令，一经查出，或被告发，定即拘案究办，决不宽贷。其各懔遵毋违。特示。

（1905年7月10日《大公报》）

禁 唱 淫 词

北京近来有一种匪徒，专好散布谣言，沿街演唱淫词，旧日之练勇亦所不免，实属有关风化，扰乱人心。现在内城巡捕西局出示略云：

欲靖人心，首禁邪说，欲敦风俗，先遏淫词。淫词最为地方人心之害，亟应严行查禁，以安闾阎。乃近来京城各巷有无知匪徒，倡乱导淫，编联曲词，信口演唱，使年幼儿童转相习唱，此等情事，殊属有干禁令，若不先事严申禁谕，诚恐无知之人被其摇动，与人心风俗大有关系。为此示仰军民人等一体知悉，自示之后，务当父诏其子，兄诫其弟，凡街巷乱唱导淫歌词，不准转相演唱，总宜各安本分，勉勤正业，倘敢故违，有在街巷演唱邪说淫词以及违禁之语者，一经本局各区段警长巡捕以及南北各队队兵查获，定必从严惩办，决不宽贷等语。

(1905年8月26日《大公报》)

天津县详请禁止男女合演淫戏及蹦蹦戏文并批①

为详请事。案据县属候选道前台州府知府徐士鉴等禀称，窃查近日津郡戏馆日多一日，男女合演淫戏亦日甚一日，丑态百出，肆无忌惮，妇女入座听戏，亦毫不知羞，伤风败俗，莫此为甚。查津郡女戏之兴，渐由德国租界而开，彼时虽女角登台，尚无男女合演淫戏之事，自庚子后，毫无忌惮，竟敢男女合为一班，唱者高其声价，听者争先快睹，遂使卖买幼女者日益繁多。其间无耻之徒，有女不嫁，专教演戏。并有匪棍诱拐良家女孩卖为女优。此等事件层见叠出，虽经出示严禁，但禁者自禁，演者自演，几成积重难返。今欲概行禁止，戏馆皆有捐输，又恐此禁彼开，禁犹未禁。窃拟仿照上海租界章程，恳请照会各国租界领事等官，禁其男女合演，不禁其男女分演，各隶戏园男优只入男班，名其戏馆曰某茶园，女优只入女班，名其戏馆曰坤剧馆，各从其类，不准溷杂，违则将园主重惩。如此变通，不但不致杜女优生活之路，而仿照上海租界定章照会津郡租界，事同一律，亦易于奉行。至于各种淫戏更须择尤禁演。在读书明理之士，见其淫有淫报，或可藉为惩劝之资。所虑者惟蒙养小学堂之学生，每逢休息之期，不免有相邀观剧之事，当此血气未定之年，忽睹此男女宣淫之戏，恐其情窦萌芽，不能遏抑，必至暗废学界发达之机，必须厉禁不准演唱，倘敢故犯，科掌班及园主以诲淫之罪。最可恨者，外来蹦蹦戏，在河东、河北、西头等处演唱，其戏价既廉，听者日众，则其诲淫尤甚，且男女同入散座，挨肩并膝，殊属不成事体。窃拟以后妇女听戏，必须包厢，不准入散座，违则一律严罚。绅董等为挽风俗正人心起见，故不揣冒昧，敬献刍荛，如蒙采择，伏赐严明告示，勒诸碑石，以垂久远，违则从

---

① 本文亦载1905年第14期《教育杂志（天津）》。

重惩办，庶津郡一方之人心，从此日趋于正，而淫风靡俗亦可挽救于万一矣。除通禀外，理合联名，叩恳批示遵行，实为德便等情。据此，卑县查该职等所禀仿照上海租界章程示禁戏馆茶园不得男女合演，准其专设坤剧馆，择尤禁演淫戏及外来蹦蹦戏，系为正人心维风化起见，自应照准严禁，惟必须各国租界一律禁止，方能收效。除详请津海关道先行照会各国领事立案照办，一面传集各戏馆谕令禁止外，拟合具文详请宪台查核，俯赐批示立案。为此，备由具册具呈，伏乞照详施行，须至册者。督宪袁①批，据详已悉，男女合演淫剧，大为风俗人心之害，所请仿照上海租界章程示禁戏馆茶园不得男女合演，准其专设坤剧馆，禁演淫戏及蹦蹦戏，应准立案，仰天津道饬县传谕各戏园遵照，并移津海关道照会各国领事一律禁止，以维风化。此缴。

（1905 年 9 月 8 日《大公报》）

禁止男女合演淫戏及蹦蹦戏

前天津县详禀直隶总督②，略谓：据徐绅士銮等禀称，津郡戏馆自庚子后，毫无忌惮，竟敢男女合为一班，合演淫戏，伤风败俗，莫此为甚。窃拟仿照上海租界章程，恳请照会各国租界领事等官，禁其男女合演，不禁其男女分演，各隶戏园男优只入男班，名其戏馆曰某某茶园，女优只入女班，名其戏馆曰坤剧馆，必从其类，不准溷杂。最可恨者，外来蹦蹦戏，在河东、河北、西头等处演唱，其戏价既廉，诲淫尤甚，自应照准严禁。除详请津海关道先行照会各国领事立案照办外，拟合具文详请宪台查核，俯赐批示立案等语。兹经直督批云，男女合演淫剧，大为风俗人心之害，所请仿照上海租界章程示禁戏馆茶园不得男女合演，准其专设坤剧馆，禁演淫戏及蹦蹦戏，应准立案，仰天津道饬县传谕各戏园遵照，并移津海关道照会各国领事一律禁止，以维风化。

（1905 年 9 月 16 日《申报》）

严斥请开戏园

职商张飞鸿具禀臬署，拟在江西省城百花洲开设戏园，呈请保护，兹奉余尧衢③廉访严加批斥，批云：

---

① 袁，即袁世凯。
② 直隶总督，即袁世凯。
③ 余尧衢，余肇康（1854—1930），字尧衢，号敏斋，晚号倦知老人，湖南长沙人。光绪十二年进士，曾任山东按察使、江西按察使、法部左参议等职。

查江西习尚敦朴,未染奢华习气,本司下车伊始,方深欣慰,该职商胆敢先以开设戏园败坏风俗之事,来相尝试,荒谬已极,情殊可恶。仰南昌府立饬南、新两县,分别查明该职商究属何人,寓在何处,即行驱逐出境,不准稍事逗留。并立案永远不准在省城开设戏园,如敢私设,严加拿办,限三日内仍将此案情形禀报,切切特谕。

(江西)(1905年10月25日《中外日报》)

直隶总督袁奏拟定天津四乡巡警章程折(节录)

(前略)拟定天津四乡巡警章程。违警:……十七、歌唱淫词戏曲者;十八、卖春宫图画洋片及淫词曲本者;……以上有关风化、有妨卫生,见即禁止,不服者送局讯究。(后略)

(《东方杂志·内务》第2卷第10期,1905年11月21日)

1906年(光绪三十二年丙午)

承德县白话告示(节录)

为谕禁事。现在时局,无论立国立家立身,要不能够自强,也就难以自立了。本县为你们地方官,必得想法子要你们自强,那自强的道理,有个说法,也不是胡行的,也不是妄为的,总得学生专心向学,商人推广事业,农人研究物理,工人讲求制造,各人全有分胜人的真本事,天下事事物物,也要明明白白,这才是自强的根基呢。但是你们素日的风俗嗜好,多是邪魔外道,一点真实道理也没有,不但防害你们自强的心思,并且引出胡作非为不顾廉耻的事情来,你们传染这样风俗,自强的心那有不消灭的呢?本县要想教你们自强,故此先由改良风俗办起,把害你们自强的影子去了,你们好往那正道儿走啊!今天先拣最不好的邪魔外道,一条一条说给你们,你们大家听著赶快改了罢。

(前略)一是蹦蹦戏。人要正事办完,有了余闲功夫,玩乐也是不可少的,就是有个有益无益的分别,你们不可不明白,要看了演耍真奇艺术,必定增长识见,看了忠义戏剧,自己要强的心,也必发动,如那游览山水,为的是舒畅性情,踢球打弹,为的是活动筋骨,这全是有益的玩乐。赶到蹦蹦戏,可就不同了,打扮那种样子,装作那种丑态,演唱那种淫词,乱人性情,勾人淫心,年轻的男女,不知有多少受这个害呢!本县既知道是与你们最无益的事,就要禁止拿办的,你们也别再唱这样戏了。

(奉天)(1905年12月24日、1906年1月2日《津报》)

禀请革除恶习（节录）

奉天承德县孟大令①以奉省颓风恶习、淫词邪说俱足阻止开通，若不预为扫除，万难收改良速效，因将急应禁止者六端，禀请上宪通饬查禁。一面由大令演说白话，剀切劝谕，以期民智渐开，一洗从前积习，查禁六条列下：

一硼硼戏。每于交冬令时，各村镇大率举行，以两人为之，涂脂抹粉，鄙贱不堪，乡愚无知，好观览焉。所演之淫词淫语，丑态毕露，青年子女因之而败坏公德者不知凡几。

一皮人影戏。查影戏亦为各乡村所素好，虽无大淫恶之处，而其所演率多奇形怪象、变化荒渺之事，最足启幻想而去理想。

（1906年2月5日《新闻报》）

添开戏园批词

芜湖开设戏园，前经巡警总局批明，无论男优女优以两园为限，日前又有潘有发禀请添开戏馆候示只遵奉巡警总局批示云：现在芜湖戏馆已有两家，决无再听增开之理，惟从前有禀设善俗戏馆之案，如果能将戏剧改良，所有鬼神怪诞、男女淫秽之戏尽数删除，另排忠孝节义故事，以励薄俗而厚人心，方准于两园之外别开一家，否则毋许冒昧开张，致干严究。

（1906年4月29日《津报》）

禁止开筵演戏

豫抚札属员文云：近日豫省官场动辄纠醵分资，开筵演戏，酣歌恒舞，丝管纷纷，博一日之欢娱，耗中人之资产。此等风气，即在民康物阜之时，尤不可长，况值四方多事，物力艰难，岂容踵事增华，一至于此？言之殊堪浩叹，亟应严行禁止，以维风化而肃官方。嗣后各官除团拜及父母正寿，准其演戏外，其余一切喜事生辰，均不准再醵钱演戏。自此次申儆之后，如有故违不遵，一经查明，轻则记过，重则参办，决不宽容云云。

（河南）（《广益丛报》第105期，1906年5月13日）

天津巡警总局颁布演戏章程②

天津巡警总局近奉直督袁慰帅③札饬议定演戏章程三条晓谕各处梨园，一体凛遵。兹录如下：

---

① 孟宪彝（1866—1924），字秉初，河北永清人。举人，历任承德、铁岭知县，奉天、长春、宾州知府，吉林西南路备兵道。
② 该组新闻原题为《各省内务汇志》。
③ 袁慰帅，即袁世凯。

——次日演唱之戏，须将戏目先期送至警局查验，核准办理。

——《战宛城》《杀子报》《奸淫录》《百万斋》《海潮珠》《珍珠衫》等戏俱为导淫之尤，应即禁演。

——此外小戏名目指不胜屈，除每日取验戏单，遇有应禁者随时驳换外，其余未经驳斥小戏，须照堂会唱法，不准男女搂抱狎亵，凡向演帐行淫一场，并应免去，每演至此，即入后台，然后再行出场，出场时亦不得作穿衣系裤之状。

(直隶)(《东方杂志》第3年第4期，1906年5月18日)

外城巡警总厅白话告示

唱戏这件事，最能改变风俗，无论什么人，一到了戏馆，听了忠义的戏，都有尊敬的意思，听了悲惨的戏，都有伤感的意思。前天广和楼义顺和班，唱全本《女子爱国》的新戏，戏文固然是好，唱的人亦格外有精神，听戏的人自然就感动了。本厅现做了银牌，奖给义顺和的老板，你们各戏园，以后如能排出这样儿的新戏，等本厅查看是好，也照这样的给奖。这银牌也不算什么，不过也是你们的名声。还有一件事情，要告诉你们，好戏固能改良风俗，坏戏亦能伤风坏俗，唱好戏的本厅既然有赏，唱坏戏的本厅自然有罚，你们各戏园以后演戏，每天应当先把第二天所演各戏目，开单呈送本厅查核，如有应禁的戏，本厅就要禁止，倘要禁止了还唱，那时可就要重重地罚你们哪。自示之后，你们各戏园都要遵办，才不负本厅提倡的意思，切切此示。

(北京)(1906年5月31日《津报》)

京师巡警部颁布违警章程[①]

巡警部近订《违警章程五条》，已颁发内外巡警总厅通谕各局一体遵行，兹录如下：

第一条 ……三、唱演淫词淫戏者；四、贩卖淫书淫画或以之陈列，情节较轻者。

……

第四条 ……三、在街市歌唱淫词戏曲有伤风化者。(后略)

(北京)(《东方杂志》第3年第5期，1906年6月16日)

---

① 该组新闻原题为《各省内务汇志》。

北京外城卫生局颁布《戏园章程》①

外城卫生局近定《戏园章程二十条》，饬各梨园一律遵守，兹照录如下：

一各戏园演剧先将股东、掌柜、执事、伙友姓名年籍详细开报注册，以凭给照。

一戏园名曰某字号，茶园招牌用金地蓝字，尺寸酌量各园门面大小安置，以壮观瞻。

一茶园月捐洋六十元，津贴加岗洋三十元，以每月初一日缴捐领照。

一忌辰斋戒，照例停演。

一淫荡、惨忍、迷信、败坏风俗戏文不准演唱。

一演戏不准施用真刀火器，以防危险。

一入园听戏均须买票，以防闲杂人等混入，致生偷绺等事。

一卖票定价不得任意增加，照收定价外不得索取分文。

一园内各项小贸生意即如伺候茶水人等，均责成园主开报人数，某项几人列牌悬于门首，以便稽核，免致闲人任便出入。

一买座人等均须优待，客座不得恶声疾呼。

一戏班须在各戏园轮流演唱，以免各园停演日久，必致亏累。

一戏园门内列卖食物零物，不得高抬物价、专利把持等弊。

一便溺处所另修洁净，以重卫生。

一园内坐凳宜陆续添改，一律加宽。

一各园向有卯头名目，专为赴各衙门点卯。此次收捐，由官稽察保护，自应汰去卯头名目，停止点卯。遇有事宜，归该园主自行经理。

一车轿班跟役人等，时有倚恃各官署凭空要座听戏，曾经示禁有案，此后一律禁止。

一每日加派岗兵在各园门首弹压，遇有事故，尽可报知岗兵，随时保护。

一各戏园只准白昼开演戏文，不准带灯，以免昏夜滋生事端。

一现在风气仍未大开，不准添卖女座。

一各园四围须改活窗，开戏时支起，以便改换空气。

（《东方杂志》第3年第5期，1906年6月16日）

---

① 该组新闻原题为《各省内务汇志》，本则亦见1906年第554号《京话日报》。

外城巡警总厅示谕违警浅说（节录）

各国办理警察，都定有违警的章程，告知全国人民，叫他们遵守。现在我们办理警察，也应该立个违警的章程。违警二字是怎样讲呢？就是违犯警察规矩的意思。你们要仔细看看我们订的这个章程，固然是管理你们的法子，也是保护地面安靖的道理，你们可都要遵守的，切切此谕。

计开：凡后各条自四月初十日起一律实行，违者究办。……唱演淫词淫戏者。贩卖淫书淫画或以之陈列情节较轻者。……在街市歌唱淫词戏曲有伤风化者。……光绪三十二年三月三十日。

(北京)(《京话日报》1906年第597号)

查禁淫戏及迷信戏

外城总厅传谕各戏园，谓：演戏一事，于风俗社会最有关系，现在各园名角排演新戏并愿不演淫戏以及迷信等戏，曾经本厅嘉奖在案，乃查近日各戏园所送戏目仍有演唱淫戏及迷信戏者，实于风俗大有妨碍。为此传谕各班主限三日内将该班常演戏目造齐全册，送厅查核，其有一戏而数名者，册内仍须统用旧名云。

(北京)(1906年7月21日《津报》)

上海总工程局西区分办处第一次宣告（节录）

本处系奉道宪谕饬上海城厢内外总工程局分区设立，定名西区分办处，仍归总工程局统辖，专办西门外一带警察、工程、清道、路灯及一切地方上应兴应革等事。惟是开办伊始，首宜宣通地方之情，共图公益。特将现行办法摘要录左，嗣后凡有应办事宜，当随时开单宣告，以供众览。除由总工程局另行出示布告外，恐未周知，特此宣告。

违警章程摘要：—歌唱淫词，贩卖淫书。

(1906年8月3日《申报》)

外城总厅谕禁淫迷各戏

日前外城巡警总厅发出示谕一道，略谓：

排演戏曲最易感发人心、改良社会，前次义顺和班主郭宝臣①新

---

① 郭宝臣（1856—1918），戏曲演员，艺名元元红，山西临猗人。早年习商，遇名伶张世喜，以喉佳被引至祁县入班学蒲州梆子。光绪二年入京搭源顺和班，声名鹊起。1888年掌义顺和班。善演须生，被誉为梆子腔须生泰斗。

排《女子爱国》戏出，玉成班主田际云①新排《惠兴女士》戏出，观者大为感动，足见社会改良渐有进步。本总厅业经传谕嘉奖，并颁给奖牌以示鼓励各在案。惟新戏固易感人听闻，而迷信淫邪各戏实足生社会进化之阻力，前由本厅传谕各戏园班主除将所演戏目逐日呈报外，各将全目开呈。兹据陆续呈到，经本总厅详加查核，内开迷信淫邪各名目，本厅全数禁止。第戏曲向沿习惯已久，只有先去其太甚，以期逐渐改良。兹拟自八月初一日起，将《海潮珠》等剧二十四出先行禁止，嗣后再体察社会情形，酌量办法，如有仍须禁止之戏，即行随时禁止。除将应行禁止各戏出开单列后外。为此谕仰各戏园班主知悉，尔等须知此次示禁各戏系为维持风化、开通民智起见，如抗不遵谕，于此示禁各戏照常演唱，或另改名目朦混演唱者，一经警厅人员查觉，每出着罚五十元，以示惩儆；如各戏馆班主能排出新戏，呈由本厅鉴核批准，并可照义顺和等班演唱新戏，一律发给奖牌，以照激励。禁止演唱淫邪迷信戏出如左：

《海潮珠》《送盒子》《送灰面》《芭蕉扇》《也是斋》《珍珠衫》《庙中会》《嫖院》《卖胭脂》《打樱桃》《翠屏山》《段家庄》《遗翠花》《战皖城》《迷人馆》《花园赠珠》《阴阳河》《五雷阵》《斗牛宫》《无底洞》《双钉计》《佛门点元》《大劈棺》《洛阳桥》。

（北京）（1906年9月5日《津报》）

警章改良（节录）

东区驻防所警员现将所办警章大加改良，禀由总工程局董批准，照章施行：

——室中不准唱戏及看淫书。

（上海县）（1906年9月17日《申报》）

批禁寺僧献戏烧香

西大寺住持僧人通宝具禀工巡总局奉批云：据禀该庙拟于九月择日举办献戏，久经悬为厉禁。至献戏烧香，男女混杂，有伤风化，该僧宜如何

---

① 田际云（1863—1925），原名麟瑞，改名瑞麟，艺名想九霄，又作响九霄，直隶高阳人。少习河北梆子，工花旦兼小生，青年时代即享誉京、津、沪。光绪十三年组织小玉成班，自编自演新剧。辛亥后创立正乐育化会，任副会长，倡导革除伶界陋习。

恪遵功令，随时禁阻，乃仍敢复萌故智，倡办迷信等事，殊属不合，所请著不准行。此批。

（保定）（1906年10月12日《津报》）

道札严禁演戏赌博

上海县近接松江府戚太守①札文内开：外来之匪，必有土匪勾引，欲绝外匪，当以除土匪为第一要义；欲除匪类之啸聚，当以禁戏禁赌为第一要义；欲为禁戏禁赌设一思患预防之法，当以责成董保暨营汛、佐贰、衙门先行探报为第一要义。棍徒搭台演戏，搭棚聚赌，其为首者必运动于一月之内，或数十日之先，若责董保等共相禁止，可诿为无此权力，且滋流弊。但耳目甚近，风声易闻，为首者之预先运动，能瞒该县而不能瞒董保暨营汛、佐贰、衙门之耳目，如非得规包庇，董保等何难密报该县速拿为首之人，庶几禁遏于事前，较易为力，否则该董保等得规容隐，该县无从觉察，直待搭台演戏，搭棚聚赌，千百人合群之日，始行拿办，徒酿殴差抗官之祸，嗟何及矣！是非责成董保暨营汛、佐贰、衙门先行探报不可。如敢容隐不报，坐以得规包庇之罪，其又何辞？本府于戏、赌二端，嫉恶最甚，前已通饬查禁，现当新谷登场、新棉上市之秋，愚民有钱在手，彼棍徒多方诱惑，借各庙神诞为名，妄称酬应演戏，因而大开赌场，酿成隐患，不可不重申禁令。合亟札饬，札县再行严禁。一面统饬各庙董及各图董保，各具切结，并移营弁暨佐贰、衙门一体知悉。如果董保等事前探报，该县并不上紧查禁，则是该县之咎；如董保等胆敢容隐，居然演戏聚赌，一经事后查悉，除拘为首之棍徒务获究办外，该董保即提府严惩，收租开赌场之地基充公，就近营汛暨佐贰、衙门一并详请撤参。该县如指名拿犯，有犯务获，有获务惩，毋任该差视一纸差票为发财票，空言搪塞，是为至要。本府为地方计，当破除情面，不避嫌怨也。其各凛遵，切切特札等因。王大令②奉札后，立即遵饬刊刷印谕，统饬各图董保，并分别出示严禁，札行巡检典史，并移提右营，派差一体遵照，密查禁止，录案惩办矣。

（1906年10月16日《申报》）

---

① 戚太守，戚扬（1856—?），字升淮，浙江山阴人。曾任南昌知县、浙江省布政使署及巡抚署文案、直隶州知州、江苏省松江知府等职。1905年至1911年任松江知府。民国后任海军塘工总局局长、江西省长等职。

② 王大令，王念祖（1849—?），字少谷，安徽合肥人。光绪九年进士，改翰林院庶吉士，散馆以即用县分发江苏，历任金匮、长洲、无锡、上海、南汇等县知县。

陆军第九镇严禁各军挟妓观剧札文[①]

为札饬事。照得军人之资格最为高尚，一瞻视之微，一趾步之细，苟检察稍疏，即足招舆论之指摘，损军队之名誉。矧将校为目兵之表率，将校行止不端，则目兵效尤，禁令惩罚俱虚设而无效果，是则军人之道德，其修明与堕落所关系于军队者大也。前因马队营有排长方敬先，身著军服，携带妇女入戏园观剧一事，当派正执法官前往查办，旋据查明同观剧者实系其家属，并非挟妓等情。惟是身穿军服与妇女同坐观剧，究属有玷军人之身分，即经从宽撤差，免于究办在案，诚恐各标营将校，仍间有不知自爱，沾染挟妓观剧之陋习，亟应剀切申戒。凡我全镇军人，当知一入军队，即属以身许国，荷绝大之责任，为四民所钦仰。凡一般社会之习惯嗜好，早当痛除净尽，始克完葆其纯洁高尚之人格。古来善将兵者，必与士卒同甘苦，饮食居处，公诸士卒，并不自有其家，更何论一身之娱乐，见诸史册，传为美谈。即近今东西各国设有海陆军人俱乐部，星期无事，群聚欢饮，狂歌起舞，在战胜之军，国民亦恒有之，其英光浩气，流著于杯酒间，其有英雄豪杰，睥睨一世之概，尚不以放弃礼仪为歉。至若堕志绮靡，荣情声色于稠人广坐之中，狎伍倡妓，即不为人所诟病，试问亦自居何等？江南成镇未久，教练之成绩，尚未昭著，正我军人卧薪尝胆之秋，更不可不谨小慎微，以免贻羞远迩。本统制[②]为整饬军纪起见，深愿各将校顾全个人之名誉，即以顾全全镇之名誉，嗣后断不可有挟妓观剧情事，设有不遵，无论中下级官长，一经查悉，定当执法严绳，不稍宽宥。其本营队目兵即责成各官长诰诫而约束之，合行札饬，札到该司令官、统领、统带、管带、队官，即便转饬遵照毋违，特饬。

（南京）（1906年11月1日《申报》）

上海总工程局违禁章程（节录）

一口唱淫歌者。一售卖淫书者。

以上计共五十六条，凡为警章所漏载而有妨碍治安之情事者，轻则禁止，重则拘罚。

（上海县）（1906年11月30日《申报》）

---

① 该示谕亦载1906年11月14日《大公报》，题目相同。
② 本统制，徐绍桢（1861—1936），字固卿，堂号学寿堂、学海堂，祖籍浙江钱塘，后迁至广东番禺。光绪甲午科举人，历任广西藩署幕僚道员、江西常备军统领、江南苏松镇总兵、陆军第九镇统制、江北提督等。辛亥革命时，率第九镇新军响应武昌起义。民国后，历任多种军政要职等。

1907年（光绪三十三年丁未）

禁止妇女入庙烧香

工巡总局示云：照得迷信误人，最阻进化，敬神求福，事属虚无。尝见信之深者，迷之愈甚，痴之甚者，执意益坚。相习日深，迷窦滋大，事理为之不明，心意被其回惑，阻扰进化，斯其极矣。以故京津一带自设巡警以来，所有迷信之曲词戏本以及小说等书，凡托鬼神以演义者，一概出示禁止，戏本勿得开演，小说不准售卖。仰见宫保提创之深心，部章定例之严切。凡以为洗积习之迷团，启文明之进步而已，本总办忝司警务，理宜遵照奉行。（后略）

（保定）（1907年2月1日《津报》）

严禁恶俗

奉天巡警总局为出示晓谕事。照得奉省俗例，每届新正商民施放花爆，并扮演龙灯秧歌杂剧，虚糜巨资，甚属无益，前经禁止在案，除通饬各局查禁外，合行出示晓谕城关商民，明正元旦各家日间升挂龙旗，夜间悬结灯彩，共庆升平，不得施放花爆，扮演龙灯秧歌，如违查究，切切特示。又闻城关炮铺奉请施放花爆，奉巡警总局批示：呈悉。奉省俗例，新岁施放边炮，不第虚耗资财，且系燃盾易肇火患，去年业奉军督部堂谕饬示禁在案，该商等讵能诿谓不知，饰词积货，来局渎请，著不准行，并斥此批。

（1907年2月7日《盛京时报·东三省汇闻》）

颁定违警罪章（节录）

民政部拟定违警罪章五条，通饬内外城警厅转饬各区官长兵丁一律遵行，其章程如左：

第一条……（三）唱演淫辞淫戏者。（四）贩卖淫书淫画或陈列情节较轻者。第四条……（三）在街市歌唱淫词戏曲，有伤风化者。

凡犯以上各条内诸罪者，按其情节拘留十日以下，一日以上，或科罚一圆以下，百钱（一指制钱）以上之罪金，惟总厅以各分厅区所巡警程度不齐，恐滋流弊，故罪金数目及拘留日期暂不宣布。

（北京）（1907年3月4日《大公报》）

示 禁 迷 信

总办保定工巡总局、直隶即补道吴①为出示晓谕事。照得迷信误阻进化，敬神求福，事极虚无，尝见信之深者，迷之愈甚，痴之甚者，执之益坚，相信日深，迷窦滋大，事理为之不明，心意被其困惑，阻挠进化，斯其极矣。以故京津一带，自设巡警以来，所有迷信之曲词戏本以及小说等书，凡托鬼神以演义者，一概出示禁止，戏本毋得开演，小说不准卖，仰见宫保提创之深心，部章定例之严切。凡以为洗积习之迷团，即文明之进步而已。本总办忝司警务，理宜遵照奉行。（后略）

（1907年3月14日《顺天时报》）

札饬改良戏剧

民政部准内阁抄出据两江总督奏知府吴荫培②出洋回国条陈考察事宜据情代奏一折，于光绪三十二年十二月三十日奉硃批，各该衙门知道，钦此。钦遵抄出到部，查该条陈内改良戏剧一节，实于维持风化有所裨益，惟仿照日本国一律说白不用唱歌一说，按之本国习惯，未便猝改。拟由各省就所演戏剧各按地方风俗加意改良，务使名义纯正，词曲简明，以为移风易俗之助，其戏剧中凡有碍风化者，均一律严行禁止，以正人心而端风俗云云。闻已通行各省查照办理，并札饬内外城总厅一体遵照矣。

（北京）（1907年3月22日《津报》）

批饬会禁赌博演戏

江西袁州府赵太守③以各属因戏聚赌，因赌聚匪，札饬禁止演戏，并会营严拿赌博，禀奉瑞鼎帅④批云：据禀各属因戏聚赌，因赌聚匪，现经该府札饬所属先行禁戏，一面会营严拿开赌之人，并查有书役兵丁得规包庇，即行革究等情。所办甚是，仰布、按两司立即转饬该府认真督率各县会营，分别禁止拿办，毋稍松懈瞻徇，以清盗源，而弭匪患云。

（1907年3月28日《新闻报》）

---

① 吴，吴篯孙，字彭秋，河南光州人。光绪甲午顺天乡试举人，历任候补知府、候补道、天津巡警督办、北京外城巡警总厅厅丞等职。

② 吴荫培（1851—1931），字树百，号颖芝，又号云庵，江苏吴县人。光绪十六年殿试探花，授翰林院编修。历任潮州知府、廉州知府、镇远知府。辛亥后，归隐故里。著有《岳云庵文稿》《岳云庵诗存》。

③ 赵太守，赵于富，其人不详，1906年至1908年任袁州知府。

④ 瑞鼎帅，瑞良（1862—？），字鼎臣，满族人。监生，光绪二年考取内阁中书，历任总理衙门章京、外务部左丞、河南布政使、江西巡抚、绥远城将军等职。

鄂臬整顿浇风

鄂臬梁星海①廉访近据职员邵敬武禀批云，查酬神演戏，聚赌抽头，不肖之徒，分肥不遂，动辄滋事肇讼等恶习，鄂俗随处皆有，自应从严惩办，以挽浇风。此案前据该职迭控，均经批州录覆，兹据续控，供情仍复支离，究竟是否邵伯等为首唱戏，与职无干，抑系该职情虚畏究，上控为先发制人之计。所供殊难征信，仍仰汉阳府转饬沔阳州遵照查明实情，录案禀覆核夺。

(武汉)（1907年5月18日《新闻报》）

南段巡警第三局二区示

出示严禁事。照得歌词戏剧，足以感人心而关风化，是以演唱淫戏，迭经示禁。近查各园所演，仍有不免淫荡之处，致使无知匪徒，高声喊好，分外异样，殊属不成事体。为此出示严禁。自示之后，仰该园演戏均以纯正为宗旨，所禁淫戏，概不准演，即听戏人等，亦不准高声喊好，如敢故违，定即究惩不贷。切切凛遵毋违。特示。

(天津)（1907年5月19日《大公报》）

警局示禁（节录）

警察总局近有告示，略谓：警察定章，一切禁令，均就民智程度次第设施，或为保安，或为正俗，或为卫生，历经本总局随时分别查禁宣示在案。诚恐巡查者日久玩生，狡黠者复萌故态，除重大案件应照制律治罪外，特将街市居民容易违犯各件分别列款示禁如左。计开：

第二条正俗　出卖淫书小说者，妇女入庙烧香及在外台看戏者，闹丧唱板凳戏者，说像声者，唱演淫词淫戏者，三五成群沿街打唱道琴戏曲有伤风化者。

以上开列各条皆为警察所必禁，除饬各路局员兵严加稽查外，如有违犯，仍照章按其情节惩罚，决不宽贷云。

(成都)（《四川官报》1907年第12期，1907年6月）

---

① 梁星海，梁鼎芬（1859—1919），字星海、伯烈，号节庵等，谥号文忠，广东番禺人。光绪六年进士。历任武昌知府、湖北按察使、湖北布政使等。有《节庵先生遗诗》《节庵先生遗稿》行世。

民政部奉谕札饬改良戏剧①

民政部前准内阁钞出据两江总督代奏《知府吴荫培出洋回国条陈考察事宜》一折，奉硃批，各该衙门知道，钦此。查该条陈内《改良戏剧》一节，实于维持风化有所裨益，惟仿照日本例一律说白，不用唱歌一说，按之本国习惯，未便猝改。拟由各省就所演戏剧，各按地方风俗加意改良，务使名义纯正，词曲简明，以为移风易俗之助。其戏剧中凡有碍风化者，均一律严行禁止，以正人心而端风俗。业已咨行各省督抚查照办理。

（北京）（《东方杂志》第 4 年第 5 期，1907 年 7 月 5 日）

巡警局示禁淫戏

巡警总办冯镜人②观察前日发出示谕，略谓：

> 芜埠商场甫辟，风气日开，曲馆歌楼日增月盛，除男优戏外，另有招集女伶，设园演唱，名之曰"髦儿戏"。当其袍笏登场，劝善瘅恶，原可导人以正。若扮演淫戏，非严行禁止，不足以挽回薄俗，除派员随时密查外，仰该园及该伶人等一律不准演唱，倘敢故违，定当从严究惩，决不稍贷。

（芜湖）（1907 年 8 月 1 日《申报》）

监视条规（节录）

前纪学员杜宜鸿禀戏园宜设监临以防弊窦一节，兹悉五分局会议昨已禀覆，并拟警察监视处规则八条：

> ——监视处本为监察该园戏出是否妨害风化、查察匪人及缉压一切事项，随时查察管理，以端风化。——监视员倘查有各局区长警著军服入园观剧，问明号数姓名，即令出园，一面函告该管官核办。

（天津）（1907 年 9 月 14 日《大公报》）

警局摘示禁令（节录）

皖省巡警处因省城五方杂处，多有违犯警章之事，特就禁令中摘举大要四端，晓示如下：

---

① 该组新闻原题为《各省内务汇志》。
② 冯镜人，冯咏蘅，号镜人，广东人。曾任驻旧金山领事、安徽庐滁和道道台、芜湖盐务局总办、芜湖商务局总办、巡警总办。

三、道路为众人往来之地，如有贩卖淫书、摊设春宫、弹唱淫书、张挂淫画，最足以败坏人心，为风俗之大蠹。

（安庆）（1907年9月27日《新闻报》）

民政部酌拟大清违警律草案（节录）

第八章　关于风俗之违警罚则：

第三十二条　凡犯左列各项者，处三十日以下二十日以上之拘留，或十五元以下十元以上之罚金。……（六）唱演淫词淫戏者。

（1907年10月17日《申报》）

不准开设戏园

商务局据班头汤贵禀请在省城开设戏园，逐日认指经费四元等情，禀详抚署，刻奉冯中丞①批谓：

芜湖系通商码头，开设戏园，尚于商务有益，省城本无戏园，亦于商务无损，现在百物昂贵，创设戏园，耗财费日，无益有损，所请应无庸议云。

（安庆）（1907年12月27日《申报》）

保定工巡总局告示

为出示严禁事。照得淫词邪曲最易蛊惑，败俗伤风，莫此为甚。本总局前曾传饬各分局随时稽查，无论书坊书摊，如有售卖淫书情事，立即拘究罚办在案。兹准保定商务总会咨开，案据清苑县职绅等来函，据保定公立第一两等小学堂函称，窃闻求学以纯粹为实功，读书以博洽为要旨。惟是近来稗官野史，张脉偾兴，诲盗诲淫，所在多有。在博雅君子偶一流览，因其词义之新奇，笔墨之腴美，犹将目炫心移，为所恍惑，况乎年在幼冲，性非鲁钝，血气未定，知识已开，感情最深，蛊惑尤易。倘使精神所注，偶感邪魔，风月情缘中，其肯窍膺极毒生，为患何堪设想？至于耽误课程，荒废学业，犹末节也。本堂有鉴于此，故于各学生所携书卷已经详细稽查，切为防范，不料有窃买数种在家中偷看，并借与同学，更迭传观。此风一炽，于学生前途关系实非浅鲜。惟祈诸同志煞费精神，同严察

---

① 冯中丞，冯煦（1843—1927），字梦华，号蒿庵，晚号蒿叟。江苏金坛人。光绪十二年进士，历任凤阳知府、山西河东道、四川按察使、安徽布政使、查赈大臣、安徽巡抚等。著述颇丰，有《蒿庵类稿》《蒿庵论词》等。

覆，务使在学在家，两地无暇为此，庶专心致志，肆力于进修德业之途。所谓家庭教育与学堂教育互相辅助等因。查此项诲淫诲盗之书，最有害于青年社会，书坊但知渔利而不知关乎风俗人心，至为危险，非净绝根株，不足以昭炯戒。贵商会扬清激浊，夙表同情，拟请传齐各坊友切实晓谕，勿得售卖淫邪书说，顾全名誉。并乞工巡总局清苑县尊出示晓谕，爰定罚办章程，以维学校而端风化，学界前途感受无量幸福矣。再启者，查售淫书，本有干例禁，省城各书贾既不知公德，府马号书摊较为尤甚。虽书摊不能号为经商，然规其营业亦在贵总会劳力范围之内，应如何一并查禁之处，统希卓裁惩办等因。准此。敝会查淫词谀说易中人心，况幼稚之年，偶一涉览，精神脑气，易为所移，匪特于风俗攸关，其于青年社会为害最为危险。除谕书行行董迅速查禁，并函覆该绅等转知该学堂静候移请核办外，相应备文咨请查核办理等因。准此。除传饬各分局严行查禁外，合行出示晓谕。为此示仰城关各处书坊书摊人等一体知悉，自示之后，所有各种淫词谀说以及宗旨不正之书，务当恪遵诰诫，一律销毁净尽，毋留余孽，致干咎戾，倘敢阳奉阴违，查有私售情事，定即从重罚办，决不宽贷，毋违，切切特示。

（《北洋官报》第1590册，1907年12月30日）

1908年（光绪三十四年戊申）

南段巡警总局告示①

为出示严禁事。现据移风乐会会长监生刘骏②禀称，为排演改良新戏，恳恩示禁私设票房，演习杂剧，以免搅扰事。窃生于上年由学董提倡开办移风乐会，排演改良新戏，以期转移社会，俾得渐入文明，当经禀请提学司立案。当时曾排成《潘公投海》《悔前非》等新戏，登台演唱，颇为社会所欢迎。继因经费无着，暂行停办。现在复自行组织，仍前排演。刻正排《好男儿》《醒世姻缘》两出，不久即将排成。惟查各处有一种私设票房，每日聚集无业之徒，以演习杂戏为消遣之计，一经有人查询，则托为排演改良新戏，以图遮饰。似此鱼目混珠，于生会之名誉大有妨碍，不得已恳求局宪大人恩准出示，禁止私设票房，不但可以扶持生会，俾得达其改良社会之志愿，且于整顿风化之道大有裨益等情。据此，查该监生

---

① 本示谕亦载1908年1月9日《北洋官报》第1600期，标题为《天津南段巡警总局告示》。

② 刘骏，监生，天津绅士。袁世凯批准设立移风乐会，改良戏剧，刘骏被公推为会长。

刘骏所禀改良戏出系为维持风化起见，自应准予示禁，除禀批示外，合行出示晓谕。为此示仰闲杂人等知悉，自示之后，不准各处私设票房，聚集无业游民演习杂剧，以致夺人听闻，倘敢阳奉阴违，一经本总局查出，定行拘究，决不宽贷。其各凛遵勿违，切切特示。

（天津）（1908年1月6日《大公报》）

京师新颁学堂禁律（节录）

京师督学局日前将学堂禁律颁发各学，计十二条：

（六）各学堂学生不准私自购阅稗官小说、谬报逆书，凡非科学应用之参考书，均不准携带入室。……以上各条犯者除立即斥革外，仍分别轻重，酌加惩罚。

（北京）（1908年1月17日《申报》）

保定工巡总局批示

商人许树棠等具禀一案。批：查戏园茶馆添邀女优登台演唱，即使禁止邪曲淫词，不致违伤风化，第游客众多，良莠不一，究属易滋事端。前据民人杨文澜禀在八条胡同空地设立前项戏园，禀请开演，虽经本总局暂准试办，然其中有无流弊，已令各该局所不时严密稽查，如果稍有窒碍，即当立饬停止。兹据所禀亦拟在于该处开设乐妓茶园，本总局揆度情形，戏场愈多，势必游人愈众，纷争滋事，更恐发现，所请未便照准。

（《北洋官报》第1638册，1908年2月25日）

保定工巡总局批示

洞阳宫戏园苑元瑞具禀一案。批：查前据民人杨文澜具禀，拟在八条胡同空地开设戏园一座，并邀就近乐妓入园演唱。当以该处地处偏僻，且系娼寮聚会之区。凡学界军界与夫自爱声誉等人，平时足迹本所未经，与地面风俗尚无妨碍，是以准其暂行试办。然犹恐其男女混杂，合演邪淫戏剧，复经明晰批禁，以期一正人心，一面分饬各该局所随时随事严密稽查，如果稍有窒碍流弊，尚当立饬停止。该园地本清幽，迥非八条胡同可比，岂容添招女优登台合演？况杨文澜所设戏园每日白昼并未准其开演，亦不致有伤该园生意。据禀不惟过虑，且多窒碍，未便照准。

（《北洋官报》第1644册，1908年3月2日）

示禁女伶演戏

常德府城华严庵满春茶园前因女伶在内演剧，由警局查禁，日昨复经武陵县罗大令①出示晓谕，略谓：

该园主前次禀请郡尊在本城开设茶园，所认警捐一切照旧有之例，原无禁阻。兹闻仍有女伶多名在内演唱，殊属有伤风化，具累酿争端，与前禀不符，自示之后，该女伶等赶速出境，毋得逗留，致干查究封禁云。

（湖南）（1908年3月2日《新闻报》）

禁 唱 淫 词②

调办第一路巡警第四区程副巡官③昨日发出四言韵示云：

演唱淫词，显干例禁。流氓搅扰，实堪痛恨。示谕诰诫，切须安分。倘再不悛，访拿究惩。准尔居民，即时禀陈。言出法随，各宜凛遵。

（上海县城内）（1908年4月1日《中外日报》）

保定巡警总局批示

民人杨文澜具禀一案。批：查该处系娼寮聚会之区，平时游人来往，尚恐易酿事端，若再添设戏园，日久开演，势必弹压较难，滋事更易。体察情形，未便照准。

（《北洋官报》第1678册，1908年4月5日）

京师督学局拟定学堂禁律④

○京师督学局拟定学堂禁律十二条，颁发各学堂一律遵办，其条项如下：

（前略）（六）各学堂学生不准私自购阅稗官小说、谬报、逆书，凡非科学内应用之参考书，均不准携带入堂。……以上各条犯者除立即斥革外，仍分别轻重，酌加惩罚。（后略）

（《东方杂志》第5年第3期，1908年4月25日）

---

① 罗大令，罗麟阁，字四峰，广东番禺人。1906年任桃源知县，1907年任武陵知县。
② 该示谕亦载1908年4月1日《新闻报》和《申报》，题目分别为《示禁淫词》和《禁唱淫词》。
③ 程副巡官，程凤翔，1908年任上海县第一路巡警四区副巡官、正巡官，1908年4月因滥刑苛罚被撤差。
④ 该组新闻原题为《各省教育汇志》。

饬令严禁演戏

皖抚冯中丞①访闻建平县地方每年四月必演戏直至五月底止,所费戏资有挨户摊捐等情,当即札县禁止。略云:

> 当此物力艰难、民穷财困之时,宜如何力汰浮奢,示民以俭,何得听其沿袭陋俗,不予禁除?且现值江浙剿办枭匪,不遗余力,该县距离太湖不远,匪穷思窜,难保不趁此演戏、举国若狂之时,混迹来皖,扰害地方,尤不可不预为之防。合亟札饬,札到该县即便遵照出示严禁,永远革除,倘有不遵,即行拿办。

(安庆)(1908年4月25日《新闻报》)

皖抚严禁演戏

皖抚冯中丞札饬建平县严禁演戏,略云:访闻该县有每年四月演戏至五月底始止、所费戏资挨户摊捐等事,当此物力艰难、民穷财困之时,宜如何力汰浮奢,示民以俭,何得听其沿袭陋俗,不予禁除?且现值江浙剿办枭匪,不遗余力,该县距离太湖不远,匪穷思窜,难保不趁此演戏、举国若狂之时,混迹来皖,扰害地方,不可不预为之防。合亟饬札该县,即出示严禁,永远革除,倘有不遵,即行拿办。

(安庆)(1908年4月27日《申报》)

告诫地保(节录)

昨日本县李大令②发出砵谕云:照得本年上忙钱粮,现奉藩宪札饬赶征报解,不容延缓。……图内如有棍徒抽头聚赌、迎神赛会、演唱花鼓滩簧以及私宰耕牛一切违禁事件,该保等随时禁止,如敢抗违,立即禀候提究,其各凛遵毋违。

(上海县)(1908年5月7日《申报》)

宪政编查馆奏考核违警律折(节录)

第七章 关于风俗之违警罪

第三十一条 凡犯左列各款者,处十五日以下十日以上之拘留,或十五元以下十元以上之罚金。……(六)唱演淫词淫戏者。

(北京)(1908年5月22日《申报》)

---

① 冯中丞,即冯煦。

② 李大令,李超琼(1847—1909),字紫璈,四川合江人。光绪五年顺天乡试举人。曾任江阴、无锡、南汇、上海等八县知县二十余年。著有《石船居剩稿》。

禁 止 淫 戏

日前总局传知各分局，略谓：近来各戏园好演淫剧，丑态百出，实属有伤风化，仰各局将该界内之戏园执事先行告谕，嗣后每日所演各戏先将戏单送呈总局阅定，如无伤风败俗等戏，方准开演，倘不遵行，即行送局究办云云。

（奉天）（1908年9月8日《盛京时报·市井杂俎》）

违警律白话释义问答（节录）

问：何谓关于风俗之违警罪？

答：一般习惯上所自然遵行的，就叫风俗。关于风俗之违警罪，是所犯的罪，于那一般习惯的风俗上，有关碍了。

问：对于此项违警，应当处最重拘留、最重罚金的，共有几款？

答：应当处最重拘留、最重罚金的，共有六款：（前略）六、唱演淫词淫戏者。

问：何谓唱演淫词淫戏者？

答：淫词淫戏，演之足以迷荡人心、败坏风俗，是在警律所必禁的。

（天津）（1908年9月18日《大公报》）

国丧未奉遗诏以前礼节服式暨应行事宜（节录）

一接准部文知照之后，出示晓谕官员及绅士军民人等咸素服，不薙发，不作乐，停止嫁娶，敬候遗诏到日，遵照部行仪节成服（谨案，昨已接奉电传上谕，应即作为接奉部文知照之日）。

一官员军民俱不准演戏打唱。

（《国丧事宜汇志》）（1908年11月17日《新闻报》）

总工程局示谕（节录）

接奉道宪照会，内开本道祗奉电传上谕，惊悉大行皇帝龙驭上宾①，曷胜哀痛。……直省官员百日内不作乐。……遗诏到日，再行移知，并祈谕禁各戏馆停止演唱等因，合行出示晓谕。为此示仰诸色人等一体知悉，务各遵照毋违。切切特示。

（上海）（1908年11月18日《新闻报》）

府 县 告 示

兹值国家大丧，普天臣庶同悲。官绅一年辍乐，煌煌成宪昭垂。薙发须过百日，嫁娶一并如之。帽顶改用蓝结，衣服颜色尚缌。军民停乐百

---

① 大行皇帝龙驭上宾，指光绪帝1908年11月14日去世。

日,婚礼逾月为期。梨园暂行闭歇,停演百日毋违。

(天津)(1908年11月19日《大公报》)

国恤谕令租界戏园停演①

○公共公廨致捕房卜总巡②照会云:奉道宪札开,本道祗奉电传上谕,惊悉大行太皇太后仙辂升遐、大行皇帝龙驭上宾,曷胜哀痛!应即先行摘缨素服,俟遗诏到日,再行举哀成礼,除报明两院函致领袖领事并分别移行外,合亟札廨即便遵照等因。下廨奉此,所有公堂捕解早堂各案及午会后讯案件,自今日起一律停止二十七天,并饬租界戏园、书场、妓院暂停演唱音乐,静俟哀诏颁到之日,再行函致,即希贵总巡查照。

又传谕廨役云:所有租界各戏园自应一律停止,除函致领袖领事并出示晓谕外,合行饬遵。该役遵单,立饬后开各戏园主及书场、妓院一律暂停演唱音乐,如违提究,限即日禀覆核夺,该役毋稍违延干咎,切速。

计开:春桂、丹桂、大观、天仙、群仙、丹凤。

(上海)(1908年11月19日《申报》)

法公廨示谕(节录)

(已由法总领事签字悬挂)

为出示晓谕事。现奉道宪札,惊悉光绪三十四年十月二十一日酉刻,大行皇帝龙驭上宾,应俟恭颁遗诏。谨查定例内载,……直省官员百日内不作乐。……不剃发,不作乐,停止嫁娶,及戏园暂停演戏并妓院音乐歌唱,听候遗诏到日,再行示遵。毋违特示。

(上海)(1908年11月21日《新闻报》)

示谕严查匪徒

一路一区分局游正巡官③发出六言告示云:

现值时交冬令,宵小易于潜生。上海城厢内外,更多无业流氓。本局所辖区域,通饬严密梭巡。凡遇形迹可疑,盘诘尤宜详明。客寓循环送簿,标明寄宿姓名。查出窝藏奸究,执法决不从轻。茶馆演戏聚赌,良莠混杂不分。一体认真严禁,庶免容留匪人。并谕居民铺

---

① 该组新闻原题为《国恤汇纪三》。
② 卜总巡,即卜罗斯,英国人,1908年至1912年任上海公共租界巡捕总巡。
③ 游正巡官,游泽寰,1907年至1911年历任上海县巡警五区正巡官、一路一区正巡官、一路一区总巡、一路一区区长等职,民国后曾任江苏省警察厅厅长。

户，限以十钟闭门。维持安宁秩序，为此晓谕凛遵。

（上海县）（1908年11月29日《新闻报》）

1909年（宣统元年己酉）

保定工巡局告示

为出示晓谕事。照得本年上元节期尚在国丧百日之内，一切筵宴均皆停止，至演戏等事，尤在禁止之内。为此合行出示，晓谕军民人等知悉，凡有灯笼狮子以及一切灯会，一概不得随意游演。倘敢不遵，定即照例拿办，慎毋故违，致干法纪。切切特示。

（《北洋官报》第1975册，1909年2月9日）

注意风化之条陈

吏部文选司员外郎黄允中①日前呈请都察院代递条陈一件，略云：

> 京城素尚俭朴，近年以来，风尚奢侈，奇技淫巧，无所不为。当此民穷财尽，上下以奢华相尚，敝俗何所底止？又男女有别，古今所重，今则京城最坏风俗者，如大观茶园、宾宴楼、第一楼等处，男女杂坐，而文明茶园并卖女座，始定女楼上，男楼下，继忽将巡警检察处搬移楼上。最骇人者，中间悬一大片，将男女合影在一处。又有新设之香厂中设茶座，男女不分。上海虽有女茶楼，而无官家女子上茶座者，凡有伤风化之事，尤无不申禁，乃京师为首善之区，似此伤风败俗，岂可任其所为不为查禁？应请饬下该管各衙门一律禁止云云。奉旨着民政部严行查禁。

（北京）（1909年3月2日《新闻报》）

厦门巡警局告示

为出示晓谕事。照得中外通商以来，我国家亲仁善邻，讲信修睦，凡属与国咸笃邦交，故去冬十月二十一日两宫先后升遐，中外臣民同深吊唁，而日本皇帝及驻京各国钦使照会我政府均云：素服二十七日，百日内亦不作乐，不宴会。足征各友邦君臣上下一体吊唁国恤、敦笃邦交之至

---

① 黄允中，福建侯官人，光绪十八年进士，曾任吏部主事、吏部员外郎。

意。不料厦门瑞记洋行籍商玛咁保①显背约章，藐玩国法，独于我国丧百日期内在寮仔后开设天仙茶园演戏，本巡官身任巡警，势难缄默。该戏未演之前，早经劝阻，既演之后，又经谕止。迨至该戏园始终抗违，面禀督办宪核夺，经奉宪谕，亦只以和平手段相办理，迭次出示禁止华人往观。此盖不欲与该戏园起困难之交涉，俾自敛迹而全体面。本巡官之苦心孤诣当为合厦绅耆士庶共见共闻，即奸商玛咁保亦深知其无他也。迨至本日十二日夜，不知玛咁保于戏园内暗布何等诡计，戏未终局，继以痞棍数十人斗很，殴打本巡官。以中外条约载明，无论何国洋商洋行，凡居中国境土之内，均应优加保护。故一闻警信，即带巡士十余人驰往该园弹压保护，玛咁保稍有人心，应如何感激，消除前嫌。不料巡士甫近园门，该园不问皂白，遽敢由楼上屋顶开枪轰击，甚至关闭园门，掳捉巡士，私行吊打，种种野蛮，无法无天，情同叛逆。而园外之巡士受伤者不可枚举，至十四日，始由法领事兼代日斯领事将掳去巡士押放，业已仅存一息矣。一切情形当经督办宪电禀京部省督宪照约办理在案，曲直是非，自有公断。讵该园主意仍不满，十六日复有纠众毁局之举，幸本巡官早得所闻，预为防备，不致遭其毒手。下午五点二十分钟时，玛咁保次子黄雷士身带六响洋炮，行至水仙宫街左近，一见巡士，即欲开枪向击，幸天夺其魄，当经街民相助夺下洋炮，始得就获西局，不至糜烂，否则何堪设想？本巡官立即连人并枪，概送交督办宪，照约转交法领事兼代日斯领事领回惩办。总论此事，本巡官之保护治安，督办宪之和平交涉，可谓至矣尽矣。而玛咁保始则违制演戏，继则开枪抗官，终则身带洋枪，纠众毁局，辱我国体，藐我王法，掳虐我巡士，扰害我地方，其曲在彼而不在我，当亦合厦绅耆士庶目睹耳闻、同深愤恨者也。现在玛咁保无论如何恃籍肆焰，如何捏词图诈，交涉办到何等地步。但此事均系玛咁保密计作为，出乎意外，令人难料。我督办宪相离甚远，虽即闻警，鞭长莫及。本巡官既经一手办理，自应一身担当，成败利钝，在所不计，决不上贻督办宪之隐忧，图一己之利便。玛咁保又何得唆耸领事，向督办宪无端要挟，节外生枝，以逞奸狡耶？近闻该园主衔恨刺骨，居心报仇，仍拟乘机纠众毁局。地方人心大为摇动，合亟示谕。为此示仰诸色人等知悉，尔等务须各安生业，勿为谣言所摇。至该园主再拟纠众毁局，不过虚声恫吓，即使果有暴动，亦只自益

---

① 玛咁保，亦作马甘保，即黄瑞曲，本厦门人，入日斯巴尼亚（西班牙）籍，取洋名玛咁保，开设天仙戏园。于1908年国制期内，即腊月初二日开演女戏，道台刘子贞派巡官带巡士往拿女伶，玛咁保将巡士吊打，并开枪拒捕，遂酿成交涉大案。《申报》等报刊于此案报道颇详，因与国制禁戏相关，本编仅选择数则，以明原委。

罪戾。其各懍遵毋违，特示。

(1909年3月3日《大公报》)

监督禁学生演剧①

近年留日学生尝以课余习为演剧，有春柳社、寄生社发起。去年十二月二十五日，监督处鉴于日本之禁学生演剧，遂亦下禁令，其文如下：

> 监督处为公布事。照得学生演剧，在国恤百日之中，不可贻人口实，昨经晓谕在案。兹查日本文部大臣对于各直辖学校，其训令有直辖学校学生之风气，为全国各地学校生徒模范，言动影响恒及乎一般。则直辖学校之学生，应各守本分，重规律，朴质勤勉，为他生范，自不待言。乃近来直辖学校累有讲习会、纪念会、运动会之举，其时为添助兴趣，更出种种机轴，甚至于扮装演剧，迹近优伶，不特有害学校风纪，即此浮薄气习，而于全体学风，尤有关系。嗣后各学校务加意慎重，当学生开讲演诸会之际，校内职员应周密防范，庶不致风纪颓废，而收教育之实益等语。是学生扮装演剧，迹近优伶，在开会添助兴趣之时，尚且不准，我国学生远道求学，宜务其远大，岂可公然登场演唱戏剧？此实于学生风化有关，应即重申诰诫，务各遵照，毋忽此布云云。

(《直隶教育官报》第2期，1909年3月6日)

示　禁　演　剧②

南段总局天津府县为违禁演戏事，日昨遍贴四言告示云：戏园演戏，应候示谕。擅行演唱，一律封闭。凡尔梨园，懍遵勿替。

(1909年3月9日《顺天时报》)

本司叶③会同臬司通饬各属随时查禁悖谬词曲书报文

为通饬事。光绪三十四年十月十三日奉督部堂锡④札开。照得邪言惑众，例禁綦严，凡一切悖谬之歌曲报章，均为人心之害，自应剀切谕禁，

---

① 该示谕亦载1909年5月28日《浙江教育官报》第10期，标题为《游学监督禁学生演剧》。
② 本谕令亦载1909年3月7日《中外实报》，标题为《南段巡警总局府县会衔告示》。
③ 叶，叶尔恺（1864—1937前），字柏皋、伯皋，号悌君，浙江仁和人。光绪十八年进士。历任陕西、云南、甘肃学政等职。工章草。
④ 锡，锡良（1853—1917），字清弼，姓巴岳特氏，蒙古镶蓝旗人。同治十三年进士，曾任山西知县、沂州知府、山西按察使、湖南布政使、湖南巡抚、闽浙总督、四川总督、云贵总督、东三省总督等职。

以遏奇衺。兹经本部堂拟刊告示一道，除通发各厅州县张贴晓谕外，合行札发。为此札仰该司即将发下告示一张查收备案，仍会同臬司通饬所属随时劝谕查禁，藉端士习而正民风等因。奉此。查邪说惑众，律有明条，滇省僻处边隅，风气素称纯朴，近因交通渐便，诚恐有谬说流传蛊惑人心者，应即遵照督宪示谕通饬各属地方官随时劝谕查禁，凡悖谬词曲书报不许人购阅，亦不许私自编撰，并严禁各书坊贩运售卖，尤不准私行翻刻。如有违悖示谕甘冒不韪者，即从严惩治，以正风化。除呈覆外，合亟札饬。为此札仰该即便遵照办理。切切勿违。特札。

（云南）（《云南教育官报》第 17 期，1909 年 3 月 11 日）

驳斥恳求弛禁演戏之批词①

湘臬陆廉访②批春聚等班恳求弛禁演戏禀云：禀悉，查《大清会典》，庶民百日不作乐系指嫁娶鼓乐而言，观上文二十七日不嫁娶可知。若夫以梨园之子弟演优孟之衣冠，则是三载遏密八音，载在《虞书》，著为成宪。况以我朝深仁厚泽，远迈唐虞。去岁两遭国丧，凡属食毛践土之伦，皆有地拆天崩之痛。湘人素知节义，前传噩电，缟素通街，万众一心，足见各有天良，哀戚之心，积中发外。本司睹此现象，驺舆所过，每为正容起敬者久之，益叹岳云湘水间蔚为忠孝之气者独深也。今乃国戚未期，尔等遽请弛禁演剧，是名为演忠孝之故事藉以劝惩，实则忘君父之重忧自取罪戾。尔等虽属伶人，各有血气，何其自外生成若是耶？况夫君子居丧，闻乐不乐，今即罔知国法，遽尔等登场，如其绅士商庶皆明大义，裹足不前，吾恐座客常虚，终不免朝开演而暮歇业也。著即早变方针，另图别业，共享熙朝之幸福，无为社会之罪人，懔之慎之，切切此批。

（湖南）（1909 年 3 月 13 日《中外日报》）

批示改良词曲③

○商人王祖保禀。批：据禀弹唱改良词曲一事，前由劝学所禀奉道宪批行有案，兹该商民拟即于城北福佑路同益茶居开设弹唱改良词曲，酌提唱资，以充设立宣讲所经费，并遵本局定章，绝无男女杂坐及遗失物件、喧嚣斗殴、仍唱淫词等事，自应量予照准，惟查以后如有违乱定章及别有

---

① 此则亦载 1909 年 3 月 19 日《厦门日报》，标题内容相同。
② 陆廉访，陆钟琦（1848—1911），字申甫，浙江萧山人，生于顺天宛平。清光绪十五年进士，曾任江苏、江西、湖南按察使、山西巡抚等职。
③ 该组新闻原题为《一路巡警分局批示两则》。

滞碍难行之处，均应停止，否则勒闭究罚不贷，仰即遵照。此批。

（上海）（1909年3月14日《中外日报》）

禁止军人阅看小说

照得军人资格兼重读书，近来军学繁赜，将领官长于操课之暇，原应研究学术，以广见闻，但无益之书妄行阅看，非惟沈昏智识，抑且虚负良时。昨本部堂①阅视炮马新营房，于各将弁室中留心观览，竟有将猥琐之稗官小说杂置案头者，实属废时丧志。始以新近迁居，初次巡阅，未加惩儆，仅予申斥，俾令改悔。须知身在军籍，责任何等重要。近来军事各书，即用心研究，尚恐为日苦短，即或怡情适性，凡舆地、掌故、图画、历史，群籍滋繁，何仍溺志浮词，耗神稗版？以此为事，诚属志趣卑陋，不知振作。昔陶长沙②珍惜分阴，岳武穆③性耽文史，古来名将，何等磊落光明！各军人既自待不凡，亦宜各知检束。诚恐鄂省镇协官长似此者在所不免，应由督练三处一体传谕，务各勉修正业，勿为无益之事。至于饮博酣嬉，本部堂早已谆谆切诫，想各军人素重廉耻，更不待督责之加也。除行督练三处分别移行，合亟札饬，札到该统制即便转饬一律遵照云云。

（湖北）（1909年4月17日《中外日报》）

牌示戏园改名

杭垣警务处日前牌示云：照得职商徐人骥等禀请开设戏园一案，经本处会同农工商矿总局详奉抚宪批饬，暂准照办，惟该园名曰富有，殊与富有四海之意相混，应令另改名称等因。奉此，合亟示仰该职商等知悉，遵照另改园名，禀候详请核夺，并将资本即日呈验，毋延。切切特示。

（浙江）（1909年5月17日《大公报》）

批斥请开女戏园

日前有六合县增生张凤阳禀陈宁藩司，据称为筹款助学起见，拟开

---

① 部堂，清代总督之称呼。据查是时湖广总督为陈夔龙。陈夔龙（1855—1948），字筱石，号庸庵等，贵州贵阳人。光绪十二年进士，历任兵部主事、内阁侍读学士、顺天府尹、漕运总督、河南巡抚、江苏巡抚、四川总督、湖广总督、直隶总督兼北洋大臣等职。

② 陶长沙，陶侃（259—334），字士行，江西九江人。东晋名将，官至大司马。曾为长沙太守，故称陶长沙。

③ 岳武穆，岳飞（1103—1142），字鹏举，河南汤阴人。南宋名将，宋孝宗淳熙六年追谥"武穆"。

办女戏园,叩求批准立案保护,当奏樊方伯①批云:天下事者,极相类而极不类者,此禀是也。该生请设女戏,因而以报效之费助兴女师范学堂,夫女师范所以提倡女学者也,而女子之入戏园为伶工,则女界污垢也。以女界之污垢为女学之基本,立基如此,女学何赖?况又欲以其余利组织济贫女学堂,使贫穷者皆受污垢者之培养,而犹决然自足,侈然自满。以将来女学昌明基于此,是何言欤?至谓专演文明新戏,凡有伤风化者概不列入,试问小女子为伶工,有伤风化否乎?以女戏报效女学,有伤风化否乎?行有伤风化之事,不演有伤风化之戏,何盾坚而矛利耶?该生自谓弃儒就贾,贾与戏园亦甚不类。况将以女子为贾哉?前此屡请开设女戏者,皆无如此禀之荒谬,吾为女界惧,吾为女界羞,不能不为女界虑,倘经批斥之后,敢以此情再向别衙门局所递禀尝试,本司必严惩之,毋悔。

(江苏)(1909年6月20日《大公报》)

抚批不准开设戏园

杭属松木场绅商袁金赍等日前具禀浙抚,请在该处开设戏园以兴市面等情,当奉增中丞②批云:

> 据禀松木场地方人民众多,田地稀少,粟不足食,土不足耕,似此乡僻之区,必须设法畅兴实业,方足以资整顿。至于戏园实为地方之一大消耗场,创之于繁盛市面则可,若松木场,里巷萧条,迥非繁盛市面可比,开设戏园,尤非所宜。自徐人骥禀设茶园,虽批暂行照准,尚未开办,将来有无窒碍,不得而知,胡树枚所禀前批,警务处查明详复,尚未允行,现在请开戏园者甚多,不得不慎之于始,所请碍难准行云。

(浙江)(1909年7月4日《大公报》)

---

① 樊方伯,樊增祥(1846—1931),字嘉父,别字樊山,号云门,晚号天琴老人,湖北省恩施人。光绪三年进士,曾官陕西渭南等县知县,累官至陕西布政使、江苏布政使、署两江总督。

② 增中丞,增韫(1860—1946),字子固,蒙古镶黄旗人,奉天长白山人。历任直隶按察使、福建布政使、直隶布政使、浙江巡抚等职。辛亥革命时,被浙江新军俘虏,获释后寓居上海。

革除赛会陋习办法

江督端午帅①批常昭绅士宗嘉禄②等禀云：春祈秋报，本吾华旧俗，一日之蜡，圣人所许，必欲破除迷信，屏退神权，当俟教育普及之时，诚非一蹴可几之事。无如吴中风俗，迎神赛会，变本加厉，举国若狂，金玉锦绣，炫耀通衢，男女俳优，杂陈百戏，盖祈报者其名，而淫乐者其实。每值赛会之日，百工辍市，学子废业，青衿佻闼于城隅，钗弁交错于道路，搢绅之家，夷然从同，累日未已，掷金钱于虚牝，失可宝之光阴，为海淫召盗之媒，有败俗伤风之虑，识者引为深忧，有司所宜禁遏。此种敝俗，本部堂早有所闻，披览来牍，所陈适相符合，自应严行禁止，以挽颓风。仰常熟、昭文两县，迅即查明示禁，倘本年赛会已过，即自明年起永远禁绝，不准城厢内外复有迎神赛会扮演戏剧之举，如敢抗违，从严惩办。并先行广为晓谕，俾众咸知。如此项赛会本有常年之款，即由该二县酌夺情形，或以此款建设公园，或设立劝工场，或组织文明俱乐部，庶于宣畅民气之中，仍寓道德齐礼之意，是在贤有司与地方正绅之善为转移，化无益以作有益，尤本部堂所深盼也。

（南京）（1909年7月7日《申报》）

保定工巡总局批示

〇民人孙玉山具禀一案。批：查戏园售卖女座，曾经示禁有案，所请未便遽准。此批。

（《北洋官报》第2139册，1909年7月23日）

外城巡警总厅示

为出示晓谕事。查各戏园人数甚众，多系贫苦，故向来国恤期内例禁演戏，惟说白清唱，从前曾有此办法，原为各班贫民筹谋生计，免致流离失所，以示体恤。现在各该园说白清唱自宜恪遵向来办法，不准动用音乐及穿著彩色衣服，其卖座等项亦须秩序整齐，毋少淆乱，前已迭次饬传各该园主来厅面谕，为此出示再申告诫，务各凛遵，倘敢故违，定即从重罚惩不贷。切切特示。

（北京）（1909年7月24日《中外实报》）

---

① 端午帅，端方（1861—1911），字午桥，号陶斋，满洲正白旗人，姓托忒克氏。光绪壬午举人，历任陕西按察使、湖北巡抚、湖广总督、江苏巡抚、两江总督、湖南巡抚、闽浙总督、直隶总督等。

② 宗嘉禄（1878—1944），字受于，一字两宜、行三，江苏常熟人。美学家宗白华之父。光绪二十三年丁酉科举人，曾参与创办商业学堂、思益小学等。

演影戏男女混杂

巡警总局批王炳华禀云：演唱影戏，男女混杂，有伤风化，易滋事端，久经通饬查禁，所请着不准行。

（上海闸北）（1909 年 8 月 17 日《申报》）

中府示禁开唱

水中府蔡①昨出示谕，略谓：厦门寮仔后一带，近日各班纷至，妓女如云，居然开唱，彻夜不休，实属大害地方治安，亟宜严禁开唱以端风化云。现各班已遵示不敢开唱矣！

（厦门）（1909 年 9 月 6 日《厦门日报》）

示禁淫书

巡警道高观察②近有示谕，略云：淫词艳曲实为人心风俗之害，往年曾由警局干涉销毁，近见坊间市面复有出售此等书词者，亟应禁止云云。是于保安卫生而外，正风俗一项，尤加注意。

（成都）（《四川官报》1909 年第 9 期）

抚部院批巡警道详核准霓裳公司建园演戏并拟取缔简章呈核文

详折均悉，霓裳公司承办省城戏园，所拟取缔简章大致尚协，惟于违章罚则皆以洋一角以上十元以下之罚锾，或一日以上三十日以下之拘留为定核，与警律罚金数目、与拘留期限两相对配，及必同时两犯，始有拘留三十日之处罚者，不符此项罚则，应改为违犯本章程者分别情节轻重，查照违警律各条处罚，或交地方官查照现行律例按究，较为周妥。戏园开演，应派巡警前赴弹压，薪饷即由该公司担任，不必俟其禀请始行酌派。公司禀呈规则，既经该道核定，亦准照行，仰即遵照。此缴。折二扣存。九月二十九日。

（甲）原详

署广西巡警道为详报事。窃查接管卷内据霓裳公司优民何元宝、周小舟禀请开设戏园，每年认缴饷银四千元，业经详奉宪台批准在案。嗣据该优何元宝续禀，以周小舟认股太少，子弟又意见不和，势难合办，恳请核

---

① 蔡，蔡国喜，广东南海县人。武童出身，与太平军和捻军作战中以军功历任巡湖营哨官、守备、都司、游击、参将、副将、总兵、提督等职。清末曾任湄州水师营游击、福建水师提标中军参将等职。

② 高观察，高增爵（1863—1932），字少农，陕西米脂人。清光绪十八年进士，历任重庆府、成都府知府、四川巡警道。民国后，任陕西民政长、大总统顾问等职。著有《北山草堂诗稿》。

夺前来。当经刘前道派委正俗股员传到该优周小舟再四开导，饬其平均认股，以便合办。据周小舟坚称，本小力弱，不能多认，情愿分办等语。随据何元宝禀称，愿在园内演唱，独任饷项。周小舟准在园外演唱，作为霓裳公司支开，均各出具甘结，并商店保结呈送备案，何元宝并缴足押柜银五百两，业经刘前道饬支应股员照数兑收。兹复据禀戏园落成，恳恩先行试演，择于本月二十四日开台，仍以十月十六日为起饷之期，以符原案查核，尚无不合，应即照准，除分别出示给谕开办外，理合将取缔章程，并该园禀定规则，具文详请察核，批示祗遵。

（乙）取缔霓裳公司开设景福戏园简章：

第一条　该戏园禀准承办三年，即以宣统元年十月十六日为起饷之期。

第二条　该戏园每年认缴饷银四千元正，按季缴纳，不得短少拖欠。如有此项情弊，惟担保人是问。

第三条　开办之初，先缴押柜银五百两，如有中途辍业或妨碍饷源时，即将该项押柜银两充公。惟因公停辍者，不在此项。

第四条　该戏园须将班主姓名、年岁、籍贯暨所雇或买来之优伶姓名、年岁、籍贯以及工价、买据开造清册，呈警务公所察核。

第五条　该戏园所演各戏，须将底本一律呈送警务公所核准，方可演唱。

第六条　禁止演唱各戏如左：

一、背于劝善惩恶之旨。

二、违反伦理、颠倒邪正、紊乱道德之事。

三、戏词及动作涉于猥亵及有害风俗之虞。

四、未经警务公所核准之戏曲。

第七条　该戏园应将观客豫定数目以若干人为限。

第八条　该戏园须将每日夜所演戏名脚色于未演前三点钟报明警务公所及本管警区。

第九条　凡遇国家忌日不得擅演，夜间免禁。

第十条　该戏园须备警官席一座，宜在能瞭望四围之处，且上面有蔽日雨之具者，以便临场稽察。如有须用巡警弹压时，准其禀请酌派，惟薪饷亦由该园担任。

第十一条　该戏园须揭示观客限定人数及所定观客每位银数于门前易睹之处。

第十二条　该戏园不得于定数人满后，擅放人入场及需索定价外之钱文，或强观客以不愿受之茶点。

第十三条　凡散戏时须将园内各门径一律开放，以便交通而防拥挤。

第十四条　晚间出入所在须高悬灯亮，并须于路口竖立路灯，以便观客往返。

第十五条　每演夜戏各处灯火须专派人伕加意照料，以备不虞。

第十六条　园内座位不得男女混杂（如携眷属承包厢房者不在此例），并不得任听观客酗酒、聚赌、吸鸦片烟以及各种违背禁令、妨害公安举动，如观客不听禁止时，得禀请巡警官吏前往办理。

第十七条　违反本章程者得处以洋一角以上十元以下之罚锾，或一日以上三十日以下之拘留，情节较重者，临时分别核办。

第十八条　此章程经本道核定，颁给遵守，如有窒碍及未尽事宜，随时谕饬更正。

（丙）取缔霓裳公司支开之人和班简章：

第一条　该班既系霓裳公司支开，一切演唱事宜应商承该公司办理。

第二条　该班应将每日演戏场所报明霓裳公司，转呈警务公所及本管警区。

第三条　该班优伶子弟姓名、籍贯、身价应一一造具清册，送霓裳公司转呈查核。

第四条　该班在园外演唱，除各衙门、局所、公馆、堂戏不计外，如在各庙止准演日戏，不准演夜戏。

第五条　该班所演戏曲应将底本一律呈送警务公所核准，方可演唱。

第六条　禁止演唱之戏如左：

一、背于劝善惩恶之旨。

二、违反伦理、颠倒邪正、紊乱道德之事。

三、戏词及动作涉于猥亵及有害风俗之虞。

四、未经警务公所核准之戏曲。

第七条　该班在各处演唱止准仍照从前原价每台十元，不得稍有增加。

第八条　该班既系不缴饷项准其在外演唱，不过为各庙宇、会馆酬神习惯起见，本属格外体恤，毋得竞争角胜，致碍饷源。

第九条　该班如果添招子弟购置服装，须禀呈警务公所核明与以认可凭证，方准添购。

第十条　违反本章程者得处以洋一角以上十元以下之罚锾，或一日以上三十日以下之拘留，情节较重者得停止或禁止其唱戏。

（《广西官报》第 42 期，1909 年 11 月 21 日）

江西谘议局呈禁赌博议案文（节录）

江西谘议局为呈报事。九月十四日接奉抚部院照会发交应革事件赌博议案，本局遵照《奏定谘议局章程》第廿一条应办事件在会议时提议。窃谓赌博之害，不轻于鸦片，江西向有骨牌、纸牌、骰子、宝牌、九字标等类，纸牌又有字牌及赣州麻雀名目，近则宁波麻雀牌风日盛，上流社会尤多好之，此种恶俗，亟宜禁绝。至其禁止之手续，谨拟办法条列如左：

一禁赌以禁戏场开赌为本。乡间游民，每藉迎神赛会之名，敛钱演戏，开场聚赌，伤财害农。迎神赛会，关于风俗习惯，暂时未能禁绝，惟藉戏开赌之风，自应悬为厉禁。

一严禁花鼓、采茶等戏，以清赌源。

所有本局决议拒赌议案各缘由，理合备文，呈报抚部院鉴核施行。

(1909年12月18日《申报》)

1910年（宣统二年庚戌）

法领取缔游戏影戏等场规则（节录）

法总领事议订取缔栈房茶馆章程均载前报，兹又发布游戏场及影戏场等章程，照录如下：

大法总领事喇①为议立游戏场及影戏场等章程事。照得公董局于西历一千九百零九年三月五号及十一月三十号议定照公董局于一千八百六十八年四月十四号之第九、第十两条例，厘订游戏场及影戏场等章程，定于一千九百十年正月一号实行，今将各类列左：

（二）所演戏剧或戏片不得演淫秽之事有伤风化。

(上海法租界)(1910年1月25日《申报》)

禁售《断肠草》小说②

沪道蔡观察③札行公廨，略云：

---

① 总领事喇，喇伯第（M. D. dela Batie），法国外交官。1894年来华，1906年至1907年任法国驻汉领事，1909年以后任法国驻上海总领事。

② 本则亦见1910年2月4日《新闻报·本埠新闻》，题目为《禁售〈断肠草〉小说之批评》。

③ 蔡观察，蔡乃煌（1860—1916），字伯浩，广东番禺人。光绪十七年举人。1908年任上海道台。

准广东巡警道移开。上海竞业学会女会员李运贞即苏英，前因同乡学生饶可权函责其未婚妻吴其德不贞，致女服毒身死，当由女兄吴小枚向诘原因，牵涉李女会员，并经前《民呼报》编行《断肠草》小说，有关李之名节，曾延美律师具控，公共公廨未奉讯断，两造旋赴广东巡警审判所，呈请转禀粤督裁夺。奉批，此案经竞业会广发传单于前，饶可权甘具悔状于后，沪上报界咸伸公论，广东警道亦襮贞修，该女士志节光明，表里纯白，冤诬既雪，意气当平，愿此后慎言其余，不为已甚。仰巡警道备移沪道，谕饬上海各书肆禁售《断肠草》小说，以免无稽谰言传染社会等因，奉移到道，除谕饬城厢内外各书肆一律禁售外，仰即传谕书业公会饬知租界各书肆，一体禁售。

（上海）（1910年2月4日《申报》）

<h3 align="center">江苏提学司樊①详请禁止学生演剧文②</h3>

为详请事。窃照上海民立中学堂演剧一案，本司迭接王安民、张嘉猷、姚文桐等分起邮递函件，以此案关系风俗人心，不得以邮递之件置之不理，迭经分札上海县及劝学所密查，旋因久未据复，又经专札加函，派委姚直牧炳熊③前往上海，确切密查。兹奉宪台督宪札据张嘉猷等公禀行司派员往查，又经转行姚直牧遵照，一面详奉宪台督宪批示，分饬县所暨姚直牧速查各在案，迄今四十余日，上海县始终未据查复，虽由事务殷繁，要其膜视学务，实亦咎无可辞。劝学所虽据申复一次，并呈学生亲笔答问到司，然于演剧一节，究系何人发起？如何扮演？会演何种戏剧？事前系由何人教练？学生是否全体登台？均未据明晰，声叙亦属有意徇饰，不顾大体，均应传谕申斥。兹据姚直牧查复，大致谓明查暗访，复邀集在场观剧之人与夫该校学生隔别询问，王安民等未免言之过甚，要非尽属子虚，知州所深惜者，校长苏本铫④义务已尽，数年捐资竟逾巨万，平时认真经理，全校学生共百数十人，近今亦未可多得。此次圣诞演剧，误会东西国学堂唱戏之例，勉徇学生之请，而所演各剧又未能抉别贞淫。该校长

---

① 提学司樊，樊恭煦（1845—1914），字觉先，号介轩，浙江杭州人。同治十年进士，曾任翰林院侍讲、江陕西学政、苏提学使等职。

② 本文亦载《湖南教育官报》第12期，标题为《江苏学司樊详请禁止学生演剧文》。

③ 姚直牧，姚炳熊（1861—?），字本泉，浙江乌程县人。光绪二十一年进士，历任宝应县知县、太仓直隶州知州等职。

④ 苏本铫（1874—1948），字颖杰，福建汀州人。1903年苏本立、本炎、本铫、本浩昆仲创办上海民立中学，苏本铫任首任校长。民立中学为清末民初上海最著名的私立中学。苏本铫任民立中学校长达40余年。

事后能无引咎，可否悬宽既往，饬将发起人及登台扮演之教员、学生择尤开除撤换，以示儆戒而资整顿等语。并据折开发起人系学生许之本、钱才良两人，演唱人系教员陈平石、方根生、王某等，学生薛文元、薛文浩、丁树保、张永灿、柴崇兰、黄显祺、钱文伟、夏明钧、张绳庆等，共约二十余人，并未全体登台。戏名系《新戏迷传》《花蝴蝶》《十八扯》《可怜虫》等剧，其一为外国戏，并无《杀嫂》《盗马》两出及潘金莲为女学生装束情事。又，扮作戏装者系薛文元、薛文浩、丁树保、钱文伟、黄显祺、夏明钧、张绳庆、柴崇兰、张永灿等，内有丁树保、张永灿、柴崇兰三人均妇女装束，并无雉妓扮作女学生在校住宿情事。又，该教员学生等素善唱戏，并有能串戏者，此次先期试演不过四五天，临时都未合拍，实无聘李伶德奎教练台步之事。又，戏资随学生捐纳不敷出，由校中支给，并无出卖入场券之事各等情前来。学司详加察核，该民立中学平日延订教员，招考学生，致有素善唱戏者溷迹其间，流品之杂，抉择之疏，该校长已难辞咎。至谓此次演剧系误会东西国学堂唱戏之例，勉徇学生之请一节。查日本文部省命令禁止本国学生不准登场，欧美各国亦无学生涂饰脂粉登台演戏之说，均见于驻日游学生监督处本年三月十四日公布，载在二十九期《官报》。然则该校长又何从误会，似此昏聩糊涂，不知礼教，本应将该民立中学勒令停闭，该校长查取履历示惩，以饬校风而肃学纪。惟据禀称学生共百数十人，并未全体登台，则其中亦岂无潜心向学之士？遽予勒闭，未免玉石不分，致驯良亦俱失学。又，校长苏本铫据称义务已尽，数年捐资亦逾巨万，则办事虽属不明，居心未尝不厚，况此次发起究系出自学生，遽将该校长严惩，亦不足以为热心兴学者劝。学司平情酌议，该校应暂准照开，校长苏本铫应从宽先记大过三次，由县严加申斥，观其后效。惟校风经此败坏，整饬为难，应令劝学所公举正绅一人，禀由学司核派前往监学，以资检察。如果故态复萌，即当加等严惩，监学倘敢扶同徇隐，亦即立予撤惩，学司均无所容其姑息。至教员陈平石、方根生二名，虽非由其发起，而志趣下贱，甘侪优伶，实属有玷师资，应即先行撤换，候移行各省提学司不准派充教员，仍查取该教员等履历，如系生员，应由司饬学斥革，或得有学堂毕业文凭者，应饬县追夺缴销。其发起之学生许之本、钱才良二名，妇人装束之学生丁树保、张永灿、柴崇兰三名，丧失廉耻，不知自爱，情节较重，应即立予撤退，由县查明该五生如系曾经入学，即将入学年分移学开单呈候褫革，或在别校得有毕业文凭，概予追夺，缴司核销。又，薛文元、薛文浩、黄显祺、钱文伟、夏明钧、张绳庆六名随同附和，不知轻重，亦应一律斥退，均行文各省，无论何等学堂，不准收考。尚有未详姓名十余人，其中教员学生各若干，又教员王某究系何名，是否一览表所载官话教员王恭溥，均应由县督同劝学所确切查明，刻日开具姓名籍贯履历清单，禀候汇办。如再徇隐迟延，并应详请记过，以挽颓风而端士习。除批姚直牧来禀，禀折均悉，此案经该直牧明查暗访，所陈各节朗若列眉，案无遁饰，具见办事实心，至堪嘉佩，已由司核议办法，录批详请督抚宪鉴核示遵矣。仰松江府转移知照川资十二元，已径发领。纸存禀折均抄发同日印发外，所有学司查明上海民立中学演剧一案，分别拟议办法各缘由是否当，应俟奉到宪批分别移行，以昭慎重，理合具文详请宪台鉴核批示祇遵，实为公便，除详抚督宪外，为此备由，呈乞照详施行。

(《浙江教育官报》第 17 期，1910 年 2 月 19 日)

传谕军人不可外出游戏

张统制①以节届新年，传谕各营队，略谓：

> 武汉地方，华洋杂处，各戏园、酒馆、娼寮、茶室诸凡热闹之场，最易滋事，亦最易败名。本统制平时诰诫，不啻三令五申，兹届新年，游人杂沓，良莠不齐，地痞流民，时有冒充军人，在外滋事，真伪不分。兹特遴派官弁多名，在于武汉各戏园、酒馆、娼寮、茶室游戏地方查察，不准营勇前往游戏滋事。凡我军人于游戏地方，本不应往，且营章严禁，自宜格外小心恪守军纪。为此特仰各协标营一体剀切传谕，如敢故违，定惟该管官是问。

(湖北) (1910 年 2 月 24 日《申报》)

本署司袁②札饬各府申明上海民立中学演剧案内情节较重之教员学生不准聘收文

正月二十一日

为通行事。宣统元年十二月初七日，准江苏提学使樊③咨开，查接管

---

① 张统制，张彪 (1860—1927)，字虎臣，山西榆次人。光绪三年投太原抚标额兵，被山西巡抚张之洞拔为侍卫。历任湖广督标中军副将、新兵第八镇统制等职。

② 袁，袁嘉谷 (1872—1937)，字南耕，别字树圃，别号屏山居士，云南石屏人。光绪末举经济特科，任翰林院编修，升任浙江提学使、浙江布政使、浙江藏书楼督办等职。著有《卧雪诗话》《卧雪堂诗文集》。

③ 樊，即樊恭煦。

卷内，本年十一月十三日奉督宪张①批，司详据委员姚直牧炳熊②禀复，查明上海民立中学演剧一案，分别拟议办法，请示遵由。奉批。据详已悉，学堂为培养人材之地，学人以敦品知耻为先。上海民立中学堂竟有此等演剧之事，殊属骇人听闻，亟应勒令停闭。姑念该校学生百数十人，其中岂无勤学之士，应准照旧开校，另举公正士绅派往监学，加意检察，以资整顿而期改良。所拟分别办法均极妥协，仰即移行遵照，仍候抚部院批示缴。又，先于十月二十六日奉前升抚宪瑞③批开，如详办理，仰即分别移行遵照，仍候督部堂批示缴各等因到前署司，移交前来，除分别移行外，合黏原详咨请查照等由过司。准此，合行黏抄通饬，札到该府，即便行知府辖各学堂，并转行所属传知各学堂一体遵照毋违。

（《浙江教育官报》第 18 期，1910 年 3 月 20 日）

严禁军人经营剧馆

　　江南第九镇徐统制④近特示禁各协标营队，略谓：南洋劝业会已定于四月开会，其间设有髦儿戏园两座，本为振兴商业起见，与本镇原无关系，乃本统制风闻此项戏园内，有本镇所属官佐组织其事，且有输入资本以担任经理者，闻之疑信参半。夫演戏已非正当营业，髦儿戏园尤近狎邪，凡我军人皆具有洁白之精神、高尚之身价，与演戏营业之性质正相反对。且目兵看戏，曾奉督宪严禁，是观望犹且不可，况输入资本以为营业计，复从而经理之乎？官长为目兵表率，以官长而干涉戏园之营业，岂复能禁止目兵看戏乎？本年秋间，又值本镇校阅，典礼至重，第九镇之名誉均于此次校阅，判定优劣。凡我镇属官佐，自二月以迄七月，皆为预备校阅时间，举凡教育操练内务诸大端，朝夕从事，犹虞不给，尚何有闲暇时刻经营此等事业？则夫输入资本而担任经理者，更非我军人所甘为，必知其不可为而不为矣。本统制视僚属如子弟，深不愿有此不名誉之举动，亦并不以风闻之游词，而遽谓我最高洁之军人，实有此行为。特涓涓不塞，将成江河，悠悠之口，可以集矢，杜渐防微，不得不严申禁令，以肃军纪云云。

（江苏）（1910 年 3 月 30 日《大公报》）

---

　　① 张，张人骏（1846—1927），字千里，号安圃，晚号湛存居士，河北丰润县人。同治七年进士，历任广东按察使、广东布政使、山东布政使、两广总督、两江总督、南洋劝业会会长等职。

　　② 姚直牧炳熊，即姚炳熊。

　　③ 瑞，瑞澂（1864—1912），姓博尔济吉特，字莘儒，号心如，满洲正黄旗人。贡生出身。1906 年出任九江道，旋调任上海道。后任江西按察使、江苏布政使、湖广总督等职。

　　④ 徐统制，即徐绍桢。

取 缔 戏 园

戏园者，改良社会之利器也。但必先有规则，有秩序，有一定曲本，而后可收实行改良之效。否则，男女混杂，淫靡成风，匪特于风化有关，亦且阻文明进步。本埠自两戏园发生后，在一般社会之希望者，以为该戏园等必编演新戏，鼓吹文明，为渝埠放一大异彩。殊知开演以后，该戏园等不识宗旨，不守规则，惟以团聚妓女、垄断私利为主义，于风俗人心竟置不顾，良可叹也。日昨巴县城会特提议取缔戏园规则，以后开演应由城会、警局、教育会公同监督，越犯取缔规则者，即令停演。其条件如下：

一、将旧戏曲本呈由城会选其合改良宗旨者，录出张贴该园，依次照演。

二、男女分期招待。

三、不准妓女流娼入园看戏。

如此提议，实合改良社会之宗旨。闻各议员公同表决，想不日即见实行矣。

（重庆）（《广益丛报》第 239 期，1910 年 7 月 26 日）

出示禁止演戏

坡站交涉局总理傅君以坡属胡匪蜂起，异常猖獗，正在设法清肃地面，维持商户，而苇站竟有演戏之说，故日昨出示严禁，略云：东山一带，山深林密，为胡匪出没之区，平日自应严加防范，乃近闻苇沙河站有搭台演戏之事，难免匪人混迹，合亟出示严禁。为此示仰商民人等一体知悉，树叶未落以前，概不准开台演戏云。

（长春）（1910 年 9 月 24 日《远东报》）

通饬查禁大逆不道之新书

日昨公署接得民政部咨开，略谓：现准军机处片交侍读文华①条奏一件，谓现在各省书坊所售之新书，其中言论多系大逆不道之语，专为有意煽惑，恣意昌言，实与人心政治大有关碍，请即一律查禁销毁等情。现闻督宪接咨后已将原奏抄黏文后，连札通饬各属一体严行查禁云。

（奉天）（1910 年 10 月 4 日《远东报》）

注 意 风 化

日昨府署奉到抚宪札文，内开：前准咨议局议决改良风俗办法：（一）禁早婚。（二）禁邪教。（三）禁淫祀。（四）禁淫戏。（五）立天足会。

---

① 文华，1906 年至 1911 年任翰林院侍读。

（六）立崇俭会。以上各条，关系俱为重要，务须遵议劝办，毋得视为具文云云。

（长春）（1910年10月12日《盛京时报》）

先设学而后演戏

昨有村董刘鸿庥者，禀称宛平县请禁演戏以设学堂等情，唐大令①批示云：

> 村中演戏，人人乐从，独以此款办学，则众皆不愿，各处一律，非尽不法者如是，即士君子亦然。盖礼主敬，乐主和，礼收敛，乐发舒，乡民终岁劳苦，遇有演戏则筋脉发，性情乐，竟若不演此戏，则一年之辛苦，甚于十年者，然则戏之不可废也如此。今欲移戏款办学堂，恐一年勉强为之，以后仍不能行之久远，不如与之改议，非先立学堂不准演戏，垂为定例，则兴办较易，参之如何云云。

（北京）（1910年11月1日《大公报》）

督宪批绅士徐炯等呈请禁止戏园女座札饬巡警劝业道会商详夺一案文

为札行事。案据举人徐炯②等呈请禁止戏园女座一案到院。据此，当经本督部堂批：音乐戏剧，本为移易风俗之具，妇女生长闺闼，更事不多，使之习见古今忠臣孝子节妇烈女之轶事，陶养其性情，潜发其智慧，亦未尝无裨于德育。惟自古乐沦亡，郑声竞作，目前通行戏曲率以诲盗诲淫者居其多数，亟应严切取缔。查成都妇女出游，久成习惯，以现在两茶园之布置，男女并分，较之青羊宫、草堂寺、临江寺之游人杂遝者，似尚较胜，所有该园规则，不准佻达挽杂聚观，不准监视户入园。本督部堂久已叠饬巡警道严行查禁在案。兹该绅等杜渐防微，复以禁止戏园女座为请，陈义甚高，深堪嘉尚。候再行巡警劝业两道会商议复，或径将各园女座取销，或饬分日售票，或别有取缔改良之法，详候核办。而最要尤在取缔戏本，不准演唱淫剧及为种种猥亵之举动，并一面改良戏曲，以正其源，庶几雅乐可兴，民风渐茂，并候饬所司妥办可也。此批。除牌示外，合将原呈抄录札知。为此札仰该道即便会同劝业道妥商办理，详候核夺，毋违。此札。

（四川）（《四川官报》1910年第27期）

---

① 唐大令，其人待考。

② 徐炯（1862—1936），字子休，号蜕翁、霁园，四川华阳人。光绪十九年举人，曾任通省学堂监督、四川教育总会副会长。

总督堂①札据劝业巡警道会详举人徐炯等呈请禁止戏园女座文

为札行事。据劝业道、巡警道会详,案奉宪台札开:据举人徐炯等呈请禁止戏园女座一案到院。据此,当经本督部堂批,音乐戏剧本为移风易俗之具,妇女生长闺闼,更事不多,使之习见古今忠臣孝子节妇烈女之轶事,陶养其性情,潜发其智慧,亦未尝无裨于德育。惟自古乐沦亡,郑声竞作,目前通行戏曲率以诲盗诲淫者居多数,亟应严切取缔。查成都妇女出游,久成习惯,以现在两茶园之布置,男女并分,较之青羊宫、草堂寺、临江寺之游人杂遝者,似尚较胜,所有该园规则不准佻达搀杂聚观,不准监视户入园。本督部堂久已叠饬巡警道严行查禁在案。兹该绅等杜渐防微,复以禁止戏园女座为请,陈义甚高,深堪嘉尚。候再行巡警道、劝业道会商议复,或径将各园女座取销,或饬分日售票,或别有取缔改良之法,详候核办。而最要尤在取缔戏本,不准演唱淫剧及为种种猥亵之举动,并一面改良戏曲,以正其源,庶几雅乐可兴,民风渐茂,并候饬所司妥办可也。此批。除牌示外,合将原呈抄录札知,为此札仰该道即便会同巡警道妥商办理,详候核夺,毋违。此札。等因。奉此。职道等查戏园并卖女座,为东西各国所不禁,我国律例亦无女子不准观戏之文。京师首善,王化所基,比年以来,各戏园均卖女座,诚以陶情悦性,理无间乎男女。正俗齐风,事贵有其根本。今该举人等原呈陈议,未尝不高,立论亦自有见,至以时局艰难为念,谓今非可暇豫,尤属警策之言。惟竞竞以男女有别为词,现在戏园客座有楼上楼下之分,出入异门,何尝无别?如谓上下目送,易滋流弊,此则视乎人民道德如何?非形迹所能禁制者也。职道等往复商榷,以为此事办法,如径取销女座,当此风气渐开,恐格于势而难行。分日售票,亦无裨益于风俗。盖演戏者,亦男子也,岂看戏之男子皆邪淫,而演戏之男子独贞正乎?今为治标之计,查戏园初开,楼上女座本施有罗幔,拟仍规复旧章,不得再有除卸。虽稍欠大方,究无伤雅道。近已将戏曲严加检查,凡稍涉猥亵及奇诡不经者,均予禁演。一面遵照宪台叠次札饬,注重改良戏曲,责成弹压,官警随时认真监查,遇有违法之一切举动,无论何人,男子拘所究治,女子即送交该家长管束,或处以罚金。虽非拔本塞源,尚可稍为防范。抑职道等更有请者,夫化民成俗,首资教育,教育之中尤以家庭教育为先要,傥不此之务,表面上纵如何禁制,终恐塞此决彼。戏园女座之弊,犹显而小焉者耳,应请饬下提学使督同教育总会研究家庭教育方法。此则从根本上之解决,将来家庭教育

---

① 据查,此时四川总督为赵尔巽。

果能日渐发达，则使女子绝迹于戏园固可，即女子不绝迹于戏园亦无不可也。所有遵札会议详覆取缔戏园女座各缘由，是否有当，理合备文详请查核批示祗遵等情到院。据此，当经本督部堂批，所议尚属妥协，仰即如详，切实取缔，妥为办理。至改良家庭教育，以正化原，尤为知本之论，并候行司妥议振兴可也。此缴。除批印回外，合就札行，为此札仰该司即便妥议办理。此札。

（四川）（《四川教育官报》1910 年第 12 期）

1911 年（宣统三年辛亥）

饬查惠秀女学演剧之文牍①

苏学司札劝学所文：为札饬事。本年十一月廿四日，据上海县详复饬查惠秀女学登台演戏一案，声称应否勒令闭歇，或查明主任之人如何惩戒之处，请示遵等情。正在核批间，复据吴省视学亮钦②，以自至上海查学，于十一月十三日午前会同劝学所视学员杨保恒至惠秀女学调查，该校校牌钉于巷口，称为惠秀中西女学堂，既至校门，毫无标认，入门又无课堂，仅就平日居住房屋内添置桌子数张，集女童十数人，麇集一室，跳踉无定。且教员亦不在校中，候至良久，有一沈女士来云即是教员。讯其校中情迹，种种不合，难以尽述。刺其大者言之，初等小学无英文，女校更不应有；该学堂定半日中文，半日英文。室中无校具，仅有桌子数张，桌上所置书籍课本，既不一律，且中西各本共置一处，乱次以济，毫无规则，即使私塾亦不应有。如是腐败，矧名为学堂，更不应有此等怪象。请严行申斥，强迫停止，揭去校牌，以免鱼目混珠之弊。且据该女士云，该校因拟扩充，在某戏园内抽取剧资，校中女童登台唱《迎宾》《谢宾》二歌。查该校办理既腐败如是，复因抽取剧资，登台唱歌谢宾，以维女学而存廉耻等情开折禀呈前来。查此案前经札饬该县密速查复，以凭核办，一面呈报督抚宪鉴核在案。兹据该县来详及吴省视学折呈各节，该女校办理既极腐败，复令校中女童在戏园登台唱歌，实属荒谬。应即由县勒令停闭，以示惩儆而端风化。除呈报札行外，合行札饬，札到该所，即便遵照毋违。此札。

（1911 年 1 月 11 日《新闻报》）

---

① 该文牍亦载 1911 年 1 月 11 日《民立报》，题目为《勒封女校之札文》。
② 吴省视学亮钦，吴紫翔，字亮钦，江苏太仓人。1907 年 8 月由苏州初等小学堂教务长兼任江苏省视学员。

劝学所宣布惠秀女校之怪剧

上海劝学所昨发通告书云：敬启者，惠秀女学于丹桂剧园演剧一事，前经上海县及江苏教育总会先后函嘱调查，当即函询该校。据康君保甫来所面述情形，即据情复县，嗣由省视学吴君紫翔亲赴该校调查，禀复苏提学使札饬停闭在案。乃康广发传单，竟谓上海劝学所有意破坏该校名誉，约十一日假西园开谈判会等语。按本所有调查学堂之责，无与该校私相谈判之理。如谓本所查复不公，仅可向行政衙门控诉。除函覆康君声明不到会外，合将本所复文并学宪札文公布，以昭实在。特此通告。

上海劝学所复田大令[①]函：据康君保甫来所面称，惠秀女校师生并无演剧情事。惟此次向丹桂女戏园商允演剧助捐，原为扩充校务起见，是以于演剧毕后，由女教员一人登台说明演剧之缘由，末有女生十余人唱校歌以谢来宾。该告白为剧园误排，当场悬牌声明更正，为众目共见，实收到剧资约二百元等语。复经敝所协董保恒陪同吴省视学亮钦前往调查，见该校女堂长沈嬅面述演剧事，系姻戚康姓所接洽，余语与前情略同。又经向当场观剧之人调查，全称告白剧单与当场悬牌更正并演说唱歌等均系实情。查惠秀即慧秀女校，本年开办，原系私塾，并未报告敝所有案。此次演剧事起节经一再访查，始知本年堂长虽为沈嬅所担任，而扩充经济之计划，实为康保甫所主持，以女学堂名义，倩女优艺妓演剧募款，即使苦为分明，已非正当之办法。况令教员学生登同一之舞台演说唱歌，尤自蹈于嫌疑之地位。至于剧园将惠秀字样列入戏目，临时声明更正一节，据为慧秀并未演剧之证，尚属可信。而疏忽之咎，主其事者，亦属难辞。前奉钧函，饬查合将调查所得据实报告，究应如何切实整顿，以维奉化之处，伏候察核示遵为荷。

苏提学司札上海县文：为札饬事。本年十一月二十四日，据上海县详复饬查惠秀女学登台演戏一案，声称应否勒令闭歇，或查明主任之人如何惩戒之处，请示遵等情。正在核批间，复据吴省视学亮钦，以自至上海查学，于十一月十三日午前会同劝学所视学员杨保恒至慧秀女学调查，该校校牌钉于巷口，称为慧秀中西女学堂，既至校门，毫无标认，入门又无课堂，仅就平日居住房屋内略置桌子数张，集女童十数人，麕聚一室，跳踉无定。且教员亦不在校中，候至良久，有一沈女士来云即是教员。询其校中情迹，种种不合，难以尽述。刺其大者言之，初等小学无英文，女校更

---

① 田大令，田宝荣，字春霆，浙江上虞人。1903 年任青浦县供事，1909 年 5 月任上海县知县。

不应有；该学堂定半日中文，半日英文。室中无校具，仅有桌子数张，桌上所置书籍课本，既不一律，且中西各本共置一处，乱次以济，毫无规则，即使私塾亦不应有。如是腐败，矧名为学堂，更不应有此等怪象。请严行申斥，强迫停止，揭去校牌，以免鱼目混珠之弊。且据该女士云，该校因拟扩充，在某戏园内抽取剧资，校中女童登台唱《迎宾》《谢宾》二歌。查该校办理，既腐败如是，复因抽取剧资，令垂髫弱女，对众唱歌，可慨殊甚。请永禁抽取剧资、登台唱歌谢宾，以维女学而存廉耻等情开折禀呈前来。查此案前经札饬该县密速查复，以凭核办，一面呈报督抚宪鉴核在案。兹据该县来详及吴省视学折呈各节，该女校办理既极腐败，复令校中女童在戏园登台唱歌，实属荒谬。应即由县勒令停闭，以示惩儆而端风化。除呈报札行外，合行札饬，札到该所，即便遵照毋违。

（1911年1月11日《申报》）

本司叶①移会巡警道查禁各书肆售卖淫书淫画文

为移会事。窃惟淫词小说影响于人心风俗为最大，而青年情欲之感尤于教育卫生均有密切之关系。本司访闻滇中书肆罔知例禁，擅敢私售淫书淫画希图渔利，种种亵秽，俨然登诸简册，遂使阅其书者神思迷乱，顿生邪心，荡检踰闲之事，因之而起，揆诸国民教育卫生原理均有妨碍。昨已派员检查书肆私售各书，择其尤为淫荡、足以流毒社会者，约有十数种，相应开单，移请派员查明，督令焚毁，并会衔出示禁止售卖，以端风俗而正人心。为此合移贵道请烦查照施行。须至移者，计移清单一纸，书六部。

（《云南教育官报》第39期，1911年1月）

取 缔 书 场

自治公所中区事务所各董事以城内各书场流弊甚多，亟宜取缔，爰议酌收照费，并订新章，知会一路巡警分局德正巡官②分饬各区副巡官一体照办，兹将章程列下：

（一）男女必须分坐。（二）不准弹唱淫词并有淫秽之评话。（三）责成场东查照第二条随时告诫。（四）如犯第二条，经查察属实者，场东及说书人均干惩罚。（五）准巡警随时查察。（六）捐照不准顶替

---

① 叶，即叶尔恺。
② 德正巡官，德清，满洲人，清末历任上海新闸三路巡警分局正巡官、一路巡警分局正巡官、一路分局区长等职。

执用。

（上海县）（1911年2月13日《申报》）

梨园仍不准开演

防疫事务所及警务总局日昨又通传各区，谓：查奉省鼠疫盛行，关系至巨，是以年前令各处戏园停演两星期，以免传染。嗣因疫气虽灭，尚未尽灭，又饬再行禁演一星期，均经通饬在案。现在期限又满，察看疫症仍未扑灭，深恐防范稍疏，势成蔓延，为患何堪设想，惟有再行停演一□□□□□办，本所局实系万不得已之举，但愿时疫早□□□□祸，各戏园照常营业，共奏升平，是所跂望也云云。

（奉天）（1911年2月19日《盛京时报》）

取缔戏园条规①（节录）

扬州府嵩祝三②太守因禀办戏园纷至沓来，几有应接不暇之势，特严行限制，订立条规录下：

——客位宜分，男女不得混杂，

——遇国家忌辰及有特别事故，不准开演。

——凡淫邪迷信、有伤风俗各剧，不准演唱。

——每日午前须将排定戏单分送各衙门巡警局备查，如有违禁，以便随时禁止。

（1911年3月13日《新闻报》）

巡警道传知严禁卖唱文

为传知事。案据法政学生周兆熊禀为恳请示禁以正风俗事。缘近日省区内外新出一种痞棍，废弃正业，专事游荡，每于夜间结队成群，演唱道琴及月琴琵琶之类，装作男女各音，仿效优人状态，所唱名目如《尼姑思春》《月下调情》等曲。至于习惯人类有兼绣花匠者，有机房内工匠者，有剃头匠者，有已革差役者，有无赖中之最下流者，种种不一。卖唱为由，常闯杂院，名曰游园采花；诱拐妇女，名曰邀高脚骡子；勾引青年子弟，名曰关旻子。不法之事，愈出愈奇，大为人心风俗之害。素稔宪台嫉恶如仇，凡关扰害风化者，罔不设法惩除。况此种恶习，实于宪政前途大有障碍，生求学省城，业将三载，课余之际，虚心谘访，省区内外，盗

---

① 本则亦载《江南警务杂志》1911年第12期。

② 嵩祝三，嵩峋，字祝三，号渔山、玉堂仙吏，满洲镶红旗人。同治六年举人，曾任国子监助教、扬州知府、宁国知府、安庆知府等职。著有《有不为斋诗集》等。

案迭出，多由此辈起点。调查此种痞棍，省区内外不下五百余众，是以禀请察核，或重申禁令，或密饬各区照律查办，以端风化而正人心等情。据此，当经本道批，禀悉。查此种无赖之徒以卖唱为名，出入杂院，贻害匪浅，如果属实，应即严行查办，以正风俗。候饬各区，一体查明拿究。此批。除牌示外，合行传知，为此传仰各区遵照，一体严密查禁，切切此传。

（《四川警务官报》第1年第2册，1911年3月）

取缔庙园设摊之手续（节录）

城自治公所昨出示晓谕云：照得中区庙园各处空地，摆列各种货摊，由各摊户承认月捐，曾经本公所示谕按期照缴，领取执照在案。查近年庙园游人较多，货摊往往任意摆设，占碍行路，并有掷骰抽签、售卖零物、玩镜淫画，引人取观，而有种无业之人，每于路旁檐下演说新闻，信口胡言，语多淫秽。凡此种种，均非营业正道，且于风化有关。现经本公所订定取缔庙园设摊规则十二条，严予防范，合行出示晓谕。仰各摊户人等知悉，自示之后，务各遵照后列规则，如有违犯，定行照章究惩。计开：

（四）说书及说新闻者不得过有关风化之语，任意演说。（五）各书摊不得售卖淫书。

各货摊如违犯三四五六七八各条者，轻则吊销执照，重则送案惩儆。

（上海县城）（1911年4月5日《申报》）

禁设戏园之抚札

赣抚冯中丞①札巡警道云：

为札知事。案据省垣三元等班伶人禀为剧曲改良，开通风气，乞恩批示等因。查前准本省咨议局两次常会议决，限制演剧案，业经本抚院批签，公布施行，岂有准在省城开设剧园之理？所请万不准行，率敢径禀，不先禀明该道请示，尤属违法。应即传谕申斥。至该伶人等自行研究已否改良剧曲，禀道有案，应以该班等实系伶界中人为限，不得招留外来游手好闲、行迹诡异之徒混杂在内，外串余三胜等更不准另开剧园，藉端渔利滋事。合行札知，札到该道，即便传谕该伶人

---

① 冯中丞，冯汝骙（1859—1911），字星岩，河南开封人。光绪九年进士。历任青州知府、甘肃按察使、陕西布政使、江西巡抚等职。辛亥革命时，南昌新军推为都督，不从，吞食鸦片殉清，谥忠愍。

等遵照，并随时查明梨园会馆处所，严加取缔，违即惩究，是为至要。

(江西)(1911年5月24日《天铎报》)

上海城自治公所辛亥夏季议事会议决事件（节录）

▲取缔戏园、影戏场、滩簧书场、弹子房等各项规则案。

董事会交议事件，按照城镇乡自治章程第三十六条第二款之权限，议决如左：

本城区域内向有开设戏园及电光影戏场、滩簧书场、弹子房等类，均先报请核准，纳捐领照，所有取缔规则，系执用总工程局旧章，兹分订现行各项取缔规则如左：

取缔戏园

第一条　开设戏园须报领执照。

第二条　不准演唱淫亵之戏。

第三条　停场时刻以夜间十二点钟为限。

第四条　由巡士常川巡察。

第五条　如有违犯本规则者，即将执照吊销。

第六条　所领执照不准别人顶替执用。

取缔滩簧书场

第一条　开设滩簧书场须报领执照。

第二条　男女必须分座。

第三条　不得弹唱淫词并有淫秽之评话。

第四条　停场时刻以夜间十二点钟为限。

第五条　责成场东查照第二条随时告诫。

第六条　如犯第二三四条，经查察属实者，场东及说书人分别惩罚，并吊销执照。

第七条　巡警得随时查察。

第八条　执照不准顶替执用。

(1911年7月4日《申报》)

代理巡警道晓谕各班演剧当以正传雅曲补助教育为主牌示文

为晓谕事。照得粉墨登场，俳优作剧，或演忠孝节义，或摹世俗情，原冀雅俗同观，足资感化，断不宜恣意淫荡，致为人心风俗之害。本道于光绪三十一年督办川省警务之时，即出示禁止演唱淫戏。自设巡警道后，取缔加密，皆为维持风化起见。乃各戏班登场演唱，仍不免复蹈积习，作种种丑态，以悦庸俗耳目。除饬各区认真检查外，合行重申禁令。为此示仰各戏班一体遵照，嗣后排演戏文，自应以正传雅曲辅助教育为主，即偶有风月闲情，笑言涉趣，亦宜无伤大雅。倘经此次示谕之后，再敢复蹈前辙，定将该领班惩罚不贷，切切毋违。此示。

（四川）（《四川官报》第33号，1911年7月）

护督宪批在籍侍讲学士翰林院编修伍肇龄①等为呈恳
严饬取销戏园女座以正风俗一案文并原呈

时局阽危，民生困苦，酣歌恒舞，抑独何心？流连荒亡，贤士大夫均当引为深戒。矧在中闺淑质，讵可眩目荡心，既旷妇功，亦伤礼教，在该茶园等辄谓提倡商业，借以鼓吹文明，而不知于乡则启教奢之风，于俗则丛荡检之消，睢言风化，悆焉伤之，应如来呈，立予禁止，候行巡警道传谕悦来、庆余等茶园，即将女宾分座，专座一律取销，不许再行开设，庶几远嫌厚别，可无帷房跬步之踰，谨职善心，益懔《德象》诸篇之诫，于以蒸成美俗，式礼无愆，本护院有厚望焉。此批。

为呈恳事。窃省城悦来茶园之设，本为联络商情，官绅士庶间一往观，原亦无伤大雅。惟并设女座，男女混杂，其弊滋深。盖川省礼教，风比齐鲁，远嫌厚别，谨严大防。自戏园设女座后，误开通为放弛，弃礼仪如弁髦，女怀士诱，有不忍言。即如上年陈姓一婆两女之事，各报登为笑谈，嗣后秽迹彰闻，传为话柄者，亦随时而有，伤风败俗，戏园实阶之厉。若听其日甚一日，后患何堪设想？或谓庆余、可园专售女座，可以避嫌，又不知优伶皆浮薄之辈，每于演剧时尽情调笑，无所顾忌，其祸害更烈。在戏园营利目的，女座售钱较多，是图个人之私利，而不顾社会之大害，实为公理所不容。总之，戏园女座流弊无穷，无论兼设专设，必须一律取销，方可维持礼教，挽回风化。绅等见闻所及，深切隐忧，为此合词呈恳宪台俯赐批示取销，实为德便。

（四川）（《四川官报》第35号，1911年7月）

醒世社即进化团之化名

湘抚前准鄂督咨开：昨有学生多人创设醒世联合社前来汉口，拟演新

---

① 伍肇龄（1826—1915），字崧生，四川大邑县人。道光二十七年进士，曾任翰林院编修充顺天府试同考官。1861年"辛酉政变"后，因与肃顺有交往，被削职为民。后任成都锦江书院院长、尊经书院院长，育才颇多。1903年任翰林院侍讲。著有《石堂诗钞》。

剧，内以任文毅①为领首。访闻该社原名进化团，曾在宁省演，泾以怒骂政界为主义，几酿事端。嗣到芜湖演唱数日，即被驱散，转至安庆，该省行政官知其在宁、芜两处行径，立即驱逐。此次来汉，并不遵章先禀警务公所核准，辄即择日开张，亦可见其平日行为不知循守法律。当以该社既失纯正，汉口华洋杂处，良莠不齐，深恐开演以后，有碍治安，业予严行禁止，饬令即日出境。惟查该社之人均曾就学各项学堂，乃竟不为进德修业之谋，而作游戏无益之举，且肆意诋毁政治，毫无忌惮，实属不知自爱，有玷学界，亟应量予革惩，以儆放纵。除分咨外，合亟开单咨明查照，希即转饬单开各学堂查明入社各学生在堂曾否毕业，分别酌量革退及追回文凭，勿任害群，是为至要等因。湘抚准咨后，随即札饬提学司分别查明，从速具报，以便核咨。

(1911年9月19日《申报》)

批斥开设女戏园

河南祥符县候选从九梁定之等拟在东火神庙内开设戏园，添用女角，禀奉巡警道批云：

禀悉。开一戏馆耳，而美其言曰开通风气，此等假托开通、败坏风气之说，本道最所厌恨。该生等不见报纸所载木铎及钟声乎？以留学未成之荡子，穷无聊赖，辄欲勾结良家子弟，以从事于优伶，伤心害理，莫此为甚。而其设词必谓开通风气，为最可宝贵之伶人。夫伶人有何宝贵？各文明国亦不过以伶人为暱比娱笑之具，未闻视若政界伟人、学界巨子也。该生能力尚不如木铎钟声，而思想之鄙亵则远过之。试问河南深居腹地，新政进行，社会智识虽较东南各省为逊，而民情纯朴，政鲜奢夸，则实较东南各省为愈。中原朴俗保守尚难，该生等竟欲号召女伶在火神庙演唱。男女合演惟天津租界有之，女戏则汉口等埠有之，演唱淫恶杂戏，将中国数千年绵延仅存孝节两大端，摧拉殆尽。中外所诟病者，欲引而进之内地，该生等丧心病狂，何一至于此？所请立案不行，并由东区区官前往火神庙察勘，并传谕该庙住持懔遵，如该生王益平、赵永年等仍敢在外煽其邪说，即由各区协

---

① 任文毅，又名任调梅，艺名天知，台湾人。近代话剧活动家、剧作家、演员。在东京参加春柳社，辛亥革命前回国创办第一个职业话剧团体"进化团"，所演剧本以反帝制、反封建为主旨。

拿讯办，以为败坏风俗者戒。切切。此批。

（《北洋官报》1911年第2671期）

禁止迎神赛会

江苏松江府戚太守①示云：照得赛会演戏，开场聚赌，最易招引匪类，滋生事端，迭经本府严禁，此风渐息。金山县南部西连平境，东临华邑，向为枭匪出没之区，素来积习，每于春夏间假迎神演戏为名，按户敛钱，夜间开场聚赌。上年牛疫盛行，无赖之徒藉以煽惑愚民，意在赛会，访闻张堰镇东城隍庙、杨公庙，钱圩西之三官堂、牛郎庙，青堆庵之刘猛将，干巷附近之芦柯荡、放荡径之猛将庙，甸山头之杨公庙等处，现已定期，广贴招纸，鸣锣宣告。如果属实，殊属故违禁令，不法已极。除饬金山、华亭两县拿究外，合行出示禁止。为此示仰该处诸色人等知悉，务各安分营生，勿以有用之财，作此无益之事。倘敢故违禁令，仍蹈前辙，一经拿办，定即治罪云云。

闻金泽镇之陈三太太妖像于上年秋间经戚太守焚毁，不准再塑，贻害地方，一时颂声载道，传为美谈。近有某绅，素嗜迷信，复塑妖像，定于日内演戏三天，重兴妖术。尚未知贤太守有所闻否？

（录《神州日报》）（《北洋官报》1911年第2778期）

两江督院张②批巡警局申送严定取缔第一舞台开演女戏规则请察核由

（录原申及清折）

据申已悉，仰即遵照办理，缴折存。

申报事。宣统二年十二月初七日奉宪台批据江皖筹赈会职董李钟钰、王震、沈懋昭等具禀拟演女戏助赈，并藉维新市缘由一案。奉批：女戏有伤风化，迭据商人禀请开设，是以批饬不准。据禀该董事等拟在南京劝业路开演，既为江皖助赈，且藉维新市起见，并经严加取缔不准排演轻亵之戏，自与寻常请演者不同，惟地方士绅舆论果否翕然无异，仰江南巡警总局查明妥办具报，并饬该董事等知照等因到局。奉此，职道遵照查髦儿戏一事，前因该戏馆未经禀奉宪台批准，遽欲开演，是以奉饬禁止。现既据江皖筹赈会董事具禀宪辕声明，业与本地绅士妥商不准排演轻亵之戏，并以戏资助赈，藉维新市等情，其为舆论翕然，并无异议。可知自可准其开演，除由职局出示晓谕严定取缔规则，札饬北四区区长孙铮遴派干练巡长

---

① 戚太守，即戚扬。
② 张，即张人骏。

一名、巡警四名,前往该戏园常川驻守,弹压保护,及照会该董事饬遵外,理合具文申报宪台察核,再开设戏园,照章应列入表册报部。此次该戏园开演女戏,系为江皖筹赈起见,应予免捐,以示体恤,将来列表亦须注明其该园弹压保护之长警军装月饷,应照章归该园自行发给,合并陈明。

一该园系为江皖筹赈起见,应准免捐,以示体恤。

一园中弹压巡长一名,巡警四名,火夫一名,军装月饷公费均由该园遵章自行送区发给。

一园中雇佣司事及各行执事人等,以及优伶人数姓名、籍贯年貌、现在住址,均须按月造具清册,送该管区长转呈本总局备查列表。

一园中各项执事人役宜订标记,其优伶等如有更换,即应随时报知本总局,以便认识稽查。

一园中楼上下须置救火药筒八个,太平水桶八个,以防火险。

一园中女优不准出局陪酒及私行卖淫等事,一经查出,即行科罚驱逐。

一淫戏不准开演,亦不准更换别名朦混,违者照违警律科罚。

一演戏起止时刻,昼以十二句钟开锣,六句钟止;夜以七句钟开锣,十二句钟止。如违科罚,并每日应呈送日夜一览表二张,以便稽查。

一男女客座宜有分别,不准混杂,违者科罚。

一本总局时派调查员到该园,有铜牌锡牌为证。

一治安科员与该管区长及调查员随时调查,该园中人等以及优伶宜听其命令指挥,不准抗违。

一园中守门人役以及招待客人均须言语和平,不准出以野蛮,违者查究。

(南京)《南洋官报》1911年第142期

本总局移复劝业道商人翁瑞亭禀开女戏碍难照准文

为移复事。现准贵道移开,奉督宪张①批,商人翁瑞亭等禀恳援照开演坤戏以补前亏耗由。奉批:仰江宁劝业道会同巡警局核明妥议具报禀抄发等因,并抄禀到道。奉此,查前据翁瑞亭等迭次禀设髦儿戏园,均经驳斥有案。此次第一舞台为助赈禀称开演,曾批明他处不得援以为例,究竟能否照准,相应抄禀移会。为此合移贵局请烦查照核议见复等因,并抄禀过局。准此,查开设髦儿戏,迭据商民禀请开设,均经批斥不准,惟第一

① 张,即张人骏。

舞台开演，系为助赈兴市，他人不得援以为例。该商翁瑞亭禀开女戏，碍难照准。准移前由，相应移复。为此合移贵道请烦查照施行。

(南京)《江南警务杂志》1911年第11期

民间约章

惜字条约

——每月朔日，秤收字纸，每斤三文；成本、旧帐簿、旧书及有字样包、经折，每斤五文；有字碗片、笔杆、砖块，每十字一文；有字竹木签等物亦每斤五文。雇工揭取飘残告示以及各项招帖，并随时收毁淫书，酌给资本。

——淫书素干例禁，本堂于同治三年集资广收城厢内外各书坊淫书书板，禀官酌给资本至三千余串之多，各书坊具有焚毁净尽切结，详请各大宪永禁在案。嗣后如有旧时所遗淫书，务须缴堂焚毁。倘书贾续贩来沪，当指名禀究，幸各自爱。

——各号用字纸作银洋包皮，此风已盛，本堂经费未充，不能照旧章买素纸，向各号收换。现各钱宝号业已改用素皮纸，尚望其余各宝号不惜小费，勿用字纸作包，互相传劝。

——城厢内外点心店俱用吉祥字样，印于糕饼上，业经禀请道宪，一律禁止。本堂刊刻花样印板换取字板焚毁，并望各茶食宝号永远行遵。

——每年于正月十五日开收，于十二月廿四日预收，来年元旦之期为止，至所收字纸司事督同雇工细心拣择，将洁字、中字、污字分别焚化。拣纸以斤为度，勤则奖，惰则罚。

——凡淫书其词虽秽，其字仍洁，若书纸污仍归洁字藏焚化，惟淫画另化于缸，并不入污字藏。有字笔杆、砖块等可化者入污字藏，不可化藏入污字灰包内，有字碗片等洗净后入洁字中字灰包内，其灰分寄海船，送入大洋。

——出灰日，司事监督雇工将素纸衬入蒲包，使无罅漏，然后将炉灰分别装入，毋使纤悉飘零而获罪谴。录同仁辅元善堂稿。

(1872年9月12日《上海新报》)

安仁乐善局①衣米章程（节录）

盖闻贫富虽分，饥寒则一，枵腹可怜，每食时虞不饱，章身莫给，无衣何以卒岁？本局目击心伤，缘就常年办理义塾惜字外，夏施医药，冬给衣米，所有章程开列如左：

一惜字常川。雇夫轮户担收，由局月给饭食外，每斤给价二文，随时化灰送入大海，并收春册及淫书淫画，逐件酌价，眼同销毁。

右拟各条，本局经办其期间，惟期实事求是，誓不妄费分文，每届年底，造册报销大宪核实外，元旦日由董事偕各局事诣邑庙拈香，以明私弊而矢无他。谨此胪陈，统候垂鉴。安仁乐善局司董同启。

(1881年11月16日《申报》)

训学良规（节录）

云间有李生者，少以课徒自给，而屡不得志于文场。一日祷于文昌宫，蒙神示：以汝本少年科第，因一生教授误人，养成子弟过恶，故遂削夺净尽。李生闻言，痛自改悔，不四五年，果获隽，因自号曰知非子，荟萃先正劝师格言，并列训学规三十余条以传布同志。余读而伟之，因思近日师道凌夷颇甚，大概诚心少而忽略多，群以为糊口资生之谋，而忘其为诲人教学之责，是诚薄俗之深可叹悼也。夫士人志切科名，往往侈谈阴骘以求福报，而孰知功名之道，固有不出书房而求之即是者乎？爰不揣固陋，窃宗李生之意，辑成《训学规》四十条以告同人，如有未妥，仍求海内名师俯赐订正，幸甚盼甚。辛巳季冬寡未生谨述。

〇一淫书小说，最足误人子弟，而子弟通病又往往于正经书籍不甚喜看，而独于此等书籍，偏一见便生嗜好。须严禁子弟勿稍寓目，是为至要。而又劝其父兄如家有此等书籍，务须焚毁，以杜祸根。设或藏而不烧，恐子弟知识既开，瞒过父兄，私自偷看，受害不浅矣。至乡间又有山歌小本，多系男女私事，尤为害人，切戒子弟终身勿看勿抄为要。

(1882年4月2日《申报》)

---

① 安仁乐善局，同治十二年创办于上海虹口正丰街，主要创办人待考。该善堂主要从事义塾、惜字、施药、给衣米等善举。

上海虹口公善局义学惜字施医给药章程（节录）

一本局谨遵宪谕，收毁春册淫词书本，定价不分成本散页，每斤给钱三十二文，眼同焚化。

(1882年5月2日《申报》)

同善普元局①办理章程（节录）

一惜字。本局常川，雇夫担收，街巷弄口另设竹木字笼，逢五十期收卖，每斤给资四文，并收毁淫书淫画春册等，眼同焚化，月杪饬局使送入大洋。

(1884年5月30日《申报》)

教善讲堂章程（节录）

十一　凡来本埠江湖唱书等人，先令来堂挂号，报明在某处唱说某书，查无违禁淫秽词意，方准给凭开唱，并发给《孝弟因果图说》一部，令每日参讲一二条以佐本堂教善，讲毕由馆东缴还。……十五　讲堂门前悬挂木板一大块，大书：一曰访拿忤逆不孝之人，二曰访拿印售淫书淫画之人，三曰访拿演唱花鼓淫戏、弹唱淫词小说、唱卖春片淫画之人，……以上十条，许无论何人，进内告知，登记访查确切，方可禀县密拿严办，慎防诬指。

(1899年2月21日《新闻报》)

新曲会章程（节录）

▲宗旨：

本会以改良社会、鼓吹文明为宗旨。

▲办法：

一删除鬼怪。中国鬼神之说，流毒社会，竟有牢不可破之势，造端于一二无知之妇孺，而成于多数无识之士夫，久为文明教化所不齿。本会当以首除此种谬说为第一要义。凡配合关目，悉从情理中演出，研究手段，务令观者由幻想生出实境，人人有我亦豪杰之想。所有旧剧中足以再酿义和团之乱者，悉删除之。惟裨益于道德上者，仍存其旧。

一禁演淫亵。秽乱之剧大为风俗人心之害，本会新编儿女之剧，皆尚情侠，痛除狎亵。如旧剧中《唱山歌》等淫戏，弃理蔑伦之剧，本会亦当设法禁阻。

(1904年7月3日《时报》)

---

① 同善普元局，1881年由上海善士江振恒、俞纯镛、张承济、郑家鼎等创办，地址位于法租界大马路，从事收毁淫书淫画、惜字、义塾、施药等善事。

鄞县组织自治会

鄞邑范绅清笙等邀同志组织鄞邑自治会,现已租就郡城内同仁堂余屋为总会办事处,业已联名禀请宁府立案,今将该会章程录要如下:

（前略）二防淫　串客本干例禁,无论灯节前后,概不准行,违者禀官究办,将其所租借之地充公,各处祠庙亦宜禁止淫戏。

……

四正俗　凡赛会演戏无益之举,均须劝令停举,以省糜费,婚丧嫁娶等事亦宜改从检朴。（后略）

（1906年9月14日《津报》）

创设风俗改良会（节录）

镇海张君水云①及张君俊甫近设风俗改良会于本邑衙前地方,亦有志于地方自治者所不可少之举也。兹觅得其会章全稿,摘录其第三第四章于下:

第五节　劝化迷信（如迎神赛会、星命风水、崇信僧道、妇女缠足等类）；第六节　禁革污俗（花会、串客、强丐、赌博等类）。

（1906年10月7日《中外日报》）

江夏县公益会会议要件（节录）

江夏县北乡王家场地方绅士王正本等组织一公益会,日昨大开会议研究,特将会议要件略述如左:

一禁止演唱花鼓淫戏。

（1911年6月24日《申报》）

---

① 张君水云,张水云（1877—1955）,浙江镇海人。出身于制酱世家,先后在上海创办江万兴酒坊、万康宏记酱园、张鼎新酱园等,为制酱工艺的改革作出贡献。

中编　查禁报道

1870年（同治九年庚午）

上海城内禁戏

沪城南门外姜宾远药店自去岁被劫之后，店主曾向城隍神许愿，如案破定演戏酬神。近因贼得还愿，遂定于十一日在邑庙酬神。闻戏班衣箱业已到庙，上海道宪闻知，饬差禁止。禁之诚是也，此端一开，后之演戏者俱借口谢神而效尤矣。政贵有要，令在必行，省却城中无数争端费用。姜姓药店遵示，戏班撤回。有人云移在泉漳会馆开演，未知是否？而城隍庙中是日惟清音酬神而已，神之御灾捍患，是神之职也，演戏与否，神不问也。

（上海县）（《中国教会新报》1870年第113期）

1871年（同治十年辛未）

疏请禁淫书①

六月初九日，刘谏垣瑞祺②具折请饬销毁小说书板，奉旨着各直省督抚严饬查明，全行收毁，不准胥吏藉端搜查，致涉骚扰。仰见我皇上于正风俗人心之外，仍存爱民如子之至意也。

按，小说诲淫者居多，彼无识愚人闻正直之言则惟恐卧，听秽亵之语则不知倦，自一传十，十传百，悖性情之正，干天地之和。始则害及一方，终则毒流四海。风流自赏之士握管为之，将"才子佳人"四字抹煞，斯民廉耻之心，遂使展卷之余，魂摇魄荡。贞妇为之失节，志士为之改操，千祥百福，从此折除，横祸飞灾，从此招集，举天下之禄位名寿而视同土芥鸿毛，驱天下之才士名媛而俾之禽行兽处，生罹百丑，死历三途，展转沉沦，伊于胡底？我知圣人在上，正人心息邪说，拒诐行放淫词以拯生灵于孽海者，必以淫书小说为首。况诲淫之书，为尘世之癫疾，宴安之

---

① 本则一二两段亦被1871年8月12日《上海新报》刊载，标题为《请禁小说书板》。
② 刘谏垣瑞祺，刘瑞祺（1833—1891），字伯符，又字景臣，号谨丞。江西德化人。同治元年进士。历任顺天府乡试会试同考官、福建粮道、浙江按察使、河南布政使、山西巡抚等职。刘瑞祺奏请饬销毁小说书板一折批准于同治十年六月丁卯日（1871年7月25日）。

鸩毒，生人之陷阱，地狱之根苗，而作淫书者，鬼神所必嗔，雷霆所必击，灾害所必至，铁钺所必诛。

前《上海新报》有禁淫画二则，以类联登于后，二者兼禁，于世道人心，诚非小补。再禁淫戏则更佳矣。然上海虽屡禁淫戏，而吉祥街演花鼓戏二三处，仍自若也。

(《中国教会新报》1871年第150期)

1872年（同治十一年壬申）

评阅《红楼梦》遭父杖责①

南海陈元圃茂才性端谨，有颜子四勿风，而尤严于庭训。其子笏年十六，聪颖过人，有扶摇直上之概，所为诗文则雏声清于老凤，但酷嗜阅说部传奇等书。陈知之，施以夏楚，盖恐摇荡其心志也。十五日，陈抵书斋，阅笏文稿，偶于书丛中得《红楼梦》一卷。陈变色谓：不肖子仍嗜此耶？其子不敢作声，俄而风动卷开，陈睹卷首评语淋漓，皆其子手笔，乃怒不可制，谓读书人有此，名教扫地矣，杖之。其子谓此乃未奉庭训以前之事，今知所过，痛改之不暇，敢复为此乎？陈不听，卒杖之无算。陈于堂构相承之际，亦可谓严正不凡。夫说部传奇等作，多属墨沼烟云，而徒以才子佳人引人入胜，少年血气未定者阅之，鲜不为淫魔所祟。于是日向故纸中求佳丽，久之，且不必展卷而佳丽亦俨然在心目中矣。淫书之为患若此，而《红楼梦》虚中有实，尤为此中魁首，世传为曹雪芹所撰。按，性德②字容若，原名成德，满洲人，大学士明珠之子，《红楼梦》中所谓贾宝玉者，即其人也。《茶余客话》载，其年十七为诸生，十八举乡试，十九成进士，二十二授侍卫。《红楼梦》云乃其髫龄事，曾有诗云："幽谷有美人，无言若有思。含颦但斜睇，吁嗟怜者谁？予本多情人，寸心聊自持。私心托远梦，初日照帘帷。"意即为林黛玉而发耶？张船山③太守云，八十四回以后，乃高兰墅④续撰。

(1872年6月3日《申报》)

---

① 该组新闻原题为《羊城新闻》。

② 性德，纳兰性德（1655—1685），原名成德，字容若，号楞伽山人，满洲正黄旗人。大学士明珠的长子。康熙十五年进士，选授一等侍卫。著有《通志堂集》，词集名曰《纳兰词》。

③ 张船山，张问陶（1764—1814），字仲冶，号船山，四川遂宁人。乾隆五十五年进士，曾任吏部郎中、莱州知府等职。著有《船山诗草》。

④ 高兰墅，高鹗（约1738—1815），字兰墅，别署红楼外史，汉军镶黄旗人。乾隆六十年进士，曾官内阁侍读、刑科给事中等。著有《高兰墅集》等。

纪英国领事官禁止花鼓戏女堂倌事

前闻上海道宪①与各领事官议禁洋泾浜之花鼓戏、女堂倌等淫秽之事，当经各领事应允后，隔六礼拜之久，尚未断绝，已于西字新闻纸中详言之矣。前日英领事往候上海道宪，又复面许三日内定行禁绝。现查英国租界内凡遇此等妇女，尽行驱逐，不留一人，所有演唱花鼓戏之戏园亦皆封闭。英领事可谓知所先务矣。从此英国租界内断无诱良入邪之事，英领事不但称职，而且种德，方之古昔循良，庶几无愧。想法国、美国、普国及各国诸领事知之，当亦闻风兴起，断不至于各租界内仍留此种恶习、此等淫妇致贻笑于英领事也，岂徒上海一邑之幸，实为中外诸人之共幸焉。

(1872年7月6日《申报》)

1874年（同治十三年甲戌）

武圣关帝已升中祀禁止优伶戏出

国朝定例，优伶演唱戏文，装扮大圣大贤者，均应罪干满杖，原所以尊重礼典也。恭照武圣关帝已升中祀，凡三国戏中有帝君事迹者，皆当禁演，以昭诚敬。现奉道宪②檄县示禁，因沪地戏馆设诸租界，并行陈司马③会同晓谕，不准演唱，倘敢故违，即行查提重究。自示之后，倘再演唱关帝事迹各戏，以及看戏之人任意点演，一经查出，定即严提究办云。

(1874年1月14日《申报》)

法界查禁花鼓淫戏

花鼓戏出，最属诲淫，贻害闾阎，本干禁例，上海租界地方，华洋杂处，虽节奉各宪查禁，终莫能绝。上年已蒙沈观察④檄行叶邑尊⑤暨租界陈司马，先后照会各国领事官宪，并经善堂绅董联名具禀，其英美租界各处先准，领事允禁尽绝。惟法租界南北地方辽阔，未奉驱逐之令，故若辈尚得明目张胆。兹当新岁，法界之各花鼓戏馆，复一律开齐，忽于昨日由巡捕房传知各小戏馆主，今日谕话，闻总领事因允一体禁逐，以端风化也。如果属实，得以挽此颓风，知者莫不额首称颂法领事德政及民耳。风

---

① 据查，是时上海道台为沈秉成。
② 据查，是时上海道台为沈秉成。
③ 陈司马，即陈福勋。
④ 沈观察，即沈秉成。
⑤ 叶邑尊，即叶廷眷。

醇俗美，拭目俟之。

(上海法租界)(1874年3月5日《申报》)
禁演花鼓淫戏日期

法国领事官据地方绅董具禀，陈说利害，准禁花鼓淫戏，业经本馆已列前报，闻者莫不额手颂德。现在探得总领事饬知巡捕房传谕各小戏馆，务限西历之本月底为止，一律闭歇，延干重办。西历已交三月，其所谓月底即中国之二月十四日也。稍知儆畏者已自停歇，想一经满限，必不敢迁延，从此各国租界之花鼓淫戏，毋复见闻，秘戏图形，不演于化日光天之下矣。

(上海法租界)(1874年3月14日《申报》)
汉镇花鼓戏禁革案

花鼓淫戏，夤夜扮演，最易伤风败俗。汉镇地方，久经示禁在案，乃近有不法棍徒，勾引花鼓戏班，敛钱肥己，每于鼍鼓更三跃之后，身率梨园子弟登场唱演，以致大街小巷，往来行人，彻夜如织，而盗奸潜迹其中，故近日巨案尤层见而不穷也。初犹在于湖堤外焉，迩更明目张胆，渐入闹街，前日有汉郡武庠李某忘其名，把持花鼓戏班，于宵鼓三敲，在黄皮街总厘局对面大兴巷内，鼓乐喧天，歌舞彻夜，观者如堵，举国若狂，而其间之为盗为奸，莫可穷诘。地方委员闻声往查，讵李某不自敛迹，肆詈之余，老拳相向。委员固一鸡肋，岂足以当李某之尊拳，而仆从之受鞭楚，更形狼藉矣。委员以情关重大，随即直陈各宪。现闻已将李某拿究在案，而花鼓子弟亦有被逮在事者，读"一声河满子，双泪落君前"之句，为之神往。

(汉口)(1874年6月20日《申报》)
演剧滋事

租界之西北与法华相近之乡镇有盛姓者，家颇小康，近日邀聚乡民，希图建台演剧。乃前晚甫当开演，而左近来观者，已如堵墙，烦聒之声，达于远近。于是为法华巡检司潘君所知，以为夤夜演戏，并无请示，立即饬差驱逐，而盛某竟置若罔闻，依然如故。次夜潘君乃亲带差役，赴乡谕令拆毁，乃未及详言而便即交哄，竟将潘君殴辱回署，当经潘君亲诣道宪禀诉，道宪委叶邑尊查办。现已饬差缉获乡人一名管押在县，特未知如何惩治耳。

(上海县)(1874年7月3日《申报》)

饬拿串客①

○宁城内无敢有显为娼寮者，旧惟有设赌抽头之习，履舄交错，酒半留髡，是其故智也。更有串客戏者，最易于败俗，装演男女二人，操土音而百般戏谑，是故历宪俱出示禁止。乃五月廿二日复在平桥地方私演，为孙邑尊②所闻，当即饬拿惩责，此风或渐可息欤？

（宁波）（1874年7月22日《申报》）

戏园分设已禁

前报述杭城吉祥茶园之园主拟分设于卖鱼桥侧，现知非园主所为，乃系本班中旦脚见杭人均带寒酸气，大约满城皆秀才作料也，况计园中日用所出，势难敷衍，乃集资五千金于卖鱼桥起造戏馆，当舟车辐辏之地，启管弦丝竹之场，生财有道，宜如是耳。园主得知此事，遂与婉商言一切费用，可否由我理值？所集五千金，仍各归缴。盖以此举为大佳，而欲独揽于一己也。各旦似亦许可，园主乃多方借贷，积久终难足数，又思于各旦脚所集数内抽借一二人之款，均无首肯者，园主力不能胜，亦听之矣。岂知版筑方兴，而事已闻于大宪，城内两园，中丞本拟禁止，以绅士公请，谓鼓吹休明，亦承平时景象，不可竟废，遂只禁夜演，而仍准其开设。兹闻分设城外之信，深恐其风渐开，而官绅商贾之费财日盛，谁则腰缠十万，骑鹤而来者？且开设在城厢之外，必至金吾不禁，恶类由此而混迹，匪徒由此而滋事矣。急传谕府县，速行禁止，如起造之屋，禁后仍不停工，即俟其完竣后，屋则封闭入官，人则锁禁究办。雷霆一震，草木皆惊，以知分设之事，势必不能举行也。所惜者，屋虽未曾完好，而已费各用，想亦不赀。求财失财，亦若辈之不幸也夫！

（杭州）（1874年10月30日《申报》）

杭城戏园夜演

杭城戏园夜演，久经大宪禁止，现际皇太后四旬万寿③，两园又唱夜戏以庆圣寿之无疆，以见普天之同庆也。于初十晚七点钟开演，连唱三夜。富春茶园于十二夜演《梵王宫》一出，座客多有以杨月楼案助谈者，灯火迷离，管弦繁杂，每夜开演，两园均无立锥地，其热闹亦可知矣。惟

---

① 该组新闻原题为《宁波杂述》。
② 孙邑尊，孙熹，字欢伯，江苏吴县人。监生，同治十三年由黄岩县调任鄞县知县，光绪元年由姚文字接任。
③ 皇太后四旬万寿，即慈禧太后（1835年11月29日—1908年11月15日）生日。

各宪只准开演三晚,想亦与各穿蟒服不理刑名之同有定期耳。

(杭州)(1874年11月26日《申报》)

英美工部局议改领照章程

上海各国租界之工部局自西历一千八百五十四年设立定章,由各国领事官会同商董议列条款呈禀驻京之各公使批准,毋论何国商民,凡在界中,均应遵照,仍声明随后如有不妥之处,准可增改,嗣于一千八百六十六、八、九等年,先后增改,并因法国租界官商另行设局,是以于总议二十六款之后,另附洋泾浜以北英美租界之章程四十二款。盖即英美租界之工部局所行之条款也。向悬各领事衙门,一体遵办,今洋泾浜以北英美租界章程第三十四款,各业中有须执凭据之一条,原议内载界内无论中外人等,凡卖酒及一切能令人醉之物,或开客栈、酒店、酒栈、清音馆、戏馆、抛球馆、蹈舞馆,如未向工部局领给凭据,概不准开设,即舢舨船只、牛马人推等车,如要租与人者,若无工部局凭据,亦不允许。凡欲开设或租以上等项,如系洋人所领凭据,必须盖过该国领事官印,又须取具保结,果系安分守已者方准。至此等凭据所费,工部局应于众人聚会之时议定,照价收取,各酒店、酒栈每间每年凭据费若干,比亚酒店每年凭据费若干,客栈饭店酒馆等皆每间每年凭费若干,若清音馆、戏馆、抛球馆等则每间每晚凭据费若干,如无凭据,擅自开设,查明罚洋五十元,仍须出补凭据及一切衙门差役等费云云。

兹工部局以为目下之情形不同,议改租界内欲开妓馆、戏园、马戏、花鼓等戏,抛球、打棍、酒店以及醉人之酒、私室卖酒、牛羊肉庄、鸡鸭铺、野物店、出租大小车行并受租之家,如未领工部局执照者,概不准开设,倘外国人欲作是业者,并须赴本国领事衙门请给执照,其欲开店之人,赴局领照时并另有章程给领,及应否取保之处,统俟工部局定夺,所有议定工部局各捐,照章完纳,倘违此章者,每次罚洋不出一百元等语。由工部局董议集众商会商定妥,随经各国领事核明,详禀驻京公使批准举行,因事须会审公堂勘办,已由各领事抄录所改条款,照会道宪衙门备案,请饬遵照矣。

现在道宪已经照覆,在沈观察①之意,原无异议,惟以花鼓淫戏,有干禁令,如有开设花鼓戏馆,可不准其领照耳。夫中国之花鼓淫戏,实属有伤风化,业已会禁尽绝,今沈观察既请免给此照,工部局董自必照办也。

(1874年11月30日《申报》)

---

① 沈观察,即沈秉成。

戏园夜演已准

杭城戏园自庆贺皇太后万寿，开演夜戏，本只准演三天，现以众绅士之请，重准夜戏，如不能安分，致有滋事等情，仍饬即行停止。近来夜戏座无虚位，爱听弦歌之韵，不惮风雪之威，亦可见热闹之一斑矣。而园伶亦各斗靡夸多，矜奇炫艳，舞扇衫歌，脆竹哀丝，竟与玉凤之灯光并耀，铜壶之漏点齐喧矣。

（杭州）（1874年12月4日《申报》）

1875年（光绪元年乙亥）

戏园主具禀

本埠南北两市，计大小戏馆共有九处，大都日夕演剧，观者云集。往年至新正日，则尤座无虚位，愈形热闹。今正自奉宪谕后，已一律停止，盖所以遵国家定制也。乃日昨丹桂、金桂、一桂、山雅、富春、久乐各园主俱缮禀，环叩公堂，请恩准开演等语，其禀中大意谓：各班中人数颇多，且均系贫苦之辈，若历久停演，未免糊口无资矣云云。陈公①将禀词逐一详阅后，随讯为首者何人？众对以王荣堂也。陈公又问："尔等系北人多乎？抑南人多乎？"众又曰："北人居多。"陈公曰："然则既大半北产，岂国家制度尚未闻知乎？"盖京师内须遏音乐者三年，故各直省当一概停止，何独于上海一隅而疑之。如班中人果系贫苦者居多，亦宜俟诏书到后再讲可也，现在正无容多渎云云。随又有金桂轩人复投一禀，声称既停音乐，何以聚福、畅福、畅林、诚仁义等各书场，仍然男女弹唱，并北西洋茶馆自客腊念八日新开张起，逐日鼓吹，迄无虚晷耶？陈公因谕以即行传谕禁止，由是各园主遂俱退去云。

（上海公共租界）（1875年2月11日《申报》）

戏园主复请开禁

昨报录丹桂等六戏园主已具禀于英租界会审衙门，求为开禁演剧，兹悉法界内升平园等三戏园亦联名具禀于法会审公堂，恳请恩准开演云云。问官谓优人失业，恐致肇事，我固深知，然诏书尚未颁到，终难开禁也。戏馆主又将此情到美领事署内递禀，经晏领事②亦覆以前意，故仍作罢论耳。

（上海公共租界）（1875年2月12日《申报》）

---

① 陈公，即陈福勋。
② 晏领事，晏玛太（Matthew Tyson Yates, 1819—1888），美国传教士，道光二十七年来华，在上海主持教务38年。曾任美国驻上海副领事、英租界工部局翻译等职。

龙泉阁唱戏停止

昨报录龙泉阁茶园唱戏,门前拥挤异常,以致为游手好闲之徒将过路之妇女,亦乘机拔去钗环等物,幸公堂亦早悉是事,故昨早陈公①即饬差邀同捕役赴该茶室传人,是时因店东他出,故仅拘司堂者岳姓到案,即谕暂且收押,须提到店东再行训饬。至午后店东侯二亦到,想可遵谕停止,以免无赖者肇事矣。

(上海公共租界)(1875年2月16日《申报》)

英租界一律停止唱戏②

昨闻会审衙门已饬巡捕,凡界内所有茶室戏园等传谕一律停止演剧,不得仍旧弹唱等因,故已遵谕照办云。

(上海公共租界)(1875年2月17日《申报》)

惩禁花鼓戏

天下之最易坏人心术者,则莫如花鼓戏。故上年租界内经官一律禁止,乃不谓浦东之洋泾镇有唐姓茶室,于元旦起,仍雇花鼓班开演,极形热闹。嗣经地保诉于董事禀请邑尊饬差查拿,于日昨提唐姓到案。邑尊先责地保曰,似此违禁之事,理应当日禀报,何迟至七日之后而始行出首耶?其中难保无另有情弊,着将同唐姓立即重责,然后再令出具切结,永不准复演,至花鼓班中之女子,兹尚收押未释云。

(上海县)(1875年2月18日《申报》)

国制停谳

本埠于本月十六日接奉遗诏后,遵依礼节,文武官员均应成服二十七日而释,现已开印,各衙门向应按三八期接阅呈词。今正当国制期内,是以县署于二十三日第一次告期不行升堂,而排衙放告也,然遇有紧要重大之案,如奸拐盗逃及访拿聚赌花鼓有关风化者,则仍旧接办,惟一切钱债田土细故暂停在告期接受耳。此乃叶公③于崇国制之中还寓惩恶锄奸之意也。

(上海县)(1875年3月4日《申报》)

唱戏被责

杭城之作手艺者,于夜行时往往高唱各腔调以壮胆,其即不知曲文,

---

① 陈公,即陈福勋。
② 本次饬禁演戏的原因为同治帝爱新觉罗·载淳(1856—1875)于同治十三年十二月初五日(1875年1月12日)去世。
③ 叶公,即叶廷眷。

亦为随意者混叫，名为怕鬼调。乃下前夜城钮扣店司王某于二鼓时候，由上城回店，高唱京腔，路遇巡查，喝令勿唱。乃王某已入醉乡，若为不知也者。巡查官命勇丁拿住，斥之曰：方今正守国制，不准唱戏，尔于夜深时胆敢沿途高唱，殊属目无法纪。王某乘醉答曰：禁演戏者，禁作乐也，我随口唱曲，并无乐器，无干法令之有。于是官遂怒，命责军棍二十，始行释放。窃思王某本属无知小民，醉后口号曲文，究非唱戏可比，而官必欲责以军棍，抑何其不惮烦耶？

(杭州)(1875年4月24日《申报》)

违 禁 作 乐

本埠官宪于前日接到大行嘉顺皇后①敕谕后，当即出示晓谕，一切人等勿得于七日内作乐等因，是故各戏园及书场亦皆停止演唱。可见国家制度固尽人所能凛遵也。不意石路上有某医生者，于十四日竟雇清音为吕祖师作诞辰，银烛金樽，繁弦急管，颇形热闹，意以为与神仙作寿，即官之禁令亦当在所略也。不知吕祖亦受朝廷所封，使其即日降生，亦当谨遵国制，而况为之祷祝者乎？神不享非礼，恐吐之而惟恐不速矣。嗣竟为保甲差役所闻，直登其堂，拟取其乐器而去，医生由是大窘，再四哀恳，在后不知作何了结，然事虽得寝而已矣。旁人所窃笑，以为彼何人斯，何其智转出于优伶妓女之下乎？余因目见，故述之如此。

(上海公共租界)(1875年5月20日《申报》)

驱逐女档子

杭州水利分府潘小圃②司马拟疏通江桥一带中河，已入前报，盖船既拥挤，则货不能卸，缆不能解，而贸易遂觉艰难，舟子亦形窘苦。故潘司马疏河之举，有恤商而惠民也。兹闻司马访明女档子在境，出示饬差驱逐，更见其维持风化之苦心矣。查女档子自江西而来，约有十数起，陆续至杭城，寓于客栈中，藉名清音，遍帖招纸，人明知其所业，往往招来家内，托言弹唱而藉以佐酒取乐。女档子既入人家，必达闺闱，因是勾结欺骗，弊端不可胜言。迨至丑声传播，家主始行觉察，而已后悔无及。诗礼门楣，一旦败坏，职是故耳。即使弊不至此，而少年浪迹每有以沈迷而败家亡身者。潘司马访知此事，知为人心风俗所关，当即出示严禁，并予限期出境，复饬差传谕各客栈，不准窝留若辈，如敢故违，或为隐瞒，立拿

---

① 嘉顺皇后，阿鲁特氏(1854—1875)，蒙古正蓝旗，同治帝载淳之皇后，同治十四年十二月册封为嘉顺皇后。光绪元年乙亥二月二十日(1875年3月27日)去世。

② 潘小圃，1875年至1879年任杭州水利分府同知。

栈主惩办云。女档子既奉出境之谕，又无藏身之所，想亦无从混迹，而自相率而去，好冶游者观此，当必曰：潘司马何大杀风景也。

（1875年6月12日《申报》）

查 禁 唱 戏

京师东四牌楼泰华、景泰两说白清唱馆，近已奉提督衙门查禁停歇，九城内外所有戏馆，现亦一概禁尽，初五日有全班脚色，浓抹淡妆、招摇过市者，盖提督衙门提到上场扮演之班也。差人戏子，拥塞通衢，大地文章，别开生面，路人均为驻足观焉。至如何发落，以事属细微，无暇根究耳。

（北京）（1875年9月28日《申报》）

再述京师演戏情形

国制之内遏密八音，此定礼也。忆自道光三十年宣庙升遐，一年后京都茶馆中于演杂耍时，偶夹演戏一二出，仅扯一胡琴，二十七月内不敢用锣鼓，更不敢穿行头也。咸丰十一年，国制百日后，旦脚始偶着女衫，而生末净丑皆常服登场，所有帽盔巾冠，袍铠旗伞，二十七月中仍未敢用也。客腊查京中梨园子弟，除黑票不计外，约在五千人以上，时世艰难，谋生不易，且此等人舍演戏外，一无所能，故拟有开演之举，嗣为地方官不准，只得中止。今年四月间，乃私向地面疏通，渐次开演，中城地面则有打磨厂之福寿堂饭庄、西珠市口之汇元堂饭庄皆演秦腔，大栅栏之临汾会馆乃四喜班脚色，北城地面则有给孤寺西之浙绍乡祠、铁门之文昌馆一为春台班脚色，一为四喜班分包也。内城杂耍园亦开三处，兼卖女座，皆渐穿短小行头，仍未敢开花面、着袍铠也。惟文昌馆甫开之日，生即挂须，净丑即开花面，旦即包头，除大锣旗伞不用，余皆如平日矣。七月七日文昌馆演《渡银河》，所有鹊桥之桥灯，牛郎之牛灯以及七巧图各色灯彩无不皆陈于台上。十六日演《思志诚》，则举国若狂，观者将及二千人。至十七八日为五城御史出示禁止，旋即停演。九月二十后，又渐次演剧。但国制未及一年，辇毂之下，居然彩服登场，诸乐毕举，虽为轸恤伶人起见，毋乃于制度未合乎？

（北京）（1875年11月20日《申报》）

1876年（光绪二年丙子）

国 忌 停 演

粤稽帝典，遏密八音，足见盛世之隆，民心之厚。降自后世，今不如古,然而犹未尽泯也。上月初五日为我穆宗毅皇帝[①]周年之期,京师伶人说白清唱之馆,是日并未示禁,乃不约而同,概行停止。夫清唱之开,本为饥寒所迫,出于万不得已,今于先皇升陟之期,尚知追念深恩,自行停止,足征我朝德泽所流,先皇帝恩施所被,固已深入人心,虽优伶贱业,具有天良,亦知感戴也。

(北京)(1876年2月3日《申报》)

演 戏 被 阻

京师说白清唱既开,渐有宴会之局。前月底有双顺和班之领袖薛某者,绰号薛小刀,因自作寿,欲假万福居酒馆演戏,正在搭盖席棚,忽有本城御史微行过此,瞥见询问,始知颠末,旋遣司坊官谕之曰:"该地方为士商云集之区,何得显违国制耶?"司役等不容分说,即令将席棚拆去。盖万福居开设杨梅竹斜街,为选舞征歌之客所必至者也。薛某遂改于本月初六日在自己寓所清唱一天。是日车马喧阗,缙绅踵至,晚间有新到脚色名十二旦者,年十二岁,清歌妙舞,娓娓可听。初十日即在汇元堂出台,意欲压倒十三旦也。

(北京)(1876年2月3日《申报》)

江 西 演 剧

江西省会自旧岁以来,以国制之期各处停止演剧,今开正之初九初十等日,则城内之二郎庙各处均已贴出戏单。于是闻者皆延颈跂踵,拭目以待。乃数日以来,台上毫无响动,闻因索规费未遂,故不成议也。现惟惠民门外蓼洲上一处,已在扮演,观者蜂屯蚁集,较平日更多,其后来者几无容足地。盖值新春时节,各人无事,皆得乘兴闲游,遂无不争睹之为快也。

(1876年2月26日《申报》)

禁 优 演 戏

杨月楼在镇江唱戏,前已述及。兹闻镇江地方官以其为刑余之人,不准重操旧艺。然戏目上虽已除名,而戏台上仍复演剧,以故每日看客依然人山人海也。窃思杨月楼旧曾犯案,然既恩赦,自当不咎既往,绝其生机,况官禁之而戏园主仍私聘之,适以见令之不行,转毋乃多事欤?

(镇江)(1876年6月8日《申报》)

---

① 穆宗毅皇帝,爱新觉罗·载淳(1856—1875),清穆宗,年号"同治",谥号"继天开运受中居正保大定功圣智诚孝信敏恭宽明肃毅皇帝。"

杭州戏馆未准复开

杭州鸿福戏班之伶人拟各集资本于火药巷之旧戏园重开，此已列入前报。惟开设戏馆，须禀明各宪批准出示，方可演剧。此次龚太守①以前经禁止，未便准行，邑尊亦批示不准重开。故现在该班主叩求某绅，闻欲转求织造将军往中丞前关说，然恐未必能行也。

(1876年6月22日《申报》)

禁开戏馆

宁波新设之戏馆，前以看白戏者较多，小不如意，便抛砖掷瓦、洞壁踰垣，致即停演，此已列报。昨闻东门外之庆丰戏园业已草创具备，正图登场演出，忽见府县尊两示禁止，谓奉道宪面谕，宁地虽亦通商码头，其情形究与上海有异，如此危楼薄壁，哄动多人，难保不随时滋事，着即永禁在案。而戏园主以事已垂成，忽然中止，将数千元之资本从何索还？爰浼领事官向道宪关说，而道宪则未之允也。又闻孙邑尊②亦以履任以来，命案叠出，如此次再设戏园，则斗殴必多，即使道宪准行，亦将禀详中丞也。戏园主闻是消息，只得闭歇，门贴招盘字条。然而银盆画载、舞衫歌裙岂急切可得主顾耶？惟有频呼咄咄而已。

宁人之来函如是，窃思菊部梨园，本亦歌咏升平之事，京师为辇毂之地，犹且有之，岂宁波而必不可设耶？至若恐生事端，则全在园主章程之善，官府号令之行。今且无论上海、香港两处，即从前之苏垣戏馆林立，亦何尝案牍繁滋耶？使必因畏事而一概严禁，是必遁入于无何有之乡斯可矣，岂所论于四明之大地哉！

(1876年10月10日《申报》)

广东禁戏

前报述宁波禁开戏馆，兹闻粤垣亦有此举，华人无行乐之地，知香港名班荟萃，而往来之船价又极公道，尽有专为听戏而至香港消停数日者。但华官之禁开戏馆，想无非恐人多滋事，然香港一隅，何独不畏事端耶？岂华官之法令或不及西官之整肃欤？是真令人不解也。

(1876年10月13日《申报》)

旧调重弹

杂剧各省通行，惟花鼓戏则止行于吴地，本埠前道宪以其所演半皆

---

① 龚太守，龚嘉儁(1839—1890)，字幼安，云南昆明人。咸丰六年进士，曾任绍兴、杭州知府。主修《杭州府志》，著有《桐音馆诗集》。

② 孙邑尊，即孙熹。

男女私情，恐或荡人心志，故曾出示禁止。现在小东门外荣乐书场自本月初一日起，相邀前做花鼓戏之脚色，日夕在内弹唱，并非登台演出，盖诚不敢违禁也。然诸客久不闻声，一旦值此，不几以《广陵散》尚在人间乎！

（上海法租界）（1876年10月26日《申报》）

拟 禁 戏 馆

宁波前有庆丰戏园，诸事垂成，以官禁中止，现在江北岸傅家道头又买一地，雇工盖造，月内将即演剧，系法人贝鲁爱为戏馆主也。戴明府①下车伊始，闻欲重申禁令，不准举行，虽未有明示，然闻已拟稿矣。但传得法人于买地之先，已禀明驻沪之法总领事，当蒙批准。此次华官申禁，其能弗掣肘耶？又闻戴明府于前日有照会一函，致驻宁之英国固领事②，经领事拆阅，以为不明公事，当将原文加函送还，此初四日下午事也。照会中系何事，尚未深悉，惟谓不明公事，岂署中幕宾书办皆愦愦耶？殊所未解也已。

（1876年12月21日《申报》）

1877年（光绪三年丁丑）

流 民 被 逐

旧岁杪有外省流民数十人至杭，或打花鼓，或弄猴子，或卖拳棒，均寓于螺蛳门外客店内。嗣为浙藩宪闻知，立饬邑尊驱逐出境，不准逗留，并谕客店嗣后如有此等流民私自留宿者，立予枷责，取具甘结存案。是以保甲局委员亦随时查察，盖深恐扰事也。

（杭州）（1877年2月19日《申报》）

弹 词 枷 锁

小说中有《玉蜻蜓》者，牵涉前明申文定公③故事，诸多附会，曾经申氏后裔禀明永禁在案，不准弹唱。今正元旦，苏城狮子林招得某姓者，重弹旧调，更唱禁书，听者蜂拥蚁集，莫不称快，嗣为申氏闻知，当令地保禁止，至再至三，置之不理。初十日由长洲县饬差将地保与弹词者一并枷号狮子林门首。然则沪上女说书，他日如返吴门，还当留意，慎毋以玉

---

① 戴明府，即戴枚。
② 固领事，即固威林。
③ 申文定公，申时行（1535—1614），字汝默，号瑶泉，晚号休休居士，苏州人。嘉靖四十一年状元，官至少师兼太子太师、吏部尚书、中极殿大学士、内阁首辅。

胫花颜，低坐独桌也。

（苏州）（1877 年 3 月 3 日《申报》）

禁 止 弹 唱

南昌亦东南一大都会也，商贾林立，辐辏偕来，襟江带湖，夙称安壤，然求其美丽繁华，足以寻芳选胜者，则固不得其门也。往昔岁首，城内萧公庙、董家塘、百花洲、马家巷、书院街等处花园内，间有女弹唱数班，藉以点染春色，资助清谈，乃地方流氓往往因此滋事。于是南昌邑尊每于新正时循例谕禁，并云该处地保及生监勇丁等如敢藏匿包庇，定即除名。夫自来名胜之区，不少藏娇之所，何省会大地，区区女唱，亦不能容，至以生监与地保勇丁并列示禁？为生监者亦何颜自立也哉？

（1877 年 3 月 15 日《申报》）

请 禁 喧 嚣

病人养疴，当在静室，然本埠之仁济医馆，其西南角实与宝善街之丹桂、鹤鸣两戏馆相近，彻夜敖曹，恐非所以安病体。故日昨英教士慕维廉①、医士章君等联名赴英会审公廨，禀请设法禁阻，官判候查察批覆。

（上海公共租界）（1877 年 7 月 19 日《申报》）

谕禁深夜开锣演戏

前报英教士慕维廉等以仁济病房与戏园逼近，彻夜大锣小鼓，太觉喧嚣，实与病人有碍，请即谕禁，当由问官许以查明再覆。旋查条约内载有关地方不便事宜，准请禁止，故昨特饬传丹桂、鹤鸣两园主谕话。嗣以鹤鸣园主未经到案，由会审官止谕丹桂园主杜蝶云，限于每晚十二点钟后不再用大件响器开演，如违议罚。杜蝶云禀称遵谕，惟金桂、天仙两戏馆请一律禁止，问官准如所请云。

（上海公共租界）（1877 年 7 月 26 日《申报》）

禁止深夜演戏

前报教士慕维廉及仁济医馆主至公堂控鹤鸣、丹桂两戏园深夜唱演，锣鼓喧阗，有违租界定章，已奉提讯，断令遵禁停止一案，现仍深夜喧闹。据慕维廉声称所有礼拜日向章停演一日，请传谕各园主于深夜中一律停演，而投案之丹桂园主杜蝶云、鹤鸣园陈双喜同供，均愿遵断，惟天仙、金桂各园亦求谕饬，一体遵照。问官查前已提案讯谕，自应遵照，附

---

① 慕维廉（William Muirhead，1822—1900），英国伦敦会传教士。1846 年来华，在上海传教，参与创办了墨海书局，著有《中国与福音》《中国的太平起义者》等。

近各戏园候一并传案饬遵,一律于每夜十二点钟停演,违则押闭云。

(上海公共租界)(1877 年 7 月 26 日《新报》)

遵禁深夜演戏

前报鹤鸣、丹桂两戏园被西教士呈控深夜演戏喧闹,遵谕每夜以十二点钟前停演具结在案,今据天仙、金桂两园主赵和等投案,愿遵前谕,每夜十二点钟停演,不敢违犯,具结送查云。

(上海公共租界)(1877 年 7 月 28 日《新报》)

演 戏 未 定

前报苏城内外两处戏园拟即择日开演,兹闻府宪以金鼓一鸣,游手好闲之辈,夺门争座,恐致斗殴生事,以故尚未允许。但园中按目,班中脚色,固已待哺嗷嗷,关系身家性命。现欲央恳绅士为之挽回,不识能有转机否也。

(苏州)(1877 年 9 月 6 日《申报》)

查 禁 戏 园①

〇戏子蔡宗明在江北岸开戏馆,瑞观察②近忽札饬宁波府派差往拿,闻已传讯一次,据供合开者有三人,皆本城绅士也。太守饬将蔡宗明管押,未知作何办理。

(宁波)(1877 年 9 月 26 日《申报》)

提 讯 优 人

署宁波府李太守③于日前提优人蔡宗明亲讯一事,即举监互控之案也。福建监生李庆瑞前又以鄞县举人郭诗臣复开戏馆等词,控于道署,观察行府饬查。故太守将蔡宗明提案,讯据供称本园自有行头股份,其郭诗臣并无拼合,不过借与小的洋五百元耳。太守以堂堂举子,何缘假戏子以多金,必有不实不尽之处,即将蔡发县研讯,再行详办。

(宁波)(1877 年 10 月 2 日《申报》)

具结不开戏园④

〇优人蔡宗明在县闻自愿具永不复开戏园甘结存案,然园中戏子刻仍端居而未散也。

(宁波)(1877 年 10 月 4 日《申报》)

---

① 该组新闻原题为《宁郡琐闻》。
② 瑞观察:即瑞璋。
③ 李太守:即李小翰。
④ 该组新闻原题为《宁波近事》。

谕禁花鼓戏纪闻

沪北花鼓戏为败坏人心风俗之罪魁，癸酉秋经沪北各绅商联禀道宪县廉先后严示禁绝，而此风为之一肃，近以时阅数年，故伎思复，已有潜在租界开设者，诚为人心风俗之忧。昨闻谢湛卿①刺史在法公堂谕令捕役、包探分别查禁。缘花鼓戏男女混杂，不成风气故也。闻馆主曰阿求，科本伙开，已非一日，有告以此事犯禁，宜稍敛迹者，辄大言已得巡捕房照会，不妨彰明较著等语，因此为巡捕头所闻，禀知谢刺史，故有是禁。

（上海法租界）（1877年10月4日《新报》）

戏园闭歇余闻

宁波会春戏园内之蔡宗明出具不再开园切结等情，前已录报。兹闻地方官亦有永禁告示晓众，大意谓恐有滋事，且为保护绅衿子弟免致游荡起见云云。惟左月春、左福玉等各伶人以由沪负债来宁，此次禁演实属进退两难，投道辕禀诉。即由瑞观察②传人每人给洋银二枚，着回北京安业。是以各戏子及行头箱皆陆续出口，行头箱并免税云。

（宁波）（1877年10月6日《申报》）

1878年（光绪四年戊寅）

捕捉花鼓戏

伤风败俗，最足坏人心术者，莫如花鼓戏。故早经严禁在案，然法界新街上之荣乐园，仍阳奉阴违，引人观听。前经捕房传谕停演，旋即将牌收下。但门虽闭而演唱如故也。复为捕房所知，乃饬捕往拿，时有潘兴宝正当男扮女妆，曼声低唱，立刻捉下，带入捕房。昨送公堂时，其身尚着女衣，包头排发，藏之袖内。谢刺史③训斥后，姑念无知开释，着该园主具结以后不准复开，如违定当重办。

（上海法租界）（1878年2月13日《申报》）

演花鼓戏

昆腔二黄诸戏，贞淫杂出，尚寓惩劝之意，惟花鼓戏有淫无贞，故地

---

① 谢湛卿，谢国恩（1834—?），字湛卿，浙江人。监生，1875年8月至1878年4月任上海法租界会审公廨谳员，后曾任洋务委员、荆溪县知县、高邮州知州、桃源县知县等职。

② 瑞观察，即瑞璋。

③ 谢刺史，即谢国恩。

方历经示禁。汉阳蔡邑尊①前已出示禁止在案，乃近闻黄陂、黄冈等县之无业游民，又到汉皋通济门外演唱花鼓小戏。地保等闻有营弁包庇，亦不敢谁何。然而坏心术而启浇风，莫此为甚，有司官正当力为惩治，方能正本清源。郡丞陈公知其然也，每至晚微行访察，然若辈行踪靡定，猝难张法网以遏淫声。正月二十五日夜，陈公又微行而出，邂逅相遇，正在登场演唱，遂立饬役拿获男扮女装者二名，捆缚回署，弛裈重责，并饬即衣女服枷示头门，以昭炯戒，并令各钟成及时赏鉴云。

按，武昌人以与优伶缱绻者为钟成，语最不经，然采风者亦宜知也。

（汉阳）（1878 年 3 月 8 日《申报》）

旧 禁 重 申

宁城中现以窃案频仍，宗太守②已示禁夜戏，庶不致匪人混迹，凡有酬愿整规诸事，悉令白昼演唱云。又示贴各烟馆门口，务令二更息灯，如违提究。惟江夏、江东一带，经各商禀称，以行号生意甚大，与店铺不同，请为宽展时刻。查悉情实，是以江夏、江东二处烟馆限于三更息灯也。

（宁波）（1878 年 4 月 27 日《申报》）

戏 馆 将 成

昨报登鄞县沈司马③奉道宪示禁戏馆不得复开云云，兹闻西商包尔斯志在必成，行将开设。查合约通商口岸，苟西商欲设戏馆，原无禁例，即领事官亦不能挠阻，缘此为歌咏升平，中西各国行之已千数百年，断不能独于宁波而禁革也。且闻宁波百姓亦皆乐开戏园，俾暇时得以赏心娱目，如华官必执意不依，势必仗西人力购地开演，斯时禁之不能，听之不可，何弗及此时而乐得留一情面哉？如谓恐无赖辈滋事，则殊不然，地痞土棍何处蔑有？官本当随时惩儆，要不在戏馆之有无。京师戏馆林立，亦安见其日有事故？而穷乡僻壤，终年不闻丝竹之音者将地老天荒，岂一无斗殴案件乎？总之，因噎废食，事事难行。即于永禁戏馆一端，心殊不解。

（宁波）（1878 年 5 月 8 日《申报》）

台 戏 弛 禁

杭垣各社庙台戏，无日无之，自前年十一月初八日阔板桥演戏，有一

---

① 蔡邑尊，蔡炳荣，籍贯等待考，太平天国战争中，跟随曾国藩、李鸿章办理军务，获同知衔补用知县，同治八年十月三日奉旨请候补缺后以同知直隶州用，曾任孝感、恩施、武昌、汉阳、江夏等县知县，光绪八年十一月因湖北营兵滋事案被革去江夏县知县之职。

② 宗太守，即宗源瀚。

③ 沈司马，即沈宝恒。

旗人与宁波人殴打，几酿命案，是以杨石泉①中丞严谕永禁，以杜滋事，城中士女不见歌舞者约两年矣。本年四月间适值荐桥告竣，诸绅耆等假酬神之名，传得一东阳新班，于十五日在龙吟庵开演，幸无滋事。至次日遂于东园内东岳庙连演两台，亦俱安妥，当道诸公亦以为萧何律上，不禁笙歌，遂不复申前禁。近如下城盐桥之广福庙、登云桥之二圣庙、贯桥之宝极观等处，无不以次相及，逐日开演，且五六两月为关圣、火神圣诞，祝寿之戏尤为热闹，从此箫管盈城，重见和声鸣盛矣。

（杭州）（1878 年 6 月 6 日《申报》）

拆坍《牧羊圈》

《牧羊圈》一剧，为京班中所演，其事实全系捏造，即取名亦与戏了不相关，而耳食者偏爱听之，甚而裙屐少年亦探喉高唱。呜呼，其亦不思之甚矣！津优杨月楼自在沪犯案遇赦后，前年潜来沪上，开演数月，即为当道所驱逐，方谓春申江上，一片干净土，或不复践若人之足乎？乃前月杪其复潜来，经丹桂戏园聘定，昨日即于该园门首大书特书，准演《牧羊圈》字样，一时逐臭之徒，纷如蝟集，预定桌椅者不绝于道。午后城中衙署已有所知，由县发牌照会捕房，立提拘押，从此朱春登竟罹三木之凶，小宋成得免一刀之苦矣，故名之曰《拆坍〈牧羊圈〉》。

（上海公共租界）（1878 年 8 月 6 日《申报》）

禁止深夜演戏

昨有巡捕头在英公堂禀称，租界杂处之地，深夜理宜安静，乃各戏馆不分昼夜，锣鼓喧闹，华洋各商不能安睡，惟丹桂茶园为甚，天仙、大观等园次之，应请究办。当由英领事会商陈司马②当堂签字，饬差协同巡捕传谕丹桂各茶园嗣后不准深夜做戏，晚演以十一点钟后为限，一概停演，倘敢阳奉阴违，立提园主解究云。

（上海公共租界）（1878 年 8 月 13 日《新报》）

深夜演戏提究

前报英捕头禀请领事会商陈司马谕禁丹桂各戏园不准深夜敲击锣鼓，吵闹不安等情，曾经当堂饬差传谕在案。昨据捕房查悉，丹桂、大观两园

---

① 杨石泉，杨昌濬（1825—1897），字石泉，号镜涵，别号壶天老人，湖南娄底人。1852 年从罗泽南练乡勇，随后参与对太平军的作战。历任知县、浙江布政使、浙江巡抚、甘肃布政使、署理陕甘总督、漕运总督、闽浙总督兼福建巡抚、陕甘总督兼甘肃巡抚等职。著有《平浙纪略》《平定关陇纪略》。

② 陈司马，即陈福勋。

阳奉阴违，仍蹈故习，当将丹桂经事之林三、大观经事之周大升押送公堂请究。据林、周同供，前夜演戏至十二点钟，有违钧谕，以后不敢再演至深夜，均求施恩。官查违示，自当重罚，今姑从宽，着各具遵结，倘敢再犯前章，定提重究云。

（上海公共租界）（1878年8月15日《新报》）

违 禁 夜 演

前报宁城各店铺公吁开禁，嗣闻府宪止准迎神，仍不许夜演，是以均各遵谕。十三日大庙菩萨驾驻醋务桥行宫，是处与某巨绅家相近，年例十三十四两日夜演，刻因府尊谕禁，绅意大不浃洽，并不赴府商请，是夜便饬当街搭台，雇振玉班演唱，虽有差役往查，某绅仍毫无忌惮，演至三更始罢，观者塞途，极形热闹。由是十四夜城中十余处之爵献闻之，皆接踵开演矣。

（宁波）（1878年10月15日《申报》）

复 申 严 禁

本埠花鼓淫戏早经各前道宪与各国领事会同严禁，今刘道宪①访闻该戏班复将试演，特饬厅县局员查禁，并以褚前道②查有轮船携拐难民妇女，已分别查案严拿，是固有关地方风俗人心者也。

（上海）（1878年10月21日《申报》）

痛 打 花 鼓

花鼓淫戏，久干明禁，而租界仍间有之。近日更于法界城浜之北新楼集宁波人五六辈，于夜间演唱，哄动多人。巡街捕据实禀明捕房，捕头姑念无知，着传令即行停止，不予深究。乃若辈憨不畏法，仍然如故。故捕房着捕将一干人拘押，昨解法公堂讯究，一名潘新宝，一系李阿毛，一蒋金扬，一李阿宝，一王万益，同供实因天雨，不能营生，偶然唱戏，求请宽贷。问官查得演花鼓淫戏，男扮女妆，丑态百出，最足坏人心术，早奉道宪明文，着令永远禁绝。况潘新宝前在荣乐园妆女唱演时，当场拿获，犹着女衣，特怜初犯，未予责惩。今敢仍蹈前辙，实属可恶之至，着将潘新宝从重责儆，李阿毛等四人，着每人各责五十板。

（上海法租界）（1878年11月6日《申报》）

---

① 刘道宪，即刘瑞芬。

② 褚前道，褚兰生，字心斋，浙江秀水人。1875年任上海洋务总局总办，旋任上海洋药捐局总办，1878年以候补知府署理苏松太道，1879年在沪病逝。

惩责花鼓戏伶人

昨有法捕解案之潘新邦、李阿宝、张金也、李阿六、王来雨等五人云在新街茶馆演唱花鼓戏，装男扮女，抹粉涂脂，演唱淫词，哄动男妇不少，难保无滋扰情事。曾由法捕头派捕传令停歇，乃竟阳奉阴违，视为具文，并告捕云：我等向业演唱花鼓戏糊口，未便停止。旋据捕禀前情，捕头即将潘姓等拘押送究。讯据潘等五人同供，藉此度活。问官查演唱花鼓诸戏，若一人弹唱，情尚可宥，现竟聚集多人，搽脂抹粉，演唱淫词，例禁綦严，法不容恕。断将潘姓笞责六十板，李张李王四人各责五十板。近来演花鼓戏者，虹口及英法二租界均有，或在茶馆包帐，或竟互相拆帐，丑态百出，了不知羞，得此严惩，庶可小惩大诫矣。

（上海法租界）（1878 年 11 月 6 日《新报》）

本年六月后法公堂罚款收付清单（节录）

〇十八日收北新楼茶馆演唱花鼓戏罚洋十元。

（上海法租界）（1878 年 12 月 25 日《申报》）

1879 年（光绪五年己卯）

禁 卖 淫 书

日前苏州府学某廪生禀请林文宗[①]，通饬各属书坊禁卖淫书小说。兹已由江宁藩宪[②]传饬各属，江都县主奉到通饬，即出示晓谕，所有扬城各书坊，概将此项书籍汇齐送入崇善、务本两善堂，交绅士收存，并将书板统行呈缴，其价若干，由堂酌给。查此案前曾奉苏抚丁雨生[③]中丞一概禁绝，想日久懈生，各书坊不免翻刻以图射利，故日下重申禁令也。

（扬州）（1879 年 1 月 14 日《申报》）

苏垣禁演灯戏

客有自苏垣来者云，葑门外之黄天荡地方为太湖水师正前营驻泊之所历有年矣。每届上元令节，哨弁营勇醵资预扎龙灯及各种兽灯、花灯，至期于日落后排集夜游，锣鼓喧天，辉煌映月。有装扮戏出者，有歌唱采茶

---

① 林文宗，林天龄（1830—1878），字受恒，号锡三，福建长乐人。咸丰十年进士，历任顺天府乡试同考官、山西学政、侍读学士、国子监祭酒、江苏学政。按，林天龄于 1878 年 12 月 11 日卒于任上，该廪生之禀请时间应该在其生前。

② 据查，是时江宁布政使为孙衣言。孙衣言（1814—1894），字劭闻，号琴西，晚号逊斋，浙江瑞安人。道光三十年进士，曾任湖北布政使、江宁布政使等职。

③ 丁雨生，即丁日昌。

者，夹杂其中，亦足为观者娱耳娱目，故一时肩摩毂击，载道塞途，携手同行，相与为乐。在若辈以为金吾不禁，共庆升平而已。乃本届上元节，灯戏亦如往年，哨总辈正在欣欣得意，率同各灯戏先到营辕禀请军门赏观，讵李军门深谋远虑，大家申斥，恐因此滋生事端，即勒令全行烧毁。于是随从者弃灯而逃，仅存总哨一人，不知何以为计。可谓乘兴而来，败兴而返矣。

（苏州）（1879年2月13日《新报》）

禁 止 戏 园

金陵欲开设戏园，前岁已有此议，嗣于小彩霞街口租赁救生局市房基地，起造戏台、看楼等屋。其时因工料浩烦，未能蒇事，又兼有禁止之信，故台架虽竖，余俱停工。去年终重复纠本，兴筑戏台及正厅看楼，俱经楚楚园主人择定正月初四日开门，一俟新雇之京班到省，便拟开演。不料戏箱甫见抬进，即经保甲总局刘冶卿①观察示禁，不准开锣，饬即停止。嗣闻局宪因在新年，游人必多，恐或闹事，故暂行示禁，俟出月仍可开演。刻知此说全系子虚，实永远禁止也。盖刘冶卿观察新近奉督宪传考题，系《金陵戏园宜禁论》，刘观察已取列一等第一则，非暂行禁演可知矣。但园主人罗雀掘鼠、杀费张罗，始将房屋建造成功，今若永远禁开，未免枉费多金也。且系租地盖屋，原于租据上注明无论开歇，照常付租，倘一拖欠，便拆屋还基。今既不能开设，而地租仍不能少，其亏折不更无底止乎？但近来戏馆生意亦有名无实，即如上海、镇江各戏园，均未得手。通商码头尚且如此，何况金陵乎？则上宪之禁止，正所以防其亏本也，园主其无悻悻焉可。

（南京）（1879年2月28日《申报》）

新 禁 评 话

评话一事，不知为何代滥觞，闻其业中奉周庄王为祖师，意亦不知何取？唐元宗朝若黄旛绰、敬新磨等人，日以科诨为笑乐，要亦如班中之小丑而已，非演说古今也。至稗史杂说中载有李龟年弹词及郑元和卖曲等事，亦皆以歌唱为能，非直言讲说也。惟明末时有江南柳敬亭者，善说古

---

① 刘冶卿，刘廷裕，字冶卿。据《申报》报道，其人于1870年至1890年代历任金陵保甲局总办、洋务局总办。

今演义,情形逼肖,每讲至闯贼犯京及左宁南①军中情事,闻者无不泣下,往来绅富间,声名藉甚,想其人即今之所谓评话是也。评话中以争杀战斗为能事,而闺阃之事皆略焉。故所说者类皆《三国》《水浒》《东汉》《隋唐演义》等,向例亦无所禁止。杭省风俗最重大书,凡茶坊中有一书场,环而听者每千百人,若花鼓调、平湖调等,既弹且唱,人转鄙为小书而不屑听。新正来,城中茶室有书场者,不下三十余处,乃闹市中忽有新颁告示,严禁说书。盖以评话虽演说忠孝节义等事,而其中容涉奸盗邪淫,听者足坏心术,故着将《水浒》《封神》《三国演义》《金瓶梅》等四书永禁不准演说。且书场环集多人,男女混杂,匪类溷迹,在白昼间犹可稍原,若黄昏半夜犹复挨挤错杂,实亦不成事体。此示由保甲局所出,盖亦防微杜渐之一端也。

(杭州)(1879年3月17日《申报》)

禁唱淫戏

松江府城乡每当秋令,有无赖辈集资雇班搭台演唱花鼓淫戏,藉此勾人赌博,伤风败俗,莫此为甚,而盗窃斗殴等案亦自此更多。兹闻七月间有华境附二图之武生某等复萌故智,意以为既得分肥,又可看戏,乐莫乐于此者。不意事闻于杨明府②,星夜签差拘拿地保及首事之某武生等一干人到案,将尽法惩治。于是他图之预定演唱者,均闻风而止。然某武生竟得幸免罪戾。盖此武生本开烟馆而暗中又充该图地保,当日在堂时,口称早已在城习练武艺为乡试计云云,故明府亦姑不深究,然郡中绅耆已以革浇风惩敝俗为明府颂焉。

(1879年9月18日《申报》)

1880年(光绪六年庚辰)

违禁殴差

串客一戏,大干例禁。近闻宁波南乡姜村地方于本月十四晚藉称春祈之名,胆敢雇用串客脚色,搭台开演。当被石邑尊③访闻,立饬差役八名往拿,不意是处乡民毫不畏惧。差以声势恐吓,乡民反敢恃众用强,非特

---

① 左良玉(1599—1645),字昆山,山东临清人。明末大将,先后与清军和农民军作战,1644年被封为宁南伯。1645年以"清君侧"为名由武昌进军南京,讨伐马士英,行至九江,病死舟中。

② 杨明府,杨开第(1825—?),字超亭,湖北襄阳人。监生,捐尽先知县,曾任江苏长兴县、华亭县、娄县等县知县。1874年至1885年任华亭县知县。

③ 石邑尊,即石玉麒。

大肆殴打，甚至将该差所乘之舟亦被勒去。该差大受窘辱，狼狈回署，哭诉邑尊。现闻石司马已面禀府宪，未知宗太守①作何惩办也。

（宁波）（1880年3月29日《申报》）

议 演 新 戏

优孟衣冠，最易动人，前有金匮已故善士余莲村广文治②，曾谱《庶几堂今乐》二十八种，皆搜罗古今善恶果报，贯串填成，募诸幼童，教演成班，登场时，形容点缀，式歌式舞，足可移人心志，旋因经费不继，废弃已久。今悉本埠协赈公所及江浙等处绅董以近来各该戏馆扮演一切淫戏以显新奇，殊属有害风俗，因议将庶几堂原刻脚本多为刷印，饬发戏园各班中演习，每遇开场搭演一二出，亦可藉资化导。但原本久已散失，诸善长广为搜求，越半年之久始见庐山真面，爰即重付手民，寿诸梨枣，刻已装印成帙。日前批阅一过，觉曲文科诨，语语新颖，并可增以灯彩。苟得妙伶扮演，吾知观者必色舞神飞，赞叹不绝矣。现闻已禀请天津、镇江、上海各道宪批准举行，即将曲本送呈，请饬发各戏班演习搭串，仍取不得再演淫戏各结备查，想不日间各戏园当可奉到宪谕，自此眼界一新，未始非移风易俗之一助也。

（上海）（1880年5月11日《申报》）

禁 演 淫 戏

淫戏大坏风俗，本干例禁，兹悉道宪访知租界戏馆仍有演唱淫戏等事，且悬牌特书诸淫剧名目，大张晓谕，于世道人心极有关系，虽经前县出示谕禁在案，无如日久玩生，复萌故智，为此札县会同会审委员查案申禁。故会审廨门已谕令地保，查明禀覆，以凭出示晓谕勒禁。倘能令各戏园主并班头出具遵依不敢再有演唱淫戏切结，一面随时查察，如敢故违，即提究办，或可望其恪遵功令，亦维持风俗之善举也。

（上海公共租界）（1880年5月23日《新报》）

遵 示 演 戏③

协赈局绅士禀请本关道宪禁止淫戏，令各戏园添习《庶几堂今乐》，由道札饬陈司马④出示晓谕，经列前报。兹悉司马饬差传到大观园主杜荣、丹桂园主薛贵山、天仙园主赵锦等到案，令具以后勿演淫戏、愿习今

---

① 宗太守，即宗源瀚。
② 余莲村广文治，即余治。
③ 该报道亦载《万国公报》第十二年五百九十三卷，1880年6月12日，题目相同。
④ 陈司马，即陈福勋。

乐、以三个月为限、每日夜搭演一出之结，已皆遵谕具结矣。

（上海公共租界）（1880 年 5 月 26 日《申报》）

淫戏遵禁

前报本埠道宪饬禁淫戏一节①，兹悉已由会审衙门传到各戏园主当堂具结遵依。此眼目一清，风化渐转，是真莫大功德。此事传由协赈局董禀请施行，似此善事，较之赈济晋豫，有过之无不及。孰为创议之人？合当铸金祀之。

（1880 年 5 月 27 日《新报》）

戏园违禁

本埠租界戏园之盛甲于他处，即选声征色亦较他处为优，然其最足动人心目者，则莫如《迷人馆》《卖胭脂》《来唱》《打斋饭》诸淫戏摹色绘声，丑态百出，子弟见而魄夺，妇女观之魂销，伤风败俗，莫此为甚。而《迷人馆》一戏，则更荒唐绝伦，现经关道宪访闻得实，札饬租界会审分府陈司马出示严禁，并发出《庶几堂今乐》二十八种善戏谕令各戏园，限三月学成，按戏排演，以维风化而正人心，实善政也。司马奉札后，即日传到各戏园主，谕将善戏赶紧学习分演，并具以后不敢再做淫戏切结在案。乃阅大观园二十五夜之戏，仍演《迷人馆》一出，且于戏牌戏单上大书特书，是真视官谕为具文，以切结为废纸矣。为上者何不将是日唱演淫戏所收看资罚令全数缴出充作善举，庶几惩一警百，然后浇风可革，恶习可除，亦免禁令空悬，视为弁髦也。

（上海公共租界）（1880 年 6 月 7 日《新报》）

夜戏取厌

上海工部局董于西历本月十八日聚议各事，时有有恒洋行主信致该局云：一洞天地方有广东戏馆，整夜演剧，至六点余钟方止，该处中华房客纷纷来诉其厌苦之情相，应据请饬令改早停歇云云。局董覆以已饬捕前往告戒矣。

（上海公共租界）（1880 年 6 月 27 日《申报》）

茶馆封闭

扬城内教场地方，近有一茶馆，由郭某在外省带得女挡子，在馆坐唱，日前因语言间开罪于某少君，即经送县，由县差提。仅将郭姓获住，女挡子闻风先遁。现令郭姓着交，并将茶馆主提到，饬令互相访寻，故茶

---

① 《严禁唱演淫戏》，1880 年 5 月 24 日《新报》。

馆亦因之封闭云。

(扬州)(1880年6月29日《申报》)
严 禁 女 唱

前报登列章门花园茶室又复大开门面，容留妓女弹唱。兹悉自开门以来，逐日必有一两处争坐打架，有洪恩桥潘某公馆门丁者，尤为倚势，无赖辈积不能平，乃以一人故与口角，及其动手，则众齐出将该丁攒殴几毙。该丁竟以他词抬赴南昌请验，旋经崔明府①查实，饬令自医，惟一面会同城守副将卢公出示严禁。盖此种茶室，半为差役营兵所设，故日来再过其处，则已门可罗雀，无复逐臭者之纷纷矣。

(南昌)(1880年7月10日《申报》)
禁 卖 淫 书

淫书小说，本干例禁，昨闻扬州江、甘两县会同保甲总巡示出，所有各书铺一切淫书限五日内缴至总巡公所焚毁，如违查出重究。盖欲正人心维风化，此禁有不得不严耳。

(扬州)(1880年7月11日《申报》)
严 惩 淫 戏

松郡乡间每当夏秋之交，往往盛行花鼓淫戏，屡禁不绝。今秋吕荡庙一带，故态复萌，华邑尊杨明府②闻信即签派干差，当将演戏者提案，重责枷示，并将演过之七处地方首事诸人暨甲长等严行惩究。越数日，有丙丁到乡，见王姓之枷私自卸去，即行带回复掌责三百，即上脚镣，限以半年释放云。

(松江)(1880年8月26日《申报》)
查 办 淫 戏

昨报英租界大观园连日违禁仍演淫戏《迷人馆》一出，陈春元、李对儿、陈吉太、郝福芝、万盏灯、袁世奎各伶装扮男女，作跳台状，极其淫恶，较之他戏，格外秽亵。租界中人皆恨其伤风败俗，故由领事官面请会审衙门多派干差协捕，立提园主及各优人到案，照例从重究办。噫，胆大妄为，咎由自取，现已当堂发给传单，一俟提到如何查办，再行续登。

(上海公共租界)(1880年9月2日《新报》)

---

① 崔明府，崔国榜(1839—?)，字棣村，号第春，安徽太平人。同治八年进士，历任兴国、赣县等县知县、南昌府同知、建昌知府、赣州知府、吉南赣宁道道台、广西右江道道台等职。

② 杨明府，即杨开第。

戏 园 具 结

淫戏早经示禁，讵大观戏园之万盏灯近又演《迷人馆》一出，为陈司马①访闻，昨因饬差传该戏园之司帐人郑惠卿到案，严加申饬。郑一再叩求，始着具以后不再演淫戏切结存查，违干重惩不贷。

（上海公共租界）（1880年9月3日《申报》）

驱 逐 女 伶

鄂省青山阳逻一带，夏初来有女戏班开演，乡人皆击节叹赏，互相传述，于是各乡轮流演唱，殆无虚日。本月初，该班渐至滠口、籐子冈、八步海等处，离汉口更近，观者日必数百人，虽有大江之险，亦所弗计。前晚风暴陡作，有看戏客之舟不及收口，猝遭倾覆，昏黑中亦不知淹毙多少，然此后接踵而往者，仍无惧色。现在该班潜至汉皋，在某栈内闭门夜演，次日经张司马察知，随即饬役密拿，当获该班中脚色男女四名，据供路过汉镇，川资匮乏，是以偶而演唱，但得微资，即当回里务农等语，张司马着即出境，不得逗留斥释。

（汉口）（1880年9月16日《申报》）

封 禁 戏 园

苏郡向例戏园非土著优伶，不准近城开设，盖前此曾有越城盗劫巨案，悉为江湖班中人所犯，赃匿戏箱，破案后勒石永禁在案。兹京班某甲于阊门外南濠子门租地建屋，将欲创立戏园，大兴土木，工已垂成，忽于月之初八日由吴县饬差发封，并将班头带至署中，谕令赶紧拆卸云。

（苏州）（1880年9月18日《申报》）

查拿唱演淫词

沪北花鼓戏前奉官宪示禁，风气为之一肃，近来日久玩生，各茶馆往往于深夜中开设说书场，图茶客另加听书钱文，纷纷效尤，几忘禁令。现在老闸各茶馆竟有男女合唱小戏及古书者，四马路之西亦有男女合唱淫词，如聚兴园、泳园等茶馆每夜听书茶客约有百余人，男女混杂，俚词村语，嘈杂不韵，殊属有关风化。现闻英法两公堂以示禁在前，分别派令干役在外访拿，以俟查获解案，再行严办，以示惩一警百之意，未知能破获否？

（1880年10月18日《新报》）

查 缉 戏 园

苏阊外普安桥京班戏园各色人等，良莠不齐，日来各处幼童以及店作

---

① 陈司马，即陈福勋。

学徒，每因入园观剧，辄致黄鹤杳然，无从寻觅，叠经留意寻访，知为该园无赖之徒，或潜藏污辱，或远飏拐卖，诸如此类，不一而足。兹为某妪失去一子，年只十五六岁，访知的系戏园内某甲所匿，控告府署，府宪立饬吴县密委捕厅某二尹带役前往，于十三日二鼓时拘拿某甲到案，正在讯究，复有某姓铜作学徒亦被拐骗，由是十六日三鼓后，二尹复至戏园提出学徒并诱骗之某乙一并解案。十九日吴县高邑尊①饬差将在园内诸人全行拘案，令各造名册，以便稽查。而该园仍于二十日照常开演云。

（苏州）（1880年12月26日《申报》）

1881年（光绪七年辛巳）

淫戏被驱

宁郡花鼓戏俗呼为串客，所演皆男女情私，屡经府县宪严禁在案，但城市中虽不敢登场扮演，而乡村僻处仍复阴违。兹闻郡庙内日来又有无业游民希图渔利，胆敢聚集弹唱淫词，男女杂坐共听，殊属不雅，适被县差撞见，当将其乐器毁坏，人亦驱散，自此地方官苟能严查密访，俾积习永除，未始非易俗移风之道也。

（宁波）（1881年1月4日《申报》）

忌辰禁止演戏

国忌日②奉禁鼓乐，著为成例，人所共知，乃本埠各戏园竟不遵禁，毫无忌惮，故陈太守于昨日晚堂传集各戏园主，嗣后凡遇国忌日期，概不准演。各园主即当堂遵谕，具结申功令也。

（上海公共租界）（1881年2月18日《新报》）

唱戏滋衅

英巡捕解送殴斗一起人至公堂请讯，据李阿四供在虹口开茶馆，因生意清淡，邀陆云山来做木人戏，茶客仍属寥寥，故辞陆而另邀张景福唱戏，陆竟前来寻衅，打坏碗盏，适巡捕路过，拘住送究。陆供在伊茶馆只做木人戏五天，伊并未辞我，便有张某来唱花鼓戏，是以与论争殴。张供坐唱戏曲，并非花鼓戏云。陈太守③谓，尔等起衅之由，各有不合，姑先

---

① 高邑尊，高心夔（1835—1883），原名梦汉，字伯足，号勺堂，江西湖口人。咸丰十年进士。入曾国藩幕，参赞军事，曾佐李鸿章德州军幕，以直隶州官发江苏，两署吴县知县。

② 清代在正月的国忌日较集中，如顺治是正月初七日，乾隆是正月初三日，孝穆成皇后是正月二十一日，道光是正月十四日。

③ 陈太守，即陈福勋。

着各罚洋一元，充医院经费，再查如有私唱淫戏情事，须从重究办不贷。

（上海公共租界）（1881年3月4日《申报》）

重惩串客

前报宁城四乡自入正以来，广演串客，经府宪出示重禁，一面选派差役四出访提，方以为此风当可息绝。不意禁者自禁，而犯者仍犯。闻日前由南乡拿获串客脚色虞雷云等四名到府。宗太守①痛恨已极，饬差各责六百板，以双连枷枷号三个月，发大门外示众，内有一名身上尚着红袖女衣，面上犹带粉迹，是以闻而聚观者更多，今而后其或不再蹈覆辙乎？

（宁波）（1881年3月14日《申报》）

淫词宜禁

本埠小东门外浦滩隙地，近有无业流民聚唱花鼓淫戏，观者如堵，实为风俗人心之患。前夜围观之人蜂屯蚁集，格外拥挤，当将附近之西洋镜摊挤倒，毁碎无存，由是互相争论，巡捕恐滋事端，即将两造拘入捕房禁押，不知如何办理云。

（上海法租界）（1881年3月19日《新报》）

演戏伤人

扬城徐凝门内之江西会馆年例演戏数十本，以祀许真君兼谢水神。今年则加酬火神，故更为热闹，戏子两班分内外台，自本月十五日起，观者如堵，会馆特新辟三门，合之旧门，共有四路，以便出入，免致拥塞也。外台看场更觉宽阔，虽半里外尚能遥睹。但布置虽善，而人数太多，日甚一日，即数十里外之乡人，亦扶老携幼而至。十六日午刻正演《西游记》，忽一声大震，挤倒东首危墙，压伤三十余人，死者二人，一则肠出尺许，一则左膀全断。十七日又有卖饼者挤仆于地，背脊为人踏烂。一中年妇怀抱女婴为天篷压棍击碎头脑，母女皆毙。十八日台左一壮汉自高遥望，忽然翻跌，头亦缩入胸内，顷刻身亡。于是甘泉邑宰闻知，飞舆入馆弹压，乃人众一涌，官亦跌出舆外，众役及护勇极力抵挡，官幸未伤，而勇役已伤十余人。邑尊怒甚，且恐滋事，当即示饬停演，并禀明太守，所有各庙各会馆一概不准演戏，然而迟矣。

（扬州）（1881年3月25日《申报》）

戏园奉谕②

英租界各戏园遵公堂谕，逢国忌停演一日，而法界小东门外禧春茶

---

① 宗太守，即宗源瀚。
② 该报道亦载《万国公报》第十三年六百三十四卷，1881年4月9日，题目相同。

园，因未奉法公堂谕禁，故照常演剧，昨翁太守①传到该戏馆主孙文明，谕以国忌日一律停演，并令具结存案，孙文明遵谕当堂具结而退。

(上海法租界)(1881年3月30日《申报》)

演戏干禁

从来戏目中未闻有《三上吊》名目，自本埠各戏园客岁装演时，争奇斗胜，以冀新人耳目，而夸张出色。近日此剧以人多习见，优伶间或一演，观者亦觉厌烦。兹苏人来云，苏垣戏园现扮演此剧，张贴招纸，引人入胜，观者拥挤不开，地方官恐致酿事，出示禁演是出，以免祸端云。此亦先事预防之一道也。

(苏州)(1881年3月30日《新报》)

国忌日谕停演戏

英美会审公堂陈太守②前经谕饬各戏园，凡遇忌辰日不准演戏，各馆主当堂遵谕具结在案，惟法租界小东门外之禧椿戏园以为英法各界不相闻问，仍于国忌日开演，毫无避忌，现奉法会审翁太守访悉前情，即饬将禧椿戏园主传案。昨由法捕房传到馆主孙文明，解至法公堂，太守谕以嗣后凡遇国忌日，不准演戏，惟夜间听其自便，立令当堂具结存案云。

(上海法租界)(1881年3月30日《新报》)

整 顿 风 俗

宁郡串客之恶俗业经府宪拿办，此外尚有斗会名目，日间假托讽经，夜间歌唱淫词，博利花前月下，摹拟尽情，实于风俗人心大有关系。是以宗太守③复传阴阳生王某到案询问，据称郡城钉打桥有琅瑶社，系李庆宝为首，城西行宫后有同仁会，系张秋狗、张显扬为首，高桥有包得胜会，系包正福为首。太守闻言，即饬鄞县差提李庆宝、张秋狗、张显扬、包正福及该图地保到案，当堂谕禁取具永禁斗会切结，如敢阳奉阴违，从重惩办云。太守之于成俗化民，可谓不遗余力矣。

(宁波)(1881年4月5日《申报》)

国 丧 停 戏

近以哀诏将临，会审公堂饬差知照租界内各戏园停止演剧，故各家遵

---

① 翁太守，翁秉钧，字子文，1881年3月8日接替朱潢任法租界会审谳员公廨，后任台湾淡水县知县、上海南市马路工程局总办等职。
② 陈太守，即陈福勋。
③ 宗太守，即宗源瀚。

谕于昨日起，一律停止，至停演几时，尚须俟诏到后再行谕知云。

（上海公共租界）（1881年4月29日《申报》）

禁 止 演 戏

浙省于上月念三日接到部咨，大行慈安皇太后①于三月初十日戌时仙驭升遐，然民间多有未及知者，念四日下城之弥勒寺适以箔业行规敬神演戏，不期戏方开台，突有城守署之兵丁数人奔入戏房，将班中之刀枪箱封闭而去，且令该班速即出城，倘再逗留，未免自获咎戾。该班唯唯而退，当即捲旗息鼓，瓦解冰消，而两面看楼之女眷等无不桃花扇暖，杏子衫轻，艳裹浓妆，先人早至，翠楼倚遍，望断秋波，诚所谓有兴而来，败兴而去矣。念六为黄道吉日，杭垣婚嫁之家不下数十户，无不金锣辟道，鼓乐喧天，即一切彩舆灯牌旗伞等件，亦无不如火如荼，猩红夺目，绝无一毫顾忌，想因宪示未颁，故装聋哑耳。否则官宪往来，尽已麻衣如雪，岂相彼小民，尚敢以身试法耶？

（杭州）（1881年5月2日《申报》）

苏 郡 禁 戏

苏郡以哀诏将临，部文已到，所有城内外各戏园奉宪谕于前月二十七日一律停演。闻该处戏园三所，大小脚色不下四五百人，文班皆系土著，自可别图生意，独京班优伶类皆天津各路人氏，演剧时赚钱较易，大都挥霍不惜，自此奉禁之后，他乡坐困，日引月长，不亦难乎？而各通商码头优伶尤多，更不能无此虑也。

（苏州）（1881年5月5日《申报》）

花 鼓 夫 人

演唱花鼓戏俗名东乡调，大都淫亵粗鄙之词，向干例禁，租界中早经示禁驱逐在案。十八日即礼拜日，法会审西员白翻译②在小东门浦滩一带闲步，见道旁搭盖布篷，聚人听唱，向前观看，见有男女数人吹弹唱曲，听之始知为花鼓戏之流，随谕巡捕拘人。计拘到三男二女，昨解公堂讯究，据供皆籍隶宁波，男名徐得明、倪和尚、裘宝生，女一为徐李氏，一为王阿耀即王夏氏。当官问及徐李氏时，徐得明即插口云："伊为我之夫

---

① 慈安皇太后，慈安（1837—1881），姓钮祜禄氏，满洲镶黄旗人。广东右江道穆扬阿之女，咸丰帝之皇后，光绪七年三月初十日（1881年4月8日）戌刻去世，谥号为"孝贞慈安裕庆和敬诚靖仪天祚圣显皇后"。

② 白翻译，白理格，法国人，原籍瑞典。1870年代至1881年任法国驻上海领事馆翻译，1881年11月调赴法国驻日本使馆任翻译官。

人。"官哂云："好混帐。"又据同供初来沪地，不知禁令，求从宽典。裘宝生复供向作漆匠，不会唱戏，惟在场照应耳。问官判王夏氏、徐李氏各掌颊三百，徐得明、倪和尚各责三百板，枷号两个月，裘宝生减等责一百板，枷号一个月以儆。

按，徐得明被拘上堂，何敢放肆，其称妻为夫人者，谅必以此为妻室通文之谓，公堂之上出语应得文雅，故率然告之，恒见好学客套者称人之父曰家父，称己之兄为舍哥，苟得此花鼓夫人聚于一室，亦美谈也。

（上海法租界）（1881年5月18日《申报》）

优 伶 卖 艺

京师前门外大栅栏为热闹之区，戏园盛列，今因国制禁戏，其地便尔冷落，小本生意亦形减色，都中戏班多至十余部，每部约有百人，一朝无事，几如涸辙之鲋，生计维艰。闻各优有纠联数人在市中卖艺者，如城外前三门大街，城内东西四牌楼及各胡同，所在多有。京人谓之说白清唱，不装束，无音乐，止用梆子一具，有添用胡琴者，即被司中巡役拿去，笞五十板释放，此后遂莫敢玩禁。卖艺之场，观听者竟亦拥挤，所得之彩颇足糊口，其出色之优并可利市三倍。闻有京优名唤皂儿者，向为秦腔中翘楚，现亦纠伙卖艺，闻每日获利百千，较在园演戏时有增无减。又传闻国丧百日期外，即准会馆戏台开演，惟不得束装用乐，仅添一胡琴一小锣，然向例至期年始能如此，今之传言未知确否。又都门向年有四大徽班，其中三庆一班凡遭国制，其著名脚色，班主仍供给衣食，并不离散，俟开演后将工资抵还，然惟该班主程长庚①在时行之，兹长庚物故已久，此例不复行矣。

（北京）（1881年5月20日《申报》）

戏 园 呈 禀

昨日法公堂据小东门外喜椿茶园主孙某投诉称，奉谕遵守国制，停止演戏，已历两月，各伶人皆无余资，已将衣物典尽，苦实难言，为此拟于出月初一日起清唱，不用锣鼓，聊资敷度等语。翁太守②谓沪地戏园英租界亦有五家，自有一律章程，须候核示云。

（上海法租界）（1881年6月24日《申报》）

---

① 程长庚（1811—1880），名椿，一名闻翰，字玉山，祖籍安徽怀宁，出生于潜山县，清代杰出的京剧表演艺术家。从道光、咸丰到同治年间，长期主持三庆班并任主要演员。

② 翁太守，即翁秉钧。

众伶求恩

昨晨有伶人蔡其桂等二十三名齐投英公堂求准开演，并称道咸以来，凡遇国丧，只禁六十日，今奉饬停止亦已二月，小的们谋食无方，惟求大老爷体恤施恩。陈太守①谕尔等奉制停演，声名颇好，今既停有二月，尚余二十日，何弗一并恪守以全美誉？况百日音乐之禁，国家大典，本分府殊难允请。该伶人等竟嘈杂求恩，跪而不退。太守问蔡在谁家戏园，答称天仙戏园。太守曰："尔等可向园主商量。"答称园主久置我等不问，太守视诸伶均未蓄发，随怒叱曰："尔等均未蓄发，胆敢到堂，如再多言，当先惩责。"诸伶仍齐声求恩，太守乃谕令具禀呈候批示，始各纷纷退出。

（上海公共租界）（1881年6月26日《申报》）

查禁清唱

前述小东门外喜椿戏园上禀法公堂，求于六月朔日起准其清唱，翁太守以事关大禁，自有一律章程，谕令候示在案，讵该园竟于月朔公然清唱，太守暨法巡捕头访知，饬包探往传园主，而该园尚有欠缴工部局四季捐洋十八元五角，已由捕房拘人。昨日解案，据该园沈三将应缴捐洋呈案销讫，太守问："尔园奉何人之谕擅敢唱戏，唱有几天？"答称实因诸伶困苦不支，故初一晚起穿随身衣服清唱两出，听者乃邀到之行家熟客，伏求恩宽。太守谓本当惩办，今姑宽宥，不准再唱，若续有所闻，定当重办，沈三遵谕叩谢退出。

（上海法租界）（1881年6月29日《申报》）

演戏干查

昨日捕房解法公堂之喜椿戏园主，以应缴上季捐洋十八元半，叠催玩延故也。当由翁太守提讯，旋有该园伙取洋如数呈缴讫，请将园主释放。翁太守因谓该园伙曰："现经查得，尔等所开喜椿戏园忽于本月初一初二等夜擅自开演，由谁作主？"该园主供称，实因捐洋无措，诸伶人衣物全付质库，伙食不开，饔飧莫继，不得已邀请平常认识之商贾人等到园坐听说白清唱，不无小补。各伶人皆以随身衣服登台清唱，并无音乐，亦无行头，惟求施恩。太守又曰："如是则今夜定必演唱。"着令禁押。答供叩求恩断，遵即停止，断不敢违。太守以其自知违制，不敢固执，从宽斥释。如果仍前演唱，一经访实，定提究办。该园伙喏喏而退云。噫，若非法公堂传案勒令停止，今晚英租界大观、天仙等戏园亦将闻风激起，相率效尤

---

① 陈太守，即陈福勋。

矣。然则此等堂谕显不重耶？

（上海法租界）（1881年6月29日《新报》）
戏 园 续 闻

英租界各戏园伶人投英公堂请求开演不准等情已列前报，兹陈太守访闻大观戏园挂牌写初四日客串清唱，天仙茶园亦已挂牌，未定开演日期，及饬捕查究，天仙戏园即行除牌，是以昨晨惟提大观园司帐人吴长林到案究问，而诸伶蜂拥随往。太守问吴园主是谁，答称股东不一，至清唱之举，实由诸伶困苦，群议为此，以资糊口，诸伶即嘈杂求恩。太守怒问吴领班为谁，答称黄月山。随饬差立提黄月山，吴禀黄系安分守法之人，求免差提，容小的招同投案。太守乃饬差同吴往传。俄而黄月山到案，则称小的不敢犯禁，诸伶窘迫，出于此计，小的不能约束，总求施恩。太守再四开导，诸伶仍齐声求恩不已，官乃谕黄月山具结，仍须过本月二十日开演，惟稍为从宽，先期数日准其清唱，诸伶乃遵谕而退。

（上海公共租界）（1881年6月30日《申报》）
戏 园 清 唱

苏地戏园优伶自奉国制以来，无从谋食，或在闹市通衢耍拳弄棍，或在茶坊酒肆吹竹弹丝，虽亦赚得蝇头，终觉入不敷出。现彼等以百日已过，故择于本月念八日开台清唱矣。

（苏州）（1881年7月25日《申报》）
禁 止 清 唱

前报苏郡京班伶人以停演日久，糊口无方，设为清唱之局，于六月二十八日开台，预于前数日间措垫资本，收拾戏园，整理行头，挂牌订期，识者早知国制未满，一经官宪访闻，必当禁止。果于是日清晨，各伶齐集戏园，正拟预备登场，有府县各差持有告条，黏贴戏园门首，谕令即刻停止，着俟二十七个月国制期满再行开演云。闻此次府宪本欲拘提班头，治以违制之罪，因念该伶皆愚贱无知，第为谋食起见，法虽不贷，情有可怜，以故从宽免究云。

（苏州）（1881年7月27日《申报》）
演 戏 押 停

客有自吴门来言，前月二十八日苏垣阊门外普安桥堍升平戏园是日下午正在开演之际，忽有保甲局员黄君亲诣该园谓：国制甫逾百日，尔班头胆敢违禁开锣，谕令即时押闭。该班头尚以上海各戏园已经开演，各伶人穷苦不堪禀覆，黄委员饬该班头总须禀奉宪示，不得擅行貌违，该班头乃传知各伶暂行停演,现拟联名具禀请示云。

(苏州)(1881年7月27日《新报》)

封戏园续闻

苏垣天桂、升平两戏园开设已久,嗣遵国制停演后,本月二十八日升平戏园以国制百日期满,公然开锣演剧,招客纵观,旋经阊门保甲局员访闻,亲诣该园押闭,曾列前报。兹探悉该园等班头纠集各伶人联名具禀,大略以贫苦为词,闻已奉上宪示谕,着遵例二十七个月后始行开演,业已由县将该园等发封不准开演云。

(苏州)(1881年7月30日《新报》)

戏园清唱

国丧期内天津戏园皆照例停演二十七月,惟杂耍馆于百日外间有清唱带串一二出戏,不用锣鼓,俾伶人藉资糊口。今闸口海顺轩及天后宫楼后仁和轩两茶肆有说白清唱,并带串者,一系梆子,一系二簧,伶人皆有行头,惟破敝不堪。故有司怜其贫苦,亦网开一面,听彼谋食云。

(天津)(1881年8月3日《申报》)

伶人违禁

前报苏郡京班戏园创为清唱清串之戏,经府宪暨吴县饬差于戏园粘贴告示,谕以国制未除,不得违例开演,当时停止。乃未及数日,各伶复将戏园改作茶园,仍以不着行头,不开花脸,不鸣金鼓,居然挂牌于初四日减价开台。是日开演,观者寥寥,所得钱文不及十分之一,始终不敷开销,至初五日为县署闻知,以该伶不遵禁令,屡屡违制,立传该班到署,闻须惩办,以示炯戒云。

(苏州)(1881年8月4日《申报》)

违制原情

厦门地方当孝贞显皇后①大丧,百日未满,该处伶人竟有在街上演戏者,为衙役所见,捉获数人,解至官署,官诘以何得违制演戏,则云实以谋食无方,不得已而为此,尚求施恩。官念其苦情,不予重罚,申斥数语即行释去。

(厦门)(1881年8月5日《申报》)

惩办伶人

前报苏郡京班伶人于奉示禁止开演后,辄复改设茶园名目,希图朦混

---

① 孝贞显皇后,即慈安皇后。

照常清唱清串。兹为吴县金邑尊①拘提班头某甲,重责数百板,诘以国制停演,例有限期,复经府宪出示晓谕,何敢显违禁令,胆大妄为。甲供违禁开唱诚知犯法,无如班中数十名,异乡乏资,实无他途觅食,求恩俯察云云。邑令谕将班中各伶一一开明姓名籍贯,呈案候核。想邑令或者垂念伶人苦况,行将设法资遣乎?

(苏州)(1881 年 8 月 5 日《申报》)

御史丁奏为请饬严行禁止折

○江南道监察御史奴才丁鹤年跪奏:为内城茶园违禁演戏请饬严行禁止,恭折仰祈圣鉴事。窃京师内城开设戏园,本干例禁,况国服期内,尤宜恪遵典礼,查禁倍严。乃近闻附近禁城之丁字街、十刹海等处有奸商匪棍首先开设茶棚,演戏卖座,名曰说白清唱,其实弹歌铙鼓,彩服舞裳,与戏园无异。各城遂纷纷效尤,以致观者云集,举国若狂,更有专卖女座之戏园,男女混淆,贵贱杂坐,尤伤风化。现在孝贞显皇后梓宫暂安,观德殿尚未奉安山陵,皇上按期行礼,百官齐集,正上下哀痛未尽之时,而附近禁城地方竟公然演戏作乐,毫无避忌,尚复成何事体?该管地方官员岂无闻见,其心以为优伶失业,易致为非,不知礼不可违,禁不可弛,且星变屡次示警,门禁重申,闲杂人等尤不宜聚集禁城一带。如虑其失业为非,宜令厅汛认真缉捕。即间有宵窃,亦不难拿获净尽。岂得畏其为非,遂听其显违禁令而佯为不知?查嘉庆四年上谕有云:"城内戏园着一概永远禁止,不准复行开设。并着步军统领八旗都统,一体查禁。如该旗地段,有违禁开设,经该都统查奏,即免置议;倘匿不奏闻,别经发觉者,除将步军统领及司员等严加议处外,并将该旗都统一并严加议处。"圣训煌煌,何等严切,讵视为具文?请旨严饬步军统领、八旗都统将内城演戏之茶园即行查禁,不得仅以张贴告示塞责。倘再仍前宽纵,即将该管地方官严加议处,以儆玩泄。奴才拘迂之见,是否有当,伏乞皇太后、皇上圣鉴。谨奏。奉旨已录。

(1881 年 9 月 23 日《申报》)

严 禁 串 客

宁属正二月有串客戏者,两男子一作女装对演,最足坏人心地。宗太守②深嫉之,饬差拿到数名,衣装俨然,枷示游城。余谓官禁固分,尤在

---

① 金邑尊,金吴澜,字鹭卿,浙江嘉兴人。约于同治七年入曾国藩幕,曾任江苏昆县、吴县、武进等县知县。著有《顾亭林先生年谱》等。

② 宗太守,即宗源瀚。

绅士之劝，盖士居民首，有表率责，苟体官意，务劝诫，使人人知此为无恤之尤，则串者观者，胥有趋向？恶俗不绝自绝矣。

（1881年9月第8卷《甬报》）

禁 演 夜 戏

宁郡风俗凡遇新造屋宇，必演戏以落成。近闻东门二境庙改造大殿，择于月之初六日上梁，附近如东殿庙、茶场庙、大树庙、念条桥、开明桥等处均雇名班演戏，各佔风水。是夜观者十分热闹，乃正在登台开演，被宗太守访闻，知是处离药局不远，深恐失事，又因台匪不靖，恐乘机窃发，立饬差役持牌往禁，台上即锣鼓收场，台下亦如鸟兽散，事遂中止云。

（宁波）（1881年10月4日《申报》）

建 台 奉 禁

天津广隆洋行地基，有人建造戏台，拟欲开演，本馆当时曾谓此举若成，利市必能三倍，但恐官场诘责，同业交争，不如中止之为愈。今得津信，知所逆料者竟中。盖台尚未成，即被租界委员访知，禀明海关道核办。关道周观察①出示并函请该管领事谕禁，现在个中人等知难而退，将台拆卸，作为罢论矣。而前报所谓杂耍馆、海顺轩、德声园有困苦伶人清唱带串为糊口计者，是举原不堂皇彰著，其台上悬一铜铃，引线达于门外，有人守望，每遇官府经过，即便摇铃罢戏。一日之间，作辍不知几次。经此番观察示禁，若辈亦为累及，海顺轩就此停止。德声园虽耽搁数天，依然串演，然门外之防范尤严，差保之使费益巨，彼谋渔利者未能如愿，而此觅蝇头者转以吃亏矣。

（天津）（1881年10月16日《申报》）

禁 演 淫 戏

花鼓淫戏在本埠固已早经禁绝，今以日久玩生，虽不明目张胆，而仅随处坐唱，究属坏人心术，现奉道宪访查，是以会审公廨陈太守②已饬差传查禁，有阳奉阴违者，则立提究办，即戏馆中有演唱淫戏者，亦分别传该馆主是问云。

（上海公共租界）（1881年11月8日《申报》）

---

① 周观察，周馥（1837—1921），字玉山，安徽建德人。偶因文字机缘受李鸿章赏识，收为随营文牍，颇为器重，后历任署理永定河道、天津海关道、直隶按察使、四川布政使、署理直隶总督兼北洋大臣、山东巡抚、两江总督、两广总督等职。著有《玉山诗集》等。

② 陈太守，即陈福勋。

惩办淫戏

花鼓淫戏，本干例禁，日前经法华司钱少尹访悉，离该处二三里之遥徐家汇附近地方，有等无赖之徒招集脚色，搭台开演花鼓等戏，并弹唱诸淫词，哄动男妇，伤风败俗，因即禀经县尊饬差协保拿办。去后岂知该差胡吉派令伙役王松前往该处会同该图地保陈庆荣而竟假公济私，不独仍然听其演唱，并不按名拘拿，并敢坐于台前忝然观看。又经钱少尹侦知，禀明县尊，因即勒令着交，惟花鼓戏脚色已遁，仅将为首之丁月亭等五人解案。前日亲提研讯，王松、陈庆荣无可推诿，供认不讳。质讯丁月亭等五人，供词游移，邑尊大怒，饬将丁月亭等五人分别笞责外，差役王松、地保陈庆荣先行各责百板，并谕差保既经台前坐看，必识演唱脚色面貌，限予三日，一并交案，再行核办，如果玩延，定予重惩云。

（上海县）（1881年11月12日《新报》）

梨园苦况

苏省戏园自国制停演以后，其脚色大半流寓苏台，游手失业，衣食维艰，苦窘之况，殆不忍寓目。近又在庙前义园茶肆说白清唱，冀日得蝇头以自给，园门口居然高挂红单，大书新到角色某某，准日清唱，旁观者谓小题大做，恐所得式微，终无以持久也。

（苏州）（1881年11月28日《申报》）

演戏纪始

南昌国服以来，在城各喜庆事均不演戏，每以昆曲小唱为娱，而各庙社节寿款神则或以傀儡或以影戏代之。兹闻前月下旬，顺民门外孙家坪地方始行开演大戏，共有八夜，城内人以久不睹此，故多相率前往，藉以赏心娱目云。

（南昌）（1881年12月6日《申报》）

违例演剧

苏垣天桂、升平两戏园前经重新修饰，大有欲演之意，业已探登报章。兹吴门人来言，升平戏园果于本月十六日违例开演，正当闹台之际，锣鼓喧天，欢声匝地。适为附近保甲局员所闻，当传该坊保到案，饬查坊保明知故昧。旋到该园止住班头，令其免演，告以奉查之谕。随偕班头带领数优伶诣局，叩求苦诉，局员目睹若辈形同乞丐，因谕令该班头暂准清唱，不准鸣锣。该班头遵谕而退，即于次日开台清唱，惟听戏者尚属寥寥云。

（苏州）（1881年12月14日《新报》）

1882年（光绪八年壬午）

茶寮清唱近闻

苏垣阊门外升平、荣桂两戏园月前方拟违禁开演，旋经保甲局员闻声饬传该班头到局斥禁，准予清唱，曾已探登前报。兹吴门客来言，该戏班遵改清唱之后，听者寥寥，每日仅收得千数百文，不敷费用，因之停歇，而各优伶无以为计，于是商通城内外各大茶寮，让出内室一所，每日午后分班聚集，到彼清唱。迩来听戏者麕集，较之在园利市百倍，而茶寮及小本营生辈亦因此生色。凡有清唱茶寮门首，亦如戏园每日将所唱戏目大书悬挂，其有名脚色并特书名黏出以耸游者之惠。然云似此别开生面，未尝不可资生。噫，守法优伶何不仿而行之耶？

（苏州）（1882年1月8日《新报》）

唱书被笞

杭有某甲者，少不更事，而性又刚愎自用，以致所遇辄左，不得已暂借说唱小书为糊口计。近日在水漾桥之黄姓茶店内为夜场，唱已多日，每晚以五回书为率，约近二更散场。十一日晚间书已唱毕，而听书之众人咸谓事当紧要之处，不可遽止，因各凑集钱文，令其再唱一回，时街柝已敲二更，而书场犹未散也。适值某县尉从上城夜宴而归，便道查夜过此，见店中如此热闹，即传店主出问，店主直言面禀，谓每日早经闭门，今夕听书者尽欲多唱一回，以致拖迟，明日断不敢如此。县尉闻之首肯，谓明日必须早闭，恐总巡见之不便。因传唱书之人，讵某甲手执烟管而出，见官立而不跪。差役喝令跪下，某大言曰，身系唱书，并不犯罪，何跪之有？县尉闻之大怒，谓时已二更有余，而尚敢如此倔强，喝令掌嘴。众将某拖下批颊二十下，某既不呼痛，又不求饶。县尉喝令再打，复批其右颊二十下，始行释放，然某已狼狈不堪矣。说者谓某之辱，系由自取，不得抱怨于茶馆主也。诚哉是言。

（杭州）（1882年1月9日《申报》）

花园开唱

南昌之花园有于前进设肆卖茶者，其茶价较街市茶室加倍，然厌喧好静之人，皆来品茗，故过而问者颇不乏人，不至门可罗雀也。乃招徕心切，思所以悦人耳目者，莫如女唱，因不惜重资聘请妓女，弹唱其间。初犹另设一位，淡妆素服，昆曲数阕而止，又须后帮客至，始复登场，继渐踵事增华，丽服而就客座，款请点曲，或垂青顾，则珠喉啭处，四座倾听，好事者遂如蚁附膻，往往滋闹，虽经前保甲总宪出示勒禁，然一年之内，仍是屡闭屡开，开时自有护符，迨事故一起，则百十家云散风流，霎时尽闭，此习已非一日。兹于新岁，趁人多闲暇，又复开唱，其生意之热闹，不问可知矣。

（南昌）（1882年3月11日《申报》）

演戏纪始

南昌为省会之区，大宪耳目甚近，法纪森严，凡违制干禁之事，自较外府州县有所忌惮而不敢为。所以国制以来，城内久未演戏，兹于月之初八日起，各庙始行创举，官亦体顺民情，未再申禁。闻先是诸班头于年底向各署差役问计，愿重赂以求庇，差与之约，俟新正试演，倘有查禁声息，当预为关照，且不取分文酬谢，如六爻俱静，一尘不惊，则再受规例，班头等皆诺，故有是举。是日计万寿宫、火神庙、东岳庙、天后宫、城隍殿及各坊设社神祠共一十三班，同时开演。又闻各处同演者因众议以新年人俱无事，又久不睹此，风声所播，必遝遝而至，苟仅一二处首唱，诚恐拥挤伤人也。

（南昌）（1882年3月11日《申报》）

梨园近闻

前报《曲部生机》①一节，兹悉阊门外公乐堂于戏法南词之外，亦有新到脚色扮演一二出，以新耳目，并闻三月初有弛禁开演之说，谓国制已届期年，即音乐无庸过密，故刻虽藏头露尾，行将旗鼓大张，是说也未悉曾否奉到明文也。

（苏州）（1882年3月18日《申报》）

禁演淫戏

楚北武汉各乡间如值岁收稔丰，农民每于上元节敛钱玩灯，演唱花鼓等戏，谓可保一方平安，此风由来久矣。兹届上元，乡人复挨户捐钱，兴办迎灯演戏，极形热闹，惟离汉四十里之沙口地方，不准演唱花鼓戏，盖有前浙江学台胡小荃②先生在焉，是则移风易俗不深有赖于大绅乎？

（武汉）（1882年3月21日《申报》）

---

① 《曲部生机》，1882年2月28日《申报》。
② 胡小荃，胡瑞澜（1818—1886），字观昌，号筱泉，湖北武昌人。道光二十五年进士，授编修，累至兵部右侍郎，曾任湖南学政、广东学政、浙江学政等职。任浙江学政时奉旨审理杨乃武与小白菜案，因草率结案被革职。

京师演戏

去腊念六日，步军统领衙门传集南营将弁，面谕国服期内，照例不应演剧，现所谓说白清唱者，究与演剧无甚区别，殊乖政体，自元旦起，当仍禁止。谕后又榜示于各戏园门首，语极剀切。是以本年元宵亦无敢悬挂灯彩，施放烟火，街中为之一静。十六日忽正阳门外之精忠庙开演说白清唱，听者肩摩毂击，接踵而至，日未卓午已高朋满座矣。及三通鼓吹，方作金守府率领多人来园，问何人在此演剧？台后一人飞跃而出曰："是我，是我！"审之乃春台班老板俞菊生也。守府问以堂谕煌煌，尔何敢如此大胆？速为收拾，否则封门矣。言毕则策骑而去，看戏者似各扫兴。菊生随向台下云："诸君且住，今日戏必唱，此是祭神戏，奉送诸君，看守府何得阻我？"至三点钟果开演四出，次日依旧停演，十九日开演者忽有五六处，衣冠济楚，锣鼓喧阗，精忠庙亦复如是，禁于前而弛于后，是诚莫明其故也。

（北京）（1882年3月24日《申报》）

演戏封禁

苏垣葑门外黄天荡乡落，每届仲春醵资搭台演戏，以为迎社之举。本月十六日正在开演之际，锣鼓喧天，欢声匝地，忽为长、元两邑侯访闻，当饬差役前往封禁，并将戏台拆卸，观者败兴而返。盖尚在国制期内，例不准开锣演唱，非若本埠租界之禁令不同耳。

（苏州）（1882年4月8日《新报》）

申禁淫戏

本埠租界各戏园曩时搬演淫戏，叠经陈太守①传案，严行谕禁，着令具结在案。无如日久玩生，渐已阳奉阴违，近则居然照旧挂牌开演，是以日昨复经陈太守传集谕斥，如此后再敢犯禁，定即重惩云。

（上海公共租界）（1882年4月26日《申报》）

戏园开演

苏城戏园遵国制停演，各班脚色带有眷属，糊口维艰，往往在茶坊清唱，蝇头之利，所得式微，不免饥寒之叹。今国制已逾期年，闻他处已有开演者，园主暨京徽等班诸伶历陈苦情，禀请权宪恩准开演，今定于本月十六日阊门外金桂茶园演《洛阳桥》正本，异常出色，观者甚众。从此歌舞升平，梨园数百家不致嗷嗷待哺，仰见权宪俯体舆情，宜乎颂声载

---

① 陈太守，即陈福勋。

道也。

(苏州)（1882年5月8日《申报》）

戏 园 停 演

苏垣阊门外荣桂、天桂等戏园前以国制期满，禀奉准予清唱，曾已录前报。兹探悉该戏园自开演以来，观者云集，生意大佳。近因督宪左爵相①巡阅莅苏，随从必众，恐致观剧误差，是以该戏园暂行停演云。

(苏州)（1882年6月3日《新报》）

拘 演 影 戏

四月十四日夜，南昌某门巡局拘获搬演影戏者甲乙两人，此邦俗语谓之灯戏，亦谓之帐背戏。所演各出无非淫亵污秽事，最足坏人心术，故向垂厉禁，严行出示。然官场中事，大抵堂上人多一禁令之颁，不过为堂下者广一生才之道，余无所谓设施，即如此次甲乙等一连数夕演于贡院背僻静处，自以为风声秘密，特未招呼坊保，于是该坊保通信于巡丁，及巡丁至，仍不亟破悭囊，始至被获也。设甲乙亦能见机，则天空地阔，何来赠缴之加哉？然巡局自上年裁节薪水后，久已废弛，故又闻该局已将甲乙转送捕署办理云。

(南昌)（1882年6月15日《申报》）

跟班辱打说书人②

扬城说书之技，其业虽贱，而获利颇厚，著名之辈，每日竟可获钱十余千文，有日书、灯书、场局、堂局之别。说书张某者，专说弦词，名播一时，近日午后在新城丁家湾某茶社坐场局，正说水母娘娘和观音大士斗法，大士将鱼篮一抛，即将水母所发之滔天大浪全行收去，点滴皆无，惟剩满地潮斑。听者轰然一笑，此语未毕，忽一茶杯飞掷于张之桌上，即有华服少年十数辈，或作京语，或操楚音粤音，蜂拥而上，揪张下台，拳脚交加，大肆辱骂，旁观不知其故。主人及茶博士尽力拽开，张已狼狈不堪，亦不自知其开罪之端。其时有数老者，力将众少年劝去，犹叱语如再来说书，定行重打云。众去，老者始谓张云："是汝大意，汝亦知若辈为某某公馆、某某票盐局之跟班耶？"众始恍悟。盖扬州富贵家之跟随，皆称为二朝，奉人于背后则称之为二朝，又谓朝班。今张只顾发科取笑，未暇顾虑，遂遭此厄，自此收场，足迹不敢再至。闻其两颊打肿欲裂，只得

---

① 左爵相，即左宗棠。

② 该组新闻原题为《维扬近事》。

忍气吞声，就医诊治云。

（扬州）（1882年7月17日《申报》）

邑 尊 谕 话

前日范邑尊①升坐大堂，传城乡各图地保点名毕，谕以本县莅任伊始，理应谕话，前任钱漕被欠有一万二千之多，何故抗不完缴。今本县定以三限扫数缴清，如再逾限不完，定干比追。至各乡各图凡有花鼓戏以及赌博情事，立即禀候提究，倘敢容隐，得贿包庇，一经察出，重惩不贷，勿谓言之不预也。各地保均遵谕而退。

（上海县）（1882年8月21日《申报》）

饬 查 戏 园

英会审员陈宝渠②太守访得租界中之各戏园京班、徽班、宁绍班纷至沓来，复敢违禁演唱淫戏，况在国制期内，准其清唱，以资糊口，原属法外施仁，讵若辈如是妄为，目无法纪，故饬差保查明戏园家数，将园主及管事人传案，着令具结，不得再蹈前辙，并令将各伶花名开单呈案，以期违干查办云。

（上海公共租界）（1882年8月31日《申报》）

花鼓难禁③

○花鼓戏淫词冶态，最坏风俗。湖北荆州一带从前惟正月间演于僻乡，后渐及于城内，地方官非不禁也，无如差役贿纵，遂至肆行无忌。城西茂才来君住宅后有院甚宽，院后屋一重租与张姓居住有年矣，张弟兄少年浮薄，居然在院搭台演唱花鼓，来闻之，盛气而往，欲鸣保送官，张弟兄亦挺身而出，正相持间，旁有劝来者曰：子不见观戏诸人乎？某某系有势力者之内眷，必欲经官，反多窒碍。来闻言，知势不敌，嗒然而返，只好紧闭院门，任其锣鼓喧阗，佯为不闻而已。

（荆州）（1882年12月10日《申报》）

1883年（光绪九年癸未）

左宗棠饬禁淫书④

○淫书禁令自丁雨生⑤中丞去任后久已废弛，兹闻皖省绅士等禀准左

---

① 范邑尊，即范寿棠。
② 陈宝渠，即陈福勋。
③ 该组新闻原题为《沙市近闻》。
④ 该组新闻原标题为《袁江杂录》。
⑤ 丁雨生，即丁日昌。

侯相①通饬各属，一律搜禁，杨邑尊②奉札后，现已出示令各书坊将板片焚毁，务绝根株，免致查出究罚云。

（安庆）（1883年4月9日《申报》）

禁毁淫书效果不佳③

○前次官宪禁毁淫书何等森严，何等慎重，乃煌煌示谕，各铺户以司空见惯，都漠然置之。不但此也，凡遇一二子弟购其在禁之书，必故作疑难，固索厚价，遂致利息倍于寻常。各书坊之畏威者，转皆感德矣。

（安庆）（1883年5月24日《申报》）

查 禁 恶 俗

松郡西乡沈家角西小蒸等处，每当九月以后，随在开场演戏，聚赌敛钱，宰杀耕牛以数十计，失业伤生，莫此为甚。杨郡侯④下车之始，一经访闻，即饬娄邑尊严行查禁，若仍阳奉阴违，罔知竣改，定当从重究办，不徒枷责示惩。故公正耆民皆畏其威而怀其德云。

（松江）（1883年10月30日《字林沪报》）

禁妇女观剧⑤

○京班淫戏狎亵之态，穷形尽相，几于不堪注目，而妇女偏乐观之，败坏心术，何堪设想。苏城外茶园每于厢房另设女座，虽高挂竹帘，仍朗若列眉，徒为掩耳盗铃之计。从前屡奉禁止，无如开馆者利其价之昂，且粉黛愈多则附膻者愈众，可卜利市三倍，往往阳奉阴违。今因滋生事端，奉宪严禁，一概妇女，不论绅民，不准入园观戏。开馆者不敢以身试法，凡妇女概行拦阻，女座亦撤，从此颓风永绝，亦整俗之一端也。

（苏州）（1883年11月17日《申报》）

1884年（光绪十年甲申）

循 例 请 示

本邑二十四保二十三图浦东杨家渡、陆家渡等处每于年终时，有无赖

---

① 左侯相，即左宗棠。
② 杨邑尊，杨激云，字伯昂，湖南善化人。曾入曾国藩幕，升任候补县，先后任泰兴、清河、怀宁等县知县。
③ 该组新闻原标题为《皖江杂录》。
④ 杨郡侯，杨岘（1819—1896），字季仇，一字见山，号庸斋，浙江归安人。举人，历任常州、松江等知府。
⑤ 该组新闻原题为《苏台杂录》。

辈开场聚赌及演唱花鼓淫戏等事，历经各前邑尊示禁在案。现届年终，在又有本地无赖及外来流氓渐萌故智，该处图保恐滋事端，业经报县，具词呈请黎邑尊①出示严禁云。

（上海县）（1884年1月14日《字林沪报》）

违 禁 殴 差

串客淫戏，大干例禁。近闻宁城三角地有杭州人关役叶某，寓居于此，罔顾禁令，前夜胆敢招串客至家开演，被该处保甲分局委员闻知，饬差往拿，大门紧闭不得入，追踰垣往捉，各串客均躲避无踪。惟内有王阿炳一名，兼充绿头勇，扮为小旦，因身上之红裤脱卸不及，叶某令其暂躲内房，王阿炳不但不肯躲避，且恃强不服，反敢挥拳乱殴。无如力不敌差，当被扭住，连夜送入县署。次日，经朱邑尊②将王阿炳详革，重责枷号，恐以后当稍知畏惧也。

（宁波）（1884年3月17日《申报》）

禁 止 戏 园

扬州当乾隆、嘉庆盐务极盛之时，本有戏园四座，后为各总商收为家乐，即春台老班、荣升、红福诸名部是也。在后外间又于新城花园巷另开一戏园，脚色与诸名部相抗，吴祭酒谷人③题句云："听二分明月箫声，依稀杜牧；有一管春风妙笔，点染扬州。"一时之盛，独擅东南。后以陶陆济美，盐务顿衰，时异势殊，风流不再，扬州遂久无戏园。近日忽有某甲等人醵资议开戏园，聘定脚色，在新城观巷租屋一所，大张报条，名"雅观园"，约已用去三千余金。扬州府宜太尊④履新后，访知其事，深惧滋事，已谕江、甘二县出示严禁矣。

（扬州）（1884年4月16日《申报》）

庆寿演剧遭责⑤

○钓鱼巷陆八子家有女伶一部，小狮子家亦有一部，脚色不相上下，而行头则以小狮子家为簇簇生新。前日东牌楼有县役张姓者以演剧为寿

---

① 黎邑尊，黎光旦，字壶山，湖南湘潭人。候补县，1882年接替范寿棠任上海县令，1884年离任。

② 朱邑尊，即朱庆镛。

③ 吴祭酒谷人，吴锡麒（1746—1818），字圣征，号谷人，别署东皋生，浙江钱塘人。乾隆四十年进士，曾官国子监祭酒。著有《正味斋集》和《渔家傲传奇》。

④ 宜太尊，宜霖，字子望，满洲镶蓝旗人。由文生捐笔帖式，历任天津、扬州、江宁等知府。

⑤ 该组新闻原题为《秣陵琐录》。

庆，合两部为一，选奇斗靡，至令观者隔三四日犹如余音袅袅绕梁。前日江宁县忽访知，飞签提责三千，且谓之曰：聊为尔海屋添筹。

（南京）（1884年4月26日《申报》）

唱 戏 被 拘

偷鸡桥南首绪香楼茶馆有男扮女装之花鼓淫戏，听者甚夥，初六日被捕房查知，当派华捕两名，微服上楼，拿获唱戏者一名，并将店伙一并拘入捕房，候公堂讯办。

（上海公共租界）（1884年6月2日《申报》）

驱 逐 优 伶①

〇扬州各戏园经府尊两次严禁，伶人遂改其名为清音地串，在北门外三里许小金山对面演唱，竹篱茅屋之中，宛有选舞征歌之乐。甫三四日，而甘泉朱邑尊②又复封闭驱逐。此后淮右竹西，不复闻歌吹声矣。

（扬州）（1884年6月10日《申报》）

驱 逐 流 莺

女弹词所唱之传奇不无淫秽之语，亦易坏人心术。娄县阳邑尊③自严禁烟馆后，于女弹词重申禁令，屡有明文。兹于本月下旬访闻百岁坊内仍有登场弹唱之事，即令县尉率差严行驱逐，并将容留之人重责不贷。

按，茸城向多土妓，年来大半至沪，而走马头之女弹词转作流莺，比屋而住。去冬及春间烟花成队，弦管如林，竟有风气日开之象，自经阳邑尊一再申禁，鸳鸯惊散，从前花巷，尽掩柴门，而所存者亦几如晨星之落落，此次复严行驱逐，从此入其境者当不复闻弦歌之声矣。

（娄县）（1884年7月20日《字林沪报》）

禁 演 梨 园

羊城向例每届兰盆胜会，附省乡落及河南地面多有建设醮坛铺陈佛事、演梨园之旧谱、翻菊部之新腔者。士女游嬉，颇形热闹。兹当边情吃紧，防务殷繁，南、番两邑侯奉府宪转奉彭钦宪④札行出示严禁，附省各乡一应唱演梨园概令暂行停止，遇有迎神赛会，只许设坛称祝，毋得聚众

---

① 该组新闻原题为《维扬近信》。
② 朱邑尊，朱公纯，字一甫，安徽寿州人。江苏候补县，江苏阜宁、甘泉、沛县等县知县。
③ 阳邑尊，阳镇（？—1884），广西人。江苏试用县，1881年10月出任娄县知县，在任上病故。
④ 彭钦宪，即彭玉麟。

喧嚷。盖迩日省垣官军云集，深恐藉端生事，是亦杜渐防微之意也。

（广州）（1884 年 8 月 21 日《字林沪报》）

严惩淫戏

花鼓淫戏，例禁綦严，迩日宝山县属陈家巷地方设台私演，举国若狂，事闻于王邑尊①，即签差协保拘拿，讵若辈藐视官符，竟敢将差殴辱，当将为首之朱甲及某乙二人拘案。邑尊讯诘之下，喝令从重笞臀，地保知情容匿，亦一并笞责，从此两部肉鼓吹，较之歌舞登场，益觉洋洋可听矣。呵呵！

（宝山县）（1884 年 9 月 23 日《申报》）

严禁茶馆演唱花鼓②

○好捕头③命包探秦少卿禀称，租界地方花鼓淫戏早已禁止，讵新桥一带之复兴楼、望月楼等五处茶馆中，近复开演，且时时因事争殴，黄太守④允即重申禁令，出示晓谕，如再阳奉阴违，定干提案究办。

（上海公共租界）（1884 年 11 月 4 日《申报》）

花鼓判罚⑤

○包探秦少卿称租界地方仍有违禁演唱花鼓淫戏，已禀请出示晓谕，讵复兴楼茶馆胆敢藐视宪示，仍不停止，捕头命我往拘茶馆主沈裕嘉、潘阿永及伙沈永奎，并起到琵琶、弦子、和琴等一并送案。沈、潘同供股开茶馆，奉禁后业已停止，不敢违禁。沈永奎供并非茶馆伙，系往彼处寻友。黄太守随判沈、潘各枷一月，发头门示众，沈永奎责百板以儆，丝竹等存毁。

（上海公共租界）（1884 年 11 月 18 日《申报》）

禁扮淫戏⑥

京剧中有《翠屏山》一出，事本《水浒》，描摩奸淫情状，惟妙惟肖，梨园中常常演之，官宪以其伤风败俗，曾出示严禁，而仍不免阳奉阴违者，亦以人心好淫者多，将藉此以招徕生意也。若地方之昇神赛会，原不

---

① 王邑尊，王树菜，字仲馨，河南鹿邑人。咸丰二年举人，历任吴县、震泽、宝山、长洲等县知县。其于光绪五年八月至光绪十年八月任宝山知县。

② 该组新闻原题为《英界公堂琐案》。

③ 好捕头（？—1902），其名不详，晚清上海公共租界捕房副捕头，一度代理麦翘云出任总捕头。

④ 黄太守，即黄承乙。

⑤ 该组新闻原题为《英界公堂琐案》。

⑥ 以下两则录自上海图书集成公司 1910 年版《点石斋画报》的史料，不明日期，因《点石斋画报》创刊于 1884 年，故将这两则史料编于本年。

必以优孟衣冠从事，而迩来好事之徒，辄装扮各色戏剧，踵事增华，穷形尽相，其间一二无耻之辈，尤喜淡妆浓抹，扮作淫戏，曾是光天化日之下，而容若辈招摇过市乎？日者杭垣旌德观温元帅赛会时，有高跷一起扮作《翠屏山》故事，适被某署差役所见，一并捉将官里去，而所穿戏衣弗令更换，即面上涂抹之脂粉煤墨亦弗令洗去，观者为之哗然。及官升堂审讯，判将各人重加笞责，然后开释，是亦维持风化之一端也。不知之数人者痛定思痛，其亦以乐极生悲而深悔多此一举乎？

（杭州）（《点石斋画报·金集》第四期）

拘 拿 清 串

优伶一道，与娼隶卒三者并列，例不得考校，盖贱之也。而游手好闲者，亦复抹粉涂脂，逢场作戏，且所演皆诲淫恶剧，甚至贵介子弟亦有时而效颦，名曰清串，言不自居于优也，然而彼以为清，吾以为浊。伤风败俗，莫此为甚。宁乡此风最盛，邑尊屡申厉禁，并当场拿获二人，一则柳眉初画，一则花旦新搽，铁索牵来，联成一串，旁观者拍手笑曰："今而后乃恍然于串字之义，此辈清流宜其上串哉！"

（宁波）（《点石斋画报·癸集》第四期）

1885年（光绪十一年乙酉）

严禁串客①

○宁郡向有串客及藉端开赌之恶俗，屡经各宪严禁在案。现届新正，宗太守②深恐故态复萌，出示申禁，遍贴城乡各庙宇。宗太守令出法随，若辈谅不敢玩视也。

（宁波）（1885年3月2日《申报》）

驱 逐 女 伶

汉皋后湖，风景荒凉，只有茶室二三处，供游人之憩息，何曾有古迹名山哉？新正以来，忽有女伶数辈，借栢梁台茶室，开逐花鼓戏。于是逐臭之夫，闻风争往，数椽破屋，几无插足处。事闻于胡都戎，以其有碍风俗，驱逐出境，不准逗留，并将卖洋画、弄戏法等人一概禁唱。故日来后湖一带，游屐甚稀，非复向时之蜂屯蚁聚矣。

（汉口）（1885年3月10日《申报》）

---

① 该组新闻原题为《甬上近闻》。
② 宗太守，即宗源瀚。

地保糊涂

日前本邑长桥地方九图地保吴松涛投县禀称，民人王滥明在图内演唱花鼓淫戏，纠众聚赌，求请提案究惩，莫邑尊①准词，提王到案，研讯之下，知系桃僵李代，并非真面庐山，旋即释去，并将吴大加申斥，限三日内交到犯事之人。前日邑尊收词毕，吴又将王涵金解案禀称，前次犯事，实系此人，且纠人打架，亦伊子侄所为，求请究办。王供沪西龙华镇人，耕种为生，安分守己，并未演唱淫戏、开场聚赌，求请明察，邑尊问吴曰："尔之所控，可有证据？"吴答称："无有，惟小的有事到镇，经陆副爷述称去年八月间，王曾唱过淫戏。"邑尊谓："尔禀中称系本月之事，何又牵涉上年，实属朦混。"遂饬掌颊二十下。又问唱演花鼓戏究竟何人，答称系江湖路过之人，殊难缉获。邑尊大怒，谓："尔当地保，奚能若是糊涂？"复饬重责二十板，限三日内将实在犯事之人交案，王涵金无干省释。

（上海县）（1885年3月16日《申报》）

惩究串客②

○宁属赌风与串客两项屡禁屡弛，若非地保容隐，差役包庇，何至视禁令如弁髦？刻闻慈溪县境藉灯会为名，广延串客，事被生员何梅逊赴府指名告发。宗太守批仰该县立提地保陈尚庆、张松生及串客脚色小壁嘴沈阿才等到案，从重究办。

（宁波）（1885年3月22日《申报》）

严禁淫戏

沪北各梨园往往搬演淫戏，伤风败俗，贻害无穷，历经各宪禁令严申，终难风清弊绝。近悉英界会审委员黄芝生③太守复传谕各戏园，所有艳曲淫词一概不准演唱，如敢违犯，定予严惩。噫，沪上风俗之坏，至斯而极矣，得太守实心实力整顿一番，苟得持之有恒，则淫媒之风何患不能渐息？维持风化，太守真古之贤令尹哉！

（上海公共租界）（1885年5月4日《申报》）

查禁淫戏

沪上各戏园所演淫剧几于罄竹难书，近更以《杀子报》一出为时尚，其中关目凶恶淫荡尤觉不堪入目。数日前本馆曾著为论说，敦劝公堂派差

---

① 莫邑尊，即莫祥芝。
② 该组新闻原题为《宁波近闻》。
③ 黄芝生，即黄承乙。

协捕梭巡各戏园，见有扮演此等淫戏者，立时拿下，枷责游行。盖欲整顿浇风，固不得不稍加严厉也。昨日黄芝生太守果签票饬差请值年领事加盖印信，然后关照捕房，遴派捕役协同地保往各戏园逐一详查，如仍违禁登场，立将园主及各伶人一并拘案究办。似此雷厉风行，维持风化，求之近世地方官实属不可多得，心香一瓣，我敬为太守爇之已。

（上海公共租界）（1885年5月17日《申报》）

禁 演 淫 戏

唱演淫戏，本干禁令，而沪上各戏园虽曾禁止，仍复演唱如故。前月间本埠英界会审委员黄芝生太守访悉各戏园仍有演唱淫戏情事，爰将淫戏名目如《送灰面》《瞎捉奸》《卖胭脂》《关王庙》《杀皮》《打斋饭》《小上坟》《双沙河》《双摇会》《卖饽饽》《巧姻缘》《巧洞房》《翠屏山》《女店》《百花赠剑》等各剧名，给谕各戏馆粘贴门前，禁止在案。兹又经黄太守访闻各戏馆尚有改名扮演各淫戏，并有演《杀子报》《金镯记》等淫恶戏剧，实属有关风化，亟应禁止。故即开单派差协捕赴值年德国领事衙门验明盖印，随着差捕等随时至各戏园谕禁，嗣后不得再演有关风化淫恶各戏。昨日太守复饬差役等前往各戏园收取戏单，随时查察，倘再阳改名目，不遵禁令，定提究办。按，演唱淫恶各剧，关系风化，实非浅尟，本馆前曾特著论说，今果见诸施行，沪上浇风，或可因此而一变，是又岂特臑下书生所祷祀祈之哉？

○昨日黄太守饬差禁止淫恶各戏，去后旋有咏霓茶园不知听信何人，谓可暂做一日，昨适礼拜，而喜观《杀子报》一剧者颇不乏人，闻该园仍演是剧，咸趋往观，当经他园主至公廨声称我等均已遵禁，而该园仍然扮演，未免显违禁令等情，黄太守恐有不实，遣丁前往，果见扮演，当即唤捕赴该园将司帐人拘送公廨，听候核办。

（上海公共租界）（1885年5月18日《字林沪报》）

违 禁 被 拘

黄太守禁演淫戏，各戏园皆不演《杀子报》一出，乃前日咏霓戏园误听人言，仍演《杀子报》，惟挂牌则改名《善恶报》。于是丹桂茶园主赴英公堂控发，黄太守立饬差役赶往咏霓茶园，其时适演《杀子报》，见差捕到，随即中止，差捕惟将该园司帐人杨映川带去，太守命押候发落。

（上海公共租界）（1885年5月19日《申报》）

谕禁赌博

宁波近来花会串客赌到处皆是，于风俗人心大有关碍，经鄞县程邑尊①奉道府宪严札，传谕一二三四东西各班首及该营总催头役人等传城乡各图地保正身，定于本月十三、十六、十九等日齐集刑房，听候当堂谕话具结，如此谆切，不知以后赌风能少敛迹否？

（1885年6月25日《申报》）

祈雨禁戏②

○上月三十日得雨无多，尚未既沾既足，嗣是以后依然红日当空，黑云不作。本月初七日起至初九日止，地方官设坛祈雨，禁止屠宰，戏园亦不准演剧。不知果能默感上苍速施甘露否也？

（天津）（1885年7月5日《申报》）

伶人逮案

苏地京班戏园共有四家，皆萃于阊门外，盖旧日官宪恐此等伶人或非善类，故不准开设城中也。乃上月二十四日，突有吴县捕役奉符而至天仙戏园内，将专演《三上吊》之伶人张衡祥捉去，闻随而去者尚有数人，旋将该园发封。闻该伶系松江府行文至苏关提之盗犯。识者谓京班中所演之戏，无非诲盗诲淫，本在可禁之列，况有盗贼之实据，更属罪不容恕，现虽风气所趋，京班戏几于通行各省，然所望有风化之司者，凡已有之区，稍予抑制，无使其蔓延，未有之区，则互相约束，无使其肇端，是亦地方之福也。

（苏州）（1885年7月14日《字林沪报》）

禁止上吊

京班戏中有名《三上吊》者，穿台上索，矫捷无伦，技力之精，实可为京徽子弟首屈一指。其始沪上盛演此戏，渐即风行各埠，观者色飞眉舞而又怵目惊心，悭怯者至不敢逼视。目前有名张恩祥者，在吴门天仙戏园累日搬演，健儿身手，独出冠时，座客叫绝。日前该伶将欲他适，被在苏之天津流氓勒令代演数天为若辈帮忙，所有合园戏资尽为津人所得，不得已姑为开演三日。继而该流氓等心犹未餍，复欲帮演两天，诸伶苦之，遂密禀保甲巡局可否押令停演，以释此累。局员领之，立刻出差谕令此后不准再演《三上吊》，而张始得脱然，登舟来沪云。

（苏州）（1885年7月16日《申报》）

---

① 程邑尊，即程云俶。
② 该组新闻原题为《津门遴要》。

严 禁 淫 戏①

○菊部名优,每日登场,必演淫戏一二出,以耸座客之观听,邵少尉②以其伤风败俗,立即出示严禁。

(芜湖)(1885年7月27日《申报》)

查 拿 花 鼓③

○花鼓戏伤风败俗,例禁綦严,松城西南乡一带多有荡子淫娼,登场扮演,事闻于林仲伊④邑尊,饬差拿得数人,惩一禁百。想此后浇风或可禁绝也。

(松江)(1885年7月27日《申报》)

释 放 无 辜⑤

○华阳桥东北某乡落搭台演唱花鼓淫戏,黄云满陇,蹂躏不堪,田主出而詈之,有某姓自命为护花铃,横肆虎威,将田主送入华署,架情请办。杨超亭⑥邑尊悉其中显有不实,派家丁前往访得实情,随即当堂释放。

(松江)(1885年9月14日《申报》)

严禁淫戏及妇女观剧⑦

○梨园中搬演淫剧,不惜刻意描摹,握雨携云,竟可当场出彩,诚无异后庭大体双也。轻薄少年更挟妓同观,谐谑杂作,风成淫靡,无殊濮上桑间。日前邹隽之⑧明府传谕园主班头,不许演唱淫戏,违者当提案重惩,并出示严禁妇女观剧,违则罪坐夫男。贤令尹禁革浇风,造福靡有涯涘矣。

(芜湖)(1885年10月9日《申报》)

---

① 该组新闻原题为《鸠江近事》。
② 邵少尉,邵少泉,字景尧,江苏吴县人。名医邵步青之曾孙,亦善医术。晚清在芜湖县任捕廉、典史、县丞,与文龙友善,曾以在兹堂刊本《皋鹤堂批评第一奇书金瓶梅》赠与文龙,文龙即据该本加以评点。
③ 该组新闻原题为《五茸谈荟》。
④ 林仲伊,林殿臣,字仲伊,广东海阳人。拔贡,历任娄县、常熟、嘉定等知县。著有《古字纪略》。
⑤ 该组新闻原题为《五茸秋信》。
⑥ 杨超亭,即杨开第。
⑦ 该组新闻原题为《芜湖近事》。
⑧ 邹隽之,邹全俊,字隽之,江苏无锡人。据《申报》报道,其人1884年至1885年任芜湖县知县。

御史文奏为请旨饬禁妇女听书宴会折①

○山东道监察御史奴才文海谨奏：为妇女听书宴会请旨饬禁以维风化事。窃思京师为首善之区，风俗本厚，从前职官眷属固不肯逛庙逛街，即兵丁眷属亦咸知安分度日，鲜有闲游者。乃近年以来，街市之中，少年妇女甚众。虽亦有家寒无役自买衣食、出于不得不然者，而艳妆冶游，正复不少。尤可怪者，书馆书厂竟有妇女听书，饭铺酒肆亦有妇女宴会，男女混杂，顾忌毫无，实属不成事体，有伤风化，若不严行禁止，恐世风愈趋愈下，关系岂浅鲜哉？相应请旨饬下步军统领、顺天府尹、五城御史出示严禁，嗣后如有妇女再入书馆书厂听书、饭铺酒肆宴会，有跟人者，即将跟人拿获，无跟人者，即将该妇女拿获，讯问明晰，罪坐家长，官则奏参，兵则责惩，并将卖女座处所查封究办。至妇女上街，原不能一律禁止，应饬该家长自顾体面，毋使艳妆美服，任意玩游也。奴才为世风起见，是否有当，伏乞皇太后、皇上圣鉴。谨奏。奉旨已录。

（北京）（1885 年 10 月 18 日《申报》）

京师禁止妇女听书②

○妇女入庙听书，经文侍御海③请旨禁止后，近步军统领五城御史已会衔出示，通衢纷纷黏贴，故近日旗装之小家碧玉不复于稠人中闲游杂坐矣。侍御此奏，其造福于京师也岂浅鲜哉？

（北京）（1885 年 10 月 29 日《申报》）

京师禁止妇女听书观剧④

○前经西城察院文侍御海奏请禁止京城妇女游逛庙宇、出入茶社饭肆及听书观剧各事，已经奉旨饬禁。刻步军统领衙门在沿街张贴告示，严禁以上各节，并于各茶社饭肆戏园书馆各门首各贴一张，使之触目惊心，不致无知误犯。首善之地，固宜有此整顿也。

（北京）（1885 年 11 月 2 日《申报》）

禁 阻 演 剧⑤

○上月某日，粤东南海某乡落雇优演戏，选色征声，并皆佳妙，当筵一曲，几于倾动万人。绅士某君以为粉墨登场，亦一销金巨窟，而且肩摩

---

① 该组新闻原题为《光绪十一年八月二十九日京报全录》。
② 该组新闻原题为《天衢清话》。
③ 文侍御海，即文海。
④ 该组新闻原题为《都下述闻》。
⑤ 该组新闻原题为《罗浮清梦》。

縠击，男女混淆，末俗浇风，实属不可为训。遂竭力劝令暂停，不从则密禀县宰，率役十数名，欲将戏台拆毁。乡人愤极，群欲与甲为难，甲大受窘迫，反向众人说情，始得无事。嘻！举世滔滔之际，而欲与乡愚野老禁革浇漓，宜其如柄凿之不相入，冰炭之不能融也。然而某君则自此传矣！

（广东）（1885 年 11 月 12 日《申报》）

团 拜 禁 戏

苏省每逢岁首，官场行团拜之礼，凡同乡故旧，族谊亲情，苟服官省垣，无不聚集会馆，演剧开筵，以伸贺悃。刻下海国开兵[1]，饷需支绌，属在臣子，自当撙节从公。故卫中丞[2]谕饬各官团拜之时，不准招优演戏。

（苏州）（《益闻录》1885 年第 441 期）

1886 年（光绪十二年丙戌）

禁演淫戏述闻

英界会审府罗太守[3]申禁本埠各戏园扮演淫戏示谕一通曾登本报[4]，嗣闻各戏园仍有扮演所禁各剧者，心窃疑之。盖各园虽皆托名洋商，而所颁之示早经值年德总领事吕君[5]画押，想若辈亦不敢弁髦视之，乃昨悉此示自前月十六日由吕领事画押发交捕房后，迄今已逾半月，尚未将示张贴，固无怪各戏园置若罔闻也。第捕房之不即发贴，岂以此示为不足重耶？抑吕领事画押之未足凭耶？是真急索解人而不得者矣。

（上海公共租界）（1886 年 1 月 8 日《字林沪报》）

大 张 晓 谕

英界会审员罗太守示禁淫戏，所以正风俗端人心，意至美也。其示前已录报，兹闻此示先经罗太守送至德总领事署请其签字，由德领事签字后，送交英工部局辗转延搁数日，始于昨日由工部局发交巡捕头随即日张贴。想从此令出惟行，淫恶之戏定当销声匿影。维持风化，于此已见一

---

[1] 指 1883 年 12 月至 1885 年 4 月期间的中法战争。
[2] 卫中丞，卫荣光（1823—1890），字静澜，河南新乡人。咸丰二年进士，先后随胡林翼、多隆阿镇压太平军，历任山东济东泰临道道台、浙江布政使、山西巡抚、江苏巡抚、浙江巡抚等职。
[3] 罗太守，即罗嘉杰。
[4] 《示禁淫戏》，1885 年 12 月 24 日《字林沪报》。
[5] 吕君，吕尔森，全名为约翰内斯·吕尔森（Johannes Lührsen），德国外交官，1883 年至 1886 年任德国驻上海总领事。

端矣。

(上海公共租界)(1886年1月12日《申报》)
武举招女伶演剧判罚①

○武举闻人东亮在利涉桥堍开设明月楼茶社，并招集女伶演剧，择于新正初二日登场，客给杖头钱百文即可分一席地，既堪啜茗，又得评花，视听兼娱，致足乐也。十一日系国忌，该武举竟罔知顾忌，演唱如常，事为保甲总局所知，饬河北段巡凌子久别驾会同武巡某弁带役掩捕，女伶闻信先遁，当将该武举及班头某获住解送总局，笞班头二百，武举责戒尺亦如之，茶社房屋立即发封。并闻凌别驾以失察故，经总局宪大加申斥云。

(南京)(1886年2月26日《申报》)
龙灯导淫

鄂垣新年以来，城乡内外大舞龙灯，乡间入夜游行，仅取其灯烛辉煌、鼓钲喧聒而已，街市则白日呈形，好事者衒奇斗巧，扮演故事，藉动观瞻。更有扮采莲船者，皆用花鼓戏曲，公然在大街唱舞，淫声恶色，不堪入目，大为风俗人心之害。前经府县示禁，然若辈仍听之藐藐也。正月二十二日保安门外之龙灯入城，游戏其中，亦有采莲船，船用纸糊，一人假乘，一人效榜人，形作荡舟势，相依而行。其采莲人某甲年将及冠，不务正业，甘居下流，是日头网巾帼，身衣裳裙，傅粉涂朱，宛然女子，鲜廉寡耻，莫此为甚。灯之前导，经过其姑母之门，其姑丈为某营武弁，适他出，甲之祖母正在姑家，欲观灯景，闻锣鼓声，倚门观看，初不知有其孙也。瞥见甲抛头露面，出乖弄丑，祖母遂与姑母忿火中烧，进批其颊而褫其衣欲甘心而后止。甲见势汹汹，绝裾而去。甲祖母痛骂不休，经街邻劝慰始入。一时人声鼎沸，观者如堵，舞灯人等无不扫兴，欲与之闹，又畏官场势力，爰将龙灯瓜棚等物委弃门首，声称负荆请罪，方准了事，各怂怂而去。无何某武弁自他所归，睹此情形，即邀请崶城千总前来弹压，见灯狼狈于地，莫可如何，公同商县核办。严邑尊②当即饬差将龙灯投诸水火，访拿首事人犯一名，枷责示众，其案始了。

(武汉)(1886年3月13日《字林沪报》)

---

① 该组新闻原题为《清溪杂志》。
② 严邑尊，严鹫昌(1840—？)，四川新繁县人，祖籍陕西。由监生议续主事，改捐知县分发湖北，历任恩施知县、随州知州、黄陂知县、汉阳知县。

再 申 禁 令

洋场各戏馆演唱淫恶等剧经英公廨谕禁惩办后，稍知敛迹。近日仍有阳奉阴违改名扮演者。罗太守访悉前情，饬差传到老丹桂园之孙瑞堂、咏霓茶园之周世昌、鸿桂轩之王松亭、天仙义锦两园之孟七，谕以尔等戏馆，不应矜奇导淫，败坏风俗，今姑从宽，不予惩儆，嗣后务当恪遵禁令，不准改名再演，着具切结存堂，如违严究，并将戏馆发封。各园主遵谕具结而退。

(上海公共租界)(1886年3月18日《字林沪报》)

花鼓启衅押候覆讯[①]

○赵咸松称在虹口坐唱花鼓戏糊口，因有流氓姚仁堂、裘桃桃借钱不遂，与我争扭，由捕拘案，姚仁堂、裘桃桃同供花鼓戏是犯禁者，喝阻不依，以致争执，罗太守[②]谓花鼓戏本干例禁，姚仁堂等亦非安分，一并押候过堂覆讯。

(上海公共租界)(1886年3月20日《申报》)

示 禁 淫 书

沪上各书肆书摊所售之淫书小说如《金瓶梅》等类早经官宪劈板禁绝，近以日久玩生，仍有人私刻印售，大为风俗人心之害，兹由英会审廨罗太守洞察厥弊，特出告示照会总领事，盖印粘贴租界通衢矣。

(上海公共租界)(1886年5月31日《字林沪报》)

鄞 令 新 政

鄞县朱友笙[③]明府下车伊始，严禁串客、花会、庙会、聚赌等事，自五月初一日为始，挨日饬传地保到堂谕话。想嗣后此等恶俗定可禁绝也。

(宁波)(1886年6月7日《申报》)

邑 宰 善 政

鄞县朱友笙大令自到任后，政令一新，如花会、串客、地匪、土棍以及窝赌窝娼一切犯禁之事，无不出示严禁。而于著名土棍尤为痛恨，闻已明察暗访，以收除暴安良之效。至于词讼案件，随到随结，既无积压，亦无冤抑，苟有请托等事，绝不徇情，是以甬上士民咸有来暮之歌也。

(宁波)(1886年6月25日《申报》)

[①] 该组新闻原题为《英界公堂琐案》。
[②] 罗太守，即罗嘉杰。
[③] 朱友笙，即朱庆镛。

禁止演剧聚赌①

○平湖县属之钱公亭一小市集也,是处有大王庙,乡人祷雨祈晴往往有验,由是信奉益专,相传十月初六日为大王诞辰,每年醵资演戏,自初六日起至二十日始止,红男绿女,闻风齐集,诚洋洋乎大观也。而无赖之徒乘此开场聚赌,以赚乡人财物。今年王西垞②明府以其扰害闾阎,并恐游勇枭匪乘机滋事,先期出示禁止,而乡民仍复哓哓渎禀请准演剧。明府遂派炮船十数艘,到彼弹压,并将为首之人拿办,以儆其余。

(嘉兴)(1886年11月3日《申报》)

查禁书场

本埠四马路所有女弹词馆年盛一年,但须稍解杖头钱即可登楼娱耳,诚一销金之窟也。近西洋领事以各铺学徒往往为其所迷,流连不返,遂商之道宪,请为查禁。昨闻道宪已照会代理值年首领法总领事恺自迩③君,即拟会商查禁矣。

(上海公共租界)(1886年12月6日《申报》)

驱逐绳妓④

近有江湖卖解之流在东门外空场演剧,内有绳妓二人,年才十五六,能牵十丈索登百尺竿,丰姿娟秀,体态轻盈,赵家姊妹掌上舞不是过也。犹能手拨檀槽,低唱杨柳岸晓风残月。一时朱门侠少、白屋狂生,竞解缠头,唤令侑酒,鞾杯口践,韵事良多。刻闻当事恶其冶容诲淫,将下逐客之令云。

(松江)(1886年12月30日《申报》)

1887年(光绪十三年丁亥)

串客滋事

甬上有所谓串客戏者,无非奸邪淫佚,攸干风俗人心,迭经前府宗湘文⑤观察严惩禁止,其使装扮抹粉涂脂之类、红裙绿袍之徒枷示游行,为无耻者

---

① 该组新闻原题为《檇李樵歌》。
② 王西垞(? —1894),其人待考,据《申报》报道,其人1886年至1894年间任嘉兴县令,病逝于任上。
③ 恺自迩(M. Emile Kraetzer, 1839—1887),1861年3月任法国司法部职员,1868年在基尔任大法官,1870年任法国北海舰队翻译,1875年至1877年代理驻横滨领事,1885年任法国驻上海总领事,1886年6月任驻京使馆公使,1887年告假归国。
④ 该组新闻原题为《茸城尺素》。
⑤ 宗湘文,即宗源瀚。

戒，此风得以少戢。现在日久懈弛，远□邻界，颇有萌动，犹不敢明目张胆，公然开演。今正上旬，西乡庙社搭台试唱，地保欲图生色，暗纠巡守营卒，声言奉谕拿捉，竟缧绁登场，扣住优伶，一时喧闹沸腾，观剧者正在情兴方浓之际，睹此形景，勃然大怒，遽筛乱锣，喊叫强盗，于是乡民携扁担负耒耜不约而来者，汹汹然不可胜计。若辈见势不佳，料难与敌，相率引逃而已，头面受伤，衣衫扯破矣。厥后该处绅耆明知事关禁令，深恐酿成巨祸，扰累不便，赶紧邀同说合，许即赔还号褂刀枪等件，折资了结。若辈亦虑上通宪听，碍及营官，只得允从寝事。或云系文衙门差役数辈无票拘人，藉以拆梢，故遭其辱，两说未知孰是，姑照有闻必录例志之。

（宁波）（1887年2月14日《字林沪报》）

愚民负固

有地名宝幢者，宁郡东乡一村镇也，村人某甲藉灯祭为名，雇定串客扮演淫戏，从中敛钱，里绅某孝廉闻而往阻，甲等恶其阻挠清兴，与之为难。孝廉遂指名禀县，朱邑尊①立饬差役往拿，甲等以时未开印，疑孝廉串差讹诈，即将官符撕毁，差役以官势吓之，甲等呼集多人扭住差役痛殴，一面麕入孝廉家，尽情毁物，旋知法网难逃，遂纠集数百人以待官之动静。愚民负固，理谕为难，未知邑尊将何法以治耶？

（宁波）（1887年2月16日《申报》）

重禁淫戏

英租界中各戏园所演戏剧淫剧居多，足使见者荡心，闻者倾耳，地方官以其有害风化，屡次出示禁止，本馆亦经著为论说以冀挽回世道人心，而各戏园总以利之所在，往往阳奉阴违，近为英会审员蔡二源②太守访闻，遂拟出示重申禁令，所有告示俟后照录。

（上海公共租界）（1887年2月27日《申报》）

拟禀禁花鼓③

○演唱淫戏，最为风俗人心之害，而湖南花鼓戏则描摹淫态，尤觉秽俗不堪，地方官厉禁高悬，犯者必逮案惩儆。日前有某甲者竟在武圣庙、三元庙等处雇班开唱，都人士闻之，拟具禀督辕严行禁止云。

（福州）（1887年3月3日《申报》）

---

① 朱邑尊，即朱庆镛。
② 蔡二源，即蔡汇沧。
③ 该组新闻原题为《福州春事》。

禁唱淫词

英廨谳员蔡二源太守示禁各戏园唱演淫戏，前经列诸报端，日前英工部局西董以租界内四马路一带书场多若繁星，每有歌妓弹唱淫词，亦应一律禁止，因照会太守，请即施行，太守允之，刻已缮就告示一通，想日内即须发贴矣。

（上海公共租界）（1887年3月28日《申报》）

斋戒日停止演戏①

〇各戏园每值大祀斋戒之期，例不登场演戏。二月二十八、二十九、三十诸日，都察院传谕停演，一时选色征声者咸踯躅梨园前，恨不得门而入云。

（北京）（1887年4月1日《申报》）

严惩串客

宁波四乡新正以来，多有串客扮演淫戏，败俗伤风，莫此为甚，经朱邑尊②出示严禁，一面选派差役四出访提，方以为此风当可以息绝。无如禁者自禁，犯者仍犯。闻前日由江东朱桑地方当场拿获串客戎三珊、吴阿三两名到县，朱邑尊痛恨已极，饬差各责数百板，以双连枷枷号三个月，发大门外示众。吴阿三身上尚着红袖女衣，面上犹带粉痕，是以闻而往观者更多。彼丈夫而巾帼者，今而后庶几改头换面乎？

（1887年4月5日《申报》）

拘惩串客

宁波串客淫戏实为风俗之害，曩经府县节次严办永禁，近来日久懈弛，渐萌故智，往往于乡村僻远处公然搭台演串。三月中鄞县朱友笙③大令访悉东乡邱隘地方复有串客演戏之事，立饬干役飞签驰赴该处，当场拿获小丑一名，花旦一名到县，余俱逃散。大令升堂提案研讯，供不敢违，乃各予笞责数百板，仍令穿扮做戏服色，以双联枷枷示署前，并押游六门示众。只见红裙绿袄，抹粉涂脂者与花脸奴翼比鹕鹕，同荷一校，殆启发其愧悔之心也，贤有司命意深哉！

（1887年4月7日《字林沪报》）

---

① 该组新闻原题为《皇城春色》。
② 朱邑尊，即朱庆镛。
③ 朱友笙，即朱庆镛。

示禁淫书画片①

○扬城近有一种无业游民，摹绘各种秘戏图及淫词唱本，在闹市通衢摊设售卖，淋漓尽致，无论村童牧竖，见之者无不心荡神驰，最为风俗人心之害。兹经城内保甲总巡舒明府②访闻出示严禁：凡各处地摊及广货等店，所有淫书画片，均勒限一月销毁净尽，倘敢不遵，或被搜出，定即提案严惩。此诚挽回颓俗之一端也。

(扬州)(1887年5月30日《申报》)

京师禁唱《杀子报》③

○近日山陕各班时时演唱《杀子报》一折，闻此戏委系实事实情，然究于世道人心大有关碍，都察院等衙门因饬差传谕各梨园嗣后不准演唱此戏云。

(北京)(1887年6月11日《申报》)

西官留心戏园淫戏④

伶人吉胜奎诉称：小的于今年二月十六日，由留春戏园管班人郭同来邀往该园唱戏，每月工洋七十元，至四月二十日辞歇，算至四月十六日已满二月之期，应收工洋一百四十元，只收一百元，被欠四十元，且既已唱至二十日，应再加一月工洋七十元，总共欠去一百十元，向之索取，一再迟延。昨夜至帐房与论，郭竟逞蛮殴打，并将右手小指咬伤，复持刀砍伤头额左肋，为此诉捕拘郭。郭系著名流氓，前因吵闹公堂监禁脱逃，请为究办。郭供：吉由郭秀华荐来，至四月十六日为止，已付工洋一百四十元，并未唱至二十日，伊图再支一月工资，自来寻衅，小的并未殴伊，更无持刀行凶之事。吉又呈四月十七八九等日之戏单并称，既云十六日为止，此后如何单上尚列小的之名？兆丰洋行买办陈芳水称行中所开留春园托郭为执事，昨夜戏止时，我适在帐房见吉突如其来，自行砸破头颅，其余伶人亦均目见。蔡太守⑤问其会见证在否，陈招徐世芳投质。徐供郭曾否殴吉，小的未经亲见，惟知在园唱戏每月的系七十元，两月工资早已付楚，惟吉以唱至三十日，始行辞歇，向索一月工资，口角之余，小的曾为之调处，嘱郭给吉半月工洋三十五元，两造均已允许，约于二十六日付

---

① 该组新闻原题为《维扬杂录》。
② 舒明府，舒霖，其人具体待考，江苏候补县，曾任扬州保甲总巡、句容县知县。
③ 该组新闻原题为《畿甸纪闻》。
④ 该组新闻原题为《英界公堂琐案》。
⑤ 蔡太守，即蔡汇沧。

洋，届期未付，吉候至二日，郭避而不面，因此忿恨。昨夜相逢争扭，及小的赶至，吉已诉捕拘郭矣。吉称在园伶人皆遍护郭，此亦一定道理。太守谓徐之所诉事尚近情，然吉既称被郭持刀砍伤，有无见证？答称见者甚多，恐皆不肯作证。太守向吉曰：尔既因多演四天，欲索一月工资，亦当将情直说，不得妄供致坏自己声名，今仍饬徐秉公调停，如果不服，禀候察断可也。贾副领事①请太守问陈园中所演，有无犯禁之淫戏。太守问陈，陈称不敢违禁。贾君谓如果将来知该园演唱淫戏，定须惩办，太守然之。

（上海公共租界）（1887 年 6 月 21 日《申报》）

停 演 新 戏

老丹桂戏园新排《火烧第一楼》《水火报》等戏，定于昨夜开演，盖即阆苑第一楼被焚事而加以装点、出以科诨者也。第一楼股东等闻之，以其有心侮弄，情不能甘，欲纠多人与该戏园为难，事闻于麦总巡，捕头恐肇事端，禀请蔡二源②太守饬传该园排戏之三麻子即王宏寿，于昨晨投案。据称新排之戏已改为《火烧第十楼》，既不许演，情愿停止，所有新置灯彩移在别戏中运用，太守又谆谆然谕以不准演此新戏，如果阳奉阴违，定干咎戾，王宏寿唯唯而退。

（上海公共租界）（1887 年 7 月 16 日《申报》）

莲花落滋事被禁③

〇七月二十九日，西海子无量寺恭庆菩萨诞辰，大开寺门，任人随喜，一时善男信女蜂拥而来，白袷红裙，交相掩映。入晚，庙前演唱莲花落，附近妇女结队来观。正当锣鼓喧阗，兴高采烈，忽有张、周二姓，因事肇衅，持刀斗殴，妇女奔逃，孩童喊嚷，人声嘈杂，如鼎沸腾。事闻于曹守戎，立饬兵役，将滋事者拘到，备柬送州，随谕庙中首事人不准演唱。

（北通州）（1887 年 10 月 5 日《申报》）

不 准 演 戏

日前裴大令④访得本邑廿八保西七图人林阿庆、张韦发、张和尚、王关林、阿钱、阿龙、吴阿仁、黄全荣、吴阿根等趁猛将堂演戏时，纠众滋

---

① 贾副领事，贾礼士（William Richard Carles，1848—1929），英国外交官。1867 年来华，1881 年至 1883 年代理参赞。1899 年至 1901 年任驻天津领事。
② 蔡二源，即蔡汇沧。
③ 该组新闻原题为《古潞近闻》。
④ 裴大令，即裴大中。

事，饬差拘拿到案。庭讯之下，林等供称今岁秋收丰稔，众乡民凑资演戏酬神，并不肇事，惟看戏人多，略有口角耳。大令谓酬神亦情理之常，惟演戏每多肇衅，谕令林等八人同具嗣后不再演戏滋闹切结存案备查。

（上海县）（1887年10月28日《申报》）

1888年（光绪十四年戊子）

请 禁 落 子[①]

○夫淫词秽曲，红颜多蛊惑之缘，断袖分桃，青史著龙阳之秽，况图留秘戏，擅妙手于写生，事出帏房，竞传情于油照，凡此诲淫之事，尤为败俗之端。津人士怒焉忧之，因由绅耆张小林、茂林、景源纠率同志多人，公禀琴堂，吁请颁发明示，将男落子、女落子及画市手捲春宫照片一律禁止。各种景摊内有涉及男女之私者，亦严行禁绝。婆心苦口，有益于风俗人心者，实非浅鲜。特恐一纸官符，虚行故事，徒令差役藉端需索，则于诸君递禀之深意反致湮没不彰耳。

（天津）（1888年2月23日《申报》）

防 微 杜 渐

津邑戏园例禁夜演，所以绥辑地方，意至善也。去冬自闸口海顺轩肇衅以后，昨又有北门西宝和轩招集优伶铺氍毹一片，秉烛演唱，红腔紫韵与声声击柝相应，致足乐也。然利之所在，人争趋之，土棍等乘机需索，甚至挟刃相要。而该轩主亦非省事辈，势将鹬蚌相持，两不相下。其地有守望分局委员王君饬派巡勇出为弹压，并欲将该轩主送县究办，移时为地方胡某禀恳保释，嗣后不得再演夜剧，委员谅其诚而释之。不料次夜仍复故蹈前辙，喧呶杂沓，又为守望分局所闻，立传该地方斥责，轩主惧，再四恳求，并愿具结停演，事遂寝。现闻优人等又回海顺轩云。

（天津）（1888年3月16日天津《时报》）

密 查 串 客[②]

○宁郡各乡近有恶习三端，如花会，如串客，如赶会开赌，此三端于风俗人心大有关系，虽经官宪严禁，而此风终不能绝。闻鄞邑尊近奉臬宪严札，密饬干役多名，往四乡密查暗访，未知此风能禁绝否也。

（宁波）（1888年4月7日《申报》）

---

① 该组新闻原题为《津门琐记》。
② 该组新闻原题为《宁郡杂闻》。

优孟衣冠

新丹桂戏园近演《水火报》新戏中，当河水泛滥之际，扮有抚宪及上海道宪等助劝等事，兹经苏松太道宪得悉前情，特饬英公廨蔡太守①查办。前日蔡太守奉文后，立即签派干捕赵全将该园主想九霄②提案，谕禁勿扮演现任大员，想九霄当即具结遵行。

（上海公共租界）（1888年4月13日《字林沪报》）

惩办花鼓③

○塘南甲乙二人以演唱花鼓戏为生，艳曲淫词，伤风败俗。杨邑尊④访悉，饬差提讯，笞责之下，判以械颈游行。

（松江）（1888年4月17日《申报》）

驱逐花鼓⑤

○芜湖前有花鼓戏逢场演唱，肆口宣淫，经邵少泉少尉出示严禁，并派差役驱逐出境。现在保甲总巡沈榕青⑥通守重申禁令，揭示通衢，并派各段巡勇逐出境外，如违定即逮案重办。欲正人心，先禁淫戏，通守其知之矣。

（1888年4月19日《申报》）

惩办串客⑦

○宁波之有串客，花鼓戏之流亚也。所演者皆云情雨意，所唱者皆艳曲淫词，为害地方，无所纪极。鄞邑尊奉萧臬宪⑧密札，派役四出访拿，日前于南门外周港岸拿获雇演之周阿生到县，随判令重责一千板，荷以头号巨枷发犯事地方示众。

（1888年4月20日《申报》）

查禁恶剧

租界各戏馆每演淫恶之戏，曾经历任英界各谳员示禁在案，兹因日久

---

① 蔡太守，即蔡汇沧。
② 想九霄，田际云的艺名。
③ 该组新闻原题为《五茸春草》。
④ 杨邑尊，即杨开第。
⑤ 该组新闻原题为《芜湖纪事》。
⑥ 沈榕青，其人具体待考，据《申报》报道，其人为候补通判，1885年至1888年历任芜湖保甲局委员、总办。
⑦ 该组新闻原题为《四明琐记》。
⑧ 萧臬宪，萧韶，字选楼，湖南零陵人。1886年8月22日至1888年5月9日任浙江按察使。

玩生，仍有扮演淫杀恶戏，殊觉攸关风化，败坏人心。英捕房麦总巡因于昨日午后三点钟传知各戏园主至捕房面谕，以后不得再演淫凶恶剧，各园主旋即允遵而退。闻各园主因未奉禁止何项戏剧，是以拟于今日赴英公廨请示。

（上海公共租界）（1888年6月12日《字林沪报》）

传 讯 园 主①

○华捕沈才福称，捕头属我查各戏园有无淫戏，曾到新丹桂戏园，见演《斗牛宫》，又添五个幼伶，系新学习者，所演情状，淫秽不堪，禀请查禁。蔡太守②随饬差立传新丹桂戏园主讯究。

（上海公共租界）（1888年6月17日《申报》）

候 传 园 主

新丹桂戏园所演《斗牛宫》新戏，另添幼伶扮演，淫秽之状，由捕房禀请蔡太守传案讯究，已列昨报。嗣由差捕传到幼伶四名，太守以事与幼伶无干，麾之使去，候传园主问话。

（上海公共租界）（1888年6月18日《申报》）

演《斗牛宫》之诘讯③

○新丹桂戏园所演《善游斗牛宫》一剧，内有闹学一节，秽亵不堪。麦捕头派捕查明，禀请蔡太守提教习韩春平诘问。昨日差捕禀称韩患寒热不能投案，因遣李云华带同四幼伶到堂。太守向之诘讯，李供京都人，幼伶玉坤、玉珍、玉童、玉凤由韩教习《斗牛宫》，并无秽亵情形。太守严加申斥，谓业已访明，尚思瞒却乎？李称现已不演。太守谓韩既患病，待病愈仍须提办。又诘四伶年岁若干，玉坤称十三岁，玉珍称十二岁，玉童称十岁，玉凤称八岁。太守问：尔师有无凌虐事情？答称无之，小的等皆由父母送来学习，六年期满后即可赚钱。易副领事④察得玉珍面带病容，请太守诘问。果言有病。问曾延医否？答称服药无效。太守饬李将四幼伶带回，有病须医，不得任意凌虐，违干究办。盖京班诸伶之教徒弟时以箠楚从事，鞭鸾笞凤，习以为常，太守此问，盖亦保赤之诚心也。

（上海公共租界）（1888年6月20日《申报》）

---

① 该组新闻原题为《英界公堂琐案》。
② 蔡太守，即蔡汇沧。
③ 该组新闻原题为《英界公堂琐案》。
④ 易副领事，易孟士（Walter Scoot Emens，1860—1919），1881年任美国驻上海副领事，1893年代理总领事。后辞去领事职，在美国茂生洋行天津分行、上海公茂洋行等处任经理。

赛会禁扮杂剧①

○刘璞堂②观察分巡厦岛,访闻福寿宫迎神出会,抬搁扮搁不下百余座,每以土娼雏妓扮演杂剧,歌唱淫词,遂出示严禁。盖以厦门土妓能弹唱者甚鲜,抬搁百余座,约须一二百人,势必择贫家小户之稍有丰姿者杂入娼妓中,招摇过市,是以高悬厉禁,以革淫风也。

(厦门)(1888年7月1日《申报》)

严惩淫戏

前晚二鼓时,西门外巡防局员朱森庭明府在四明公所左近小茶坊内,拿得演唱影戏之沈一新、杨亦堂二人,起出丝竹等物,亲送到县。裴邑尊③升堂讯究,沈、杨同称,小的等由茶坊主雇唱。邑尊以影戏例禁綦严,着各笞一百板,发待质公所押候提集该班中人再行讯办。

(上海县)(1888年7月30日《申报》)

严禁导淫

京师地面宽阔,各处坊肆有将淫词小说撰造刊售者,实属有关风化,现经巡视五城察院会议,传齐前门外打磨厂、琉璃厂等处一带书坊主当堂开导,凡藏有《金瓶梅》《绿野仙踪》《水浒传》等类及现时各街巷所唱《恨五更》《闹五更》《想五更》《跳槽》《从良后悔》等板片者,一律交出,当堂销毁,嗣后不准翻刻售卖。并传前门外李铁拐斜街广元堂、长巷头条胡同长春堂、大蒋家胡同同春堂、前门大街王天禄、石头胡同同立堂各熟药铺主,令将打胎丸及各种春药一并禁止售卖,并饬押限三日即将各街巷黏贴报单一律涂销,俟涂销完毕将报单板片交出,当堂销毁,始能开释。倘此次销毁之后,再有仍前售卖者,立即从重究办,以绝邪僻而端风化。真地方之福也。

(北京)(1888年8月22日《字林沪报》)

惩戒窑调④

○窑调者何?淫词艳曲也,词虽鄙俚,足令听者荡检踰闲,溃男女之防,为风俗之害。然前此犹知顾忌,不敢于大庭广众之中一唱三叹,现以地方有司如阿家翁之故作痴聋,于是漫无忌惮,儇薄少年,遍于城乡,不

---

① 该组新闻原题为《鹭屿述新》。
② 刘璞堂,刘倬云(?—1903),字璞堂,湖南宁乡人。廪生,刘典之弟,参与镇压太平军屡立军功,历任知县、知府、道台、署理福建按察使等职。
③ 裴邑尊,即裴大中。
④ 该组新闻原题为《津水双鳞》。

分昼夜，莫不引吭高歌。杨柳青汛弁恶之，月之初旬，执善歌之村人李四，责以军棍以儆，其余绅耆均鼓掌称快。使津城官宪一律严惩，并加示禁，未始非正人心、端风俗之要务也。

（天津）（1888 年 8 月 23 日《申报》）

维 持 风 化

每届中元节，扬城大街小巷居民多醵金在本街支搭彩棚，施放焰口，上坐者三人，俗谓三大师，最热闹，法鼓金铙，终宵嘈聒，并演唱散花等法曲。是曲瑜珈经不载，惟利孤焰口，始有声调，与小令中《银扭丝》《剪剪花》相仿佛。红男绿女皆喜环坐而听，深夜不倦。迨听毕已不觉东方既白，间有欲归不得者，蹀躞街头，遂不免有邀我乎桑中之事，大为风俗人心之害。兹江、甘两邑宰特出示谕禁，略谓：中元祀孤，例所不禁，惟须在庙宇之内，方昭诚敬，如于拦街施放焰口，男女环坐混淆，固属风化攸关，且亦非敬神之道。为此示禁，倘敢不遵，立提究惩等语，此亦见贤有司维持风化之一端也。

（扬州）（1888 年 8 月 26 日《申报》）

查 禁 花 鼓①

○芜湖偏僻处近有一种江北游民演唱花鼓戏，装扮登台，淫声丑态，极意描摹，氍毹贴地，观者如云，男女混杂，有似桑间濮上。保甲总巡沈榕青别驾访悉宁渊观二街等处有棍徒滋事，大为人心风俗之害，特传各铺地保至局面谕，饬即赶紧驱逐出境，如违重究。别驾于十三晚二更带同局勇乘马巡夜至河南西街，见街衢灯烛辉煌，清歌妙舞，人如蚁聚，即喝拿，于是众人纷纷奔窜，演戏者亦乘间逸去。别驾饬传来远铺地保至前诘问，地保有意掩塞，别驾大怒，当责地保数下，限令交该戏班至案，以凭究办，否则当治以扶隐之罪。

（1888 年 8 月 27 日《申报》）

禁止酬神夜戏②

○演唱夜戏，本干例禁，永嘉县张邑尊③大张告示，发贴各庙门首，自九月初一日起，嗣后如有军民人等酬神赛愿，概不准演唱夜戏，倘敢故

---

① 该组新闻原标题为《鸠江秋月》。
② 该组新闻原题为《东瓯邮简》。
③ 张邑尊，张霞峰，其人具体待考，据《申报》报道，其人于 1888 年 8 月出任永嘉知县。（《东瓯凉籁》，1888 年 9 月 4 日《申报》）。

违，定提该庙司事并酬神之人，从严惩办，决不宽贷。

（温州）（1888年10月27日《申报》）

演 灯 干 禁

上月中旬，常熟南门外好事者乘中秋佳节，演舞龙灯，并装点杂剧。大街小巷，无不遍游，一时金鼓喧阗，笙箫嘹亮，倾城士女，盍往观乎，遗扇堕簪，不一而足。经郭邑尊①风闻，会同昭文县出示严禁。大约谓赛会迎灯，费时伤财，大为民害，自示之后，如有不遵，定即严究不贷云。

（常熟）《益闻录》1888年第806期

1889年（光绪十九年己丑）

严 禁 淫 戏②

○迩来戏园中俱以扮演淫戏为能，云情雨意，刻意描摹，甚至露体赤身，当场出采，种种秽亵，几似后庭大体双。更有江北花鼓班，歌唱淫词艳曲，采兰赠芍，败俗伤风。严笠樵③明府欲挽颓波，特悬厉禁，为民造福，人争颂之。

（芜湖）（1889年2月14日《申报》）

阻 唱 花 鼓④

○宜昌向无演唱花鼓戏，新年忽有汉阳府属人三五成群，在大南门外每晚登台演唱，淫声浪态，亵越不堪，好事之徒趋之若鹜。后有鄂中人之在宜作贾者，以其有辱同乡，不准演唱。

（1889年3月16日《申报》）

传 禁 淫 戏

花鼓淫戏，久干例禁，前日英工部局查得九香园近有招揽宁人演唱花鼓淫戏等事，因至公廨禀请传禁，蔡太守⑤据禀后即饬干差张福传九香园主孟七到案。据称近来生意清淡，因有常来听戏之宁人等情愿来园客串，小的不知违禁，即是夜所演《十美图》，由伊等装扮上台，戏尚未终即闻禁令，随即停演，求请宽恕。蔡太守谓姑念无知，从宽免办，

---

① 郭邑尊，郭元昌，候补同知，1887年至1888年署常熟知县。
② 该组新闻原题为《芜湖近事》。
③ 严笠樵，严组璋（1836—1908），字佩玠，号少雨，又号笠樵，山东历城人。咸丰八年举人，官安徽庐江、婺源、芜湖知县，升直隶知州。
④ 该组新闻原题为《宜昌琐缀》。
⑤ 蔡太守，即蔡汇沧。

着具不再干犯切结存案。惟宁波扮演花鼓淫戏早经严禁，而该宁人尚敢潜行来沪，肆其故智，实属有关风化，令各值差访查明确，拘案核办，孟七斥释。

（上海公共租界）（1889年3月16日《字林沪报》）

禀 请 提 办

前晚浦东烂泥渡巡防局夏千戎带领局勇往廿三图地方巡查，见该处开演影戏，并有赌博情事。千戎饬勇欲拘，为首之人乡民等不服，甚至互殴。千戎以乡民众多，力不能敌，只得遄返，诣上海县禀诉情由，请提肇事之人究办。

（上海县）（1889年3月24日《申报》）

影 戏 讯 究①

○浦东廿二图地方开演影戏，曾登前报。前日经裴邑尊②饬提做影戏之蒋炳忠、蒋虎金到案讯究。蒋称小的等由该处乡人雇演，苏福秀称小的在草泥囤充当工头，影戏是池明发之子狗大即树香雇令开演，与小的不涉。地保叶荫棠称狗大年才十六岁，并无倡首雇演之事，邑尊谓是否狗大雇演，姑饬将狗大交案讯明核办。

（上海县）（1889年4月11日《申报》）

影 戏 判 罚③

○昨报列浦东开演影戏一案，前日晚堂复经裴邑尊覆讯，蒋炳忠、蒋虎金、苏福秀等伸诉前情。池狗大称小的才十六岁，由父亲管束在家，开演影戏之事，毫无干涉。巡防局勇禀称，夏老爷被蒋等殴辱，求恩严惩。邑尊饬将两蒋各饬一百五十板，苏笞一百板，一并枷号示众，候提余党到案集讯核办。

（上海县）（1889年4月12日《申报》）

花 鼓 抗 差④

○花鼓淫戏，本干例禁，而憨不畏法之徒不只不遵，且敢明目张胆，与官役为难，其恶可谓极矣。鄂垣保新二三铺地面有演花鼓淫戏者，为该段委员觉察，恐酿事端，率役往拿。若辈不惟不惧，竟肆口辱骂，且谓如欲拿办，请以老拳奉敬，言毕各磨拳擦掌而前，差役人少，知不可敌，快

---

① 该组新闻原题为《县案汇录》。
② 裴邑尊，即裴大中。
③ 该组新闻原题为《县案汇录》。
④ 该组新闻原题为《三楚丛谈》。

快而归。

（武汉）（1889 年 4 月 19 日《字林沪报》）

戏园发封

苏城外洪福戏园为伶人王喜寿①所开，于前月邀订外国人来苏演西国戏法，事为吴县及保甲局所闻，即行禁止，未及登台开演。日前护抚院黄大中丞②接到上海道龚观察③禀报，外国人系王喜寿邀令赴苏，并非游历云云。中丞怒该伶之多事也，饬县查提究办，吴县马渔珊④明府奉札后即将该戏园发封，立提王喜寿到案讯办，如何发落，容俟续录⑤。

（苏州）（1889 年 4 月 28 日《申报》）

严禁戏耍

日前京师宣武门外太平湖一带地方排演高脚秧歌，行至西安门皇城根，锣鼓喧阗，致惊皇太后⑥圣驾，当众交派福箴庭⑦协揆严行一律禁止。昨闻步军统领衙门严饬五营哨弁将太平湖排演秧歌之金崇勋一名拿获，解交刑部，按律惩办，并经五营汛地于所属各街巷，遇有前项高脚秧歌、五虎棍、开路舞，又太狮少狮、杠子、双石头、中幡、跨鼓、幼童花鼓、号佛、杠香官等会名目中，沿途喧唱舞耍之棍徒，一律出示严拿究办，以靖闾阎。

（北京）（1889 年 8 月 2 日《字林沪报》）

禁唱淫词

有操柳敬亭之业者，在本城豫园某茶寮内开唱《倭袍》，古意淫思，听者忘倦，巡防东局委员以其大干例禁，饬传地甲并茶寮主到局研讯情由，判将地甲笞臀四十下，谕令甲不准再唱此种淫词，甲叩头唯唯而出。

（上海县城）（1889 年 8 月 9 日《申报》）

---

① 王喜寿，小字雅琴，河北人。晚清京剧演员，善青衣，所演《祭宝塔》《三娘教子》冠出一时。

② 黄大中丞，即黄彭年。

③ 龚观察，即龚煦瑗。

④ 马渔珊，即马海曙。

⑤ 1889 年 5 月 13 日《申报》之《金阊琐事》报道云："前报阊门外洪福茶园被封一节，兹闻该伶人王喜寿先已逃匿，未曾到案。现在将该戏园发封，永远不准复开，一面严拿王伶到案重办，第不知能否弋获耳？"

⑥ 皇太后，即慈禧太后。

⑦ 福箴庭：福锟（1834—1896），本名爱新觉罗·福锟，字箴庭，满洲镶蓝旗人，康熙次子理密亲王允礽六世孙。咸丰九年进士，历任吏部员外郎、兵部侍郎、工部尚书、步军统领、体仁阁大学士等职。

惩办出租淫书①

○著名地棍高水水在白鹭棋收买淫书，出租渔利，并造用假票，为害民间，众绅士欲将《肉蒲团》《金瓶梅》等购回焚毁，高得钱之后，仍不缴书，绅士恶其为无赖之尤，遂投禀保甲局宪，拘高至局。高供认不讳，并愿将各项淫书缴呈，官喝令荷枷发交本铺地保看管，以昭炯戒。

（福州）（1889年8月26日《申报》）

演 剧 受 罚②

○道署南首灵神庙有奸民托称为狐精所附，为人治病，诓取金资，一时举国若狂，求治者几穿户限。今春好事者醵资另建一庙，规模宏敞，金碧辉煌。既庆落成，复雇梨园演剧，履綦辐辏，几致塞途，事为章幼樵③司马所闻，立即签差拘会首裘、黄、孙等七人，恶其藉事招摇，各责四十小板，勒令将戏台拆卸，不准再行演唱，以免滋生事端。

（营口）（1889年9月17日《申报》）

1890年（光绪十六年庚寅）

禁 演 女 班

妇女演戏，奉禁已久，近有某鸨等拟于石路等处开设女班戏园，经英捕房麦总巡④访闻，以其有违禁令，先饬包探唐宝荣等前往知照，令即停止。乃该戏班以领有凭照为词，复奉蔡太守⑤饬令值差张福前往查察，如果女班，令即闭歇，姑免深究，并以若辈无知，著传谕该班主，所有工局给照准设戏园之事，系属男伶，并非女伎，如再固执，定干查究云。

（上海公共租界）（1890年1月26日《字林沪报》）

谕 禁 女 伶

英租界地方，初时有某妓购置雏鬟学习唱戏，名曰猫儿班，红氍贴地，翠袖迎风，绕梁喝月之声，拔雨撩云之态，足使见者悦目，闻者荡心，人家有喜庆事往往招之。嗣有某某等接踵而起，此风大盛，名园宴客，绮席飞觞，非得女伶点缀其间，几不足以尽兴。英会审委员蔡二源⑥

---

① 该组新闻原题为《螺江饮渌》。
② 该组新闻原题为《辽东杂录》。
③ 章幼樵，章樾（1847—1913），字幼樵，河南祥符人，监生。历任湖北郧县知县、奉天怀仁知县、营口海防同知、昌图知府、锦州知府等职。
④ 麦总巡，即麦根士，英国人，1890年代任上海英租界捕房总捕头。
⑤ 蔡太守，即蔡汇沧。
⑥ 蔡二源，即蔡汇沧。

太守以其伤风败俗，商诸麦总巡捕头，下令禁止。麦捕头亦知女班之干禁，惟已由某甲代该班等缴工部局捐洋，可否俟至华历元宵后再行禁止。太守令出惟行，饬差传谕某甲转行，知照各班即时停演，违干提究。从此雏莺乳燕，匿迹销声，淫魔之风庶几可挽。

（上海公共租界）（1890年1月27日《申报》）

饬 查 女 戏

英公堂示禁女伶演剧等因，已详前报，兹蔡太守查得仍有不法之徒在石路中租屋开演，因饬差前往查察，以候提惩。

（上海公共租界）（1890年2月4日《申报》）

谕 禁 淫 戏

戏院中所演《杀子报》一出，淫秽兼甚，早经英会审公廨禁止。兹闻某戏园仍演是戏，为蔡太守所闻，立即饬差传谕该园主，以后不得再演，如敢抗违，定当提究惩办，此亦黜邪崇正之一端也。

（上海公共租界）（1890年3月7日《申报》）

禁 演 恶 剧

本埠各戏园所演淫恶各剧迭经英公廨开单示禁，并传知各园主具结永禁在案。近乃日久玩生，仍有阳奉阴违者，且其中尤为淫恶之《杀子报》一出，刻又屡次开演，实于风化有关，当经蔡太守查访明确，饬差给单，前往各戏园赶将《杀子报》一出先行停止，并将各淫戏一概永远禁绝，倘敢故违，提案究办不贷。

（上海公共租界）（1890年3月8日《字林沪报》）

请 禁 小 说①

○初五日……即用知县沈熙廷②禀奉潘宪札委查禁淫词小说差。

（江苏）（1890年5月7日《申报》）

惩 办 花 鼓③

○跨塘桥在郡治之西，离城较远，官吏耳目难周，有甲乙二人在是处演唱花鼓淫戏，勾引狂且，事为娄邑尊所知，签差拘讯，喝令掌颊，继复鞭背笞臀，血肉模糊，惨不忍睹，旋荷以双连枷发往通衢游行三日，以为

---

① 该组新闻原题为《苏省抚辕抄》。
② 沈熙廷（1847—?），字凤仪，号九箫，浙江定海人。光绪九年进士，即用知县，分发江苏。曾任溧阳、震泽、昭文等县知县。
③ 该组新闻原题为《娄村谚语》。

伤风败俗者戒。

（松江）（1890年5月11日《申报》）

花鼓不法

花鼓淫戏，久干例禁，乃上海英租界云南路与北海路嘴角之福泉楼茶馆雇定花鼓戏班，搭台坐唱，男女杂坐。本馆恶其有关风化，列入前报之后，曾由英捕房包探前往查问，岂知该园先赴英工部局捐得书场凭票，藉作护符，而暗中仍潜唱花鼓淫戏，招接附近野鸡妇女，杂坐调笑，并有无赖人等与各野鸡互相戏谑，肆无忌惮。前夜有掘草泥者群至彼处，亦与野鸡调戏，致相口角，几至用武，幸有旁人劝解，共至酒店议罚了结。

（上海公共租界）（1890年6月2日《字林沪报》）

禁茶肆说书①

〇吴人喜聆平话，往往茶肆内开设书场，弹唱淫词小说，茶余饭后，醒木一敲，绿女红男，几于满座，败坏风化，莫此为尤。虽经各前宪厉禁高悬，无如日久玩生，近更复萌故智，目下府试在迩，各属文童云集，尤易滋生事端，遂由谭太守②出示晓谕，禁令重申，倘敢阳奉阴违，或地保得规包庇，一经察出，决不从宽，想若辈闻之，定当洗心革面矣。

（苏州）（1890年6月24日《申报》）

传谕书贾

苏藩宪黄方伯③禁止淫书小说告示，已由英会审员蔡二源太守抄录发贴，俾众咸知。太守又于昨晨饬差传齐租界内各书肆共二十五家到案，太守将藩宪禁止淫书本意明白开导，嗣后毋得违犯，致干咎戾，各人唯唯遵谕而退。

（上海公共租界）（1890年7月8日《申报》）

传谕书贾

江苏藩宪黄子寿④方伯示禁淫书，已登本报，昨晨代理法廨谳务委员宋莘乐⑤二尹饬各包探，传到租界中鸿宝斋书坊伙吴渭仙、万选楼书坊伙

---

① 该组新闻原题为《姑苏杂志》。
② 谭太守，谭泰来，字少柳，江西南丰人。监生，历任泰兴、崇明、江阴等县知县，苏州、镇江、常州等府知府。
③ 黄方伯，即黄彭年。
④ 黄子寿，即黄彭年。
⑤ 宋莘乐（？—1895），其人具体待考，1886年至1889年任上海县帮审委员，1890年至1895年曾代理法租界会审谳员和英租界会审谳员。

孙允吉、醉六堂书坊伙徐良洲、铁华馆书坊伙夏仁山，谕以本委接奉上宪札文，谕禁尔等各书铺不准私售淫书。因上海系五方杂处之区，风俗本多淫靡，使再将淫词小说贻害良民，势必习俗愈漓，淫风更炽，是以不得不先事预防也。尔等倘藏有淫书之板，必须缴案毁销，如敢藏匿家中，察出定干究办。吴等同称店中只售石印书，从无淫书板片，请查访可也。二尹谓书摊上出售淫书甚夥，苟非贩自书铺，试问从何得来？答称此系书摊上人私刻，与书铺不干。二尹复将上宪抄发宜禁各书，每家给发一本，吴等唯唯遵谕，领书而退。又悉英会审员蔡太守①前日传各书坊中人到案晓谕后，昨日复又传到书坊九家，蔡太守谆谆劝谕，勿再出售淫书，致干咎戾，并发给淫书小说名目册，使知检点，勿得混售云。

（上海公共租界）（1890 年 7 月 11 日《申报》）

演唱花鼓戏判罚②

〇包探顾阿六禀称，有人在致远街菜市唱花鼓戏，奉饬拿获伶人陆桂云、龚秀海及打鼓板拉和琴之徐掌生、吴顺发送案。昨夜往拘时，适在唱《十打补》一折，穷形尽相，淫荡不堪。陆、龚同供称小的等系本邑人，实因穷苦无聊，暂谋糊口，不知有干例禁，求赐恩宽。徐供称小的亦本邑人，双目已瞽，藉拉和琴为活。吴供称小的亦本邑人，右目失明，除打鼓板外，别无他技，嗣后不再入花鼓戏班矣。蔡太守谓花鼓淫戏伤风败俗，久干例禁，遂饬令将陆、龚各责一百板，枷号十四天，发犯事地方示众，徐、吴系残废之人，从宽开释，如再入花鼓戏班，定干提究。

（上海公共租界）（1890 年 7 月 24 日《申报》）

提 讯 地 保③

〇本县龙华汛弁以该处现有无赖演唱花鼓淫戏，禀县提究。陆邑尊④饬提该图地保唐月亭等至案，前晚讯问，据唐月亭等供为捆业日前有人在镇演唱花鼓戏，当由龙华汛官提案开释，现已不知去向，请求明鉴。邑尊以演戏之人既已他往，应毋庸议，着唐月亭等具结备查。

（上海县）（1890 年 9 月 10 日《字林沪报》）

花 鼓 判 罚⑤

〇有某甲者，向在华阳桥某店为伙，近忽习染下流行径，纠同某乙在

---

① 蔡太守，即蔡汇沧。
② 该组新闻原题为《英界公堂琐案》。
③ 该组新闻原标题为《县案三则》。
④ 陆邑尊，即陆元鼎。
⑤ 该组新闻原题为《蟹舍渔歌》。

镇之附近演唱花鼓淫戏，云情雨意，刻意描摹，汉人《杂事秘辛》未必有此淫亵，连演七八夜，遂为华亭县葛邑尊①访闻，签差拘甲到堂，饬笞一千下，荷以巨枷，发犯事地方游行示众。君子曰："此诚咎由自取也。"

（松江）（1890 年 9 月 26 日《申报》）

地保演唱花鼓荷枷②

○地保张石根、李秀皃视禁令，演唱花鼓淫戏，陆邑尊饬提严讯笞责，荷枷满期，提案覆讯，张、李同供称小的等以后不敢再犯，如今尚乞恩宽。邑尊谓：姑念尔等初犯，着即开枷各具切结。

（上海县）（1890 年 11 月 4 日《申报》）

演唱花鼓戏判罚③

○包探唐宝荣、王阿二称，宁人洪礼发、吴阿二等在虹口荒场坐唱花鼓戏，有干例禁，为此拘案。洪礼发、吴阿二同供皆是宁波人，以后不敢再唱。蔡太守④判洪、吴二人各笞一百板，押候备文递籍。

（上海公共租界）（1890 年 12 月 16 日《申报》）

1891 年（光绪十七年辛卯）

戏资宜改作赈资⑤

○泉漳人以正月初九日为玉皇上帝诞辰，名曰天公诞，人无论贫富，家无论大小，均于初八夜子时以五牲供献，谓之敬天公，爆竹之声，彻夜不绝。又于本街择一店铺，暂停贸易，陈设天宫堂，结彩悬灯，中奉玉皇上帝牌位，轮流演戏，至二月初始谢坛，计一月中费至十余万金，事近荒唐，甚无谓也。去岁提署前直街上下段争设天宫堂，互相比赛，梨园演戏，日夜不停，一阅月间竟花去七百数十元之谱。目下北省待赈孔急，各处呼吁频闻，窃愿绅董中之明晓大义者，出为倡捐，将演戏之资改作灾民赈款，统阖厦以计，当有万余金，于赈务不无小补矣。

（厦门）（1891 年 2 月 25 日《申报》）

查 禁 落 子⑥

○城厢内外各茶园向于腊尾春头演唱各种淫词，招徕生意，然尚有声

---

① 葛邑尊，葛培义，字江村，湖南湘乡人。曾任华亭、昆山、松江、江阴等县知县。
② 该组新闻原题为《上海县署琐案》。
③ 该组新闻原题为《英界公堂琐案》。
④ 蔡太守，即蔡汇沧。
⑤ 该组新闻原题为《厦门杂记》。
⑥ 该组新闻原题为《津门谈薮》。

无色也，前年变本加厉，用男落子演剧，淫思古意，败俗伤风。去年经天津府访悉，饬县惩办，若辈稍知敛迹，不复敢装束登场。今春改用男女幼孩，公然演唱，争妍斗丽，倾动万人。正月廿三日，邹太守①传集差役，给以牌票，按园谕令闭门，如违带案严办。

（天津）（1891年3月13日《申报》）

绅士阻止花鼓②

○优孟衣冠，扮演古来事实，忠奸善恶，描摹逼肖，可以感发人之善心，惩创人之逸志。自近日花鼓戏一出，有淫而无贞，有变而无正，所扮男女相悦情状，污秽不堪，较桑间濮上，而又过之。九江官簰夹、花菓园一带乡村，近有无赖之徒，相与敛钱，每日于金乌西坠，玉兔东升时，搭台演唱，灯烛彻夜，锣鼓喧天，杂以淫词艳曲，引诱愚夫愚妇，废寝忘餐，败名失节，贻害不可胜言。望前某夜，有某绅恶其淫声聒耳，败坏风俗，前往驱逐，不料若辈胆敢纠聚多人，赶至绅家喧闹，势甚汹汹。绅家即将大门扃锁，若辈以其畏之也，益肆猖狂，拆垣掷石，势将一拥而入，绅急出洋枪数杆燃放，若辈始鸟兽散。次日，绅等往县署禀报，张明府③准词，即饬差役签提无赖数人到案，严行究办。

（九江）（1891年5月3日《申报》）

整 顿 风 俗

鄞俗每遇丧事，延请僧道修斋建醮，追荐亡灵，辄有不法棍徒，托名斗会，日则讽经礼忏，夜则演唱淫词，靡靡之音，足令听者魂荡神摇，败名丧节。经广文局禀请前府宪宗太守④示禁在案，历年已远，旧禁渐弛，棍徒遂得仍逞其志。刻经众绅同具公禀，申请重申禁令，徐邑尊⑤准词，立即出示，大张晓谕，又闻董事因公禁斗会淫词，定于本月三十日，复在郡庙演戏，以一众心，一经此次整顿，当可稍遏淫风矣。

（宁波）（1891年6月8日《申报》）

---

① 邹太守，邹振岳（1863—1894），字岱东，济南府淄川县人。同治二年癸亥恩科进士，历任清苑县知县、宣化知府、天津知府等职。
② 该组新闻原题为《淫浦春潮》。
③ 张明府，张鸣珂（1829—1908），字玉珊，浙江嘉兴人。咸丰十一年拔贡，即选训导，历任江西德化县知县、密州知州等职。著有《寒松阁集》。
④ 宗太守，即宗源瀚。
⑤ 徐邑尊，徐振翰，字翔墀，河南延津人，光绪二年进士，以书法见称。历任建德、鄞县、乐清等县知县。

拟 禁 戏 园[①]

○额玉如[②]廉访莅任以来，孜孜焉以兴利除弊为己任，迄今又以西关南关及河南各戏园昼夜开演，聚集闲人，鱼龙混杂，实于地方有碍，遂禀明督宪，拟一律禁止，已将告示拟就，交手民刷印，不日即可颁发矣。

按，戏园所缴之饷为数无多，而扰害于民，其祸甚烈，果能禁绝，未始非地方之福也。

(广州)(1891年8月13日《申报》)

1892年（光绪十八年壬辰）

请 禁 淫 书

出卖淫书，有干例禁，其中以《肉蒲团》一种，尤为淫书之冠，前有苏州某善士出价购得是书印板二副，并书八百部，送至本邑辅元堂请为销毁，堂董深恐外间各书坊仍有违禁私卖情事，禀请上海县袁大令[③]出示严禁。

(上海县)(1892年1月24日《申报》)

查 案 申 禁

淫书淫画，本干例禁。本县水利厅鄢二尹[④]接奉宪札饬令查案示禁，并勒令各茶馆不准再有妇女吃茶等因。二尹因即分别示禁，并传地甲到案，着令传谕各茶寮以后务各遵守云。

(上海县)(1892年3月19日《字林沪报》)

演 戏 酬 神

金陵南门外老君殿系制造局工匠敛资建造，雕墙峻宇，庙貌巍然。二月既望，为银鹿入胎之日，例招菊部敬答神麻。去岁因各处会匪滋闹，总办恐生事端，改用傀儡登场，是亦未能免俗，聊复尔尔之意。今年众匠谓有慢神祇，人口未得康乐，再三以演戏请于总办，不得已而许之。十四日午后，集优孟之衣冠，仿钧天之歌舞。时值雨师洒道，风伯扬尘，观者寥寥可数。次日天气新晴，扶老携幼而来者络绎于道。总办因拥挤异常，不待曲终，便令停演，看客均扫兴而归。

(南京)(1892年3月21日《申报》)

---

① 该组新闻原题为《岭南新雁》。

② 额玉如，额勒精额，字玉如，镶红旗满洲人。咸丰九年己未科翻译进士，历任户部主事、天津道道台、广东按察使、河南布政使等职。

③ 袁大令，即袁树勋。

④ 鄢二尹，江西人，其人具体不详，1892年至1893年任上海县水利厅同知、上海县主簿。

戏 园 停 演

芜湖胜凤茶园有一梨园子弟于十六日晚到沂园浴堂洗浴,适保甲局某公子亦在浴堂沐浴,与座相连。讵优伶趾高气扬,不识为贵公子,遂多轻亵之言,而公子抱忿不平,届时回局,禀明局宪,遂饬弁当晚将该戏园封闭。先是该园招贴定十七日准演《大香山》,鸠江男妇均欲翘首而观。十点钟男妇毕集,见十字封条黏钉在戏园门上,人皆失望而退。幸本日立即了结,次日开锣仍演《大香山》,而排场脚色华丽异常,惟看者多半兴尽而返,不复重游剧场矣。

按,此等优伶最易扰事,芜湖特偶见之耳,沪上则不胜偻指,命俦啸侣,寻花问柳,遇事生风,较贵公子而气焰尤甚,安得贤有司饬访是著名扰事之优伶一二人严为惩创,以儆其余哉?

(1892年3月23日《字林沪报》)

恐滋事端停戏一天①

○金陵南门外人迎赛东岳会,一时例征古梨园登台演戏,今岁因款项饶足,极意恢张,既招土著戏馆,复赴京江遴选都下妙伶为之合演,自四月二十八日始,连演十天,惟见甲舞丁歌,珠香翠暖,大千春色,尽在眉头,遂令士女来观,万人空巷,妾垂油壁,郎控青骢,红尘紫陌之间,一望皆衣香扇影。至五月朔日为机器局停工之期,总办恐工匠滋生事端,遂饬停演一日。

(南京)(1892年6月8日《申报》)

访 拿 串 客②

○杨大令③以串客、空手、强丐、赌棍、叉杆五等人,最足为地方之害,因出示访拿。又大张简明告示,谓访拿空手、串客,驱逐江湖流丐,严禁聚赌窝娼,以除地方之害,每日饬役捐牌游行街市,以冀触目惊心云。

(宁波)(1892年7月13日《申报》)

惩 办 串 客

宁波四乡向有串客淫戏,描摹雨意云情,大坏人心风俗,前经府宪胡太守④重申禁令,严密缉获,无如禁者自禁,犯者仍犯。兹闻西南乡标社裘漕地方,有私欲熏心,罔顾法纪之裘钟鳌、金阿洪等特雇串客奉化人邱

---

① 该组新闻原题为《秦淮画舫新录》。
② 该组新闻原题为《月湖逭暑记》。
③ 杨大令,即杨文斌。
④ 胡太守,即胡元洁。

景新等，日在该处空地学习歌舞，俟身手娴熟，即欲搭台扮演，事为杨邑尊①所闻，即派干差往拿，将裘钟鳌等三名拘获到案，各责数百，取保释放，邱景新等七名从重笞责，发差管押，再行核办。想经此次严申法纪，若辈或稍知敛迹欤？

(1892年7月19日《申报》)

演《荡河船》判罚②

○杭州名优某甲月前在涌金门之金华庙演《荡河船》一剧，云情雨意，极意描摹，适某宪宦之瀛眷在该庙之侧垂帘观剧，以其太涉淫乱，归告诸某宪。翌晨札某署饬差传甲到案，笞责二百板，并严加申斥，谕令下次金华庙演戏不准甲上台试演，甲唯唯而退。

(1892年8月1日《字林沪报》)

查 禁 淫 书

淫书一项，最足坏人心术，而沪上各书坊皆有置办活字铅板者，故排印甚为至易。前任苏藩黄子寿③方伯有鉴于此，行知所属各州县严悬厉禁，板须劈毁，书则付焚，禁之既久，淫书为之一绝。近由英会审蔡二源④太守查得沪上仍有一种书贩，私印《红楼梦》《肉蒲团》《倭袍记》等诸淫书，只知利己，不顾害人。查《红楼梦》一名《石头记》，今又改名《金玉缘》。虽命意措词俱臻风雅，而月下花前，山盟海誓，仍属不免诲淫，因饬干差细加察访，闻已访得某书贩与某书作合股已印得《金玉缘》二千部。想该差禀复之后，太守必严行禁止，不特已印之书不准出售，即未印之《肉蒲团》《倭袍记》等各淫书亦宜永垂厉禁，庶不致贻害无穷也。

(上海公共租界)(1892年8月16日《字林沪报》)

禁 止 影 戏⑤

○从来败俗伤风，莫甚于花鼓淫戏，良以云情雨意，描绘逼真，若使年轻妇女凭轼纵观，失节败名，正有不堪设想者。不谓变本加厉，愈出愈奇，选事之徒，钩心斗角，以牛皮制成人物，节节灵动，顾盼自如，实烛于其中，演唱淫词小曲，而又援引古来秽亵之事，多方附会，以为媒孽，别其名曰"影戏"，贻害地方，殆较花鼓戏而又过之。松郡东门外盐铁、

---

① 杨邑尊，即杨文斌。
② 该组新闻原标题为《杭事琐志》。
③ 黄子寿，即黄彭年。
④ 蔡二源，即蔡汇沧。
⑤ 该组新闻原题为《五茸杂志》。

吕荡等庄，近有诸无赖凑集资财，塔台演唱，始则仅以花鼓戏迷人耳目，继则作终夜之徘徊，炫异矜奇，扮演影戏。附近村庄男的女的，老的少的，蠢的俏的，群聚观看，几如堵墙。棍徒藉以作奸，偷儿因之肆窃，晨昏颠倒，疾病丛生。况当此旱既太甚之时，民情异常困惫，岂容若辈肆扰于其间耶？华亭县吴邑尊①访闻确实，即饬干役严拿某甲等到案，从重笞责，并谕该地董事随时究察，慎毋以怨府所归，故从缄默，此真得除暴安良之道者矣。

（松江）（1892年9月6日《申报》）

说书启衅判罚②

　　○说小书之李小珠控赵松松、赵流才等寻衅讹诈，已由包探黄四福将赵松松等拘案请讯，赵等不认，宋二尹③饬令押候覆讯，此已列诸前报。昨据该包探禀称，往查之下，虽无索诈证据，惟赵松松等向李小珠寻衅属实，李小珠与陈阿二同称演说小书，藉以糊口，赵松松等前来寻衅，讹索钱财。赵松松、赵流才同供，见李小珠等说淫书，当场指斥，伊等不服，因而口角，不敢逞蛮，尚求明察。宋二尹谓赵松松、赵流才不应多事，判再管押十四日，李小珠等著各具不说淫书切结存案。

（上海公共租界）（1892年9月20日《申报》）

诲　淫　被　获

　　英租界四马路德亿楼及桃源里渭泉楼两处楼上均有书场，演说故事，听者颇众。近为招徕主顾计，复邀无赖少年演唱花鼓淫戏，捕房闻之，以其坏人心术，即派包探秦少卿等于前夜十点钟时前往拘拿，其时正在开场，男女杂遝，该包探先至渭泉楼，继至德亿楼，拘获演唱淫戏之陈桂荣等九人，并将胡琴、鼓板等件一并带至捕房。当包探往拘时，听唱诸人惊慌逃遁，无异斗败之鸡。渭泉楼有一少妇莲步娉婷，于人多拥挤时跌伤其足，经人背负而去，此诚咎由自取矣。昨晨将所拘各人解送公堂，该包探申禀前情，并称该茶馆演唱花鼓戏，并有娼妓混迹其间，实为诲淫之薮。该茶馆虽领有戏园执照，然花鼓戏为工部局定章所禁，执照呈电，曾忆前数年有潘老荣因唱花鼓戏逮案，奉判荷枷示众，现在所获各人内有陈桂荣前曾犯案递籍，胡琴鼓板等件呈案。陈桂荣、吴阿顺、顾景和、陈阿仁、

---

　　①　吴邑尊，吴成周（1830～1894），字瀍西，一字涣洛，号董村，浙江缙云人。光绪九年进士，先后任崇明、华亭等县知县。
　　②　该组新闻原题为《英界公堂琐案》。
　　③　宋二尹，即宋莘乐。

李永祥、归庆祥、丁阿贵、张裕田、王阿二等同供，小的等均穿平常衣服，坐唱滩簧，并非演唱淫戏，惟求施恩。蔡太守①谓，演唱花鼓淫戏，本干例禁，陈桂荣等胆敢违犯，不法已极，判屡犯之陈桂荣笞责一百板，枷号一月，吴阿顺、顾景和、陈阿仁、李永祥、归庆祥、丁阿贵、张裕田、王阿二等各枷一月，乐具销毁，戏场执照存堂。

（上海公共租界）（1892年10月26日《申报》）

补提肆主

昨报列"诲淫被获"一案，兹悉蔡太守饬差协同捕房包探补提渭泉楼、得亿楼二家茶馆主到案究办。当由包探何瑞福先获渭泉楼茶馆主刘阿四于昨晨解送公堂，该包探申诉前情，刘阿四供称开设渭泉园近有乡人来唱摊簧，只有半月，并非演唱淫词，惟求施恩。蔡太守判将刘阿四枷号一个月，发头门示众，补提得亿楼茶馆主到案究办。

（上海公共租界）（1892年10月27日《申报》）

肆主狡狯

得亿楼、渭泉园两处茶馆因演唱花鼓淫戏，由捕房包探拘获唱戏之陈桂荣等及渭泉园主刘阿四等到案。蔡太守判令枷号示众，再候补提得亿楼主究办，此已列报。昨据包探秦少卿禀称，奉饬补提得亿楼主朱金全，无如朱已先期逃避，嘱年迈无用之杨兰亭出场顶替。查朱前因犯赌拘送案下，讯问之余，不认赌博，奉饬著具结保洋一百元，永不犯赌在案。得亿楼确系朱金全所开，今请讯究。杨兰亭供称系嘉定县人，盘顶朱金全所开得亿楼茶馆，因生意不佳，特招说书人在场演唱故事，如今惟求施恩。蔡太守谓杨兰亭既称盘顶得亿楼茶馆书场，何以毫无凭据，其为有意顶替，已可概见。饬将杨兰亭管押，饬包探查提朱金全到案究惩。

（上海公共租界）（1892年10月28日《申报》）

拿办得亿楼主②

〇副捕头禀称，唱演花鼓淫戏之得亿楼主朱金全避不到案，使年老无用之杨兰亭塞责，奉谕将杨暂押，俟提朱讯办，迄今朱尚无从拘提，杨管押多日，请即发落。蔡太守谓朱情殊可恶，饬将杨开释，仍令各包探拿朱惩办，到案之日，杨仍须候质。

（上海公共租界）（1892年11月2日《申报》）

---

① 蔡太守，即蔡汇沧。
② 该组新闻原题为《英界公堂琐案》。

1893 年（光绪十九年癸巳）

上元陋俗

广东省城，鱼龙杂处，良莠不齐，防范最宜慎密，乃每遇上元节届，有等游手好闲之徒，在于城厢内外，三五成群，藉端索费，各立名色，或扮灯戏，或跳财神，或舞狮掉龙，击鼓敲锣，沿街哄动，以致匪徒溷迹，抢窃堪虞，实为扰害民居，官斯土者亟应严行禁止。今闻南、番两县令除饬差查拿外，一面出示晓谕县属各色人等，务宜安分守法，各自营生，不准藉称灯节，纠众赌钱及装扮灯戏等项，聚集多人，沿街哄动，致滋事端，如敢抗违，定即严拿究惩，决不宽贷，街保人等徇情庇纵，一并拿究云云。亦防患之一端也。

（广州）（1893 年 2 月 24 日《新闻报》）

禁演淫戏

元宵前后，各处迎赛龙灯，藉以点缀升平，原无不可。邗上有选事一流人，于龙灯之外，踵事增华，添演花鼓等戏，淫声亵状，令人耳不忍闻，目不忍睹，关系风化，实非浅尠。保甲总局赵观察①闻之，出示一通，略云：现在元宵已过，尔等务各安分守业，各自营生，毋再迎赛龙灯，演唱花鼓，以及抽头聚赌。倘敢不遵，定即提惩。见者咸毛发悚然，当不敢以身试法矣。

（扬州）（1893 年 3 月 20 日《申报》）

查禁聚赌②

〇城内罗家桥鱼市一带，赌局如林，并招娼妓演唱淫词，诱人入局，实为风俗人心之害，张观察③莅任伊始，已有所闻，即饬东路厅陈司马④饬差查拿，已悬示通衢矣。

（北通州）（1893 年 4 月 3 日《申报》）

驱逐幼伶

厦门附近石码乡有土戏小班，率以十二三岁之幼童充之，衣服斩新，

---

① 赵观察，赵济川，字小溪，安徽人。湘军军官，升任江苏候补道，1892 年前后任扬州保甲局总办。

② 该组新闻原题为《潞水春鳞》。

③ 张观察，张绍华，字筱傅，安徽桐城人。同治十三年进士，历任大顺广道道台、通永道道台、江西按察使、署江西巡抚兼布政使等职。

④ 陈司马，陈镜清，字小亭，江西石城人。遵郑工例捐知县，光绪十五年举人，历任通州知州、蓟州知州、顺天东路厅同知等职。

容貌娇艳，见者疑为花底秦宫。所唱者无非淫词艳曲，靡靡动人，与花鼓摊簧相仿佛。去冬来厦唱演，哄动一时，钲鼓未鸣，已觉人头如蚁。漳泉一带风俗，闽棍混星之类，大都以坐戏箱为荣。坐戏箱者，坐在小旦衣箱之上，作大老官模样。小旦装水烟以敬之，眼角流情，大有断袖余桃之癖。因此撚酸吃醋，口角忿争，莺歌燕舞之场，倏变而为血飞肉薄。地方官恶其滋事，特于月之初五日出示严禁，驱逐出境。此亦整顿风俗之一端也。

（厦门）（1893年4月7日《申报》）

说 书 受 责

有唐子山者，明明双瞳清湛，人编以瞎子呼之。夙与某荡妇有私，鱼水和谐，俨如伉俪。迩来相约在西门外万胜桥西开设小茶肆，终日搽脂抹粉，高坐柜前。无赖青皮闻香而至，尽情调戏，略无忤言。前晚巡防局员蔡蓉卿①二尹访知有人在茶肆中歌唱淫词，立饬地甲勇丁将妇及歌者拘讯。妇供称肆中茶客寥寥，是以招人演说因果，藉资劝善，非以诲淫。二尹谓：尔总不应任人深夜说书。遂著掌颊二十下，歌者笞臀四十板。

（上海县）（1893年4月20日《申报》）

驱 逐 花 鼓②

○包探何瑞福禀陈桂荣前在菜市唱花鼓戏，驱逐出境，昨日又蹈故辙，拘案请讯。陈桂荣供浦东人，来沪买物，不敢唱戏。蔡太守③令驱逐，不准逗留。

（上海公共租界）（1893年5月10日《申报》）

演唱花鼓判罚④

○包探顾阿六、黄四福禀，致远街小菜市地方，前有张雨生、张阿方演唱花鼓戏，拘案惩办，迄今又蹈覆辙，因将两张及胡阿弟送案，蔡太守判两张各笞一百板，枷号一月。胡系初犯，免其笞责，枷号一月，发该处示众。

（上海公共租界）（1893年6月10日《申报》）

---

① 蔡蓉卿，其人具体不详，据俞樾日记，俞樾称其为表弟。曾任上海西门外巡防局委员、十六铺巡防中局委员、宝山县丞。
② 该组新闻原题为《英界公堂琐案》。
③ 蔡太守，即蔡汇沧。
④ 该组新闻原题为《英界公堂琐案》。

禁 演 夜 戏①

○小校场演戏酬神，因事罚戏一本，于某夜演唱，男女观听者约以千计，左右看台上异常拥挤，盖贸易工作人等因夜间身暇，无不偷闲寻乐，一时蜂屯蚁聚，遂将高凳矮台忽然推倒，犹幸未至伤人，唯喧嚷之声达于远近，闻者几于惊绝。现为府宪邵太尊②所悉，饬令嗣后不准再演晚戏，免致滋生事端，是亦移风化俗之一端也。

（九江）（1893年6月15日《字林沪报》）

唱 曲 被 拘

宁波人蔡廷兰携妻阿五姐来沪，在外虹口正丰街开设载春园茶馆，迩因生涯寥落，遂雇廿余岁之宁波妇演唱宁波小曲。前晚系破题儿第一夜，歌喉乍啭，听客如云，被美捕房包探所闻，带同伙役，前往拘拿，既抵其处，则见双门已闭，声息杳然。询之旁人，知英捕房麦捕头乘坐马车至杨树浦纳凉，行经是处，即饬巡街捕将蔡廷兰拘押美捕房，想须解案请办也。

（上海美租界）（1893年7月7日《申报》）

提 讯 馆 主③

○前日有人在外虹口正丰街载春园茶楼演唱宁波淫词，一男一女，描写逼真，经麦总巡在马车中经过瞥见之下，喝令巡街华捕将该店主蔡庭兰拘入捕房，解候讯办。

（上海公共租界）（1893年7月7日《字林沪报》）

研讯花鼓启衅④

○卞木生控徐阿狗行凶，前晚由黄大令⑤研讯。卞诉称系本地人，家住廿九保四图，向以耕田度日，有徐阿狗与小的有仇，此次徐在镇上演唱花鼓淫戏，小的在门前经过，徐喝众行凶，将头颅击破，木棍呈案。朱保田供为廿九保五图地保，徐阿狗确在镇上唱淫戏，小的曾往喝阻，徐反将小的殴击。大令问仵作在否，差役禀不在。原差将血衣呈案，大令问："尔是何人？"供称："小的是原差。"大令曰："尔系原差，血衣不应由尔呈上。"显见得贿，著笞四百板，卞等斥退，听候提徐到案讯办。

（上海县）（1893年7月31日《申报》）

---

① 该组新闻原标题为《戏场琐记》。
② 邵太尊，邵庆善，字博岩。据《申报》报道，其人于1893年至1894年署理九江知府。
③ 该组新闻原题为《淞北近闻》。
④ 该组新闻原题为《县案汇录》。
⑤ 黄大令，即黄承暄。

花鼓启衅判罚①

○昨报纪法华人蔡土根、张书堂控金阿松等殴打一案,叶司马②因未查前卷,令于次日讯断。前晚升堂提蔡土根、张书堂未到,讯之该处地保陈克其、丁仁山、姚芝岩同供,此事系金阿松、高富生在途打架,金执扁担,高执竹棒,误碰蔡身,且查所控毛柳坤系被马有卿殴伤,并非与金等同党。司马问:尔等图内可有花鼓淫戏?答:无之,惟闻吴记昌图中有此种淫戏。司马饬提金阿松、高富生到案,同供系法华人,务农为业。五月初二日小的等口角争殴,各持竹棒在途互击,误碰于蔡,当即赔罪。至毛柳坤实被诬控,毛曾被马有卿殴伤,至今未愈。毛柳坤供小本营生,日前因看花鼓戏,遭马有卿殴伤,并未与金等殴蔡。司马以毛柳坤既属无干,当堂斥释,金阿松笞责一百板,交地保带回,高富生枷号半月,发法华镇示众,一面补提马有卿等到案讯究。

(上海县)(1893年8月7日《申报》)

禁 唱 淫 词

淫词艳曲,招引良家妇女,最是败俗伤风,经汪、曹二董事禀县出示谕禁在案,总巡张牧九③司马查悉廿三七铺地方有某裁缝店,每于停工后聚集少年无赖,露坐街头,弹丝吹竹,靡靡之声,不堪入耳。近处妇女呼姨唤姊而往,笑语喧哗,殊属不成世界,立饬地甲持条阻止,如敢故违,一经察出,定即重办不贷,从此龌龊世界当变为清静世界矣。

(上海县)(1893年8月11日《申报》)

禁 止 淫 词④

○迩有轻薄少年勾通外来无业游民,于夜深人静之时,就偏僻处演唱淫词艳曲。丁潜生⑤廉访访及,督办省城保甲局候补道李篁仙⑥观察访知其

---

① 该组新闻原题为《县案汇录》。
② 叶司马,叶大庄(1844—1898),字临恭,号损轩,闽县阳岐人。同治十年举人,任内阁中书,后改任靖江知县。光绪八年入张之洞幕府,办理洋务和军务。历任上海县保甲总巡、邠州知州等职。著有《写经斋诗》《退学录》等。
③ 张牧九,其人待考,据《申报》报道,1893年至1894年其人先后任上海城厢内外保甲总巡和拓林通判。
④ 该组新闻原题为《皖公山上磨崖记》。
⑤ 丁潜生,丁峻,字潜生,江西南昌人。与太平军作战以军功升任水师哨官、都司、知府、统领等衔,历任安徽庐滁河道、凤颖六泗道、署安徽按察使、署安徽布政使等职。
⑥ 李篁仙(1825—1894),原名寿蓉,字梦莹,号天影庵居士,湖南望城县人。谭嗣同之岳父。咸丰六年进士,历任户部主事、江汉关道道台、芜湖道道台等职。著有《天影庵诗集》。

事，以此等恶习，深堪痛恨，谕饬怀宁县包伯琴①出示禁止，以挽颓风。

（安庆）（1893年8月23日《申报》）

唱 戏 被 拘

演唱花鼓淫戏，有干例禁，前晚有姚锦荣等在沪南外咸瓜街金玉楼茶馆演唱淫词小曲，男女混杂。二鼓时，保甲总巡张牧九司马带同地甲局勇巡查过此，司马闻人声嘈杂，即命停舆入内查看，喝令局勇拘拿，遂将姚及张庆生、金玉舒、朱吉泰并经理帐目之林瑞芝、金玉楼主姚来勋一并解至总局，司马升坐研讯，两姚及张等均供称初次误犯，叩求恩典。司马曰：本当将尔等分别责惩，茶馆押闭，姑念一再苦求，从宽免责，著罚洋银十元充地方善举。诸人叩头遵谕具结，缴洋而退。

（上海县）（1893年8月25日《申报》）

禁止搭台看戏②

○营街大曾首董聚议，因近来戏场看台太多，屡次肇祸，从此一例禁止，毋论何处唱戏，不准再搭看台、茶篷。窃谓既禁看台，不若并禁淫戏，营街铺家学徒皆有放工看戏之例，半掩门之土妓又挨户皆是，演唱淫剧，显足坏风俗而害地方，苟能禁之，亦维持风化之一端也。

（营口）（1893年8月31日《申报》）

枷 满 开 释

法华镇左近演唱花鼓戏，地棍高富生藉端生事，由地保送县讯供枷号，已列前报。前日枷期已满，由叶司马③提讯，即著疏枷开释。

（上海县）（1893年9月15日《申报》）

演唱花鼓判罚④

○一百十六号三道头华捕称，昨日小的巡至五福弄地方，见方吉仁、陈华狗、陈阿炳等演唱花鼓淫戏，为此拘获请讯。方及华狗同供，小的等初次误犯，叩求恩典。阿炳供称，小的前往观看，被捕误拘。太守判将方及华狗各枷七天，发犯事地方示众，陈阿炳从宽开释，起案之锣鼓等物存候销毁。

（上海公共租界）（1893年9月23日《申报》）

---

① 包伯琴，包宗经（1850—1894），字迺畬，号伯琴，浙江镇海县人。光绪五年进士，历任安徽泾县、怀宁、宣城等县知县。
② 该组新闻原题为《营口琐闻》。
③ 叶司马，即叶大庄。
④ 该组新闻原题为《英界公堂琐案》。

演唱花鼓递籍①

○包探黄四福禀称，宁波人浦阿四前因演唱花鼓淫戏，拘请大老爷递解回籍，今又来此，是以拘送案下。浦供称，小的疑递籍后，仍可前来，故附船而至，如今愿即回去，求免笞臀。蔡太守②判令笞责一百板，押候仍递解回去。

（上海公共租界）（1893年12月1日《申报》）

1894年（光绪二十年甲午）

查禁歌妓

津城茶馆除宫北黑家楼外，大半生涯寥落，非设叶子戏藉赌抽头，即罗致男女之善歌者，一弹三唱，为招徕茶客地步。从前歌者男则时调、大鼓书、西城板、八角鼓等擅场，女则以五六龄以下贫家幼女学习弹唱者充之，尚无妓女登场度曲，有之，自歌妓玉梅、桂枝始，而风气遂为之一变。然玉梅、桂枝系已老徐娘，有声无色，且只系二人，碍无分身法，难应城厢内外各茶馆之招。于是有山东流妓曰大丫髻、大盘头、小黑骡、黑牛等不远千里而来，其名目曰梨花大鼓，玲玲琮琮，金铁皆鸣。人情莫不厌故喜新，自前年即已盛行，座客至无虚席。该妓虽不善妆饰，然乱头粗服，别饶妩媚，有嗜痂之癖者咸趋之。迄今茶馆中之梨花大鼓，几至喧阗半夜。乡甲局总办汤伯述③太守恐为人心之害，从严禁止，以挽颓风，惟是利之所在，不免阳奉阴违，河东魁升茶园尤视禁令如弁髦，不稍避忌，为该段分局所闻，饬勇将茶馆发封，并将馆主拿送总局发县惩办。从此茶楼歌妓当一洗而空，维系风俗，在此一举，正不得谓为焚琴煮鹤也。

（天津）（1894年1月14日《申报》）

诱捕串客④

○宁波府钱太守⑤访拿串客，早有牌谕给发府署头役曹某，乃曹希邀奖赏，急欲见功，诱嘱陈五宝特往乡间雇召串客脚色上郡，在太平巷药局阿林，即张仁林娼家扮演，曹某在场点演一折，赏洋一元而去。众以为府

---

① 该组新闻原题为《英界公堂琐案》。
② 蔡太守，即蔡汇沧。
③ 汤伯述，汤纪尚（1850—1900），字伯述，浙江萧山人。廪贡出身，故大学士汤金钊之孙，由左宗棠保奏入仕，曾任江苏候补同知、署大名府知府、天津乡甲局总办等职。著有《槃薖斋文集》。
④ 该组新闻原题为《渝州春色》。
⑤ 钱太守，即钱溯时。

差曹某作主，并不畏忌。不料曹某出去之后，立刻通报府宪。钱太守速派干役多名，会同绿头勇前往该娼家前后兜拿，共拿获五人到案，内有二名审系看客，当堂取保释放，其余三名分别责枷示众，并将该娼家房屋封锁入官。有知其事者咸谓曹某不应如此作为，然申客等苟能恪遵官谕，不再扮演，何至受曹之愚，是亦可谓自投罗网而已矣。

（1894年2月19日《申报》）

查 处 滩 簧①

○淫词艳曲，风化攸关，前经县尊黄大令②三令五申，城内各茶寮无不奉公守法。无如日久玩生，邑庙豫园内柴行厅书场于日前招集无赖辈五六人，弹唱滩簧杂曲，靡靡之音，荡心动魄，少年子弟，乐而忘返，如蚁附羶。本城巡防东局王二尹③特于昨日饬勇将该书场主林歧卿传案讯究，林俯首无词，叩求恩典。二尹姑念初犯，申斥一番，著具不再弹唱淫词切结，并著将各无赖姓名开明存案备查。

（上海县）（1894年3月6日《申报》）

禁 唱 淫 书

邑庙豫园各茶寮书场林立，其中虽不乏柳敬亭一流人演说故事，善恶忠奸，描摹逼肖，于风俗人心不无小补。无如各场主工于牟利，不免招致淫词艳曲，耸人听闻。日前东局委员王二尹曾将滩簧主林歧卿申斥，而玩法之徒依然不知儆戒，如所唱《倭袍》《描金凤》等说部，淫词亵语，入耳难堪，贻害诚非浅鲜。现闻当道拟将城内各书场一律禁止，不得轻于尝试，是亦挽回薄俗之一端也。

（上海县）（1894年3月10日《申报》）

售卖淫书判罚④

○包探顾阿六禀称，费四宝等人在石路卖违禁淫书，是以一并拘案。费及张富仁、王永庆同供称，小的等小本营生，不知违禁。宋通刺⑤判令各枷号五日，发头门示众，淫书存候销毁。

（上海公共租界）（1894年4月1日《申报》）

---

① 该组新闻原题为《沪江碎锦》。
② 黄大令，即黄承暄。
③ 王二尹，即王经畬。
④ 该组新闻原题为《英界公堂琐案》。
⑤ 宋通刺，即宋莘乐。

查 处 串 客①

○宁波访事人云，所恶于串客者，为其专演淫戏，败俗伤风也。其人虽不隶于梨园，而偏喜粉墨登场，以歌舞悦人耳目。地方官久经示禁，而若辈恃有护身符在，依然阳奉阴违。日来南乡定桥人藉社祭为名，雇串客演唱，地保阻之不能止，无奈赴郡禀陈钱太守②派差往拿，仅获魏某一名，重责枷号。嘻！优伶本至微至贱者也，奈何以衣冠中人而竟下侪于若辈，卒之身败名裂，戮辱随之，其真生有贱骨者乎？

（1894年4月15日《申报》）

演唱《双沙河》判罚③

○副捕头好禀称，广东路天仪戏园演《双沙河》一折，淫声浪态，刻意描摹，应请拘拿讯办。宋通剌④曰"诺"，立饬差捕往拿园主曹小云、伶人牡丹花、赛李猫研讯。同供称，小的等皆京师人，初至治下，不知禁令，尚乞施恩。宋通剌判罚曹洋银十元，并著具结。赛李猫、牡丹花均饬具不再搬演淫戏切结。

（上海公共租界）（1894年4月17日《申报》）

演 唱 淫 戏

包探何瑞福禀称，天仪戏园伶人牡丹花、赛狸猫合演《双沙河》淫戏一出，有关风化，为将该伶及园主曹小云一并传案请罚，曹等同供以后当谨守定章，不敢再违犯矣。问官判罚曹洋银十元，并着该伶同具不敢演唱淫戏切结备查。

（上海公共租界）（1894年4月17日《字林沪报》）

演唱滩簧判罚⑤

○副捕头好偕顾阿六、何瑞福、黄四福三包探禀称，湖北路鸿园楼上招集无赖唱摊簧，有干例禁，因往拘园主及唱摊簧人至捕房，园主周瑞生存洋银二十五元为质，唱摊簧人林恒山亦存二十五元。今特先将俞朝荣等四人解案，俞供称小的系苏州人，年二十八岁，素耽昆曲，偶尔登场，不涉奸淫，尚求宽恕。钱福亭、凌瑞卿同供称小的等皆上海人，朱守梅供称杭州人。宋通剌判令各枷号十日，发交包探带往犯事地方示众，周及恒山

---

① 该组新闻原题为《古董谰言》。
② 钱太守，即钱溯时。
③ 该组新闻原题为《英界公堂琐案》。
④ 宋通剌，即宋莘乐。
⑤ 该组新闻原题为《英界公堂琐案》。

即林步清所存洋银悉数拨充某善举。既而俞等一再叩头求免，情愿罚锾，朱供称生员，幼入浙江钱塘县学，务求公祖成全。通刺交包探带回捕房，候查明是否生员，再行发落。

（上海公共租界）（1894 年 4 月 26 日《申报》）

摊簧禁绝

英捕房好副捕头访得四马路鸿园福星楼茶馆有歌唱苏州摊簧情事，因令包探顾阿六前往，拘获唱戏人林步青①、周才生、林瑞卿、钱福廷、余兆荣、朱守梅等六人，并丝弦傢伙等一并带入捕房。昨晨解案，据该包探禀称，此事系捕房嘱小的往拘，今惟林步青、周才生两人存洋五十元保出未到，请为讯办。林瑞卿等同供：小的等所唱均是戏滩，不敢以淫秽之词动人耳目，惟求施恩。宋别驾②谓：演唱摊簧，本干例禁，况尔等所唱尽属淫词艳曲，是宜从严惩办，以快人心。遂商之萨副领事③，判将林瑞卿等各枷十天，发犯事处示众。林步青、周才生两人既未到案，着将保洋充公，丝竹销毁。一时观审者莫不拍手称快，并叹好捕头与宋别驾执法如山为不可及。

（上海公共租界）（1894 年 4 月 26 日《字林沪报》）

演唱滩簧续判④

〇鸿园福星楼茶馆楼上唱滩簧，由捕房拿获，茶馆主周瑞生及唱滩簧之林恒山即林步清、俞朝荣、凌瑞卿、钱福亭、朱守梅等已列前报。兹已查明，朱守梅确是生员，不应丧尽廉耻，遂改判俞、凌、钱、凌四人各罚洋二十元，著具切结，否则仍照前断。惟朱另行办理。

（上海公共租界）（1894 年 4 月 28 日《申报》）

劣绅请究串客⑤

〇宁波恶俗莫甚于扮演串客、开场聚赌，干犯禁令，败坏风俗，即乡民柱首亦可出首捆送请办。如藉挟嫌隙设词架陷，虽公正绅士亦难假借。

---

① 林步青，即林步清（1861—1917），江苏丹阳人。苏滩演员，工丑，自幼喜好昆曲、京剧，后拜苏滩艺人汪利生为师，善演剧目有《荡湖船》《卖橄榄》《马浪荡》等。据《忘山庐笔记》和《清稗类钞》记载，林步清曾为丹桂戏园名优，善诙谐，上海苏滩以林步清为最有名，能作新式说白，妇女尤欢迎之。

② 宋别驾，即宋莘乐。

③ 萨副领事，萨允格（James Scott，1850—1920），英国外交官。1884 年到中国，任驻华使馆助理。1895 年任上海副领事兼公共租界会审公廨陪审官。后任镇江领事、驻广州总领事等。

④ 该组新闻原题为《英界公堂琐案》。

⑤ 该组新闻原题为《四明问俗》。

兹闻有劣举徐琳藉嫌妄控赴府拦舆递呈。钱太守①廉得其情，当询其中式之题目及正副考官姓名，茫乎莫知，对答含混。太守面斥外，饬吊朱卷，见其名"淋"，与"琳"字互异，其中有何不实不尽，批仰鄞县逐细查明，据实具覆察夺。

（1894年5月10日《申报》）

拿获淫戏②

京师严禁赛会，业经五城步军统领出示晓谕，一律禁止，已列前报。四月十五日，前门外香厂地方有高唱秧歌者，涂粉抹酥，女装男扮，扮演各种淫戏。又截木为腿，形如鹤膝者，跨之名曰高跷，以炫其奇。虽略具乡傩之遗，奈入会半属无赖，不免动辄滋事。正在喧闹之际，被营汛兵丁立即拿获，详解提宪，送交刑部，按律究办，以靖地方而安良善。谅似此雷厉风行，若辈定当敛迹以守正业。实地方之福也。

（北京）1894年5月29日《字林沪报》

拟办演唱花鼓③

○花鼓淫戏，本干例禁，迩来松郡东南乡华亭十七图并盐二图以及娄县十五图三处毗连之界，自去月初旬至今，竟有游手好闲之徒，支搭高台，演唱花鼓戏，云情雨意，描摹逼真，暮暮朝朝，酣歌不绝。村中男女老少挈伴来观，笑语喧哗，毫无顾忌，是处汛弁拟禀请华、娄两县严密协拿，以免此逃彼窜。今者农务方兴，若能一律禁绝，保全地方，当非浅尟。

（松江）（1894年6月10日《申报》）

唱 书 受 罚④

○初十日晚，钱塘县束大令⑤行至羊市街，时已二鼓，见某茶肆尚未闭门，内有唱花鼓戏者，喝令将伶人提至舆前，询以为何胆敢违禁，其人觳觫而对曰："小的非伶人，实以平话为业，所说者系《忠孝图》。"询以《忠孝图》为何人故事？其人沈吟片刻云："是岳爷爷故事。"大令笑曰："岳爷爷果是忠孝人，令将带尔至署中，试唱几回与本县听，本县当不吝重

---

① 钱太守，即钱溯时。
② 该组新闻原题为《长安碎锦》。
③ 该组新闻原题为《云间耳食》。
④ 该组新闻原题为《三潭月色》。
⑤ 束大令，束泰，字季符，江苏丹阳人。举人，曾任浙江钱塘、镇海、平湖、桐乡等县知县。

酬也。"其人连连叩首，口称小的不敢。怒问："究唱何书？"则云《双珠凤》。邑尊冷笑曰："本县久知花鼓戏中均是淫词艳曲，有伤风化，例合重惩。"且命掌嘴二十下，复提茶肆主至，掌颊三十下，令具以后不再设书场切结。次日即出示禁唱花鼓淫戏，如有不遵，将房屋发封，提人重办。

（杭州）（1894年6月19日《申报》）

拘拿花鼓①

○松江访事人云，迩有无赖子弟在东门外华阳桥一带支搭戏台，资雇下贱优伶演唱花鼓戏，淫词艳曲，绘影绘声，聚而观者，大有举国若狂之势。迤西黑桥等处，亦有踵而行之者，华亭县童米苏②大令访悉情形，立即饬役往拘，若辈遂如鸟兽散。

（1894年10月4日《申报》）

冒差禁戏③

○俗传九月二十八日为财神诞辰，城厢上下皆于路口财神堂前演剧说书，以伸庆祝，惟青云街许衙巷财神堂每届诞辰，惟以香烛牲宰，稍展诚敬。盖是处居民类多贫窭也。近以连年秋试，租考得利，遂支搭高台，唱演因果戏，淫词艳曲，秽恶难堪。正在锣鼓喧阗，忽有土棍三人扮作官差，口称奉宪查拿，即将首事人扭至某茶寮，首事人早已洞明来意，急倩孔方兄了之。而台上伶人已收拾下场，如鸟兽散矣。

（杭州）（1894年11月8日《申报》）

演剧遭惊

戏剧中最危险者，莫如《三上吊》一出，前经官府禁止，今则花样翻新，将《三上吊》一戏铺张扬厉，装作无数鬼形，与贼共搏，贼则登高履险以避，甚危事也。前晚宝善街天仪戏园正演此戏，扮演者在绳上往来行走，不料绳忽中断，幸扮贼之伶人心灵手敏，不至从高坠下。迨后又作钻火圈等技，而所穿之衣忽然燃著，幸经他伶代为扑灭，不致殃及其身，亦幸事也。然是戏之危险，于此已见一斑。

（上海公共租界）（1894年11月12日《申报》）

男看戏

山东与江苏交界处，有匪类聚成一党，名为七百党，比于五月杪纠出

---

① 该组新闻原题为《五茸谰语》。
② 童米苏，即童宝善。
③ 该组新闻原题为《钱江寒信》。

钱文,征伶演戏十日,凡四方往观者,不准妇女到场,恐肇事端。戏台前后左右均森排刀枪剑戟,布置严密,俨如列阵。当道派兵丁差役前往弹压,该差以势难与抗,退缩不前,惟有探明始终日期及戏出名目,回衙销差,斯诚凶恶之极矣。

(《益闻录》1894 年第 1390 期)

1895 年(光绪二十一年乙未)

查 禁 串 客①

○每届新正,四乡均演串客戏,淫声浪态,败俗伤风,屡经县府严惩,而若辈仍不知忌惮,谓非积重者难返欤?兹者东乡下王鹿山头又藉灯祭为名,日夜登台开演。某绅往阻不听,爰即赴县控陈,杨大令②准之,饬差前往查拿,未知果能拿获否?

(宁波)(1895 年 2 月 22 日《申报》)

驱 逐 弹 唱③

○夫子庙前每有江湖卖解之流,张布幄以招人入览,且或弹唱淫词艳曲,排设赌局骰摊,衣冠中人望而裹足。保甲总局章观察④恶之,特饬四福巷卡弁马把戎督率地甲亲兵严行驱逐。目下居然肃静无哗矣。

(南京)(1895 年 2 月 27 日《申报》)

弛 禁 花 鼓⑤

○往岁元宵前,即有迎赛花灯者,今岁因少年喜事之徒多往博场,无暇计及花灯,仅有河西乡人十数名入城演唱花鼓戏及连相等类,居家皆燃鞭爆以迎之。此种淫戏,本干例禁,地方官以时值新年,暂弛厉禁,亦与民同乐之意也。

(宜昌)(1895 年 3 月 2 日《申报》)

饬 禁 赛 会

去年本邑浦东一带收获颇丰,民间皆额手称庆,故自今正以来,所有三太爷庙、七家庙、茶庄庙、老太爷庙等之各会首均各知照会中人,意欲

---

① 该组新闻原题为《十洲春语》。
② 杨大令,即杨文斌。
③ 该组新闻原题为《鬼脸城春眺》。
④ 章观察,章蕴卿,其人具体待考,据《申报》报道,其人 1880 年至 1890 年代任南京城内保甲总局总巡。
⑤ 该组新闻原题为《彝陵泛棹》。

举行赛会、演戏酬神，正在商议间，关道宪刘康侯①观察访闻，以现值中倭有事之际，需饷孔殷，何暇为此？况一经赛会，难免无匪人混杂其间，藉端滋事，是以札饬上海、南汇两县示禁。上海县黄大令②奉文之后，将次出示禁止矣。

（上海县）（1895 年 3 月 12 日《字林沪报》）

重 申 禁 令

摆卖淫书淫画以及妇女入馆吃茶等事因有伤风化，业由地方官示禁在案，兹主簿林少尹③恐日久玩生，于昨午传齐各铺地保至厅谕话，并饬将告示分贴各处，重申禁令，如敢故违，准予禀究，各地保俱遵谕而退。

（上海县）（1895 年 3 月 22 日《新闻报》）

因军情示禁演剧④

○年例正月中，各商集资演剧以答神庥，袍笏笙箫，殆无虚日，今者边防孔亟，兵士如云，陈司马⑤、张直刺⑥以时事日非，会衔示禁，如有再照年例演剧酬神者，定行传案究办。

（北通州）（1895 年 3 月 27 日《申报》）

欲 惩 弹 唱

○顺香楼茶坊近有女校书弹唱小说，颇形热闹，前日有厅署佣妇抱女公子挤入观看，茶博士因座客已满，该佣站立中间，不便出入，嘱其退立后面，妇即负气而回，诉于主人。少顷有署内家丁至茶馆中将唱书之琵琶取去，并欲查询惩办，经茶坊主挽人竭力关说，始获寝事。

（南汇县）（1895 年 5 月 17 日《新闻报》）

禁 止 喧 哗

英租界山东路仁济医院附近前后均是妓院，每于深夜高唱京腔二簧，猜拳吃酒，往往通宵达旦，以至医院病人各难安睡。昨经医生知照麦总巡⑧，立饬包探等至各妓院传知，限于夜间十二下钟为止，不准违章，各

---

① 刘康侯，刘麒祥（？—1897），字康侯，陕西巡抚刘蓉之子，湖南湘乡人。1894 年 9 月任上海道台，次年离任。1897 年 1 月回任。
② 黄大令，即黄承暄。
③ 林少尹，即林珍虞。
④ 该组新闻原题为《北通碎锦》。
⑤ 陈司马，即陈镜清。
⑥ 张直刺，即张绍华。
⑦ 该组新闻原标题为《礼溪夏汛》。
⑧ 麦总巡，即麦根士。

妓院均已如谕遵禁矣。

（上海公共租界）（1895 年 6 月 17 日《新闻报》）

饬　禁　淫　戏

戏园所演各戏，变本加厉，近更将近事编作新戏以赚游人，败俗伤风，为害滋甚，如丹桂茶园所演之《三世奇冤》一戏，曾请法公堂移禁，不料改名《奇中奇》及《奇奇奇》等名目，又经法谳员郑景溪①大令查悉，其名虽异，其实则一，故又移请英廨重禁，昨又由宋通刺②饬差前往谕令禁止，以后不得再演。

（上海法租界）（1895 年 6 月 23 日《申报》）

书　场　被　禁

本城九铺陈市安桥西万阳楼茶馆店主某甲设列书场，弹唱小说，前日正在调丝弄竹，男女围坐之时，有陈阿顺者，身穿密门钮扣，窄袖短衣，在人丛中调戏妇女，谑浪之声，不堪入耳，经保甲总巡夏芝荪③明府访悉，饬差将店主及陈一并拘局，升案讯究。甲称嗣后不敢再设书场，叩求宽宥。陈阿顺供做棕榻匠，偶到书场听书，不敢犯事。明府以茶馆中弹唱小说，大坏风化，久干例禁。本应重惩，姑念一再苦求，笞责一百板，具结以后不准再设书场，从宽饬退。陈阿顺调戏妇女，殊为可恶，判令枷号一月，发九铺示众，俟期满再行责放。

按，书场弹唱，历奉官长晓示，严行禁止，无如禁者自禁，犯者仍犯，至红杏一枝楼茶馆与万阳楼近在咫尺，仍是堂皇弹唱，视宪谕为具文，挽回风俗之难可知矣。

（上海县）（1895 年 8 月 3 日《申报》）

示　禁　售　书

汉口镇近有《图绘台湾战事》及《平倭战记》等书，铺张装点，沿街摊卖，为英国驻汉领事官霍君④所闻，诚恐煽惑愚民，致生衅故，特于前

---

① 郑景溪，郑清廉，字景溪，1895 年至 1898 年任上海法租界会审公廨谳员，清末还任江汉铁路总办等职。

② 宋通刺，即宋莘乐。

③ 夏芝荪，其人具体待考，据《申报》报道，其人历任洋务局委员、上海城厢保甲总局总巡、震泽县知县等职。

④ 霍君，霍必兰（P. Warren，1845—1923），英国外交官。1883—1884 年任代理驻台湾领事，1893—1901 年任驻汉领事，1901—1911 年任驻上海总领事。

月十九日照会护督部堂谭中丞①请予查禁。中丞乃札饬汉阳县薛大令②出示通衢，严行禁止，示内略言，如有仍以此种书本刷印摊卖者，一体拿案重究，决不宽贷。大宪此举实能弭患无形，可谓得柔远之道矣。

(1895年8月24日《字林沪报》)

示禁斗会③

甬友笔述云，甬地巫祝向有斗会名目，其法集一方士女于坛前，渠则弄竹调丝，口唱淫曲及百般戏谑之语，旷夫怨女入耳动心，往往情不能禁，遂效神女襄王故事，败俗伤风，莫此为甚。前者徐正塘孝廉恶之，入告鄞县徐邑尊④示禁在案，迩因节届中元，各境皆放瑜伽焰口，阴阳生毛某等恐其日久玩生，具禀杨稚虹⑤明府重申禁令，明府以整饬地方为念，立即批准，一面出示悬诸通衢，俾巫祝不敢复萌故智，挽颓风而革敝俗，间阎之受赐岂浅鲜哉？

(宁波)(1895年8月24日《字林沪报》)

整顿风俗

宁波每遇丧事，延请道士修斋建醮，追荐亡灵，辄有不法棍徒托称斗会，日则诵经礼忏，夜则演唱淫词串客小曲，煽惑人心。前经众绅禀请示禁，现因日久禁弛，故态复萌，经阴阳生毛宗乾等具呈到县，杨大令⑥准词给示，重申禁令，以儆将来而整风俗。

(1895年8月25日《申报》)

戏园暂封

津门戏园凡四，曰协盛、袭胜、广庆、金声，由永合成、四喜、运升、升平等四班分头演唱，虽戏尚不劣，而获利甚难，盖因各衙门与水师营务处等人之来听者不名一钱，且又接待偶疏，风波立起也。近来金声园之升平班自陕伶小盖天、红十二红等登台后，生涯颇觉不恶，园主人等方

---

① 谭中丞，谭继洵(1823—1901)，字敬甫，湖南浏阳人。谭嗣同之父。咸丰九年进士，历任户部员外郎、甘肃按察使、布政使、湖北巡抚。戊戌政变谭嗣同遇难后，谭继洵被革职回籍，交地方官管束。

② 薛大令，薛福祈，字诚伯。历任湖北浠水、汉阳等县知县。

③ 该组新闻原标题为《甬江秋汛》。

④ 徐邑尊，即徐振翰。

⑤ 杨稚虹，即杨文斌。

⑥ 杨大令，即杨文斌。

欣欣色喜，不料唐山刘钦宪移节天津，大兵过境，恐有骚扰，当由王制军①饬令一律封闭，俟过九月，始准重开，于是业此之人无不愁眉双锁。然制军此举固深得思患预防之道也。

（天津）（1895年9月24日《新闻报》）

以 优 代 妓

菱湖镇地方有总管庙焉，亦曰北圣堂，七夕为庙神诞期，镇人为之集资祝寿，定期初五日至初十日雇班演戏。该班孩童有扮女妆者，惟妙惟肖，异常袅娜，社内有寻花问柳之辈，居然在庙带有鸦片烟盘，吞云吐雾，并令男扮女妆装烟开怀，殊属不成体统。公正者叙议禁止，来年不许装扮妖艳之态，亵渎神明，如违公罚，彼登徒子一流人不免色然气沮矣。

（湖州）（1895年10月10日《新闻报》）

请 禁 淫 书

刻卖淫书，久干例禁，近有住居本城北张家弄某甲之子，年未及冠，已患痨瘵，初不知因何致病，现经幼子在病者箱箧中搜检《果报录》等淫书甚多，甲方知其子之病之所由来也。立命当场焚化，痛戒嗣后不许再阅。查悉城中老学前木器店内及敬业书院租赁宁波人等专刻《肉蒲团》《金瓶梅》等诸淫书销售，冀获重利，不顾害人。当同治初年间，丁雨生②中丞巡抚江苏时，严禁淫书，如《红楼梦》《水浒传》等书尚亦奏请禁毁，沪上善堂绅董亦体此意，挨查藏板之店，逐一吊出，焚毁有案，今乃堂皇翻刻售卖，应乞查禁等词投县控呈矣。

（上海县）（1895年10月16日《申报》）

淫 书 害 人

售卖淫书，本干例禁，探悉城内老学前木器店内及鄞人某甲专刻《金瓶梅》《肉蒲团》等淫书，藉以获利。现有住居张家弄某乙年未弱冠，观看此书，竟患痨疾，被父查知，在箱箧内搜出《果报录》三本，立命当场焚化，痛戒不许再阅，并拟具词赴县请为禁绝云。

（上海）（1895年10月16日《新闻报》）

---

① 王制军，王文韶（1830—1908），字夔虞，一字夔石，自号耕虞，晚年更号退圃，浙江仁和人。咸丰二年进士，历任湖南巡抚、云贵总督、直隶总督、北洋大臣、军机大臣、武英殿大学士等职。著有《王文韶日记》。

② 丁雨生，即丁日昌。

禁止聚福班演剧①

○梨园中有聚福班者,其中子弟专唱昆山曲子,即俗所谓文班者是也。迩者纠集本资,拟仍在郡庙前开设戏馆,定期八月二十四日登台,事为赵中丞②所访闻,特于二十三日传见元和县主叶大令③谕即禁止。大令回署,饬提地保至,谕以顷奉抚宪面谕,不许开演,违即重惩。地保强辩不休,大令怒饬掌颊二十下。

(苏州)(1895年10月17日《申报》)

太守被殴

江西访事人云,袁州南门外离城三十余里之游桥地方,有赌棍数十人,借赛会演戏为名,大开赌场,聚集赌徒数百人,日夜赌博,事为惠太守④所闻,饬县派差查拿。差以得贿包庇,太守大怒,即带亲兵数人,乘小轿往捕。赌棍恃众拒捕,将亲兵殴至重伤,复喧哗曰:"尔等昨日方得钱,今日又来捉赌乎?"于是一呼百应,有持木扁挑者,将太守头额殴伤,血流如注,轿夫谓是知府,旁有谓是假官者,亦有谓不论是官不是官,皆须打者,人多口杂,几无天日。有卖油炸桧者大叫曰:"认真是知府,打不得。"急取皮丝烟塞住伤口,救出重围,赌棍乃渐散。太守回城后,即饬府差及营兵数百名飞往拿获赌棍多名,严讯重办,并将租地抽头及会首、地保彻底根究,以警效尤。

(江西)(1895年11月5日《申报》)

禁售淫书

本城四牌楼某书店学徒某甲胆敢翻刻淫书,不顾损人,只图利己,以历来奉禁之《肉蒲团》一书,更名为《觉后集》,在县南赵家宅作坊装钉出售,销场颇畅。本县黄大令⑤已有所闻,谕差查禁。关心民瘼于大令见之矣。

(上海县)(1895年12月2日《申报》)

---

① 该组新闻原题为《吴宫秋色》。

② 赵中丞,赵舒翘(1847—1901),字展如,号慎斋,陕西长安人。同治十三年进士,历任刑部主事、凤阳知府、浙江温处道道台、浙江按察使、江苏巡抚、刑部尚书、军机大臣等职。著作有《慎斋文集》《慎斋别集》等。

③ 叶大令,叶怀善,字润斋,顺天大兴县人。监生,历任武进、阳湖、元和等县知县。1896年,因贪酷,被御史杨崇伊弹劾,革去元和知县。

④ 惠太守,惠格,字式堂,满洲镶红旗人。由监生报捐笔帖式,历任内仓监督、赣州、袁州、衢州等地知府。

⑤ 黄大令,即黄承暄。

开单示禁淫书①

〇贩售淫书，本干例禁，苏垣近有邵秋庭者，由上海贩运各种淫书来苏发售，事为绅董某孝廉等访悉，以省会重地，此风断不可长，遂联名具禀于吴县署，请凌大令②查禁，大令阅禀之下，悉售卖者咸集于元妙观一带，当即函致中路总巡局请某明府协缉。明府饬差查访，差等即向托盘之卖书人讯其来历，卖书人不知底细，遂以向在苏垣售卖石印书籍之曹云生对，该差回禀明府，立即出单提曹，时曹适从他处归，蓦见局差，惊询何事，差出单示之，曹谓此事不难水落石出，遂遣人至邵处冕购淫书一百部，邵遣人如数送至，当被扣住数种，送书人见势不佳，乘间逸去。曹即随差至中路总巡局候讯，明府升座，详细研鞫，曹申诉前情，立辨冤诬。明府知其无辜，当堂省释，然曹所费已不赀矣。明府即于翌日饬差提邵秋庭，一面出示禁止，计淫书十部，照录如下：

《隋炀艳史》《觉后传》《桃花梦》《果报录》《杀子报》《意外缘》《玉蜻蜓》《双珠凤》《贪欢报》《红楼梦》。

（苏州）（1895年12月8日《申报》）

窃案后禁止演戏③

〇又，某甲归、巴之交界人也，日前因出外看戏，寓中被窃，以为唱戏所累，坚请地方官赔偿，地方官恐其聚众滋事，如数赔偿。于是不准各班在台上演戏，定行究办，并将戏箱全行封闭，以致各脚色无衣无食，惟詈考客之累人而已。

（宜昌）（1895年12月12日《申报》）

1896年（光绪二十二年丙申）

新年禁花鼓④

〇每届新年，有越东男妇来杭唱演花鼓淫戏，臬司聂仲芳⑤廉访访知其事，饬保甲局员查禁，并谕令城门委员，见有此辈，不准令其入城，故街坊之上，打花鼓者绝无所见也。

（杭州）（1896年3月3日《申报》）

---

① 该组新闻原题为《苏台杂录》。
② 凌大令，凌焯（？—1901），字镜之，四川自贡人。江苏候补县，历任武进、丹徒、吴县等县知县。
③ 该组新闻原题为《宜昌近事》。
④ 该组新闻原题为《西泠新语》。
⑤ 聂仲芳，即聂缉椝。

禁 演 新 剧

《庇能报》言大霹雳埠有广东戏班到演，业已多日，陈陈相因，无非旧本，于是观者寥寥，班主忧之，遂自出心裁，将甲申年中法交绥之事辑成新剧开演，所演两国水陆争战，中国战舰雄壮激烈，迭获胜仗，而法国则军气不扬，被创殊甚，维妙维肖，情景逼真，当时观者甚众，无不鼓掌赞赏。既而事闻地方官，以所演之戏虽属优孟衣冠，然于法人体面不雅，遂出示禁止云。

（马来西亚）（1896 年 3 月 7 日《新闻报》）

严 禁 赌 娼

江西省垣向有私唱采茶淫戏，引诱少年子弟，伤风败俗，莫此为甚。又有窝娼聚赌，千计百方以诱人者，谓之走槽。一经堕入计中，谓之杀猪。盖江右猪圈，谓之槽，屠户往圈买猪，谓之走槽。事为新建县严仲镤①明府所访闻，新正之初，即分别出示，高悬厉禁，并饬差查拿。整顿风化，造福地方，岂浅鲜哉？

（南昌）（1896 年 3 月 16 日《申报》）

禁 止 滩 簧②

○淫词艳曲，风化攸关，每遇新春，地方官恐若辈仍蹈故辙，无不厉禁高悬，无如利之所在，竟置法令于罔顾。近日西门桥南首王姓书场招集无赖数人，弹唱滩簧杂曲，靡靡之音，荡心动魄，少年子弟，如蚁附膻，事为水利厅张少尹③闻知，特于某日饬差将书场主王某传案讯究，王俯首无词，叩求恩典。少尹申斥一番，著其不再弹唱淫词切结，并出示禁止，张贴通衢。似此雷厉风行，想他处当知所儆惧矣。

（镇江）（1896 年 3 月 24 日《申报》）

禁 革 浇 风

上海县黄大令④访闻浦东金家桥地棍陆衡大开场聚赌，并有流氓演唱花鼓淫戏等情，败俗伤风，莫过于此，地保受赂朦庇，并不禀陈，日内将出示禁止矣。

（1896 年 3 月 24 日《申报》）

---

① 严仲镤，严祖彭，字仲镤，四川人。先后任江西新建、临川、永新等县知县。
② 该组新闻原题为《北固山嬉春记》。
③ 张少尹，张焕文，江苏试用主簿，清末任丹徒县主簿、丹徒县水利厅同知。
④ 黄大令，即黄承暄。

淫 书 案 破

租界各书铺因销卖淫书曾经苏藩黄方伯[①]通饬勒石永禁,并令各书坊具结在案,兹因日久玩生,昨经包探黄赐福查得河南路十万卷楼书坊有《肉蒲团》淫书改名《觉后禅》任意销卖情事,当将坊主张秋亭并淫书送案请究,质之张,供是书系由广东带来托消,不知违禁,求请恩宥。屠别驾[②]以张秋亭贩卖淫书,有干例禁,本应重惩,姑念无知,商之单翻译[③],判出具永不贩卖淫书切结,并具保状送查,淫书销毁完案。

说者谓张即本报所记小道大赌内之赌友张某,因在苏州贩卖淫书,访拿逃匿,刻居沪上,有时自称系胡开文墨庄小主人,平时衣履翩翩,专事诱人嫖赌,不知经此一翻惩创以后,果能洗心革面、痛改前非否也?

(上海公共租界)(1896年4月19日《新闻报》)

刊售淫书判罚[④]

○淫词小说,例禁綦严,经前江苏巡抚丁大中丞[⑤]、藩司黄大方伯先后出示申禁,近有书贾张根堂者,胆敢将《肉蒲团》改名《觉后传》,《日月环》改名《碧玉环》,在姑苏列肆出售。后因风声外露,恐干未便,遂捆载来沪,事为包探赵银河查知,搜出此种书籍,昨晨解送公堂,禀称此人专惯刻印淫书,并纠人赌博,请大老爷讯惩。张供称小的系苏州人,向开书肆,兹已闭歇,《觉后传》系香港某书客嘱印,不敢在沪出售。别驾据情商诸单翻译官,然后著张觅人保释,谕以嗣后不得再行违犯,起案之各种淫书检齐焚毁。

(上海公共租界)(1896年4月19日《申报》)

改 名 开 演[⑥]

○玉成菊部演《难中福》一剧,系曾文正公[⑦]昆仲克复金陵之故事也。前年演唱,当被中城侍御出示禁止。今于十二日又演,改名为《旗开

---

① 黄方伯,即黄彭年。
② 屠别驾,即屠作伦。
③ 单翻译官,单维廉(1859—1926),全名威廉·路德维希·施拉迈尔(Wilhelm Ludwig Schrameir),1894年年底出任德国驻上海总领事馆翻译,1897年任德国驻青岛总督府海军参事。1924年初应孙中山的邀请出任广州市顾问。
④ 该组新闻原题为《英公堂琐案》。
⑤ 丁大中丞,即丁日昌。
⑥ 该组新闻原题为《燕京夏市》。
⑦ 曾文正公,即曾国藩。

得胜》，是日观者人山人海，拥挤纷纷。

（北京）（1896 年 5 月 23 日《申报》）

传 讯 女 伶

英界满庭芳粤人所开同庆戏园有女伶名美玉者，花容月貌，冠绝一时，每与小生奇仔登场献技，云情雨意，疑假疑真，捕头以其迹类海淫，倩包探顾阿六传令园中经理人陆阿祥挈同美玉于礼拜五即本月二十四日至公堂禀请屠别驾讯判。

（上海公共租界）（1896 年 6 月 2 日《申报》）

邑 尊 谕 保

上海县黄大令饬差传齐合邑各图地保到案，前晚升坐二堂，谕以本届上忙条银业已开征，各宜踊跃催纳，不得观望，烟膏捐一项，亦宜传谕各烟膏店按月缴清，如有流氓拆梢及唱演花鼓淫戏、匪类潜隐、持械行凶等事，准尔等立即来县报明，以凭提办，如敢故意纵容，定予传案严责。各地保唯唯遵谕而退。

（1896 年 6 月 3 日《申报》）

演唱《巧姻缘》传案①

○演唱淫戏，有干例禁，兹有六马路天福戏园于前晚演唱《巧姻缘》一剧，此戏久在例禁之中，事为捕房查知，因请屠别驾速出传单，将该园主传案严讯云。

（上海公共租界）（1896 年 6 月 6 日《申报》）

维 持 风 化

○沪上各戏园屡演淫戏，早经巡捕房会同公廨谕禁在案，然日久未免生玩，前晚六马路天福茶园花旦王喜云登台演唱《巧姻缘》一出，描摹丑态，不堪入目，事为捕头惠而生②所闻，以其有违定章，立饬包探赵银河协同西探往查属实，昨日早堂赵包探禀明前因，屠通守准出传单饬提该园主到案谕禁，以挽颓风。

（上海公共租界）（1896 年 6 月 6 日《字林沪报》）

演唱《巧姻缘》判罚③

○天福戏园日前演唱《巧姻缘》淫戏，适为包探赵银河查知，禀明捕

---

① 该组新闻原题为《英廨琐案》。
② 惠而生，又作惠尔生，英国人，清末民初任上海租界老闸捕房捕头。
③ 该组新闻原题为《英界早堂琐案》。

头，请公堂即出传单传该园主到案讯判。昨晨赵包探将该园主武春山传案，武供以后不敢再演淫戏求鉴，别驾判罚洋二十元以儆。

（上海公共租界）（1896年6月9日《申报》）

查究烟馆演唱淫词①

○歌唱淫词，本干例禁，昨日新码头顾金氏烟馆唤唱春人在内歌唱，经阴阳学访知，函致十六铺局中，请为查办。李兰史②二尹立饬地甲传该氏到局，本拟从重惩责，姑念妇女无知，饬徐鸿元取保。

（上海县）（1896年6月20日《申报》）

赌 局 翻 新

松江访事人题莼云，聚赌抽头，本干例禁，松属各县半系海沙，素擅鱼盐之利，比户多封，因此赌博之风到处有拔赵帜立汉帜之意，刘盘龙一掷十万视之直弁髦耳。近来鸦片盛行，销耗不少，转使呼卢喝雉之豪，悉消磨于吐雾吞云之地，屈计赌局，至今已势成弩末矣。现在乐此者穷思极想，或作影戏，或唱花鼓，又或等而上之，托演戏以酬神，借升平以普庆，世局翻新，究不及赌局之天开异想矣。浦南后港地方本系华亭、金山交界之区，该镇关帝庙为华亭县所辖，上月杪有棍徒华姓为首，先出知单，预作神会，使远近乡镇闻风毕集。当时虽雇梨园子弟登台演剧，托名酬神，其实无非为聚赌抽头地耳。事为葛江邨③明府访闻属实，特饬差役前往拘拿一干人到案。研讯之下，喝令各重笞数百板，荷以巨枷，押发犯事处所游行示众。因思聪明正直为神，况以协天大帝之圣武，而谓能容宵小以愧偶不为之事哉？享以独桌席，正冥冥中借明府以示之罚耳。为之一快。

（华亭县）（1896年6月21日《申报》）

饬 查 女 伶

英租界满庭芳同庆粤东戏园雇令女伶美玉演剧，捕头以其男女混杂，风化攸关，遂将此伶驱使回籍，复禀请屠别驾④颁发告示，谕令以后不得再用女伶，宪谕煌煌，至今尚张挂园之门外。日来园主陆阿祥忽倩某洋人出面，依然令美玉登场，事为捕头所知，饬某包探往查属实，不知将来作

---

① 该组新闻原题为《巡局琐记》。
② 李兰史，其人待考，据《申报》其人于1893年至1900年历任上海十六铺巡防中局委员、圆通寺巡防局委员、浦左烂泥渡巡防局委员。
③ 葛江邨，即葛培义。
④ 屠别驾，即屠作伦。

何办理也。

（上海公共租界）（1896年6月24日《申报》）

禁 阻 女 伶

宝善街满庭芳同庆戏园雇用广东女伶演剧，捕头请谳员屠别驾出示禁止后，由某洋人至捕房领照会，捕头不给等情早已迭详前报①。兹悉园中有女伶两口，一名美玉，一名桃仔，日来虽收锣歇鼓，不敢登台，而捕头恐日久故态复萌，与别驾一再会商，请提园主及二女伶惩办，或设法禁止，别驾允之，旋于昨晨函致广肇董事，略谓：访闻满庭芳街同庆广东戏园有雇女伶美玉、桃仔登台演剧之事，业奉道宪面谕，以男女混杂，风化攸关，亟须示禁，贵公所谊关桑梓，请速为传谕，令其不得再任女伶演剧，以息浇风。想园主不能不遵照矣。

（上海公共租界）（1896年6月26日《申报》）

禁止女伶演戏②

○天津访事人函云，二黄已非中正之音，况变为秦声之杀伐，妓女已属诲淫之渐，况被以优孟之衣冠，一曲甀甀，万人观听，无怪乎官符之封箱示禁、防患未然也。天津戏馆风气向视京都为转移，向者京城春台、四喜两班盛行，析津演唱只有二黄，绝无梆子，年来都下喜秦音之激越，津郡亦相率效尤，二黄几至无人问鼎。东门外现有火会会馆，即向日庆芳戏园之旧址也。阖津火会计数十家，年中酬劳伍善以及娱神，均就馆中演戏，戏则连升合等班，梆子居多，间亦名为搭桌招邀看客，于四大戏园之外别树一帜。盖名与戏园殊，而实与戏园固异曲同工者也。月之初旬，班中新到有声有色者数人，每日开演，观优者总在二百人以外，较之戏园利市殆有过之，以梆子既为时尚，而脚色又卓尔不群也。时山左又到女伶一起，戏园恐滋事，不敢招令登场，特假会馆搭桌者以为地异而事不同，于十二日令夹于梆子班中妙舞清歌为招徕地步，讵甫一日，便为邑尊侦悉，当将该班戏箱发封，以防滋事，连日该会馆音沈响寂，想须煞费踌躇矣。搭桌系戏班请客之别名也。

（天津）（1896年7月7日《申报》）

---

① 1896年6月25日《申报》以《照会难领》报道云：“昨报登英界捕房巡捕头饬查女伶一事，旋有洪姓者来馆自言地方官并未将女伶美玉驱使回籍，同庆戏园现已由美国人承业云云。本馆访知日来承业之美国人欲向巡捕房领取照会，捕头并未发给。”

② 该组新闻原题为《析津琐谭》。

女伶演戏判罚[①]

据访事人参玉版禅云,东门外水会会馆开台卖戏,别开生面,于十二日招女优登场,为邑尊将箱发封,已列前报。兹邑尊王明府[②]以戏园演剧,已足滋事,况杂以女优,更易诲淫贾祸。查是日所封之箱系梆子班之优孟衣冠,于女伶无涉,该女伶仍优游于法外,殊不足以惩后儆前,爰饬差逮到女伶四口并掌班赵某一名,于十七日堂讯,问赵某该女伶从何而来,供称均系河间府深州一带人氏,该处风俗小家儿女均习歌舞,一经习成,即可自抱琵琶,伺便营生,所以舞衫歌扇,大抵为其传家衣钵,转相授受,无待价买。小的不过招集成班,并非诱拐。邑尊饬责一百板,以示薄惩,著具不再招留女优开场演戏切结,然后发落女伶四口递解回籍,由各该父母亲族具领,案遂结。

(天津)(1896年7月15日《申报》)

汛弁被伤

本埠虹口迤北宝山县辖天通庵附近陆家宅,日有无业流氓集资开演花鼓淫戏,无远无近,争先往观,以致男女不分,时有伤风败俗之事。迤北曲家桥畔谈家宅人见而垂涎,照样纠人演唱。陆家宅人恶其攘利,出而阻之,谈家宅人不依,陆家宅人遂纠集数十人候其兴高采烈之时,欲一逞凶锋,以降其气,及至见谈家宅人防备严密,因不敢动手,悄然而归,此上月杪事也。至本月朔,更大张旗鼓,遂邀集地痞数十辈,各备器械,在场外梭巡。事为江湾镇汛弁赵君所闻,驰往喝阻,各人逞蛮不理,赵君大怒,一跃而上,夺其管弦丝竹。若辈误以为与彼寻衅,一声号召,地棍齐起,将赵君按住,拳足交加,直至遍体鳞伤,众始释手。江湾镇董事严某闻知其事,立即遣人函致南翔镇总汛,请为查办。一面将赵君舁回江湾调治,一面著谭凤岐、张佩二地保查明行凶人,以便送官办理。闻赵君身受刀伤九处云。

(上海县)(1896年8月11日《申报》)

控办流氓

《汛弁被伤》已登前报,兹悉驻扎南翔之总汛某君闻报后,即至江湾镇与董事商议,欲禀请宝山县办理,曲家桥谭家宅一带乡民以诸流氓搭台演唱花鼓淫戏,附近田园皆被蹂躏,木棉禾稻蹧踏不堪,遂约集乡耆赴江

---

① 该组新闻原题为《津事述新》。
② 王明府,王兆骐,字检予,江苏阳湖人。举人,历任涞水知县、天津知县、景州知州等职。

湾镇诉诸董事严茂如，请代禀宝山县署，并禀明□某等众流氓为首。宝山县沈明府①饬差协同地保，将诸流氓按名搜捕，一面谕期临肇祸处勘验被伤禾稻。闻诸流氓均匿迹租界中云。

（上海县）（1896年8月14日《申报》）

请禁淫戏

英界包探黄四福以天仪戏园新排《狼心狗肺》一剧，描写云情雨意，实为诲淫之尤，因告知捕头投公堂禀诉，屠别驾②颔之，即出传单传天仪园主于礼拜三到案讯究。

（上海公共租界）（1896年8月25日《申报》）

演唱淫戏判罚③

○天仪茶园新排《狼心狗肺》一剧，捕头以其淫亵不堪，禀请传园主讯究。昨晨包探黄四福将园主何永宽传至案下，并呈出所刊戏单，其中细目有《上台基》《吊膀子》诸名目。别驾问何故排此诲淫之戏，供称目下竞尚新剧，家家排演，故小的亦为此，以冀领异标新，别无他故。别驾谓忠孝节义之戏，何不可演，而独演此？以致败坏风俗耶？供称小的排演此戏，原望感化民心。别驾大怒谓：此等戏剧，引诱良家子女不少，尚敢称感化民心乎？本应枷责，姑念初次，格外从宽。遂判罚洋银一百圆。

（上海公共租界）（1896年8月27日《申报》）

抄获淫书

淫词小说，久干例禁，自经前苏藩黄子寿④方伯开列各种淫书书目、通饬所属一体严禁，此风为之稍息，乃各书贾日久玩生，私自翻印，在四马路一带茶寮烟室兜售者如《肉蒲团》则改名《觉后传》，《桃花影》则改名《牡丹奇缘》等，不一而足。昨经英界包探黄四福查得专在青莲阁唤卖小书之某甲，有私售《桃花影》者，当即拘获，取阅书中词句，大都淫秽不堪，因即至甲家抄出共有二百部之多，当即拘入捕房，想亦当解案严办矣。

（上海公共租界）（1896年9月7日《申报》）

---

① 沈明府，沈佺，浙江归安人，光绪二十一年九月任宝山知县，光绪二十五年八月为尹佑汤接任。
② 屠别驾，即屠作伦。
③ 该组新闻原题为《英界公堂琐案》。
④ 黄子寿，即黄彭年。

查 获 淫 书

淫书淫戏，最关风化，屡经英廨出示查办有案，乃近有刁商胆将淫书另易名目，用铅板刊刷，发交各书摊并沿街叫卖之人出售，昨经包探黄赐福访悉前情，业将贩书之甲乙两人并淫书《牡丹缘》等若干部全行拘获，送捕解究。想南面者必不予以宽典也。

（上海公共租界）（1896年9月7日《新闻报》）

抄获淫书判罚①

○昨报纪《抄获淫书》一则，昨晨经包探黄四福将在茶寮兜售淫书之夏仁忠及王毛头、张阿荣并《桃花影》即《牡丹奇缘》二百部一并解案。夏供以后不敢再售此项小书，王供小的惟代夏取书而已，张供实不知是淫书，故允暂寄。别驾判将夏罚洋二十元，王、张各押三天，淫书存候付之一炬。

（上海公共租界）（1896年9月8日《申报》）

禁 唱 淫 戏

上海县黄大令②访得每届秋季有等不法棍徒在四乡搭台演唱花鼓淫戏，藉以聚赌抽头，实为地方之害，正在查案示禁。又据西乡法华镇各图董陆嘉树等禀请示禁，大令因于昨日出示禁止，岂知沪南十六、二十三等铺小茶肆中亦有此种恶习，因特饬令该地甲等随时一体查禁。

（1896年9月17日《新闻报》）

刊售《野叟曝言》押候③

○淫词小说，久干例禁，无如牟利之人视若弁髦，私行刊印，倩人在四马路茶寮烟室兜售。昨据包探赵银河拘解嘉记书店主伙蒋午庄及订书之张阿双并《野叟曝言》书片数百部，印书石一块到案，禀称此书最为淫亵，经小的查得该书店印就，托张装钉，往拘该书店主，业已逃逸，仅获店伙蒋午庄及装钉之张阿双请讯。蒋供是职员，《野叟曝言》不在禁例之中，且系客帮所托，故敢代印。别驾大怒，谓既系职员，应知礼法，此书如此淫秽，无论是否违禁，均不得刊印。张供小的惟知装钉，求明察。别驾著一并押候过堂复讯，起获之书交捕房先行焚毁。

（上海公共租界）（1896年10月2日《申报》）

---

① 该组新闻原题为《英早堂案》。
② 黄大令，即黄承暄。
③ 该组新闻原题为《英廨琐案》。

淫书案发

淫书之害，擢发难穷，此曩日本报所以连著论说两篇，不惮以禁绝之法为当道告，并鼓励各包探出力查拿也。乃果有英包探赵银河、黄赐福查得铁马路肇记石印书局专惯翻印淫书以牟厚利，当往抄出印板，并在张阿双钉书作内搜出该局嘱订之淫书二千余部，遂将该局主蒋午庄及张拘押捕房。昨晨解案请究，蒋初不肯跪，自称捐有五品职衔，嗣经屠别驾呵叱，始行跪下。别驾谓：尔既捐有职衔，理当恪遵禁令，乃竟敢改换名目，翻售淫书，实属藐法已极。着与张一并押候，会商领事官从严惩办。

（上海公共租界）（1896年10月2日《字林沪报》）

刊售《野叟曝言》判罚①

○昨报纪包探赵银河缉获私印淫书之嘉记书店蒋午庄等到案，昨日早堂蒋午庄供在嘉记为伙，《野叟曝言》共五百部，系客帮定印，实不知是禁书，现已均皆缴案焚毁，以后决不敢再印矣。张阿双供不知犯禁，代为装钉，求鉴。别驾商之萨副领事②，判蒋午庄罚洋二百元，张阿双罚洋五十元。

（上海公共租界）（1896年10月3日《申报》）

淫书案结

《淫书案发》已纪前日报中，昨又经英廨谳员屠别驾会同萨副领事升座提讯肇记书局主蒋午庄及司账蒋连卿，居然品顶辉煌，偕钉书作伙张阿双到堂候质。据二蒋同称，职员并不翻刻淫书，所有《野叟曝言》《果报录》《清廉访案》数种均系代客刷印，乞恩鉴原。中西官熟商之下，判蒋罚洋二百元，张罚五十元，起移各书连板一并销毁。

（上海公共租界）（1896年10月3日《字林沪报》）

焚毁《野叟曝言》及板片③

○包探赵银河查获嘉记书店石印《野叟曝言》，为淫书中之最甚者，多至五百余部，尚未装钉齐全，爰连印书石之类解送公堂，屠别驾饬差役将石击碎，书片堆积庭中，付之一炬，历半日之久，尚觉烟雾迷漫，见者莫不为之称快。

（1896年10月5日《申报》）

---

① 该组新闻原题为《英廨早堂琐案》。
② 萨副领事，即萨允格。
③ 该组新闻原题为《英界琐闻》。

访 拿 棍 徒

松江府陈蓉曙①太尊莅任以来，为地方兴利除弊，惟日孜孜。兹又访得上海不法匪徒姓名，计革保顾鉴、蚁棍范高头、洋泾浜讼棍包正甫、贩卖淫书之四马路文宜书局主人等数十名，胪列罪状，揭榜示禁，并将榜示札发上海县，饬即照刊刷印，分贴晓谕。黄大令接札后，饬吏将榜示照抄刊印分贴，一面查察该棍等，如不敛迹改行，定提严办。

（松江）（1896 年 10 月 6 日《申报》）

违 章 扫 兴

宝兴里新设富贵栈前晚有向业木作头之宁波人孙姓纳宠，借该栈作藏娇之所，复雇长仙班串演猫儿戏，正在袍笏登场，突有某号华捕击门喊阻，谓租界定章，凡婚丧喜庆一切音乐情事，理应请示遵行，何得擅自作主，况时交子牌，又未请有照会，胆敢深夜喧阗，扰人清梦，现奉总巡示禁，立候禀复。孙姓自知冒昧违章，遵即停锣，于是舞女歌儿，虾兵蟹将，均掩旗息鼓而去。

（上海法租界）（1896 年 10 月 6 日《新闻报》）

演唱花鼓押候递籍②

〇宝山县人薛阿男、姚来洲在南汇县境某镇演唱花鼓淫戏，经南汇县主拘获讯责，判令递回原籍。昨日差役押解至县署，黄大令饬值差暂行收管，候饬书吏备就公文转递宝邑交沈大令③收管。

（上海县）（1896 年 10 月 12 日《申报》）

严 禁 花 鼓④

〇娄县所属泗泾、七宝各乡村，时有游手好闲之徒，支板为台，演唱花鼓淫戏，云情雨意，尽态极妍，绿女红男，争先快睹，成群结队，彻夜喧哗，贻害闾阎，深为痛恨。甚至七宝董事某姓赴县署禀陈县主，提甲乙二地保到来，从重笞臀，以治其失察包庇之罪。泗泾汛弁亦严饬兵目巡行本境各村落，并责承地保，如仍有演唱情事，准即指名禀报，以便移县严拿。亦造福地方之事也。

（松江）（1896 年 10 月 14 日《申报》）

---

① 陈蓉曙，陈遹声（1846—1920），字蓉署，号骏公，浙江诸暨人。清光绪十二年二甲四十名进士。选庶吉士，授编修，出为松江知府，光绪三十三年任川东备兵道，乞病归。编著有《逸民诗选》《畸庐稗说》等。

② 该组新闻原题为《上海县署琐案》。

③ 沈大令，即沈佺。

④ 该组新闻原题为《五茸双鲤》。

饬 毁 淫 书

淫书中有名《灯草和尚》者，词意秽亵，不堪入目。署松江府陈容曙太守访闻现在上海英租界中有人将此书翻刻，若一俟成书出售，殊于风俗人心有碍，因特札饬英谳员访查明确，将书焚去，板则劈毁。屠别驾奉札后业已派差密查矣。

（上海公共租界）（1896 年 10 月 15 日《申报》）

查 禁 淫 书

沪上淫书迭经禁止而未能净绝，近由松江府陈太守①访得有人在沪翻刻《灯草奇谈》淫书，因即札饬英公廨饬差查缉务获，屠别驾业已遵照查办云。

（1896 年 10 月 15 日《新闻报》）

谕 逐 女 伶

英界满庭芳同庆广东戏园，前因生涯寥落，特雇女伶美玉与小生桃仔登台演剧，迷离扑朔，观者几莫辨其为雌雄。该伶色艺俱佳，以故座客常满，颇获厚利，嗣为捕房访闻。麦总巡捕头恶其男女混杂，据情禀知英谳员屠兴之②别驾，函致广肇公所董事传谕该园主立即停止，并饬赶速回籍，不准逗留，一面出示永禁，迭登五月间报章矣。讵该园主神通广大，先倩某洋商出面，继又托某律师向关道宪黄观察③恳商，以园中亏累颇巨，可否准该女伶续演两月，不挂牌号，一俟满期，即当回籍。观察体恤商情，俯从所请，不料现已历三个余月，该女伶依旧在园演唱，兹观察查知该园逾期已久，何得仍令女伶演剧，因面谕屠别驾速即知照捕房，传谕速行停演，该女伶不得再事迁延，致干未便，别驾已遵宪谕办理矣。

（上海公共租界）（1896 年 10 月 19 日《申报》）

饬 禁 女 伶

同乐戏园前因女伶梅玉扮演各戏违章，由捕驱禁在案，旋经某洋人具保请从宽准演两月，兹又届限，奉黄观察札谕英公廨，照限饬停，毋许接演，屠别驾已遵札谕饬照办矣。

（上海公共租界）（1896 年 10 月 19 日《新闻报》）

---

① 陈太守，即陈遹声。

② 屠兴之，即屠作伦。

③ 黄观察，黄祖络，字幼农，江西庐陵人。监生，捐纳分发江苏试用道，历任安徽督销局道员、常镇道、上海道、署浙江按察使、浙江盐运使等职。

禁 止 花 鼓[①]

○宜昌访事人函云,日前有某甲等人在汉景帝庙内演唱花鼓戏,一时兴高彩烈,征逐附和者颇不乏人,然每次必须夜静更深方散,在庙之内殿偷唱演。保甲局绅耆恶其为鬼为蜮,曾禁止以挽颓风,乃甲等又于前月某夜三鼓后复在内殿演唱如前,经局绅查悉,大发雷霆,以为若不遵戒,必禀官究治,甲等方偃旗息鼓,如鸟兽散。

(1896年11月9日《申报》)

移 拘 劣 役

宝山县境江湾镇左近谈家宅人谈毓祥依上海县役袁庆办公,狐假虎威,目无忌惮,曾纠唐永海、唐炳祥、谈菊全、金阿宝、叶兆兆、侯江江、侯阿二、奚协中、谈虎荣、谈爱卿、薛少山诸无赖演唱花鼓淫戏,以博蝇头,事为汛弁某君所闻,向之禁阻,永海等竟敢倚毓祥之势,围住逞凶。某君大受厥亏,禀知宝山县沈大令[②]。大令怒,立即饬役往拘,旋知若辈皆避匿上海英租界中,因移请上海县饬袁役将毓祥交出,转解前往归案讯惩。黄大令[③]遂移交英界公堂,请一体查拿务获。屠别驾业已签差缉拿矣。

(1896年11月16日《申报》)

严 禁 淫 戏[④]

○芜湖县万文甫[⑤]明府下车伊始,条列告示,张贴通衢,严禁光棍地痞架词唆讼及强丐恶讨,青皮滋事,酗酒赌博,窝顿倡妓,烟馆客寓容留匪类,游方僧道诈骗布施,灌水猪肉,私宰耕牛,行使私钱,演唱淫戏等事。彼作奸犯科之辈,其亦知所儆戒乎?

(1896年11月21日《申报》)

禁 止 女 班[⑥]

○牛庄访事人函云,营市向无女伶,近忽由山东新来女戏班一群,计女优六人,即申江所谓帽儿戏也。历在衙署公所各饭馆演唱,物希则贵,因此所得缠头亦颇不菲。时交冬令,天气渐寒,生意场中装载事冗,不暇

---

① 该组新闻原题为《巫峡猿声》。
② 沈大令,即沈佺。
③ 黄大令,即黄承暄。
④ 该组新闻原题为《蟂矶延爽》。
⑤ 万文甫,万世章,字文甫,湖北应山人。监生,曾任芜湖县、太平县等县知县。
⑥ 该组新闻原题为《无间雁字》。

燕会，该班遂新出花样，邀同海防署工房经承周姓者纠股赁福和园饭馆开设女戏馆。十月初二日为登台第一日，正当锣鼓声喧，忽奉厅署火签将掌班拘去，戏即停演。适是日奉军张良臣统领道标、乔子敬管带邀请幕府暨寅僚同聆新曲，入门闻班头被官里捉去，粉红黛绿，各锁愁眉，诸君至此，兴复不浅，遽令开戏，重整旗鼓，甫演一出，道差复来，亦以道台火签立将戏东等头馆主一并拘拿，戏箱馆门立即标封。闻系奉省中大宪行文饬令禁止女伶女书等项，谓其有关风化。自省查禁后，近皆齐集营口，亟须一体禁止云云。该馆每月用洋一百圆，雇日本人二名，站立门口，藉作护符。然功令攸关，岂容挠阻。初四早十字斜封，忽被日本人揭去，门前黏日商福富洋行招贴。另一日人将同知告示抄录，致集多人观看，路为拥挤不通。

（营口）（1896年11月23日《申报》）

示毁淫书

盐城县刘大令①以四处书贾贩卖淫书，贻害地方，实为风俗人心所关系，禀明藩宪瑞方伯②，请通饬各府州县一例销毁淫书，以厚仁让，方伯准如所请，通发札谕，饬各州县一体示禁。扬州府江、甘两县已奉到札文，急行出示严禁。

按，淫书之毁，一宜派员访查书板，一并劈毁，付之一炬；一宜查察各书坊，有淫书者务令缴出火化，藏匿者查出究办；一宜搜查民家，着民间藏有淫书者给价取销，或有自愿呈化者，出以嘉奖。大致以尽绝根株为本，毋令只字流传。特不知当事者果将实事求是，割截根踪，使风俗一新否？

（《益闻录》1896年第1564期）

1897年（光绪二十三年丁酉）

绅士禁止夜戏③

〇汉上有楚班公所者，盖梨园诸妙伶集腋成裘、经营缔造者也。刻下楚胜班子弟侨寓其中，具柬邀宾，每夕登场演剧，附近档子班诸妙选皆有先睹为快之心，入夜即拂柳穿花，姗姗而至，子弟欲博美人之一笑，舞裙歌扇，无不尽态极妍。邻绅许元圃④闻之，深恐酿成事端，遂不惜煮鹤焚

---

① 刘大令，刘崇照（1868—?），字楚芗，浙江宁波镇海人。光绪十六年进士，授翰林院庶吉士，散馆后任盐城县知县。
② 瑞方伯，即瑞璋。
③ 该组新闻原题为《黄冈眺雪》。
④ 许元圃，湖北汉阳人，优贡。热心善堂、赈捐等公益事业，1896年11月，汉阳府知府逢润古"赠匾以旌之"。（《郢中新曲》，1896年12月3日《申报》）

琴，为杀风景之事，前往禁止，不许开场，一时燕燕莺莺，东飞西散，座上诸客亦皆退避不遑。许君复将班主带赴官厅，请官饬令具永远停演夜戏之结，始得释归。

（汉口）（1897年1月9日《申报》）

遏 密 八 音①

督府接电音，当令全台民人禁停一切歌舞音乐，唯禁停日期应到发布也。

（台北）（1897年1月13日《台湾新报》）

禁 停 鼓 乐

督府出示：皇太后②登遐，所有臣民起于一月十二日，至二月十一日，计三十日，禁停歌舞音乐。其系营业者，以十五日为期，将来梓宫发驾及卜揆之日，亦禁停之。

（台湾）（1897年1月16日《台湾新报》）

花 鼓 难 禁③

○窝娼聚赌，已干例禁，况变本加厉，更演花鼓淫戏，岂不益伤风化哉？小走马路有番客鸠资开设赌场，并租隔壁别宅借寓流娼侍赌、侑酒、装鸦片烟，悉听客便。前经周子迪④观察访知严办，始稍敛迹，孰料观察升署臬司，若辈又重黏告白，择期开张，始则邀请武营差弁以尝试，继又婉请将官招花入座，演唱官音大班戏剧。兹又添出江西流娼登台演花鼓戏，男女合串，描摹丑态，不堪入目，彻夜通宵，虽各段有查夜委员，长夜梭巡，究不敢在小马路街巡查一过也。

（厦门）（1897年1月29日《申报》）

淫 书 难 售

松江府陈蓉曙⑤太守访得租界之中有等书贾翻印淫亵不堪之书，私行出售，大为风俗人心之害，曾经出示严禁，并饬上海县查拿为首各人严办。兹经县差查得有章阿福者，在英界四马路摆设书摊，有售卖淫书情

---

① 指的是日本明治天皇之嫡母英照皇太后（1833年12月23日—1897年1月11日）去世，日本当局在台湾遏密八音。
② 皇太后，即英照皇太后，原名九条夙子，日本明治天皇的嫡母。
③ 该组新闻原题为《厦门腊鼓》。
④ 周子迪，周莲，字子迪，贵州筑县人。由附贡生捐同知，曾任福建兴泉永道、福建按察使、福建布政使。
⑤ 陈蓉曙，即陈遹声。

事，因于前晚十点钟后扭至公堂禀明屠别驾①，然后带回县署。

（上海县）（1897年2月12日《申报》）

奉 禁 淫 书

法界谳员郑大令②接奉上海县移咨内开，据江宁府文生杨光霍等以刊刻淫书，最为伤风败俗，例禁綦严，爰禀请府宪柯太尊③申请臬司吴廉访④转饬上海县黄大令⑤一体严禁，略谓：刊刻淫书，国法森严，无论贩卖及看书之人，各治以杖徒应得之罪，租界华洋杂处，诚恐不法之徒罔知法纪，爰即出示悬挂捕房门首，俾众咸知。从此雷厉风行，书业中人谅断不敢以身试法矣。

（上海法租界）（1897年2月17日《申报》）

一 体 示 禁

江苏粮道陆春江⑥观察前署臬司任内通饬各属严禁淫书并由上海县暨英公廨差查示禁各情均列本报，兹探悉法廨谳员郑大令亦于日前接奉文凭，立即出示，请法领事盖印发贴各处矣。

（上海法租界）（1897年2月17日《新闻报》）

严 禁 花 鼓

○扬州访事人云，上元之夕，迎赛龙灯，藉以点缀升平，庆赏佳节，诚乐事也。此中人苟不逞凶滋事，骚扰居民，则南面者与民同乐，亦未必禁令遽申，乃扬城有种游手好闲之辈，于龙灯之外，又扮演花鼓、花担、荡湖船等名目，将男作女，易弁而钗，艳曲淫词，沿街演唱，种种亵状，令人不堪寓目。甘邑程明府⑧以其败俗伤风，出示禁止，大旨谓：元宵庆贺，瑞兆丰年，故有金吾放夜之称，藉作闾阎佳话。乃闻有不法之徒，男作女妆，演唱花鼓，非惟易滋事端，且亦大伤风化，合亟示禁。为此示仰诸色人等知悉，现在已过灯节，务宜各安本业，毋再嬉游，迎赛龙灯花

---

① 屠别驾，即屠作伦。
② 郑大令，即郑汝骙。
③ 柯太尊，柯逢时（1845—1912），字懋修，号巽庵，武昌县人。光绪九年进士，历任江宁知府、江西按察使、湖南布政使、广西巡抚、户部右侍郎等职。
④ 吴廉访，吴承潞（1826—1897），号广庵，浙江归安人。同治四年进士，曾任江南乡试同考官、太仓县知县、长洲县知县、江苏粮道道台、江苏按察使等职。
⑤ 黄大令，即黄承暄。
⑥ 陆春江，即陆元鼎。
⑦ 该组新闻原题为《邗沟春涨》。
⑧ 程明府，程鑫（？—1899），字仙舫，河南陈留人。附贡，历任江浦、甘泉、山阳等县知县。

鼓。倘敢不遵，定即提案严办。此亦贤令尹维风化正人心之一道也。

(1897年3月1日《申报》)

驱逐花鼓①

○每届正月，杭地时有外来男妇，手持锣鼓，沿街敲击，演唱花鼓淫词，伤风败俗，莫此为尤。臬宪吴福茨②廉访查知其事，严饬保甲局及城门委员认真查察，驱逐出境。故今正以此谋生者，均不敢越雷池半步也。

(杭州)(1897年3月2日《申报》)

演戏聚赌难禁③

○宁郡向有一种赌棍，藉庙会为名，赶会开赌，屡经各宪示禁拿办在案。无如日久玩生，禁者自禁，犯者自犯。兹闻西南乡栎社礼拜殿以及艺林庙、白龙王庙等处，又藉敬神为名，特雇名班唱戏，庙外搭厂聚赌。地方官非不谕示遍贴通衢，无如若辈司空见惯，而赌风终难息灭也。

(宁波)(1897年3月14日《申报》)

售卖淫书判罚④

○包探赵银河禀称，昨日小的见吴金福、陈状锦二人手持各种淫书，沿途唤卖，是以送请讯判。吴、陈同供称，小的等藉卖旧书糊口，然素不识字，不知是否淫书。别驾判令各管押一礼拜，淫书当堂撕毁。

(上海公共租界)(1897年4月4日《申报》)

严禁花鼓⑤

○西门外新壩尾女儿街，人烟寥落，无知辈每于是地演唱花鼓淫戏，保甲总局吴仪生⑥明府闻知，饬丁往拿，拘获数人，枷号示众，若辈或稍知警惧乎？○德化县梁荫南⑦明府访得对江所辖之二套口地方亦有演唱花鼓戏者，诚为伤风败俗之举，当即饬差拘拿，并出示严禁。

(九江)(1897年5月4日《申报》)

---

① 该组新闻原题为《葛岭朝暾》。
② 吴福茨，即吴引孙。
③ 该组新闻原题为《四明琐纪》。
④ 该组新闻原题为《英界公堂琐案》。
⑤ 该组新闻原题为《浔阳杂俎》。
⑥ 吴仪生，吴正修，字仪生，安徽泾县人。1890年代历任九江稽查轮船扒窃委员兼保甲总局委员、德化知县，1902年捐升道员离任。
⑦ 梁荫南，梁树棠，字荫南，广西武缘县人。同治九年举人，1896年至1897年任江西德化县知县。

严禁弹唱淫词①

○邑庙豫园各茶肆前经水利厅孙少尹②严禁妇女品茗，所以杜渐防微也。迩来日久玩生，风生雨腋之余，时见有掠鬓簪花者，莲步轻移，扶婢姗姗而至，眉梢眼角春意撩人。巡防东局委员陈二伊③访悉情形，以地甲阳奉阴违，大为忿怒，令速向各书场茶肆传语，以后不准容妇女入肆及弹唱淫词，如敢故违，惩儆不贷。

（上海县）（1897年5月5日《申报》）

同禁淫戏④

○南、新为省会首邑，生齿繁盛，良莠不齐，南昌县孟紫卿⑤明府、新建县文芝坞⑥明府于上月各履本任，首以严禁讼棍及赌博、私宰、烟馆、淫戏为新政急务，大张示谕，浩诫剀切，语云：兴利必先除害，去暴乃可安良，寄语彼中人，幸无以一纸空文视之，而身罹法网也。

（南昌）（1897年5月8日《申报》）

花鼓判罚⑦

○采茶花鼓戏为伤风败俗之端，上月晦日之夜，城外保甲局委员蔡次眉⑧二尹巡至东门外距城三里之新子塘，拿获演唱是戏之男伶童松山、女伶王吴氏、春莲，带回局中，将童伶笞责一千板，二女伶各掌颊二百，取具不准逗留甘结，逐之出境，并将班主陈周氏讯明其夫姓名，送县究治。

（九江）（1897年5月12日《申报》）

演唱《左公平西》判罚⑨

○包探黄四福禀称，前者天仪戏园演《左公平西》新剧奉禁后，又改名《扫尽叛逆》，嗣又奉谕严禁，及天仪焚毁后，此戏不演久矣。前晚天福戏园主武春山忽又重演，事经小的查知，传武入捕房，捕头令解请讯判。武供称，小的因园中生意寥寥，不得已倩诸伶排演此戏。别驾得供，

---

① 该组新闻原题为《上海巡局琐纪》。
② 孙少尹，孙传桢（？—1911），字立幹，安徽寿县人。1896年起至清末任上海县主簿，讲求水利，督促河工。
③ 陈二伊，陈熙亭，1898年至1900年任上海巡防东局委员。
④ 该组新闻原题为《赣水文澜》。
⑤ 孟紫卿，即孟庆云。
⑥ 文芝坞，即文聚奎。
⑦ 该组新闻原题为《浔江帆影》。
⑧ 蔡次眉，蔡济良，字次眉，候补县丞，其他待考。其人于1897年任九江城外保甲局委员。
⑨ 该组新闻原题为《英界公堂琐案》。

谓：园中苟有妙伶，自足令人赏心悦目，何必演出本朝事迹，以优孟而亵名臣耶？遂判罚洋银二十圆，以后不准再演此戏。

（上海公共租界）（1897年6月17日《申报》）

惩办夜戏①

○宗观察②示禁夜戏，责成班主犯者必惩，讵料日久玩生，复萌故智，大吉昌班胆敢于本月十五夜在郡庙开演，未半折即有值日县差前来禁止，班主强项不遵，致被拘去，叶大令③传案讯问，喝令笞责二百板，谕以嗣后不准开演夜戏，后经郡庙某董赶为保释，不致久困囹圄。

（温州）（1897年6月25日《申报》）

唱曲启衅请究④

弹唱淫词，久干例禁。有曹洪明者，住居南码头地方，曾在机器制造局炮弹厂为工匠，前日之晚竟召浮游浪子在家演说淫词小曲，一时年轻妇女，咸往坐听，倾耳之余，津津有味。嗣有在某轮船吹洋号之张锦祥偶在门首经过，闻靡靡之音，怦然心动，欲向主人求一席地，一听曼声。讵曹以素昧平生，即以闭门羹相待。张怒甚，遂纠众毁门，一拥而入，滋闹之声，达于远近，左右邻居以深夜哗喧，扰人清梦，赴二十三、七铺巡防局中控请究办，局员即著十二图地保顾桂荣查明禀覆。

（上海县）（1897年7月7日《申报》）

维持风化（节录）

浙省新立租界尚未成市，而拱宸桥西则已非常热闹，道宪以在租界之外，巡捕不能管理，而宵小混迹，时有所闻，因添设巡防局委员程大令云骥⑤为总办。大令奉札后当即开局，带同差役四处巡察，立拿赌摊二起，各责二百板，枷号示众。晚间又查得某茶馆有女唱书二人在彼弹唱淫词艳曲，立拿到案，各掌颊五十下，次日押令游街。

（杭州）（1897年7月10日《申报》）

---

① 该组新闻原题为《鹿城夏谚》。
② 宗观察，即宗源瀚。
③ 叶大令，叶昭敦，字咏霓，江苏吴县人。由候补县丞升候补县，曾任浙江乐清县丞，诸暨、永嘉、松阳等县知县。1900年曾赞助在温州成立京剧班社"咏霓社"。
④ 该组新闻原题为《上海巡局琐事》。
⑤ 程大令云骥，程云骥，字子良，江苏溧阳人。监生，光绪元年任永嘉盐场课大使，历任宁海、温岭、永嘉等县知县。

查获演戏聚赌①

○安庆访事友人来函云,皖省城外禹王宫赛会演剧,木猪奴一流人藉此开场聚赌。本月初七日午前,戏未开演,若辈业已旗鼓大张,正在兴高采烈,不期保甲局勇突然而至,若辈之望风者不及关照,致被拿住五人,一并收押候讯。

(1897 年 7 月 16 日《申报》)

演唱《送灰面》判罚②

○包探赵银河禀称,小的查得前晚丹桂戏园演唱《三只手》一剧,实即《送灰面》。其中关目淫秽殊甚,故将园主周凤林③传入捕房告知捕头,送案请判。屠别驾④商诸单翻译官⑤,然后判罚洋银二十圆。

(上海公共租界)(1897 年 7 月 18 日《申报》)

燕 街 普 度

昨八月一日即旧历七月初三也,新竹东门保燕街仔街各户同日普度,公置一坛,铺设华丽,家家牲仪酒醴、香花茶果以及猪羊粿粽,无不从丰。惟向来演唱梨园数台,本年警部奉公谨慎,诚恐观者如堵,容易滋事,不如示禁为愈,故仅用鼓吹,夜间转不甚热闹也。

(新竹)(1897 年 8 月 2 日《台湾新报》)

灾民驱逐演剧⑥

○湖北自去岁以来,宜、施、郧三府灾荒甚重,前日灶司地方竟有人聘请戏班到彼演剧。某日正在袍笏登场,万人属目,适有天门逃荒男妇约数百人,逐队而来,扬言我等饥饿欲死,汝辈幸处温饱,不思解衣推食,转为此无益之举,掷黄金于虚牝耶?言毕,立将该班驱逐,识者快之。

(汉口)(1897 年 8 月 16 日《申报》)

地 保 勒 索

州县衙门差役常持十禁牌至所属各乡镇,名为查察,实则藉以敛钱,惟所开十禁者不过赌场、烟馆、花鼓淫词之类,而于各店铺之正经生理本

---

① 该组新闻原题为《皖水延冷》。
② 该组新闻原题为《英界公堂琐案》。
③ 周凤林(1854—1915),字桐荪(或桐生、桐森),江苏苏州人。原隶苏州大雅班,擅于昆剧旦行各门,尤工花旦。光绪四年至沪演出,一炮走红。光绪十七年买下丹桂戏园,自任园主。庚子以后,退出梨园,息影上海。善演《游园》《惊梦》《折柳》《独占》《佳期》等出。
④ 屠别驾,即屠作伦。
⑤ 单翻译官,即单维廉。
⑥ 该组新闻原题为《汉皋解佩》。

无关涉。兹闻南汇县所属之坦石桥镇八十图地保独开生面，每有十禁牌到来，差费即先垫应，然后至店铺收取，不但烟赌茶寮分所应出，即各项店铺亦无不逐户挨收，争多论寡，任情需索，不遂其欲，则大言恐吓，以为终有一日，总算含恨而去。畏事者虑生枝节，只得照给，以求安静。似此横行无忌，有地方绅董之责者，何竟一无闻见耶？噫异已。

(南汇县)（1897年9月17日《新闻报·附张》）

饬逐女伶

营口采访友人云，上年有山东女伶甲乙两班航海至沈阳，歌扇舞衫，花团锦簇，所得缠头锦，计值不下数千金。至冬令封河前，甲班就福和园演唱，前署海防同知范高也①司马恶其伤风败俗，遂不惜为打鸭惊鸳之举，驱之他往，不准逗留。乙班惧，亦从此匿迹销声。迩者好事之徒极力筹谋，复招甲班至，红氍展处，重整歌场，珠履三千，昕宵满座。事为道宪所悉，饬厅照案驱逐，莫再姑息以养奸，并照会驻营英领事官，不得将若辈容留租界。顾班中舞伎多至二十余人，异地漂流，归装难整，类皆花容黯淡，相对沉澜，困苦情形，实难言喻，乃宽限五日，以示仁慈。昔蒋励堂②相国《观女优》诗曰："人言此是鸳鸯侣，我当哀鸿一例看。"仁者之言，别深恻隐。今者观察既逐其人，以端风化，复宽其限，以免流离，使小妮子絮泊萍漂，得以同归故土，其深得相国之用意者乎！

(1897年9月23日《申报》)

放逐郑声

松郡东门外华阳桥左近有平某者，向以唱花鼓戏为生，每当一曲登场，听者人山人海。月之某夜，平某正在华阳桥之东乡四图内轻敲檀板，描摹尽致之时，不知如何为赵大令③访闻，立饬差役前往拘拿，当将平与该图地保某甲等数人拘送署中，奉谕分别管押候办。夫艳曲淫词，败坏风俗，本干例禁，想一经拿获，定当尽法痛惩，为民除害也。

(松江)（1897年10月6日《新闻报·附张》）

惩唱淫词

日前南市大码头元生长米行主拘送在门口拉胡琴高唱淫词之张伊兴、徐高贵两人至十六铺巡防中局请究。前晚由局员蔡蓉卿二尹升堂提讯，

---

① 范高也，曾任营口海防同知、奉天开原县知县。
② 蒋励堂，即蒋攸铦。
③ 赵大令，赵鸿，字啸湖，安徽泾县人。光绪十六年进士，1897年至1898年任华亭县知县。

张、徐两人同供江北某邑人，以小负贩度日，刻因囊橐萧条，流为乞丐，藉弹唱盲词为糊口计，务求恩宥。二尹以弹唱淫词，败坏风化，殊为可恶，判令将张重责二百板，徐责三百板，传令丐头到案申斥一番，令将两丐驱逐出境，不准逗留。

（上海县）（1897年11月21日《申报·附张》）

禁 开 戏 园

芜湖道袁观察①日前接到驻芜英领事富美基②君函称，有英商乾信侯拟在二街开设戏馆，请饬地方官随时保护云云。道宪以芜湖虽属通商口岸，然未立有租界之条，况地方开设戏园，最易滋事，如果悬出英商牌号，雇用印度洋人守门，诚恐地方居民少见多疑，将来致肇事端，因即函请英领事转谕禁止，并饬芜湖县吴云翔③大令暨洋务局汤沅宜④直刺即速查封，以靖地方，业将该园华主人某甲提案严究矣。

（1897年12月9日《新闻报》）

禁 演 新 戏

营口访事友人来函云，本地戏班向无新剧，自宝来茶园开设后，京都上海名优纷至沓来，具以排演新戏以为张维生意计，故每一演唱，观者麕集，以致坍台争座诸事，时有所闻。十一月十二日拟演《左公平西》一剧，各处黏贴招纸，分送戏目，哄传一时，几乎人人欲去一观，以为快乐。不料回教中人闻之，大为不平，振臂一呼，纷集三百余人，声言今晚如演此剧，定当拆毁戏园，誓不两立。园主人闻讯后恐酿互祸，即改演《杀子报》，其事始息。

（1897年12月26日《国闻报》）

1898年（光绪二十四年戊戌）

革 除 恶 俗

淫词艳曲最为人心风俗之害，久悬厉禁，律有明条，乃嗤嗤置若罔闻，竟敢于通衢闹市开场演唱。日昨西门内某茶园复邀集淫娃高歌艳曲，

---

① 袁观察，袁昶（1846—1900），原名振蟾，字爽秋，号重黎、于湖，别号渐西村人，室名水明楼、安桨栘、渐西村舍，谥号忠节，浙江桐庐人。光绪二年进士。历任总理衙门章京、江宁布政使、太常寺卿等职。著有《于湖文录》《金陵杂事诗》等。

② 富美基（M. F. A. Fraser），英国外交官，1894年任驻温州领事，1897年12月出任驻芜湖领事。

③ 吴云翔，吴吉士，字云翔。安徽候补县，曾任庐江知县、芜湖知县。

④ 汤沅宜，江苏武进人。1886年任安庆府推官，后任当涂县知县、芜湖洋务局委员。

各无赖子趋之若鹜,该段保甲局知,立即率勇抄拿,将园主扭获赴案,从严究办,惩一警百,庶几此风其少息乎!

(天津)(1898年1月2日《国闻报》)

驱逐售卖小说①

○江西省垣向有小说淫词,肩负出售,并有西洋画景,杂以春宫,甚至雕刻木人,牵动线索,俨然唐宫秘戏图者。少年子弟,情窦初开,目睹神倾,斫丧不少。事为南昌府江切吾②太守所知,札饬南昌县孟子卿③明府、新建县文芝坞④明府驱逐出境,不准逗留,是亦整顿风俗之善政也。

(南昌)(1898年1月26日《申报》)

整 顿 风 俗

沪城邑庙春风得意楼茶馆,自新正元旦以来,容留妇女品茶,兼有弹唱淫词小曲者,事为保甲总巡钟受百⑤明府访悉,传谕停唱,勿卖女茶,如违究办。执事人姚某等视禁令若弁髦,明府因于昨日饬差前往拘拿,时适座客皆满,妇女见而惊逃,坠珥遗簪,纷纷不一,局差等当将堂倌甲乙丙三名一并拘获解回局,明府谕饬看管候讯。又以姚既为经手,岂可逍遥事外,爰饬局差复往提案管押。四铺地甲陆桂即长春胆敢得规包庇,即饬传案枷号二十天,发邑庙示众,一面饬差捕提茶楼主王兰亭到局候讯。

(上海县)(1898年1月29日《申报》)

说 情 无 益

沪城邑庙春风得意楼茶馆因弹唱淫词兼售女茶,为保甲总巡钟明府亲往目睹,当将堂倌三人带回候讯,并传经事姚兰元、店主王兰亭等到局候讯等情,已纪本报。兹悉此案姚兰元等自恃文生,抗不到局,明府以姚既系文生,抗传不到,拟即面禀道宪,将得意楼发封,堂倌三人无干省释,姚等闻此宪谕,浼某绅董到局说情,无如明府素来办事,一秉至公,拒而不见,该董等只得抱惭而去。

(上海县)(1898年1月31日《申报》)

茶 肆 发 封⑥

邑庙春风得意茶楼因弹唱淫词,兼卖女茶,由保甲总巡钟明府前往拘

---

① 该组新闻原题为《豫章竹素》。
② 江切吾,即江毓昌。
③ 孟子卿,即孟庆云。
④ 文芝坞,即文聚奎。
⑤ 钟受百,即钟尔谷。
⑥ 本新闻亦被1898年2月2日《新闻报》报道,标题为《茶楼被封》。

获茶博士及饬传执事姚来元、楼主杜荣桂再三不到，前日遂饬差押令停歇，听候发封。

（上海县）（1898年2月1日《申报》）

茶 楼 封 闭

沪城邑庙春风得意楼茶馆主杜荣祥、执事人姚来元因弹唱淫词及容留妇女品茶，事为总巡钟受百明府目睹，将茶博士三名拘回，及传姚来元等人，抗不投到，转浼请某绅董到局说情，明府怒而不见，急饬差役前往押令闭歇，听候发封。前日明府将封条发给局差，命速赴邑庙，即时封闭，并查提姚来元等到案，从严究办。

（上海县）（1898年2月2日《申报》）

茶 肆 罚 锾

本城邑庙春风得意楼茶肆因弹唱淫词兼容留妇女品茶，保甲总巡钟受百明府得悉后，饬差前往发封，并迭传执事姚来元等到案惩究等情，屡纪本报。兹悉姚来元闻局宪将封条发出后，一时惊惶无措，央请本城有力诸绅董赴总局谒见求情，明府谓姚来元犯此伤风败俗之事，例应重办，今君等既代为婉求，准免其封闭，著罚洋一千元，充作修理城厢内外街道及本城花草浜沿河木栏等经费。绅董以姚来元力有不逮，再三求减，于是明府判定罚洋三百元。至前日局差即将姚来元解局请讯，当晚明府升堂提讯。姚供称文生，系本地人，于同治十三年入学，向来在家读书，近在春风得意茶楼执事，时值新正，误违禁令，嗣后当遵奉宪谕，不敢容留妇女品茶，亦不敢开唱淫词艳曲，愿甘具结，如违情愿加等究办，奉判洋银三百元，刻已措齐，呈案求恩鉴宥。明府令当堂具遵谕改过切结，呈案备查，呈缴之洋，暂留候示，复再三申斥，始叱令退去。

（上海县）（1898年2月4日《申报》）

弹 词 肇 衅

苏城各茶肆弹唱南词如《珍珠塔》《描金凤》《三笑》《玉夔龙》等书，原所不禁，惟《玉蜻蜓》已改《芙蓉洞》，外县乡镇间有演唱者，苏城则早已禁绝，书家相戒不言亦已久矣。乃有锡山某甲于正月间携眷来苏，侨寓三多桥畔，阮囊羞涩，日无升斗之需，时往锦昌茶室啜茗以破岑寂，店主妇偶问作何生理，据称向在乡镇说书糊口，询其所习何书，则以《芙蓉洞》对，店妇不识一丁，不知《芙蓉洞》即《玉蜻蜓》易名，怜其贫乏，相邀到店开场演唱，俾令日博青蚨数百以资养赡，己亦可以多卖数十碗茶，诚为一举两得。遂于元宵节后登场，甲固得此中三昧者，言词清彻，娓娓动听，串白插科，亦复引人发噱，以故座客常盈，生涯颇不寂寞。不料廿三夜书场方了，忽见有长洲县差十余人，不问情由，将甲横拖倒曳，拳足兼施，叱其不应故违禁令，牵之下楼而去。某甲再四哀求，坚执不允，随即解赴县署。差伙等复进问店妇，某甲究系何人邀请，何人举荐，寻源溯委，声势汹汹，妇系女流，十分恐惧，即倩邻右地保为之排解，以羊数头为若辈寿，该县差等意犹未足，索取甚奢，嗣后不知若何了结。现闻店门扃闭，想此事尚费周折也。

(苏州)(1898年2月17日《新闻报》)

会衔示禁

扬州访事人云，维扬素称名胜，昔人谓"腰缠十万贯，骑鹤上扬州"，景象繁华，盖可想见。今虽不逮古时，而萤苑隋堤，犹留余韵。每届新年，好事者必扎成各色龙灯狮灯，盘舞街衢，为点缀升平之举，直至土地诞辰始偃旗息鼓。本届市面虽甚萧条，而有叶公之好者，依然踵事增华，制备龙灯数起，由上灯日以迄于今，终日锣鼓喧天，遍绕大街小巷。某夕更有选胜之流，演唱《打花鼓》、《荡湖船》等戏，遍行于六街三市间。无如此辈多系游手之徒，往往易于滋事。地方官以试灯节里，原可禁令稍宽，惟刻已落灯，自应各安恒业，何得任意嬉游，漫无底止？且演唱俚词，通宵达旦，亦属有关风化，不可不先事豫防，爰即出示禁止，倘敢不遵，定行提案严究。

(1898年2月19日《申报》)

拿获演唱《玉蜻蜓》①

〇姑苏访事友人来函云，《玉蜻蜓》盲词也，历记前明申相国②误入尼庵，染成瘵疾，后与雏尼志贞遇，情丝缱绻，遗腹生宁馨儿。附会支离，任情诬蔑，相国后裔深以为耻，屡经禀县出示严禁在案。有钱少岩者，操柳敬亭之技，粲花舌妙，四座生风。去腊自乡间来苏，顿忘此书有干例禁，即就胥门内三多桥堍锦昌楼茶室演说，将书中情节极意形容，以博听者一粲。说至志贞为申相国绘遗真及以殁时，执手哀鸣，惨恻缠绵，足令铁人泪下。附近有申某者，相国裔孙也，闻而大怒，立即禀县请究。长洲县汪明府③准词，饬差随往指拿。正月二十三日之晚，肆中座客方

---

① 该组新闻原题为《吴宫花草》。
② 申相国，即申时行。
③ 汪明府，汪懋琨(？—1912)，字瑶庭，山东历城人。光绪十二年进士，历任桃源、甘泉、长洲、上海等县知县。离职回乡后被选为山东咨议局议员、山东商务总会经理。

满，钱兴高采烈，口若悬河，较前数日演说时，尤淋漓尽致，适申引公役至此，不觉怒从心起，一声喝拿，差役一拥而上，将钱发辫扭住，不由分说，拘回县署，当夜交刑房管押，候讯供核夺。听书诸人见钱被拿，不知所犯何事，均抱头鼠窜而散。

（苏州）（1898年2月21日《申报》）

禁止花鼓戏入城①

○灯节后每有唱演花鼓戏者，由越来杭，择僻静之处，歌唱艳曲淫词，靡靡之音，荡人心魄，伤风败俗，莫此为尤。去年恽方伯②曾饬各城委员查禁，不准令其入城，并饬保甲局员随时巡察，如有混迹其间者，立予重惩。本年各大宪恐若辈故智复萌，仍饬各员严加查察，故新正以来，尚不闻有长袂曼声者登台演唱也。

（杭州）（1898年2月23日《申报》）

查禁落子馆③

○流妓之唱莲花落者，以色招，以曲引，而又以茶饷客，观听之地名曰落子馆，与沪上之书场仿佛，惟词尤淫亵，而声复鄙靡，男女杂沓，颇为人心风俗之害，曾经天津县禁绝数年，耳目为之一净。自去岁英国新增租界，此中人遂以重价向洋商租地，营建房屋，春头腊尾，蝉联开设，曰小广寒、曰天华、曰天福，鼎足三家。天华执事于上月中旬被海关道以其故违禁令，饬差拘案，流妓等亦遂匿迹销声，崔护重来，不啻桃花人面。小广寒、天福两家亦拟拘逐，以隔于洋商，红粉两行，氍毹一曲，依旧引人入胜。关道李少东④观察以罪同罚异，不可为训，遂函致英国领事，务请查禁，领事和衷共济，亦饬两馆一律闭门。惟尚有晴云一家，开在德国租界，咨会德国领事，则方以为兴旺地方起见，出示准行，因此不便越俎云。

（天津）（1898年2月26日《申报》）

雷厉风行

津函云，海大道西面一带自辟英租界后，芟荆筑室，不数月已成市

---

① 该组新闻原题为《苏堤春晓》。
② 恽方伯，恽祖翼（1835—1900），字叔谋，又字崧耘，江苏阳湖人。同治三年举人，历任汉黄德道道台、湖北按察使、浙江按察使、浙江巡抚等职。
③ 该组新闻原题为《析木星光》。
④ 李少东，李珉琛，字少东，四川安县人。同治十年进士，历任云南学政、天津关道道台等职。

塵。日前有混混等数辈在新海大道及福仙戏园旁设天华、天福、小广寒、晴云等落子班，招集侯家后一带土娼日夜演唱淫词艳曲，正值座中客满，梁上尘飞之际，突有衙署差役数辈手持砾签将各班一律封禁，后虽经各混混与有司差役及巡捕房等处一再设法重开数日，乃关道宪英领事清洁为怀，不为下朦，以谓此种有关风化之事允宜严申禁令，一律封闭，故现惟德国租界内尚有晴云一家仍旧演唱，然亦不敢十分明目张胆矣。

（天津）（1898 年 2 月 27 日《新闻报》）

禁妇女入园听戏①

○庆丰戏园自客腊至今，虽仍粉墨登场，笙歌围绕，而盈耳洋洋之际，坐客寥落如晨星。盖近有官府示禁，不准妇女入园听戏，免肇事端，以故不能如前之车马盈门，簪裾荟萃也。

（烟台）（1898 年 2 月 28 日《申报》）

女 戏 停 止

艋舺艺妓演戏定期，已登前报。到一昨十七夜方欲开台，午后观者人山人海，喜欲先睹为快，龙山寺前后几无立锥之地。时尚未开演而已万头攒动，因此某绅见之，即着止歇，盖近日来强盗窃发，防卫为难。先一夜新庄王细仆家颇饶裕，其父子皆为盗掠去，民情方抱不安，而忽以女戏聚众，热闹非常，恐宵小乘机溷迹人中，有猝不及遑之虑，故着人遏止之，亦未雨绸缪之意也。况女戏系夜间开演，尤易为引盗之媒乎。计是夜失兴而返者，红男绿女，不下三千余人，而车马喧阗，已觉街市为一震焉。

（台北）（1898 年 3 月 19 日《台湾新报》）

租界拟禁落子馆②

○德国租界去腊开有晴云茶园，歌妓数人，日夕登场，高唱入云，助人茗兴，即所谓落子馆者是。先是有天华、天福、小广寒等三家开设英国新租界中，以未禀明领事，遽然开张，领事恶其擅专，关道亦以其有伤风化，于正月中旬次第示禁，惟晴云如鲁灵光殿，巍然独存，盖彼曾禀明德国领事核准也。现关道李观察③以同一落子馆，又均在租界中，而禁令悬殊，似非政体，爰商于德领事，拟一律示禁，领事答称是举系为兴旺租界起见，不过限以三阅月为期，期满再定准驳，大约清明节后，重来崔护当

---

① 该组新闻原题为《烟海春帆》。
② 该组新闻原题为《津门春眺》。
③ 李观察，即李珉琛。

有人面桃花之感矣。

(天津)(1898年3月22日《申报》)

试期不准演戏①

○绍兴访事友云,每届学院按临,考童云集,城中禁演戏剧,惧肇祸也。若乡间则向不在禁令之中,自乙未岁院试时,西南乡蒋家溇演戏酬神,考童闹事,致伤多命,山、会两邑尊有鉴于此,本届因先出示谕禁,凡近城十里以内,概不准演戏,违者惩究。

(1898年3月29日《申报》)

严禁淫戏

花鼓淫戏,例禁綦严,近有天仙戏园伶人混名三麻子②者,竟敢在英界四马路乐也逍遥楼搭台演唱如《庵堂相会》《陆野臣卖妻》之类,云情雨意,描写逼真,实足坏人心而伤风化。老巡捕房柏总捕头查知其事,令某包探传谕停止。三麻子一味玩延,演唱如故,遂于前日令包探陈阿九传三麻子入捕房。昨晨解送公廨,禀请襄理谳政之郑瀚生③大令严加讯鞫,三麻子供称:"小的姓王名鸿寿。近日演唱花鼓戏者,不止小的一家,何以大老爷独禁小的演唱?"大令曰:"如有尽可随时禀究。"三麻子俯首唯唯,大令遂判罚洋银五十圆,谕以此后永远不准再行演唱,如违严究。

(上海公共租界)(1898年4月15日《申报》)

禁止演戏

川沙城内有东岳庙每逢三月二十八日为神诞日期,本城各庙以及各乡镇之城隍土地皆由会首劝集冥锭,群舁神像押送至城,名曰解饷会,素称热闹,并有好事者敛钱演戏以款各神之解饷者,以致各赌徒于此数日中必开设博场,抽头聚赌。本届川沙厅陈司马④恐若辈复萌故智,示禁演戏,而好事者以戏班虽已定当,不敢故违禁令,乃于城外南邑辖境之别庙演唱三天以塞众责,各赌徒亦不敢尝试,颇称安静焉。

(川沙厅)(1898年4月27日《新闻报》)

禁止租界茶园弹唱不果⑤

○英国新租界大华茶园于正月间招集女郎弹唱淫词,以娱茶客,事为

---

① 该组新闻原题为《兰亭修禊》。
② 三麻子,王鸿寿(1850—1925),艺名"三麻子",同仁称其为"三老板",安徽怀宁人(一作江苏南通人)。京剧红生演员,有"红生泰斗"之称,为早期南派京剧的代表人物。
③ 郑瀚生,即郑汝黳。
④ 陈司马,陈家熊,字桓士,浙江钱塘人。1893年至1904年任川沙厅抚民同知。
⑤ 该组新闻原题为《丁沽夏涨》。

津海关道所闻，照会工部局驱逐，并逮馆主发县责押。嗣德国租界又有晴云茶园蹈其故辙，爰亦函致德国领事，请照天华例驱逐。讵料晴云系禀由领事核准试办三月者，领事据情函覆关道，遂亦置之不问。现在三月之期已满，闻又续准歌唱一载，每日脂香粉艳，座客如云。天华茶园主以独抱向隅，竭力钻营，愿向工部局输捐，以便重张旗鼓。刻已预备舞衫歌扇，不日登场。想届时玉艳花娇，笙清簧暖，驾言来游者，当更有车水马龙之盛也。

（天津）（1898年5月29日《申报》）

禁 唱 淫 词

西门外城根向有摆摊唱淫曲者，年轻子弟趋之若鹜，该管保甲以淫词艳曲有害人心，一再申请，此亦整顿地面，维持风化之美举也。刻又有李大高、大羊率幼童在该处渡曲，听者纷至沓来，途为之塞，经保甲局访知，立即驱逐，并派勇在该处巡查，除准予四大奇书外，其余一切伤风败俗者尽行禁逐。

（天津）（1898年7月15日《国闻报》）

有 伤 风 化

西关十段保甲严禁无耻之徒率同幼童女在街头高唱淫曲，地面为之一靖。昨有某甲肆无忌惮，又在城根演唱，听者甚众，事经局员访实，恐该勇等与之勾合，亲自率役诣场驱逐，并谕甲等再犯定当送究治以违禁之罪。乃唱曲之人有名浪刘者，竟敢置辩，大有藐玩之状，该局员即喝勇目将刘带回至局中。

（天津）（1898年7月20日《国闻报》）

茶 肆 须 知

本邑南市，茶肆林立，往往流氓痞棍聚吃讲茶，以致打架斗殴等事，时有所闻，又或容留妇女入内啜茗，男女混杂，殊为败俗伤风。马路工程局会办委员朱森庭明府自奉道宪檄饬，兼管城厢内外保甲总巡，稔知此等恶习，爰即知照各铺地甲，令将南市十六铺至十二图为止，共有茶馆若干，详细造册呈局。前日复饬地甲将各茶肆主逐一传案谕话。是日到者计十六铺北段：汇水楼陈阿惠，万福楼金某，万和楼刘宝林，清和楼戎阿虎，裕仙园王子明，凤来仪周滋孝，太平轩陈连江，永和楼陈启贵，天宝阁王永根，南园施义友，养和楼王有兴，德兴园□三河，南中华楼钱启记，同春楼费金生，浦江望月楼周阿鹤，庆云阁刘阿五，福兴园徐海泉，洽兴楼瞿会桢，聚新园赵阿春，伯龙泉戴阿三，百层楼姚来勋，复兴园张树堂，聚兴园朱老徽；十六铺中段：老聚兴吴燮章，福顺园俞守发，山景园李阿庆，福兴楼徐金炎，茗馨园苏子泉，海南山凤楼陈咸丰，三胜园沈阿庄，渭泉轩周阿三；十六铺南段：沪南第一楼朱义斋，东兴园王耀福，双龙泉胡阿四，天仪园张氏，陈桂轩朱庆云，福兴楼徐小子，周生记周关荣，福顺园刘四宝，叙兴园王定相，北瑞春徐少林，福兴楼陈钱福；二十三铺李世友，复兴园，兴隆园陆明锦，合和轩，龙庆园陈桂松，万长春，□湘园，顺兴园，合兴彭阿福，龙泉园，养心园，江南一枝春，吉祥楼，泰和楼，得月楼，春江得月楼，凤仪园，茗园，德馨园陈养林，复兴园，富春园，协兴园，鸣泉园，天凤楼，桂月楼，春园，悦和轩，新春园，林仙园；二十七铺：顺风楼陈炳龙，顺来轩傅仁炎，崇聚楼戴二，全福厅李钱卿，傅桂松周润龙，水美园朱忠魁、朱瑞章、王小义、周三、蔡子卿、周钱桂，悦来轩傅德卿，张渭园，永祥楼周长寿、赵贵、袁增寿，青龙轩范松、金阿朝、洪福全、薛小禄、严四旺、侯肇堂，笑心堂华南、周玉昌、张阿毛、庄文孝、唐和尚；十二图：长春园康瑞林，义园薛铭卿，同来聚周继堂，镛昌吴松溪，长兴园杨德德，一□钱晋生，南兴园沈阿二，三凤园陈顺团，洪福园薛孝卿等一百三十六户。明府命分站两旁，谕以南市一带为流氓麕集之区，高领松鞲，形状诡殊，三五成群，到处滋事，以后如有此等人拥入茶肆，尔等当即驱逐，一概不准逗留。如敢不服，可唤同巡街捕勇或巡勇团丁拘解到局，本委当随时提讯，分别惩治，毁坏物件，亦当酌量断偿。如或明知故纵，不加斥逐，亦不来局禀报，及至酿成衅端，本委非特不能断偿，并须予以重究。至容留年轻妇女入肆啜茗，及招人弹唱淫词小曲之类，实于风化攸关，亦宜一律禁绝。本委为挽回积习起见，不惮告诫再三。自谕之后，如再阳奉阴违，一经察出，定当照例严惩，不稍姑息。各茶肆主闻谕，诺诺叩谢而退。

（上海县）（1898 年 7 月 26 日《申报》）

郑 声 宜 放

淫词艳曲最足引动人心，败坏风俗，曾经前保甲总厅汤太守[①]严禁在案，各茶馆始见肃然。乃日久玩生，故态复萌，北门外张富兴茶馆又敢招集幼女幼童，无分昼夜，演唱淫词，昨经保甲总局饬勇前往查抄，将铺长先棍责六十，复移送到县，该铺即行封闭。

（天津）（1898 年 7 月 30 日《国闻报》）

---

① 汤太守，即汤纪尚。

淫风宜戢

虹口二图胡家木桥为各流氓麕集之所,每晚招集无赖子弟开唱滩簧,秽语淫词,不堪入耳,十六图内亦搭台演花鼓淫戏,红男绿女,观者塞途,事为圆通寺巡防局员刘穆庭①二尹所知,已饬差协同地保往捕矣。

（上海县）（1898年8月5日《申报》）

禁售淫书

西六月十三号,《伦顿颇路么路报》云：有人在本城刊刻淫书出售,踪迹诡秘,志图射利,不顾义理,被地方官查出,拿获收监,审讯之下,官府责其胆敢以此淫邪之书,贻害大英合国之民。今犯人尚未承服,须待一干人证到案备质。

（英国）（《知新报》第61册,1898年8月8日）

整顿风化

唱演花鼓淫戏,最为地方之害,官宪以其攸干禁令,出示严禁,而根株终未能尽除。日前办理城厢内外保甲总巡戴子迈②明府访知有等无业游民竟敢搭台演唱,因即颁示通衢,饬差从严拿办。

（上海县）（1898年8月18日《申报》）

禁唱淫戏

南市江海大关前一带隙地,近有浦东无业民人在彼搭台开唱花鼓淫戏,无知男妇听此靡靡之音,每致乐而忘返,败俗伤风,莫此为甚,而无赖之徒,乘间施其探囊手段者,亦时有所闻。近经马路工程局委员朱森庭明府访知,饬传十六铺地甲协同局差前往驱逐,是亦整顿风俗之一端也。

（上海县）（1898年8月21日《申报》）

凡戏无益

广仁堂附近土窑内昨夜有坐客李二、张五、王四、屠老美等四人,正在品丝调竹、高唱入云之际,适查夜某委员途经是处,以时已四鼓,尚如此喧闹,实属可恶,即饬勇入内将四人拘出,各棍责四十,取保开释。

（天津）（1898年8月26日《国闻报》）

严禁清音③

○金陵采访友人云,每当节届中元,民间例设盂兰盆会以赈孤魂,梵

---

① 刘穆庭,其人具体待考,现知其于1898年前后任上海县烂泥渡巡防局员、圆通寺巡防局员、襄理英租界公堂谳政等职。

② 戴子迈,即戴运寅。

③ 该组新闻原题为《丁帘笛韵》。

呗声喧，香烟缭绕，陈设诡丽，举国若狂，神不歆非祀，有识者固已目笑之。而其间又杂以清音、弦索、傀儡、优伶、滩簧、莲花之类，八音竞作，靡靡动听。而莲花一曲，尤为淫荡，伤风败俗，莫此为尤。元、宁两邑宰夙稔此弊，力欲革除，会同出示，凡各街坊里巷，施赈孤魂，只准延集僧道，施放瑜伽焰口，一切游戏莲花清音，概行严禁。并饬干差弹压，倘敢阳奉阴违，仍蹈故辙，立将会首逮案严惩。既节民财，更裨风化，狂澜力挽，其庶几乎？

（南京）（1898年9月4日《申报·附张》）

整 顿 风 俗

沪北勾栏妓女林立，而神女生涯以陆兰芬、林黛玉、金小宝、张书玉①尤为群芳之冠，有某报馆不知何所取义，名之曰"四大金刚"，一时遐迩哗传。有好事者甚至演作说部，刊印消卖，不特毫无意义，且其间语多秽亵，殊于风化有伤，事为会审公廨所闻，立予示禁，并闻尚须密访作俑之人，逮案惩办，故日来坊间此书已均不复出售，是亦整顿风俗之意也。

（上海公共租界）（1898年9月5日《新闻报》）

禁 演 淫 戏②

○淫戏久干例禁，现经租界会审委员陈司马③查悉拱宸桥二马路新开之阳春戏园，时演《画春园》《梵王宫》等戏剧，雨意云情，描摹尽致，最为风俗人心之害。爰饬差传馆主到案，谕令停止，不得再演。一面照会日领事官出示晓谕。

（杭州）（1898年9月6日《申报》）

禁 唱 淫 词

本津河东小烟馆素为藏垢纳污之所，故自好者皆裹足不前。迩来更有无耻之徒于烟霞窟内弹丝品竹，一唱百和，日以为常，其词之秽亵，固有不堪入耳者，附近居民谁无妇女，如此之为，渐安可复？长东汛王弁洞悉此等恶习，传谕地方，赶为严禁，倘敢阳奉阴违，即行送究，亦维持风化

---

① 陆兰芬、林黛玉、金小宝、张书玉，晚清沪上四大名妓，此四人被李伯元《游戏报》所开花榜标举为"四大金刚"，由是得名。抽丝主人以此为素材，编著成小说《海上名妓四大金刚全书》，前后集各五十回，于光绪二十四年七月由上海书局石印出版。

② 该组新闻原题为《三潭月影》。

③ 陈司马，陈懋采，江苏无锡人。浙江候补同知，据《申报》报道，其人于1897年至1898年任浙江新关会审委员。1901年署庆元县知县。

之一端也。

(天津)(1898年9月10日《国闻报》)

阻 演 影 戏

沪南董家渡江南一枝春茶楼,系某甲所开,前晚在楼设台开演影戏,往观者蜂屯蚁聚,拥挤异常,喧闹之声,几如鼎沸,嗣为捕头查知,遣捕勇前往阻之,观者遂纷纷散。

(上海县)(1898年9月20日《申报》)

演唱淫戏判罚[①]

〇前晚伶人何家声在丹桂戏园演唱淫戏,为包探赵银河所见,以其有违工部局定章,拘案请罚。大令判罚洋五十元。

(上海公共租界)(1898年9月29日《申报·附张》)

谕 民 安 分

上海县王欣甫[②]大令莅任后,调查接管卷内有奉江苏藩宪聂仲芳[③]方伯札开,本司访闻松属各乡镇有等棍徒开设茶肆,终日招集游手好闲之人,引诱乡民聚赌抽头,无知愚民堕其术中,往往倾家荡产,无以为生。再有开设烟馆,藉以窝留匪类及招妇女搭台弹唱花鼓淫戏、抢孀逼醮、拐卖妇女、搭串讹诈等情事,饬令严行查禁以敦风化等因。因即饬差严密查拿,并传谕各图地保,随时禁止,如敢违犯,定当拘案严惩。

(1898年11月13日《申报》)

戏 园 受 罚

英租界石路天仙戏园系公堂差役赵胜所开,前晚演唱《打斋饭》一出,淫亵之状,足令见之者心荡神移,适为包探刘森堂查知,以淫戏有干例禁,当即回禀捕房。昨晨捕头传赵至公堂请究,赵供称园内一切自有管班人经理,小的素不与闻,以后当不准再演此种戏剧可也。谳员郑瀚生[④]大令据情商之梅翻译[⑤],以赵系办公之人,未便从宽,判罚洋一百元以儆。

(上海公共租界)(1898年11月15日《申报》)

---

① 该组新闻原题为《英界公堂琐案》。
② 王欣甫,即王豫熙。
③ 聂仲芳,即聂缉椝。
④ 郑瀚生,即郑汝骙。
⑤ 梅翻译,即梅尔思。

串客违禁

甬友寓书云：四明之属做花鼓戏为最多，美其名谓之串客，所演诸杂剧无非诲淫者，伤风败俗，传笑四方，非细事也。每有贤守令出，必三令五申，多方示禁，将欲化邪归正，法臻上理焉。无如乞丐者流，舍此更无他长，以为糊口。一日于某乡间开场演唱，手舞足蹈，备极丑态，于时有保甲局某委员巡缉前来，一时收场不及，凡兹数人竟被局差拖倒，系以黑索，缚见官，各受申斥一回，竹笋燉肉，得一大顿，抱头鼠窜而出，口中犹念念有词曰："官场如戏场，我们几个人今日做得一个弗好收场也。"又一人曰："今天吃亏怕甚么，明天登场扮一出《游龙戏凤》，做个正德皇帝①，看看甚么官儿不愿巴结我呢？"听者无不鼓掌，然而违禁已极矣。

(宁波)(1898年12月4日《消闲报》)

禁止演剧

本邑西北乡诸翟镇农民迓以秋收有获，演戏酬神，而牧猪奴一流人遂藉此开场聚赌，三十保六图地保恐肇事端，投县禀请谕禁，王大令②即饬差前往禁止，违干提究。

(上海县)(1898年12月5日《申报》)

演唱《珍珠衫》判罚③

○前晚满庭芳街庆乐戏园扮演《珍珠衫》淫戏，尤云殢雨，极意描摹，适被包探朱阿高查见，以其显违禁令，遂于昨晨将管班人武春山传案请罚。武泥首求恩，大令判罚洋一百元，拨充善事。

(上海公共租界)(1898年12月8日《申报》)

1899年（光绪二十五年己亥）

演唱《翠屏山》判罚④

○戏园搬演淫戏，风化攸关，一经南面者查知，立即逮案重罚，无如各戏园主牟利心重，视禁令若弁髦。前日宝善街咏仙茶园唱演《翠屏山》，伶人五月仙⑤扮潘巧云，浪态淫声，描摹尽致，适为包探刘森堂所见，告

---

① 正德皇帝，朱厚照（1491—1521），明朝第十位皇帝，即明武宗。他宠信宦官刘瑾等人，屡兴大狱；骄奢淫逸，建豹房，纵情声色。他还多次出游，沿路骚扰百姓。不少小说戏曲以这位风流皇帝为蓝本，《游龙戏凤》为其中之一，写正德皇帝南游遇见客店掌柜李凤姐的故事。
② 王大令，即王豫熙。
③ 该组新闻原题为《英界公堂琐案》。
④ 该组新闻原题为《英界公堂琐案》。
⑤ 五月仙，晚清京剧演员张福义的艺名，张于上海彩霞街开设仪凤戏园。

知捕头将五月仙传案讯究。五月仙供此戏既由管班人排定，小的不得不演，尚求大老爷法外施恩。谳员郑瀚生①大令商之梅翻译②，判罚洋银二百元。

(上海公共租界）（1899年1月31日《申报》）

淫 词 宜 禁

弹唱滩簧，浪态淫声，最易坏人心术，久经官宪悬为禁令。迩以时届新春，本城邑庙中群玉楼茶肆邀集苏帮清客串演唱盲词小说，男女混杂，谑浪忘形。保甲总巡戴子迈③明府闻而恶之，立饬差甲严行驱逐，违即拘拿讯办，亦整饬风化之道也。

(上海县）（1899年2月15日《申报·附张》）

禁 唱 淫 书

日前江海关道宪蔡和甫④观察自苏回沪，查悉本城邑庙内春风得意茶楼前经保甲总巡钟受伯明府访知有弹唱淫词之事，押闭严惩，具结在案。今正故智复萌，哄动游人，男女混杂，爰饬县署及巡防局严行禁止，以挽浇风。

(上海县）（1899年2月21日《申报》）

驱 禁 花 鼓⑤

〇每岁灯节前后，有扮演花鼓戏者，由绍兴渡江而来，沿街敲击锣鼓，演唱《荡湖船》《卖胭脂》诸剧，淫词艳曲，丑态毕陈，实为风俗之害。现经府尊林太守⑥札饬各城门委员严加查禁，不准入城，并谕江干保甲局速即驱逐，毋许逗留。

(杭州）（1899年2月28日《申报》）

禁 卖 淫 书

前日潘春林手持《倭袍记》至英租界中高声唤卖，适为包探石金荣所见，因即拘获，诘其贩自何处，称由夏琴山发出，遂一并传送公堂，禀请究办。夏供小的向操书业，此书系坊中卖剩者，明知犯禁，不敢出售，是

---

① 郑瀚生，即郑汝骙。
② 梅翻译，即梅尔思。
③ 戴子迈，即戴运寅。
④ 蔡和甫，即蔡钧。
⑤ 该组新闻原题为《西湖灯景》。
⑥ 林太守，林启（1839—1900），字迪臣，福建侯官人。光绪二年进士，历任提督陕西学政、浙江道监察御史、衢州知府、杭州知府等职。

以托潘代销，尚乞恩宽，自当衔结。潘供小的赋闲无事，故藉卖书以觅蝇头，不知此是违禁之书，如今只求轻恕。谳员郑瀚生大令商之梅翻译官，判将潘笞责二百板，管押三月，罚夏洋银五十元，淫书存候焚毁。

（上海公共租界）（1899年3月11日《申报》）

惩究演戏聚赌①

○昨日浦东四十四图地保顾顺柏投县禀称，图内有王子范者，以开设茶馆为由，聚赌抽头，鱼肉懦良，无所不至，并有演唱花鼓淫戏情事，实属有害地方。小的既有所闻，不敢不据实禀报。王大令②即派差役前往查明，先将花鼓戏班逐出境外，然后提王子范至案究惩。

（上海县）（1899年4月9日《申报》）

查禁淫书③

○王欣甫④大令查得近来各书摊及画张铺多刊售淫书淫画，只顾图利，不知有犯禁令，前虽出示严禁，刻又日久玩生，并有城内各茶馆容留妇女入座品茶，最为败俗伤风。除饬差严密查拿外，并札饬主簿孙立幹少尹查禁，以绝浇风，如果地甲容隐，即行提究。少尹奉札之下，遵照严查，并出示谕令各书摊茶馆恪遵毋违。

（上海县）（1899年4月16日《申报》）

弭患无形

日前本邑浦东萧王庙左近有流氓王姓等聚集二千余人，各给红布一方，约俟演戏之际，乘间起事，与教民为难，不料事机不密，有人至天主堂告知，堂中教士即诉知朱森庭明府，明府禀明前任江海关道宪蔡和甫⑤观察转饬上海县王大令。查得该处系上海县川沙交界，事之虚实虽祸起萧墙，不可不豫为防范。爰即移知川沙厅陈桓士⑥司马先往是处详加稽察，一面饬派差头全顺、薛贵多带伙役，前往弹压，并即出示禁止演戏，免肇事端。

（上海县）（1899年年4月23日《申报》）

阻止演剧

营口东街三义庙系嘉庆年间建修，为住持道士之世业，自同治年归本

---

① 该组新闻原题为《上海县署琐案》。
② 王大令，即王豫熙。
③ 该组新闻原题为《上海县署纪事》。
④ 王欣甫，即王豫熙。
⑤ 蔡和甫，即蔡钧。
⑥ 陈桓士，即陈家熊。

街公议会经理，定章每年酬神演戏数次，香火极盛。该庙外隙地与洋人比邻，客岁酬神演剧，英日二国领事曾函请关道转饬禁止，旋剧已演完，亦未深究。今年又欲循例演剧，英领事遽请关道严禁，关道以酬神演剧不在例禁之内，商令迁移，公会意在必演，以为该地与洋人比邻，久为垂涎，此日禁戏乃小试其端，他日或另有所谋，故相持不下。幸日署幕友某君从中调处，减唱三日，再行他迁，事遂得寝。

（营口）（1899年4月24日《中外日报》）

演唱花鼓判罚①

○包探沈阿鹤禀称，曹金生前因演唱花鼓淫戏，经前任大老爷枷责，今者故智复萌，纠同王阿二假曹金高所开一沁园茶肆，重张旗鼓。经捕头查知，倩小的往拘，今特送案请究。曹供小的开设茶肆，曹来借此说书，适因生意清淡，姑为应允，藉博蝇头，尚求恩宥。曹供本地人，向以说书为业，不敢弹唱淫词。王供小的由曹雇令帮助，并非起意之人。司马判将曹责三百板，枷号一月，曹与王各笞责一百板。

（上海公共租界）（1899年5月31日《申报》）

拘 捕 摊 簧②

○前晚蓝副捕头查悉篷路西华里一沁园茶肆主招集无业流氓在内弹唱摊簧，特遣饬包探费阿银、沈阿鹤前往，将小金生、王阿二两人拘入捕房押候解送公堂，禀请究办。

（上海美租界）（1899年5月31日《申报》）

演唱花鼓罚银③

○乡人范丫头赁屋唐家弄迤北，开设茶馆，入夜演唱花鼓淫戏，蛊惑人心，事为包探顾阿六查知，因于昨晨告知捕头，将范拘获，送案请讯。范供乡愚无知，偶然误犯，后当痛改前非，求恩免办。谳员翁笠渔④直刺商之梅翻译官⑤，判罚洋银五十元以儆。

（上海公共租界）（1899年6月1日《申报》）

禁 唱 淫 词

英租界四马路西胡家宅名玉楼书场主徐东海，迩以生涯寥落，资雇谢

---

① 该组新闻原题为《英界公堂琐案》。
② 该组新闻的标题原为《美界捕房纪事》。
③ 该组新闻原题为《英界公堂琐案》。
④ 翁笠渔，即翁延年。
⑤ 梅翻译官，即梅尔思。

少泉①、丁少坡②合唱《玉蜻蜓》小说，淫词亵语，鼓惑人心，凡轻薄少年、土娼流妓，皆爱听之。每晚演唱时座客常多至二百余人，事为捕头所闻，特于前晚倩赵银河、朱阿高二包探传到徐等三人，昨晨解送公堂请讯。徐供小的开设书场，雇谢、丁二人演唱《玉蜻蜓》，初时不知违禁，今已知过，立即改唱他书，求恩宽宥。襄谳委员张司马③商之白翻译官④，著押候会同梅翻译官覆讯核断。

（上海公共租界）（1899 年 6 月 9 日《申报》）

弹唱《玉蜻蜓》押候⑤

○包探赵银河、朱阿高同禀英界胡家宅明月楼茶馆主徐东海每晚邀请谢少泉、丁少坡在楼弹唱《玉蜻蜓》等书，男女混杂，殊违租界定章，奉捕头饬将徐、谢、丁三人传案惩儆，英谳员翁司马⑥商之白翻译，判一并带回捕房押候英梅领事判断。

（1899 年 6 月 9 日《新闻报·附张》）

弹唱《玉蜻蜓》判罚⑦

○包探赵银河、朱阿高解名玉楼书场主徐东海及说书人谢少泉、丁少坡至案禀称，彼等弹唱《玉蜻蜓》小说，查系江苏藩宪黄大人⑧示禁之书，原名《芙蓉洞》，情词淫亵，故捕头特倩小的传案请究。徐供小的开设书场，不知禁令，以致误犯，誓当痛改前非，尚求恩宥。谢、丁同供此书虽系犯禁，然其中关节并不淫荡，今已知过，叩乞施恩。襄谳委员张司马商之梅翻译官，以书中不论有无淫语，惟黄藩台既已饬禁，何得再行弹唱？判罚徐洋银二十元，谢、丁各罚洋银十元，各具改过结，存案备查。

（1899 年 6 月 10 日《申报》）

禁 唱 淫 曲

本埠水木两工凡遇打桩之时，每好口唱歌曲，近经工部局查得所唱各

---

① 谢少泉（1868—1916），苏州人，苏州弹词名家，其父谢玉泉，叔谢品泉都为谢派《三笑》传人。
② 丁少坡，生卒年不详，苏州人，苏州弹词名家，是演唱《白蛇传》和《玉蜻蜓》而著名的弹词大家陈遇乾的第四代传人。
③ 张司马，即张辰。
④ 白翻译官，即白保罗，清末任美国驻上海总领事馆翻译、副领事。
⑤ 该组新闻原标题为《英廨琐谳》。
⑥ 翁司马，即翁延年。
⑦ 该组新闻原题为《英界公堂琐案》。
⑧ 黄大人，即黄彭年。

曲均系淫亵之词，未免有伤风化，故拟一律查禁，如违即当拘押重办也。

(1899年6月23日《新闻报》)

演唱花鼓从宽开释①

○前日宁波府属某邑人包云才在新马路旁演唱花鼓淫戏，某号巡街捕见之拘入捕房，旋有郑九者出为担保，愿以后不再违犯，捕头允之，从宽开释。

(上海县)(1899年7月3日《申报》)

禁唱淫戏具结

包云泉在货捐总局前演唱甬江花鼓淫戏，昨经总办王太守②得悉，饬丁唤四十号华捕拘拿解局，经司徒司马③饬令具不再唱淫戏切结保释。

(上海南市)(1899年7月3日《中外日报》)

查拿演唱淫戏

本县王大令④访闻法华及杜家巷等处时有匪徒聚众开唱花鼓淫戏，因饬差前往查拿。

(上海县)(1899年7月21日《中外日报》)

禁 演 传 奇

大足余事既平⑤，有好事者仿《水浒传》文法演作传奇，渐已传布，事为大吏所知，即札川东道转札各属严禁。

(重庆)(1899年7月23日《中外日报》)

演唱花鼓判罚⑥

○金茂祥、金茂舟、王丫头在法华镇演唱花鼓淫戏，经县主王大令访闻，饬差连同地保王云庆拿获。前晚由马明府⑦讯问，王云庆供小的充当五图地保，金等在小的图内演唱淫戏，只阅一夜即经喝阻。金等三人同供，此事系某处中外学堂中人为首，纠令演唱，并非出自小的等之意。明府谓此案早经本县王大老爷访明，何得抵赖？王云庆身充地保，胆敢扶同

---

① 该组新闻原题为《南市捕房纪事》。
② 王太守，王旭庄(1854—1917)，字完巢，号刚侯，福建闽县人。历任上海货捐局总办、轮船支应局总办、署淮安知府、通州知州等职。著有《完巢剩稿》。
③ 司徒司马，即司徒贻芬。
④ 王大令，即王豫熙。
⑤ 指1898年四川大足县余蛮子纠众劫去法国传教士华司铎，酿成教案。
⑥ 该组新闻原题为《上海县署琐案》。
⑦ 马明府，马清渠，1899年前后任上海县署帮审委员。

包庇，罪不容宽。喝令笞责一百板，金等三人各责二百板，交差看管，再行严办。

（上海县）（1899 年 8 月 16 日《申报》）

示 禁 夜 戏

营口宝来茶园前与铁路工人闹事时所伤英人经医院医士悉心调治，始保无虞，惟滋事人犯尚在逃匿，而缉获之十余人皆系旁观误获，刻关道以戏园本为肇衅之区，加以夜间开演，宵小尤易溷迹，当分饬各营汛严缉外，先函商英领事并示谕戏园禁止夜间演剧以免滋闹。

（营口）（1899 年 8 月 18 日《中外日报》）

论打桩歌声当弛禁

有人函致《字林报》曰：华人打桩歌唱声但当稍示限制，不当全行禁绝，今工部局遽行禁绝，殊属已甚。且其呼声和谐，余等久寓中国，却惯闻而乐听之，工部局不应以一二尚气之人函请，遽尔严为禁阻也。且地球各国各处工作往往杂以呼邪歌唱之声，华人岂有异哉？

译《字林西报》（上海公共租界）（1899 年 8 月 19 日《中外日报》）

争论禁止歌唱事

博易①律师代老沙逊洋行函致工部局曰：如工部局不将打桩工人通融办理，必当照律争之。工部局复函曰：此事必不能退让。

译《字林西报》（上海公共租界）（1899 年 8 月 19 日《中外日报》）

工人歌唱被责

昨日黄家库有工人打桩歌唱被巡捕拘送新署责枷，系担文②律师所送云。

译《文汇报》（1899 年 8 月 19 日《中外日报》）

查 禁 淫 戏

本县王大令查得本邑西北乡念七保十二图车袋角地方近来有种匪类，日夜演唱花鼓淫戏，伤风败俗，莫此为甚，是以立饬差役前往查访；禀明核办。

（上海县）（1899 年 8 月 20 日《新闻报》）

---

① 博易（Harold Browett），英国人，晚清上海著名律师，《苏报》案中章太炎和邹容的辩护律师。

② 担文（W. V. Drummond, 1841—?），英国人。英国林肯大律师所公会会员，上海英租界工部局律师，中国政府南方地区外交事务首席律师。曾被清廷授予二品红宝石顶戴。

拘押包庇花鼓之地保①

○县主王大令访悉新闸叉袋角二十七保十二图中，近有无耻之徒演唱花鼓淫戏，因即饬差往拘地保张全土到案，押候讯惩，盖恶其意存包庇也。

（上海县）（1899年8月22日《申报》）

售卖《倭袍记》判罚②

○《果报录》即《南楼传》之别名，实即盲词《倭袍记》也。情词淫亵，向在例禁之中，乃有余培元者，手持是书，逢人求售。昨被包探石金荣查见，送案请办。余供贩卖小书，无知误犯，尚乞恩宽。直刺姑念贫民，判将书充公，人则从宽斥释。

（上海公共租界）（1899年8月22日《申报》）

惩办包庇花鼓之地保③

○日前上海县王欣甫④大令访悉新闸叉袋角有无业流氓演唱花鼓淫戏之事，因饬差密往查拿，至则流氓业已免脱，仅将得贿包庇之二十七保十二图地保张全土解案。前日大令倩帮审委员马明府提讯，张称小的图内并未演唱花鼓戏，惟西首邻图前经唱过，现在亦已停歇，叩求明察。明府恶其托词朦混，判责二百板，押候查明核办。

（1899年8月24日《申报》）

提究隐匿花鼓之地保⑤

○日前有无业匪人在新闸迤西吴家宅唱演花鼓淫戏，以致斗殴酿命，事为县主王大令查悉，饬捕役徐文往提二十八保八九图地保王明扬讯究。王保畏惧遣伙卢再庭来案候讯。马明府研究之下，卢供小的在王明扬处为伙，前有流氓纠唱花鼓淫戏，小的喝阻不理，忽有新闸十图地保王顺堂挈同范阿大之母来称，伊子因看花鼓戏被本图人殴毙，毁尸灭迹。小的细加查访，并无其事。既而本图中人以王顺堂不应误称人命，藉端讹诈，议罚洋银一百元，除去烟酒饭帐二十元，余八十元备修三泾庙工程求察。明府怒谓：王明扬既充地保，纵人演唱花鼓淫戏，隐匿不报，又敢勒罚洋银，不法已极，及至传唤，胆敢抗不到案，著捕役押同卢再庭下乡立提王明扬

---

① 该组新闻原题为《上海县署纪事》。
② 该组新闻原题为《英界公堂琐案》。
③ 该组新闻原题为《上海县署琐案》。
④ 王欣甫，即王豫熙。
⑤ 该组新闻原题为《上海县署琐案》。

正身至案，严行究办。

（上海县）（1899 年 8 月 27 日《申报》）

饬 查 摊 簧①

　　〇南市万裕码头左近某茶肆招集无赖子弟开唱摊簧，事为二十三七铺巡防局员盛二尹访知，饬地甲前往查明，禀候核办。

（上海县）（1899 年 9 月 15 日《申报》）

禁开坤戏园②

　　〇汉镇英界五码头创设女伶戏园，未及三日，即为府尊余尧衢③太守所闻，恶其败坏风俗，立即饬差将班头提案，略予惩处，饬具嗣后不再开演切结，交保开释，闻者韪之。

（汉口）（1899 年 11 月 23 日《申报》）

查 禁 淫 书

　　周月记书局主周顺卿近与同业徐鹤林及王姓等五人合股翻印《金瓶梅》等著名禁书四种，在沪北各栈房兜售获利，事为英谳员翁直刺④访闻，以风化攸关，例应拿办，于昨日知照捕房饬包探石金荣等查明禀覆，以便按名严拿矣。

（上海公共租界）（1899 年 12 月 9 日《新闻报》）

1900 年（光绪二十六年庚子）

戏 园 新 议

　　〇又闻毪儿戏班去腊只有二家，生意甚佳，以后射利之徒接踵而起，至今正又开三家，惟教戏之人必须男班优伶，故男班各戏园亦已订立合同，倘有各伶人至女班教戏，以后不准再用云。

（上海）（1900 年 2 月 3 日《新闻报·附张》）

示 禁 赛 灯

　　扬州采访友人云，元宵佳节，金吾不禁，玉漏停催，迎赛龙灯，亦新年乐事也。顾青皮地痞往往乘机而发，小则醵资以犯私橐，大更掀波作浪，为患闾阎，以致星桥铁锁之闲，时变而为称戈比干之地。近日郡城内

---

① 该组新闻原题为《上海巡局纪事》。
② 该组新闻原题为《汉皋杂佩》。
③ 余尧衢，即余肇康。
④ 翁直刺，即翁延年。

外，赛灯者多至十余起，每择少年韶秀者，薰香薙面，易弁而钗，低唱淫词，招摇过市，不特淫声浪态，令人心醉魂迷，而拆梢打降亦由之而起。十八晚有某甲者挑花担至缺口街某烛店任情婪索，店中人靳而不与，甲即号召党类攫取烛若干，驯至各逞雄威，互相揪扭。事为江都、甘泉两邑宰访悉，随即出示谕禁。内有新年已过，诸色人等均宜各安本业，不得再行迎赛花鼓、花担诸灯，倘敢不遵，定即提案严惩。盖亦藉以维持风化，非徒防患未然也。

（1900年2月25日《申报》）

示禁庙会

宁郡风俗每于二三月间各乡村演戏赛会，赌徒麕聚，高搭架棚，共相赌博，名为花笼庙会。鄞县徐大令①访悉此种恶习，特于昨日出示严禁，示内略谓：乡村庙会毋许花笼赌博、扮演串客，违者一经亲拿到案，定必尽法惩办云云。

（宁波）（1900年2月25日《中外日报》）

售卖《杏花天》判罚②

○前日金春林手持淫书《杏花天》十余部至四马路万华茶楼求售，适被包探窦如海所见，拘入捕房，捕头令解案请办，金供小的不知其为淫书，故敢求售，以后决不再犯矣。直刺判令枷号半月。

（上海公共租界）（1900年2月28日《申报·附张》）

查禁花鼓淫词③

○杭省每岁灯节后，有绍兴惰民演唱花鼓淫戏以博蝇头，本年兼署臬司世尚衣④以此等淫戏实属有伤风化，特饬司城委员及各段巡员严加查禁。保甲提调王太守⑤复饬各段分巡委员向茶肆中逐一清查，如有演说盲词小说者，责令肆主出具不敢说唱淫词甘结，呈送到局。倘敢阳奉阴违，立即发封，并提肆主及说书人从重治罪，亦挽回风俗之意也。

（杭州）（1900年3月2日《申报》）

禁唱淫词

演唱花鼓淫戏，例禁綦严，本邑法租界中，迩来市面清廖，好事之徒

---

① 徐大令，即徐国柱。
② 该组新闻原题为《英美租界公堂琐案》。
③ 该组新闻原题为《湖上嬉春》。
④ 世尚衣，即世杰。
⑤ 王太守，即王锡奎。

遂赴工部局纳捐，禀请暂行弛禁。工部局董府俯顺舆情，准其演唱对白摊簧，以兴市面。不料此端一启，靡然从风，自公馆马路以及小东门外各茶肆每晚黄昏时节，座客常盈，秽语淫词，不堪入耳。事为法总领事白藻泰①君所悉，以租界藏垢纳污，不免为外人姗笑，爰面谕捕头饬包探传到各茶肆主，自昨日为始，勒令一律停唱，如违严究不贷，特不知果能令出惟行否也？

（上海法租界）（1900年3月5日《申报》）

禁演花鼓淫戏

法界因市面清淡，去年由各茶肆主禀请捕房自愿纳捐，坐唱滩簧，为生财之计，捕头俯顺舆情，允如所请。讵若辈竟敢演唱花鼓淫戏，秽亵之声，不堪入耳，自公馆马路至小东门，不下数十家。近为白总领事②访闻，以风化攸关，宜严禁止。前日饬探将各茶肆主传至捕房，由捕头面谕，一律停唱，如违重惩不贷。

（上海法租界）（1900年3月5日《中外日报》）

禁唱花鼓

前者法总董因界内生意清淡，准令各茶馆扮唱花鼓、宁滩等戏，以期振兴市面，不料开演以来，每有无耻男妇藉此勾引，被法总领事白藻泰君访悉之下，以为似此伤风败俗，若不严行禁止，殊失政体，特于前日面谕克总巡转饬各包探将扮演淫戏之各馆主传着，令缴还执照，于前日下午起一律停止，违干未便，一时闻者无不颂白君整顿有方也。

（上海法租界）（1900年3月5日《新闻报》）

示禁赛会

常郡风俗各乡村每于二三月间，有演戏唱滩簧之举，各赌徒藉此麇集，共相赌博，名为赛春会。知府德太守元③访悉此种恶习，最为风俗之害，特札饬武、阳两县出示严禁。

（常州）（1900年3月16日《中外日报》）

请禁淫书

杭州访事友来函云，售卖淫书，本干例禁，而无赖之徒往往于烟室茶

---

① 白藻泰（Georges G. S. deBezaure, 1852—?），法国外交官。1872年来华，任使馆翻译生。1896年至1902年，先后担任天津和上海总领事。
② 白总领事，即白藻泰。
③ 德太守元，德元，字乾一，满洲镶蓝旗人。1899年至1907年间任常州知府。

楼到处求售，伤风败俗，莫此为尤。月前郡绅樊彭伯①孝廉纠约同志，具呈学宪②，请通饬各属严查书肆，不准销售淫书，并移知江苏抚宪③，转饬苏松太道照会领事，查禁石印翻刻，以绝根株。刻下学宪已命书吏缮文，分别移咨办理矣。

（1900 年 3 月 18 日《申报》）

谕禁迎灯

松郡城内外以本年恭逢万寿庆辰，争赛花灯，藉表祝忱，讵即有游闲之辈，扮演淫戏，需索赏资，几至扰害，娄县屈大令④闻知，特即出示谕禁，并饬差拿案惩办。

（松江）（1900 年 3 月 20 日《中外日报》）

新婚忌戏

戏场所演足资劝戒者，实是寥寥，而秽亵淫邪，则往往有之。凡少年男女固以不使触目为佳，乃本岛女若男喜于观剧者，十中约有八九，父不能禁其子，夫不能阻其妻，独至新婚未满四阅月，则新郎新妇皆不步至戏场，此俗洵有足嘉云。

（台湾）（1900 年 3 月 21 日《台湾日日新报》）

禁止灯会演戏⑤

○迩来好事之徒制就各种花灯，光怪陆离，钩心斗角，游行各处，藉以点缀升平，然锣鼓喧阗，人声鼎沸，往往观者如堵，滋生事端。娄县屈吉士大令有见于此，特出示严行禁止，略谓：迎灯赛会，本干例禁，近闻会中人扮演种种淫戏，向各处勒索烛费赏项，此等恶习，殊堪痛恨。若不迅速停止，定即按名拿办不贷。华亭县王纬辰⑥大令时适公出，署中人亦令各图地保一律谕禁。是诚防范未然之道也。

（松江）（1900 年 3 月 24 日《申报》）

---

① 樊彭伯，樊达璋，字彭伯，杭州人。举人，晚清杭州较活跃的善士。
② 学宪，据查，是时浙江学政为文治。
③ 抚宪，据查，是时江苏巡抚为鹿传霖。鹿传霖（1836—1910），字滋轩，号迂叟，河北定兴人。同治元年进士。历任河南巡抚、陕西巡抚、四川总督、江苏巡抚、两广总督、礼部尚书、军机大臣、督办政务大臣等职。
④ 屈大令，屈泰清，字吉士，浙江平湖人。因与捻军作战有功，升任江苏候补教谕、候补知县。1899 年至 1906 年任娄县县令。1906 年 6 月因病辞职。
⑤ 该组新闻原题为《茸城春望》。
⑥ 王纬辰，即王得庚。

查 禁 淫 书

淫书一项，本干例禁，现代理上海县戴子迈①明府查得本埠各书坊仍有射利之徒将各书改换名目，翻刻出刊售卖，败俗伤风，莫此为甚，特于前日发出牌示一纸，饬差协同各铺地甲向城厢内外各书坊一律查禁矣。

(1900年3月25日《新闻报》)

严 禁 淫 词

杭垣比年以来，民间盛行唱演摊簧淫词，业此者不下三百余人，靡靡之音，最足感人心志，迩经臬司世廉访②访知，立即出示严行查禁，一时演唱者皆销声匿迹。

(杭州)(1900年3月26日《中外日报》)

革 除 恶 习

昨日苏松太兵备道余晋珊③观察札行上海县署，略谓：每届清明赛会时，有等无耻妇女，抹粉涂脂，装扮罪犯，乘无帏小轿，随会游行，以及大肚刽子、花十锦、阴皂隶沿途弹唱之类，俱为地方恶俗，饬即转饬该县主簿严行禁革拿办，以挽浇风等因。代理县篆之戴子迈明府昨已出示禁止矣。

(上海县)(1900年4月4日《申报》)

批 准 示 禁

浙省在籍绅士许春卿部郎之荣等公禀学宪通饬阖属移咨江苏抚院转饬上海县一律查禁违例私印贩售淫书小说一节，办理情形历纪本报。兹探得部郎等续禀仁、钱二邑尊，前日亦奉批示，探录如左：仁和县正堂陈④批，一应淫词小说，大为风俗人心之害，是以例禁綦严。据禀近来坊间竟敢违禁市卖，殊属不法，候即出示严禁销毁，仍候钱邑批示可也。折附：钱塘县正堂吴⑤批，候出示谕禁，折附。

(浙江)(1900年4月7日《新闻报》)

禁 卖 淫 书

近来上海石印铅板各书坊局每将淫书印售贩运，如《金瓶梅》，《倭袍

---

① 戴子迈，即戴运寅。
② 世廉访，即世杰。
③ 余晋珊，余联沅(1844—1901)，字晋珊，湖北孝感人。光绪三年丁丑科第二名进士。历任军机章京、翰林院侍读、顺天乡试同考官、福建按察使、福建布政使、上海道台等职。
④ 陈，陈希贤，字吉士，福建闽县人。光绪十八年进士，历任浙江金华、钱塘、仁和县令，粤汉铁路总公司委员。
⑤ 吴，吴佑孙，字殿英，河南开封人。历任浙江平湖、衢县、钱塘等县知县。

记》又名《果报录》，又《三杰传》，《梅花影》又名《牡丹缘》，《三笑姻缘》，《笑话新里新》，《隔帘花影》又名《影奇传》，《青铜镜》又名《如意君》，《野叟曝言》，《奇僧传》又名《灯草和尚》，《绿野仙踪》又名《仙踪缘》，《拍案惊奇》又名《续今古奇观》，《百花台》，《国色天香》，《蝴蝶缘》，《后笑中缘》，《花天酒地》，《肉蒲团》化名《觉后禅》，又《耶蒲缘》，《平妖传》又名《荡平奇妖》，《今古奇观》，《正续四金刚》，《贪欢报》又名《欢喜冤家》，又《三续今古奇观》，《痴婆子》，《杀子报》又名《清廉访案》，《品花宝鉴》又名《群花鉴》，《金如意》，《杏花天》，《玉蜻蜓》又名《蜻蜓缘》，又名《芙蓉洞》，《换空箱》，《风流案》，《意外缘》，《赛桃源》等，以致茶坊烟馆中时有人手持兜卖，最为风俗人心之害，事为英美谳员翁笠渔①司马访闻，并准上海县移同前因，爰于日前特行示禁，略谓以后倘敢再有阳奉阴违者，定予严办，决不姑宽云。

（上海公共租界）（1900年4月10日《新闻报》）

严 禁 淫 书

前年沪城唐家弄周月记书作主周某曾印售《金瓶梅》等淫书，时代理苏州关监督江苏候补道黄爱棠②观察方绾上海县篆，严饬查禁，不准徇情。兹代理县篆之戴子迈③明府最恶淫书贻害子弟，因于日前会同英美法各租界谳员，大张示谕，并派差严密查拿，又恐周月记故态复萌，因谕令密往访查，毋许隐瞒，致干并究。

（上海县）（1900年4月15日《申报》）

环 求 弛 禁

兼署浙臬世振之④廉访查得民间如有喜庆等事，雇人弹唱滩簧，类皆淫词亵语，实为风俗之害，因特出示严禁有案，无奈藉此口技为业之人不下千余之多，生机顿失，因于日前同诣运辕头门，跪香环求，略谓：虽或插科打诨，不敢稍涉秽亵，刻闻已奉廉访允准，出具并无淫词切结备查，仍可照常歌唱矣。

（浙江）（1900年4月15日《新闻报·附张》）

禁 约 伶 人

迩来英租界各戏园所演《杀子报》《三上吊》等戏剧，诲淫诲盗，实

---

① 翁笠渔，即翁延年。
② 黄爱棠，即黄承暄。
③ 戴子迈，即戴运寅。
④ 世振之，即世杰。

属有害人心。英美租界公廨谳员翁笠渔直刺特于昨日派差至天仙、丹桂、桂仙、叙乐等园传谕各伶，以后不准再演，如违定干提究。

（上海公共租界）（1900年4月17日《申报》）

厉禁重申

演唱淫凶险恶各戏本来例禁綦严，迩因沪上天仙等各戏园中仍演《杀子报》等各种淫凶之戏，极意形容，不堪入目，实为风俗人心之害，事为英美谳员翁笠渔司马所闻，特于前日饬差传谕各戏园主，勒限三天之内所有如淫凶各戏一例永远停演，不准再唱，如违立提，究办不贷。

（上海公共租界）（1900年4月17日《新闻报》）

售卖淫书判罚①

○包探徐荣珊拘解李金荣、尤文元到案，禀称二人携淫书至新闸求售，适经小的查知，拘送请究。李、尤同供小的等失业无聊，向某书肆租得闲书数种，藉觅蝇头，实不知书中有淫亵之语。直刺判令各枷五天，淫书存候焚化。

（上海公共租界）（1900年4月24日《申报》）

查获淫书

浙省仁和、钱塘二县尊以绅士公请饬差严行查禁各书坊私售淫书，谕令缴案焚毁历纪本报。兹悉清河坊岑整记书摊前日向上海某书局批寄淫书四十余部到杭，为县差查知，不肯干休，嗣经某铺主出场将书焚毁，并酌行示罚，得免送究，亦云幸矣。

（杭州）（1900年4月25日《新闻报》）

禁令重申

印售淫书，大干例禁，署理上海县戴子迈明府前已出示严行禁止，并饬差役查拿解究在案。兹接署江苏臬司朱竹石②廉访札开，转奉护抚部院陆春江③中丞接到浙江提督学政文大宗师④行文，据仁和县职员许姓禀请通饬查禁印售淫书，查出将坊肆封闭，坊主严办等情，合行移请江苏省一律通饬严禁。准此，合行转饬遵照严禁等因。明府奉札后，昨已抄札晓示，重申禁令矣。

（上海县）（1900年5月10日《申报》）

---

① 该组新闻原题为《英美租界公堂琐案》。
② 朱竹石，即朱之榛。
③ 陆春江，即陆元鼎。
④ 文大宗师，即文治。

学政饬禁淫书[①]

○杭州访事人云，前由绅士禀请提督学政文大宗师通饬各属查禁淫书，其时宗师方出棚，当奉批准，未及行文。兹已由处州发来文书，札饬两县遵照办理，仁和、钱塘两邑尊即传谕各书坊，并石印各局铺，一律销毁。当令各具甘结到县，其街坊摆设摊场售卖小唱者，责成地保，随时查察。倘有混卖淫词艳曲者，即行拘拿到案，从重究办，如有得贿容隐及藉辞索诈者，一并治罪。

(1900年5月26日《申报》)

谕禁淫词

三马路揽胜楼茶馆演唱摊簧淫词，经英谳员翁太守[②]照会领袖西洋总领事，于日昨饬差高祥前往谕禁，如违提究不贷。

(上海公共租界)(1900年6月4日《中外日报》)

惩禁滩簧[③]

○包探赵银河解顾阿金至案禀称，此人在北京路三百四十二号某茶馆内演唱滩簧，是以拘请惩办，直刺判罚洋银二十圆，不准再唱。○包探赵银河禀称，前奉大老爷谕禁滩簧，今小的查得海天揽胜茶楼演唱如故，应请禁止，以革浇风。直刺准之，面谕捕头，急派包探往禁，违则拘该茶馆主讯惩。

(上海公共租界)(1900年6月12日《申报》)

众怒难犯

杭垣各书坊同业遵奉宪谕集议公禁贩售淫书小说等情历纪本报，兹探得前日又于吴山文昌阁会集所有现存淫书，照本酌减七折统归协德善堂收买，当时焚毁。是日合业缴出之书不下千余部，不料有同善斋书坊主陆步云积书甚夥，抗不交毁，一时同业公愤，起而为难，陆知众怒难犯，始愿认自行焚毁，嗣后倘有私售，任凭禀究，照公议之款加倍认罚，同业遂俯允了事而散云。

(杭州)(1900年6月15日《新闻报》)

---

① 该组新闻原题为《武林夏谚》。
② 翁太守，即翁延年。
③ 该组新闻原题为《英美租界公堂琐案》。

演唱滩簧判罚①

○海天览胜楼茶馆唱演滩簧，经谳员翁笠渔②直刺函致租界领袖葡国总领事华君③传谕禁止后，仍阳奉阴违。包探赵银河遂于昨晨将茶馆主许少卿解案请究。许供小的茶馆内唱演滩簧，曾由工部局给照，嗣奉谕禁遵，即改唱戏曲，并不敢违，叩求恩鉴。直刺商之梅翻译④，谓滩簧向干例禁，本应究办，姑念现已改唱戏曲，著即具遵谕切结，然后斥释，仍令捕头随时查察，违即拘案重惩。

（上海公共租界）（1900年6月21日《申报》）

演 唱 拘 讯

海天览胜楼违禁演唱滩簧淫词，迭经培副捕头⑤禀请翁太守饬差传谕禁止，该茶馆主许少卿以曾经禀遵工部局给照准唱，一味恃蛮。昨日经翁太守派差会同包探赵银河将许少卿拘讯。许供自奉谕后，于本月十五日改唱戏名，并非淫词小说，求察。中西官会商之下，判许具结以后不准再唱淫词，违干提究。

（上海公共租界）（1900年6月21日《中外日报》）

书业禁毁淫书⑥

○浙江提督学政文叔平⑦大宗师前准绅士禀请查禁淫书，业已通饬各属认真办理。上月十二日，省城各书贾邀集同业至吴山武圣宫会议共计此项书四十余种，概不准再行出售，并在神前立誓，所有各书铺留存之淫书五百余部，由协德善堂绅董给价购之，付诸祖龙一炬，嗣后如有阳奉阴违者，一经察出，从重议罚，亦可谓从善如流矣。

（杭州）（1900年6月27日《申报》）

戒严停止演戏⑧

○每届大阅后，例雇名班演剧，五月某日梨园子弟次第到来，适北地

---

① 该组新闻原题为《英美租界公堂琐案》。
② 翁笠渔，即翁延年。
③ 华君，华德师（Valdez, Joaquim M. T.），葡萄牙外交官，1887年前后来华，任葡萄牙驻沪总领事。1900年前后出任上海公共租界领袖领事。
④ 梅翻译，即梅尔思。
⑤ 培拉生，亦写作培赖生，印度人，晚清上海英租界巡捕。
⑥ 该组新闻原题为《圣湖碧浪》。
⑦ 文叔平，即文治。
⑧ 该组新闻原题为《茸城巷语》。

匪扰，杯蛇市虎，到处戒严，中军张参戎①、城守杨游戎②遂下令止演，赏给川资洋银三十元，著即日驶往他埠。

（松江）（1900年6月27日《申报》）

淫词判罚

弹唱淫词，本干例禁，尔来宝春茶馆主顾阿金倩俞百勋每晚弹唱，极尽形容，不堪入耳，为包探赵银河查悉，将顾拘解请办。翁直刺商之梅副领事③，判顾罚洋二十元以儆。

（上海公共租界）（《知新报》第122号，1900年7月11日）

准演影戏④

○昨日褚家左近桥南园茶馆主某甲投捕房报称，自北方拳匪事起，生涯寥落，无计挽回，拟倩人演唱影戏，以广招徕，请为核准。捕头许之，告以不得演唱淫词，致干查究。

（上海法租界）（1900年8月10日《申报》）

严禁胜会

扬州访事人致书本馆云，郡城每届中元令节，各处选事之徒往往于本坊挨户捐资，创设盂兰盆会，到处板台高搭，结彩悬灯，延僧道诵瑜珈焰口经，往观者男女杂遝，风俗之坏，莫甚于斯。现更花样翻新，改焰口为香火神会，杂以淫词小曲，入耳难堪。江都、甘泉两县主以现值北氛未靖，各处正在设防，深夜喧哗，最易滋事，因特预为示禁。半月以来，三市六街，寂不闻铙钹之声，不特防患未然，即颓俗亦从此可望挽回一二矣。

（1900年8月17日《申报·附张》）

优伶困苦

宁波府高太守⑤锄莠安良，不遗余力，颂者固多，然因噎废食，谤者亦属不免。前曾禁演夜戏，遂致往年之笙歌沸耳者，今竟寂然无闻。近复禁止赛会，征歌者更稀，梨园弟子颇极困苦，当此西成有庆，乡民报赛情殷，小本经纪亦可藉觅蝇头，而禁令高悬，以致若辈谋生乏术，无不怨声载道，将来一交冬令，恐致流为匪类，是亦大可虑也。

（1900年9月8日《新闻报》）

---

① 张参戎，张华园，清末任江南提标营中军参将。
② 杨游戎，杨克明，清末任金山营游击、署松江城守营游击等职。
③ 梅副领事，即梅尔思。
④ 该组新闻原题为《法租界捕房纪事》。
⑤ 高太守，即高英。

禁 唱 淫 词

演唱滩簧,向干例禁,英美租界谳员翁笠渔[①]直刺前曾屡次查禁,乃若辈弁髦禁令,依然阳奉阴违。迩者捕头查知英租界四马路明玉楼主雇令张、沈二人开唱《倭袍传》,遂禀知直刺请即饬差传案讯惩。

(上海公共租界)(1900年9月10日《申报》)

弹唱《倭袍》判罚[②]

○英界四马路明玉楼弹唱《倭袍》淫词,事经捕头访知,禀请直刺传案讯罚,直刺准之。昨晨饬差传楼主徐东海到案,研讯之下,徐供称小的肆中所唱并非淫词,叩求明察。直刺判罚洋银二十元,谕令嗣后不得再唱,违则重惩。

(上海公共租界)(1900年9月11日《申报》)

拿 办 淫 戏

宁郡花鼓淫戏俗呼为串客,最足伤风败俗,叠经各当道严禁在案。前日五乡碶地方有游手好闲之徒搭台演唱,事为鄞邑尊徐大令[③]访悉,立即饬差拘拿,当获数人解县。昨已由大令将其一一惩办,以惩效尤云。

(宁波)(1900年9月14日《中外日报》)

拘 获 串 客[④]

○宁郡好事者扮演串客戏剧,形容尽致,最足伤风败俗。府县官三令五申,严加禁遏,城中尚不敢公然扮演,而深巷小街仍所难免。近届各乡秋成告丰,若辈故态复萌,俱于五乡碶丁家山等处演唱。前日为鄞县徐大令访闻,立即派差拘住两名,枷示游街,藉昭炯戒,不知今而后能稍知儆惧否也?

(宁波)(1900年9月17日《新闻报》)

易 勇 驻 防

烂泥渡防营勇丁王、林二人,近在浦左塘桥之盛家弄包唱滩簧等书,被什长查悉,禀明后营哨官彭都戎胜坤将王、林撤回,另易他勇前往驻防。

(上海县)(1900年10月2日《中外日报》)

---

① 翁笠渔,即翁延年。
② 该组新闻原题为《英美租界公堂琐案》。
③ 徐大令,即徐国柱。
④ 该组新闻原题为《四明晴旭》。

淫戏宜禁

桂仙戏园主应桂馨新排《捉拿张桂卿》[1]一剧，前晚开演时，巡捕头带同包探赵银河往观，见其中情节淫秽不堪，因请英美租界谳员翁笠渔直刺讯罚。昨晨应自行投案，供称职员新排《张桂卿》戏，并无淫秽关目，乃赵探带同某号西捕直入职员家各处搜查，职员颜面有关，务求究办，直刺商之白翻译官[2]，著候礼拜三会讯察夺。

（上海公共租界）（1900年10月3日《申报》）

海淫判罚

英租界桂仙戏园因演《捉拿张桂卿》新戏，经捕头禀请英美租界公廨谳员翁笠渔直刺饬传园主应桂馨讯罚，应以包探擅入内室等词投案声诉，直刺谕俟礼拜三覆讯核夺。昨晨赵银河、潘应奎二包探投案禀称，桂仙戏园所演《捉拿张桂卿》新戏，淫秽不堪，务求究办。直刺商之梅翻译，谓应演唱淫戏，伤风败俗，不法已极，本当将工部局所给戏园执照吊销，姑念初犯，略予从宽，判罚洋银二百元，日后如敢再犯，严惩不贷。

（上海公共租界）（1900年10月4日《申报》）

驱逐花鼓[3]

〇松江访事友来函云，迩来郡城东南各乡时有无赖少年招人演唱花鼓戏，淫情浪态，秽亵不堪，远近闻风，观者云集，某夜竟有在南城门左侧效尤试演者。城守营杨克明游戎闻而震怒，立传汛弁谕令驰往驱逐，若辈知干法纪，偃旗息鼓而回。

（松江）（1900年10月16日《申报》）

请禁演戏聚赌[4]

又云：松城每届秋收，各处乡村往往借祈报之名搭台演戏，遂至不肖棍徒从中敛钱肥己，藉滋事端。昨据文生沈开祺等禀，以石家罐、蒲鞋浜等处近有本地流氓搭台演戏，勾结光蛋聚众赌博情事，请示禁止到县，经娄县屈吉士[5]大令准词晓谕矣。

（松江）（1900年11月1日《中外日报》）

---

[1] 张桂卿，晚清沪上著名流氓头目，手下有流氓80余名，专做抢劫妇女、勒索钱财、劫持人质之类的勾当。据《申报》报道，《捉拿张桂卿》中有张桂卿诱骗妇女至庙中强奸关目，故而被视作淫戏。

[2] 白翻译官，即白保罗。

[3] 该组新闻原题为《泖湖鱼苾》。

[4] 该栏目原题为《各地来函》。

[5] 屈吉士，即屈泰清。

禁演淫戏

前者桂仙戏园扮演《捉拿张桂卿》戏剧，情节淫秽，不堪入目，旋经捕头访知，将园主应桂馨解送公堂，禀请谳员翁笠渔直刺，判罚洋银二百元。昨日工部局董以戏园扮演淫戏，最为伤风败俗，不可不有以惩之，因将桂仙戏园捐照吊回，知照捕头派中西包探至园中，勒令停演，如敢故违，定即函致公堂提案重罚。

（上海公共租界）（1900年11月2日《申报》）

查禁淫词

沪城邑庙某茶肆中近来每日午后开唱《倭袍》淫词，男女混杂，昨奉总巡傅直刺①访悉，谕传东局兼中局保甲委员蔡二尹往查禀报矣。

（上海县）（1900年11月19日《新闻报》）

限日查覆

保甲总巡傅刺史近日访得邑庙某茶馆有弹唱《倭袍》淫书，哄动少年妇女观听，殊与风化有关，因谕饬中东局蔡委员前往密查，限日具覆。

（上海县）（1900年11月19日《中外日报》）

弁髦禁令

宝山县南门外东岳庙，近由庙主集资，拟于十月初一日起演剧三天，经前任尹大令②所闻，曾经出示阻止在案，讵庙主等视同儿戏，仍欲举行。前日竟令该庙住持僧印善，持片请淞防统领班镇军赴庙观剧，镇军大不为然，当即函咨新任宝山县金大令③，请为阻禁。大令接函立即饬差拘提印善到案，以其不安本分，本拟严惩，姑念一再苦求，免以笞责，枷示头门三月以儆。所有演戏，着即停止，想庙主等当不敢再肆妄为矣。

（宝山县）（1900年11月21日《新闻报》）

日人请禁戏园夜演④

○姑苏城外自建筑马路后，市面较盛，戏园中遂彻夜演剧以广招徕。近闻日人以青阳地市面萧条，声请上宪禁止阊门戏馆，不准开演夜戏，盤

---

① 傅直刺，傅星崖，其人具体待考，其人于1900年至1901年任上海县城厢保甲局总巡兼办清道事宜。

② 尹大令，尹佑汤，字辅卿，广西桂林人。光绪二十五年八月尹佑汤接替沈佺任宝山县知县，光绪二十六年九月由金元烺接任。

③ 金大令，金元烺，字若卿，又字调卿，浙江嘉善人。历任奉贤、宝山、吴县、江阴、元和等县知县。1900年至1902年任宝山县知县。

④ 该组新闻原题为《苏台揽古》。

门则禁令特宽。盖欲其移彼就此，变冷淡为热闹之场也。且闻阊门外市房现已一律加捐，每幢须洋银一元，其余妓馆烟寮，亦无不加抽捐款，盘门则一概豁免，特未识茕茕者氓趋向何如耳。

（苏州）（1900 年 11 月 23 日《申报》）

严　禁　淫　戏①

演唱淫戏，向干例禁，而《杀子报》一出，尤为淫恶，各戏园虽不免阳奉阴违，尚不至明目张胆。乃前日山东路髦儿班宝仙茶园，竟敢公然演《杀子报》，英界捕头闻之，即带同包探张才宝往查属实，因饬张探至英美租界公廨禀请谳员张柄枢②司马，传园主申饬，司马准之。昨晨特饬差役传园主朱锡臣到案，研讯之下，恶其伤风败俗，商之梅翻译③，判罚洋银一百元以儆。

（上海公共租界）（1900 年 12 月 6 日《申报》）

演唱淫戏判罚④

〇演唱淫戏，本干例禁，乃春仙、桂仙二戏园仍敢故违禁令，经包探胡瑞龙、陈根宝、刘杏春查知诉明捕头，禀诸公廨，司马饬传二园主讯罚。昨晨各包探将春仙园主李春来、桂仙园主王心记解案请究。李、王同供小的等以后不敢再犯求宥，司马判各罚洋银五十元充公，如再违犯，重惩不贷。

（上海公共租界）（1900 年 12 月 15 日《申报》）

暂　缓　弛　禁

南市新马路同春楼前因演唱滩簧，被善后局员程大令⑤查悉，因将万新楼影戏一并禁止在案。讵董家渡江南一枝春茶室主欲于前晚开演影戏，乃谋得天主堂信函，商请程大令弛禁。大令婉言却之，并许暂缓再商，故该茶室尚未能即日开演。

（上海县）（1900 年 12 月 15 日《中外日报》）

禁　演　影　戏

本邑南市新马路董家渡江南一枝春茶肆主某甲，迩因生涯清淡，雇人搬演影戏，以广招徕。马路工程局总办程雨村大令闻之，深恐人多肇事，饬差传谕禁止，甲抗不遵照，搬演如常，前晚为某号三道华捕查知，回告

---

① 本则新闻亦载 1900 年 12 月 6 日《新闻报》，该组新闻原题为《英美公堂案》。
② 张柄枢，即张辰。
③ 梅翻译，即梅尔思。
④ 该组新闻原题为《英美租界公堂琐案》。
⑤ 程大令，即程雨村。

捕头，转禀大令。大令立饬差甲前往知照，如违从严科罚。

（上海县）（1900年12月19日《申报》）

违谕开演

《暂缓弛禁》一节已纪前报，讵江南一枝春茶室不遵善后局程大令之谕，擅于前晚开演影戏，被程大令访悉，饬差将其所挂之牌除下，影戏仍行禁止。

（上海县）（1900年12月19日《中外日报》）

淫戏罚洋

本埠宝善街新开的春仙茶园，与开在三马路口的桂仙茶，近来又扮演淫戏，如《卖胭脂》等剧，做得个丑态毕见，实是败坏风俗。被包探查悉，禀请公堂饬传。念三早晨，传得春仙园主李春来、桂仙园主王心记到案，张司马①讯问之下，以违禁私演淫戏，实属不合，判罚洋五十元充公。

（上海公共租界）（《觉民报》1900年第61期）

1901年（光绪二十七年辛丑）

提讯演唱滩簧②

○包探赵银河禀海天览胜茶楼每晚说唱滩簧淫词，小的奉捕头之命亲往查听，伊等又故装诚实，请示核夺。司马商之西官梅君③，判候签提茶楼主到案讯办。

（上海公共租界）（1901年1月10日《新闻报·附张》）

示禁滩簧

英廨谳员张司马以外间茶馆弹唱滩簧，难免淫词秽语，误人心志，因特出示谕禁。

（上海公共租界）（1901年1月10日《中外日报》）

诲淫宜办

包探赵银河投英美租界公廨禀称，前日小的查得许少卿在三马路海天览胜茶楼唱摊簧，因之报明捕头往听，伊等知之，将淫秽关目删去。迨小的等去后，弹唱如故，捕头疑之，因又派三百三十七号华捕脱去号衣，潜往窥察，其时正唱淫词俚曲，爱人回报捕头，今者命小的将许解案请究。

---

① 张司马，即张辰。
② 该组新闻原标题为《英廨判牍》。
③ 梅君，即梅尔思。

捕禀小的往听时，正唱和尚奸淫妇女事，污秽不堪，小的不忍口述，惟求大老爷鉴察。许供：小的前经翁大老爷①传案谕禁后，即改唱戏曲，缮有戏目折一扣呈阅。谳员张柄枢②司马商之梅翻译，以戏目折不足为凭，判罚洋银一百元，将许带回捕房押缴工部局所给凭照。赵探又禀，许神通广大，前经翁大老爷讯办时，曾延某律师为护身符，今将凭照存律师处，请为核夺。梅君谓许淫恶不法，如此办理，尚属从轻，乃复敢倩律师出场，实属刁狡已极，务必吊回凭照，违干重惩。

（上海公共租界）（1901年1月19日《申报》）

演唱滩簧判罚③

○包探赵银河禀海天览胜茶楼说唱滩簧曾经禀请示禁，乃茶楼主阳奉阴违，捕头因命暗捕往察，果系一派淫词，解请讯核。诘之该茶楼主，供所唱皆系大曲，有戏目呈鉴。问官商之梅翻译，判罚洋一百元，追还工部局捐照，不准复唱。

（上海公共租界）（1901年1月19日《新闻报·附张》）

抗 谕 待 查

英租界三马路海天览胜茶楼每夜弹唱淫词，近被捕头访悉，将茶楼主许某拘送英美租界公廨，禀经谳员张柄枢司马判罚洋银一百元，吊销凭照。乃未逾数日，门前又黏一红纸招帖，大书暂停数日，择吉开书。包探赵银河见之，以其有意抗违，告知捕头，大约将严加查究矣。

（上海公共租界）（1901年1月21日《申报》）

请 禁 淫 书

三品衔光禄寺署正沈宗畴等以淫书为害，关系非轻，特于上海庆顺里内创立同善社，由同人集资专收刊售之淫书及板片，送文昌宫焚毁。现在收毁者虽已不少，而究无入书肆搜淫书之权，苦口劝说，无人坚信，私售者仍复不少，因复联名禀英公廨据情函致工部局并移会上海县、法公堂、工程局，一体出示严禁，限令一月为限，将淫书及板片送社内焚毁，由社酌给价值，倘逾限查出，由社禀请提究，以期尽绝。张司马准词后，除分别移会暨函致捕房并饬差查禁外，并为出示谕禁。

（上海公共租界）（1901年2月4日《中外日报》）

---

① 翁大老爷，即翁延年。
② 张柄枢，即张辰。
③ 该组新闻原标题为《英廨判牍》。

封 闭 戏 园①

○彩霞街仪凤戏园自京伶五月仙开设后，丁歌甲舞，观者如云。上月某日忽被某营勇丁击毁，旋经营主某君及江宁县保甲局员饬役持条封闭。既而五月仙夤缘某当道，转饬营县从宽发落，未三日即复启封，迩又袍笏登场，笙歌沸耳矣。候补通判李别驾宗镇②及佐贰多员闻而恶之，联名具禀藩辕，请饬永远封禁。旋奉恩艺棠③方伯批示，以该园既经营县封闭，何以又任开演，仰江宁府饬江宁县查明，据实禀办。

（南京）（1901年2月6日《申报》）

滩簧启衅判罚④

○荡妇邹阿金侨居英界胡家宅，近与流氓某甲有染，恃为护身符，在各烟馆开灯吸烟，招摇撞骗，事为捕头访闻，正在查办。前晚又偕各女棍至某茶肆听滩簧，不知缘何，与王张氏口角互殴，旋各投捕房声诉。昨日捕头令包探将一干人等解案请讯，大令谓妇女入茶肆听淫词，决非善类，著押候各掌颊五十下。

（上海法租界）（1901年2月8日《申报》）

奉 禁 鼓 乐

一月廿二日香港官绅商民接读英京急电报称，英女皇⑤病故。在香绅民如丧考妣，并为奉禁鼓乐，该地戏园暗寂无声，至赛马场之马戏亦停止一礼拜，以志哀感之诚焉。

（香港）1901年2月9日《台湾日日新报》

故 智 复 萌

去冬英租界三马路许少卿所开海天揽胜茶楼唱说摊簧淫词，由包探赵银河查悉，告知捕头，派某号巡捕脱去号衣往听属实，将许解送英美租界公廨禀请讯究，谳员张柄枢司马会同英总领事署翻译梅尔思君判罚洋银一百元，吊回照会，永远不准复唱，以为许当从此洗心革面，不复敢狡狯多端矣。不意利令智昏，诈谋百出，复于前日至工部局请领三等戏馆照会，意图旗鼓重张。工部局董烛照其奸，不准所请，许再三渎辩，局董谕以尔果欲再唱，须

---

① 该组新闻原题为《白下衢歌》。
② 李宗镇，其人待考。
③ 恩艺棠，恩寿，字艺棠，满洲镶白旗人。曾任陕西陕安道员、江西按察使、江苏巡抚、漕运总督等职。
④ 该组新闻原题为《法租界公堂琐案》。
⑤ 英女皇，维多利亚女王（Queen Victoria, 1819年5月24日—1901年1月22日），在位最久的英国君主。

觅妥实保人六家来局保尔永不再唱摊簧淫词,方可给照。许知计不得逞,遂嗒焉若丧而退。可见工部局董维持风化与中西官固有同心也。

(上海公共租界)(1901年2月26日《申报》)

禁 唱 淫 词

杭州访事友人云,每届新正,省垣城厢内外各茶肆主率多雇人弹唱淫词小曲,以博利市,一时钗弁杂遝,履綦交错,而伤风败俗之事即因之而起。本年保甲提调王靖臣①太守特饬分巡各员,严加查禁,如有仍蹈故辙者,除将弹唱之人拘案究办外,并提茶肆主重惩不贷。

(1901年3月7日《申报》)

饬 差 查 办

浦东烂泥渡近有朱潘等数人合股在自己所开烟间茶肆开唱花鼓淫戏,并大开赌场,附近商民受害无穷,昨经本县汪令②访悉,饬差前往查办。

(上海县)(1901年3月10日《中外日报》)

严 拿 花 鼓③

○扬州访事友人云,每届新正,好事者往往迎赛龙灯,斗丽争奇,罔惜糜费,其黠者更扎成花担花鼓诸灯,锣鼓喧天,遍游街巷,沿途口唱淫词,亵语诱惑人心,虽曰点缀升平,最足伤风败俗。本届先有龙灯四起,既而南河下某姓花样翻新,招集十三四龄雏妓,搬演花鼓戏,招摇过市,哄动多人。城守营孙守戎闻之,立即出示严禁,嗣以若辈抗玩不遵,移请地方官一体查禁,并派役会同团练暨驻防各营勇四出严拿,刻已拘获数人,押候讯办,是可见文武官维持风化,固有同心也。

(1901年3月18日《申报》)

演唱《珍珠衫》判罚④

○宝仙髦儿戏园演唱《珍珠衫》淫戏,经包探赵银河查知,将园主张杏林传案请讯,司马判罚洋银一百元。

(上海公共租界)(1901年3月28日《申报·附张》)

淫 戏 被 罚

宝来戏园违禁演唱《珍珠衫》淫戏,官判罚洋一百元,拨充善举。

(上海公共租界)(1901年3月28日《中外日报》)

---

① 王靖臣,即王锡奎。
② 汪令,即汪懋琨。
③ 该组新闻原题为《平山春燕》。
④ 该组新闻原题为《英美租界公堂琐案》。

演唱花鼓及莲花落判罚[1]

○王纪才在菜市街开设同液台茶馆，每晚搬演花鼓淫戏，浼捕房细崽徐阿三向工部局伪称影戏，领取准照，事后每茶一碗提钱三文酬之。迩为捕头所闻，立即将徐斥去，并遣包探传到王纪才一并解请谳员杜枝园[2]大令与费翻译[3]会讯。王供徐代小的领取准照，侵用洋银二十元，并每茶一碗勒出钱三文，自去年闰八月至今，共被侵用洋银四十六元有奇。徐供小的代领准照，用去各项使费共洋银十三元。大令谓尔既在捕房当细崽，不应招摇撞骗，王纪才演唱花鼓淫戏，亦有不合。遂与费翻译会商，判各罚洋银四十元，复将徐禁押捕房半月。

○十二号包探禀称，前晚小的巡至兰芳里，见流氓陈阿祥高唱莲花落，喝阻不理，反被扭殴，并将衣服撕破，因唤巡捕拘获，解案请办。陈阿祥供小的系泥水匠，路过带钩桥，不知何事被拘。大令判责一百板。

（上海法租界）（1901年4月14日《申报·附张》）

整饬风化

日前上海县汪瑶庭[4]大令访闻城厢内外各书坊往往私印淫书，到处销售，并有妇女至茶馆品茗情事，伤风败俗，莫此为甚，因饬主簿林少尹出示严禁，违干提究，地甲徇隐，并惩不贷。是亦整饬风化之一端也。

（1901年4月24日《申报》）

查禁淫书淫画[5]

○淫书淫画，久干例禁，而沪上牟利之徒，往往刊刷私售，殊为风俗之患。昨日朱明府[6]出示禁止，并饬巡勇随时查察。

（上海县）（1901年5月1日《申报》）

禁设戏园

去岁有华人开设戏园，冒挂美商牌号，经官查封，现又有冒称法商开

---

① 该组新闻原题为《法租界公堂琐案》。
② 杜仁幹，字枝园，江西人。生员，因军功升任训导、候补县。1900—1902年任上海法租界会审公廨谳员。
③ 费翻译，费亨禄（Henri Feer），法国外交官，1900年任法国驻上海领事馆翻译，1904年以后任法国驻汉口领事、驻上海副领事、驻汕头领事。
④ 汪瑶庭，即汪懋琦。
⑤ 该组新闻原题为《上海总巡局纪事》。
⑥ 朱明府，即朱森庭。

设戏园，关道岑观察①闻之，即饬夏口厅查封，并将园主拘案讯究。

(汉口)（1901年5月26日《中外日报》）

演戏摊派判罚②

○何晓山控沈德荣勒派豆油等情，前晚县主汪瑶庭③大令研讯之下，何供沈在某村演花鼓淫戏，某日向小的之妻勒派豆油三斤，追小的回家，令妻向沈索还，沈肆意殴击，是以控请究惩。地保张庆云禀称，小的已令沈将所派之油送还。沈供称村中演戏酬神，并非小的起意，所派之油现已送还，求恩明察。大令喝令掌颊五十下，何亦掌颊十下。

(上海县)（1901年6月3日《申报》）

提讯图董地保④

○近来西乡二十八保九十两图中人，每有演唱花鼓淫戏，事经大令访闻，饬差提到图董朱俊邦、地保周子良，前晚升堂研讯。朱供文生，现充十图图董，图内并无演唱花鼓戏情事，周保所禀大略相同。大令谓本县访查确实，何得诿饰？朱、周同称是处距七图甚近，七图中人曾演唱一天，至十图则实无其事，愿具呈甘结候查。大令著退去，听候查核。

(上海县)（1901年6月10日《申报》）

候查淫戏

上海县汪大令访得西乡念七八保九十图有兴唱花鼓淫戏之事，当即饬差将地保周子良、图董朱俊邦拘县，于前晚提讯，周供图内并无演唱花鼓等戏，朱供亦同。大令谓访查确凿，何得推赖，周、朱同供惟七图曾雇唱一天，小的等图内实无是事，请察查。大令判各交保，候查究惩。

（1901年6月10日《中外日报》）

花鼓启衅提讯⑤

○北新泾二十九保二十九图乡民演唱花鼓淫戏，被巡防局员某君查悉，将地保陈晓春送县，函称伊等有持刀斗殴情事，县主汪大令研讯之下，饬差将案内一干人提集复讯。陈保禀称，某日乡间唱演花鼓戏，赵庆洲手提鸟笼伫立台前，被人将鸟笼攫去。旋恐纠人报复，预为之备，

---

① 岑观察，岑春蓂（1868—1944），字尧阶，号馥庄，广西西林人。荫生，历任湖北汉黄德道、湖北按察使、贵州巡抚、湖南巡抚等职。
② 该组新闻原题为《上海县署琐案》。
③ 汪瑶庭，即汪懋琨。
④ 该组新闻原题为《上海县署琐案》。
⑤ 该组新闻原题为《上海县署琐案》。

并无持械斗殴情事,求恩鉴察。陆龙青所供相同。姚秀卿供是日小的在场看戏,恐赵庆洲寻衅,故央父亲报知巡局。庄沧州供小的充当东二图地保,此事并不干涉。赵庆洲挈其子投案供称小的被人攫去鸟笼,并未寻衅,大令谕令将陆、姚、赵三人交人保出,陈、庄两地保略加训斥,叱令退去。

(上海县)(1901年6月11日《申报》)

禁 止 演 剧

上月廿五日有外国戏一班欲在九江开演,遍贴招纸,由新义泰报关行陈某卖票,每位五角二角半不等,领事府与地方官恐滋事端,不准开演,因此中止。

(九江)(1901年6月30日《新闻报·附张》)

学戏启衅提究①

○老泰记烟馆主妇某氏前购某姓女郎,送在法界某里学习髦儿戏,近日为女之生母某氏所知,串同流氓小胖子将此女及同班之女名阿三者一并诱逃,经失主投报捕房,捕头派探将小胖子并二女拘获押候,解送公堂,禀请谳员杜枝园②大令讯究。

(上海法租界)(1901年7月8日《申报·附张》)

学戏启衅判罚③

○扬州人夏林氏之女小字阿昭,自幼卖与鸨儿王马氏,责令学习演戏。前日夏林氏偕小胖子即赵阿二将阿昭及同班女伶金宝领出。王鸨报知捕房,捕头遣包探将一干人拘押,旋于昨日解请谳员杜枝园大令与费翻译④会讯。王鸨投案伸诉前情,夏林氏供女儿不愿学戏,是以小妇人偕赵阿二领回。随有曲师萧宝山者投案诉称,阿昭、金宝均在小的处学戏,今被夏林氏等诱出,且取去银臂钏及衣服之类,小的寻至伊家,赵强索洋银二十元。大令商诸费君,将小胖子即赵阿二枷号一月、笞责三百板,夏林氏掌颊二十下,著交还臂钏衣服。阿昭、金宝交王鸨领回,不准学戏。

(上海法租界)(1901年7月10日《申报·附张》)

---

① 该组新闻原题为《法租界捕房纪事》。
② 杜枝园,即杜仁幹。
③ 该组新闻原题为《法租界公堂琐案》。
④ 费翻译,即费亨禄。

再记学戏启衅判罚①

○赵阿二即小胖子领回夏林氏所售女孩阿昭及女伶金宝，控经大令讯明，昨日命提到案，将赵枷号一月，期满责释，夏林氏掌颊二十下，还押捕房，追还臂钏衣服。说者谓大令之断，诚公矣，明矣。特恐鸨儿王马氏闻之，益将欣然意得，虽前有不准为伶之谕，而此后买良为贱，势必顾忌全无矣，奈若何？

（上海法租界）（1901年7月11日《申报·附张》）

马路唱曲判罚②

○日前马路工程局总办叶孟纪司马以时届夏令，马路一带每有游人于傍晚相约乘凉，深恐匪类混入其间，乘机滋事，爰即出示晓谕，不准闲人结队浪游。并严饬捕头随时令华捕小心逻察。昨日某号印捕查见划船妇十余人在马路中高唱淫词，与狂且互谑，喝之不止，因即拘拿甲乙两妇，解送捕房，捕头著罚出小洋银数枚，然后释出。

（上海县）（1901年7月14日《申报》）

查 禁 淫 书

淫书小说，例禁綦严，无如各书贾往往改换名目，阳奉阴违，近为道宪袁海观③观察访闻，赫然震怒，立将应禁淫书四十余种，开单札饬英靡澼瀙员张柄枢④司马实力查拿，从严惩办，以正人心。司马奉文，遵即遴派干差，严行查办矣。

（上海）（1901年7月22日《新闻报》）

禁 设 戏 园

汉镇戏园屡经当道严禁，现又有职员江某具禀道辕，愿认月捐若干，请准弛禁。岑观察⑤以戏园良莠混杂，难于稽查，现值会匪未清，不能遽允开设，批驳不准。

（汉口）（1901年7月22日《中外日报》）

淫 书 宜 禁

沪上淫书早已严禁在案，近有某甲在沪收得淫书多种，运载来宁求售，冀获重价，省垣某绅见之，以淫书之害，有伤风俗人心，特备资将甲

---

① 该组新闻原题为《法租界公堂琐案》。
② 该组新闻原题为《南市捕房纪事》。
③ 袁观察，即袁树勋。
④ 张柄枢，即张辰。
⑤ 岑观察，即岑春蓂。

所有淫书悉数购回付之一炬，一面函请有司出示严禁。

（南京）（1901年7月27日《中外日报》）

收毁淫书

苏函云，书坊刊售淫书小曲，最足坏人心术，虽迭经地方官严禁，无如阳奉阴违，现为长、元、吴，苏、王、田①三邑尊访悉，特于日前会商紫阳书院山长邹咏之②太史拟章筹款，设局收买，并会同出示晓谕，宽其既往，免予深究，现在凡有淫书者，限一月内送局销毁，仍照章酌给书价，以示体恤，如再抗违，一经查获，定即提案严办。是亦整顿风化之善政也。

（苏州）（1901年7月29日《新闻报·附张》）

查售淫书

上海县汪大令③前接苏臬朱廉访④来文，着查禁书坊淫书，故昨特饬差至十六铺会同地甲向各书坊遍查一周，即着各书坊主到县具永不售淫书结存查云。

（1901年8月2日《中外日报》）

查封茶馆⑤

○松江访事友人云，郡城西门外秀野桥畔畅园茶馆主某甲，近招女校书登台弹唱，一时逐臭者皆趋之若鹜。阴阳学蔡某闻知，备文申禀娄县，请为查禁。县主屈吉士⑥大令立饬差役协保前往，勒令闭歇。甲恃某故员之嗣君为奥援，将保掌颊，差保无奈，据情回禀，大令勃然大怒，随于本月初八日发出封条，立予封闭。

（1901年8月6日《申报·附张》）

伶工受责

温州访事人云，迩日温处兵备道童绍甫⑦观察出示禁止夜戏，雷厉风

---

① 指时任长洲知县苏品仁、元和知县王得庚、吴县知县田宝荣。
② 邹咏之，邹福保（1852—1915），字咏春，号芸巢，苏州元和县人。光绪十二年丙戌科一甲第二名进士，曾任翰林院编修、翰林院侍讲、顺天府乡试同考官等职。又为苏州紫阳书院最后一任掌院。
③ 汪大令，即汪懋琨。
④ 朱廉访，即朱之榛。
⑤ 该组新闻原题为《茸城近事》。
⑥ 屈吉士，即屈泰清。
⑦ 童绍甫，童兆蓉（1838—1905），字绍甫，号芙初，湖南宁乡人。同治六年中举人，历任陕西兴安知府、西安知府、温处兵备道。

行，适本月初三日之夜，总捕通判李古渔别驾署内土地神诞，特雇梨园子弟登场演剧，以伸庆贺，直至更鱼二跃，依然钲鼓喧阗，事为观察所闻，立即谕令差役将戏班管事人某甲传案，发交府经历包吉甫参军严办。参军研讯之下，以其故违禁令，著从重笞责三百板，并令荷校示众。在甲虽咎有应得，然使别驾闻之，得毋难乎为情否？

(1901 年 8 月 10 日《申报·附张》)

查 获 淫 书

关道袁观察①访得租界各书坊仍有出售淫书情事，因札饬英廨谳员张司马②严密查拿，司马准即饬差协探拿获某书坊及青莲阁下该书摊主并违禁各书，押候讯办。

(上海公共租界)(1901 年 8 月 26 日《中外日报》)

禁 唱 淫 词

静安寺某茶馆每晚雇有妇女弹唱淫词，前日为捕房所闻，饬包探前往查禁，如违拘办。

(上海新租界)(1901 年 8 月 26 日《中外日报》)

查 究 淫 书

新闸路荣华楼后裕庆里内有程某专印淫书售卖，迩为当道访悉，札饬英公廨提拿严办。

(上海新租界)(1901 年 8 月 26 日《中外日报》)

查 禁 淫 书

英美谳员张柄枢司马昨日接奉道宪查禁淫书密札，签差将惯售淫书小说之文宜书局陈茂生及青莲阁门首摆摊之李问轩等拘拿到廨，奉饬押候，讯供严办。

(上海公共租界)(1901 年 8 月 27 日《新闻报·附张》)

严 究 淫 书

淫词小说，最足害人，往往子弟因之荡产丧身，妇女因之败名失节，是以国家严定律例，犯者治以应得之罪，不稍宽容。顾书贾贪觅蝇头，依然阳奉阴违，暗中出售。近为苏松太兵备道袁海观③观察访悉，札饬英美租界公廨谳员张柄枢司马严密查拿。前日司马饬差协探拘获违禁出售之青

---

① 袁观察，即袁树勋。
② 张司马，即张辰。
③ 袁海观，即袁树勋。

莲阁茶肆下书摊主某甲及理文轩戎文彬等人，搜出淫书，押候从重治罪。说者咸谓观察素严嫉恶，司马更令出维行，此次既获真赃，自必严以绳之，不稍假借，岂非为地方造福之一端欤？

（上海公共租界）（1901年8月28日《申报》）

严究淫书续述

日前英美租界公廨谳员张柄枢司马遵奉苏松太兵备道宪袁海观观察札饬查禁淫书，已登前报。兹悉当日提到文宜书局主陈茂卿即程茂生及理文轩主戎文彬，随由可某同业保出。至青莲阁下书摊主某甲即张阿福刻尚在逃未获，大约须提齐票上开列各人，然后讯供惩治也。

（上海公共租界）（1901年8月30日《申报》）

饬查书板

日前苏松太兵备道袁海观观察以坊间出售淫书，最足伤风败俗，特札饬上海县及英美租界公廨严行查禁。县主汪瑶庭①大令查得此项淫书，虽在租界中销售，而板片多藏匿城中，因饬差向各坊吊呈销毁。并悉各茶肆书场弹唱淫词小说，尤足害人，亦令从严拿办。如该差有朦混作弊情事，察出并惩。

（上海县）（1901年8月31日《申报》）

夜 戏 弛 禁

宁郡夜戏前经高太守②谕禁在案，兹因郡邑二庙演戏者多，闻由绅董禀请太守弛禁，业已允准云。

（宁波）（1901年9月2日《中外日报》）

禁 唱 淫 词

小南门外校场梢淞南第一楼近有无赖在彼每夜演唱滩簧花鼓等淫词，现为总巡朱明府③访悉，饬差查禁。

（上海县）（1901年9月3日《中外日报》）

淫 书 判 罚④

○关道宪袁海观观察深恶租界各书肆私售小说淫书，特札英美公廨张

---

① 汪瑶庭，即汪懋琨。
② 高太守，即高英。
③ 朱明府，即朱森庭。
④ 该组新闻原标题为《英晚堂案》。又，对于此次判罚，1901年9月4日《申报》以《海淫薄罚》为题也作了报道；1901年9月4日《中外日报》以《犯禁罚洋》为题亦有报道。

柄枢司马查办，奉司马密饬，差捕将专售淫书之文宜书局主程茂生、理文轩书局主熊渭滨、在青莲阁设摊售卖之庄阿福等提案饬押，于前晚提讯。程等同供开设书局生理，所奉台差查吊之淫书《双珠凤》《今古奇观》等乃买卜转售，实无藏板，乞鉴。问官将程等申斥一番，从宽判各罚洋廿元，庄系书摊，减罚洋十元，并充同善社善举，并着各具改过甘结呈查，再犯重究不贷。

（上海公共租界）（1901年9月4日《新闻报·附张》）

演唱《卖胭脂》判罚①

〇前晚福州路群仙女戏园演唱《卖胭脂》淫戏，经包探金立生查知，禀请司马出票将园主某甲拘案研讯。判罚洋银五十元。

（上海公共租界）（1901年9月21日《申报》）

示 禁 花 鼓

娄县一保十九图地方有演唱花鼓淫词，为害地方，经屈吉士大令访闻，饬差驱逐，并出示禁止。

（松江）（1901年9月22日《中外日报》）

照 章 严 禁

本埠各书坊私售淫书小说，曾由关道札饬英公廨查禁，并提文宜书局、理文轩等讯罚在案。近由书业董事某君于前日具禀公廨，以各书坊所印闲书间有似淫非淫、在于可禁可宽之例，若不明定应禁书目，未免有所混淆，请即照会严禁等情。张谳员②因于昨日开明应禁书目，照会该董照单禁止矣。

（上海公共租界）（1901年9月28日《中外日报》）

拘 惩 花 鼓③

〇迩来郡城东乡华阳桥东盐三四图时有无赖匪徒搬演花鼓淫戏，云情雨意，描绘逼真，事为华亭县林大令④访闻，立派公役徐荣驰往驱禁，乡民竟置之不理。翌日黎明，大令托名拜客，带徐驰往拘拿，至则各无赖纷纷毁垣逃逸，仅获周顺根一名，带回研讯，从重笞责，荷以巨枷，发犯事

---

① 该组新闻原题为《英美租界公堂琐案》。本则新闻亦被1901年9月21日《新闻报·附张》报道，标题为《英廨判牍》。
② 张谳员，即张辰。
③ 该组新闻原题为《泖水丹枫》。
④ 林大令，林丙修（1851—？），原名文蔚，字霨生，浙江黄岩人。举人，历任江苏吴县、华亭等县知县。

处示众。其先获之周木松则刻尚收押待惩。

(松江)(1901年10月23日《申报》)

唱书缚差案判罚①

○浦东三林塘人陶云峰扭三林塘巡防局差孙瑞生到县署诉称伊被讹诈等情。前晚大令升堂研讯，陶供小的友人陈秋槎曾纳妓女李湘云为妾，后李妓在某处茶肆中弹唱盲词，孙借端向陈讹诈，不遂所欲，纠令多人至小的家中骚扰，小的骇极，大呼救命，邻人毕集，帮同扭获来案控陈。孙供陶与陈系亲串行，陈带领李妓在镇上弹唱盲词，男女混杂，风化攸关，小的喝阻，陈不遵。既而陈惧，潜匿陶家，是夜局员某大老爷带勇巡查，闻门内人声嘈杂，命小的入内据视，见陈与李妓正在弹唱书，叱命停止，伊等不服，反唆令多人将小的捆缚解案，陈则被陶纵去。大令以陶亦非安分之徒，旋喝责三百板押候，将陈交案，再行核办，孙斥退。

(上海县)(1901年10月31日《申报》)

维 持 风 化

杭州访事友人云，越中向有花鼓淫词，每当春祈秋报之时，相约来杭演唱，云情雨意，描写逼真，前署浙江臬司世振之②廉访查禁綦严，此风为之稍息。兹者臬司湍静臣③廉访恐日久弊生，复萌故智，爰会同保甲督办邹渭清④观察札饬地方官及保甲巡员认真查察。亦维持风化之一端也。

(1901年11月15日《申报》)

续记唱书缚差案判罚⑤

○前者陈秋槎携歌妓李湘云至三林塘镇陶云峰家弹唱淫词，巡防局员孙二尹⑥知之，饬差前往驱逐。陶非但不遵，反将局差关闭一宵，翌晨缚送至县，时陈与李妓已逃避他方，县主汪瑶庭大令将陶讯责收押，限交陈到案，迄今多日，尚未将陈交到。前晚提案研讯，陶供陈惧罪避匿，无从

---

① 该组新闻原题为《上海县署琐案》。
② 世振之，即世杰。
③ 湍静臣，湍多布，字静臣，满洲正蓝旗人。光绪二十七年四月至二十八年任浙江按察使。
④ 邹仁溥，字渭清，无锡人。浙江候知府、候补道，历任署湖州知府、杭巡道观察兼杭州关监督、杭州保甲督办等职。
⑤ 该组新闻原题为《上海县署琐案》。
⑥ 孙星垣，据《申报》报道，其人清末任上海县八仙桥巡防局、三林塘巡防局、高昌庙巡防局等局员。

寻觅，求准小的央人保出寻交，大令准之，限十日内交到。

（上海县）（1901年11月24日《申报》）

禁 止 夜 戏

南昌访事人云，江西省垣好事者往往拦街搭台，搬演夜戏，观者如堵，最易滋生事端，迭经地方官禁令严申，而言者谆谆，听者藐藐，各处仍不免有唱演之事。本月某日，南昌县戚升淮①明府出署巡夜见之，即饬地保传谕停止。次日复出示援案谕禁，略谓：如再不遵，定行提办。似此雷厉风行，居民断不敢弁髦视之，而以身试法矣。

（1901年11月26日《申报》）

严禁中宵演剧②

沪上诸乐部自三雅歇业后，京华子弟竞尚二黄，其有嚼徵含宫、偷声减字，能远嗣玉峰魏氏③遗音者，我见之已罕。兹者甬东太守严禁中宵演剧，梨园子弟遂转而至沪江，醵资就英租界中新设雅仙戏馆，烛龙队里，帘卷枣花，玉笛一声，流云顿遏。其中妙伶如徐云标④之娉婷袅娜，林如铃之旖旎温存，说者谓置之霄台妙选中，当不让周凤林、葛筱香⑤、陈桂林诸人独驰芳誉。会当俟茶阑酒尾，巾车而往，一聆法曲仙音也。

（宁波）（1901年11月28日《申报》）

续记唱书缚差案判罚⑥

〇前者陈秋槎挈妾李湘云至三林塘镇陶云峰家弹唱盲词，巡防局员孙二尹知之，派差往拘，反被陶捆解上海县署，县主汪瑶庭⑦大令研讯之下，将陶收押，饬提陈秋槎、李湘云讯办。兹已提到，前晚升堂质讯，李供小妇人系崇明人，随陈十余载，稍知文字，近因贫困不堪，藉弹唱盲词以资糊口。前在三林塘三胜楼茶馆唱书，甫一日即奉巡防局老爷谕禁，后在陶家，尚未开唱，局差突来索诈，陈与小妇人畏而逃避，求恩宽宥。陶供局差来家将火吹灭，不分男女，乱曳出外，是以小的呼唤邻人捆送案

---

① 戚升淮，即戚扬。
② 该组新闻原题为《十洲新曲》。
③ 魏氏，魏良辅（1489—1566），字师召，号尚泉、玉峰等，江西南昌人。明代戏曲音乐家、戏曲革新家。
④ 徐云标，晚清甬昆花旦名角，浙江宁波人。曾拜名旦徐金友为师，主工七旦，为老庆丰班台柱。擅演《西厢记》《牡丹亭》《南楼记》等。
⑤ 葛筱香，晚清著名昆旦演员，隶属大雅班。
⑥ 该组新闻原题为《上海县署琐案》。
⑦ 汪瑶庭，即汪懋琨。

下，今已知过，求恩开释。陈供小的实因贫苦乏食，是以作此无耻之事，尚求恩典。大令判将陈笞臀二百五十板，掌颊五十下，枷号一月，发三林塘六图及方一图示众，陶、李申斥数语，叱之使去。

（上海县）（1901 年 11 月 28 日《申报》）

演唱《送灰面》判罚①

○日前桂仙戏园某雏伶演《送灰面》一剧，云情雨意，淫亵不堪。事为捕头所闻，令包探张阿五将园中执事人王心记送案请究，司马谓该园前曾演唱《卖胭脂》，判令罚锾，今尚不悛，藐玩已极，遂判罚洋银一百元以儆。

（上海公共租界）（1901 年 12 月 19 日《申报》）

整 顿 风 化

沪城邑庙豫园中各茶肆，近因贸易清廖，招集柳敬亭一流人演说《倭袍》《水浒》各小说，保甲总巡朱森庭明府知之，恶其有伤风化，特于昨日传四铺地甲到局谕令查明禀复，以便究惩。

（上海县）（1901 年 12 月 24 日《申报》）

续记唱书缚差案判罚②

○前者陈秋槎携妾李湘云至三林塘镇陶云峰家弹唱淫词，由巡防局员某君移县请究，大令研讯之下，判令将陈笞责枷号，湘云发普育堂择良婚配。兹陈枷期已满，前晚大令饬带案发落，陈供祖产向丰，因小的不知爱惜，以致落魄江湖，藉妾弹唱糊口，今蒙讯责，以后不敢再犯矣。大令谕曰，尔妾现已发堂择配，尔不准往领，如违干究，遂将枷开去，交人保释。

（上海县）（1901 年 12 月 31 日《申报》）

1902 年（光绪二十八年壬寅）

严 禁 唱 妓

阳湖县翁大令③以山东界与江北及里下河一带，每至冬间，即有男女三五成群来南，演唱淫词，实为民害，因特出示严禁，并谕沿途地保随时驱逐，并不准娼妓在茶馆开唱滩簧艳曲，如有犯者，惟该地保是问。

（常州）（1902 年 1 月 2 日《中外日报》）

---

① 该组新闻原题为《英美租界公堂琐案》。
② 该组新闻原题为《上海县署琐案》。
③ 翁大令，即翁延年。

严禁淫出

台俗有车鼓之戏，大致与采茶相同，其事甚俗，城市之间罕有悦目者，惟穷乡僻壤、山巅水涯时时有之，更无不人人乐之也。顷闻各村落之巡查禁止，曰此事最伤风败俗，且演时人数太多，必易别滋事端，今后概不准复萌此态，违者有罚云云。然此虽非大事，故而亦世道人心之所系也。

（台湾）1902年1月11日《台湾日日新报》

诲淫重罚

扮演淫戏与歌唱淫词，同干例禁，无如若辈贪利忘害，终不免阳奉阴违。前日英界山东路会仙髦儿戏馆女伶搬演《小上坟》一剧，易其名曰《小荣归》，雨意云情，描摹尽致，适为包探张才宝所见，立即回报捕房。昨晨捕头令传掌班人朱锡臣至英美租界公堂，禀称此人素不安分，光绪二十五年私取洋人兰生空白票案发，经前任大老爷判押六个月，递解回籍。既而徐王氏控黄少斋串吞田单案亦曾牵涉，旋又骗取珠花，经已革包探黄四福拘解请办。去年宝仙髦儿戏馆扮演久经示禁之《杀子报》淫戏，解请大老爷判罚洋银一百元，今仍怙恶不悛，请为究办。朱供小的前犯各案，均已讯明，至《小上坟》一剧，并无淫秽关目，目今各戏馆演者甚多，叩求明鉴。谳员张柄枢①司马商之伟翻译官②，判罚洋银一百元，随问廨差屠林曰："朱前者被控各案究竟曾否了结？"屠差禀称："小的查得各原告均未投案，禀催司马谕令从宽开释。"随即饬吏缮成告示，严禁淫戏，违干重惩。

（上海公共租界）（1902年1月16日《申报》）

重申禁令

淫书淫戏，有伤风化，均干例禁，近来复有戏园演唱淫戏，殊违禁令，除由会审分府张司马将违禁之戏园主提案谕罚外，复于昨日出示申禁。

（上海公共租界）（1902年1月21日《中外日报》）

戏园难开③

〇宜昌城内戏园经地方官封禁，舞衫歌扇，久已寂寥，近有人欲在城

---

① 张柄枢，即张辰。

② 伟翻译官，伟晋颂（Frederick Edgar Wilkinson，1871—1950），英国人。1893年至上海任使馆翻译学生。历任上海、琼州、北海副领事，南京、福州、奉天等地领事。

③ 该组新闻原题为《宜昌客述》。

外唱演，惟房屋合式者甚少，一时恐不能如愿以偿也。

（宜昌）（1902年1月30日《申报》）

拘获出版《石头记》①

○日前书贾席柏君将《石头记》小说印成，倩新闸陶林春所开书作装钉，被廨差羊福查知，协保前往拘拿管押，旋由某甲将席保去。

（上海公共租界）（1902年2月3日《申报》）

私印淫书

英廨谳员张司马访有席柏君、陶林春二人私印淫书，潜行出售，实于风化有关，特饬干差协保前往密拿，当将席、陶二人拘获，并起出淫书数百部带回廨中，禀明张司马，奉谕押候，严讯究办。

（上海公共租界）（1902年2月3日《中外日报》）

打联相示众②

○姑苏访事友人云，男扮女装，久干例禁，苏垣每有江北无赖，涂脂抹粉，妆作妖娆，手执竹竿，贯以铜钱，持而摇之，厥声琤然，沿途口唱淫词，俗呼之为打联相，败俗伤风，莫此为甚。本月某日，长洲县苏静庵③大令因公至某处，途遇此辈，见而恶之，立饬拘回研讯，锁诸头门外石墩上，每日著地甲给以脂粉两包，如前涂抹，并谕之曰：本县出入时，汝须照常演唱，违干重办。性严疾恶于此可见一斑矣。

（苏州）（1902年2月5日《申报》）

查 禁 淫 戏

闸北太阳庙北谭家湾迩有土棍勾结流氓在彼演唱花鼓淫戏，哄动男女，以致争闹大架之事时有所闻，现经该处众乡人禀请宝山县饬差会营兜拿惩办以静地方矣。

（宝山县）（1902年2月20日《新闻报》）

禀 请 驱 逐

闸北太阳庙北潭家湾元旦以来，有流氓土棍勾结一气，摆设赌台，并唱花鼓淫戏，一时哄动男女，以致斗殴之事，日有所闻。是处乡耆以事关风化，联名投宝山县禀请设法驱逐，以安地方。

（上海新租界）（1902年2月20日《中外日报》）

---

① 该组新闻原题为《英美租界公廨纪事》。
② 该组新闻原题为《糜台守岁》。
③ 苏品仁（1859—?），字静庵，云南昆明人。光绪十五年进士。曾任新阳县知县、长洲县知县、直隶省劝业道等职。

法公堂自一千九百一年正月起至六月底止罚款收付清单（节录）
〇又收王季才唱摊簧行贿罚洋四十元。

（上海法租界）（1902年2月23日《申报》）

禁茶肆说书①

〇新年无事，各茶肆中每有柳敬亭一流登场说书以娱人听，保甲局宪闻之，特饬各分巡严加查察，如系淫词艳曲，一律示禁，违者照例治罪。

（杭州）（1902年2月24日《申报》）

驱唱淫词

南市小南门外校场梢淞南如意楼茶馆主现雇无赖数人每晚登台演唱东乡花鼓淫词，青年男女趋之若鹜，大为风俗之害，昨由总巡朱明府②饬甲查明驱逐矣。

（上海县）（1902年2月24日《中外日报》）

示禁串客③

〇甬郡风俗每届新正往往有不法棍徒花龙牌九以及庙会搭篷开场赌博并演唱串客等事，现为鄞邑尊黄大令④查知，如此陋习，实足贻害地方，亦于日前出示严行禁止。

（宁波）（1902年2月28日《新闻报·附张》）

严禁淫书

武昌访事友人云，湖北武昌府梁集庵⑤太守访闻司门口察院坡一带，时有匪人设肆售淫书，殊为风俗人心之害。爰于本月某日，不动声色，亲诣某书肆将所售书籍，逐一检查，见有《金瓶梅》《贪欢报》《肉蒲团》诸书，不觉勃然震怒，立将肆主某甲带回，笞责枷示，搜获之书，悉数焚毁，一面饬江夏县陈介庵⑥大令出示严禁，以挽颓风。

（武昌）（1902年4月6日《申报》）

禁设髦儿戏

近有人拟于汉镇开设髦儿戏馆，招致女伶来汉演戏，并倩某西人作护

---

① 该组新闻原题为《苏堤春晓》。
② 朱明府，即朱森庭。
③ 该组新闻原标题为《示禁两志》。
④ 黄大令，即黄大华。
⑤ 梁集庵，即梁鼎芬。
⑥ 陈介庵，陈树屏（1862—1923），字汝藩，号介庵，安徽省望江县人。光绪十八年进士，历任湖北罗田、江夏、武昌等县知县，武昌知府，湖北布政使等职。

符，事为关道岑观察①所闻，已商请领事查禁。

（汉口）（1902年4月15日《中外日报》）

整 理 风 教

台南厅警务课顷欲整理本岛人之风教，凡有说书者在庙宇及街头公众之前讲谈《水浒传》等小说，有赏恤盗贼的思想者及扮演采茶戏、车鼓戏等淫猥者，皆禁之，违者则科以违警罪。

（台南）1902年5月20日《台湾日日新报》

花 鼓 启 衅②

〇南门外华、娄、金三县接壤之处，近有无业游民演唱花鼓淫戏，野田草露之间，桑濮遗音，洋洋盈耳，远近观者云集，往往滋生事端。四月某日之夜，有某甲者被人殴伤，异入华亭县署请验，县主林霨生③大令查得肇事之处系金山所辖，因令投金山县署控诉。

（松江）（1902年6月12日《申报》）

禀 请 究 办

淞南陈家宅地方前有土棍纠众在小茶馆演唱花鼓淫戏，经前宝山县金大令④屡次饬差查禁，若辈即贿通差甲，阳奉阴违，近且大张旗鼓，镇董以其扰民，于日前禀请新任王大令⑤究办。

（吴淞）（1902年7月11日《中外日报》）

饬 差 查 禁

宝山各乡每届夏令，辄有土棍纠众演唱花鼓淫戏，扰累乡民，近经河盐厅陆二尹⑥饬差查禁，并传谕各图地保实力严查，如违革责不贷云。

（吴淞）（1902年7月25日《中外日报》）

驱 逐 淫 曲⑦

〇六月初，中城城宪乘车行经天桥左近，见石路两旁万头攒动，人语喧嚣。询之，知系演唱鼓儿词者，并有女班搀杂其间，不觉勃然大怒，立饬差役驱逐净尽。一时前门外说书、唱曲、戏耍各场，亦复敛迹潜踪，无

---

① 岑观察，即岑春蓂。
② 该组新闻原题为《茸城梅雨》。
③ 林霨生，即林丙修。
④ 金大令，即金元烺。
⑤ 王大令，即王得庚。
⑥ 陆二尹，陆桐华，其人不详，清末曾任宝山县河盐厅同知、宝山县主簿。
⑦ 该组新闻原题为《凤城瑞霭》。

敢复设,京师浇风为之一肃。

(北京)(1902年7月26日《申报》)

查 禁 淫 词

广庆园开演包头男落子,败俗伤风,莫此为甚,且未遵例纳捐,经该管西官查明严禁。

(天津)(1902年8月9日《大公报》)

驱 逐 花 鼓①

○迩来沪南里马路潮惠会馆门首,时有无赖招人弹唱花鼓淫戏及摆设赌摊。昨为马路工程局总办翁子文②太守所知,特谕局差协同十六铺地甲一并驱逐,无许逗留。

(上海县)(1902年9月27日《申报》)

严 禁 滩 簧

近当秋收后,四乡每有无赖棍徒在各镇市于夜深时,男扮女装搭台演唱淫词,诱害年轻妇女子弟,实堪发指,当由各乡董事禀请县署严行禁止,倘不畏法,依律严办。

(常州)(1902年10月7日《中外日报》)

准 演 夜 戏

苏州阊门外向例禁演夜戏,今由各戏园主联名投禀商务局,以市面清淡,急筹挽回之法,愿月缴巡捕捐一千元,请准演夜戏云云。已由朱竹石③廉访立传工程局委员戴子迈④明府面询情形,准予开演云。

(苏州)(1902年10月11日《大公报》)

女 班 被 禁

艋舺大女班自应阿罩雾之召,即拟于本月九日就道,既至,初八之夕,遂各收拾行装,急如星火,其与彼都人士交好者,更恨不身生两翼,立刻飞到郎边。不谓好事多磨,突有巡查补传知各妓及戏师,令其相率前来,不得延缓。各妓正如晴天霹雳,忘其所以,惟以官命,不敢有违。既到,所长令其排列两行,问以明日将往阿罩雾作戏有否?曰有。所长曰:台北人为汝曹颠倒者多矣,想于阿罩雾亦犹是也,其勿往,违则不汝宥

---

① 该组新闻原题为《马路工程局纪事》。
② 翁子文,即翁秉钧。
③ 朱竹石,即朱之榛。
④ 戴子迈,即戴运寅。

也，余无他嘱，可各归去。其时所长乃复面责各戏师曰：汝辈不事生业，赖各妓以为糊口之资，得毋欲俟各妓到台中时，即将乘轮内渡，以鬻各妓于娼寮乎？戏师齐曰：既无护照，乌能出关？还祈大人察夺。所长曰：且休饶舌，此行固断断乎不可也。于是饬令巡查暂将戏师拘留，待翌日乃许放免云云。现闻若辈虽晏然无事，然以曾受阿罩雾七百金之故，苟无以覆命，势必原璧奉赵，无奈此款已花费殆尽矣，未稔将何辞以对也。

（台北）（1902年10月12日《台湾日日新报》）

女 班 开 禁

艋舺大女班以将应阿罩雾之召，致被警察官禁不得行一节，本报既略露其端倪，及昨忽闻警察官收回成命，准其随便启程。局外之人颇似一个闷葫芦，莫知个中之消息。徐而察之，乃知警察官实有防渐杜微之至意。盖警察官素知歌妓中一种陋习，阳以弹唱为名，而阴为卖淫之行者，比比皆是，故该女班之欲行未行也，警察官即颇虑及此。且以该女班尤递禀于派出所，必欲请给护照，遂疑其班长有别存意见，或乘势挟诸妓以内渡，故勒令必俟有人担保，始得束装就道。至于护照之事，既非游历外国，似可不必。班长因问担保者为谁乃可，所长曰：其惟李秉钧与陈志诚乎？班长曰：姑往请之，待其许诺，乃来覆命云云。既而其事果如愿以偿，遂能不致爽约矣。

（台北）（1902年10月15日《台湾日日新报》）

出售淫书判罚①

〇包探金立生解刘小云至案禀称，小的查得刘违禁出售淫书，是以送案请究。刘供称，小的未知禁令，求恩宽宥。司马判罚洋银五元，淫书焚毁。

（上海公共租界）（1902年10月31日《申报》）

拘 押 花 鼓②

〇西门外东岳庙为游人丛集之处，日来三五无赖麕聚墙隅，演唱东乡调，即俗名花鼓戏，狡童荡妇，举国若狂，事为娄县屈吉士③大令访闻，特签差拘提为首之甲乙两人到案讯责，复饬收押公所，以示惩儆。

（松江）（1902年11月1日《申报》）

---

① 该组新闻原题为《英美租界公堂琐案》。
② 该组新闻原题为《㴑水凉漪》。
③ 屈吉士，即屈泰清。

夜 戏 弛 禁①

夜间演戏前经高太守②严禁在案，近闻有人在当道衙署禀请弛禁，已蒙允准，故近日遐迩地方夜演之事，时有所闻。

（宁波）（1902年11月3日《中外日报》）

严禁花鼓聚赌③

○沙市访事人云，江陵县属各乡，每届新谷登场后，时有无赖之徒广开赌场，演唱花鼓戏，奸情盗案往往由此而生。县主张芸生④大令三摄县篆，深悉此等恶习，爰于日前出示严行禁止，并责成团绅族长剀切示谕，如有阳奉阴违，一并拿究，力挽颓风，大令有焉。

（湖北江陵）（1902年11月6日《申报》）

禁 止 滩 簧⑤

○南市陆家浜三义茶园近因窝留无赖开唱滩簧，败坏风化，事为保甲总巡朱森庭明府访悉，即饬二十三七铺巡防局员前往禁止。

（上海县）（1902年11月8日《申报》）

禁止茶肆唱摊簧⑥

○保甲总巡朱森庭明府访悉沪南陆家浜某茶肆有人唱摊簧，檀板声中，男女杂沓，因饬二十三七铺巡防局员高文轩⑦二尹，从严禁止。昨日二尹饬地甲传园主朱瑞研讯，谕令具呈改过切结，然后交人保出，如违重惩不贷。

（上海县）（1902年11月10日《申报》）

禁 唱 盲 词

保甲总巡朱森庭明府查得迩来城厢内外各茶肆，时或弹唱盲词，雨意云情，荡人心志，因即饬差查缉，并于昨日出示申禁，违则严惩。

（上海县）（1902年11月24日《申报》）

---

① 该新闻亦载1902年11月3日《新闻报》。
② 高太守，即高英。
③ 该组新闻原题为《沙堤旭日》。
④ 张芸生，一作张云生，即张集庆。
⑤ 该组新闻原题为《上海巡局纪事》。
⑥ 该组新闻原题为《上海巡局纪事》。
⑦ 高文轩，高士彬，字文轩，直隶人。江苏候补通判。据《申报》报道，其人于1902年至1903年任上海二十三七铺巡防局员，1903年调任浦东烂泥渡巡防局员。1905年升任江苏候补县。

扮演淫戏判罚①

○包探方长华解乔品培到案禀称,此人开设丹桂茶园,前日胆敢演唱东乡调及《大少拉东洋车叫出局》等淫戏,描摹尽致,有违禁令,经小的查明告知捕头,传案请究。乔供小的甫从汉口返沪,园中开演此等戏目,实因不知犯禁所致,后当改过,尚乞恩宽。司马判罚洋银一百元,如违再行重究。

(上海公共租界)(1902年11月29日《申报》)

禁止聚赌

仁、钱两邑令以近来赌风甚炽,往往借名新年报赛,敛钱演戏,实则公然聚赌,罔知顾忌,除饬役密拿外,并于日前出示禁止。

(杭州)(1902年12月16日《中外日报》)

谕禁花鼓②

○前日浦东保甲总巡谢岳松③明府传谕各役,凡遇乡间聚众赌博以及演唱花鼓淫戏等事,随时禀明拘办,不准得贿包庇,如违立即斥革,决不宽贷。

(上海县)(1902年12月17日《申报》)

花鼓判罚④

○包探顾阿六解江河流丐盛阿毛到案禀称,此人乔装女子,涂脂抹粉,手持胡琴,沿路演唱花鼓戏,故由小的送请究惩。大令判责二百板,递解回籍。

(上海公共租界)(1902年12月23日《申报》)

禁约茶寮

本邑城厢内外保甲总巡朱森庭明府查得,迩来各茶肆,每容留妇女啜茗谈心,并弹唱滩簧,专以艳曲淫词,坏人心术,实与风化有关,因于昨日出示严禁,并派差甲严密稽查。

(上海县)(1902年12月24日《申报》)

淫戏禁止

近日有等奸民在台澹门外搭台演唱采茶戏曲、宰牛聚赌,最为地方之

---

① 该组新闻原题为《英美租界公堂琐案》。
② 该组新闻原题为《浦东总巡警局纪事》。
③ 谢岳松,据《申报》报道,其人1903年至1905年任浦东保甲总巡。
④ 该组新闻原题为《英美租界公堂琐案》。

害，经柯护抚①访悉，已饬令南昌倪廷庆②大令禁止矣。现闻仍照常演唱，唯迁避数里耳。

（南昌）（1902年12月27日《大公报》）

1903年（光绪二十九年癸卯）

演唱东乡调判罚③

包探方长华解吴伶林步青④到案禀称，伊前在丹桂戏园唱东乡调，经捕头查悉，令小的将园主送案讯罚。林惧，潜往苏州，事隔日久，兹又来申，是以解案请究。林供：违禁之戏，小的决不敢演，惟某夜演《大少拉车》一出，俚歌小曲，尚乞原情。大令判罚洋银一百元，谕以如敢再违，提办不贷。

（上海公共租界）（1903年1月6日《申报》）

讯 究 淫 戏⑤

○包探窦如海解朱锡臣即小朱到案禀称：此人前开品仙髦儿戏园，因令优伶扮演淫戏，禀奉大老爷饬传不到，改为票提，讵朱逃避杭州。日前潜来沪上，经小的拿获，送请究惩。朱供：园中演唱淫戏时，小的已盘顶于湖北人某甲接开，由哈律师为中，叩求明察。司马查得朱犯案重重，且屡次违禁，未便从宽，饬还押捕房，听候复讯核夺。

（上海公共租界）（1903年2月7日《申报》）

严 禁 书 厂

西关外迤北地方，近有土棍开设书厂，招集十数幼女，歌唱淫词，殊属有关风化，现经第三局饬兵协同地方严禁云。

（天津）（1903年2月8日《大公报》）

查究弹唱淫词⑥

○近有无赖子在万裕马头里街口沪南第一楼茶肆弹唱淫词小说，男女杂遝，殊不雅观，事为捕头访闻，据情禀知马路工程局总办翁子文⑦太

---

① 柯护抚，即柯逢时。
② 倪廷庆，安徽桐城人。光绪九年进士，历任江西湖口、安福、南昌、临川等县知县。
③ 该组新闻原题为《英美租界公堂琐案》。
④ 林步青，即林步清。
⑤ 该组新闻原题为《英美租界公堂琐案》。
⑥ 该组新闻原题为《马路工程局纪事》。
⑦ 翁子文，即翁秉钧。

守。太守立即派令差探前往查明茶肆主姓名，以便连无赖子拘案讯供，从严惩办。

（上海县）（1903 年 2 月 9 日《申报》）

藐法何益

今岁九城内外，均不准演唱淫曲之类，于地方大有裨益。乃昨齐化门外，有唱莲花落者，地面兵役已驱逐之矣，伊不甘心，次日仍来演唱，被巡兵所见，以为有意抗背，遂将伊扭到公所，枷责示众云。

（北京）（1903 年 2 月 12 日《顺天时报》）

严禁花鼓聚赌①

○每届新正，无赖之徒往往广开赌场，以角胜负，名之曰擂台，并有扮演花鼓淫戏及登台唱滩簧者，府尊高太守②恶之，日前出示严禁，并传集各图地保，谕以嗣后如有开场聚赌，阳奉阴违者，一并拿送府辕究治。

（宁波）（1903 年 2 月 17 日《申报》）

惩办串客③

○花鼓淫戏俗呼为串客，迭经当道严禁在案，无如不法棍徒往往在僻壤之区，任意妄为。日前西南乡有王顺兴招集同党搭台演剧，藉以渔利，经鄞县黄大令④访悉，差拿到署，判王笞责数百板，并荷巨枷示众。

（宁波）（1903 年 2 月 23 日《新闻报》）

会讯演唱淫戏案

去年西九月廿三号，经捕房查知品仙戏馆演唱《活捉乌龙院》等淫戏，即饬包探拘提经手朱锡臣候究，因朱逃避未获，故案悬至今。近始由英廨谳员张司马⑤饬差协探将朱提案，至前日会同英翟翻译⑥审讯。朱延哈华托⑦律师到案申辩，捕头亦带同中西各探捕及收捐人到堂候质。中西官先问一百八十二号华捕沈小弟，禀前年八月十二到戏馆看门，确见馆事皆由朱经管，包探何阿春、王长桂亦禀，小的轮值到馆查看，见朱经理一切，银

---

① 该组新闻原题为《四明新语》。
② 高太守，即高英。
③ 该组新闻原题为《甬水春汛》。
④ 黄大令，即黄大华。
⑤ 张司马，即张辰。
⑥ 翟翻译，翟比南，英国外交官，1902 年至 1904 年任英国驻上海领事官翻译官，民国后曾任驻南京领事官。
⑦ 哈华托（Wm. Harwood），英国人，晚清上海资格最老、最有名的律师，开有哈华托律师务所，曾被清政府聘请为"苏报案"的代理律师。

洋亦朱执管，门差新卿禀朱曾到捕房邀捕看门，因此认识。西探禀称朱曾扭人送捕。又门差施德生禀朱曾到捕房报称戏园中有人扰闹，故此认识。窦包探亦禀称因朱到捕房倩巡捕看门认识。收捐人陈锦文禀西十一月分朱曾持执照会到局改换名姓。问毕即由哈律师声称朱锡臣于前年十月分即将戏馆归并王海全经手并立纸据登报申明，今特呈验，可见馆事与朱无涉，况去年二月朱即偕同洋东赴杭，八月廿二演唱淫戏，朱尚在杭，今既到案，即请公断。问官得供，谕令各退候查明朱是否赴杭再行定期覆断。

（上海公共租界）（1903 年 2 月 23 日《新闻报》）

茶 肆 发 封①

○北新泾巡防局员梁二尹②访知有朱阿虎者，在某处开设茶肆，招人弹唱淫词，抽头聚赌，爰于前日拘送县署。大令研讯之下，朱供小的开设茶馆已历多年，前虽犯赌，刻已痛改前非，有时茶客抹牌，顷刻即散。至晚雇说平话人演说《三国志》，并无妇女来听。正月二十四日之夜，局员梁老爷巡夜过此，适有多人由书场散出，因之疑系聚赌，将小的拘局答责，转送至案，求恩鉴察。大令喝责二百板，取具安分切结，然后交人保出，茶肆发封。

（上海县）（1903 年 2 月 27 日《申报》）

淫 戏 讯 结③

○包探赵银河禀称，前者朱锡仁即小朱开设品仙猫儿戏馆演唱淫戏，大老爷饬提到案讯供，兹经小的查得，伊并无开设戏馆实迹，因将所存洋银三百元送请核示。朱投案求领，大令饬取具嗣后不敢开设戏馆甘结，始准领回。

（上海公共租界）（1903 年 3 月 19《申报》）

拟封禁新小说报馆④

探悉外务部奉旨电致驻日本横滨领事封禁小说报馆以息自由平权、新世界、新国民之谬说，并云该报流毒中国有甚于《新民丛报》，《丛报》文字稍深，粗通文学者尚不易入云云。

（北京）（1903 年 4 月 2 日《大公报》）

---

① 该组新闻原题为《上海县署琐案》。
② 梁二尹，梁仲斌，其人不详，据《申报》报道，其人于 1903 年初任上海北新泾巡防局员。（《局员更迭》，1903 年 3 月 8 日《申报》）
③ 该组新闻原题为《英美租界公堂琐案》。
④ 该组新闻原题为《时事要闻》。

申明禁示

前月五城出示茶园戏馆不准卖女人座客一事，乃日久懈生，如各番菜馆、射影戏园仍所不免，竟有某大员挟妓宴宾，于日前醉卧某饭馆，丑态毕现，有玷官箴，事为某御史所闻，特又出示谓：自示之后，倘有绅商以及职员仍蹈前辙，经巡捕查明，派员究办，该饭店主人亦一律问罪云云。

（北京）（1903年4月10日《大公报》）

谕令停唱

工程局总办翁子文①太守访得王家码头三凤楼茶肆，日来每晚招集无赖演唱影戏，以致哄动远近，男妇混杂，昨日饬差谕令停唱，如违提惩不恕。

（上海县）（1903年4月17日《中外日报》）

禁阅书报

湘潭小学堂近亦禁阅《新民丛报》《新小说》，谓该报能坏人心术，甚者海上某某新译之书亦在禁例。

（湖南）（1903年4月26日《大公报》）

集甲谕话

上海县主薄孙笠幹②少尹查得南市各茶肆每雇少年弹唱淫词，诱人观听，以致男女混杂，实属攸关风化，昨日饬集十六铺廿三七铺十二图等各地甲到厅，谕令各将境内茶肆造册呈查，以便给示谕禁云。

（上海县）（1903年5月8日《中外日报》）

改充经费

署磁州李刺史兆珍③妥筹各学堂经费，现经一律开学。其该属境内各村向好演戏，欲将此项糜费钱文作为蒙养学堂经费。李刺史拟据禀详由直隶学校司转详直督请通饬各府厅州县，凡该属村乡唱戏、醮会无益之事，一律严行禁止，以期力挽颓风而崇正学在案。业蒙批准，现由学校司分行札饬，札到各属，当道谕禁将此项钱文作为蒙养学堂常年经费等因。天津县唐大令④现遵札谕，严行禁止，饬由阖邑村庄正副赴县禀报，以凭汇案

---

① 翁子文，即翁秉钧。

② 孙笠幹，即孙传桢。

③ 李兆珍（1846—1927），本名廷忻，表字姬偲，字星冶，福建长乐人。同治十二年举人。历任望都、抚宁、清苑、磁州、滦州等县知县，天津、汝南、开封等府知府，安徽巡按使、安徽省长等职。

④ 唐大令，唐则瑀。

转详云。

(天津)(1903年5月9日《大公报》)

谕 禁 三 日

昨纪司道府县各官求雨一则,兹闻昨由县谕照例禁止屠宰及茶园演剧,均行禁止三天云。

(天津)(1903年5月23日《大公报》)

维 持 风 化

租界中演唱花鼓淫戏以及各烟馆雇用妇女值堂,最为伤风败俗,历经前道宪照会各国驻沪总领事严行禁止,此风遂因之稍衰。不谓迩来又有刁滑之徒借影戏为名,唱演花鼓淫戏,男女混杂,顾忌毫无,事经当道所知,大为震怒。闻已谕知各处,如再不停止,定行严究不贷矣。

(上海公共租界)(1903年6月10日《申报》)

淫 词 宜 禁

花鼓淫戏最为伤风败俗,迩来法界各茶肆往往藉演唱影戏赴工部局朦领照会,大唱淫词,男女杂沓,顾忌毫无,致闺房秽亵之事,层见迭出。迩为关道访闻,如再有以花鼓淫戏朦混者,一经提案,重究不贷。

(上海法租界)(1903年6月10日《中外日报》)

乡民抗拒禁戏[①]

〇数日前南乡金山嘴左近演唱花鼓淫戏,男女混杂,倾动一时,事为县尊某大令所闻,立委金山司巡检某少尹前往驱逐。少尹邀同团防勇目督带弓兵而往,及至,则若辈欺其寡弱,群起抗拒,声势汹汹,勇目弓兵,败北而逸,少尹乘隙遁归,据情禀知大令,未知能设法成擒否?

(松江)(1903年6月17日《申报》)

整 顿 风 俗

女伶演戏,最干例禁。昨唐大令访闻某戏园女伶冯月娥善演淫戏,败坏风俗,当将该伶拿办,以警效尤,一面并出示严禁。是亦整顿风俗之一端也。

(天津)(1903年6月26日《顺天时报》)

禁 止 夜 戏[②]

近有某侍御条陈,嗣后官商人等凡因团拜宴客庆寿各事演戏者均不准

---

① 该组新闻原题为《五茸草色》。
② 本组新闻原题为《时事要闻》。

唱夜戏，以清街市而弭盗踪。闻已奉旨照准交顺天府五城出示晓谕云。

（北京）（1903年6月27日《大公报》）

饬禁淫戏

芜湖东北门及仓前等铺到有花鼓淫戏，每于夜间起演，男女混杂，伤风败俗，莫此为甚。刻经巡警总办吕韵生①观察饬各段员查禁驱逐矣。

（芜湖）（1903年7月4日《新闻报》）

允宜查究

近来各戏园多以女优演唱戏剧，议者多非之。然女子登台，为西国之常事，亦无足怪，所可恨者，扮演淫戏耳。日前既出示严禁女优扮演淫戏，其冠冕堂皇之戏剧亦正无妨演唱。惟近闻有某某等从去年租借某地开设戏园，而女优即寓于其中，每逢晚戏毕，即藉该戏园为待客之地，甚且留客住宿，殊属不成事体，闻已为某当道查悉，当经知会某绅士，再行查察后，定即传案诘究云。

（天津）（1903年7月9日《大公报》）

严禁唱歌

城隍庙侧开办师范讲习所，藉以培养蒙学堂教习，事关地方兴学要事，自宜格外肃静，以昭慎重。乃该处附近居民铺户竟有于晚间招集卖唱人等歌唱词曲，嘈杂喧阗，致妨功课，殊属不成事体。昨经该堂会办罗大令与天津县唐大令②会衔谕行严禁云。

（天津）（1903年7月24日《大公报》）

诲淫宜禁

上海县属北新泾镇近有歹人搬演花鼓淫戏，事为吴淞司巡检沈稚泉③少尹访知，禁阻不服，因于昨日亲至县署谒见县主汪瑶庭④大令面陈一切情形，大令立派差役前往拘拿，一面饬传地保讯究。

（上海县）（1903年8月2日《申报》）

捕拿淫戏

本埠西北乡北新浜迩有无耻之徒纠合男妇搭台演唱花鼓淫戏，吴淞司

---

① 吕韵生，吕承瀚，字韵生，湖北武昌县人。光绪二十年进士，曾署理宝应、山阳、高邮等县知县，后任芜湖商务局总办、芜湖巡警总办、福建巡警道等职。

② 唐大令，即唐则瑪。

③ 沈稚泉，其人不详，据《申报》报道，其人于1902年至1905年任吴淞巡检司委员及北新泾巡防局委员。

④ 汪瑶庭，即汪懋琨。

沈稚泉二尹督率差勇前往谕禁，若辈置若罔闻，二尹遂诣县面禀本县汪大令，昨日大令饬派皂头金顺率同通班下乡捕拿。

(上海县)(1903年8月2日《新闻报》)

驱 逐 复 来

宝邑江湾及大场等镇，近有光蛋在彼聚赌扰事，当经淞防营拨勇前往驱逐，迨勇回营，若辈仍在彼处聚赌，乡民不堪其扰，并有土棍乘间演唱花鼓淫戏，通宵达旦，地方官不早为禁止，恐非闾阎之福也。

(吴淞)(1903年8月6日《中外日报》)

禁 阻 开 园

月前常德府城忽来优伶多人，拟开戏园，已租佃泮池旁赵宫保故第，大加修理，房屋华洁，一如沪、汉诸戏园之式，遍黏报单，定期开演。嗣武陵县胡粤生①大令恐地方游痞藉滋事端，传领班谕禁。领班称系英商所开，大令谓须有驻汉英领事护照，始准开张，遂具结而退。然民间堂会已演无虚日，居然鼓吹升平云。

(1903年8月17日《新闻报》)

戏园停止原因

东单牌楼华洋戏园停止一节，已见本报。兹探悉因某邸以其将演夜戏，且卖女座，有违定例，特通知某公使令其拆去，彼等自谓股友不合，盖饰之也。

(北京)(1903年8月31日《大公报》)

严 惩 诲 淫

玉仙戏园演唱《张桂卿吊膀子》淫戏，经英界包探方长华查明，告知捕头，著将园主王金宝传案请讯。昨晨方探将王解送公堂，禀称淫戏最为风俗人心之害，历经各宪查禁在案，不意前夜玉仙戏园演唱前已伏法之张桂卿向湖丝阿姐吊膀子、诱至某庙逼奸等情，备极淫秽，应请究惩。谳员孙建臣②直刺商之英总领事署翻译官迪比南③君，判罚洋银五百元，分充善举。王称无力遵缴，求恩酌减，直刺据情转商迪君，见其并无转圜之意，遂谓王君曰："尔如无力缴银，当荷校三个月，游行示众，期满再押

---

① 胡粤生，曾任湖南善化、武陵等县知县，其他待考。
② 孙建臣，1903年5月21日至1903年9月18日任上海公共租界会审谳员，曾参与《苏报》案的审理。
③ 迪比南（B. Giley），英国外交官，清末上海英国馆副领事，曾主持《苏报》案的审理。

西狱两年，以示惩儆。"

（上海公共租界）（1903 年 9 月 8 日《申报》）

诲 淫 宜 罚

玉仙戏园伶人王三麻子之子名金宝者，演唱匪棍张桂卿将缫丝女郎在某庙逼奸一剧，云天雨地，刻画描摹，英美租界谳员孙建臣直刺闻而恶之，饬拘至案，判罚洋银五百元，违则枷号三月，游街示众，然后收禁西狱二年。日昨王倩博易律师函致英总领事署迪翻译官，请宽限期，设法措缴，尚未识迪君俯允所求否？

（上海公共租界）（1903 年 9 月 21 日《申报》）

禁止巫觋演戏①

〇扬城每届新秋，巫觋之流在街头支板为台，演唱鄙俚词曲，谓可逐疫消灾，近更购置鲜衣，搬演各种戏剧。云情雨意，极意描摩。阴阳学闻之，据情禀请江、甘两邑宰示禁。既而又有某巫禀称同业李姓不遵禁令，依然带同徒党及年少青皮当街搭台演唱。两邑宰准之，除饬差严密查拿惩办外，又于某日发出告示，悬挂通衢，俾若辈咸知禁令。

（扬州）（1903 年 9 月 23 日《申报》）

演戏聚赌判罚②

〇上海县主汪瑶庭③大令访悉，土棍夏毛毛、唐阿毛二人在本邑二十八保四图伙开茶馆，聚赌抽头，演唱淫戏，爰饬差拘提到案。前晚升堂研讯，夏、唐同供小的二人并无聚赌演戏情事，惟闻三图内前曾有人开设博场，未知刻已停止否，然此事与小的二人实无干涉，小的二人所开茶馆近已盘顶与人，尚求明鉴。大令饬将茶馆发封，夏、唐押候访明核办。

（1903 年 10 月 19 日《申报》）

科场禁止《槐花谣》④

〇今科乡试场内有以《新小说》报中之《槐花谣》刻印多纸纷贴于场中者，观者如堵，有某巡绰官见而怒曰："冯廉访⑤正禁淫书，何人敢在场屋中布散康梁谣言？"遂揭一张而去。

（四川）（1903 年 11 月 9 日《大公报》）

---

① 该组新闻原题为《萤苑秋痕》。
② 该组新闻原题为《上海县署琐案》。
③ 汪瑶庭，即汪懋琨。
④ 该组新闻原题为《科场纪事》。
⑤ 冯廉访，即冯煦。

停 演 原 因

闻韶茶园不能开演各节，已叠登前报，现闻有孔氏中人，因"闻韶"二字用于戏馆，亵渎孔子，必须更换，方准设立云云。按，该园上下场门横额，一系"尽美"，一系"尽善"，语意双关，固是极妙。说者谓"闻韶"二字，听戏者岂非自比于孔子？无怪孔氏之挑也。

(山东)(1903 年 11 月 25 日《大公报》)

禁 演 女 戏

厦门向无髦儿戏，自汀州人阙松山于八月间在厦创设女班开台唱演后，请演者争先恐后，生意颇不寂寞。前月在某处唱演，竟将房屋挤倒，事为延少山①观察闻知，恐其肇祸滋事，且女伶登台，攸关风化，特于日内出示禁止。

(厦门)(1903 年 12 月 1 日《中外日报》)

演 唱 夜 戏

镇郡戏园虽开设多年，而夜戏则经官宪示禁，十余年来并未开演，现宝丰戏园主以生涯寥落，特于皇太后万寿日起演唱夜戏，往观者甚为拥挤，城守营汛弁□道署巡查委员恐滋事端，率同兵勇在园巡察，以资弹压。

(镇江)(1903 年 12 月 10 日《新闻报》)

流 氓 难 办

杨树浦对江有地名八埭头者，为流氓麕聚之区，近日著名恶棍金福、金法兄弟二人招集棍徒在彼处开场聚赌，每夜演唱花鼓及摊簧等各淫戏。事为浦东烂泥渡镇总巡谢岳松明府访闻，因于前日带领差勇前往拘拿，金福等早已闻风逃避。继至洋泾镇查拿，流氓亦无踪迹，旋以某小烟馆主某甲有窝留匪类情事，遂饬带回讯办。

(上海县)(1903 年 12 月 12 日《申报》)

匪 棍 行 凶

著名恶棍陈金福、金法兄弟二人招集枭匪多人在杨树浦对江浦东八埭地方大开博场，抽头聚赌，并于夜间演唱花鼓淫戏，种种不法，罄竹难书。虽屡经烂坭渡镇总巡谢岳松明府率勇往拿，无如若辈声息灵通，早已闻风逃逸。至前晚陈等正在兴高采烈之际，不知为何忽与彼处土棍某甲口角，各召羽党，或执六门手枪，或持长刀，彼此相持，如临大敌。后为地

---

① 延少山，延年，字少山，满洲镶黄旗人。德寿之子。曾任内务府候补员、办理京都城河差使、出使俄德奥公使等职。1903 年任兴泉永道道台。

保所闻，恐酿巨祸，出为排解，若辈始各掩旗息鼓而散。

（上海县）（1903 年 12 月 19 日《申报》）

拘惩花鼓①

○浦东八埭头近有人在彼开唱花鼓淫戏，经保甲总巡谢明府访悉，饬差往查，当在潘友梅所开茶肆内拘获顾连生、陆阿生两人，连潘一并解局，研讯之下，判责三百板，枷号数日，发犯事处示众。一面传谕地保随时稽查，如有海淫聚赌情事，立即来局禀报，以凭查拿究惩。

（上海县）（1903 年 12 月 19 日《申报》）

禁戏兴学

直隶学务司详称，案据磁州知州李牧兆珍②禀安筹各学堂经费暨创设蒙养学堂，现均一律开学。查州境大小四百二十三村，各村向好演戏，拟请严行禁止，即以各村免戏之资，作为各村蒙养学堂常年经费。凡幼童七岁至十四岁，皆令入学，教习暂聘品行端正之廪贡生生员充当。现在各村，均已遵照办理，计设立蒙养学堂共三百九十二村等情，禀报到司。查该州所禀，实为崇正禁邪，挽回风气起见，且举地方无益之费，作学堂有用之款，因时制宜，殊堪嘉尚，理合据情转详宪台通饬各府县州县，凡唱戏赛会一切无益之事，严行禁止，并颁发告示，贴各集镇村庄，庶使乡民一体周知，以期力挽颓风而崇正学。当奉督宪袁慰帅③批示，据详已悉，仰即通饬各属，一体出示晓谕，并将此项演戏钱文，作为各村蒙养学堂经费，以挽颓风而广造就云。

（天津）《蒙学报》1903 年第 1 期

女戏行踪

本念三日海关特召女戏在户部大衙门扮演，观者蜂拥，较之东亚书院庆贺天长令节更形热闹④。闻该班本拟在鼓浪屿租黄家大厝开设戏园，愿纳税于工部局，具禀不准。近又拟在寮仔后三兴馆客栈后进作戏馆，每年

---

① 该组新闻原题为《上海巡局纪事》。
② 李牧兆珍，即李兆珍。
③ 袁慰帅，即袁世凯。
④ 该次演出 1903 年第 49 册《鹭江报》之《女戏登台》曾有报道：本埠新演女戏一班，即上海所称髦儿戏也，该班多十一二龄女子，唯一花旦约可二八芳龄，而演唱亦为特色。其次则武生花及武生、老生各一人，皆为班中之冠。十四日东亚书院庆贺天长令节召演，午夜共点七出：一《三叉口》，二《闯山》，三《侧美案》，四《赶会》，五《翠屏山》，六《五雷阵》，七《荡湖船》。台下观者蜂拥。是日该书院预请厦防厅派巡役数名、水提营处亲勇数名，以资弹压。该班戏价四十二元，赏项共四十余元，至夜一点钟始散。

出银一千六百元，具禀道宪，延观察①以若辈聚处，难免滋事，亦批斥不准，现尚游移靡定焉。

(厦门)(《鹭江报》1903年第50册)

1904年（光绪三十年甲辰）

禁 唱 淫 词

日前本邑城厢内外保甲总巡朱森庭明府访悉邑庙豫园各茶肆有演唱滩簧、花鼓一切淫戏者，实属显违禁令，爰将为首之混名小和尚者拘至局中，笞责二百板，枷号以儆。昨日又出示谕严禁，并不许妇女入内啜茗，如敢抗违，严拿究办，决不姑宽。

(上海县)(1904年1月31日《申报》)

谕 禁 并 志

○迩来本城及南市一带大小各茶肆往往招雇无耻之徒搭台演唱淫词小说，现为总巡朱森庭明府访悉，特于昨日谕饬一律禁止，如违拿办。

(上海县)(1904年1月31日《新闻报》)

戏 馆 发 封

南京为省汇之区，人类不齐，城内设有戏馆一所，每有流氓滋事，夏五月曾经江宁县封闭，至九月间，又私自启封演剧，并未禀报地方官长。某日曾有某学堂毕业生某某往该馆听剧，戏伙杨姓将该生认为流氓，竟将该生衣服物件抢剥一空。日前由该学堂学生禀请江宁县提讯，该县袁大令②随将该馆发封，并将该戏园园主提讯，永远不准开演云。

(南京)(1904年2月2日《大公报》)

敛钱演戏判罚③

○南乡某甲借演戏为名，敛钱肥己，被图董某乙解送华亭县署，县主陈仲陶④大令研讯之下，桎甲两足，锁系头门，并用高脚牌标明罪款曰："敛钱演戏，有干禁令，头门示众，以儆将来。"围而观者皆谓见所未见。

(松江)(1904年3月2日《申报》)

---

① 延观察，即延年。
② 袁大令，袁国钧（1868—1927），字楠生，湖南湘潭人。江苏试用县丞、试用知县，曾任江宁、上元、铜山、江都等县知县。
③ 该组新闻原题为《云间客述》。
④ 陈仲陶，陈镐，字仲陶。光绪二十八年至三十年任华亭知县。其他具体待考。

请 禁 串 客①

○向有无耻之徒，在荒僻处支木为台，演唱花鼓淫戏，俗呼之为串客，伤风败俗，莫此为尤。近日此风更甚，由某某诸绅联名投鄞县请禁，县主周少轩②大令准之，刻已出示晓谕矣。

（宁波）（1904年3月15日《申报》）

又 禁 灯 戏

闻韶茶园全靠灯戏上座，方有利益，去年经首府县禁止灯戏，嗣有当道诸公设法弛禁各节早登前报。现因日俄开仗，兵事方亟，当道者云，如此歌舞，似非时势所宜，遂请于大府，即日禁止，该园主甚为扫兴。

（山东）（1904年3月22日《大公报·附张》）

驱 逐 书 厂

城西北隅城隍庙前小学堂胡同口有土棍设立坤书厂、女大鼓等类，喧唱淫词，招集游手好闲人等，哗闹不休，以致学堂生徒静而思动，昨经该堂教习传招西门外地保陈吉升将该书厂驱逐迁移云。

（天津）（1904年4月4日《大公报》）

示 禁 演 戏

江苏元和县金调卿③大令以春祈秋报，虽是农家之常，然亦宜体察时艰，相机而行。现在四乡枭盗出没靡定，无不以赌为媒，一经演剧，赌即随之，匪徒亦闻风而至，为害地方，殊非浅鲜。特于日前出示劝谕，嗣后只须孝亲敬长睦邻敦俗，即可以迓天和而兆年丰，不必糜费多钱，雇班演戏，违禁犯令，转为明神所厌弃。况现当东作方兴之际，更宜戮力田畴，如或故违，定即将为首敛钱之人严拿究办不贷。

（《湖南官报》第624号，1904年4月15日）

禁 演 坤 戏

中城地面天和馆于十七日开坤戏园，演唱女戏，刻经中城某侍御派差驱逐，并将倡办人带至公所究办，内有日本人一名，亦随同前往云。

（北京）（1904年5月6日《大公报》）

理 宜 查 禁

有某署差役刘恩普绰号马杓刘洛、展某绰号展雄飞及王七等，前在西

---

① 该组新闻原题为《翠崖晴眺》。
② 周少轩，周廷祚，字少轩，福建人。监生，光绪二十九年任鄞县知县。
③ 金调卿，即金元烺。

南城隅南开地方开设稻香村落子馆，致将暗娼引至彼处甚多，刻因拖欠房租等项，该落子馆移设于西马路城隍庙前，并添设下处若干家。查该处设有小学半日等学堂三处，蒙童有数百名之多，前曾经官长饬将旧设之坤书幼女等书厂一律逐尽，以防蒙童移情荡性，学业有荒，乃刘等又在该处开设落子馆，尤为不便，故日昨经巡警三局正巡官罗君查悉，当即再申禁谕，劝其移居，不准在该处开设云。

（天津）（1904年5月6日《大公报》）

禁唱淫词

日来城内外各茶肆雇用无赖弹唱各种违犯淫词，哄动少年男女入馆听唱，致有狂荡之徒乘间滋事，为总巡朱明府①查知，传谕各铺地甲一律谕禁，如再违犯，禀候提办。

（上海县）（1904年5月9日《中外日报》）

示禁演戏

川省风俗素信敬神，每岁仲春以至初夏，各街清醮会有演戏者，有设醮者，演戏街台尤以南门为盛。本年因警察示禁，各处多设醮不演戏云。

（四川）（1904年5月19日《大公报·附张》）

禁演淫戏批词

广东揭阳生员林某作《禁演淫戏告示书后》一篇上于虞和甫②明府，奉明府批示云：持论极正大，推言祸之所流，亦颇警动，以仆之所见，淫戏固当禁，其演为萑苻黠盗、符箓妖言，尤属宜禁。近自拿获三点会匪，其飘布图据等件，均托怪诞不经之谈，肆其悖逆无忌之语，其悍可恨，其愚未始不可怜。神权迷信之误人，演戏之害人，其事实相因也。近来泰西各国之戏，以跳舞见体操之学，以歌唱发思爱之心，殆非徒无害而有益之矣。该生书中以禁戏为知本之言，夫禁戏亦其末其标也，此事况非可以势迫刑驱为禁止也。士林中能勘破神权谬妄之说者且不多观，而可以绳之妇孺，律之蚩氓乎？然禁之要非无道，是在各处明理知时之绅衿以剀切之言互相劝戒，并著为浅近正言于村塾中为儿童言之，儿童得之于塾中，到家即能各就其母若姊言之。小子之言，其中妇人之心者最切，斯则可望有潜移默化之渐。至凡遇各乡之神诞出游演戏，绅士先当嗤之以言，不肯稍作推波助澜之举，嗣以乡约禁之，一乡能然，各乡效法，数年之间，庶有乎

---

① 朱明府，即朱森庭。
② 虞和甫，虞汝钧，号和甫，福建侯官人。举人，历任广东揭阳、南海县知县，广东陆军小学堂总办；民国曾任国民党参议。

乎？生固有心人也，用就意之所及，为贤矜言之，至于戏厘四千八百圆，固无所顾惜也。

（《湖南官报》第665号，1904年5月26日）

禁 书 缘 起

闻此次军机致北洋之函请禁各书，实为新入北京充当大学堂教习某甲所运动，盖某甲与著《新民丛报》《新小说》者有私怨，故有此等倾陷之举。

（北京）（1904年5月29日《警钟日报》）

闭 塞 民 智

此间当道接奉军机王大臣①函，遵即出示禁止阅购新书新报，如《最近支那革命运动》《中国魂》《黄帝魂》《瓜分惨祸》《饮冰室自由书》《新民丛报》《新小说》等类。内云：如已购者即将其书毁销，各书坊亦不准出售，如有不遵，即行查拿不贷云云。

（河南）（1904年6月8日《警钟日报》）

禁书之骚扰

自禁书之示一行，祥符丁役遇事生风，藉端婪索，甚至署中幕友游行书肆亦假传县谕，持一纸条向书肆搜索，然声言索书，实则索费，否则携书而去，或转售或自看。北书店萃新书局不出小费，被携之书甚多。一日，有县幕宋某二人持一硃笔纸条，至北书店街总派报处，指名索书，并欲携去，司事者不允，且云："此书系资本而来，不能携去。如以《新小说》为犯禁，贵东孔公②曾在敝处定阅一份，何其自相矛盾耶？"彼此争辩不已，适有县署发审委员在座，为之排解，乃罢。后探知县署中实并无此二人。

一日，商务印书馆忽有县中人查书，亦系持一纸条逐件索书，拟即携去，该馆中人云："诸位奉示索书敝馆，何敢反抗？但请回署呈明，将纸条改为印票，即可将书取去。"索书彼无可如何，遂去不复来。

（河南）（1904年6月16日《警钟日报》）

---

① 王大臣，即王文韶。

② 孔公，孔繁杰，山东曲阜人。1903年前后任祥符知县。1904年秋曾因李元庆抗粮事件暂行免职，仍后原任，以观后效。

禁 卖 新 书

夏中丞①日前接奉政府来函，特委人大索各书肆，凡有《黄帝魂》《中国魂》《并吞中国策》《无政府主义》《广长舌》《新广东》《新小说》《新民丛报》等书，均不准贩卖。

（江西）（1904年6月18日《大公报·附张》）

惩 办 串 客

鄞属某乡现有无耻之徒，招集串客，搭台演唱，败俗伤风，莫此为甚。鄞县周少轩②大令访闻之下，当饬巡防营哨弁前往拘拿，果于该处获得邱顺发及忻某二人，解至县署，由大令审讯笞责，饬各荷以巨枷示众。忻某扮演女装，荷枷署首，见者莫不发噱。

（宁波）（1904年7月4日《大公报·附张》）

禁 演 淫 戏

巡警境内满春、天仙两戏园前因演唱淫戏经总局查禁在案，无如日久玩生，仍然演唱，日昨经巡警发审廖玉生大令查悉，即商诸各段员重申禁令以端风化云。

（芜湖）（1904年7月16日《中外日报》）

严 究 诲 淫

日前本邑浦东保甲总巡谢岳松明府访悉，洋泾镇八埭头无赖潘益梅所开茶肆内，有无耻男妇演唱花鼓淫戏，并开场聚赌情事。因即派差前往谕令停止，潘抗不遵照，爰于前日亲率差捕协同江海关巡江吏梅罗前往拘获潘及其党杨妙荣连女伶陆桂英、大阿姐、男伶某甲等七人，带回研讯之下，判将潘、杨各枷号一月，期满之后送押改过所二年，桂英及大阿姐函送某善堂留养，甲等饬责交保。

（上海县）（1904年8月10日《申报》）

花鼓聚赌判罚③

○日前本邑浦东保甲总谢岳松明府访悉洋泾镇八埭头地方潘益梅、杨妙荣所开茶肆中，招集男女淫伶，日夜演唱花鼓戏，且有聚赌抽头情事，因即会同江海关巡江吏梅罗前往拿获一干人。研讯之下，判令将杨枷号示众，女伶陆桂英、大阿姊函送某善堂留养。前日桂英及大阿姊之母某某二

---

① 夏中丞，夏时（1837—1906），字叔轩，湖南桂阳人。曾任江西巡抚、陕西巡抚、兵部侍郎、都察院右副都御史等职。

② 周少轩，即周廷祚。

③ 该组新闻原题为《浦东保甲总巡局琐案》。

氏投局求恩，明府饬役赴善堂带回，著觅人保去，谕以此后如再蹈故辙，一经访拿到案，定予严惩。

（上海县）（1904年8月14日《申报》）

诲淫认罚

浦东洋泾镇八埭头地方无赖潘益梅、杨妙荣所开茶肆内，前因招集男女伶唱演花鼓淫戏，兼开博场，为保甲总巡谢岳松明府访悉，亲往拘获一干人讯明，断令潘、杨移押改过所羁禁二年。兹据镇董潘纬绩、刘志祷函致局中，声称潘等家有老母，无人侍奉，愿认罚洋银三百元，求恩赦宥。明府准如所请，从宽交保，所罚洋银三百元，拨充同仁辅元堂经费，一面将情移知上海县汪瑶庭①大令，请为查照。

（上海县）（1904年8月17日《申报》）

严查驱逐

有土棍张某等带领幼女在白骨塔左近地方教唱演戏一则，已纪前报，兹悉昨经巡警局宪谕饬第五局二三两队巡弁等率同地保郑高升、韩吉升等在该各处严查，驱逐禁止云。

（天津）（1904年9月2日《大公报》）

娈童隐匿

前纪北门西宝和轩内演唱男落子一则，前日忽然停演，探闻系因某上宪查知攸关风化，饬某当道究禁等情，该娈童等亦知张之护符无灵，各皆暂避，以防查拿，并有人在所贴宝和轩落子报单之处撕扯，以为弥缝之计云。

（天津）（1904年9月9日《大公报》）

催科要政

昨日午后上海县主汪瑶庭大令升坐大堂，召集本邑四乡二百一十四图地保，挨次点名，谕以所有本年下忙钱粮及带征宝山县境西塘工费，均须依限催收，不得迟误。如有流氓土棍肇事及演唱花鼓淫戏等情，务必禀明，听候查办。

（上海县）（1904年9月11日《申报》）

严查演戏酬神②

〇扬州访事人云，邗上每届孟秋，好事者必于本坊启建盂兰盆会或香

---

① 汪瑶庭，即汪懋琨。
② 该组新闻原题为《邗上琐谭》。

火会，名为利济孤魂，实则敛钱肥己。本届经地方官严行禁止，不准举行，狡黠者于是易其名为酬神，拟于地官第南首隙地塔台演剧，为敛取资财之计。事为甘泉县主白大令①访知，立将会首暨坊保等传至，严行谕禁。尤恐他处效尤，爰会同江都县朱大令②每晚亲出巡查，直至东方将明，始行返署，此亦贤令尹绥靖地方之意也。

(扬州)（1904年9月17日《申报》）

禀告滩簧③

○日前南市马家厂旁南园小茶肆主招人歌唱滩簧，观者如云，异常热闹。前晚忽有人伪称巡夜，以致坐客纷纷从后面小浜逃逸，事为地甲钱德所知，据情禀报二十三七铺保甲巡防局员李二尹，不知二尹拟如何办理也。

(上海县)（1904年10月1日《申报》）

严禁恶习

新任鄞县高子勋大令庄凯④莅任后，访闻宁郡恶习，有等不法棍徒，开设花笼赌博，并有流氓唱演花鼓淫戏，迭经官场严禁拿办，而若辈视为具文，依然阳奉阴违。故高大令特于日前出有严示，遍贴通衢，晓谕若辈，嗣后急宜痛改前非，若再怙恶不悛，一经访拿到案，从重严惩不贷云。

(宁波)（1904年10月3日《中外日报》）

严禁演戏聚赌⑤

○宁波访事人云，新任鄞县高子勋大令庄凯莅任以来，访闻宁地有不法棍徒开设博场，抽头渔利。又无耻流氓唱演花鼓淫戏，藉以敛钱。此等恶习最为贻害地方，特于日前严厉出示，遍贴通衢，晓谕若辈，嗣后宜速改前非，勉为良民，如再怙恶不悛，一经访拿到案，定即从重惩办，决不

---

① 白大令，白承颐（1871—?）字朵卿，山西永和人。光绪己丑恩科举人，曾任邠州知州、甘泉县知县、两江总督营务处发审兼提调。民国后任武卫左军总文案总参谋、京师警察厅秘书、司法处处长、热河财政厅厅长等职。

② 朱大令，朱枚，其人不详，据《申报》报道，其人1904年初其人由上海筹防捐局委员署江都知县。（《金陵官报》，1904年3月20日《申报》），清末历任上元、江宁等县知县。

③ 该组新闻原题为《上海保甲巡防局纪事》。

④ 高子勋大令庄凯，高庄凯，字子勋，福建侯官人。清末在马尾船政学堂毕业，历任浙江定海、石门、鄞县、象山等县知县，后补福建南路观察使。入民国历任江苏高邮县亩厘局局长、上海税务署署长。

⑤ 该组新闻原题为《月湖渔唱》。

宽贷。

（1904年10月11日《申报》）

查 究 花 鼓①

○浦东洋泾镇八埭头潘益梅、杨妙荣所开茶肆前日纠集无赖开唱花鼓淫戏，日夜赌博，曾经保甲总巡谢明府②饬拿一干人究罚在案。近日明府访悉仍有前项情事，因特派差协保前往查明，以凭提究。

（上海县）（1904年11月1日《申报》）

严 禁 挟 妓

京中官场挟妓饮酒观剧业经严禁，饭馆戏园不得私行卖座，乃日久弊生，在官者不知自爱，肆无忌惮，挟妓欢呼，有玷官箴。刻下会办五城事务商部左堂陈侍郎③及五城察院会衔出示严饬各段巡勇委员严密查办，倘再有如前项不知自爱之官绅挟妓饮酒观剧、败坏风俗等情，准其扭交公所惩办以端风化云云。

（北京）（1904年11月10日《新闻报》）

女 伶 被 拘

津埠女优之盛，甲于各处，已登台者二百名左右，未登台者比比皆然。虽经禁止，仍复阳奉阴违，其蓄女伶之徒，一人获利，而十人效之，几至无所底止，而所蓄之女多半由拐买而来。近有张连第者，丹徒县人，伊女张杏儿被拐失迷，闻有女伶林黛玉在申买去，带至本埠学剧，张访知下落，在丹徒县呈诉，当经该县令移文来津关传。日昨已蒙邑侯唐大令④饬派差役王某将林及张杏儿等拘县严诘，以凭核办云。

（天津）（1904年12月3日《大公报》）

请究淫戏及花鼓⑤

○昨日英界包探方长华查知五马路熊文通所开春仙戏园，近日开演诸淫戏，并唱东乡花鼓词，因悬日本商人牌号，诉请捕头酌裁，捕头著传该

---

① 该组新闻原题为《浦东保甲总巡局纪事》。
② 谢明府，即谢岳松。
③ 陈侍郎，即陈璧。
④ 唐大令，即唐则瑀。
⑤ 该组新闻原题为《英租界捕房纪事》。

日商至英美等国租界公堂禀请谳员黄耀宿①司马讯夺。

（上海公共租界）（1904 年 12 月 27 日《申报》）

演戏聚赌再罚②

○前者本邑浦东保甲总巡谢岳松明府访悉洋镇八埭头地方有人歌唱花鼓淫戏，并招集赌徒大开博场，因会同江海总关江吏梅罗微行前往拘获为首之歹人杨妙荣及荡妇陆桂英到局讯明，枷责科罚，随将桂英发某善堂妥为留养。既而伊母赴局再四求恩，明府始准领去。讵料一经开释，依然阳奉阴违，爰于前日亲率差勇拘获张云春、王金生等十四名，连桂英带回讯研，分别笞责枷号，复将桂英送交普育堂留养。

（上海县）（1904 年 12 月 29 日《申报》）

禁止《小说报》

外部电达驻日杨星使③云：《小说报》倡自由平权、新世界、新国民种种谬说，惑乱人心，流毒中国，受害匪浅，请设法查禁。不识日政府允行否也？

（北京）（《大陆报》1904 年第 12 期）

禁迎会减演戏

萧、山两县有四十多村的绅士，联合一百多人，到抚台里进禀，请本府两县出告示，严禁各乡镇停止迎会，减少做戏。这是地方上顶大的好处，想官场自然肯竭力提创的。

（绍兴）（《绍兴白话报》第 101 期④）

请罢颐和园演剧

某御史递一封奏，略谓：时局骫骳，东西交迫，正朝廷卧薪尝胆之时，非歌舞升平之日。兹闻叠传旨在颐和园演剧，每次必费多金，恐有累俭德，请饬令停罢云。折上留中。

（北京）（《鹭江报》1904 年第 84 册）

---

① 黄耀宿，黄煊，字耀宿，福州人。1904 年 3 月出任上海公共租界会审谳员。（《谳员来沪》，1904 年 3 月 1 日《申报》）1905 年 3 月被两江总督周馥参革永不叙用。（《委关令代理公堂会审》，1905 年 3 月 16 日《申报》）

② 该组新闻原题为《浦东保甲总巡局纪事》。

③ 杨星使，杨枢（1844—1917），字星垣，广州回族，先世隶属汉军正黄旗。1903 至 1907 年任驻日使臣，1906 年授外务部参议，1909 年任驻比利时使臣，次年九月因病去职回国。

④ 刊载本则的《绍兴白话报》年份不明，根据《绍兴白话报》创刊于 1903 年 6 月，初为旬刊，后改为五日刊，推测第 101 期应该在 1904 年。

禁 止 演 戏

东华门外某尼姑庵，常常演戏，专卖女座各节，已纪前报，现经那琴轩①尚书，访知情形，已出示严禁，以后不许再行演唱。

（北京）（《京话日报》1904 年第 76 号）

1905 年（光绪三十一年乙巳）

查禁花鼓戏聚赌②

○总巡谢岳松明府访悉洋泾镇八埭头有人日夜聚赌，搬演花鼓淫戏，因微服而往，拘获无赖张云生、淫伶陆桂英，讯明枷责，旋复出示晓谕，诸色人等如再违犯，一经访闻，定即提案重治。○近日总巡谢岳松明府访悉洋泾镇上有演唱花鼓淫戏聚赌等事，巡局差役索得陋规，假作痴聋，不复举发，因通传各差到案，讯究严惩。

（上海县）（1905 年 1 月 6 日《申报》）

谕 禁 会 唱

总巡朱明府③以每届年关，城内南市等处各茶肆有雇用无赖会唱淫词、哄动男女观听之事，今届诚恐违犯，特即谕差饬甲一律查禁，如违准即禀候提办。

（上海县）（1905 年 1 月 10 日《中外日报》）

禁止《小说报》

外部电达驻日杨星使④云，《小说报》倡自由平权、新世界、新国民种种谬说，惑乱人心、流毒中国，受害匪浅，请设法查禁。不识日政府允行否也。

（北京）（1905 年 1 月 11 日《警钟日报》）

关 心 风 化

本埠女优日盛，蓄养者日多，以致风化日坏，诱拐民女、贩运人口之徒，皆以为最厚之利，是以拐案丛生。至男女合演淫戏，更伤风化，本报曾屡言之。邑侯唐大令⑤关心风化，查悉此情，拟不日出示严行禁止云。

（天津）（1905 年 1 月 24 日《大公报》）

---

① 那琴轩，那桐（1856—1925），叶赫那拉氏，字琴轩，满洲镶黄旗人。光绪二十一年举人，先后任清廷户部、外务部尚书、内阁协理大臣、军机大臣等职。著有《那桐日记》等。
② 该组新闻原题为《浦东保甲总巡局纪事》。
③ 朱明府，即朱森庭。
④ 杨星使，即杨枢。
⑤ 唐大令，即唐则瑀。

整 顿 风 化

年例于封印后，即由步军衙门出示禁止高跷秧歌、太平鼓、戴壮士巾、揉铁球及妇女奇妆妖态，以及凶僧恶丐穿腮破头等事，久成具文，毫无用处。日前步军衙门已会衔照例出示矣。

（北京）（1905年1月29日《大公报》）

谕禁演唱淫词

总巡朱明府以每届新正，各茶肆有雇用无赖演唱淫词等弊，今届恐有贿通差甲，依然违唱，故除将城内各茶馆谕禁具结外，复谕令南市各茶肆一律不准违唱，违干重究。

（上海县）（1905年2月8日《中外日报》）

饬差禁唱淫词

今年浦东八埭头一带演唱淫词，聚众赌博，较往年更盛，兹经总巡谢明府查知，于昨日饬差往禁矣。

（上海县）（1905年2月9日《中外日报》）

禁 唱 淫 词

前日本城巡防东局冬防委员殷二尹巡至邑庙内，见琼玉茶楼弹唱淫词小说，立即谕令店主停止，并罚洋十元，拨充善举。

（上海县）（1905年2月12日《申报》）

不允开设戏园

年前德商华士体欲在九江城内开设戏馆，关道瑞莘儒①观察答□外租界以应归华官管理，九江地侧民贫，商务不盛，开设戏馆，势难获利，且易滋事，劝其作罢。该商必欲试办，且藉口芜湖、镇江二处办有成案，坚持不允，尚谓用去千金，意图要挟，经瑞观察禀奉江督，由芜湖行辕电复，略谓：洋人在租界外或城内开设戏馆，向无此办法，闻芜、镇二处亦无洋人开办戏馆之事，俟到宁托德领事转嘱云云。

（江西）（1905年2月14日《大公报》）

行 贿 受 惩

邑庙豫园内各茶馆新正以来，雇得无赖弹唱淫词小说，以冀耸动游人。事为警察东局委员郁少甫②二尹查悉，即于昨日午后亲带巡勇将第一

---

① 瑞莘儒，即瑞澂。

② 郁少甫，其人具体不详，其人于1904年任上海冬防中局委员，1905年至1906年任上海县警察东局委员。

楼茶馆执事刘瑞生、群玉楼刘士荣、船舫厅沈锦轩等一并拘局。旋有李楚臣持洋银四十五元至局行贿，二尹大怒，将李等一并移解总局。总巡朱森庭明府提讯之下，判李重责手心一百下，贿洋四十五元充公，刘等三人共罚洋二十元。判定后，明府复将一干人移县请汪大令①讯夺。

（上海县）（1905年2月15日《申报》）

饬差查禁淫词

浦东八埭头地方新正以来纠众聚赌，并唱淫词，较前更甚，经总巡谕禁后仍敢贿通差役，明目张胆，故经总巡谢明府复又饬差于昨前往查禁。

（上海南市）（1905年2月15日《中外日报》）

禁唱淫词

○浦东洋泾镇东八埭头前因开唱花鼓淫戏被总巡谢岳松明府提案讯责，收押改过局，不料近日若辈故态复萌，仍在彼处开唱，明府查悉，已派差往查，以便拘案究办。○总巡朱明府前因邑庙群玉茶楼开唱淫词，已将店主拘局判罚。近日明府复出示晓谕，嗣后无论何项茶肆，均不准招人唱歌一切淫词小说。

（上海县）（1905年2月16日《申报》）

饬甲谕禁演唱淫词

总巡朱森庭明府前日传禁城内各茶肆不准演唱淫词并滩簧等词后，诚恐南市一带亦有违唱之事，故又饬令各铺地甲分别谕禁。

（上海南市）（1905年2月17日《中外日报》）

禁止幻戏

近有华人倩日商出名拟在镇江西门外宝丰茶园合演幻戏，常镇道郭观察②深恐别生事端，顷已致函于南京日本总办冈部饬令禁止矣。

（镇江）（1905年2月18日《新闻报》）

严查贿隐

警察总巡朱森庭明府查禁各茶肆开唱淫词小说，内有某局员受贿容隐，业经道宪袁观察③访悉，已命严查根究矣。

（上海县）（1905年2月20日《申报》）

---

① 汪大令，即汪懋琨。
② 郭观察，即郭道直。
③ 袁观察，即袁树勋。

违禁拘责

花鼓龙灯早经两县出示禁止，乃若辈依然兴高采烈，招摇过市，倾城士女，几至若狂，白朵卿①大令恶其故犯禁令，于十三十四两日获得王扣子、张得泉、王永、刘得寿等多名，严责以儆。

(扬州）(1905 年 2 月 22 日《中外日报》)

稽核书肆

张宫保②近以破获教育普及社贩卖禁书一案，因念省中书肆林立，难保无出售悖逆书报之事，现拟令警察局逐日派弁，赴各书肆稽查出入帐目，以杜弊端。

(湖北）(1905 年 3 月 1 日《中外日报》)

整顿风俗

长洲县苏静庵③大令以开场聚赌、抢孀逼醮、窝娼宿妓、烟馆藏匪、演唱淫戏以及师巫邪术等事均为地方风俗之害，特出示重禁，如敢再犯，一经访闻，或被告发，定即提案严惩，决不宽贷云。

(苏州）1905 年 3 月 3 日《新闻报》

谕禁演唱淫词

浦东总巡谢岳松明府前日查悉八隶头及塘桥等处各茶肆内，有纠众赌博并演唱淫词等弊，故即饬差传保分别谕禁，如再抗违，定即提局，照前加法惩究云。

(上海县）(1905 年 3 月 12 日《中外日报》)

巡兵违章

近日芜湖到有凤阳妇人，沿街卖唱，多系淫词小调，听者塞途，男女混杂，实属不成事体，而站街巡兵，或代为收钱以酬之，殊不知巡警章程，凡淫词淫画，均干例禁也。

(芜湖）(1905 年 3 月 15 日《中外日报》)

髦儿戏又将开演

芜湖髦儿戏（即女戏）经前办巡警童观察④因其男女混杂，有伤风

---

① 白朵卿，即白承颐。

② 张宫保，张之洞（1837—1909），字孝达，号香涛，晚号抱冰，河北南皮人。同治二年进士，历任翰林院侍讲学士、内阁学士、山西巡抚、两广总督、署两江总督、湖广总督、军机大臣等职。遗著辑有《张文襄公全集》。

③ 苏静庵，苏品仁。

④ 童观察，童祥熊（1854—1917），字小镕，号次山，浙江鄞县人。光绪九年进士，授编修，以道员分发安徽，曾任劝业道、署按察使。清亡后，成为著名遗老。

化，饬令停歇，自本月十二日更换黄观察①接办巡警局务，某髦儿戏馆即于是日在门首黏贴大张红纸金字戏牌，大书到有某某名脚，择日开张云云。有谓该伶人情托委员说项，求蒙黄观察准予弛禁者，然黄观察甫经到差，该园尚未具禀奉批，即行黏贴戏牌，亦太自专擅矣。

（芜湖）（1905年4月1日《大公报》）

戏园捐助学费

芜湖髦儿戏馆为前巡警总办童次珊观察禁绝，现观察甫经交卸，留春园髦儿戏馆即重整旗鼓，订于二十日开演。闻巡警总办黄再香观察仍饬以女伶之内不得杂以优童，并示明淫戏多出不准演唱，微示限制。并令每日缴洋两元，以充小学堂经费。

（芜湖）（1905年4月5日《申报》）

示谕赛会禁令

苏府许子原②太守以历届三元令节，城厢内外府县城隍以及各庙土地均由好事者昇神出巡，并装扮高跷淫戏，争奇斗巧，以至拥挤打架，时有所闻。故今届三月初一日清明令节，惟府县城隍神应随本府三县入坛致祭，止用清导，其余一概不准出巡。

（苏州）（1905年4月6日《中外日报》）

查 禁 花 鼓③

○浦东洋泾东八埭头近日仍有演唱花鼓淫戏及赌博等事，前日为浦东保甲总巡谢岳松明府访悉，立率差丁前往查禁。

（上海县）（1905年4月9日《申报》）

求 禁 淫 戏

苏垣大观戏园新排《大闹灵鹫寺》一剧，淫戏也。头二本业已编就，遍贴招纸，准三月初二日开演，皮市街某纱缎庄以是戏系伊家丑事，实于颜面攸关，因以番佛二百尊投巡捕房禀充善举，并求工程局会审委员洪鹭汀④大令设法禁止，不准再演此戏，大令准如所请，业已知照该园停

---

① 黄观察，黄再香，字润九，1905年至1907年任芜湖巡警总办，曾领兵镇压徐锡麟起义未果。
② 许子原，许祐身（1850—?），字芷沅，号子原，浙江仁和人，俞樾之婿。同治十二年举人，曾任赣州、扬州、松江、苏州知府。
③ 该组新闻原题为《浦东总巡局事》。
④ 洪鹭汀，洪雨振（?—1917），字鹭汀，四川华阳人。曾任溧阳、丹阳等县知县，其1907年于苏州修建的鹤园为苏州著名园林之一。

演矣。

（苏州）（1905 年 4 月 11 日《申报》）

禁戏拒伤勇丁

甬郡奉化县属巡河街地方每年清明节前后必敛钱雇班演戏，今年尤甚。日前有吴、夏两绅邀请驻扎该处之练兵副中营左哨哨长王振清带勇前往禁止，莠民不服，竟敢集众拒伤勇丁四名，内杨乔松、曾湘春两名实受重伤，十分垂危，当由绅等控县请验，饬差缉凶惩办。

（宁波）（1905 年 4 月 13 日《新闻报》）

谕禁妇女观戏

巡警第五局所管地面茶园，现奉正巡官传谕不准妇女赴园观戏，违则惩罚园掌云云，于日前经五队巡弁华恩祝君饬兵协同地方胡吉升将大兴等戏园掌柜某某等均传局谕戒云。

（天津）（1905 年 4 月 13 日《大公报》）

禁 演 淫 戏

梨园演唱淫戏，有干例禁，镇郡群玉戏园托名洋商，近由沪上雇集女伶名曰髦儿戏，日夜登台扮演各种淫剧，裸身露体，备极丑态，哄动男妇，相率往观，有举国若狂之势。为常镇道郭月楼①观察所闻，谕饬丹徒县暨警察洋务各局员一体严禁，以端风化而正人心。月之初一日起，已经停演矣。

（镇江）（1905 年 4 月 17 日《申报》）

请禁花鼓聚赌②

○耶松船厂洋人虞登函称，洋泾镇开茶肆之潘有梅开唱花鼓淫戏聚赌等情，请押令迁移，谢岳松明府即限令迁去具结。

（上海县）（1905 年 4 月 21 日《申报》）

严禁淫戏续志

镇郡大街群玉戏园前因演唱淫戏致被官宪严禁，暂闭停演，甫及旬日，该园主神通广大，资雇某洋人出面，于初七日重张旗鼓，仍招集髦儿班中之女优伶扮演各种淫戏，事为常镇道郭月楼观察访闻，因即出示重申禁令，特未知该戏园能改过否？

（镇江）（1905 年 4 月 25 日《申报》）

---

① 郭月楼，即郭道直。
② 该组新闻原题《浦东巡警局案》。

驱逐土娼女伶

厦门三升客栈近招住流妓倚门卖笑,以诱狂且,附近天仙茶园亦有女伶演剧,观者恒趋之若鹜,匪徒混杂其间,往往因而滋事。道宪玉观察[①]查知三升客栈挂日本柏原洋行牌号,天仙茶园则日斯巴尼亚国商人所开,因即分别照会该管领事,令传谕三升栈立将流妓驱逐,天仙女班亦即停歇,一面札饬厦防厅将女班逐出境外,不准逗留。

(厦门)(1905年4月27日《申报》)

严禁演唱淫戏

芜湖髦儿戏馆经巡警局总办黄润九观察弛禁后,饬令加认襄垣小学堂经费。惟淫戏及男女伶混杂扮演,则禁令甚严,文告煌煌,有目共见。不意留春髦儿戏园主王永升竟敢由申招得男优林小芬来芜与女伶一同演唱,事经观察闻知,谕令该段分巡委员转饬禁止,讵竟视若弁髦儿,且淫戏如《庙会》《打花鼓》等剧亦无日无之,邑绅谢庆芬、甘小秋明经现已援案,合词禀请严禁矣。

(芜湖)(1905年5月7日《申报》)

请禁髦儿戏

芜绅谢庆芬等以富贵楼髦儿戏馆业已改良,惟留春园仍旧男女合演淫戏,且女伶与看客有种种狎昵情事,特为禀请巡警总局,照章查禁,以维风化。

(芜湖)(1905年5月13日《中外日报》)

擅扯禁止演戏告示

江宁县叶大令[②]前次示禁迎赛东岳神会,旋经藩署中人赴县关说,仍得照常迎赛。近又出示,禁止窑户曹庆之在花神庙敛费演戏,曹乃托湖北人在省候补道某观察□□出面抗拒,并扯去告示,演戏三日始已。大令以势不能敌,遂姑听之。

按,自来中国官场文告,本属具文,然未有甫经张贴,即行扯去,若此次之显违禁令者,此风一开,恐民间将益视官示若弁髦矣。

(南京)(1905年5月25日《中外日报》)

---

① 玉观察,玉贵,满洲镶白旗人。咸丰七年由佐领升授湖北营参将,光绪三十年任兴泉永道道台。

② 叶大令,叶保庆(1857—1908),字笃臣,四川华阳人。历任睢宁、江宁等县知县。

少尹惩淫

本县水利厅孙笠斡①少尹日来查得本邑各书坊有违售淫书等事，各茶馆每招集无赖演唱淫词，故于前日出示谕禁。

(上海县)(1905年5月27日《申报》)

禀请谕禁

水利厅孙立斡少尹以近来各书坊售卖淫书淫画及各茶肆弹唱淫词并卖妇女吃茶，有伤风化，禀请汪大令②除出示谕禁外，另派差严密查拿。

(上海县)(1905年5月27日《新闻报》)

不准演戏赌博

聚赌演戏，本干例禁，松属夏秋之间，乡民往往借酬神为名，演戏聚赌，匪徒即混杂其间，易致生事。本府田太守③于昨日传集华、娄两县城厢附郭各地保面谕，如有前项情事，许即随时禀究，该保等倘敢得规包庇，一经查出，或被控告，从重惩办云云。

(松江)(1905年5月28日《中外日报》)

示禁敛钱演戏敲诈

敛钱演戏，本干例禁，迭经地方官出示严禁在案。近来华境秀野桥及华阳桥一带，又有人倡首，聚集无赖，敛钱演戏，以为聚赌地步，且有藉端敲诈情事，华邑令特于日前出示严禁，嗣后再有前项等事，定即提案讯明，从严惩办云。

(松江)(1905年6月1日《中外日报》)

谕禁宣淫先声

近来有各茶楼所演之蹦蹦戏，演唱淫词，装扮丑态，且男女相杂，一同入座，尤属有关风俗。现经巡警局总宪赵智庵④观察查悉其情，不日颁示谕禁，不准扮演丑态淫戏，其听戏之妇女亦不准混杂，与男子同座。但恐该茶楼等视同具文，出示后仍宜随时认真察查云。

(天津)(1905年6月3日《大公报》)

---

① 孙笠斡，即孙传桢。
② 汪大令，即汪懋琨。
③ 田太守，即田庚。
④ 赵智庵，赵秉钧(1859—1914)，字智庵，河南汝州人。早年入左宗棠部驻新疆。甲午中日战争后，追随袁世凯，由典史、同知升为巡警道。宣统三年，袁组责任内阁，任内务总长，升国务总理。1913年3月20日，与袁世凯策划、指挥刺客刺杀了国民党领袖宋教仁，次年2月27日被袁世凯毒死灭口。

积习难除

浦左各镇目下正值酬神演戏之时，奉地方官砵谕饬令一概停止，盖虑枭匪土棍乘隙蠢动，滋生事端也。周浦自上月二十四日起本拟演戏十日，奉谕当即停止，惟又赶造龙船以备端节游赛，亦可见积习之难除也。又，南邑各乡镇近来酬神演戏，接踵不绝，皆由好事者藉此聚赌抽头，幸邑尊陈明府①函请苏捕水师营派船尾随戏班船，同行同止，故演戏之处，各赌徒尚不敢轻于尝试。

（上海县）（1905年6月8日《新闻报》）

查拿花鼓②

○浦东保甲总巡谢岳松明府访悉洋泾镇地方，仍有无赖在彼演唱花鼓淫词及深夜聚赌等事，爰于前日率捕前往查拿。

（上海县）（1905年6月18日《申报》）

禁演淫戏

近来津邑各戏园男女杂演淫戏，较前尤盛，实属有伤风化。兹闻官绅徐太守士鉴等赴县禀请严禁，仿照上海章程，女优专在一园演剧，毋须男女混杂，必须禀由榷宪照会领事，一律禁止等语，业经邑侯批准，不日出示严禁云。

（天津）（1905年6月18日《大公报》）

演唱淫戏受惩

外郎家桥剃发店主朱阿宾每夜纠集无赖在店演唱花鼓淫戏，聚听之人拥挤异常，该处为各庄送银往来要道，钱业董事恐遭意外，禀请十六铺中局陈二尹③于前晚饬勇拘获马俊发、唐家坤、姚生弟三人，讯判马掌颊二十下，余各责一百板交保，限交店主到案讯究。

（上海县）（1905年7月14日《同文沪报》）

驱逐花鼓淫戏

宝邑西乡各镇入夏以来，招集四乡无赖，到处搭台演唱花鼓淫戏，以致屡滋事端。日前王大令④密饬干差四名，提到著名土棍任启堂及徒党五名，重严惩办外，仍勒究该差等务将花鼓班恶党驱逐尽绝，不得稍事逗留。

（宝山）（1905年7月23日《中外日报》）

---

① 陈明府，陈宝颐，字苕民，浙江余杭人。1904年至1905年任南汇县知县。
② 该组新闻原题为《浦左琐谭》。
③ 陈二尹，陈良玉，其人具体待考，其人于1905年任上海十六铺中局巡查委员。
④ 王大令，即王得庚。

查 禁 淫 词

丰记码头某茶肆每晚招集无赖开唱摊簧淫词，引诱妇女入坐，现为该段巡防局员访悉，谕饬地甲密查严禁。

(松江)(1905年8月6日《申报》)

查禁演唱淫词

南市各茶肆有雇用无赖，每晚演唱花鼓摊簧诸淫词，藉以勾引妇女情事，为董查知，禀县查办，后经汪大令①批饬，南市念三七铺、十六铺、南北中三局员严饬地甲逐段查禁，如有隐匿不报，一经查破，惟甲是问云。

(上海县)(1905年8月7日《中外日报》)

谕 革 浇 风

关道袁观察②访闻浦东一带各茶肆近有集众聚赌及演唱淫词等事，若不从严查禁，实于地方有害，昨经传谕浦东总巡谢明府督同塘桥等各局员严为查禁，以绝浇风。

(上海县)(1905年8月8日《申报》)

立愿烧毁淫书

小说中之最足害人者莫甚于淫书，故官府禁之最严，今海上此书业章福记立愿出资购取各种底稿，送请栖流所焚化，尚冀同业诸商互相劝勉，则其遗福于社会者无涯矣。

(上海)(1905年8月28日《南方报》)

停止传剧纪闻③

前有某大军机与某宫保奏请停止观剧以恤时艰而崇圣德一折略云：每岁传剧费用三十万金之谱，当此库款奇绌之秋，百政维新之始，似宜节省糜费以举庶政。若仍不时传戏，不特有碍听政，且多耗内帑，实于俭德亦亏，请停止传戏，以为大小臣工炯戒等语。闻皇太后颇以该折所言为然，拟嗣后除每逢朔望日传戏外，平时一律停止传演云。

(北京)(1905年9月1日《大公报》)

禁演《三上吊》

鲜鱼口之天乐园近日有十余岁幼童演《三上吊》一出，形极危险，工

---

① 汪大令，即汪懋琨。
② 袁观察，即袁树勋。
③ 本新闻亦见1905年9月8日《申报》，题目内容相同。

巡局总办访悉，恐幼童倾跌伤生，即饬传玉成班头申斥，禁止不准再演。

（北京）（1905 年 9 月 18 日《南方报》）

电禁学堂演戏

松江府中学堂因上月念七日为孔子圣诞，是晚各学生演剧，有《美利坚虐待华人抵制美货》及《芬兰国被俄所灭》两出，事为学务处所知，于前日电至松府田太守①申斥以儆。

（松江）（1905 年 10 月 4 日《中外日报》）

保定设优伶学堂

保定新立优伶学堂，凡演剧者必由该堂出身，一切淫词艳曲不准搀入。

（北京）（1905 年 10 月 19 日《南方报》）

整顿风化

侯家后金福茶园因演唱淫词，于初三日被侯家后二局二区抓获讯办，已具甘结，以后不准演唱淫词，并不准男女混杂，若再故犯，查出从重究办。

按，开设茶园一流，本无善类，虽经此次整顿，难保不阳奉阴违，串通濛混，日久弊生，姑志之以观其后。

（天津）（1905 年 11 月 2 日《大公报》）

歌曲改良

淫词艳曲实为人心世道之忧，兹闻有学界志士某君组织歌曲改良社一区，由同人分担义务，尽心编制，现已仿照时调编出若干，有名《国民捐》者，有名《女儿乐》者（劝不缠足也），有名《东三省》者，有名《越南国》者，已用铅字版印出多本，分散下等社会之人，使之演唱。将来风俗改良，由漓而淳，人人皆知应尽之义务，不为社会分利之人，得不归功于某志士之歌曲哉！

（北京）（1905 年 11 月 11 日《津报》）

谕戒演剧

现闻官府谕饬所有京都各项会馆庙宇及绅商之家，一概不得演剧庆贺，以戒奢华而厉风俗，诚要务也。特恐实行之不易耳。

（北京）（1905 年 11 月 19 日《大公报》）

---

① 田太守，即田庚。

禁 演 淫 戏

昨有李小笙者，赴奥署以演唱淫戏风化攸关，禀请禁止，当由奥官批准，知照各戏园取具不再演唱淫戏切结，以励风化而正人心。

(天津)(1905年11月28日《津报》)

商请严禁出会演戏

海宁许村地方，向为巢匪麇集之所，每遇赛会时，必演戏祀神，而该匪即藉此开设赌场，历年巨匪，均在此处，视以为常。现在虽有练军小队及省防等军捕剿，该匪远飏他窜，而该村本月间正值赛会之期，即由武备练军帮带官徐方诏迪亭①，先事预防，请州牧严行禁止，该州牧已出示晓谕云。

(杭州)(1905年12月2日《中外日报》)

禁演淫邪小说②

京师通衢大市开设演书棚场者，日益众多，大抵以演唱淫词艳曲为谋利之宗旨，愚民乐听，日久沾濡，则腹中所印者，悉为奸盗邪淫之事，贻害实非浅鲜。现巡警部访闻其事，拟俟各处马路修筑完毕后，出示一律禁止，以正人心而端风俗。

(北京)(1905年12月20日《津报》)

黑龙江停戏办学③

江省僻处边荒，向无文教，其繁庶之区，商民岁以钱二三万串演唱会戏，而奉旨饬办之学堂毫无影响。经达④、程⑤两帅派令辛天成⑥大令前往劝办，停其会戏，岁以此款充作常年经费，先在绥化府立一中学堂，兼设商务实业馆，该商等亦即允从，近已具禀请办。

(黑龙江)(《东方杂志》第2年第11期，1905年12月21日)

整 顿 学 规

昨闻学务处札饬各学堂转谕学生一律禁看淫书小说并时常观剧等事，

---

① 徐方诏，字迪亭，浙江人。曾赴日本学习陆军。曾任浙江陆军步兵管带、西藏陆军学堂总办正参。秋瑾案时任常备军第一标第一营管带，负责带兵围捕秋瑾等人。
② 本则被1906年第22期《教育杂志》(天津)转载。
③ 该组新闻原题为《各省教育汇志》。
④ 达桂，字馨山，汉军正黄旗人。历任盛京、阿勒楚喀副都统。光绪三十年九月，署黑龙江将军。
⑤ 程德全(1860—1930)，字纯如，号雪楼，四川云阳人。1900年任黑龙江营务处总办，1905年署黑龙江将军，后任署理奉天巡抚、江苏巡抚、江苏都督等职。
⑥ 辛天成，字九丹，号韭髯，四川屏山人。附监生，曾任木兰县知县、海伦厅同知、泰来县知县等职。

现各堂已遵札示谕矣。

（天津）（1905 年 12 月 22 日《津报》）

禁演淫邪小说再志

前纪巡警部禁演淫邪小说一节，现闻有人具禀到部，以若辈专以演说书词为糊口之计，若概行禁止，失业众多，拟请饬各段巡捕查明说书馆共若干处，由部另编各种忠君爱国开化民智小说逐一发给，令其逐日演说，作为生理，庶于禁止之中仍寓体恤之意，闻已蒙允准。

（北京）（1905 年 12 月 25 日《津报》）

禁 止 弹 唱

每逢夏令，必有浮薄少年三五成群，于晚间沿街弹唱淫词艳曲，对于妇女，更任意戏谑，实为风俗之害。署巡宪以此事违警律中定有专条，乃巡警之所应行干涉。缘传知各区，严行禁止，如或不遵，不妨按律罚办云。

（汉口）《湖北警务杂志》第 3 期

1906 年（光绪三十二年丙午）

禁用真军器演戏

英租界广东路春仙戏园近日所演武戏，用真军器，事为大马路捕房捕头查悉，以其危险，昨日饬探传该戏园主面谕以后不准再用，违干究罚。

（上海公共租界）（1906 年 1 月 9 日《申报》）

严 禁 淫 戏

日前南段总局传饬各局，于初八日起，严禁戏园演唱淫戏，每日于十二点钟将次日之戏目定准，由本区巡警去取，送呈总局查核，倘有不合之处，两点钟示令更改，至两点后不改方为准许，演剧须按堂会唱法，不准装作淫态，以正风化，刻下各局区已遵照办理矣。

（天津）（1906 年 2 月 2 日《大公报》）

总 巡 捉 赌

浦东总巡谢岳松明府前晚访悉浦东八埭头地方有屡办不悛之各著名流氓，仍在彼处设赌抽头，并雇无赖演唱淫词情事，故会同水巡捕前往拘获赌徒二十四人到局，押候讯究。

（上海县）（1906 年 2 月 13 日《申报》）

新正禁扮花鼓①

○正月间扬州流氓每以舞龙灯并演扮花鼓淫剧为生计，先期向各铺户、茶灶、烟室、娼寮、赌局强勒钱文，积数多至千有余串。及演舞时，衙署公馆、富户大绅赏赉之款亦复不少。今正为巡警局方环如分转严禁，被强勒者无不称快。

（扬州）（1906 年 2 月 21 日《申报》）

请禁淫戏

梨园演唱戏剧关系社会风俗，良非浅鲜。省城前经各宪示禁，近已逐渐改良，而偏州僻县仍复未知易辙。近彰明某绅鉴此，特具禀学务处请通饬各属一律禁演淫戏，闻年前即经批准矣。

（成都）（《四川官报》第 2 册，1906 年 2 月）

改良戏曲

卫生局以现在各处戏园业经分别纳捐，所有开演戏曲宜速切实改良，以端风化，现已拟定章程，严禁演唱邪淫怪诞等戏，日内即饬谕各该园主一体遵办。

（北京）（1906 年 3 月 23 日《大公报》）

拘禁淫戏

吴淞浜南张华浜一带新正以来赌风大盛，并演唱花鼓淫戏，现经宝山县王纬辰②大令访悉，即日饬差皂头协同地甲前往拘拿。

（宝山县）（1906 年 3 月 25 日《新闻报》）

拘询班主幼伶

前日捕房派三十六号西探及华探李星福至英界三马路西首安康里二百二十三号房屋拘拿天仙戏园小金台班主人并幼伶十八人，一并带入捕房，捕头验得该幼伶等身上均有鞭挞伤痕，当即讯明供词，著仍行带回，听候商办。

（上海公共租界）（1906 年 4 月 13 日《申报》）

请禁男女合演戏班

御史李灼华③以天津一埠，现仍有男女合演戏班，致伤风化，特具折

---

① 该组新闻原题为《扬州》。
② 王纬辰，即王得庚。
③ 李灼华（1863—？），字炳蔚，号晓峰，安徽霍邱人。贡生，曾任山东道监察御史、给事中等职。

奏请饬禁，奉旨交巡警部办理。

（北京）（1906年4月19《申报》）

禁演淫词

东安市场日益繁华，辄有演唱淫词艳曲者接踵而至，颇于人心风俗大有关碍，日前由该场管理员逐一查明，除各种卖艺者不禁外，其余演唱曲词者，已经一律驱逐。

（北京）（1906年4月20日《大公报》）

传保催缴上忙

昨日上海县王大令①传齐四乡各图地保谕催完缴上忙，且谓图中如有抢孀逼醮、聚赌抽头、演唱花鼓等事，密报本县饬差查拿，毋许得贿包庇，致干革究。

（上海县）（1906年4月22日《申报》）

请禁淫书

淫书小说，最害人心，近来学堂大兴，各学生间或买观，不但于功课分心，且足有伤德育。现闻有王大鹏等赴学务处禀请禁止，以端风化，已蒙处宪批准移会巡警局查办。

（天津）（1906年4月25日《津报》）

演唱淫戏被拘

大王庄全乐茶园昨日演唱《翠屏山》一剧，正当兴高采烈之时，忽为俄捕官将该园主捕去，以其违犯禁章也。

（天津）（1906年4月26日《津报》）

道宪饬拿流氓

沪道瑞观察②日来访得浦东八隶头每有流氓横行不法，扰累乡愚，并有各茶肆设赌演唱淫词情事，因谕浦东总巡谢岳松明府严饬差捕拿办。

（上海县）（1906年4月26日《申报》）

查禁书场

松府戚升淮③太守昨日访闻娄邑西门外仓桥城隍庙内有某甲等开设书场，因饬值役传谕该图地保着即禁止。

（松江）（1906年5月6日《新闻报》）

---

① 王大令，即王念祖。
② 瑞观察，即瑞澂。
③ 戚升淮，即戚扬。

禁止演唱什不闲

京师艳曲之最著者曰什不闲，丰富之家每于喜庆之事，类皆演唱以助欢娱，颇于风俗人心有关，现在警部有鉴于此，已饬各巡局严行禁止。

（北京）（1906 年 5 月 6 日《大公报》）

饬拿纠众劫犯

周太仆庙地保陈井其向演唱花鼓淫词之陈杏生等索费不遂，报局往拘，中途被劫，禀县派差顾升往拿，复被纠众图劫，故将流氓刘和尚拘县讯押在案。兹悉汪大令①因尚有纠众劫犯之人未曾拿获，昨日故又饬差分别指拿，务获解办。

（上海县）（1906 年 5 月 10 日《申报》）

东安市场之萧索

东安市场自开办以来，异常繁华，近日因禁止演唱时曲之故，游人顿减，生意颇形萧条，于此可见淫词艳曲之惑人也深矣。

（北京）（1906 年 5 月 31 日《大公报》）

禁查淫戏

吴淞西镇李家宅一带，每晚演唱花鼓淫戏，男女混杂聚观，喧阗达旦，败坏风俗，实非浅鲜，当经绅董得悉，饬地保前往禁止搭台，如果不知敛迹，即当函请王大令②出差拿究云云。

（吴淞）（1906 年 6 月 7 日《新闻报》）

示禁演戏

浦东各城镇现在酬神演戏者接踵不绝，周浦亦已雇定黎园，拟于本月廿三日开演，乃奉南邑尊李明府③出示，谕令一概不准演戏。闻系府宪以青浦、金山等县因演戏肇事，札饬所属各县一律禁止，以杜衅端而节靡费。

（松江）（1906 年 6 月 9 日《新闻报》）

演唱花鼓判罚④

○江桥董事禀控朱阿松纠众演唱花鼓淫戏，由县提究，先讯该处地保徐仁和、范子樵，同供朱阿松纠人演戏，小的等曾向喝阻不服，求宥。质

---

① 汪大令，即汪懋琨。
② 王大令，即王得庚。
③ 李明府，即李超琼。
④ 该组新闻原题为《上海县案》。

之朱，供仅演一天，此后不敢违犯。大令判责五十下，从宽交保。

（上海县）（1906年6月13日《申报》）

雇唱花鼓判罚①

王裕卿雇唱花鼓淫戏，勒钱肥己，责一百板。

（上海县）（1906年6月21日《中外日报》）

发封书场

前者著名流氓小炳全纠党在正丰街同义楼书场内砍毙同类顾德生即顾烂头，由上海县汪瑶庭②大令蒞验后将情申详上宪。现奉松江府戚太守③札饬县主，以同义楼容留流氓聚赌，甚至肇成命案，应即将该屋发封。汪大令准于昨日饬差至公廨禀明，协同廨差及捕房包探前往发封矣。

（上海县）（1906年6月22日《新闻报》）

通饬禁演淫盗戏剧

巡警部近日咨行各省请通饬该管地方所有戏园禁用淫盗曲本排演戏剧，闻此举系乔部丞树枏④所奏，故奉旨交巡警部办理。

（北京）（1906年6月23日《津报》）

札饬查淫戏

沪道瑞观察访悉公共租界近有演唱淫戏之处，札饬廨员关司马⑤于昨日饬差协探往查。

（上海县）（1906年6月25日《新闻报》）

谕保禁演花鼓淫戏

虹镇一带近有无赖串同地保演唱花鼓淫戏，兹为沪道访知，札饬本县汪大令，于前日传到该处念八保三图地保乔确生、四图赵老孝、十八图陈迪卿、六图邱云汀等四人至案，谕令嗣后不得再任演唱，如违严究，并令下乡传知该镇地保贾锡卿来县，听候谕话。

（上海县）（1906年6月29日《申报》）

---

① 该栏目原标题为《上海县讯惩人犯表》。
② 汪瑶庭，即汪懋琨。
③ 戚太守，即戚扬。
④ 乔树枏（1849—1917），字茂萱，四川华阳人。光绪朝举人，曾任刑部主事、监察御史、学部左丞等职。
⑤ 关司马，关䌹之（1879—1942），名炯，字䌹之，号别樵，湖北汉阳人。光绪二十八年举人，历任任上海道署洋务翻译、上海公共租界会审公廨谳员、署理通州直隶州知州等职。

罚 演 淫 戏

河东德来戏园昨竟违禁演唱淫戏，经奥署访明，立传园主照章加罚，并取不再故犯切结，以儆效尤。

（天津）（1906 年 7 月 4 日《津报》）

松府札县严禁乡镇演戏聚赌

上海县汪大令接奉松府戚太守札开，访闻青浦县章练塘一带演戏累月，难保无聚赌情事，除饬青浦县将章练塘董保惩罚外，亟应通饬立即示禁，如再违犯，图董地保不先禀报，必应罚办，巡检汛弁，不先禀报，即系得规包庇，亦应详请分别示惩等因。汪大令接札之下，昨日饬差传谕各董保实行查禁，并即日出示晓谕。

（上海县）（1906 年 7 月 5 日《申报》）

禁 止 赛 会

皖垣五月间向例举赛城隍会，异神出巡，并扮演各剧，谓可祈年驱疫，以致劣绅庙祝藉会敛钱。今岁本省匪患甫靖，邻疆灾象类闻，加以现届青黄不接之时，民食艰难，徒觉糜此巨费，且恐喧嚣之际，匪党溷迹其间，日前省宪特面谕首县李大令①出示禁止。

（安庆）（1906 年 7 月 21 日《津报》）

札局查办聚赌

浦东洋泾镇八埭头地方，近日有流棍在彼结同枭党聚赌，并演唱花鼓淫戏，毫无顾忌，事为总巡谢岳松明府访悉严禁，讵若辈阳奉阴违，依然不法。刻经道宪瑞观察②所闻，札饬谢总巡从速查办。

（上海县）（1906 年 7 月 28 日《申报》）

严 禁 淫 戏

外城各分厅现以各茶园演唱淫戏，虽已迭经禁止，而竟置若罔闻，殊于风俗人心大有窒碍，故拟严行禁止，嗣后倘再违演，定即切实罚办，以儆其余。

（北京）（1906 年 7 月 29 日《大公报》）

警厅调查戏目

外城警厅现拟实行禁演淫戏，故于日前示谕各园主将每日所演戏目呈

---

① 李大令，李振远，江苏丹徒人。监生，候补县，1906 年署怀宁知县。
② 瑞观察，即瑞澂。

报本厅,其有一戏而数名者,仍着开写旧名,以备核办。

(北京)(1906年8月4日《大公报》)

演唱淫戏被罚

外城警厅于禁演淫戏一事,不啻三令五申,而各戏园竟尔视为具文,任意演唱。日前宝胜和班演唱《杀皮》一出,听者颇多,事为警厅所闻,当将该园主罚洋三十元,以示惩儆。

(北京)(1906年8月4日《大公报》)

演唱淫词之结果

月之十九日,南城外窑家井地方某姓家演唱包头什不闲并各种淫词,经四区巡警禁止不服,旋由西厅调集枪队二十名前往抄拿,所有会首及演唱淫词之人一并拘获,内有五人均扮演妇女装束,重抹脂粉,手携洋金扇,有已包头者,有脑后尚垂发辫者,均经巡捕一一用绳穿索,牵往西分厅,路旁观者无不为之捧腹云。

(北京)(1906年8月12日《大公报》)

惩责贩售淫书

道署包探伙魏茂茂因向卖淫书之彭永桂索诈洋三十元不遂,扭至南区转解总工程局收押。前日复讯,判戒责二百,押四个月以儆。

(上海县)(1906年8月20日《申报》)

查究花鼓淫戏

宝邑四乡陈家行等处各小茶馆近来招集申地游妓,纠合本地无赖演唱花鼓淫剧,并聚众赌博,刻为王纬辰①大令访悉,饬差严查究惩,以息淫风而免争扰。

(吴淞)(1906年8月22日《中外日报》)

预禁淫戏

奥界东天仙戏园开演有日,昨奥署特开列应禁演唱之各淫戏戏单一纸,谕令该园主一体遵守。

(天津)(1906年8月22日《津报》)

违禁演唱淫词

浦东八埭头地方前因演唱花鼓淫词并聚众赌博曾经示禁,现仍有荡妇阿珠设台演唱,藉以渔利,为总巡谢明府闻知,前日饬差往禁,违则

---

① 王纬辰,即王得庚。

提办。

（上海县）（1906 年 8 月 23 日《中外日报》）

学堂教员请禁花鼓淫戏

本埠西乡安国寺相近，现有迭犯窃案之张阿塘，借酬神为名，在该处高搭板台，日则聚说淫书，夜则演唱花鼓淫戏，男女混杂，举园若狂。阿塘又向各乡民家敛钱，名为唱费，实则中饱。该处小学堂教员恐学生前往倾听，特嘱厨司往阻不服，反被阿塘纠人殴伤，因即将情函致学务公所，请为转禀县主饬差将张提办，所董接阅后，已据情转禀矣。

（上海县）（1906 年 8 月 26 日《申报》）

查拿花鼓淫戏未果

闸北上宝毗连之旧港地方，连日有土棍搭台演唱花鼓淫戏，赌风亦因之大炽，日夜男女混杂，喧闹不堪，事为闸北巡局员唐二尹查知，昨特密带勇保往查，因事在界外，未便拿究。

（上海县）（1906 年 8 月 27 日《申报》）

严查演唱淫戏之匪棍

闸北上宝毗连之旧港地方，有土棍曹林泉等搭台演唱花鼓淫戏，为新闸捕房所知，昨派华探李星福往查，闸北巡局唐二尹亦将情禀明道台瑞观察，一律拿办。

（上海县）（1906 年 8 月 30 日《申报》）

查究花鼓淫戏

报纪上、宝毗连之旧港地方有土棍曹林泉等搭台演唱花鼓淫戏，兹悉新闸捕房以此事攸关风化，特饬三道头华探李星福密往该处查察禀核，惟该处与租界邻近，宝系界外，故闸地巡局员唐二尹亦已禀明道台瑞观察，无分上、宝，如有此等情事，一律拿办云。

（上海新租界）（1906 年 8 月 30 日《中外日报》）

拿办花鼓淫戏

近宝邑西南乡演唱花鼓淫戏，且有沪上游妓杂厕其内，虽经镇董密禀，由县署签差查拿，而乡民竟恃众不惧。十四晚又经宝山县王大令①密派干役数名，乘夜在江湾北鄙侯家桥戏台，当场拿获二名，尚有五人均被看客劫去。

（吴淞）（1906 年 9 月 5 日《申报》）

---

① 王大令，即王得庚。

请禁花鼓淫词

本邑西乡虹桥及漕河泾法华等处近有匪徒纠众在茶肆中搭台演唱花鼓淫词，伤风败俗，莫此为甚，现经该处绅董请本县王少谷①大令严拿查禁。

（上海县）（1906年9月11日《中外日报》）

禁止淫戏

台湾村庄淫风之盛，皆由采茶、车鼓两淫戏兆之也。前数夜台南鱼菜市场，为祝一周年余兴相推，更于去五夜对演车鼓两台，冶容亵语，无所不至，一时观者如堵。事为警官闻知，立刻捕一车鼓旦去，到课严加呵责，以后不许再演，始放之归云。

（台南）（1906年9月11日《台湾日日新报》）

提究藉花鼓淫戏敛钱

乡人汤阿香、侯慎三日前投上海县控金阿狗开演花鼓淫戏，勒派钱文，不遂其欲，即纠同金宝宝等到家击毁物件，搜攫银洋，往诉地保陆秋山，陆又置之不睬等情，奉王大令饬差袁庆下乡查得金阿狗等实有勒钱攫洋情事，据实禀复。既而金等又串同陆秋山朦诉学堂董事某君，谓汤等所控不实，转禀到县，王大令察阅两造呈词，情节迥异，谕候饬提讯究。

（上海县）（1906年9月14日《申报》）

重惩扮演杂戏

韦家井某姓设醮数日，名为平安大会，并招有游手多人，扮演各种戏剧，淫靡杂陈，伤风败俗，莫过于此。事为运台所知，特饬巡局，将演剧之人，当场拿获，荷以三联巨枷，游行街市示众，见者犹见其红袍玉带，并乔装妇女衣饰，招摇过市，殊足为之一噱云。

（扬州）（1906年9月15日《中外日报》）

饬禁淫词小说

商会各绅董公禀苏抚请禁弹唱淫词小说，业由孙太守②札饬三首县严行查禁矣。

（苏州）（1906年9月17日《申报》）

禁售淫词曲本

西厅一区所属土地庙每逢三日为会期，游人如蚁，百货云集，前经查

---

① 王少谷，即王念祖。

② 孙太守，孙展云，其人待考，江苏候补府，据《申报》报道，其于1906年4月14日接印代理苏州知府（《代理苏府接印》，1906年4月15日《申报》）。1908年任江苏海运沪局总办。

有售卖淫词曲本，业已禁售在案，乃日前复一摊仍旧出售，当即带区，供名宋顺，遂将该宋顺连唱本一并禀送西厅讯办。

（北京）（1906 年 9 月 17 日《大公报》）

谕禁旗丁观剧

京口奎都统①因西城外增设戏园四处，深恐旗丁纷往观剧，滋生事端，爰颁手谕，发贴西城，饬守城人等如遇旗丁外出，务即捆送来辕候讯云。

（镇江）（1906 年 9 月 25 日《申报》）

藉花鼓淫戏敛钱讯结②

○汤阿香控金阿狗勒派行凶，提案讯究。汤供金阿狗于六月十四日演唱影戏，勒派戏资不遂，打毁小的门窗，又遭凶殴，打失小洋廿一角，大洋三元，铜元六十个，求究。金供实被陷诬。地保陆秋山供，金等虽已搭台，即经图董命小的阻止拆去，故未演唱。小的曾往汤家查看，门窗并无打毁痕迹。惟侯仁之供与汤同。明府以汤亦不安分，判原被各具改悔结斥退。

（上海县）（1906 年 9 月 28 日《申报》）

查 禁 淫 词③

○警察东局员郁二尹④近以城隍庙茶肆有私唱淫词情事，昨日谕甲查禁。

（上海县）（1906 年 9 月 28 日《申报》）

禁 采 茶 戏

再昨夜九时顷，龙匣口庄十番户杨赤牛之家，因扮演采茶之戏，被该地警官闻知，即驰往命其中止。闻扮演者两人，一为新庄街五百〇五番户郭新助，一为同街王龟里，皆只十三岁，其脚色皆不恶，村愚颇多惑之者。盖其戏出多狎亵，最易诲淫，诚不可不早禁也。

（台北）（1906 年 9 月 29 日《台湾日日新报》）

---

① 奎都统，奎芳，满洲正黄旗人，光绪二十九年四月授江宁副都统，三十一年十一月调任京口副都统。宣统二年任乌里雅苏台将军。
② 该组新闻原题为《上海县案》。
③ 该组新闻原标题为《城内警务三则》。
④ 郁二尹，即郁少甫。

责成佐贰董保以杜匪类

松府戚太守①以外来之匪，必有土匪勾引，欲绝外匪，当以除土匪为第一要义；欲除匪类之啸聚，当以禁戏禁赌为第一要义。而棍徒搭台演戏，搭棚聚赌，其为首者必运动于一月之先，或数十日之先，能瞒该县而不能瞒董保暨营汛佐贰衙门之耳目，如非得规包庇，董保等何难密报该县？故除札县再行严禁外，一面统饬各庙董及各图董保，各具切结，并移营弁暨佐贰衙门，如果董保等事前探报，该县并不上紧查禁，则是该县之咎，如董保胆敢容隐，居然演戏聚赌，一经事后查悉，除拘为首之棍徒务获究办外，该董保即提府严惩，将租开赌场之地基充公，就近营汛暨佐贰衙门一并详请撤参云。

（松江）（1906年10月5日《中外日报》）

谕禁醵资唱戏

现当花稻秋收之际，本埠西乡一带竟有无赖棍徒藉酬神为名，醵资演唱花鼓淫戏，败俗伤风，莫此为甚。现为本县王大令②访闻，当即谕饬各图地保从严禁阻，如有不遵，许即禀究。该保得贿隐庇，并干严办不贷云。

（上海县）（1906年10月6日《申报》）

勒拿聚赌演戏棍徒

浦东洋泾镇八埭头杨妙荣所开茶肆内，日前开设赌场，并演唱花鼓淫戏，总巡谢明府③即密派差捕，夤夜往拿，讵若辈消息灵通，均已先时避去，差捕回禀后，明府复添派干捕，勒限拿究。

（上海县）（1906年10月8日《申报》）

限拿演唱花鼓淫词

浦东洋泾镇八埭头茶肆每因聚赌演唱花鼓淫词，经总巡谢明府谕禁后，仍有杨妙永抗违演唱，当即著捕星夜往拿，未获一人而返，兹奉明府勒限获办。

（上海县）（1906年10月8日《中外日报》）

饬呈改良戏目

巡警总厅奉内廷某太监传谕饬各班名优自淫戏禁止之后，拟将各班新

---

① 戚太守，即戚扬。
② 王大令，即王念祖。
③ 谢明府，即谢岳松。

排改良之戏及《惠兴女士》全稿呈送总厅，以便预备内廷传演新戏。

（北京）（1906年10月10日《津报》）

惩唱花鼓淫戏

演唱花鼓淫戏，最为地方风俗攸关，前日新任娄县何秋坪①大令派差在张家村地方拿获为首演唱花鼓之李松泉、倪少泉到案责惩，各荷巨校，发头门示众，以为唱花鼓戏者戒。

（松江）（1906年10月13日《中外日报》）

拟罚开演女戏之秀才

玉润髦儿戏馆为六合县秀才张谷乔所设，因事与某伶在警察总局涉讼，经局员断令该伶给张八百元寝事，张心犹不甘，复禀控于县署。宗令②遂向张言：汝既系庠序中人，即不合以演戏为业，尤不合招致女伶，有伤风俗，今拟将警局断归汝之八百元，罚充小学堂经费，为玷辱斯文者儆戒云。

（镇江）（1906年10月17日《中外日报》）

派差禁阻棍徒敛钱演戏

娄县风泾乡与江浙毗连，四通八达，著名枭匪往住于此窝顿，前日地痞等以酬神为名，敛钱演戏三天，而该乡土棍，因此效尤，闻于初二日起，在十二图演戏三日，次至十五十六等图。事为新任娄县何秋坪大令侦知，诚恐乘间聚赌，延害地方，立传该图保至案谕禁，讵该保等供词含混，因出硃条，派差分头禁阻，以弭后患而卫闾阎。

（松江）（1906年10月18日《中外日报》）

改 良 戏 曲

演唱淫戏，大伤风化，刻经大观茶园李远斋等禀请提学司，拟将戏曲大加改良，裨益风俗，业经学宪批示，仍仰妥商办理，藉挽浇风而动观感。

（天津）（1906年10月24日《大公报》）

禁 唱 淫 词

本县王少谷③大令访闻沪城邑庙各茶肆，近年有雇无赖演唱《倭袍》

---

① 何秋坪，何荣烈（1862—？），字文贵，号秋坪，原名何廷桢，浙江石门人，祖籍诸暨。光绪二十一年进士，1906年至1907任娄县知县。
② 宗令，宗加弥，字能述，浙江绍兴人。候补县，曾任丹徒知县、署长洲知县。
③ 王少谷，即王念祖。

《玉蜻蜓》《双珠凤》等各淫书，男女混杂，有伤风化，已饬差查禁，如违提究不贷。

（上海县）（1906年10月25日《新闻报》）

查究演唱淫词

沪城邑庙各茶肆近来招引无耻之徒登台弹唱《倭袍》等各淫书，男女混杂，最伤风化，事为本县王少谷大令访查明确，刻已饬差查究。

（上海县）（1906年10月25日《中外日报》）

禀禁演唱艳曲淫词

苏城各业商会绅董以城厢内外每有奸徒演唱摊簧小曲，大伤风俗，前藩司黄方伯①下车时曾经出示申禁。近则日久玩生，更有串通妇女藏匿庵观、设赌诱奸之事。爰于日前具呈首府请援照从前驱逐妓馆办法，饬将城内说书人等一律驱出城外，俾于租界之中群居营业，庶于该业无害等情，已由郡尊札饬长、元、吴三县分别出示查禁驱逐矣。

（苏州）（1906年10月27日《新闻报》）

商会请禁说书

苏垣商会总理尤鼎甫②舍人以苏地向有说书一项，业此者皆系浮荡下流，每在茶馆之中演唱弹词小说，描摹浪态，点缀风情，最为风俗人心之害，禀府请援禁妓之例，将各说书一律驱出城外弹唱。当奉府札饬三首县，出示严禁，嗣后各说书只许演说忠孝节义，不准涉及淫声邪说，以丧风化，如敢故违，定须提究不贷。

（苏州）（1906年11月2日《中外日报》）

密查弹唱淫书

邑庙豫园第一楼、船舫、得月楼、春风得意楼、群玉楼均有弹唱《倭袍》《玉蜻蜓》《三笑》《双珠凤》等违禁之书，事为县宪访闻，已派人密为查究矣。

（上海县）（1906年11月3日《申报》）

禁止演《拳匪纪略》

京师梨园近排《拳匪纪略》新剧，警部有禁止不许开演之说。

（北京）（1906年11月4日《笑林报》）

---

① 黄方伯，即黄彭年。

② 尤鼎甫，尤先甲（1843—1922），字撰百，号鼎孚，苏州人。光绪二年进士，吴中著名绅商，所开办的同仁和绸缎局是苏州早期著名商号之一。1905年参与创办苏州商务总会，任总理。

禁 演 淫 戏

天津禁演淫戏计二十四出，以为改良风俗基础。

(天津)（1906年11月4日《笑林报》）

谕 禁 迎 赛

浦左现值棉花登场之际，各乡镇无业游民每藉口迎神赛，摆立赌摊，或演唱花鼓、摊簧、影戏等，括取民财，已成习惯。松府戚太守①恐有枭匪光蛋混迹其中，现已通饬各县严行查禁，且有两县交界之区不免此拿彼窜，谕令无分疆域，一体查拿，务使匪徒绝迹，以安闾里。

(松江)（1906年11月18日《新闻报》）

将 开 夜 戏

京师戏园向不准演夜戏，刻有西人在三庆园演电光跳舞各戏，因而各戏园拟禀请总厅援照开演夜戏，不知能邀批准否？果尔，则该段警察多事矣。

(北京)（1906年11月18日《大公报》）

芦溪县乡民聚赌抗官

江西泸溪县高阜地方，每届九月必聚赌演戏，该县出示谕绅禁止，乡民极力抗拒，当复移请县丞万国琛②前赴该处极力开导，乡民聚众数百人，逐万回县，经该县高大令③行文建昌府转禀来省，候示遵行。

(江西)（1906年11月19日《新闻报》）

缓 开 夜 戏

京师各戏园禀请警厅拟援照三庆园开演电戏之案，各园均请加演夜戏一节，已志本报。兹闻警厅对于此事并未骤然批驳，惟令各园均俟电灯全点之后，方可开办，以免往来马车时有冲撞拥挤之虞，致碍路政。

(北京)（1906年11月23日《大公报》）

严 禁 演 戏

乡间报赛演戏，大为地方之害，不但徒耗民财，而且伤风败俗，田大令④为保安地面起见，传谕图乡父老，以后报赛酬神，不准演戏，所节之

---

① 戚太守，即戚扬。
② 万国琛，其人待考，据《申报》报道，其人自1890年代在江西南昌等县任县丞。（《江西官报》，1890年7月2日《申报》）
③ 高大令，其人待考。
④ 田大令，其人待考。

款留后来作地方有益之举，恐未周知，复出示张贴严禁。

(奉天)(1906年11月23日《大公报》)

赣抚饬办汛兵

分宜县城守汛兵借驱逐淫戏为名，在乡肆意索诈，被人赴县控发，该县令饬差押回，乃各汛兵心怀怨恨，聚众赴县署大闹，将大堂什物捣损。差役向阻，复被殴伤。昨经该县禀报，奉吴仲帅①批示，略谓：该县城守汛目袁得胜、什长钟炎炳大干军纪，亟应严行究办，仰按察司迅移袁州协镇，勒令易把总将袁得胜、钟炎炳及滋事兵丁押解赴府提审，不准短少一名，违即撤参不贷云云。

(江西)(1906年11月28日《申报》)

禁演唱艳曲淫词

苏城各业商会绅董以城厢内外每有奸徒演唱摊簧小曲，大伤风俗，前藩司黄方伯下车时，曾经出示申禁。近则日久玩生，更有串通妇女、藏匿庵观，设赌诱奸之事。爰于日前具呈首府，请援照从前驱逐妓馆办法，饬将城内说书人等一律逐出城外，俾于租界之中群居营业，庶于该业无害等情。已由郡尊札饬长、元、吴三县分别出示查禁驱逐矣。

(苏州)(《广益丛报》第123期，1906年12月5日)

请禁演唱淫戏

襄垣学会董事吴云等以各戏园演唱淫戏，有伤风化，禀请巡警总局查禁，饬即改良等情。奉批：淫戏之禁，三令五申，而始终不见有效者，以无绝妙好词指授梨园子弟也。齐宗濂②雅通音律，请设善俗戏馆，本督办引领以望，于今二年，兹又公举该生维持风化，该生亦愿担任义务，著即赶紧撰拟曲文，呈候点定，发给戏园演唱。彼时各园如再演习荒淫怪诞之戏，则不但该举贡等可以纠察，而本督办亦断难姑容，所请给谕及令各园公认之处，著俟改良戏曲后，再行妥议，现在各戏园内仍由本督办出示从严申禁可也。

(芜湖)(1906年12月11日《中外日报》)

---

① 吴仲帅，吴重熹(1841—1921)，字仲怡，号蓼舸、石莲，别署石莲老人，山东海丰人。同治元年举人，历任福建按察使、江宁布政使、江西巡抚、邮传部左右侍郎、河南巡抚等职。

② 齐宗濂(1861—1931)，字月溪，号悦义，芜湖人。1905年参与创办《鸠江日报》，1908年参与创办《安徽白话报》。其人精音律，编、导、演三者兼善，曾编排《湖阴曲》中《跪池》等出，组建芜湖最早话剧社——迪智社。

髦儿戏不准开演①

甬上有某商等筹集股本拟在江北岸创设髦儿戏馆，业经联名禀由前任世道②，批饬鄞县议复在案。兹者朱君景岳续禀宁道喻庶三③观察，以此项髦儿戏大都皆是青年女伶，借乐部为生涯，实勾栏之先导，伤害风化，莫此为尤。宁波虽系通商码头，僻处一隅，俗尚质朴，究与上海等处不同，批不准行。

（宁波）（1906年12月20日《中外日报》）

学堂查出禁书

卫辉府中学堂学生近将一种书籍互相传阅私诵，见人辄复藏匿，监督疑之，留心密查，于某斋搜出革命歌数种及《清秘史》等禁书各数册，询诸学生，皆推诿不认。疑此种书歌，由出洋学生传入，因禀请宝子常④太守，将某斋学生彻底查究。太守恐兴大狱，或不免辗转攻讦，波累无辜，谕将搜出之书歌当众销毁，某斋学生全数斥退，并晓谕各斋，谨慎向学，不得存储此种书籍，如再经查出，定即严究不贷。

（河南）（1906年12月26日《中外日报》）

改良戏本

川省人最爱听戏，现由警察局出告示，禁止演唱淫戏，有位热心的志士，倡议改良戏本，挑选中外历史上古来英雄豪杰热心爱国的事情，编成新戏许多出，发给戏班里，叫他们学习著唱。务必要演唱的动人，能够叫听戏的大众，耳目一新才好。开通下等社会，这件事力量最大。

（四川）（《京话日报》1906年第534号）

禁止学生听戏

近来各学堂学生，成群结队，到各戏园子听戏，不给座儿钱，还要胡挑鼻子混挑眼，常常因此闹事，现经学部访知，怕有碍学堂声名，出了告示，无论官私学堂的学生，一概不准听戏，既免旷功，又可借此整顿学

---

① 本则亦载1906年12月22日《新闻报》，题目为《不准开设戏馆》。
② 世善（？—1907），字百先，号退菴，满洲人。曾任宁绍台道道台、安徽按察使。喜吟咏，工书、画，著有《景行录》《寒松阁谈艺琐录》等。
③ 喻庶三，喻兆蕃（1862—1920），字庶三，一字竹孙，号艮籠，江西萍乡县人。光绪十五年进士，选庶吉士，授工部主事。1904年任宁波知府，1906年升任宁绍台道道台。著有《既雨轩文抄》《既雨轩诗抄》《问津录》等。
④ 宝子常，宝纲，字子常，号芷裳，正白旗汉军人。光绪十四年顺天府试挑取膳录，光绪二十年捐知府，分发河南。曾任南阳、卫辉等地知府。

规，诸位学生们，这可是自寻苦恼啊！

（北京）（《京话日报》1906 年第 560 号）

停演戏兴办学堂

新会县属各庙宇，每年二月里，不是土地爷的生日，就是财神爷的寿诞，全得约名班演戏。现有热心绅士，把这些酬神的戏资，一概停止，拨作学堂经费，合计本县一年，少唱一百多台，变野蛮为文明，各县都可以照办。

（广东）（《京话日报》1906 年第 569 号）

禁 唱 淫 戏

济南巡警局总办因时兴小曲和各种奸淫戏文最能败坏风俗，省城茶园跟各处庙会，往往随意演唱，实在与民风有碍。现在出了告示，严行禁止，再有唱这些淫戏的，一定带局重办。

（山东）（《京话日报》1906 年第 583 号）

什不闲改良

唱什不闲的奎秀，从先所唱各曲，实在有伤风化，本报已经说过，他自己认错，起誓发愿，再不唱时调小曲，仿照八角鼓子的办法，他也改了良，《惠兴女士全传》《女子爱国》，全都排好，不久就出来演唱。什不闲所唱的，没有一出好曲，真要改良，非多编新曲不可，就这两出，万不够唱的，若拿这两出当门面，还是唱旧曲子，经我们访实，可是更要说穿。

（北京）（《京话日报》1906 年第 674 号）

不卖女坐的原故

鲜鱼口天乐园，前天演唱新曲，已经王子贞禀明总厅，原打算兼卖女座，后来想着不方便，所以不卖女座了。风气初开，办事不可过猛，并非是女子不够资格，实因为男子不全有教育，当这暑热时候，光着脊梁，盘着辫子，同妇女坐在一个园子里，实在不好看，等过了热天，大家都不光脊梁了，然后再商量卖女座罢。

（北京）（《京话日报》1906 年第 678 号）

有 伤 风 化

西城丰盛胡同西口外车厂子门口，每天晚上，有女子唱小曲儿，招聚些个无赖子，围着起哄，被本段巡警查知是赶车王二的女儿，把王二带到厅里究问。据王二供说，妻子早死，留下四个女儿，时常在门口儿唱曲招人，情愿回家管教他的女儿，具了一张甘结存案，由厅派人随时查看。中国女学不兴，伤风败俗的事，总免不了。

（北京）（《京话日报》1906 年第 731 号）

不准卖女座

京城的戏园子，向来不准卖女座，初八日广德楼卖了八位女座，有四位散座，经本厅巡警查知，当时令挪到包厢，免得生事。散戏之后，把园主传到厅上，大加申斥，以后除了老妇幼女之外，一概不准卖女座。

（北京）（《京话日报》1906 年第 731 号）

禁 卖 淫 书

维持风俗正人心，是警察要紧的事，一切淫书淫曲的唱本，最坏风俗，前者已由巡警厅出示禁止，无奈商人贪利，难免阳奉阴违。现在北厅四局巡长钮占奎，查明本区有八家书铺，用好话相劝，把旧存的淫书板，全行烧毁，出具甘结，以后不准买卖这项书，真是好事。

（北京）（《京话日报》1906 年第 735 号）

1907 年（光绪三十三年丁未）

藉戏敛钱因而获咎

日本人末广胜太郎等请得驻汉本国领事照会，来浔开演蜡人及活动幻灯影戏，将次收歇，有本地游民欲假其势，向日人攀留，赴省雇来男女优伶三十余人，在城内莲花池地方，租屋开演，即以日人经理售票并照管场面诸事，一时往观者络绎不绝。旋有绿营兵丁数人，在该戏场因唤开水口角，即将桌椅并戏台铺设，任意捣毁。末广胜太郎等当即具禀县署并警察总局请究，索偿损失价值甚巨。前营游击申游戎当将肇事兵丁四名开革，送县管押。旋经警察总巡严孟繁[①]司马、德化县施叔撝[②]大令以日本领事前次照会，只请保护该日人开演蜡人及幻灯影戏，且为期已满，即不应在浔逗留，与该游民等藉戏敛钱，致滋事故，惟营兵生事，既经开革送案，自应与各揽头等治以应得之罪，损失木器价值无几，该日人等不得代为出头，任意需索，即饬具结签字了结。惟各揽头内尚有吴梓清及县书胡树生其人，均已在逃，现已分遣警兵差役四出查

[①] 严孟繁，严家炽（1885—？），字孟繁，江苏吴县人。曾任九江警察总巡、广州知府等职。辛亥革命后，历任广东财政司长，广东、湖南、江苏等省财政厅长等职。抗战期间，任汪伪政权财政部次长，晚节不保。

[②] 施叔撝，施谦，字叔撝，福建人。试用知县，据《申报》报道，1906 年前后署德化县知县。（《示禁渡船挑夫留难勒索》，1906 年 12 月 25 日《申报》）

拿，以凭从严惩办。

(九江)(1907年1月2日《中外日报》)

责令开报戏目

南市董家渡一枝春及王家马头三凤楼两茶肆，近日雇人以演影戏为名，杂以淫亵曲调，引人观听，男女杂沓。改良社会董访悉，恐伤风化，特派人前往该两茶肆调查各项戏目，责令店主开报，到社备阅。

(上海县)(1907年1月3日《新闻报》)

学界禀请改良淫戏未果

芜湖现开男戏园一家，名永庆，女戏园两家，一名留春，一名聚仙，虽经巡警局迭次出示严禁，无如阳奉阴违，仅改名目，希图掩饰。现经芜湖学界吴松亭、周佐臣等二十余人联名禀请巡警局黄润九①总办，饬令各园不必暗改名目，只须将戏中淫亵怪诞情节先行删汰，再为改良词曲，并公举齐月溪②代为纠察，兼可随时指授。方拟实行，而留春遽尔停演，聚仙因邀其已退之名伶，被留春园东俞少基欲禀明道宪，该园封闭，园东许姓畏其势焰，遂将名伶辞退，另往汉口邀来林黛玉，于十三夜登台，藉图抵制。两园竞争，因此改良淫戏之举，遂至中止，大约必俟来春方可实行云。

(1907年1月4日《申报》)

禁唱花鼓淫戏

法租界各茶馆演唱花鼓淫戏，大为地方之害，兹有某茶馆主汪阿三往宁波雇周阿昭来申演唱，被同业江阿金用重贿挖去，以致互相争论扭殴，由捕一并解至公堂，陈明府③以花鼓戏本干例禁，以后不准再唱，界内唱演各家，亦一律限日禁止，违干重究。

(上海法租界)(1907年1月10日《申报》)

改良说书

刻下外城总厅以茶肆评书，多半为迷信鬼神，有害人心之《封神榜》《聊斋》等书，实于社会不无关系，特咨商、学部督学局采择新译东西洋说部善本，令说书者改良评说，并扫去一切迷信之陋习。

(北京)(1907年1月12日《大公报》)

---

① 黄润九，即黄再香。
② 齐月溪，即齐宗濂。
③ 陈明府，陈曾培，字楚生，1904年3月24日任法租界会审谳员，1907年5月27日由聂宗羲接任。

查禁淫书画

学部督学局咨会内外城总厅一体查禁书肆画店出售淫书淫画,以端风化而正人心,业经巡警总厅饬各区派警兵随时查询矣。

(北京)(1907年1月14日《大公报》)

查禁淫秽书画

督学局会议以京师书肆画店所售之淫书淫画为数颇多,现值改良社会之际,未便听其流布,致坏风俗。日昨特咨行民政部请转饬内外城各警厅一律严行查禁,以端风化而正人心。

(北京)(1907年1月17日《津报》)

严禁演唱花鼓淫戏

茶馆主江阿三、汪阿金前因争揽周阿昭演唱花鼓淫戏,互相斗殴,控经法界公堂,除两造均不准唱演、阿昭勒令回籍外,所有界内演唱之各茶馆拟禀请领事一律禁止。兹闻总领事业已签字,准于西二月起一体谕禁,如违干究。

(上海法租界)(1907年1月21日《申报》)

演唱花鼓判罚①

〇天乐茶馆因抗谕演唱花鼓淫词,饬传店主张明良到案,罚银十两,再违将店发封。

(上海法租界)(1907年1月22日《申报》)

茶肆违禁被罚

法界各茶肆往往向工部局朦领影戏照会,出外演唱花鼓淫戏,前经探解乐意楼主到案讯判,吊销照会,谕禁在案。讵各茶肆阳奉阴违,每晚仍旧演唱,又由探拘得改名天乐楼主蒋云祥解案,禀诉朦领照会等情,陈明府商判罚银十两,并传谕各茶肆,如再违禁,除拘究外,定将该铺封闭云。

(上海法租界)(1907年1月22日《中外日报》)

禁 止 观 戏

奉函云,奉天中学堂肄业生徒每遇星期,结群至戏园观剧,戏园不堪其扰,具呈巡警总局,该局即函商提学使如何禁止,现由提学使司出示严禁,并札饬各学堂一律照办。

(奉天)(1907年1月23日《笑林报》)

---

① 该组新闻原题为《法租界公堂琐案》。

查禁私唱淫词

迩来沪城邑庙各书场往往私唱淫书，男女混杂，现为沪道瑞观察①访悉，以与风化攸关，因饬巡警局严查谕禁，如违严办不贷。

（上海县）（1907年1月26日《中外日报》）

整顿风化

警厅接准督学局咨开京师淫书淫画任意销售，殊于改良教育之道有关，应请严行查禁等语，现在警厅已于十一日出示严禁，并派员认真密查，以端人心而重教育。

（北京）（1907年1月30日《大公报》）

学生观戏

锦州车站四盛茶园因铁路工人不买坐票，寻殴停演。田大令恐起风潮，有误抽收之款，遂移演于城里西北隅空闲之地，已经月余，颇称安静。日前忽有中小学堂学生十余人口衔烟卷，身服操衣，亦蹈工人之恶习。该园主禀请田公，遂照会各学堂监督，略云：戏曲现未改良，学生观之恐其心思误用，从此严禁看戏，倘有不守规则之学生，着即行开除。闻自严禁后，各堂为戏之风稍戢云。

（锦州）（1907年1月30日《盛京时报·市井杂俎》）

调查淫词②

○南市三凤楼、一枝春两茶馆近借演影戏为名，中杂淫词俚曲，且复男女丛杂，殊与风化有碍。局董闻之，刻已派人前往调查矣。

（上海县）（1907年1月31日《申报》）

请禁花鼓淫词

南市三凤楼、一枝春等家，近有无赖聚集搭台演唱花鼓淫词，男女混入，有伤风化，兹为改良社派人查实，禀请禁阻。

（上海县）（1907年1月31日《中外日报》）

禁唱淫词

法界各茶肆朦领影戏执照，演唱花鼓淫词。经法谳员陈明府③商准，法捕头一体谕禁，以端风化。

（上海法租界）（1907年2月2日《新闻报》）

---

① 瑞观察，即瑞澂。
② 该组新闻原题为《总工程局纪事》。
③ 陈明府，即陈曾培。

印刷《野叟曝言》判罚①

○沈鹤泉②装钉《野叟曝言》淫书，由包探李星福拿究，沈供实系殷姓交钉。明府判罚洋三十元充公。

（上海公共租界）（1907年2月3日《申报》）

茶馆主具结不唱花鼓淫戏

法界各茶馆演唱花鼓淫词，最为伤风败俗，法谳员陈明府曾商诸西官，谕饬一体永远禁止，讵各茶馆主仍阳奉阴违，照常演唱，明府震怒，立传乐意楼、聚宝楼、凤皇台、五凤楼等六家茶馆主到案，大加申斥，勒具永远不唱花鼓淫词切结存查，从宽开释。

（上海法租界）（1907年2月16日《申报》）

禁 唱 淫 词

本县王大令③以南市等处茶肆有藉新年演唱淫词者，大坏风化，昨已谕差查禁。

（上海县）（1907年2月16日《中外日报》）

禁 唱 淫 词

法界各茶肆违唱花鼓淫词滩簧，早奉捕房谕禁在案，讵该茶肆等仍前阳奉阴违，有伤风化。兹经法谳员陈明府访明，分别饬传到案，勒令不准再唱切结存案备查，违则将店封究。

（上海法租界）（1907年2月16日《新闻报》）

饬逐外国戏法

禾郡城内西县桥堍日前到有外国戏法，一时观者甚众，秀水程大令④闻之，以其违背约章，恐滋事端，查询并无护照，即饬干役令其闭歇，然元旦日仍在张家弄搬演。

（嘉兴）（1907年2月16日《中外日报》）

禁唱淫词续志

前报纪禁唱淫词一节，兹悉自新岁以来，法界各茶肆仍前朦混，违禁

---

① 该组新闻原题为《公共公廨早堂案》。
② 沈鹤泉，清末民初出版人，1911年于上海新马路创办沈鹤记书局。
③ 王大令，即王念祖。
④ 程大令，程忠诏，字幹臣，江西宜黄人。候补知县，曾任浙江武康、秀水等县知县。光绪三十年八月调署秀水县令，后为叶绍敦接任，光绪三十一年回任。光绪三十年以亏短交款、擅自离省，革职查拿。

演唱，故法捕房谕探查禁。

（上海法租界）（1907 年 2 月 18 日《新闻报》）

禁唱淫词

沪城春风得意楼等各茶肆及大东门内商叙茶楼等于元日以来，专雇无赖登台演唱淫词，勾引男妇观听，伤风败俗，莫此为甚。昨经巡警总局谕饬各分局知照停止，如违随时拿究。

（上海县）（1907 年 2 月 19 日《新闻报》）

淫词仍未禁绝

法界各茶肆演唱花鼓淫词，业经中西官严申禁令，并传各肆主到案，勒具永远不唱切结。方谓此风可以禁绝，不意新正以来，若辈将所悬戏牌改换对白摊簧字样，其实所唱者仍系淫词俚曲，苟非严以惩之，恐终不能去此污点也。

（上海法租界）（1907 年 2 月 19 日《申报》）

禁演百戏

杭州城隍山梅花碑一带，每逢新年，百戏杂陈。元旦日各路巡警突奉抚台密谕，严饬一律驱逐。而若辈缘来自外省，人无隔宿之粮，度日维艰，拟齐赴抚辕，跪香哀求云。

（杭州）（1907 年 2 月 19 日《中外日报》）

不准开演洋戏

去腊日本领事照会粤督，称本国技艺戏班主金泽浅太郎并赞成员松岗好一禀称，该技艺班迭在南京、上海、镇江各处开演，曾蒙两江、两湖督宪亲临观看，现拟明年正月在多宝大街尾旷地盖幕开演，请饬属保护等语。粤督以前此日本领事及义领事照请准演洋戏，迭经岑前督①以粤省民情浮悍，动辄生事，无论何项洋戏，未便在粤开演，驳覆在案，因特援案照覆，请饬该班主知照。

（广东）（1907 年 2 月 20 日《申报》）

查禁演唱摊簧

南市烟茶馆自奉谕禁烟后，即改设摊簧，藉以牟利。现均具禀总工程局，请掣给执照，次第开唱。沪道瑞观察②查知所演摊簧，仍不免有害风

---

① 岑前督，岑春煊（1861—1933），原名春泽，字云阶，晚号炯堂老人，壮族，广西西林人，毓英之子。光绪十一年举人，历任广东、甘肃布政使，陕西、山西巡抚，两广、四川总督，邮传部尚书等职。

② 瑞观察，即瑞澂。

俗，除照请工程局查禁外，复札上海县将本境各茶店逐一造册报名，责令地甲查报有无设立摊簧，如违提究不贷。

（上海县）（1907年2月20日《申报》）

查淫词

南市禁烟后，各烟茶馆咸思设立改良摊簧，藉图肥利，先后具呈总工程局，请为给照。惟沪道瑞观察以此项摊簧究竟是否有伤风化，已札县查明境内茶馆数家，并照请工程局查明究竟有无淫亵，责令呈报备查。

（上海县）（1907年2月20日《新闻报》）

派差查禁赌博演戏

上海县王大令①访悉县境四乡，近来颇有土棍开场聚赌，或有演唱花鼓淫戏者，殊于风俗有碍，除严谕各保不准容隐外，又特派出干差多名分赴四乡查缉。

（上海县）（1907年2月25日《申报》）

请禁男女演戏

宝邑四乡每届新正，有土棍演唱花鼓等词，乘间藉端拆梢。近又有南乡唐家桥地方流氓周某等纠同荡妇设场，男女演唱淫戏，昼夜不绝，当经该处团董禀请宝山县饬差查禁矣。

（宝山县）（1907年2月25日《新闻报》）

戏馆不准开设

前有钱某、吴某具禀江北提辕，在扬城内创设戏馆一所，业已拓地建筑，今年三月间即可开设。现在袁南生②大令以扬地青皮地痞太多，难免不藉端滋扰，虽已设有巡警，未必能保治安，设有意外衅端，地方官不能担其责任，故该馆之营造亦遂中辍。

（扬州）（1907年3月5日《中外日报》）

示禁演唱淫戏

汴省藩、学、臬三宪以各处演唱戏曲每以欲中人嗜好，极意趋淫，败风堕俗，莫甚于此，因会衔移知巡警局饬转札首县出示严禁，即在各该园中亦不准演唱云。

（河南）（1907年3月10日《顺天时报》）

---

① 王大令，即王念祖。
② 袁南生，即袁国钧。

严禁营兵至汉口观剧

武昌新军兵勇多人于十五日晚私自渡江至汉口看戏，张统制①得报后，以恺字营勇丁滋事未久，恐再肇祸，随即亲自渡江拿获六名，从严责办，并传谕各标营严加约束，倘再有违玩，定惟该管官员是问云。

（武昌）（1907年3月11日《申报》）

违警被罚

禁止售卖淫词曲本早经警厅出示通衢，赫赫严严，言犹在耳，乃谋利之徒罔知顾忌，轻相尝试，日前齐化门大街一带，售卖邪淫曲本，为数甚多，当经巡警逐一查拿，解区罚办，以警效尤。

（北京）（1907年3月12日《大公报》）

谕保严催未完钱粮

昨日王大令饬传四乡各图地保到县谕将所有去年未完漕粮速即往催，赶紧完纳，并谕图内业户卖买田房，催令到县投税承粮，如有私宰耕牛、演唱花鼓、叙赌抽头等事，须随时禀报提究，各保遵谕而退。

（上海县）（1907年3月13日《申报》）

大祀孔子停戏三天

初三日民政部奉到军机交片，略云：初六日上丁日，孔子升为大祀，皇上亲诣行礼，所有一切礼仪，业由礼、学两部会奏，内有斋戒三日一节，惟各戏园演戏亦应遵照停止三日。民政部当即电告外总厅传谕照办，以昭敬慎。

（北京）（1907年3月23日《申报》）

通咨改良戏曲

江督端午帅②前有折奏知府吴荫培出洋回国条陈考察事宜代奏。奉旨。各该衙门知道，其条陈内有改良戏剧一条，现经民政部会议，以改良戏剧固与风化有所裨益，惟仿照日本例，一律说白，不用唱歌之说，按之本国习惯，未便猝改。拟由各省就所演戏剧，各按地方，加意改良，务使名义纯正，词曲简明，以为移风易俗之助。其戏剧中凡有碍及风化，均一律严禁，以正人心而端风俗等语。日前已通行各省，查照办理。昨又札饬内外警厅妥即筹办云。

（北京）（1907年3月23日《新闻报》）

---

① 张统制，即张彪。
② 端午帅，即端方。

严谕地保整顿恶俗

浦东总巡谢明府①昨日面谕各图地保，现在盗匪充斥，抢案叠出，自夜间十句钟后，行人必须提灯，违则究罚，并不准聚赌抽头，演唱花鼓戏，一经查出，惟该保是问。

（上海县）（1907 年 3 月 25 日《申报》）

究唱淫词

浦东陆家行镇董谢君禀明谢总巡，以该镇张少甫茶馆开唱淫词请究，明府即传地保往拘一干人到案，即判各掌颊逐退，茶馆伙陶永茂笞责六十下，补提店主，地保包庇，笞责开释。

（上海县）（1907 年 3 月 29 日《申报》）

判责演唱淫词

浦东总巡谢明府近日查得陆家行张姓茶肆内演唱淫词，有关风化，当即饬传演唱之人及堂倌陶永茂、地保陆顺德到案，讯得陆不应庇纵陶等，分别责释外，陆亦予以重责开释，候捕提店主再核。

（上海县）（1907 年 3 月 29 日《中外日报》）

聚唱淫词判罚②

○西区解流氓应荣生等四人，在刘陶氏家内聚唱淫词，判各戒责二百下押办，氏戒责五十下。

（上海县）（1907 年 3 月 30 日《申报》）

限制优伶前往吕宋

前日出使美秘古墨国大臣梁诚③咨行来粤，内开中国优伶前往小吕宋群岛，本在限禁之列，前经本大臣与美兵部大臣商妥，转行该岛美督，准其一律领照前往在案。兹晤兵部大臣面称，该岛电开，自优伶开禁以来，各项戏徒伙伴由广州、厦门两处领照入口，已有一百八十八人之多，而实在戏院演唱者，只得二十六人。又有厦门女伶入口六十六人，除在戏院二人外，余均分往各处营作丑业，尤属不合，应将优伶入口一节，仍照旧章禁止等语。经本大臣驳论再四，始定为正脚名优准其领照赴吕，其余杂色戏徒及戏台供役人等，不准入口，以免冒混。至女伶一项，尤多弊窦，应即禁止，当由兵部大臣咨行吕岛照办。本大臣查从前中美禁约，只有工

---

① 谢明府，即谢岳松。
② 该组新闻原题为《总工程局纪事》。
③ 梁诚（1864—1917），原名丕旭，字义哀，号震东，广州人，清末外交官。曾任出使美国、西班牙、秘鲁、德国大臣，粤汉铁路粤段公司总办。

人，嗣因奸徒图利，以工人冒充别项，朦混入口，遂至牵累上等之人亦受盘查。现在工禁既未能开，自应于禁外之人优加保卫。吕岛优伶入口一事，前经费尽笔舌，幸乃办到，既据该兵部面订办法，亟应备文咨请贵部堂饬属于优伶真正脚色，始准给照等因。周督①准咨，即查上年十二月间，曾接广州口美总领事文，称本国兵部大臣谕准中国优人前往非律宾群岛一事，现准驻北京出使大臣电嘱，勿为签押此等护照，以俟再行训示云云。当经札局移行，知照在案，兹准出使美秘古墨大臣所咨前因，除札农工商局会同藩臬两司移行查照外，并已檄行关务处，传谕戏行会馆遵照矣。

（广东）（1907年4月9日《申报》）

奏禁戏园男女混杂②

○御史俾寿③奏：京城戏园借劝赈为名，男女混杂，有伤风俗，请饬严行禁止。

（北京）（1907年4月9日《申报》）

俾侍御条陈三款

日前俾侍御寿递封奏，闻内容约三款。……三系各戏园夜间准卖女座，流弊滋多，并有奸商贿嘱警官欲在天和馆开演夜戏，并卖女座，尤非保护治安之策，拟请禁止，并闻此奏已交民政部议矣。

（北京）（1907年4月10日《顺天时报》）

售卖《金瓶梅》判罚④

○赵广耀违章售卖《金瓶梅》淫书，判罚洋十元，书销毁。

（上海公共租界）（1907年4月12日《申报》）

俾侍御奏请禁止演剧助振

俾侍御炽近日上一封奏，其正折系参内外巡警厅糜费国帑，迹近铺张，毫无实际，并有一附片，谓近日劝募江北振捐，梨园、女乐、马戏、电影皆藉口劝振，希图渔利，男女杂沓，举国若狂，并有男女学生不务正业，竟至登台演剧，伤风败俗，莫此为甚，请旨饬下严行禁止云云。正折留中，附片交民政部知道。

（北京）（1907年4月14日《申报》）

---

① 周督，即周馥。
② 该组新闻原题为《专电》。
③ 俾寿，清末曾任户部员外郎、河南道监察御史、吏部验封司员外郎。
④ 该组新闻原题为《公共公廨早堂案》。

唱 戏 肇 事

近因省垣二府巷唱戏，督练处兵丁在妓寮闹事，与巡警交哄，现已将该兵及巡警分别治罪。后又有因唱小戏，巡警与巡防队兵第二次交哄，围集多人，几酿巨祸。学界现集同志多人，拟具禀官场，禁止唱演云。

(山西)(1907 年 4 月 19 日《中外日报》)

翻印淫书判罚①

〇书贾浦财泉私将淫书倩虹口朱林祥石印书作翻印，由探查出，将石板书片一并解廨。关太守②判浦财泉、朱林祥各罚洋五十元，书底销毁，押候缴洋开释。

(上海公共租界)(1907 年 4 月 20 日《申报》)

禁 唱 淫 词

浦东烂泥渡盈丰泰烛店前因楼上书场遗火纸锭，致成巨祸，几焚全镇，后经总巡谢明府恐八埭头及塘桥等处各茶肆仍有雇唱淫词，致再扰祸，现已一体谕阻，再违定行封究。

(上海县)(1907 年 4 月 20 日《中外日报》)

私印淫书押候③

〇蓬路龙文印书局私印淫书，由探侦悉，将局伙二人拘入押候。

(上海美租界)(1907 年 4 月 20 日《申报》)

查 禁 薄 俗

吴淞张华浜一带，近有土棍纠众演唱花鼓淫戏，乘间设局聚赌，藉端拆梢，当为新任河盐厅洪二尹④访悉，饬差查禁矣。

(宝山县)(1907 年 4 月 28 日《新闻报》)

查 究 聚 赌

闻道台瑞观察⑤访得浦东塘桥烂泥渡八埭头等处茶肆有聚赌及唱花鼓淫戏者，屡禁不绝，皆由地保劣董从中受贿包庇所致，甚有扰衅、纠众斗殴毁局之事，故已札饬谢明府等一体查究。

(上海县)(1907 年 4 月 29 日《中外日报》)

---

① 该组新闻原题为《公共公廨早堂案》。
② 关太守，即关绚之。
③ 该组新闻原题为《美租界捕房事》。
④ 洪二尹，洪恩波，曾任候补从九，据《申报》报道，1907 年 4 月上旬，洪恩波被任命为河盐厅同知。(《履新迟滞》，1907 年 4 月 6 日《申报》)，又，宝山驻防淞江巡检俗名河盐厅。
⑤ 瑞观察，即瑞澂。

歌唱淫词判罚①

〇王阿二在十六铺桥纠人歌唱淫词，巡士喝阻不服，竟将该巡士挟至法界殴打，由法捕帮同拘获，将王送至总工程局，陈参军判责二百下，押两日。

（上海县）（1907年4月30日《申报》）

是宜驱逐

侯家后义顺茶园旁小楼上每日聚有不安本分之人，昼夜弹唱，多系放重利钱债者，昨经二局二区查知，将屈姓、达姓等一并传局，严加申斥，饬具永不弹唱甘结，取保释放。

（天津）（1907年5月1日《大公报》）

严惩劣差设场弹唱淫词

西门外娄境百岁坊，近为娄差柏春华招钱幼卿，在该祠内弹唱淫词，被人控，经戚守②檄饬娄县将该祠发封，一面拘拿柏、钱两名。讵钱已闻风逃逸，只拘劣差柏春华一名收押，何令③以该坊系陆文定祠，列入祀典，未便遽封，面禀太守核云。

（松江）（1907年5月5日《中外日报》）

禀请封闭书场

娄县职贡张继望等联名赴府，禀控劣差柏春和（即娄差何胜）、黄少池等开设书场，弹唱淫词，求请封禁，以儆效尤而维持风化。戚太守④以娄县差役何胜即柏春和，劣迹多端，人言藉藉，久有所闻。现复在百岁坊地方股开聚乐园书场，演说淫词，伤风败俗，不法已极，因饬娄县迅将聚乐园书场封闭，一面即提柏春和革押究办，黄少池一并重惩，仍将办理情形详报。

（松江）（1907年5月10日《中外日报》）

附生开设戏馆

六合县附生章国樵近在扬郡左卫街租定孙姓旧宅拟开髦儿戏馆，业已雇匠兴修，不久即可开演，知其事者莫不劝阻，而章君谓现在禁烟一事将次实行，有此消遣地，亦可为戒烟之助云云。章君之意殆欲借戒烟消遣之名，以达其崇拜金钱之目的乎？噫！

（扬州）（1907年5月15日《申报》）

---

① 该组新闻原题为《总工程局纪事》。
② 戚守，即戚扬。
③ 何令，即何荣烈。
④ 戚太守，即戚扬。

附生开设戏馆续闻

附生章月樵藉词为戒烟者觅一消遣，拟开髦儿戏馆，已志前报，兹悉江北提督荫午帅①因该生愿缴巡局捐款，业予批准，而运司赵都辅②则以饥民麕集，恐滋事端，未允开办云。

（扬州）（1907 年 5 月 22 日《申报》）

各茶肆定期传讯

法界各茶肆因违禁演唱淫词，经捕房查有贿纵情弊，饬探将各茶肆主查明。昨日传知凤凰台、福泉楼、乐意楼等各馆主，限于礼拜五到堂讯究。

（上海法租界）（1907 年 5 月 23 日《新闻报》）

花四宝③、尤金培④不演戏原因

维 持 子

此次清吟助赈会因为北京诸大善士一连数月屡次开会筹款，捐项已成强弩之末，要局外人捐助一毛钱一个铜子，那怕嘴说破，仍是付之不理。所以特别由花四宝向天津尤金培、小培二人商请来京，试演几曲文明新戏。无奈北京城风气还没大开，女戏不便演唱，所以戏衣行头，虽已预备齐全，仍然未能演唱，因此戏座没有卖满。观会的人，虽已十分高兴，却还有点遗恨。有人问道：东城长安街不是演唱女戏吗？答道：可不是吗，福寿堂如果打了外国旗子，也就可唱女戏了。唉，可叹！

（1907 年 5 月 25 日《顺天时报》）

演唱花鼓戏受罚

法界各茶肆私自演唱花鼓淫戏，经陈明府⑤、麦总巡⑥亲往访明，将肆主蔡同福、魏长福、郭阿香及五凤楼主郁忠才会同新谳员聂司马⑦提讯。蔡等三人同供以后不敢再犯。郁供小的所唱乃是劝善词曲。陈明府、

---

① 荫午帅，荫昌（1859—1928），字午楼，满洲正白旗人。北京同文馆肄业，曾任出使德国大臣、陆军部尚书、陆军部大臣等职。

② 赵都辅，赵滨彦，字渭卿，浙江归安人。历任户部主事、两淮盐运使、广东按察使、湖南布政使等职。

③ 花四宝，清末民初著名京剧女演员，素负盛名，曾与菊榜魁首林凤仙齐名沪上，后至京津演出，亦颇为士大夫所赞赏。

④ 尤金培，清末民初天津著名京剧女演员，擅长《大劈棺》《绒花计》《辛安驿》等剧。

⑤ 陈明府，即陈曾培。

⑥ 麦总巡，麦兰，法国人，清末民初任上海法租界巡捕房总巡。

⑦ 聂司马，聂宗羲，字榕卿，候补知府，曾任松海防同知，1907 年 5 月 27 日出任上海法租界会审谳员。

聂司马同诘某报载汝向各茶肆索贿甚巨，究有若干，郁供并无其事，上年有某报访事向小的索诈不遂，即捏登报章恐吓，兹又因小的在总会叉麻雀，指为赌博，遣袁银坤要索，每日贿洋六元，小的不允，渠即怀恨捏登，求察。中西官得供，判退去，候查明核办，蔡等三人不应故违禁令，判各罚洋三百元。

（上海法租界）（1907年5月28日《申报》）

不准开设洛园

黄香阁在巡警总局禀仍请开设洛园等情，当蒙批饬。查洛子戏纯属野曲淫词，大伤风化，天津一带均悬例禁，该园前在大西门里演唱，已经本总局禁止，此时何得复图开演，殊属不合，难以准行。

（天津）（1907年6月2日《盛京时报》）

新剧腐败被逐

松江日前有浙绍人陈奎堂等以淮徐待赈孔亟，假西门外东岳庙俱乐部为会场，开演文明新戏，分等收钱，以充赈捐。松学界同人均乐赞成。讵戏文粗陋，并杂以妇女脱裤等情，事涉淫荡，当由某君约齐同志，即将该戏驱逐，以维风化。

（松江）（1907年6月5日《新闻报》）

援例请准演唱

福泉楼等三家茶肆前因摊簧淫词，经陈楚生①明府判罚示禁在案，惟该三家以其余尚有八九家仍然演唱，因于昨日公禀请援为例，求准一律开唱，万司马②谕令退出候批。

（上海法租界）（1907年6月6日《中外日报》）

严禁演戏聚赌

湘省向有青龙会、鹿矶帮、红教、黑教等名目，引诱乡愚入会，被其鱼肉。且趁酬神敛费演剧时，约多人聚赌，其中藏奸纳污，莫此为甚。刻经抚宪严词通饬各属转饬公正绅团严密查禁，不准演剧聚赌，以维风化。

（湖南）（1907年6月7日《新闻报》）

---

① 陈楚生，即陈曾培。
② 万司马，万钟之，1907年5月27日聂宗羲任法界会审谳员，该年5月31日万钟之代理，6月10日聂宗羲回任。

批饬实力查户清匪

万安县王大令①近将整顿保甲情形禀陈省宪，奉赣抚瑞中丞②批示云：据禀已悉，该县因筹款维艰，警察未能抚庶，自系实情，惟清查保甲户口，填发门牌，勿任窝留匪类，并使十家互相纠察，此则费轻易举，必须切实遵行，并将标场、赌博、采茶淫戏严禁务绝，以正风俗而清匪源。一面会同水陆营汛严拿浏醴各逸匪，务获究报，勿稍疏懈。切切。

（江西）（1907年6月25日《申报》）

演唱淫剧被罚

河北天桂茶园日前演唱淫戏，名曰《五百银》，当经二局一区查知，除传局议罚外，复禀明总局重申前禁，一体严查，以维风化。

（天津）（1907年6月26日《大公报》）

严惩花鼓淫戏

吴淞浜南有阿杨等设台演唱花鼓淫戏，为淞捕所获，将阿杨等押送宝山县，窦大令③遂将阿杨等从严究责，枷号十三厂游街示众。

（吴淞）（1907年6月27日《中外日报》）

河快庇唱淫戏

前晚车袋角袁长海家演唱花鼓淫戏，由北市巡警局巡士查知，立报警局拘获袁等十人，一并解由警局转送闸北巡防局。沈二尹讯得内有河快马德隆包庇，立传马重责五百板，袁等各责二百板，一并斥释完案。

（上海新租界）（1907年6月29日《中外日报》）

驱 逐 女 伶

营口永发戏园招来女伶有名冯月娥者，专演粉戏，其淫态虽极骚，男花旦亦无如此之怪形。海防分府马玉初④司马深虑风化攸关，派差将此淫伶驱逐出境，如违即封戏园，园主不敢抗违，立即将冯月娥送出境外矣。

（营口）（1907年6月29日《笑林报》）

禁唱花鼓淫戏

公共租界工部局定章，租界内不准私搭台基、演唱花鼓淫戏，迭经示

---

① 王大令，王作绖，字芝庵，山东蓬莱人。光绪十六年进士，清末历任江西万安、奉新等县知县。

② 瑞中丞，即瑞良。

③ 窦大令，窦镇生，字旬膏，安徽歙县人。光绪三十三年四月接替王得庚出任宝山县知县，该年六月王得庚回任。

④ 马玉初，马庆麟，字玉初，安徽怀宁人。历任营口海关委员、朝阳知县、署临榆知县、营口海防同知等职。

禁在案，讵有浙江路跃龙池浴堂楼上竟于前晚雇集无赖演唱花鼓戏，事为老闸捕房所闻，以该店主故违章程，立即饬探前往查禁。

（上海公共租界）（1907年7月1日《申报》）

示禁迎会恶习

省城每年五月下旬辄迎城隍神像巡行，街市不过藉伸报飨之忱，相沿既久，渐失本意，踵事增华，侈靡日甚。且有雇募贫家养媳、勾栏妓女装扮杂剧，以致无赖痞徒游行喧闹，贼盗奸人乘机拐窃，不惟劳民伤财，易滋事端，抑且有伤风化，亵渎神明。现奉上台面谕长、善两首县出示晓谕，此次迎会只准备办仪仗鼓乐等项，不准扮演戏剧，违者按究不贷云。

（湖南）（1907年7月5日《中外日报》）

优人被逐出境

旧城西门外义兴茶楼演唱哈哈腔淫戏，有优人冯壤水等伤风败俗各事，不堪言状，昨经五局三区区长周桐春派副官王连吉督同警兵拿获该优人，带局讯斥，令其当日离境，不准在津逗留。

（天津）（1907年7月7日《大公报》）

谕禁演戏聚赌

本府戚升淮①太守访悉娄境小昆山十二图有赌徒顾子亭、胡友良、沈庆桂、吴树金、顾忠祥、保正徐虎根等为首集资，敛钱演戏，因特檄饬娄县何令②派差谕禁，并将以上各赌徒提案严惩。

（松江）（1907年7月8日《中外日报》）

禁唱淫词

老闸捕房捕头查得浙江路跃龙池楼上演唱花鼓淫词，攸关风化，故饬探查禁在案。兹悉捕头以该浴堂仍旧明目张胆，男女杂沓，实属故违定章，故连日饬令中西包探密行前往查察云。

（上海公共租界）（1907年7月9日《申报》）

严禁兵丁看戏

省垣梨芳茶园屡有兵丁在彼滋事，刻经各股东禀请警局，设法保护，业已批准承认保护，并移咨各统领，严行访查，派警弹压。

（黑龙江）（1907年7月9日《盛京时报》）

---

① 戚升淮，即戚扬。
② 何令，即何荣烈。

饬查演唱淫词

南市总工程局董日来查得分区境内各茶肆演唱摊簧，男女混杂，有关风化，因饬探将各该茶肆查报候究。

（上海县）（1907年7月10日《中外日报》）

照旧开演神戏

金华比年因学堂皆借庙宇开设，所有神戏皆已一律禁止。今年商会分局开办后，商董以神戏向系各商捐演，且演戏有会同行名目，商界以为既能自立，此例先宜开复以增感情。故近来广罗戏班，先在府城隍开演，十分热闹。地方官因谣风四起，恐滋事端，而商会十分坚执，抵制不允，磋摩至再，仅允二更后不演，余仍照常。

（1907年7月12日《中外日报》）

南门脸生意萧条

省城南门脸素称繁盛，游人每日如云，极其热闹，各项生意颇行畅旺，自巡警局禁止女伶说书，游人逐渐稀少。又值灾热之际，纳凉者均赴小河沿，南门脸益形萧索，各项生意有一日不卖一钱者云。

（奉天）（1907年7月17日《盛京时报》）

开唱《倭袍》判罚①

〇赖义码头凤仪楼茶馆招人开唱《倭袍》淫书，由南区张巡长②查出，将店主及唱书人一并拘区，分别判罚。

（上海县）（1907年7月30日《申报》）

蹦蹦戏出境

前报又演蹦蹦戏一节，当经巡警局饬差驱逐，该园主人到局哀恳再三，据称开园才八日，赔累甚巨，尚未开付棚钱。于是巡局准其再演二日。故自二十三日起，二十四日即止，至二十六日该戏全班已出境北往矣。

（铁岭）（1907年8月1日《盛京时报·市井杂俎》）

查禁淫词赌博

南市茶馆及已闭烟馆之改设茶室者，每招无赖聚赌，曾经沪道照会总工程局禁阻后，由局董知照西南两区长查明禁止。旋据南区派探查得赌窟十余家，及方十二图六角林桥堍新开三兴园茶肆亦有赌博唱淫戏情事，局

---

① 该组新闻原题为《总工程局纪事》。
② 张巡长，张兴元，1907年6月至1908年3月任上海县总工程局南区巡长。

饬保查明该处应归高昌庙巡局管理，已知照该局协同一体查禁。

（上海县）（1907年8月5日《新闻报》）

禀准开演戏法

日商来芜在东岳庙后支搭戏棚，演玩戏法，曾禀请驻宁日领函致关道查照，当经文仲云①观察复以皖省方遭事变，警务吃紧，容缓半月再行开演。该日商因之暂停，目下已逾半月，皖事平静，拟即开演。又经禀请日领事函致关道移行局县，妥为保护云。

（芜湖）（1907年8月5日《中外日报》）

查禁开唱摊簧

近有流氓因悉被道访拿之伍阿福等避在法界清云楼茶肆，雇唱摊簧淫词，获利颇厚，故在南市洪生码头茶肆内欲仿照开唱。兹为议董查知，以碍风化，现已请局查禁，以端风化。

（上海县）（1907年8月27日《中外日报》）

复谕呈送戏目

巡警总局前曾定有章程，饬各区逐日将辖内戏园次日所演戏目呈报到局，藉以禁绝淫戏，奈日久生懈，多有不遵章报送者，现复重申前禁，饬仍如前照送，以便稽查。

（天津）（1907年8月29日《大公报》）

饬 禁 淫 词

高昌庙广东街老吉园茶肆开唱淫词，名曰本滩，经制造局张总办②饬保甲局员禁阻。

（上海县）（1907年9月4日《新闻报》）

禁 止 演 剧

大兴县以近来各村镇酬神演剧，动辄虚糜巨费，现值国步艰难，殊非体国保身之道，刻已通饬所属，嗣后即将演剧酬神之举，一律革除，所省之款，或于各村设立学堂，或以之扩充他项生计，不得仍蹈前辙，致令有用之财，置于毫无实际之地。本县当随时派员密查，如有阳奉阴违者，即行从重罚办，以儆效尤。

（北京）（1907年9月7日《大公报》）

---

① 文仲云，文焕，字仲云，满洲镶黄旗人。光绪六年进士，任户部主事、安徽南兵备道道台等职。

② 张弢楼，字楚宝，合肥人。李鸿章外甥，1906年至1911年间任江南制造局总办。

批斥不准设园演戏

扬州职员杨鹏飞日前具禀运司，略谓：拟于城内开设大木人戏园，专准关闭烟馆之贫民入园售物，俾失业之徒藉可谋生，不致流为盗匪等语。当奉赵都辅[①]批示云：据禀在城内开演大木人戏，仍于戏资中酌提二成，拨充巡警经费，请为保护等情。查现当岁歉之后，民间应各务实业，以辟财源，至闭歇各烟户穷民，已由本司筹设工艺所，尽可报名入所习业，无虑力绌谋生，似此耗财废事无益之举，断不准行，著即遵照。

（扬州）（1907年9月10日《申报》）

贩卖淫书判罚[②]

〇贩卖淫书之陈清生、汤玉泉、许戴英、王福成、张章臣、王清春、李金海、陈阿庆等八人在新闸张福记作内刊印业书，由探拘究。明府以各人不肯将为首之人供出，判罚二百元充公，具改过不准再卖甘结送查。

（上海公共租界）（1907年9月12日《申报》）

不准开设戏园

扬函云，职员刘孟熊等具禀运辕，拟创设大木人戏园，藉以安插烟伙失业之人，并将来提出戏资二成拨充巡警经费，庶几公私两益等情。奉批，以现当岁歉之后，比户空虚，重在民务实业，开辟利源，方为正办。若开设戏园，导民游佚，又属耗财，意何所取？且各烟灯人役，早经本司创设工艺所，俾可谋生，何烦该职等鳃鳃过虑也？所禀万难准行。

（扬州）（1907年9月14日《新闻报》）

谕 禁 淫 戏

总局添设戏园监临已志前报，日昨又传集各戏园面谕禁止淫戏，不准男女混座，滋生事端，并晓谕设立监临之益处，饬各遵守。

（天津）（1907年9月16日《大公报》）

饬 禁 影 戏

闸北第一楼茶馆迩有一种无赖于晚间搭台开演影戏，以致观者云集，男女混杂。事为警局总办汪观察[③]所闻，特饬西南区巡官转饬地保会同巡

---

① 赵都辅，即赵滨彦。
② 该组新闻原题为《公共公廨早堂案》。
③ 汪观察，汪瑞闿（1875—1941），原名瑞慈，号颉苟。安徽盱眙人。光绪二十三年举人，报捐知府，历任九江海关道、署江西按察使、江西武备学堂总监、上海巡警局总办、江苏巡警道等职。民国后任江西民政长、汪伪政权浙江省长等职。

士前往谕令停止，如延干究。

(上海新租界)（1907年9月18日《中外日报》）
谕禁演唱花鼓戏

本县李大令①以现届秋收之期，乡民往往以酬神为名，敛钱演唱花鼓淫戏，殊于风俗有碍，特饬差传谕各图董保禁止，如有不法棍徒，随时禀究，地保得贿包庇，一并提究。昨日该差等已分赴四乡，传谕严禁矣。

(上海县)（1907年10月3日《申报》）
禀请谕禁新戏

客沪各绅商以天仙戏园新编新戏与世道人心大有关碍，联名禀请公共公廨关太守②查禁，太守准候谕禁。

(上海公共租界)（1907年10月12日《新闻报》）
禁唱花鼓淫戏

沪南各茶肆近有演唱花鼓淫戏者，总工程局各董以花鼓戏向干例禁，特派探详查，严拿演唱之人并店主等到案，分别惩儆，以维风化。

(上海县)（1907年10月23日《申报》）
传究串演影戏

南市引凤楼茶肆内因局役随丁集股，仿照法界开唱花鼓本摊淫词，朦请执照，为局访明，饬探吊销后，经总工程局董饬探查得，前次该楼串戤洋人开演电光影戏，亦有局役附设，今又干犯，殊为不合，昨已分别传究。

(上海县)（1907年10月23日《中外日报》）
藉整风俗

西门外义兴茶楼哈哈腔演唱淫戏，引诱妇女无业游民人等同座拥挤，伤风败俗，不成事体，经五局三区区长周兰田君查知，将掌柜杨起等拘案讯明，谕以嗣后不准男女同座，杨起情愿认罚洋二元，取具结保释放。

(天津)（1907年11月3日《大公报》）
查究淫词

南市高昌庙广东街徐少堂所开之老吉昌茶馆夜间弹唱花鼓淫戏，并以妇女扮演，诱人观听，制造局张总办③访闻，命巡警处查明，以便饬局

---

① 李大令，即李超琼。
② 关太守，即关䌹之。
③ 张总办，即张弢楼。

拿办。

(上海县)(1907年11月4日《新闻报》)

出售淫书判罚①

○王云卿违章出卖淫书，判押三月逐出。

(上海公共租界)(1907年11月19日《申报》)

维 持 风 化

演唱淫戏，警局早悬禁令，总办贺观察②近日复拟定规则发给各伶，凡省城戏园暨会馆、庙宇开演戏曲，每日均饬该班班首将所演各出开单呈报本段分局，以资调查。

(成都)(《四川官报》第27册，1907年11月)

禁止书场锣鼓③

英租界福州路一带各书场，每晚九点钟时，锣鼓喧天，行人掩耳，偶一不慎，即为车辆撞伤。昨日捕房总巡卜罗斯君特饬探捕传谕各书场，一律禁止锣鼓，倘再违犯，须禀请公堂究罚云。

(上海公共租界)(1907年12月17日《申报》)

捕房查验戏目

租界中西官前因各戏园扮演淫戏，有伤风化，会同示禁在案。昨工部局西探头目阿姆斯脱郎④复遣中西包探传谕各戏园，除不准再演淫戏及改换名目扮演外，所有各戏园逐日戏目务于清晨呈送捕房查验，一面仍密派暗探随时查察，倘敢阳奉阴违，定即禀请究办云。

(上海公共租界)(1907年12月21日《申报》)

查禁淫戏新章

公共捕房卜总巡前晚派西探头阿姆斯脱郎、非司盖泼带同华探蒋文彬、金立生至春仙、天仙、春桂各戏园密查后，传谕各戏园主，以后排演戏剧，须先一日将戏单呈送捕房，候译察看，如违提究不贷。

(上海公共租界)(1907年12月21日《新闻报》)

禁 止 淫 戏

英捕房总巡卜罗斯君以本埠各梨园演唱淫戏，本干例禁。兹因日久玩

---

① 该组新闻原题为《公共公廨早堂案》。
② 贺观察，贺纶夔，字稚珉，湖北蒲圻人。贺寿慈之孙，工书法。历任夔州知府、成绵道、川东道、四川巡警道、四川常备军统领等职。
③ 此新闻亦载1907年12月17日《新闻报》，题目为《拟禁书场喧阗》。
④ 阿姆斯脱郎，英国人，1906年至1907年任福州路老巡捕房西探头目。

生，恐有阳奉阴违情事，特于前晚由五十号西探头目阿姆司脱郎、九号西探副头目飞司甘泼督率华探金立生等分往天仙等各戏园查察，并谕令自后每排戏单，必须先一日送呈捕房，听候察核云。

（上海公共租界）（1907年12月21日《神州日报》）

1908年（光绪三十四年戊申）

英美领事照会禁阻演戏

洋务局接英美领事照会，内开福州平讲小戏班开演驳教扣工及古田教案①洋人惨戮各新剧，形同玩侮，请饬严禁等因，该局已分饬闽、侯两县，一体严禁。

（福州）（1908年1月7日《申报》）

拿办演剧聚赌

湘潭乡间陋俗，居民每藉神会敛钱演剧，聚众赌博，实为地方之害，虽迭经县令出示严禁，此风终未少息。日昨雷打石地方藉酬神演剧，多设赌局，痞徒滋扰不堪，经该处团绅等赴县禀报，杜大令②立即签差前往拿办。

（湖南）（1908年1月13日《新闻报》）

封禁文明茶园之原因

京师文明戏园某日有某邸二公子入内观剧，见楼上有名校书洪兰舫，悦之，始议价买不成，遽用强硬手段纠人抢去，事为民政部所闻，因将该园发封，以弭后患云。

按，文明剧场，竟施以野蛮手段，则咎在野蛮，而不在文明。何以野蛮则置身事外，文明则反遭波累，公子与校书，固强系情丝，民政部与公子亦善徇情面。

（北京）（1908年1月《图画新闻》）

不准演戏筹款

昨有高某禀呈内城总厅拟演坤戏筹措女学经费等语，现经厅议，以所请演唱坤戏为女学筹款办法，殊属非是，业经驳斥不准，批示遵照矣。

（北京）（1908年2月12日《大公报》）

---

① 古田教案，1895年8月1日，古田斋教教徒袭击了其时正于福建古田县花山上避暑的英国传教士史荦伯（Robert Warren Stewart）及其妻儿和随行女性教士，共死难11人，焚毁房屋两栋，史称古田教案。

② 杜大令，杜鼎元，字蓉湖，贵州清镇县人。举人，历任湘阴、湘潭等县知县。1908年任湘潭知县时，杜鼎元曾捐助湖北赈银一万两，湖广总督陈夔龙奏请以道员补用，以示奖励。

禁 演 新 剧

福州志士某君于旧年招集同志创演新剧,改良戏曲,于是各戏班均闻风改演新剧,其中以《旧金山虐待华工》及《马叻加招工情形》二出最易激动下等社会,讵去腊某国领事竟照会洋务局查禁,致今年新正各戏班皆不敢复演此二出矣。

(福州)(1908 年 2 月 13 日《新闻报》)

严禁军士听戏

鄂军统制张镇军彪以各营军士刻值新年,诚恐外出滋生事端,至汉口各戏馆漫游,特札饬各标统管带严密稽查,以肃军纪。

(武昌)(1908 年 2 月 23 日《新闻报》)

重 申 禁 令

英美捕房勃总巡[①]前以福州路各书场鸣锣唱戏,喧震通衢,因饬一律禁止在案。兹当岁首,华俗向有新年锣鼓,勃君俯顺舆情,特自元旦为始,十八日为止,暂行弛禁,刻已期满,昨复传谕,一概不准鸣锣。

(上海公共租界)(1908 年 2 月 23 日《神州日报》)

禁 演 淫 剧

通州新开韶春茶园违章屡演淫剧,现巡警局出示严禁,如违定行惩罚。

(南通)(1908 年 2 月 26 日《新闻报》)

严惩扮演串客

扮演串客,有干例禁,日前鄞南之傅家塔地方有人敛钱,搭台演唱串客,即经乡约局董闻知,立禀县署,黄大令[②]饬派勇役驰赴该处,当场拘获傅阿兰等三人到案,各笞责一千下,荷以巨枷示众。

(宁波)(1908 年 2 月 27 日《中外日报》)

法租界花鼓宜禁[③]

法界一带,书场林立,弹唱花鼓淫词,并有无耻下流登台演唱,描摹丑态,以致良家妇女及各店号年轻子弟,勾引失身,不知凡几,诚为恶俗。约略计之,不下一二十家,不知法公董局亦有所闻焉否也?

(上海法租界)(1908 年 2 月 28 日《申报》)

---

① 勃总巡,即卜罗斯。
② 黄大令,黄羡清,字文若,湖北人。举人,1907 年 9 月出任鄞县县令。
③ 该栏目原题为《通信》。

禁唱淫词

昨日工程局董李平书①在潮会会馆门前见有江北妇人在彼歌唱平话，立饬侦探驱逐，不准再唱，并令禁止各茶肆开唱淫词，以端风化。

(上海县)(1908年3月1日《申报》)

查禁淫词

昨日午后总工程局总董李君平书，在潮惠会馆场见有江北妇人在彼鼓唱评话，恐有淫亵，当即饬探驱逐，遂不准再唱，并着该探查明如有人家或茶肆演唱淫词，概行禀究。又闻马路桥渭园小茶店将开演鬼儿戏，恐难免淫亵，亦经该董设法查禁矣。

(上海县)(1908年3月1日《新闻报》)

封禁髦儿戏园

髦儿戏演唱淫剧，男女混杂，于风俗人心大有关碍。常德近有杨某者纠合女伶多人，诈称京班，开设满春茶园，事为道台周镜渔②观察查悉，札饬警局立予封禁，并将该班驱逐出境。

(湖南)(1908年3月2日《中外日报》)

禁止茶馆弹唱淫书

苏垣茶馆弹唱淫邪小书，本干例禁，新正以来，各处又皆阳奉阴违，现经西路巡记申彤藻查得三多桥兴乐园、道前街文园、黄鹂坊桥明玉楼等各茶馆悉皆违禁，私唱淫词，且又招留妇女入听，每夜喧扰异常，因于二十日传齐各该主到局严谕禁止矣。

(苏州)(1908年3月7日《大公报》)

查禁鬼儿戏

陆家浜马路桥堍渭泉园小茶肆前晚开演鬼儿戏，卖筹之韩大三与某甲喧闹互斗，由十二图地保劝散，昨由南区长访闻，饬探查禁。

(上海县)(1908年3月13日《新闻报》)

准演孩儿戏

陆家浜桥堍渭泉茶楼开演孩儿戏淫戏，有伤风化，为总工程局谕阻

---

① 李平书(1854—1927)，原名安曾，字平书，三十岁后改名钟珏，字通敏，号瑟斋，六十后别号且顽，上海川沙人。先后署广东陆丰、新宁等县知县，后在江南制造局任职十年，1905年奉上海道台袁树勋照会任上海城厢内外总工程局总董。辛亥年参与并领导了上海光复，成为上海士绅转向共和的代表。

② 周镜渔，周儒臣，字镜如，安徽宿州人。光绪十一年拔贡，任礼部主事、兵部主事、长沙知府、江西提学使、外务部员外郎等职。

后，该店主甘于记以并无淫戏为词，投局禀请给照开演，兹奉批谕谓：如演淫词，一经查出，定当罚究。

（上海县）（1908年3月22日《中外日报》）

弹唱业对于害群之惩戒

苏垣弹唱业杨小亭因弹唱淫书，前经朱臬宪①访拿惩办，并由该业公议驱逐出外在案。讵杨近又在阊门外白马桥大观茶室肆其故智，引诱良家子弟妇女听唱，该业同人以风化攸关，且近来力求改良，断不容此等无赖破坏公益，兹已勒令停歇，如敢抗违，定行送县究办。

（苏州）（1908年3月23日《新闻报》）

金陵戏馆封禁之原因

金陵戏馆向有庆升、升平两处，庆升馆主暗将升平名角重利诱去十六人，升平遂大为减色，馆主大怒，约日各率优伶械斗，事为江宁县所闻，即饬差将两馆同时封闭。差到时值十二句钟，庆升座客已满，遂不免鱼散而归。

（南京）（1908年3月26日《申报》）

谕禁迷信陋俗

常州王步瀛②太守近奉苏臬宪札，略谓：苏属各府县每多迷信积习，致有无耻之徒假托神道，聚众敛钱，并演唱滩簧淫戏，大为风俗人心之累，亟应严密查禁等因。太守已示谕所属各县查禁矣。

（常州）（1908年3月27日《申报》）

枷责扮演摊簧之游民③

甬属各乡镇有无耻青年游民，抹粉涂脂，扮演摊簧淫剧，俗名鹦哥戏，最易诱坏风俗，虽经官场严禁，无如置之不闻。鄞南傅家塔地方搭台演唱，男女杂沓，观者如蚁，事为乡约局董所闻，立禀县属，由黄大令④派勇驰往，正在演唱，当场拘获三名到案，各责数百板，枷号示众，以正风俗云。

（宁波）（1908年3月《图画新闻》）

---

① 朱臬宪，即朱之榛。

② 王步瀛（1852—1927），字仙洲，号白麓，晚号遁斋，又署息壤余生，陕西郿县人。光绪二年进士，历任户部河南司主事、户部郎中、常州知府、凉州知府等职。

③ 本则新闻配有串客枷示游街的图画，该图画应该根据《中外日报》等报刊报道而作。《中外日报》的报道参见本书第397页《严惩扮演串客》。

④ 黄大令，即黄羹清。

女伶将禁

省五里沟自去岁设立咏仙茶园,昼夜作剧,男女合演,观者如蚁之慕膻,兹大宪嫌其有伤风化,首县将出示禁止。历下人闻之,恐其不得常睹,观者益倍于从前,为茶园计,殆如塞翁之失马也。

(山东)(1908 年 4 月 2 日《大公报》)

戏园寥落

商埠咏仙茶园拟禁坤角各节已见本报,但闻扮演粉戏怀春之处,有上等花旦所不及者,以致该园大为出名,嗣经禁止坤角,上坐甚少,园主大赔云。

(山东)(1908 年 4 月 21 日《大公报》)

查禁演戏酬神

浦东川沙地方现有地棍流氓藉词酬神,定于二十八日搭台演戏,沪道蔡观察以现在枭患未靖,若任演戏,深恐乘间滋扰,爰即飞札川沙厅陈司马①迅即查禁。

(川沙厅)(1908 年 4 月 28 日《申报》)

饬禁演戏

前日沪道蔡观察②访闻浦东川沙地方有地棍流氓藉称酬神定于三月二十八日搭台演戏,冀图从中敛钱。惟现值各处伏莽不靖之际,若任听演戏,深恐枭匪乘间滋扰,爰即札饬川沙厅陈司马迅即查禁。

(川沙厅)(1908 年 4 月 28 日《中外日报》)

罚究演唱淫词

法界各茶馆近又违禁演唱花鼓淫词,前晚由公堂谳员聂司马③亲自便装至福泉楼、青云楼等家,目睹情形,立饬包探将福泉楼主蔡同福、青云楼主张文其、椿沁楼伙马鸣奎、聚宝楼伙沈福生、大胜楼伙张四福、望月楼伙李福昌、百花春主徐如兰、如意楼伙朱阿小、颐园伙陆金奎,并有未曾捐照之载春园伙吴利泉一并带回讯究。司马商之西官,判福泉楼、青云楼各罚洋五百元,聚宝楼、椿沁楼各罚洋三百元,望月楼等四家各罚一百元,载春园罚五十元,再交捐银十五两,罚款半充善举,半充公用,并着各具永不再唱切结,呈案备查。

(上海法租界)(1908 年 4 月 30 日《申报》)

---

① 陈司马,陈纶,字伯昂,福建闽县人。1907 年至 1908 年任松江府川沙厅同知。
② 蔡观察,即蔡乃煌。
③ 聂司马,即聂宗羲。

扮演淫戏罚锾

法界准唱花鼓淫戏，迄今十年，最为伤风败俗，前年腊月经前谳员陈楚生①明府将福泉楼、凤凰台判各罚洋三百元，以后不准扮演具结在案。日前谳员聂司马便服至各花鼓戏场，查见扮演男女交合状，淫亵殊难目睹。昨日堂期，饬将福泉楼主蔡同福、青云楼主张文其、椿沁楼主马鸿奎、聚宝楼主沈福生、大胜楼主张四福、望月楼主李福昌、百花楼主徐如兰、如意楼主朱阿小、颐园茶楼主陆金奎、载春楼书场主吴利全等传案申斥，福泉楼、青云楼各罚洋五百元，椿心楼、聚宝楼各罚洋三百元。大胜楼、望月楼、百花春、如意楼、颐园各罚洋一百元，各具切结，永不准再唱。载春楼云是说书，何不捐照？著罚洋五十元，再补捐三个月银十五两，一并交保，缴洋以一半充公，一半拨充善举。

（上海法租界）（1908年4月30日《新闻报》）

罚唱淫词

昨谳员聂榕卿②司马牌提大胜楼、椿沁楼、如意楼、福泉楼、聚宝楼等十余家茶馆主到案，谓：本分府访闻尔等各家登台演唱者，尽是著名流氓，并有乘间勾引妇女情事。前晚本分府亲自身穿雨衣，面戴墨精眼镜莅大胜楼、如意楼、椿沁楼、福泉楼各家，目见涂脂抹粉，拚扮登台，描演秽亵形状，所唱者尽系无耻之曲，伤风败俗，莫此为甚。各茶肆主同求宽典，司马查取前案，有屡犯者，有初犯者，分别判罚。福泉楼罚洋五百元；椿沁楼、如意楼两家并有藏垢纳污之事，各罚洋三百元，具永远不准再唱结；聚宝楼亦罚洋三百元；其余如大胜楼、望月楼、百花春、颐园等各罚洋一百元，一律具永远不准再唱切结。

（上海法租界）（1908年4月30日《中外日报》）

髦儿戏赁屋开演

现有髦儿戏班来湘，在省垣西门外一带租赁房屋，初为地方官禁阻，日来央某绅运动，商请□吏允准，并许饬县保护。闻已赁定流水桥西式房屋一所，一俟布置妥帖，即行定期开演。

（湖南）（1908年5月1日《中外日报》）

严阻演戏

浦东新场镇好事之徒拟于三月廿八日起敛钱演戏，业经雇定戏班，不

---

① 陈楚生，即陈曾培。
② 聂榕卿，即聂宗羲。

日开演，当经该镇董保等以现在民力拮据，何堪再事虚糜，即极力劝阻，并责令报明为首各人姓名，以凭禀县指提严办，其事方作罢论。

（松江）（1908年5月6日《新闻报》）

警局罚办新章

五局四区官弁等查有庆聚茶园演唱淫词，引诱游手好闲、花鞋大辫等类，并有妇女混杂其间，殊属有伤风化，当将园掌带局，饬令立结改过，违则重惩。又副官刘君在街查有洋车夫谢某，终日在各处娼窑扰乱，袒裼游行（无教育），并于胸前挤有红点（无耻），拼成妓女姓名（无味），带局讯明，因若辈不畏刑讯（顽梗），遂罚充苦工三日，令在各娼窑扫除积秽（该当）以辱之。

按，外人向诋中国为无教化之国，如若辈者，此外尚复不少，今该局区所罚最为正当，所惜不能尽驱若辈使之扫除积秽也，亦一憾事。

（天津）（1908年5月9日《大公报》）

唱淫词分别议罚

法界福泉楼等十一家演唱淫词曾经公堂提讯，判罚福泉楼、青云楼各罚洋五百元，椿沁楼、聚宝楼各罚洋三百元，如意楼、大胜楼、望月楼、百花春、颐园各罚洋一百元，惟载胜楼系说评书场，着罚洋五十元，补捐执照各在案，嗣经聂司马查得福泉楼、青云楼最伤风化，谕将照会吊销，不准再唱，其余尚无违章，仍由工部局发给执照，照常坐唱。前日各肆主具禀求减罚锾，司马不准，限两礼拜清缴。

（上海法租界）（1908年5月11日《新闻报》）

罚款不准减少

福泉楼、青云楼、聚宝楼、椿沁楼、如意楼、大胜楼、百花楼、颐园等各茶馆因演唱花鼓淫词，经公堂分别判押在案。昨日各店主又求请减罚，谳员不准，谕限两礼拜交银，如违将店发封。

（上海法租界）（1908年5月11日《申报》）

照常唱演淫词

法界各茶肆演唱花鼓淫词，描摹淫亵之态，令人不堪注目。经谳员聂司马密访属实，商之费副领事[①]，立提到十余家，判重罚后一律禁止，具不再唱演结。前日各茶肆纷纷投案，禀请宽罚开唱。司马不允，限两礼拜

---

① 费副领事，即费亨禄。

将罚款交清。讵各茶肆尚未将款交清，已于昨晚照常开唱。

(上海法租界)(1908年5月11日《中外日报》)

请 开 戏 园

前有任新三、张善庭等拟在左卫街开设戏园，江都袁大令①因戏园为扬地创举，恐于地方治安不无妨碍，当即谕令从缓办理。刻又经任等极力运动，并每年情愿包缴巡警捐一千串。闻已令其自赴淮扬道署申叙，一经奉到批准，即可准其择日开张。

(扬州)(1908年5月12日《中外日报》)

押 追 罚 款

福泉、青云两茶肆前因演唱摊簧，经公堂判各罚洋五百元在案，兹因抗不遵交，饬提店伙蔡同福、张文记到案，押限照交。

(上海法租界)(1908年5月21日《申报》)

学董请禁演戏

九江绅董罗孝廉大佺②等以城内外演戏酬神，学生多往观看，殊与学堂功课有碍，因联名禀请九江府饬县派差将戏箱押封，驱逐出境，闻已奉当道批准。

(九江)(1908年5月21日《新闻报》)

不 准 减 罚

法界福泉楼、青云楼两家所唱摊簧，最为淫秽，奉判各罚洋五百元、吊销捐照在案，现各家均遵缴罚款，惟福泉楼、青云楼未缴。昨日传讯福泉楼伙蔡同福、青云楼伙张文其，供求减罚。聂司马判蔡、张管押限缴，再提店主严追，原禀掷还。

(上海法租界)(1908年5月21日《新闻报》)

禀请照常演戏未准

济南商埠咏仙茶园自因男女合演淫剧封闭之后，该园主以租价无著，又具禀劝业道，恳请照常演戏，萧观察③以男女合演上有违于国家法度，

---

① 袁大令，即袁国钧。

② 罗大佺(1858—1924)，别号钝庵，九江县人。光绪十四年举人，多次参加会试名落孙山后，放弃科举，在家乡致力于教育、公益事业。曾任九江师范学堂监督、九江劝学所所长。著有《钝庵诗集》。

③ 萧观察，萧应椿(1856—1922)，宇绍庭，号大庸。云南昆明人，清光绪二十九年经济特科二等第七名进士。住济南院东大街，光绪三十四年曾任山东劝业道。著有《紫藤花馆诗集》两卷。

下有害于风俗人心,所请碍难允准,已于日前批示。

按,济南商埠为我国自行开办之地,与天津、上海各国租界不同,即令女伶登台扮唱,必不可男女合演,况合演淫剧,伤败风化,观察之不准宜也。

(山东)(1908年5月26日《大公报》)

茶肆仍唱淫词

各茶肆演唱滩簧花鼓淫词,为害地方,业经分别科罚,并勒具永不再唱切结在案。讵各茶肆仍敢违犯,照常开唱。聂司马查悉之下,昨已咨照捕房饬探拘解各肆主到案严办。

(上海法租界)(1908年5月29日《中外日报》)

查究入监唱戏

上海县李大令①查得此次闹狱之事,狱中各犯出洋七元,雇得妇女唱戏,该妇女等演唱花鼓淫戏不知改业,已属犯法,尤敢受雇到狱演唱,尤为胆大,已饬差查究矣。

(1908年5月31日《新闻报》)

绅商迷信神鬼之一斑

江西九江警局前以演戏酬神,恐有滋闹情事,特出示禁止,不意郡城绅商于日前群赴警局面称,上年因未唱戏敬神,以致瘟疫大作,况现在外国人演变戏法及影戏者不止一处,而独于本国戏剧强行禁止,揆诸事理,亦觉不平。局员无词难之,因即弛禁,准其演唱。

(九江)(1908年6月8日《新闻报》)

严禁茶肆唱妓②

甬郡自禁烟后,各烟铺俱改设茶肆,因生意寂寞,遂招雇青年娼妓在各茶肆坐唱,往往滋生事端,且人多嘈杂,难保无匪徒混迹其间,宁城守乐都司昨特出示严禁,并令各客栈等切勿窝留形迹可疑之人,一面派令营兵认真巡缉。

(宁波)(1908年6月9日《申报》)

道宪禁止唱演淫戏

改良社会,尤贵改良戏剧,申江昨已实行,汉口则不然,每以《珍珠衫》《杀子报》诸淫曲为招徕生意不二之法门,伤风败俗,莫此为甚。关

---

① 李大令,即李超琼。
② 本则亦载1908年7月7日《大公报》,标题为《严禁茶肆容留唱妓》。

道桑铁珊①观察有鉴于此，前日出示禁止，倘敢故违，除将戏园发封外，一面将伶人从严究办不贷。

（汉口）（《广益丛报》第172期，1908年6月18日）

函请禁演淫词

河东义界五福同发、俄界富春□戏园演唱崩崩之戏，淫词妖妆，有伤风化一节，曾纪本报。近关中□办理交涉，各官已照会该二国之领事，严禁演唱，尚不知可能禁止以维风化否？

（天津）（1908年6月26日《大公报》）

戏园又将押闭

观前聚福戏园由巡防营陈统领赔洋复开后，省台以该园恃胜而骄，殊属胆玩，况该处为苏城闹市，将来难保不再生事端，特谕饬长洲县赵令②于二十五日派差复往该园谕令迁移他处演唱，否则仍将押闭。

（苏州）（1908年6月27日《中外日报》）

分 派 包 探

法捕房向有包探二十名，探目三名，现由总巡派令二号探目带同包探四名专查花烟间窝匿盗贼等事，派一号三号两探目带同包探六名专管公堂催提押解案犯并查禁演唱摊簧等事，尚有十名派驻小东门罗家湾等处，各捕房值日值夜尚有探目三人，每人派值公堂一星期以均劳逸。

（上海法租界）（1908年7月3日《申报》）

严 禁 郑 声

南段总局近以时届夏令，时有无知狂徒在街巷各处随意高声吟唱时调等曲，不特有失文明，而且风化攸关，于日昨通饬各区一律严行禁止。

（天津）（1908年7月16日《大公报》）

又一请演戏者

京师各市场前经商人禀请支棚演戏一节，已汇本报，兹又有萨章者，日昨禀呈总厅，请于石碑胡同赵某房舍售票演戏，厅以该处并非繁盛之区，与市场情形不同，批驳不准。

（北京）（1908年7月20日《大公报》）

---

① 桑铁珊，桑宝，字铁珊，顺天府宛平县人。荫生，曾任宁绍台道、江汉关道、上海等道台，湖北农务学堂总办等职。

② 赵令，赵梦泰（1869—?），原名蔚奇，字清辅，号豹文，安徽泾县人。光绪十九年举人，历任华亭、长洲等县知县。

查 禁 淫 词

浦东总巡即二路一区正巡官沈明府①查悉烂泥渡等处有开唱淫词情事，谕保前往查禁。

（上海县）（1908年7月23日《中外日报》）

不准开办髦儿戏馆

涵万楼旅馆股东刘某与同人纠集股本创办髦儿戏馆，即租赁大中桥已闭歇之升平茶园房屋试办三月再行推广，特具禀警察局，旋奉总监何黼庭②观察批示，谓：髦儿戏有关风化，省会地方，尤易滋事，且已经地方官永远禁止在案，本局碍难照准。

（南京）（1908年8月7日《中外日报》）

禁演评书

南段总局拟定风俗警察办法，近查有各僻巷地方，每值晚间有摆列桌凳演说大鼓书词，多人围观，有碍行人来往，并有附近青年妇女随同观看。于是无耻之徒相杂其间，任意谈笑，殊不雅观，实于风俗交通两有妨碍，当即通传各局区，夜间凡有演说评书者，一体查禁，以维风化云。

（天津）（1908年8月17日《大公报》）

说　书

西南区境内各茶馆说书，均应赴总工程局领照，近有某茶馆朦混领照，演说古书为名，实则暗说淫词，被局中查悉，知照警务处，每晚派人赴各茶馆查究。

（上海县城）（1908年8月20日《申报》）

传 谕 地 保

本县李大令③于初四日开征下忙，已志前报，昨传各图地保到县谕话，谓目下库款支绌，务催各业户赶紧完纳，并谕境内如有演唱花鼓淫词、聚赌抽头、流氓滋诈等事，速即来县禀知，以便饬差拿办。

（上海县）（1908年9月2日《申报》）

女班戏园禀请押迁

苏垣阊门外春仙戏园房主宋姓不愿租作戏园，劝令迁移，园主于德安

---

① 沈明府，沈潮，试用县，1907年至1908年浦东一路巡官、二路警局巡官、浦东总巡，1909年署崇明知县。

② 何黼庭，何黼章，号黼庭，江南巡警局总监、候补道，刘鹗之友。

③ 李大令，即李超琼。

当即允从让出，后忽有何桂芳邀女班开演淫戏，生涯颇盛，不肯停演，昨由宋姓禀请吴县押迁。

（苏州）（1908年9月9日《新闻报》）

惩办演唱摊簧

湖州安吉县梅溪镇西乡前有棍徒演唱花鼓摊簧淫戏，管县以其伤风败俗，出示严禁，该棍置若罔闻，日前又在侯王庙演唱，种种淫亵，不堪入耳，经驻防某管带将演唱之甲乙两人解送县署，并将箱笼一并发封，钟大令①当将两人枷号，游街以儆。

（湖州）（1908年9月9日《新闻报》）

演戏不准使用真刀

巡警总局因日前宝春茶园演唱《铁公鸡》，致将真刀尅飞，误伤西楼坐客头颅，幸未酿成事端，况演唱武戏不过启发民人尚武精神，必不在器械上讲求，故于日昨特传谕各戏园，从此演唱武戏，概不准使用真刀真枪，以防失手而伤人身云云。

（奉天）（1908年9月27日《盛京时报·市井杂俎》）

花　鼓　戏

宁波人陈双贵纠同孙竹、陈阿毛、乌元来、王阿元、沈三喜、沈旺和等在八仙桥小菜场内扮演宁波花鼓戏，事为捕房访悉，饬探一并拘获，解廨请究。陈等同供无知误犯，求恩宽宥，沈三喜、沈旺和称是看客。聂司马②商之西官，判陈、孙二人各枷一月示众，期满再押改过局三月，两沈交保候查，王、乌、陈三人枷一月押一月。

（上海法租界）（1908年10月6日《申报》）

分别惩办演唱花鼓淫词

小贩营生之沈三喜、沈旺和被甬江无赖陈双桂、陈亚毛、孙卓三、乌元成、王亚源等纠同在八仙桥西首扮演花鼓摊簧，弹说淫词，以致无耻男女往听甚众，捕房闻得殊于风化攸关，立饬包探一并拘拿，昨日解讯。两沈同供系听客被探误拘求鉴，陈等均供不知章程误犯是实求宥。聂榕卿司马以花鼓淫戏，大干例禁，姑念两沈小本经纪，被受其愚，判取保查核；王、乌、陈三人听从违犯，从宽枷一月、押一月；陈双桂、

---

① 钟大令，钟大焜，字香樵，福建侯官人。光绪三年进士，历任刑部主事、河南鄢陵知县、浙江安吉知县等职。任安吉知县期间，1909年以"吏事未谙，惟文理尚优，著以教谕归部铨选。"（见《上谕增韫奏甄别属员分别奖惩一折》，1909年1月25日《申报》。）

② 聂司马，即聂宗羲。

孙卓三无知初犯，各枷一月，发犯事地方示众，期满再押改过局三月，分别以儆。

（上海法租界）（1908年10月6日《中外日报》）

饬禁赌博淫戏

浙抚增子帅①日前据山阴职员徐潮禀称，绍郡赌风甚炽，尚有一种淫戏，俗名鹦哥，大为风俗人心之害，请饬府严禁云云。当即札饬绍兴府孙太守②转饬各县严行查禁拿办，以挽浇风。

（杭州）（1908年10月6日《新闻报》）

是宜严惩

城西南头窑前孙长发鞋作房内有名齐铁者，年十七岁，花鞋大辫，形势几同妇人，每日游手好闲，弹唱歌舞，实属有伤风化，昨经三局三区岗兵带局判罚苦工一天，扫除局内秽土以儆将来，后经李宝升等赴局保释云。

（天津）（1908年10月8日《大公报》）

讯断演唱淫词

素业小贩之沈双禧、轮船服役之沈旺和，前因与甬人陈双贵、孙卓山等在八仙桥菜摊内演唱淫词被拘，讯押在案。前日某探禀称，奉查得沈双禧捐有工部局行贩执照是实，沈旺和从前在青岛船执役早已停歇，互与陈、孙同党是实。司马与李西官商判双禧释放，旺和管押捕房一月，以示薄惩。

（上海法租界）（1908年10月12日《中外日报》）

申禁梨园

南段总局以各戏园新排《人头芳》一剧，捏造事迹，诬引大臣，种种谤毁，殊堪痛恨，前虽示禁在案，无如日久玩生，近复有演此剧者，实属胆大已极，昨特重申前令，通饬永远禁演云。

（天津）（1908年10月26日《大公报》）

再唱淫词

邑庙后园船舫得月楼前雇无赖沈连芬弹唱《倭袍传》，有伤风化，经一路警局查知，判罚洋银四元以儆，不准再唱。讵料日来该茶馆依旧私唱，将是书改为《七美缘》。现经巡警局闻知，昨又饬传地甲查明究竟，

---

① 增子帅，即增韫。
② 孙太守，孙潽，广东人。监生，试用知府，1908年署绍兴知府。

禀覆核办。

（上海县）（1908年11月7日《中外日报》）

查 禁 滩 簧

浙江路跃龙池浴堂及湖北路桂芳楼茶馆均在楼上演唱滩簧，男女混杂，有伤风化，昨为捕房闻知，已饬探往查矣。

（上海公共租界）（1908年11月9日《中外日报》）

传禁弹唱淫词

虹桥南三谊园茶肆主李春方前晚不知何故，忽投西四区称系新开茶馆，有人前来吵扰，请派巡士弹压，当由区中饬岗巡往询，查得该茶馆开设已久，近因说书弹唱有伤风化之词，男女杂座，以致有人到场指摘寻衅，几酿事端，故即传谕停唱，以整风俗，如若不遵，定干罚究云。

（上海县）（1908年11月9日《中外日报》）

驱 逐 流 娼

潍县近由他处迁来女伶十数班，名为弹唱，而实则卖娼营生，藉此为媒，以致合邑子弟结队成群，寻花问柳，殊于风化大有关碍，兹经外司刘君登鳌亲赴各处，严为稽查，特将女伶驱逐出境，不准勾留云。

（山东）（1908年11月9日《大公报》）

国恤汇纪五（节录）

▲苏垣光裕公所弹唱一业自二十七日起停止三天，又城内昆班戏园及马路各戏园均于二十五日起，一律停演。

▲上海公共公廨宝谳员①具禀沪道，略云：二十五日函致领袖领事及工部局巡捕房，并谕饬各戏馆等停止演唱，去后讵领袖领事不允将谕单签字，以致是日仍未停演，二十六日始据工部局出示谕令各戏馆停止三日。伏查《会典》开载军民百日不作乐。租界地方虽与内地有殊，然仅停止三日，殊不足以尽哀思而昭诚敬，各该戏园主执业虽卑，然食毛践土，凡有血气，应具天良，况此次鞠凶叠降，两宫相继升遐，北京各公使馆尚且下旗，二十七天不作宴乐，具见各友邦睦谊之厚，则租界各戏馆似亦应按照各公使馆不作宴乐日期，停止二十七天，是否有当，仰祈鉴核，俯赐照会领袖领事，切实磋商。

▲上海法廨委员前日知照捕房传谕各茶楼妓院，一律停止音乐歌唱。

（1908年11月21日《申报》）

---

① 宝谳员，宝颐，字子观，旗人，1907年6月暂代英租界会审谳员，同年10月正式接任。

捕房禁戴红结与唱摊簧

捕房总巡麦兰君昨谕饬各捕，凡遇界内华民如有戴红帽结者，概令更换素结，如有抗违，拘入捕房勒令摘去；所有各茶馆演唱之花鼓摊簧等戏，勒令一律停止，如违提究。

(上海法租界)(1908年11月21日《中外日报》)

公共公廨宝谳员复工部局函
（为戏园停演事）

启者，顷接复函，以本分府饬传戏馆有违租界定章等因，展阅之下，殊多不解。查两宫升遐，凡属薄海臣民，咸深哀恸，自应照例停止音乐。本分府奉到道宪饬知，即经分别函致领袖领事暨贵局及捕房总巡，请饬各戏园停止演唱，并将谕送领袖领事签字。去后讵领袖领事不允签字，贵局亦无复函，续用电话相商，贵局复不置答。迨至二十五日晚间，各戏园犹依然开演，人心惶惑。本廨复派译员亲赴贵局面商，复据贵总办称，须次日再行商量，亦未告以一定办法。本分府不得已，于二十六日早晨饬役往邀各戏园主到廨商议，并未饬令闭门，讵料捕房竟由半途截回。查各戏园主执业虽卑，亦系商人。本分府此次邀集到廨商议，既未出有牌示，亦未出有传单，系以寻常往来相待，并非以公事传唤相待，界限井然，于贵局权限毫无侵犯，乃来函竟横加诘责，岂竟欲限制本分府不与本国商人往来？实出贵局权限以外，本分府断难承认，至函致领袖领事暨贵局时，并须一体函致捕房总巡，乃系向来如此办法，亦并非本分府开端。查此届痛值两宫大丧，北京各公使下旗二十七天，停止宴会作乐，足征各友邦睦谊之厚，各公使馆尚且停乐二十七天，而租界戏馆仅停三天，似未足以尽哀思而昭诚敬，除已禀道宪外，理合奉复。

附译工部局原函：径复者，西历十一月十八日接准来函，以大行皇帝升遐，请查照等因。查既由贵会审官提议，业经本局饬各戏馆于十一月十九日起，闭门以表追悼。至贵会审官致本局捕房总巡之函，亦经本局核议，始知贵会审官擅自谕饬租界内领有执照之各戏园停业一节，本局闻之殊为不乐。且此事贵会审官直接函致总巡，亦有不合。闻昨日上午竟派差役至各戏园令园主闭门。查租界乃西国商务荟萃之区，华人居户度日情形大与内地有别。因此虽有极可赞成之举，若未随时按照成例一切办法，致碍生业，殊属不合。且该戏园领有本局按租界土地①章程所给执照。故此次酌定规例，令其遵守，以归划一，乃本局独有之责任。观此次会审官所

---

① "土地"，原文为"地土"。

行，与租界成例大不相符，实出贵会审官权限以外，此乃本局甚不以为然而无词以形容者也。若不本此时所有办法，俾华人居户不按相宜之礼，以尽国恤哀情，亦所不合。为此由本局发给以上所云之示，谕定该戏馆主等当行一切，系本局酌夺情形，视为相宜应守之礼也。更有陈者，此次贵会审官所行，实与本局捕房总巡向敦之睦谊有碍，若贵廨差役再在本局限内擅自办公，难免拘提。

(上海公共租界)(1908年11月23日《申报》)

国恤汇纪七（节录）

▲天津直督杨莲帅①于二十三日赴公共花园举哀两次，出门乘青布轿蓝伞，属下司道各局间有反穿羔皮外褂及反穿珠毛褂者。南段总局传饬各局区禁止唱戏、唱曲、说书、妓馆弹唱、并携妓赴馆侍宴及婚嫁庆寿等事。各署将照墙刷白，门神罩油，门匡加以蓝线，天津县署已扎白亭子两座。

(1908年11月23日《申报》)

通告遵守国制以存国体

本埠城内外自闻两宫升遐惊耗，各商业店铺均悬白戴素，同深哀悼，如丧考妣，而南市之新舞台亦即日停演，以俟百日后重张旗鼓，可谓深明大义矣。惟沪北各戏园因奉工部局谕停三日，现已照常开演，而一班无知愚民，类皆仍往观听。昨有志士某某有鉴于此，乃为刊发通告书，规戒吾国各商业同人百日以内仍应谨遵旧例，勿往观看，以存国体，免致遗笑外人云。

(上海)(1908年11月24日《中外日报》)

弹唱淫词

探伙顾阿炳在福州路开设留春园，又在福建路开设明园，容留苏人朱耀笙②、王绥卿③开唱《倭袍》等淫词，昨经工部局查悉，知照捕房派探查禁。

(上海公共租界)(1908年11月26日《申报》)

---

① 杨莲帅，杨士骧（1860—1909），字莲府，安徽泗州人。光绪十二年进士。1902年授直隶按察使，1903年迁江西、直隶布政使，1906年迁山东巡抚。1908年授直隶总督兼北洋大臣。

② 朱耀笙（1883—1950），弹词演员，苏州人。幼年随兄朱耀庭学习《双珠凤》。后与兄拼双档演出，擅长"俞调"，讲究平仄尖团，以婉转动听著称。

③ 王绥卿（1874—1924），弹词演员，苏州人。王石泉养子。从父学《倭袍》，从外祖父马如飞学《珍珠塔》，尽得真传。并长期担任光裕公所的领导工作，1913年光裕公所改名光裕社后，被推举为社长。

查 禁 淫 词

福州路西留春园书场、福建路明园均探伙顾阿炳所开，容留苏人王绶卿、朱耀笙弹唱《倭袍》等淫词，曾经捕房查禁，讵仍阳奉阴违，昨为工部局查知，已知照捕房派探查禁。

（上海公共租界）（1908 年 11 月 26 日《新闻报》）

照请转饬戏园停演

租界戏园因国丧停止演戏，各园主意在停止三日，蔡观察[①]以各园如系华商所开，固应遵制，即挂洋商牌号，在驻京各国公使尚持服二十七日，饬令雇用之华人，一切遵制办理，则该园主亦应一律，惟究应停演几日，并无成例可援，当与南洋正副律法官担文、罗贞意[②]会商，担、罗二君询据工部局董，其意亦在三日，惟此事并无例章可资比引，如欲令其多停数天，惟有照请领袖转致局董转饬遵照。蔡观察现已照会领袖西拂[③]君转饬核办矣。

（上海）（1908 年 12 月 1 日《新闻报》）

租界戏园不再停演

租界各戏园因国丧，仅停三日，由沪道照会领袖转饬停演二十七天，以崇国体。兹领袖西拂君与工部局各董核议，佥以此事与市面大有关碍，不允照办，闻已照覆沪道查照矣。

（上海公共租界）（1908 年 12 月 7 日《申报》）

同 业 相 讦[④]

福州路胡家宅某茶馆主前日至工部局捐领滩簧照会，经理捐务西人以事干例禁，不允给照，该馆主谓湖北路桂芳楼亦已捐有执照，演唱滩簧，哓哓不已，当被斥退。该西人旋查桂芳楼系捐领说书照会，不应私唱滩簧，因即照请捕房，每晚派探往查，以凭核办。

（上海公共租界）（1908 年 12 月 7 日《申报》）

不准男女合演

近有职员顾春茂等具禀商务总会请准开设男女合演戏园一所，以兴商务，所有资本情愿报效，商会以该职员所请于风化大有干碍，批饬不准，

---

① 蔡观察，即蔡乃煌。
② 罗贞意，历任试用县、分部郎中，南洋副法律官，兼任担文的翻译。
③ 西拂，比利时驻上海总领事，1907 年至 1910 年出任上海公共租界领袖领事。
④ 本则新闻亦被 1908 年 12 月 7 日《新闻报》报道，标题为《查禁滩簧》。

移请财政、巡警两局一体出示严禁，以维风化。

（杭州）（1908年12月20日《大公报》）

禁 唱 滩 簧

四马路群芳楼茶馆主洽记倩伶人林步青①等于十二月初一晚演唱滩簧，名曰《改良古今时务新曲》，昨日遍发传单，为捕房查知，以其演唱滩簧，有干例禁，即饬中西包探传谕该馆主，届期不准开唱，如违提究。

（上海公共租界）（1908年12月21日《申报》）

热闹厂之冷落

自两宫升遐后，省城各门脸说书及弹唱者均以例所不应勒令停止，此等人无所得食，半皆星散，故现下各热闹场中游人稀少，大形冷落矣。

（奉天）（1908年12月27日《盛京时报·市井杂俎》）

告诫地保之砾谕（节录）

本县李大令②于前日午后传各地保到县谕话，兹将砾谕录下：……各图如有匪徒勾结盐枭、叙赌抽头、演唱花鼓、私宰耕牛一切违禁等事，立时禀候提究。

（上海县）（1908年12月30日《申报》）

戏园援请开演

镇郡各戏园自遵国制停演后，市面颇形清淡，现闻玉仙、宝凤各园主以停戏日久，梨园子弟生计萧条，目下上海戏园均已开演，特禀请当道援例准于年内开演，不知能邀允准否。

（镇江）（1908年12月30日《新闻报》）

请演马戏被驳

有个高云骧，日前在总厅递禀，请在门前外香厂地方空间地址，演唱马戏，并代演八角鼓小戏，昨经总厅批斥不准。

（北京）（《正宗爱国报》第627期）

封 禁 戏 园

鲁抚吴赞帅③以商埠咏仙戏园男女合演各种淫戏，实属有伤风化，因

---

① 林步青，即林步清。
② 李大令，李修梅，字萼仙。清末任上海公共租界会审公廨襄理谳员，1909年代理上海知县。
③ 吴赞帅，吴廷斌，字赞臣，安徽泾县人。监生，历任山西按察使、山西布政使、山东布政使、山东巡抚等职。

于本月初二日，谕饬商埠巡警局，将该园封禁矣。

按，吾国演剧之宜改良，刻不容缓，而官吏以此事为些小，漠不关心。讵知戏本于风俗人心，关系甚巨，使人人而如吴赞帅，则中国尚可为也。

（山东）（《重庆商会公报》1908 年第 92 期）

1909 年（宣统元年己酉）

运动开设戏园

京师外城戏园除市场由总厅定有限制，准其开设外，其余他处概不准开演，兹有某商前经禀请，于烟袋斜街演戏，由厅批驳，刻又倩厨役杨某为之运动，乌恪谨①侍郎并许以达到目的，每日演戏，以铜元二百枚酬答杨某云。

（北京）（1909 年 1 月 2 日《大公报》）

戏园求请开演

镇郡各戏园伶人以国恤期内无可谋生，拟禀求当道援照上海戏园之例，准于年内开演，不知能邀允准否？

（镇江）（1909 年 1 月 4 日《中外日报》）

禀请开演髦儿戏未准

南京商人全泰等日昨联名具禀藩宪，谓商等拟集资开设髦儿戏园，恳请批准立案等情，当奉批云：髦儿戏园为沪上习惯，其伤风败俗之处，本司亦不必再谈，惟江南风气未开，遽请创设，能否开演不致生事？况当此遏蛰八音之日，议设戏园，先请立案，虽非即时开演，究有未合，所请应无庸议。

（江宁）（1909 年 1 月 5 日《中外日报》）

戏园请求援例开演

镇郡各戏园自遵国制停演后，市面顿形清淡，现闻玉仙各园主以停戏日久，梨园子弟生计萧条，目下上海各戏园业已开演，拟禀请当道援例准于年内开演，不知能邀允准否？

（镇江）（1909 年 1 月 10 日《申报》）

---

① 乌恪谨，乌珍，字恪谨，汉军正蓝旗人。清末历任满洲正蓝旗副都统、民政部右侍郎、京师步军统领等职。

呈控违制演戏作乐①

黄安县境演戏聚赌相习成风，虽国恤期内，亦复毫无忌惮，并有学界中人伙同作乐。兹该县生员王大受等来省呈控，代理学司黄太守以霖②当即批示，以聚赌演戏最为地方之害，至于国制期内违禁作乐，尤属形同化外，自应从严惩治。刻已札饬该县，按照所禀各节，迅速查明详复，以凭核办。

(湖北)(1909年1月10日《中外日报》)

戏园未准开演

城外马路春仙戏园自国恤停演后，因上海新舞台等均已开唱，故援例具禀工程局，拟照旧开张，于本月十五晚起，但用清音唱演，旋经省宪闻知，以苏垣为省会重地，恭照毅皇帝③大丧成例，各戏园于一年后始准演剧，故特札饬局员陈大令④严行禁止矣。

(苏州)(1909年1月12日《中外日报》)

抵制城内开设戏馆

职商余文骥等具禀，拟在城内开设戏馆，已奉抚宪批准饬议，讵拱埠商民刘贯记等竭力抵制，缮成节略，投交商会，略谓：城内开设戏馆，妓馆亦将踵而私迁，戏馆、妓馆均列城中，拱埠市面势必因而牵动，商务必然腐败，且不免为外人藉口云云。拱北商务分会当即移文杭州商务总会，未识总商会如何核议。

按，城内开设戏馆正指不胜屈矣，即在杭城，昔亦见过，从来梨园所在，市面为之一兴，抚宪之批准饬议，不可谓非。有鉴及此，若必以妓馆踵迁，牵动市面，败坏商务等语，措词阻止，是犹因噎废食，坐以待毙，似此见解，既不知兴利，更不知去弊，殊非记者之所乐取。至云不免为外人藉口一语，夫内地主权，岂外人所能干涉，果何存心，为是饶舌？噫！

(杭州)(1909年1月17日《大公报》)

严禁观剧

南段总局近以节届新正，各租界戏园书馆均行开市，昨特通饬各局区

---

① 本则亦见于同日《申报》，题为《饬查纵民违背国制县令》，文字略有出入。
② 黄以霖(1856—1932)，字伯雨，江苏宿迁县宿城镇人。清光绪十七年举人。历任署武昌知府、湖北郧阳知府、候补道、署湖南提学使、兼署布政使等职。
③ 毅皇帝，即清穆宗，年号同治。
④ 陈大令，陈其寿，字介卿，浙江海宁人。江苏候补县，历任代理丹阳知县、署奉贤知县、江苏农工商局提调、吴县知县、苏州马路工程局委员等职。

队,凡属警界中人,概不准私行往听,有违国制,致干重咎。

（天津）（1909年1月27日《大公报》）

谕禁演唱淫词

南市各茶肆自投总工程局禀请给照开演改良摊簧一事,除奉局批准给照开唱外,现经总董诚恐若辈仍有唱说淫词,哄动男女混入,致碍地方风化等情,故即谕饬已经请照各茶肆主,不得男女混坐、演唱淫词,如违查出,定当罚究不贷。

（上海县）（1909年1月28日《中外日报》）

照请谕禁男女合演戏剧

沪道蔡观察①查悉公共租界丹凤戏园新岁以来,有男女优伶混杂登台合演戏剧情事,殊与风化有关,因照会领袖领事传谕禁止。

（上海公共租界）（1909年1月29日《新闻报》）

公共公廨谳员宝②禀沪道文

（查禁男女合演戏剧）

敬禀者,窃上海五方杂处,男女之际,苟稍弛防闲,不但于社会风俗攸关,亦且于地方治安有碍,乃租界湖北路丹凤戏园竟公然有男女合演之事,虽名为分剧演唱,然经卑廨调阅戏单,其配角之中,实系男女混杂,伤风化而败治安,莫此为甚,亟应严行禁止。除函致工部局及总巡外,理合禀乞宪台照会领袖领事转饬捕房迅行禁止,以肃风纪,实为公便。

（上海公共租界）（1909年1月30日《新闻报》）

请禁男女合演之恶习

公共公廨宝谳员禀陈沪道云,窃上海五方杂处,男女之际,苟稍弛防闲,不但于社会风俗攸关,亦且于地方治安有碍,乃租界湖北路丹凤戏园竟公然有男女合演之事。虽名为分剧唱演,然经卑廨调阅戏单,其配角之中,实系男女混杂,伤风化而败治安,莫此为甚,亟应严行禁止。除函致工部局及总巡外,理合禀乞宪台照会领袖领事转饬捕房,迅行禁止,以肃风纪。

（上海公共租界）（1909年1月30日《申报》）

败 坏 风 化

新岁以来,城厢各茶肆雇唱淫词,生涯颇盛,昨被水利厅孙少尹③查

---

① 蔡观察,即蔡乃煌。
② 谳员宝,即宝颐。
③ 孙少尹,即孙传桢。

知，立即饬差传谕各茶肆一律禁止，以维风化。

（上海县）（1909年1月31日《申报》）

不准演唱淫词

水利厅孙少尹昨日饬差传谕各茶肆，不准演唱淫词，并不准男女杂坐，同桌吃茶。

（上海县内）（1909年1月31日《中外日报》）

国恤未准开演

芜湖戏园前以国丧禁演，兹届新年，各园主咸禀呈巡局，请弛禁开演。警务监督郭子华①关道批斥未准，以是各园虽部署停妥，尚未开演。

（芜湖）（1909年2月3日《新闻报》）

查复并非厦局总办

江督前据厦门道电称，有人藉日斯巴尼亚之华商曹玛甘现充厦门招商局总办，在该处中国界内开设天仙戏馆，雇用女伶唱演，业经谕禁，乃该商抗违不遵。并据声称彼奉到日斯钦差来电，准予开演，请为查禁等语。端午帅②以该商究以何等人物，胆敢倚仗洋势，违禁抗官，殊属形同无赖，惟究竟是否厦门招商局总办。爰于日前电饬沪道查询。现经蔡观察③电复，询据上海招商局复称，厦门局董原派黄惠臣经理，前三年病故，由其父瑞曲接办，并无总办名目，曹玛甘并非该局所派，不得自称总办，实与局中无涉，既有抗违禁令情事，应请饬令厦门道查办云云。

（南京）（1909年2月4日《新闻报》）

严禁花鼓戏

湖属孝丰附近山乡盛行花鼓戏，男女合演，伤风败俗，莫此为甚，前经陈大令④出示严禁在案，现值新正，竟敢违禁开演，地方绅民复从而和之。兹被新任李邑令瑞年⑤所闻，特饬差保前往查禁，一面严拿班头送县究办。

（湖州）（1909年2月7日《新闻报》）

---

① 郭子华，郭重光（1857—1920），字子华，号观如道人，贵州贵阳人。举人，历任江苏常熟知县、安徽皖南道、芜湖海关监督等职。

② 端午帅，即端方。

③ 蔡观察，即蔡乃煌。

④ 陈大令，陈寿彤，四川金堂人。监生，浙江候补县。据《申报》报道，其人于1908年至1909年任孝丰县知县。（《请设三省客民学堂》，1909年1月8日《申报》）

⑤ 李瑞年（1846—?），直隶通州人。曾任会稽、孝丰、钱塘、丽水等县知县。任会稽知县时为秋瑾案之审判官和监斩官。

巡官严禁弹唱淫词

西路巡官戴子迈①大令于今正出示严禁本路各茶馆一概不准弹唱淫词摊簧，并不许私卖女听以维风俗。讵有黄鹂坊桥鸿运楼、西贯桥双凤、道前街文园三茶馆主自恃充当官差，视禁令若弁髦，依然违谕唱演，并容妇人入听。每晚男女杂遝，戏笑声喧，毫无顾忌，昨为巡警总办冯观察②所闻，查得该三馆均在西路地界，特谕饬该路巡官查禁。戴大令奉谕后，遵即饬差将鸿运楼书牌取下。十五晨从西贯桥经过，又将双凤楼书牌除下携回局中，并闻签提该店主究办。

（苏州）（1909年2月7日《中外日报》）

天仙茶园之抗官

厦门西班牙商瑞记洋行玛甘保向来恃势横行，前年开设天仙茶园，去腊在国制内开演，经巡警迭次谕阻不听。本月十二夜，道宪派巡官带巡士往拿该戏班女伶，讵玛甘保胆敢关闭园门，掳巡士二人吊打不放。各巡士叫门，彼又连放洋枪数次，并用石子打伤巡官巡士多人，当由刘观察③到场弹压，并一面照会其代理领事，一面电禀松督④、外部请示办理。

（厦门）（1909年2月9日《新闻报》）

投请领照演唱摊簧

法界各茶肆演唱花鼓本摊，淫靡不堪，迭经法公堂罚惩禁止演唱有案。兹又有法界演唱淫词之施兰庭⑤、林小坤等现在南市太平码头填筑码头之上搭盖草屋，开演花鼓本摊并电光影戏一切，于昨日投请总工程局领照开演，恐必未能邀准也。

（上海县）（1909年2月9日《中外日报》）

请禁戏园男女合演

沪道蔡观察查悉公共租界丹凤戏园，自本年元旦日起，有男女优伶合

---

① 戴子迈，即戴运寅。

② 冯观察，冯祖荫，字孟余，浙江仁和人。由贡生骑都尉世职兼袭云骑尉，先后随伍廷芳、梁诚出使外洋，因功升任候补道，遇缺尽先补用，1903年出任苏州警察总办。

③ 刘观察，刘庆汾，字子贞，贵州遵义县人。光绪七年由附生调充东文学生，历任驻长崎领事馆翻译、驻日领事馆翻译官、副领事、牙厘局提调、兴泉永道道台等职。

④ 松督，松寿（？—1911），字鹤龄，满洲正白旗人。以荫生入仕为工部笔帖式，历任山东按察使、江宁布政使、江西巡抚、闽浙总督等职。

⑤ 施兰庭（1879？—1928），沪剧演员，上海人。1900年前后随师傅胡兰卿在上海法租界如意茶楼演唱。1914年，与邵文滨、丁少兰等发起组织"振新集"，从事本滩改良，易名为申曲，即沪剧前身。另外，施善于发现、培养人才，出其门下之著名艺人甚众。

演情事，实与风化有关，因特照会领袖领事，请即饬令禁止。

（上海）（1909年2月10日《大公报》）

风 化 攸 关

木作头朱森记近在大达轮步码头搭盖席棚，开演电光影戏，并招集无赖施兰亭、林小坤等唱演淫词，昨被工部局董访悉，立即饬探严行查禁。

（上海县）（1909年2月10日《申报》）

不准演唱淫词

南市十六铺迤南大达轮步公司新造码头，尚未全竣，木作头朱森记在太平马头即新舞台前面搭盖席棚，名为开演电光影戏，暗中雇得无赖施兰亭、林少坤等演唱花鼓淫词，为总工程局访悉，以其到局朦混领照，立饬侦探查明禁阻，再提为首之人惩罚。

（上海县）（1909年2月10日《新闻报》）

绅商学界电控天仙园主

厦门日商天仙茶园违制演戏、开枪拒捕各情已详前报，兹悉绅商学界十五日特开大会，筹议办法，当电禀商、外两部，请将该园主玛甘保严惩，又刊发传单，谓上海招商总局如不将厦门分局换人经理，凡厦门各行郊客货，均不准搭载招商轮船，违者重罚，各行家货物银钱亦不准与瑞记往来分文，违者以一元罚百元，并将传单分寄天津、牛庄各埠，一体照办。

（厦门）（1909年2月11日《新闻报》）

开 唱 淫 词

总工程局董访悉木作头徐森记雇无赖林小坤、施兰亭等在大达轮步码头开唱淫词，当即派探往提，解局严惩。

（上海县）（1909年2月12日《申报》）

禁 唱 淫 词

报纪法界演唱花鼓本滩，无赖施兰庭、林小坤等在南市太平码头新筑浮码头上搭盖草屋开唱淫词一节，兹悉该草房本为总工程局工程处所现有，作头等发起收租与若辈开演淫词并电光影戏。嗣经局中查系滩簧淫词，并未准许，已于前晚谕饬禁止矣。

（上海县）（1909年2月12日《中外日报》）

拿讯演唱淫词被逃

无赖施兰庭、林小坤等在南市太平码头新筑码头草屋内开唱淫词一事，除由总工程局访知谕禁外，以事关风化，当即饬探发往拿禁，讵若辈已闻风止唱远遁矣。

（上海县）（1909年2月14日《中外日报》）

照覆允禁男女合演戏剧

公共租界丹凤戏园新正以来，男女合演，有伤风化，经沪道札饬公廨照会领事禁止。现闻公廨接领事覆函，称此事业经工部局各董议定，准限华二月底止，着令该园停止男女合串云。

（上海公共租界）（1909年2月17日《新闻报》）

拿办违禁赛灯

湖州有棍徒漆匠阿三胆敢在国制期内纠党迎出花灯，扮演戏剧，业经警局张大令查禁，讵该棍徒置若罔闻，照常出迎。日前被警兵将该棍拿获送局惩办，讵党羽恃众行凶，将该警兵击伤腰背，四散逃避。现由巡官戴千戎率兵访缉矣。

（湖州）（1909年2月18日《新闻报》）

工部局禁止男女合演

英美工部局对于丹凤髦儿戏馆男女合串一事，因华人意见均谓有伤风化，故本届集议时已命书记员知照该戏馆停止演唱。

（上海公共租界）（1909年2月19日《申报》）

详志违禁演戏枪伤巡士事

厦门天仙戏园系日斯巴尼亚籍民马甘保即黄瑞曲所开，于国服百日期内演戏，经厦道谕禁不复，反伤巡士一案，外间传言已经了结，实属传闻之误。兹悉厦门绅商学界林尔嘉①等致电外务部略云：日斯巴尼亚籍民马甘保即黄瑞曲，现充招商局总办，开设天仙戏园，于国服百日期内演戏，经厦道谕禁不遵，适该园口角，巡士前往弹压，马由楼上施放洋枪，并抛石与镪水击伤巡士。越日其子雷士率众携枪前往警局挑衅被拘，道署并获六响洋枪，由代理日斯领事至道署索回，请查办。（下略）

（1909年2月26日《时报》）

伤 风 败 俗

大马路松鹤楼茶肆演唱花鼓淫戏，昨由捕房将为首之董阿庆拘解公堂

---

① 林尔嘉（1875—1951），字菽庄、叔臧，幼字眉寿，号尊生，晚年自称百忍老人，福建厦门人。1904—1907年任厦门保商局总办兼厦门商务总会总理。辛亥后曾任参议院候补议员、厦门市政会长等职。

请究,董俯首求恩,判罚洋三百元,再押捕房一月。

(上海法租界)(1909年2月28日《申报》)

惩罚花鼓摊簧淫戏

花鼓摊簧淫戏自去年聂司马①严禁后,界内污点一清。讵近来又有董阿庆开设松鹤楼茶馆,门前大书特书,冒挂法商牌号,招集福泉楼旧唱之全班宁波无赖淫棍,演唱摊簧淫词,男女混杂,兹为捕房查知,密禀中西官将董拘廨严办。董求恩宥,经判罚洋三百元以儆违唱淫词,再著押捕房一月以为冒挂洋商牌号者戒。

(上海法租界)(1909年2月28日《中外日报》)

允禁戏园男女合演

上海公共租界丹凤戏园新正以来,男女合演,经沪道札饬公廨照会领事,传谕禁止。昨闻公廨接领事覆函,据称此事业经工部局各董议定,准限华二月底为止,即着该园不得再行合演云。

(上海公共租界)(1909年2月28日《大公报》)

请开落子园被斥

辽邑前有刘瑞祥在国丧服期内曾开电影,自戏园开演后,遂赔累荒闭。昨又由奉天招来妓女数人,拟开设落子园,禀报警局。奉批:女大鼓、落子久经厉禁,尔何得将故为尝试?倘再不知敛迹,定行驱逐出境云。

(辽阳)(1909年3月2日《盛京时报·市井杂俎》)

髦儿戏忽停忽演

昨报由台回沪之咏霓裳戏班于初七日借青莲阁酒楼开演一夕,讵警察西局陈巡官次日忽饬徐巡长前往谕禁。该园主答以系奉警局督办谕准等语,陈巡官闻之大怒,定欲禁止,园主无法,是夕即行停演,致累各看客有乘兴而往、败兴而返之叹。不卜何故,仅停两夕,昨日该园又大张招贴,复行开演矣。

(厦门)(1909年3月2日《厦门日报》)

葡国禁演弑王故事

初十日伦敦电云,巴黎电称此间有接葡京里斯本私家消息,谓近有某

---

① 聂司马,即聂宗羲。

处大开宴会，在会诸人装扮王族及暗杀茄洛斯王①及王太子之刺客，复演弑君故事，并备棺橔骨殖伪行葬礼。当经警察干涉，诸人拾石乱掷，故警察即以手枪佩刀击散，当时并有军队弹压各街，现已拘获二百人。

（葡萄牙）（1909 年 3 月 3 日《申报》）

戏园只许清唱

邑尊胡大令②禀知南段总局传知各局区，国服二十七月内，津郡各戏园只许清唱，不准擅动锣鼓，以重国丧，是为至要云。

（天津）（1909 年 3 月 3 日《中外实报》）

戏园遵谕停演

上海咏霓裳班暂借青莲阁开演三日，昨已期满，奉巡警督办谕以该处三层楼危险异常，恐人多有压坍之患，饬令迁地为良，现该园遵已停演矣。

（厦门）（1909 年 3 月 4 日《厦门日报》）

戏 园 查 封

十二日大观等戏园演戏，于晚七八点钟经府县将大观、兴盛、元升、天桂、广胜等戏园均行查封，并将园掌带案责毕，锁押候讯。

（天津）（1909 年 3 月 5 日《中外实报》）

管 押 候 讯

府县封禁戏园一则，兹悉是日县署将各戏园之招牌锣鼓等件一并带去，讯明管押，又于十三日覆讯，将后台及伙计等均行开释，将该各园掌管押，听候讯办。

（天津）（1909 年 3 月 6 日《中外实报》）

示 禁 演 戏

府县于十四日出示禁止演戏，贴于各戏园门首，以示重申禁令，免致再蹈前辙云。

（天津）（1909 年 3 月 6 日《中外实报》）

憨 不 畏 法

松鹤楼茶馆演唱花鼓淫词，经公堂将肆主董阿庆提案罚洋三百元，收

---

① 茄洛斯王，即卡洛斯一世（Carlos Io Martirizado, 1863—1908），葡萄牙国王。1908 年 2 月 1 日，卡洛斯及其长子路易斯王子在里斯本大街遭枪手伏击身亡。

② 胡大令，胡商彝（1873—1953），字华农，云南石屏人。清光绪二十九年进士，历任河北宣化、丘县、天津县、咸安等县知县。

押捕房一月后，现仍违禁演唱。兹由捕房将演唱之周明寿、俞进才、应元法、黄阿水、姚阿仁、王林荣、董德福等七人拘解公堂讯究。周等同供，小的等确知犯法，不敢演唱，后因摊簧场主人杨逢春逼令接演，谓如不依，定须送办，因此接续演唱，求察。王林荣供业裁缝，实被误拘。聂司马以若辈抗藐禁令，判王交保，余人一并还押，候传杨逢春到案重究。

（上海法租界）（1909年3月6日《申报》）

又封戏园

日前查封戏园后，又将聚庆等园查封，兴盛园陈贵九、大观园杨某、同义园刘长清、元升园马立俊、广盛园王兰坡、天桂园李永太、聚庆园邢凤林、聚胜园张万富均在县署管押。

（天津）（1909年3月7日《中外实报》）

部电饬查违禁演戏案

厦门天仙茶园于国服百日内违禁演戏，厦道向阻不服，园主日斯巴尼亚籍马甘保击伤巡士各节已叠志沪上各报。兹悉外务部日前电致闽督云：（上略）驻京日斯巴尼亚公使面称马甘保生长菲律宾，确为日斯巴尼亚国人，且系体面商家，所开戏园在英租界，何以巡士拥入抢劫，请电饬弹压，再候查明办理等语。查前次驻沪日斯巴尼亚领事所开注销籍民单内系指在厦入籍者马甘保，既生于菲律宾，自不在此例，但其戏园果在何界？是否归我管辖？酿事时有无别情？务速派员一并查覆，以便交涉（下略）。闻闽督已派汀漳龙道何碧鋆①观察驰赴厦门查办。

（福建）（1909年3月8日《大公报》）

开演停演

省垣因系陪都，故虽国服已除，各茶园尚未奉准开演。日前各园以歇业数月，困苦难堪，禀明巡警总局要求各营旧业，以为生计。总局乃许其说白清唱，以示变通办理。十六日晚庆丰茶园首先开演，不料笙箫鼓乐无异平时，警兵当即令其停止，一时坐客如林，颇为之短兴云。

（奉天）（1909年3月9日《盛京时报·市井杂俎》）

有恃无恐

松鹤楼茶楼演唱花鼓淫戏案，昨由店主董阿庆之妻投廨递禀，据称此一事有某洋人及其舌人杨某担保，包可无事，故敢开唱，当时出有笔据，

---

① 何碧鋆，何成浩，字碧鋆，广东人。捐班出身，福建候补道，先后任兴泉永道、汀漳龙道道台。

业已交呈捕房。聂司马谓业已出票候提杨某到案，再行讯核。

（上海法租界）（1909年3月11日《申报》）

禀请禁止演戏

嘉兴文明戏园开演未久，已屡次滋事，在城绅士沈某等恐扰乱地方治安，联名禀请嘉兴府杨太守①出示禁止。

（嘉兴）（1909年3月11日《新闻报》）

票提包唱淫词之舌人

松鹤楼演唱花鼓淫戏，除经公堂将店主董阿庆罚办外，又将唱戏人周明寿等七人拘押，候提到杨逢春再行讯办在案。昨日董阿庆之妻投案递禀，并称此事是由达具拿律师之舌人杨逢春担任嘱唱，并云包可无事，故敢开唱，有合同据交呈捕房。聂司马谓业已出票候提杨逢春到案再行讯核。

（上海法租界）（1909年3月11日《中外日报》）

京师戏园已准说白清唱

京师各戏园前禀请总厅，恳准演习说白清唱一事，现在王厅丞已申禀肃邸，已于日前厅丞特传谕各戏园主，先准演说白清唱，惟不准鸣锣击鼓及装扮一切，各戏园已遵谕，择期开办矣。

（北京）（1909年3月11日《中外实报》）

查封戏园之原因

津埠各戏园刻已经上宪封闭，闻其原因系巡警局只准各园清唱，并令具结到案，乃各园仍复阳奉阴违，演唱淫剧，事为直督杨廉帅②所闻，遂饬封禁。

（天津）（1909年3月12日《申报》）

禁止幼妓出入酒馆戏园

公共租界工部局近据巡捕报称，中国酒馆戏园近来多有年在十五岁以下之歌妓出入其中，请于该馆等照会内加入禁条等语，现工部局已议准照行矣。

（上海公共租界）（1909年3月12日《申报》）

---

① 杨太守，杨士燮（1850—？），字味春，安徽泗县人。光绪二十年甲午恩科进士，历任江西道监察御史、嘉兴府知府、署浙江巡警道、工部员外郎、驻日本横滨总领事官等职。

② 杨廉帅，即杨士骧。

查封戏园之龃龉

天津巡警吴督办篯孙①因国恤现满百日，中国戏园异常清苦，且义奥俄日各租界内戏馆林立，势不能禁我国人民前往观听，然每受该界巡捕苛待，时多冲突，因准各戏园之请，允准清唱，禁用响器，禀明直督，业经纳捐，于十二日开演。不意该园主误会，竟动锣鼓，事为杨莲帅②闻知，飞饬府县，派差将大观、兴盛各戏园一律钉封，并将该发管官周鸿庆撤差。当查封之际，因未知会巡警，吴督办遂各有意见，吴督办现于十五日早赴督署辞差，虽经杨莲帅再三慰留，而吴去意已坚，闻仍赴民政部丞参上行走云。

（天津）（1909年3月13日《中外日报》）

何 谓 改 良③

一路巡警分局批王祖保禀云：弹唱改良词曲一事，前由劝学所禀奉道宪准行有案。兹该商民拟于城北福佑路同益茶居附设弹唱改良词曲，酌提唱资，以充设立宣讲所经费，并遵本局定章，绝无男女杂坐及遗失物件、喧嚣斗殴、仍唱淫词等事，自应量予照准，惟以后如有违乱定章，及别有窒碍难行之处，均应停止，否则勒闭究罚。

（上海县）（1909年3月14日《申报》）

演 唱 淫 词④

南区巡员访悉三泰码头财神弄口福园茶肆开唱《倭袍》淫书，立即协同巡目将店主孙阿东及说书人钱小卿拘解到区，判孙罚洋四元，钱罚洋两元，具不再演唱切结开释。

（上海县）（1909年3月15日《申报》）

天津县议事会禀督宪华界演剧事宜请酌核文⑤

敬禀者，窃维去冬自遭孝钦显皇后及德宗景皇帝之丧，薄海臣民同深悼痛，允宜遏密八音，藉伸哀敬。津郡各处戏园业经一律停演，足征感怀遗德，人有同情。现届百日期满，华界戏园有因演剧一概封禁一案。查自国丧发现之初，遵奉府县告示，百日后准其嫁娶作乐，该民罔谙诸例禁，误会事同一律，致以演剧，同干罪戾，未始非咎由自取，自应立予严惩，

---

① 吴督办篯孙，即吴篯孙。
② 杨莲帅，即杨士骧。
③ 本新闻亦被1909年3月14日《新闻报》报道，标题为《准唱改良词曲》。
④ 本新闻亦被1909年3月15日《新闻报》刊载，标题为《禁唱淫词》。
⑤ 本文亦被宣统元年四月第一期《甘肃官报》刊载。

以崇国制。惟该民等同时失业,我宪台教养兼施,必能于厉禁之下,筹一抚恤之方,议员等何敢遽行冒渎?第念各国租界业经一律开演,津郡戏园凤夥,该项人民唱戏而外,别无所长,若于华界仍行严禁,诚恐该民等衣食所迫,相率驱入租界苟图生活,势必使各项市场在租界者日见振兴,在华界者日行萧索,则于商务之前途似较小民之生计尤关紧要。议员等有代人民申诉困苦之责,用是不揣冒昧,据情上陈可否宽假之处。伏候宪台酌核施行。祗请崇安,伏维慈鉴。

(《北洋官报》第 2009 册,1909 年 3 月 15 日)

饬查开设戏馆情形

如皋县附生贾桂年等具禀宁藩,以城中设立戏馆,消耗民财,公请禁止,当奉樊方伯①批:如皋县城开设戏馆,是否经该县核准,有无通禀立案;该邑与繁庶之区不同,是否能容戏馆,亦应体察情形,分别办理。至现在国恤未满,何可仍常开演?仰通州关牧饬县查明,禀候核夺。

(南京)(1909 年 3 月 16 日《厦门日报》)

续获演唱花鼓淫戏②

松鹤楼茶馆违章演唱花鼓淫戏,又由公堂续将唱戏周明寿、俞进才、应元发、董阿水、姚阿仁、董德福等拘案讯押候办在案,兹经周、俞等之妻母一再投廨求恩开释,昨奉聂司马③判各押捕房两礼拜,以示惩儆。

(上海法租界)(1909 年 3 月 18 日《中外日报》)

小戏亦须清唱

铁岭戏园近已遵谕清唱,日昨三道街有一人班之小戏演唱时,当被该处巡警立行禁止,只准演唱,不准动锣鼓云。

(铁岭)(1909 年 3 月 18 日《盛京时报·市井杂俎》)

戏园之冷落

戏园自奉准开演以来,遵谕说白清唱,不动音乐,不穿花衣。初日坐客稍满,近则寥落如晨星,缘说白清唱本颇不能鼓动游客之兴趣,闻所卖茶资竟不敷开销一切云。

(奉天)(1909 年 3 月 19 日《盛京时报·市井杂俎》)

---

① 樊方伯,即樊增祥。
② 本则亦载 1909 年 3 月 18 日《申报》,标题为《将次开释》。
③ 聂司马,即聂宗羲。

天津县议事会议覆公告

○华界八家戏园说帖为赔累甚巨，困苦难堪，公恳宪恩格外体恤，设法拯救，俯准转详督宪示期演戏以救众生事议覆：说帖阅悉，此案已由本会禀请督宪核办矣。此覆。

(《北洋官报》第2016册，1909年3月20日)

饬候开禁示谕

杨昌运等均以开戏园为生，现因国服停演，以致困苦，昨在南段总局禀请开禁，该局以其情殊可怜，惟此事系督宪面饬府县发封，自应静候开禁示谕云。

(天津)(1909年3月21日《中外实报》)

戏 园 开 封

北马路大观茶园已于日前开封，尚不知准于何日演唱云。

(天津)(1909年3月21日《中外实报》)

伤 风 败 俗

总工程局南区分办处访悉圣贤桥南塊合和轩茶馆内有开唱淫书情事，昨由区长派令巡员前往查禁。

(上海县)(1909年3月22日《申报》)

喜连成戏衣改良

近日各戏园开演说白清唱，惟都不准穿着戏衣，殊不足悦人观听，兹闻喜连成班于二月三十日初次开演，各角色所穿戏衣均改用青色白色，亦聊足以助兴致而悦观听云。

(北京)(1909年3月25日《中外实报》)

天津县议事会为代诉梨园困苦情形录批申报天津道府文

为录批申报事。案查议事会禀为代梨园申诉困苦情形，恳恩酌予宽假一案，蒙督宪批开：据禀已悉，津郡戏园如有拟演电影之类，应准从权宽假，所有饬封各戏园既演电影，即准开揭，俟京师演说白清唱时，尽准仿办。仰即遵照，并录报天津道府县查照缴等因。蒙此，除转饬该梨园园主等遵照外，理合据情申请宪台查照，实为公便，须至申者。

(《北洋官报》第2020册，1909年3月26日)

查 禁 淫 词

南区长前因访悉圣贤桥南塊合和轩茶肆开唱淫书，有干例禁，当饬地甲往传，嗣据该店主杨连生自言改唱《白蛇传》，故未传案。兹区长查得该店于每日午后先唱《白蛇传》，接唱《玉蜻蜓》淫书，并有派人望风情事，业已派令巡员密往查拿矣。

（上海县）（1909年3月27日《申报》）

丹桂茶园停演

本埠丹桂茶园自国恤停演，困苦异常，今春二月初方始开演，尚属得利，近又因沈观察①溘然长逝，停演三日，以志哀忱云。

（安东）（1909年3月27日《盛京时报·市井杂俎》）

仍须罚洋

松鹤茶楼馆主董阿庆因演唱花鼓淫词，经公堂判罚洋三百元。又因冒挂洋商牌号，判押捕房一月。业已满押，昨日解案，董求从宽免罚，问官不准，判人银并保，限一月措交，如违押追。

（上海法租界）（1909年3月27日《申报》）

增抚②维持戏园

嘉兴文明戏园自营勇肇事后，即有严克谐、陆祖慈等以开设戏园，种种不可，危言耸听，电禀抚宪攻讦，当经固帅③电饬嘉兴府督县查察，毋任滋事。讵料又有沈琮宝领衔具禀抚宪，措辞更骇听闻，指开设戏园者为匪徒，以致肇祸，叩请封禁等情。奉固帅批示云：前据严克谐等电禀戏馆肇祸等情，当经饬府查复，原禀电语失实，已饬府转行申斥。据禀匪徒于国制期内起造房屋，开设戏园，既未指明何人，又不将造房与开演之期分析声叙，辄以匪徒违制为言，希图耸听，禀内不书齿爵，泛称绅耆，均属不合，察核情节显系与严克谐等同类，决非专为地方公安起见。戏园为商务一端，必先禀明府县，报告商会有案，倘虑看戏之人良莠不齐，应由公正绅商禀请地方官加意巡防，以免滋事，岂能率行封禁？所请不准，仍候札饬嘉兴府行县知照。

（浙江）（1909年3月27日《中外日报》）

讯判演唱淫词

法大马路松鹤楼茶馆主董阿庆因受杨姓之恩，冒藉法商，招集无赖演唱违禁之宁波摊簧，被谳员聂司马访知，以其大伤风化，况前曾谕禁罚办

---

① 沈观察，沈桐，字凤楼，浙江德清人。贡生，光绪三十三年，任营口海关道尹，1909年3月卒于任上。
② 增抚，即增韫。
③ 固帅，即增韫。

在案。即商诸博副领事①，咨照捕房拘董判押捕房一月，罚洋三百元，曾纪前报。昨日押期已满解堂，中西官判董人银并保，限一个月交洋，违干重究。

（上海法租界）（1909年3月27日《中外日报》）

骚 扰 不 堪

杨家渡里街万和楼茶馆主徐阿根每夜招人开唱花鼓淫词，听者甚众。前日有贴邻德泰麻袋店伙王锦裕即小麻皮进内听唱，乘机与住在茶馆后屋之施阿瑞之侄女调笑，经施撞见面斥，因而互殴。王心不能甘，又于初三夜纠同落差巡士林运山、周祥生等前往报复。旋由站岗巡士将施及王阿妹、王锡林、奚仁德及两巡士一并拘解工程局，经陈裁判传同徐阿根、王锦裕研讯明晰，判徐戒责二百下，将店发封；王锦裕罚洋三十元充公，施戒责五十下，与两王及奚交保开释；巡士周祥生由警务处饬记大过一次；林运山革卯逐出，以示惩儆。

（上海县）（1909年3月28日《申报》）

振夏社被毁原因②

汉口歆生路庆余里振夏社系一班纨绔子弟所组织，名为改良戏曲，实则所扮演之曲仍系各戏园班本。二月三十日为该社第二次演曲之期，有社友阮某串花旦，其父阮文忠见之愤极，因迁怒于全体，立召集工匠三四十人，手持斧凿，将社中台座概行拆毁，音乐器具一律捣碎。现该社已报诸警察二局，恐尚须涉讼公庭也。

（汉口）（1909年3月28日《中外日报》）

戏园请演《三上吊》

湖北路丹桂戏园拟演《三上吊》，昨投老闸捕房报告捕头，惠尔生君以戏园前演此剧致跌毙伶人辫子飞③，谕候亲往勘明有无妨碍再核。

（上海公共租界）（1909年3月29日《申报》）

---

① 博副领事，博安，法国外交官，清末历任法国驻上海领事馆翻译、副领事，驻广西南宁领事。

② 本则内容亦载1909年3月28日《新闻报》，标题为《振夏社被人捣毁》。

③ 辫子飞，晚清著名武伶云里飞之徒，善演《三上吊》等剧，师徒在上海咏仙茶园搬演《三上吊》时发生意外，辫子飞凌空跌下，当即毙命。

议结藉商演戏抗官案详情

　　吗甘保一案，种种凶横，中外皆知，乃省委何道①、赖守②来办此案，着着退让，损失主权不少，而于吗甘保违制演戏，开枪抗官掳人毁局各情不敢一言提及。贸然与法领事议订五款：一、厦道请督宪严加核办；二、招商局仍归吗办；三、严惩巡官巡士；四、绅商各界不准反对；五、以后演戏由厦道允准方可。幸外部见此电约，大加申斥，并责松督③以不顾国体，委任非人。松督接奉部电，乃电责何、赖两员挽回此约。何、赖大恐，以前约已押，如不翻悔，又恐功名有碍，乃决计往法领事署，向索前约，重行斟酌，并将督电取出呈法领事阅看，谓前押五款，督宪不允云云。法领事未经许可，何、赖二人乃无可如何而回。近法领事又电致松督，往来交涉，闻昨已了结矣。所定之约：一、厦道免议；二、招商局改归他人办理；三、罚吗甘保二千元抵还巡士（打毁物件之款两不找赔）；四、巡官巡士免惩处；五、演戏归厦道出示方准开演。松督法领事均签押完案，何、赖二人亦已于闰月初一日上省复命。然识者谓如此于国体主权，仍未挽回，不过较何道前五条之损失，差强人意云。

（厦门）（1909 年 3 月 31 日《申报》）

禁止小旦踩跷之善政

　　女界缠足之害，人所共知，现巡警道已出示严禁淫风陋俗，或可稍冀挽回。至于旦脚踩跷，尤属寡廉鲜耻已极，使今日不禁，则其弊端尚不知伊于胡底。日前警察总局以本埠为万国通商之区，此风不除，实取笑于外人，特出示禁止，如有违者，定行从严惩办云。

（重庆）（《广益丛报》第 197 期，1909 年 3 月 31 日）

天津县议事会议覆公告

　　〇商民大观茶园杨昌运、元升茶园马立俊、兴盛茶园陈贵久、广盛茶园王兰波、天桂茶园李永泰、聚盛茶园张万富、聚庆茶园祁凤林、同义茶园刘长清等说帖为生计失业，再行吁恳宪台怜恤苦情，俯准示期演戏，以救群生事议覆：说帖阅悉，查此案业经奉到督宪批开，据禀已悉，津郡戏园如有拟演电影之类，应准从权宽假，所有饬封各园既演电影，即准开揭，俟京师演说白清唱时，尽准仿办。仰即遵照，并录报天津府县查照缴

---

① 何道，即何成浩。
② 赖守，赖辉煌，河北宛平县人，由监生报捐主事，续捐通判，历任石码通判、洋务局提调等职。
③ 松督，松寿。

等因。该戏园等应即遵照办理。此覆。

(《北洋官报》第 2028 册，1909 年 4 月 3 日)

民部议覆黄允中查禁游观条陈

都察院代递吏部员外郎黄允中条陈新设游观有伤风俗，呈奉旨民政部严行查禁。兹经民部奏称，原呈内开外城大观等茶楼、文明戏园及新设香厂游观等处，男女杂遝，亟应查禁各等语。查大观等楼内售各种商品，附设茶座，妇女前往多系购物，势难禁止，且茶座向分男女座位，叠经总厅晓谕，垂为禁令。至文明戏园素来演剧，虽售女座，然座位则上下显分，出入则门径各别，且有巡警在场监视，均无混淆之弊。其香厂系因厂甸狭窄，人马拥挤，易于滋生事端，故由总厅择地分设市场，亦正为整饬地方起见。又原呈内称不准优娼丛杂一节，游人众多，本无逐一钩稽、分别阶级之理，但令不悖警章，自难一概禁绝。以上各处半系商家营业，小贩行贾借以谋生于游观之中，兼寓沾润贫民之意，若一律查禁，殊非体恤商艰之道。臣等伏查东西各国，凡通都大邑，无不有宏敞之公园，繁盛之市场，以活泼国民之精神，奖励商业之发达，要在维以秩序，弗越范围，有益社会而不害于风俗。京师为首善之区，观听所系，近来游观各处，均经警厅派员巡查，尚能布置有方，弹压尽力，使果有如该员所呈各节，自应遵旨严行查禁。其不背警律无伤风化者，似不在禁止之例，原呈各节，自应勿庸置议。

(北京)(1909 年 4 月 7 日《申报》)

审 判 厅 批

○阎王氏辩阎德殴伤母女一案批：尔令女学唱淫戏，大伤风化，已经判送广仁堂，碍难准领。

(北京)(1909 年 4 月 10 日《中外实报》)

卖 唱 犯 夜

昨夜一点钟过，有女妓东凤、宝卿二人在港仔口卖唱，在岗巡士劝阻其回归，讵该带班向春甫不听劝阻，反以恶言冲突，遂将该班男女三人一并拘带回局，禀请究办云。

(厦门)(1909 年 4 月 16 日《厦门日报》)

拘 责 走 唱

佘爱卿之母昨带小女并带班等在街走唱，时夜钟鸣一点，巡士阻止，反被詈骂，该巡士即拘带警局，笞责带班了案。

(厦门)(1909 年 4 月 17 日《厦门日报》)

严禁军人阅看小说

鄂督陈小帅①以军人资格演武之外，兼重习文，近来军学繁赜，将领官长于操课之暇，原应研究学术以广见闻，其一切无益之书，妄行阅看，非独混淆智识，抑且虚掷光阴。日前查视马炮新营各将弁室中，竟有将稗官小说杂置案头者，实属废时丧志，因念身在军籍，责任重要，军事各书，即令用心研究，尚恐为日不足。若竟溺志浮词，以此为事，不免志趣卑陋已极。昔陶长沙爱惜分阴，岳武穆性耽文史，古来名将，何等磊落光明、专志好学！诚恐鄂省镇协官长，或有任意涉猎、不知检束者，除饬督练三处一体传谕，务各免修正业，勿为无益之事外，并札饬陆军统制，一体传谕遵照。

(湖北)（1909年4月23日《大公报》）

谕禁演唱淫词

一路一区分局游正巡官②，查得邑庙群玉楼茶馆自前日起演唱滩簧淫词，引诱男女杂坐，因饬巡弁传谕禁止，如违提究。

(上海县)（1909年4月24日《新闻报》）

滩簧不准迁地

邑庙群玉楼茶肆演唱淫词，奉一路一区分局游正巡官谕令停止，次日即有王祖保到局具禀求恩。昨奉游正巡官批示云：具禀已悉。查该商民前次禀恳在福佑路同益茶居唱演滩簧，酌提唱资为设立宣讲经费，并称系为振兴市面，俾助公益起见。本委意不谓然，嗣采诸舆论以为师出有名，姑予照准。其实滩簧之鄙俗，演唱之丑态，即云改良，不过尔尔。集一室之座客，多数碗之茶资，翻旧样之弹词，惑无知之男女，此而望感发人心，振兴市面，裨助公益也，得乎？本委固不之信，想亦同为有识者所不取也。不意该商民复于前次福佑路禀定之同益居，嫌其清淡，欲移向邑庙内之群玉楼，攻其热闹。以今所请，思前所禀，其用意之所在，必有能辩之者。本委拙于性，讷于言，亦不暇与之论情理较是非也。惟邑庙人众，动易滋事，治安所关碍，难曲徇仰，仍在前次禀定之地切实振兴可也。此批。

(上海县)（1909年4月25日《新闻报》）

禁绝建醮陋俗

建醮一事，本为庸夫俗子迷信野蛮敛集坊资为此无益之举，迭经官场

---

① 陈小帅，即陈夔龙。
② 游正巡官，即游泽寰。

设法劝禁,迄未能稍达目的。现大吏接民政部来咨,以地方风俗改良最为居今应办要政,开列应行整顿恶劣风俗各事共计十款,内以迷信神权,如建醮、参神、游神等项为尤注重。系因粤省近办醮会,每酿成抢劫械斗及交涉教案种种事变,务须由地方及各处巡警记查干涉,一律禁绝,以警浇薄,如地方不肖绅商倡众抗持,即严行惩办。闻大吏颇以为然,不日即酌定禁章办法,一律严行设禁云。

(广东)(1909年4月26日《厦门日报》)

拟订小说检查例①

民、学两部会商,以近出社会小说多讥刺时局,拟订小说出版检查例。

(北京)(1909年4月30日《中外日报》)

禁 止 演 戏

昨为德宗景皇帝②梓宫奉移之期,由总工程局知照新舞台戏园停演一天,以伸哀敬。

(上海县)(1909年5月2日《申报》)

弹 唱 淫 词

任玉芝、焦兰瑶、张寿山等沿途弹唱淫词,耸人聚听,由四路一区巡士一并拘局,判将乐器销毁,驱逐出境。

(上海县)(1909年5月2日《申报》)

保 全 幼 女

老闸捕房捕头惠尔生君访悉群仙、丹凤等女戏园及福州路一带书场,均容留幼女演唱戏曲,与定章不符。昨饬中西包探前往调查,禀复核办,并令传谕各番菜馆不准容留年未及笄之妓女在馆侑酒,如违究罚。

(上海公共租界)(1909年5月3日《申报》)

查究幼女演戏唱曲

老闸捕房捕头惠尔生君查得湖北路丹凤髦儿戏馆及福州路各书场有幼女演戏唱曲,违犯章程,昨日饬探目张宝荣协同西探副头目赴各髦儿戏馆、各书场、各大餐馆查察。

(上海公共租界)(1909年5月3日《新闻报》)

---

① 该栏目为《北京电》。
② 德宗景皇帝,即爱新觉罗·载湉。

禁 唱 淫 词

吴西庚①在邑庙中演唱《玉蜻蜓》淫词，一路一区分局饬派长警前往禁止。

（上海县）（1909年5月3日《新闻报》）

禁同乐园说白清唱

正阳门外大栅栏门框胡同建造同乐茶园，开办说白清唱。日前有优伶钱金福②演唱《黄金台》，有外总厅厅员赵、傅二君看戏叫好，被优伶辱骂，当即谕传巡警登台，立将钱金福捆送本厅讯办。当经批谕所有同乐茶园暂禁说白清唱。

（北京）（1909年5月7日《顺天时报》）

严禁幼妓应局登台

沪北英美租界自设立济良公所后，禀准前谳员关䌹之直刺颁定专章，凡年在十五岁以下之幼妓，一概不准侑觞堂唱，奉行已久，早已有犯必惩，讵近来福州路书场又有雏姬演唱及丹凤等髦儿戏馆仍有年幼女伶登台献技情事，实属显背定章。昨为新巡捕房捕头惠尔生君查悉，特饬中西包探分别查禁，并传谕各番菜馆以后概不准违禁容留，致干未便。

（江苏）（1909年5月12日《大公报》）

饬禁巡警观剧

日昨总局传饬各局区巡警不准身穿官衣入各戏园观剧以重警章云。

（天津）（1909年5月13日《中外实报》）

限 缴 罚 款

法马路松鹤楼茶馆前因演唱花鼓淫词，经公堂将店主董阿庆及演唱之人一并收押。兹董阿庆业已保出，而应缴罚款洋三百元仍未措交。前日忽又递禀以松鹤楼早已盘于杨逢春接开，于正月间登报广告，所有罚款应归伊措缴。聂司马③准，即提杨鞫讯，杨供并无盘店之事，及吊验合同亦无杨姓字样，判董交原保，限两礼拜将罚款洋三百元如数交呈，再迟押追。

（上海法租界）（1909年5月15日《申报》）

---

① 吴西庚，弹词演员。江苏苏州人。幼年爱弄弦管鼓乐，喜唱各类曲调，稍长投师王秋泉学《白蛇传》《玉蜻蜓》，后又向钱幼卿学《描金凤》，清光绪十七年在光裕公所出道。书艺以《白蛇传》为最佳。

② 钱金福（1862—1937），满族，北京人，清末民初著名武净演员。幼入全福昆腔班习艺，初工武生，后改武净，其《火判》《嫁妹》《芦花荡》等剧冠绝一时。

③ 聂司马，即聂宗羲。

限 缴 罚 款

违禁演唱淫戏摊簧之松鹤茶楼主人董阿庆经中西官讯供判交保遵缴罚洋三百元等情在案，始而董涉及达贝勒律师处之杨逢春，由捕饬传于昨解究。杨供唱淫摊簧不涉我事，其报上告白及盘顶执业实毫无其事，应请究惩。讯之董，供乏力措缴，但此事乃杨引荐，以法商出名开演摊簧是实。司马以董违禁演唱淫戏，复敢串出洋人保护，殊属不法已极，判交原保勒限十四天，照缴罚款，如违未便，杨无涉开释。

（上海法租界）（1909年5月15日《中外日报》）

严 禁 观 剧

南段巡警总局近以各区长警每于休息时，多有身着戎装擅入戏园观剧者，实属不成事体，昨特通饬各局官弁一体知照禁止，嗣后倘再有各区巡警故违不遵，以及巡逻长警身穿军服，假名弹压入园久看者，一经查出，定惟各该管官弁是问。

（天津）（1909年5月21日《大公报》）

拟禁止小说出版

民、学两部会商以近出社会小说多讥刺时局，殊属不成事体，拟检查小说出版预为防制云。

（北京）（1909年5月25日《渤海日报》）

禁 止 演 剧

上杭本年媚神演剧，指定六月之时期，以从事因名本年为大当年（以此年乃六年一次也），计此六个月中之消费金须二三万圆。日昨县宪出示禁止，特民间以为相沿既久，有其举之莫敢废也，佥议禀请县宪开禁。杭邑历史上相传之成例，谓社会上之习惯，法不能以文明国法律上之成文法绳之。夫亦牢不可破者矣。

（汀州）（1909年5月31日《厦门日报》）

示 禁 淫 书

巡警道高观察①近有示谕，略云：淫词艳曲实为人心风俗之害，往年曾由警局干涉销毁，近见坊间市面复有出售此等书词者，亟应禁止云云。是于保安卫生而外，正俗一项，尤加注意。

（成都）（《四川官报》第9册，1909年5月）

---

① 高观察，即高增爵。

国丧内之演剧

闻有某御史以国服未满二十七月，某王府竟敢演唱大戏，又有外城厅员乐达义于初八初九两日在家演戏庆寿，拟即具折揭参，其弹章已经脱稿，不日即行呈递。

(北京)(1909年6月2日《大公报》)

提议禁演淫戏

有师范毕业生沈健卿昨赴议事会投递说帖，据称各戏园仍演淫戏，引诱青年子弟，有伤风化等情，闻该会已经提议矣。

(天津)(1909年6月9日《中外实报》)

严禁售卖《袁项城》之小说

天津兵备道齐震岩①观察日昨函致巡警各局督办处，略谓：本埠河北大胡同振华书局近印售小说一种，皮书袁太保之名，词中并直指御名，实属荒谬，请严行查禁，以免邪说流行。南段总局会办何、刘两观察当饬一局三区警官督同警长将振华书局查禁罚办，并通饬南北各局区队请关道照会各国领事一体严禁书肆售卖，以杜邪说误人。按，《袁项城》一书访友曾流览一周，其中所载各事均系抄录上海某报无根之言而成，其失实错乱之处，令人观之发笑。严禁售卖，理固宜然，然追源祸始，则该局无辜矣。

(天津)(《广益丛报》第205期，1909年6月17日)

吴城罢市纪闻

吴城为新建县属大镇，人烟稠密，前因唱戏滋事，经该镇商会禀呈该镇同知王儒楷②出示禁止。旋闻东岳庙仍然演剧，经王司马将该庙会首胡小江拿办。讵地方痞徒竟聚多人，沿街勒令闭市，如不从者，用乱石击，以致闭市。王司马率同主簿弹压不理，税局委员安太守排解被击，并将税务局哨弁巡勇击伤五人。吴城营参将弹压劝导未能解散，直至将胡小江放出，始各照常开市云。

(江西)(1909年6月19日《中外实报·附张》)

江西吴城镇商务分会禀禁演戏始末

江西省新建县属吴城镇为江省第二门户，商旅繁盛，前因唱戏滋事，

---

① 齐震岩，齐耀琳(1863—?)，字震岩，又字照岩，吉林伊通县人。光绪二十一年进士。历任天津道、安徽按察使、直隶提法使、江苏布政使等职。民国以后曾任江苏按察使、江苏省省长等职。

② 王儒楷，顺天昌平人，曾任九江府同知、吴城镇同知、定南厅同知等职。

经该镇商务分会禀呈该镇同知王儒楷出示禁止在案。旋因东岳庙仍然演戏，经王司马将该庙会首胡小江拿办。讵地方棍徒于三月念八日聚集多人，沿街勒令闭市，如不从者，用石乱击，以致闭市一日。王司马率同该镇主簿并税局委员安太守排解被击，并将税局哨弁巡勇击伤五人，吴城营参将弹压劝导，亦不解散，后将胡小江释放，始行开市。

商会禀请禁止演戏，文明之作为也。司马拿办会首，正当之办法也。该镇棍徒竟勒闭市肆，击伤员弁，此所谓野蛮之举动矣。不知者以此次肇衅，商会实为厉阶，夫岂其然？

（江西）（《华商联合报》1909年第8期）

挺 押 不 理

松鹤楼茶馆主董阿庆前因违禁开唱花鼓淫词，由公堂判罚洋三百元，押限交出在案，迄已逾限，挺押不理。前日其父董定生夫妇忽然投案禀求免罚，中西官饬令退去，候下期提董到案核办。

（上海法租界）（1909年6月27日《申报》）

无 力 罚 洋

松鹤楼茶馆主董阿庆前因违禁开唱宁波花鼓戏，由廨判罚洋三百元，押限措缴在案。昨日复讯，因董无力遵罚，判改押捕房二月完案。

（上海法租界）（1909年6月29日《申报》）

停 演 戏 剧

本埠自杨大帅①薨逝，由昨日起华界戏园停演三日，闻各租界亦有封台之说，同志哀悼。

（天津）（1909年6月30日《顺天时报》）

鹦歌戏伤风败俗

湖郡向有鹦歌戏，男女合演，伤风败俗，最足贻害地方，历任邑宰无不悬为厉禁。前次埭溪镇西乡杨墩街曾搭台演唱，经地方官访悉，饬差往拿，将班主拘责并驱逐在案。刻闻相近毛坞之某村有鹦歌戏班演唱此戏，该村距镇窎远，官府耳目难周，幸有公正绅士王君亦安力主驱逐，勒令该班不得逗留，孰意村民迷信神权，以为定干神怒，群起与王绅为难，滋扰不休，王绅怒，欲据情控究，村民胆怯，始得安然无事。

（浙江）（1909年7月4日《大公报》）

---

① 杨大帅，即杨士骧。

查 究 淫 戏

老闸捕房捕头查得湖北路春桂戏园所演《新安驿》一剧，情状淫秽，前晚派探蒋文彬与九号西探查究。

（上海公共租界）（1909年7月5日《新闻报》）

春仙茶园停演夜戏

日前西单市场春仙茶园夜间开演说白清唱，中有一出《翠屏山》，装点未免太过，被该管区官查知，当即禀明总厅，断罚该园向后不准于夜间开演。

（北京）（1909年7月8日《中外实报》）

严禁戏园演唱淫剧①

汉关道齐观察②访闻华街之同乐等戏园与英租界之怡园及各国租界内之新设花鼓戏园每日夜所演均兼以淫戏，伤风败俗，莫此为甚。现特札饬夏口厅切实查禁，传知该戏园等将导淫等戏不准再唱，并派署中亲信之人不时前往稽查，在租界内者应同租界会审委员吴令凯元③随时知照领事，一体查禁，如敢故违，立即封禁。

（汉口）（1909年7月12日《新闻报》）

示 禁 滩 簧

常州滩簧淫戏屡禁无效，其故由差役得贿包庇，始则犹在乡间，近则公然在城中演唱，不肖男女竞往观看，伤风败俗，莫此为甚，并有杨柳巷某姓家为之窝顿，为徐大令④访知，即出示严禁，一面饬提某姓惩办。

（常州）（1909年7月13日《新闻报》）

天津县议事会议覆公告

〇文童宋崇祺说帖为男女合演蹦蹦有伤风化，恳请提议禁止，以挽淫俗而正人心事。议覆，说帖阅悉，候据情申请关道宪照会俄国领事核办，此覆。

（《北洋官报》第2149册，1909年8月2日）

---

① 本文亦载1909年7月20日《大公报》，标题相同。

② 齐耀珊（1865—1954），字照岩，吉林伊通人。光绪十六年进士。历任汉黄德道兼江汉关道、署湖北提学使，入民国后任浙江、山东等省省长，代教育部总长。

③ 吴令凯元，吴凯元，由左贰办理洋务，升为汉口租界会审公廨谳员，1909年至1910年在任，1911年任汉口洋务公所委员。

④ 徐大令，徐清臣，字贻堂，浙江归安人。监生，据《申报》报道，其人于1908年至1909年任武进县知县。

戏 园 被 封

镇江小街金桂戏园现迁至西门大街老戏园开演，并改章在门外买票方得入内观剧，以致时有争打凶殴情事，经警察总局查悉，以该戏园所欠警捐拖延不缴，又复擅自改章卖票，滋生事端，实属不遵功令，爰于日昨将该园发封，不准演唱矣。

（镇江）（1909 年 8 月 6 日《新闻报》）

又奏参广西右江道沈秉炎等纵兵演戏聚赌等片

再署广西右江道沈秉炎①在国服之中纵兵演戏聚赌，亦甚可骇。本年正月初七日，该道亲兵哨官聚赌，柳州府杨道霖、警察总办张玉麟带人围拿，该道亲兵击伤巡警欧阳丙。该道不加严办亲兵效尤，复于正月二十五夜，哨官李桂清、梁凤岐等大演花鼓戏，聚众赌博。署马平县丁立群带人往拿，被该道亲兵将轿打破，逐丁立群回署，并打伤县中亲兵两名，几至毙命。又，右江镇李国治烟瘾甚深，赴浔剿匪，疲玩无力，在浔两年，匪风转炽。该镇留在府城之兵勇，令其弟代管，日惟招集无赖聚赌署中，镇、道两署遂为赌薮，以致柳州八属，无县无赌，镇、道大员昏暗如此，边患未知胡底？并请严饬查办，以儆昏庸。伏乞圣鉴。谨奏②。

（《政治官报》第 643 期，1909 年 8 月 12 日）

女说书罚洋五角③

南区某巡长查知薛家浜鸿福园小茶肆每晚有招妇女说书，任人听说，有干例禁，报告区长，即饬地甲前往查禁，并传店主单吟山到区诘明，姑念初犯，奉饬罚洋五角，以示薄惩。

（上海县）（1909 年 8 月 16 日《申报》）

天津县议事会申津海关道请禁止租界淫戏文

为申请事。案据天津县文童宋崇祺到议事会投递说帖，内称为男女合演蹦蹦戏，有伤风化，恳请提议禁止，以免淫俗而正人心事。窃查蹦蹦淫剧作俑于东八县，每剧二男伶，一装男，一扮女，演唱淫词，形容许多丑态。盖该淫剧以调笑为专长，诲淫为善技，污秽之词，不绝于口，摸索之

---

① 沈秉炎，湖南长沙人。历任广西通判、浔州知府、署广西右江道道台等职。

② 沈秉炎纵容部属于国恤期间违禁演戏聚赌事件在广西巡抚张鸣岐等人的包庇下，以三名亲兵遭革惩、沈秉炎被罚俸三个月准奏。（《吏部奏核议署广西右江道沈秉炎处分折》，《政治官报》第 688 号，1909 年 9 月 26 日）

③ 本新闻亦被 1909 年 8 月 16 日《时报》报道，标题为《茶馆雇妇女说书》。

象，复现诸形，种种不堪，笔难罄述。前经河东众绅商禀请商会移请权宪照会义俄领事驱逐，虽未尽净，而风亦少杀。不意日久玩生，竟有不法之徒，恃洋人为护符，租界为保险，勾来无耻流娼金玉红诸角色在俄界昼夜男女合演淫剧，其丑态百出，较两男演唱为尤甚，致引津郡男女朝朝奔集该园，昼夜杂坐一室中，笑谑之声达于户外。就风俗言，已达野蛮极点。按利害论，难保无淫奔等情。况茶园为下等社会之薮，若该男女合演之蹦蹦，多唱一日，即于教育界多添一层障碍。且现今女学宏兴，该淫剧更宜严禁，实有刻不容缓之势。童因维持风化起见，不揣冒昧，谨备说帖，恳请提议禁止，务使根株净尽，以挽淫俗而正人心，则津郡蒙福无涯矣等情。当由敝会公同核议，佥以男女合演蹦蹦，洵属有伤风教，该文童投递说帖，恳求禁止，系因维持风化起见，理合备文申请宪台，据情照会，俾得速行严禁，实为公便，须至申者。

(《北洋官报》第 2164 册，1909 年 8 月 17 日)

不准演唱影戏

昨巡警总局批王炳华禀云，演唱影戏，男女混杂，有伤风化，易滋事端，久经通饬查禁，所请著不准行。

(上海县)(1909 年 8 月 17 日《新闻报》)

严禁茶园演唱淫戏

汉口各处近来有等不法棍徒开设避暑小茶园，藉纳凉啜茗为名，演唱花鼓淫戏，男女聚观者如醉如狂。现夏口厅冯司马①以似此伤风败俗，亟应查禁，除派员弁查拿外，并出示谆诫。但此项茶园租界设有五六处，照会领事，竟置之不问，闻惟在德界者已经德领封禁，其余仍演唱自若，官场亦莫如之何也。

(汉口)(1909 年 8 月 18 日《新闻报》)

演 淫 戏

海宁路粤班高升戏园前晚排演新戏，名《尼姑养儿子》。捕头因事涉淫秽，禀请公廨传究。

(上海公共租界)(1909 年 8 月 23 日《申报》)

禁 唱 淫 词

五局二区大什字街北庆平茶社执事某，素无正当之营业，近日为发达

---

① 冯司马，冯篯，字韵轩，江苏金坛人。由知县捐升同知，曾署汉阳县令，1905 年 11 月署夏口厅同知。1908 年秋，湖广总督陈夔龙奏请再以其担任夏口厅同知。

生意起见，招致一说鼓词之幼女，终日演说淫词，以致一般无赖子蜂拥蚁集，座为之满。昨经该界警局查知，以此行为实于风化有碍，即将执事某传局，令其具结不准再演此等淫词云。

（奉天）（1909年8月25日《盛京时报·市井杂俎》）

败 坏 风 化

单裕生在虹口弹唱淫词，由捕查见，禀知捕头，于昨日将单传至公堂，判罚洋二十元充公，押候缴洋开释。

（上海公共租界）（1909年8月28日《申报》）

戏 园 停 演

嘉郡北郭锄家桥一带素系荒僻，惟与车站相近，因之春间禀准开办文明戏园，营业日兴，市廛大启。近忽奉上宪来札，饬嘉兴府移知商会传谕内地，不准开设戏园，该商会当即转饬停演。

（嘉兴）（1909年9月1日《新闻报》）

乡董请禁茶肆设赌害人

本邑漕河泾及虹桥等处各茶肆，每有容留匪人聚赌，并在密室中私设洋灯吃至晚间则演唱淫词情事，实为闾阎之害，刻经该处绅士公禀县尊，请为示禁等情。已奉田大令①批准，出示谕禁，并分别移行巡局武巡及各巡检一体查禁，一面谕饬各地保遵照押闭，随时禁止。

（上海县）（1909年9月12日《新闻报》）

演 唱 淫 词

前晚汉璧礼路某弄内有江北人多名，聚唱花鼓戏，当被捕房访闻，饬探往拿，彼等遂一哄而逃。

（上海公共租界）（1909年9月17日《申报》）

驱逐开唱淫词

前晚有江北人数百人在汉璧礼路板桥弄三百零四号房屋门前空地上搭棚演唱淫词，该处居民因见人聚，恐肇祸端，报知房主着收租人奚耀庆投报捕房，由二十七号副捕头督率中西包探往查驱散。

（上海公共租界）（1909年9月17日《新闻报》）

戏 馆 违 章

捕房查得海宁路九百七十六号门牌高升广帮戏园有违章打架情事，报

---

① 田大令，即田宝荣。

由四马路总巡捕房，饬探前往勒令闭歇。

(上海公共租界)（1909年10月2日《申报》）

演唱滩簧

捕房查得二百四十四号至四十六号门牌茶馆有演唱滩簧情事，殊属违章，请廨饬传讯罚。

(上海公共租界)（1909年10月2日《申报》）

日人干涉内地戏园志要

嘉郡文明戏园八月朔日遵谕停演后，各伶人因下半年订立合同，别地无可谋食，生计将绝，屡次禀请开演，未蒙府县准理。本月初五日突来日本人三名，乘舆进谒府县，均因有事未见，该日人遂径至戏园，于当晚悬挂日旗，擅命伶人开演。嘉兴县宗令①奉府宪传谕禁阻，该日人置之不理。次日绅商学全体骇愤，分电同乡京官暨浙抚宪，乞据理力争以保主权。嘉兴府英太守②亦即电禀杭州抚藩臬、洋务局诸宪，其电文云：禾文明戏园前据镇绅迭禀滋事，复据嘉、秀二县详请停演，并奉抚宪批示，一体停辍在案。初五夜忽有日本人中野熊五郎③等四人来禾，擅敢违禁开演，当饬嘉兴县宗令前往查看确实，本早该日人到府，意在要求开演，经知府一再援约驳诘，且告知该日人，既无护照，如再逗留，不任保护。伊自知理曲，并认误由园主李乐山指使来禾，允于日内回沪等语。似此违约，有碍主权，断不能稍事迁就，恳请宪台照会日领电饬该日本人尅日离境，勿再干预，以免滋扰，一面谕止停演，妥为弹压，除另禀外，敬祈赐覆示遵。

(嘉兴)（1909年10月22日《新闻报》）

嘉兴府英守④禀报文明戏园李乐山勾串日本人违禁演剧文

敬禀者：窃查禾郡戏园，自奉抚宪批符有照省戏园一律停撤之谕，业令闭歇在案。该园主李乐山始则运动旅馆联禀弛禁，继又嗾使伶人要求开演，百端尝试，均不得逞。不料日前复敢暗行赴沪，勾串洋人，以图抵抗。九月初五夜九点钟，郡绅葛文锦来书，本日下午有日本人四人由沪至禾。文明戏园蔑禁开演，倚该日本人为护符。且扬言不拘有无戏资，任人往看，一时哄动多人。知府立饬嘉兴县宗令彭年前往查看，一面密谕妥为

---

① 宗令，宗彭年，江苏上元人。附生，候补县，历任浙江嵊县、开化县、嘉兴等县知县。
② 英太守，英霖，字雨亭，满族人。历任平乐、嘉兴、杭州等地知府。
③ 中野熊五郎，著名日本大陆浪人，黑龙会成员，长期在中国从事谍报活动。
④ 英守，即英霖。

弹压。初六日早，该日本人中野熊五郎等二人来谒，接见之际，知府诘其因何至禾，曾否领有护照？该中野熊五郎等称系由李乐山招来，动身匆促，未领护照。并询禾郡何以独不许演戏？知府驳以禾郡本系内地，戏园准演与否，自有主权，非外人所得过问。伊又谓敝国领事可否向贵省抚台询明理由？知府驳以即贵国领事亦无此询问之权，且贵国领事深明约章，亦决不至有此询问。伊等遂改称李乐山曾向伊借洋五千两为戏园资本，不演戏，本息无着，应请追还。并将借据呈阅。知府驳以演戏与追偿不能混而为一。按约，洋商不能在内地设立行栈，又何有于非正当营业之戏园？汝为索偿而来，何以又云李乐山在沪招汝来禾？种种支离，具见追偿本为遁词，借据实为伪造。汝来内地既无护照，按约不得逗留，应速离境。一再驳诘，该中野熊五郎等无词可答，且亦自知理曲，谓本不干预戏园，即日当自回沪。是日下午，据嘉兴县宗令来禀，该日本人中野熊五郎等已乘车回沪，戏早停演，地方安谧如常。曾经据情先后电禀宪鉴。

文明戏园自开演以来，动辄滋事，郡中绅商学界迭禀停歇，以靖地方；其不能复开，当蒙洞鉴。乃该园主李乐山，多方鼓动，今竟胆敢勾串洋人，希图诋抗，似此目无法纪，不予严惩，奚足示儆。初六夜，两奉抚宪电饬，由府饬县发封戏园，并拿究李乐山、张广恩，各等因。当即录电行县遵照。该日本人中野熊五郎等虽经驳诘，使尔离郡，然难保不别生狡计，去而复来。且彼既以索偿为言，则砌词朦禀领事，希图得遂，在所不免。知府有保卫地方之责，只知按照公理，援据约章，决不令若辈肆其伎俩，贻政界丑，合否？仰乞恩施俯赐照会日本领事，电饬该中野熊五郎等，禾郡戏园之事，不得妄为干预。如敢再行来禾滋扰，知府惟有照约，将该日人扣留，遗交就近口岸日领事查办。所有知府驳诘之词，应否声叙，俾该领事勿为所惑之处，伏候钧裁。

再，文明戏园系归秀水县辖境，昨因秦令国钧[①]下乡勘案，故饬由宗令前往查看。今秦令已回，其发封戏园、拿究李乐山等，业已责成秦令妥办。顷据秦令面禀，该日本人等已去，且中野熊五郎等尚知理曲，声明并不干预戏园。而该园门首，犹敢冒挂日商之旗，现郡绅葛文锦等在郡开议，禀商知府将原旗送省等情，除饬秦令传谕该绅等静候办理，弗涉操切外，所有办理情形是否有当，敬祈批示，祗遵。

(《浙江官报》1909 年第 13 期)

---

① 秦令国钧，秦国钧（1852—1912），字鹿坪，江苏无锡人。太学生，候选从九品，曾任永嘉、秀水、黄岩等县知县。其妻裘凌仙，为晚清女诗人，有《明秋馆集》。

封闭日人干预之戏园

嘉兴文明戏园有日本中野熊五郎等四人到园，违禁开演，由禾中各团体公电北京同乡诸公暨浙抚杭州咨议局请力拒外，复由府宪英太守电省请示办理，一面向日人据约力驳。该日人自知不直而去，临行时示人以园主李乐山五千两借票一纸。恐尚多意外交涉，初七日递到省电，太守即传谕秀水县秦大令，会同商会立将该园封闭，以为招引外人者儆，惟园主则不知所往矣。

（嘉兴）（1909 年 10 月 23 日《新闻报》）

浙抚注重文明戏园之交涉

嘉兴文明戏园主李乐山、张广恩勾串日人违章开演，致绅学界大哗，呈由英太守据约力争，该日商业已回沪。日前电禀到院，经增中丞①饬由洋务局一面电复嘉守，略云：该文明戏园主李乐山、张广恩勾串外人违章开演，致失主权，亟应严拿惩办。该守据约驳诘，办理甚为正当，除饬洋务局照会日领，将该日商严加管束，门前所插日旗似系李等所为，应即拔去，借约是否捏造，着两造自行取消。

（杭州）（1909 年 10 月 30 日《申报》）

记日人干涉嘉兴文明戏园事

嘉兴文明戏园，上年曾禀准府县开幕后，因滋生事端，经嘉兴府英太守禀准浙抚，取消原案，于八月初一日停演。各伶人因既停演，生计将绝，由园主李乐山具禀省台，求请准予重开。经浙抚增中丞批饬嘉兴府督县妥筹办法。讵九月初五日，忽来日商中野熊五郎，带同日本人三名，乘舆拜谒各当道，英太守患恙，秀水县秦大令勘案未回，均未接见。该日人遂突入戏园，扬言系入有股本，不能不取偿于戏资。当晚即悬挂日本商旗开演，以二日人守门，一日人在园经管。英太守急传谕嘉兴县宗大令前往阻止，该日人置之不答。

初六日，绅商学全体大愤，飞电同乡京官劳京卿②等暨浙抚、杭州咨议局，并乞设法力拒，以保主权。一面联袂上府，与英太守筹备对付之策。太守告以飞电抚宪，俟回电后，遵饬办理。该日人亦于是日到府要求开演，并出园主李某立有五千两借据，以园作抵。太守据约驳诘，该日人自知理曲暂退。

---

① 增中丞，即增韫。
② 劳京卿，劳乃宣（1843—1921），字玉初，号季瑄，浙江桐乡人。同治十年进士，曾任京师大学堂总监。有《劳山词存》。

是日，英太守致省台电云：杭州抚藩臬洋务局诸宪钧鉴：文明戏园前据郡绅迭禀滋事，复据嘉、秀二县详请停演，并奉抚宪批示一体停撤在案。昨晚（初五夜）忽来日本人中野熊五郎等四人，来禾擅敢违禁开演。当饬嘉兴县宗令前往查看确实。本早，该日人到府，意在要求开演。经知府一再援约驳诘，且告知该日人既无护照，如再逗留，不任保护。伊自知理曲，并认误由园主李乐山指使来禾，允于日内回沪等语。似此违约，有碍主权，断不能稍事迁就。恳请宪台照会日领，电饬该日本人赳日离境，勿再干预，以免滋扰；一面谕令停演，妥为弹压。除另禀外，敬祈赐复示遵。

初七日，省中递到密电，英太守即传秀水县秦大令到辕，面授机要。至禁烟局，会同各团体主任，先将戏园封禁，以杜其另生枝节。

十一日，省城洋务局电致英太守，略谓：电禀均悉。顷驻杭日本池部①领事来局，谈及文明戏园案，颇不以中野熊五郎为然。昨经电传该日人来杭面讯，语多闪烁。拟明晨赴禾彻查，并进谒台端，表明歉忱。即日赴沪会商日总领事传案妥办等语。查池部对于此案，恐伤地方感情，持论甚属平允，请届时接待，并饬县陪晤。仍希见复，洋务局蒸真，等因。

十二日午刻，日领事池部政次君由杭到禾，在府署与官绅面谈文明戏园事。日领事首言：今日来禾，为调查中野熊五郎干涉文明戏园事，来道歉忱。英太守告以初五夜日人中野熊五郎约同不识姓名之三日人，到禾悬旗开演情形。领事曰：以上各情，已由洋务局来文具悉矣，中野熊五郎与本领事素相识，且悉其为有资本之商人，初以为必不出此，及电令来杭，始知确有其事。据其一面之词，谓与李乐山有私人交涉，是以来禾开演，并未悬挂日旗，旗系李乐山在上海某酒铺买来。绅士葛某云：此旗确系中野熊五郎带来，众目共睹。葛某又云：此旗无论买来与否，总是贵国国旗，是以经地方官亲送洋务局转送贵领事，以重邦交。领事曰：李乐山与中野熊五郎有无借款，是属个人交涉，与嘉兴文明戏园无涉。葛某云：该园并未闻有借洋款事。唐某云：附股之人，均属禾人。方某云：借据之真伪，尚难逆料，如系确实，亦应归李乐山自行理直，官与地方，均不担任。领事曰：五千两借据，为数不小，如真有其事，必在上海总领事署挂号，否则借据无效。太尊曰：借据果真，应归李乐山自了。惟李乐山勾串外人，违禁演戏，本府自应严办。领事唯唯而散。

---

① 池部政次，日本外交官，1899年前后来华，曾任日本驻杭州领事、宜昌领事、天津使馆书记官、驻华使馆三等参赞官。

是日下午，由唐绅景仑等发起，邀集七邑人民，假府学明伦堂开会，到者一千余人，推举葛绅慕川为临时主席，众赞成。嘉、秀两县先后到会，议长委托方君宣读李乐山所立之借券，中有租定房屋三年一语。张右企声明，文明乐记戏园之房屋租约，只订半年，并无三年之约，即此已不符合。于是反对者、怀疑者，群起驳诘。并当众呈出姚仲山在申致张熙孟信一通，议长委方君宣读，中有张在永利栈同洋人晤谈等语。张诘问日期，姚君不能对。此时会场人声喧杂，辩驳良久。嗣因张系该园前股东公推经管房屋之人，议长责成张追寻李乐山到案，张当场担任。秀水县秦大令恐寻不到，或有规避情事，要一保人。大众闻命，限取保人（限二分钟，保人要全体认可），不由分辩，声势汹汹。后经唐、高二绅担任保张到县，秦大令即偕张君步行回署。旋决定戏园房屋充公云。

按，李乐山即李艾伯，现已由秀水县悬赏一千元，募人捕捉。

（《东方杂志》1909 年第 11 期）

拘办茶肆开演女戏

本城天东门内彩衣街畅叙楼茶馆，本为探伙地痞聚集之处，若辈名曰茶会，近来忽招中都流妓名四喜班者，每晚开演戏法淫词，观者甚众，男女混杂，毫无忌惮。为一路区巡警分局游正巡官①访知，以妇女演戏，有关风化，因即密派巡弁于前晚开演时前往拘获男妇各一人，解局讯办。

（上海县）（1909 年 11 月 1 日《新闻报》）

关于天津地方自治之文件

天津县议事会议覆公布

〇河东四甲村正副刘恩鸿说帖为禁止妇女观剧事议覆，说帖阅悉，禁演崩崩淫剧已由本会请关道办理，至妇女观剧为法律所不禁，此覆。

（1909 年 11 月 2 日《中外实报·专件》）

禁止弹唱淫词

本城邑庙豫园船舫得月楼茶肆屡因雇人弹唱违禁淫词《双珠凤》《倭袍》等书，迭由各巡局惩儆在案，近日复萌故智，已由巡警一路分局访明，行将饬传馆主到局，勒令停唱，以敦风化云。

（上海县）（1909 年 11 月 3 日《民吁日报》）

禀请弛禁演戏

娄县枫泾镇施和庵地方，历届新谷登场，即由阖图乡民敛钱演戏，

---

① 游正巡官，即游泽寰。

且晚间演放烟火，藉以报赛田祖。近年因枭匪充斥，戏场中往往有此辈溷迹，开赌肇事，时有所闻，府宪戚太守①屡饬严禁在案，讵该处乡民迷信甚深，搭台于浙界演之，以为娄县不能越禁。图董沈少泉再四开导乡民，特非不依，竟有迁怒之意，沈等不得已具禀县尊，请破格弛禁，若有匪徒混迹及滋事情事，当责成为首敛钱之人，未识大令如何批示也。

（松江）（1909年11月8日《新闻报》）

警勇罚戏

警局开办系从戏捐一款为经费，每台订章捐三角，而外乡戏班往往不到局投捐。十六日有金合发七子班自外乡抵郡城，在南街某号演唱，被警勇将戏箱逼留后，挽人求罚四倍，始为了事云。

（泉州）（1909年11月12日《厦门日报》）

淫戏被禁

河东俄界富春、宴福两戏园演唱蹦蹦有伤风化一事，早经海关道照会俄署禁止在案，兹闻该界工部局昨已批准，定于十月十四日一律封禁。

（天津）（1909年11月13日《大公报》）

会仙茶园停演三天

月之二十七日为孝钦显皇后②奉安之期，各处停止音乐，江省会仙茶园亦遵例，于是日前后停演剧三天，以志哀悼之忱。

（黑龙江）（1909年11月13日《盛京时报·市井杂俎》）

一律驱逐

日前有穆文祥、石起发等在南市开窐搭设席棚，设立说书场，邀集幼女四名，演唱时调大鼓等曲，当经四局二区查知，以幼女摆摊唱曲，有关风化，当即驱逐云。

（天津）（1909年11月14日《中外实报》）

谕禁演戏

枫泾施和庵及十七图、四十九图等处图董沈少泉等屡屡禀请弛禁演戏，经娄县严词批驳，已两纪前报，兹悉刘大令③尤恐乡民仍旧开演，故

---

① 戚太守，即戚扬。
② 孝钦显皇后，即慈禧太后。
③ 刘大令，刘怡，字宣甫，福建人。江苏候补县，曾署金山县知县，1909年至1911年任娄县知县，1911年因病请假，由教习知县李钧葆署理。

于初二日带同图差,乘早班火车赴枫,前往该处谕禁。

(松江)(1909年11月17日《新闻报》)

传戏园停演期

民政部准礼部文,称恭照月之初九日孝钦显皇后神牌升祔太庙,前期于初六日为始,致斋三日,饬派内外城巡警厅区即传各戏园知悉,例应自是日起停演戏矣。

(北京)(1909年11月17日《顺天时报》)

不 堪 言 状

浦赵氏因出售《金瓶梅》等淫书,由新闸捕房查获,昨解公堂请究。中西官以女流无知,姑宽交保,候查明有无别项淫书再核。

(上海公共租界)(1909年11月19日《申报》)

改 传 为 提

华简清在山西路开设仁记书局,因印刷淫书,由新闸捕房查悉,禀廨传究。昨据差探禀称往传不到,谕即改出提单。

(上海公共租界)(1909年11月21日《申报》)

县令驱逐女伶

川省泸州各属梨园有所谓窝班,窝者,男女合演,丑态百出,于风俗人心大有关系。日前又至南溪县索庄等处演剧,远近聚观,致滋事端,当经该县刘大令①驱逐出境,以息争端而维风化。

(四川)(1909年11月21日《新闻报》)

忌辰停演戏剧

初十日为孝钦显皇后万寿忌辰之期,例应停演戏剧。本埠各戏园、落子馆均经停演,而侯家后协盛园一时疏忽开戏,仅唱三剧,闻信立即停演,将坐客之票钱退回,以遵礼制云。

(天津)(1909年11月24日《中外实报》)

查拿勾串洋人之奸商

达商律师处译员巢埜君前日函致总工程局,略云:浙江省秀水县境文明戏园因事封闭,禁止开演,嗣有奸商李乐山勾串洋人出名私行启封,在内演唱,事为地方绅商学界查悉,大动公愤,禀县查提,李即逃遁来申,匿居南市海味公所内,请为查提等语。昨孙裁判饬探查得南市并无海味公

---

① 刘大令,刘建侯,字应镐。1910年前后任四川南溪县知县。其他待考。

所，容再查拿究办。

（上海县）（1909年11月24日《申报》）

查 究 聚 赌

本邑西北乡一带，近有地痞流氓开场聚赌，并演唱花鼓淫戏，哄动游人。事为本县田大令①访闻，昨即饬差李颐协同各图地保下乡查拿。如该差保等有徇隐贿庇情事，一经查出，定须严办。

（上海县）（1909年11月25日《申报》）

查拿花鼓淫戏

本邑西北乡一带，近到一种无耻之流，在各小茶肆登台演唱花鼓淫戏，败俗伤风，莫此为甚。现经上海县田大令访悉，昨已饬差协同各地保查拿究办，如敢贿庇，并究不贷。

（上海县）（1909年11月25日《新闻报》）

请禁女说书馆

汉口繁盛，不下于上海，惟向无女说书馆，自华界于九月十二开设小蓬莱馆，生涯颇好，因之租界又议开办群芳书馆，于初八之夜开唱，闻商务总会以迹近诲淫，已函请夏口厅封禁。

（汉口）（1909年11月28日《吉长日报》）

巡警查禁影戏之纠葛

汉口警察二局二区地段有新胜茶园演唱影戏，皆系淫词。日前经二区巡官派巡警将该园主旷洪兴传局，并将影片拿获，尚未讯问，即有妇女多人来局吵闹，逐立将旷解送总局发落。昨其子旷名功（系新军某营队官）竟捏词具禀巡警汉关二道，谓该茶园演唱影戏，每月缴有警局捐款钱六千，交巡目徐利生及保正手收，近因市面冷淡，费延未缴，警局遂以抓戏为名，纷闹入室，将楼上楼下家具什物尽行捣毁，并将其父带局，其弟妇祁氏随同赴局申诉，局中人肆意调笑，该氏不堪，大声叱之，局勇遂以闹局耸恳委员申详总局云云。冯、齐二观察②以该茶园演唱影戏，如果皆系淫词，固属警局分所应办。惟所控警目有私收月捐情事，与受均有应得之咎，至所称捣毁什物各节，是否该队官饰词抵制，均应确切查究，刻已会饬警察总局、夏口厅逐一查明，秉公究办。

（汉口）（1909年12月4日《新闻报》）

---

① 田大令，即田宝荣。
② 冯、齐二观察，冯启钧，字少竹，广东南海人。曾任汉阳府通判、夏口厅同知及湖北巡警道等官职；齐，即齐耀珊。

戏 园 开 演

本邑同顺、人和两茶园前二日因系忌辰，奉警务之饬令停演，现已逾期，各该园锣鼓喧阗，当如旧开演矣。

(辽阳)(1909年12月10日《盛京时报·市井杂俎》)

不准演髦儿戏

通州近有某某等组织演唱髦儿戏，令东南营各妓女登台合演，以助物产会游客之兴趣，已定期本月念八日开演。官绅等闻之，大不谓然，以其有关风化，即令解散。

(通州)(1909年12月11日《新闻报》)

捕头查禁淫戏

公共租界南京路老闸捕房捕头惠尔生君查悉界内各戏园，时有演唱淫戏情事，实属有违禁令。特于前晚饬令一百七十九号、十五号两西探协同华探金泉叙前往各戏馆严密查禁。

(上海公共租界)(1909年12月23日《新闻报》)

呈请开设坤书馆之未准

吴某现因警务公所将洛子园封闭，不准开演，日前捏改名目，复在公所呈请开设坤书馆。批谓：坤书馆所唱戏曲，多属淫荡之词，有伤风化，碍难照准。

(奉天)(1909年12月31日《盛京时报·市井杂俎》)

准演说白清唱

十六日，外城总厅传集各戏园掌柜等面谕，准其就各戏园内试演说白清唱，不准敲锣打鼓、穿扮行头。嗳，梨园行的苦朋友们，这可有活路儿了。

(北京)(《正宗爱国报》第810期)

汇志查封戏剧

中国戏园开演，实因百日国服已满，梨园告苦异常，吴警宪①为一时权宜之计，特准清唱，禁用响器，不料各该园，擅动锣鼓，致被府县封禁，实属咎由自取。○府县封禁戏园一节，由县署将各戏园之招牌锣鼓等件，一并带去，讯明管押。○又于十三日覆讯，将后台及伙计等均行开释，只将该各园掌柜管押，听候讯办。○府县于十四日，将禁止演戏之告

---

① 吴警宪，即吴筱孙。

示，贴于各戏园门首，重申禁令，免致再蹈前愆。

（天津）（《正宗爱国报》第 810 期）

再志准演说白清唱

警厅准演说白清唱一节，已登昨天本报，十六那天，外总厅将各戏园掌柜传齐面谕，令各戏园斟酌出两家儿来，试行开演。大概是按转儿轮流，听说只准备蹦鼓子一个，胡琴一个，小钹儿一对，手锣儿一面，不准装扮打脸，也不准穿彩衣摆切末子。哈哈，准演说白清唱，就是卖烟卷儿的，还许跟着沾点儿光呢。

（北京）（《正宗爱国报》第 811 期）

封禁戏园再志

日前查封戏园后，又将聚庆等园查封（前后八家），今将在县署管押之戏园掌柜花名列下：兴盛茶园陈贵九、大观茶园杨昌润、同义茶园刘长清、元升茶园马立俊、广盛茶园王兰波、天桂茶园李永太、聚庆茶园邢凤林、聚胜茶园张万富。

又，县署派各堡地方，调查该管界内共有戏园花茶馆若干处，所唱何曲（没好曲，多半是不带锣鼓的淫戏），以备稽查。

（天津）（《正宗爱国报》第 811 期）

开演说白清唱

总厅谕令各戏园，准演说白清唱一节，两志本报，现经拟定自二十一日起，先由三庆园、燕喜堂两家试行开演，其余各家，挨次递推，逐渐开演了。

（北京）（《正宗爱国报》第 813 期）

戏园子将开禁

杨昌运等均以开戏园为生，现因国服停演，以致困苦异常，昨在南段总局禀请开禁，总局以其情殊可怜，惟此事系督宪面饬府县发封，自应静候上宪开禁之示谕。○又，北马路大观茶园，已于前日开封，尚不知准于何日开演。

（天津）（《正宗爱国报》第 825 期）

停演说白清唱

景皇帝梓宫奉移，各戏园之说白清唱一律停演一天。

（北京）（《正宗爱国报》第 865 期）

不 准 唱 戏

京东东壩镇众首事公议，于端阳节在该镇娘娘庙献三天，由朝阳汛转禀提署，未蒙允准，已经批驳了。

（北京）（《正宗爱国报》第 910 期）

法畏中国民气发涨

北京梨园排演新戏一出，其名曰《越南亡国惨》，尚未演唱，被法人探悉，函商警厅请为禁止，辞义甚为和平，刻有报界某某志士，以此等事关乎中国内政，外人不得干涉，以会商对付之策，并闻有将越南改为"忧难国"之说云。

（北京）（《正宗爱国报》第 954 期）

理 应 停 演

本月二十七日，梓宫奉移，十月初四日，永远奉安，警厅拟禁止各戏园排演说白清唱。

（北京）（《正宗爱国报》第 1046 期）

演戏筹款批驳

补用知府解锟元①在外城总厅递禀，拟借顺治门外大街关闭大来坊茶馆，开演说白清唱，男女分座，每日所得票价，以三成提归普通戒烟会，七成归前后台开销等情。厅宪以普仁戒烟会前曾禀请演唱小戏筹款，业经批驳，该员既系热心公益，自应另行筹款，所请在大来坊说白清唱之处，著毋庸议。

（北京）（《正宗爱国报》第 1156 期）

内城夜戏难禁

右翼翼长吉兰亭②君日前禀请禁止内城夜戏一节，已志前报，当由提署咨商民政部酌办，现经该部咨覆提署，据称内城禁止夜戏，实有碍难之处等语，朗贝勒③已饬司员将原文存案备查了。据此说来，内城各戏园夜戏，踏踏实实的唱，好热闹儿的官堂客，放心大胆的听罢。

（北京）（《正宗爱国报》第 1213 期）

请演义务戏被驳

左营将官具禀提督，据施医院经理人梁文藻，请在朝阳门外喇嘛寺振兴茶馆，开演义务说白清唱，奉正堂朗贝勒批饬不准。

（北京）（《正宗爱国报》第 1221 期）

---

① 解锟元，字鋆堂，河北临榆人。附贡生，陕西候补知府。

② 吉兰亭，安东人，清末任右翼统带，民国后任奉天宪兵营队长等职。

③ 朗贝勒，毓朗（1864—1922），爱新觉罗氏，字月华，满洲正蓝旗人。宗室，贝勒。清末历任巡警部左侍郎、民政部左侍郎、训练禁卫军大臣、军机处大臣、内阁军咨大臣等职。

1910年（宣统二年庚戌）

禁 止 影 戏

南区长访悉小南门外太和楼茶肆每晚开演影戏，哄动男女聚集观听，恐有无赖混入，藉端肇祸，爰饬侦探传谕禁止，不准再演。

（上海县）（1910年1月3日《申报》）

区长维持风化

沪南小南门外太和楼茶馆近招集无赖开演影戏，诱人观听，男女混杂，且有流氓马夫人等附和其间，以致口角殴打等事日有所闻，业为南区长访悉，有伤风化，特饬探传谕该馆主，不准容留再唱，违干究罚。

（上海县）（1910年1月3日《新闻报》）

学堂演剧之结果

江督准苏学司详覆委查上海某学堂演剧一案，现经批如下：学堂为培养人材之地，学生以敦品知耻为先，上海□□□学堂竟有此等演剧之事，殊属骇人听闻，亟应勒令停闭。惟念该校学生百数十人，其中岂无勤学之士，应准照旧开校，另举公正士绅派往监学，加意检查，以资整顿而期改良，所拟分别办法，均极妥协，仰即移行遵照。

（南京）（1910年1月11日《新闻报》）

小蓬莱书馆复开

汉口今秋始有书馆之设，嗣商会诸绅董以其海淫函请夏口厅停收其捐，勒令歇业，故华界之小蓬莱书馆遵于十月杪停闭。兹因英界内之群芳书馆恃其已入西籍，官场不能禁止，照常营业，小蓬莱诸人遂有所藉口，业已商允商会诸董准其重复开演，惟须捐助水灾赈款若干，并具永远不唱淫词切结云。

（汉口）（1910年1月11日《新闻报》）

演 唱 淫 戏

湖北路春贵戏园演唱《遗翠花》淫戏，捕房以其违章，请廨饬传园主赵春庭到案讯究，昨据差探禀称奉谕往传不到，中西官谕饬再传，如仍不到，改签提单。

（上海公共租界）（1910年1月25日《申报》）

传询违章演唱淫戏

湖北路春贵戏园前晚因演唱《遗翠花》淫戏，为捕房查悉，请廨出单于昨往传该园主赵春庭不到，当由差探回禀中西官奉谕再传一次，如违照章改提。

(上海公共租界)(1910年1月25日《新闻报》)
证 明 淫 态①

湖北路春贵戏园因演唱《遗翠花》淫戏,昨由包探将园主赵春庭、伶人小桃红、陈嘉祥一并传至公堂请究,先由捕房翻译谢树生与六百七十三号、七百三十六号两华捕到堂证明当晚该园所演淫态,赵等三人延佑尼干帮办费信惇②律师代为辩护。宝谳员③商之英布副领事④,判赵等三人一并交保,候礼拜五再行讯核。

(上海公共租界)(1910年1月27日《申报》)
演 唱 淫 词

陈双桂昨与瞎子包阿生在某弄内演唱淫词,适被巡捕查见,拘解公廨请究,判陈押一礼拜,包从宽开释。

(上海法租界)(1910年1月27日《申报》)
原 非 淫 戏

湖北路春贵戏园因演唱《遗翠花》淫戏,由廨将园主赵春庭、伶人小桃红、陈家祥一并传案,判均交保候查在案,昨由捕房将三人解廨复讯。赵等仍延佑尼干帮办费信惇律师上堂辩护,中西官以此戏不在禁例,姑宽免究,惟以后宜格外留意。

(上海公共租界)(1910年1月29日《申报》)
违章演唱淫戏之结果

公共租界湖北路春贵戏园因演唱《遗翠花》淫戏,由廨将该园主赵春庭、伶人小桃红、陈嘉祥一并传案,判均交保在案。昨由捕房将赵等三人解廨复讯,园主仍延佑尼干帮办费信惇律师到堂辩护。宝谳员会商西官,以此剧虽不在例禁,惟过于淫亵,不免有伤风化,今姑从宽免究,判以后务须遵章演唱,一并斥释。

(上海公共租界)(1910年1月29日《新闻报》)

---

① 本新闻亦载1910年1月27日《新闻报》,标题为《解讯演唱淫戏》。
② 费信惇(Stirling Fessenden,1875—1943),美国人。1903年至上海任律师,1905年与其他外籍律师组成佑尼干律师事务所。后曾长期担任上海公共租界最高行政首脑。
③ 宝谳员,即宝颐。
④ 英布副领事,布拉德(John Thomas Pratt,1876—?),英国外交官,1898年来华任驻华领事馆翻译。1901年任上海副领事兼会审公廨陪审官。1913年后历任济南领事、南京领事、上海领事。1924年归国任外交部参事。

坤书仍不准阅演

西门脸说书场凡演女大鼓书者,均系淫荡之词,前经警务公所谕令一律禁止,该优等现因无谋生之路,日前复在公所呈请体恤等情,该所因演唱坤书,有伤风化,故未允准。

(奉天)(1910年2月4日《盛京时报·市井杂俎》)

天津县议事会议覆说帖

○刘夔扬、孙祖芳说帖为请禁女伶演唱淫戏以维风化而正人心事。议覆:说帖阅悉,女伶演唱淫戏,有妨风化,业经移请巡警局禁止在案。兹据所请各节,仍候申请南段巡警总局严禁,此覆。

(《北洋官报》第2338册,1910年2月17日)

滩簧小曲未便开唱

一路一区巡警分局游正巡官①近据商民顾芝荪禀请,准其开唱滩簧,当即批示云:据禀新正演唱滩簧,改良词曲,以兴市面,恳请批示等情前来。查演唱与宣讲有别,极其穷形画象,写真传神,亦不过招引有限俗客及无知妇孺嬉笑而已。集一室之观听,多数碗之茶资,既不足以感发人心,亦不足以振兴市面,宁以不唱为是,免致流氓匪类从而生事,有坏治安。如真有益于地方之举,本委亦非绝不近人情之人,所请之处,仍着不准。此批。

(上海县)(1910年2月17日《新闻报》)

查禁演唱摊簧淫词

公共租界自禁绝烟馆后,茶肆之添开者林立,现经工部局查得湖北路等处茶馆所捐书场执照,竟违章演唱摊簧淫词,有违定章,故昨已谕饬捕头详查核示。

(上海公共租界)(1910年2月20日《新闻报》)

仍 禁 观 剧

客年若仙茶园开演菊部,台南指定地诸娼寮大被影响,靡持嫖客减少,而妓女中多有不能忘情诸角者,故龟子王琳会同组合长开临时会,议定禁妓观剧。者番上升班又在南座开演,该娼寮再申前约,除艺妓而外,艺娼以下,无论日夜,均不许往观云。

(台南)(1910年2月23日《台湾日日新报》)

---

① 游正巡官,即游泽寰。

演戏弛禁

奉化县魏大令①去岁示禁神庙演戏以节糜费，今有西坞地方邬某运动鄞邑诸绅，设盛筵请大令，席间要求弛禁演戏，愿自认捐一千五百元，以充公用。大令俯如所请，日前即发照会，准其开演。

（宁波）（1910年2月25日《新闻报》）

谳员维持风化

光绪二十六年春，公共租界湖北路现开春桂戏园基址、已闭览胜楼茶馆因演唱摊簧淫词，男女混杂，以致肇成讼案，曾奉前公共公廨谳员翁笠渔②直刺商准西官判令租界内滩簧淫词永远禁止在案。兹有湖北路桂芳楼、浙江路一新社等茶馆违禁演唱摊簧淫词，经公廨谳员宝大令③查悉，昨已饬书详查前案卷宗，以便商请捕房迅速查禁而维风化云。

（上海公共租界）（1910年2月25日《新闻报》）

严禁演唱淫戏

安徽谘议局前次提议演唱淫戏，有关风化，而于新岁正月为尤甚，呈请大吏出示严禁。兹经朱中丞④批准，撰就白话告示，刊印多张，发给各属实贴宣布，如有违抗不遵者，严行惩罚，官吏查察不力，亦当从重议处。

（安徽）（1910年2月26日《大公报》）

走唱被罚

昨十五日夜为金吾不禁之夜，寮仔后走唱某女妓因卖唱生意太好，夜间四点方归，忽被巡士掳解回局，以该妓出局有违警章，经该妓苦求，乃罚四元完案。吁，亦可怜矣！

（厦门）（1910年2月28日《厦门日报》）

违禁赛灯干咎

开船户王宝林、任丙林、汪鲍保等日前以庆贺元宵为由，在叉袋角一带纠集同帮多人醵金举赛龙灯，并扮演《四老爷打面缸》一剧，奇形丑态，不堪名状。经黄正巡官⑤访悉，以赛会行灯，本干例禁，即饬将

---

① 魏大令，魏桐，历任县丞、杭州中城总巡、奉化知县。
② 翁笠渔，即翁延年。
③ 宝大令，即宝颐。
④ 朱中丞，朱家宝（1860—1923），字经田，云南宁州人。光绪十八年进士，1907年任安徽巡抚。
⑤ 黄正巡官，黄国华，江苏候补县，1907年至1911年历任闸北西南区副巡官、四路分局正巡官等职。

为首之王、任、汪三人拘拿到案,各责手心一百下,具结交保,以儆效尤。

(上海县)(1910年3月1日《新闻报》)

申请查禁淫词

郑宝善、王从周昨请议事会禁止荡调淫词以维持风化,闻已议申请南段总局查禁矣。

(天津)(1910年3月1日《中外实报》)

禁 演 淫 词

现闻有郑葆善等因各花茶馆演唱淫词,殊属有伤风化,在议事会投递说帖,请即严禁,当经该会请由南段巡警总局,约日内即可出示严禁矣。

(天津)(《燕尘杂记·燕报附张》1910年第2卷第21期)

自治公所整饬风化

芜湖自治公所以大马路桃塘沿之景春戏园为鄂属黄梅班之花鼓戏,所演戏剧半属淫词,殊于风化有碍,乃函请巡警公所饬禁,已于十六日停演。

(芜湖)(1910年3月3日《新闻报》)

关于天津地方自治之文件
天津县议事会议覆公布

〇郑葆善等说帖为请禁荡调淫词以维风化事议覆,说帖阅悉,候据情申请南段禁止淫词以维风化。此覆。

(1910年3月3日《中外实报·专件》)

请 禁 淫 戏

绅民郑葆善等为演唱淫戏有关风化事,前曾备具说帖,陈请议事会设法禁止,当经该会据情申请南段总局妥议办法。

(天津)(1910年3月5日《大公报》)

示禁蚕花戏

湖州德清县所辖中管白表一带地方,每遇新年各家男女均出外演唱蚕花戏,或夫妇或兄妹或翁媳,均可串演,一月之中,获利甚厚。届时若不出外演唱,是年田蚕定占不利,迷信已久,未易破除。兹闻德清县姚大令[①]以男女合串,攸关风化,业已出示严禁,如违提究。未识能破迷信而

---

① 姚大令,姚肇椿,字寿慈,湖南善化县人。光绪二十八年举人,候补县,宣统元年署德清知县。

挽颓风否？

(湖州)(1910年3月8日《新闻报》)
请禁淫戏之说帖
自治预备会员河东四甲村正副刘恩鸿昨又请议事会转请榷署，照会各领事严禁崩崩淫戏云。

(天津)(1910年3月12日《中外实报》)
巡警不准观剧
南段巡警总办刻因本埠戏园林立，恐有各区巡警赴戏园听戏者，日昨传饬各区，不准巡警穿着军服入园观剧，总办不时入各戏园稽查云。

(天津)(1910年3月13日《中外实报》)
戏捐影响
汀函云，永定教育会议决抽收戏捐，已蒙县示谕。现该会派人往各处征收，据戏班中人云，若此派捐，除神戏外，其闲时不能再开演矣。闻忠川、陈东乡各处绅士拟提禀县署，请将该乡神会演戏一体禁止，以省糜费云。

(汀州)(1910年3月14日《厦门日报》)
理宜重申禁令
津埠南段巡警总局向章，凡戏园应将本日所演之戏剧于午前开单交由该管司区，详请总局备查，即禁演淫戏，以维风化也。近来各戏园又有男女合演淫戏，以致热心改良社会者多有不平之鸣云。

记者按，淫戏之禁，例有明条，况以淫戏而男女合演乎？日来本郡犹有《卖胭脂》《富春楼》《小上坟》《珍珠衫》等男女合演之淫戏，不知警局何以不禁也？噫！

(天津)(1910年3月14日《吉长日报》)
禁演淫戏
依兰城西北关创设利和茶园，道宪示谕晚戏五句钟开演，十句钟止，至有伤风化之戏禁止演唱，若阳奉阴违，改变戏名，一经查出，决罚不贷。该园前演《拾玉镯》，致罚洋银三十元以充公款。

(依兰府)(1910年3月15日《吉长日报》)
理应严禁
南段巡警总局曾拟规复旧制，严禁各戏园男女合演淫出一节，早见各报。乃观近日戏报所载，依然演唱，迄未少息，有谓该总局并未出此告示，报载严禁，恐系传闻之误者，有谓凡各戏园于该管局区皆有运动，故而阳奉阴违者。二说未知孰是，姑志之以待续访。

（天津）（1910 年 3 月 17 日《大公报》）

女 伶 进 步

女伶金月梅①在天津演唱新戏，前已记过。今又查知金月梅立定宗旨，从此不演粉戏，自认为各女伶的表率。前几天东天仙后台派他演《关王庙》一出，他不肯应允，临时改演《少华山》。即有时演唱《卖油郎独占花魁》，亦把所有形容过当处一律删去，无论那出戏，处处都设法改良，很有进步。

（天津）（1910 年 3 月 18 日《顺天时报》）

维 持 风 化

巡警学员刘承恩君对于租界各戏园演唱蹦蹦，有伤风化，日昨曾上议事会说帖一件，情词恳切，颇足动听，逆料该会将来当不仅以申请关道数语了之也。

（天津）（1910 年 3 月 20 日《大公报》）

天津县议事会议覆说帖

○林竹贤说帖为禁止淫戏事。议覆：说帖阅悉，查禁演淫戏，本会已据宋君崇祺说帖，备文申请南段巡警总局严办。兹据所请候再备文申请关道宪设法办理，必期租界与城厢内外一致，以免流弊。此覆。

（《北洋官报》第 2369 册，1910 年 3 月 20 日）

驱 逐 歌 妓

近闻仙游城内新到江西荡子一班，内有歌妓数人，有声有色，知之者不啻如蚁附膻，如蝇逐臭矣！某日仙邑尊王倬生大令办案回署后，呼唤乏人，询诸管案，回云皆往听戏。大令诘之，男乎女乎？管案到此莫敢隐瞒，遂直回曰："江西荡子班歌妓。"大令大怒等，立即微行其处，见仆从皆在其中，或手敲檀板者有之，或口唱小调者有之，一见之时，點者亡命鼠窜，蠢者破胆雉罹。大令立批其颊，并限荡子班即刻去境，否则严惩，回署后将仆从数名开发回籍。现闻该班迁移于西关外，艳帜犹张，而仆从等仍然桃源再访云。

（兴化）（1910 年 3 月 24 日《厦门日报》）

---

① 金月梅（1878—1924），女，本姓邵，安徽人，清末民初著名京剧演员，其在天津自为老板，排演了《卖油郎独占花魁》《杜丽娘怒沉百宝箱》《二县令》等许多新戏，皆能传诵一时。

天津县议事会议覆说帖

○北洋巡警学员刘承恩说帖为蹦蹦戏最伤风化恳请提议严禁。议覆：说帖阅悉，候申请关道宪照会日领事严行禁止。此覆。

(《北洋官报》第 2374 册，1910 年 3 月 25 日)

禁 演 淫 戏

江省会仙茶园近来屡演淫荡戏曲，实属有伤风化，日昨又演《瑞云庵刨女僧》一出，警务公所传令改演他戏，该园以出报不演，恐起座客风潮，求某员为之缓颊以终其曲。

(黑龙江)(1910 年 3 月 25 日《吉长日报》)

是 宜 严 禁

北洋巡警学员刘承恩前曾投递说帖于议事会，痛陈蹦蹦戏有伤风化，请即从速提议，及早严禁。昨闻该会议覆已申海关道宪照会日领事出示禁止，想该领事当亦极愿赞成也。

(天津)(1910 年 3 月 27 日《大公报》)

禀 禁 戏 馆

嘉郡绅士沈琮宝①等以前开文明戏园滋生事端，业经封禁在案，惟人心浮华，近日复有重建戏馆之谣言，因联名请府宪力行禁止，并杜托名影射，其余客栈流妓亦请饬县驱逐。

(嘉兴)(1910 年 3 月 29 日《新闻报》)

示禁淫词荡调

郑君善、王君从周日前请议事会禁止淫词荡调等情，兹悉王君等前在北门西宝和轩见有幼女相声等淫词，不堪入耳，故有此请，刻经议事会禀由南段总局转饬各局区一律禁止，并示居民遵照云。

(天津)(1910 年 3 月 29 日《中外实报》)

是 宜 严 禁

有王君从周等因见各戏园座客叫好淫亵之声，不堪入耳，前曾备具说帖，陈请议事会转申巡警总局出示严禁，昨经该会议覆，准如所请，闻不日即移请南北段警局，严行禁止，以维风化。

(天津)(1910 年 4 月 6 日《大公报》)

不准设立音乐公所

镇江妓师石汉章等朦禀县宪设立音乐公所，教妓弹唱，为警察提调饶

---

① 沈琮宝，字组斋，浙江秀水县人。诸生，曾任太平县训导。著有《澹退斋诗》。

别驾①所悉，随诣道辕面禀，谓妓师是何等营业，乃亦准设立公所耶？恐为士民讪笑云云。观察闻禀，立饬丹徒县倪大令②将前给保护之示谕取销，并将该公所封闭矣。

(镇江)(1910年4月9日《新闻报》)

严 禁 淫 戏

文童宋崇祺前曾投递说帖于议事会，为淫戏有伤风化，恳请提议，以挽浇俗而正人心等情，昨经该会议覆，候据情申请南北段巡警总局，重申严禁，务期尽绝根株。

(天津)(1910年4月11日《大公报》)

关 心 风 化

自治预备会会员刘恩鸿为日界蹦蹦戏仍行演唱，有伤风化，昨复投递说帖于议事会，恳即申请权宪亟早禁止，当经该会议覆，此案已据前递说帖，申请关道宪照会日领事，认真严禁矣。

(天津)(1910年4月14日《大公报》)

禀禁土棍演剧聚赌

演剧聚赌，迎神赛会，皆为土棍敛钱之故技。去年春间，自奉本府戚太守③出示禁止之后，此风为之稍戢。兹浦东新场镇有陶善生等商同三图地保张晏伯，雇得金鸡大雅堂戏班，定于本月杪在镇演戏五天，并迎赛灯彩，一面使党到沪邀合赌徒前往，以便开场聚赌，为渔利之计。该处绅士闻悉，以目下民穷财尽，米珠薪桂，各处聚众闹事，屡见迭出，岂容再有此等举动，招集匪棍，为害良善？除先禀县查禁外，昨又蒞申乘火车赴松禀求太守，札饬拿办，以安闾阎。

(松江)(1910年4月30日《新闻报》)

严惩勾串日商演戏之祸首

秀水县职商李乐山勾串日人违禁演戏，激动绅商学界公愤，叠次开会，并设法将该职商访拿到案，由该县秦令④通详上峰，请示严惩祸首，

---

① 饶别驾，饶子敬，其人于1907年至1910年间任镇江警察提调，其他具体不详。
② 倪大令，倪曾蓥，字和甫，又作和圃，浙江平湖人。江苏候补县，曾任内河厘金总办，1909年至1910年任丹徒知县。
③ 戚太守，即戚扬。
④ 秦令，即秦国钧。

当经增中丞①批饬臬司，从严核议在案。日前已由李廉访②详复中座，略称：此案李乐山于文明戏园停撤以后，并不将伶人给资遣散，任令寻衅要挟，迨后日本人中野雄五郎等忽来干预，张旗演戏，显系藉外人为挟制地步，谓非勾串，其谁信之？若如所供借欠误期，李乐山以不正当营业，私借洋款，致日人闯入内地，违禁演戏。经该县据约诘责，中野雄五郎等始行回沪，得以相安无事。李乐山个人私债，几酿交涉重案，核理揆情，李乐山罪无可辞，遍查律例违禁令，罪止笞责。即照不应重律，亦杖不满百。此外别无可坐之条。若仅拟杖完结，实不足以纾地方公愤。应请将李乐山革去职衔，酌予监禁三年，以示惩儆。

（杭州）（1910年5月7日《申报》）

戏 园 停 演

月之八日，在嘉开演菊部，因英皇③驾崩，官民深表同情，揭半旗吊慰，该戏园亦临时停演云。

（嘉义）（1910年5月12日《台湾日日新报》）

停 工 致 哀

昨十二日为英国大行皇帝梓宫奉安之期，是日督宪陈制军④除通饬各署局所学堂停办公事及各戏园书馆停演一日外，并于午前率同司道府县亲赴驻津英国领事署内吊唁，以志哀感而笃邦交。

（天津）（1910年5月21日《大公报》）

监司招集女班演戏之风潮

江西调查总局总办江观察峰青⑤寓书院街地方，素嗜笙歌，到江以来，屡屡征集梨园名角作长夜之乐，近因省中新到猫儿女班，声色俱佳，适值该道于十二日生辰，遂由诸属吏资雇到寓演唱，一时锣鼓喧天，远近俱闻。讵料附近自治研究所学员、测绘学堂学生、两等模范学堂学生共计百人内外，拥挤该寓，破扉而入，巡警拦阻不住，闯至内厅，群起口角，竟将家具门窗捣毁。当因事机决裂，招呼停演，报知该管官员，未悉如何

---

① 增中丞，即增韫。
② 李廉访，李传元（1854—?），字仲钧，号橘农，江苏新阳人。光绪十五年进士，曾任国史馆总纂、广西乡试同考官、浙江粮道、浙江按察使等职。
③ 英皇，爱德华七世（Edward Ⅶ，1841—1910），英国国王（1901—1910），1910年5月6日逝世。
④ 陈制军，即陈夔龙。
⑤ 江观察峰青，江峰青（1860—1933），字省三，号湘岚，安徽婺源县人。光绪十二年进士，历任嘉善县令、江西道员、江西审判厅丞等职。

办法也。

(江西)(1910 年 5 月 30 日《申报》)

商会拟不再演戏酬神

安埠各庙会历年演戏酬神，其费向由商界筹派，综计甚巨。兹届本月十八日为娘娘庙会，仍遵旧例演剧，商会拟由此为截止之期，除万寿庆典仍准演剧庆贺外，嗣后无论何等庙会，永不再行演剧酬神，以破迷信而裕经济。

(安东)(1910 年 5 月 30 日《吉长日报》)

迷 信 渐 除

吉林北山药王庙俗例每逢四月念八日相传为药王诞生之辰，合城药局集合钱资，于前数日在北山之麓演戏酬神，一时男女杂沓，祷神祈福者不计其数。今年会期已近，而张罗酬神之举动不及往年之盛，其原因有二，一因近来生意萧条，各药局少有利息，故兴致均不如前；一因商民智识渐开，商会又时加劝导，向来迷信渐次销灭。故视此会为纪念，不以此会为祈祷云。

(吉林)(1910 年 6 月 2 日《吉长日报》)

呈请名坤角分演未准

宗室连城日前在民政司呈请，略谓：省城各戏园男女优伶合台演剧，未免男女混杂，殊属不雅，拟照上海梨园办法，男女分台舞演等情。该司以该剧园营业均属禀明有案，若骤令更张，究有妨碍，至女优在剧园为数有限，至请按票征捐，摊还国债各办法，恐系藉公益之事为垄断之计，所请碍难准理云。

(奉天)(1910 年 6 月 8 日《盛京时报》)

演戏酬神被驳

河西一带近因霑得甘霖，人民咸深欣慰，日前呈请警局演戏酬神。巡警局批以雨后即应迅急办理农事，所请演戏酬神有碍农事，着不准行。

(辽阳)(1910 年 6 月 18 日《盛京时报》)

演 唱 花 鼓

董朱氏在虹口宝和里一百十二号屋内开设茶馆，因招集无赖吴兰记、李阿桂演唱花鼓淫戏，由捕查见，将吴、李与氏一并拘入捕房，昨解公堂讯明，判吴、李各押七天，氏斥释，谕将茶馆闭歇。

(上海公共租界)(1910 年 6 月 21 日《申报》)

维持风化

绅民杨君等为改良坤戏，肃清女界事，前曾备具说帖，呈请议事会妥议章程，以端风化等情，昨经该会议覆，谓缔禁女戏，实造福女界，但天津为通商口岸，果按所陈办理，是否有碍难之处，候请巡警道核覆，再行详议。

（天津）（1910年6月30日《大公报》）

戏园改良

清乐茶园近经警务局取缔，将楼座各厢尽行修理，并添置板格，男女分坐，形式颇形整齐，不比前时之混杂不清也。

（铁岭）（1910年7月2日《盛京时报》）

男女不准合演

前报所志福州人陈某来厦聘请女伶去省开演一节，经藩宪①示谕，或男班独演，或女伶独演，若男女合演，殊觉大伤风化。现陈某无法，又复来厦聘请超等坤角去省开演云。

（厦门）（1910年7月4日《厦门日报》）

商会主持演戏之奇突

乌拉街商务分会附设财神庙院内，开办已将一载，该会贡议董、凤坐议等提出一种新奇议案，拟联络商界各家，于本月初间开一特别团体会，在财神庙演剧五日，遂于本月十一日恭具增福财神名帖，特请关圣帝君驾临观戏（俗传五月十三日为单刀赴会之期）。当时该会职员均愿赞成此举，惟理案议董王某坚不认可，出面反对，然居于少数地位，究难阻止，遂于本月十一日在财神庙开台演戏。十三日午前十一钟时，正演《张秀大战皖城》一出，忽有吉林府李太守②派委刘蓝田君率领马巡数名，前来张贴告示，禁止停演。该员弁一面协同巡警传谕通知，一面勒令戏班歇业，办理颇为认真。讵商会坐办凤云等坚执不允，饬令戏班照常开演，谓商会不归吉林府节制，所示等因碍难照准。当下戏班人等遂照常开演。刘委员再四饬令停演，优人置若罔闻。该员协商该处桂巡官，欲开枪恐吓，驱逐出境，该巡官以未奉明文不敢冒昧，劝刘委员和平办理，刘委员只得忍气吞

---

① 藩宪，明清对布政使之尊称。据查，是年福建布政使为尚其亨。尚其亨（1859—1920），字惠丞，一字伯恒，号会臣，晚号达庵，海城人，隶汉军旗。光绪十八年进士。曾任山东按察使、布政使、出国考察大臣等职。1907年8月14日尚其亨被任命为福建布政使，直至清朝覆灭。

② 李太守，李澍恩（1878—?），字季康，江苏无锡人。历任吉林通判、宾州直隶州同知、署吉林知府等职。

声，听之而已。一时台下观戏之人谣传巡警将要开枪击捕，妇孺闻之，多致涕泣，奔走狼狈，道路为之拥塞云。

（吉林）（1910年7月6日《申报》）

重禁演剧

前报所纪自治公所诸绅面禀朱司马请于太史公庙演剧一事一律禁止，已饬书禁谕遍贴通衢，民亦如命。然前番之禁演乃因天时苦旱，民不聊生，不宜民忧神乐之意者。此番之重申禁令，则更有进焉，以太史庙地处适中方、张二巨族往来之地，一经演剧，贤否混淆，又于前月掷石之事，二家已有开衅，恐乘此处演剧互角雌雄。而且苦旱之后，各处匪徒潜踪，托迹剧场，纷沓更有防不胜防之势。司马知会自治诸绅，仍如前一律禁止，绝诚美举也，迷信者其知之否？

（云霄）（1910年7月9日《厦门日报》）

《袁世凯》之价值

近有某日本人著书一本，名曰《袁世凯》，数万余言，中多诋毁之词。袁云台①京卿到津特与陈督②面商，请饬巡警道禁止此书出售，当由巡警道与日领事交涉，日领事首肯。惟存书甚多，须出千元抵偿。刻已如数交付，当将此书焚化云。

（天津）（1910年7月11日《天铎报》）

严禁演戏聚赌

通州张直刺③日前因相验路过金余镇，该镇正在演戏聚赌，男女合演各种淫剧，尤于风化有关，特即饬令停演。迨直刺公旋，尚开演如故，遂饬差勒令立刻停锣，并将原头（集资演戏之为首者）顾二提办，讵不但不遵，该班之武小生反敢约同男妇数十人至直刺船上大闹，船几倾覆。直刺大怒，回署后立将原头顾二、武小生某以及董事卑、施二人提案惩办，以儆效尤。

（南通州）（1910年7月17日《新闻报》）

---

① 袁云台，袁克定（1878—1955），字云台、员台，号蝶庵，河南项城人，袁世凯长子。清末任农工商部右参议、邮传部丞参。辛亥后任开滦矿务局董事长、外交顾问、陆军模范团团长等职。
② 陈督，即陈夔龙。
③ 张直刺，张有埰，浙江鄞县人。廪生，曾任户部山西司主事，宣统二年任通州知州。

陈区长维持风化

崩崩戏专演淫词，京、奉各处久已严禁，该戏界中有扮女旦，名开花炮①者，每一登台，秽言浪态，尤为异常，故声名四播，一般青年男女一闻开花炮至，无不趋往观听，实足以诱惑人心。去年在平康里搭台演唱，经总局禁止。近日该优又复来营投入庆丰茶园，拟于晚台最后场演戏一出，甫出报单，经四区区长陈子谟君查知，立传该园执事，严行饬禁，不准该优杂唱崩崩戏，如违定当送罚云。

（营口）（1910年7月20日《盛京时报》）

小河沿拟禁唱大鼓书

小河沿茶棚内唱演女大鼓书者，所招揽生意，故不妨凭人调笑，然观之殊觉不雅。有某局巡弁，常着便服，在该社内听唱，藉以保护，昨被警局稽查查知，拟将该处大鼓书禁止唱演，以免滋生事端。

（奉天）（1910年7月24日《盛京时报》）

封 闭 茶 馆

永顺里后白果树地方得意茶馆，因弹唱淫词兼有聚赌情事，昨被四路一区黄巡官查悉，将茶馆主刘声开、孙金喜提案讯实，判令收押，将店发封。

（上海县）（1910年7月25日《申报》）

勿 再 妄 想

刘开声所开之得意园茶馆前因弹唱淫词，被四路分局黄正巡官查悉，提刘到案讯实，拘留五天，饬将该茶馆发封在案。讵刘释出后到处招摇，谓已托某某等转圜，定可即日启封，照常营业，巡官访闻后正欲传刘讯问，适刘投案具禀，求请启封，巡官大怒，遂严加申斥，将原禀掷还，如再混渎，定行提究。

（上海县）（1910年8月2日《申报》）

请逐歌妓出境

厦门歌妓自厅主饬差驱逐后，移居鼓浪屿租界内者亦属不少，闻有一妓自顾年老色衰，特请教师在家教唱其台步做工，以便改作女伶糊口以娱暮年。讵近邻某西人夜夜被其唱曲声、管弦声、男女喧闹声惊扰清梦，不能成眠，昨特请洋务局驱逐云。

（厦门）（1910年8月5日《厦门日报》）

---

① 开花炮，孙凤龄（1888—1920），评剧男演员，艺名"开花炮"，河北省丰南县人。孙凤龄在营口演唱十余年，红了十余年，艺坛留有"开花炮炮打营口"之褒说。

诙 谐 被 禁

江省优伶有玻璃钻①者，年方十五六岁，所演诸剧类皆出尘脱俗，故能承听者之欢迎，几乎有该伶一日不登台，戏园即为冷落之概。最可取者，因善于诙谐，脱口成文，俗不伤雅。惜乎我国剧粲尚未改良，其所演者与社会多无关系，不过徒共一视而已。日前该伶演《十八扯》一出，其十步全谐语，中有老西嗜利如命，出门久贾不归，其妻与人打■已，随当了乌龟等语，一时闻者绝倒。独座客中山西人闻之颇滋不悦，当时即欲问该伶以毁谤名誉之究，幸有旁人劝解，事遂终止。次日竟告知当道同乡知会警局禁止该伶之登台唱演，闻之莫不咄咄称怪。

（黑龙江）（1910年8月7日《盛京时报》）

开 唱 淫 词

集水街义交楼小茶肆前晚开唱《双珠凤》淫词，被总工程局二级巡长查悉，当将店伙余福庆带局罚洋三元充公，并责令捐领执照，惟不得再唱淫书，致干查究。

（上海县）（1910年8月23日《申报》）

大令维持风化

绍属近来花歌戏盛行，最坏风化，每于夜深时登场唱演，稽查颇难。兹闻增大令②悬立赏格，当场拿获唱戏之人者（每获二人），官洋十元，通风报信因而拿获者，赏洋五元。如此雷厉风行，若辈必当畏罪敛迹。大令斯举于地方风俗，实受其益焉。

（绍兴）（1910年8月26日《新闻报》）

小戏忽然停演

优人陈万宝向在新民经营戏园生理，现因该处水潦，生意难期起色，日前遂带同优徒多人在省西城根搭盖席棚，拟演唱小戏，嗣为五区查知，当即派警将陈某传局，饬令即时停演，并大加申斥云。

（奉天）（1910年9月3日《盛京时报》）

沿 街 演 剧

前日有客民多人，在泉漳会馆福安里弄内扮演戏剧，藉卜蝇头之利，适被总工巡局三级巡长查见，以其哄动众人，有违禁令，即将戏衣器具并拘住王鉴泉、刘子珍、尹子安、严廷贵等解局，由当值处诘明留候，拟罚

---

① 玻璃钻，艺名，清末民初著名伶人，具体待考。其人曾与荀慧生、尚小云同台演出。
② 增大令，增春，满洲正白旗人，光绪三十年进士，曾任浙江建德、山阴等地知县。

所获，器具一并充公。

（上海县）（1910年9月5日《申报》）

阻止禁演淫戏之怪象

傅家甸各梨园均以演淫剧为招徕客坐之计，伤风败化，莫此为甚。前有某志士上禀滨江厅请禁止淫戏，改良戏曲，藉此以开通社会，闻已蒙章司马批准，候出示禁止。迄有某当道以禁止淫戏，梨园生业必致清淡，故而中止云。

（哈尔滨）（1910年9月8日《远东报》）

禁演淫戏

警务公所总办黄太守维翰①以淫词淫曲，本干例禁，梨园只图招致座客，不知与风化有关，日昨特严谕会仙茶园，嗣后不准再演各种淫戏，以正风俗，倘敢故违，定行严惩不贷云。

（黑龙江）（1910年9月18日《大公报》）

警务长禁演淫戏

本城戏园自开演以来，警局虽订有取缔规则，而戏园并不遵守，屡演淫戏以博欢迎，冀获厚利。于昨警务长王子铭重申禁令，指明《遗翠花》《卖胭脂》《关王庙》等淫出不准再演，违责重罚云。

（呼兰）（1910年10月4日《远东报》）

学堂造就《红楼梦》人才

鄂属荆州府荆南学堂开办已久，日前荆宜道金峙生②观察因初莅任，特往考查，以该学堂岁费万余金，七八年来糜费已逾十万，而毕业仅两班学生，成材太少，非力求整顿不可，遂撰训词，切实诰诫。旋与新派来荆之监学钱梅二君、庶务长田君以及各教员讨论改良办法。金观察谓宜先从管理规则入手，次查功课。议毕参观校舍，适至高等小学自习室，见冠者五六人，各手执一卷。金观察意必诸生温习功课，遂入室检阅，不期各执《红楼梦》一本，金观察大不谓然，当即面斥监学云：国家一年用去若干巨款，造就一班《红楼梦》人才，教育前途何堪设想？非速切实整顿不可。该堂管教员均面赤耳热而退，刻已从严整顿矣。

（湖北）（1910年10月5日《申报》）

---

① 黄维翰（1867—1930），字申甫，号稼溪，江西崇仁县人。光绪二十二年进士，历任兵部职方司主事、呼兰知府、龙江知府等职。著有《稼溪诗集》四卷。

② 金峙生，金鼎（？—1922），字峙生，江宁人。曾任湖北候补道、荆宜道道台，民国初年任江苏省江宁财政司副长，1915年任奉天官地清丈局局长，1917年任武昌造币分厂厂长。

吴江议事会提议禁止演戏

苏属吴江城议事会秋季开会,首先提议禁止演剧一案,兹悉议谓:现值米珠薪桂之秋,而无识愚民动辄藉敬神为名集款演剧十余日不等,其狡黠者则乘机敛钱,举城若狂。甚至农人则悬其耒耜,工人则置其斧斤,在学校之童争请罢读,而街衢之游民乘间滋事,扰攘闾阎,尚属小事,而病国害民,莫此为甚。且议会设在庙中,如此喧哗叫嚣,实足阻挠议场进行,不成体统,理宜议决,知会董事会,先行呈报监督晓谕禁止,以顾公益而挽顽风云。

(苏州)(1910年10月7日《远东报·附张》)

演淫戏被罚

傅家店庆丰茶园执事因全班合演《卖油郎独占花魁》,经警务局指为淫戏,罚羌洋十四元,以示惩儆。

(哈尔滨)(1910年10月18日《远东报》)

戏 园 状 况

去十五夜,乐天茶园继演《杀子报》,客席充满,几无立锥,故临场警官制止发卖入场券。迨开演时,衲云与王徐氏扮演丑态淫状,过于猥亵,监督官乃为谕止云。

(台南)(1910年10月19日《台湾日日新报》)

禁 止 淫 戏

月二十日,永庆茶园日间排演《月华缘》一剧(即《卖胭脂》)。此剧确系淫戏,当道以风化所关,当场制止罢演,因改换他剧,顺序扮演云。

(台南)(1910年10月25日《台湾日日新报》)

女 界 公 愤

日前城议事会议员林君柏棠①,以戏园开设女座,大有关乎风化,盖以闽中观剧士女,每藉文明气习,而恣其眉目之往还、言语之笑谑也,遂倡议禁开女座,以弭颓风于未然。不意女界大动公愤,力主自由之权,广告反对,毕竟伊谁胜仗,俟决后再登。

(福州)1910年10月26日《台湾日日新报》

驱逐女大鼓

省城女大鼓名筱朵者,日前到辽,一班青年子弟,颇为欢迎,不意警

---

① 林行陀(1869—1952),字柏棠,号尚志,福建侯官人。陈宝琛之门生,岁贡,清末曾任全闽师范学堂庶务长、省视学。

局以其曲意不佳,有伤风化,立即驱逐,该女乃阳奉阴违,竟私匿西街涌泉公司执事李心泉处,朝唱戏曲,夕则卖淫,情意颇洽。日昨李某招集同人欢筵畅晏,讵意酒未三巡,被巡警查知,立将筱朵驱逐出境,以被一班座客扫兴而回,现拟别生枝节,与该警为难,以报复此恨云。

(辽阳)(1910年11月3日《盛京时报》)

实行禁设

以前议事会会员林君柏堂提议,戏园中禁设女座,以挽颓风。此议经请官界,准于本月初二日实行矣。

(福州)1910年11月11日《台湾日日新报》

驱逐淫伶

某茶园日昨演《打扛子》一出,程士太①去丑,花宝卿②去小旦,及至《脱裤》一场,程士太备著秽亵情态,适二区区官田君在园,立逐该淫伶下台,并责备园主不准再用该淫伶云。

(铁岭)(1910年11月23日《盛京时报》)

《国华报》刊载《邬生》小说被控③

工部局控《国华报》主笔周心梅④登载《邬生》淫词小说,昨由差探将周传案。据捕房刑事检查员侃克律师到堂译称,该报登载淫词,有伤风化,请为讯究。诘之,周延费信惇律师辩称,此种小说非周自做,系在《聊斋》及《秋灯录》并《丛钞》等书上剿袭而来,与泰西各国名人所作之书相仿,今将已译西文之《聊斋志异》呈验,中西官核供会商之下,判周交保,候礼拜四复讯再核。

(上海公共租界)(1910年11月30日《新闻报》)

《瑞青天》小说被禁

汉口缉捕房劣弁徐升、徐盛父子兄弟等三犯前经鄂督瑞制军⑤饬拿正法后,武汉人心为之大快,街谈巷议,咸以此案为资料,于是汉上有种编造俚曲戏本之人,摭拾此项荒诞不经之说,编成小说一册,名曰《瑞青天》,又名《瑞大人私访》,一时行销甚旺,市井愚氓,莫不手此一本,以资消遣。日前为制军所见,以其全属讹言,特饬巡警道转饬武汉警局密缉

---

① 程士太,其人待考。
② 花宝卿,姓李,字姞侬,江苏丹阳人。初操倚门业,继乃学歌,善花衫。
③ 该组新闻原题为《报馆讼事两则》。
④ 周心梅,其人待考。
⑤ 瑞制军,即瑞澂。

编造出版之人，毁其刊版，以免流传。昨汉口巡警三区二分区区长杜赓良偕同巡官在半边街五峰堂小书庄查出此书原版一套，印成之书数百部，当将编造之人俞上林拿解巡警总局，由司法科长讯究，未识如何惩办。

(汉口)(1910年11月30日《申报》)

演 戏 未 准

商民胡锦波拟在河北玉皇庙附近起盖戏园一节，曾经工程总局查验无碍路政在案，昨闻警务公所以玉皇庙内原有官立小学堂一处，若在该处设立戏园，未免锣鼓喧嚣，有碍学务，当即批覆不准。

(天津)(1910年11月30日《大公报》)

《国华报》被控之结果

工部局控国华小报馆主笔周心梅登载《邬生》淫词小说，传案讯究情形曾纪前报，昨晨奉孙襄谳员①同美海副领事②复讯，以所登小说究属有伤雅道，今姑从宽，判周罚洋十五元充公，以后不准再登淫词。

(上海公共租界)(1910年12月2日《新闻报》)

戏园妓馆均停七日

日前警务公所会议防疫之时，以戏园妓馆两处为最繁众集合之场，最易传染疫症，特拟封禁七日，以免流行，本报已志。日昨已传饬各区，凡有多数集合之场及戏园、妓馆一律停止营业，闻实行之后，旋有妓馆等因违章留客，当被巡警查出将该妓女等拘留三日始释云。

(黑龙江)(1910年12月9日《远东报·附张》)

弹 唱 淫 词

邑庙豫园得意楼茶馆下堂，近雇无赖李文彬③弹唱《奇冤录》淫词，事为东二区钱副巡官查悉，于昨日饬派巡警前往阻止。讵李正在上台弹唱，兴高采烈，置之不理，该巡警遂至台上将李拖下，立即带区留候，饬传茶馆主到区讯罚。

(上海县)(1910年12月22日《申报》)

---

① 孙襄谳员，孙燊梅，字调鼎，湖南人。江苏候补县，曾任上海高昌庙巡防局委员，1910年4月出任上海公共租界公廨襄理谳员。

② 海副领事，海德礼，美国外交官，清末民初任美国驻上海领事馆副领事，经常参与公共租界会审公廨的审判事务。

③ 李文彬(1874—1929)，弹词演员，浙江海宁人。早年为箔店伙计，因喜爱弹词而弃商从艺，技艺日精，深受观众欢迎。清末在上海组建润余社。他改编的以杨乃武与小白菜题材的唱本《奇冤录》成为弹词主要书目之一，对弹词发展影响深远。

驱逐开唱淫书

沪城邑庙春风得意楼茶肆主王兰亭屡次违禁在店开唱淫词，曾奉警局判罚有案。不料王日久玩生，迩来又雇李文彬开唱淫书，因此听者颇众，为庙中同业中人所妒忌，于前日暗使各流氓与李为难，互扭至一路二区分局。钱副巡官讯供之下，以李抗违警章属实，判令罚洋六元，人则逐出邑庙，不准再唱，如违拿办。

（上海县）（1910年12月22日《新闻报》）

弹唱淫词

画锦牌楼延龄堂茶馆近日招雇无赖夏运生弹唱淫词，哄动男女，兹被巡警局查悉，立即谕禁，如违提究。

（上海县）（1910年12月25日《申报》）

女伶扮演淫妇之活剧①

宝善街丹桂髦儿戏园前晚演唱《翠屏山》一出，因女伶陆菊芬②扮演潘巧云与僧人海实利相会时过于淫亵，经老闸捕房包探刘森堂目睹，以其有伤风化，立即回禀捕头，请廨饬传该园主戴云舟到廨讯究。

（上海公共租界）（1910年12月28日《申报》）

髦儿戏忽准忽禁

宁垣上年创办劝业会时，正会长张制台③劝令上海南京商界集资在三牌楼新辟马路两旁建造楼房数百幢，以兴市面，舞馆歌楼，十分热闹，其路即名为劝业路。自闭会后，游人绝迹，生意清淡，第一舞台以不能支持，业于十一月初九日停止，阖市惶惶，皆有停闭迁移之意，当经益利、宏裕、上建、振兴四公司禀请劝业道准演髦儿戏以维市面，经李子川④观察查核前案，概行批驳。嗣由上海某商商同筹赈会员陈请督座，试演三个月，除开支外，盈余充作江皖义赈，一以维持市面，一以拯济灾黎，蒙督宪批准试演。该商即出巨资，聘请著名之王家吉庆坤班于二十二日由杭赴苏，自苏乘火车抵宁，正拟大张旗鼓，择吉二十五夜

---

① 该新闻亦载1910年12月28日《新闻报》，标题为《传究演唱淫戏》。
② 陆菊芬，清末民初沪上著名女伶，1909年胡适曾观看其演剧，有诗作《女优陆菊芬演〈纺棉花〉》记之。
③ 张制台，即张人骏。
④ 李子川，李哲濬（1871—？），字子川，浙江宁波人，清末任江宁劝业会会办，入民国后曾任吉林省财政厅长。

开台，乃巡警总监李子香①观察突于二十四日夜出示禁止，并云倘敢抗违，定行严拿惩办，一时人心惊惶无措。讵二十五夜城南绅商未知示禁，马车人力车络绎而至，该舞台已悬停演之牌，来客仍拥挤入内，以致不能拦阻，一时楼上下，人皆坐满，直至八点半钟经各按目婉劝，始各散去。闻李子香观察因劝业会开会时自违警章受罚，遂衔劝业会次骨，故有此忽准忽禁之举云。

（南京）（1910年12月29日《申报》）

调查书场

一路巡警分局德正巡官②查得城厢内外各茶肆兼设书场，大都弹唱淫词，昨特饬传各铺地甲到局，谕令将各书场所唱何书及唱书人姓名详细造册，呈后核夺。

（上海县）（1910年12月30日《申报》）

再志女伶扮演淫妇之活剧③

宝善街丹桂髦儿戏园女伶陆菊芬演唱《翠屏山》一出，扮演潘巧云过于淫亵，经老闸捕房包探刘森堂目睹，以其有伤风化，业已禀明捕头请廨饬传园主戴云舟到案讯明属实，宝谳员④与英康副领事⑤以戴故违禁令，着罚洋三十元充公。

（上海公共租界）（1910年12月31日《申报》）

取缔女座之条陈

省城悦来茶园、可园均售女座，叠经徐绅子休⑥等公议取销。日前徐绅等特联名具禀督宪，恳令停售。督宪当即批行巡警、劝业两道核议应如何取缔，或分日售票之处，俟议覆到日，再行核夺。

（成都）《四川官报》1910年第24期

---

① 李子香，李士铭（1849—1925），字子香，天津人。光绪二年举人，历任户部云南司郎中、江南巡警总监等职。
② 德正巡官，即德清。
③ 此新闻亦被1910年12月31日《新闻报》报道，题目为《开演淫戏罚锾》。
④ 宝谳员，即宝颐。
⑤ 英康副领事，康斯定（C. F. Garstin），英国外交官，1910年5月接替郭立实出任驻上海副领事官。
⑥ 徐绅子休，即徐炯。

1911 年（宣统三年辛亥）

警道维持风化

湖北沔阳、天门等州县灾民视逃荒已成习惯，所有灾民妇女无不通晓演唱淫词或玩刀弄棍以为行乞之技。近因迭受巨灾，沔、天之人至武汉者男女成群，到处皆是唱曲卖艺，颇形骚扰。闻巡警道黄观察①以该灾民弹唱淫曲，实关风化，特通饬各区区长转告巡士人等，以后站岗巡逻，遇此即行阻止。倘有居民雇其演唱，违抗不遵者，均准带区惩罚。

（武汉）（1911年1月4日《新闻报》）

严警刁风

戏园禁设女座，前亦略详。兹闻别有天戏园，以女座禁设，生意日下江河，遂拟串通外人包卖女票，事为曹太守②所闻，随传我园东林道镕到案面斥，并著具结，始行放释。推太尊之意，盖欲严警倚藉外人之刁风，而化于敦朴耳。或曰，官界拟免戏捐，仍令开设女座，此节似不可信。

（福州）（1911年1月5日《台湾日日新报》）

戏园因防疫停演

本埠傅家甸现因瘟疫日盛，所有各梨园演戏恐气味熏蒸，殊与公共卫生有碍，故于昨日经防疫会饬各戏园暂行停止演戏，以重卫生云。

（哈尔滨）（1911年1月11日《远东报》）

若何淫亵

法捕房总巡闻知某戏馆所演戏剧稍涉淫亵，密派西探亲往查实，将该戏馆内之某甲传至公堂，请示核办。

（上海法租界）（1911年1月18日《申报》）

法界戏园亦不准再演淫戏矣

法捕房前日控告新剧场演唱《杀子报》淫戏，改换名目，或曰《清廉访案》，或曰《和尚不守清规》，即经公堂饬传该园经理人到案审讯。据称歌舞台戏园亦常演此戏，既是违背禁令，应请一并传究，因是判候传到歌舞台经理人再行讯核在案。昨日歌舞台经理某甲到案禀称，歌舞台开幕未

---

① 黄观察，黄祖徽，字小农，一作筱农，江西瑞昌人。荫生，湖北候补道，曾任农务学堂监督、宜昌关道、盐法道，1910年至1911年任湖北巡警道。
② 曹太守，曹垣，字薇亭，山东菏泽人。曾任军机处行走、福州知府、工部都水司郎中。

久，新剧场则已开二年，该园常演此戏，不闻禁阻，故本园亦仿而效之。聂司马①商之顾副领事②，姑念无知误违，从宽免罚，惟以后不准再演淫戏，如再故违，定须重办。

(上海法租界)(1911年1月20日《申报》)

禁演淫戏续志

法界法捕房查禁界内各戏园演唱淫戏一事曾志前报，兹悉此案法公堂先传新剧场执事到案讯问后，礼拜三始传歌舞台经理俞厚卿同前次到堂新剧场执事朱桂林一并到案，经聂司马会同顾副领事讯商之下，姑念初犯，判免究罚，以后不准演唱淫戏，两戏园执事遵谕而退。

(上海法租界)(1911年1月20日《新闻报》)

小报被控之结果

《国华》小报主笔周心梅因登载淫词小说，被公共捕房禀廨饬传候讯一事，曾记本报。昨晨由探将周传至公堂，周供此种游戏笔墨并不违禁，中西官以周不应登载淫词，判罚洋三十元充公，以后不准登载淫词。

(上海公共租界)(1911年1月24日《新闻报》)

取缔演唱淫戏

据某当局云，近来各戏馆，所演出目，多忘劝善惩恶之主旨，专演淫亵或惨酷等戏，以投观客之意思，似此实属败坏风教，宜速取缔。故此次颁行戏馆取缔章程，将以豫防此等潮流，使矫正于劝善惩恶之本义。自兹以往，凡遇演唱紊乱公安或坏风俗之出目，不问事之如何，必取严重处罚之方针云。

(台北)(1911年1月26日《台湾日日新报》)

戏 园 停 演

前日下午一钟余，河东义界各戏园正在锣鼓喧嚣之际，忽有该界巡捕数人，传知各戏园一律停演，喧传该园不知有何恶耗云。

(天津)(1911年2月5日《大公报》)

戏 园 告 苦

河东义界公署日前传谕该界各戏园一律停演一节，兹经详细调查，系因该公署接到德医士来函，谓人多之处，易于传疫，故将各戏园暂行停

---

① 聂司马，即聂宗羲。
② 顾副领事，顾宝，法国外交官，1908年11月任法国驻上海副领事官，1912年升任驻成都领事官。

演，以为先事豫防之计。惟闻各园园主以平日生意萧疏，异常赔累，原欲藉此数日进款，以补亏项，今忽又有如此现象，实属令人难堪，昨特缮具洋禀，联名赴义领事署，恳请收回成命。未知能邀允准否？

（天津）（1911年2月7日《大公报》）

戏 园 弛 禁

河东义界公署前因时疫流行，不令各戏园演剧一节，已纪本报，兹闻该界绅董等昨缮具洋禀，在该管领事官处投递，略谓：本界地瘠民贫，生意甚少，自有戏园数处，而小生意日见其多，租界亦日渐兴旺。今忽饬令各戏园停演，殊失振兴租界之本旨，惟有恳恩弛禁等语。当经领事官准如所请，并传谕各戏园照常开演。

（天津）（1911年2月13日《大公报》）

批驳髦儿戏

扬城禀办戏园先后共有五起，均奉嵩太守①批准，惟昨有魏某禀请开办髦儿戏园，当经嵩太守批驳云：女伶昉自沪滨，踵行津沽，地皆商埠，俗号髦儿，向使衣食足而礼仪兴，原可为升平之点缀，无如风俗偷而教育浅，适足为淫冶之导师。况乎以公园为歌舞之场，有乖名义，陷弱女于倡优之队，尤坏良心。事难准行，禀殊谬妄云云。

（扬州）（1911年2月24日《新闻报》）

饬查开唱淫词

淫词摊簧，久干例禁，近日四马路天乐窝女书场内忽别出心裁，深夜兼唱新曲，实则淫词苏摊。事为捕房所闻，恐男女混杂，有伤风化，饬派中西包探详查核办。

（上海公共租界）（1911年2月24日《新闻报》）

兜 售 淫 书

王阿二在四马路兜售淫书，被捕查获，昨解公堂讯明，判押一礼拜，淫书销毁。

（上海公共租界）（1911年3月15日《申报》）

戏禁开不得

临川商民酷嗜演戏，并藉此以为敛钱之具，自戚升县②拟提此项縻费

---

① 嵩太守，即嵩峋。
② 戚升县，即戚扬。

补助学款后，此风稍息。王升府①蒞任，复将抚州会馆改为商务学堂，自是笙歌绝响，行之数年矣。讵今春城外某富商邀集同业数人，密订戏班，开台演戏，兴高彩烈。远近来观者大有人山人海无地容足之势。商会总理郑权睹此情形，恐酿事变，提议禁演夜戏，不料是夜人丛中即有窃贼混迹，偷去商务学堂某教员暨某学生衣物多件。次晨该总理召集商董诸君，公同协议，比将梨园子弟，概行遣散矣。

（江西）（1911年4月3日《申报》）

剧场忽来霹雳

湖北荆州城与沙市镇同在一隅，商业虽称繁盛，然尚不敌宜昌。而沙市地方戏园之发达，竟与汉口相埒，其故盖由男女之合演、描摹淫剧殆尽也。荆沙政商绅学各界之酷嗜淫戏，大有趋之若鹜之势，挥金如土，不可数计。而尤以荆宜道吴筠孙②、荆州府斌俊③、在籍道员杨凤池、荆州都统连俊等提倡为最力。日前吴道斌守等同日寿辰，竟各在其衙署内召天仙、丹桂两梨园连演五日，所获赏钱多至万缗以外，极称一时之盛。讵事为鄂督所闻，以男女合演淫戏，最为风俗之害。该地方官不惟不严切禁止，反敢推波助澜。本拟用正式公文从严惩办，因碍于连都护、吴观察之面子，乃特电沙市警察局总办黎令春华，即日出示禁止男女合演，如敢故违，定行封禁云。

（湖北）（1911年4月22日《申报》）

扬州影戏之末路

职商刘伯华前禀准立案开设幻仙集影戏园，相继而起者，有开明公司、开通公司，嗣刘伯华因生意寥落，特招一般流氓扮演《三上吊》等剧，忽与新军营兵士械斗。开明公司亦招集一般留学生扮演文明新戏。事为嵩太守所闻，恐滋事端，即饬巡警分局传谕驱逐出境。闻开通亦被殃及，已一律停演矣。

（扬州）（1911年5月13日《申报》）

---

① 王升府，王以慜（1855—1921），字子捷，号幼阶，湖南武陵县人。光绪十六年进士，历任翰林院编修，甘肃乡试副主考官，江西南康、瑞州、抚州知府。著有《檗坞诗存 词存》。
② 吴筠孙（1861—1917），字竹楼，江苏仪征人。光绪十四年考取内阁中书，光绪二十年进士，历任山东登州知府、泰州知府、湖北荆宜道道台等职。
③ 斌俊，满洲镶黄旗人，由监生报捐笔帖式，历任员外郎、荆州知府等职。

禁阻洋商演剧

镇关道林梅桢①观察昨接江督县电禀，略谓：扬州城内埂子街近忽有人悬挂日商牌号，开演影戏，是否洋商无从查悉，惟洋商向不得在内地开设行栈，更何能在内地开演戏剧，致滋事端，除饬差押闭外，应请照会该管领事查办等因。观察准即照会驻宁日领事请即查明，如果系该国商人，应即饬令该商不得在扬地逗留，以符约章。

(镇江)（1911 年 5 月 16 日《申报》）

淫伶被辱

本埠各戏园演唱淫剧，近已居然照旧，而以河北天仙茶园为尤甚。日前该园淫伶宋连仲演《拾玉镯》一出，淫态异常，座客切齿，群用茶壶砍破该淫伶面部，鲜血淋漓，抱头而遁。

(天津)（1911 年 5 月 21 日《大公报》）

朱家阁开印戏之活动

松江府戚太守②曾于春间通饬各属禁止演剧，而青浦县属之朱家阁镇商民因该镇城隍庙向有开印戏，今被禁止，咸归咎于绅董之附和官长，不肯争论，遂在镇上遍布匿名揭帖，指摘痛詈，语多激烈。并有将于某日捣毁自治局及学校与经办者之房屋等语。该镇商会总理以愚民无知，恐被摇惑，且演剧之费，向于米业庙捐内拨助，与敛钱演剧者不同，况一年之中，只此数日，合镇商家可望利市十倍。今并此而无之，似与商业前途亦有关碍。爰于二十五日亲诣县署，拟将以上情形一一陈说，仍请通融准演，免肇事端。适是日蒋大令③因公离署，未获面晤，究不知将来能准如所请取销前示否？惟闻蒋大令素主和平，想必允该绅董之请，而泯患于无形也。

(松江)（1911 年 5 月 26 日《申报》）

会议厅限制演戏之议决

江西咨议局呈报覆议，查办各属对于限制演戏延宕不行一案，当经赣抚发交审查科公同审查。兹据该科呈称：窃查此案，咨议局于第一次常年会内提起议案，呈请各属严行限制，业经批允，公布施行，并行司通饬各

---

① 林梅桢，林景贤（1862—?），字梅桢，福建闽县人。光绪十一年拔贡，曾任福建司主事、湖广司主事、杀虎口专差、常镇通海道台等职。
② 戚太守，即戚扬。
③ 蒋大令，蒋清瑞，字纯熙，号兰江，浙江归安人。光绪十九年举人，曾任金山、奉贤、青浦等县知县。1910 年至 1911 年任青浦县知县，为清代青浦最后一任知县。

在案，上年会内，咨议局因各属对于此案延宕不行，呈请严饬查办，以除恶习。自应照准。惟民习以积重而难返，或取缔稍为区别，于事实上较易于切实进行，本科所拟取缔规则，仍于去太去甚之中寓从俗从宜之意，特详为规定期收实力进行之效果，并非取销公布之议案。今咨议局按章仍执前议，不复进求手续之完备，则本科所拟戏场取缔规则，可予取销，应如该局所请，严饬各属遵照前次通饬原案查禁，其有阳奉阴违者，准予严行究办等语。复经中丞在会议厅公同议决，即照该科所议办理云。

（江西）（1911年6月2日《新闻报》）

芜湖警务总办严禁演剧

芜湖大马路文明舞台近欲开演《皖北水灾》新剧，为巡警总办丁幼兰①太尊干涉，饬令停演，并以订期三礼拜已经届满，乃于初二日张示该园门首，令其闭歇。该园以连日阴雨，停演两日，经费不足，甚难支持，本拟他往，及睹禁谕，反偏印一传单，登时开演。将该园门额原有之字，用粉涂抹改书"日商进化团"，并高揭日本旗章，显为抗拒。闻丁总办于出示之先，会函请关道饬县阻演，略谓：昨据区员报告，进化团门首忽挂日旗，不胜愤悒，当饬区员令其撤去。讵晚开演时，复行悬挂，此次该团众来芜演剧，南洋督宪早有所闻，电告抚宪传谕，刻日解散，以自治公所函请在先，业批准三星期，当俟期满后谕令停止，此实委曲求全。今又以助赈为名，展期接演，并未接到该公所咨照，断不能任令从事。芜湖县有监督自治之责，应请审台谕饬朱令②转告该公所，将助赈之议立予取销，免干审诘。至五月初一日期满，惟有查照前议，实力执行，以便呈院了案云云。不知将来如何了结也。

（芜湖）（1911年6月3日《新闻报》）

芜湖演剧风潮续志

芜湖大马路文明大舞台进化团开演新戏，以已届期满，为巡警丁总办③出示禁止，因起风潮一事，已志前报。兹闻该园主以三礼拜之期虽满，而日领事至芜时，尚有续请保护之照会呈于道审存核，乃立即布置开演。并以不及排印戏目，用油印传单，用军乐游行通知散给，现仍照常开

---

① 丁幼兰，即丁翰年，字幼兰，浙江人。历任直隶州候补知州、和州厘金总办、芜湖督练公所提调、芜湖警务公所总办等职。

② 朱令，朱祖圻（1871—1960），字绣封，号养拙居士，出身于书香门第，官宦世家，河北大兴人，举人。1911年接替郑仲常任芜湖县知县。民国后任芜湖县长。

③ 丁总办，即丁翰年。

演，未知警局如何办法也。

（1911年6月5日《新闻报》）

禁 女 学 戏

西四道街某成衣之女年十三岁，去年某成衣赴东夹荒谋事，其妻遂令其女拜会仙茶园名角八百红①为师，学唱戏曲，计自今已六越月矣。顷者，某成衣归，闻知此事，勃然大怒，即禁其女不须复往。乃八百红以其半途废学，前功尽弃，于是纠集多人，强抢其女而去。现在两造已赴审判厅起诉，未知将来作何判决也。

（长春）（1911年6月13日《盛京时报》）

只 须 缴 捐②

四路分局批商人张鸿庄禀云，据禀拟在一兴茶楼演唱影戏，援例缴捐等情，果能恪守警章，并无弹唱淫词，男女杂坐，自应照准，着每月遵章缴捐洋十二元，来局领照可也。

（上海县）（1911年7月24日《申报》）

鄂督禁演新剧原因

汉口近有醒世联合社，社长温竞欧邀集学界中人编演新剧，以鼓动民气。兹闻该社已租定棉花街荣华戏园旧址，改名为楚舞台，业已布置完全，准备不日开演。事为瑞制军③所闻，以该社均激烈派中人所组合，所演新曲专于嘲笑怒骂轻侮官场，宗旨颇不纯正，特饬关巡二道禁其开演，并函知各领事通告各洋商不得为之出面挂旗，且不令在租界内开演。

（汉口）（1911年7月25日《申报》）

请禁戏园之公函

杭城开设戏园一事经正绅褚成博④等公禀大吏，声明万不可行。增抚⑤始尚犹豫，继据杭州府英霖禀陈请将戏园缓办，大感始解。然批行警劝二道查复，议详尚未呈报。前日褚绅等又联名公函节署，觅录原稿如下：

---

① 八百红，清末民初河北梆子男演员，工老生。
② 本则新闻亦载1911年7月24日《新闻报》，标题为《准给演唱影戏执照》。
③ 瑞制军，即瑞澂。
④ 褚成博，字伯约，浙江杭州人，光绪六年进士，历任翰林院编修、广东乡试副考官、江西道监察御史、河南乡试副考官、吏科给事中等职。
⑤ 增抚，即增韫。

▲敬启者，月前上呈公牍，仰荷钧批，以此案前据巡警劝业二道召集绅商公同核议，尚未详复，仰该道等一并核明详办，抄禀批发等因。仰见大公祖博访周谘，折衷至当之意，绅等自当静候钧裁，何敢冒昧屡渎，惟是事关重要，尚有不敢已于言者，敢再贡一得之愚，为大公祖窃陈之。窃维江浙开埠，通商以沪甬为最早，递嬗而至，苏、镇、瓯、杭后先继起，不闻城内有开设戏园之举，若宁波、温州即商埠亦绝无戏园，至今市廛云集，轮舶飚驰，未闻商业之振兴必藉戏园为鼓吹。矧目前沪上戏园虽开设如故，而频年商市阅折，几不克支，戏园果有益于商业乎？且上年正月苏州阊门戏园有征兵因口角起衅，立被打毁，波及商店数十家，其时适有数洋人经过其地，亦误被打伤，官吏再三引咎，优给款项，始了事，而商家之伤损则无人过问矣，此尤近事之可为炯鉴者。即嘉兴文明戏园，当未设之前，何尝不以改良新戏自居，逮衅生意外，必上烦节，使行筹始得帖然就范，是已开之戏园且从而封禁之，矧未设之戏园而可不严加禁遏乎？此案既奉大公祖批，由巡劝两道议详，想贤观察保障一方，自能仰体渊怀，是非不谬，惟全省政事悉赖节下主持，虽有房谋，必资杜断，应请将此事利害情形严加诰诫，传示铃辕，以期懦立顽廉，不敢轻于尝试也。（下略）

(杭州）（1911年7月26日《民立报》）

不准弛禁

河北大街民人李永太前在学堂附近开设戏园，有违学务定章，业经学宪札县，饬令该民人停歇在案。昨有该处绅商等联名具禀提学司署，恳即准予弛禁等语，旋经学宪批谓：李永太在学堂附近设立戏园，实属故违定章，各该士商何得联名乞恩，殊属冒昧，所请应不准行。

(天津）（1911年9月24日《大公报》）

滩簧唱不得

前日四马路四区拘解唱滩簧之王竹亭至一区请办，昨经董区长提讯，以滩簧淫词，久干例禁，判王从宽，罚洋十元，押缴开释。

(上海县）（1911年10月3日《申报》）

唱淫词自应罚办

城自治公所警务长穆杼斋①查得十六铺迤南泉漳会馆码头弄内宁波人某甲所开小茶肆,每应招留宁波无赖开唱淫词艳曲,有伤风化,立饬长警往查牌号店主名姓及唱说各人姓氏,一并查明,报候移请裁判所传案究罚。

(上海县)(1911年10月9日《申报》)

不准商界演戏

上号商界曾拟定演戏酬神,将一切均备妥协,以待开演。昨经巡警局传示禁止,不得无故演戏,扰害地方等语。

(哈尔滨)(1911年10月24日《远东报》)

维持风化

昨闻城议事会开会核议,以妇女听戏,有关风化,拟请巡警道宪照会各戏园一律禁卖女座,惟租界戏园碍难取缔,亦拟变通办法,商请各国领事官禁卖散座,未悉能否办到。

(天津)(1911年10月29日《大公报》)

群舞台演戏中止

老北门外新剧场旧址现在改设群舞台髦儿戏园,近因生意清淡,开销浩大,未免有入不敷出之叹,特排演《错杀子》一剧,以资招徕。此剧原名《杀子报》。前晚十点余钟,正在开演此戏,不知何故忽然中止,看客大为扫兴。说者谓是戏系干捕房禁令,想为探捕前往干涉,故有此举动云。

(上海法租界)(1911年11月3日《申报》)

地痞横行

北新泾廿八保三图捆保乔裕生、金有材、顾茂堂、姚秋岩等报告北段十区云,有地痞吴阿和为首,敛钱演唱花鼓淫戏,并敢持刀戳伤金学臣头面等处,请为究办,后经该区将吴逮获,搜出凶刃一把,解送总局,收押候办。

(上海县)(1911年11月25日《申报》)

禁锢地痞

十区解演唱花鼓淫戏之地痞吴阿和至总局已纪昨报,昨经司法长孙君

---

① 穆杼斋,穆湘瑶(1874—1937),字恕再,又名杼斋,上海杨思镇人。光绪年间举人,清末任江苏咨议局议员,民国初任上海警务长以及杨思乡经董、乡董和上海市政委员等职。

讯实，判吴禁锢三月以儆。

（上海县）（1911年11月26日《申报》）

商团擒获流氓

北新泾地方向多流氓地痞，动滋事端，近竟大唱花鼓淫戏，并开场聚赌，通宵达旦，举国若狂。潘、沈二董戒之不听，区长赵君亦不能禁止，聚集二三百人，以备拒捕。前日爰由赵区长禀报民政总局，商请闸北商团会长钱允利君，派出团员徐际青、王彬彦、钱松寿、秦秋生、吴鹤珍等十一人会同马巡队巡逻队乘小轮船连夜出发，驶抵该处，由该区警察董事偕往虹桥镇陈家桥地方，拿获地痞优人陆成玉等男女十一人并戏箱赌具解回总局请办。一面将戏台拆毁，戏船交该区暂行收管，候再发落。闻该团员等即于初十傍晚归队，该处居民咸感佩不置云。

（上海县）（1911年12月2日《申报》）

商团擒获流氓续志

闸北商团会员偕同巡逻队等往虹桥镇拿获演唱花鼓淫戏之王阿金、王顺生、陆顺裕、华荣荣、朱阿生及妇人张陆氏，又玩戏法之宋友琪、宋友秀、陈有才、吕金福、徐金贵等十一人解押总局，已记昨报。前日经孙科长分别提讯，据王阿金供，向在法界演唱，日前有名子庄者来邀小的等六人往该处开演，每晚共给洋四元五角。宋友琪等供，向游江湖，住居船上。科长以花鼓滩簧、江湖把戏不独男女混杂，有伤风化，且难保无乘间奸拐抢掠等事，未便宽恕，谕饬收押，听候严办。

（上海县）（1911年12月3日《申报》）

讯办演唱淫词之痞棍

闸北商团会会员偕同巡逻队等往虹桥镇拿获演唱花鼓淫戏之王阿金、王顺生、陆顺裕、华荣荣、朱阿生及妇人张陆氏，又玩戏法之宋友琪、宋友秀、陈有才、吕金福、徐金贵等十一人，解拿总局，已记昨报。前日经孙科长分别提讯，据王阿金供：向在法界演唱，日前有名子庄者来邀小的等六人往该处开演，每晚共给洋四元五角云云。宋友琪等供：向游江湖，住居船上等情。科长判：花鼓滩簧、江湖把戏，不独男女混杂，有伤风化，难保无乘间奸拐抢掠等情。谕饬收押，听候严办。

本邑西乡万航渡地方，系与租界毗连。近来市面日渐兴盛，乃有土匪纠众在彼设台演唱花鼓淫戏，并开场聚赌抽头，商民大受其害。昨有人诣军政府禀报，现由谍报科长饬派侦探等前往按名拿究。

（上海县）（1911年12月3日《新闻报》）

土棍乘机骚扰

　　法华西泾曹家渡附迎天通庵西人字桥等处，近有土棍流氓邀集任少卿、松江阿三、饭店毛团等演唱花鼓淫戏，开场聚赌，大为地方之害。前日由该处绅董禀报民政总局，请派商团军队前往拿办，以保治安。

（上海县）（1911年12月11日《申报》）

警察善政

　　有个康永安，打算在崇文门外金鱼池地方，演唱半班儿戏（又名蹦蹦儿戏，又名棒棒儿戏），所售的票价，拟提二成捐助孤儿院（这个幌子可不含糊），禀请总厅立案。现经总厅查得该班所演词曲，多近淫邪，有伤风化，所请排演立案之处，碍难照准，昨已批驳了，实在是件善政。

　　按，京师自开演夜戏、开禁女座儿以来，奸拐的风俗，日见发达（好体面政治），好在还多出于阔人儿，中下社会反倒办不到（财力不及），若再准野茶馆儿里唱半班儿戏，久而久之，京城地面，再想找一块干净土，还许费点儿事呢！

（北京）（《正宗爱国报》第1650期）

奉谕停演

　　二十一日①晚广德楼之夜戏及各处戏园之电影，奉厅谕一律停演。

（北京）（《正宗爱国报》第1735期）

鄂警道限制乐户

　　湖北巡警道以汉口为通商巨埠，乐户混淆，巡警有维持风化保卫治安之责任，亟宜按区切实查明，限定分别等差，经公所注册之乐户、妓女方准营业，否则即为秘密卖淫，照例惩处。闻其所定乐户营业规则分为四等，计一等丝弦班，以四十家为定限；二等堂班，以一百家为定限；三等住班，以二百家为定限；四等窑班，以一百五十家为定限。一俟鄂督批准，即当实行。

（武汉）《江南警务杂志》1911年第13期

---

① 该日为光绪忌日。光绪死亡时间为光绪三十四年十月二十一日（1908年11月14日）。

浙江省社科规划课题成果

晚清报载小说戏曲禁毁史料汇编

下

Compilation of Historical Materials of Forbidding and Damaging Novels and Operas in the Late Qing Newspapers

张天星　编著

下编　禁毁舆论

论　　说

请禁花鼓戏说
河东逸史稿

顷读贵馆初四日《申报》所载《花烟馆坑人论》，义正词严，实于世道人心大有裨益，不胜钦佩，然余谓上海地方最足坏人心术者，又莫如花鼓戏。请为详陈之：查梨园之设，由来已久，原属例所不禁，苟所演诸剧均忠孝节义、可泣可歌之事，使人观感兴起，未始非易俗移风之一助，即有事涉风流而曲文雅驯，断非俗人所能领解，为害尚不甚深。若花鼓戏，则以真女真男当场卖弄，凡淫艳之态，人所不能为暗室者，彼则化日光天之下，公然出之；秽亵之言，人所不忍闻于床笫者，彼于稠人广众之场，大声呼之。其忘廉丧耻，较之古人裸逐，相去几何？此等戏班，兵燹以前，东乡一带，亦常有之，然一叶扁舟，往来无定，或于穷乡僻壤，偶尔开台，一阕甫终，片帆已挂。盖恐当道闻风驱禁，犹存顾忌之心。而乡间妇女尚有因之改节者，密约幽期尚有因之成就者，诱人犯法，已属不堪。今则依仗洋商，恃居租界，目无法纪，莫敢谁何。于是戏园所在，恐人不见，则悬旗以招之；恐人不闻，则锣鼓以闹之；恐不知其女之美，则倚栏杆而引诱之；恐不知其戏之淫，则书名目而牌示之。且取价甚廉，囊有数十青蚨，即可入座。语言甚俚，虽至乡愚妇稚，莫不会通。因之老少纷来，男女杂坐，恬不知怪，几若别有洞天。夫情欲之感，尽人而同，日闻师友之箴规，常睹圣贤之遗训，犹且一时失检败节丧名，今乃使淫女狂童为之耳提面命，心非木石，有不移情改性，同入禽兽之途耶？余故曰：坏人心术，莫若花鼓戏也。

（1872年10月15日《申报》）

正本清源论[①]

自来为善必须正本清源，除恶务在塞源拔本，本不正，源不清，为善

[①] 本文亦被1875年8月第36号《中西闻见录》转载。

必不能真；本不拔，源不塞，除恶必不能尽也。

近日上海青楼、烟馆、戏园、花鼓、女堂，淫风日炽，议者以为伤风败俗，莫此为甚，急盼官府之严禁焉，意未尝不是。然此末耳流耳，而非本源之所在也。愚意以为官之禁不及其家之禁，家之禁不及其身之禁，身之禁不及其心之禁。虽然欲自禁其身心，又非读书明理为善修身不可。果能读书明理为善修身，则畏天命、畏大人、畏圣人之言，爱声名、爱品行、爱节义、爱精神、爱父母之遗体，然后知我身心乃性命之存亡所系，彝伦之斁叙所系，人禽之界限所系，礼义廉耻之有无所系，天下国家之治乱所系，造化之范围万物之曲成所系。吾身可以为忠臣孝子之身，吾身可以为仁人义士之身，吾身可以为圣贤豪杰之身，吾身可以为善人君子之身，吾身可以为神明仙佛之身，吾身可以与天地比寿，吾心可以与日月齐光，吾心之光明可如白日青天，吾心之气象可如泰山乔岳，吾心之坚确可如磐石砥柱，吾心之洒落可如霁月光风，吾心之器宇可如海阔天空，吾心之机趣可如鸢飞鱼跃，吾心之刚劲可如苍松老柏，吾心之祥瑞可如麟趾凤毛，吾心之虚直可如翠竹碧梧，吾心之纯白可如冰清玉洁，吾心之醇厚可如和风甘雨，吾心之严肃可如烈日秋霜，吾心之精彩可如景星庆云，吾心之古朴可如浑金璞玉，吾心之力量可以旋转乾坤，吾心之经纶可以参天贰地。是则吾身吾心自有尊爵，吾身吾心自有安宅，吾身吾心自有正位，吾身吾心自有大道，吾身吾心自有广居，吾身吾心自有膏粱，吾身吾心自有文绣，吾身吾心自有极净之地，吾身吾心自有极乐之天。吁，诚知吾身吾心如此精微，吾身吾心如此广大，吾身吾心如此洁静，吾身吾心如此斋庄，吾身吾心如此温柔，吾身吾心如此刚健，吾身吾心如此中正，吾身吾心如此高明，吾身吾心如此尊严，吾身吾心如此贵重，吾身吾心如此纯粹，吾身吾心如此神奇，吾身吾心如此风光，吾身吾心如此荣耀，自然守身似玉，一片冰心，惕厉战兢，临深履薄，目不视非礼之色，耳不听非礼之声，口不道非礼之言，鼻不嗅非礼之香，舌不尝非礼之味，足不践非礼之地，身不为非礼之事。回视青楼，直如黑狱，烟馆直如监牢，戏园直如法场，花鼓直如妖魔，女堂直如鬼蜮，如狐鼠如蛇蝎，去之惟恐不远，避之惟恐不速，见之以为不祥，虽诓之诱之强之逼之，亦万万不肯入其中矣。尚奚用官府之禁哉？噫嘻，此乃自禁其身，自禁其心者也，此乃知本源之所在者也，此乃能塞源拔本正本清源者也。而或者曰："阴律谓淫人妻女，得子孙淫佚报。古人言其父贪刻吝啬，必生骄奢淫荡之男。"若是乎，本源又在其祖父之身心矣。桃源渔叟稿

(1872年11月30日《上海新报》)

劝勿点淫戏说
中　华　友

上海为众商聚会之所，凡举会请客者，咸邀入戏馆，利其便也。钱多席丰者居正席，钱少席寡者居傍座，而戏则点于正席之主客焉。尝见点戏之时，有务择其淫谑之戏以夸所点之善者，心窃耻之。夫一馆之内，少长咸集，不下数百人，彼优伶身为贱役，不惜丑态以献媚于人，固无足怪，而阅戏者率皆良家子弟，年高者虽不为之动，而少壮者视之，则心神俱荡，鲜有不因此而贻害者矣。试思优伶贱役，何所不可？秽亵之言与秽亵之态，描情尽致，曲曲传宣，皆从若辈手口而出，青年子弟目之所盼，心之所思，或从此而斫丧其真元，或从此而驰骛乎花柳，背其父母试及奴婢，病从此生，身从此殒，钻穴踰墙之事，无所不为，偷期密约之事，无所不干，伤风败俗，可胜言哉？敬为高明者劝，嗣后入戏馆切勿点淫戏，庙社敬神，尤宜切戒。盖庙中不能禁妇女之不来，而愚昧者尤易蛊惑也。且敬神本欲以求福，而淫戏适足以贾祸，人可不自警哉？即此是福，即此是德，愿诸同志互相告诫，功德匪浅。

（《中国教会新报》1872年第177期）

论淫书淫画淫戏不宜看
守黑老人

戒淫之文，先贤言之详矣，且痛切言之矣，自好者触目警心，或不致作荡检踰闲之举，以干国宪阴律之诛，此其显而易见者之不待赘言也。而隐受其害之足以坏人心而伤风化者，则莫如淫书淫画淫戏三事。

夫美人香草，本属寓言，不过文人笔墨，藉绮语之缠绵，达柔情之缱绻，吟风弄月，赋物言情，赠帕弹琴，借题写意，如锦花泡语等书之一往空情，令人心摇目眩也。等而下之，至于小说弹词，俗影村言，写出偷香窃玉，绘成钻穴踰墙，粗鄙不堪，秽污特甚，不可出诸口者，居然笔之于书，此野史稗说等书之久干厉禁也。至于淫画淫戏，殆有甚焉，春苑秘戏，当场出丑，淫情点缀，摩传口角，风情秽体，描工幻出，肌肤亵体。化日光天之下，忘耻寡廉；瞻观视听之余，乱心荡志。三者之遗害，人每不及防。而受其害者，则如火燎原，一向而不可扑灭也。每见人家子弟，其聪明特秀者，阅之而执迷不悟、隐泄其原精者有之，自戕其性命者有之；其愚鲁质朴者，阅之而效尤不悛、紊乱伦常者有之，显犯王章者有之。是为人父兄者，并未尝导其淫、诱其淫，而子弟之观淫书、阅淫画、听淫戏，直不啻父兄导其淫、诱其淫矣。且不啻父兄迫其死、蹙其生矣。况残篇断册，遗落闺中，妇女无知，偷窥窃视，其害更有不可胜言者。淫词秽曲唱演神前，天道祸淫，降灾愈酷，其罚已在万恶之首，人孰不爱子弟、不敬神明，而独于淫书淫画淫戏玩而忽之，岂老悖不念子孙哉？故欲求祸者弗思甚耳。

我故不揣迂拘，刍荛再献，诸君子其有同志乎？随地留心，遇有淫书淫画淫戏，取而焚之，禁而绝之，虽不能锄尽根株，究亦足以补救世道，而使少年子弟不致夭折之伤，除害自膺多福，冥漠中不爽报施，古训昭垂，引为炯鉴，是则予之厚望也夫！

(1873年3月7日《申报》)

拟开演善戏馆莫如禁绝各戏园淫戏论

尝思当其可之谓时，行而宜之谓义，是事本制乎宜，要在衡其时之可行，能适其可自皆协乎义之宜。乃今有绅善某先生者，目击沪间之恶习，思回既倒之狂澜，因挟重资远游湖越，雇来善戏攒合一班，于石路中市开演，藉为劝化。事非不善，义非不宜，而未及来复之期，观者绝迹，卒至收场。其故何哉？皆由申地戏园，首在脚色驰名，次必行头新彩，再有唱工、做工、打工方能取胜。若此班一色俱无，直如乡间之花子班耳，而欲动人之观听，以默寓其劝惩，岂可得耶？且考虚戈为戏，本属梦幻，而始为傀儡，继作俳优，将古来之忠孝节义、奸盗邪淫，无不穷形尽相，抑事中之离合悲欢、喜笑怒骂，亦皆摹像入神。考之唐明，设左右教坊，始有梨园子弟，所谓霓裳雅奏者。然其词调清幽，仅足供上达之娱情，难激下愚之惑志，是以后世降为高腔，为梆调，及复有二簧西琵诸曲，词白虽皆粗俗，颇盛行之。每见观者拍案、听者击节，觉游戏之中，具有前因后果，鉴临之下，不无福善祸淫，洵足启发人之善心，惩创人之逸志，又何须专设善戏以不足惊人之物色来此班门弄斧耶？噫，是不度其地之宜也，是不审其时之当也，是并不知自量而第沾沾于事之善以弋誉而沽名也。盖沪郊一靡丽纷华之境也，淫俗流行，淫风日炽，岂惟淫戏之能诱人？亦岂善戏之能化人？他如青楼比户，则有幺二长三，以及花烟灯、私局，与夫帽儿戏、花鼓戏等名目。再有女唱书馆、娘姨烟馆皆属淫人之物，陷人之坑，今仅以无足重轻之善戏，化俗移风，何殊以杯水救车薪？火正燎原，岂能扑灭耶？

夫戏之为文，本从史传、记说、演义、淫词诸书串合而成者也，生丑净旦，人各肖形，唱引曲词，言皆醒世。特世风日下，人竞趋淫，遂艳其奸诱之情，忘其果报之事。人能于所果报推厥由来，将目触心惊，自可鉴戒，以虚为实，似实仍虚，全在看者意为之耳。若今专演善戏，难动大观，莫如饬令大小戏园，将一切淫戏开单呈验，删其前之淫诱，并小说书词一律查禁，摘其后之报应足警人心者，准行串演，仍勒令各园具呈供结，后如再演淫戏，照律坐法，晓谕通衢，并禁点演，未始非惩恶劝善之一助也。即不然，或将串成善戏各出稿本照录数分，发交大小园，每日照本串演一二出，抑或将雇来脚色，择有善戏人相者，散入各园，俾其传授演法，庶南北园处处善戏兼有，人物彩色衬合生新，自必观者多多，感化日广，较之孤立无倚，专囿一隅，徒费钱粮，毫无济益者，当何如耶？是在有心世道者斟酌尽善以行之，则得矣。

（1873年4月8日《申报》）

禁止妇女看戏论

日前因广东韦王氏①及优人杨月楼一案，闻上海绅董有禀请禁止妇女看戏之举，因未能防范于前，尚欲求补苴于后，可谓因时救弊，煞费苦心，亦善举也。然余不能无议焉。

夫洋场之所称为妇女者，良家尚不及半，其实则广东之咸水妹、洋人所包之广东婆、与夫本地之长三幺二、说书先生、花鼓戏、私窝子、花烟间女堂倌、拼头妇、搭脚娘姨居多，有如许光怪陆离之妇女，而欲其咸遵约束，不犯律法，岂不难哉？而且官欲禁止，必须会同外国领事，戏馆以妓女为生财之道，妓女以戏馆为出色之场，安得不设法哀求领事，少弛禁令，如法界内之花鼓戏，至今仍然开演，非明证与？故我谓凡事贵务实，但当专指曰禁止良家妇女不准看戏，不必泛言曰禁止妇女看戏。盖专指良家妇女以后，良家妇女一入戏馆，则无赖子必指而目之曰："此殆妓女耶？否则必不来矣。"良家妇女不堪其戏侮笑谑，自此断不入戏馆矣，岂非一禁即止哉？若泛言曰妇女，则娼妓故犯功令，有司又安能日日办此妇女看戏之案？少纵即弛，则良家妇女又从而效尤矣。岂非禁犹不禁哉？

抑吾更有进者，即以戏论，陆登之一门尽节，花云之万箭丧身，岂不足以教忠？目莲之为僧救母，安安之送米养亲，岂不足以教孝？碧莲姐之守节训子，秋湖妻之受侮投缳，岂不足以教节？《九更天》之钉板鸣冤，《一捧雪》之换监代戮，岂不足以教义？至于阎婆惜之受戮于乌龙院，潘巧云之并杀于翠屏山，瑞云尼之铜铡丧身，刁刘氏之木驴游市，岂不足以

---

① 韦王氏，韦阿宝之母。韦阿宝，广东富商之女，1873年，年方十七的韦阿宝因观看杨月楼演剧，顿生爱慕之心，其与杨月楼的婚姻虽得到韦阿宝之母的支持，但遭到韦阿宝叔父及寓沪广东绅商的反对，在杨月楼和韦阿宝成婚之日将他们捆送县衙请究。最后韦阿宝被其父逐出家门，由官媒择配；杨月楼以拐盗罪名治罪。这就是晚清轰动一时的"杨月楼风月案"。

戒淫？若于戏罢台空，归家燕语之时，为父母兄姊者果能为之一一开导，又何尝不为劝惩之一道与？且妇女谨守闺门，毫无闻见，故一旦得见一美男，即生羡慕，若任其常常看戏，则演者看者之美男不一而足，又安能人人而悦之哉？亦犹富贵之家日餍粱肉、衣文绣，岂复羡慕？若令贫贱见之，安有不啧啧称美乎？

今因一人犯案，遂归罪于看戏，遽禁众人不准看戏，得勿因噎而废食乎？试思至圣教人，但训为为国为民之君子，并戒为患得患失之鄙夫，乃一王误学周公，杨雄误学孔子，阿瞒误学文王，甚至曹丕诸人误学尧舜，又有吴开、莫俦，为不肖之状元，复有秦桧、魏藻德为无耻之状元宰相，国家岂能因此而废状元？因此而废宰相？并因此而废至圣之教乎？此虽我一偏之论，然亦不无至理存焉。以此类推，当能得其要领矣。

总之，古人所训妇女不宜为之事，皆为训良家妇女言之也。若寡廉鲜耻之妇女，又何责焉？今统言曰禁止妇女不准看戏，则寡廉鲜耻者且曰："礼岂为我辈设哉？"又安有不冒犯禁令者乎？寡廉鲜耻者既犯禁令，则良家妇女又从而效之，安用此禁止为哉？且我闻咸丰年间，京师亦有此禁，厥后妓女有另设戏筵以请份子者，于是良家妇女，亦敛资而演堂戏。京师尚且如此，何况沪上之洋场哉？我故谓当专指良家，不当泛言妇女也。语曰：令出惟行勿为反。若令而不行，是不若不禁之犹为愈也。好名之人宜熟筹之，勿使出尔反尔，致贻笑于一时也可。

（1874年1月6日《申报》）

与众乐乐老人致本馆书

前阅贵馆所登《禁止妇女不准看戏》一论，分别良贱，仅欲禁止良家，更为卓识，乡绅防患之心既能无阻，戏馆生财之道亦未尽除，俾戏馆不至见恶于乡绅，而乡绅不至招怨于戏馆，是一举而三善备焉。然推究其理，亦有偏枯之病。

夫看戏一举，原属赏心乐事，本当男女同乐，良贱共观。今妇女仍无厉禁，惟良家独至向隅。故愚谓此论未昭平允，试思男子处世，有交游之乐，有登临之乐，有酒食征逐之乐，有狗马田猎之乐，甚至有秦楼楚馆之乐，博钱踢球之乐。而在妇女皆无之，至于看戏一事，可以消愁解闷，可以博古通今，可以劝善惩淫，似宜任其观阅无禁，不宜复分男女，复论良贱也。而且男子日专心于经理生业、应酬人事，踵事于繁华之地、财利之场，日有盈而岁有益，可以无从事于戏馆，或者亲朋初至，宾主相逢，不得不藉戏馆以为酬酢之地，甚至有亏本倒帐不幸诸事，为之友朋者更不能不藉戏馆为解忧消遣之举矣。至若生在深闺，毫无乐趣，已属不幸之身，倘再遇不幸之事，或因夫妻反目、子女伤心，难觅排遣之方，闺中良友邀赴戏场，以释愤懑。此亦人情之至当，尚非国法所必禁者。今因偶尔妇女二人看戏被迷，遂累及上海一县妇女，禁止不准看戏，岂非波及无辜乎？若使向来妇女一入戏馆，尽行被迷，则此禁万不能停，万不可缓，是戏未有不迷人，而人未有不为戏所迷者，有是理乎？倘为二人被迷竟禁一县妇女，是犹因一人出门赴市，而被车马碰伤，遂禁一县之人不准出门赴市乎？禁止何尝非理，然使人尽杜门市无行人，可乎？又如一人因醉伤人，遂禁一县之人不准饮酒。因严酒禁而废沽酒之肆，并废饮酒之礼，能乎？不能。夫世事之出人意表者，每因平常之偶变也。以偶变之端，何为废平常之事乎？就大事而论，尚且不可，何况区区看戏之小事耶？且妇女之贞淫，岂关看戏？其人果贞，虽看戏亦不改其常，其人果淫，不喜看戏之人而有苟且之行者亦多，要在乎家主平日之修齐刑于，不在于偶尔之看戏行乐也。故吾深不愿有此一禁也。他日者余将携家属同赴戏馆，不徒愿吾一须眉男子独乐其乐，并将使吾众巾帼妇人共乐其乐，不徒携我家妇女与少乐乐，并欲邀同人妇女与众乐乐，断不因贵馆之论禁止，遂使之大杀风景也。

夫禁止不准往看戏者末也，禁止不准演淫戏者本也，淫戏不演，看戏何害？道宪此禁可谓知其本而得其中矣！贵馆以为当否？

（1874年1月13日《申报》）

国忌演戏说

洋泾浜者，中国之幅员也。居洋泾浜者，中国之子民也。地当中国，民籍中国，则万不能自外于中国也明矣。乃租界梨园，每逢国忌，唱演不息，此何故哉？谓开馆者非中产耶？固中产也。谓演戏者非中产耶？固中产也。谓听戏者非中产耶？固中产也。惟有洋捕一人，非中产耳。以一洋捕，故遂令开馆者、演戏者、听戏者从而洋之。噫，奇矣！开馆者、演戏者、听戏者岂尽娼优隶卒之伦、出洋捕下哉？即使其皆出洋捕下，要非披毛戴角之伦也。非披毛戴角之伦，万不能蔑视国忌者也。而竟蔑视之矣，官斯土者，何以不之禁耶？盖等若辈于披毛戴角之伦而不与较耳。然而不可不较也，假令有重于国忌之事，亦等若辈于披毛戴角之伦，听其唱演而不与之较乎？我日望之当轴者矣。嘉树堂稿。

此说由苏寄来，其言虽觉过激，其理何尝不是。谨查本朝忌辰，每年总共二十九日，每月遇忌停演多者不过七日，少者不过一日，至六月十月两月尚无之，倘通融办理，尚可日停夜演。现丹桂一园，每月停演日戏七日,其他亦尚有停演者,亦何乐而不为?必求陷于无君之罪耶?试思洪逆①陷金陵,刘逆②陷上海之日,其中人民何等苦楚?今则居于光天化日之下,一切人等均得俯仰自如,何等快乐,岂非大清之德政哉?今仅言于其前代忌辰停止不演,亦何乐而不为哉?且令人皆称尔等操术虽卑,居心则高,又何乐而不为哉?更乌知夫今日停演,明日看戏者不且加倍乎?愿开戏馆者与有戏班者详细思之,勿负本馆之苦劝也。

(1874年3月10日《申报》)

劝子弟勿阅淫书淫画淫戏论

《书》曰"天道福善祸淫",《训》曰"万恶淫为首",是戒淫之文,先贤言之屡矣,且言之详矣,且言之痛切矣。自好者触目警心,或不作荡检踰闲之举,而自弃者每以为赏心悦目之方。如害人心术、大伤风化者,有淫书也,淫画也,淫戏也。三者并行于世而不悖,通行于世而弥彰。噫!可慨也已。

夫美人香草,不过文人笔墨,藉达柔情之缱绻,每多绮语之缠绵,赠物弹琴,借题写意,吟风弄月,赋物言情,但泡语锦花,已令人心摇目眩矣。等而下之,至于弹词俚语,俗引村言,绘来钻穴踰墙,历历在目,写出偷香窃玉,娓娓动人,粗鄙不堪,秽亵特甚,本不可出诸口也,而居然笔之于书焉。至于淫画淫戏,尤而效之,殆有甚焉。春苑秘戏,当场幻出淫情丑态,化日光天之下,为寡廉鲜耻之场,视听之余,心迷魄荡,而阴受其害者,世人每不及防维,久之,若火燎原,不可向迩矣。常见人家聪明子弟,阅之执迷不悟而手不释卷者有之,自戕其命者有之,其愚鲁质朴者,且效尤不悛,紊乱纲常,是为人父兄者,固未尝导其淫、诱其淫,而子弟之观淫书淫画淫戏而不知杜渐防微,直不啻父兄之诲其淫也,且迫其死,盈其罪矣。

兹不揣固陋迂拘,愿凡为人父兄者,随地留心,遇有此三者之弊,力挽而湔除之,虽不能尽绝根株,亦足以保全身命,且使少年子弟不至夭折之伤,自能诞膺多福,是于世道人心,岂浅鲜哉?予将拭目俟之尔。

(1874年4月8日《申报》)

论 戏 园

天地间一戏场也,古今事皆戏剧也,世上人尽戏伶也。宇宙中忠孝节义之事即世所扮演之好戏也,贪邪奸盗之人即世所扮演之淫戏也。世之人

---

① 洪逆,晚清官方对洪秀全的称呼。
② 刘逆,晚清官方对刘丽川的称呼。

茫茫碌碌，日日扮演真戏于天地之间，当局者反忘其为演戏之人，旁观者亦迷其为观剧之人，遂置真戏于不识不知，反流连玩赏于优伶扮演之假戏，故有妄拟为真而乐观者，亦有明知其假而禁止者。乐观者世人谓之为痴，禁止者吾亦不敢谓其为不痴也。盖在乐观者之意，则曰观剧之举虽属劳神伤财，然亦有益人之处，大则可以尽孝养，中则可以寓劝惩，小则可以破忧愁，其他尚可以哀多益寡、用富济贫也。

曷言乎可以尽孝养也？人子当双亲垂暮之年，苟少具天良者，必求所以娱亲之道。若登山临水，作竟日之遨游，亲力已衰，何以堪此跋涉？妓馆博场为偶然之遣兴，道理不正，岂可藉以承欢？惟有戏园之地，一肩蓝舆，奉亲以往，所费无多，实可少慰亲怀。或值二老之寿期，或值四季之佳日，或值一家之多故，老莱子①尚自着彩衣以戏舞，亦不过欲博双亲之一乐而已，何况仅费些须即可以娱亲者，何乐而不为哉？

曷言乎可以寓劝惩也？士人博涉载籍，固无须观剧而知善恶，若农工商贾妇人孺子毫无所知，常有观剧而兴起者。故昔人有因观《双冠诰》一出而能誓志抚孤者。吾颇有偏见焉，不但好戏不必禁，即淫戏而有报应者，亦不必禁，不然何以《左氏》犹录齐庄、棠姜②之事，《卫风》不删《墙茨》《鹑奔》之诗乎？故戏似可不禁，惟淫戏之无报应者，禁之可也。

曷言乎可以破忧愁也？或因所谋不遂，或因远游他乡，或因劳苦终日，忧闷长宵，无可以解忧者，自有戏园之设，亦可藉为消遣之地，较之嫖赌之事，不至倾家荡产，伤生败名，故不但日戏不必禁，即夜戏亦不必禁，何也？农工商贾，日有正业，惟长夜无聊，始能为此耳。不但城中之戏不必禁，即城外之戏亦不必禁。说者曰："城外若设戏园，宵小易生，奸宄常出。"然则无戏园之地，宵小奸宄皆无耶？恐亦未必也。且无戏园之地，人若欲为行乐之计，非嫖即赌矣。秦楼楚馆，无钱者尚不能至，若博场则无人不能入也。大以就大，小以就小，其破家亡身者实难枚举。盖因无钱者欲藉以起家，有钱者欲藉以益业故也。此宜禁实甚于戏园万万也。

曷言乎可以哀多益寡、用富济贫也？地方有一戏院，戏院内之人可以谋生不必言矣，即戏院外之人藉以获利者亦不知凡几。试观沪上之戏院，其余均不必言，仅小车一项，每日观者二次，往返四回，而小车之送往迎

---

① 老莱子，《艺文类聚》卷二十引《列女传》中的人物。为人至孝，年七十，父母仍健在。为孝养双亲，常身著彩衣，或为婴儿，或为禽鸟，以娱双亲。

② 棠姜，春秋时期齐棠公之妻，齐棠公去世后，新君齐庄公与之私通，引起喜欢棠姜的崔杼的不满，崔杼遂设计杀死齐庄公，专断朝政。事见《左传·襄公廿五年》。

来，其获利已不可胜计，是贫民之赖以养家糊口者不下万户。若看戏者，非有余之家，即有钱之客，从未闻有卖一物当一衣以博观戏之乐者。故间阎之盈虚，贸易之消长，并不关乎戏院之有无也。为民上者不能博施济众以救贫民，犹奈何为守财之虏，以惜钱不肯使穷苦之民以甦困乎？此真令人不解也。

余在上海已历年所，前数年商贾兴隆，而戏院之设两倍于今日，而观戏之人每院皆有座上客常满之喜，今则戏院之闭歇业已三分有二，每院之座客亦甚寥寥。观乎此，已不胜今昔之殊盛衰之感矣。上海之衰颓如此，故戏院不禁而自禁，是他省地方有能添设戏院者，岂非地方之大幸哉？有地方之责者奈何不思所以厚民生培元气，而斤斤禁此歌舞升平，鼓吹休明之举乎？即如上海前日新到外国巧戏，用于久乐园中开演一夜，竟以见势不能支，恐徒有搬演之劳而仍少热闹之利，忽已挈包而去，飘然无踪。由此观之，是果何待于禁哉？

（1874年11月3日《申报》）

劝戏园勿开演说

普天同哀之事，莫大于国丧，此际决不容有权宜变通之说，凡有血气者，食毛践土，何得少有异词？乃近日本埠因停止演戏，而各戏园主竟敢纷纷投禀，意请弛禁，荒唐妄诞，莫甚于斯。夫外国犹为半旗以示哀，而中国子民竟有如此狂悖者，此二百余年来罕见之事也。如谓歇业则糊口无资，试思上海各优，平日包银之巨，为天下所罕有，每人每年或千数百金，极小者亦数百元，鲜衣美食，俨同富家之翁、贵介之子。既无农家输漕之费，又无商人输税之事。且各署差徭皆不承应，光天之下优游岁月，频年之乐，为有目者所共知。乃甫经停演，便尔喧呶，其故何哉？《书》曰四海遏密八音。此事自古以来，经数千年奉行不悖，各优人当习业时，闻之亦熟且烂矣。且犹有说焉，本埠戏园生意之旺，惟新正为极盛。盖一年之计，全赖此时，今月将过半，诸店栈行号一律开张，已是周公所其无逸之时，并非召公泮奂优游之日，即使官宪允准百日之期，屈指春光，九十业已消磨，将见作戏者尽管吐气扬眉，看戏者难免销声匿迹，生意清淡，不卜可知，反不如恪遵功令之犹得为良民也。本埠之仕宦绅商，既有身家，必知自爱，即贸易中人，大半捐有顶戴，亦决不肯冒大不韪之名，入园看戏，见讥于中国之人，贻笑于外国之人也。藐尔优伶，跃跃欲试，曾亦熟思而审处之耶？持正人稿。

（1875年2月16日《申报》）

论禁止音乐事

天下责人以循礼合义之事欲博一己之得美名，必先使众人之无实害。若不揣其本而但齐其末，不顾其事之能行与否，而必欲强而行之，则众人之实害立至，而一己之美名亦不可得，如国丧必欲禁止音乐三年之事是也。

《书》言："放勋殂落，三载四海遏密八音。"此万代至美之事，亦万代当法之事也。乃前乎尧者未尝有，后乎尧者亦未尝有，何也？盖尧之为君，孔子称之曰大，至舜则但曰君哉舜也，尧德之大，万古无及，而舜之绍尧，又以德选而升者，其居尧之丧，必有大异于人之处，故能使三载四海遏密八音。一则思念旧君之德泽而不能忘，一则仰见新君之哀思而不忍悖，故舜禹以后，亦不能有此，何况后世哉？即如三年之服斩衰，古人行之于君父，是以三年之丧，为贵贱之同礼，亦古今之通义也，然其事实有难言者。盖三代以前，大夫以上，则皆世其爵土，虽不世官，而亦世禄。庶人则世受井田，父死之后，子得承袭，每年禄耕所入，足以养赡身家，故上下皆能持三年之服，守三年之丧。古礼所载，居丧之时，惟兵革之事，可以墨絰从戎，其余各事，虽君上亦不强使与列，以夺人子之情也。夫欲行丧礼，必先自持服始，古人三年之丧服，虽时有变更，然皆不离乎衰絰，时时见身衣衰絰，虽欲居处安、食旨甘、闻乐乐，而自有所不忍也。

自秦始皇尽废古制，汉文帝诏行短丧之后，虽晋武帝以天子之尊，欲复行三年之丧，而臣下均请仍依汉制者，岂当时之臣工尽属不孝之人哉？盖三年之丧，岂有天子一人独行之，而臣民可以不效行者乎？若欲天下皆行而臣民均无世业，父死之后，一家之人皆赖其子一人所养赡，身服衰絰，岂能出外谋生？欲行丧，则阖家皆须饿死，欲不死，则三年何以支持？故间有能行持服庐墓诸礼者，朝廷遂旌表为孝子。然则未经旌表者，皆为不孝之人乎？嗟乎！谁非人子，谁无父母？岂有天下人子皆欲靳三年之爱、于其父母同甘为不孝之人乎？此亦为时势所迫使之，不得不尔也。

至于三载停乐，此亦能行之于中古而不能行之于后世也。古之所谓八音者，古乐也，非后世之优伶吹唱也。惟在上之人祭祀之时，事神祇则用之，朝聘之时，飨宾客则用之，其他如婚丧诸事皆不用也。若庶人之家，更皆不用也。礼不下庶人，岂有乐反及庶人乎？而且掌乐之官有禄于朝，掌乐之伶亦食官饩，无论遏密三年，即令遏密百年，亦无不可。譬如今之太常乐工以及各省宪署所用鼓吹，三年之内，虽不作乐，其工食仍然照给，伊等求其遏密亦不可得。至若民间演戏之优伶，与雇用之乐工，平时禁止，不令学习此业则可，既无是禁，故每遇国丧，部议亦仅令民间百日停止音乐。盖深知恃此以营生者实繁有徒，故不欲设厉禁以害众生也。余生遇国丧七次，仅见京师停止演戏，若百日之外，音乐亦不停止。京师以外，则演戏亦仅停止百日。故每遇此事，而京师之优伶纷纷皆往保定、天津等处糊口，何况外省？此实朝廷宽大之恩也。亦以为秦废古制，三年之丧，子且不能尽礼于父，汉诏短丧，三年之丧，臣且不能尽礼于君。夫以臣子不能尽礼于君父者，而反欲以唐虞至美之事，责之于优伶乐工，岂非舍本而逐末乎？若如上海之戏园，并百日亦不愿停止，亦未免太悖也。倘于去腊悬牌曰："元旦开演，俟哀诏到日，即行停止。"官宪尚可置之不议不论，今忽而停演，忽而开演，且开演时又滋事，官宪安能再装痴聋乎？自今以往，各戏园均当恪守功令，静候百日期满，再恳官宪宽大之恩，慎勿再蹈覆辙，以至干宪怒而滋人言也。

（1875年2月20日《申报》）

劝妇女勿轻看戏说

演戏不知昉自何时，或谓偃师陈诸技于周穆王前，舞女流盼，是即戏之权舆。然究系傀儡登场，犹木人头戏耳，非今之戏也。至孙叔敖死后，其子贫苦不堪，优孟特假衣冠而扮演之，似为戏之所自始。由是此风盛行，唐则有梨园子弟，欧阳公作《五代史》，特立《伶官传》。今则各城乡镇遇有赛会等事，靡不演戏酬神，而京师上海等处，又各设戏馆，备人行乐，居然成一行业，当道官宪亦从未禁止，诚以忠孝节义之风，曲曲传出，足以感人心志。即奸淫邪盗诸戏，亦报施不爽，观之者得以潜移默化，是亦寓惩劝之微权也。所以世族之家，无论男女，均可观眺，从无有罪之者。第昨据友人来言，前晚有某宦因新正无事，携同眷属，赴戏园观剧，而戏房内诸伶竟敢手持千里镜窥探，评骘妍媸。夫缙绅家妇女，原系大家风范，无不可以见人，而戏有戏规，在诸伶究为越礼。且当共睹共闻之地，以名门淑质，为优伶指视，是非看戏而为戏所看矣，亦奚取焉？且每夜戏园中除男客外，大抵女妓之出局者居多，与若辈杂厕其间，犹之鹤立鸡群，更失身分，苟得齐心裹足，殆亦闺范之所宜然欤？冷眼旁观客稿。

（1876年2月9日《申报》）

书《劝妇女勿轻看戏说》后

昨阅冷眼旁观客所论《妇女勿轻看戏》一则，苦口婆心，言言中肯，无论大家小户，均宜奉为闺箴。但客之所言，仅计及一面，而非顾及面面也。盖妇女看戏，原系随时行乐，为历来所勿禁，今使以优人之轻侮，遂致裹足不前，绿窗默坐，值此良辰美景，亦不得游目骋怀，一豁怀抱，则为男子者何其乐，而为女子者又何其苦乎？仆闻以千里镜照看内眷一事，实发端于金桂轩茶园，而为众目所共见者。似此情形，实有玷于戏规，而为各处戏园所罕见矣。惟愿开张戏园之主人并掌班之老板，亟宜整顿规条，善为劝戒，俾以后尽遵约束，勿再唐突，实为盼切。设以客言为河汉，仍蹈故辙，势必名门淑媛，俱相戒不来，而戏园之生意亦从此减色矣。岂不惜哉！仆因客所言者专为妇女设想，而不筹及于戏园，故特赘数语，务祈即日登报是幸。煮石道人来稿。

(1876年2月11日《申报》)

论　禁　戏

人生可以取乐之事本非一端，要视乎其人何如耳。人之有志于圣贤者，则以学道为乐，有志于利济者，则以为善为乐，有志于材艺者，则以读书为乐，有志于显扬者，则以仕宦为乐，此皆人之上焉者也。次则志在恬淡者，藉琴棋书画以为乐。下则志在纷华者，因嫖赌吃著以为乐矣。至于观剧一事，其素性不喜者，悬戏在其侧，亦不欲观，其素性若喜者，固不论富贵贫贱知愚贤否老幼男女，一闻有戏，不拘何地，皆趋之若鹜，赴之恐后，一律望观也。

若夫演戏固歌咏升平之意，亦献寿公堂与民同乐之一道也。或值丰年，演以酬神，或当万寿，演以报君，或因舞彩，演以娱亲，或有喜事，演以宴宾，此常事也，故功令亦不禁之。然此种事岂能日日常有，而伶人业此原藉以糊口养家，时常无事，其资从何而得？故不能不设法开馆以卖戏焉。昔时戏馆之设，惟京师、保定、天津、苏州数处，余则未闻。然予少年在滇时，往往在小县山乡，居然有借庙中戏台演戏以卖钱者，往观者每人给钱不过十文，而伶人亦可因此以免冻馁，从未闻有滋事之时，亦足见昔日云南民俗之厚也。自通商之后，凡西商租界皆许伶人设馆演戏卖钱，始则创于香港，继则及于上海，后则至于镇江，今则又闻宁波亦有戏馆之设。盖缘西人以观剧为至乐，故西官推己及人，于此事不设厉禁焉。兹闻镇江之戏馆因折耗业已停止，宁波之戏馆又因官宪恐生事端，禁止开设，并闻广东省垣近日亦禁止不准演戏。故省城之人有附轮船赴香港以观剧者，本馆均已录之于报。

昨闻西人言曰：吾国在上之人惟恐世人无取乐之事，中国在上之人惟恐世人有过乐之端，故西国各处皆有公家花园、演唱戏馆以及各项可乐之境。即如西人之在中国各处亦均有之。至于西伶演戏，时去时来，不一而足。且有富大贾在西人戏馆之中,自行登场演唱各戏使众纵观以取乐者。故现闻华官禁止演戏,西人皆不以为然。夫华官之禁戏,恐其滋事也。第京师各处以及香港、上海,从未闻有因演戏酿成大案者,惟在各官设法以禁无赖之滋事,何为禁止演戏也?若欲禁止演戏,必使已能演唱之伶人有所位置,令其改业,未能演唱之伶人不准学习,另为他图而后可。否则一省之赖此以活命者不下数万人,一旦绝其生路,懦弱者必成饿莩,强悍者必尽为盗贼,岂不更致多事哉?吾闻此语不禁有感矣。夫地方之可以滋事者,岂独戏馆哉?而妓馆、赌馆其尤甚焉者矣。乃妓、赌二馆往往难禁,由于一切人等或因之以得陋规,或藉之以为生财,故或使官不及知,或致官不能禁。若戏馆之往观剧者,不但不能得钱,而且反致失钱,故欲官禁之也。虽然,汪龙庄①先生有言,官须己做。何以今之为官者反致为人所役?岂不大可惜哉!然前在轮船见一广东疯癫之人,询其同行,其病因何而得。曰:"彼向无此疾,因一日观剧回家,忽得此症,医治多时,毫不见愈,实不明其何故也。"今各处官长之禁戏,或系闻此人得病之由,故尔禁之。是亦爱民之一道,未可厚非也。不然世之滋事之地,不独演戏一事,何以独禁演戏?使居家无事在外久游之人无可取乐之地,皆竟趋赴于妓馆而荡产丧资,或生风流之疮,或致缧绁之系也,不亦偏乎?

(1876年10月18日《申报》)

论宁波戏馆事

歌咏太平,本属盛事,故自古及今,均有优伶隶为乐籍。第古时尚有伶官之设,而玩世不恭之贤士,往往降志辱身以隐处于其间,此《简兮》之诗所由作也。后世始列此为贱役,不令与士大夫齿。自唐明皇帝另设梨园子弟,不使隶于太常,惟供奉宫中游宴之乐,此即今之演戏伶人所由始矣。后唐庄宗,最喜伶人,称为伶官,与宦寺相等。然其中如敬新磨诸人,常效法东方曼倩②,以谲谏感悟其主,故一时之官民,每赖其戏言感动庄宗,以免其罪,是伶官之中亦何尝无人也?嗣后由宋迄明,乐籍之中,男女并列,所可惜者,常以忠臣义士之后裔子女发入其中,未免酷虐耳。本朝龙兴,革此弊政,大典举行,所用之乐,则隶于太常,大内游宴所用之伶,则隶于内府。至于民间,自京师以及各省,无论通都大邑,海

---

① 汪龙庄,汪辉祖(1731—1807),字焕曾,号龙庄,浙江萧山人。乾隆四十年进士,曾入佐州县幕长达30年,持正不阿,为时所称。曾任宁远、新田等县知县,亦有政声。著有《学治臆说》《佐治药言》《元史本证》《读史掌录》等。

② 东方曼倩,东方朔(前154—前93),字曼倩。西汉平原厌次人。曾任常侍郎、太中大夫等。性诙谐滑稽。

滢山陬,均准习为伶人,演唱历朝君仁臣忠、父慈子孝、兄爱弟敬、夫正妇顺、朋友信义诸故事,劝善惩恶,亦足为教化之一助。大则庆贺万寿、报赛神祇,小则为亲祝寿、遇庆乐宾,皆准演戏。及至伶人无事,开馆演戏,国家亦无厉禁,其顺恤人情者至矣。惟视伶人为贱役,不准本身及子孙入仕与试而已,其余则皆不禁也。尝闻雍正年间,有山东巡抚某品行不端,为人论奏其事,尚未发作,而某不知也。又有某令官声颇好,已为宪庙所知,又为东抚所恶,适因母寿演戏,东抚藉此遂上弹章,并胪列他款,奏请革职拿问,实欲锻炼以陷害之。当奉宪庙朱批,大略云:歌咏太平,本属盛事,况系该令为母祝寿,不过欲效莱衣戏舞故事而已。该抚据此即上弹章,大有作福作威之意,该抚着即革职,该令着毋庸议,以为擅作威福者戒。传者谓为实有此事,惜余未经恭读宪庙朱批圣谕全书,不能指其姓名耳。足见国家驭下,断不愿为拂情之事,所以不禁演戏者,一以广伶人谋生之路,一以宽民间作乐之方耳。

现接宁友来信云,宁波欲设戏馆,当道必欲禁止,已屡登前报。但宁波最大之害,莫过于买空卖空、演花鼓戏二端,当道虽欲禁止,民间阳奉阴违,余如各种赌场,亦尚未能一律禁绝,而独专心致志于禁开戏馆者,何也?惟是戏馆之设,京师为最,次则保定、天津、苏州亦然,余如省城市乡村亦均有之,租界如镇江、上海皆有数处,均未闻有禁止不准开者,何以宁波必欲禁止乎?若谓恐其滋事,则各处戏馆并未酿成大事者,若谓宁人喜事,则宁郡演戏亦未闻酿成大事者。且可令开戏馆者具结,若至滋事,必须重办严禁,亦无不可,何必先行逆亿也。

夫开设戏馆,原为歌咏太平之盛事,而当道竟视若为非作歹之大事,其欲禁止,更甚于教匪盗贼娼赌诸事,何也?既绝伶人谋生之路,又杜民间作乐之方,恐非国家准人为伶、许世演戏之本意矣。愿宁波当道者详细思之。

(1876年12月29日《申报》)

论 禁 戏

凡各省府州县以及乡镇村社,遇岁晚务闲、力作休息之际,酿金赛神,群聚饮福,或演戏酬报,以为一年勤劳,值此闲暇,恣意行乐耳。考其缘起,即古人吹豳饮蜡之遗风,而演剧则后世所增,然不过一岁之终,农隙之时。自城乡社堡庙宇日多,所供之神,祀典不载,群相戏弄,以为某神司某事业,某者宜祀之神有诞辰,神之偶亦有诞辰,不特杀牲祭报,必演戏以祀之,台上奇怪百出,台前男女杂沓,神居其上,灵爽式凭,而妖淫之戏,伤风败俗之事,毕现逼肖,亦与教忠教孝惩恶劝善之剧并陈于前，非以妥神，实以娱人。其初社长村老与各业首董司理其事，必敬必谨，渐而观者纷来，贤愚交集，或至藉此滋事，打架者，窃物者，并有勾引妇女作奸犯科者，风俗日坏，地方官不能不禁。然王道以顺人情为本，亦未尝大拂乎民之所欲。故有迎神赛会之禁，而搭台演戏，岁时一举，亦不过置若罔闻耳。盖禁赛神末也，禁立庙本也。今省府州县乡镇村社之庙宇林立，岂皆在祀典中哉？城隍土地之外，若关帝庙最多，几于无处不有，且一处数庙矣。其他如古昔圣贤、前朝名宦、本地先觉，皆有祠宇。而年湮代远，伍髭须、杜十姨之类，亦复不少。佛教既兴，寺院更多，此皆不尽为地方官所准，由敕建而成，原在可有可无之数，徒令无知之人附会穿凿、踵事增华，以取罪过耳。又况烧香拜会，许愿宿山，僧尼师巫，勾结人家妇女，因而帷薄不修者，比比皆是。岂特因演戏而滋事哉？

　　历来演戏为最热闹之场，人杂地挤，易于生事，故杭州开设戏园时，官宪大为踌躇，即宁波戏园之设，忽禁忽弛，亦多费周折，皆不能如京城、上海两处之盛。盖庙台演戏尚且滋事，何况开设戏园？无钱莫入，彼无赖之徒岂听人驱逐乎？抑自知白看之可耻、甘心裹足不前乎？昨日报中录宁波酒馆在城隍庙演戏，看客与戏子两相争打，至营勇弹压而始散，此亦常事也。然宁波近有复设戏园之举，因控案未息，仍难开演，而优人蔡宗明业已具结，永不复开。二事正在一时，可知宁人性情、宁地风俗，断非可以开设戏园者也。然戏本不在禁列，非若迎神赛会之招摇，若谓戏园不可开，则京师实为之先导，若谓可开，则又何地不应演戏哉？京师戏园林立，每日闲得片时，必进园少坐，习以为常，从未闻有因争位拥挤以致滋事者，亦从无闯进白看者。上海则以巡捕守门，寻常之人乘间入内必为阻止，稍一倔强，即送捕房，戏则未看，身必受刑，故亦从无此事也。愚谓各处皆可设戏园，惟当滋事之际，必获其人而重惩之，若聚众则更倍惩其为首者，使之不敢再犯。苟因滋事而禁戏园，使不开，是无赖小人反有恃无恐矣。因恐滋事而预禁开戏园，是无赖小人先有声势矣。为民上而不能为民除害，反使害民者猖狂得志，奚其可耶？且开设戏园而演戏，戏也；庙中登台而演戏，亦戏也。能禁戏园仍不能禁庙中所演，岂戏园宜禁而庙台独可不禁乎？抑官府之权止能及于戏园乎？况戏园之滋事，以其设在城市通衢孔道之中，官宪耳目所最易周，其寻衅滋事之人犹可稍少，而乡社庙台穷僻之所，无赖小人尤无忌惮，其滋事之案不更加多乎？于此则禁之，于彼则不禁，固未见其禁令严明也。

　　要之，乡社赛神开台演剧，岁时常例，是农夫织妇居息宴乐之时，而城市戏园朝夕开演，又为市井生意人及时行乐之举，既不在例禁之中，何妨任人所为，而必欲夺人所好乎？我愿为民上者于地方利弊之最重大者极意厘剔之，勿徒因噎而废食也。缘阅昨报宁波近事而论之如此。

(1877年10月6日《申报》)

请禁淫词小说论①

江浙各省自兵燹后，各大吏奏设书局于省垣，重刊经史书籍之有裨观摩者行世，其嘉惠后学，实非浅鲜。然自兵燹后各书坊各印局之新刊重刊各书籍者亦复汗牛充栋，虽非淫书情史可比，然大率稗官小说居多，只足供饭饱茶余无事翻阅，而求其有补于风教、有裨于经籍、有益于世道人心，则未也。愚谓新刊重刊各书籍必须有裨于观摩，万不宜祸枣灾梨，空费纸墨，徒使野史小说浩如烟海，阅之者只足汩聪明、移神志，何如励以正学引诸正道耶？

昔汤文正公②有言："为政莫先于正人心，正人心莫先于正学术。朝廷崇儒重道，文治修明，表章经术，罢黜邪说，斯道如日中天。乃江浙坊贾惟知射利，专结一种无品无学、希图苟得之徒编纂小说传奇，宣淫诲诈，备极秽亵，污人耳目。绣像缕板，极巧穷工，游侠无行与少年志趋未定之人，血气摇荡，淫邪之念日生，奸伪之习滋甚，风俗凌替，莫能救正，深可痛恨，自应严禁。除《十三经》《二十一史》及《性理》《通鉴纲目》等书外，如宋元明以来大儒注解经学之书及理学经济文集语录未经刊板，或板籍毁失，照依原式另行翻刻，不得听信狂妄后生轻易增删，致失古人著述意旨。今当修明正学之时，此等书出，远近购之者众，其行广而且久，即使计利亦当出此。如曰古书深奥，难以通俗，或请老成谆谨之士，选取古今忠孝廉节敦仁尚让、实事善恶感应凛凛可畏者，编为醒世训俗之书，既可化导愚蒙，亦足检点身心，在所不禁。至若遍刻淫词小说戏曲，坏乱人心、伤败风俗者，应将书板立行焚毁，其编次者、刊刻者、发卖者一并恪遵功令，送官究责，仍追原工价，勒限另刻古书"云云。

今野史小说日出日多，安得有心世道者，再比照前奏禁淫书之例，奏请严禁。或如石琢堂③先生之搜买焚化，亦补救人心世道之一端也。愿与

---

① 该文亦载《万国公报》第十年四百九十四卷，1878年6月22日号。
② 汤文正公，即汤斌。按，本文所引汤斌语见《汤文正公全书·汤子遗书》卷九《苏松告谕》。
③ 石琢堂，石韫玉（1756—1837），字执如，号琢堂，晚称独学老人。吴县人。乾隆五十五年一甲一名进士，授翰林院修撰。历任山东按察使，主讲苏州紫阳书院二十余年。著有《独学庐诗文集》《花韵庵诗余》《微波词》等。

有心人一再商之。

（1878年6月12日《新报》）

禁淫词小说书后

昨阅贵报有《请禁淫词小说》一论，语重心长，意赅词简，洵有裨于人心世道之说也。独奈何射利之徒方且搜求旧本，以资重刊，选购新稿，以便印行，大抵皆月露浮词，风流绮语，工差獭祭，仅解虫雕，描摹世态人情，妆点淫思闺怨，无裨世教，无益身心，无补正学，即请严行申禁，亦固其宜。因思刘子模①先生《请禁刊邪书疏》内有言：

> 窃思学术人心，教育之首务也。我皇上天纵生知，躬亲讨论，重经史以劝士，颁十六谕以劝民，海内蒸蒸然莫不观感而兴起矣。昔孟轲云："杨墨之道不息，孔子之道不著。"自皇上严诛邪教，异端屏息，但淫词小说，犹流布坊间，有从前曾禁而公然复行者，有刻于禁后而诞妄殊甚者。隐见一二书肆，刊单出货小说，上列一百五十余种，多不经之语，诲淫之书。贩卖于一二小店如此，其余尚不知几何。此书转相传染，士子务华者，明知必无其事，佥谓语尚风流；愚夫鲜识者，妄拟实有其徒，未免情流荡佚。其小者甘效倾险之辈，其甚者渐肆狂悖之词，真学术人心之大蠹也。又有一种无知匪类，假僧道为名，谈佛谈仙，敢作欺世祸民之语，或刻语录、方书，以秘诀密作津梁；或称祖师降乩，以虚词言人祸福，人见之诧其神奇，争相附和，投拜师徒，纷纷传诵，不知实一胆大愚诈者所为，罔识法度。及其败露，干连无辜，虽欲宥之，亦难宽假。非独无知小人为然。又或有身托儒林，心趋诡僻者，不体圣贤正学，专思假借立名，藉标榜之虚声，希功名之捷径。诸如此类，岂容杂见于光天化日之下哉！臣请敕部通行五城直省，责令学臣并地方官，一切淫词小说及妄谈语录等类，立毁旧板，永绝根株。即儒门著作，嗣后惟仰宗圣学、实能阐发圣贤儒先之正理者，方许刊刻，毋许私立名目，各逞己说，疑误后人，违者严定禁例。庶学术端，人心正，移风易俗，亘古为昭矣。

因备录函请登报，以资采择，觉我口所欲言者，刘公已言之，我手所

---

① 刘子模，刘楷，字子端，南陵城东人。康熙十八年进士。康熙二十六年二月十六日，时任刑科给事中的刘楷上《禁刊邪书疏》。

欲书者，刘公已书之，莫赞一词，谨陈全帙，幸毋嗤为摭拾陈言也。步亦步居主人来稿。

（1878年6月13日《新报》）

戒撰淫书小说论①

槎溪小宋②

阅前报见有《请禁淫词小说》一论，有功世教，有益人心，诚非浅鲜，而余亦因之有感矣！夫海淫之事，不止淫书，而淫书之酿祸最烈；邪说之行，不只小说，而小说之贻害尤深。曩年刘谏垣瑞祺③曾具折请饬销毁淫书小说书板，奉旨着各直省督抚严饬查明，全行收毁，不准胥吏藉端搜查，致涉骚扰，仰见我皇上于正风俗人心之外，仍存爱民如子之意也。

缵成张氏④曰："人世淫书之祸，百怪俱兴。往往倡淫冶之词，撰造传奇小说，使观者魂摇色动，毁性易心。在有识者，固知海市蜃楼，幻言寓影，其如天下高明特达者少，随波逐流者多。彼见当世文人才士，俨然笔之于书，昭布天下，则闺房丑行，未尝不为文人才士之所许。平日天良一线，虽或畏鬼畏神，而至此公然心胆俱泼矣！若夫幼男童女，血气未定，见此等词说，必至凿破混沌，舍命捐躯，顿忘廉耻，小则破家，大则灭身。呜呼！谁实使之然耶？祸天下而害人心，莫此为甚矣！倘谓四壁相如，不妨长门卖赋，则何不取古今忠孝节义编为稗官野史？未尝不可骋才，未尝不可取利，何苦必欲为此？况矢口定是佳人才子密约偷期，绝不新奇，颇为落套。又况绮语为殃，虚言折福，不特误人，兼亦自误，实为作者危之，故不惮与天下戒之也。"

云南谢履忠⑤，端方孝友，凡见淫书小说辄买，立为烧毁，曰："此种流传，害人匪浅，余不获销灭其版，但入余目，不能使之再存。"后梦神云："汝焚毁淫书甚夥，免使阅者生邪心、作奸事，功德不小，今当名冠多士矣。"康熙丙子，乡试中元，癸未再捷，官翰林，子孙科第不绝。

---

① 该文转自1878年6月22日《新报》，题目相同，个别文字有异。

② 槎溪小宋，其人不详，其人于1870年代在《申报》《万国公报》上发表《筹赈管见》《劝施茶药》《酒色财气赋》《梦喻说》等文章多篇。

③ 刘谏垣瑞祺，即刘瑞祺。

④ 缵成张氏，张缵孙，明末清初人，字宗绪，浙江钱塘人。按，这段文字出自其《戒人作淫词》，颇被人征引，如刘宗周《人谱类记》卷下、清同治六年重镌《汇纂功过格》卷七《与人格劝化》等皆引用。

⑤ 谢履忠（1671—1722），字卤侯，号昆皋，云南人，康熙三十五年解元，康熙四十二年进士，历官左春坊左谕，著有《碧梧堂诗文集》。

黄鲁直①作艳词，人争传之，遇法云长老警之曰："公文词之富，甘施于此乎？"黄曰："某只空言，原非实事，岂亦欲置马腹乎？"师曰："李伯时②只以念想在马，故堕落马腹，公今艳语实害天下人心，令彼信以为然，流荡忘返，天下之罪悉公一人之罪，报应奚止入马腹？定当入泥犁也。"

元人罗贯中撰《水浒传》，说尽世间奸盗变诈之情，子孙喑哑者七世。复有淫词艳曲如《金瓶梅》《西厢》等书，其害人心术，尤非《水浒》比也，报之愈酷可知矣。

观于此而知毁淫说者获福田，摘淫辞者罹祸网，天理昭彰，毫厘不爽。敬劝各书馆、各坊家，且姑舍是勿作，奇货之居焉用彼哉？自有生财之道，卖者既悉弃淫邪之册，买者自不起求购之思。并劝诸文人、诸才士速息邪说，修一己以正人心，宜立善言劝万民，以挽世道。作者既悉著道德之词，阅者亦自发善良之念，从兹域登仁寿，人尽贤贞，不尽天下而化之为正人君子也哉！世之撰淫书、售小说者尚其鉴诸，尚其慎诸，尚其戒诸。

淫词小说，观之沦入骨髓，故败俗伤风，莫此为甚。今君特著千言，议毁淫词小说，倘能扫除净尽，厥功甚大，即或不能，而立言之功，已可不朽矣。聊记数言，以志钦佩。慕维廉谨识。

（《万国公报》第十年四百九十五卷，1878 年 7 月 6 日）

书《拆坍〈牧羊圈〉》后③

京班出目如《牧羊圈》者甚多，以讹传讹，无理取闹，而庸夫俗子多爱好之，或赏其曲调之高稳，或喜其武艺之精湛，舍昆山部而群焉趋之，不啻附羶逐臭，此固人情之甚不可解也。或曰《牧羊圈》大抵由苏武持节归汉而讹也，剧中名氏及事之情节皆由优家造作，故不相符。所谓圈者，盖或牧羊卷耳，如刘香卷、红罗卷之类，当时有人倡编道情，后乃误其事迹，并讹其姓名，因而卷亦为圈耳。编剧者固非通人，填词者亦皆俗子，而精于此剧与当场喝采，演者、看者亦一类人物耳。

沪上名优熟于此剧者，固不乏人，而杨月楼出场，则尤属耳目焉，妓家又更喜之。窃以不得目睹为恨事，故昨午后哄传杨伶被执，大有一齐扫

---

① 黄鲁直，即黄庭坚（1045—1105），字鲁直。"黄鲁直作艳词"见惠洪《僧宝传》。
② 李公麟（1049—1106），字伯时，号龙眠居士，安徽舒州人。北宋著名画家，尤善画山水、佛像。
③ 《拆坍〈牧羊圈〉》载 1878 年 8 月 6 日《申报》。

兴之概，甚怨官衙多事。有谓此番之来，微特会审处及县署中，即道署领事公馆内亦无不安顿妥帖，究竟何人与之作难，而忽有此煞风景之事，有谓其故由于捕房者，有谓杨伶怨家甚多，百人之中安顿九十九，则其一足以为梗。有谓此次复兴，丹桂茶园主及经事人必不肯遽尔坍台，自有设法可以令其出者。纷纷议论，惟青楼之女子尤极不快意。要之，杨月楼之罪名原不至死，前案既结，恭逢恩赦而回，复理故业，固亦分所应为，沪上官府何以若是相难，必使不能容足？盖据理原情，均在可以演剧，惟其载名□震一优伶耳，而使上海一城内外，无论土著客居，上自官场，下至估贩，无不知名。且妇孺亦能道其人，甚而青楼之轻薄者，人人愿以身事之。则其遭人之忌者，亦可概见，是以不能容也。惟不能容，而其名乃愈大，自前案既结，于今五年，屡次有重理旧业之举，而屡次为人阻扰，远近传播，几于各省皆知有杨月楼。偶来上海，咸欲观其演剧，而辄恨不能。以余视之，其所谓技能者，本属无稽之故事，极俗之曲文，苟不与作难，任其复寻旧业，亦不过寻常一优人而已，其名何至若许哉？甚矣！人情之好怪也。

夫人苟有末技，不震而惊之，必不能见重于时，惟逐臭之夫大惊小怪，因而哄动一时，其名乃愈盛，而其人亦愈招忌，区区优人，何独不然？今试令每夜观剧之人平心品评，即如《牧羊圈》一出，周春奎①、孙菊仙②诸人未尝不自擅场，而杨优何故更胜？细观节目，亦不过若是耳，何为而准演《牧羊圈》之牌竟哄动千万人哉？语云"见怪不怪，其怪自败"，杨月楼亦伶人中之一怪也。但见其剧与周、孙辈一例视之可也。夫人享盛名，必其有盛福。今试思上海一隅，无业不极其盛，而其姓名技能有自上及下，自远至近，无人而不详知之，歆慕之有如杨月楼者乎？然则居上海之人，皆出伶人下矣，岂非怪事耶？且余以为观京徽班之剧，亦止赏其衣服之采色与拳艺之精耳。其他均可不问，若以为某优以曲胜，则非特欺人，抑亦自欺。夫今之人有昆腔之科目词曲，则反听而欲卧，而惟京腔之是信，吾不知其何心而必与俗人为伍也？闲尝见戏单上有《捉曹放操》《宇宙锋》名目，不禁大笑，继而思之，彼伶人原非识字读书者，淮雨别风，随口讹舛，原不足怪，而多少通人不惮其劳，至于每夜必观，且

---

① 周春奎，著名京剧表演艺术家，号星垣，天津河北关上人。票友下海，初学老旦，后工老生，以《金水桥》《牧羊圈》《打金枝》《探母》《上天台》等为拿手。

② 孙菊仙（1841—1931），著名京剧表演艺术家，名濂，号宝臣，天津人。师承程长庚，与汪桂芬、谭鑫培齐名，被誉为老生新"三鼎甲"。代表剧目有《逍遥津》《完璧归赵》《金马门》等。

津津乐道，解释其文，是何故耶？或谓京师为首善之地，风气最先，今之京腔固名公巨卿所赏识过来，且曾供奉宫廷，故上海之人亦乐观之，殆亦无有作好，无有作恶，恪守遵王之义也。此则余之所不敢知耳，或曰黄钟毁弃，瓦釜雷鸣，天下事大抵皆然，岂独昆腔京腔之好尚哉？又岂惟上海之人皆好一杨月楼哉？

（1878年8月7日《申报》）

请禁淫词小说论

小说淫书，久奉官禁，而各省中书院、义塾、善堂等亦必申明例禁，不准书坊印售，父兄约束子弟、师长约束生徒皆不得买阅。淫书可谓奉行维谨矣，而小说淫书竟不能绝，何也？则以书贾贪利，暗卖而暗买也。王子紫诠[①]论之曰：淫词小说，创为才子佳人之事，以逞子虚乌有之谈，悲欢离合，尽态极妍，使闻之者色舞神飞，阅之者心迷目醉，羡之不已，从而慕之，慕之不已，从而效之，甚为风俗人心之害，厉禁綦严，而终不能遽绝者，则以此等书最足动人，而书坊售之亦最足获利也。

近年以来，人心向善，士大夫多以挽颓风、防靡俗为己责，创立善社，广结善缘，禀请官宪重申禁谕，所有淫书悉为搜罗，概行焚毁，风声所树，海内同心。书坊即收藏秘密，欲藉以居奇，较诸祖龙之炬更为猛烈，终亦无所售其伎俩矣。似此善念既兴，则人心可正，邪说不作，则风俗可端。而世道终有江河日下之势，则又何也？夫所谓淫者，非徒男欢女爱、密约偷期、可贱可耻之谓也。所谓淫词者，又非徒传撮合之奇缘、摹床第之亵事，描写尽致、情景逼真之谓也。凡非先圣之道、彝伦日用之常，或荒诞不经，或欺妄过甚者，皆得以淫书概之。而为圣世之所不容、仁人君子之所深恶而痛绝之者也。孟子以辟杨墨为己任，而淫辞与诐行同所必黜，彼其时先王遗泽未遽尽湮，民风犹属驯朴，即有靡曼之音，亦知其有乖于正，岂如叔季之盲词戏出，几于家有其书，则知淫书在所必禁，又当充类至尽。凡狂悖怪妄之词、惑世诬民之语，皆宜芟除其根株而杜绝其波靡也。夫海淫之书，辗转贩卖，士子务华者，明知必无其事，佥谓语尚风流；愚夫鲜识者，妄拟实有其徒，未免情流荡役。其小也，则甘效倾险之习；其甚也，则渐肆拐诱之谋。流害之弊靡不知之。至于匪类奸徒，假仙佛为名，以化导为事，或刻语录方书，借秘法密作津梁，或称祖师降

[①] 王子紫诠，王韬（1828—1897），初名利宾。字紫诠，号仲弢，晚号天南遁叟、弢园老民，江苏长洲人。清末改良主义政论家，曾主编《循环日报》。著有《弢园文录外编》《蘅华馆诗录》《瓮牖馀谈》等。

乩，托虚词言人祸福，世俗见之，诧其神奇，争相附和，投认师徒，结称会友，纷纷传说，肆出播扬，包藏祸心，罔知法度，凭藉既厚，愈逞鸱张，专以诋毁尧舜所传为知要，攻讦周孔所述为得宜，一倡百和，不独无知小人为然，即或身托儒林，亦且心趋诡僻，不体圣贤正学，专思假借立名，藉标榜之虚声，求钱财之到手，即甘作衣冠败类、名教罪人亦所弗恤。诸如此类，其为世道之忧、人心之蠹，较诸淫书，岂不为害更大、流毒更远耶？则其不容并生于圣治昌明之世，杂见于光天化日之中，谅稍有知识者亦能早为见及也。

夫国家昌明正学，建极绥猷，必本诸帝王之大道，凡属邪教皆屏黜靡遗，而士民目染耳濡久已咸归于正。其有学问淹通著书立说者，亦必实能阐发孔孟程朱之理，方许刊刻。至于私立名目，各逞臆见，贻误后人者，皆概行严禁。故二百余年，休养生息，即有匪人煽诱，小丑跳梁，而士食旧德，农服先畴，犹能作忠义之气，深敌忾之思以捍卫君亲、拒御外侮也。盖风俗之厚漓，在乎人心之淑慝，人心之淑慝，在乎正学之盛衰，而欲崇正学，则必须黜异端。孟子曰："杨朱之道不息，则孔子之道不著。"又曰："君子反经而已矣。经正，则庶民兴；庶民兴，思无邪慝。"今欲海内民庶蒸蒸然，莫不观感而向善，非举邪说与淫书而并禁之，曷以弭隐患而跻隆平哉！

（1878 年 11 月 13 日《新报》）

论立言宜得体

太上立德，其次立功，其次立言，三者虽判重轻，有所先后，而同称不朽，则矢口而陈，甚不容冒昧以从事也。故启羞招尤，因一时妄言，而掇千古奇祸者，固无论矣。即或述前人之往事，叙当代之轶闻，而苟非存扶世道维名教之心，意存深刻，语涉荒唐，甚且故为猎艳逞奇，蹈绮靡之习，效轻薄之为，在言之者快胸臆于一时，在闻之者援证据于后日，其危害讵有底极哉？

夫《易》凛括囊，《诗》惩圭玷，亦谓乱之所生，言语实为阶之厉，故必安其身而后动，易其心而后语，否则尚口致穷，为有识之所深鄙矣。以毕公①弼亮四世，而命其保厘东郊也，尚勖之曰："辞尚体要，不惟好异。"② 则立言之宜，审慎有可知已。夫古者行修于躬，言传于世，非独

---

① 毕公，西周大臣，历仕文、武、成、康四朝，为公卿。
② 语见《尚书·毕命》。这段话是周康王即位的第十二年，命令四朝元老毕公去成周治理、教化殷民的诰命。

其理胜也,即其体制亦自不苟,故曾子语孟敬子以君子所贵之道,终之以出辞气,斯远鄙倍①。盖以厕缙绅之列而辄效乔野之谈,固足以贻讥于当世,居臣子之分而罔识尊亲之讳,尤足以陨坠其家声,若以中材而涉世之末流,则尤不可以不慎。乃今之自命为才子者则不然,论人则从其刻,而处己则从其宽,每好讦人阴私,鸣其得意,甚则逞其聪明,撰成绮语,编作淫书。岂知风流佳话,即是地狱根苗,冥漠之中,早有暗夺其鉴,而立褫其魄者哉?故无论挟有嫌疑,志存污蔑,捕风捉影,以无为有也,即使实有其人,显有其事,而为世道人心起见,亦当有所顾忌,而不可妄为称述也。

今试举二事以为前车之鉴。昔有孝廉嫉严世藩②淫暴,著《金瓶梅》一书,原属愤激之下为游戏之笔,不意脱稿竟盛行于时。孝廉素负盛名,由是蹭蹬场屋,屡试不第。己丑南宫已定会元矣,主司携卷入寝室,挑灯朗诵,自喜得人,至晨将填榜,见其卷血痕点点几遍,大骇,不敢录,后求其故,则鼠交于上,致污其卷也,后卒穷困终其身。此则文士笔锋,先斩削己之衣禄也。然亦有偶为翻案之词,致干鬼神之怒者。如宋端宗时,元帅陷台州,民妻王氏有令姿,千夫长掠之,杀其舅姑与夫,逼之行,妇恐污,绐之曰:"能俾我为舅姑与夫服期月,乃可。"千夫长从之,师还挈之行,至青风岭下,临绝壑,妇视守者稍懈,乃仰天叹曰:"吾得死所矣。"即啮指出血写诗石壁间,自投崖下死,石上字迹常新,不为风雨剥蚀。官为建庙,勒其事于碑,改岭名青枫为清风。杨廉夫③过此,题诗曰:"介马驮来百里程,清风岭上血书成。只应刘阮桃花水,不似巴陵汉水清。"自是坎坷,且无子,一夕梦一妇谓之曰:"尔忆题王节妇诗乎?虽于节妇无损,而毁谤节义,其心甚刻,故天绝尔子嗣,蹇尔功名。"廉夫寤,人悔,更作诗曰:"天随地老妾随兵,天地无情妾有情。指血啮开霞峤赤,苔痕化作雪江清。愿随湘瑟声中死,不逐胡笳拍里生。三月子规啼断血,秋风无泪写哀铭。"后乃登第生子。此知笔端有剑,宜敛其锋芒也。

---

① 《论语·泰伯》:曾子有疾,孟敬子问之。曾子言曰:"鸟之将死,其鸣也哀;人之将死,其言也善。君子所贵乎道者三:动容貌,斯远暴慢矣;正颜色,斯近信矣;出辞气,斯远鄙倍矣。笾豆之事,则有司存。"

② 严世藩(?—1565),号东楼,江西分宜人。权臣严嵩子。由父荫入仕,历任太常卿、工部左侍郎等职。其性剽悍阴狠,贪得无厌,1565年父子失宠,世藩被杀。

③ 杨维桢(1296—1370),字廉夫,号铁崖、东维子、铁笛道人、抱遗老人,浙江诸暨人。元代诗人、书法家。泰定四年中进士。曾为天台县尹,官至建德路总管府推官。其诗求新逐奇,号称"铁崖体"。著有《东维子集》《铁崖先生古乐府》《复古诗集》等。按,本文杨维桢清风岭题诗的故事,《情史卷一·王氏妇》所载较详。

夫合二事以观，在二子落笔之初，岂期遽致于此哉？而竟因无端饶舌，几至抱憾终身，则夫羁情窃窕，恣意钗裙，或因挟有微嫌，遂隐善而扬恶；或因受人嘱托，遂任意以讥评，而事非覈实，语涉不庄，均有所不□，反谓华衮斧钺，或褒或贬，悉可以为吾所欲为也。岂知潜德不发其幽光，奸谀甘为其同党，即经术湛深，词华斐蔚，而所谓发大义于微言者，其体制不已有乖哉？

选录香港《循环日报》（1879年6月1日《申报》）

淫戏不可不禁说

古之所以感人者莫如诗，诗盖于善恶之中寓劝惩之意；今之足以动人者莫如戏，戏亦于舞歌之际端风化之原。余自今秋薄游沪江，偶至戏园听戏，见《迷人馆》《卖胭脂》《送灰面》等出，摹写淫情，丑态毕露。此戏一作，不知陷害多少子弟，多少妇女，伤风败俗，莫此为甚。一园如此，则别园可想。推其故始，由于演戏者之诲淫，继由于观戏者之好淫，遂致风俗卑靡，淫风大炽。前沈仲复①观察分巡苏松太道时，曾严禁淫戏，各戏馆均能恪遵宪谕。何以沈公升任后不过数年，而该戏馆等竟敢故智复萌、肆无忌惮如是耶？余谓禁淫书，宜先禁淫画，禁淫画宜先禁淫戏。有治人之责者，盍重申禁令，以挽颓风，庶沪上之子弟妇女不致为淫戏所炫惑也，则大幸矣，是为说。目击心伤人稿

（1879年10月1日《申报》）

淫戏不可不禁论

淫戏淫书均为坏人心术、贻误子弟之事，而充其流弊，则淫戏更甚于淫书。盖淫书约有二种，一则以文言道俗情，借风花雪月诸般点缀秘戏，非略解吟咏善读小说章回书者，虽日置案头，犹觉漠然无睹。即如《西厢》《牡丹亭》淫亵极矣，试与掩卷而曼歌《酬简》《惊梦》数出，愚者不知也。《金瓶梅》《肉蒲团》以及各种小书，淫放甚矣，若不知讲解，而徒顺文读之，不识字之妇女以及未谙文理之童蒙，亦若忘其为淫也。盖此等情事，写之笔墨间，必用兴比两体，若实事求是，纯用真实字句，则村夫酒汉之骂人而已，不成书矣。故上等者寓深文奥义，即浅近者亦必不能如道平常话也。若传之于戏，则姑置其曲词而不之听，至一切丑态当场现出，稍知人道，莫可自制，靡靡忘倦，必至于斫丧天真，戕贼其身而后已。

---

① 沈仲复，即沈秉成。

夫人生惟五六岁以后知识渐开，至十五六而后成人，此十年中之知识各随其所习，以趋诗礼，家风延师教书，藉十年之培养而成秀俊之子；小家气派，群儿嬉游，积十年之闻见而成刁猾之徒。惟于男女相慕之事至此时始渐有知觉，或会悟敏捷，书塾兼看闲本，早有贯通，街巷征逐，早晚间窃听辱骂，私自揣摹，未免早岁警悟，不过是时气体未充，肝胆犹小，虽极下流不敢妄作而已。然已如将燃之火，一引即灼。苟庙社村会之中一经注目，则真男假女之妖态，不禁心醉魂飞，急而难遏，于此而有邪缘逗引，则造作罪孽者有之。若犹多方顾虑，强制逆防，则抑郁致病，痨瘵丧生者有之。此则父兄所不及教，师友所不能规。甚或荡检踰闲，靡所不至，流入匪类，贫贱终身矣。

若夫妇女入庙看戏，本为例禁所不容，稍有家教者必不纵令其去，然而习俗相沿，以为偶然行乐，初不妨事，或父母溺爱，或亲族招邀，明眸皓齿，盛饰艳装，仆婢将扶烟筒果盒，登楼而选坐者，虽大宅绅眷亦所时有，迹其赴观之情形，已属冶容诲淫之极，而况恶少联翩，恣意评品，任人指点东西，衡量妍丑，殊自轻自贱矣。加以繁弦急响之中，忽而曼歌低唱，一生一旦，眉目含情，妖态万端，柔情百出，台以下举头齐向楼之上倩盼不移，斯时即内禀贞烈，外绝妖邪，而过眼云烟，宁无少滞于心目间耶？苟为有夫之妇、中年之妪，犹无他也。若孀寡数年、及笄待字之女，则口不能言而心辄摇摇。即使秉性贤淑，见事聪明，力能制防，识足堪破，原无虑乎失足隳行，而一时神为之夺，必待转念而始复其原，则甚难保妇女之必有此学问也，倘自此陷溺炫惑，不能遽回，则势必至于不可问矣。自来门第之家有帷薄之消者，大率类此，亦大抵由此。

甚矣，淫戏之害人也，过于淫书多多矣。向来地方官恐为民间之害，随时禁止，原与禁坊间摊卖淫书及闹市之中搜拿淫画同一认真，援照科罪，而限于耳目不及周遍。且乡村赛会，城寺神诞，偶然演看，转瞬过场，虽饬役守视，而役等犹是人情方甚，愿观看其态状，谁肯以官之禁令煞人风景者？故禁亦殊难也。上海戏园林立，城内外各官署每夜必有娱客之人，且园中刷印红单，随处分送，苟欲禁之，执其戏单即为凭据，戏园中尚有何词？然而京徽旧调，梆子新腔，所以擅胜场者，若《翠屏山》《双钉记》《巧姻缘》《卖胭脂》等剧从前曾摘目指禁者，至今公然挂牌，毫无忌惮矣。岂不曰上海娼妓如云，有几等之人即有几色人行乐之处，关系风教，实不在数处戏园，而何况淫戏之一演即完，初无所句留也。殊不知娼妓之害显，而淫戏之患隐，显者犹浅，隐者犹深。且妓馆中惟有腰缠之金而后可以自迷，其患更不及于妇女，若淫戏之杀人则凡男女老幼贫富贵贱之人无一而不在其诱惑之中，夫是以可慨也。

(1879年10月16日《申报》)

禁导淫说（节录）

窃维人生三戒，以色为先，罪恶万端，惟淫居首。古今来奇灾横祸，多落淫乱之家。盖天律所必诛，而终身不可犯者也。恭诵列圣垂箴，不啻再三申命，其奈庸夫不悟，以暗室为可欺，岂知妻女代偿，叹葫芦之依样，丑声播而家道乖，中冓辱而生计绝，自作孽不可逭，斯之谓与？苟有犯焉，改当速也。

夫干犯淫孽，惨罹淫祸现报，固所不爽，而制做淫机，诱启淫念，冥诛更属难逃。近世诱淫之端，不胜指屈，而祸之渐害之大者，则惟咸水歌、春意镜及淫戏为最甚。咸水歌始于蛋户，继及民居，集狂徒恶语以为文，当过客通衢，而散布高歌，朗唱邪声，直达闺门，字浅价廉，毒手先施蠢稚，其为祸也，隐而微，其滋淫也，浅而易。……夫咸水歌则有声无色，春意镜则有色无声，其导淫之弊尚且如斯，矧淫戏之有声有色者乎？故淫戏兴而人心愈坏，淫戏盛而女德弥衰。其贻害于人也大，其流毒于世也久。虽请官长示禁，代有其人，而积习成顽，卒难尽绝，推原其故，则由各乡之持禁不坚，值事之卖戏不法耳。吾国梨园子弟，尽十二分精神悦千万人耳目，只知献技以求利，尽态以媚人，岂有他哉？无责耳矣。若乡老于演戏之先，以罚淫戏之规严谕值事，而值事于定戏之际，以演淫戏之禁注在合同，则班中自相禁止，而所演皆奸邪授首、忠孝显名，警世且娱神，法善而功大，言者无罪，闻者足戒。可以风世，可以易俗，戏固未可厚非也。他如南词小说，总是无稽。其中秽迹污言，有伤风化，在作书者无非藉邪说以呈才，而看书者多至慕邪缘而误正，遂致谈闺阁亦曰得于书者有之，图野合亦曰仿于书者有之，故凡淫书焚不容缓。……嗟乎，人生之初，其性本善，不幸而迁于恶原，非偏于为恶，惟于理有未明，故习而不觉，久而难移耳。所望海内士大夫力为整顿，勿事因循，才智足者极力驱除，理学纯者婉言开导，俾造孽者回头是岸，免沉沦苦海之中，陷溺者捷足先登，为指引迷津之筏，由是绅倡耆助，清累年伤风败俗之本源。将来子孝孙贤，知此日劝善惩淫之报应已。莘野山人来稿。

(1880年3月2日《新报》)

书宁郡宗太守《严拿串客》告示后[①]

司马子长之序《酷吏传》也，曰："法令者治之具，而非致治清浊之

[①] 《严拿串客》告示，1880年4月5日《申报》。

原也。"由此言以观，更证以古人立法之意，知为政之道，固不可以废情而任法矣。宁郡宗湘文①太守官声藉甚，胆识兼优，如禁赌一事，极为认真，固不专以沽名为事，而亦尽有实惠及民。近闻有严拿串客一事，缘南乡有串客演戏，乡民又聚众殴差，故即派绿头勇与湖南勇数十名，捕获串客数人，各予重责，发鄞县管押，小民无识，谓将于院试事毕，当置诸站笼，以为杀一警百之计。而愚窃以为太守必不出此也。

夫以淫戏摇惑人心，使观之者目炫神摇，为其所引诱而不之觉，旷夫怨女，既足动其花间月下之思，幼女童男，亦足启其欲海情关之窦。坏风俗而伤教化，莫此为甚。即予以惑众之罪而正其刑辟之诛，亦属罪有应得。然彼串客之所以为此者，其初意究非专欲荡人心而败风化也。不过习业不善，其弊足以致此耳。子舆氏有言，矢人岂不仁于函人哉？矢人惟恐不伤人，函人惟恐伤人。巫匠亦然，故术不可不慎也。夫矢人以伤人为业，匠人以人死为利，其心顾不可诛哉？然卒不能正矢人匠人以杀人之罪，盖其心可诛，而其情犹可原也。妓馆之冶容诲淫，诱惑青年子弟，最为坏事，而朝廷立法亦不过驱逐而已，责配而已，初不闻取妓女而尽致之死也，何则？法制之设，断不肯为过情之举，总期行之无弊而可久，不敢逞一己之喜怒而轻重其罪名也。和奸之罪止于杖枷，惟为本夫当场杀死者，则释不问，此正顺人情以为治法之一端。盖奸至于和，则出于女之痴情，而不顾礼法，科以枷杖，使之知礼法所在，不可妄干。苟非名分服制之关，断无致死之例。由是推之，则搬演淫戏者之罪，当亦有可比例矣，故吾谓太守必不致串客于死地也。惟告示中有无论地保图差人等能连戏具捆送一名者，赏大钱一千，以次递加云云，诚未免窃窃然疑之。盖此等江湖卖艺之流，苟饬差捕捉，何难立致？如恐差役不能遵令，而特以利动之，是令有所不行也。如此项赏格专指百姓之捉获者而言，则民间既群喜而观此淫戏，而至敢于殴差，区区千文之赏格，又岂足以动斯民之心？是赏格虽出，亦不过虚文而已，岂以宗太守之令出必行，实事求是，而顾为此乎？吾乃深思其故，而有以窥太守之心矣！串客之为淫戏，人莫不群焉喜之，苟不禁焉，则必大为风俗人心之害，苟欲禁之，又恐激乡愚之变，则惟有以先声夺人之计，为驱除迫逐之行。若辈虽以此为业，而究未尝不爱其身命，今乃雷厉风行，治之如盗贼，捕之如棍匪，则彼虽有乡民之保护，亦决不敢逡巡观望，以自贻性命之忧，将有去之，惟恐不速者。然后敝俗可以移易，而民情不至扰乱。此正宗太守之曲为筹画，而妥为措置之

---

① 宗湘文，即宗源瀚。

苦心，非然者，民间不知法律，任意庇护，反以官为多事，而致激成意外之变，则是除害，而转足以致害。又岂可行也哉？

（1880年4月8日《申报》）

租界戏园藐法

沪北租界中戏园之多，甲于他郡，其所以动人观听者，无非以淫戏为媒，而最足伤风败俗者，莫如大观园所演《迷人馆》一出。其余如《卖胭脂》《打斋饭》等剧，尚犹指不胜屈。查《迷人馆》一戏，不知其本于何典，惟内有小旦一人，曰九花娘者，开设客寓，赋性极淫。凡投宿之客，遇有美少年，辄与之私。不遂所欲，则投以迷药，客遂昏不知人，任其所为而后已。又有小丑一人，为九花娘私识，在台上装点秘戏，一丝不挂，宛如见销金帐中，一对可怜虫，光天化日之中，大庭广众之下，赤身露体，亦复成何局面？其九花娘则以万盏灯为之，丑态百出，实非笔墨所能形容，即亦不屑形容。此戏一出，举国若狂，男女聚观，忘廉鲜耻。幸得会审委员陈宝渠①司马访闻前事，严示禁止，又奉关道宪发出《庶几堂善戏》乐本，谕令演习，一时各戏园主纷纷赴会审公堂出具以后不敢再演淫戏、违者愿甘治罪切结，而善戏中如《魁星现》《治民记》《阴阳报》《难中福》等出，亦先后登场。窃以为淫戏从此可绝，善本从此日行。不料大观园忽于前晚中又演《迷人馆》，昨晚又演《卖胭脂》，大书招纸，遍贴通衢。若不知有前此之禁，竟忘其当日所具之结为何物者。噫，倘不再禁，恐不旬日间，各戏园纷纷效尤，依然如昨，实风俗之忧也。或曰："吕宋彩票，非出示严禁具结停止耶？各佛店、各台基、各烟馆女堂倌非出示严禁者耶？今仍明目张胆，大事开设，日久玩生，阳奉阴违，已成固结，莫解之习，何独戏园为然？"余曰："子不见法租界会审委员孙明府之禁吕宋彩票乎？是在贤有司令出惟行，风行雷厉已耳。"

（1880年9月1日《新报》）

戏　　说

习俗之移人甚矣哉！习俗所沿，转为风气，耳所习闻，目所习见，一若行所无事者，然而独清独醒者与乎其间，则有不胜感慨系之者，如上海之戏馆是已。《记》云："齐音傲僻骄志，宋音燕女溺志，郑音促数烦志。"可知一处之风气即一处之声音感之，其喜心感者，其声啴以缓，其哀心感者，其声噍以杀，音乐之道通乎其微。故匏巴鼓瑟，游鱼出听，伯牙鼓

---

① 陈宝渠，即陈福勋。

琴，六马仰秣。虽古人不无傅会其说，然亦见声音之所感人，物有同情焉，此固不容以假托，亦不可以强回，惟有探其本原而治之，或者尚有济耳。

咸丰季年，都中之戏竞尚惨杀之剧，而清客相聚共唱昆曲，每每以《惨睹》一出为佳，其余则《惊变》《埋玉》，类多近于哀乱之戏，识者忧之，未几而有焚毁圆明园之变，此事之最近而可征者也。今上海一隅，戏馆四五处，看客颇多，值此新正无事，藉此消遣，较胜呼卢喝雉，用以陶写太平景象，亦不可少者。无如园主每恐看客不多，无以获利，特演一二出淫荡之戏以招徕生意。噫嘻，是可慨已。前者各善士为人心风俗起见，禀请将《庶几堂乐府》中各善戏，责令戏馆排演以为发聋振聩之具，禁止淫戏，不准扮演，而天仙茶园首先遵奉，演成《魁星见》一出，以为各戏园之创。嗣后各园仿效，善戏渐多，此正足以慰各善士属望之殷矣。乃近来则又于善戏之外，间以一二杂剧，类多淫荡之戏，几于功过不能相抵，此何为也哉？

夫读书明理、志气素定之人，虽经百端眩惑，亦不至为其所摇。然观剧者非皆有定志者也。其或少年血气方盛之时，童子情窦初开之际，见善恶报应之节目，犹未能必其尽信，而一见夫目挑眉语，心往神移，则莫不津津道之，眷眷思之，则因以导淫固不难矣。而况戏馆叫局，习为固然，即台上无淫戏而台下之淫风已不可遏，再加以妖邪之状与目谋，靡曼之音与耳谋，荡佚之情与心谋，又何怪后生小子之日即于邪也乎？故吾谓禁淫戏固属正理，然不若禁戏馆叫局之尤为得正然。而断断决其不能，则非关乎官宪禁令之有所不行，而风气之固结莫解者非一朝一夕，而未能一旦廓清也。上海自开埠以来，贸易之道近来日见其衰，大有远不如前之慨，而奢靡淫佚之风气则日新月盛，较之从前，不啻倍蓰，居人旅客皆为见惯之司空，偶有一二方正者，亦不得不随波而靡，故戏馆苟一禁叫局，必哗然以为不近人情。即戏馆中苟不间以一二淫戏，观者亦似索然无味。此揣摩风气者所以为识时务之俊杰也。风气如此，又乌得而禁之？虽然风气之转移关乎人心，人心之挽回存乎教化，上海虽曰五方杂处之地，良莠不齐，然既有官长以临莅之，则岂得曰此地系属租界不可以行教化也哉？况前此各戏园曾经具结，不准再演淫戏，而善戏之演成者已各园皆有之，则亦何妨重申前禁，严为禁绝，俾血气未定者不至耳濡目染，流于污下，是亦未始非教化之一端。而戏馆叫局之禁，或亦可以因类而及。倘得教化有权，人心渐正，则风气之挽回亦不难矣。

仆以短视，不甚观剧，新正多暇，与友人偶一往观，见所演之戏，善戏与淫戏参半，深慨夫去年官宪之禁仍属故事虚行，而淫荡之风气终不能少戢，故泚笔书此，若以此为迂谈，则亦听诸悠悠之口而已。

(1881年2月15日《申报》)

国忌申禁演戏说

前报载本埠会审衙门传集租界各戏馆主，当堂谕令出具切结，不得于国忌之日作乐演戏。一时闻者颂声交作，佥谓陈太守①能力持大体，足挽颓风焉。

查功令所载，国忌之日，朝廷素服弛悬，薄海同遵法度，虽在山陬海涯，亦当停止鼓乐，奚论演戏？无如本埠租界地方，向来总以西国之例为推托，故凡一应大小戏馆招牌，皆系以英商法商等字样，其实则造物者华人，开馆者华人，演戏者华人，观剧者亦华人，荒诞至此，法制何存？有心人早已掩耳而思逃，闭目不忍睹矣。无如蠢蠢愚蒙，亦既安之若素，即或明明仕宦，亦复习以为常。此一二十年以来所由大肆猖狂而绝无顾忌焉。

客冬十一月二十七日，邓侍御承修②具疏特参户部右侍郎长少司农③，于是月十三日圣祖仁皇帝④忌辰嫁女与护山西巡抚布政使葆方伯⑤之子为婚，公然发帖迎宾，大张鼓乐，古今鲜有，中外骇闻。夫国之为治，赖有纪纲，纪纲不张，何以为国？今二臣昧君父之大义，忘覆帱之深恩，情迹虽殊，恣欺则一。若不从严治罪，凌夷伊于胡底？此实履霜坚冰，不可不防其渐等语。疏上得旨，均著即行革职。此事既播，朝野肃然，并恍然于国家功令不可干犯也如此。夫作乐既不可，而况演剧乎？嫁娶且不可，而况观剧乎？陈太守见及乎此，豰豰领悟，以为租界之中，戏馆之内，整年以来，于国忌之日，并不停演，而一应士商，从而观之，不复一加考究，实属大干功令，以其中颇有报捐，高官议叙显秩者，既非齐民之可比，安可功令之不知？然而申明禁令，则应先自戏馆为始，此本年开篆之日，即

---

① 陈太守，即陈福勋。

② 邓侍御承修，邓承修（1841—1892），字铁香，广东归善人。历任御史、给事中、总理衙门行走等职。

③ 长少司农，长叙，满族正红旗人，他他拉氏，光绪宠妃珍妃之父。曾任吏部左侍郎、户部右侍郎等职。光绪六年十一月十三日长叙之女与葆亨之子完婚，因是日为康熙忌日，二人均被参革职。

④ 圣祖仁皇帝，爱新觉罗·玄烨（1654—1722），清圣祖，年号"康熙"，谥号"合天弘运文武睿哲恭俭宽裕孝敬诚信中和功德大成仁皇帝"。清代十一月十三日为康熙忌日。

⑤ 葆方伯，葆亨，字芝岑，蒙古博尔济吉特氏。历任贵西道、署福建巡抚、山西布政使、护理山西巡抚等职。

饬传租界各戏馆主到堂具结之所由来也。

说者谓此举极属得体，但具结恐或虚文。犹记上年曾申禁令，不准各馆演唱淫戏，并颁发《庶几堂善戏》剧本，令其具结习演，以端风化。乃日之既久，善戏既不能扩充，而淫戏又依然演唱，问其则结仍在衙门文卷之中也。结不能呼官以治事，官既不问，吏必不呈，而一切甘结虽有如无，自然具结之人亦可置身结外，拼得个到法堂亦不过重行具结耳。令不能行，法亦徒立，殊为时政之大弊。今兹之具结虽不必如前此之具结，然何不惩办一二人以彰功令之不容妄干。即以长侍郎、葆中丞之尊显而论，尚且一干功令，立即去官，何物顽民，敢一再尝试于法网之下哉？法宜将禁令作成简明示谕，发黏于各戏馆门首并戏台之上，将其具结词语摘录于堂上粉牌，俾出令者奉令者两免遗忘，且昭触目警心之益，而于国忌之日再饬差役前往查察，如敢抗违，即行签提，立刻枷示戏园门首，一月限满，重加杖责，仍课罚款以济善举。二次再犯，则移县照例治以应得之罪，并将戏馆封闭，准另召户重开。似此言出法随，或可挽回积习。

说者又谓，市俗之见，往往取忌辰之辰字，不作日解，而作时解，谓是日特忌辰时耳，一交巳午以后，入夜之交，便可作乐演戏，大行吉礼。乌是何言哉？是乃不通文理之人，穿凿附会，而断不可听从者也。以理而论，日逢忌辰，日中固不得开演，即午后夜间亦不得开演，揆厥例意，倘夜间可以从吉，则昏礼不应获谴矣。凡此皆当明晰晓谕，俾愚民可以周知，不致越礼犯分，所以宰官贵用读书人也。夫读书非重其发科发甲，重其能明理耳。理之不明，则此等事必不知禁，并不知为首先当禁，更不知具结不足为遵禁。今兹亦既当堂具结，固为有耳共闻，其足为人心风俗之转移者，正非浅鲜，无惑乎人之称道弗衰，为太守晋贤明之颂也。然前日为孝穆成皇后①忌辰，今日为孝圣宪皇后②忌辰，而各具结之戏馆，则仍敢毅然决然，照常演戏，并敢将戏目列诸日报之告白中，万目共睹，其视官长如儿戏，藐禁令如弁髦，是诚何心哉？虽曰书明二十一夜、二十三日夜，然夜即日也，譬彼十一月十三夜仍以十一月十三日论也。谓余不信，请质诸深明律例者。

（1881年2月21日《新报》）

---

① 孝穆成皇后（1781—1808），钮祜禄氏，道光皇帝的第一任妻子，嘉庆十三年正月二十一日去世，道光三十年加尊谥为"孝穆温厚庄肃端诚孚天裕圣成皇后"。

② 孝圣宪皇后（1693—1777），钮祜禄氏，满洲镶黄旗人。清世宗雍正的妃子，乾隆之生母，谥号"孝圣慈宣康惠敦和诚徽仁穆敬天光圣宪皇后"。

国忌禁演戏续说

自来天地间所以判人禽之界者，赖有此公是公非耳。是者群起而是之，非者群起而非之，岂一人之私见哉？如陈太守①创禁演戏于国忌之日，合本埠之人莫不称之颂之欽之敬之，亦其一端也。无如各戏馆主自具结之后，互相斟酌，每当国忌之期，不演于日，而演于夜，以为既可称恪遵功令，又可以遂夫私心，其狡黠实不堪闻问，何也？近来戏馆生理独盛，于夜间座上已拥挤不开，门外犹纷纭而进，几几乎有塞破屋子之患，而日间则门内门外均堪罗雀，虽楼上楼下分布座位依然数百十之多，而高踞其巅者不过一二人，即末座之客亦寥寥如晨星。故有演戏之人多于观戏之人之说，不但馆主愿停此一日之糜费，即伶人亦欲免此一日之徒劳，惟逢新正前半月及端阳中秋等节并泰西礼拜日期，则日间之盛与夜间无异，然此等日期一年一月难得几日，且是日未必定逢国忌，是以各戏馆主甘心不演，其恪遵功令之心，犹后其节省糜费之计殊佳，然则当堂具结之际，已存藐视官长之心，援情定罪可胜诛乎？

或曰租界之中越礼犯分等事指不胜屈，亦既安之若素矣，一旦力求整顿，挽回积习，殊不容易。今各戏馆主既已具结遵于国忌之日暂行停演，已算奉公守法，于公事上尚过得去，何必再事苛求？此等议论是父母溺爱儿子之见，非官员整顿风化之词。夫人之获罪，不分日与夜也，从未闻有日间杀人有罪，夜间杀人无罪者。岂日间违禁不可，夜间违禁则可乎？其理甚明，虽至愚亦能悟及。即以泰西风俗而论，凡遇他国有丧哀等事，则是日必打半旗以示吊哀之意，中俗之禁演戏即西俗之打半旗也，西人闻此禁令亦断无不以为然者。大抵华人之寓居租界中者，往往藉西人以挟制官长，或假房租以为词，或托捐款以立说，查此等戏馆之房租，则论年而不论日也，此等戏馆之捐款，亦计月而不计日也。即以日计，而一年之中亦不过三十日，以食毛践土之人，蒙我国家三百余年之豢养，而尊君亲上之心，竟不能于一日之中少作几微之报答，亦狗彘之不若矣。

再查各戏园主大半为衙署中之公差，夫差为在官人役，其不应开设戏馆也固矣。其不应不知禁令亦著矣。倘使官府按图索骥，点卯拿人，夫亦从何逃遁？无如该差役等一身数名，或明明姓赵而卯簿则称钱某，或明明姓王而差名则呼郑某，致令官府无从查核。此等朦蔽能使有目极明者亦将不明，有耳极聪者亦将不聪，而无知之人反以为官之权逊于差，差之力大于官。噫，光天化日之中，岂容此等为鬼为蜮者流以淆乱夫典章而败坏夫

---

① 陈太守，即陈福勋。

风化耶？法宜由官饬匠制就粉牌，上书"国忌日夜停演"字样，分派各戏馆中，每馆一牌，令于国忌之日清晨即悬挂于门首，至夜间方准除去。再由该馆声明告白"尊奉宪谕，自今以后，国忌之期日夜概不演戏"云云，以俾众览，庶几一官半秩举监生员等辈皆可闻风敛迹，率由典章，并由官宪查明律例，将国忌演戏大干功令之罪，分别详列，俾诸人不至以是日停演为奇闻，而渐知是日停演为得体，则风气转而教化行，未始不有益于治道。即旅居本埠之西人闻之亦当同此钦敬焉。再查京师各戏园向来夜不演戏，而每逢国忌之日，各园一概停演，即斋戒之日亦复停演，斋戒之日但查时宪书中排列某日之旁，有一黑圈者是也。然则本埠陈太守但禁国忌之日演戏，而不禁于斋戒之日亦可谓之宽典矣。何各该戏馆主等尚不知足而犹欲俾夜作昼哉？重为之说以晓夫藐视王章者。

（1881年2月23日《新报》）

论淫戏难禁

国有大丧，三年四海遏密八音，近日上海戏馆公然演唱，已属有违国制。观于苏郡戏馆之封禁，而窃叹租界地面何竟自外于生成也。然而犹有说者则以为租界之地华洋杂处，戏馆本较多于他处，伶人以歌舞谋生，舍此别无糊口之法，况伶人皆天津等处，入北方强悍之气，最易滋生事端，久无事业，或且流为匪类，转足为地方之害。故官宪曲体苦情，深防祸害，因独弛其禁以听诸伶之得以自求口实，从此既有恒业，可以不必再防他变，以致诸伶之误罹法网，为害闾阎，是亦思患预防之意，而仁人之用心，所谓不惜委曲以迁就之者也。然诸伶实不能仰体官宪之心，不开演则其害仅在于伶人，既开演则其害且中于风俗。噫，与其坏风俗以养伶人，又何如弃伶人以全风俗之为愈乎？

夫戏原属古风诗之遗意，最足以感发人心。演一忠臣孝子义士节妇之戏，则令人慷慨泣数行下，而忠君爱国之念、去谗远佞之志，不觉油然而自生。演一奸邪荒乱之戏，则令人感愤，发上冲冠，而扼腕咨嗟之态与奋袂欲起之情，不觉勃然而莫遏，可知此事之感人甚矣。闲尝观乡村社戏，妇孺争观，归而津津道之，凡有忠孝节义之事，无不色飞眉舞，似乎企慕甚殷。及谈至奸邪叛乱之事，则亦间以唾骂诟詈，意似恨之甚。由此观之，则可知凡人之性情，善恶两端原无不知之处，特惑之者甚，则或至引而去耳。今上海各戏馆所演，每日必有一二淫戏，如《来唱》《庙会》之类，穷形尽相，描摹想像，必使惟妙惟肖而后快，观者目注神移，意摇心夺，其有刚正之士，自必不至变易其心，而因邪入邪，其害有不可胜言者矣。此而犹以为不足患，又将以何者为患乎？前者由官宪颁发《庶几堂今乐府》，谕令各戏园学习搬演，亦既演成数出，夸新斗异，设色争妍，观者未尝不多，生意未尝不盛，苟能自此遵奉宪谕，但择善戏为之，吾知戏馆之利，亦断不至有所减少，而且藉此以劝人为善，其功德实为无量。独奈何置官谕如弁髦，不以为善戏可以使人感，而以为善戏足以使人厌；不以为淫戏足以害人，而以为淫戏足以招人。故前此谕演善戏之时，亦必每日以一二出淫戏错杂其间。今则此风尤甚，渐渐淫戏居多，即有不在淫戏之列者，亦不过枪刀剑戟，牛鬼蛇神，并无忠孝节义之戏，而于善戏则将积久渐忘。呜呼，何其官宪禁令之不能行于诸伶乃尔哉？前者，百日未满，环求开演，已有挟众要求之势，官宪念其苦情，俯如所请。而既经开演之后，乃日以淫戏蛊惑人心，人心愈坏，风俗愈下，其为害岂浅鲜哉？说者谓上海之地，本属邪气，拼头搭脚居然显言于公堂之上，而不以为怪，台基林立，私局尤多，固不独妓馆之足以诱人子弟已也。即使戏馆日日以善戏感人，并无淫戏以摇惑人心，窃恐上海之风气亦未必能变于纯正，是区区者又何足言？不知上海风气之所以坏者，特大姐姨娘之流，以拼头搭脚为正务，而廉耻道丧耳。若夫富家巨室之子女，则犹不至若是之无耻也。若偶入戏馆观戏，而所见之戏皆系目挑手引、花前月下之事，则将目孜孜而不倦，心摇摇而为移，有不觉情之为所动者。设当情窦初开，其有不怦怦欲动者乎？至于此情一动，而后从而遏之则难矣。吾故谓戏馆之演淫戏，其害于人心风俗者为最甚也。夫伶人既习此艺，自不得不竭呈其技以取悦于人，然既有此艺，又何妨用之于善戏以悦人者，转而感人？

吾知上海为通商码头，来往商旅不绝如蚁，即不演淫戏，亦未见其生意之减色也，吾愿与各戏园诸伶人商之，且愿与有地方之责者共商之。

（1881年8月2日《申报》）

戏馆为民间开演说

国制虽逾百日，而音乐则禁一年，或曰礼部明文民间禁嫁娶二十七日，止音乐百日。戏馆者，乃有人以资本开设，雇戏班而唱演者也。其事近于商人所为，而观之者民实多，商与民类其人品不得于士大夫中齿数，然则百日之外演之可也，观之亦可也。第以为民间之音乐，而不能使身列士大夫者，各有束修自好之心，而绝不一往也。夫民间之音乐在定例之意，以为不过鼓吹已耳，故二十七日之外准其嫁娶，陈鼓吹而不作，逾百日则皆弛其禁矣。初不料民间之有戏馆也，夫万寿圣节，普天同庆，民间亦许醵资唱戏，社公蚕母，秋报春祈，村人亦竞搭台酬神，其于戏如是焉尔。若云戏馆则岂到处皆有，必通都大郡或客商码头，斗靡争华方有所开设也。而通都之中，冠盖往来不皆民间所居也。客货所至，舆马纷沓，其人又不尽为商也。盖有戏馆之处，类皆官员之所出入，而酒筵妓馆，应酬纷杂，既不能免，即一曲氍毹，亦未有不携手过从者，惟其为官员之所止，是以京城戏馆最多，独不敢援民间止音乐百日之说而居然开唱也。京师如此，外省亦不得不然，是以苏州戏馆正在修理完竣，装潢精洁，方欲登场，忽然差禁，而演者看者皆一齐扫兴也。

　　上海一隅之地，论生意之大则通中外商贾之盛，论管辖之制则在滨海小县之列，以省中所得行之禁令，而独不行于上海可乎？如谓京师戏旦等人专事应酬，不倚演唱为生业，即终年停止，而赚钱之法犹多。上海不然，一两月之空闲，众已不堪其苦。此辈何知礼法？闲游无事，饥迫寒驱，阙生意外之变。而通商地面，五方杂处，良莠不齐，更易滋事，官宪不得不斟酌而体恤之，非可以常例论也。然全班子弟，岂尽旦贴脚色，舍此而外，实繁有徒，辇毂之下，富庶繁华，岂有逊于通商码头者？而独不虑其滋事，不恤其无生业乎？而况乎苏州与上海皆无戏旦应酬之风，乃苏州可行而上海不可行也哉？要之，如前月诸伶之哄入公堂，藉众挟制，并违制雉头，昂然自若，一种侮慢桀骜之态，务使官宪允以期日，准其开唱而后已。凡诸情形，惟上海可以横行，在官宪亦曾有大不得已者，乃肯含糊过去，姑勿深论可也。第过戏馆而相谓曰，此民间之戏馆也，此商人所往来娱目赏心之处也。若夫薄有头衔，曾膺一官一职者，则惟自懔于止音乐一年之义，虽过而不入焉可也，闻其锣鼓喧叫之声，而若勿闻焉可也。盖君臣之义，一命皆恩，不必受恩深重，身膺殊遇，而后为有当尽于心也。否则，一介之夫何知皇家之恩惠而亦养其发百日也？义在则礼以行，有百日不忍听音乐之义，止乎其节而勿过，有一年不忍作音乐之义，不及其时而不能。国家定制所以有隆杀、有等威者，岂偶然也哉？上海风气原不能拘拘为守礼之儒，然吾心之所克尽者，人亦不得而强之。假如吾不忍于听戏，而吾之友有以听戏招吾者，则彼固仅遵百日之禁而不必符一年之制可知也，吾则谢之曰："天时炎热，不耐久坐于人丛也。"若彼本应符一年之后，而今遽随和于百日之外，则此人也，吾亦何为而曲徇其请而与之交游也。故曰，上海之异于京城省城，惟其为民间之戏馆而民间看之，是以开演于百日之外也。

　　吾为此论，非敢谓吾亦一官不肯下侪于民，因前日有以现在戏馆多演淫戏为言者，吾思今日尚宜以有戏无戏分别言之，而不当以淫戏不淫戏惩劝之也。盖今日之戏，既专为民间而设，则见之者皆民也。民能看淫戏，民不能有禁淫戏之权也，宜其日夜演淫戏而官无知觉也。

（1881年8月7日《申报》）

请禁邪戏女伶议①

中国通都大邑以迄通商大埠，无不有梨园菊部，原为歌舞太平而设，亦所以道古今之兴衰，别贤奸之施报，故悲欢离合、忠奸良歹无不现身说法，以资劝惩。所谓言者无罪，闻者足戒也。然虽属于游戏，亦有风人之旨存焉。故凡演戏看戏者流均当择忠孝节烈、可为末俗劝者演之，始无害于事理，而有裨于见闻。嘉道咸同以来，梨园中淫戏杂出，秽亵之状，竟有不堪寓目者。无知妇女猝然见之，几何不破情窦而启淫邪？是不惟不足以劝惩且有因之而加厉者矣。夫演戏虽属小道，而往事重提，善者可以感发人之善心，恶者可以惩创人之逸志。设使当场演出非淫即邪，刻意描摹惟妙惟肖，愚夫愚妇难保不意夺神移，万一效戏中所有，殊足为风俗人心之害。贤有司关心民瘼，因即严示禁止，而此风为之一肃。粤东各戏班已无敢公然演淫戏者，即外省亦何莫不然。

第虞日久玩生，于官宪不及查察时，非装点邪淫、目为新戏不足新人耳目，而广招看客，大获看资，此则京班、徽班、广班比比皆然，不易遽言禁绝也。此外又有演唱花鼓戏、帽儿戏者，最伤风化，最坏人心。他处良不易知，而沪上早经奉禁，即如沪北为中外通商之地，亦奉关道宪照会各国领事官一体严禁，并由上海县署、会审官署叠次惩办驱逐在案。前者上海县莫邑尊②访得沪西法华镇北新泾地方有上台演唱花鼓戏者，藐法违禁，败俗伤风，立即饬差传到二十七保三图地保张秋佳、十图地保侯福山等到案，严加申斥，责其得贿故纵，各地保供系外来人，路过该处，在园演唱一日，一经知悉，随即赶散。本欲即行禀报，因连日催粮事冗，不及进城，拟俟缴粮时兼禀此事，是以稍缓，叩求宽恩。邑尊以既经逐去，姑宽不究，仍谕令嗣后须留心查察，如果再有违犯，定干重究等语。此亦日久玩生，欲于官宪查察不到时藉演唱以图看资者。虽小如花鼓、帽儿等戏，犹不易禁绝如此。虽然，禁绝或不易言，禁令固不可不严也。查察或有不到，查考固不容少宽也。设使既经严禁，复行严查，三令五申，有犯必惩，更加等重办，勒令改业，又何敢藐法违禁若是耶？

今粤东禁演淫戏固已甚严，凡一切猥亵之态、淫冶之声，大事剪除，不敢违犯，其防维颓风者不可谓不至。然一法立，一弊生，近来新排戏剧更有甚于淫剧者。夫梨园所演之事，以今代古，借古来盛衰兴废之机、善恶施报之由，为庸俗耳目之助，大半皆无稽谰语、附会俗闻，非朝野之近

---

① 此文还被1882年3月4日《万国公报》第十四年六百七十九卷转载。
② 莫邑尊，即莫祥芝。

事。迩来唱演新戏，竟有大肆狂悖、目无法纪者，姑指其一二端之最悖逆者言之：如广班所演《顺治过江》一出，此为国朝龙兴之始，而伶人等竟敢开场演唱，甚且装为世祖、圣祖者；近又有《乾隆下江南》一出，污蔑高宗更属罪大恶极，在省城之地或不敢公然开演，离省城稍远则竟无所忌惮，公然为之而不知怪。夫君上政绩，非臣下所敢妄言，蠢尔伶人竟敢开场演唱，是虽无悖逆之心，而观其附会装点非圣者，无法又与悖逆何异？此不得不严查示禁者也。乃尤有可恶者如沙靖邦谋杀亲夫一案，至今案犹未结，乃竟开场演唱。有自称为袁县主、徐县主者，又自称为苏府尊、饶府尊者。又伪作非法之刑，作为结案情状。查此案迭经研审，官宪尚未定谳，伶人辈强作解人，胆玩至此，此又不得不严查示禁者也。他如梨园中男优麕繁，忽招女伶共演，大书特书曰："女旦上台，不分男女。"蛊惑听闻，此亦不得不查禁者。又如京徽班近演新戏如《难中福》《洛阳桥》等出，公然装点近时官宪，如剿发逆时之统兵大员及自称会审官员者，种种胆玩，目无官长，此亦不得不查禁者。

窃谓地方贤长官所宜亟加查禁，以正法纪而肃观瞻，即或查察不到，观剧者亦当正言劝止，乃习焉不察，视为常事，反以为新戏而哄然聚观，啧啧称赏。故不禁详晰指数，反复痛陈，以冀关心民瘼之贤长官力加整顿，幸毋嗤为丰干饶舌也。

(1881年10月22日《新报》)

论申禁淫戏之法

淫戏之宜禁，本馆屡言之，已为数见不鲜，即官府亦屡经出示，善长等亦禀请申禁，似不必再为论及矣。然而近日以来，戏馆之演淫戏者，仍复日盛一日，其初不过偶搭一二出，继而无人焉以惩之，于是胆日益肆，渐至淫戏日多，甚有一夜之间叠点淫戏三五出者，是则终不以宪示为意也。

夫戏馆之中何戏不可演，即非淫戏未必于生意有碍。而乃必欲以妖形恶状、艳色淫声以为荡人心魄之计，俾少年子弟与夫青年妇女见之者面红耳热，心旌摇摇，月下花前，目挑眉语，无所不至，风俗愈坏，人心愈邪，而后乃以为快，试问其居心何等矣？又有观剧者自点淫戏，更不解其何意。如将娱一己之耳目耶？鱼龙曼衍，宫商协律，未尝不可相娱，何必取此淫声邪色。如以为娱客耶？则点此淫荡之戏，先以不肖之心待客，不特非所以敬客，直是慢客矣。况戏馆之中，观者不止数人，其间血气未定者居其大半，今以一人点此淫戏而遂令此辈目想神移，潜开情窦，其谓之何？且安知自己子弟辈不因观此等淫声浪气而渐启其邪僻之心也？故老言，昔有某乡，素称质朴，妇女向无淫荡之风，忽有一年秋成告丰，报赛社神，搬演花鼓戏。其年孀妇再醮、闺女私奔者不下十余人。可见此等淫声最足坏人心术，官府禁之必严，良有以也。

上海虽为五方杂处之地，花街柳巷到处皆然，然大庭广众之间，究亦尚知廉耻，若时演淫戏，耳濡目染，势必至廉耻益丧，毫无顾忌，则为祸尤有不可胜数者，又安得不重申禁令也乎？虽然，禁之亦正非易耳，前者诸善士禀请官宪授以《庶几堂今乐府》，责令各戏馆唱演，以为观感之方，并令各戏馆出具甘结，不得再演淫戏，各戏馆主亦遵谕具结在案。乃为日无几，而已渐觉懈弛，置禁令于不顾，而又有不肖之辈，特为点演淫戏以为之提倡，于是淫戏愈盛，人心愈坏。就此时而禁之，徒以一纸告示，彼将视为纸上空谈，仍前玩愒，吾恐变本加厉，无济于事也。花鼓淫戏前者何等严禁，驱除净尽，数年以来，耳目一清，而近来萌蘖复生，已觉有履霜坚冰之渐，然犹迟之又久，且不敢遽肆然如前时者，正以前此风行雷厉，毫不假借，有犯必惩，故有所畏惮也。若淫戏之禁亦如禁花鼓戏之法，则若辈恐亦不敢公然逞志若此，是岂一纸示谕之力所能致此也哉？租界中英界戏馆独多，官斯土者，政务殷繁，恐听睹有所不及，然苟有人焉诣案禀请，则亦未有不邀俯听者。盖亦深知此事之有关于人心风俗也。第禁者自禁，犯者仍犯，诚属无可如何计。当于告示之外，传集园主重为谕话，责以违禁之故，而诘以前此出结，云何自此次重为谕禁之后，如敢再犯，定当按律惩办，并责令写奉宪禁演淫戏二纸，一悬于戏馆门前，一悬于戏台上面，俾观者咸知禁令。其有出钱点戏者，则指禁条以告之，请其另点。如有听从唱演者，厥罚惟倍。如点戏者必欲违禁强点，许园主指交巡捕从重罚究。或竟禀请将告示勒石永远禁绝。如此则或者不至再有违禁之日，而淫戏永绝矣。虽不敢谓淫戏既禁，淫风即可廓清，然去得一害即免一害，未始不足为人心世道之一大防也。如有善士能禀请大宪通饬各属一律永禁，功德尤大。

总之，观剧但求娱乐而已，忠孝节义等戏同一声调，同一排场，寓目者何尝不可悦目快心者？更觉别有会心，即开戏馆者除去淫戏亦未尝不可招徕生意，使人怡悦而顾。必欲以淫曼靡丽之音，丑秽恶浊之状，呈诸大庭广众之间，以为快是，真毫无人气者矣。即科以诲淫诱奸诸罪，谁曰不宜？所愿有心世道者汲汲图之。

(1881年11月2日《申报》)

伶　说

伶之原始，其来久矣。《魏风·简兮》为贤人不得志，而仕于伶官之所作。降至春秋孔子，周流不遇，悼道难行，而《鲁论》犹记太师挚诸人之隐以见与圣人同志。然则古之伶人大抵为贤者所托足，非可等夷视之矣。何今之伶人不然也？盖伶官为大宗伯之属，《周礼》大司乐以下钟师、镈师、笙师等职，凡以上士、中士、下士为之，俨然官也。各掌一艺以共王之役，惟其职司专一，课绩平常，仕而不易于进用，故贤者居之以为不得志耳。秦火既燔，礼经散失，汉世表章儒者，功在复古，而礼乐自此不并立学官，乐渐轻则伶亦愈贱。于是春官之职，不能备官，而郊祀燕飨雅乐声容皆众伶之所奏，而下厕于诸役矣，此古之伶官浸而为今之乐工也。

伶自为伶，优自为优，二者古不相混。孙叔敖既没，楚王思之，优施孟服叔敖之衣冠以见王，王以为叔敖也，此形貌之偶似。如汉武思李延年，唐明皇思杨太真，方士幻术为戏，聊以慰藉君王之意，非当日之优已有扮演故事之习也。窃谓古之优人大抵雩祭时之巫，跳舞祈雨，与逐疫之方相氏，蒙皮涂面之类，别有职掌，不与《周礼》大司乐以下诸职同也。后世因优施孟一事，遂以扮演故事者为优，并以戏剧必用乐，乃并优于伶而称之为优伶，袭古之名，失古之意，由是而人耻为之矣。

夫巫觋、方相今不设官，象功昭德，古道云亡。为优为伶，而乃以今之戏剧当之戾古甚矣。然而人情好弄风尚迁流，彼优伶者，虽身厕贱役，士夫羞为，而亦有时极其名贵，比身分于王侯者，何也？盖尝思之，今之优伶既非古若，而其变古制为今俗，实始于唐时之教坊，为帝者之所创，故不与下流手艺相为等伦也。唐时置教坊，初为歌曲，并未演扮。秦汉以来，胡乐渐入中国，箫管琴瑟之外，杂用筝琵筘笛，而六朝词章之盛，唐又承其余风，以新乐娱耳，以新词编曲，人情喜奇，是以愈传愈盛，而经五代之修饰，伶人遂极宠贵之名。更越宋元，词曲愈工，院本杂剧争相流传，由是歌唱者尽变而为扮演矣。夫扮演之伶，又岂唐教坊之可比哉？当日如后唐庄宗昵近诸伶，致令扮刘老以戏其后，固为好之太过，卒以自速其亡。然如开天之间，李龟年一辈人材，虽以声伎取容，其人亦犹足取，果皆如此，好亦何伤？乃至于今，而流品愈下，方之后唐，实有过之，然而士夫之家，靡然从风，殊可异也。盖院本时剧靡丽淫哇，而犹觉词章之富艳，苟非通人相对点拍，直不知所云耳。是以听科诨则乡童村妪跃然而喜，而按音调则文人学士始有会心，殆亦俗不伤雅之道。何期乱弹、梆子、西徽、二黄者流，竟喧呶于座上也？或以为此辈本无文理，秦腔、晋调、楚曲、吴歈各随其乡之所宜，而制为节拍也。然何以不仅行于乡曲而行于通都？且不止行于外省而更行于京师也？此等曲文，成何节奏，授吾笔而使钞胥焉。每书一字，不觉澒洞汗出，而谓见而色喜，吾不知之也。

夫音者发于人心，感于天籁者也。苟非文词而曰曲入妙处，则孩提之呕哑，听之亦足开颜，何必出于伶之口乎？以京师之大，文人之通，而乐此不疲，且愿与若辈为伍，何其未能免俗也？今有人初入京师，乡亲邂逅，招伶侑酒，有指告者曰："此某藩邸之所眄，某显官之所知。"则且曲意承迎，倾囊相结而不惜。迨其出也，深以得识某伶为荣，而且哼哼呜呜唱京二黄数句，以为时趋则然也。呜呼！若辈乃承人眉睫、仰人颐指之流，而令贵显之官、文雅之士反以得其欢为幸。世风之变，一至于此，岂不异乎？夫古之伶官，如鲁卫之多贤才，而终不得志；即后世之伶人，如天宝、后唐之盛，而当时正人谏净，犹以为小人比匪之祸。独至今日，盛于京师而交于士大夫，其技艺远不如前世，而势焰直不可及，吾以为此嗜痂之甚者也。然天下事孰非由古而变，一变而小异，再变而全亡，名称之相假，固不可以为信也。区区伶人，其微之又微矣。

（1881年11月29日《申报》）

论 戏 无 益

古云凡戏无益。戏也者，一切游戏之事，非指今日之戏剧也，然而戏剧亦实为无益之一端，以目下观之，不但无益，而且有损，此有心世道者所以踌躇满志而殊切隐忧焉。原夫创此戏剧之初，原欲以优孟之衣冠动人情之观感，粉白登场，贤奸立判，甑甈贴地，忠佞区分。无如近日所演戏剧，不重《王孝子寻亲》《杨椒山写本》，而专演《倭袍传》《卖胭脂》《捉奸》《斋饭》等出，是直导人以邪淫，无从动人以观感。噫异矣，世风不古，人心大坏，至于如此其极，是非徒无益而又害之矣。在行善之人非不作为论说普劝世人，即地方之官亦非不出示晓谕禁止演唱。无如言者谆谆，听者藐藐，墨渖未干于纸上，戏文又演于园中，败俗伤风，何所底止？可为叹息痛恨者，盖莫此为甚焉。

余则以为不但淫戏不堪演唱，即此寻常之剧，亦属无益，何也？徒糜费用，浪掷钱文，非日用饮食之必不可少，则其无益亦彰明较著矣。尝读桐城张文端公①《聪训斋语》曰："余性不爱观剧，一席之费，动踰数十金，徒有应酬之实，而无酣适之趣，不若以其费济困赈急，为人我利溥也。余六旬之期，老妻礼佛时，念及诞日，例当设梨园宴亲友，吾家既不

---

① 张文端公，张英（1637—1708），字敦复，号学圃，安徽桐城人，清代名臣，文学家。张英出身耕读世家，康熙六年进士，历任翰林院编修、工部尚书、文华殿大学士兼礼部尚书等职，深得康熙信任，谥文端。著有《笃素堂文集》《存诚堂诗集》《聪训斋语》等。其次子张廷玉亦为清代名臣。

为此，胡不将此费制成棉衣裤，以施送道路饥寒之人乎？次日为余言，笑而许之，余欲归里时，仿陆梭山①居家之法，以一岁之费分为十二股，一月用一分，每日于食用节省，月晦之日则总一月之所余别作一封，以应贫寒之急。能多作好事一两件，其乐逾于日享大烹之奉多矣，但在勉力而为之。"公之垂训如此，公子文和公秉受庭训，故生平亦不爱观剧，尝谓天下之乐，莫乐于闲且静，果能领此二字，不但有自适之趣，即治事读书，必志气清明，精神完足，无障碍亏缺处。若日事笙歌，喧哗杂遝，神志渐就昏惰，事务必至废弛，多费又其余事也。至于蓄优人于家则更不可缘，此等轻儇佻达之人日与子弟家人相处，渐染仿效，默夺潜移，日流于匪僻，其害有不可胜言者。余居京师，见富贵家之蓄优人者，或数年或数十年或一再传而后必至家规荡弃，生计衰微，百不爽一。呜呼，人情孰不为子孙计，而乃图一时之娱乐，贻后人以无穷之患，不亦重可叹哉！二公父子为相，叠秉国钧，富贵华腴，是其本相，而乃为此布帛菽粟之言，试问何等之人，可以作为无益以害有益哉？

独怪近日风俗莫不喜观戏剧，年年月月，暮暮朝朝，浪掷光阴，虚抛钱钞，废时失业，固不待言。加以淫污之戏，层出不穷，日新月易，父率其子，兄率其弟，宾主揖让于其际，男女杂坐于其间，而诸伶人者，务必各逞其能，各纵其欲，描摹臭秽，妆点浮污，尽相穷形，变本加厉，以此献媚于众人，不顾误人之子弟，光天化日之下，大廷广众之中，不畏国法，不恤人言，亦复成何世界？似此无益有害，直可禁绝铲除。若谓歌舞升平，润色鸿业，似亦不可尽废，殊不知此等二簧调、梆子腔，宫商尽失，律吕全无，亦何足以为一朝之礼乐哉？习焉不察，是可异耳。

（1882年3月29日《新报》）

论禁演淫戏

自来治天下以正风俗为本，风俗不正何以言治？而世之最坏风俗者，其为淫戏乎？既坏风俗则不得不禁，所不可解者，禁者自禁，犯者自犯，如本埠租界之各戏园是也。查淫戏之目，何止《晋阳宫》《珍珠衫》《送灰面》《打樱桃》《卖胭脂》《小上坟》《瞎捉奸》《来唱》《斋饭》等剧，诚如示谕所云，苟有生旦合演，无不恣意调情，穷形尽态，不顾衣冠之满堂，不问妇女之在座，大廷广众，忌惮全无，坏人心术，莫此为甚。屡经传禁具结，并发给新制《庶几堂善戏》，令其搭演以为愚民之劝。在地方官员

---

① 陆梭山，陆九韶，字子美，号梭山居士，江西金溪人。南宋著名学者，与其弟陆九龄、陆九渊并称为"三陆子之学"。著有《梭山文集》《梭山日记》等。

亦可谓煞费苦心、无微不至矣。而无如纸墨未干，粉白又唱。推其心直欲以戏台作为阳台，剧本作为粉本，俾观者眉飞色舞，心动情移，女爱男欢，莫不喝彩，而因此荡检踰闲，贪淫失节，则不之问。噫，此租界之所以淫风流行，案情百出，甚于他处而不堪齿数也。亦既屡谕不悛，故不得不重申严禁，且谓该戏园等倘再敢复蹈故辙，定即饬差提究，并将扮演之优伶枷示戏馆门首，决不宽贷云云。似此雷厉风行，不知能少事敛戢否？吾恐不枷示必不能止，仅枷号尚不足蔽辜，何也？为害太甚也。观其藐视禁令之心，不但敢于园内台中装演，而且敢于园外门首高悬红牌大书特书曰今日演某淫戏，今夜演某淫戏，千人共指，万目同瞻，即此情形，试问可以少事姑容，略加宽贷否？

风闻苏垣近日各优伶具禀织造宪署，以国服已届期，而小祥之日乞恩准其说白清唱，以资糊口，尚未卜能邀允准否。本埠租界之优伶乃自百日之后，即已开演，名为说白清唱，几与寻常开演无异，乃不感官宪之恩施，而反违官宪之禁令。善戏则渐渐不演，淫戏则出出增新。虽曰租界，亦何至丧心病狂至于此极？故说者曰，既谓之说白清唱，应饬令将金锣锁喇以及红色行头提存衙署之中，而戏馆门首不准悬挂红纸戏牌，俟服满之日发还开演，耳目一新，斯为得体。此事本埠租界已不及行，苏省尚可照办。果能如是，似于国体人情皆无所悖，未知当道能俯加采摘否？至于淫戏名目，亦应详细查明，开列单目，刊成小示，分派各戏馆中，实贴于戏台之上，以便众目一见了然，而座上豪客亦自不敢挥金点演。并声明不准将以上淫戏改换名目，如《迷人馆》改为《醉仙楼》，《倭袍传》改为《南楼传》等类，一既犯禁装演，即便指提，立刻枷责，不徇情说，不托空言，只须真办一人，定能挽回恶俗。此中阴德较之远赈山西饥民、近创栖流公所有过之无不及焉。

说者谓信如君言，然则租界之中淫风流行，所谓私局、台基等类不一而足，皆此等淫戏阶之厉乎？噫，虽不尽由于淫戏，亦岂无有惑于淫戏者？诸君请平心静气、设身处地而一思之，当必能明乎其隐，而不待烦言以明其故耳。故曰，淫戏之禁，实为挽回风俗之一大转机焉。

（1882年4月30日《新报》）

书陈宝渠[①]太守《申禁淫戏》[②] 示谕后

淫戏之宜禁，夫人而知之，前者本埠各戏园演唱淫戏，竟至不成体

---

① 陈宝渠，即陈福勋。
② 《申禁淫戏示》载1882年4月27日《申报》。

统，于是诸善士禀请官宪饬为禁止，并以《庶几堂今乐府》发交各戏馆令其演唱，以寓发聋振聩之意。各戏园主及优伶等皆具结遵领以去，不数日间即有一二出善戏操演已熟，登台搬演，耳目一新，观者颇众，生意为之一起。日久渐演渐多，《今乐府》中竟有若干出为各戏园所演熟，中间又自出心裁，加以花样新彩，未尝不足以耸动人之耳目。不知何故而忽又间杂小戏淫戏，官宪知之，重加谕禁，而伶人仍置之不闻，于是陈太守复有此番谕禁。观谕中所言何等剀切详明，现尚在国服期内，如拘三年四海遏密八音之说，则上海地面虽属租界，究系中国版图，岂得自外生成？居然演戏。观于苏郡伶人无从觅食，窘迫万状，而官府断不通融，则上海各戏园之得以说白清唱为名，开台演唱，未始非曲体诸伶之苦，而为之别开生路也。既得此生路，则即使所演者皆一无淫艳动人之戏，夫岂患观者无人而不足以糊口？度唱演淫戏者之意，不过以上海市面花天锦地，非靡曼之音、妖娆之容不足以新斯人之耳目，而不复顾其作孽与否。谓不如此，则生意不聚。虽曰此时他处别无戏馆，然上海一处戏馆已属不少，此园不演淫戏，彼园演之而观者皆哄然往观矣，故不得不此争彼赛，以为招徕生意之计。

昔有友人自京都来，谈及京中梨园，以为目下之京伶亦大不如从前，从前专以善唱为高，响遏行云，悠扬宛转，而观者为之拍手叫绝；今则知音者少，伶人亦不复以音调相高，所演之戏，非极淫，即极惨。其极淫者，坏人心术，极惨者，竦人毛发，又何取乎尔哉？由是观之，上海伶人之以淫戏为招徕计，亦属揣摩人情之一法，而不知其干禁令而荡人心，害有不可胜言者也。闻之故老，某村因春祈搬演花鼓戏三日，而村中之孀妇改醮者八九人。某村因秋报搬演髦儿戏五日，而村中之闺女私奔者三四辈，可知此等淫剧，其足以坏人心术也实甚。今本埠之淫戏虽不至如花鼓戏、髦儿戏之淫荡尤甚，而描摹尽态，亦足以荡魄而移情，少年子弟情窦初开，有不见之而心荡者乎？至于孀妇闺女之被其诱惑者，犹属家长父兄纵令观剧之故，罪不专在淫戏矣。尝谓天下之人无人不具淫心，其能强而制之者，非大英雄即极麻木者耳。而淫心之动，有迟有早，早动则寿必促，迟动则命可长。大家世族家中不蓄淫书淫画，正惧血气未定之子弟偶一见之，而凿开其情窦也。然淫书淫画之足以动人，犹不若淫戏之甚，色授而魂与，其不引而去者几希矣。然则太守之一禁再禁，其有裨于世道人心者岂浅鲜哉！

说者谓，为淫戏者，亦非有意诱坏人心，特以非此则观者恐无人，而生意因之减色，故为此耳。不知观剧之人亦但求一时之娱悦而已。各戏馆中来者攘攘,往者熙熙,毕竟真有戏癖者能有几人?大都为酬应起见者居多,或亲朋戾止,或商贾远来,则为之主者,必请至戏园娱耳目。或欲带妓女叫局,则亦时至戏园。即时在上海者,或见其无日不入戏馆,而不知其所为也。戏馆中但得唱功高妙,手法灵便,喜怒认真,声容并茂,如是焉足矣。《庶几堂善戏》新奇变化,何尝不足娱目?常演之各淫戏,观之既久,亦味同嚼蜡。第伶人之意中以为淫戏足以引人,而其实则戏馆生意之优绌不在乎淫戏不淫戏也。自得此番申禁之后,如再有违谕者,必将重办一二人以为惩一警百之计。吾愿开戏园者以及诸伶人勿误于淫戏足以招徕生意之说,而以身试法。此则太守再三示谕而不遽加惩办之苦心,诸伶人所当仰体而深为感激者已。

(1882年5月2日《申报》)

租界淫戏非不可禁论

淫戏之为害风俗,夫人知之,不待鄙人赘言矣。吾独怪夫知其害而不思除其害,除其害而不能绝其害,岂法之穷乎?抑政之弛乎?则皆曰:租界之事难办,有洋人掣肘故也。殊不知斯语之传,为畏事者卸身之法,而适足贻笑于西人。

夫西人之来中国,租地设埠,实自明隆庆初葡萄牙居粤东澳门始,维时尚方珍玩,皆取办于粤,或不时给,辄为中涓所难。适葡人行抵澳门,请隙地建屋,岁纳租银五百两,时疆臣林富①为之代请,朝廷许之,而数千百年未有之局,盖于此开端。然彼时当事者无非利其居积货宝,便于供办。又所谓欧罗巴者,尔时尚不知为何地,以为不过南洋岛夷之类一枝,暂借无足轻重,非必贪其五百金之利,曾不料后此之事变无穷也。论者谓林富一代名臣,而谋国之疏若此,夫复奚辞其咎耶?然名之曰租界,犹是吾土地也,其土著犹是吾人民也。即如澳门一区,葡人设有总督,而香山县丞驻其地不废,盖彼治彼民,吾治吾民,非中西两国人民交涉事件,固无掣肘之理。即欲掣肘,可据理以争之,即或强辞夺理,可援万国公法以争之。大抵办洋务不可太占身分,亦不可多让地步,惟在息心静气,平情酌理。西人最重公法,公法所载,无一语不合于理,有谓其好违理掣肘者,皆不知其深者也。夫兴利除害,地方官之责司也。若在内地,本无一毫可诿,惟租界则辄可诿之于洋人,殊不知西官固亦欲为民兴利除害,彼

---

① 林富,字守仁,又字省吾,福建莆田人。弘治壬戌进士,历任宁波知府、袁州府同知、广西参政、四川左布政使、兵部右侍郎兼右佥都御史等职。

见华官之意不诚，则为之袖手而已。试观前道宪丁公①之严禁赌博，涂公②之严禁花鼓戏，沈公③之严禁女堂倌，照会领事无不允从，至今捕房以此数害著为禁例。如曰掣肘，前数事何以至今奉行乎？且西官又何故而掣肘禁淫戏之令也？前者陈太守④曾传各戏馆主到案，着具不得再演淫戏切结，维时领事并无违言，只以戏馆主不畏官法，官亦政务殷繁，不能时时念及，是以具结未久，故态复萌，告示一悬，未几揭去。然窃谓以淫戏为不必禁，则前之传案具结亦多事矣，以淫戏为必当禁，又何解于今之置若罔闻乎？或者见禁之不能绝，因而置之度外，如父母生有败子，不遵教训，索性听其自然，官则无此政体。诚能会商领事，思一永远之法，领事必无不允禁之理，领事欲禁亦断无不能禁绝之势。且即使为戏馆计，亦必非淫戏停演后，观者裹足不前，以至于闭馆辍业。盖戏馆演此种戏，原属小人识见，以为可以招徕，而果有无耻之徒为之附和。其实人不看此种戏，决不至于如渴思饮、如饥思食、如瘾思烟也。沪上风俗之坏极矣，谓淫戏禁绝后，从此可致敦庞，是亦未必。然地方官固当见恶必除，除恶务尽，安得谓其事无近效，而以脑后置之？惟会商领事，总须出以至诚，以示事在必行，法期永远，如前道宪禁赌、禁花鼓戏、禁女堂倌之事，虽芽蘖未绝，究不敢明目张胆为之，亦以当时中外官员同心一德，雷厉风行，革尽阳奉阴违之弊，故至今有犯必获，势难复张，可见伤风败俗之事，在西官亦所深恶，助我之禁，决不阻我之禁也。

或曰近者道宪欲禁电气灯，卒不能禁，设或淫戏亦然，岂不徒多一举？曰：此不可一律论。电气灯为有用之事，而出之西商，淫戏为无益之端，而出之华人，以电气灯为有害，西人可以无害辨之，以淫戏为有害，环地球上人不能辨其为无害也，然则有何不可禁之有？

（1882年12月4日《字林沪报》）

论淫戏之害

从来倡优之伎尚矣！倡优尚而荒淫之剧亦随之创行，三代时郑溱洧之滨，男女会聚，讴歌相感，是为淫戏之作俑者。厥后唐明皇置左右教坊，选乐工宫女数百人，躬自教授，谓为梨园弟子，自是四海云从，靡然一辙，淫荡之风，固不堪设想矣！

---

① 丁公，即丁日昌。
② 涂公，涂宗瀛（1812—1894），字朗轩，安徽六安人。举人出身，曾国藩任两江总督时主管军粮，后历任江宁知府、上海道台、湖南按察使、广西巡抚等职。
③ 沈公，即沈秉成。
④ 陈太守，即陈福勋。

夫圣人设教，贞静为先，国家行政，节义为本，我天朝自定鼎以来，凡一切败俗伤风之事，无不禁令森严，重加惩治。无如小民愚昧，情欲萦怀，往往贿赂胥吏，互相矇混，每年至五谷登场而后，各出其车箦之余，设厂建台，狂妄数日。其为戏大都男装女扮，导恶诲淫，尽中冓之言，极桑中之喜。乡农村妇麕集凫趋，终日欢呼，几忘寝食。当是时，非无一二父老从旁太息，悲俗尚之浇漓，憾人心之奸乖，特以挑达性成，比比皆是。一二人之善言，不能解千百人之锢惑，故虽欲挽回，而亦处之无可如何耳。虽然，乡曲小戏，不过偶一为之，其害犹可枚举。若沪上之淫剧，则终年周月，无日不演，未必蒙衣装播，始终尽属陋状也。即寻常正戏之中，杂以淫词邪曲，而往观者已不免动志移情，大为身心之害。尝闻之，近日淫剧有《晋阳宫》《珍珠衫》《送灰面》《打樱桃》《卖胭脂》《小上坟》《瞎捉奸》等名目，举皆穷形尽态，恣意调情，寓于目而神为之往，入于耳而心为之迷，悖理伤风，莫此为甚。愚少时闻有某氏之女，年方及笄，观花鼓戏数日，遽尔私自奔逃，至今不知其所在。又闻某家之子，素敏慧，曾观淫戏数日，而逐渐荒淫，至今流为乞丐。此特千万中一二耳，试举一邑一郡而计之，此等陋行，更难屈指，即或犯礼破义，未必若是之甚也。然持躬立己，原贵衾影无惭，一观淫戏之后，意马心猿，私欲萌发，对越神灵，已多抱愧，岂可以隐微而忽之？

予亦知淫戏向干律禁，贤有司察访得之，未有不从严惩治，特是伶优玩法，胥吏含混，禁于今日，未必禁于明日，禁于城市，未必禁于乡村。近数年来，美国立有善会，专除淫书淫画淫戏等事，在会者皆各方公正之人，散处民间，时加密访，一有此等劣迹，顿即报知总办，转禀地方官，饬差究办，由是小民畏法，不敢覆蹈故辙。窃意如是善会，大可行于吾国，使各方善士，合力同心，淫戏乃可消除净尽。予故念淫戏之害，不得不叹美国立会之善也。

(《益闻录》1882年第157号)

论淫戏之害

淫戏之害尤甚于淫书，盖淫书非读书识字之妇女孺子、且读书识字不能通解文义者不能阅也，即阅之而未必尽解，必待有人焉为之讲说揣摹而始知其妙。夫讲说淫书而与妇人孺子听者，非外人也，必此妇人之父若夫与孺子之亲若长而后可也。若执淫书而请教于外人，为之解说揣摹，天下必无此妇人孺子也。天下无此妇人孺子，则夫手淫书而口讲指画，说者津津而听者娓娓，天下又安有此父夫亲长哉？绮词丽语，北调南腔，嫌其文而不俗，章回小说，闲话家常，又病其藏而不露，皆非功深于文章者不能寻味玩索也。故乡社村落百十小户，或耕或织，终岁勤动，其父兄既以力作承家，其子弟复不识读书之趣，即使冬学偶开，师尊高坐，入塾请业，不过《千文》《百家》，略识之无，求自道其名姓岁贯而已。若此者，书且不能有，何虑有阅书之人，更何虑妇孺之得阅是书哉？妇孺而阅淫书，千百中之十一也，其于败坏风俗寡廉鲜耻之事犹不多见焉。

至于淫戏，则举目即是，无论贤愚秀蠢皆能观之。城市会集之区，乡村庙社之所，岁时报赛，举国若狂，直有倾巷出游之盛。一声喝采，万目攒观，意会神移，不觉怦然欲动，试问此时此际，观戏者之心作何景象耶？亦有心正辟邪，虽极态穷形而毫不介意，痴若木偶，但觉五花八门，娱耳眩目，而绝不解其关目者，然亦千百中之十一，不多见也。故淫书之害，害甚于流传古今，而要其弊犹有所限。淫戏之害，害止于转眼即空，而究其弊，实无所底。淫戏之禁，所以先于淫书也。

夫戏之演也，巨室世家有喜庆事则用以娱宾，其他衙署差传，或逢万寿之期，或私有喜庆，皆无过数日即行停止。若神诞报赛，在城在乡，岁或一举再举，或间岁始举，演不常演，即观不常观，其贻害于人心者，终有限也。惟通商大埠，气象繁华，丝管笙歌，达旦不息，则观戏之人愈夥，演戏之技亦层出而不穷。盖戏既有馆，终年常演，穷工极丽，务求耳目一新。于是脚色必请最优，戏名必选最新，衣服甲仗必制鲜艳，灯彩烟火必设最奇，使常观者有日日不倦之意，罕观者亦有幸得一见之乐。无非因人心之喜新厌故，而出其心思巧力以迎人而牟其利也。而风俗亦愈趋愈下矣。

上海戏馆林立，近年北腔入时，昆部减色，日竞其巧以博人欢，而其间惟淫戏尤为绘声绘色，前年经道宪檄饬租界会审署出示禁止，一时各馆奉行惟谨，不敢肆演淫戏，红纸贴招，鲜有以新制戏名张扬道路者。久之，其禁渐缓，馆中巧于尝试，将向来淫戏名目更改别字以期掩饰。数年以来，居然无人过问。近则日日扮演，又不知禁令之为何矣。乃昨见有红招高贴曰：某日某夜准演新戏《金瓶梅》。噫！《金瓶梅》何书也？而竟扮作戏剧乎？此书例禁最严，毁板烧书几无存者，即有私藏，亦不敢借坊间以翻刻，倩缮手以传抄。并有子弟者明知此书之祸，亦不敢列诸书室之中，与别样小说传奇恣人玩看，而戏馆中乃搜得秘本，宛转扮演，将以大扩上海诸人之眼界，是诚何心哉？或曰上海奢华淫靡，遍地球之上无处可以方喻，其风俗愈趋愈下，原不在乎淫戏之演与不演也。然廉耻道丧之时，奸邪之辈有堕行于冥冥而犹不肯败名于昭昭者，虽浪子荡妇，苟觌面而唾詈之，必勃然怒，即此人心之倏明倏昧，未始非转移风俗之机。今于大廷广众之中而曲写其秽琐邪淫之态，彼见之者以为己所为者皆人之所可知也，则亦何必曲自掩饰而求人之讳之也？且非奸邪之人，一旦骤睹此态，其又何以为情？苟设身处地以思之，而为之推究其弊，则此一见之时，不啻人禽之界也。上者忘情，中材随焉，其下焉之有不坠于俗者几希矣？夫戏名而招贴通衢，人所共见，一城之隔，官岂无闻？独怪知而不禁与禁而不久，以优伶之微而争官宪之权，而官宪卒亦无如之何，此则殊不可解者已。

（1883年7月26日《申报》）

论恶戏宜与淫戏同禁

一昨之夕，压线甫停，有友叩门入，约赴某戏园观演《杀子报》，曰："此剧关目现方争奇斗胜，盍不观乎？请与子偕。"余谢不往，友征其说，余曰："无他，嫌其扮演凶恶情状，坐对之余，不免懔懔耳。"友笑曰："有是哉？子见之迂而胆之怯也。夫戏，幻相也，虚境也，特以不如是不足以穷形尽相，子乃认假作真，岂非大误。"余曰："不然，请与友言做戏看戏之故。夫良辰美景，无所排遣，求所为乐事赏心，于是进伶人而试演一故事，辄取古来忠臣孝子义夫烈妇以资观感，令座中人忽欣忽戚，欲歌欲泣，初不知喜怒哀乐之何自生，而所以歌咏升平，点缀风景，意亦于是乎？在戏之取义小，而功用甚大。以故国家律例于一切奇技淫巧玩物丧财之举，无不显拟禁令，惟戏则上自宫廷，下迄草野，赏佳节则演之，答神庥则演之，优孟衣冠，固亦无讥乎大雅。自昆腔替、徽调出而戏一变，自京班行、昆腔绝而戏又一变。京班之节奏声情本与山西梆子合源分流，大同小异，其行于沪上也，不过十余年以来，风气所归，趋之若鹜。然为大雅之所不取者，厥有数端，非只以南北异音，嗜好攸殊故也。旧事翻新，谓之戏，故所演之事，大都任意杜撰，毫无故实，一不取也。盛世之音和以平，今其声噍杀，使人闻之，有促势短节之叹，二不取也。戏本风雅中之一端，专演市井琐屑，屠沽习气，堆积俗尘，奚止殴斗，三不取也。然此犹据雅正言，所谓为中人以上说法也。试仅就事论事，亦多有不可训者，其一为淫戏，其一为恶戏。淫戏几何？曰：《醉仙楼》《珍珠衫》也，《瞎捉奸》《送灰面》也，《翠屏山》《小上坟》也，其余如《打斋饭》《巧洞房》《卖胭脂》《赵家楼》《女店》《来唱》，比比皆是，不可悉数。恶戏几何？曰：《闹嘉兴》《伐子都》也，《九更天》《八件衣》也，《紫霞宫》《黑沙洞》也，此外若《三世修》《三上吊》《银坑洞》《十二红》《打棍出厢》《裙边扫雪》，比比皆是，亦不可悉数。其扮演淫戏奈何？青天白日、大廷广众中，装束之妖娆，情态之狎媚，声口之秽亵，正古人所谓闺门乐事甚于画眉者。少年男女知识初开，见之闻之，有不至荡心失志，顿生邪念乎？则京班各戏之诲淫，孰甚其扮演恶戏？奈何武生上台，状貌必极凶狠？以为非是不能毕肖也。刀枪必持真器，以为非是不足见长也。追逐驰骋，放意迟之又久，忽而刀光一闪，其人头已落血已流，满座之人，齐声喝采，诚不知其于义何取？且各园之演此等戏出，多不卜昼而卜夜，鬼怪将出，电火忽灭，观者凭轼神移时，突受一惊，或有起立思避者，妇女胆怯尤甚，因之遗钗堕钏，不一而足。奸徒匪类更至乘间以攫物，种种意外之变，其能免乎？则京班各戏之诲盗孰甚？二者相提并论，俱足以害人心，坏风俗，流弊维均。然而淫戏之不可演也，人知之，节奉官宪示禁各戏园主，亦或敛迹一时，必俟半年三月后始复改换其名，稍稍尝试。至于一切恶戏，则从未有人议禁者。本月望前，老丹桂园夜演《卖首记》一出，正在斩首之际，用力太猛，致将假血溅及正桌看客之头面衣服，同时座客各抱不平，几肇衅端，当经园主谢罪而散。因忆数年前在某园观剧，台上方演《翠屏山》，扮潘巧云婢女迎儿之伶人竟将浣面及揩拭下体之水盆覆罩于座客头面，与近事前后相类，此或出诸一时无心及故为调谑，姑不必论。第观其狠戾情状，既觉惊世骇俗，况处洋场地面，恶少无赖，动辄成群结党，逞凶滋事，官宪于此方忧其办不胜办，惩不胜惩，不谓戏园复从而示以榜样，导以争杀，岂不与防微杜渐之意大相背驰乎？吾闻英界会审委员黄太守[①]近日又有谕禁淫戏之举，将以正人心维风俗，办理至为得当。然京班之淫戏宜禁，京班之恶戏尤宜禁。方拟就管见，所见以蚳一得，乃欲使余厕迹其场，一睹不入目之状，一聆不入耳之声，所见殊左。吾非子，安知戏之妙？友请休矣，毋溷乃公事。"

友闻言，无语而退，余遂书此登诸报首，心长语重，不徒为台上台下做戏看戏者告也。

（1885年5月5日《字林沪报》）

淫戏难禁说

天下之最易动人心者，其惟戏乎！鄙夫鄙妇语以忠孝之大本，善恶之分途，虽惟日孜孜口讲指画，而一部十七史，彼实素未所闻，则亦且茫然昧然，乌能心领而神会。即领会矣，而事不经目睹，语只属耳闻，亦且将信将疑，未必即有所感触，惟一经梨园之扮演，乐部之讴歌，则数千百年之忠佞贤奸，不啻与接为构。洎乎戏场人散，扶杖归来，妇子家人间相评论，谓若者忠人所共仰，若者佞世所不容，若者贤流芳百世，若者奸遗臭

---

① 黄太守，即黄承乙。

万年，凡所触于目而儆于心者，虽属优孟衣冠，直无异象魏之书、警人之铎焉。顾戏之正大者，劝善既易于为力，则戏之媟慢者，导淫亦易为功。昔年雅尚昆腔，音雅志和，平矜释躁，虽犹是儿女之情、闺房之事，而和平中正，绝不画角描头。诚哉！盛世之元音，固有合于乐不淫、哀不伤之大旨也。

自赭寇①殄灭，重整笙歌，旧时鞠部，零落无存，沪上满庭芳遂以徽班登场演唱，继又嫌其无甚生色，爰航海至天津延请津班至沪，其所谓京都新到者，大抵皆七十二沽间少年子弟也。自是二十年来，戏馆愈多，戏情愈坏，往往帏房之乐，床笫之私，搬演于大廷广众之中而不以为恶，而观者亦不知许事，且食蛤蜊，见有老生登场整襟危坐，则几如魏文侯之听古乐，不免端冕而卧，及一观花旦诸剧，则早已色舞眉飞，观至淫狎之处，云情雨态，刻意描摹，则更不觉手舞足蹈，喝采声疾若春雷。原优伶之所以为此者，岂乐于描绘秘戏图、作此伤风败俗之事哉？特欲惬观者之意向耳。我一不知夫中冓之事，凡人所不忍道、不屑道者，果有何意趣？而必欲屡观不一观乎？夫我辈花下听歌，司空见惯，即有淫戏，宜不致神摇目炫，为其所迷。而少年子弟、绣闼娇娃，当其情窦初开，欲心易动，平日观《石头记》《金瓶梅》《平山冷燕》诸说部，犹且凭空想像，如醉如痴，至一观种种淫亵之剧，则后庭大体双，不啻宛呈诸心目，有不堕名失节不堪设想者哉！昔年杨月楼演《梵王宫》一剧，致成巨案。某小说亦记雏伶阿元，丰姿如好女子，一日演《金山寺》中蚌精，淫声浪态，出色描抚，某姓女惑之，致情不能遂，痨瘵而亡。其他戏之为害，实属更仆难终。昔年沈仲复②大京兆观察上海时，曾申淫戏之禁，乃未几而依然开演矣，且更甚于前矣。

或谓淫戏一禁，则戏馆之生意必清，生意清则千百优伶无所得食，必致流为匪类。噫！天下迂腐之谈，孰有甚于此者哉？如谓惟淫戏可以得财，则从前集秀、集芳诸昆班从无淫秽之剧，何以能名闻海内，声冠梨园。如谓优伶恐无所得食，则试问纵千百辈轻薄优伶得以膏粱文绣与防亿万家旷夫怨女不使身败名裂，二者固孰重孰轻乎？

近英租界会审委员黄芝生③太守有严禁淫戏之举，本馆闻之喜而不寐，亟登报牍，极意颂扬，意以为从此弊绝风清，戏馆之恶习当为之一洗

---

① 赭寇，清代统治阶级对太平天国等起义军的称呼。
② 沈仲复，即沈秉成。
③ 黄芝生，即黄承乙。

矣。阅日之晚，友人拉往某园观剧，见煌煌谕条，黏贴柜内，私幸各优伶而能奉令承教若此，见非黄太守之善政入人，乌能若是？既而见演《杀子报》，其淫亵之状，实难令人注目。既又观演《瞎捉奸》，其淫更超乎《杀子报》之上，不觉诧异者久之。友人曰："嘻！子何少见多怪若此耶？堂堂一监司大员，然且旋禁而旋演，而况租界中之会审委员，安能令出维行，即时禁绝？且迩日淫戏愈禁而愈多矣。如《南楼传》《金瓶梅》《金锅记》《错杀奸》诸戏，当禁令初悬之日，正若辈登场得意之时。亦有掩耳盗铃者，如《瞎捉奸》则改名《眼前报》矣，《迷人馆》则改名《画春园》矣，《打斋饭》则改名《无介寺》矣，《翠屏山》则改名《石十回》矣，《铡姑子》则改名《白衣庵》矣。凡此淫风愈禁愈盛，其所以必黏贴谕条者，正以明言，虽煌煌示禁，在若辈视之直无异拭秽之纸、抹桌之布而已。"然则如之何而可？曰："必得禀明上宪，照会领事，共筹良法，亦安见淫戏之不能绝哉？虽然，窃料黄太守必不能行也。太守高坐堂皇，踞案判罚，举凡酗酒拆梢之案，拼头搭脚之风，案积如山，不能遽了。至于淫戏，则演者观者既以游戏视之，即禁者亦何不可以游戏视之？此次谕条大抵循例奉行耳，况公堂示谕，何人不视为具文，岂独戏馆为然哉？太守亦何尝计较哉吁？"

（1885年5月12日《申报》）

维持风化议（节录）

（前略）殊不知洋场之伤风败俗者，固不仅女堂倌已也，举其甚者：……三曰淫戏。夫优孟衣冠，原为假托，镜花水月，本可视为粉碎虚花，然以愚夫愚妇视之，往往以假为真，一演夫志孝节烈、慷慨激昂之处，莫不欷歔太息，义愤顿生，若不知戏之为无中生有者，反是以思，扮演淫戏之害人，其祸可胜道耶？乃沪北梨园专以淫戏为招徕之道，云情雨意，出色描摹，甚有宣示于大廷广众之中，为仇十洲秘戏图中所未及者。且不特此也，荡子淫娃，扮为花鼓戏剧，其关目则无非殢雨尤云，其曲文不外秉兰赠芍，装束登场，直不知羞耻为何物。在我辈司空见惯，断不致为其沈迷，然少年血气未定、初至沪江，及绣阁娇娃从未耳闻目见者，一经寓目，能不神摇志惑、失节隳名乎？淫戏之害人终必如此。噫，沪上仅一弹丸地耳，而举其大者，其害已不堪设想，至其他之以色为媒，以赌为饵及种种下流不肖之事，尚复何限？岂独女堂倌已哉？岂独女堂倌之宜禁已哉？顾淫戏一事，自本馆著为论说后，黄芝生太守已俯采刍荛，严行禁止。近因太守辞篆后，各戏园中如《海潮珠》《小上坟》《珍珠衫》《打斋饭》《翠屏山》等，皆已改换名目，重复登场，想一时公堂耳目有所未周，

日久月长，自必尽法惩治。（后略）

(1885年7月13日《申报》)

严禁演唱花鼓淫戏论

天下风俗之坏，莫沪北为甚，凡他处之相戒不敢犯者，沪北独视为常事，官斯土者，限于租界，出一令悬一禁，必先照会西官而后可，已觉大费周章。西官不允，或且为之掣肘，致美意良法不得展施，益复无聊，于是敷衍了事，苟非大失体统，虽害民之深者，亦若不见不闻，一任其荒靡淫乱而不可救，不知人心日溺则日深，溺愈深而害愈大，如染彩然，日日浸润，而渐渍之月累岁积，欲其复白也难矣。

蒙谓天下事果勇往而行之，不为威惕，不为利疚，必有以成功，患在无持久之心耳。既为我所守之土，即有我所治之民，且必有我所行之事，例在旁观不与闻可也，例必与闻闻之而已可也，我即可毅然决然，不挠不屈，独行我所应为者，而乌容他人牵掣其间，由是而如雷之厉、如风之行，使地方之害划削消磨，无使稍有余憾而后已。假我斧柯，指头间事耳，抑又何难？然而世之难焉者，诚不能持久也。禁令既出，小民睨而玩之，遂以为积疲不可治，置之不复顾问，风俗之坏，不亦宜乎？语有之曰：惩一儆百。明知而故犯，罪宜加等，奈何反得逍遥法外，售其奸、济其恶以蛊惑吾民？呜呼，其失人也甚矣！

昨有友人来馆言，英界新署后某茶馆中，有演唱花鼓淫戏情事，往听之者环若堵墙，男女老幼，杂然无间，风雨昼夜，哗然罔闻，演唱者口讲手画，丑形恶态，无不穷极。又多演唱房中秘语，年幼子弟情窦甫开，一闻此种淫词，鲜不污入下流，伤风败化，莫此为尤。忆花鼓淫戏十数年前奉经沈升宪[①]厉禁后，此风稍戢，不过虹口老闸一带，间有顽梗之徒，冒法图利，亦不旋踵，而即经拿办。今兹演唱，实已积久，竟无一焉出为告发，此亦必有故矣。演戏之恶棍吾不之责，独慨夫良家子女，由此而败名丧节，贻害无穷，为可哀也。夫医之治病，贵究其原，贸贸焉立方施药，病不加剧，亦必不减，方今惩办女堂，访拿台基，严禁妇女入茶寮烟馆，孜孜为治，维日不足，而独此不在申禁之律，则安知女堂台基之非即此引诱而然也？又安知演唱淫戏非女堂台基之病原也？

或曰：甚矣，子言之苟也。官长深居简出，乌从知闾阎中有陷害吾民者而遂悬示而禁绝之？且彼既敢于稠人广众明目张胆，强逞其奸回，不法之情亦必有为之报信，为之庇护，以涂饰官长之耳目，又乌从而知之？

---

① 沈升宪，即沈秉成。

曰：若然，吾又不能无言矣。官长之为责，惟是为地方兴利除弊，苟必藉吾耳闻目见，而利始兴，弊始除，吾不知兴之除之者之将何时也？有为报信，有为庇护，竟无一人焉出为告发，使一事如此，举一方之千百万事亦莫不如此，是利终不得而兴，害终不得而除矣，尚何官长之为哉？诚尽心民事，明查暗察，轻车减从，自出访察，或令公正捕役探得有不便于民者，即来禀报，果有凿据，立即逮案严惩。况演唱淫戏，本干例禁，尤不可不加之意乎？当事诸公欲修政事，首绝淫风，欲举淫风而尽绝之，要以禁演花鼓戏为发轫之肇，愿无任其荒靡淫乱，致沪北之风俗终坏而不可救也。

（1885年9月27日《字林沪报》）

书《禁演淫戏续闻》后①

今日风俗之坏，莫甚于沪北一隅，推原厥故，皆曰此不禁使然。论者因多归咎于官长，今观于禁演淫戏一节，然后叹官长之不任此咎焉。

今夫官长之所有事者，整饬风俗是也。一事也足以移风，足以易俗，是为利所在，宜思有以兴之；一事也足以伤风，足以败俗，是为弊所在，宜思有以革之。当兴而不兴，谓之溺职；当革而不革，谓之纵奸。溺职纵奸之事，君子不肯为，且匪惟不肯为，而又将力矫其习，此所以禁演淫戏之示不惮三令五申，必使之共遵约束而后已也。然而官长之法虽藉告示而明，官长之权至于查办而止，而将欲查办之先，概须一纸告示，遍喻国中者，不欲为不教之诛也。是故教之而听则革其面而洗其心，教之不听则执其人而定其罪，一出一入，一宽一严，胥于告示乎发之。自非玩法藐权之至者断不视为具文，况在辅官长以行权立法之人乎？然则如捕房之延搁禁淫戏告示，殊不能令人无疑也，曷疑之？曰：捕房者，辅官长以行权立法之人也。既有行权立法之责，亦即有整饬风俗之责，孰为利所在？孰为弊所在？平日尚宜告知官长而兴之革之，或有兴革之未尽，则为办事之未善，其溺职养奸也与官长同。今各茶园之演淫戏，孰不曰足以伤风，足以败俗？其有惟恐其不演者，当无是人。罗太守②之出示申禁，孰不曰足以移风，足以易俗？其有不望其速成者，又当无是人。为捕房者，宜如何协力同心，迅挽租界之颓波，共佐太守之美举，夫如是，乃为能立法，能行权。初不料其一纸之文，迟逾半月之久，而仍未发贴也。然犹有可曲为之解者曰：捕房既在洋场，本属工部局所设立，故当遵西官之令，而不尽听

---

① 《禁演淫戏述闻》载1886年1月8日《字林沪报》。
② 罗太守，即罗嘉杰。

华官之言。刻下禁淫戏一举，或者由罗太守独断，未与领事商明，因之告示堂皇，不免壅碍，此亦向来租界办事之积习。乃以吾所闻者剖之，知此示早经值年领事吕君①签押，然后发至捕房，是西官未尝不谓淫戏之宜禁矣。华官示之，西官押之，便为中西官会同之凭据，使捕房奉到后如限张贴，虽曰听华官之言，实即遵西官之令，谁得而议其非？又孰意其迟迟者竟至于半月哉？夫此半月之中，所以如此其迟迟者，未始无故。然将谓其弁髦官示耶？是举不独轻华官而已，并轻西官，既于捕房多不便，将谓其照顾各茶园耶？则半月之中，获利能有几许？况日后卒归于一禁，仍得为善不终之讥，更于捕房多不值。天下不便不值之举，断无人焉乐为之担当，乐为之阻止，吾故逆揣捕房于此亦未必存照顾各茶园而弁髦官示之心也。而官示则已被壅若此，此中情节其能令局外人释然无疑耶？

或曰：是不足为捕房怪焉。彼既收各茶园之月捐，倘使生意减色，则捐数亦必因之减色，且食其禄者忠其事，但能稍为之地，总宜竭力以图报效。今日禁演淫戏一节，中西官协力同心，志在必行，捕房亦知其无可挽回，故以可延且延、可搁且搁之法，聊以为报效之地，亦未可知。然吾谓租界人情既已盛尚看戏，但使各茶园中力求旦脚之齐备，服采之鲜明，应酬之周到，则生意亦自兴隆，原不藉乎几出淫戏，而茶园之生意不减，则捕房之捐数亦自无妨。见不及此，窃窃然徒为延搁官示之计，果何为哉？然而即小以见大，举一以概余，有心人乃愈隐风俗之忧已。

（1886年1月10日《字林沪报》）

查禁书场说

昨报登沪北女弹词馆年盛一年，近西洋领事以各铺学徒往往被其所迷，流连不返，遂商之道宪请为查禁，道宪允之，已据情照会值年首领法总领事矣②。有客见之问于余曰："沪上销金之窟亦多矣！若赌馆、若妓馆、若烟馆、若酒馆、若戏馆，合四马路一带几于环列如林，无论青年子弟血气未定，即阅历既久、世故已深者一入其门，亦无不罄其腰缠，以供挥霍。甚且废时失事，沈溺不返。噫！十里洋场，不知消耗几人心血矣！乃赌馆则仍牌骰铿锵也，妓馆则仍莺花撩乱也，烟馆则仍云雾蒸腾也，即戏馆、酒馆亦无不履舄骈阗，客常满座，从未闻高悬厉禁，三令五申，独此书场，只须略费杖头钱，并不烦多金慨掷，而必从而禁之，一若害人之地，莫此为尤者，其亦有说乎？"

---

① 吕君，即吕尔森。
② 指1886年12月6日《申报》刊载的《查禁书场》。

余曰："有子但知书场之所费无多，似在无足重轻之列。抑知惟其所费无多，故能诱人沈溺乎？夫赌馆、妓馆，非资财富足、衣服丽都者，未易得门而入，即入而囊橐既罄，不足以恣豪情，彼中人亦未有不白眼相加，挥之门外者。酒馆一席之资，非五六元不办，彼店铺学徒、行栈伙友，竭一月之辛苦，所得几何？断不敢轻易问鼎，至于戏馆、烟馆，虽所费无多，究未能引人入胜。然则既欲省钱，又堪娱耳，其惟乘暇听书乎！书场每客例取钱八十文，坐位精良，又有香茗可啜，座客既集，即有名校书八九辈珊珊而来，斜抱琵琶，更唱迭和，客有会意即可在座上目成，迨伺应者呈上粉牌，请为点戏，或《海潮珠》，或《白水滩》，或《二进宫》，或《五雷阵》，大书特书，悬之台上。在当时只费番饼一枚，颇觉无关痛痒，而不知魔道即从此入矣。在我辈司空见惯，亦只以行云流水视之，而少见多怪之流，辄诩诩然曰：校书厚我，请我点戏。意者迷香洞、神鸡枕其为我而设乎？于是偷闲伺隙，一访桃源，始尚支取辛工，以当缠头之掷，既而辛工不足，则称贷也典质也，甚至偷用银洋，冒收客帐，不惮为丧心昧良之事，以博妓女之欢。终且事情败露，掩饰无从，被店主人逆之门外，垂头丧气，怅怅无之，欲寻旧日之枇杷门巷，以冀姊妹花垂怜，而面冷于冰，反眼若不相识，如是者数月，渐至典质一空。其强有力者尚能拉东洋车，奔驰于风霜雨雪中，博数文钱以糊口，至荏弱无能之辈，文不能测字，武不能荷戈，非剪绺即行乞耳。原其至此之由，谓非书场阶之厉耶？且因听书而引动嫖兴，眠香倚翠，乐此不疲，沈酣于评红品绿之场，不知铜山之易竭，则书馆固与妓馆相连属者也。既与妓情投意洽，则绮筵高设，招客称觥，良夜未央，一石亦醉。有时湘帘昼静，团坐碰和，喝雉呼卢，夜以继日，妓或绿窗绣倦，呵欠无聊，则招之入戏园，联坐观剧，鱼龙曼衍之时，忽有郑樱桃其人，款步红氍，尽情妩媚，务令侑座者嫣然一笑，而客之意始安。盖由是而赌也、酒也、戏也，亦相与为缘矣。迨至日久月深，而阿芙蓉亦渐渐上瘾，鹭肩高耸，状若鬼薪，偶缺资粮，潸焉出涕，是赌馆、妓馆、烟馆、戏馆、酒馆，惟分设陷人之阱，而穷书馆之害，乃兼此数者而有之，尚得以取费无多而谓为不必禁止乎？尝闻友言，浙省某茂才襆被来沪上，开门授徒，固笃谨之君子也，一日有友拉往听书，甫入座，适某校书扶婢登楼，见茂才恂恂其貌，呐呐其言，与寻常寻花问柳者迥别，不觉瓠犀微露，一笑嫣然。茂才误以为悦己也，魂输色授，几不自持，迨校书歌罢下场，即随香车而去，勾留匝月，缱绻情深，意欲为金屋之藏，而自顾羞涩阮囊，不敢启齿，以致抑郁成疾，大发疯癫，居停恐酿祸端，送之旋里，迄今尚对影喃喃，书空咄咄，虽有灵药，恐难疗此单相思也。噫！读书明理如茂才者，且犹被其蛊惑，更何论其行栈伙友、店铺学徒耶？"

客曰："诚哉子言，既闻命矣，然我闻沪北花烟馆，客入其门只费青蚨一百头，即可作烟霞供养，捺胸捉对，无所不为，此中亦不知误人子弟多少，乃不此之禁，而独禁书场，其故何也？"

曰："花烟馆之害人，固较书场为更甚，然其地藏垢纳污，无殊藩溷，即有三五枝残花败柳，亦颇类地狱中母药叉，故惟扛夫船户水手之类，往来络绎，甘之如饴，衣冠中人，从无一问津至此者。以故，大家子弟，尚不虞失足其中，至书馆一开，而顾影少年，翩翩裙屐，因此贻误，身败名裂者，三百六旬中，当必不计其数，更何论一某茂才？宜其禁之，视花烟馆而尤亟矣！且道宪既欲禁书场，安见其不欲禁花烟馆？法总领事既允禁书场，安见其不允禁花烟馆乎？子姑静以俟之可也。"

客曰："允若兹是，道宪及领事官只须一纸文告，即可保全多少名节，其造福为靡涯矣。子请笔之报端，仆当敬爇心香望空九顿已。"

(1886年12月9日《申报》)

论沪上官宪商禁租界书场事

沪上书场一项麇聚于英租界四马路中，浪蝶争迎，游蜂竞引，实为导淫之魁，有心人目击而伤之者非一日矣。近则愈开愈多，愈出愈奇，自画锦里口起至六马路相近而止，连蔓对牖不下一二十家，大都卜昼卜夜，一日登场两次，未□以往。凡行经四马路者，但觉筝琶弦管之声，不绝于耳。阳乌既没，灯彩齐张，门以前或联或额，非玻璃即纨素，绘缋书画，五色交辉，甚至范铁管成招牌字样，助燃自来火使相照耀，此身偶历，无异不夜城中。又有清歌以为之媒，艳色以为之饵，能使少年子弟，荡性迷神。而一切惑溺放浪之事，出现在本埠，官宪据人禀词，照会驻沪值年总领事，签押查禁，将藉以挽习俗正人心，可谓得其要矣。顾或从而论之曰：是何煞风景之甚也。

夫煮鹤焚琴，自古所叹，摧花斫柳，仁者不为。曩年某中丞巡抚苏州，或以禁止灯船请，中丞笑而却之。同治间金陵初克，户口未复，画舫即集于秦淮，时人共议为不宜，而当道者未尝示禁。此无他，则以歌舞家家，无非点缀升平之象，女闾处处，亦属招徕商贾之资耳。况乎沪北偏隅，销金之窝盛、陷人之阱众矣。有长三、有幺二、有野鸡台基，推之而有花客寓花烟间，几于无一不有，何独恶乎书场？余曰：不然，为民言者，未知书场一项之贻害最烈也，何哉？长三非有熟客导引不得入，幺二妓寮声家略低，然有客至，止须费番面钱一枚，野鸡花烟间品类卑污，自好者恐为同辈所哂，常不屑俯就。至若台基花客寓，更非素识不易得其门径，故此数种之在今日，虽皆足以害人，而究不若书场之上无贵无贱，无富无贫，一皆无遮无拦，致行商客宦拣取花枝者入之，文人雅流癖耽声伎者入之，居户子弟店铺学徒乘间以领略风月者亦入之，可以眉语，可以目成，可以觅撮合之山，可以递同心之结。场主意中，务求座上客常满、杯中酒不空而后已，虽以方外秃奴，亦有时高踞正桌，坦然不拒，他无论矣。其入门之易也既如此，而不知其取值则又甚廉，每人书金茶金合计不过百文，区区杖头资，虽小贩亦尚易措而可以啜茗，可以听歌，可以息数刻之足力，可以饱半晌之眼福，一举而数善备，何嫌何忌而不入书场？且便宜所在，人争趋之，厚利所在，人亦争趋之。惟人愈视听书为便宜，则场主之获利愈厚。于是东邻既辟，西舍复开，装饰一切，日异月新，如积薪之后来居上。沪上之人莫不厌故而喜新，好名而舍实，但见某家新开，某家有某名妓，道路传述，接踵相赴。故四马路数十书场中，即最寥落之家，亦未见有座无一客之日，用能支持不停，生意繁盛者更不知日赚几许？如是可羡可慕。若不及时杜绝，则后起何所底？贻害何所穷？古人尝言弊去其太甚，今日首先议禁此项，自是挈领提纲之法，有心人当此方将劝官宪励精勿倦，俟禁书场之暇，徐以议禁他项。若并谓书场之不宜禁，是何啻扬逆流之波而助焚屋之焰也？有是理乎？

或问，然则以君度之，此禁果有成否？曰：何不可成之有？只须华官不灰心，西官不掣肘，则朝悬示而夕寂响矣。或曰：曩者奥国领事亦尝请禁，何以随弛之也？则非余之所敢知矣。

（1886年12月9日《字林沪报》）

论淫词小说之害

汉虞初撰《周说》九百四十三篇，是为小说家鼻祖，当时踵而起者，已不乏人。迨唐宋而后，作者弥繁，诬谩失真，妖妄荧听，往往而是，真能寓劝戒、广见闻、资考证者，不可概见。晋葛洪有《西京杂记》，摭采繁多，取材不竭，词人沿用多年，已成故实。宋刘义庆有《世说新语》，分三十八门，上起后汉，下迄东晋，轶事琐言，足为谈助。唐张鷟有《朝野佥载》，谐噱荒怪，纤悉胪陈，未免失于纤碎。此外有《次柳氏旧闻》《刘宾客嘉话》《明皇杂录》《幽闲鼓吹》《玉泉子》《云仙杂记》等书，更仆不能悉数。然古时世风尚厚，一切媟语淫词，罕有宣于笔墨。近代不然，文人好名钓誉，不能以帖括见长，每作稗官以眩俗，月下桑中之丑，无不逼肖形容，以冀悦人耳目。坊间市侩，惟利是图，不问书之合理与否，只问财之能生与否，能生则镌板裁笺，私刊潜卖。年轻子弟，浮荡性成，书愈丑，则心愈喜，争购传观，动辄万卷。于是求名者著作日繁，谋利者梓行日广。遂致大庄小店，家置数编，商人生意稍闲，随即携取披阅。虽当道间或示禁，而阴违阳奉，积弊依然。说者谓淫曲艳词，最伤风化，猛兽不足以比其毒，刀山不足以比其锋，鬼祟不足以喻其丑。此似甚言之，而未足信者。殊不知刀剑豺狼只害人身，不害人心，而淫书之祸大逾于是，无论男子妇女，一经披阅，情为之移，小则意念纷歧，萦怀丑行，大则问花寻柳，肆意风狂，渐至荡产倾家，品行日流于卑下。原其始，每由于父师疏忽，置小说于案头。童子初识之无，即藉此以娱意，迨大欲炽，而不从善教，已悔无及矣。又有人焉，文字未通，大义不达，而茶余酒后，口若悬河，所引无非杂说。其自信也，亦以为多见多闻，出人一头之地，岂知有识听之，不禁暗中捧腹。盖以其身居鲍肆，不自知其臭也。

今天下同风一道，讵少佳文？何忍以有用之光阴，埋头于谰言呓语？窃谓此等恶习，不可坐视其迷，而挽救之方，非当道严禁不可。安得言官大吏奏请朝廷，将通邦媒亵之词，一旦净付回禄。犹恐禁者禁，而犯者犯，此风依然流布，爰冀各方善士合志同谋，立善会、发善书，明查暗访，余力不遗，苟知有违犯之人，立即报官惩办。如是，则宇宙间秽气稍除，而世风藉以渐革，岂不懿欤？

（《益闻录》1886年第574期）

阅甬江串客滋事情形因书所见

前日接甬友来函述《串客滋事》[①] 一则，略言：宁郡有名串客戏者，无非奸邪淫佚，诱人观听，迭经前府宗太守[②]惩禁，此风得以少息。日久玩生，复萌故态，今正西乡庙社搭台试演，差保欲图生色，纠同巡卒假托官谕往拿，竟以缧绁从事，旁人不服，遽指为盗，鸣锣持械，相率围攻，差等见机图遁，业已伤面碎衣，事后经该处绅耆调停和息，此戏不绝，大为风俗之忧云云。本馆据以登报，余阅之乃慨然曰：有是哉，积习之难回，而人心之愈下也。夫天下之人，总总林林，品类不一，约而计之，有正业四，所谓士农工商者是。有贱业四，所谓娼优隶卒者是。人非穷极无聊，必不肯舍士农工商之正业以自沦于贱役，若既娼优矣，隶卒矣，则又断不能掩其本来面目，谬附于正人君子之列，此固分地判之无从混淆者矣。自有串客出而清浊难分，尊卑莫辨，搢绅仕宦之裔，脂粉登台，生旦

---

① 《串客滋事》载1887年2月14日《字林沪报》。
② 宗太守，即宗源瀚。

丑末之徒，衣冠入座，问其操业，则某班之某脚色也。问其出身，则非祖为显官即父为巨贾，俨然世家公子也。自谓逢场作戏，无伤雅道，一人倡之，众人效之，优伶中之狡黠者相率以串客二字榜诸招牌，一切看客亦遂艳其名而忘其实，或投綦缟，或赠诗篇，呼弟称兄，毫不为怪。更或借此以结识官绅，纳交闺阃，《梅村集》里传王紫稼①之名，黄歇浦边唱《杨白花》之曲，种种无赖，有非滋事一端所能尽者。甬上向有此习，得宗太守革之，挽薄俗洗浇风，可称良二千石，而甬友惜厉禁之渐弛，追维既往，纷望后来，殷殷然于此三致其意，亦岂非今日之有心人哉？

余谓甬上近事犹其小焉者也，目前风俗之靡莫如沪上，大商小贾竞出新意以为垄断之道，每作一俑，纷纷追步，而新奇异巧诸事赚钱愈易，则继起愈多，其中尤为淫荡而曾经官禁者若女堂倌、若花鼓戏皆是。女堂倌屡禁不能绝，往往阳奉阴违，叠遭查办。花鼓戏一项独觉匿迹销声倏逾十载，其故安在？一由于此辈弃行之后，大半改入妓院，仍可藉声色以为生涯，不必定恃做戏；一由于京班麕至，大戏馆陆续开设，时世所尚，接踵争趋，向之业花鼓者，亦知势难与敌，更无人焉为之倡耳。

尝与友人纵论沪俗，以为官宪禁令虽严，而有行有不行，惟是戏当无死灰复燃之虑，友亦谓然。新正某日以事经四马路某里，远闻一楼中弦索琤琮，歌唱喧杂，默念此处又添一书场矣。及抵其门，则见所悬招牌皆戏名而无妓名，翘观谛听者甚夥，途为之塞，心讶之，旋询诸友，友笑曰："子尚未之知耶？此乃近日特开生面之串客班也。其详不可知，惟闻班中人并非优伶，实皆平素爱看戏者，听熟京调若干出，心摹口追，倚声学步，曾在某烟馆试演一次，众称曰肖，遂就此处立此排场，将与各书场作旗鼓相当之势，子尚未之知耶？"余曰："若是，殆将为花鼓戏先声。夫凡事莫为之先，亦莫为之后，至于后起有人，则非争胜于前而不止，试观烟间先有男堂，而其后又有女堂，书场先有盲词，而其后即有京调，戏馆有京班复有串客，安保其后必无花鼓戏？所谓变本而加之厉者，将在斯乎？"友人无言去，余则心怦怦然欲有言者数日矣，适触甬上串客事纵论如右，为风俗计，非止为若辈当头棒喝也。

（1887年2月17日《字林沪报》）

禁 淫 戏 议

呜呼！沪上之淫风流行至今日而亦已极矣，始惟妓馆娼寮诱人失足，

---

① 王紫稼（1622—1656），名稼，字紫稼，苏州人。明末清初著名昆剧演员，工旦，以擅演《西厢记》中红娘著称。

近且野鸡流妓拉人于光天化日之中，始惟荡妇妖姬作为无耻，近且台基遍地，良家女亦不免隳节丧名。甚且淫书也、淫画也、淫药也，极天下之不忍道、不忍观者不难于广众大廷纷纷求售，噫吁嘻，江河日下，竟至于斯！恐再阅数十年其不胥十里洋场尽变为桑间濮上而不止，而我以为诲淫之至易而导淫之至便者，则莫甚于今之淫戏。

考戏肇自周时，优孟假作孙叔敖，楚王见而感悟，亟求其后而优待之。五代之世，甚重伶官，甚至恃宠而骄，动辄弄权窃柄。至唐世设立梨园，专尚声色，而黄旛绰、马仙期①、李龟年之辈极见信于明皇，然当日之所谓妙舞清歌者，如《清平调》《金缕衣》《霓裳羽衣》等曲，惟即名人乐府协以宫商，登场奏技，并无所谓戏剧也。元时始盛行院本，《西厢》《琵琶》诸传奇一时风行于世，至明玉峰魏良辅制为昆曲，而戏剧乃得盛行流传。数百年来不特江浙各省子弟皆以昆曲争长，即北至燕都所谓红相公者，不习引商刻羽，撇竹调丝，断不能出而肆应，若是乎昆曲之风行于世也久矣。沪上为中国第一繁华泽薮，戏馆林立，向推三雅为正宗，聚吴下老伶工专唱昆曲，雍容大雅，卓尔不群。每当袍笏登场，一洗浮靡叫嚣之习，即或绿窗绣户，艳曲流传，要皆敦厚温柔，不涉荒淫邪僻，故俗子虽听而生倦，而文人韵事常满座焉。自京戏南来，杂以秦腔梆子，诸优喜新厌故，故无不尤而效之，而其戏非粗戾即哀惨，时而为盗贼行藏，时而为地狱变相，蛇神牛鬼，见者胆寒，顾犹曰意在劝惩，或有一长可取也。所最可恶者，其为搬演淫戏，如《海潮珠》《翠屏山》《百万斋》《卖饽饽》《瞎作奸》《打斋饭》《杀子报》之类，不特风情月意，极意描摹，甚且当稠人广座之中，为云雨荒唐之事，其中不堪寓目之处，直更甚于后庭大体双。嘻，岂不如是竟不足动人观听乎？何故为此淫荡秽亵也？愚以为天下之最易感人者，莫戏若。鄙夫鄙妇目不识丁，听人谈古往今来忠佞贤奸之事，往往格格不相入，非笑其迂拘，即疑为荒谬，一经戏剧之扮演，而若者忠、若者佞、若者贤、若者奸，既已历历在目，即无不了了于心，其感人之深且易如此，而谓淫戏之害谓非害之更甚者乎？平居无事，啜茗闲谈，每闻某伶人姘某老生矣，某先生姘某花旦矣。私心窃谓优与娼本不甚悬殊，即明明缔为婚姻，亦何足异？仅曰私识何足为奇？乃至绣闼幽姬、小家碧玉，居恒户庭不出，无人挑逗，春心如止水然，安有波澜之起？自一入戏园听剧，而妖娆之态，淫荡之状，毕呈于耳目。人非木石，谁则无情？一遇机缘，能不立时失足耶？况戏班中轻薄子弟往往见有妇女在座，

---

① 马仙期，唐玄宗时宫廷音乐家，洞知音律，最善方响（打击乐器）。

故意描摹淫态以冀彼姝留情，然后遍托鸨媒，引人入胜。此种伎俩，实属诛不胜诛。然使无淫戏以为之媒，则虽欲引动其心，亦苦无从引动，是则淫戏也，不较之野鸡、台基、淫书、淫画、淫药而其害更甚哉！

昔年黄芝生①、罗少耕②两太守及葛蕃甫③大令会讯英廨时，曾先后严申禁令，有犯必惩。而日久玩生，淫戏仍扮演如故，或则巧易名目，以为掩耳盗铃，官宪之耳目难周，亦惟付诸不闻不见；或曰是非官之不欲禁，亦非官之不及知，诚以此辈衣于斯、食于斯，倘一旦将淫戏禁革净尽，只许演唱忠孝节义之剧，势必无人观听，生意寥寥，欲改业而无从，欲谋生而乏术，不将坐视其尽为饿殍耶？东山妓女，亦是苍生，南部歌儿，孰非赤子？一言及禁，实有所不忍禁耳。愚则以为不然，试观三雅园昆戏馆，闭歇将近十年，今岁新正重复开设，所演之剧，类皆堂皇冠冕，婉转悠扬，大抵合于《关雎》乐而不淫、哀而不伤之旨。惟诸伶皆能出类拔萃，高出京班数筹，则观者即如水如云，履綦满座，然则欲求生意之盛，但当计声技之妙不妙，无关于关目之淫不淫，更何忧若辈之糊口无资、而任其淫风之煽耶？且更有一说焉，去年巡捕房恶锣鼓之聒耳，下令夜间十二点钟之后不准再演，各戏园无不唯唯从命，令出惟行，而淫戏之禁，黄、罗、葛诸谳员既已创之于前，今日者任其玩视宪章，干犯禁令，不为之重申前约，力革浇风，是纵令其慑服西人，而藐视地方官长也。玩禁既宜惩，导淫更应责，所愿为民父母者一再思之。

（1887年2月21日《申报》）

论书场不遵禁令

禁令之难行，以沪北洋场为最甚，非官宪约束不严、示谕不早也，彼盖有所恃以无恐。台基屡禁而目前未尝无台基，女堂屡禁而目前未尝无女堂，淫戏屡禁而目前未尝无淫戏，凡诸整顿风俗之举，无非视若具文，诲者谆谆，听者藐藐。每闻市廛间哗相传曰：洋场之上将禁某项矣，已有煌煌告示悬贴通衢矣。则此十日半月中所谓示禁之某项，亦或为之销声匿迹，俟阅时稍久，然后复萌故智，始以一二家隐约尝试，及尝试之而无人与为难也，则更堂皇开张，至半年三月之后，效尤接踵，一切复旧，几忘前次之曾悬禁令。盖华官良法美意，阻隔于租界也如

---

① 黄芝生，即黄承乙。
② 罗少耕，即罗嘉杰。
③ 葛蕃甫，葛绳孝，字蕃甫，浙江慈溪人。江苏后补知县，通法语，1885年7月代理上海英租界会审公廨谳员。

此，此诚近日无可如何之事。然从未闻有章程方立，纸墨未干，局示煌煌，榜悬座右，而个中人惟所欲为，竟如耳无闻目无见者，有之，自目前四马路之书场始。

尝有议论洋场风俗者曰：台基女堂纳污藏垢，在所当禁，惟书场之与戏馆俱为鼓舞升平之具，尽可留之以供文士雅流遣闷陶情之需，不必一律示禁。斯言似乎近理，而不知书场之不可以戏馆比也，目前沪北戏馆悉属男伶，南人习尚好雌而不好雄，罕见有沈溺此中之人。然其所演淫恶诸剧，描摹尽致，能令观者荡心惑志，因一出戏而迷丧本来，故官宪访闻犹必垂诸厉禁之列。至于书场一项，名为弹说古今，而实则娼家卖俏之旁门，嫖客选花之市集也。自日昃以至黄昏，开场数次，聚艳多至数十人，所唱者非小调即京腔，大半俚亵，不堪入耳，而客入其中并无戏馆正桌包厢之费，但输青蚨数十文，便可昂踞高座，饱看饱听，若出洋一元点戏一出，居然作座中阔客，妓佣递烟问姓，前通殷勤，叩明门巷，更可俟下场时随舆而去，人世撮合山未有如此之易者。吾想自有书场以来，不知已陷溺几许人家子弟，况近日愈开愈多，一至四马路，但闻弦索嘈杂之声，移郑卫于海陬，幻巫峡于清昼，导淫牟利，以视台基女堂相去几何？本埠海关道宪龚仰蘧①观察恶其蛊惑人心，照会英正领事札饬工部局定立章程，出示禁止，令以后不得再唱邪淫词曲，致干拿办，其为风俗计者至深切矣。各书场中人苟其尚有天良，自宜仰体宪意，懔遵勿违，即使利令智昏，未肯洗心涤虑，亦何至演唱如常？并不为暂时之掩饰？唐时潮州人苦鳄鱼患，韩昌黎作文祭之，而鳄鱼果为徙去，可以人而不如鳄乎？

或曰：此非真冥顽无知，不遵官示也。各书场中全恃淫词艳曲以招听客，若竟骤行停止，则来者必为扫兴，不须十日半月而座上客散，门前之车马绝矣。故宁冒禁令而为之，不得已耳。余谓：若是则开书场之人设计甚左，彼所恃者以为洋场诸事皆归工部局作主，我但照章输纳月捐，则工部局必不我恶。目前之禁特承华官意旨，而非其本心也。然华官禁唱淫词，而未尝禁开书场，书场尚在，即淫词可唱，我何为拘守绳墨，自塞利窦？不知人作一事，宜先自问己之犯法不犯法，不宜预计法之能行不能行。今以华人而开书场于华境，果使伤风败俗，不独华官不肯任其终逃法外，即工部局与有整顿之责亦将助华官以行其法。彼时严示再下，永禁书场，若辈虽工得陇望蜀之谋，至此乃并陇不可得，岂非悔之晚哉？吾故为

---

① 龚仰蘧，即龚煦瑗。

此说以告当道，兼以晓书场中人。

（1887 年 4 月 10 日《字林沪报》）

论淫书之害

古人开卷有益，不闻开卷有害者，何哉？良以所读之书不同，而邪说淫辞易入人目，坏人心术，较之演淫戏者，其害尤甚大。屈宋①言情托讽，温李②赋诗借喻，不得其旨，尚且贻害后人，何况描摹殆尽之书耶？昔亭林先生云："书之不可绝于天地者，曰明道也，纪政事也，察民风也，乐道人之善也。"若此者，有益于天下，有益于将来，多一篇多一篇之益矣。若夫怪力乱神之事，无稽之言，诶佞之谈，若此者，有损于己，无益于人，多一篇即多一篇之损矣。何造作淫书者为天下极聪明人做天下极罪过事？彼昏不知，尤而效之，以一时之谈笑，而捏造子虚乌有之子女，因而污及古人之子女，因而哄动后人之子女，此书一出，贻害无穷矣。虎狼食人，害及其身，淫害人，祸及其心，且虎狼未必辗转相害，淫书未有不辗转相害者，譬之火焉，星星之火，亦可燎原，灼及干物，愈分愈多，愈多愈炽，淫书之害，殆尤甚焉。

夫人生顺理则难，从欲则易，虽当境无邪缘相凑，而尘念凡情已不胜其缠扰，况复以淫邪之语，描其状，绘其图，付之笔墨，祸及枣梨，此非有真学问者，未易忍而不看，看而不乱也。青年子弟一见此书，情不自禁，或因而内乱，或因而外迷，其害无穷。我不禁叹息痛恨于是书之率兽而食人也。即或身不之犯，而邪火焚炽，耗损其精，心动而神驰，神驰而梦作，百感相当，百病交作，如盗汗遗精等症，不可胜举，精漏气枯，命为之陨，其毒亦甚矣哉！彼无识愚民，罔知顾忌，闻正直之言则惟恐卧，听秽亵之言则不知倦，自一传十，自十传百，悖性情之正，干天地之和，始则害及一方，终则毒痛四海。风流自赏之士，握管为之，辄将才子佳人四字抹煞，斯民廉耻之心，遂使展卷之余，魂摇魄荡，贞妇为之改节，志士为之改操，举天下之禄位名寿而视同土芥鸿毛，驱天下之吉士名姝而俾之禽行兽处，生罹百丑，死历三途，辗转沉沦，伊于何底？故淫书者，尘世之痛疽，宴安之酖毒，生人之陷阱，地狱之根苗；而作淫书者，鬼神所必闻，雷霆所必殛，灾殃所必生，铁钺所必加者也。盖其害处处以痴情幻

---

① 屈宋，战国时楚辞赋家屈原和宋玉的并称。刘勰《文心雕龙·辨骚》："屈宋逸步，莫之能追。"

② 温李，晚唐诗人温庭筠和李商隐的合称。《新唐书·温庭筠传》："（温庭筠）工为辞章，与李商隐皆有名，号温李。"

梦勾引淫媒，非比山歌里曲满纸俚俗，苟非中人以下者，鲜不憎而弃之。至于《西厢记》《红楼梦》等书，以极灵极巧之文心，写至微至渺之春思，只因淡淡写来，曲曲引进，目数行下，便觉恋恋，机械渐生，习惯自然，情不自禁，纯谨者暗中斫丧，放肆者另觅邪缘，其味愈甘，其毒愈厚，则《西厢》等书，实为淫书之尤者矣。昔某先哲为友人言曰："《红楼梦》一书，人共珍之，初不斥为淫书也，然其叙儿女玩狎之情，婉娈万状，最易启人邪心，盖良家男女相慕相悦，其形迹每多未便，于是借端生径，佯为款洽，阴以窥其色、逗其情，习熟之下，弊不胜言，深闺重门之中，私奔密约之事，咸由是而酿成，则皆《红楼》一梦误之也。"他如演淫戏，绘淫画，作俑虽殊，害人则一。然则补救之法奈何？曰宜禁刻字铺不许发刻以清其源，宜禁书坊不许发售以节其流，此外更宜筹款，如坊间藏有此等刻板，估价卖回劈毁，惟集同志诸友相戒不许撰述淫词，贻害后世，此民禁之远胜于官禁也。

刻下淫风流行，廉耻道丧，未始不由于此，谨于惩戒书中节录一二，付之剞劂氏，质之有心世道人者以为何如？力挽狂澜人来稿。

（1887年5月1日《字林沪报》）

论淫戏淫词之害

自来淫戏甚于淫书，淫书则文人学士及生意场中稍通文理者方许寓目，若稍识之无二字者，虽盈箱累箧，终不知为何书，惟有长饱蠹鱼而已。若淫戏，人尽皆知害人尤甚，孀妇因之而失节，处女因之而淫奔，罪孽滔天，罄竹难书其状矣。试思吴闾上海等处，为众商聚会之所，凡举会请客者，咸邀入戏馆，利其便也。钱多者居正席，钱少者居傍座，而戏则点于正席之主客焉。尝见点戏之时，有务择其淫谑之戏以夸所点之善者，心窃耻之。夫一馆之内，少长咸集，不下数百人，彼优伶身为贱役，不惜丑态以媚于人，固无足怪，而阅戏者率皆良家子弟，年高者虽不为之动，而少壮者视之则心神俱荡，鲜有不因此而贻害者矣。试思优伶贱役，何所不可，秽亵之言与秽亵之态，描情尽致，曲曲传宣，皆以若辈手口而出。青年子弟目之所注，心之所思，或从此而斫丧其真元，或从此而驰骛乎花柳，背其父母，试及奴婢，病从此生，身从此殒，钻穴踰墙之事无不为，偷期密约之事无不去，伤风败俗，可胜言哉？敬为高明者劝，嗣后入戏馆切勿点及淫戏，庙社敬神，尤宜切戒。盖庙中不能禁妇女之不来，而蚩蚩者尤易蛊惑也。且敬神本欲以求福，而淫戏适足以贾祸，人可不知自警哉？

虽然，以淫色诱人之目者，莫甚于戏馆之演剧，而以淫声诱人之耳者，莫甚于茶馆之说书。究之演剧之地少，说书之地多，演剧之人少，说书之人多，何则？吴下茶馆如苏州、上海等处，无不有说书之处，即无不有听书之人，况所费尽细，仅止数文，无论贫富皆可听也。而弹唱之际，又始于上灯之际，斯时即事务冗忙者亦可翛然往听矣。夫使所作文词苟无大害于人心风俗，吾徒尚欲何言？而小说所纪之事，断无不伤风败俗。尤可恨者，传奇小说本属子虚，偏被唱说之人艳词装饰，说出往日宛然模样，遂使听者春情飘荡，神志昏迷，当此时也，纵人无美色当前，犹将妄想冥思，猝难穷诘。乃近来风俗日下，茶馆主人及唱书者竟暗邀少艾冶容，藉诱青年子弟，甚且张扬大众之前，思觅蝇头微利。彼年轻男女逼处一堂，眼去眉来，输情授意，其能漠然不动心者，断无是人，而从此祸端百出，比比皆是。嗟乎，谁无子女，何唱书者之绝不计及也？其势甚便，其害甚深，其利甚微，其害甚巨，务望为民牧者，严行示禁，为父师者，随时训戒，庶令此风稍挽，不使听者如是受害耳。或曰：说书者多谈因果，不唱淫辞固善，然如此则无人听矣，其如若辈生意何？曰：未尝无人听也。昔杭州有李某者，尝弹唱书辞，说至淫亵处，必删去之，最喜弹说果报，藉以劝导多人，晚年生子光泰，甚聪俊，少年科第，荣历仕途。噫，世之说书者，辄谓删去淫辞必无人听，故不惜描摹刻酷以蛊惑世人，推其心无非为推骗生意计也，不知生意虽骗到手，而现实恶报不旋踵而至矣。

要之，导淫之事不止二端，而实以此二者为最，伏愿贤明官长明查暗访，有犯必惩，将见廉耻道存，淫靡风熄，未始非吾民之福也，不禁拭目俟之。

（1887年5月7日《字林沪报》）

论西官留心禁淫戏事①

前日英公廨有留春戏园伶人吉胜奎控案一节，经蔡二源②太守传讯，其案中之是非曲直与夫断案之公私偏正，堂上者自有权衡，姑不赘论，独于英副领事贾君③之一问而不禁有慨也。贾副领事于讯问此事将毕之时，请蔡太守询诸该戏园房东兆丰洋行买办陈姓曰：园中所演有无违禁之淫戏？陈答以无，则又曰：如有，将来查出该园唱演淫戏，则当重办。此数语深得官体，且深得中国官体，由是而叹西官之留心时事，可谓随时随地

---

① 《西官留心禁淫戏事》见1887年6月21日《申报》所载《英界公堂琐案》。
② 蔡二源，即蔡汇沧。
③ 英副领事贾君，即贾礼士。

不敢稍缓须臾者矣。夫淫戏之禁与不禁，华官之事也。以地在租界则必与西官会同出示，庶几令出惟行耳，其能禁与否，西官固无所损益也。淫戏之演在于中国戏园，则其所以荡人之心、坏人之性、引诱人家子弟而使之凿开情窦，败裂人家名节而使之荡检踰闲，种种弊病皆中国之人受之，即种种祸端亦中国之人当之，租界中虽有西人，从来不观中国之戏，即使偶有往观者，亦未必知戏中之情节。至于科白关目，曲意曲情，则更无由知之，故西人虽见淫戏而亦视若无睹。况往观中国戏之西人千百中不过一二，又何足以为害于西人？西官即不之禁，亦不得以为人除害之理责之。然而西官之所以听从华官会同禁止者，盖亦有一视同仁之意，以为华人而寓居租界，则亦不得过为外视，凡有足以为害于华人者，自当从华官之请为民除一患，即为民树一德，此则西官会同华官示禁淫戏之本意也。独是禁则禁矣，日久玩生，难保其不阳奉阴违，仍前搬演，潜以引惑人心，三令五申，则觉条教之太烦，一过即忘，又觉号令之不重。而西官乃时时在心，刻刻留意，遇便即查而问之，是不亦加人一等乎？

尝论中国之病，第一在于因循文饰。假如有一事也，不得不禁，则官出示晓谕，示中所言法重令行，言出法随，不知其若何风厉，而此示一出，胸中即已空洞洞，毫无痕迹之留，其示而有人遵奉也则听之，其示而无人依从也则亦听之。盖以此固循例庸行之事，我已出示则我之事已毕，而我之心已尽，至于遵与不遵则在人而不在我，我但有以掩人之耳目也，斯已矣。故每当一官到任，下车伊始，先出关防告示，则言本官自矢清廉，亲友仆从俱不敢在外招摇，倘有遇见即须捆送来署以究假冒之罪，而其实则官亲豪仆到处横行，曾未闻有具控一人者，官亦若痴若聋，而绝不复问之矣。此外如禁小钱，此乃所以整顿圜法，题目甚大，而一年之中，大约必有两次示禁，且或下一札子，出一谕单，或委吏典，或饬衙役持向市中各钱庄谕令务须禁绝。然起视市上，则鹅眼榆荚通行如故。盖奉札捧单闻所闻而来者，早已盈腰满橐，见所见而去。则是一示一札一单不足为民除害，反足为民生害，其所谓示也札也单也，无异于市肆中支取之票而已。推而至于禁烟馆、禁流妓、禁土娼、禁花鼓戏、禁宰耕牛、禁赌博、禁酗酒，大约一官到任，有所谓十禁牌，皆所应禁之事，好名者且于十禁之外再加数禁，彼其意以为此示一出，见者必将屁滚尿流，莫敢不遵。而吾之所以为地方造福者，胥于是乎？在将来德政之牌、万民之伞以及后人传记，皆当以此数者为关心民瘼、除莠良安之左验。而此后绝不顾问，绝不访察，即有猾吏蠹役持官票以支钱，而黄绸被里放衙者，不闻不见也。此则中国之大病，所欲思补救而无从者也。即如租界之地，其所应禁者，若而事女堂倌,则尚有发觉而严办者,此外则妇女啜茗吸烟,前此曾经严禁,今日何如乎?赌博早经严禁,今日何如乎?街头流妓、巷口雏鬟拉客入室,前此亦曾严禁,今日何如乎?凡若此者,不胜枚举,岂独淫戏之一端为然?而改《杀子报》为《天齐庙》,改《倭袍》为《南楼记》,堂堂乎登台搬演者,初不知凡几也,华官政务殷繁,又安得有此闲情逸致?

于无意中闲闲一问,使闻之者如听霹雳声,不觉毛骨俱悚也乎!华官无暇为之,西官乃乘间有此一问,呜呼,贾副领事诚天下之有心人哉!

(1887年6月23日《申报》)

论淫书不宜排印

淫书一项,败风俗,坏心术,其恶甚于杀人,故世传造作之者,死后必入阿鼻地狱,而其家妇女,又必有帷薄不修之事,所谓自作孽不可逭也。刊售淫书者,减于造作一等,犹论强盗杀人案,一首而一从,首犯之无所逃罪不待言矣,从犯同行事,共分赃,岂得独邀宽贷?刊书之与作书,正合此例,故功令并严查禁。而今世所有之各种淫书,类已流传数百年,作者朽骨久寒,无可追究,惟刊刻之者,嗜利蔑义,长恶袭谬,情节最为可恶,官司于查禁之余,或惩其人,或烧其书,或令缴出板片,给价销毁,宽严互用,轻重兼权,虽曰治其末而亦未始非清其本也。

自从活字板行,遂为刊淫书者开一便门,成书愈易,而施禁愈难矣。盖向时每刊一书,必备一板,写工也,镌工也,按部就班,伤财□日,而刊成之后,一板专作一书之用,板虽精美,既印至数千百部,鲜有不泐者,板有时而泐,即书有时而完,害亦有时而止。又以其周折之多,撺覆之劳也,正经书贾恒不屑营于此事。活字板则字字现成,镌写两工先可省却,而且有活字即有排手,有排手即有印工,不烦本人用一力操一心,但凡意中欲印何书,即与板主讲定排费、印费、纸张油墨费,刻期取书,绝少贻误,书成板拆,泯然无迹。天下事往往止于难而行于易,今也利途中有此捷径,其谁不闻风羡慕,依样葫芦,而板主近取各足,便于他人,益不难举时尚诸淫书倾筐倒箧以印行之矣。日者小憩茶楼,见有持《肉蒲团》一书求售者,索价洋一元五角,问何以如是之贵,则展以示人曰:"此系铅板所印,纸墨精良,且目前坊肆无此书,物以希而见奇,安得不贵。"余谓之曰:"汝既知此书为坊肆所无,则宜知此书之久在禁例,今顾持向广场堂皇求售,可乎?"其人遽掩书而走。噫嘻,淫书之难禁有如是哉!因思近日板式之精者,莫如铅印,又其上则为石印。月前点石斋登告白于本报之首,声明誓不代印淫书,陈义甚高,立规甚善。此外石印各书局亦皆由读书明理之人为之经理,岂无与点石斋同心者?况石印价贵于铅印,非大部正经书多不合算,故代印淫书一层,可以无虑,所不一律者,独在铅印一门耳。盖铅字创于沪地,而今则外埠所在多有,其已印成之小本时文说部遍于坊间。以此类推,如前日所见《肉蒲团》一书,不必不是沪地所印,亦不必定是沪地所印,非合各埠一律议禁,而仅仅施禁于沪地,于事无济。吾故谓与其由官禁,不如自为禁,自为禁之一法不系乎托印之人,而在乎代印之人。夫人之所以争售淫书者,以其同是一书,他书销场滞而淫书则销路广耳,他书获利微而淫书则获利厚耳。然而此等便宜皆属之售书之人,而代印之人不与也。我既置有铅版,何书不可印,而必欲自印淫书、兼为人代印淫书乎?人当营干此事,但知牟利,试先通筹盘算此书出后其将如何害人,并将如何自害,则必有猛然悔过,废然辍业者矣。皇天无亲,惟佑善人,苟能如此存心,可保其别项经营无往不利。然则黜邪崇正,固于我未尝失计也。至于持本刊书者亦当以此为式,所谓见善则迁,闻过则改者,庶几不让人,以独为君子。

秋宵不寐,捉笔成此,使读前报劝禁淫书诸说后见者,勿以数见而忽之,是所望焉。

(1887年9月15日《字林沪报》)

戏 无 益 说

四明荥阳子周甫来稿

演戏例所宜禁乎?曰:不禁也。昔周穆王时,有巧人名偃师者,刻木为人,能自歌舞,谓之傀儡,是为戏之鼻祖。自是而优施教骊姬以蛊晋献,优孟扮孙叔敖以讽楚王,见诸史书,历历可信。五代时镜新磨、黄旛绰辈更以清歌妙舞倾动人君。唐明皇新置梨园,而一曲霓裳传来天上,风流佳话,传播千秋。吾朝崇实黜华,深戒般游之习,而内廷亦有名优供奉,俾得万几之暇,一聆法曲仙音。若是乎,戏虽为无益之端,然亦何尝悬为厉禁哉?曰:我见今州县官之文告矣。凡在一乡一邑,春秋佳日,报赛酬神,往往醵钱延雇戏班登场演唱,红男绿女,远近来观,诚如子贡所谓一国之人皆若狂者。而为民父母者必出示谕禁,派差弹压,务令锣收鼓歇而后已,若是乎不特大杀风景,等于煮鹤焚琴,抑且于所不应禁者而禁之,毋乃与例适相刺谬乎?曰:是不然,是非禁戏。禁因戏而滋生事端,败坏风俗也。

凡在通商口岸、省会名区大都,有人开设戏园,引人入胜,征歌选色,极巧穷工,入其门者,苟非当道名公,即系多钱巨贾,茶余饭后,遣兴陶情,类皆儒雅彬彬,不致藉端胡闹。独至乡间搭台演剧,而事故百出,将有不忍出诸口且不忍笔诸书者矣。乡人耳目甚狭陋,一闻某处演戏，即不远数十里，扶老携幼，邀约来观，无赖匪徒错杂其内，见有妇女之稍具姿色者，即任情嘲谑，肆意讥评，甚且摸肚捺胸，扒簪攫珥，妇女既受其辱，不特不敢反唇相稽，即归亦不能向翁姑丈夫一一申诉。盖以出门观剧本非妇人之道，是以只得默尔而息，隐忍不言也。更有一种外来赌棍，乘多人观剧之际，开场聚赌，罄人腰缠。其挟多金者，既入局中，断不令其携资出外，即或小本经纪，贫无余钱，而既为迷龙神所迷，每有自褪其衣质钱以作孤注者。至其他之走失小孩，堕落衣物，打降抢醵，剪绺掉包，种种弊端，戏场中真无奇不有，而谓戏宜禁乎？不宜禁乎？曰：以子所言，戏固非徒无益，其害更有深焉者。正不得谓通商口岸省会名区既容人开设戏园，引人入胜，而一乡一邑，即不妨暂开禁令，任人雇班唱演，不为之厉禁高悬也。

虽然演戏尚在白昼时，众人之耳目易周，尚不至于为害，不可收拾。以我所闻见，诸凡弊病尚有更甚于演戏数倍者，何以官宪竟如聋如瞽，置若罔闻乎？弊病何在？一曰赛会，一曰出灯。每年三节，各处例得异神赛会以祭乏祀孤魂，虽曰藉神道以导愚民，然既祀典昭垂，亦谁敢议其非礼？而会中人必争奇斗巧，务为奢华，仪仗所需，动以千百金计，然犹曰虽无所益，亦无所伤也。顾赛会之时，既卜其昼，又卜其夜，每至宵深籁静，始异神像遄回，斯时灯火辉煌，笙歌嘈杂，一切铺饰，更胜于日中，而绣闼娇娃，香闺丽质，欲恢眼界，争倚楼头，鬓影衣香，若隐若现，轻浮子弟，成群结队，品足评头，秽语淫词，几难入耳。噫，闺房三尺地，岂男子所可轻踰而竟令露丑出乖，不顾羞耻，谁作踊者？其罪不归之赛会者而将谁归耶？至于出灯，为害尤有甚于此者。盖赛会只以迎神仪仗，尚为肃穆，至出灯则心裁各出，装扮离奇，务令人惑志荡心，称奇道好，以故人尤争先快睹，挤拥喧哗。昔年曾闻某处出灯有扮作螺蛳精者，薰香窄袖，妖冶绝伦，浪蝶游蜂，如水趋壑，某姓小家女，苞含豆蔻，袅袅婷婷，插身人丛中，以冀一见颜色，蓦有无赖子探手摸其乳，用力过猛，致受重伤，随即玉殒香销，归家而毙。又有某姓女自乡间至镇，行至荒僻处，忽有人负之而去，旁人疑系一家人，怜其荏弱，是以负之，亦不以为意也。不料其家失女，遍寻不得，至翌晨始得诸旷野，则已被诸恶少轮奸数次，只余一息奄奄矣。又某姓家，膝下只有一子，髫龄玉貌，爱之如掌上明珠。一夕令老苍头挈之观灯，万人如蚁中，一眨眼忽失所在，其家惟痛哭流涕，深恨苍头之粗忽而已。阅年余，有人在省中观剧，见一雏伶而悦之，飞猩红笺，征之侑酒，叩以姓氏里居，忽泫然流涕。盖即某姓家子，是夕被人诱去，售人班中，因出囊金脱其籍，送之还家，然已圭玷难磨，终身含垢矣。以上诸事得自耳闻，不知出自何地，然赛会出灯之流弊于此已见一斑。然则为人上者其可仅禁村台演戏，不并此而俱禁之耶？至于影戏、花鼓戏、花烟馆、台基，凡若此者，王法在所不赦，堂皇高坐者必嫉恶如仇，除之务尽，贵馆亦早经论及，不俟鄙人之借箸代筹已。

（1888年10月8日《申报》）

戏评（节录）

　　余于戏独爱昆腔，京调即不甚爱，听之亦不甚解。……至于淫戏，有禁而戏名纷改，如《杀子报》之改为《天齐庙》，《卖胭脂》之改为《月华缘》，诸如此类，不一而足，此其意皆有所为，尚可原也。至于《大闹天津府》《大闹杭州府》诸戏名，则可怪甚矣。推原其故，由于《大闹嘉兴府》一折而起，是戏出于《绿牡丹》一书，颇为热闹，金鼓喧天，刀枪盖地，观者喜其煊烂，或乐观之。于是踵其后者如前有《大闹天津府》之作，其实则改头换面之《乾元山》也。近来留春又有《大闹杭州府》一折。夫谶纬之书，儒者弗道，此等游戏之事，何足措意？而不知几之先见亦有可信而可征者。明季伶人，其名古怪，如小秦王、小红娘等类，厥后流寇中果有是名，加之以射塌天、一只虎、独行狼与今日之云里飞、一阵风等类颇觉相似，而居然接踵而起者日益众。然犹曰若辈北鄙粗人，但取其足以震惊庸耳俗目，他所不计。独至大闹诸剧，则官宪应早有以禁之。夫一戏一名，或一戏数名，何名不可取，而偏取此天津、杭州等府，固本朝版图也。天津且近于畿辅，北门管钥，自有伟人，而可轻易加上"大闹"二字乎？吾恐此风一开，将来安知不为"大闹顺天府""大闹京都"等戏。盖此辈但知穷思极想，以期生意之兴旺，初不知有所顾忌，而官宪之见之者于此等处不以为意，或曲加原恕，不与之较，然较固不必较，谕而禁之，何独不可？夫岂曰此等小事其细已甚，不足动明公之听耶？然我观近来之禁淫戏者矣，出一通示，传一遭人，谕一番话，各戏园诸遵谕具结，唯唯而退，官以为此所以整励风化，诚善举也。而不知只以饱差役辈之腰橐，一次传人，一次费用，而所禁之淫戏则不过改易名目，仍前唱演，绝无顾忌，不过稍稍暗藏，不至如前之当场出彩而已。其所禁焉者如彼，所不禁者如此，此则尤为不可解者矣。

　　夫淫戏之宜禁，人人知之，此等伤时触目之戏名宜禁，人或未之知也，为之表而出之，禁与不禁，听之有禁之之权与夫有禁之之责者。论甫毕，介玉适至，见之，首为之肯，且曰各戏馆之所以取此名者，大都无人焉为之提破耳。此论一出，各戏园当自为禁止，即无官宪谕示亦更易矣。

余将曰，此则不敢预必，子姑俟之。

（1888年11月20日《申报》）

禁淫戏答问

日前本埠英工部局查有宁人在戏园中演唱花鼓淫戏，因至公廨禀请蔡太守①饬传园主到案谕禁，是举也，为正人心维风俗起见，英工局之用意可谓美矣。客有性喜观剧者闻之，私相议曰：孔子编《诗》不删郑卫，后儒以为风谣之道感人最易，善者足以示劝，恶者足以示惩，故贞淫两途不妨并列。今之登场歌唱者，犹古世风谣意焉，《诗》可存淫风，而谓戏独不可杂淫剧乎？何况戏也者，嬉也。优孟衣冠本为嬉游而设，人当闲暇无事时，可借此以消闲，人至沈闷无聊时，可借此以破闷，镜花水月，海市蜃楼，仁者见之以为仁，智者见之以为智，若必取铜琶铁板、搢笏垂绅以为如此而后合乎劝善惩恶之旨，则是以游嬉具作正事观矣。于理虽正，如煞风景何？

或聆其语以质于兰诊居士，居士怫然作色而起曰：异哉，何来此大谬不然之论也？仆于戏剧一端，素少领略，不欲以门外汉之言漫托知音，然而居游沪地于今有年，闻朋辈之谈淫戏也，则心非之；闻当道之禁淫戏也，则心韪之。往往著为论说，刊入报章，任人笑为迂阔而不辞，岂真迂阔哉？诚谓此虽戏事而关系乎人心风俗者不少也。夫沪上近日伤风败俗之事非一端矣，妓寮栉比，以色迷人，实为导淫之巨擘，尚不能禁，于淫戏乎何有？不知妓僚导淫，只导之于男子，戏剧导淫兼导之于妇女。男子犯淫已不可，而谓妇女可犯淫乎？官宪移风易俗，必先去其弊之尤甚者，故流妓则有禁，淫戏则有禁，务使尽改旧辙而后已。然而流妓改其辙即无可作之生涯，戏馆改其辙未尝无可演之故事。故又于流妓略留余地，而戏馆则无可宽假，所有往年已禁诸淫戏，如或改名重演，一经访出，惩办不贷，各戏馆中亦因之稍稍敛迹，不复如前此之恣行无忌。花鼓戏者，淫之又淫者也。以其善绘痴男怨女幽期密约之事，声口宛肖，情态逼真，故文人雅流亦乐听之。曾经风行一时。自沈仲复②中丞观察上海之日，札县永禁，此迹以绝，十余年来，未闻有继响者。不谓今日又有宁人思袭故智，迫于宁地之禁令而公然乘间而至沪也。要知此种犯法干纪之事，做一日即坏一日之风俗，若非工局及早访闻即请禁止，必已有隐受其害者。今也办理至当，乃以煞风景疑之，抑何谬耶？总之，戏馆之演此种戏剧，无非图

---

① 蔡太守，即蔡汇沧。
② 沈仲复，即沈秉成。

生意热闹之故。然只可争新斗异，以动人耳目，不可涉于淫亵，以坏人心，刻下花鼓戏已矣。其有近乎此而为人心风俗之害者亦宜预示防闲，随时整顿，幸遇贤当道，想不以余言为迂阔焉。

（1889年3月20日《字林沪报》）

移风易俗莫善于戏说

从来风俗之盛衰系乎人心，人心之善恶由乎教化，教化一日不行，则人心一日不转，风俗一日不正。教化者，圣王驭世之微权，实人心风俗转移向背之机，不可一日或废者也。顾欲兴教化，而不先去其与教化为敌者，则教化必不能施，人心必不能转，风俗必不能正。今国家敦崇礼教，昌明正学，各省贤大吏承流宣化，整顿书院，添设义塾，禁革奇衺，采访节孝，凡所以为风俗人心计者，至周且备，然而好勇斗狠之习、奸私淫污之风，较诸往日反益加甚者，其故何哉？盖上之所以整饬其风俗者，不能合贤否智愚家喻而户晓，下之所以败害其风俗者，反能使愚夫愚妇家喻而户晓也，其败害者何在？曰：在戏。今之戏即古之乐也，乐章之败坏，不自今始矣。然在数十年以前，所谓诲盗而诲淫者，不过如《水浒传》《西厢记》之类，至今日而又变昆腔为京调，所演之戏如《三上吊》《九更天》《小上坟》《打斋饭》等类，将一切奸盗情形，描摹于光天化日之下，风俗人心安得而不坏？余以为居今日而欲移风易俗，颇有一极简便极容易之妙法，惟取其所以败害风俗家喻户晓者，反其道而行之，对其病而药之耳。今乐虽与古乐悬殊，而梨园演剧所传忠臣义士孝子悌弟，激烈悲苦流离患难之处，每使人观感激发于不自觉，实足为风俗人心之助。夫今世不尝曰宣讲乡约乎？乃乡约之为文也，朴而不华，人皆厌听，若以乡约之法出之以戏，则人情无不乐观。试演一日，必有千百老幼男妇环视群听，耳濡目染之余，必有默化潜移之妙，此真极好劝善之法，一举而使千百万愚夫愚妇无不入耳而警心，较诸宣讲乡约，其效百倍。

昔金匮余莲村①先生尝谓人纪之坏，乱狱之丰，其始无不起于耳濡目染之微，自悬象读法，教化不行，常人耳目所倾注而易于感动者，惟观剧时尚有其机，其声容情事，入于人心而不能忘，不识字人其感尤易。至今通都大邑鞠部盛鸣，男女杂遝，每为靡声妖态，以供谑浪。乡村赛社，尤而效之，则淫僻之罪，浸不可制。君子于此，宜为之防而导于正。尝取近世足为劝戒事，演为杂剧，收童竖之无告者，令梨园老优教以歌出，而自为之行列节奏，携以出游，并将所演杂剧编订成帙，名曰《庶几堂今乐》。

---

① 余莲村，即余治。

光绪初年曾由谢君绥之①等禀请沪地官宪行令各戏园,日演一二折。初起之时,颇极高兴,既而优伶等窥察上之人,不特以此为具文,实有魏文侯端冕而听古乐之意,一时上行下效,事旋中止,论者惜之。为今之计,亟宜以振顿梨园为拯时要条,凡有梨园必官为厘定,其为风俗之害者,悉予删除永禁,不许演唱,凡可通行演唱者,必取其有益近日人心风俗之剧,责成有司官严行示谕,并取余先生所撰《庶几堂今乐》四十种颁发各班,责令一体学习,惟是君子之德风,小人之德草。近日京班戏之盛行,亦半由大人先生尚秦赵而薄吴越,故民间之风气亦一变而至于此,苟下有劝善之戏,而上之人不为之提倡,则此戏必不能久,应请官场中如遇敬神宴客、团拜庆寿等事,悉令唱演此种新戏,做到认真处不妨优予犒赏,俾使为优伶者亦知上之所好固在彼而不在此。国家无丝毫之费,而逆伦奸盗之案隐戢于不自知,欲求一转移风俗之妙法,实无有逾于是者,滔滔皆是,窃愿与司风教者熟商之。

(1889 年 6 月 14 日《字林沪报》)

论戒淫宜先绝导淫之机(节录)

戒淫之说多矣,人亦孰不知淫之为害,而能戒之者卒鲜。呜呼,此何故哉?……尝谓淫之事大半成于诱惑,其眉来眼去,渐至密约偷期者,犹诱惑之小者也。莫甚于戏馆之中,合座聚观,扮演淫戏,骚声浪气,极意形容,虽老年人犹将心动,何论少年?因此而败人名节,荡检踰闲,不知凡几。前者蔡二源②太守有鉴于此,出示申禁,一时雷厉风行,各戏馆无不凛然,间有阳奉阴违者,立予罚锾示儆,各家遂稍敛迹,未几而巧改名目,避其名而仍演其实,渐至日久玩生,毫无畏忌,至今日而《杀子报》等剧,居然明目张胆,亦不必避其名矣。揣各戏馆之心有似一日一夜之间,苟无淫戏一二出,不足以招引看客也者。此亦可见人心之好淫实为地方风俗之隐忧,王章不足畏,示谕不能禁,甘冒不韪以与官相抗,此岂尚可忍者哉?若淫书一项,在目不识丁者固无足虑,其有稍识之无、粗通文理未有不喜观看。书上所说淋漓尽致,几欲使形神活现纸上,竟有画工所不能绘、优伶所不能摹,亦代为之曲曲传出。作是书者,有其言不必有其事,而见者凌空着想,正不知作何景状,其害之深入人心也,直过于淫戏倍蓰而犹不止。

前有触目惊心人来书云,伊子因向宝善街满庭芳之书摊租看淫书若干

---

① 谢君绥之,即谢家福。
② 蔡二源,即蔡汇沧。

种，致成弱症，亦可见其害之烈矣。初以为官长见此必能明查暗访，将此等书收而付诸一炬，纵不能悉数搜查，当令若辈改业以为挽回风化之计。乃竟寂无举动，无怪若辈扬扬得意，反谓清议不足畏，即有人大声疾呼，而亦无一人焉起而应之，彼且以为初非犯禁之事，喋喋者其何能为操三尺法者且不之绳？执三寸管者又何足惧？宜乎满庭芳各书摊生意之获利较前更倍也。

或谓租界之中拼头搭脚之案，层见叠出，尚且不胜查办，而欲断断以淫戏淫书为虑，抑何不达时务乎？要知出治之道，必清其源乃能绝其流，必正其本不徒治其末，禁淫戏而红男绿女，无处触动淫心，自不致寡廉鲜耻，肆意妄行；禁淫书而荡子邪人无以助其淫兴，身心材力将勉为有用之人，何至淫奔之相习成风？吾知一禁之后，苟不萌芽再发，则将来公堂之上犯淫之案且将日见其少矣。若谓禁之甚难，试观淫画，前数年间街市上多有买卖，一经捕房查究，此风至今顿息，可见淫戏淫书何尝不可禁，特恐禁之不力耳。禁之之法当奈何？曰：每戏馆门前张一示谕，此具文也。必密令人入内查看，如《卖胭脂》等出，不必演，但不准十分装点，使在众目昭彰之地，露出诸般丑态，一有不遵，立予拿办，如第将各淫戏名目开列申禁，彼必易名以为规避计，禁如不禁也。至各书摊上或饬包探暗向租买，必能查出数十部，或竟不准摆设书摊。盖此等书摊，除淫书而外，不过小说数种，亦未必有人租买，惟恃出租淫书藉以渔利。闻某姓兄弟向本无赖，近以摆列书摊租借淫书数种，衣食甚为裕如。若将淫书禁绝，则亦何能为害？凡此皆所以绝导淫之机也，南面者其亦有意也否乎？

（1889年8月27日《申报》）

论书场之弊

今日租界中除茶烟酒馆而外，其足以萃游人、縻闲费者，厥有二端，戏园与书场是也。然而书场不可以戏园比，梨园唱剧原属古代俳优之遗意，今世敬神宴客相沿用之，但使其所演曲本绝去淫恶诸习而一归于正，则虽无益之事，亦未始非转移风俗之一机。先辈陶石梁[①]曰："今之院本，即古之乐章也。每演戏时，见有孝子悌弟忠臣义士，激烈悲苦，流离患难，虽妇人牧竖，往往涕泗纵横，不能自已，旁视左右，莫不皆然。此其动人最恳切、最神速，较之老生拥皋比讲经义，老衲登上座说佛法，功效

---

① 陶石梁，陶奭龄（1571—1640），字君奭，一字公望，号石梁，又号小柴桑老，会稽人，王守仁之三传弟子，与兄陶望龄并称"二陶"。著有《小柴桑喃喃录》。按，本文所引陶石梁这段文字因被刘宗周（1578—1645）《人谱类记》引用而广为学人称引。

百倍。至于《渡蚁》《还带》等剧，更能使人知因果报应，秋毫不爽。杀盗淫妄，不觉自化；而好生乐善之念，油然生矣。此则虽戏而有益者也。"故本埠前年曾有绅士具禀官宪，请将余莲村①先生所撰《庶几堂乐府》颁发各戏园，使之随时习演，以资观感，事虽不行，而戏园之不当在禁例，即此可见。

　　书场则不然，问其所登场者为何如人？则尽妓女也。所弹唱者为何如调？则皆艳曲也。一昼夜间聚会两次，场上之客如云而集，咸以每次每人所费仅止十百钱，而有座可以歇足，有茶可以润吻，有声可以悦耳，有色可以娱目，作一事而四美毕具，沪江游冶之举，更无便宜于此者。用是无雅无俗，咸乐就之。至于少年之子弟，乍到之生客，欲谈风月，未得其门，于是群借此径以为桃源渔夫之津，但凡赏识何人，则出洋一元，点戏一出，便可问明住址，寻踪而往，其间娘姨大姐堂倌案目更复花言巧语为之勾致，是虽名作书场而直是撮合山也。曩者官宪曾禁野鸡流妓不许入烟馆入茶馆，以其诲淫拉客，伤风败俗之故也。今也弹词妓女各假书场以相拉客，犹之入烟馆入茶馆耳。顾独谓不当禁可乎？且租界中流妓向有倚门拉客之习，亦经捕房闻知，饬令巡捕包探随时拿办。今也各书场开唱之先，亦必使人临门呼客，客稍委蛇其际，往往为之拦入，其情正与流女之拉客等，既令探捕行其禁于流妓，而独不令探捕行其禁于书场，抑又何也？今夫天下利之所在，人争趋之，禁之所在，人争避之，惟其事有利而无禁，斯人亦但知趋而不知避，驯至明目张胆，顾忌毫无。溯查四马路初有书场之时不过一二家耳，一经作俑，接踵效尤，二三年来渐增至一二十家，望衡对宇，无非书场，弦管之声，一路不绝。妓女之略有声名者，每以一身而接数书场之聘，才临西舍，又赴东家，飞轿往来，几如时髦医士之仆仆中途，席不暇暖，以致路人为之侧目，车马为之拥挤，引蝶招蜂，无所不至。吾姑勿计场主之果否获利，妓女之如何分利，而第观其啰唣情形，则实已大为风俗患，移风易俗者谁乎？官宪是也。

　　爰陈此论，比诸街谈巷议，未识南面有司果有法以处之否？

（1889年9月26日《字林沪报》）

论蔡太守②谕禁女伶演戏事

往时沪北租界曾有花鼓戏一项，自奉前道宪归安沈公③照会西官示禁

---

① 余莲村，即余治。
② 蔡太守，即蔡汇沧。
③ 沈公，即沈秉成。

以来，绝迹销声十有余载。近数年中，乃又有女伶演戏之事，其俑实作自淫鸨，而他人效尤而起始止一二家，今且三五家矣。始止逢场作戏，人家有喜庆事，偶一雇之。今且相习成风，即不遇喜庆事而亦雇之矣。班中所教，无非雏莺乳燕，既为伶又为妓，以一身充两役，每有自昼至晚不遑寝食之时，而班主类即龟鸨，其督责之也亦最酷。本馆去岁曾作《恤伶说》登入报章，盖悯之也，且为风俗慨也。然而此项女伶虽已盛行沪地，要只以娼寮为渊薮，尚未有专设之戏园，非若辈计不到此也。十余年前之旧禁久而未弛，明知冒昧从事，断难邀官宪允准故耳。不谓今岁新正，乃又有各鸨等拟在石路地方开设女班戏园之事，此弗论其所演者有无淫剧，视从前之花鼓戏是否相同。要之，别创女班已属导淫之举，伤风坏俗，势所不免。矧复明目张胆，大开而大演之，是直使花鼓戏之淫焰重炽于今日，而举十余年来奉行之禁一旦而弛也。试思当道处此，安能不问？是故英公廨蔡太守一有访闻，立即派差前往查禁，与捕房麦总巡之饬探谕止，彼此用意如出一辙。今而后租界之地得免于贪龟恶鸨、别开导淫法门者，皆受太守与总巡之赐矣。

顾或谓，止水者塞源，锄草者拔本，太守既为风俗计，似应并此女班而禁之，若只禁其开园而不禁其演戏，仍未得塞源拔本之道。且此辈狡诈百出，惟利是图，即使今日不敢违禁开园，安知异日死灰之竟不复然？曰：是非不欲禁也，急其所先也。盖女班虽同，而开园演戏与搭台演戏则不同。今日当道之所以深恶痛嫉于此辈者，无非虑其导淫耳。而如目前所为，究竟导淫有限，故不妨与妓馆、书场一例等视，听其自开自闭于租界之地。设使开设戏园，早夜演唱，则此后将有不可问者。从前之花鼓戏即其榜样，彼既禁矣，此何独可弗禁？且吾观此项女班，大抵因缘书场而起，从前书场所唱者，无非盲词小曲而已，至于近日而竟尚京调，京调即戏文也，书场既皆尚此，则妓女犹之优伶也，特专事唱而不事演，略与今之女班不同耳。然禁女班而不禁书场，则女班之心必不服，而欲禁书场又非并禁妓寮不可。目前租界之地，事权不一，禁妓寮一层，谈何容易。夫是以中国当道亦往往见机而行，得半而止也。不知此理，不足以论蔡太守禁女伶之事。

（1890年1月31日《字林沪报》）

除淫书说

自来外传小说足以启淫风者夥矣，味其文则篇法细密，笔墨艳丽传神于楮墨外者，往往为理学著述家所不及，其文弥佳，则其言易入，世之惑人者遂莫此为甚焉。古人云，小人患有才，有才则害人益深，诚哉是言也。世之阅是书者，观其摩写得神，凡宣淫琐屑之事无微不至，在壮者老者观之已觉情不可遏，况少年子女情窦未开，睹此等书，觉天下淫夫荡妇都转为才子佳人，习见日久，受迷日深，魂荡神摇，梦寐间俱为所惑，男则败德丧身，竟造毕生之孽；女则隳名失节，遂遗万世之羞。迨其后几至为狗彘所不为、神人所共愤者，无不自看淫书始。伤风败化，其害可胜言哉！然犹有曲为之说者曰：是不过潦倒寒儒，怀才莫展，掉弄笔墨以娱情，原不作害人想。嗟乎，有才如此，以之著史说经，凡可以劝善惩恶有关名教者，何书不可作？乃置而不为，忍为此淫书以害人，是无论为天理所难容、王法所不恕，即问之其心当有愧悔交集、恨聪明之误用者，娱情云乎哉！而阅书者，又有说焉，谓非作淫书观，特作文法观耳。噫，古今来经子史集，足为人法者，何可胜道？乃不取法乎上，而学此淫书，试问其阅书时其心为何如？反而求之，特恐其益人者有限，害人者无穷，为此说以自欺欺人，吾不怪其谲，而转笑其愚矣。今而后作书者虽有悔心而末由自赎，阅书者为之迷性而何以自新？惟思往者不可谏，来者犹可追，除害无他，在与天下人共灭此淫书耳。伏愿有言责者疏请毁灭天下淫书，增修节妇传，有官守者严禁书坊不卖淫书，犯者以诱人为恶论，并令毁淫书板，禁止依傍淫书唱戏。居家者勿藏淫书害其子女以及人之子女。见人看淫书必以正言劝止。勿谈淫书中笔墨佳处。坊间惟刊刷善书，不可刊刷淫书害人。士宦工贾果能如此戒淫，其不获福报昌大门闾者，从古固无此天理矣。吾愿与天下除淫书者共勉之。鄂渚卧云山人稿。

（1890年2月25日《字林沪报》）

乡镇宜禁演剧说

梦畹生[①]性喜观剧，每当压线之暇，辄携杖头钱徒步至戏园，入坐纵览，平日耽寂静，惟值鱼龙曼衍，锣鼓喧阗，则乐此不疲，并不知其所苦。犹忆幼居乡曲，乡之人每逢春秋佳日，或雇梨园子弟就庙台开演，以乐升平。地方有司知之必出示严行禁止，甚或拘为首者而笞之枷之。尔时虽人微言轻，不敢置喙，然窃以为演戏亦非违例之举，农人卒岁勤动，足胝手胼，偶值余闲，正宜行乐及时以抒筋力，诚何必大杀风景等于煮鹤焚琴耶？乃观近日报纪松江观剧溺毙一事，而知乡镇诚不宜演剧，禁止固不容迟也。报之言曰：距张庄数里佘来庙，归金山县辖，是日搭台演戏，乡

[①] 梦畹生，黄协埙（1852—1924），上海浦东人，字式权，号梦畹，别署梦畹生、畹香留梦室主、鹤窠树人等。1884年入申报馆工作，先后任《申报》主笔二十年。著有《淞南梦影录》《粉墨丛谈》《癸甲记游诗》《黄梦畹诗钞》等。

民争往纵观，庙之迤西北二三里有名泖巷者，为众流之所归，水势湍急异常，河身环绕如鼎足，故名其渡曰三角渡。时当亭午，观者争上渡船，一船载至二十九人之多，放乎中流，船底忽脱，一时老的少的，村的俏的，莫不浮沈于波浪之中。其稍谙水性幸而遇救者只有七人，余皆随波逐流，同占灭顶。嘻！是虽舟子之以破船载多人致肇此祸，宜其事后群向饶舌，打毁一空，然苟非庙中大启剧场，则诸人断不结队而来，舟子亦不贪多务得，及溺之惨何自来哉？

虽然，此虽惨甚，犹其偶焉者也，每见乡村演剧时，其祸更不可以偻指计。尝有深闺弱质，蓬巷娇娃，平时足不出户庭，至此必挈妹呼姨，环坐观看，而扒手之类，往往乘机混入，攫取簪环，及至得知，早已无从追索；抑或轻狂子弟，结队成群，故意捱近身旁，耳鬓厮磨，以为得意，甚至评头品足，肆意讥嘲，秽亵之词，令人不堪入耳。嘻！大家闺秀，身价千金，何必贪片刻之游观以致当场受辱哉？更有抢亲之举，凡乡间儿女，幼即联姻，及长而家室萧条，无力完娶，必乘观剧之际，劫取而归，清歌妙舞之时，忽闻一片哭声自近而远。事所恒有，俗乃愈浇已显，果使无力婚姻而后劫取犹之可也，乃有素未问名，忽焉强抢，行同盗贼，旁人皆莫敢谁何，他年堕溷飘茵，恶可设想？使不出而观剧，何致罹此祸端耶？至小孩老妪，行步迂迟，一遇拥挤，时或踏毙。而贫民当此之际，辄或邀宾速舅，藉叙亲情，质取衣衫，以供酒食，此中苦况，犹觉难堪。

而我所深恶而痛绝之者，则为搬演淫戏莫多于沪上，《卖胭脂》《荡湖船》诸剧，描摹尽致，亵狎异常，官欲禁之，似宜从沪上而先为申禁。不知沪上除显官巨贾外，惟青楼之娼妓为多，彼其人既以皮肉作生涯，则后庭大体双，目已如司空见惯，于淫戏乎何有？独至乡镇而观者，多良家女子，年当瓜破，情窦初开，偶阅小说盲词，犹恐春心暗动，加以当场搬演，泪泪传神，有不心荡神移、失其操守者乎？然苟无淫戏，则观者必不兴高采烈，反归咎于为首者之不善雇班，道路烦言，由此而起，则何若永远禁止，不准演唱之为佳乎？况乎一经演戏，则赌与盗二者必相因而起，人既键户往观，则鼠窃之流必乘间而肆其伎俩。每见洋洋得意观罢而回，而箱箧已空，后悔不及。抑且游匪土棍藉庙台有戏，举国若狂，即开设赌场，罄人腰橐，结茅为屋，达旦通宵，卢雉之声，闻于远近，迨至戏已告止，而赌尚未停。经纪小民输至无可抵偿，势必自尽，以图塞责，浇风恶俗，真有不忍道不忍闻者。原夫演戏之初，心曰以敬神也，乃因敬神而酿成若此情形，神若有知，其能荫佑乎？于是乎作《乡镇宜禁演戏说》，随以告留心风土人情者。

（1890年5月26日《申报》）

书黄方伯①《禁止淫书小说示》② 后

上古之世，风俗浑厚，男女杂处，不闻有越礼之事，降及后世，风化愈漓，人心愈薄，背礼蔑义之事，始纷纷然日出矣。有圣人作，不忍斯民之陷溺，而大为之防，礼以防淫，乐以防佚，使之耳濡目染，自有以生和平中正之心，而化放僻邪侈之气。向有不率教者，然后儆以夏楚，屏之郊遂，则未尝不叹其爱民之深、待民之厚，而所以防民者又如此其周且密也。然而王者之化，起自闺门，君子之道，造端夫妇，稽之载籍，《易》有纲缊构精之语，《诗》有采兰赠芍之词，《礼》有不共寝室之言，《书》有朋淫于家之训。《左氏》一书，其载蒸淫通报之事，偻指难终，怀仁抱义之君子读之，方且肃然起敬，默然改容曰，此正圣贤垂戒之深心也。盖欲使后之学者于隐微之地，幽独之时，提撕警觉，庶免百密之或有一疏也。至若放诞之流，则且断章取义，买椟还珠，于书史中淫邪之事、绮丽之语，口诵手摹，心领神会，此其居心可知，其立品更可知矣。是故同一事也，仁者见之谓之仁，智者见之谓之智；同一书也，正士读之不失其为正，淫人读之则但见其淫而已。书之有五经，犹天之有五星、地之有五岳也。读者之见浅见深尚如此，何论别史？更何论稗官小说？虽然秉性有智愚，识见有高下，此为上智说法则可，若以告中人以下之人，不几于扬其波而煽其焰乎？与善人居如入芝兰之室，久而不闻其香；与恶人居如入鲍鱼之肆，久而不闻其臭。无他，与之俱化也。三日不见黄叔度，使人鄙吝之心日生。山谷谓数日不读《汉书》，胸中便生荆棘。大抵人性如水，水性本就下，有激之者则变而逆上，人性本好善，有移之者则改而就恶。

末俗衰漓，淫风日炽，受病之由，良非一致，而淫戏淫书二者尤为彰明。较诸淫戏点缀描摹，穷形尽相，稠人广座之中稍有廉耻者，掩袂不忍卒视，或视之而红晕于颊，此皆天真之未凿者也。乃若凝神注目，心为之荡，情为之移，则痼疾已中于膏肓，充其弊必至处女失节，寡妇私奔，僧尼还俗而后已。淫书虽系文人狡狯之作，然童子胜衣就傅，同学少年以此为枕中秘，私相授受，背地纵观，父兄不及知，师长不及察，而情窦已开，邪缘暗结，一朝失足，后悔奚追？又有金屋才人，绿窗静女，停针欲倦，艳史同披，既自居于佳人，何患世无才子。迨至胡卢画就，大错铸

---

① 黄方伯，即黄彭年。
② 《禁止淫词小说示》载1890年7月6日《申报》。

成，一时之恨海难填，万古之情天莫补，则皆淫书之为害也。爱看淫戏者，悉是蠢男俗妇，爱看淫书者，则皆读书识字之痴男怨女。欲看淫戏，必须装扮出门，广场杂坐；欲看淫书，则密室深闺，红尘不到，随时可以展卷。论其行迹，则淫戏较淫书为甚；论其贻害，则淫书较淫戏为烈。

苏藩黄子寿方伯痛吴中风俗之淫靡，思有以挽之，前已出示禁演淫戏，近日又札行各属禁止淫书小说，其所以导民之善、防民之淫者，可谓深切著明矣。然就沪上一隅而论，则淫靡之事，更有甚于此者。茶寮烟室，野雉乱飞，隔座调情，横陈对语，谑浪笑傲，不知廉耻为何物。桑间濮上，无此淫风，此宜禁者一也。僻巷小街，客寓林立，名为过客之逆旅，实则藏奸之暗巢。每有浪子荡妇，因在家未能奸合，相约出门，以探亲戚、看夜戏为名，费数百青铜赁一椽密室，伤风败俗，无过于此，此宜禁者二也。又有奸淫老妪，赁屋一间以撮合山自任，按图索骥，一呼即来，良家女子被其引诱，一经玷辱后，欲浣雪而无从，丑声既播，无颜复活，甚致饮恨含羞投缳自尽，淫妪之肉其足食乎？此宜禁者三也。即以淫书论，除设肆售卖外，宝善街石路一带，书摊林立，每于上灯以后，罗列淫书小说，或租或买，任从客便，似亦在当禁之列。书此以为刍荛之献，或于方伯化民成俗之道不无小补云。

（1890年7月11日《申报》）

读《黄方伯禁售淫书示》引伸为论

康熙间睢州汤文正公①巡抚江苏，曾毁上方山淫祠，越二百余年而中丞揭阳丁公②又有示禁淫书之举，通饬各属一体遵行。此皆因吴俗之奢淫，察其流失与其源头而亟思对病以救药之也。然而淫书之害实非淫祠比，淫祠不过煽惑愚氓，醵取金钱供戏而已。至于淫书则败风俗坏心术，学士才人亦多好之，甚或流毒闺阁，渎伦丧耻，无所不为，苟非上之人设法禁之，其祸何底？丁公此举可谓得治要矣。顾自示禁以来，曾不过廿余年耳，而各种淫书依然布满于坊肆。此无他，书贾所知者惟利，而淫书之利数倍他书，于是百计千方，求觅而刻印之，旧名列在禁例不可以卖，则从而改易新名，已店牌号素正不可以卖，则从而发之他店，辗转流布，奇货自居，虽蹈法网，亦所不恤，何暇更计及于此物之害人？不知天下何业不可赚钱，何书不可牟利，今有人于此心艳赚钱之事，而又憎他业操作之劳与夫利息之不丰，竟挟凶器强取豪夺，则其人即谓之盗贼。国有常刑杀

---

① 汤文正公，即汤斌。
② 丁公，即丁日昌。

无赦，淫书犹凶器也，刻印售卖之人犹挟凶器之盗贼也，按迹诛心，俱无可宥。士君子伤时悼俗，所为深恶而痛嫉之者，固已非一日矣。特以身不膺教化之责，至不操惩创之权，众醉独醒，徒付浩叹。

黄方伯开藩江苏，数年于兹，敬观平日之所设施，皆务其远者大者，而于风俗人心之故，尤为注意，实足以上比睢州，近追揭阳，伯仲之间，后先济美。此次禁淫书之举，出示勒限，通行各属。而上海一邑，实为今日淫风最盛之区，是以官场奉札后，即日传齐书贾，明白开谕。臆料他邑亦无有不如此者，此真吴俗丕变之机也。蒙因之欲为方伯更进一解曰：禁淫书尚矣，吴下时俗又有与淫书同一导淫者，弹词妓女是也。此辈类自雏龄学成弹词，追年稍长，便即登台演唱各种盲词，或自辟香巢目为书寓，或依人宇下开设书场，或因本地生意不佳买舟四出浪迹于各处城乡，谓之游码头，名虽唱书而实以勾蜂引蝶为主，全与妓女无殊。且其所唱之书，无非才子佳人幽期密约之事，其词愈秽，听者愈多；听者愈多，传之愈广。可见印售淫书犹止贻害于识字之人，而弹唱淫书则并不识字人亦受其害，导淫之易莫过于斯。即以今日上海言之，各色妓寮已遍租界，而四马路中复经人开设书场，专作选艳之旁门，撮合之捷径，年来日盛一日，栉比鳞次，考其情事，与野鸡拉客等。是以少年子弟由此学坏者，业已不一而足。今日大宪不禁淫书则已，苟禁淫书，正应并及此项，方足以绝导淫之端而服书贾之心。不然售卖淫书者虽无人，而唱淫书者未尝无人，目不得见，耳仍得闻，似终未尽挽回之术也。爰就管见，聊贡刍言，想贤方伯或不以为河汉尔。

（1890年7月13日《字林沪报》）

禁淫书原始

嘉定钱竹汀①宫詹有言曰："古有儒释道三教，自明以来又多一教，曰：小说。小说演义之害，未尝自以为教也，而士大夫农工商贾无不习得之，以至儿童妇女不识字者亦皆闻而如见之，是其教较之儒释道而更广也。释道犹劝人以善，小说专导人以恶。奸邪淫盗之事，儒释道书所不忍斥言者，彼必尽相穷形，津津教以杀人为好汉，以渔色为风流，丧心病狂，无所忌惮。子弟之逸居无教者多矣，又有此等书以诱之，曷怪其逸于禽兽耶？世人习而不察，轻怪刑狱之日繁，盗贼之日炽，岂知小说之中于

---

① 钱竹汀，钱大昕（1728—1804），字晓徵，号辛楣，又号竹汀，嘉定人。乾隆十九年进士，历任侍讲学士、詹事府少詹事、广东提学使等职。著述甚多，主要有《二十二史考异》《十驾斋养新录》《潜研堂文集》等。按，该文所引钱大昕语出自其《潜研堂文集·正俗篇》。

人心风俗者已非一朝一夕之故也。"按，宫詹品端学粹，当乾嘉时，主讲紫阳书院，历年甚久，此言之发，殆即为吴俗痛下针砭。吴县石琢堂①殿撰视宫詹稍晚出，闻其为诸生日，痛恶淫词小说，特于家塾中造一焚字炉，题曰"孽海"，专收此种书板拉杂摧烧之，资不足则取衣物及其夫人之钗饰付诸质库，毫无所吝。既而大魁天下，正得毁淫书之报。观此二则可谓后先济美矣。

今夫风化之责，搢绅与官吏共之者也，然以权势言则搢绅究不如官吏。道光十八年，长白裕靖节公谦②陈臬苏台，灼知淫书之害，出示永禁。知苏州府事休宁汪太守忠增③亦尝出示晓谕，永禁淫画而端风俗，是时金阊各书肆如书业堂、桐石山房、酉山堂、文润堂、师德堂、扫叶山房、兴贤堂、三味堂等六十五家奉示之下，俱各仰体宪意，齐集城隍庙拈香立誓。旋在吴县学设局收买书籍木板，共计毁去淫书以及其他小说之足以诲淫诲盗者不下百数十种，又有一种山歌小唱摊簧时调，多系男女苟合之事，亦即一律取买焚化，积年毒焰几于扫灭一空，譬之拔云雾而见青天。二公之大功欤！抑合省之快事也。特是坊肆虽毁其板，而人家或藏其书，阅时既久，玩心渐生，爰有奸贾刁商，藐禁令为具文，潜觅而私刊之，此也作俑，彼也居奇，而死灰遂成复然之势。逮至同治年间，则前此所毁百数十种之淫书，业已尽还旧观。于是巡抚揭阳丁公日昌重申前禁，通饬各属雷厉风行。当日颇有议其多事者，然终丁公任，吴下肃然。近年淫书又行，风俗益坏，每有少年子弟情窦初开，一经寓目，魂销魄夺，因此而踰闲荡检，丧身亡家者，比比皆是。直贤父师教训十年不敌看淫书数日也，是直圣贤千万语引之而不足淫书一二部败之而有余也。教化之大敌，人心之大害，信可为之痛心疾首者矣。今江苏藩宪黄子寿方伯亦以靖节诸公之心为心，大张晓谕，严申例禁，风声所树，同挽狂澜，真三吴士民之福哉！因溯夙昔见闻为原其始如右。吴下老农来稿。

(1890年7月22日《字林沪报》)

防淫扼要说

色空子问于空色先生曰："苏藩黄子寿④方伯大禁淫书淫戏，煌煌宪

---

① 石琢堂，即石韫玉。
② 裕靖节公谦，裕谦(1793—1841)，原名裕泰，字鲁山，号舒亭，博罗忒氏，蒙古镶黄旗人。道光丁丑年进士，历任荆州知府、武昌知府、荆宜施道台、江苏按察使、江苏巡抚、两江总督。第一次鸦片战争中殉国。
③ 汪太守忠增，汪忠增，安徽休宁人，曾任上海道台、苏州知府等职。
④ 黄子寿，即黄彭年。

示，遍贴通衢，子见之乎？"

先生曰："见之哉，此所以正人心维风俗，其意固至善也。"

色空子曰："沪上妓馆林立，书场栉比，上而长三书寓，下而花烟台基，凡所以导人之淫者，几于遍地皆是。而且明目张胆，大张旗鼓，中国官长末由禁之。前此王雁臣①司马为法廨谳员，欲禁花烟间而不得，案中遇有花烟间之事，往往斥令闭歇，而卒以拂法人之心，盖花烟间固亦出屋租、出烟灯捐，在华人视之以为淫贱，而彼因以为利者，则不敢歧视之也。夫以上海导淫之处，如是其多，而尚欲以一纸示谕，力挽颓风，恐亦不过虚行故事已耳。"

空色先生曰："恶，是何言也。上海以地属租界，华官禁令不免稍有所掣肘，故禁之似乎为难，然究非王化所不行之地，即西官之恶淫风亦与华官无异，何尝不可以禁？特以产业多属商人，商人收其租，工局收其捐，官即不能禁其事，以故华官之令，不能悉遵。然此示一出，固不独上海一隅，此外各处无所梗阻之区，则必有大收其效者矣。有西人言及示谕指明淫戏淫书名目，恐见之者反将按图以索骥，则将奈何？然此言也，专指顽梗不化、冥蠢不灵之人而言之耳。若稍有知觉者，则亦何至于此？若方伯之谕，果能见听于人，则看戏者淫状不入于目，看书者淫词不动于心。彼读《孟子》而专注意于钻穴踰墙，读《大易》而专研心于二五构精，此等人究亦天地间不多见，然则由此弃邪归正，又何难哉？方伯之用心可谓苦矣！方伯之用意可谓深矣！子奈何亦移于世俗之见，而致其疑也乎？"

色空子曰："谨受教顾，窃犹有不能无言者。防淫之道，当持其原，尤当扼其要。禁淫戏淫书，所以持其原也。而上海以租界故，各妓院艳帜高张，无敢封禁，极而至于花烟间之贱，且不敢触其气焉，而谓防淫之要犹可扼乎？近日上海导淫之地，莫甚于书场、书寓、长三以及么二，住家动以洋计，无钱者不敢入也。降而至于花烟间等类，则又名目不雅，地方齷齪，有钱者又不愿往。惟有书场，则所费不过百十文，名为听书，尚不伤雅，而悦耳之余，大可悦目，眉来眼去，最易传情，水烟一装，遂成知己，点戏只费一洋，便可履其阃而入其幕，其便无比。较之打野鸡者，尚须向烟馆茶楼往来蹀躞，流连顾盼，极意殷勤；而独至书场，则勾引极易，凡青年子弟与夫店铺小伙、学生等类，平日未曾开眼，一至书场而其

---

① 王雁臣，王宾（1837—1909），字雁臣，晚号晏叟，安徽霍邱人，祖籍山东。曾担任少年袁世凯之老师。历任上海县主簿、上海法租界会审公廨谳员、海门厅同知等职。

欲逐逐，其心怦怦，所谓不见可欲其心不乱，既见矣，未有不引之以去者。夫此等人，初不敢公然嫖妓，以听书为名，则似乎异于嫖矣。所费不多，轻而易举，而孰知桃源之津，即可由此问渡，即可由此褰裳，因此而一失其足，渐至于盗金偿债，沈迷不醒，卒至于失业流落而后已，若此者往往而有。试观上海书场之多，至于如此其极，则其所害之人，日不知凡几矣。其尤可异者，日夜两次，开场之先，锣鼓喧天，沿街都是。前晚八点钟时，仆偶由四马路经过，自西而东，喧声震耳。忽闻脑后有铃声，奚童大呼曰：'马车至矣。'仆不闻焉，自后掖仆臂急入西荟芳里，则见钢轮马车驶向东去，稍迟则必致撞伤矣。夫四马路人烟如是其稠密也，街衢如是其逼仄也。车马之往来如是其昼夜不息也，过其地者，亦既目迷五色，乃复耳淆八音，耳目之力无所施，其有不受其祸者乎？去岁曾有人论及此事，中西官曾一禁之，至今日而故态复萌，依然如旧，而又较前更多，较前更甚。试问其何所恃而敢如此？则恃书场故也。呜呼！书场也，而果不可禁哉？书场而不禁，不明明纵令诱人以邪淫之路哉？有此明目张胆诱人于邪淫之路而谓一纸示谕欲藉以正人心维风俗，吾恐方伯之意固未必如此也。且不禁书场，犹曰事或出于为难，若各书场昼夜闹场，金锣震天，致环堵观听，以及往来行人拥挤践踏，至有性命之忧，则其为害之显而易见者矣。而街头巡捕彳亍，中途不但若无所闻，抑且有听之忘倦者，此何说哉？"

先生曰："子言亦然，姑笔之以告有志于正人心维风俗者。"

（1890年8月9日《申报》）

禁 淫 刍 言

淫风自古有之，文王兴雅化行，遂易淫而为贞，殆后政教既衰，代有兴废，迁流至于今日，且至于今日之上海，至矣尽矣。善夫黄方伯①之条教也，无隐不烛，无渐不防。聂观察②、陆邑尊③复踵而行之，上海淫风宜乎可以日少。夫导淫之道有四：曰淫书也。绿窗秀女，黄卷书生，始而把玩，继而传观，淫心开矣。曰淫戏也。妇人女子，童子乡农，触目生心，转相嘲谑，淫行肇矣。曰台基也。小家女子，曲巷狂且，藏垢纳污，无所不至，淫事成矣。曰蚁媒也。良家妇女，诚实后生，秽语甜言，百般勾引，淫风炽矣。斯四者为导淫之至大极恶，均在当道洞鉴中，故皆奉禁

---

① 黄方伯，即黄彭年。
② 聂观察，即聂缉椝。
③ 陆邑尊，即陆元鼎。

在案，而惩办随之。呜呼，上海淫风宜可以日少矣。然而窃有所虑焉，前四者为害显而易见，人皆得而知之，官亦知而禁之，不知犹有诲淫之易且烈者在。一曰淫药也。世售淫药之法，莫不假扶阳广嗣、调经种子为名。上海药铺林立，其间存心济世者固属不少，而藉此射利者亦不敢必其无有。畴昔之夕，金乌西坠，小步街头，见煌煌宪谕之旁，粘有某药店招贴一纸，从而视之，其药名类多宣淫之用，其词句则俚秽不堪，少年子弟一驻足顾视间，已堕无穷孽海，能不悲乎？诲淫之道，孰大于是？私贩偷卖，已属咎有应得，而况通衢张帖哉！而况竟标于煌煌宪谕之旁哉？噫嘻异矣！是岂以官之不我禁为得意乎？又岂以尚未坑尽世人、此心犹未快乎？一曰赌局也。夫赌与淫，本循环相引之事，故上海历任邑宰谳员，莫不随时随事从严惩办，此风不无少杀，无如有官府耳目所不及者。虹口一隅，为粤人旅集之处，至名其地为广东街，概可想见。其间良莠不齐，即有于小街僻巷中开设赌局者，厥名曰牌场，往赌者曰打场牌，以其自三四人至数十人均可同一局也。男女混集，恣情戏谑，甚且良家女子与娼伎挨肩，无业流氓与阔人促膝，蚁媒拐匪侧身其间。更有粤人之充当地保者，若辈恃为护符，凡遇因赌肇事，莫不推该地保出场了结，扶强抑弱，靡所不为，其为害更不堪设想。此二者似细实巨，所谓诲淫之易且烈者也。至牌场一节，虽出客籍，实与本地风气攸关，例所必禁。仆旅居上海将近十年，与若辈初无恩怨，所以揭而出之者，聊作刍荛之献耳，关心民瘼者，当不河汉斯言。庚寅乞巧日南海吴茧人①稿。

（1890年9月17日《字林沪报》）

杜　淫　篇

人有恒言曰："有一利必有一弊。"初以为此特指事不师古，见利忘害者言耳，若其物为古昔圣贤所遗留，为帝王士庶所依赖，如文字之为功于世者，当未必利弊相乘焉。而不知竟有不然者，古昔圣人结绳以治天下，而天下未尝不治。盖混沌初开，皇风沕穆，民俗敦庞，即结绳以治天下，亦何尝有所不便？自仓颉以后，文字之利起，而文字之祸亦起。当其造字时，相传鬼为之哭。夫果有利而无弊，则阴阳皆宜，幽明各得，鬼且笑，何为而哭？盖明知精华一泄，千秋万世，必有借笔墨以构祸者，甚至污闺阃者，用此字伤风俗者，亦用此字益于人者。虽多害于人者，亦复不少，反不如无字之日，犹得各安。浑噩之天不几多此一番机变之心耶？

---

①　吴茧人，吴趼人（1866—1910），名沃尧，字小允，初号茧人，改趼人，又号我佛山人，广东佛山人。清末著名小说家，代表作有《二十年目睹之怪现状》等。

自秦汉以来，文字日盛，或歌诗或作赋，往往揣摩闺阁之情，如宋玉之赋《好色》一篇，悬拟形容，原不过空中结撰，后之好艳辞者，莫不以此为切实典故，岂非始作俑者阶之祸哉？他如王昌龄喜作宫词，如"闺中少妇不知愁"一首，风韵非不绝妙，然词意终不免轻浮。天下不少识字之妇人，倘画眉人远客他乡，深闺当寂寞之秋，偶一翻阅唐诗，谁得讥其居心之不正？然读之"忽见陌头杨柳"句，我恐有情人对景抚怀，定有伤时之感。有为之原者谓作诗者初非有意，不过点缀其词，后人以词害志，遂视为纤巧之作。彼少年情欲自移，即不读此等诗赋，安知之荡检踰闲？当今之时，四马路之黑衣宽袢，试问亦曾读过此种诗赋否？何以荡检踰闲且更加甚。则仆请从而断之曰：大凡病之由外感者，其病浅；病之自内溃者，其病深。向特谓不见可欲，其心不乱，苟使子弟终日不见女色，则顶上圆光永无散灭，岂不甚善？

　　孰意有不见女色而其祸有更甚于见女色者，则皆小说淫书害之也。自淫书遍天下，虽子弟之寂处于空斋密室之中，倘有一二册淫书藏于邺架之上，我恐净几明窗之地，不啻有无数狎亵之形扰我目前。虽说部所述，半属空谈，未必实有其事，而不知作淫书之心无微不入，较之真者，更觉出神入化。画家笔墨无此细密，乐部态度无此抑扬。他人所不能达者，彼能达之；他人所不忍言者，彼能言之。而谓少年情窦初开，有不斲丧元气者哉？仆昔者曾肆业于某书院，同院有某生以妙年入学，下笔有刘克猷①、熊伯龙②一流魄力。平日除八股外，精究史学，其用功即董仲舒之目不窥园，后先亦不多让。乃翁亦古道人，必责其登乡榜后，始为赋桃夭之诗。生亦能曲体父意，朝夕刻苦，简练揣摩。同院有轻薄子，将淫书一部置于案头，改其名曰《读史标异》，生本喜读史，见而翻阅，继知名实不符，亦即舍去。轻薄子复激之曰："磨不磷，涅不缁，乃为美质。子固欲为一代名臣者，乃惧此耶？程明道③先生自谓目中有妓，心中无妓。可知道学之中，或经或权，自有妙用，子何见之隘也？"生竟以年少为所误，陷溺其中，遂忘寝食。同院中见其神色憔瘁，咸相问询。轻薄子曲为讳饰，生

---

① 刘克猷，刘子壮（1609—1652），字克猷，号稚川，湖北黄冈人。顺治六年（1649）状元，曾任国史馆修撰、会试同考官。著有《屺思堂集》。

② 熊伯龙（1616—1669），字汉侯，号塞斋，别号钟陵，汉阳人。顺治六年一甲二名进士（榜眼），曾任国史馆修撰、国子监祭酒、内阁学士兼礼部侍郎。著作有《谷贻堂全集》。

③ 程颢（1032—1085），字伯淳，洛阳人。北宋哲学家、教育家，人称明道先生。宋范公偁《过庭录》载：程颢、程颐（1033—1107，字正叔）兄弟应邀赴宴，席间有歌妓起舞，程颐正襟危坐，低头不视。程颢毫不介意，谈笑自若。事后程颢说："我眼中有妓，心中无妓。正叔眼中无妓，心中有妓。"

亦不肯自言，直至生以瘵疾终，轻薄子始笑述其故。呜呼！生有机云①之声誉，乃丧身于淫书，岂不惜哉？在作书之人，亦未必有心祸世，不过因恃才之心与贪财之心，交相悖谬，既不能出其议论以羽翼六经，又不能发其词华以敷陈时事，略解之无，因借床笫龌龊之词，聊以动一时之庸耳俗目，初何尝计其流毒之究极。此等无知妄作之人，拟之以盆成括②之小有才，谁曰不宜？况其贪财之心，较之市侩而更倍。凡造作一书，而欲使风行，谈何容易，惟有淫书则朝售而夕罄。其害人心、败风俗之孽，无论名教中无是人，即商贾中亦罕有其人，天壤间亦曷贵有是人？使千百世之聪明子弟咸受其害焉。然流毒至此，亦有救之之术乎？则亦惟贤有司明察暗访，尽法惩治已耳。夫售卖淫书，本干厉禁，无如官宪耳目有所难周，间或出一纸告示而徒托空言，适为差役生财之道，曷足以遏斯人趋利之心？苟有实心任事者，劈其板、火其书、科其罪，则文字之祸，庶几稍杀欤。

（1891年4月8日《申报》）

拟劝沪上戏园改演善戏说

从来惟动人耳目之事最足以入人之心，亦惟能为此动人耳目之事之人其耸动于人心也尤易。是故老师巨儒坐皋比而讲学不如里巷歌谣之感人深也，官府教令张布于通衢不如院本平话之移人速也。余于今日上海游戏之场而得一劝善之道也，其道维何？戏而已矣。

夫今之戏即古之优也。楚优孟为孙叔敖衣冠以讽庄王，此为演戏之权舆。弄参军之戏始于汉和帝，梨园子弟始于唐明皇，在当时原以为娱耳目之用，然每演戏时见有孝子悌弟忠臣义士激烈悲苦，流离患难，虽妇人牧竖，往往赞叹不去口，此其动人最恳切最神速。无如近日所演京班戏都是诲盗诲淫，男女聚观，毫无顾忌，见其淫谑秽亵，备极丑态，不以为怪，曾不思男女之欲，如水浸灌，即日事防闲，犹恐有渎伦犯义之事，而况乎宣淫以导之？试思此时观者其心皆作何状？不特少年不检之人情意飞荡，即生平礼义自持者到此亦不觉怦怦欲动。他如一切武戏，盗贼争雄，强梁得志，血气方刚者见之亦足以长其好勇斗狠之气。呜呼！此上海地方所以淫奔苟合之风日甚一日，而流氓打降之事亦独多于他处也。近日施少钦③

---

① 机云，即西晋文学家陆机（261—303）、陆云（262—303）兄弟。

② 盆成括，战国时人，仕于齐，孟子认为其为人有小聪明，但不知君子大道，必将招致杀身之祸。后果被杀。

③ 施善昌，号少钦，浙江湖州人，祖籍江苏震泽。经营丝业，晚清任上海丝业会馆主，又为晚清著名善士，参与创设仁济善堂，襄理育婴、恤嫠、赈灾等善举，朝廷先后传旨嘉奖七次，获赏"心存济物"匾额。

善士诸君悯人心风俗之衰，创兴乡约于仁济善堂，宣讲各种善书以冀善者闻之而观感，恶者闻之而惩创，此其用心之仁厚，虽方之古圣贤无以远过，惜无有人更将乡约之法出之以戏，取昔日余莲村①先生所排各种《庶几堂新戏》，劝令沪上戏园习而演之。按，此戏共有四十出，其关目情节俱系眼前实事，可征可信，真正新戏，非比近日所号为新戏者尽系空中楼阁。昔年曾有江浙粤诸善士联名禀请沪上官宪转饬戏园承演，当时戏园中并无一二稍明道理之人，以为此等戏剧演出未必有人观看，不肯认真演习。不知美恶自在人心，上海地方商旅辐辏，好善之人亦甲于他处。平日常看海盗海淫之戏恒觉嚼蜡无味，一闻有某家戏园特演此种劝善惩恶之新戏，未有不趋之若鹜者。况乎戏园生意之好歹在乎脚色技艺之优劣，不在戏情之淫亵，苟无好脚色，即使做出十二分丑态，生意亦不能盛。苟有好脚色，即使不演淫戏，生意亦不减色。然则开戏园者亦何苦而必演此淫亵之戏以造无涯之孽乎？

虽然，吾更不能不为今日上海名优望也。优伶虽是贱业，然为善无分贵贱，苟能为善则虽贱亦贵。且天下惟极贱之人做得一两桩善事，其得好名声尤易。昔优孟亦不过一今之戏子，只因能借戏感悟楚庄王，遂乃流名千载。今上海不乏名优，如汪桂芬②、周凤林、刘桂林③等技艺超群、薪俸优厚，苏沪之人莫不闻其名，然终以其戏子而贱之。苟能以彼之长技而演此劝善之戏剧，在班主未必因此而减其薪俸，在汪桂芬等益得其美名，谁谓优孟不能再见于今哉？谁谓周郎顾曲之场非即生公说法之地哉？今日上海各戏园中其有能从余之说乎？本报忝司纪载，善善从长，窃愿为之道扬其美也，请濡笔以俟之。

（1892年7月20日《字林沪报》）

论惩办串客④

天下事之害人心志、坏人名节者，不一而足，而串客戏其一端也。所谓串客戏者，大率市井无赖少年学习淫词艳曲，迨其艺既成，则遍赴城乡市镇，搭台演唱，藉以惑众敛财。聆其歌唱，则固靡靡之音也，睹其形容，则皆委琐龌龊、不堪寓目之事也。而有逐臭之癖者，则不以为可憎而以为可喜，不以为害心志坏名节而以为足以消遣芳辰，安排绮思，不论男

---

① 余莲村，即余治。
② 汪桂芬（1860—1906），名谦，字艳秋，号美仙，晚号德心大师，湖北汉川人。出身梨园世家，与谭鑫培、孙菊仙并称京剧老生"后三杰"。
③ 刘桂林，清末民初京剧演员，张松亭之徒，工须生。
④ 《惩办串客》载1892年7月19日《申报》。

女老少、贵贱贤愚，趋之若鹜，恐后争先，如蚁之附膻，如蝇之逐臭。串客所至之处，几于举国若狂，诚有不可解者。夫串客所演者，无非以绘风描月之情，传濮上桑间之事，在未开知识之孩童与夫衰朽龙钟之老者，虽亦足以污耳目而亏心术，然其害犹有底止。若夫红颜弱女，待字闺中，正当破瓜之年，易动摽梅之感，听清歌于子夜，尚唤奈何，闻艳曲于前溪，能无怅触？倘以一念之差，致贻终身之玷，虽有西江之水，难洗前羞；纵回东海之波，莫明素志。后虽悔之，嗟何及矣！更有寡鹄衔悲，离鸾奏曲，愿守柏舟之节，誓完冰蘖之操，石化山头，独洒望天之泪，澜沈井底，常怀太古之心。或以偶尔逢场，遂致柔情顿触，所谓一失足成千古恨，再回首是百年身。揆其致误之由，谓非扮演淫戏者之职其咎乎？昔施耐庵作《水浒传》，中有数处描写风月，几于颊上添毫，有人谓其因此堕入泥犁。彼为串客者现身说法，其惑人也尤易，其害人也更多，假使天道果有报施，当不仅堕入泥犁而已也。夫淫书之为害尚浅者，良以别声被色之伦未必人人识字，尝有性格虽极聪明而不识一丁者，卷册之中虽有海淫之语亦无从而体会，即不至为淫书所误。若淫戏则其事极鄙，其语不文，人咸得而注视之，倾听之，苟其汹汹移情，洋洋得意，则声入心通之下，未有不顿失操持者，又何怪其为害之至于如此其烈也？

串客淫戏江浙等省皆有，而以宁波为尤甚，大宪以其故违禁令，贻害民间，亦尝严饬差保留心巡察，见有此种淫戏，立即驱逐出境，不准逗留，以贻人心风俗之忧。如有不遵，立即送官惩办，以为犯法者戒，一面大张告示，粘贴通衢，谆谆然谕以顺逆之理、报应之机，宽其已往之愆，导以自新之路，亦可谓无幽不烛，剀切详明矣。而若辈徒以趋利之故，遂致视禁令若弁髦，犯宪章而不顾。甚或贿通差保，暗地潜踪，引诱乡愚，售其故智，官宪虽以除恶为心，然深居衙署之中，耳目究有所难周，精神亦有所难及，岂能统都鄙乡，遂一一巡察耶？故禁者虽三令五申，而演者仍阴违阳奉，风俗何由而整顿、人心何由而向化哉？

前日本报载宁波西南乡又有利欲熏心罔顾法纪之裘钟鳌、金阿洪等特雇串客奉化人邱景新等，日在该处空地学习歌唱，俟身手娴熟，即欲搭台扮演，事为杨大令①所闻，即派干差往拿，将裘钟鳌等三名拘获到案，各责数百板，取保释放，邱景新等从重笞责，发差看管，再行核办。夫裘钟鳌等雇串客学习歌舞，无非为渔利计耳，不知天下何事不可为，懋迁有无，囤积货物，苟有计然之术，何患不能坐拥厚资？虽曰经商一道，必赖

---

① 杨大令，即杨文斌。

资本以为挹注,苟囊中无阿堵物,即不能徒手从事。然商之外不又有工艺乎?果能自精一艺,自食其力,亦可起家室而贻子孙。西国之以工艺致富者,后先相望,亦可见糊口之计,随在皆有,又何必甘为违法乱纪之事耶?邱景新等怙恶不悛,是真无耻之尤。杨大令既将裘钟鳌等各笞数百板,取保释放,以惩首恶,而受雇之邱景新等亦皆从重笞责,发差看管,以待后命。办理不可谓不严,凡逖听风声者,当无不晓然于杨大令除恶务尽之意,相与革面洗心,弃邪归正,积弊因此而革,陋俗由此而挽,此一举也,其关系于政治民风者岂浅鲜哉?惟是一邑之中,市镇林立,良民固多,莠民亦难保必无,所望持之以久,绳之以严,时饬差保到处侦察,则莠民无所售其计,良民不致受其害,淫靡之俗不难一变而为知礼之乡。《书》有之曰:尔惟风,庶民惟草。感应之机,捷于影响。不禁于杨大令有厚望矣。

(1892年7月22日《申报》)

报纪蔡太守查禁淫书事书后

余阅前报所登《查禁淫书》[①]一则,而叹蔡二源[②]太守之用心真有古贤吏之风也。从来淫书小说在作者原不过逞其一时之游戏以卖弄其聪明,即如《红楼梦》一书,其中所载情节,在稍有知识者固尽知其为海市蜃楼,天下万万无此事。然而人之高明特达者少,见识浅陋者多,彼见种种情状,宛若真有其事。且以文人才子俨然笔之于书,刊布天下,津津乐道,以为闺房丑行未尝不为文人才子之所许,平日天良一线,或犹畏鬼畏神,至此则公然心雄胆泼,无所顾忌。若夫幼弱儿童,血气未定,见此等词说必至凿破混沌,斫丧性命,小则灭身,大则灭家。桑间濮上之约,钻穴踰墙之行,往往因此而成,开少年之情窦,败正士之清规,以至贞女丧贞,节妇失节,所关不小。至于女子识字,粗通字义,所晓者惟此而已。若有年大而未嫁者、初婚而远离者、寡居而无奈者,阅之必受其害,由雅而俗,由浅而深,购觅频仍,循环赁阅,初则乱其心志,继则荡其神魂,而淫事成矣。虽世家大族而受此害者亦不少。呜呼,谁实使然耶?我辈既已含齿戴发,更复身列士林,不能遏之禁之,何忍驱迫齐民尽入禽兽一路哉?祸天下而害人心,莫此为甚。是故历来江苏贤大吏如汤文正公、陈文

[①] 《查禁淫书》载1892年8月16日《字林沪报》。
[②] 蔡二源,即蔡汇沧。

恭公、裕忠节公，近世如丁雨生中丞、黄子寿方伯①，莫不以严禁淫书为务，集资收买，其法备至。当丁中丞时，曾用去收买淫书板片之银一万余金，一时书肆中之淫词小说几于殆尽。黄方伯查禁淫书一遵丁中丞之成法，惟奉行者不及丁中丞之妥善，当时令各书坊缴进淫书，逾数月而始给价，各书坊遂怀观望。且有差保向索陋规情事，以故书肆中鲜有将书板缴进者。

然至今日而查禁淫书亦有难处，盖刻一大部淫书如《红楼梦》《金瓶梅》之类，其工价亦颇不赀，欲绝其害，只须收毁其板片。今则石印摆板盛行，百部千部可以随时印行，无板片之可收，无实迹之可据，当事者虽有查禁之文，而狡黠书贾不难暗中摸索，欲绝其弊，颇不易易。然余以为特患官宪无认真查禁之心耳，苟欲认真查禁，终不难穷绝其弊，即如上海一隅，蔡太守偶一饬查，即已访得有某书贩与某书作合股印得改名《金玉缘》之淫书二千部。苟令书坊石印铅字各业召令具结，并令同业互保，不准再印淫书，又饬包探细心访察，如有明遵暗犯者，照律办罪外，复科以重罚，虽有狡黠之徒，又何所施其技俩哉？昔人谓居官而能禁绝邪淫、整顿风化者，得昌大门闾报，能禁革淫书者，得子孙聪慧报，今蔡太守虽未必有望报之心，然苟能永垂厉禁，不以一查了事，则将来福祚绵长，子孙昌盛，又岂能多让也哉！敢书此以为太守颂。

（1892年8月23日《字林沪报》）

论宜奏毁《山海经》一书

近有南海康长素②先生者，学问渊深，见识卓绝，著成《新学伪经考》十有四卷，考得《周易》《毛诗》《古文尚书》《周礼》《左传》《尔雅》《说文》皆系伪书，为二千年来未辟之学，以故海内争先快睹，诧为奇事。夫中土所传秦火以前之书，大都伪者多而真者少，即四子书中《中庸》一书，亦是汉儒伪撰，前贤已经觑破，何况其他？乃人皆习焉不察，惮于研求，沿流至今，几不敢辨，空恨祖龙之烈焰，付诸莫可如何之例而已。乃不谓秦灰楚炬而后，仍有伪书混杂流传，且藏诸天禄石渠以为奇异。一人惑之，千万人惑之，一朝安之，数十朝安之，从无一人焉觑破其伪，则郭璞③所撰《山海经》一书是也。是书所载，怪诞已极，由来读者奉为至

---

① 汤文正公、陈文恭公、裕终节公、丁雨生中丞、黄子寿方伯：即汤斌、陈宏谋、裕谦、丁日昌、黄彭年。
② 康长素，即康有为。
③ 郭璞（276—324），字景纯，山西闻喜县人。晋代诗人、辞赋家、训诂学家。好经术，博学多才，善五行天文卜筮之术。著有《尔雅注》《山海经注》等。

宝，且有从而注释者，以向来列目于《四库全书》中，夫亦谁敢訾议？实则无人知其可訾。

五十年来，海禁大开，海外数十国先后来我中土，通商贸易，踵趾相接。我中土亦颇多出洋谋生往来图利者。近更钦使皇华，星轺四出，派员游历，记载成书。所有五洲地方，如亚细亚洲、欧罗巴洲、阿非利加洲、南阿墨利加洲、北阿墨利加洲以及五洲之外新增一洲，曰澳大利亚，一曰新金山，地球一周无不涉及。耳目之所经，采访之所悉，历十数年经数百人归来传述，从无有如《山海经》中所称之邦国，所载之人物，所名之山川，所状之草木。噫！璞岂睡梦中遨游、醒而作此呓语？抑或谰闻海客，随声附和成书？殊不可解。前者无人浮海一证其言，今则纷纷出洋，突然揭晓，亦既洞烛其书之伪矣。自当呈之朝廷，奏请谕旨，饬令将其书毁灭，不得混列于《四库》之中，以示天下后世。此事应由在京翰林院衙门、在外则各省学政衙门专折入告，无可推诿。目前功令各省督抚无不遴选委员，仿照西法测绘舆图，举凡境内山川险要，务令测量精细，重更新式，以符实事求是之义，行将达部，以备查核，诚要政也。因知此等海外之山川，早经西人测绘成图，精益求精，确而又确，兼且注说成书，供人省览，五洲之域，罔不备焉。尝就其中一考如《山海经》中所述，则绝无其事，直是臆说，不禁捧腹大笑，笑我中土竟被璞一人蔽明数千余年而不知觉，不亦大堪骇异也耶？

惟有俚语所传《镜花缘》说部一书，则专藉此经作为蓝本，所谓空中楼阁属诸演义传奇一类，原可不计。特不合藏诸天禄石渠以贻后世之讥，以博西国之笑耳。又笑我中土官宪励精图治，专以毁弃淫书为务，谓我能正风俗端风化，一意孤行，自鸣得意，殊不知圣经贤传语涉淫行者，指不胜屈。《周易》则首列乾坤，又曰天地絪缊，万物化醇，男女媾精，万物化生，非淫语乎？《葩经》① 则首列《关雎》，若郑卫则淫风流行，宣尼② 不删，紫阳③且详注而直言之，非淫语乎？《春秋》则上淫曰烝，下淫则曰通，举凡苟合成奸之事，悉载篇章而不之讳，非淫语乎？试问此书为何人所著，何以高高列诸五经？必令人皆诵读，堂堂皇皇传之数千年而无人道破。倘有黠民具呈官宪谓申禁淫书，应先由五经禁起，其将何词以答？夫男女交欢，原为人欲所感，古昔圣人视之，殊不介意。故孔子曰："吾

---

① 《葩经》，即《诗经》。韩愈《进学解》："《诗》奇而葩。"后因称《诗经》为《葩经》。
② 宣尼，旧时对孔子尊称。《汉书·平帝纪》："追谥孔子曰褒成宣尼公。"故有此称。
③ 紫阳，朱熹之别号。

未见好德如好色者也。"由此言而体会之，可见当日人情好色之甚，亦与近世无殊。孔子并不斥夫好色之非，而但叹好德不能如好色之甚。使孔子生当今世，其不禁淫书也亦从可知矣。舍应禁之伪书如《山海经》者，不思所以禀请禁毁之方，而徒鳃鳃然申禁淫书。将以传名，而名于何有？将以博誉，而誉反无闻。其用心亦太左，而见识亦太卑矣。因论《山海经》之当毁而不毁也，而遂纵论及之，请还质诸读万卷书识高万古如康长素先生者。

（1892 年 10 月 29 日《字林沪报》）

<h3 align="center">论酬神宜禁淫戏</h3>

梨园歌舞逮李三郎①而极盛，当时如镜新磨②等装束登场，一座尽倾，故优伶率奉李三郎为始祖。其实戏剧初不自李三郎而特创也，但初时只唱词曲，只演杂剧，霓裳之歌，羽衣之舞，随意游戏，俱成妙谛，其有因事诙谐涉趣者，尚存东方谲谏之风，如回波栲栳之词，足见一斑矣。逮至有元，列于考试之条，始有曲本。南调北调悉尚中原音韵。明季苏昆生③创为昆调，后人宗之，谱曲家精益求精，遂有正宫、仙吕、商调、羽调、大石、小石、南吕、黄钟之辨，要皆学士文人吟啸之余，编为定谱，所演事迹要皆忠臣孝子、义夫节妇之所为，本化导之心，寓劝惩之旨，足以教忠孝而惩奸恶，戒薄俗而感愚蒙，可以挽习俗之颓靡，辅王化之不足，其有功于世道人心诚不可少也。自是而后，世风变古，性情志向日即于偷，咸同以来，优人曲调一变而为弋阳，再变而为京腔，大声高唱，句调鄙俚，昆曲沦胥，几如《广陵散》之不可复见。其所演者大都冶容诲淫，败俗伤风，莫此为甚。其所演说无所谓故事遗闻也，大抵皆无根之谈，不知出于何典。乃阅者反心向往之，一时生旦粉墨登场，曲绘形态，于氍毹之上，同声击节，以至人心风俗变本加厉。子弟知识初开，一见此等戏剧，挑逗春心，跃然欲试，几视钻穴踰墙为常事。其闺阁中人不能自持者，目想神游，或因此而堕名丧节者有之，图奸酿祸者有之。当道知其与风教相关，

---

① 李三郎，李隆基（685—762），即唐玄宗。李隆基是睿宗李旦之子，排行第三，宫中呼为"三郎"。《新唐书·礼乐志》载：李隆基曾选乐伎子弟三百人，教于梨园。声有误者，帝必觉而正之，号"皇帝梨园子弟"。

② 镜新磨，即敬新磨。

③ 苏昆生（1600—1679），本姓周，名如松，河南固始人，明末清初著名昆曲曲师。苏昆生年轻时在江南学习昆曲，屡经名家指点，获得真传，成为一代昆曲名家，其一生授徒甚众，为传播昆曲作出了贡献。

故特垂为厉禁，不准唱演，迭经蔡太守①张谕晓示，悬之通衢戏馆之门，乃若辈视为具文，藐若弁髦。初禁之时，稍为敛迹，未几故态复萌，肆行无忌。又恐明目张胆之有犯禁条也，于是改其名目，其戏则是，其名则非，阳奉阴违，弃国宪如赘疣，藐官长若聋瞆，故禁淫戏一节，虽经三令五申，而禁者自禁，演者自演，其所以漫无顾忌者，岂真不畏官刑哉？差保既为之徇蔽，当道又惮其多事，若辈潜窥默喻，深知其术之可售，遂乃毅然为之，不劳顾虑。此虽小人常伎，然亦在上者有以成之也。

　　夫歌舞之事，最易感人，戏剧中可歌可泣可师可法者甚多，优孟衣冠，何戏不可扮演？而必欲以淫靡之声、亵媟之态，坏人心术乎？虽然，戏馆之中为招徕生意起见，其演淫戏尤可言也。所可异者，神庙森严之地，亦多犯此辙，殊不可为训。闻各处演戏敬神者，靡不点粗俗淫荡各剧，梨园弟子薰香傅粉，炫服丽妆，谈笑描摹，尽态极妍，无非窃玉偷香故事。入庙观看之人，趋之若鹜。不独男子，妇女亦杂其中。一见花旦出场，无不鼓掌喝采。小家碧玉，大户琼姬，皆成习惯自然。司事者不知其亵，故点亵狎之戏以娱群众，以新耳目，一若非此不足以侑神之欢心，不足以豁众之眼界，不知此等戏目，久在上官例禁之中。无奈习俗相沿，牢不可破，演之者视为固然，观之者恬不为怪，非惟坏俗，抑亦亵神。夫聪明正直之谓神，其所以受馨香享俎豆者，以其保卫人民驱恶崇善也。阳世之官既恶淫戏而禁之，岂阴世之神反爱其淫、贪观无厌乎？大抵神道最公而最灵，凡世间淫邪不善之徒，尤为明神所深嫉，故积善必有余庆，为恶降之百殃，此亦理之必然、情之至正者也。吾人酬敬祭献，本以禳灾，非为取祸，本以邀福，非为召殃，自宜以忠孝慈祥之气感格天心，方可上博神欢，默邀呵护。今乃扮演淫戏，敬之适以亵之，媚之适以怒之，明德惟馨之谓，何以不德待神？神而有知，非惟吐而不歆，且将恶其不恭而示之严罚矣。夫欲求福而反以获罪，人即至愚当亦不敢出此。或谓神道设教，本为下等之人、非为上等人说法，然敬神之人非尽明达其意，因祸福两字萦绕于心，平日又无修省之功，故于淫戏之亵神敬神习焉不察，各处演唱淫戏已如司空见惯。自今以后，愿各庙明理绅董于淫戏概不点演，以杜绝此弊，而上官亦为再申禁止。若果如此，非独上感天和，抑亦下敦民化，将见草偃风行，戒淫靡而致休嘉，风俗蒸蒸日上矣，岂不懿欤？

（1892年12月4日《申报》）

---

①　蔡太守，即蔡汇沧。

请禁淫书论

中国之禁淫书，成案如山，不可亿计，而淫书日出不穷，仍复肆然售于市廛，明目张胆，一若无所顾忌者，良以禁令虽严，未有专缉淫书之员，以致职无专属。彼为他职者，或侄偬簿书，或驰驱王事，不暇顾及此等细事，遂致售卖书肆，悍然无忌惮。日者似迂子有《请禁淫书》之说，谓淫画淫书最足荡人心魄，方黄子寿①方伯开藩吴下时，曾出示禁止。乃未及三年，故态复萌，沪北宝善街等处书摊上摆列种种淫书，公然出售。少年子弟见之，大则丧身，小则累德。况沪北淫风素盛，复济以此等淫书，其书不堪设想，所愿贤有司出示禁止，或究办一二，是亦无量功德也。

夫沪上淫风未入书本未雕板法者，已千变万化，百出其奇，时而征歌侑酒，弹唱讴哑，坏人心术，破人财产。今又加以淫书淫画勾引端方正直之人为邪僻放佚之事，其为害可胜言哉？又有名非淫书，又非淫画，而一纸传布，通诸遐迩，日日发售，公然披阅，其中描摹艳态，指画魔情，绘影绘声，自诩笔尖绮丽，作《金瓶梅》之嗣响，此等文字亦当议禁。盖文人弄笔，自有正大光明，可为扶世翼教者在，而顾以淫书法出之，还问其心果正俗风世耶？虽然，禁令当自淫书始，又当自淫书之大者始，大者禁矣，小者自知畏避，而等于淫书之纸，亦将敛迹改而从善，惟禁之不可不力也。倘举通都大邑名区胜景之间随在专派委员，专责此事，比诸保甲、缉盗、查卡、捕蝗之各有委员，以专责其成，吾知淫书绝。而似于淫书者，亦日见闭藏，不以小人厕于君子之例矣。斯则吾之所深望者，特不知此愿将何日偿之。

（《益闻录》1892年1176期）

论文字当戒污秽

上古结绳而治，无所谓文字也。自仓圣②作而文字始兴，篆隶之后，变为真草，而文字始灿然大备。上以纪朝政之得失，时事之变迁；下以采里巷之见闻，民情之纯驳，皆于文字乎是赖。自洪荒剖辟以来，统系屡更，号令递嬗，士生今日，当数千年以后，而尚能考数千年以前之事者，何莫非乞灵于文字也哉！

文字之关系如此其重，则凡以摘文为事，以煮字为业者，虽上之不能如左史之记言，右史之记动，黼黻鸣功，揄扬盛业，下之不能修郡邑之

---

① 黄子寿，即黄彭年。
② 仓圣，即仓颉。

志，成一家之言，旷览废兴，综论得失，而苟得神闲心旷之时，几净窗明之地，弄墨振管，以发挥其性灵而谐畅其志趣，则亦必择极驯极雅之事，而必不屑以极琐极秽之事污我笔墨，供人指摘也。古来文字约分二类：一曰词章家，一曰纪载家。词章家导源于三百篇，其中贞淫互见，雅俗攸分。所以然者，盖孔子本无删诗之举，特取当时歌咏汇为一篇耳。不然，何以与颜子论为邦则曰放郑声？而三百篇不废郑卫，可知删诗之说出于后人附会，未足以测窃比老彭之孔子也。《离骚》托意荃荪，眷怀彼美，无非借以写其缠绵忠爱之心。宋玉之赋，《高唐》不过设词隐讽，后人不察，往往猎其词而昧其义。遂有"一自高唐赋成后，楚山云雨尽堪疑"之句。嗟乎！以此论文，有不为古人所齿冷者乎？

汉魏去古未远，雅意犹存，降及六朝，流风斯靡，璧月夜夜满，琼树朝朝新。识者早知其为亡国之音矣。有唐诗人辈出，温李始流于绮靡，然其意皆有所主。所谓意则寓乎君臣，词则托之夫妇也。善读者当会其意，而勿泥其词。至韩致光①而淫靡极矣，不特为名教中之罪人，抑亦风雅中之败类也。填词一派，唐宋作者无不骎骎入古。至元以后，始以纤佻侧媚为工，展卷则污目，按谱则污耳，大雅摈之矣。

更以纪载家言，典坟邱索，夐乎尚矣。《书》著肃雝之训，《礼》严内外之防，其所以为后世戒者，至深且远。左邱明作内传，于上蒸下报之事，言之津津，实为后世淫书之祖，宜其受盲目之谴；司马迁作《史记》，其文质而不俚，赡而有体，不愧良史之才。惟备述嫚狎事，为后人所诟病，宜其受腐刑之惨。南北史文字远不逮司马迁，而所载嫚狎事则过之，举人世目不忍见，耳不忍闻之事，一一笔之于书，是尚得为信史哉？适以成其为秽史而已矣！自稗官家纷然杂出，而此风益甚，云情雨意，极力描摹，在著书者只自诩其笔墨之工，而不知绿窗静女，绣阁才人，焚香沦茗之余，有不觉情之移而意之荡者。此念一萌，不可复制，而失节败名之事，遂由此而多。其尤甚者，不为瓦全，甘为玉碎，一朝决裂，竟不惜以性命为殉。呜呼！孰非导淫者之阶之厉欤？

别有素称淹雅之人，著述等身，非不足以信，今而传后，然全集必有一二种污秽之作，若以为非此无以取悦于人者，诚不知其是何居心。夫文字之传与不传，千载而下，自有定论，如其传也，则秦灰鲁壁将历浩劫而不磨，如其不传，则《论语》烧薪，太元覆瓿，亦惟与草木同其朽腐，烟

---

① 韩致光，韩偓（842—923?），字致尧，一作致光，号玉山樵人，唐京兆万年人。龙纪元年进士，官翰林学士、中书舍人。其诗善写艳情，有"香奁体"之称。有《玉山樵人集》传世。

云同其变幻而已。乃明知其不传，惟恐其不传，而偏欲借污秽之作以冀万一之或传，其心虽苦，其罪已不胜诛矣。世传王实甫、罗贯中辈均以诲淫之故，堕入拔舌地狱，历千万劫不得超升。以今观之，不诚然耶？夫说淫词演淫戏，官宪所以严禁者，以其惑人心志，败人行检也。然淫词淫戏仅足害一时之耳目，未若污秽笔墨，足以害无数人之心志，败无数人之行检也。夫此掉弄笔墨之人于普天下人非有深仇宿怨，则亦何苦必欲以污秽之笔墨供人观览，使之情移意荡，甚致失节败名，以性命相殉而始快然于心乎？果报之说，虽为儒者所不道，然种瓜得瓜，种豆得豆，其理固有确然可信者。我辈依人作嫁，东涂西抹，虽不敢以千秋自命，然而善善恶恶，公论常昭，宣德达情，立言贵当，所尤兢兢致意而不敢或忽者，则在谈人闺阃，不敢谓忏除绮语，亦窃附蘧大夫①寡过之义云尔。世有解人，当不河汉斯言。

（1893年8月25日《申报》）

论戏园肆行无忌

演戏一事，由来久矣，霓裳之歌，羽衣之舞，随意游戏，俱成妙谛。有元之世，列于考试，始创曲本，南调北调，悉合音韵。明季苏昆生创为昆调，后人宗之，所演事迹，要皆忠臣孝子义夫节妇之所为，本化导之心，寓劝惩之旨，足以教忠孝而厚风俗，其有功于世道人心，诚非浅鲜。自世风变古，性情志向，日趋于偷，咸同以后，昆曲沦胥，几如《广陵散》之不可复见，其所演者大都冶容诲淫、伤风败俗之事，而沪上为尤盛。梨园子弟，粉墨登台，薰香傅粉，尽态极妍，无非窃玉偷香故事，观看之人趋之若鹜，男子妇女麇集其中，一见花旦出场，无不啧啧称羡。子弟知识初开，一观此等淫剧，挑逗春心，跃跃欲试，几视钻穴踰墙为常事。其闺阁中人不能自持者，目想神游，或因此而堕名丧节者有之，图奸酿祸者有之，当道知其攸关风化，故特垂为厉禁，不准演唱。英界谳员蔡二源②太守亦曾出示晓谕，悬之戏馆之门，乃若辈视为具文，阳奉阴违。初禁之时稍稍敛迹，未几故态复萌，肆行无忌。又恐明目张胆之有犯禁令也，于是改其名目，其戏则是，其名则非，如《关王庙》之改名《玉堂春》，《杀子报》之改名《天齐庙》，《卖胭脂》之改名《月英缘》，《送灰

---

① 蘧大夫，蘧瑗，字伯玉，谥成子，春秋卫国人。仕献公、襄公、灵公三朝，以贤德著名，公认为贤大夫。按，本文"寡过之义"出自《论语·宪问》：蘧伯玉使人于孔子，孔子与之坐而问焉，曰："夫子何为？"对曰："夫子欲寡其过而未能也。"使者出。子曰："使乎！使乎！"

② 蔡二源，即蔡汇沧。

面》之改名《贼偷情》,《瞎捉奸》之改名《眼前报》,《翠屏山》之改名《双投山》,《打斋饭》之改名《无介寺》,《小上坟》之改名《荣归祭祖》,《打樱桃》之改名《寿山会》,《双摇会》之改名《夺头彩》,《十美图》之改名《贪欢报》,《倭袍记》之改名《双梦缘》,《九花娘》之改名《画春园》,《割发代首》之改名《战宛城》,《火烧第一楼》之改名《游张园》,如此类者,不可枚举。故禁淫戏一节,虽经三令五申,而禁者自禁,演者自演。甚至内廷当差之优伶如小穆子①者,亦敢使之搭班演戏,其所以毫无顾忌者,岂真不惧王法、不畏官长耶?亦在上者有以酿成之耳。夫戏剧中可歌可泣可师可法者甚多,何戏不可扮演,而必欲以淫靡之声亵媟之态坏人心术?吾知少年子弟无知妇女荡惑心志而丧身失节者不知凡几矣,其造孽岂有涯涘哉!

虽然,戏馆之中为招揽生意起见,其演淫戏犹可言也,所可异者,以极易肇祸之事为招徕生意之计。前日《英公堂琐案》内载,好副捕头禀丹桂戏园演放烟火致火上炎,几酿巨祸,传案请讯。园主周凤林称前夜演放烟火已十二点钟,虽暂时燃着,立即救熄,以后不敢再放。问官以该戏子既知改过,当即斥退。噫,戏园中欲招徕生意,尽可自出心裁为敛钱之计,何必以极危极险之事招人观看,致召祸端?幸当时灌救即熄,否则燎原之势尚堪设想耶?且烟火一物系硝磺所制,虽银花灿烂,火树鲜明,足以新人耳目,而偶一不慎,为祸甚烈。六七月间张园主人曾准人演放烟火,为招引游客之计,该处地方空旷,车水马龙,不虞拥挤,即不幸而肇祸,游人尚可四散奔逃。若夫戏园之中,地既狭窄,而观者密若堵墙,所搭盖之天蓬木板芦席均系引火之物,万一失慎,祝融肆虐,烈焰飞扬,则众人皆思逃命,斯时人声鼎沸,挤轧不开,其男子之强有力者,尚能夺路而出,彼妇女之轻移莲步行路艰难者,万不能为脱身之计,其不至于焦头烂额葬身火窟者几希。况两旁厢房结构并不坚固,火势一袭,立即坍塌,在内之人不遭焚毙,亦必压死。而且租界中人烟稠密,戏园左右无非铺户,城门失火,势必殃及池鱼,居民既受惊不浅,而保险行家尤属被累无穷。以游戏之物,伤人性命,耗人资财,罪孰甚哉!今该戏园演放烟火,虽未成灾,而此种肇祸之事,较诸淫戏殆有甚焉,防微杜渐,是所望于有地方之责者。

(1893年10月5日《字林沪报》)

① 小穆子,即穆长寿,一名凤山,北京人,幼年玩票,习正净,曾为内廷供奉,人称"小穆子"。

劝沪上各书坊勿排印淫书说

　　读书者每曰开卷有益，而亦有开卷有害者，何哉？良以所读之书不同而邪说淫辞易入人目，坏人心术，较之演淫戏者，其害尤大。屈宋言情托讽，温李赋诗借喻，不得其旨尚且贻害后人，何况描摹殆尽之书耶？昔亭林先生云："书之不可绝于天地者，曰明道也，纪政事也，察民风也，乐道人之善也。若此者有益于天下，有益于将来，多一篇目多一篇之益。若夫怪力乱神之事，无稽之事，诙佞之谈，若此者，有损于己，无益于人，多一篇即多一篇之损。"何造作淫书者为天下极聪明人，做天下极罪过事？彼昏不知，尤而效之，以一时之谈笑而捏造子虚乌有之子女，因而污及古人之子女，因而哄动后人之子女，此书一出，贻害无穷矣。虎狼食人害及其身，淫书害人祸及其心，且虎狼未必辗转相害，淫书未有不辗转相害者。譬之火焉，星星之火，亦可燎原，灼及于物，愈分愈多，愈多愈炽，淫书之害殆尤甚焉。

　　夫人生顺理则难，从欲则易，虽当境无邪缘相凑，而尘念凡情已不胜其缠扰。况复以淫邪之语描其状、绘其图，付之笔墨，祸及枣梨，此非有真学问者未易遇而不看，看而不乱也。青年子弟一见此书，情不自禁，或因而内乱，或因而外迷。竟有方值志学之年，即荒淫无度者，如本埠小朱，其少时未尝不读书也，奈耳所闻者，无非艳曲，目所见者，尽属淫词，致娶妾殴人之事，层见叠出。观此我不禁叹息痛恨于淫书之率兽而食人也。即或身不之犯，而邪火焚炽，耗损其精，心动而神驰，而梦作百感，相当百病交作，如盗汗遗精等症，不可胜举，精漏气枯，命为之殒，其毒亦甚矣哉！彼无识愚民，罔知顾忌，闻正直之言则欲卧，听秽亵之言则不倦，自一传十，十传百，悖性情之正，干天地之和，始则害及一方，终则毒流四海。风流自赏之士，握管为之，辄将才子佳人四字抹煞，斯民廉耻之心遂使展卷之余，魂摇魄荡，贞妇为之改节，志士为之改操，举天下之禄位名寿而视同土芥鸿毛，驱天下之吉士名姝而俾之禽行兽处，辗转沉沦，伊于何底？故淫书者，尘世之癃痏，宴安之鸩毒，生人陷阱，地狱之根苗。而作淫书者，鬼神所必嗔，雷霆所必殛。刻淫书者，亦灾殃所必生，铁钺所必加者也。

　　近闻本埠各书坊多用活字板排印各种淫书，以广销售之路，以为获利之源，不知作淫书与刻淫书作俑虽殊，害人则一。况淫书者，处处以痴情幻梦勾引淫媒，非比山歌里曲满纸俚俗，苟非中人以下者，鲜不憎而弃之。至于《西厢记》《红楼梦》等书以极灵极巧之文心，写至微至渺之春思，只因淡淡写来，曲曲引进，目数行下，便觉恋恋，机械渐生，习惯自然，情不自禁，纯谨者暗中斫丧，放肆者另觅斜缘，其味愈甘，其毒愈厚，则《西厢》等书实为淫书之尤者矣。他如《金瓶梅》《肉蒲团》《野叟曝言》《绿野仙踪》等书，命意虽有不同，其为导淫之书则无异也。然则补救之法奈何？曰：宜劝各书坊集同志诸友相戒不可排印此种淫书，贻害后世，此民禁之胜于官禁者也。沪上淫风流行，廉耻道丧，未始不由于此。谨书数语，付之手民，质之有心世道者以为何如？

(1893年10月20日《字林沪报》)

论海滨恶俗①

前日本报登有《海滨恶俗》一则，盖专指川沙一处而言之也。川沙为海滨岩邑，人烟辐辏，生息蕃滋，土客交错，良莠遂多不齐。迩者秋稼登场，收成丰稔，农人粜谷得钱，腰缠较富，即有地方匪棍，明目张胆，唱演花鼓淫戏，藉此招邀多人，诱之赌博，以倾其资。更有扎成龙灯，通宵迎赛，轻浮子弟，更薰香剃面，抹粉涂脂，扮为采茶女子及蚌精之类，招摇过市，毫不知羞。龙灯过处，夹道纵观，人如蚁集，宵小每乘间窃物以供其烟赌之资。由是言之，秋收丰稔，不足以为斯民之幸，且将以为斯民之祸矣。农人胼手胝足，终岁勤劬，孰不操豚蹄盂酒而祝满篝满车，一旦秋稼登场，丰年有庆，则春祈有典者，亦秋报有文，或醵资演戏，合力迎神，藉此以宴嘉宾，集戚好，乐我妇子，欢联里党，是亦人情之常，无足怪者。而乃近来风气凡遇演戏迎神等事，无不以聚赌为乐，正不知聚赌有何乐处？夫赌有胜亦有负，无中立之势也。胜者固乐矣，负者亦复何乐？而当喝雉呼卢之际，如人人皆欲胜，则负者其谁？苟无负者，将于何胜？此其理显而易见，而沉溺其中者乃瞆瞆焉不知也。或者恃其技之精，然而蒲柳泉有言："借问此中谁最善，群推无裤之公。"则可见技亦不足恃矣。或者曰稍长则胆旺，多财固可恃也。而千金万金，往往罄于一掷，则富者可使之立贫，而贫者未必遂能立富也。以负者一人而胜者或不止一人，且即使负者不止一人，而胜者仅一人，则可乐矣。而悖而入者亦必悖而出，伊古以来，从未闻有以赌起家者，是又何乐之有乎？

然而聚赌必招人，招人则必以淫戏为因，而淫戏则又不但各戏班中能为之，戏班中之淫戏尚恐其不足以动人，乃更以串客踏歌，诸般炫诱，务使淫声淫色淫意淫情无不穷形尽相而后乃足以动人之观听，而用以聚人不难也。然而外人固有招之而来者，而内人则又不免招之以去。花鼓淫戏最

---

① 《海滨恶俗》载1893年11月12日《申报》。

易惑人，青年子女，情窦未开，无以引之，皆可以保其璞而完其贞也。一见此等淫声浪态，不觉色授而魂与，遂致暗中而凿破混沌，引而去之，殊甚易易。以故乡村之中，一有花鼓淫戏，其妇女未有不犯奸者，嫠妇因之而失节，少女因之而私奔。况所聚者皆赌博无赖之徒，安知不即景生情，潜挑暗逗，是欲为招赌徒起见而反使赌徒招其村中之妇女以去，其得失尚可相籥乎哉？至于迎龙灯扮故事，子弟辈薰香抹粉，装出妖淫之态，则亦与唱演淫戏同一命意，同一流弊，而若辈岂真不知？亦利欲熏心，明知之而故犯之也。故于此而责官长以严施厉禁，官长则亦何尝不厉禁高悬，律法昭垂，久干禁例。无如耳目或有不及之处，又为地保差役所蒙蔽，遂不觉壅其明而塞其聪，顾即使耳聪目明，严加示禁，而亦未必遂能家喻而户晓也，转有讥之为拂人之性者矣。

窃以为欲革此等陋俗，非郑重乡约不可。各处讲乡约者，大半虚行故事，言者不自以为郑重，听者终不见其郑重，如此则有乡约之虚名而无乡约之实效。前闻浙之上虞县大行乡约之举，慎选其人，认真讲论，又以《御颁劝善要言》一书逐细宣说，详明讲论，使闻之者沦肌浃髓，入耳会心，或者从此可以洗心革面，庶几生其羞恶之念，发其本然之明。苟各处皆能认真仿行，官府以郑重出之，斯民间亦以郑重听之，不但此等赌博淫戏引诱招摇之风可以潜移默化，即哥老会匪与夫一切匪徒斋党，皆不难渐消其逆志，解散其异谋，所谓一纸书贤于十万师者，此类是也。区区川沙一隅之恶俗，其感化又何难哉？

(1893年11月26日《申报》)

劝禁演淫戏说
东瀛浮萍生呈稿

戏何为而昉哉？古人立意在乎劝善惩恶，临场一看，装扮逼真，音容宛然，眉目之间感动人情者，固属不少；隐微之中陶冶人心者，抑且尤多。即比之于读史而寻模范于纸上，及闻教而求规矩于语中，优劣自有所判。况妇儒之不解字，儿童之未入学，觉之无方，导之无术，于是乎作戏以示之，使儿女踊跃以赴，急切以观，而劝惩之旨自备于其中焉。然则虽曰戏也，而于世道人心关系实不浅鲜。即如演戏之人，其名虽可贱，而其功岂不可多乎？曾闻古者入乡听乐，以察其政，即知戏亦观风之一端。污隆判时，正邪从俗，不可诬者，在此存焉。

乃余于沪上梨园，有不胜长叹息者。盖余初由东来沪，抱夙志以看戏而未果也。昨偶与二三友人到天仪茶园，观名角奇童，衣履都丽，样样夺目，技艺巧妙，种种入神。况余嗜剧之雅兴高三千丈，恍忘身是异邦之客。看到一半，忽有男女相挑之举，始则目迎语送，继则■■■脚，终则双枕躯体，其时烛灭留髡之光景，实属不堪。观其狼藉花枝，种种丑状，笔不忍笔，目岂堪见？然而此时看客一齐屏气吞声，及至兴酣之际，喝采洪声，突起四隅。喜耶？叹耶？抑亦神飞欤？或是失神欤？余与友怃然失色，此后一半索然无兴，匆匆出场。既归寓而更已阑，灯下切慨风俗之坏，如此之甚而不已也。

翌早访之寓主人，细谈此事，并问曰："是等戏园，问其场面，则公众士女百千共睹之所；问其戏剧，则寻常闺房万不可有之事。猥极亵极，不亦太甚乎？"主人言："此样戏目，不仅天仪一园为然，他园概同。凡在园中看戏者，大抵以此种关目为顶上功夫，今一家若不肯演，便无人去看。家家若同不演，则共归萧条，园主在生意上着想，亦无奈何耳。"余谓："不必将此种戏剧除去也，只宜家家一样去其淫而猥之关目，得其意焉，斯可也。古人作戏，出乎劝善惩恶之意，而今有戏如斯，殆导人儿女入淫猥之门也。欲市无冶郎，家无荡妇，得乎？近来沪上之风俗，追年逐日，坏之更坏，余思戏场亦与大有力焉。尤惜园中名角，技高调响，诚足以劝惩儿女之心肠，而反学此般荡陷人心之举，何耶？然彼卖技之辈，尚足以恕。所疑夫穿羊裘，跨马车，堂堂看戏之人，而未闻一发叹息之声，反率其儿若女使陷于井中而不自悟耶？然此等纨袴游冶之徒，未足以深责。所怪满城绅董善士，见如不见，知如不知，曾无一人谋议及此，抑又何耶？夫上海为天下之胜区，五洲之人亦均来集，其风俗之好歹，直与国风相系，固不得以等闲例之。余之慊然于怀者，亦职是之故。"主人曰："子所说甚好，然吾怕沪上绅董筹之已熟，但尚未举行耳。只好以子所言质诸绅董，殆无不可。"余因记之，请上报端，顺请大方一阅。余卤莽东洋寒士也，观光中国，数年于兹，一事无成，只笃好采风问俗，不惮用力。常观沪上各报馆，论列时事，细大不泄，能握其要义。闻各绅董善士，临时应机，施行善举，不遗余力，钦羡无已。顷间又有禁野鸡之事，此项看似小事，而所关最大，窃谓亦近来之要事。古曰"欲清其流，先澄其源"，敢谓今之戏园，淫风之源，伏思沪上各绅董善士，若有取鄙言及时行救正之策，即是中国之福也，沪城之幸也，远人之愿也。愿以质诸各绅董。

　　此东瀛浮萍生来稿，意在禁遏淫戏，亦与中土正人之论相符合。惟是责备绅董，则是不知中土之情形矣。按此等事，中土之绅董亦深恶之，即中土之官员亦深恶之，平时岂无绅董之具禀者乎？岂无官员之申禁者乎？特言者谆谆，听者藐藐。推原其故，则从未尝以国法加诸犯者之身故耳。为特声明，以释浮萍生之惑。本馆附志。

(1894年1月19日《新闻报》)

论淫戏宜禁而不能禁之故

日来本埠各戏园中扮演淫戏，愈极秽亵，因此人言啧啧，举国哗然，称为大坏风俗。且以官衙之不禁，颇寓讥讪，并追溯当日黄方伯①之禁令而以不复遵奉为憾。噫，其说诚是，而惜乎无益于事，徒托空言，适是贻戏园中人所窃笑耳。

窃尝以为戏剧之肇端，原为扮演往事以示今人，取其触目警心易于感动起见，故所演者首重忠孝节义，然亦可兼及夫奸盗邪淫，缘劝善与惩恶固并行而不悖也。世人读书者少，不读书者多，识字者少，不识字者多。读书识字之人有书史典籍之寓目，其临场观剧也，不过为怡情遣兴之资。不读书不识字之人，目不知书籍为何物，顾不见古人为何状，则以临场看戏为居今稽古之助，耳濡目染，自然而然知忠孝节义等端为可贵，亦自然而然知奸盗邪淫为可耻。是戏也者，且隐操教化之权焉。以故相沿至今不能歇绝，且上自天子，下迄庶人，举觞行乐，又即以此为歌舞之一端。在编著此等传奇之人，下笔时必尽情体会，极意描摹，于忠孝节义诸剧既发挥而不遗余力，因之即奸盗邪淫诸剧亦必摹仿而不惮烦劳。然就其原册所载，亦不过如"临去秋波那一转"，少示其意，或携手而偕登绣阁，或把臂而同入罗帏，如是而止，尽足传神。无如该优人等自出心裁，别翻花样，百般秽亵，万种淫污，既不堪陈诸冠裳之际，更何堪献诸巾帼之前。至于神庙之中，家宅之内，尤为不合，此淫戏之禁所由来也。若黄方伯之禁，亦犹是人云亦云，虽开列戏名悬诸园内，而各戏园中遂将戏名改易，以为遵奉宪令之实征。当其装演淫戏也，则依然尽情尽致，无少删减，彼差捕之受规，而禀复也亦有词可托，而被责无从。故所禁者特淫戏之名目，名目既已更新，观者翻形其众，是禁之适以纵之。加以沪上诸戏园中妇女入座盛于他处，良家妇女居其半，勾栏妓女居其半，优伶之与妓女有私情者，极其众多，每当扮演此等淫戏之时，相将于台上座上共示眉目之淫情，尤务于戏中剧中酷肖交媾之淫状，在勾栏妓女则恬不知羞，在良家妇女则何堪注目，往往有确守闺范之家眷偶来观剧，此时此际，狂窘万分，或将粉项拗回，或

---

① 黄方伯，即黄彭年。

且垂头侧坐，甚有命舆归去，不复留连者，而在座狂且犹高声喝采，任意欢呼。似此情形，较诸淫书春册之伤风败俗，尤堪痛恨。凡此皆演戏优人之过而非初编戏剧者之过也。何也？戏剧之原，本不如是，特优伶辈装点出之，变本加厉也。故列名开单，出示张榜以申禁令而仍然无益也，仍不见效也必也，不禁淫戏，但禁淫状，严申禁令，不事虚文，既治开戏园者如贩卖春宫画册之罪，尤当治演戏文者如著淫书描淫画之罪。吾见世之行善者，其禀请禁售淫书淫画之切实不已也，又复筹款收买淫书淫画举而付之一炬，以为此等功德较之惜字惜谷尤为广大，而独不闻有行善之人禀禁戏馆主开演淫戏、禀禁各优人工描淫状，岂非轻其所重而重其所轻乎？

夫淫书所害仅识字之人，而妇女则不甚相关，若淫戏则无论识字与不识字并妇女辈一概胥受其害。噫！此而不禁，虽禁淫书淫画亦何益耶？沪上善堂林立，款项绰绰乎其有余，赈济穷黎且极之于普天率土，而此等眼前功德焉不设法一筹及之，岂诸行善者亦贪看此淫戏耶？吾不得而知之矣。说者谓此事须官执法如山乃能有益，区区一禀，于事胡济？况乎优伶辈颇有与官衙中息息相通者，朝即犯案到堂，不及夕便已宁家无事，往事分明，斑斑可考，此更无益于事之实征也。信如是也，然则淫戏遂终不可禁乎？则晓之曰：天时人事变更无常，会有不贪声色力敦风化之人，应运而生，来为地方造福，而今尚非其时也，子姑待之。

（1894年2月28日《新闻报》）

论禁弹唱书词宜加区别

江乡风气，向有弹唱书词之一业。所谓弹唱书词者，即将俚俗所撰词曲弹着弦子或琵琶歌而唱之，以悦人耳，古所称为弹词者是也。此事昉自唐代，极称盛事，旗亭画壁，至今传为美谈。因当时所唱之曲，皆系一时诗人名士之句，往往有今日甫经脱稿而明日已歌遍旗亭者。才子锦心，佳人绣口，何等蕴藉，何等风流，犹之近世之唱大小各曲、昆徽诸调，固为妓女所应献之技也。妓女之弹词，自昔尚且不禁，更何有于须眉丈夫耶？此唐之李龟年、明之柳敬亭所以独擅胜场，且卓有声名，传至今日，文人学士，津津乐道之。

今以说书弹词分而为二，谓如《三国志》《水浒传》《隋唐》《英烈》诸演义等，则别之曰说书，其他编成七字韵语如《卖橄榄》《卖草屯》《打斋饭》等类，则别之曰摊簧。只以摊簧中有淫亵不堪之语，遂斥之曰淫词。既曰淫词，自当申禁以端风化，以正人心，此固地方有司巡查局员应当留心遏止者也。说者谓说书之中亦有大书小书之分，大书则如《三国》

《水浒》《隋唐》《英烈》等部，小书则《玉蜻蜓》《双珠凤》《倭袍传》《描金凤》等部，大部不外乎劝善惩恶两义，于消遣游戏之中，亦隐寓夫转移风化之意，故历来官不之禁，亦不之问，如本埠邑庙花园中有五六家茶寮，皆赖此事以招留座客，习为故常。今届新正，忽有柴行厅之茶馆，花样翻新，别开生面，大唱摊簧，尽属淫词艳曲，一时听客云屯，游人雾集，生意之盛，大异于前。其他五六家之以说书从事者，几无驻足之人，甚矣！民心之喜邪而远正也。事为东局巡查委员王少尹所觉，赫然震怒，立斥小甲谕禁，是诚维持风化之好官。及众人诉知小甲，以为彼唱摊簧以淫词艳曲害人者，自当遵禁停止，若我等之不唱摊簧，不以淫词艳曲勾人者，固宜不在禁例。小甲无以为答，故各家依旧开唱，此即冒传开唱之谓语所由来也。噫！城门失火，殃及池鱼，事诚有之，何是为异甚？当日谭序初①中丞之治吴也，整纲饬纪，雷厉风行，禁淫戏禁淫书，灯船流妓驱逐不遗余力，烟间赌窟查封不惮勤劳，而于茶馆说书一端，都不提及，盖洞彻此事可以劝善，可以惩恶，只须不唱淫词便即无关风化耳。

今本埠洋场地方，戏馆则宣演淫戏，书场则众女登台，茶楼则群妓争闹，马车则男女并坐，一切违条犯法之事，指不胜屈，目不忍睹。幸而城厢以内，尚守法度，尚畏官员，不至如此之伤风败俗。然而涓涓不厌，流为江河，一星之火，可以燎原，不于其发端之始而一惩创之，禁遏之，势必至于相沿成习，不可挽回，此王少尹之本意，而亦地方居民所共鉴者也。惟是则国法当伸，而人情亦不可不恤。方今之世，民无恒产者十居其八，若此辈弹唱生涯更是两肩荷一口，勉附诸以舌为耕之列，技称最末，情实可矜，似宜分别查明，其说书摊簧，其历年既久，为向来所未禁者，仍准其照常执业，依旧开场，不准勇丁捉影捕风，藉端讹索。其专唱摊簧中之淫词艳曲者，则一意孤行，严申禁令，不准复蹈故辙，再事荒唐，倘或再犯，则立将茶馆发封，立提其人枷号，言出法随，不少宽贷，则邪正分而良莠判，而一应赖此数家茶馆装烟邀茶贩卖杂食者，皆不至于失业而无以为生，不犹是清清净净，神民工乐之园林，暐暐熙熙，父老消闲之窟宅乎？不得因一家之犯案遂令玉石俱焚，而致说书弹词一端亦如《广陵散》也。是所望于能持国法而又能恤民之贤使君耳。

（1894年3月19日《新闻报》）

---

① 谭序初，即谭钧培。

阅保甲总局禁唱摊簧告示有感而言①

天下风俗之坏，莫沪北为甚，凡他处之相戒不敢犯者，沪北独视为常事，官斯土者限于租界，出一令悬一禁，必先照会西官而后可，已觉大费周章。西官不允或且为之掣肘，致美意良法不得展施，益复无聊。于是敷衍了事，特非大失体统，虽为害民之事，亦若不见不闻，一任其荒迷淫乱而不可救，不知人心日溺则日深，溺愈深而害愈大，如染彩然，日日浸润而渐渍之，月累岁积，欲其复白也难矣。余谓天下事果勇往而行之，不为威惕，不为利疚，必有以成功，患在无持久之心耳。既为我所守之土，即有我所治之民，且必有我所行之事，我即可毅然决然，不挠不屈，独行我所应为者，而乌容他人牵掣其间，由是而如雷之厉，如风之行，使地方之害，划削消磨，无使稍有余憾而后已。假我斧柯，指顾间事耳，抑又何难？然而世之难焉者，诚不能持久也。禁令既出，小民视而玩之，遂以为积疲不可治，置之不顾问，风俗之坏，不亦宜乎？语有之曰，惩一儆百，明知而故犯，罪宜加等。奈何反得逍遥法外，售其奸、济其恶以蛊惑吾民？呜呼，此吾所不能解者矣。

昨报登有保甲总局告示，其言曰："书场演唱摊簧以及评话淫词小说，风化攸关，前经由局禁止，兹据得意楼等茶馆主王兰亭等禀称，伊等在于邑庙内开设各茶肆，向来倩邀讲说评话，藉招听客以资糊口，此后所有摊簧小说以及《倭袍》《双珠凤》等类遵谕停止，仍自选择正经故事评讲，环求复业前来，查阅所禀尚属可行，合行出示晓谕。为此示仰该茶馆主等知悉，自示之后，务各安分营生，切勿容唱《倭袍》《双珠凤》等小说，致干咎戾。所有摊簧名目，最为恶习，无论城厢内外一概不准演唱，倘敢阳奉阴违，一并提案从严究办云云。"噫，城内各茶馆既得贤有司禁之矣，而租界中演唱摊簧者更甚于城内，岂贤有司无所闻耶？前夜有友人来馆言，四马路某茶馆中有演唱摊簧情事，往听之者环若堵墙，男女老幼，杂然无别，风雨昼夜，哗然闼问，演唱者口讲手画，丑行恶态，无不穷极其妙。年幼子弟情窦甫开，一闻此种淫词，鲜不污入下流，伤风败化，莫此为尤。今城内各茶馆经保甲局严禁后，此风稍戢，致有茶馆主王兰亭等环请改唱正书。可见顽梗之徒，一经官长认真查究，决不敢冒法图利者。独恨租界演唱实已积久，竟无一人焉出为告发，此亦必有故矣。演唱之恶棍，坐听之流妓，吾不之责，独慨夫良家子女由此而败名丧节、贻害无穷为可哀也。夫医之治病，贵究其原，贸贸焉立方施药，病不加剧亦必不减，方今惩办

---

① 《严禁演唱摊簧告示》载1894年4月18日《字林沪报》。

野鸡拉客，访拿演唱淫戏，颇极认真，如前日本报所纪公堂案内有包探何瑞福禀称天仪茶园伶人牡丹花、赛狸猫合演《双沙河》淫戏一出，有关风化，即将该伶及园主曹小云一并传案请罚，问官判罚曹洋银十元，并着该伶人同具不敢演唱淫戏切结备查。即此一端，可见包探之认真，官长之公明，孜孜为治，维日不足，而独摊簧一项，不在申禁之律，则安知野鸡拉客之非即此引诱而然也。又安知演唱淫戏非野鸡扯客之病原也？

或曰：甚矣，子言之苛也。官长深居简出，乌从知闾阎中有陷害吾民者而遂悬示而禁绝之？且彼既敢于稠人广众中，明目张胆，强逞其奸回不法之情，亦必有为之报信，为之庇护，以涂饰官长之耳目又乌从而知之。余曰：若然，吾又不能无言矣。官长之在位，惟是为地方兴利除弊，苟必藉吾耳闻目见而利始兴，弊始除，吾不知兴之除之者之将何时也？有为报信，有为庇护，竟无一人焉出为告发，使一事如此毕，一方之千百万事亦莫不如此，是利终不得而兴，害终不得而除矣，尚何官长之为哉？诚欲尽心民事，则不妨明查暗察，轻车减从，自出访察，或令公正捕役探得有不便于民者，即来禀报，果有凿据，立即逮案严惩。况演唱摊簧，本干例禁，尤不可不加之意乎。当事诸公欲修政事，首绝淫风；欲举淫风而尽绝之，要以禁唱摊簧为发轫之肇。愿无任其荒靡淫乱，致沪北之不如沪南也。

（1894年4月19日《字林沪报》）

论近日沪地新出石印《万年清》小说诬圣悖谬亟应严禁

噫嘻！我国家文字之禁，至今日而甚宽矣。溯自顺治初元，世祖入关定鼎，次年平江南，俘福世子①，不数载而唐桂永明②诸藩以次翦除，遂以混一区宇。盖自唐宋以来，得天下未有若斯之正也。然而顽民反侧，时劳挞伐，郑氏负隅于海峤，三藩掎角于边陲，叛臣悍卒群起响应，于斯天下殆哉岌岌。圣祖③以神武之姿，运廓清之略，一麾黄钺，永奠金瓯，修德行仁，爰臻咸五登三之治。说者谓本朝之天下，世祖取之，实圣祖定之。良以除旧布新，而俾亿万众之心悦诚服者，非易易也。是以康熙六十

---

① 福世子，朱由崧（1607—1646），南明皇帝，福王朱常洵之子。1617年，朱由崧被册封为德昌郡王，后又立为福世子。1644年崇祯死后，马士英等拥立朱由崧在南京建立南明政权，弘光元年（1645），清兵渡江，他逃至芜湖被俘，次年在北京被杀。

② 指在福州称帝的唐王朱聿键（1602—1646）、桂王朱由榔（1623—1662，年号永历）和奉永历年号的台湾郑氏政权（1662—1683）等几个南明政权。

③ 圣祖，爱新觉罗·玄烨（1654—1722），即康熙帝。

一年中，庄钺①私史之狱、戴名世②《南山集》之狱，皆株连多人，逮及名士他如吕留良③之日记，陆生楠④之诗稿，生诛死戮，咸正典刑，国典昭彰，难为非圣无法者网开一面，惩一儆百，理固宜然。自是以后，宪庙任法，纯庙敷恩，承整齐严肃之余，乐宽大优游之化，怀德畏威，人心于是乎一靖。

自嘉庆至今，又将百年，累洽重熙，更无诽谤朝廷之事，而文字之禁，亦因之渐宽。通商以来，风气日辟，海上自同治壬申夏始，有中国日报馆以印报之铅字兼印闲书小说，既而所印书籍渐多，乃析而为点石斋。一人倡之，各书贾从而和之，于是同文、积山等书局继兴，先后无虑数十家，精益求精，易铅板为石印，一切经子史集外，广辑科场应试之作，如《大题文府》《经艺宏括》《五经文准》《策府统宗》《经策通纂》等，几于汗牛充栋，溯其始事，实由报馆铅字所印各种小说以开其端。转瞬十余年来，科场所用诸书，价益贱，利益薄，于是各书局纷纷闭歇。仅有存者，近岁坊间效颦专取各种小说绘图石印，分售渔利，于《聊斋志异》《石头记》《三国志》等大部外，又取各种旧书，易以新名，如《三笑姻缘》为《笑中缘》，《绿牡丹》为《龙潭鲍骆新书》，《醉菩提》为《皆大欢喜》之类，藉动无识者之耳目，其实则皆系陈言，不值一哂。所最可异者为《万年清》一书，此书不知是否旧本，抑系新撰，书中妄言高宗纯皇帝⑤微服

---

① 庄钺，应为庄廷钺之误。庄廷钺，庄廷鑨（？—1655）之弟，浙江乌程南浔人。初，廷鑨购得浙江归安人朱国桢所著《明史》部分底稿，延请文士，增删润色，邀请名流，作序付梓。书刊刻一半时，廷鑨死去。庄廷钺及其父庄允诚遂高价聘请文人，将书刻成。被已罢归安县令吴之荣告发，酿成大狱，廷鑨被开棺戮尸，廷钺被凌迟处死，牵连死者七十余人。这场著名的文字狱一般被称作"庄廷鑨明史案"。
② 戴名世（1653—1713），字田有，一字褐夫，号南山，安徽桐城人。康熙四十八年进士，授翰林院编修。康熙五十年，左都御史赵申乔弹劾其私刻文集《南山集》"倒置是非，语多狂悖"，被捕下狱。三年后，被杀于市，史称"南山案"。
③ 吕留良（1629—1683），字用晦，号晚村，浙江石门人。明亡后，素有反清复明之志。雍正年间，湖南秀才曾静喜阅吕留良著述，广为搜求。雍正七年曾静投书川陕总督岳钟琪，列举雍正罪状，劝其反清，被岳告发，遂牵涉吕留良及其子弟。雍正十年，吕留良子弟家人多被诛杀或流放，吕留良被开棺戮尸。史称"吕留良案"。
④ 陆生楠（？—1739），清代广西灌阳县人。康熙四十四年举人，曾任吴县知县、工部主事等职。因撰写《通鉴论》十七篇被人告发为借古责今，被雍正谕旨"于军前正法，以为人臣怀怨讪者之戒"。
⑤ 高宗纯皇帝，清高宗爱新觉罗·弘历（1711—1799），年号乾隆，谥号"法天隆运至诚先觉体元立极敷文奋武钦明孝慈神圣纯皇帝"。

南巡，著大学士刘镛①、尚书陈宏谋②监国，圣驾则扮作客商，由天津一路南行，至所谓平波庄者，为妖道朱胡吕所困，卒由苏州巡抚庄有恭③带兵救驾，擒贼解围云云，种种荒谬，难以指数。其所谓随驾之人名周日青，系平空捏造，乾隆朝并无此人。且书中言其恃强肇衅，行同无赖，致圣驾同拘缧绁，其言诬圣惑民，罪尤难赦。查古来帝王微行之事，史不绝书，若明武宗自称威武大将军南巡，因失刘夫人簪，有独乘单舸昼夜行至张家湾事，见本朝朱竹垞④、毛西河⑤各种杂著，而李笠翁⑥《十种曲》中之《玉搔头》一种，即谱此事，妇孺皆知，为君德之玷。至我朝庙谟广远，度越前明，纯庙六次南巡，皆因阅视黄河及江浙海塘，所至礼见老臣，召试士子，询问民间疾苦。每次必诏免经过地方钱粮，盛德宏猷，近之可与康熙南巡盛典媲美，远之可追虞舜时巡之典，岂穆王八骏、武帝三山所可比拟？事见《乾隆朝宝训》暨诸私家撰述诗文纪载，班班可考，迄今已百有余年，而父老传闻犹赫赫若前日事。如该小说所妄言，诚不足与辨。所患者愚民无知，或者传观之余，以为真有此事，辗转沿讹，实与风俗人心大有关碍。且沪上中外杂处，为远人观听所系，或以此书所妄言各事信以为真，传播外洋，将来再欲辩明，转嫌辞费。所望有地方之责者，亟即严行禁止，焚板毁书，再行示谕。除此书之外，《永庆升平》等书，中有妄言仁庙微行者，亦应一体禁止，而戏馆所演之《甘凤池》一出，亦当禁其弗演，庶令薄海臣民憬然知崇圣尊王之义，国体幸甚，世道幸甚。

(1894年4月24日《字林沪报》)

---

① 刘镛（1719—1804），字崇如，号补庵、香岩、日观峰道人，山东诸城人。乾隆十六年进士。历任翰林院编修、协办大学士、体仁阁大学士、太子少保等职。

② 陈宏谋（1696—1771），字汝咨，号榕门，广西临桂人。雍正进士，历任吏部郎中、甘肃、江西、陕西、湖北、福建、湖南、江苏巡抚，两广总督，吏部尚书。著有《培元堂全集》。

③ 庄有恭（1713—1767），字容可，广东省番禺县人。乾隆四年状元，历任江苏学政、江苏巡抚、浙江巡抚、福建巡抚等职。

④ 朱竹垞，朱彝尊（1629—1709），字锡鬯，号竹垞，晚号小长芦钓鱼师、金风亭长，浙江秀水人。康熙十八年举博学宏词科，历任翰林院检讨、江南乡试官、值南书房等职。康熙三十一年因故罢官，告归乡里，著述终老。诗文词俱工，以词为著，为浙西词派创始人。著有《曝书亭集》。

⑤ 毛西河，毛奇龄（1623—1716），字大可，又名甡，字初晴，人称西河先生，浙江萧山人。清康熙十七年举博学鸿词，授翰林院检讨。以治经史著称，亦长于诗。有《西河合集》。

⑥ 李笠翁，李渔（1611—1679），初名仙侣，后改今名，字谪凡，一字笠鸿，号笠翁，又号笠道人、李十郎、随庵主人、湖上笠翁等，浙江兰溪人。明末清初戏曲家、文学家。著有《十种曲》《闲情偶寄》等。

论英巡捕头拘拿唱滩簧人送办事

有客语于执笔人曰：甚矣哉，沪上风俗之坏，竟至于如此哉！姘头搭脚，习为固然，台基半开门，事所恒有。甚至茶坊烟肆，狭巷通衢，野鸡倡到处成群，拉曳狎客，淫声浪态，全不知羞，诚不料海滨邹鲁之乡，其败坏竟至如此。有心人时艰蒿目，能不抚膺长叹，深望在上者之设法防闲哉！

执笔人曰：沪上风俗固曷为而坏哉？世家大族以礼自持，绣闼娇娃往往终岁不出闺门一步，即青年子弟亦大都夏弦春诵，礼让成风，文质彬彬，不失大方举止。其有稍踰闲检者，乡先正辈必以佻达目之。自西人开埠通商，十里洋场，尽变为花花世界，而居人渐染浮靡之习，久且日即于骄奢，近更势若江河日下而不知所返。子所谓姘头搭脚台基半开门，以及茶坊烟肆狭巷通衢之野鸡倡，固足以败坏风俗，然所以败坏风俗者，其故有二，一曰淫书，一曰淫戏。淫书如《杂事秘辛》《飞燕外传》之类，文词古奥，非浅学者所能一览而知。自《金瓶梅》《肉蒲团》《倭袍记》诸书先后镂板行世，而文词浅陋，即稍识之无之辈，亦能领略其中曲折，使之心荡神怡。然向时犹属厉禁高悬，不敢公然问世，近则石路诸处，晚间皆设摊求售，遍布如林。捕头虽知其有害于人，然巡捕包探之流，亦惟故事虚行，从未拘送公廨，以致少年子弟出钱购得，朝夕展观，久且心为之迷，骨为之醉，而鲜耻寡廉之事，乃自此而多矣。然仅曰淫书在不识字者犹不致因之而失足，自各戏园搬演淫戏而其祸乃更甚于淫书，雨意云情，当场摹绘，唐宫秘戏，未必若是之酣畅淋淋。彼手艺中人，挑负之辈，日日辛勤从事，趁得百文，至晚间约伴往观，往往目睹淫亵情形，以致生出无数奸淫案牍。而红闺少妇，瑽室名姝，列坐厢楼，纵观秘事，因此而败名失节，更为偻指难终。日前雏伶牡丹花因演《双沙河》被捕头送请公堂判罚，然《双沙河》尚非淫亵之甚者。此外如《珍珠衫》《翠屏山》《双钉记》《打斋饭》之类，尤为惟妙惟肖，曲尽形容，苟能一律禁之，或者淫荡情形不致时呈于心，目淫风其或可稍弭乎？

虽然淫书淫戏禁之固宜，而租界之中最易诲淫者，则莫若唱滩簧一事，何则？淫书非不识字者所能观览，淫戏尽人可寓目矣。然非洋银数角，不能入座纵观，即下等者亦须百文或六七十文，不若滩簧之仅需二十八文尤为轻而易举。且淫戏说白必用京音，在南省之人未必人人明白，滩簧则以苏音为主，妇人孺子无不了然于心，而且巷语街谈，无一不可搀入，淫声浪态，更觉入耳难堪。我不知自经歌唱以来，累月穷年，败坏几许好人家子弟矣。幸也！事为捕头访悉，拘唱者而送诸公廨，一一罚锾，今而后，此种淫风或者可以渐息。所可惜者，仅示之罚，而未施以刑，在官吏之心或者以为若辈亦系穷苦小民，必欲绝其生机，殊非爱民之道，不知惩儆一二人之事小，败坏千百人名节之事大。闻滩簧听者甚多，每晚所入颇丰，仅罚洋银数十元，若辈拚折此数日生涯，依旧可重张旗鼓，必也笞之枷之禁押之放逐之，使有所畏惧于心，不复敢重理故业，庶几租界中少一诲淫之事，民风或稍可挽回。而尤奇者，逮案之朱守梅自称系浙江生员，夫士人既入胶庠，自宜恪守卧碑，不敢稍有所放荡，上焉者青云得路，显亲扬名，立身朝端，印累绶若；其或文章憎命，席帽依然，而绛帐宏开，亦可门罗桃李；即不然而医卜星相，占其一业，亦不忧糊口无资，何致入于下流，作此无耻之勾当？其所称曾入钱塘县学，是真是假，不得而知，而有此一供，已足使頖宫失色，免予褫革，不诚幸欤？客唯唯而退，执笔人因即书此语以弁报章。

（1894年4月29日《申报》）

论演《铁公鸡》戏剧之妄

古云凡戏无益，其所谓戏也者，乃指一切游戏而言，非专指今日之戏剧也。然戏剧而竟尚淫盗之事，则非惟无益，而有害之矣。原夫创此戏剧之初，本欲假优孟之衣冠，动人情之观感，粉白登场，贤奸立判，氍毹贴地，忠佞显分，故演至《王孝子寻亲》《杨椒山写本》，往往令人欷歔感慨，歌泣随之。乃目今沪上诸戏园中，鲜解演此忠孝节义之剧，惟专演夫奸盗邪淫等剧，一人倡之，众人效之，舍旧翻新，争先恐后，几几乎无此等新戏则不能开台，亦几几乎无此等新戏则乏人下顾。噫！人心一变至于如此，亦足征世风之日下而世道之日衰焉。其中尤为可骇者，则连日所演之《铁公鸡》一出是也。

按，铁公鸡乃发逆中头目某之混号，盖形容其雄健而又讥讪其一毛不拔故耳。其人在发逆中并非头等巨贼，且不猖獗之多时，即被我军擒斩，非若伪东王、伪北王、伪忠王、伪翼王及四眼狗①等之大肆凶锋也。幺魔小丑，何足标其名而著其号？噫！此等命名之无理姑不具论，乃闻其戏剧中之关目以及科白中之称谓则荒谬绝伦，臆造失实，识者当场几欲喷饭，

---

① 伪东王、伪北王、伪忠王、伪翼王及四眼狗，即太平天国主要领导人杨秀清、韦昌辉、李秀成、石达开及陈玉成。据传，陈玉成幼时患眼疾，以艾草薰眼睑，留下痕迹，一说其眼下生有黑痣，家乡人戏称其为"四眼狗"，晚清官方公私书牍中亦多用"四眼狗"称之。

如向军门荣①号欣然，四川人，生为钦差大臣，殁谥忠武，何得以总统称之耶？张军门本名嘉祥②，号殿臣，广东人，投诚后经朝廷更名国樑，生为江南提督，殁亦谥曰忠武，且亦曾授为钦差帮办，与向帅有将佐之区分，有师生之分谊，初何曾有翁婿之亲耶？张玉良③亦四川人，亦官提督，与张忠武公并非一家，何得称为叔侄？陈国瑞本名黄国瑞④，为黄开榜养子，后奏明归宗称陈国瑞，向在江北一带剿办捻匪，曾随胜克斋⑤宫保屡立战功，从未一莅江南诸营，此固大江南北军民人等所共知，何得硬拉入江南大营同剿发逆乎？种种荒谬，不一而足，既臆造之多端，复装点之无据，东扯西拉，胡说乱道，此等戏剧少有知识者，谁不笑其鄙俚、讥其荒唐？若俨然衣冠中人，则未有唾而骂之，厌而恶之，或掉头不顾，望望然去之，既归矣，胸中犹作三日恶，盖不但污目而且污及膈腕间也。况乎目下各处会匪时思蠢动，大宪防微杜渐，无时不以伏莽为忧，为风俗计，此时此际，正宜演习教忠教孝之剧，或取往事而翻新，或取近事而说法，胡可演唱发逆倡乱之事以煽惑凶顽而开导强暴？不又甚于《水浒传》《绿牡丹》等剧耶？夫淫乱为风俗之大患，淫戏既不堪演，乱戏更不堪演，导淫召乱，厥罪惟均，欲诛罪魁可胜诛乎？且《铁公鸡》为我朝之叛逆，凡有血气者皆欲食其肉而寝其皮，既已显伏天诛，谁肯挂诸齿端？而何以大张晓谕、榜诸通衢、笔大如椽、字大于斗、大书特书曰某日演《铁公鸡》头本，某夜演《铁公鸡》二本，某日演《铁公鸡》三本，某夜演《铁公鸡》四本，某日演《铁公鸡》五本？一若言之不足必长言之，演之不已必叠演之者，又若不如是不足以蛊乱党惑顽民。然则演此戏剧者之心尚堪问乎？至于玷污国家之大臣，淆乱国家之体制，煽惑后人之耳目，肇启后

---

① 向军门荣，向荣（1792—1856），字欣然，四川大宁人。出身行伍，历任总兵、四川提督、湖南提督、署湖北提督、钦差大臣等职。1853年3月于南京城郊建江南大营，1856年6月，江南大营被太平军攻破，向荣败退丹阳，8月，自缢身亡（一说病亡）。

② 张嘉祥，道光末年广西贵县大盗，1849年投降清军，改名国樑，积军功官至提督，与太平军力战而死，谥号忠武。

③ 张玉良，字璧田，四川巴县人。咸丰初年，以一名普通士兵从征广西，累积战功晋升为千总。历任参将、提督等职，1861年与太平军激战于杭州城下，被炮击中，死于军中，谥号忠壮。

④ 陈国瑞（1837—1882），字庆云，湖北应城人。陈国瑞十几岁加入捻军，后脱离捻军，投到清军总兵黄开榜部下，被黄开榜收为义子。与捻军作战屡立军功，历任游击、副将、总兵、提督等职。

⑤ 胜克斋，胜保（1798—1863），字克斋，苏完瓜尔佳氏，满洲镶白旗人。道光二十年举人，咸丰三年，以内阁学士身份会办军务，与太平军作战，屡遭败绩，后与苗沛霖一起诱擒陈玉成。两宫垂帘听政后，以讳败为胜、任性骄纵等罪名赐令自尽。

人之猜疑，颠之倒之，真也伪也，殊觉其无理而不足取笑，不诚为丧心病狂而好恶拂人之性耶？

按，此恶剧创始于天仙，目下天福、天仪、丹桂三家亦皆演习，不日告成，风闻将于一日之中四园同演，悖乱若此，夫亦成何世界耶？说者谓此等创演之新戏，皆班中人自为之，本无高见远识，但知招徕生意，其悖理也不知，其酿祸也不知，其无理取闹也不知，其贻笑大方也不知，即有官宪而查禁及之也，彼亦且不知其何以故，即遵功令而惩创及之也，彼亦且不知其何以然，懵懂糊涂，未知能有梦回酒醒之一日否？论不合演唱之戏剧，夫岂仅《铁公鸡》一出哉？因连日各戏园之竞演此剧也，故不惜污我笔墨而纵论及之。盖为风俗人心起见，庶几其能挽回于万一，则非管城子即墨侠之所能逆料焉。还冀夫有维持风化、绥靖地方之权者熟思而审虑之。

（1894 年 6 月 5 日《新闻报》）

续论《铁公鸡》戏剧之妄

日来本埠各戏园中开演《铁公鸡》戏剧，甚至无一夕不演，且竟有一夕四园共演，皆属此剧尤为骇异。案此种戏剧之妄，前论已详言之，乃不须言，言之谆谆，听之藐藐，以致茶寮酒肆，巷口街头，一应闲人，交相哄动，一人倡之，众人和之，倾耳而听，无非赞叹《铁公鸡》全本之戏，手舞足蹈，色舞眉飞，举国若狂，趋之如鹜，或称其有豪烈气，足以大快人心者有之，或谓之为惑乱人心，罪不容诛者有之。夫一戏剧耳，誉者有之，毁者有之，孰得孰失，谁是谁非，必衷一是乃为定论，愚则以为戏者戏耳，不必认真，亦不得不认真。昆曲清词丽句，写景描情，脍炙人口，美人名士，乐于观听，早有"满村听唱蔡中郎"之语，虽亦间有羌无故实，然考据家不必于此求之。降至京徽山陕各班，以意为之，往往假借姓名，不类不伦，胡乱扮演，无理无情，而士大夫不加屏置，且亦时一寓目者，大率以陶情玩性，过眼烟云，付之一笑而已。其实声音一道，感人者深，乌可不加之考究？尝见贤奸忠佞各事为大儒之说连篇累牍，劝之而不足者，一经编入戏剧，昭示于当场广众，未有不感激涕零、良心顿现者。是非曲直，此一刻间毫无伪饰，自然流出，共见庐山真面。孟子所谓性善一语，实为至论，荀卿韩非辈另立一说，徒乱人意耳。铁公鸡逆首源流陈公国瑞诸人事迹，在不知其事之人虽谓有益，亦无足怪。若洞悉颠末者，义正词严，比诸《水浒》《绿牡丹》一例，却不为过，更讶其不应为铁公鸡死后扬名耳。抑知此剧本不名《铁公鸡》乎？前十余年，苏省阊门外天桂戏馆首先演唱，名曰《大清得胜图》，胡说三千，观者如堵，盲称瞎赞，欢噪金阊，幸当时苏藩宪谭序初①方伯励精图治，振作有为，一切纤悉，有碍民生者，莫不锐意除之，不以俗吏自居，超出寻常万万，访得该戏馆演唱此剧，大为不然，复派亲信前往察看，果属伤风狂悖，遂下令饬县严禁，不准再事演唱，取结呈报。在方伯之意乃为世道人心起见，宜为人所钦服。

一迄于今，讴歌载道，因思蚩蚩之氓，习见习闻，易于沾染，所谓近朱者赤，近墨者黑，即闻诸其人亦不自解，其何以故？当此各省会匪时思蠢动，大宪杜渐防微，间有一二起事之处，赖运筹决胜，随时扑灭，见诸奏牍，不一而足，此时犹将发逆倡乱各事演为戏剧，煽惑人心，增长奸计，诚属罪无可逭。本埠各戏园中，因知《得胜图》之曾干宪禁也，巧换名目曰《铁公鸡》。夫"铁公鸡"三字新颖异常，阅者夺目，不论乡愚市侩，即身列士林亦将相率往观，一新耳目，此招徕之巧术，即图利之私心，诚无足责。然所演之戏而为教忠教孝也，则有益，而为诲淫诲盗也，则有害。古今来好事林立，何不以之演唱，而必为此干禁违例之举，抑何愚耶！说者谓戏园之演《铁公鸡》与四马路之风行野鸡，盖皆惑于罔利而不顾大坏人心大伤风俗之故，若不严行禁遏，势必至于天王挂须，忠王涂面，屠戮百姓，抗拒王师之形状，一一装演而出之，尚复成何世界哉？若谓必待谭大中丞其人者重莅江苏乃能申禁，亦何浅之乎视我目前之大宪与地方之有司耶？

（1894年6月13日《新闻报》）

论妇女决不宜入戏园

自来开设戏园，唱演戏剧，惟京师及姑苏两处有之，厥后各省间有踵而行之者，最后乃行于上海。当同治年间，最盛之时，计开设于租界中者大小竟有二十余家之多，若目前则仅存四五家，自是盛衰无常之理。惟是他处之戏园只容须眉涉足而无巾帼来观，惟上海以地属租界，故一切悉仿西俗，可容妇女入园，虽男女杂坐而不以为嫌，其少守礼之家则以包楼之中为分别男女之界限。故即世家大族官宦人家亦复可以偕眷登临不以为异，而鱼龙混杂之嫌疑已不能免，然犹曰清者自清，浊者自浊，各行其是，原亦无妨。乃不期世风日下，人心日漓，日复一日，酿成目前大坏风俗之事，有令人不可思议者，若不表而白之，以稔夫居沪旅沪之人，将必有入其彀中，万悔莫及，罄西江之水而不能涤其耻辱者。

缘各戏园中皆有左右包楼厢房数间，向原设以供贵客与妇女所坐以观

---

① 谭序初，即谭钧培。

剧者，故并有净室以为更衣处，即大小便所也。初原无弊，自亦相安，乃近闻此等包厢皆为园中之茶房人等暗中把持，当未曾开戏之先，预将其房守定，如有妇女来定包厢，即便开门延入，或为妓女来定，则更欣然从命，如系男人来定，便即复以有人，不容厕足。一既安排妥协，便即上下招呼，川流不息，或某妓悦某伶，或某伶悦某妓，目既成于台上，机即动于楼头，于是传消递息，约于某处相逢，蜜语甘言，订于何时相见，鸦娘鬓婢，暗度明修，在妓女原不关名节，即踰闲荡检亦属何妨？浸假而诱及人家之姬侍矣，惑及怀春之游女矣。此等卑污苟贱之人，尚可不甚爱惜，浸假而诱及与姬侍同来之淑女矣，惑及与游女偕行之伴侣矣。此端一开，风俗大坏，不观各戏园之上场门、下场门，两边必有名优时来观望，绣帘一揭，彼此传情，金革齐鸣之际，刀矛飞舞之时，观剧之人目瞪口呆，谁复察及乎？此故台上则务演伪淫之戏，台下则争传真淫之情。此时此际，倪有官宦家之命妇，与夫宅第中之贤媛，杂坐其间，得毋有薰莸同器之嫌、玉石难分之憾耶？在谨守礼教、率循贞静之女流，窃恐睹此情形，坐不安席。本为寓目而来，乃触于目者，则台上为淫状，台外尽淫情。苟反顾而闭目，或避席而他瞻，必启旁观之疑讶，使生无限之讥评。

噫！旷夫怨女，只自传其眉来眼去之情，浪蝶狂蜂，讵必不存侧击旁敲之意，即使松筠志操，冰雪心肠，一再赏临，更番至止，不为所动者固不乏人，而偶为所摇者恐亦不免。然则妇女讵可入园看戏乎？不较之入庙烧香尤为不合乎？兹为大声疾呼，以当晨钟暮鼓，所愿各家长将此论说书之屏风，以戒家人，以为闺训，节省靡费，尚属浮词，保全名节，殊有实济，不观泰和里邵姓人家以携眷入园看戏，致室内失去金饰六千余金之多，涉讼两堂，尚无头绪，然丑声已播，秽迹弥彰，可不当取为殷鉴乎？至于妓女之入园，本非为看戏而来，醉翁之意不在酒，在乎与所眷之伶人一吊夫靶子耳。故先必强求狎客，以看戏为名，又必自择某园，不容客人择地。如所眷为丹桂之伶，则必看丹桂之戏，如所厌为天福之优，则必观天福之戏。若以天仙、天仪易之，则断断不肯也。苟所眷所欢为天仙、天仪之优伶，则亦必不愿以丹桂、天福易之也。最可哂者，该狎客不识不知，听其簸弄，解我悭囊，为他撮合，其愚诚不可及焉。似此各种情形，沪城何堪入目，更何堪入良家妇女之目？谓余不信，请于入园看戏时，子细在戏台之上下场门与夫花楼旁之头二包厢以及包厢后弄唐中勤加审察，定知余言之不谬，而皆动深恶痛绝之念焉。

（1894年6月15日《新闻报》）

论示禁新戏事①

日来本埠各戏园中高贴新任会审公廨委员屠别驾②示谕一道，申禁所演新戏如《铁公鸡》及《左公平西》《宋公平倭》种种谬妄等剧，词严义正，振聩发聋，闻者无不叹服其深得政体焉，此固频年以来所未之或睹者也。

查《铁公鸡》之初演也，各日报时时论列，以为荒谬绝伦，不堪惑人闻见，坐使桀骜不驯之辈潜长夫作乱之心。故所重乎戏者，必取忠孝节义诸大端，不嫌尽相穷形，尽情描写，化民成俗，亦其一端，观于《王孝子寻亲》《杨椒山写本》，往往当场令人歌泣，其感动人心固若是其效验焉。近年以来，以所演古人之事不合今人之目，于是揣摩风俗，□足淫戏，不嫌秽亵，任意揣摩，败俗伤风，莫此为甚，于是有禁演淫戏之举。乃各戏园阳奉阴违，将所开列应禁之戏目一一改易其名，如《翠屏山》改为《上山杀嫂》、《小上坟》改为《荣归祭祖》之类，遮掩官衙耳目，依然当众宣淫，藐禁令如弁髦，视官府如儿戏，殊骇听闻，已非一日。乃宣淫之剧未终而长乱之剧又盛，长毛凶焰，装点十分，回匪猖狂，描摹百种，既长暴长凶之可虑，亦海奸海盗之堪虞。尤可骇者，将大臣名将之籍贯误易，年代误编，令人闻之，莫名其故，以近时之事而失实如此，虽曰戏也，亦何至颠倒紊乱不值识者之一噱乎？妙在地方有司从不加察，而一应城绅乡董亦不之问，一任伧夫胡诌乱扯，煽惑人心。兹经屠别驾揭此示谕，群惊为得未曾有，而又钦为实获我心。可见黜邪崇正尽人皆存此心，惜牧民者庸暗居多，见不及此，而世风遂因之日坏焉。然则此等示谕讵堪视同寻常，依样胡卢之禁令乎？下车伊始，谁不翘首而愿观新政？即此一端已堪与榜示罚款一节同，是兴舆人之诵而动正士之感，不亦难能而可贵耶？

说者谓月前公廨亦曾传禁不得演唱《新串三世奇冤》一剧矣。然查悉乃西官所嘱，而非华官之本意，若西官不嘱，华官固一任其扮演而付诸不闻不见之列，与《铁公鸡》等剧等类而齐观。此番之示谕则西官未嘱而为华官之独出心裁，明明以移风易俗为己任，此等胸襟，此等丰骨，吾能决其断不容优伶出入衙门，优妻往来内室，以至酿成目无官长之境界焉。从来大逆不道之事皆发端于微乎其微，所谓涓涓不塞，流为江河，一星之火，可以燎原，履霜坚冰，由来也渐，此等恶剧之扮演，其初心原不过哄人观看，以图生意兴隆，财源茂盛，并无召人为恶之心，而在地方有司之

---

① 《示禁新戏》载1895年7月29日《新闻报》。
② 屠别驾，即屠作伦。

以图民为心者，则断断不能置诸不理，非多事也，非过虑也，防其微，杜其渐，以曲突徙薪为计，而不愿酿至焦头烂额，重费主人酬谢之资也。故此一示也，人视为平淡无奇，吾视为深沉有识，人以为老生常谈，吾以为英雄卓见。且也既明此理，则一切政治皆能得其要领，知所先务，而不至因循玩忽，坐令百弊丛生于肘腋间，而地方必刪臻大治。如以为似此一意振兴，力求上理，讵不形容前此官员之徒务趋承，但忙交接，素餐尸位，无益于国，无益于民，空拥夫官之名而绝不计夫官之实，且诩诩然自夸于人曰：吾固熟习洋务也。熟习夫洋务而他事皆可不计及也，有是理乎？窃恐西官笑于旁，西商讥于后。编戏者乐其不加查察，演戏者喜其任我胡为，久而久之，变本加厉，必且将弑父弑君之事，竟大张旗鼓而大演之，夫亦成何世界哉？而此禁顾不重哉！

（1895年8月4日《新闻报》）

劝文人莫看淫书说

夫士人束发读书，莫不有志显扬，抗怀经济，所谓藏器于身，席珍待聘，此固夫人而有之。幸而祖宗积德，月桂高攀，镜蓉献瑞，乙榜甲科，联翩直上，正大丈夫得展抱负之时、藉手有为之日也。于是从容飏拜，跻秩清班，得以拾遗补缺，为朝廷收言路之效，或扬葩摘藻，掌握文衡，和其声以鸣国家之盛，皆所以抒其幼学壮行之志，文人自命有如是耳。

不料时至今日，士风日下，人心愈诈矣，以稽古之功藉作导淫之想。何以言之？上海淫风之盛，淫书之多，甲于天下。仆初至上海也，其时粤匪之后，洋场十里中，不若今日之繁华，即有妓馆，不过寥寥几处也，即有台基，未敢彰明较著也。今之上海究非昔比矣，大而妓馆，小而台基，次之则有花烟间、佛店等，种种名目，不一而足，朝云暮雨，送旧迎新，固已习为故常。凡仕商之来自他处游斯土者，乐而忘返，废时失业者有之，倾家荡产者有之，又甚者落魄无聊，无颜见江东父老因而以身为殉者亦有之，所谓牡丹花下死也甘心。当其极意行乐时，意气豪雄，风流自命，何尝计及于此？乃不免卒至于此者，人谓其可怜不足惜，余独惜其无人焉为之绝淫念防淫心摈淫缘，去其导淫之机，以致野田蔓草，廉耻全无，赠佩采兰，绸缪备至，事有甚于画眉者，正不独张京兆①为然也。《易》曰冶容诲淫。诚以人心寂然，本无一点淫心，所谓性相近也，习相

---

① 张京兆，张敞（？—约前49），字子高。西汉名臣。先世为河东郡平阳县人。张敞历任太守卒史、甘泉仓长、太仆丞、太中大夫、京兆尹等职，《汉书·张敞传》载张敞"又为妇画眉，长安中传'张京兆眉怃'。"后世以"张敞画眉"比喻夫妻恩爱。

远也。一有所见，情不自持，一有所闻，神与之驰，虽有严父勿能禁也，虽有良朋，勿能劝也，是以古圣人防维杜渐，垂训甚深。盖饱暖思淫欲，人情之常，苟无以动其心，亦何乐而耗其精神，而况淫之为祸，上而士大夫犯之，败德辱国，下而士庶人蹈之，丧身败家，其验历历不爽，其祸可立而待也。即其子孙报应之机，疾于影响间。尝谓导淫之事，如淫书一项，其祸甚烈，在目不识丁者固无足虑，其有稍识之无，粗通文理，未有不喜看淫书，自谓酒后茶余可以消遣，即如近时四马路一带，日出无根之淫书如《云中落绣鞋》《绘图意外缘》《水怪贪欢》等书，每部或二本或四本，无非抄袭陈陈相因之章句，令人看之，目眩神迷。年轻子弟费去一二角洋购得此书，极意描摩，淋漓尽致，几欲使形神活现纸上，竟使画工所不能绘，优伶所不能摹，亦代为之一一传出。作是书者，有其言不必有其事，转使看是书者虚题实做，正不知作何景状，其言之深入人心实过于淫戏淫画倍蓰。仆有从弟，平日谨守规矩，迂腐非凡，近年托足沪江，无意之中购得淫书若干种，始则为消遣计，继则时刻难离，以致志气游移，精神困顿，酿成梦遗虚弱等症，病入膏肓，几致不起，幸承珠家阁名医着手成春，静养五阅月，服药百余剂，始得无事，亦可见其祸之烈矣。初以为官长见之必能明查暗访，将淫书收而付之一炬，纵不能悉数搜罗，当令若辈改业以挽颓风而惩末俗，乃竟寂无举动，无怪其卖书者扬扬得意，反谓清议不足恤，官吏不能制，即有人大声疾呼而亦无人焉起而应之，故各书摊生意之获利较前更甚。

或谓租界中姘头搭脚之案层见叠出，尚且不胜查办，而必斤斤以淫书为虑，抑何不识时务乃尔耶？要知出治一道，必清其源乃能绝其流，正其本不徒治其末，所望贤有司雷厉风行，淫书诸摊自不致阳奉阴违，而荡子邪人无以助其淫欲，将身心材力勉为有用之材，际此时事多艰，正烈士图功之会，何至自甘暴弃，致淫风日盛一日哉？吾愿黄卷名流，青灯学士，勿作无益以害有益，斯可耳。知非子稿于补过草庐。

（1895年9月1日《新闻报》）

论淫书翻刻之盛

自泰西石印书籍之法行而剞劂手民遂逡巡而退避三舍，缘其便捷，尅日可成，不似刊诸枣梨，久淹时日，即活字铅板之排印亦且少逊一筹焉。惟石印之法务在省用石料，故字必极细小，凡经史大部之书，皆不合用，所最宜者，大小试场之夹带秘本，如最先所印之《多宝船》及续印之《大题文府》《小题文府》，以及《五经文》并《赋海》《策海》，无不利市三倍。因之举国若狂，争先仿效，抑迄于今，此等书籍汗牛充栋，遍及于二十行省，凡有应试者无不家置一编，以资入场之抄袭，亦可以博得秀才、举人、进士、翰林，甚且鼎甲亦复有之。噫，风气至此，考试一端尚可问哉？

今则以夹带之种类无不备具，则又改弦更张，翻印淫书如《野叟曝言》《今古奇观》等，竟自彰明较著，一一而上诸石，更有改头换面遮掩耳目者，如《红楼梦》则改为《金玉缘》，《肉蒲团》则改为《觉后传》，《桃花影》则改为《第三奇书》，《贪欢报》则改为《醒世第一书》，《隋炀艳史》则改为《风流天子传》，《倭袍传》则改为《果报录》，尚有《金瓶梅》《双珠凤》等书亦复改名石印，且一印必数千部之多，似此淫书出而问世，遍地招售，试问伤风败俗，将来伊于胡底？传闻苏省已申禁令，不知其事确否？然以淫书而论，苏州乃销售之场，上海实发端之地，欲申禁令，自必当从上海始，而上海此等犯禁之事皆托足租界之中，恃我华官不能越俎查察，得以放胆而为，然使我华官知其然也，商之领事，照会协提，西官必允从，可无扞格之虑。惜乎差保不肯禀报，以致不能上达，又无绅董等察知其事，禀请提究，遂令国家之禁令虚悬于典籍中，不亦异乎？

说者谓淫书虽未尝申禁，而淫戏固曾屡禁，乃彼戏园阳奉阴违，将一切淫戏名目改易他名，一如淫书之改头换面者。然照名目则固不犯禁，按戏文则犹是前情，既耳目之可以遮掩，遂查拿亦不甚经心，况乎贿及门丁，赂及差保，互相蒙蔽，可永无败露之一日。不观近今各戏园中之淫戏，夫固勾心斗角，随事描摹，而仍不能免焉。业书者知淫书当可作淫戏观，又知官宪之视此淫书当亦无殊于淫戏也，只须遮掩耳目，得过便可安然无事。于是一人倡之于前，众人继之于后，竟将淫书逐一编排，书写拓照，盛诸镜中，印诸石上，零消趸贩，由近而遐，售一部书何只害一个人，售万部书何止害万数人，兴言及此，造孽何穷？论三百六十行中之贸易，何事不可以发财？即以书业而论，何书不可以发财？而乃忍心害理，专取此等伤风败俗之书，不吝资本、不遗余力、勤勤恳恳、汲汲皇皇以成之哉？缘只知惟利是图，而一切报应之说皆不暇顾及故也。须知我获其利而使人受其害，此种利益可以传之久远，贻之子孙，自古迄今，天地间从无是事。然则谓之利令智昏，当亦无词以解耳。

说者又谓淫书之害当与淫画无殊。淫画如秘戏图、春册之类，使人见之遽起淫心，淫书之描摹淫态，装点淫情，其尽情尽致处，尤有甚于淫画者，淫画既当严禁矣，则淫书之当严禁亦不合居第二义。惟画图便于查察，不似书籍之难以一览而知，况又改易，一应他名，并不是当日淫书名目,更觉易于瞒过。欲申禁令,务先查明,传集各家将书呈送,当众消毁,仍将石拓之影当官磨净,再具切结保结,以后永不拓印,有匿书一部者,罚银若干,匿书百部者,罚银若干,仍照例科以应得之罪,其代人藏匿此种书石者,亦必惩罚从重,毋或少轻。再能有有力之人,好行其德,于申禁之际,解囊出工纸之资,将一应淫书取买交官焚毁,以免成书之人因惜资而作藏匿之想,其功德当亦不在赈灾之次。若数至盈千累万,亦应由官颁给匾额以嘉其德,似此公私相辅而行,力持不懈,自然而然此书自灭,此患悉泯焉,谓非近今之一大善政乎?

(1895年11月30日《新闻报》)

论广禁止淫书义

天下之事有正必有邪,有真必有伪,有益必有损,邪之不能胜正,伪之不能乱真,损之不能敌益,夫人而知之矣。然有似正而实邪,似真而实伪,似益而实损者,在人则为佞人,为乡原,巧言令色,取媚一世,如李义甫之阴险,王莽之谦恭是已。而物亦有之,莠之乱苗,郑声之乱雅,紫之乱赤,鱼目之似珠,燕石之似玉,黄钟毁弃,瓦釜雷鸣,此固乡人之所恶而贤者之所悲也。在黑白不分、媸妍莫辨者,目迷五色,心若悬旌,惝恍迷离,何怪其误入歧途,终身瞀惑,吾辈抱挽回风教之心,存返朴还真之隐,而竟使似是而非之事,铺张扬厉,踵事增华,使天下后世之人不得探原务本,力求心得而群以揣摩迎合,剿袭剽掠为事,能不蹙然于心哉?

阅日前本报《论淫书宜禁》一则,盖见夫坊间刊刻淫邪小说,种种名目,不胜枚举,贻误后生,隐坏风俗,关系甚大,故地方官往往出示晓谕,随时禁止,虽日久玩生,改名翻刻,仍有私相赁售情事,然以有干例禁,究不敢明目张胆,以身试法。况此等书籍不过售诸无业游民、略知文义之人。其词章粗鄙,千篇一律,久而久之,必将司空见惯,不禁自绝,而读万卷书者,断无于左图右史之余,读此一编,以致忘寝辍食,祸入骨髓。是故今日之所宜禁者,莫如百家之杂说,道学之旁门,经术之捷径,以至小儒之迂论,科第之庸文,悉当付诸丙丁,以清学问之源流,而扶斯文于将坠。

试为之推其故陈其说焉。夫上古结绳而治,自仓颉造字而汗青削简,记载略备,今日所见,惟三皇五帝之纪,犹为古初之信史,若《神农本草》《黄帝内经》已出自后人传述,唐刻石经于国子学,即为后世十三经之本,于礼乐政治之基,文化武功之盛,早已包罗富有,囊括无遗。学者得其绪余,出而作治平之计,当亦绰有余地。仲尼云:"述而不作,信而好古。"以孔子之圣，犹不敢自附于作者之列，故三代而上，载籍无多。两汉习尚文辞，著述渐盛，然《两都》《二京》，沈博绝丽，非读书十年不能成此巨制，而论者犹以类书讥之。晋左太冲赋三都，构思十年乃成，门庭藩溷，皆著纸笔，盖当时无分类之书，每辑一编，必遍搜博览，岂枵腹者所可道只字？今则稗官野乘，汗牛充栋，拾古人之糟粕，支离附会，以欺当世。甚至章句之儒，揣合求售，好奇之士，徼幸成名，于是天下学者不特诬蔑圣贤，废置经传，即终身坐诵，撷华遗实，买椟还珠，欲求一钻坚研微、处静味道者而不可得。岂非富人之子多淫，而近水之人多溺哉？高宗纯皇帝①钦定《四库全书》，合古来经史子集以及杂家小说艺术歌词之类，搜辑颇繁，诚欲使儒者淹通今古，以学问为经济，文教昌明，于斯为盛。然冠以经传，殿以别集，适从之准，深切著明，不谓风会所趋，遂成积习，儒生著作无关禁令，或为无疾之呻吟，或作谤时之诽语，游戏之文，竟付梨枣，穿凿之说，妄列缥缃。说者谓祖龙焚书坑儒，亦择其不成儒者而坑之，择其不成书者而焚之，其事虽未必然，而愚民无知，可借此为当头棒喝。夫千轴不如一经，读《易》象而明吉凶，则后世卜筮占课之书，皆淫书也。读《风》诗而知毁誉，则后世词赋歌咏之书，皆淫书也。读《书》而见政事，读《礼》而见纲常，读《春秋》而见事实，则后世富强之书、考据之书，小说之书，皆淫书也。《尔雅》《山经》足资多识，则后世集事比类之书，皆淫书也。乃父传其子，师传其弟，藏诸秘箧，朝夕揣摩，莫之或禁，抑又何耶？夫邪不足以胜正，而似正者胜之矣。伪不足以乱真，而似真者乱之矣。损不足以敌益，而似益者敌之矣。

是故古之学，借书一瓻，手自抄录，得之既难，习之益精。自有镂板之法，而惑世诬民之作，风行海内，披览之余，受害已烈，今则洋印盛行，既可备窗下之探寻，并足救临文之窘迫，日新月异，百出不穷，而上古遗编，先朝真本，反以之覆酱瓿矣。可不惜哉！可不惧哉！仆因沪上淫书之多，为今之读书人进一解焉，有识者当不河汉斯言。

（1895 年 12 月 27 日《新闻报》）

论淫书破案事②

自来为害地方之恶事，数之不尽，何只刊刻淫书、勾引赌博两端？而即此两端，萃于一人之身，则其为恶已可概见。则有如邵秋亭者，徽州绩溪人也，故又浑名小徽州，其为人也，奸枵刻薄，心计最工，初习书业，

---

① 高宗纯皇帝，即爱新觉罗·弘历（1711—1799），清高宗，年号乾隆。
② 《淫书案破》载 1896 年 4 月 19 日《新闻报》。

役于鸿文书局,赶考武林时施其伎俩,盗卖书箱若干只,事竣回申,为局主觉察,将送官衙,押追货物,并究其监守自盗之罪,乃以央人吁求而免,仅事驱逐。嗣又役于鸿宝书局,仍以赶考湖南,暗吞书籍,或私售焉,或掉换焉,不顾公事,尽入私囊,经局主觉察,而摈斥之。自是不惟同业中人鄙之,抑且人人无不鄙之。既无插足之区,遂致漂流落魄,不知缘何,得又与钟姓股开十万卷楼书局,未久亦见摈于钟,折去股份。上年在苏州贩卖所翻印之淫书,如《觉后禅》即《肉蒲团》之改名,及《第三奇书桃花梦》即《桃花影》之改名,并《双珠凤》等类,不一而足,经官宪察觉访拿,乃星夜逃至申江,仅获代其销售之曹姓一人,讯出实由邵秋亭所批发,乃薄责曹姓,一面饬获该正犯甚厉,故至今未敢赴苏,专在本埠勾人赌博,计已博进数千,被其所害者甚属不少,且专使铜质伪洋,暗中愚人。盖赢则逼勒洋银,负则混用铜洋,抑或以所印之淫书作抵,种种作恶,切齿者殊不乏人。闻其同业中人,因其不类,早拟送官究办,迁延不果,酿成日昨经英捕房包探赵银河于含香阁烟馆中访拿到案。该处即聚赌之所,一时被害之人欢声雷动,以为天网恢恢,疏而不漏。窃意到官后定必尽法处治,力除大害,以快人心。不期该犯狡黠异常,改姓为张,又改姓为陈,又混称为曹为胡,赃寄于同乡胡开文墨店,而妄称为十万卷楼。巡捕起赃之时,又能将随身之铜洋五十元及博进之金器等一一暗中摈诸密处,及到捕房照章搜检,身畔并无一物,不可见其神通广大、妙手灵捷耶?既具此等本领,自能于堂皇讯鞫之时,蒙混问官,保全性命。否则,即举贩售淫书一节而论,已足以治其重罪,杀一儆百,况加以局赌害人之罪乎?又况加以实为苏省缉而未获之正犯乎?现虽交保,纵令回家,抑且具结声明改过,然而其性终不能改也,不过小延时日,暂作流连,匿迹销声,遮人耳目。其实苏省案悬未结,缉获仍殷,必不敢作胥水之游,定仍肆恶于春申之浦,获案之淫书虽毁,而照片犹在,抄底尚存,势必重事揭印,暗里求沽,或贩至远省以害人,或待至科场而赶考,所谓火烧不尽,风吹又生者,夫固为一定之理,可以预为之卜也。

矧赌博一端,当官并未提及,亦且无告发之人,更可行所无事,为所欲为,逞其才能,施其伎俩,其为害将伊于胡底耶?说者谓英包探赵银河能破此案,能获此人,可谓能矣。乃阅诸报章,不列其名,竟被他人攘去,抑又何耶?既在聚赌之处拿获,又不当堂声明其为赌棍,更不声明其为苏省缉而未获之案犯,种种疑团,令人莫解。问官就事论事,罪疑惟轻,赃物则当堂销毁,该犯则具结取保,宜也。不受官刑,不受科罚,造化好矣,便宜多矣。若能就此发愤改过,涤虑洗心,万恶全除,一心向善,视翻印淫书为畏途，鄙勾引赌博为不齿，或广购淫书而悉投之火中，或广收赌具而全抛诸海底，专以施送《文昌阴骘文》《太上感应篇》为事，既可仰副公堂中西官宪俯恤之深恩，亦可永销人世蛊惑善良受害之恶报，放下屠刀，何尝不可以立地成佛耶？非然者，略挨数日，依旧为非，恃其狡猾之才，负其诪张之术，以为事犯到官亦未尝不可以巧言惑之，利口辩之，再解橐以贿夫吏胥，倾囊以进夫左右，博得化大事为小事，化小事为无事，究竟阳世之官以仁存心，终易瞒过，非若阴曹之吏有镜可照，断难躲藏，自古皆然，于今无异，以此自慰，尚何有怀刑畏法之一念哉？吾故观于审结该犯之一案而深惜其漏网焉。夫邵秋亭者，固真正著名积恶之人也。

（1896年4月22日《新闻报》）

论武戏诲凶之患大

噫！观于日昨本埠唐家弄地方蜂殴戕命一案而叹匪徒之众多，习俗之凶恶，骇人听闻，莫此为甚，特不解其致此之由焉。自来有言，漫藏诲盗，冶容诲淫，因应之机，捷于影响。此理固确凿，堪征屡试而无有不验者也。由今观之，犹有一端，则戏园中之竞演武戏，实足以诲行凶而作恶焉。

夫武戏非不可演，而惟《梁山泊》《绿牡丹》《施公案》等剧本，以及新串之长毛戏，则决不可演，当与淫戏一律严申禁令，何也？此等戏剧之本旨，其始也则不外乎结党拜盟，烧香发誓；其继也则或动公忿，或报私恩。反以藐视国法为雄，能受官刑为健。恣睢暴戾，桀骜不驯。扮演之脚色，既属名优，自必描摹尽致，装点逼真，显出全身之本领，以博观客之称扬。而一般年少不学、血气未平之人，见而乐之，习而效之。苟父师之教不严，友朋之交不择，势必至于成群结伙，取法强梁，遇事生风，好勇斗狠。或举石鼓于路隅，或抛砂包于城隙，或握铁球于掌中，或藏铁尺于腰际，纷纷扰扰，既习练于平时，亟亟皇皇，遂发施于一旦。此近年以来本埠地方所由凶殴伙劫之案层见叠出，罄竹难书。其甚者则因伤而致命者有之，立时毙命者亦有之，致伤多人者有之，兼毙数命者亦有之。地方有司勘伤相验，奔走弗遑，席不暇暖，合终岁而一计之，其案数诚不可胜计。惟自叹官运之不佳，而莫名其致此之故。今为大声疾呼，揭而白之，俾官斯土者，知民俗之不可不防于先，为家长者知子弟之当时加防范，为师傅者知学徒之宜日事防维。而所以防民俗之日即行凶而作恶者，则莫如首先严禁此等武戏。苟或违禁，未堪仅以枷责了事，具结了事，必封闭戏园之门，提究开园之主，不徇嘱托，不少宽贷，使此等武戏竟与淫戏同行禁绝，而所演者皆属忠孝节义诸剧。久之又久，自然而然，民俗改观，民风归正。加之家长责夫子弟不准流入淫邪，师傅责夫学徒不准趋夫匪僻，衣服则不准短衿而窄袖，辫发则不准坦股而锥尖，门外之交游则必加察也，家中之军器则不合藏也。似此谆谆切切，以端风化正俗尚为先，自无人焉或以武松自命，或以天霸①自居，动辄行凶，甘心作恶，纵使五方杂处，丑类不齐，而所防者只外来之流棍，过境之匪徒，而土著无坐山之虎，一方无附骨之疽，图治亦当少易。

犹有说者，人性本善，随俗转移，髫稚之年，最关紧要。年来更有一般稚齿顽童，亦复习尚武健，或捡婴儿之衣物，或效扒窃于街衢，甚且亦复结党行凶，联帮作恶，呼为小流氓者，夫固所在恒有，则亦皆偷看武戏，相习成风之所致也。然则此等《梁山泊》《绿牡丹》《施公案》以及新串之长毛戏，固可不及早严申禁令耶？说者谓此论诚确，毫无疑义，惟是此等戏剧唱演有年，不自今日始矣。且也内廷亦或演及一二焉。至于外省则上自督抚司道，下逮地方有司，举凡一应大小官员，或酬神，或祝嘏，或庆喜，或娱宾，亦往往点演及之，似乎流览戏文，无非往事，聆声选色，游戏逢场，夫亦何关禁令？惟是此等戏剧，不惑夫上智，独惑夫下愚，故必禁演于戏园，实为当务之急，即不有本埠行凶作恶之多案，戕贼良善，为害地方，尚当筹议及之，以为挽回风化之计。矧兹时也，遍地流氓，满街凶棍，甚且藏于身者，人人有各种器械，藏于家者，处处有屯蓄刀矛。噫！光天化日之中，讵可任其目无法纪，至于如此其极？诘其致此之由，穷其肇端之故，出于凶残之天性者固不乏人，而因此等武戏之观感者实居其大半焉。试为之静气平心，参观互证，倘豁然而恍悟，当不河汉余言。

（1896年6月6日《新闻报》）

论新戏诲淫之害深

清和雨后，剪檠作书，闻剥庐声，呼童启视，则吾友来也。寒暄甫毕，辄欲拉往丹桂观新剧，检案头本日报纸视之，夫所谓新剧者，即枝枝节节而为之《打斋饭》之一出也。不禁哑然失笑曰："此剧排演之第一日，仆既得而寓目矣。微特插科打诨，毫无节奏，懒于一再观，抑且穷凶极淫，尽致描摹，恶其一再演也。子见夫本报《武戏诲凶》之论乎？子见夫

---

① 天霸，即黄天霸，《施公案》中的主要人物，其人武艺高强，好勇斗狠，恃强好胜，得利忘义，原为绿林豪强，后投施仕伦门下，破案擒贼，屡立大功，官至总兵、提督。以黄天霸故事为题材之戏剧颇多，如《四霸天》《恶虎村》《盗玉马》《连环套》等。

报载屠别驾①禁女伶之示乎？示谓演唱戏曲，男女混杂，实属有关风化，本分府访闻同庆广东戏园有女伶混杂演剧，殊违禁令，业经饬差传谕该女优散去。惟恐日久玩生，复萌故智，合行出示严禁。仰该戏园主遵照，自示之后，不准再邀女优同演，如敢故违，一经访闻，定提严究，决不宽贷等语。合观以上两事，虽不能逆料论之必禁，禁之不弛，然同一锄恶务尽之意，裨于世道人心，似非浅鲜，抑更有进者。溯自京卫调盛行，秦腔杂出，本埠各戏园争奇竞胜，选聘名优，近今二十年间，或张或歇，不下四五六家，此也以生丑擅，彼也以净旦夸，类皆声色各有一长，工力斯能匹敌。座上客亦复钗环互叠，履舄交摩，园主皆获利市三倍。迨甲午海疆有警，各园生意渐次减落，兼以名角聘钱日重，一创而为新奇灯彩之剧，藉广招徕，《梦游上海》作之俑，继出为《斗牛宫》。偶尔为之，尚觉耳目一新，无伤大雅，至今日则愈演愈淫，名目亦愈诌愈谬，每一招帖出，使人见之欲呕。说者谓全盛之世，睹承平雅颂之昆折，未尝盛称京戏，京戏而再蛇神牛鬼，装点以本地风光，斯更每况愈下，伤风败俗之渐，盖有繇来矣。遂使忠臣孝子、节妇义仆动人观感之剧，几如《广陵散》，沉寂而不轻一响。夫世风波靡，人情厌故喜新，本无足怪，独怪乎达官显宦而亦纵其妻妾子女乔妆时饰，相率往观。此中之引嫌招疑，盖有不忍道而有不能不道者，曷言之？新剧中脚色悉排以出色当行之生旦，一切云情雨意，尽态极妍，不演至至秽至亵不止也。方其弦索咿哑，百声采和，无男无女，无老无少，无贵无贱，无灵无蠢，同一注目，视倾耳听，固俨然一无遮大会。而良家眷属恶然以羞者有之，嫣然以笑者有之，执远镜而逼视者又有之。优伶本慕膻逐臭夫耳，俦人广众，指视之下，色授魂与，送眼传眉，一售彼行吊盼之熟技。厢中再有姘识伶人之妓女大姐辈在，则尤肆无忌惮，往来楼厢复道中，谑浪笑傲，示以瑟歌一二，不安闺教之妇女，平时雅慕娼优装饰，即一颦一笑，亦刻意摹仿，唯恐不肖，耳濡目染，以为见惯司空，不避不忌，甚至如《品花宝鉴》中田春航②之赶车、《聊斋志异》中严东楼③之邃室故事，一一复见。于今彼帷薄不修、广田自荒者，亦可以知所鉴者已。悲乎哉，所由沤钉世族，中冓难言，桑濮颓风，公庭迭见

---

① 屠别驾，即屠作伦。
② 田春航，《品花宝鉴》中的人物，号湘帆，金陵人，寄居扬州。三岁失怙，母张氏苦心教养，十八岁中副举。后留恋风月，耗尽财资。偶遇名旦苏惠芳，为其神魂颠倒，日日步行跟着惠芳车子回家，终于感动惠芳。在苏惠芳的劝化资助之下，考取状元。
③ 严东楼，即严世藩。世藩为人剽悍狠毒，生活极端奢侈糜烂，《聊斋志异·天宫》即取材世藩淫荡生活。

也。一年之中，一园之内，此种风流公案若合妓女大姐荡妇而统计之，则又更仆难数。而今而后，达官显宦其愿闻篱牢犬不入之谚乎？其亦思物必腐而后虫生之之旨乎？其再纵妻妾子女乔装时饰而往观新剧乎？仆不能为主家不严者解，仆尤不能为演戏诲淫者宽也。总之，此等新剧实为淫盗之媒。犹忆前年偕某杖者观《铁公鸡》一剧，杖者怫然不悦曰：'此乱萌也，况近在本朝，显干禁令，地方官其奈何弗禁？'未几而朝警起，诚有慨乎其言之也。洋场十里，几同五浊世界，官斯土者纵不能使大地皆净，而防维杜渐自是题中应有之义，凡如《杀子报》《打斋饭》各等剧，苟能雷厉风行，一时同申严禁，完贞全节，为斯民造福无穷，俾仆与子得睹化行俗美之一会也，岂不休欤，岂不休欤！"

吾友闻之，称善而退，子夜荧荧，昏灯欲蕊，濡毫伸纸，述对客语系之以论，标其目曰《新戏诲淫之害深》。

（1896 年 6 月 10 日《新闻报》）

论官长示禁淫戏凶戏宜摘其关目

沪上各梨园所演淫戏凶戏，论者言之屡矣，官长之示禁者亦屡矣。昔黄子寿①方伯任苏藩时饬属严禁，最为认真，榜列淫戏凶戏诸名目于戏园门首，触目警心，无敢偶犯，然在当时已有巧改名目，阳奉阴违者，如《杀子报》改为《天齐庙》，《翠屏山》改为《双投山》，《小上坟》改为《荣归祭祖》又名《游虎邱》之类，难更仆数。迨时日既久，官长去任，继其后者未尝踵而行之，查案示禁，则若辈公然仍复原名，毫无顾忌。窃谓此非特禁令之久而必弛也，实禁之未得其要也。

何谓未得其要？盖仅指其戏名而不摘其关目，即令旧戏不改新名，而新演之戏层出不穷，官长能逆知其名而预禁之乎？抑岂能随时查得淫凶新戏而续行示禁乎？既不能逆知而预禁，又不能随时而续禁，则若辈即新造各种极淫极凶之戏日日夜夜演之，座客常满，举国若狂，而差役地甲不得过而问也，以其戏名固不在示禁之列也。抑知新旧各种淫戏虽层出不穷，而其关目则不过数事，即新旧各种凶戏亦层出不穷，而其关目亦不过数事。淫戏之关目奈何？曰生旦狎抱也，袒裼露体也，帐中淫声也，花旦独自思淫作诸丑态也。此外若目成眉语，手足勾挑，语言蝶狎，虽亦足荡人情思，而但令真个销魂之际，出以轻描淡写，不犯以上各事，则犹可弗禁。凶戏之关目奈何？曰真军器比武也，开膛破肚也，支解分尸也，活点人烛也，装点伤痕血流被体也。此外旧戏中若《伐子都》之呕血，罗通之

---

① 黄子寿，即黄彭年。

盘肠大战，以及地府十殿种种冥刑，意主劝惩，亦可在所弗禁。地方官长诚能洞烛此弊而欲永革浇风，莫如即以上所云淫戏凶戏各种关目开列示禁，不必指其戏名，但令新演各戏中有犯此等关目者，即为违禁。若旧戏中所本无而新添此等关目者亦为违禁。良以京徽梆子各部与昆曲不同，昆曲有一定关目，不能增减，而京徽梆子各部则可随意砌彩，是故同一戏也，而津地所演与沪上不同；即同一地也，而此园所演与彼园不同；且即同一部也，而此人所演亦与彼人不同。总之，人心厌故喜新，若辈即踵事增华，有加无已，但为阿堵物充牣计，而于败俗伤风固不顾也。即以淫戏论，闻之故老言，嘉庆年间蜀伶魏长生入京师，首以色身示人，创演《销金帐》《葡萄架》诸剧，辄袒其胸，系红纱诃子作种种亵狎态，令观者销魂魄荡，厥后人人效之，遂开风气。以迄于今，然京中戏园固无女客厕入，而沪上则男女错莅，良莠连袂，每演此种淫戏，如《迷人馆》《大别妻》《打斋饭》《来唱》《巧洞房》《巧姻缘》《珍珠衫》《割发代首》等剧，至紧要关头，凡在良家少妇何堪寓目，若孀居处女尤属不堪设想，此淫戏之关目宜禁也固夫人所知也。若夫凶戏关目如开膛破肚支解流血等事，凡在循谨良懦之流必回首他顾，不欲卒视，其视之而毫无怖畏、叫好声如殷雷、手足舞蹈、跃跃如欲试者，此人非流氓即匪类，否则失教之子弟习于斗狠，将入下流者也。是凶戏关目之坏人心术如此。而其尤甚者则莫如真军器比武。相传昔年杨月楼始用真刀，而任七、黄月山辈因之，至于众武行皆用真刀真枪，俨如械斗，则自《铁公鸡》一剧始，今此剧虽已不演，而改头易面者大略相同耳。闻某园某伶其于登场演武戏时所用之双匕首即今俗称插子者，实其防身利器。近来沪上流氓喜学津派，每带插子，安知不取法于戏剧中？试观连岁以来戏园竞用真军器，而沪上凶器伤人之案几于无日无之，其故亦可恍然大悟矣。夫平民挟带军器，且宜严禁，而况于优伶？况于沪上之津伶？此凶戏之关目宜禁，所以首指此事也。

要之，草偃风行，其权在上，淫戏之关目禁可使沪上奸淫姘诱之案渐稀，凶戏之关目禁可使沪上械斗人命之案日少。地方官长当不河汉斯言。

(1896年7月25日《申报》)

论淫书愈出愈多亟当严禁

夫淫书何为而作也？盖吾人自幼入塾读书，为父母者无不望其异日科名显达，为宗族交游光，故四子书毕，粗知讲解，便命习帖括；拘拘乎八股五言之中，甫能完篇，便尔逐队观场；一领青襟已获，往往设馆授徒，仍以帖碑呫哔为事，终岁埋头窗下，所揣摩者，几篇腐烂墨卷而已。迨其一发一中，再接再厉，名登仕版，高踞堂皇，此固不敢作淫书，而亦不必作淫书矣。而彼作淫书之人，其初心亦冀他日置身云路，为士民矜式之资，无如实命不犹，学而不济，青毡久困，朱衣无望，既竭膏火之需，又益室家之累，欲投笔则手难缚鸡，欲服贾则指难点石，忧时兴感，写景消愁，不得已而手编章回说部，出而问世，煮字疗饥，良可悯也。顾在作书者之本心亦并不存淫之一念，而无如书已刊成，无人问鼎，书贾不知文义，反谓笔墨凡庸，难求善价，此无他，惟嫌其不淫也。盖喜看淫书，原属人之常情，而今日市井子弟则尤嗜此。若夫演说忠孝节义善恶因果则彼视之奚翅老生常谈，岂能及淫书之津津有味哉？故购求淫书，类皆不惜重价，书贾欲觅利，则凡系文人学士所作之书，不论其命意如何，叙事如何，起承转合如何，只须市井子弟所喜观者，莫不厚送润笔。此等淫书既然作之甚易，而又可得重酬，彼阮囊中羞涩者，亦何惮而弗为哉？利之所在，人争趋之，此作淫书者所以日见其多也。

犹忆数年前至某书坊闲坐，见一店铺徒手持一条购去《坐花志果》一部，未及片时，便将原书掉换，讯知其故，盖购书者误认为《肉蒲团》耳。沪上石印各书局林立，凡有新出之淫书及人家所藏秘本，一得其稿，便发书手，膳真照印，其便捷较诸聚珍板尤易告成，况缩印小本，既省工料，又便贩往他埠，此卖淫书者所以又日见其多也。虽各书坊不敢彰明较著，公然出售，然如《肉蒲团》则改名《觉复禅》，今又改名《觉后传》矣，《倭袍》改名《南楼传》，又改名《果报录》矣。惟《金瓶梅》原本颇少，购取不易，某书侩欲翻石印，又虑显违例禁，乃于去夏延俗手作《银瓶梅》一书，笔墨庸劣，见之欲呕，亦无所为淫亵之事，迨至冬月，便将《金瓶梅》付诸石戳，名曰《银瓶梅》，登告白于日报，谓四大奇书中最可观者，莫如《银瓶梅》，雪月风花，活现纸上云云。若果系《银瓶梅》，则人人所不屑观，亦何所谓最可观？况列乎四大奇书中，则其为《金瓶梅》显而易见也。书成之后，奈同行嫉忌，不许出售，只得藏起。尤可恶者，又倩俗手作假《金瓶梅》一部，在市混售。夫真《金瓶梅》既系犯禁之书，则假《金瓶梅》独不犯禁乎？而彼书侩之用心亦可谓深而且远矣。然其如明眼人终不受其朦蔽耶？至如《野叟曝言》《明珠缘》《载阳堂》《意外缘》等书，其描写淫状，亦如《金瓶梅》之坏人心术，惟《红楼梦》《西厢记》则市井中人不甚深解，况更非描摹尽致者可比，似可尚置诸不论不议。昔黄子寿①方伯开藩吴下，见民风之好淫也，思有以正之，乃三令五申，通饬所属严加禁止，风行雷厉，此风为之稍戢。方伯解任之后，

---

① 黄子寿，即黄彭年。

旧禁渐弛，若辈故态复萌，至今日而变本加厉，各种淫书无奇蔑有，败俗伤风，莫此为甚。

窃谓正本清源之道，当令士子各知自爱，弗贪些些润笔为之扬波煽焰而后可以渐息。若从前所印之淫书，科之以律，则悉数销毁尚不足以蔽其辜，衡之以情，则彼书贾但知贪利，未知害人，若并其本而夺之，则亦可悯，不如将所存之书悉数缴官销毁，给予半价以示体恤，其原板则一概劈毁，不准存留，并通谕各书坊，凡有违禁者，概不准代印代售，违则科以重律，罚以巨金，此宽猛恩威并用之政也。至于年轻子弟互相传钞，私自观览，是非官法所能禁，是在为父母者有以约束之耳。蕴宝楼主人①来稿。

（1896年8月31日《字林沪报》）

论重禁淫戏之善

日来因巡捕房查得天仪戏园所演《狼心狗肺》新剧一出，其中关节淫乱实甚，如吊靶子、上台基等之迎人之机，导人之路，伤风败俗，绝后空前，为害地方，实属可恶。爰饬探捕拿，解公堂经谳员屠别驾②会审属实，将馆主申斥一番，责其胆敢擅违禁令，该馆主犹哓哓强辩，谓缘生意清淡，藉此招徕，别驾勃然大怒，斥押严办，乃叩头如捣蒜，求请开恩。中西会审之官准情酌理，判罚英洋百元，具结从此遵禁，不复再演。

此事一传，颂声大作，盖该戏馆等违禁已久，不但此《狼心狗肺》一出淫乱实甚，即《打斋饭》《送灰面》等剧，无不变本加厉，淫之又淫，少知礼法之人，往往以不堪入目为恨，甚且有拂衣而起、舍而之他、弗复回首者。惟一般纨绔少年、轻薄荡子，兴高彩烈，色舞眉飞，顾而乐之，争趋恐后，非惟观台上之戏剧，且务观座上之女流，观其于此际此时触目动心，是何形状，更务观座上之女流与夫台上之戏子，观其于此际此时四目传情，两心相映，左顾右盼，是何形容。喝彩之声与鼓掌之声交哄于楼上楼下，举座之客几几乎目为之眩，耳为之聋，所以嘉其淫状淫形淫情淫意，能使铁汉顿起淫心，能令石人亦转淫念。神女阳台，尚为幻想，无遮大会，即在目前，较诸往日之所谓淫戏加彩加切十倍百倍，此而不禁，直是暗无天日。而幸也巡捕房中人不甘秘而不宣，而必禀请查办也。论此等

---

① 蕴宝楼主人，其人不详。据查，1890年前后的《申报》上有位较活跃的作家名曰周聘三，书斋曰蕴宝楼，别号蕴宝词人、善梦生，新安人，为《申报》主笔何镛的门生，蕴宝楼主人可能即为其人。

② 屠别驾，即屠作伦。

淫戏只害华人并不害及西人，以西人不乐入园观剧之故，乃西官则不分畛域，一视同仁，必欲禁之而后已，非屠别驾之勃然一怒，不几为西官所窃笑耶？独是违禁之戏馆则受罚矣，而听其违禁任令违禁之差捕地保仍一概置之不问，是则不免太觉便宜，而亦见我国之禁令不能十分周密，而徒令差保等藉端生发，饱纳陋规。一端如此，百端类推，而天下事遂不堪闻问矣。况此淫戏乃彰明较著，万目共睹，所指为当禁，所指为首当严禁之事，非他事之不关众目者可比，此而不察，抑又何辞？尤可异者，该戏园等竟敢将所演违禁之淫戏或易其名目，或竟不易其名目，大书特书，榜诸门首，贴诸通衢，登诸报章，惟恐一人之不知，绝不顾官宪之察及，是诚何心？而敢出此充其目无官长貌视国法之心，夫亦何事不可为，而顾仅此伤风败俗之诸淫剧耶？又敢当堂以生意清淡为词，谓藉此聊图生活？然则杀人放火者流，强盗窃贼者流，亦可举无以为生为词，求官少弛其禁乎？有是理乎？

所愿自此重申禁令之后，务当责承探捕差保一应人役，时时入园查察，遇有再演淫乱戏剧，当即拿获到案，枷责押罚，毋仍托诸一纸告示，敷衍了事。倘探捕差保等人不事查拿，不来禀报，亦必治以应得之罪，而不少事宽容。庶乎淫戏或不至登台再演，污人耳目。虽风俗波靡，淫风流行，不殊郑卫，未必能因此淫戏之禁便可挽回于一日。然首恶既除，则以次而查禁台基、查禁冶妓，随时密拿，务获究办，不待捕房之查察，不俟捕房之解送，而于日报之所载，客言之所传，随时留心，按日转念，则岂惟是诸园之淫戏可以永遵禁令，不唱不演，即凡有一切犯法违条之事，皆可及早挽回，先事发作，驯可几于令行禁止，不敢扦格，而地方有不治，风俗有不端者，吾未之信也。然则目前重申禁演淫戏之禁令，顾不当郑重以视之耶？

（1896年9月5日《新闻报》）

论淫戏之禁宜严于淫书

前月天仪茶园新排《狼心狗肺》一剧，描摹云雨之情，穷形尽相，几令观者色授魂与，不能注目，经包探黄四福告知捕头，投英公堂禀请禁止。本月初又经黄四福查得专在青莲阁兜售淫书之夏仁忠、王毛头、张阿荣，并起出《桃花传》二百部，并解英公堂惩办，本馆均纪报章。想从此以后各戏园均不敢再演淫戏，各书蠹均不敢再售淫书，弊绝风清，奉行惟谨，挽回廉耻，默化颓风，于世道人心皆有裨益。

或谓淫书之害流传久远，古今聪颖之子因阅淫书而自害其身者不知凡几，若淫戏之害不过于顷刻之间，绘声绘色，转眼已空，情随境往，则亦不甚措意，非若淫书之可以日夜披阅玩索无穷，故淫书之禁宜严于淫戏。余则以为淫戏之害多在红闺之女郎，而非女郎亦或受其害。淫书之害多在青年之子弟，而不能知书则即不受其害。故淫书之害不过数人，淫戏之害，流毒一世，二者固宜并禁，而淫戏为先。盖淫书不徒不读诗书者不能通晓，即略识之无而不通文理者对之亦觉茫然，其有博涉书史血气既定者，此种秽亵之书固不屑流览，即或偶尔兴到，借阅数种亦只如过眼烟云，聊以驱遣闲暑，谓之荒学业则有之，谓之有所害则未必。惟学舍书童情窦初启，父师偶不觉察，往往互相窃观，奉为枕中鸿秘。然读书不多，但能知粗浅之书，精妙者均所未解，即如《红楼梦》一书，世称意淫，描写秽事只一二处，其妙全在于若隐若见、乍离乍合之间，缠绵婉约，词雅意微，恨不读十年书者无由知其曲折之情，一往如缕，足以迷神而悦魄，佚志而荡思也。且无论童子何知，即通解文义而心粗气豪者亦不耐观，读未终卷辄弃掷随之。故是书虽同名为淫而足以使人受淫之害者盖鲜。其最足使人受淫之害者，淫书中莫如《金瓶梅》，摹绘秘秽，如象铸鼎，迥非《肉蒲团》诸书所能望其项背，然此书例禁最严，购之不易，借之良难，见者亦因之而少。闻是书中颇多难解之词，非可猝晓，不通扬子之《方言》者，辄令人作三日思，故是书虽最害人，而其害人也犹不广。

余尝谓淫书之害无论浅显深奥，总之均在读书识字之人，妇人女子目不识丁，纵使横陈之状，推阐尽致，何由而得知其细？必待有人焉为之演说其状，讲解其情，而后始能了然于心。然试思彼姝者子大都静处深闺，所见者非其父若夫即其兄若弟，曾谓其父若夫兄若弟而为罕譬曲喻、口讲指画、摹绘床第之亵、不顾礼义廉耻者，吾知天下虽大，必无此种佻达之人也。即谓妇女之中亦颇有能抱一卷书而目十行下者，然此种书籍在沪上固有沿途兜售之人，书肆中究不敢明目张胆，罗陈架上，非素所熟识者，即有亦不敢出视。妇女既不出门，未便以此事转浼他人，亦不能使仆役向书坊中购取。故足以荡其心、眩其目而使之不能自持者，则惟在于淫戏。沪地为通商大埠，新奇之景日辟月异，富绅大贾侨居于此者如猬之集，日益加多，即在他郡之人，每闻上海风景，辄羡慕不已，思欲一履其地以扩眼界，男子皆然，妇女尤甚。昔日以苏杭两处最为胜游，故有上游天堂、下游苏杭之谚。今则苏杭之游稍杀，而惟上海为最盛地。当孔道来往，必经揽胜之徒于于而至，大率挈其如花美眷，庋止此邦，或为巨商之明珠，或为小家之碧玉，日不知其几千人。至则番菜之馆、茗饮之楼，凡略顾体面者，尚不肯闯然入座，惟于看戏一事，则固视若寻常，不以为异。或有亲串在沪，必略尽地主之谊，先期邀请，环佩偕来，一曲笙歌，郎当两袖，已属意醉心迷，忽又幻出异相，如展唐宫秘戏之图，秽词亵态，平日所未经目睹、未经耳闻者，骤然纷接于前，有不觉神魂飞越而梦为之颠倒者。斯即须眉丈夫尚觉中心摇摇，不能无一毫之介意，何况女子善怀？不见可欲则不乱，睹此情景有不意会神移、怦然欲动者乎？倘使一灵邃昧，遏欲不能，遂疑为淫邪秽行，彼且陈之大庭广座之间，我何妨为之于曲室幽闺之内。由是失节者有之，堕名者有之，而风俗因之大坏，则此一日之游观，不啻一身之关键。诗礼之家不令妇女观剧，良有以也。虽然，淫戏之害，余固知其甚于淫书。然在沪上二者均不难于禁止。

尝闻友人言，杭州每有一等旧书铺，专以淫书出租，每本或十余文或数十文，并可饬其携负至家，更番调换。地方辽阔，官长耳目难周，故无败露之日。至于春秋佳日，乡间报赛，演剧酬神，所演淫戏亦时有之，甚至有一男一女扮演花鼓淫戏，万人空巷，举国若狂，秽迹亵词，更属不堪。闻听此则为患之大，又有甚焉，安得尽法惩之，使皆归于正而不入于邪乎？是所望于有牧民之责者。

（1896年9月15日《申报》）

与客谈禁淫书

有客语于余曰："淫书之害，人共知之，既已人共知之，而又人共喜讲之买之，彼书贾唯利是图，见每有淫书印出，而人必争先购买之，于是百计搜求，互相仿效，或翻旧板，或造新编，以杂陈乎市上，务得善价而沽，以致各种淫书日渐充斥。即如本埠租界之中，风景本繁华靡丽，人物亦逸豫荒唐，自书寓长三么二野鸡花烟馆以及台基无一非纵淫之地也，即无一非海淫之人，淫风可谓盛矣。淫风盛则淫书在所必多矣。然数年以前，坊间肆里，私自刊印出售者，绝无而仅有者，不过宝善街满庭芳街口，摆设书摊，名为租售不犯禁之闲书，其实犯禁者亦即夹杂于中，然彼时犯禁之书皆系木板，屡经劈毁，流传已稀，求之自非易易，如《金瓶梅》一书，价尤较重，故每摊所蓄藏者要只有限几种，不能尽租。且一书或分租数人，间日持与掉换，颇觉烦劳，故往往得半而止，不克窥其全部，所取之裕如者，惟泥版刷印之《肉蒲团》而已。然则虽有淫书，究属不甚多观也。从石印各局接踵而开，未几外强中干，一败涂地，相率亏倒，所仅存者，势已等于弩末，因主顾之寥寥，不得已遂将初未犯禁之闲书如《三国志演义》《聊斋志异》等刊印出售，以冀支持局面，不意出售之后，竟获厚利，乃计及于推陈出新，再接再厉之下，将稍稍犯禁如《红楼梦》《西厢记》《牡丹亭》等书刊售，而其获利也复如故。利之所在，人争趋之，由是不肖书贾顿视历来官宪之禁令如弁髦，而将极淫极秽之各种陆续重新刊印。延至今日，除早经绝迹之《如意君传》《痴婆子传》等难以访寻外，其余几乎无奇蔑有，坊间肆里，虽不敢公然出售，然摆设之摊则日多一日。满庭芳不计外，石路一带，入晚灯火如龙，弥望皆是。而以四马路五层茶楼之下利生纸烟公司对面之一摊为总汇。盖地当衢要，游人涉足者多，既见有书，鲜不留心披览，披览而知为淫书，则尤必安心购买。此摊殆所谓龙断欤？且便于同行之批拆，有无相易，接济灵通。此又若办军务之后路粮台然。其手提一束，出入于茶寮烟室中者，则更实繁有徒，此往彼还，川流不息。所束之中，寻常闲书十一而已，余者悉皆犯禁，而彼蹀躞往来，又必将各淫书名目高声朗诵，累累然如贯珠。甚有扮作读文章腔调者，以冀动人之听，走至近前，则又拣取最为触目之数种以示人，而且口讲指画，趣味津津，谓此本某书也，今改某名矣，从前购此非数金不办，今价低，小洋数角，廉之又廉，不购诚为可惜。如此明目张胆，忌惮毫无，风俗之败坏，夫岂待言？盖沪上已属淫乐世界，而复加以此等害人心术之书，煽惑扬波，伊于胡底？但不知果有何法以禁绝之。此则鄙人所亟欲请教者也。"言已为之太息。

余笑曰："淫书一物，在他处禁之则难，而在本埠租界中禁之则不难，特恐当事者不欲禁耳，苟欲禁则但须责令各包探通饬伙役，逐日抽查各摊，并于茶寮烟室之中遇有手提束书者，随时察看，一见禁书，即将其人拘送捕房，转解公堂判惩，仍追究此书从何坊何肆批来，再将坊肆之主拘案重罚，照此办理，只需旬日，耳目便可一清。更传谕各石印书局，嗣后承印各书，务将局名泐于书版以凭根究，如无局名，不论何书，概作违禁责罚。盖使其朦混之弊无得而施。本既正，则源自清，而犹不能禁绝者，吾不信也。"客抚掌大喜曰："仆筹之久矣，而卒未得其法，乃为子一言道着，请笔存之以质当事可乎？"余曰："诺。"于是乎书。

(1896年9月20日《字林沪报》)

驳客问禁淫书

有客来馆相访，揖余而言曰："敢问前日报端《与客谈禁淫书》一则，果系先生之手笔耶？"

余曰："固也，但不知有何见教？岂以为淫书不当禁而欲有所诘责耶？抑以为禁之之法犹未尽善而将代当事者别展一善筹耶？"

客曰："皆非也，夫为政之道，必求其大者远者，不当斤斤焉以细务为心，而尤必轸恤贫民，毋使壮者流为盗贼，散而之于四方，弱者转乎沟壑，无以为生。故凡地方之害，虽曰宜除，然必择其最关紧要者，从而先措手焉，然后乃迎刃以解，诸害悉随之而除。且夫小民生计亦维艰矣，谋得一业稍可为仰事俯蓄之资，犹不计其利害，盖亦比比然也。使因其为害而绝之，有犯则置之于刑章，是迫之于穷途，其不至失所者几希，此非特大拂乎舆情，抑亦仁人之所不忍为也。今夫淫书固伤风败俗之一端，而为本埠近数年来之大害，然沪上淫风之盛，岂自近数年始哉？是故有淫书与无淫书不过相去一间耳。盖诚如曩客所言，自书寓长三么二野鸡花烟馆以及台基，无一非纵淫之地，即无一非诲淫之人，淫固必待有书乎哉？且书之淫，必识字者方能知之，非若戏之淫，虽妇人童子一寓目而皆可心领神会，由是以揣摩焉，是戏之害大有甚于书也。乃戏可改名而演，书独不可改名而售乎？犯禁之戏，既未能绝，岂犯禁之书在所必绝乎？且夫承印此种之书之各局与销售此种之书之各坊肆，资本皆不甚充足，藉以勉强图存者也。至于摆摊求售，以及手提一束求售者，则糊口养家尤皆全赖乎此，其情状更多拮据，试观茶寮烟室之中所蹀躞往来，高声唱报某书某书者，何莫非捉襟肘见、纳履踵决之徒？则若辈舍此而别无他业可图明甚。今先生劝当事者责令包探通饬伙役逐日将各书摊抽查，并将手提束书者随时察看，遇有禁书，立即拘入捕房押候，解送公堂判以重惩，仍追究从何坊何肆批来，而将坊肆之主逮案重罚，又谕各局无论承印何书，必将局名泐诸石版以杜朦混，无局名即以违禁论。照此办理，租界之中淫书诚不难绝迹矣。然亦思为政之道，网开三面乃觉宽仁。今先生教当事者为一网打尽之举，独不虞托业于此者，若而人一旦衣食难谋，生机告乏，能弗流为他患乎？先生盍弗三思焉？"

余笑曰："唯唯，否否，不然。天下惟似是而非之论，最足以动听，其即子之谓也欤？夫为政虽尚宽仁，而亦不宜姑息，诚以姑息，则养奸贻患也不翅积薪厝火，转瞬燎原。所以救时之君子尤贵乎杜渐而防微，若周旋危疑，昧乎利害之轻重，是犹被毒创而不敢奏刀，宁免须臾之痛，而忘其溃烂之日深也。今淫书之害固已不待赘言，顷子与淫戏并论良是。然戏必到场观之，书则居家亦可观之也，戏仅片刻观之，书则数代皆可观之也。戏惟可与共观者，乃邀与共观，书则虽置高阁，安知不有人窥而观之也？戏一出通场观之，只数百人耳。书则流传几千百部，天下后世观之，何止数亿万人也。审是，则书之害顾不甚于戏哉？要之，戏当禁，书更当禁也。且坊肆与摊，资本即不充裕，然所不准租售者，淫书耳，其余各种闲书则仍可租售以觅利，何虑焉？所可虑者，特手提一束以求售者耳。然此辈为数究不甚多，窃尝物色之，固皆平时唤卖杂物者。第以淫书利重，故舍旧以图新，若淫书既奉禁令，则改操故业，要亦一转移间，是又无足虑矣。惟现存各种，应由官绅集款，一律给予半价收回焚毁，庶将来不复蔓延耳，抑子不闻前法廨谳员翁子文①明府之禁春画乎？雷厉风行，数日而尽。夫春画不识字者亦皆能看，则所以禁之者，似应较难，而亦如此之易，则淫书安见不能禁而绝之耶？乃子以为不可禁，子得无喜看淫书者耶？"客惭而退，于是又书所驳诘者如右。

（1896年9月24日《字林沪报》）

论租界中淫书有禁绝之机

砒之霜，鸩之羽，人莫不知其为毒物也。问有敢蓄之家中以备不时之需者乎？无有也。何则？恐其一经沾染唇齿，便将七窍流血，而顷刻有性命之虞也。故夫砒霜鸩羽之类，凡有大毒者，人莫不惴惴焉，举以相戒，深防一时失误，贻悔噬脐，然则人非计穷智尽，势迫身危，果孰肯甘之如饴、轻易以尝试哉？推之虎豹豺狼，迄乎虺蛇蜂虿，凡足以肆毒于人者，非驱之，即杀之尔，固断无有加以豢养供为玩赏以与之狎比者，此无他，亦恐其害人性命耳。若是乎，毒物之不可不远而避之也明甚。今夫女色，人间最毒之物也，耽而恋之，鲜有不丧厥性命者，谚不云乎"最毒妇人心"？故妇人之悍泼者，则虎豹之类也，阴柔者，则虺蛇之类也。要之，过于狎比，则必至中其毒而后已。独奈何人皆明乎彼而昧乎此，以致女色一关，为古今天下所最难打破。然情欲之感，虽为人所同有，若节而制之，则可致于中和，披而猖之，则必流于放恣。是故圣人恶间色远郑声，皆以其能导淫也。盖人当混沌未辟之际，初何尝有所谓淫念哉？孩提之童，不过骑竹弄梅、扒梨索枣已尔，其知识虽止于是，要亦耳濡目染之未深也。洎乎机窍渐开，天真日涣，心猿意马，固已跃跃欲驰，此其间，控勒之犹虑其不遑，况更加以鞭策，有不奔轶绝尘者几希，则甚矣，淫固无怪乎导也。虽然，不导则究不至于遽淫，或不至于纵淫，自有导之者出，则大璞也而雕琢不完矣，美质也而斫削不坚矣，因之而荡检踰闲、捐躯殒节者，先后指不胜屈矣。呜呼，淫焰煽腾，流毒日盛，何莫非导之者之罪乎？顾导淫之物虽多，而其毒最烈，莫如书。吾尝反复而思，亦即罕譬而喻，乃觉淫书者实与砒霜鸩羽同为害人性命之物也。盖女色虽毒，然使情欲稍有节制，犹可无妨，惟加以淫书之推波助澜，激扬鼓舞，则情欲必至披猖，情欲至于披猖，则死亡自必克期可待。审是，百物之中，杀人最速者，固莫如砒鸩，淫书则有过之无弗及矣。

所不可解者，砒鸩之类则人皆畏惧之而不敢犯，惟淫书则人多喜看，寻绎不厌，其味津津，若《杏花天》《桃花影》等类，刻意描摹，异常媟

---

① 翁子文，即翁秉钧。

亵，一经寓目，即老成之辈，亦难免于情移，况夫年轻子弟，有不精摇魄殢、暗损寿元者乎？然其如喜看者卒不之悟何？大抵书愈淫则其毒愈甚，而害人之性命也亦尤易，此吾所以目击夫本埠租界中近来淫书之充斥而不惮再三饶舌告当事以禁绝之方，并鼓励各包探出力查拿也。乃果有英包探赵银河、黄赐福查得铁马路肇记石印书局专惯翻印淫书以牟厚利，当往搜出印板，又在张阿双订书作内搜出该局嘱订之淫书两千余部，遂将局主蒋午庄、司账蒋连卿及张一并解廨请究。廿五廿六两日，送经中西官会讯，虽据蒋供所有《野叟曝言》《果报录》等数种均系代客刷印，然中西官互商之下，随判蒋罚洋二百元，张罚五十元以儆，此案之讯结，已前后纪诸报章，由是而知淫书大有禁绝之机焉。盖吾前论有责令各书局承印之书务将局名泐于书版以凭追究，违者无论何书，概作犯禁，酌量惩罚等语，此正本清源之法也。今中西官虽未以此宣□，然各包探之出力查拿，则已可概见，又安知嗣是以后中西官不将徐徐议及于此乎？果能如是，岂非租界中之幸乎？抑岂止租界中之幸乎？吾盖旦夕拭目以望之矣。

（1896年10月4日《字林沪报》）

阅初九日本报载有饬毁淫书事喜而书此①

甚矣，淫书之为害烈也。其有命意源深、措辞微婉者，粗阅之，似难索解，细味之，每易移情，若是者谓之暗藏春色。凡在颖慧之子，童稚之年，智识初开，血气未定，见之既多，荡魄思之，尤足醉心，偶趁邪缘，显则丧兹行检，即无奇遇，阴亦耗厥真元，小而戕身，大而酿命，为宗党之辱，贻父母之忧，此其为害者一也。或词旨卑污，语言秽亵，虽不堪入识者之目，最足牵俗辈之胸，彼此传观，纷纭转述，将见庸夫村妇，藉藉称扬，呆女痴男，津津乐道，而钻穴踰墙之事，寡廉鲜耻之端，俱由此起，倾家荡产，乱伦败常，势亦在所必至，此其为害者二也。究之流俗之人，颖慧者少，愚鲁者多，故凡淫书之毒，渊深者为害转浅，浅陋者贻害尤深。绝其根株，搜其板片，付之祖龙之炬，藉收廓清之功，所不能不于地方之贤大吏良有司是赖也。

惟是禁售淫书之举，官中亦既设有科条，本馆往昔论说中更复不嫌辞费，言之者屡矣。然而禁者自禁，售者自售，兼之石印风行，成书尤易，手民坊贾，遂不恤阴取先时悬为厉禁者，别取新名，一一石印，或仿袖珍铅版，阴图射利，租界数里间，上而书肆，虽不敢概以淫书出售，而售者固已十居八九，下至书摊，暨夫沿街叫卖之徒，大抵淫书为夥，败俗伤

---

① 《饬毁淫书》载1896年10月15日《申报》。

风,曷其有极?不又贻害人心之蠹、肇世运之忧乎?幸松郡陈太尊①深悉其端,因特商之英界谳员,请其设法示禁。文宜书局主人遂将所有小说数百部运至仁济善堂,悉行焚毁。不意尚有利令智昏者,私刊著名之《灯草和尚》一书,害将伊于何底?宜太尊之饬令,谳员乘其未及成书之先,派差密访,务令焚书劈板。盖非此不足遏隐患于无形也。虽然,今岂独《灯草和尚》一书之所当焚毁者哉?传闻租界近日更有取《浓情快史》旧本重加刊刻者,虽未悉其果刊刻与否,要亦不可一日令其流传于此世者也。太尊苟一知之,所欲预为筹禁者,要必不容稍缓。盖太尊之拯斯民于陷溺,其心必如是而始快也。独是所当销毁者,亦岂独此二书为急者哉?

考之小说之始,虽云昉自虞初,而代远年湮,古籍久经散佚,降而汉晋,间有传书,下迨隋唐,乃多完帙。然凡纂辑究备劝惩,即有寓言,要为实录,况乎辞尚体要,语近雅驯,儿女冶情,闺房秘事,未敢形诸翰墨,秽及简编,则犹未为害也。泊乎宋室,评话斯兴,原夫评话之由来,创于赵家之初叶,其时深宫清宴,海寓敉宁,上侍萱闱,欲知民俗,下瞻蔀屋,用儆皇衷,因令伶伦摭拾闾阎琐务,亦由供奉搜罗里巷遗闻,既知物力之艰难,并悉世情之诚伪,比之前古輶轩之使,輶铎之司,虽失其文,略存其意,则亦未为害也。无如风气既开,面目渐失,共衍俳优之调,别翻盲瞽之编,或作传奇,更多杂剧,加诸关节,并演章回,元明以还,沿及今世,流传谬种,余毒难湔。盖不徒导淫,亦且诲盗,屏之使尽,讵曰不宜?尚冀有心人抉择其间,分别去取,亦未始非致治之一术耳。窃谓今日倘欲示禁,又不徒一封札谕、数纸教条所能成其事也,自非会同西员不可。夫西员办事,矢以实心,不同华人视为具文者可比。不观妇女之入烟馆吸烟乎?男女混杂,几致廉耻无存,自中员告之西员,遂行禁绝,非其明征乎?又如发售春片,得西员谕令,巡捕见有以春片售者,禀官吊销,量予科罚,迄今两租界中永无此物,不有明征也乎?西员之于租界民间弊病,未尝不欲去之净尽,苟中员能告以害之所至,彼有不欲助我行者,我正不信也。抑又思之,租界之害,今日尤当急为垂禁,淫戏亦其一也。夫忠孝节义之剧,何尝不足餍观者之意,若必刻画云雨,侈陈风月,描媟亵之状,绘狎昵之形,夫何为哉?并望良有司之告之西员并行禁演可也。

(1896年10月17日《申报》)

---

① 陈太尊,即陈遹声。

论淫书当禁而不易禁

噫，淫书之为害，人谓有甚于淫戏，其言固无差，而亦有人谓为不然者，则以淫书之害仅害及识字之人，其乡愚粗鲁、目不识丁之人则并不罹其害。淫戏则无论识字与不识字一经触目，便即了然，其害实溥而遍。且淫书只作纸上之空谈，而淫戏竟作当场之实事，较之春宫册秘戏图且将过之，何也？买图者少，观戏者多故也。

今届各报载有署松江府陈蓉曙[①]太守申禁淫书之示谕，声明访得上海四马路文宜书局及青莲阁下之书摊等家，专取各种淫书，更换名目，取而石印，盈箱叠架，远贩他方，贻害无穷，实堪痛恨，合当查禁提究等因。又载有本埠租界会审衙门屠兴之别驾发出严禁淫书告示一纸曰："照得印售淫书，最为风俗人心之害，例禁綦严，节奉各大宪晓谕查禁各在案。兹据该业职董管斯骏以查得肇记书局所刊淫书，虽奉获案焚毁，然其石刊各底稿尚在，应请饬缴，一并焚毁。再查悉近有人将著名极淫之书，改换名目，摆列书摊，四处兜销，开具改名淫书清单，禀乞示禁等情前来。查该书业胆敢将各种淫书，改换名目，刊印发售，实属故违禁令，除批示并饬差查拿究办外，合行出示严禁。为此示仰各书坊铺及各书摊并掮贩小书人等一体知悉，尔等须知刊售淫书，大干例禁，自示之后，务将各种淫书连同底稿赶即禁毁，勿再出售，倘敢故违，一经查拿到案，定即按例严办。各宜凛遵毋违，切切特示。"

按，管斯骏号秋初，亦号藜床旧主，苏州吴县人，向开可寿斋书局，以亏折歇业，不知何以又充董事？至其所禀，诚属非虚。然既为该业之董事，应早知悉而劝戒之，不行劝戒于先而乃禀控于后者，何耶？此等事倘为他人所禀控，在当官者翻当饬董查明，责令呈书呈稿，听候验对焚烧，乃该董必待府宪谕饬查究，始行开单禀请查禁，所开改名之书既未齐全，而违禁刊印之书局、书摊之字号则皆抹去，仅提肇记一家，是何故也？以致稽不能平，浮言四起，而淫书之禁亦安能令家家翕然从令乎？所幸者会审衙门不曾察及此中委曲，否则该董不将大受申斥而无词以解乎？夫该业既有董事，则查究淫书之事自合责诸该董事一手经理，先向各书坊书铺书摊书贩一一根究某人所印某淫书若干种，某人所改某淫书若干目，开列清单，呈请饬差提到，仍必验明是否全部，不容以零星破败参差不全之部头朦混充数，犹必当堂查验，付之祖龙一炬，一经假手于人，便即虚应故事，而焚毁如不焚毁矣，查究如不查究矣，依旧可以贩诸他省，远售高

[①] 陈蓉曙，即陈遹声。

价，抑或寄藏他处，以待弛禁再售，此等弊端不闻该董事呈诸有司也。模糊一禀，又不公道，仍复声明与之无涉，然则董事一名讵可捏乎？捏名之禀，有司讵肯据以出示乎？亦断断乎无是理矣。总之，此禀含混已极，倘属业中公举之董事，自应一秉至公，无偏无倚。明明违禁印售淫书已经府宪指提者，乃并不列名其间，岂该业中之董事尚不及外人之详细耶？宜乎人言，该董事为捏名而非实在公禀谕充之人矣。

又按，可寿斋者，曾以售小脚药出名，获利甚厚，人言小脚亦系淫具。既曾贩售淫具，何堪禀控他人贩售淫书？此言虽属不经，而察之亦觉有理，似此诪张为幻，则淫书之禁亦徒托诸空谈，而一任旁人之藉端索诈已耳。然而淫书顾不当禁耶？然而淫书又岂易禁耶？若因此而饬令该业中人整顿行规，公举诚实公正之人作为董事，由官验给谕单，先以禁绝淫书责成永远不得印售，庶乎其当之而无愧耳。

（1896年11月11日《新闻报》）

论丹桂茶园重演《杀子报》之违禁

近日沪上各戏园竞尚新戏，此排一剧，彼亦排一剧以出奇，此创一名，彼亦创一名以立异，翻新花样，本地风光所演皆穷凶极淫，以图悦人耳目。问以有伤风俗不知也，告以有坏人心不顾也，怵以有违官长禁令复不惧也，是诚何心哉？无非为招徕生意起见。能令座客常满，利市三倍，并能令差保探捕视若无睹，退无后言，虽煌煌示谕，榜诸其门，而门以内一若不在禁例也者，其内台之装扮如故也，其外场之唱演如故也，夜以继日，有无穷恶作剧、丑作态，诸关目使人惊心荡魄。是何异于黑夜持械、白昼宣淫？心乎世道者未尝不致慨于沪上凶淫之案层见迭出之所由来也。本馆于此种新戏大声疾呼，一再发为论说，以冀言之无罪，闻者足戒。或告于执笔人曰："官宪一禁再禁，非不雷厉风行，乃不转瞬，故智复萌，前覆并发文告且犹不行，遑言论乎？子之迂也。"

忆惜黄子寿①方伯开藩苏省时，以淫戏首为地方恶俗，通饬所属一体严禁。彼时沪上各戏园门首大张晓谕，榜列凶淫诸戏目，一时伶人咸有戒心，终其任莫之敢犯。迨日久玩生，后之官斯土者或不免志趣各别，即虚文例禁，遂亦数典而忘之矣。沪上各园同属坐落英界，英会审官长即与有管治之权，故历任谳员如陈如罗如蔡如宋，未始不出一通示，签一发差，传一道人，谕一番话，各园主亦莫不遵谕具结，唯唯而退，卒之禁者自禁，犯者仍犯，阳奉阴违，如时谚所谓瞒上不瞒下而已。近在今夏四月

---

① 黄子寿，即黄彭年。

间，同庆广东戏园有女伶登台演剧，男女混杂，经英廨访闻示禁在案，并传谕该园主将女伶散去，嗣假洋商出场关说勒限完案，此一事也。又秋七月间，天仪戏园所演《狼心狗肺》一出，关节如吊膀子、上台基等淫乱实甚。经捕房饬探将该园主拘解公堂，责以擅违禁令，严加申斥，罚锾结释，此又一事也。各优伶排此新戏，不惜以身试法，屠别驾①行此新政，不惮嫉恶如仇。两事风传，颂声交作，此后歌台舞榭，优孟衣冠，或不致视禁令若弁髦，藐官府如无物。乃观于昨日丹桂茶园重演《双大杀子报》旦戏，而抑知有大不然者。夫《杀子报》一折，久干例禁，初名《天齐庙》，又名《清廉访案》，推其更名之由，无非逃官宪之耳目已耳。姑无论当日事之有无，只此戏名三字，已足骇人听闻，即使稗官野史传之逼真，欲为世间淫恶妇作一当头棒喝，愚意以为演报可也，演杀子不可也。蠢尔伶人，不明此义，往往仅演杀子而不演报，锣鼓一煞，便尔收场焉。盖以后折袍带登场，索然无味，不及前折关目紧凑，易于揣摹尽致，体贴入微。其中如小丑亵状，花旦毒状，男僮惨状，女童怯状，能使人酸心堕泪，发梢眥裂。益有拂衣而去，掉头不顾。座上一二眉飞色舞顾而乐之者，非轻薄少年，即淫荡女子，有心人早有以窥其隐矣。独丹桂园主于《杀子报》一剧，不厌以声色示人，小演不足，复大演之，一演不足，复双演之。忠孝节义何戏而不可演，而故演此新彩新砌之禁戏哉？然犹恐租界之人不能周知遍晓也，招纸则贴诸通衢矣，告白则登诸各报矣，过其门者则又大书特书"分尸七块、当场出彩"字样，触目即是。曾亦思及近今屠别驾示禁淫书一事，示后备载淫书各目中有《清廉访案》，即《杀子报》一条，或者书诲淫而戏不诲淫乎？抑或者淫书可禁而淫戏不可禁乎？不然何以示墨未干，台上之刀光霍霍也？是真索解不得矣。

说者谓淫书仅灾及识字之人耳，其乡愚稚鲁、目不识丁者无与也。而淫戏则无智无愚、无灵无蠢，并无论识字与否，一经入目，会心不远，且较之售春宫册秘戏图之害人有过之而无不及。甚望乎有禁之之权与夫有禁之之责者，烛此弊俗，革此浇风，庶使各园淫戏永遵禁令，不唱不演，未始非斯民福也，曷禁企予望之。

（1896年12月1日《新闻报》）

论演戏之害

演戏乃古乐之滥觞，《左传》观优鱼里是也。乃今之演戏独异夫古乐歌舞，即孟子所云："今乐，世俗之乐也。"自唐明皇置左右教坊，选梨园

---

① 屠别驾，即屠作伦。

子弟，男女夹杂，取快昕宵。幸蜀后，子弟分散民间，而演戏之俗大启矣。夫人不能有苦而无乐、抑郁久居，果其产业丰饶，于喜庆之辰，俳优侑酒，亦无大过。而余独悯乡农辛瘁，岁晚务闲，虽曰稼穑已登，岂曰仓箱尽满？乃好事者每于此际执簿挨捐，有不与者，则嬉笑之讪毁之，甚而骚扰之殴打之。畏葸者忍气吞声，解囊相助，延请菊部，傀儡登场，以为此蟋蟀之垂教也。殊不知一经演戏，则亲朋毕集，花费良多，既已被捐，而又增亲友之费，浑如雪上加霜，而闾阎困矣。只好事者暗中渔利，私囊是充而已。外此则水火既平，疫蝗既息，酬神演戏，以示谢忱。夫朘削民膏以肥衙署，廉吏不为，神苟取众人之涓滴，快一己之听观，尚得谓之正神乎？夫戏者，荒亡之渐也，神而荒亡，吾不知其何以为神矣？况演戏之际，淫剧叠呈，迷人心志，多有青年书种、红粉贞闺因看淫剧而遂失其操守者，良堪痛惜。即不演淫剧，而戏场来来往往，男女纵横，密约幽期，借此时为渡鹊；加以奸宄，潜匿其中，攫取钗环，拐骗子女，演戏之害，可胜道哉？天津、上海等处，戏馆纷陈，昼夜度曲，一月之费，累万盈千，假使移此赈济或资助善堂，当不止杯水车薪也。

或曰："戏也者亦属忠奸贞淫等事，观之正可以取为殷鉴，惩劝于心。若是，则演戏亦未尝无益也。"余曰："天下豁达者少，而憨戆者多。豁达者看透人情，知演戏乃假排场，非真面目，每不暇观，而憨戆者阅历未深，遂觉耳目，为乱心思，为移轻佻之习中于身体而不自知矣。且吾问演戏之俗盛于今日，曾有因观戏而为善者乎？既不见因观戏而为善，又何可云戏能惩恶乎？演戏多害，确无疑义，今而后，请屏迹于戏场、痛心于戏馆可也。"江上钓徒稿。

（《益闻录》1896年第1597期）

论会场浩劫事

中国迎神赛会、庙台演剧之举，最为无益有损。然风俗相沿，积重难返，虽各处之迎赛不同，各会之迎赛不同，总之皆为乡里之好事。有舁神以游街者，有演剧以款神者，男女杂遝，举国若狂，不特有伤风化，而种种为害之处，不胜枚举。每见地方有一会之举行，在会之人无不兴高采烈，斗胜争奇，致令往观者填街溢巷，妇女则抛投露面，挈妹呼姨；男子则结党成群，烟酒征逐。且轻薄之辈，借此以观妇女，评头品足，荡检踰闲，甚至拥挤之处，非特妇女之遗簪坠珥，且有被人啰唣，而家人分散，无从相救者矣！非特家人易于失散，而在拥挤之时，且有儿女被拐匪所拐，鸣钲四出，父啼母哭者矣！并有因全家出外游览，而宵小得以乘间而入，从容肷箧，及至返家，已空诸所有，追究无从，懊悔无及者矣！此失人失物之事，皆由赛会遗之害也。匪特此也，赛会所经之处，人无不争先恐后，有朽坏桥梁，为行人所挤而因之塌圮者，有满座之茶楼酒肆为看客所挤，阑干倾倒者。则所伤所死之人，何可胜纪。虽皆咎由自取，然苟无赛会，则断不至此。

人犹谓此游街赛会则然耳，若演剧酬神，则有定处，似不能一概而论，不知无论城乡市镇，一有庙台之戏，人皆如蚁之附膻，有借此设赌摊以谋利者，唱淫词卖淫书以诱人者，争衅之端无不因之而起，一唱百和，甚至酿成械斗之事。故赛会演剧之事，最为地方之害，官宰皆宜禁绝者也。然又有非此之为害，而其害更有甚于此者，本报于本月二十四日纪《会场浩劫》①一节，据天津访事友人来函云，本月十六日，好事者举行天后圣母会，舁偶像往城西如意庵供奉，美其名曰请驾。至十八日，由庵中接回，则谓之接驾。十七晚九点钟后，庵前茶棚内忽然火起，时适人山人海，拥挤喧哗，不提防祝融氏乘兴而来，大施烽燧，由茶棚而山门而前殿而中殿而后殿，飞扬拔扈，锐厉无前。妇女见前门无路可逃，相率至殿后，住持人等以茶棚内所陈骨董，价值连城，深恐匪人攫取，急将后门锁闭，以致妇女东奔西窜，不得其门，幸水会中人拉倒后垣，一一援之以出，其不能出者，均已焦头烂额，毙于火中。计延烧一点余钟，火始告熄，细加检查，共毙妇稚三十口上下，有一孕妇已腹裂胎堕，更为可惨云云。夫赛会之事，本属有损无益，惟不料其贻害竟有如此之大，其受害竟有如此之酷。阅此不禁为愚夫愚妇之所为、风俗人心之所系叹息不置者矣。时将二鼓，妇女幼稚，尚逗留茶棚之内，成何体统，其受此惨酷之灾，亦属自取之祸。惟不解何竟无一男子在内，岂茶棚之内尽皆妇女幼稚乎？抑火发之时，男子捷足争先逃出乎？抑岂访事人亦未详尽，而尚有遗漏乎？所最可恨者，该住持人等当火发之时，不先设法补救，将人指引逃避，而反以骨董为重，将门锁闭，致妇女辈欲避无从，幸水会中人将后垣拉倒，不致尽数被焚，否则更何堪设想，恐不但焚死之家未必肯干休，而地方官亦将惩儆也。

犹记数年前宁波庙台演剧，观者皆拥挤在大门以内，一时火发，人山人海之时，争先逃遁，致将庙门拥闭，在内观剧之人无一得免，与此次茶棚之事如出一辙。从可知赛会迎神、庙台演剧之害皆匪浅鲜。嗣后地方官宜一例严禁神鬼仙佛之说，中国之人之受其愚者已数千百年，古圣人以神道设教，虽欲为钳制下愚之计，而踵事增华，附会日甚，苟不一扫而空

---

① 《会场浩劫》载1897年4月25日《申报》。

之，将其害伊于何底？且自来聚众滋事，渐至祸及天下者，未有不托名于神鬼仙佛以诱人民。虽现在各处赛会之事，相沿已久，断可无虑于此，然未始非因此而开其端，不轨之徒以托词而规避也。因论《会场浩劫》而推言及此，有心世道之人，其能不以鄙言为河汉否耶？

(1897年4月27日《申报》)

论报纪姑苏申宦后人禀请禁唱《玉蜻蜓弹词》事①

有明吴郡申相国文定公名时行者，万历朝名相也。其生平勋业载在史册，迄今苏城申衙前犹存故第，旁峙两坊额，标十六字彰其大节，虽无老成，人尚有典型，此之谓欤？《玉蜻蜓弹词》者，不知何人手笔，作于康熙时，诬称相国之父名贵生者，冶游染瘵，殁于尼庵，其所私幼尼志贞，生遗腹子名元宰，读书登第，迎母归家。盖以元宰隐相国名位也。其实相国父并无此事，语悉子虚。尝考此实甬江某大姓事，见某说部所载。德清俞曲园②先生曾采其略入《茶香室丛钞》中，阅之可以恍然。无如是书风行东南各行省，几如家弦户诵，虽妇女孺子无不知有申贵生、志贞其人者。数十年前，曾由申宦后人禀县出示严禁，以故此书又改名《芙蓉洞》，或名《玉芙蓉》，改申姓为金，辗转增删，翻刻传世，不止一本，情节互异，惟大略相同。又有《续芙蓉洞后集》，载金贵生生还娶尼登第事，殆亦好事者所作，自谓弥缝阙陷也。近岁海上梨园中亦尝演唱此事，惟姓则金而非申，故未遭人指摘。乃有钱少岩者，挟柳敬亭之技，在胥门内三多桥塊锦昌楼茶室演说此书，酣畅淋漓，环而听者皆神色飞动，如亲见多情子病榻弥留，未亡人遗真染翰，惟时钱偶不经心，直道庐山面目，致犯相国裔孙申某之怒，禀请长洲县汪明府饬差拘至县署，管押候讯，事见本月初一日报纪《吴宫花草》之第一段。此虽申宦子孙尊祖辩诬之至意乎，然窃以为过矣。忆周穜山③时文中有句云："无忝所生，不能必所生之无忝人。"苟不幸而为操、莽、懿、卓、巢、温、京、桧、嵩、瑾、闯、献④之后人，万不能以一人之私夺天下之公论。至于一节之疵，一事之误，人

---

① 《拿获演唱〈玉蜻蜓〉》载1898年2月21日《申报》。
② 俞曲园，俞樾(1821—1907)，字荫甫，晚号曲园，浙江德清人。清道光三十年进士，咸丰二年授翰林院编修，咸丰五年出任河南学政，遭弹劾罢官后致力著述和讲学，先后主讲苏州紫阳书院、上海求志书院、杭州诂经精舍。其撰述总称《春在堂全书》共250卷。
③ 周穜山，周镐(1754—1823)，字怀西，穜山，江苏无锡人。乾隆四十四年举人，历任浙江平阳、瑞安、鄞县、余姚等县知县。著有《穜山文稿》《穜山诗稿》。
④ 操、莽、懿、卓、巢、温、京、桧、嵩、瑾、闯、献，即曹操、王莽、司马懿、董卓、黄巢、朱温、蔡京、秦桧、严嵩、刘瑾、李自成、张献忠。

非圣贤，孰能无过。后稷帝王，置诸隘巷，子文令尹，乳自于菟。假令相国真属私生子，亦复何庸讳饰？况指鹿为马，李戴张冠，尤可置之不论不议，即欲论议，则《茶香室丛钞》可据，禀请地方官摘录榜示足矣。湖海散人偶昧入国问禁之理，又何至捉将官里去断送老头皮耶？

抑尝思之，自来小说稗官，陈说谬误，失其真者多矣。明初高东嘉①因讽王四别娶不花氏而作《琵琶记》，托名蔡伯喈入赘牛相国家，其前妻赵氏有咽糠卖发各事。四五百年来，此狱几同铁铸，伯喈何辜？生为炙手可热之董相国累，死为乌有子虚之牛丞相累，未闻蔡氏子孙一言辩白。刘后村诗"身后是非谁管得，满村争唱蔡中郎"，②可知《琵琶记》未作以前，蔡中郎已脍炙人口，东嘉所作未必无本，第以人人知非中郎实事，不必代古人担忧耳。此外王十朋③疏劾某权相，由友人孙汝权捉刀，怨者作《荆钗记》以诬之，其实钱玉莲是孙汝权之妻，孙与王并无仇隙也。他若《倭袍传》中之刁刘氏，实是襄阳节妇，至今绰楔尚存，所谓王文者，实即作书之人，因与刁妾王氏私并谋及刘，为刘讼系狱中，故作此以泄愤。若此之类，更仆难数，即以吴郡乡贤论之，唐六如与祝允明、文衡山、沈石田同擅书画，盛名时称唐、祝、文、沈④，乃因石田名周，误称唐祝文周，小说家乃添造周美成⑤以实之，北宋词人何得再生明世，此已可发一噱。至于吉道人以素衣更艳服，为邻舟大家婢所哂，道人误谓有情，自沪上跟踪至锡山，卖身为佣，卒得此婢，《坚瓠集》等所载可据，今俗所传《三笑姻缘传》误以此为唐六如事。六如却聘佯狂，终身不二色，何尝有妻妾八九人？乃《三笑》暨《九美图》《换空箱》诸弹词不绝于世，几疑六如为轻薄放诞一流。古人衔冤，莫此为甚。初未闻唐氏后人引为憾事，

---

① 高东嘉，高明，字则诚，自号菜根道人，浙江瑞安人。瑞安属古永嘉郡，永嘉亦称东嘉，故后人称他为高东嘉。元顺帝至正五年进士，历任处州录事、江浙行省丞相掾、福建行省都事等职。《琵琶记》为其戏曲代表作，今人辑有《高则诚集》。

② 陆游《小舟游近村舍舟步归》，"斜阳大道赵家庄，负鼓盲翁正作场。身后是非谁管得，满村听唱蔡中郎。"按，文中将此诗句归于刘克庄名下，有误，实际这种错误在明代姚福《清汉暇笔》已经开始了。

③ 王十朋（1112—1171），字龟龄，号梅溪，温州乐清人。绍兴二十七年进士，以龙图阁学士致仕，有《梅溪前后集》。

④ 唐、祝、文、沈，明代中叶吴中四位书画家：唐寅（1470—1523），字伯虎，号六如居士。祝允明（1460—1527），字希哲，号枝山。文征明（1470—1559），初名壁，字征明，号停云。沈周（1427—1509），字启南，号石田。

⑤ 周美成，周邦彦（1056—1121），字美成，号清真居士，钱塘人。少有才学，精通音律，能自度曲，宋徽宗时主大晟府。其词格律谨严，韵律协和，风格浑厚和雅，语言富丽精工，对后世影响甚大。有《片玉词》。

然则等是吴郡乡贤同此小说谬误，何独申宦有贤子孙耶？聊贡刍荛，幸惟采及。

(1898年2月28日《申报》)

禁止演唱淫戏说

自优孟衣冠传自楚国，而梨园一业遂为古今所不废，《左传》载陈氏、鲍氏之圉人为优，士皆释甲饮酒，且观优至于鱼里，此即今日观剧之滥觞。迩自京都以及各省会，凡商贾荟萃、市廛繁盛之区，皆有戏园。即下至桑柘之村、枌榆之社，每岁春祈秋赛，亦必演剧酬神，父老欢呼，儿童拍手，每演至古来忠臣烈士、义夫节妇，则又为之感慨啼嘘，几欲泪随声下。盖其感动人心，实有不能自已者。本朝雍正六年，安徽巡抚魏廷珍①奏乡民违例演戏应严禁，奉旨：州县村堡之间借演戏为名，敛钱耗费，招呼朋类，开设赌场，种种不法，此则地方有司所当严禁者。至于有力之家，祀神酬愿，欢庆之会，歌咏太平，在民间有必不容已之情，在国法无一概禁止之理。今但称违例而未分析原由，则是凡属演戏皆为犯法，国家无此科条也。朕立法皆准情理，其有不便而难行者，则奉行之不善也。大哉！王言与民同乐之意，隐然见于言外，可知演戏之事，本为圣朝所不废。

若夫泰西之俗，凡都会以及各省名区大埠皆建造戏园，如英法京城各有大戏馆十余所，意瑞等国亦不下三五所。一馆之内，优伶乐人数且盈千，富商巨贾越数日辄一至焉。甚有终年买座者，其陈设华丽，装饰奇巧，令人目眩神迷。惟淫戏淫词则禁例綦严，无敢或犯。今沪上为中国通商第一大埠，自英京伦敦外，繁富无与抗衡。洋场十里中，酒馆茶楼，鳞次栉比，类皆装设华美，炫异矜奇，而各家戏园更复互争富丽，凡陶猗豪商，金张贵族，以及红楼艳质，白袷名流，偶过申江，无不思一扩眼界。当夫粉墨登场，氍毹贴地，花团锦簇，纸醉金迷，园主人竞出新剧，藉以娱宾，但广招徕，不知顾忌，于是竞演淫戏，浪词亵态，摹绘尽情。如本月初二日报纪《戏园受罚》一则云："英租界石路天仙戏园系公堂差役赵胜所开，演唱《打斋饭》一出，淫亵之状，足令见之者心荡神移。适为包探刘森堂查知，以淫戏有干例禁，当即回禀捕房，捕头令传赵至公堂，谳

---

① 魏廷珍（1667—1756），字君弼，直隶景州人。康熙癸巳一甲三名进士，授编修，历任内阁学士、安徽巡抚、湖北巡抚、礼部尚书、漕运总督、兵部尚书等职。著有《课忠堂诗钞》。

员郑瀚生①大令据情商之梅翻译②，以赵系办公之人，未便从宽，判罚罚鹰洋一百元以儆。"窃谓沪上一隅，风俗淫靡，贻椒赠芍之风，更甚于濮上桑间，凡冶游子弟，偶一不慎，辄至身败名裂，贻害终身，虽曰孽由自作，然苟无淫书淫戏以导诱之，或尚不至若此之甚。淫书如《金瓶梅》《肉蒲团》《痴婆子》《灯草和尚》等皆属秽亵不堪，然尚须稍知文义者始能寓目。至淫戏则于稠人广众之中，心摹手追，轩豁呈露，凡青年浪子，碧玉小家，偶尔见之，辄之为绮思萦回，情魂荡漾，因此丧廉失节者不知凡几，是必有犯必惩，予以重罚，此风或能稍止。

抑又思之，租界中戏馆不止天仙一家，岂天仙独演淫戏？天仙每日所演淫戏亦岂止《打斋饭》一出？此次为包探所知，殆亦适逢其会，其余虽演唱而幸未受罚者，恐亦不知凡几也。夫梨园之设，原所以娱耳目，畅心神，苟使所演之剧，果能音韵清越，情态逼真，自足致坐客如云，履綦交错，而获利丰厚，不难操券得之。若但思牟利，不计有害人心，吾恐虽偶然徼幸，而一经有司访知，即难免图小利而罹重罚，窃为若辈不敢焉。

（1898年11月18日《申报》）

论淫戏之害

嗟夫！倡优之伎尚矣！倡优尚而荒淫之剧随之创行。三代时郑洧之滨，男女会聚，讴歌相乐，此淫戏之肇端也。降至唐代，明皇置左右教坊，选乐工宫女数百，躬自教授，名以梨园弟子，淫戏之行，实由于此。彼明皇者，可谓千古罪人矣。何不思圣王设教，贞净为先，国家施化，节义为本。我朝自定鼎以来，凡可以败俗伤风者，莫不禁令森严，从重惩治，无如小民愚鲁，情欲易炽，往往贿赂胥吏，互相朦混，每岁五谷登场，各出车簾之余，纠资筑厂，招致优伶，男装女扮，导恶诲淫，尽中冓之言，极桑中之态，乡农村妇，麕集凫趋，终日欢呼，几忘寝食。此乡曲之淫剧，犹其偶焉者也。若夫大城巨市，通商口岸，地既繁华，人又混杂，终年演戏，日以为常，未必蒙衣装潘，始终尽是淫状。惟寻常正戏之中，率间艳词邪曲，入场观听者，动辄千人，寓于目而神为之往，入于耳而心为之移。其费时失业、虚度光阴，固不必计也。所惜者，及笄闺女，有私自奔逃者；良家子弟，有日事荒唐者。原其故，皆淫戏开其端，皆观剧阶其厉，一为缅想，如此之事，在在都有，欲车载而不能穷，欲斗量而不可尽。中国世道日衰，此非一大关键哉？窃谓淫戏之害，犹可屈指计，

---

① 郑瀚生，即郑汝璈。
② 梅翻译，即梅尔思。

而淫书淫画传遍街衢，其遗毒更形周广。况人心不古，于淫戏淫书淫画之外，又益以淫报，日出一纸，索价颇廉，空中楼阁，粉饰一新，将子虚乌有之事，均成悦目快心之景，以风俗之日趋于污下也。人虽知此等报章绝无实益，致害多多，然往购争先，置诸案席，一有闲暇，手执披观，未几而心荡矣，未几而情炽矣。一念已衍，百恶随至，我不知有心风化者，何不留意于此，而一扫夫氛浸也？闻之西人云，欧洲各国建有善书之会，集款浩繁，入会者众，其意阻人观小说而阅善本，成效昭彰，人人称美，愿中国乐善君子一旦仿而行之，不亦挽回人心之助，亦中国自强之一大具欤？

（《益闻录》1898 年第 1739 期）

论妇女不宜看淫戏

沪上陋俗最足以坏人心术、败人名节者，莫如妇女听淫书、看淫戏二事。而充其流弊，则淫戏更甚于淫书。盖听淫书，则说书者不过借书中节目胡言乱语，以动人听闻，究不能以秽亵之情状，曲曲传出，如同目睹也。至于淫戏，则一切丑态，悉当场演出，即男子之稍知自爱者，犹觉不堪寓目，而谓妇女无知，有不情动于中而为之心醉乎？

夫涉足戏园，本非妇女所宜，然而习俗相沿，以为偶然行乐，初不妨事，于是觅姊呼姨，盛饰艳妆，登楼选坐，虽贵家眷属亦不能禁。登徒恶少辈之品头足，衡量妍媸。加以急管繁弦，曼声低唱，一生一旦，情态万千。当此之时，即使内禀贞洁，外绝妖邪，而触目移情，保无有动于其中耶？若青年孀妇，碧玉闺人，犹觉不堪设想。即使力能防闲，识足勘破，原无虑乎失足隳行，而不见可欲，其心不乱，必待转念而始复其原，则难望妇女辈之必有此内省学问也。自来阀阅名门，有帷薄不修之消者，大半由此。观近日伶人高彩云与金妾顾彩云因奸肇祸一事，虽曰该妾为妓时，已经相识，然安知不于嫁金后看淫戏而成奸乎？沪上良家妇女因看淫戏而被若辈勾引者，正复不少。吾愿有家室者，有鉴于此，而勿使妇女之看淫戏也。吾愿有官守者有鉴于此，而严禁戏园之演淫戏也，则庶乎颓风之可渐挽也。

（1899 年 5 月 26 日《游戏报》）

女戏将盛行于沪上说

演剧之有髦儿戏班，固不自今日始也。道咸之间，盛行于苏州，然无戏园常演之所，惟绅宦有喜庆事召以侑酒。缘髦儿班皆以十二三岁女童为之，既便于内眷之可观，而又非若男优之必须搭有高台，苟厅事宽敞者，即可开演，价目既廉，排场亦易，故人皆乐于观之。自发逆扰乱苏省，各属均遭蹂躏，惟沪上一隅为干净土，四方来者，车马辐辏，而又创开租界，市面陡兴，人烟稠密。有名大脚桂芳者，创演女剧于满庭芳戏园，即聚当时曾入髦儿班之诸女伶，并教习妓之能歌善舞者，集而开演。其时人心寂寞已久，忽然耳目一新，故开演之后，无日不车马骈阗，士女云集。且各女伶年皆过笄，无不可作夜度娘，故人更趋之若鹜。此女伶入戏园演剧之权舆也。嗣后京腔日盛，戏园日多，京都天津诸名优来沪演唱，人情厌故喜新，女伶仍散去而为妓，而女班于是阒寂矣。数年之间，京腔愈盛，非但昆腔、女班不能复兴，即昆腔之男班亦几如《广陵散》矣。

近年来髦儿班又渐渐复集，然皆妓家之雏妓为之，非若昔时髦儿班之专讲演戏。且惟于张园、愚园日间开演，为名园点缀起见，非专以演剧为事。近日始有人开设美仙、群仙二园，日夜开演，价目与各戏园无二。虽演剧者仍属张园、愚园之班，然从此大张旗鼓，认真开演，将来女戏必又盛行于沪上矣。说者谓女班虽已入园开演，哄动多人，究不若男戏之认真到家，人虽厌故喜新，恐终不能持久，不然当日之满庭芳，何以不过一二年忽然中止？可知女班之终不若男班也。曰：当时苏省盛行昆腔，故髦儿班皆习昆曲，满庭芳开演之时，亦并无京剧，自京班到沪之后，京调一兴，昆曲势杀，人非不欲观女班，实不耐听昆曲也。近来妓馆之中都习二黄、榜子，故髦儿班所演亦皆京戏，虽有昆腔戏一二折，亦几绝无而仅有。大抵能听昆曲者少，即当盛行之时，亦不过江浙两省，而江苏之能听者亦不过苏松太三属之人，浙江之能听者，不过嘉湖两属之人，且此数属之能听者尤不过文人雅士耳。若二黄、榜子则各省之人皆能入耳。故女班而习昆腔，或不能持久，若演京戏，则可决其必能盛行。

大抵人情好色者多，男优而美，尚有溺于声色而狎昵之者，而况于女伶乎？演剧即不认真到家，人无不以其女而恕之，不但恕之，且更乐就之，其势然也。况安知其不久久习演而唱工做工竟与男班相将乎？殆至相将，吾知观剧者且必舍男而就女，而女戏不从此大盛耶？惟念沪上繁华，甲于各省，秦楼楚馆，列若繁星，自来销金之窟，莫有过于此者，自来风俗之坏，亦莫有过于此者。妓家每虑门前冷落，令妓女日夜赴书场，为招蜂引蝶之计，过客游人因此而倾囊者已不知凡几。今女戏若再一兴，其招徕自比书场为更胜，妓而并优，人皆以为口实，妓自为优则尚有何声名之顾惜耶？且久之必至于无妓不优，无优不妓，习气愈趋而愈下，风俗愈变而愈漓。于市面虽可日望其兴，而于人心则必日见其坏。有心人于此不禁忧喜交迫，而不能已于言矣，质诸当世之君子以为然耶？否耶？

(1899年12月9日《申报》)

禁止赛灯说

元宵之有灯景，权舆于汉，而盛于唐，《史记》曰："汉家以望日祀太一，从昏时到明。"今人正月望日夜游观灯，是其遗迹。可知汉时已有此风，迄两晋六朝以迄于隋，踵事增华，益形繁盛。《北史》曰："隋柳彧①见都邑百姓正月十五日作角觝戏，上奏曰：'京邑爰及外州，每以正月望夜，充阶塞陌，鸣鼓聒天，燎炬照地，人带兽面，男为女服，竭资破产，竞此一时，请并禁断。'"其摹绘闾巷喜事情形，合之今日，殊为逼肖。及唐开元、天宝间，海宇承平日久，明皇耽于声色，务为纷华绮丽，以娱耳目，每届上元佳节，于京都安福门外盛饰灯彩，许民纵观。《雍洛灵异小录》曰："唐朝正月十五夜，许三夜夜行，其寺观街巷，灯明若昼，山棚高百余尺，士女无不夜游，车马塞路，有足不蹑地浮行数十步者。"当时宝马香车之盛，星桥铁锁之奇，千载而还，犹可想见。自后由宋迄明，虽未尝不循例举行，而均不及唐时之盛。

本朝定鼎燕都，列祖列宗咸以恭俭训，当乾嘉极盛时，四海乂安，库储充裕，而辇毂之下，亦未闻侈陈灯景，润色升平。洵乎禹俭汤勤，迈越前古。惟民间偶尔游戏，亦未尝悬为厉禁，致拂舆情，故京师虽三市六街不尚鱼龙曼衍，而各省则千门万户，到处箫鼓喧阗。江左为古来名胜之区，隋苑笙歌，吴宫花草，繁华之盛，尤冠绝一时。每当新正蟾魄圆时，即有选事之徒，敛取资财，制就各种灯彩，鸣钲伐鼓，遍历通衢。初尚寥落如晨星，继而无赖少年闻风兴起，扮演杂剧，过市招摇。地方官以时届新年，极意优容，不复设金吾之禁，而若辈遂借与民同乐之说，卜昼卜夜，尽情酣嬉，甚至节近花朝，而火树银花，犹璀灿于大街僻巷间。尝综其流弊，约有数端：

凡灯皆以纸绢扎成，或肖鸟兽之形，或仿花卉之象，千枝蜡炬，焰焰腾辉，微风忽来，火易延触。且灯过之处，居民咸喜燃放爆竹，砰訇一响，碎纸盈阶，迨过眼烟云，寂寥无有，闭门安寝，深入黑甜，而一星之火，死灰复燃，往往祸等燎原，无可收拾，此火患之堪虞也。

迎灯者本非一起，彼迎此拒，必起争端，而若辈粗暴性成，自负男儿好身手，动辄轩眉攘腕，斗胜争强，甚且号召党徒，乘间抢掠，如近时扬

---

① 柳彧，字幼文，山西运城人。少好学，颇涉经史，隋文帝时历任尚书虞部侍郎、治书侍御史、员外郎散骑常侍等职。传见《隋书》卷六十二。

州强劫烛店、溧阳闯入典铺之类，事本嬉游，情同劫盗，此滋扰之堪虞也。

每遇迎灯，万人空巷，青衫韵士，红粉名姬，黄口娇儿，白头村妪，骈肩杂遝，驻足为难，于是痞棍流氓，往往匿迹其间，逞其攫珥拔簪之计。甚至膝下宁馨，亦为匪人诱拐，既失连城之璧，谁还合浦之珠？将来为婢为奴，何堪设想？此拐诱之堪虞也。

种种弊端，握管难罄。尤为风俗人心之害者，凡灯会中人往往饰美男子，为二八俊娃，易弁而钗，薰香傅粉，于众目睽睽之地，缓歌曼舞，恬不知羞，令观者荡魄醉心，实不在花鼓淫戏之下，伤风败俗，莫此为尤。夫官宪之所以禁令稍宽者，原以节届元宵，居民作戏逢场，亦可衡情原宥。若长此争艳斗丽，不藉金钱之价，无忧玉漏之催，则劳民伤财，将何底止？有地方之责者，倘能采此刍荛，及时禁止，则民财当可稍阜，民俗不至日偷乎？若以大煞风景讥之，则非仆之所敢辞，亦非仆之所愿辞也。

(1900年3月7日《申报》)

禁 淫 书 说

小说起于宋时，仁宗①御宇日久，万几之暇，思得民间琐事以自娱乐。于是文墨之士承顺风旨，或取前朝故实，或取间巷旧闻，编辑成书，事必极其新奇，文必尚乎浅显，令览之者足以生劝戒、广见闻，是亦文囿之外篇、艺林之余事也。迨后风俗日偷，射利之徒，以此为老生常谈，不足以耸人闻听，乃为之写荡子之痴情，摹淫姝之秽迹，极妍尽态，而淫书由是盛焉。自宋迄明，颓风益甚。本朝神武开基，首以整顿风化为重，惟罗贯中《三国演义》词严义正，令人生忠义之心，曾译成清字，于顺治七年正月颁行，民间其余小说各书，当顺治九年、康熙四十八年迭次严禁。康熙五十三年四月，九卿议定坊肆小说淫词严查禁绝，板与书尽销毁，违者治罪，印者流，卖者徒。乾隆元年覆准淫词秽说叠架盈箱，列肆租赁，限文到三日销毁，官故纵者照禁止邪教不能察缉例降二级调用。嘉庆七年禁坊肆不经小说，此后不准再行编造。十五年六月御史伯依保②奏禁《灯草和尚》《如意君传》《浓情快史》《株林野史》《肉蒲团》等，奉谕旨不得令胥吏等藉端向坊市纷纷搜查，致有滋扰。十八年十月，又禁淫词小说。在朝廷整齐风俗，未尝不科条森布，雷厉风行，所惜有司视为具文，奉行不力，致不能根株尽绝，流毒闾阎。

---

① 宋仁宗，赵祯（1010—1063），北宋第四代皇帝，1022年至1063年在位。
② 伯依保，嘉庆朝御史，嘉庆十五年六月，伯依保奏禁小说。

迩来石印之法盛行，数十卷之书，可以数日毕事，在诚实著名之坊肆，亦知谨守禁令，顾惜声名，不肯为此犯法之事。而市井无赖之子，薰心利欲，不复顾及天良，往往印成小本，于烟室茶寮到处求售，或避其名而存其实，或借其名以售其奸，为幻诪张，莫可究诘。盖其成本既轻，印造又易，而获利之厚，则视他书倍蓰焉。宜乎视禁令如弁髦，而相率轻为尝试也。今者浙省绅士既具呈学宪，请通饬各属严查书肆，不准销售淫书，并移知江苏抚宪转饬苏松太道照会领事查禁石印翻刻。日前代理上海县篆之戴子迈①明府出示严禁，凡有售卖淫书者，许军民人等遇见即便悉数获解到县，听候量予奖赏。违禁匪徒，定即照例候办，并为罗举书名，俾可按图索骥。似此实力办理，彼市井无赖之子，庶可因之敛迹哉！

或曰，昔黄子寿②方伯之莅吴也，所禁淫书有数百种之多，刊于江苏则例中，班班可考。今明府所禁者，不过十分中之一二，且《红楼梦》《西厢记》《牡丹亭》等书俱未列入。意者其尚有所遗漏欤？抑姑为网宽一面，不欲令售卖者绝其生机欤？曰：黄方伯当时所禁种类虽多，然大半不过空存其名，久已如《广陵散》之千秋绝调，非特若辈无由深知，即癖嗜闲书如仆，亦多有未经寓目者，故窃谓繁其名而徒托空言，转不若简其数而得归实在。至《红楼梦》《西厢记》《牡丹亭》诸书，绮语艳思，诚足令天下有情人消魂欲死，然嗜之者大都文人雅士，不过于茶余酒后，藉遣光阴，即偶涉遐思，亦必能发乎情止乎礼义，初不等《痴婆子》《肉蒲团》等书，秽语谰言，连篇累牍，庸夫俗子，一经被惑，即难免伤风败俗之事也。不然贻椒赠芍，《葩经》先开其端，为雨为云，《选楼》③亦登其作，何昔之人曾无议及禁之哉？质之明府，当亦以鄙人为先得我心，而断不疑为强作解人也。

(1900年3月28日《申报》)

续务实说

余前论中国之弱，由于人心之不正，人心之不正，由于竞尚虚浮，不知务实，致酿成欺饰朦蔽之局。苟欲补救而挽回之，惟有先将一切虚浮之习一扫而空，夫然后人心始正，国势即可望转弱为强。客有见而韪之者，因复推广其义，以补前说之未尽。

中国文教之开，先于列国，故声名文物冠五大洲，列国莫不推事焉。

---

① 戴子迈，即戴运寅。
② 黄子寿，即黄彭年。
③ 《选楼》，南朝梁昭明太子萧统所建的文选楼，借指《文选》。

自通商以来，事事相形见绌，西人每谓中国不能尽人读书识字，以致人才日衰，国势因之屡弱。余谓不能尽人读书识字，固中国之弊端。然即能尽人读书识字，而所读者非有用之书，所识者非有用之字，则其患反较不读书不识字而更深。何则？经史子集美矣善矣，然义理渊深，士人穷年矻矻，尚不能融会贯通，岂一知半解之流所能得其毫末？下此则不经之书，汗牛充栋，在作者之初意，无非欲开发人之智慧，遂不顾附会臆说，支离肤浅，俾人易于翻阅，以冀由浅求深，而不料风俗之忧，人心之害，实基于此。

朝廷知其然，故禁之等甚严，然惟导淫之书，始悬为例禁，其他弗问焉。夫导淫之书最足坏人心术，禁之固宜，然鄙意宜禁者当不独此也。淫书之害，不过一身一家，而虚无缥缈之语，蜃楼海市之谈，其流毒较淫书为尤甚。自来妖孽之兴，必创为鬼神之说以愚人，妄托神仙之术以自炫，愚民习见习闻，无不信以为实。于是众口交推，随声附和，遂致酿成祸乱，不可收拾，黄巾赤眉，其殷鉴也。目今义和拳匪其起事时，亦假托神鬼附体，枪炮不入，书符诵咒，如醉如狂。愚而无识者信之入骨，醉心至死不变，即有正言以辩者，彼必面红耳赤，断断与争。此皆中毒于演义小说诸书，故深信不疑，一成不易也。日前遇一贸易中人，自北方避难南来者，谈次言及义和拳不破财戒，红灯会不破色戒，既又言当时同行之某少年，中途为红灯会中人所扣留。余诘以红灯会既不破色戒，何以见少年而欲扣留乎？答称：亦犹樊梨花之与薛丁山前缘所定，不足云破色戒也。余知其愚不可破，一笑置之。盖北方之人素称强悍，其所喜阅之书不过《水浒传》及《七侠五义》《征东》《征西》之类，受毒既深，而又以神仙渺茫之说附会其间，无怪乎易于淆惑也。由此观之，演义小说诸书，非较淫书之流毒为尤甚乎？并闻寄居南洋各埠之华人，亦最喜阅此种说部，各书肆常年运出，获利颇丰。夫居华之人苦少阅历，既已出洋肄业，自宜潜心有用之学，俾坐而言者，可起而行，而乃轻信浮伪之书，以致酿成虚憍之气。中国又何望其能自强哉？不但此也，谶纬之学自古不废，而虚伪之病即根据于此，所宜一律禁绝，使识字者专攻有用之书。纵不能人人以西学为宗，而现在译书既多，翻阅亦易，务实之学莫过于格致一道，深以成深，浅以成浅，使中国而能人人讲求此诣，即不能遽底富强，而富强之基无不在是矣。若狃于习俗，不思变迁，吾恐中国之人无有用之日，而国势亦无自强之日，将不徒步印度之后尘矣。不亦甚可惜哉？

（1900年9月4日《申报》）

禁花鼓淫戏议

有客问于执笔人曰，近者法租界各茶肆以生涯寥落，无计招徕，竞雇无赖少年，演唱花鼓淫戏，妖声浪态，佟陈于大庭广众之中，坐而听者，男女杂沓，履舄骈阗，如醉如痴，罔知廉耻。若辈见官宪之不即禁止，而利市之左券可操也，于是一倡众和，效尤者多。若不力遏狂澜，恐淫佟靡丽之风，日甚一日，尚复何所底止？吾子职司记载，岂竟寂无闻见，乃亦效寒蝉之噤而不鸣耶？抑果无关于风俗人心，故付之不论不议耶？

执笔人曰，恶，是何言欤？夫花鼓戏之干犯禁令，谁不知之？然穷乡僻壤之中，饮蜡吹豳之候，愚夫愚妇时或醵资搬演以娱目骋怀，官长以耳目难周，无从禁遏，然若辈究有所畏忌，不敢公然搬演于城市之中。犹忆曩年初至沪上时，小东门外此风盛行，时人名之曰"东乡调"，后经中西官严行查禁，浇风遂绝，迄今已阅十余年，虽英租界各梨园之淫戏叠出，而若辈不敢故态复萌者，惧巡捕包探之查察严密也。不意去岁以来，法界各茶肆选声征色，举国若狂，其始尚不敢混淆钗弁，颠倒鸳鸯也。久之，而兴愈豪，胆愈大，须眉巾帼，变幻多端，密约佳期，到处皆是。后为法总领事白藻泰君所闻，谓是伤风俗坏人心，立饬捕头传谕严禁，一时秽浊之地，顿变而为清净之场。乃曾几何时，依然演唱，而明目张胆，包探不之缉，巡捕不之是。果何所恃而不恐乎？或曰，法界市面素较英界为衰，故当事者冀以此挽回商务。然商务之大，不在此区区茶肆中。且往听者类多食力负贩之徒、游手好闲之辈，与夫一切小家碧玉，一经引诱，心志易淆。因是目想神游，闲检尽丧，小而废时失业，大而败节丧身，是益市廛者有限，而害风化者无穷，又乌可以不禁乎？闻之故老言，昔有某乡素称醇朴，妇女皆能以礼义自闲，忽某年秋成告丰，报赛社神，搬演花鼓戏，是年寡妇之再醮、闺女之私奔者不下十余人。可见此等淫声，最足坏人心术。《乐记》云："齐音傲僻骄志，宋音燕女溺志，郑音促数烦志。"声之所感，情为之移，故喜心感者，其声啴以缓，哀心感者，其声噍以杀，音乐之道，通乎其微。昔匏巴鼓瑟，游鱼出听，伯牙鼓琴，六马仰秣，物犹如此，人何以堪。今沪上淫风素盛，加以妖邪之状与目谋，靡曼之音与耳谋，荡佚之情与心谋，其危害于风俗人心何如者？而顾可令纵令变而加厉耶？夫英界各戏园扮演淫戏，向虽高悬厉禁，不免阳奉阴违，近自桂仙园演《张桂卿强奸乡妇》一剧，过涉淫邪，工部局董饬捕头查吊捐照，勒令闭歇。余遂稍知敛迹，乃淫戏之禁于英界者如此，而花鼓戏之演于法界者如彼，岂花鼓戏之淫恶与淫戏微有不同欤？抑一时之风气使然，故无人焉议其后欤？是则非予之所知矣！

(1900年11月8日《申报》)

论英界查禁淫戏事

淫戏经官示禁，由来久矣。本报论之亦已舌敝唇焦，墨干笔秃矣。然历年来，各戏园主阳奉阴违，仍不能免，其黠者择示中查禁各剧逐一改易名目，如《海潮珠》之改名《碧玉钏》，《送灰面》之改名《二不知》，《卖胭脂》之改名《月华缘》，诸如此类，不胜枚举。官长之耳目有限，优伶之变诈无穷，试观各戏园每夜所演之剧，有不配搭淫戏一二出者乎？无有也。

夫梨园菊部为征歌选舞之场，一曲氍毹，鱼龙曼衍，何者不可以娱目骋怀，乃必欲以浪态淫声为荡人心魄之计，俾少年子弟与夫青年妇女面赤耳热，心旌摇摇，月下花前，目挑眉语，坐使风俗愈坏，人心愈邪，其居心尚可问哉？犹忆十余年前，沪上某善士慨淫戏之日盛一日，力遏狂澜，禀请官宪授以金匮余莲村①明经所谱《庶几堂今乐》，责令按日排演，以为观感之资，并令出具甘结不再演唱淫戏。时天仙茶园即演成《魁星现》一出以为之倡，各园效之，善戏叠出，如《德政坊》《金榜乐》《醒世良言》之类，虽于风俗未必遽能转移，而人心究不至日趋邪僻。不意阅时未久，禁令渐弛，而纨绔中之不肖者，或点演淫戏导之先声，于是若辈兴益豪，胆益肆，云情雨意，极力描摹，至今日而目染耳濡，益无顾忌。秋间桂仙茶园创演《恶棍张桂卿强奸乡妇》一剧，奸形恶状，觍然陈于大庭广众之前。而如《杀子报》等淫恶之戏，更如司空见惯，无人焉敢议其非。夫以沪上淫风之盛，复导以淫戏之多，久而久之，势将伊于胡底？有心人兴言及此，方切杞忧。乃桂仙园方演《张桂卿强奸乡妇》，即由前谳员翁笠渔②直刺传园主应桂馨到案，判罚洋银二百元，而宝仙髦儿戏馆又唱演《杀子报》，由今谳员张柄枢③司马判罚园主朱锡臣洋银一百元。窃意各园主即利欲熏心，亦当闻风知惧。何居乎数日前春仙、桂仙二园又以唱演淫戏，经包探传案，司马姑从宽典判，各罚洋银五十元。覆辙相循，一若不知禁令为何物也者。是岂罚锾为不足畏耶？抑非此不足以娱视听，故必为此招徕之计耶？盖各园主但知若《张桂卿强奸乡妇》、若《杀子报》为犯禁之戏，而不知其余淫戏之同为犯禁也。夫天道福善祸淫，古训昭垂，报施不爽，伶人执业下贱，贪利忘害，或不能见及于此，故即在上者严行禁止，而若辈终置若罔闻。各戏园特不幸而为捕头查知，有此雷厉风行之举

---

① 余莲村，即余治。
② 翁笠渔，即翁延年。
③ 张柄枢，即张辰。

耳。若此外各园明目张胆，恬不为怪者，岂少也哉？仆尝窃怪近人好淫，而深叹《魁星现》等各善戏已如《广陵散》之不可复闻。今者桂仙、宝仙、春仙各园已因此一再科罚，则凡幸免者，当亦稍稍敛迹，然利之所在，人争趋之。前次各园明知淫戏之宜禁而甘冒不韪者，岂真乐于造孽哉？利在则然耳。今虽慑于官法，安知异日不别启狡谋？是亦不可不有以防其渐。窃以为此事即无善士禀请查禁，亦宜传集各园主，勒令具结，不再唱演，如敢故犯，立提严办，或即将园门封闭，庶若辈有所忌惮，不复敢以淫戏祸人也。

或谓迩来法租界各茶肆演唱花鼓戏，日新月盛，未闻禁令特颁，今英界偶演淫戏，即遭究罚，而子乃更欲推广行之，其谓之何？不知法界花鼓戏之禁与不禁，非英界所能越俎代谋，英界中西官惟以正人心、端风俗为先，故捕头奉行维谨，有犯必获，小惩大戒，此中具有深心也。或谓若此则英界某茶肆中演唱滩簧，前经翁直刺查禁，今何故态依然，置之不问？曰：是殆未经发觉耳，淫词与淫戏同为坏人心术之端，岂有淫戏禁而淫词不禁者？且司马与直刺均以除恶务尽为心，必能因类而及，则今日之禁淫戏其嚆矢也。谓予不信，请拭目俟之。

（1900年12月20日《申报》）

论英界禁唱淫词事

英界三马路海天览胜茶楼之唱摊簧也，数月于兹矣。前英美租界公廨谳员翁笠渔直刺尝严行禁示，并提茶楼主许某讯惩，一时雷厉风行，以为若辈当不复敢尝试矣。乃曾不移时，弹唱如故，包探不之缉，巡捕不之查，公堂亦不之问，仆尝窃怪其是何神通，乃敢肆无忌惮若此。然人心好趋淫僻，举凡游手好闲之辈与夫一切荡妇妖姬，闻有艳曲淫歌，无不趋之若鹜，而幽期密约、败名失节之事，亦因之书不胜书矣！夫以沪上淫风如此之盛，今复导以淫词，声音感人，其应如响，亦无怪人心日坏，风俗日偷，而其害将至不可究诘。善夫今谳员张柄枢司马之重申前禁也。司马继直刺之任，实心为政，大有萧规曹随之风。日前特商之英总领事署翻译官梅尔思君，饬将从前所给凭照吊回，不准再唱，并恐各茶馆书场人等，仍不免阳奉阴违，复出示晓谕，违则严办不贷。读此示者，咸恍然于司马型方训俗之心，与西官疾恶如仇之意，无不心香一瓣，低首钦迟。顾或谓凭照捐自工部局，华官之力恐不能行，司马即欲吊回，恐亦空言无补，不知工部局董素持大体，略不瞻徇面情，向惟意其无害于民，故得遂其所请耳。今者包探已发其覆，捕头亦悉其情，司马恶之，梅君然之，而谓工部局董反掣其肘者，未之有也。

夫梨园搬演淫戏，若桂仙、若春仙、若宝仙，必将园主一一提案，分别罚锾。前桂仙园主应桂馨且以搬演《张桂卿强奸乡妇》一剧，过涉淫邪，吊去凭照，不准重开，可见工部局董从善如流，不稍宽假，岂有淫戏既严其禁令而摊簧独可格外从宽者？此后即欲巧为尝试，当亦无此绝大神通，岂非租界中一大快事哉？书至此，有客见之曰：子何恶摊簧之深也？夫摊簧虽多淫秽之词，尚不及花鼓戏之甚，今法界各茶肆搬唱花鼓戏，日新月异，曾不闻在上者议及禁止，乃英界淫戏既已禁绝，惟此摊簧俚曲又必驱除尽净，其将使沪上污秽之地，一变而为清净法场乎？则正告之曰：摊簧与花鼓戏同工异曲，总之皆导淫也。淫戏淫其状，摊簧淫其词。禁淫戏而不禁摊簧，何以服优伶之心？而谓有心世道者可付之不论不议乎？司马有见于此，下车甫及数月，即首禁淫戏，旋禁淫词，孜孜以正人心端风俗为务。日后兴利除弊诸善政必能与直刺后先辉映，而此特其见端耳。倘果力而行之，始终弗懈，不独鬼蜮之技无所施，英界人民咸受其福，即法界亦将闻风兴起，将花鼓戏一律禁除，不令英界独专其美，人之欲善，谁不如我？涉笔及此，盖不胜厚望焉。

（1901年1月17日《申报》）

迪民智以弭北乱论

直隶一省，枕山面海，地方数千里，平原旷野，广漠无垠，其民风蠢愚而强悍，闾巷游手好闲之子，往往持弓跃马以为豪。稍知文义者，又喜观古今小说，如《封神传》《西游记》《水浒传》《三侠五义》《七侠五义》《小五义》《续小五义》《绿牡丹》等书，凡涉鬼神荒渺之谈，豪猾嚣张之概，皆眉飞色舞，津津而乐道之。至梨园所演各武剧，钲鼓动地，尘埃张天，观者方倦而思卧，而彼中人则无不狂声喝采，喧阗若雷，一若王三太、窦二墩之真有男儿好身手，可以纵横无敌者。盖其性蠢愚，则一切怪奇之说，人知必无是事者，彼则深信不疑；其性强悍，则一切兵刃之危，人方趋避不遑者，彼则轻蹈不惧。此固秉姿使然，而非人力所易转移者。即如去岁义和拳匪借仇教为名，揭竿起事，虽由桀黠者为之提倡，昏庸者为之主持，然苟非鬼神荒渺之谈与豪猾嚣张之概，平时中于人心，则此数十万人亦何能如醉如痴？一旦群焉附和，今虽合中外兵力痛加剿除，渠魁既已伏诛，羽党亦多解散，然余孽之伏匿于山巅水涯者，为数尚不知其几千万。试观现在洋兵逐渐撤退，而若辈已蠢蠢思动，到处占据村堡，任意鸱张，转瞬联军尽撤，乘舆返京，各处乱民纷然而起。去岁之祸，安知不再见于今兹？故愚谓时至今日论，急则治标之法，宜预调劲兵一枝，探明畿辅左近如河间、大名、深州、定州以及京东之丰润、玉田、宝坻等各府州县所辖各村庄，凡有匪踪出没处所，一律剿洗，务绝根株。至各处村堡本系从前备御捻匪而设，坚壁高垒，法非不良，然自去岁以来，若辈潜壕沟，修雉堞，备枪炮，峙刍粮，尤藉此负嵎抗拒，今宜令一律拆毁，不准稍留。夫如是则既绝其凭藉之端，又清其伏匿之处，匪焰当不致再张，而民居可渐形安谧。然此犹不过暂慑其心神，而未能徐化其气质也。如欲化其气质，惟有在上者严申禁令，自今以后，凡书肆中不准售一切奇衺诲淫之书，戏园中不准演一切妖邪导乱之剧，务使庸耳俗目见闻所及，不复有鬼神荒渺之谈与豪猾嚣张之概，则自能嚣心稍戢，而薄俗可渐底于纯。然后就各府州县广设学堂，择才智者为之教习，课以古今经史之书、中西政治之学务，令研究玩索，俾知治国之道，贵实不贵虚，而征神说鬼之谈，不禁而自绝。立国之要，尚智不尚力，而驰马试剑之习，不戢而自消。如是则上自搢绅，下至仆隶，皆能化其蠢愚，泯其强悍，而将来畿辅非常之祸，可以渐弭于无形。不然现虽慑于中外兵威，暂时宁帖，不旋踵而死灰复燃，其患将有不可胜言者。

仆居畿辅数年，诚有鉴于前此之既肇变端，后此之难弭隐患，皆由民风蠢愚强悍之所致，故敢效一得之愚，特以此说进。语虽迂，而尚近于事情，效虽远，而不致有流弊。有牧民之责者，盍亦于此加之意哉？

（1901 年 7 月 12 日《申报》）

莫 看 小 说

我们中国女人读书识字的很少，就有几个认得字的，就喜欢看小说，中国的小说又没有好的，所讲的都是些佳人才子、爱貌怜才的事。看了这种书，非但不能长进学问，还要照书上的样子来改变性质。看了书上女人装饰得好，就要学他装饰，看见书上讲游戏事有趣，就要学他游戏，看见书上讲富贵的景象，就心上羡慕他，恨不得自己也像这样富贵。一个人不是生出来就有学问，就有见识，全要教导好。他们欧美各国的女子，若叫他自小就看中国这些小说，也是不会有好思想好志气的，为是他们生出来的时候，父母就教他要有爱国的心，要有讲究各种学艺的心，要大家存相爱相助的心。他从小到大，听见的都是有益的话，读的都是有用的书，学的事都是有用的事，所以能够做有用的人。我们中国女人，识几个字，看几部小说，那性子柔软的，便学那小说上情致缠绵的人，固然是不好，那性子刚强的，便学那小说上权术霸道的人，尤其误事。看的小说越多，肚里的经济越大，那行为说话越不正大。盖因中国做小说的人，并没有一个借著小说来劝人，大半是自己有不遂意的事，便做一部小说来发挥。那显然奸淫邪道的不必说了，就是面子上看去，好像极和平，极含蓄，那移人性情，堕人志气的地方，也就不少。我今日现身说法，五年前大病一场，病后有人借与我一部《镜花缘》，我极喜欢看，并且极羡慕那些才女的际遇，恨不得学他。然而那里世上有这个女科，只是空想而已。因这个空想，误了许多正务。后来一转念，男子只做八股，只想科第，尚且叫通人看不起，我怎么看见书上几句假话，就这么发呆，岂非可愧的事？因此才把这部书丢开了。列位试想，《镜花缘》不是不好的书，尚且我几乎上了当，何况别的小说？常听见人说，有一个女子，看《红楼梦》看入了魔，因此死了。我想这不是笑话，是的确有的事，虽不能人人像这女子那么痴，受毒终是一般，不过略分轻重而已。如有识字的女子，悟到这看小说是不好的事，把这个看小说的工夫，看别样书，或者看报，再不然做别样事，大小总有些益处。我晓得既然肯看我这个报的人，一定是不愿意看小说的。不过做这篇演说，要请看报的人，晓得有喜欢看小说的亲戚朋友，把来讲与他听听，或者当着笑语，向小孩子们说说。再第一奉劝，家里不要买这些书，是顶要紧的。

我近日看见一部《经国美谈》，虽然不曾看全，觉得好得很。又有一部《茶花女史》，虽然也是专讲爱情的，却是一座激发人意气的机器。若照这种小说，我又愿意诸位看。诸位不要疑心我是崇拜西人的，外国小说就说好，中国小说就说不好，实在有个分别。一则看了要想躺著，一则看了要想站起来。我是如此，请诸位试一试，只怕也是一样。

《女报》（上海）1902年第3期

论小说与群治之关系（节录）

梁　启　超

（前略）小说之为体，其易入人也既如彼，其为用之易感人也又如此，故人类之普通性，嗜他文终不如其嗜小说，此殆心理学自然之作用，非人力之所得而易也。此天下万国凡有血气者莫不皆然，非直吾赤县神州之民也。夫既已嗜之矣，且遍嗜之矣，则小说之在一群也，既已如空气如菽粟，欲避不得避，欲屏不得屏，而日日相与呼吸之餐嚼之矣。于此其空气而苟含有秽质也，其菽粟而苟含有毒性也，则其人之食息于此间者，必憔悴，必萎病，必惨死，必堕落，此不待蓍龟而决也。于此而不洁净其空气，不别择其菽粟，则虽日饵以参苓，日施以刀圭，而此群中人之老、病、死、苦，终不可得救。知此义，则吾中国群治腐败之总根源，可以识矣。吾中国人状元宰相之思想何自来乎？小说也。吾中国人佳人才子之思想何自来乎？小说也。吾中国人江湖盗贼之思想何自来乎？小说也。吾中国人妖巫狐鬼之思想何自来乎？小说也。若是者，岂尝有人焉，提其耳而诲之，传诸钵而授之也？而下自屠爨贩卒妪娃童稚，上至大人先生高才硕学，凡此诸思想必居一于是。莫或使之，若或使之。盖百数十种小说之力直接间接以毒人，如此其甚也。即有不好读小说者，而此等小说，既已渐渍社会，成为风气。其未出胎也，固已承此遗传焉；其既入世也，又复受此感染焉。虽有贤智，亦不能自拔，故谓之间接。今我国民，惑堪舆，惑相命，惑卜筮，惑祈禳，因风水而阻止铁路，阻止开矿，争坟墓而阖族械斗，杀人如草，因迎神赛会而岁耗百万金钱，废时生事，消耗国力者，曰惟小说之故。今我国民慕科第若羶，趋爵禄若鹜，奴颜婢膝，寡廉鲜耻，惟思以十年萤雪，暮夜苞苴，易其归骄妻妾、武断乡曲一日之快，遂至名节大防扫地以尽者，曰惟小说之故。今我国民轻弃信义，权谋诡诈，云翻雨覆，苛刻凉薄，驯至尽人皆机心，举国皆荆棘者，曰惟小说之故。今我国民轻薄无行，沈溺声色，绻恋床第，缠绵歌泣于春花秋月，销磨其少壮活泼之气；青年子弟，自十五岁至三十岁，惟以多情、多感、多愁、多病为一大事业，儿女情多，风云气少，甚者为伤风败俗之行，毒遍社会，曰惟小说之故。今我国民绿林豪杰，遍地皆是，日日有桃园之拜，处处为梁山之盟，所谓"大碗酒，大块肉，分秤称金银，论套穿衣服"等思想，充塞于下等社会之脑中，遂成为哥老、大刀等会，卒至有如义和拳者起，沦陷京国，启召外戎，曰惟小说之故。呜呼！小说之陷溺人群，乃至如是！乃至如是！大圣鸿哲数万言谆诲之而不足者，华士坊贾一二书败坏之而有余！斯事既愈为大雅君子所不屑道，则愈不得不专归于华士坊贾之手。而其性质，其位置，又如空气然，如菽粟然，为一社会中不可得避、不可得屏之物，于是华士坊贾，遂至握一国之主权而操纵之矣。（后略）

（《新小说》第 1 号，1902 年 11 月 14 日）

禁演淫戏说

俟河清馆主人

戏园之设，由来远矣。自优孟托讽感动楚王，已识为触目警心之具，厥后衣冠巾帼，妆点如生，历世相沿，当不仅唐代梨园艳绝一时也。观夫贤愚毕肖，既操鉴别之权，忠佞曲形，更握旌诛之柄，藉面目以呈心术，假歌舞以寄襟怀，工是艺者，何难使观听诸人发劝惩之真性乎！故凡通都大邑，所在多有，即环球各国，罔不矜奇斗胜、群树为观感之资。则戏园之设，有神于世道人心，殊非浅显，虽稗官野史，恒多附会铺张，然游戏场中，足以感人于窹寐，信乎！未可厚非也。

慨自世风不古，习俗日漓，近来各戏园每多演唱淫戏，其形容尽态处，已足使少年子弟意荡神飞。尤可恶者，登场角色竟尚女流，且所演皆

《百万斋》《关王庙》《卖胭脂》《杀子报》《珍珠衫》等剧，传情作态，无异白昼宣淫。须眉歌舞之场，竟变为淫荡颠狂之状，真有耳不敢闻，目不敢见者，在各园中不过罔利居奇、冀博观者一粲耳，不知引诱童年，贼害心性，较娼窑妓馆为尤甚。夫娼窑妓馆，稍有畏忌者，即不肯入，年最少者罕到，亦断无妇女进门。独至入园听戏，名目甚正，故座客半多童子，近又有妇女而包厢者矣。自女角一唱淫戏，演到秽亵不堪、放浪已极之时，座中之客既神驰于戏台之中，旋目注于包厢之内，居心用意，其间盖有不可知者。设不严为禁绝，不至淫风流行，而害尽苍生不止。顾或者谓园中一禁淫戏，势必生意减色，一朝断绝，必至驱利于外人，为租界增一利薮矣。殊不知法领事曾有禁演淫戏之公函，经前任海关道宪覆函照准，有案可稽。况吾所谓禁者，非禁其戏，禁其淫戏耳。非禁其演戏之女角，禁其女角所演之淫戏耳。设以女角而但唱袍带冠冕等戏，吾又何必禁之？

查近数年来，申江、南通州禁唱《杀子报》，前蒙乡甲总局宪台禁止落子馆及幼女演唱时曲，并庙宇街市所设之洋篇春册，洋官禁开男下处，北京禁阻妇女入馆听戏。从前贤大令并禁妇女入庙烧香，诚有见于淫风一开，其伐性伤生，祸烈于洪水猛兽，而廉耻一丧，必至奸淫邪盗接踵而兴，而地面遂因之不靖。变而愈下，则人心世道，有不堪设想者矣。有地方之责者，果能出示严禁，先就女角演唱之淫戏，一朝而断绝焉。其维持风化之功德，岂有涯涘乎？不禁馨香祝之。

（1903年2月22日《大公报》）

移风易俗议
（九续前稿）

士庶习俗之不善，也不必絮烦了，咱们净说移易的法子罢。移易的法子，有几样呢？共有八个办法：

一、先立一个教部。参合礼部国子监的职任，另定则例，然后由教部办以下七件事。

二、订丧葬礼仪。凡王公百官，但有职品之家，以及庠序中人，遇有丧葬，若仍有烧楼库纸马冥器等类的糊涂事，皆按其品级议罚。

三、毁淫祠。凡无僧之庙，及有僧而愿出售者，一律筹款购买，改建学堂及工艺厂。

四、多立白话报。

五、另编新戏，并禁止妖魔鬼道及淫亵之戏。州县官须周知其境内共有戏园几处、戏班若干。

六、另绘印新纸画，以开国民之知识，使之观感，并将年底各处所卖之纸画，细心考查，某种摇惑人心，某种锢蔽智慧，一律禁售。并购其废画废板而毁之，勿使小民折本。凡拉大篇的（即西洋景）后页有淫画的，也一律惩办。

七、改良小说。先编由渐而入的新小说，一面查禁各项邪书，如《封神演义》《济公传》《西游记》各项淫词小曲之类。

八、改良演说。各处说平书的，日以说书糊口，感人最易，误人亦最易。不如招此项人，限一个月，教以新小说，令其各处随便演说，旷他一个月的功夫，给他一个月的花费，这等人，最有口才，比立一座师范学堂的关系，不相上下。

以上八条，我粗说大概，国家果要出了关心民事的大臣，奏请设立教部，我再条陈细目，管保毫无阻碍。（附件）

(1904年1月2日《大公报》)

伶部改良策（节录）

若直谓无关宏旨，以为是区区者曾何足比数，非吾辈之所宜黾勉从事，彼既姑妄演之，我亦姑妄听之，人生乐行，得过且过，何许子之不惮烦也？自为计则甚得矣。人心世道之忧，每下愈况，果何所终极？即有热心改良如汪笑侬①其人者，亦苦于一传众咻，曲高和寡。其如此举世之皆狂，何哉？谚有之："不有智者劳，焉有愚者福？"盖人人对于群而各有应尽之天职，知识高人一等者责任之重亦往往过人一等，递高递重，其级无算，此社会进化之公例也。古之圣贤豪杰莫不心知其意，不敢放弃其天职。伊尹②曰："予，天民之先觉者也，予将以斯道觉斯民也，非予觉之而谁也？"孟子曰："夫天未欲平治天下也，如欲平治天下，当今之世，舍我其谁也？"吾以为大固有之，小亦宜然。古人虽难骤及，后人岂可不勉世之龃龉者，既不足以语此，而得立凭权主持风化之人又或薄为小道，而一笑置之，奈之何民不安肆日偷，蠕蠕蠢蠢而人格坠落？然则改良之策安出？曰：其要目三，其总纲一，不塞不流，不止不行，请就鄙见所及，条列如左，或者不仅小补也。

一曰去淫。人生至危险至酷热可怖之事，未有过于淫者也。古今中外，上下数千百年来，曰圣曰贤曰英雄曰豪杰曰仁人曰志士，踵相接项相

---

① 汪笑侬（1858—1918），本名德克金，又名僻，字舜人，号仰天，别署竹天农人，满族，北京人。京剧表演艺术家。光绪五年举人，捐河南太康知县，被参革职。他自幼酷爱戏曲，曾在北京翠凤庵票房学唱京剧老生，1894年正式在天津投身梨园。汪笑侬是清末戏剧改良积极实践者，先后排演《党人碑》《瓜种兰因》《哭祖庙》等，皆有为而作。

② 伊尹，夏末商初人，曾辅佐商汤建立商朝，被后人视为中国历史上的贤相。

望，不知其凡几。载之宪章，布之教令，垂之文史，播之声诗，散见之传记，汗牛充栋，又不知其凡几，皆莫不以淫为切戒，大声而疾呼之。然而春宫秽乱，累著于后妃；帷薄不修，习见于世禄。甚至执女手之言，发自临丧之际；啮妃唇之咏，宣于侍宴之余。（"执女手"四句，本顾亭林《日知录》）君臣为谑，廉耻道丧，亡国败家相随属，殆难以更仆数。其他佳人才子，露院月厢，私裁芍药，暗谱鸳鸯，死于风流阵，困于温柔乡，饮酖若饴，而一瞑不悔者，又恒河沙数之不可以升斗量也。呜呜噫噫！我知其故有非常之才者，必有非常之欲，以非常之才，纵非常之欲，而无道德力以为之主，习俗移人，贤者不免，谨厚者亦复为之，彼庸夫俗子不识道德为何物，渎乱伦纪，夫亦何惮不为。坊之坊之，且不免下流之横决，况复设淫辞而助之攻，安得不怀襄滔天、胥人类而鱼鳖之也？吾见今日伶部所演之剧，导淫者殆十居二三，上下相安，恬不为怪。道德观念之薄弱，已可概见，而伶部特其代表。果使有所根据，犹可藉寓惩戒，所恨者羌无故实，警恶不足，败俗有余。如《打樱桃》，如《卖胭脂》，如《小上坟》，如《双摇会》，未能枚举，皆无聊之极，无耻之尤。苟非雷厉风行，切实禁止，将来愈趋愈下，变而加厉，无教者将近于禽兽，彼道德薄弱之人亦不免濡染恶习，流荡往返，甚非所以保种之道也。

一曰存实。董仲舒曰：王者应天以实不以文。殆深恶专制君主之不畏民碞，爰托于不可知之天道以监督之，使之隐有所忌惮，而不敢为虐。识者类能深谅其心，吾则曰：今日非君主专制之为患，而民智不开之为患，使民智之果开也，则虽有十百秦皇汉武其人，皆不能用其压制之力以毒天下。然则吾辈之所急宜注意者，在开化普通之民智可知矣。开化之法，亦曰以实不以文。而伶部其一端也，何以言之？夫我国下流社会，殆八九为不识字之人，四千年之历史，五大洲之近状，彼固瞠乎不能晓其一二。爱国之观念，合群之思想，自治之规则，立宪之问题，彼昏不知复何足怪，教育之所不及者，正赖伶部实演古今之事迹以补之。若者为女戎之祸，若者为宦寺之祸，若者为小人之祸，若者为权奸之祸，方正何以不容，朋党何以被锢，编朝代之先后，俾知沿革，以正史为根据，使谙掌故，忠义之气自油然而生，普通之识亦尽人而有，尚何新政之不能举哉？而今日之伶部，视此何如也？沿讹踵谬，习焉不察，庐山真面，风景全非，古人九原可作，吾知当一路哭矣。诬古人犹可说也，诬古人而并诬今人，使之一误再误，不可说也。以妄□□诸葛亮之儒雅风流，而推卦祭风，直以茅山道士之妖术当之，以张飞、马武之豪壮忠勇，而战荡闹馆，直以拳匪无赖之暴动出之□□。羌无故实，自我作古者，尚未遑枚举，谬种流传，习非成是，直惑世诬民而已，乌见其能发人深省也？盲人不见日，不知日为何状，或告之曰日之状似铜钲，他日闻钲而以为日也。左右笑之，告之曰日之光似烛，已而得烛，而又以为日也。夫曰钲曰烛皆可□□□□□矣，而盲者则终不知日为何状，是何也？钲与烛之似日以有间也。（本苏文而用其意）今日伶部之现象则并钲烛而□□□□□惑不可解之事哉。

一曰尚武。今日伶部每日登场所演之剧，武艺殆十居二三，吾尚欲提倡而不能已于言者，宁非多事。虽然，彼之所谓武，非吾意中之所谓武，躁而已矣，乱而已矣，形式而已矣。乌睹所谓整齐严肃而精神团结者乎？吾之所急欲研究而议改良者，则精神上之问题是也。如徒曰形式而止，则彼辈之飞檐走壁，捷于猨猱，拔剑横矛，勇于贲获，纵横驰骤，固已极运动之大观，孰得从而议其后也？然试问座上之客，有闻其鼓鼙之声而思将帅者乎？吾敢断言其无有也。何者？精神不属，以游戏出之，人亦直以游戏赏之而已。虽然，究其精神所以不属之故，由来者渐，非一朝一夕之故也。盖我国重文轻武之陋制，赵宋以来，七八百年间，因沿不改。麻木痿疲之历史，其陶镕化合之力，既已深入士大夫之心，成为习惯固结而不可解。彼野狐参禅之理学家，又从而倡崇王黜霸之邪说，谓王者耀德不观兵，虽有夷狄，直当以大度容之，化外置之。迨夫交涉事起，相见兵戎，石卵之势，相遇立决，称侄称孙，靦不知耻。乃转而为之说曰：吾将以骄之，而徐乘其弊也。纳款献币，曾不吝惜。又转而为之说曰：吾将以饵之，而谋倍蓰取偿于后也。俄而天子为俘矣，俄而妃后侑酒矣，俄而宗室子孙骈首就戮，有若犬豕哀哀求为匹夫而不得矣，俄而变服色，异器械，别徽号，屋其社而墟其土矣。而彼高谈性理者，徒奴颜对泣，束手无策，谬诿于天意之无可如何。其上者引节而自裁，以一死塞天下之责；其下者反颜事仇，谓他人父，谓他人母，施施自得而转以明哲保身为解嘲也。国魂既散，国耻何存，事有相因，俗由渐成。嗟乎！辽金元之遗史，脓血殷斑，孰非吾民族肝脑所涂留存之印记乎？殷鉴不远，可为寒心。而孰知夫如狼如虎如蛇如蝎之欧美列强，复踵辽金元之故智，咆哮蜿蜒而来也？而又孰知夫我无血无气无拳无勇之同胞民族，不鉴于辽金元之覆辙而酣嬉柔媚如故也？

然则吾所谓改良精神上之问题者，可知精神为何？则上所云既散之国魂是也。今日不能遽招之于疆场，不得不急招之戏场。戏场者，耳目之所聚也。耳目之所聚，即魂之所寄也。请诏巫阳而招之曰：西方斯巴达之魂兮，尔怯私斗而勇公敌，盍归乎来？吾与尔两好其勿猜。东方太和之魂兮，尔乐从军而祈战死，大丈夫不当如是哉？盍归乎来？吾与尔切兄弟之孔怀。驱敦恢豕，拇逐人之狂獀。南方菲律宾之魂兮，尔血战三年以谋独立，吾敬尔爱尔而为尔哀，盍归乎来？勿恋孤岛而徘徊。众灵瞜集，我胚我胚，醉苏梦觉，心旷神开。痛定思痛，然后可以登今日竞争之大舞台，扶敝而起衰也。不然顽钝椎鲁，暴戾恣睢，海盗而已矣。

嗟夫！去淫也，存实也，尚武也，皆今日改良伶部之三大要目，吾辈所急宜注意者也。虽然，拔本以求木茂，塞源而望流长，必不得之数矣，有总纲焉，不可不察。总纲维何？则禁一切腐败之小说是也。是故有《金瓶梅》等书在，而天下之淫风终不可得而息；有《水浒传》等书在，而天下之盗氛终不可得而弭；有种种面壁虚造、无中生有之书在，而天下之大惑终不可得而祛。廓清而辞辟之，拉杂而摧烧之，其有关于世道人心者甚巨，不仅为伶部改良之不二法门也。

（1904年8月17、18日《消闲报》）

说　戏

天下最容易感动人心、转移风俗的，没有比唱戏再快的了。从坏变好了也容易，从好变坏了也容易，因为是眼里看着，耳朵里听着，久而久之，把那真情实象，全印在脑子里，洗也洗不下去，所以如今有志正人心正风俗的仁人君子，出主义〔意〕改良戏本，新编些个可以激发人自立的志气、养成人爱国的热心的好戏，演给大家看，实在是最要紧的一件事。现在上海有一个伶隐汪笑侬，编了一出新戏，名叫《瓜种兰因》，是按照波兰国当日的事情，演成了的。这波兰国已经被别的国瓜分了，这出戏拿波兰国的事，给中国做个镜子，中国人看惯了，自然就知道亡国的情景，自然就知道爱国了。

嗜，说到此处，再看看天津的人心风俗，哎呀，真算是坏到极处了。自从庚子乱后，戏园子唱戏，全搭配女角，起初不过是一两个唱胡子生的，后来又添了唱花旦的。直到如今，戏园子要是没有女角，简直的没人听去。女角扮花旦的，形容出来的神景，非常的淫亵，不能说的话，满嘴里说的极滑溜，那一派神景，实在是难以入目，那一派淫荡的话，实在是难以入耳。那知道单有一派人，专好看这个，专好听这个，叫好之声，连连不断。哎，唱戏的不要脸，听戏的也不要脸。最难堪的是良家妇女，坐在包厢里头，两眼看着，两耳听着，这算是怎么一回事呢？人都说上海的风俗太繁华，其实近来天津坏的更甚。上海从没有男女合演淫戏的，单有一种猫儿戏，一个男角也没有。独是天津这二三年以来，戏园子里，要是没有能唱淫戏的女角，那个戏园子就不大上座儿。你说这个人心坏到什么样了,这个风俗坏到什么样了,可惜地面官不严为禁止,这也是地方政治的一大缺陷。就有人说,中国地面官禁止唱淫戏,外国租界里戏园子,还是照旧的演唱,竟在中国地面禁止,有什么用处?那知道外国租界定的戏园子章程,也是不准演淫戏,倘要演淫戏,是要受罚的。但是一件,领事官坐在屋里,那里知道他们演什么戏,故此租界里戏园子,演的淫戏更烈害,各国领事官,要打算整顿租界,是必须禁止的,不然于租界里的名誉,也是有碍呀!

(1904年8月24日《大公报·附件》)

说戏本子急宜改良

俗语常说的两句话:"戏台底下落眼泪,替古人担忧。"这两句话,不过是个歇后语,人人说惯了,谁也不去想那话的意思。我今天把这两句一想,恍然大悟,觉著很有些道理,天下最容易感人的事,没有比戏再好的了。所以各国把这件事,看作了很要紧的一端,所编的戏文,都要经文部大臣鉴定,然后才准排演,为的是无数的人民,万不能一个一个的当面教导,有了好戏文,受过教化的人,自然愈感愈深,就是那些顽劣不率教的,叫他眼睛看著,耳朵听著,戏台上的一举一动,传出神采,不怕他不知感动。若是随著人的意思,胡乱排演,必定要编出伤风败俗的戏,取一时的快乐,留无穷的隐忧。

中国的戏文,当初也很讲究。相沿久了,只作为消闲解闷的玩艺,不去再加考订,演出种种怪像,牛鬼蛇神,淫词荡曲。锣鼓响处,不论戏文好歹,只要是个名角,任凭演的怎样无理,喝彩的声音,仿佛连珠炮一般。这种声音,实是从肺腑发出,若再唱各种奸盗邪淫的戏,更觉兴高彩烈,乐不可支。大家想想,这是甚么缘故?声音之道,感人最快,何况登台排演?台下的人,不知不觉便认假为真,所以坏戏比好戏更容易动目。如今各名班,要是没有好花旦,班运必不兴旺。上海天津各处,更是奇想天开,实事求是,添聘了许多女角,专演各样淫戏,如此的胆大妄为,人心怎么样会正?风俗怎么样会良?所以京城的戏园子里,不准妇女入座,固然是怕人多起哄,也未始不因为戏文不好,大庭广众之下,实难为情。果真戏文好了,劝化日久,人人知礼,妇女看戏,却又何妨?中国此时,上中等的人,就是自己不开通,所来往的亲友,也还有些明白的,可以听点好话,看点好样子,独有那下等多数的人,自小没念过书,差不多一字不识,要想劝化他们,无论开多少报馆,印多少新书,都是入不了他们的眼。一定要叫他知道些古今大事,晓得为善为恶的结果,除了戏文,试问还有甚么妙法?也不必讲求高雅，就是二簧梆子腔，能悦俗人的耳目，那才算是救急的良方。如今上海地方，出了一位名角，叫作汪笑农，编了许多新戏，很费了一番苦心，不过用意太深，下等的人，还不懂看这种戏，并且有些伤时，出了租界，便不能唱，恐怕不容易行开。

　　据我们的浅见，先把妖魔鬼怪的戏，一概禁止，免得再弄出洪君老祖、齐天大圣等事。义和团的举动，何曾不是从戏里学来的？禁掉了这等戏，愚民的心中，少了许多鬼鬼祟祟，可就容易跟他讲理了。再把奸盗邪淫各戏，想法子改好，戏台上净出正生老旦，有时候也嫌没有趣，不妨把奸淫的结果，全本演完，不准有头无尾。听完了这本戏，人心里必定要动一动。更编些改邪归正、发奋自强的戏文，并处处表明合群爱众的公德（合群爱众，是大家合在一起，彼此相爱，同国的人，不可伤害同国人），从这个地方下手，较比学堂报馆，功效必定大多了。

（《京话日报》1904年第106、107号）

说改良戏剧

　　天津戏园，男女合演淫戏的坏处，本报说过不止一次了，但是官府绝没有信息禁止，也不晓得是什么缘故。后来听说，唱戏的女角，全有官场人同他们来往，狠有个关照，故此不肯禁止。昨天忽然听见一个传言，说是官府要禁止女戏，不知道是真是假。据本馆看，这个信息恐怕不确，我们想官府必不肯禁止，我们给做官的想一个权变的法子，教做官的同开戏园子的，两不至于为难，是什么法子呢？就是专禁止女角扮演淫戏，其余不演淫戏的，也可以不禁止，这是通权达变的法子，顶好是想法子把戏剧全行改良，那些淫荡污秽合邪魔外道的戏，一体禁止，不准演唱，但挑选那忠孝节义可以感发人心的戏，准其演唱。现在广东有一位程子仪[①]，设法子改良戏本，办法甚好（事见昨天本报附张）。天津虽然不能照这样办理，也可以把那些无益有害的戏断净了，你们看现在天津所演的戏，越闹越坏，所有新排的戏，除了妖魔鬼怪，就是阴曹地府，这种戏不但没有益处，并且还有坏处。如今各处设立学堂，原为的是开民智，这戏园子里屡屡排演闭塞民智的新戏，一面开民智，一面闭民智，开着甚难，闭着甚易，可见这戏剧是不可不改良的了。但是改良戏剧，也狠非易事，惟有先从禁止无益的戏剧下手，要禁止无益的戏，第一先从禁止女角演淫戏下

---

① 程子仪，广东近代教育家，同盟会员，1904年至1905年间与陈少白、李纪堂等组织天演公司，开办采南歌班，培训演员，开展戏剧改良活动，宣传革命思想。1905年1月2日《大公报》以《戏本改良》为题对其作了报道。

手。(附件)

(1905年1月3日《大公报》)

论戏曲（节录）

陈独秀

戏曲者，普天下人类所最乐睹、最乐闻者也，易入人之脑蒂，易触人之感情。故不入戏园则已耳，苟其入之，则人之思想权未有不握于演戏曲者之手矣。使人观之，不能自主，忽而乐，忽而哀，忽而喜，忽而悲，忽而手舞足蹈，忽而涕泗滂沱，虽些少之时间，而其思想之千变万化，有不可思议者也。故观《长坂坡》《恶虎村》，即生英雄之气概；观《烧骨计》《红梅阁》，即动哀怨之心肠；观《文昭关》《武十回》，即起报仇之观念；观《卖胭脂》《荡湖船》，即长淫欲之邪思；其他神仙鬼怪，富贵荣华之剧，皆足以移人之性情。由是观之，戏园者，实普天下人之大学堂也；优伶者，实普天下人之大教师也。

……

演戏虽为有益，然现所演者之中，亦有不善处，以致授人口实，谓戏曲为无益，亦不足怪也。故不能持尽善尽美之说，以袒护今日之俳优，不善者宜改弦而更张之，若因微劣而遂以无益视之，亦非通论矣。今条述其优劣于左：

(一)宜多新编有益风化之戏。以吾侪中国昔时荆轲、聂政、张良、南霁云、岳飞、文天祥、陆秀夫、方孝孺、王阳明、史可法、袁崇焕、黄道周、李定国、瞿式耜等大英雄之事迹，排成新戏，做得忠孝义烈，唱得激昂慷慨，于世道人心极有益。旧戏中之《吃人肉》《长坂坡》《九更天》《换子》《替死》《刺梁》《鱼藏剑》等类，亦可以发生人之忠义之心。

……

(三)不可演神仙鬼怪之戏。鬼神一语，原属渺茫，煽惑愚民，为害不浅。庚子之义和拳，即是学戏中之天兵天将。例如《泗州城》《五雷阵》《南天门》之类，荒唐可笑已极。其尤可恶者，《武松杀嫂》，元为报仇主义之善戏，而又施以鬼神。武松才艺过人，本非西门庆所能敌，又何必使鬼助而始免于败？则武二之神威一文不值。此等鬼怪事，大不合情理，宜急改良。

(四)不可演淫戏。如《月华缘》《荡湖船》《小上坟》《双摇会》《海潮珠》《打樱桃》《下情书》《送银灯》《翠屏山》《乌龙院》《缝搭缚》《庙会》《拾玉镯》《珍珠衫》等戏，伤风败俗，莫此为盛。有谓戏曲为淫靡，优俳为贱业，职是之故，青年妇女观男优演淫戏，已不能堪，何况女优亦现身说法，演其丑态，不知羞耻，而易入其脑，使其情欲不能自禁，故是等戏决宜禁止。

（五）除富贵功名之俗套。吾侪国人，自生至死，只知己之富贵功名，至于国家之治乱，有用之科学，皆勿知之。此所以人才缺乏，而国家衰弱。若改去《封龙图》《回龙阁》《红鸾禧》《天开榜》《双官诰》等戏，则戏曲必有益于风俗。

我国戏曲，若能依上五项改良，则演戏决非为游荡无益事也。现今国势危急，内地风气不开，慨时之士，遂创学校。然教人少而功缓。编小说，开报馆，然不能开通不识字人，益亦罕矣。惟戏曲改良，则可感动全社会，虽聋得见，虽盲可闻，诚改良社会之不二法门也。

（《新小说》第 2 卷第 2 期，1905 年 3 月）

盐城陈惕庵[①]孝廉拟请屏斥优伶疏稿

为时危势迫请斥优伶以示忧勤事。臣读近岁诏书，知皇太后、皇上罢内府冗员，裁外省织造员，宫禁度支，禁疆臣贡献，孜孜求治，语多切全，海内闻风相贺，以为太平可期。然而教坊未罢，冗食仍多，歌舞未休，赏赍无度，殆非所以崇节俭示忧勤也。草茅一介，不知忌讳，窃谓皇上欲扫积习，补救时艰，当以屏斥优伶为第一要义。

臣闻西人谓中国四万万奴婢，娼优居五十万，优伶虽无实数可稽，约计亦当十有余万。此十余万人，以之为农商学工艺，何所不可？而乃美食鲜衣，坐分四民之利，较胥役乞丐僧道耗费尤甚，已大违古人生众食寡之义。况此辈出入宫廷，交结阉宦，招摇请托，何所不至。昔世宗宪皇帝[②]怒伶人擅问官守，曾杖杀之。今之优伶既多于旧，保无有干预政事、违犯国纪者乎？与其防之甚严，何如摈而勿近？此宜屏斥者一。

臣谓今日时势，汉臣诸葛亮所谓危急存亡之秋也。英据西藏，德窥山东，俄扰蒙古、新疆，东三省祖宗发祥之地，日俄分据，返璧无期。波舰东来，谋夺我粤闽濒海之地以为根据，而坏我国中立之局，则外侮日逼，莠民土匪所在皆是。文武蒙蔽，有类养痈；练兵警察，半属虚声；州县团练，毫无实际。一旦伏莽蜂起，将有土崩瓦解之患。则内忧方大，况国用益困，洋债益增，加派益多，民生益促，邦本益危，官吏益贪，路矿学堂诸事益伪，强敌外患益迫，此尝胆卧薪之日，岂和声鸣盛之时？此当屏斥

[①] 陈玉树（1853—1906），字惕庵，江苏盐城人。光绪十四年举人，著有《后乐堂文集》。
[②] 世宗宪皇帝，爱新觉罗·胤禛（1678—1735），年号雍正，庙号为世宗宪皇帝。按，本文所说雍正杖杀擅问官守之伶人，见昭梿《啸亭杂录·杖杀优伶》。

者二。

臣谓臣道衰薄，环球各邦未有如我中国者也。昔甲午中日之役，海内震动，宫禁忧劳。凡有人心，当知戒惧。而江西巡抚德馨①于其时酣歌恒舞，以千金远聘名伶，为督臣张之洞劾罢。庚子联军入京，銮舆西狩，罪己哀痛之诏，读者涕零，而桂林府知府孙钦晃②于其时聚客称觞，日演俳优。又有署马平令何烈文③于贼氛猖獗、郡守周继仁战殁之时，开筵演剧，后为督臣岑春煊劾罢。一入仕途，天良遂少、乐祸幸灾如此辈者何限，特未尽发覆，朝廷无由加以罪耳，然亦有不能专咎臣下者。臣闻车驾还京以来，内廷所蓄不少梨园，万几之余，每闻鼓吹，欲以此激厉臣心，不亦难乎？上行必至下效，格非先自君心，此宜屏斥者三。

臣闻秦昭王临朝而叹，范雎问之，王言："吾闻楚之铁剑利而倡优拙。剑利则士勇，优拙则思虑远，以远思虑而御勇士，吾恐楚之图秦也。"然则优伶之工拙，固敌人觇国者所必加之意矣。数十年内菊部驰名，无如京邑，携尊观剧，贵贱胥同，妙舞新声，王公激赏，当场持赠不惜巨金，一经品题，声价十倍。朝士之风流自赏者，或以被其容接为荣。外省名城大埠，凡有戏场，以重价延请名优，必于都下，犹之购利枪快炮者，必于英之伦敦、德之柏林也。夫以首善之区，宜为人材所萃，而驰名出色，乃在优子俳儿。举国之众好环观，不以民困邦危而稍改准。以秦昭之语于以叹朝贵忧虑之浅，足以快列强乐祸之情，是不大可痛乎？此当屏斥者四。

臣愿皇上援古人撤乐之义，散遣优人。非皇太后庆典，不召入宫，有以此进奉者，交部严加议处。饬五城御史，戏馆概予封禁。中外大小现任臣工，有于公署私第演剧者，以旷职论。如此则政体清肃，幸门不开，宵旰忧勤，薄海共睹，以振百寮泄沓之习，则天良各励；以杜敌国鄙夷之口，则敬畏以生。自强基础，莫先于斯。臣愚，敢昧死上书，不胜屏营祈祷之至。

（1905年6月21日《申报》）

论上海风俗之坏（节录）

一曰说滩簧。人家专说上海英租界有这些长三幺二野鸡，风气不好，不晓得英租界风气不好是明的，法租界风气不好是暗的。其实我说暗的，

---

① 德馨，满洲镶红旗人。监生，曾任莲花厅同知、临江知府等职。1884年11月至1895年9月任职江西11年。

② 孙钦晃，河南荥阳人。同治七年进士，曾任浙江司主事、福建司员外郎、山东司郎中、庆远知府、桂林知府等职。

③ 何烈文，湖南善化人。监生，曾任容县、马平等县知县。

比明的还坏得多，都是住家的妇女在那里干这些不端的事，他们调情的地方，在茶馆里。法界这些茶馆，到了晚上，家家说滩簧。这些妇女借了听滩簧的名头同去调情。他们明是住家，暗中仍是做生意，敲起竹杠来比那明做生意的还凶。倘若上钩之后，你想拆开，要费几许葛藤，也不知多少人去上过他们的当，我说这班人真是可恨。

（1905年9月9日《南方报》）

论改良戏剧

鹫

诸公但知演戏一门，是有关于社会，所以诸公极力运动戏子，去开学堂。诸公苦心，天下应该共谅。但是诸公有此热心，何不先就在戏剧上劝他们改良呢？你看中国的戏，荒谬绝伦，不是神仙就是鬼怪，久已贻笑外国，为我们中国莫大耻辱。而且这些戏酿祸已非一次，白莲教、义和团那一般乱事，不是这些戏剧肇祸？我今日要想诸公运动戏子，必先劝他们将这些事改了，免至再来流毒后生。一则可以止乱事，二则可以正人心。这一班下流社会，终日鬼混，那一个不受教育于戏剧？若再不改良，那受害还可说么？诸公听著，我先说出两项要紧事来，诸公必要照著我说，劝他们改良才好。

第一改良关节。近来戏剧，虽有些新戏，经过明人指点。但是由他们无学无识的戏子编出来的，如《三门街》《龙华寺》各样的新戏，鬼怪多端，把中国的丑态演得不堪入目，关节离奇，终曲不唱，没有一处合拍。在那些不读书的人看了，说他好，固不值一笑。要是再因他这些戏又演出神神鬼鬼的新戏瞎凑一番，中国前途还有救么？你们要知道戏中空演的关节就是人生实行的法律，一个人没有了法律，必定精神散漫，一无振作，大家都靠著菩萨去过日子，那个肯去辛勤力作？所以我劝诸公改良，必先将演鬼神的出场严行删去才是。

第二改良唱口。中国的昆曲，近于悲切，纯乎亡国之音，高腔汉调都不免有此弊。近来通行的梆子，更多怨苦之词，惟有京调稍能振发精神。然而近来唱出来最好的声音，都变了赞叹之声，也犯了《后庭花》一曲弊病。我从前因为想改良戏剧，特为在北京三年推敲京调的利弊，又在外国戏馆去考求戏剧唱口的声音，惟有英国、德国乐器发扬踔厉，足以振发志气。日本的乐音纯是伉爽悲愤之声，足以振顽起懦。至于法国、意国的乐器，他便有郑卫之意，专以悦人为主（意乐工尤在欧西有名声），都有点像中国的京调，失其本旨。我想诸公也劝他们改了，把从前一切靡曼之声，渐渐改去，专在悲愤激越上发响，把中国的渴睡激他醒了，那中国就有救了。诸公大功也垂万世了。

按，此节不过约略言之，若论精细之理，非有专书不尽吾言，容日后再与诸君讨论之。记者注。

(1905年10月4日《南方报》)

说　　戏

大概要把一处地方上的人心风俗改变好了，最好是就本地人嗜好上慢慢的指点引诱起来，那是比官府的谕告学堂的教化还要行得又快又广呢！我来到天津刚刚一年，耳边听的，眼中见的，大约天津人的嗜好是以听戏为最了，南边各大马头上戏馆子也不少，上海是中国第一个马头自然应当比别处多了，谁知比起天津来不过只有一半，并且上海除掉礼拜六礼拜两天晚上看戏人多，其余几天能够卖满坐儿的就少，那里像天津大大小小十多处戏园见天挤满了人呢！所以我想要能就这戏园子里面，把天津的人心风俗变好了，功劳也就不小呢。我很愿意在这《津报》上常常和诸位评论评论戏上事情，什么是善的好的，什么是恶的丑的，什么应当提倡，什么可以革除。只要听戏同唱戏的两种人，从那玩耍的事情上，都想到同人心世道有点益处，这就比起当今维新志士什么改良戏剧家来也就不算愧对他了。历来戏上，忠臣孝子义夫节妇，可钦可敬可以做人榜样的也狠多，但是我觉得戏上有三件很不好很讨人厌的，要是把这三件改掉了，不但人心风俗有益，而且借此还可以讲究点学问呢？

有人问那头一件是什么呢？我说是一个"怪"字。庚子年义和团闹事的时候，只要懂些道理的人都晓得他是糊里糊涂，中了什么观音老母孙大圣的毒了，到后来那些宝贝什么雷火扇、如意钩、火牌飞剑一些也无用，这就算戏台上把苦他吃了。所以这些妖魔鬼怪的戏，在我看是不做的好。就是那些妇女们乡下人，看见那些神仙专门管闲事搭救人，他心里便生出意外的希望，乱花钱去烧香拜佛，究竟好处在那里呢？像这样空虚缥缈毫无凭据的事情，能够除掉了，大家看见戏台上做的都是人生日用真情真理，那有不一步一步朝实在地方上走呢。

那第二件是一个"淫"字。在有点把握老成些的人看这种戏，不过当他镜花水月罢了，最要紧的是青年学生妇女们，平时一边是在学堂里用功的，一边是深处闺中的，尝若因为偶然听回把戏，叫他们摇摇惑惑的胡思乱想起来，那不但牵涉他们的好声名好品行，并且人事学问上都有大大的挡绊呢。这一段话说的人多，像是老生常谈，恐怕诸位已经听厌了，要晓得却是同人心风俗狠有关系的，所以我才不能不絮絮叨叨，又说了一遍。在我看那些《杀子报》《奸淫录》淫凶不过的戏，是不排演的最好，何苦来瞎造孽呢？

那第三件是一个"假"字。中国史书上人物很多，不知道怎么乱编出些薛平贵、王宝钏没头没脑的一种人来，而且人既是捏造的，那事情自然枝枝节节不在情理随便乱来的了，要晓得像伍子胥、诸葛孔明真是我们中国轰轰烈烈的英雄名士呢，何不拣古来这些可歌可泣的故事，有道理有情趣的编排起来，也可以叫那种没有多看过史书的人多知道些故事，省得把这《二进宫》《算粮》《登殿》不知道朝代的事随嘴议论，旁边人听见是要笑话的呢。我这一段话就是有人说是书呆子的见识那也只好听他的了。

唉，我说的这三件，是总要望唱戏的同听戏的人里面出几个有才情有志向的，想个法子把他改变改变就好了，要是尽管做这些兴妖作怪奸盗邪淫的戏，那戏园子里生意越好，恐怕人心风俗就要越坏了。我所以想就这戏台上有见得到地方，预备一条一条写在报上同大家商议改变的法子，今天我先随便写上一段儿，大家不要笑我没有格式，我也当他是做书的先生们一篇序文，昆曲本子上一段楔子呢。

（1905年10月14日《津报》）

伤 风 败 俗
惜 时 人

中国的风俗，北京最糟糕，新兴的时调小曲，都是些个混账话，就短描画出样儿来了。城里有工巡局管理地面，大街庙会，少了许多时调小曲的场儿，都给赶到前门外来了，天桥一带，热闹非常，从先东西庙的玩艺场，就让时调曲合女落子能招人，听曲的倒有多一半妇女。人家筹办喜事，必得请什不闲，不然就是女落子。要是请八角鼓子，也得带著时调曲，不然没人爱听。唱出来的唱儿，没一句是正经的。我从前到□家行人情，也听见过，实在坐不住，替他们听的主儿狠害羞，梳盘头的大姑娘，好人家的年轻媳妇，倒分外听的有滋有味。往往人家里请了子弟玩艺儿，当着些妇女，胡言乱道，太不成事。听说排什不闲儿八角鼓子的，有个调坎儿的话（就是哑谜），叫作戏攒，不懂是怎们个意思，大概没有好心罢，一个个打扮的样子，要比前几天报上说的那个欧奴，还要加倍的下贱，这些个妖气子弟，请到正经人家里，能够不坏人家的门风吗？还有九城各胡同儿里，知识未开的七八岁男孩女孩，走在街上，一嘴的时调小曲，作父母的明明听见，不但不拦他，反说道孩子伶俐呢。我的街坊，有个姑娘，成天任什么不干，竹板不离手，唱起曲来，人人都叫好，听见人家有事唱热闹，不管认识不认识，一定去听，连饭都顾不得吃，这种的风俗，真正坏到极处了。

这就是中国没有女学，缺少家庭教育的害处。现在立女学，又是一桩极难的事，第一得名望镇的住，比不得官话字母，日子狠短，绝计闹不出甚么闲话来。讲到女学，可是得好好的盘算盘算哇，究竟有什么法子改这风俗呢？第一总得从巡警上办起，巡警有维持风化的责任，先要把他们教明白，教他们自己有了廉耻，然后才能够管人，不论他是何等人家，如有喜庆事，不准叫这伤风败俗的玩艺，地面上不准排演什不闲时调小曲，有犯这种事的，必要严严的罚办。无论谁家的小孩，要听见他唱这种曲，罪他的父母。一面求有权有钱的人，多立男女蒙学堂，风气未开，办女学的总得女人出头，十年八年之后，女子有了教化，可就好了。人人受过家庭教育，这种坏风俗，自然就会改变。再编点爱国爱群的歌唱，家家传授，教给小孩儿唱，人心一正，中国可就有了指望了。别说小孩不应爱国，各强国的人，从幼小时候要不是把爱国两字印在脑子里，怎么够那样的兴旺呀！

（《京话日报》1905 年第 328 号）

请 禁 唱 本

竹 本 子

京城的讲报处，一天比一天多，真是开化最快的事，但凡兴办一件好事，必有一个仇敌，众位猜猜，讲报处的仇敌，是个甚么物件呢？不说出没人想到，说了出来，马上就得查禁，也不是甚么新鲜玩艺，就是满街上卖的小唱本儿。京城街面上，常常摆著唱本摊子，最容易勾引坏了人，如今要开民智，先得去掉这层阻力，看似不要紧，实在是讲报处的仇敌，这类的唱本，淫词滥语，年幼子弟，岂可入目？种类倒有好几百样，不但书摊小摊上卖，就连打糖锣的，也都卖这件东西，价钱又不大，每本只三两个钱，买去偷著看。

小小的本子，随意藏着也方便，这一方便不要紧，可把我国的青年害的苦，识字的看熟了，顺口开合，传到无知的耳朵里，一下子就给印在脑筋上，不但下等人学着唱，连小学生也都要哼两声，风俗浇薄，未必不从这个祸根起。莫嫌我的话太古板，若要风俗改良，不把这种唱本断绝净，万万的不成功。现在立了巡警部了，害人的唱本，居然还是大摆着卖，外国的巡警规矩，不知道准也不准？凡最重大的祸害，必由细小事上起，莫说这种事无关紧要，大奸大恶，本不是天生来的，幼年志向不端，经不起匪语来摇动，何况邪调荡曲？廉耻毫无，满街上的无儿鬼，那一个不会几句呢？菜市出差的时候，那种腔调，都从甚么地方学来的呀？既要禁止唱本，先得从根子上禁起，打磨厂的小书铺，作这项买卖的很多，要叫他从今不买,就得叫那班人先明白,骤然劝不醒,只好立重罚,这种出版自由,就是随便刻书,也惟有中国能随便,一下手禁止的时候,专用王道,一定不从,不妨因钱财上动他的心,刻版印刷的受重罚,摆摊贩卖的受轻罚。小书铺不卖唱本,不见得就关门,没了出版的地方,自然也就没人贩卖了,这件事情极好办,但愿工巡局,先出一张白话告示,把大意浅浅说明,一面细访查,自不难剪草除根。街上的坏唱儿绝了声,不但年幼的不生邪心,就连老成人的耳朵里,也觉著干净多了,风俗从此厚,民格亦从此高。迂腐之见,不知众位以为何如?

(《京话日报》1905年第442号)

戏本赶紧改良
春 治 先①

　　戏本改良一事,报上说了好几回,戏班的行业虽低,那行也短不了热心人,当真出来几位热心的老板,打算办理这件事,一下子把戏本改良,实在比我们阅报处讲报所的效验还大,我实盼著早早办成。登台唱戏,本担着移换风俗的责任,按着中国古来说,立乐的本意,原为感化人心,就如《诗经》上三百五篇,句句全是古曲,都可以跟丝弦相合,正风俗,宣教化,最能感人,每岁年终,有采风俗的人传入宫中,通民间的疾苦,《诗经》上载着十五国的风俗,就是十五国的戏本。又考《汉书·礼乐志》,上边载着,有《房中歌》《郊祀歌》《大风歌》《秋风歌》《鲍子歌》等类,这就是汉朝的戏本,至于魏晋隋唐各朝,凡那学士大夫,作的好诗好歌,都可以传到民间,作为戏本。古来的诗就是曲,曲就是诗,到了宋元朝以后,诗跟曲才分了家,这才有人作曲本戏本。后来又有了《西厢记》《琵琶记》等类,最后变成了南腔北调,有南曲北曲的分别,北曲盛行于直隶山西陕西,南曲盛行在江苏湖广。自元朝以后,有些个贤人才子,一时不得志,打算改变风俗,常作些曲本,传在民间,如汤玉茗作的《牡丹亭》、临川四梦,孔云亭作的《桃花扇》,蒋心余②作的《冬青树》《一片石》《香祖楼》《空谷香》《临川梦》等类,把一时的人心,唤醒了不少。蒋心余常说,天下的治乱兴衰,未有不起于俗夫凡妇之心的,俗子凡妇的心,都在平常耳所听目所见,才能感动他的心,感动他的善,心就善;感动的恶,心就恶,是非邪正,都由耳目感动到心里去,日子一久

---

① 春治先,《京话日报》编辑,其他待考。
② 蒋心余,蒋士铨(1725—1784),字心余,号藏园,江西铅山人。清代戏曲家,文学家,著有《忠雅堂诗集》《红雪楼九种曲》等。

了，风俗的邪心，可就现露出来了，朝政也就随着风俗变下去了。故此善治国的人，要先正风俗，要正风俗，先正曲本，曲本最容易感动俗子凡妇的耳目，一国的兴衰，全在乎此。蒋君所说的，真算知本之言了。不但如此，大凡人的耳目，外面受的感动，要守旧，心里一定守旧，感动的维新，心里一定维新，感动的爱国，心里一定爱国，感动的亡国无耻，心里一定亡国无耻，唱戏唱曲，真能改人的志气，如同蓝靛一般，专能染人的脑子。就如现在北京说罢，所唱的曲，都是淫词荡语，所演的戏，都是《海潮珠》《卖胭脂》《杀皮》等类的淫戏，又不肯唱完结果，怎想风俗不败坏呢？当初法国被德国大败，割地赔款，国势艰难，也跟现在中国一样，打算办新政，又没有钱，想了一个法子，在巴黎京城盖了一坐戏台，由政府编成戏本，叫优人排演，登台唱戏，所演的戏，都是德法战争的事，法国如何打败仗，如何被杀流血，断头折臂，还有皇帝皇后，如何蒙尘逃走，巴黎城的人，如何受外人的毁害，各家老老少少，如何逃难，怎样死在炮火之下，种种的惨情，没有不演在戏本子上的。又编出法国官吏，如何骄横，虐待小民，横征暴敛，民不聊生，凡听戏的人，没有不被感动的，忽然放声大哭，忽然怒发冲冠，忽然捶胸跳脚，忽然磨拳擦掌，老少男女，个个都咬牙切齿，怒目横眉，没有一个不想着雪国耻报国仇的。仗着戏本的力量，把本国人开通过来，朝廷才举办新政，所用的款项，都由民间凑齐。那时人心醒悟，出钱的出钱，出力的出力，大家又凑国民捐，还清德国的赔款，不上三年的工夫，法国又照旧强起来，到如今又成了欧洲的强国，法国的强胜，戏本子的效验真真不少。

上海唱戏的汪笑侬真是个英雄，从先本是票友出身，当初也是念书的，在上海唱戏，动了爱国的热心，改良戏本，借此唤醒国民，真是第一奇功，所编的《党人碑》，暗演出中国的党祸，又如《苦旅行》一出，记犹太人亡国之苦。汪笑侬真是英雄，但愿京城立了正乐学堂，多出几位汪笑侬，把戏本赶紧改良，也跟法国似的，把甲午庚子的事故，编出戏来，演给众人听听，总得把国民爱国的心，给激发出来，然后再说办新政罢。

(《京话日报》1905 年第 490 号)

论愚民暴动于中国前途之危险（节录）[①]

燃眉矣，燎原矣，燕幕倾覆矣，地雷爆发矣，南昌事决裂矣，鄱阳湖之敌舰将麕集矣。我方自信为有理，而几失其据矣。人方诬我为排外，而转以迹似故，授人以口实矣。何以故？为愚民暴动故。

[①] 本文是申报馆就 1906 年南昌教案而发表评论。

天下最伤心之事，当门衰祚薄之时，盗入其室，既攫所有，而其家父兄子弟从剽掠劫夺之余，冀保区区，为生活计，乃瑟瑟以事箧笥之藏闭，而管钥之声，遽达户外。盗疑其将拒也，拟刃而待。父兄子弟，方哀号沥诉，戮力以白心意之无他。而呆愚稚子，偶不胜其忿忿之私，掷砖投瓦于盗侧，而遂以触盗忌，而遂以罹盗祸。呜呼！方外人之诬我为排外也，而江西大教案突现，于今日，吾知我政府之睡梦，又将一度警醒，我外交家之手腕，将震撼摇夺而不克自持，我一般志士所百计维持者，将疾首蹙頞而相告曰："事急矣，可奈何？"

夫对于外交，则代表国家，此固报界之要旨，无容疑也。当南昌教案初起时，其事理之是非，对外之方法，本报论之详矣。记者更心恫乎暴动之足以速亡，而自今以往，我国前途之危险必有甚于今者。故本论之目的为对内的，而其顺序则第一暴动之原因，第二因暴动所被之影响，第三戢暴之方法。

第一暴动之原因。事实之发生，必有其因，造因复杂，则所被之影响必巨，而救济之手续亦繁。唯察知其原因，而施以相当之救济，则事始有效。吾见夫我民之暴动者矣，一不平事起，不论官民，不分黑白而以焚抢淫杀为扰乱之大目的，一教案起，不计利害，不审时势，不问何国人，而以焚教堂杀教士为唯一之大手段，破社会静谧之局，启列强干涉之媒，一言以决之曰：无知识。再言以蔽之曰：无教育。虽然此总原因也，其分原因则如左：

……

（乙）旧小说之流传。以此为一原因，下士所大笑不信者，然小说于群治最有关系者也。以简单言，则读《水浒传》者，易生江湖盗贼之思想，读《封神传》者，易生妖巫狐鬼之思想。例如拳匪之自恃有神术也，各帮会匪之人自命为宋公明也，唯直接间接于旧小说之故，而于是有暴动。（后略）

（1906年3月8日《申报》）

论剧馆有伤风化

乙巳十二月之二十日，余于夜阑烛灺、星稀雪白时，凭几而坐，如有忧思，忽闻有声入耳，咄咄逼人，听之，知是各剧馆观戏人之喝采声也。余不禁揽衣而长叹曰：是何恶作剧！

明日始询悉某剧馆演《杀子报》一出，并闻道及该出之个中滋味（即风流焰口，色僧与淫妇如何奸荡）、剧馆中之得意风景者（即观戏者，妇女如云，秀色如何可餐等语），言之者侃侃而谈，听之者津津有味（秽语甚繁，不具录），其一种鄙亵不堪之词，不足以污笔墨，吾所以略述之者，藉以见风俗人心不堪入人耳目也。

吾津风俗之害，影响于社会者，莫过于入庙降香、剧馆观剧二事，而以妇女观戏为尤甚。试举河东一隅以比例之。夫河东僻处乡隅，民智缺点（庚子拳匪启衅于河东，民智亦可概见），少所经见，多所可怪，野蛮恒情，匪今伊昔，既经创设剧馆，阖乡妇女鲜不翘足而待，拭目以观，意谓自今以往，不隔一衣带水（曩因剧馆隔河，阻于不便）。而吾侪女流即得于特别绝妙之材料场，以新人耳目，以饷人素愿，幸何如之（鄙言原非过苛，情实如此）。乌乎，噫嘻！河东如此，比处皆然，此近来剧馆之创设鳞次栉比、妇女之观戏如蚁附膻、风化斯伤阶之厉也。不宁惟是，且津郡剧馆不下数十余处，而河东一隅居十之四五，戏价仅铜元数枚，坤角反引人入胜，所演之戏，大都奸盗邪淫等出。台上则眉目传情，台下则魂飞色舞，乐声奏处，词曲模糊，妇女无知，唯于形式上领略其神味。况观戏者男女各占自乘之数，挨肩接座，礼节难禁，递茶送水，不便孰甚。试问当时蚩蚩男女，面面相觑，一副痴心，两双活眼，能保其无他顾乎？无他意乎？孔子曰男女授受不亲，竟弁髦于何地耶？

窃闻泰西教育家有言，小说感人最深，可以移风易俗。吾于剧馆谓其亦然，何以故？闻尝见青年妇女无间昼夜，接踵联袂，缓步当车者，赴剧馆以观戏也。髫龄童孺，街巷吟呕，习为口头禅者，剧馆常演之戏词也。夫当此民智不开、女学无教之时，而剧馆感人之深也既如彼，戏本鄙亵之甚也又如此，长此种因，易成恶果，倘当轴诸公鉴其刍言，因势以利导之，改良而矫正之，遏此劣风，渐换其新思想，将见江河千流，一泻大荒，藉开民智，收效无疆。

右稿为津郡文豪张蔚臣①先生所著，意在砥砺风俗，振厉人心，故不嫌言之过激，譬之飞沙障天，白昼晦冥，弥漫天地，夐不见人，忽睹一线光明现于目前，以导我归路，此物此志也，特恐醉生梦死者仍不之觉耳。所望有管理地方之责者，留意于人心风俗而为之整顿焉，限制焉，惩创焉，三令五申，日久而弗懈焉，是亦一方之幸福也。独是戏馆之流弊，丑态秽声，冶情妖状，败坏风俗，莫此为甚。先生言之详且尽矣，仆本不文，其敢续貂？惟是鄙人之意有为先生所引伸而未发者，请愿缕述之，以竟先生之意可乎？先生以为种种淫剧，登台一阕，眉目传情，女流无知，

---

① 张蔚臣，天津人，清末天津维新改良之活跃人物，曾组织同仁会社等倡导改良团体，并经常在《大公报》上撰文呼吁社会改良。

视线咸集，因之青年闺秀，魂消神夺，或至怒开情窦，玷辱门楣，以此为戏馆病，似矣而未尽也。夫以浪游观剧，与人杂坐之妇女，知断非幽室贞嫒、名门闺范，于当场所演之淫剧，耳不堪闻，目不堪见者，皆视同数见而以为不鲜。故于《送盒子》《遗翠花》《珍珠衫》《杀子报》诸出外，皆等诸自郐以下。至于演忠孝义烈各美剧，观者皆有闻古乐令人思卧之意，此其劣根性为何如也。倘各园概绝淫戏，则观剧之女向如牛毛者，今同麟角矣，言之可为齿冷。窃以为淫戏之害，其影响于女界者犹小，而阻碍于学界者甚大，何以言之？凡妇女之稍有意识，尚存廉耻者，必不入此等戏园，即欲观剧，亦必择戏目较为正大者，偶一游览焉。至于乐此不疲者之一等社会，虽不观剧，而于此中消息，已悟彻三昧矣，又何害乎？所最为败坏者，惟青年之学子耳。情窦将开，天真未凿，佳节星期，不免观剧，即有厉禁，势难遍察，其为受害，良非浅鲜。方今震旦学界，北洋最居优点，以官绅昕夕之经营，国家拮据之款项，极力培养，日不暇给，而竟任令若辈破坏其间，良可痛惜。最不可解者，官场之诰诫频颁，而戏馆之扮演如故，推其原因，百思不得。查各馆之戏单，每先期呈请该段警局验准方许开演，其立法不可谓不善。然而各园所扮演者，并未尝少有改良，此诚如庄生所云"终身不解"者是也。前有演戏违章罚锾示警之事，然过此以往，故我依然，卒未收惩一警百之效果，岂不怪哉！或曰：某某戏馆暗藏护符，故有恃而无恐。此当为揣测之词，不足据。或曰：每日所呈之戏单与每日所演之戏出，绝不相符，以欺弄官场耳。此说或近之。虽然，沿街招帖，大书特书，种种淫戏，一无顾忌，岂官场视之而弗见耶？或曰：近时官府之示谕多属空言，本不实行，岂独于戏馆而为太甚耶？此虽雅谑，隽永可味。总之，扮演淫戏之流弊，其影响于女界者犹小，而阻碍于学界者甚大，敢质之蔚臣先生以为何如？记者识。

(1906年3月17日《大公报》)

开民智莫善于演戏说（节录）

津门张蔚臣来稿

（前略）今者我国戏班名优坤角声价甚高，其工价有多至二三千金者，由斯以观我国人，又未尝不重戏也。然问其所注重，大概以善演男女私情，善鼓动人淫心为第一等脚色，绘声绘影，荡性荡情，以花旦小生之手面，摹写淫夫淫妇之行为，腻红脂粉，鲔金罗帐，深夜沉沉，春情勃勃，后日状元夫人之荣贵皆自今夜偷情递简所得来，以情窦将开之学生、家庭无教之妇女观之，有不怦怦心动者哉？自桧以下，更为等诸无讥，间虽有一二出具臣当道、太子回朝诛奸锄党、国泰民安等故事，然观戏者大有闻古乐则令人思卧之概，此其劣根性为何如也。居今日而言，开智而言自强，尤莫如改良戏规为著手。改良奈何？一曰设俱乐部，二曰简定专官，三曰创行戏报，四曰择定班科，五曰审定音乐，六曰编制曲本，七曰奖励编才，八曰禁止淫戏，九曰开女戏馆，十曰改建馆式，十一曰划一戏价，十二曰不用坤角。以上十二条乃为粗拟大纲，若其详细，请俟他日。

(1906 年 11 月 5 日《大公报》)

论近人编辑无益小说有害卫生卒致自戕生命事

呜呼！古来小说之诲盗诲淫为世道人心害讵有涯哉？至受报之酷烈亦讵有涯哉？夫曩昔作史之人，其才识为何如，福命为何如，而是非偶有不公，褒贬间或失实，大者甚至赤族，小者多受刑诛。所谓孽由自作者大率类是，况乎小说家者流福命才识去史家远甚，而依声附影，借事造言，类同山膏之骂人，村犬之吠客，殆至卒受孽报，悔之已晚。凡在士林，可不引为炯戒矣乎？

今岁我卫生学会同人研稽新理，月出报章，固以卫全生命为辑报宗旨者也。凡有害生命之举，同人义不敢出，无他，亦期自卫生命焉耳。然岂仅为同志诸人卫全生命计哉？尤冀我中国之人同此族类，咸与提撕，俾一时文武官绅、士农工贾，无不扫除嗜欲，培养精神。务使智勇渐见深沈，筋骸益臻强固，处则足卫一己之生命，出则兼卫中邦之国命，上不负天地生成之德，下无惭古今利赖之称，而后本会始为如愿以偿，所求得遂，此我同人平日立心之所在也。

奈何近有编辑无益小说者阳窃劝惩之名、阴肆斫丧之举？往往使阅者坏其心术，丧厥性真，其事不与卫生合，而转与卫生悖，要亦本会所无可如何者矣。特是生命欲其长存者，世情大抵然也。虽人心之不同各如其面，我不敢知曰当我之世，固无人不以卫生为亟务者也。我又不敢知曰当我之世，固有人不以卫生为要图者也。然试告之以此生必当保卫之理，如红炉之火、金缸之灯，藏于邃密之室则难销，置诸风露之场则易烬，无论智愚贤否、老少幼壮，靡不谓为真实无妄，诚以同此生命，能卫则长延，自戕则促短，往古来今，初无二致，皆当急自保卫者也。乃不谓世竟有昧于卫生反乐于戕生者，何耶？苟非为窃名编辑小说者，锢蔽其灵明、回易其意向，乌有乐于戕生而不自觉耶？

顾或者曰卫生之理至精至微，至周至备，初非浅见之流所克窥其要领。则夫昧于卫生者大都误于不自知耳。若戕生之事，为害易明，取祸弥烈，避之且虞不及，亦乌有乐此不为疲者？今夫人非饮食不饱，乃有嗜泥土而以为快者，此非别具一肺肠也，中多积虫使之然也。人又非丝絮不温，乃有甘裸露而不为冻者，此非别具一肢体也，内多积痰使之然也。世人乐于戕生，大都由无益小说家言，目染耳濡，积其胸臆，濡染既深，而淫欲以起，则谓小说之陷人为毒不綦酷耶？虽本会同人明知其与卫生相戾，纵苦口相规，巽言致讽，断不能返其已失之天良，归乎自新之觉路。而窃名编辑无益小说者，明有人非而不闻，幽有鬼责而不惧，方揣揣自鸣得意，惟任其所为而已矣。

不知苍苍者天处高而听卑，凡喜编无益小说戕贼世人生命之流，久之未有不转以自戕者也。即如昆陵某甲，侨沪有年，自命风流，横煽蛾眉之队，别标月旦，直追猪嘴之栏，诗既消乎饾饤，文皆取乎糟粕。甚至拾人牙慧，换面改头，庞杂繁芜，不值通人一哂，而生平尤自命编辑小说为能事。尝署其所撰小说为妙文快文奇文。呜呼！经天纬地者谓之文，内圣外王者谓之文，降格以求明心见性出经入史亦可谓之为文。某甲小说而忝颜自称为文，其亦夜郎自大，尚知天地间有羞耻事哉？余间尝取其所编一为寓目，觉措辞殊欠雅驯，用意尤嫌鄙琐，凡有识之士，固将目为俳优，等之嘔嚄，而世亦有称道之者。譬如插科打诨，每倾动于剧场，下里巴人易流连于俗耳，究之与盲词鼓子词无甚高下，较古之名流嬉笑怒骂皆是文章，慷慨悲歌借浇块垒，相去不可以道里计，而况乎载道之文哉？且不仅此也，彼之妄肆雌黄，变乱黑白，无非志存欺诈，为生财地耳；牢笼红粉，调侃青蛾，无非情溺狎邪，广色界天耳。而使儇薄无赖之辈，益习贪婪；血气未定之侪，悉流淫佚。噬竟甚于瘦狗，害尤过于教猱。余窃谓其人不有人祸，必有天殃。盖其心已死，纵百计求生，亦所不得。而况怙恶不悛，嗜利无厌，欲不与祸会得乎？迩来交道日广，心计愈精，好色贪财，恣肆益甚，曾未几日，以痨瘵殁于沪北。导人戕贼生命，卒之自戕生命。某名士挽以诗云："一端尤足悯，伯道尚无儿。"① 呜呼！天道好还，报应不诚不爽者哉？

总之，人身祸福，要有定命，求福者未必得福，命为之限也。若不为造福之事，而甘于造孽，虽或得福，往往因福而得祸，命不得而定之也。余十年前曾在他埠主持报务，凡如某甲所为，誓不涉笔，诚畏之也，诚薄之也。他如作小说之孽报见于集部者甚多，兹不罗举，恐辞费也。至某甲姓名，姑为隐讳，存忠厚也。且余所言，非快心于某甲，将引为同人鉴

---

① 晚清小说名家李伯元殁，文廷华挽诗云："一端尤足悯，伯道尚无儿。"可知此文盖言李伯元事。

戒，并以自警云尔。

（《卫生学报》1906年第4期）

劝说书先生改良说书

自从说书人张智兰①，用末一回书钱报效国民捐，说书的诸位先生们，都动了热心，现在又有双厚坪②、王致廉、白静亭、奎诚俊、黄诚志诸位，出来提倡，约会本行人商量，打算用每天抽的书钱底子，报效国民捐，到赔款还清为止。北京说书的人，不在少处，天天所抽的底子钱，凑起数儿来也不少，众诸的爱国热心，实在令人佩服，我想诸位既有这个团体，有一件事要跟诸位商量商量，不知诸位还能结团体不能，是什么事呢？就是改良说书。

按说书这一行，古来就有，雅名博古学士，也担著维持风俗，化导愚民的责任。说书这件事，比唱戏的感化人，也不在以下，最容易动俗人的脑筋。现在诸位先生，所说的各种旧小说，虽没有什么奸盗邪淫，大半也是忠君爱国的故事，无奈年代离的太远，与如今不大合宜，未免叫人拘守古来的成法，成了顽固不化的习气，再要加上草莽英雄，少年人听了更不相宜，老不听《三国》，少不听《水浒》，就是这个意思。再要加上妖术邪法迷信等事，更是害人。庚子年的义和团，未尝不是《封神》《西游》的效验。诸位既有维持风俗的责任，须当想想，那一种小说叫人听了有益，那一样叫人听了无益。众人听了无益，不但一人受害，并且与国有大害。再说诸位请看，现在是什么时代，旧日小说，究竟合宜不合宜，就知道本报说的错不错了。

现在上海小说林书局，合商务印书馆、文明书局，翻译出来的新小说，有许多种，无论如何守旧的人，看了也能动感情，把这种书听听，能生爱国爱种的心。外国的小说，各分各类，有侦探小说、政治小说、写情小说、艳情小说、军事小说、地理小说、历史小说、国民小说、社会小说，各有各种，样数很多，一时也说不清，那一样都可以开民智，并且比报纸还快。诸位要有心改良，可以到琉璃厂买几部好的看一看，或是大家凑在一起，商量个改良的法子，如嫌小说的回数短，也可以加点材料，凑点故事。如果改好了，听书的人听见，脑子必要一新，爱听的必多，诸位

---

① 张智兰，清末民初北京评书艺人，以擅长评说《聊斋志异》著称，著名评书艺人陈士和（1887—1955）即其高足。

② 双厚坪（？—1926），满族，清末民初著名评书演员，北京人。与谭鑫培（京剧演员）、刘宝全（京韵大鼓演员）并称"艺坛三绝"。

也能挣了不少钱，借此开通风气，实在是个简便法子。当初日本变法，全仗着报纸合演说，借重外国小说的力量，也不在小处，日本下等的人，被小说感动的最多，如《佳人奇遇》《经国美谈》等类的小说，实在是日本变法的大功臣，至今日本中下等的人，仍旧离不开新小说，无论作工作商，男女老幼，人人歇工的时候，都手拿著一本书来看。中国人认字的不多，要仗着诸位先生的热心，把说书改了良，把下等人统统开化过来，那也是第一件大功劳了，不知诸位先生，能结这个团体不能？

（《京话日报》1906年第610号）

戏曲改良的浅说

存　吴

　　近年以来，我国的事情，无论大小，都要改良，就是唱个戏曲，说改良的人，也就不少了。在下向来很爱听戏，凡是昆曲二黄梆子腔，并一切时调杂耍戏法，没有不爱听不爱看的。前次出洋，又看过几天外洋的新戏，回国再看咱们的戏，细细思想，多有不妥，又见《女报》上，登了一篇戏曲改良的演说，未免有些感动，特把我自己的意思，向改良戏曲的众位，说个大概，是与不是，还愿众位指教。

　　古人演戏，为的是劝善惩恶，兴贤化愚。比方戏台上，演的是忠臣孝子，义夫烈妇，看戏的人，觉得可歌可泣，可敬可爱，自然就想着学他。若演些奸盗邪淫的结果，看戏的觉得十分可恶，恨不得飞上台去，把他揪下来，饱打一顿，出一出怨气，谁肯再去学他呀？就是演几出顽笑戏，也不过偶然斗乐凑趣，打个哈哈，遣些烦闷，却比不得掐头去尾的粉戏，看了会坏人的德性。古人这番演戏的心思，和看戏的感动，何尝不是一样用意？风俗人情，所关非浅，这就是演戏的好处了。

　　演来演去，慢慢的失了本意，不必有心去学奸盗邪淫，却把那忠臣孝子的行事，也看得不大新鲜。又有一种梨园人，只图取巧，把整整的一出戏，删去了许多，专演些风化雪月，前前后后，许多的收原结果，一概不提，什么《卖胭脂》《遗翠花》《海潮珠》《关王庙》《梅绛雪》《杀皮》《青云下书》，都做成丑恶不堪，从那里开头，从那里收尾，问谁都不知，总不过一个小生，一个花旦，在台上胡闹一场，遇著没出息的少年，破开喉咙叫好儿，但求讨好，因误传误，一字也不肯再改，从此花旦的声价极大，天天总都演两出。有半点天理的人，遇著这种怪戏，真要羞煞，想著禁止，又没有这个权力，小学生看了这种戏，引动邪念，可算是误尽苍生了，这又是演戏的坏处（小学生看淫戏的坏处，前人已经说过，今不再说）。

这样讲来，淫戏自然是不该唱了，就是鬼神妖怪的戏，毛病也是不小，比如《蟠桃会》《青石山》《泗洲城》《飞波岛》，一伙神仙，打一群妖怪，凭空捏造，毫无道理。这一类事情，大概除了戏台上，自古至今，没有一个人亲眼见过，无凭无据，真不知从何说起。又有那某人点状元，必先得扮个魁星，某人遇难，必然有土地小鬼观音大士保护。更可怪的是，凡是包老爷的戏，没一出不闹鬼怪，没有一出能讲道理，但顾了恭维他为人正直，却忘了当时的事理，《双包案》《五花洞》《铡美案》《乌盆计》，这几档子事，那一件讲得出道理来呀？真把个包老爷糟踏得苦了，没智慧的人，自幼儿看惯了，不免信以为真，硬说世界上全是鬼神管事（庚子祸首的见解）。从此立身为人，穿衣吃饭，样样自己不能做主，把这一群傻人，骗的好苦，以为魁星照在头上，不识字也中状元，命不该死，睁着眼跳井，也有鬼神搭救，伤风咳嗽，都说有鬼。更有一起蠢才，病了也不请大夫，吃药调养，专信神方，仿佛自己嫌命长，死了之后，旁人不说误吃妖方，反说命该如此。糊涂人再看糊涂戏，再生再世，再也不会明白的了，所以说鬼神妖怪的戏，也千万不可再演。

凡演戏文，在人情道理上，只要说得下去，不管是真是假，好好排演出来，必能够感动人心，才可以算是有益的新戏。头几天田际云演的《惠兴女士》，在下正在匆忙，只看了一段，虽比不上外国的新戏（外国新戏重在说白，此时我国还不能学），在我国戏园中，也就算难得了。又义顺和班所演的《女子爱国》，可惜不曾往看，但听见，说好的很多，看了这两天报上的戏文，实在不错。这样看起来，我国演戏的事业，已经是大有进步，国民的见识，也就不愁不开通了。总愿大众齐心，从头做到尾，不可因妒生忌，胡乱的瞎挑剔（对梨园人说），更不可因有几个人叫好儿，就以为作到了好处，并且不可误信谣言。怎么说误信谣言呢？请听在下细细的说来。

有一位某先生，向来极爱听戏，外带着会排戏，人人都称他是戏迷京游子。前天大众遇着先生，冒冒失失问他："先生何不排几出新戏，藉戏点化点化人，于国家也很有益处，显了自己手段，又可以消磨岁月，免得空发牢骚。"先生把眼一瞪，嘴一裂，摇了两下头，叹了一声气，说道："我虽好排戏，却不懂甚么叫作新戏。大概是小生出了台，说道：小生爱国小生是也。花旦出了台，也说爱国花旦是也（因为《女子爱国》的新戏，故意讥诮）。这种酸戏，我实在不会排。我替田际云打算，他唱戏也罢，何必又想着立学堂，他的学生到底是念洋文呢？还是习算学呢？或照旧是教戏曲呢？学生卒了业，还能升入大学堂吗？还可以得个一官半职，弄一个出身，改换改换门庭吗？岂不是梦中做梦了么？我没有骗银牌的本事，却也不动这种傻念头。（先生好大的阻力）再说现时的汪桂芬、谭鑫培，可算得起超等名角，怎没再不听他们改戏呀。可见这些无理取闹的事，都是出在无赖之辈。更有一件新闻，巡警厅要禁止粉戏，明明是夺花旦的饭碗（先生很能够提倡花旦），甚么叫整顿风俗咧，难道说风俗不正，全都是粉戏给教坏的吗？这也算是甚么新政呀？（先生敢是不通）"先生说了这一大串，同座的没有一个驳他（大约都会提倡花旦）。在下隔着一间屋子，听得倒也清楚，要过去同他分辨，无奈一面不识，不便唐突，闷了两天，借着报说说，喝破了他的谣言，免得以假乱真。请阅报诸君，往公平里断断。

至于唱戏的立学堂，也得有高人指引，外国的人，无论贫富贵贱，到了七八岁，没一个不入学堂的，大概五年小学，五年中学，全都毕了业，也不过十七八岁，有志向上的，再入高等专门学。或是有疾病，或是因家寒，再遇著大不幸的事故，不得自由，只好不入高等学堂了，以便自去谋生，其中连唱戏的也在内。我国把学字看得太高，真似读书有种，贫贱的人，仿佛是应该愚蠢，读了半世书的，熬到中堂尚书，也只会做几句八股文。如今当真立了梨园学堂，梨园子弟也学点粗浅知识，行业是唱戏，身体总是国民。演戏有关风化，除了相工，并不卑贱，只要有国民思想，又何必求官阶出身呢？照先生那样说法，义顺和、玉成班演的新戏，都变成官场谋保举的巧道儿了，那可就一文不值了。

演戏一道，有旧戏新戏正戏杂戏，各样名目，汪桂芬、谭鑫培，本是旧戏的老行家，二人的派头本领，几几乎没人继起，并且年纪都不小了，众人听他们的旧戏，已经听一出少一出。改良新戏，自然另有人提倡，也不必再去攀倒两位老角色，他二人虽不演新戏，戏曲不当改良的话，从来可没有说过。再说到花旦的声价，也是各人不同。外国演戏，有专演花旦的，有一人兼演花旦老生小生的，但是人家演的生旦戏，多半是写爱情。我们演的生旦戏，多半是写淫邪，一样道路，两样走法，却又怪得谁来。若能大发思想，细细考究，我们旧有的好戏，该留的留，不好的戏，该灭就灭。一月改一两样，一年也就改出不少，总求没一出戏不文明，没一个角不体面，花旦的声价，比从前还许增高十倍呢？怎么会夺了他们的饭碗子呀？这件事情，必须有思想有学问的人提倡，无论甚么事，只要加上学问，都可以有益社会。前些年的票友，都说是荒唐，如今所办的事，何等文明。从此日求进步，比戏班子还要可贵。中国的新戏，若到了大功告成的日子，在下这一番话，可也不算白说了，到那时候，也就知道戏的用处真大了。

(《京话日报》1906年第638、639、640号)
论演剧急宜改良

窃闻行远者必自迩，登高者必自卑，谓其以渐次而达也。良弓之子，必学为箕，良冶之子，必学为裘，谓其有所借而入也。教育之道，亦何莫不然？中国自改变科举，设立学堂，固欲使全国人民，开智识，拨愚蒙，用以辟富贵之渊源，立强兵之基础，诚法良而谊美矣。然善斗者必扼其吭，善挟者必提其要。善为治者，必因势利导，先其易而后其难。今值文明初启，而欲国民普通教育，恐非伊朝伊夕之可以奏功也。是惟赖因民之所易晓者，而开其心，因民之所以易明者，而启其智焉而已矣。夫民之所易晓易明者，孰有如演剧一事哉？英人有曰，小说为国民之魂。吾得借其言中之意，窃谓演剧亦国民之魂也。

夫中国之演剧，盖创于楚之优孟，而胜于唐之明皇。优孟之事，不少概见，姑不具论，惟考明皇，天亶聪明，精晓音律，置左右教坊，以教俗乐。又选坐部伎之子弟数百（明皇之乐工有两部，一为坐部，一为立部），教于梨园，号皇帝梨园子弟。更别教宫女数百，亦以梨园子弟名之。故今之优人，均谓之梨园。然当时不过鼓吹乐章，杂以舞蹈而已。初未尝登台杂扮，而必为形容之尽致也。沿至后世，变本加厉，乃竟涂脂抹粉，帽彩衣花，托古人之遗迹遗言，为油调花腔之杂曲，固已非本来面目矣。然尤可贵者，或传忠臣之轶事，或写孝子之真情，或为节妇显其名，或为义夫影其美，且将奸淫邪盗，报应循环，一切世态人情，全盘托出，俾观之者作法作戒，触目警心，用以辅国家教权之所不及，其裨益于社会者，亦良不少也。乃不意近日以来，愈变愈非，凡有益于人群之曲，几零落而无存，而所演者，非为思男慕女之私情，则为放火杀人之强盗。即有如《庙中会》《翠屏山》《赠珠》《拜杆》《舍玉镯》《珍珠衫》《花铃计》《铁弓缘》《送盒子》《何珠佩》《卖胭脂》《送灯》《戏凤》《戏叔》《银匠还家》《采花赶府》《梵王宫》《富春楼》《对银杯》《海潮珠》《剪姑子》《烤火山》《大观灯》《小上坟》《双锁山》《狐狸缘》《瞎子拿奸》，等等淫戏，更仆难终。演之者丑态不堪，观之者怦然心动，伤风败俗，莫此为甚。其尤可恨者，前只以男子登台，今俨然以红颜入队，秋波婉转，春色风流，解带宽衣，形容酷肖。自是而后，其不至淫风流行，胥全国而成为郑卫也，吾不信矣。至若《四杰村》《拿谢虎》《盗玉马》《二龙山》《西黄庄》《八蜡庙》《偷鸡》《盗甲》《九龙杯》《下定兴》，一切绿林举动，种种各剧，不可尽言。至今少年子弟，印入脑筋，触动其步起后尘之主义。今三省抢劫之案，层见迭出，难不能归咎于演剧一事，而演剧之默为流毒者，为不少也。

今我国文明初启，教育之事，实未能溥于大同，急宜将演剧一事，斟酌改良，凡伤风败化之曲，一概扫除，责成该地巡警，严行禁止，戏馆主人，须将戏单，呈阅警厅，经警厅许可者，方能开演。如私演淫词，严加惩罚，所有戏班班主。须延聘通人，择古今事迹之有益人心、足开民智者，编成新词，如北京《惠兴女士》之类，藉行乐以教化愚蒙，用补学堂之缺陷，于世道人心，当不无裨益也。窃愿有地方之责者，勿河汉斯言也。

（1907年5月4日《盛京时报》）

论中国贫困之原因（节录）

呜呼，中国至今日，贫已极矣，困已极矣。此果何以故哉？将谓地狭人稠而致然耶？然窃考中国土地，面积总括数十万里，幅员固孔长矣，地何为狭？人民四万万兆，固不为不多。然而边省各地，其荒芜不治，杳然而无村落者，犹不少也，何谓人稠。……乃竟贫困斯之极耶？一为推究其原因，盖皆分利之人，实贻伊戚也。夫均是人也。何者为分利人哉？……一为娼优。中国之妇女，已多为分利之人矣，若娼优则分利之尤甚者也。中国今日，此风盛行，酣歌漫舞，尽态极妍，帖翠涂朱，迎欢献媚。而观其衣，则锦绣也，问其食，则珍羞也，一日而获利千元，一用而须百串。又且坐车走马，仆役纷如。此其财，何自来乎？亦敛之于生利者而已。……合上数者而论者，则天下之生财者亦仅居其半耳。夫安得而不患贫耶？彼有国政之任者，尚其别筹法而治也，则幸矣。

（1907年5月11日《盛京时报》）

论小说急宜改良及其改良之办法

日昨值中历四月朔，正逢礼拜休息日，消闲无事，独坐小窗下，披阅历史，忽一人投刺求见，刺上面署三字名，曰贾次钧。迎入室，略叙寒暄毕，未及坐，即含笑问曰："昨阅贵报所载，有《演剧急宜改良》一题，论说演剧之事，关于人心风俗，殊属重大，披阅之下，令人开启心思，增益识见，操政柄者，果能本此说而行之，其裨益于国家社会者，良不少也。但论文中，有引用英人言小说为国民之魂一语，适有触于予心，因思小说不过为稗官野史之谈，其关系何如是之重乎？且关系既如是之重，中国之小说，亦宜改良否乎？愿先生明以告我。"

予应之曰："善哉君之问也。君且坐，予试与君言之。但予才识劣下，不能道其详,请为君姑言其略。予尝游于书肆矣,见其架头所置,正书之外,则有《绿牡丹》《红楼梦》《升仙传》《九巧传》《说唐》《隋唐》《彭公案》《施公案》《双钗记》《三侠五义》《永庆升平》,等等各名,屈指难数,及一披览之,其中所言,非详写男女之私情,则多夸盗贼之智技,致令阅之者,印入脑筋,受其影响,而桑中淇上之约,几遍尘寰,杀人行劫之风,流行全省,其为害,诚非浅鲜矣。此何以故哉?盖中国文法艰深,其经传鉴史,伦常道德诸书,最难讲解,非有十年功候,不能望其门墙。而小说则词意粗俗,明白易晓,但能识字者,皆可因其事而读其文,因其文而知其义。故有草野农夫,虽然无识,追谈及野史,乃于其事之初终本末,结果原因,竟能娓娓而陈,津津以道,虽老师宿儒,亦无如其渊洽者。在作是书者,或仅为假托之词,而愚民则信以为真,牢记之而终身弗谖。且一人目睹而演说之,则耳食者而不啻百人矣。百人耳食而又演说之,则承受者不啻千人矣。浸至妇人孺子,罔不闻知师说一尊,遂同气同声,深信焉而牢不可破。英人谓小说为国民之魂者,盖此意也。今中国小说之腐败如此,是亦非改良焉不为功。"

贾君又曰:"小说之宜改良,予又闻命矣,敢闻改良之道奈何?"

予应之曰:"此易易耳,不过去不善而化为善,一转移间而已矣。夫衣之敝者必改为,器之窳者必改造,室之破者必改修,法之弊者必改订。改也者,亦除旧更新之谓,非一扫而空之之谓也。且闻芸草者,必锄其根;止沸者,必撤其火;治症者,必施以攻伐,而后进以参苓;医疮疡者,必刮其腐脓,而后可敷以药物。今欲改良小说,是必敛旧有之小说而焚之,聚其板片而毁之,饬令书肆贾人,勿得重翻,再行滋蔓。一面于省城,设立一白话报馆,内附编辑小说一门,择古今英雄豪杰,孝子忠臣,并东西洋之各种学理,各种艺书,凡有关于人心世道,足以开通风气,可以裨益于社会者,编辑成书,并报纸一同售卖,俾阅报者,皆得随便而阅小说,此因势利导,顺水推舟,必易收其成效也。并责令各处巡警,留心保护,注意考查,若仍有以旧日之腐败小说,妄为讲演者,则重加惩办。如此则不过一年,民之脑筋所印,必将焕然一新,当于新政学堂,不无补助也。此改良小说之法,实为当今之一大端也。"

贾君闻之,乃起立而言曰:"先生之论诚至美至善,吾将告于执政者,请行君之言。"语毕辞去。

(1907年5月15日《盛京时报》)

论戏界改良（节录）

燕市游民

戏曲改良，其道有三：

（一）禁止演唱。欲祛除迷信、正人心术，非将旧有之淫秽戏、鬼怪戏一律禁止不可。

（二）改排旧戏。旧戏中有全出中多可取处，不过一二场淫秽或犯鬼怪者，窃以为此等戏，勿庸禁止，只改排之即可。

（三）另编新戏。此事近日行之者甚多，于社会亦未见有大利益。因所编之戏，多不佳故也。盖编戏犹作文然，须篇中有警策处，始能动人，始能寿世。若平铺直叙，则无趣矣。近日编新戏者，多犯此病。

(1908年9月18日《顺天时报·剧界闲谈》)

论议事会之对于优伶

议事会者，代表一地方之利害者也。而今日观于议事会之所为则大不然。

议事会不能代表人民之意思，而偏能体谅官府之意思，议事会不能代表人民为地方计实际之利害，而偏能体谅官府与人民争一节之虚文。甚矣哉！天津之议会可以为全国之模范，可以倡爱国之精神，而卒置地方之利害于不顾，不亦奇哉！

于何见之？于其禁止租界演剧见之。夫国有大丧关乎国民全体之休戚者也，故尧之崩也，三年四海遏密八音，当时郅治之隆为何如乎！今则世风日颓，人心不古，有识者窃叹古今人之不相若而国民程度不及一语，实非虚妄。今幸矣，有议事会之提议矣。议事会之程度固已高出优伶万万矣，使此议一旦实行，吾知保存国体，固结民心，上足以尧舜其君，下足以尧舜其民，而议事会之功，固不在于禹下。无如此辈愚民，昧于君国大义，竟托庇于外人权力之下，而惟利是图，是不特有违国制，有损主权，即对于议事诸公爱国之热诚，亦负疚多矣。假令使此辈优伶隶属于议事会下，得诸公躬亲教育，激发其天良，吾知其忠君爱国之忱，有流露于不自觉者。充斯义也，则平日男女合演放惮无忌之淫剧，当必为之尽革。所惜议事诸君，公务纷纭，足不涉梨园一步耳，不闻郑曲一声，致使此辈优伶败坏风俗，是则吾人所为太息者也。虽然，偶演淫剧，为害仅及于一方，显背国章，其罪乃不可胜数。此诸君之所以宽于平日而严于一时者，殆亦有万不得已之苦衷存乎其间，否则何轻于彼而重于此也。

或者曰：优伶之执业虽贱，未尝无稍明大义之人，而其所以甘心如此者，要亦以生计维艰，不得不为糊口四方之计，假使此辈优伶得如议事会之幸福，上有官款之补助，下有公产之征收，则彼亦奉命惟谨，不敢踰越，又何必自外生成，托庇他人宇下哉？

（1908年12月22日《大公报》）

论宜永禁男女合演之戏剧

租界之内，五方杂处，而奇技淫巧之日出而不穷者又深入一般社会之心理，而浸淫成俗，其为害之最烈者，尤莫如剧场。演神仙而流于妖妄，演儿女而流于淫亵，演英雄而流于盗贼，此迷信之俗、劫夺之案、淫奔之风所以层见迭出而俨同于化外也。有识者引为隐忧，故上年遂有各梨园子弟会议改良戏剧之举。方谓自兹而往，可以藉伶官鼓吹之力，为社会进化之基，而诲淫诲盗之风，必于焉永息。奈何不旋踵间，而男女登台合演之戏剧复出现于租界，其为害较烈于未改良之日也耶！

慨自乐府流为院本而后，戏剧一道遂得隐然操教育之微权，傅忠臣孝子之梗概，用以激励人心，转移风化，其收效甚为捷速。故欧洲戏演属诸文学，与诗歌并重，其制曲大家，往往亲登剧场，现身说法，以风人之微旨，动国民之感情，所以黎维斯①身入舞台，作拉丁民族自由之活气；福地氏②隐于菊部，助日本明治维新之动机。而希腊之热心宗教、罗马之摧败贵绅，尤演剧之功效之彰明较著者也。吾国优伶之辈不出于上流社会，故迁流所届，遂曲徇时俗之好恶，以淫靡之剧，登台扮演。而北里之舞、郑卫之音，遂风行于海内。夫以租界之俗同桑濮，即随在杜渐防微，犹不足以挽回万一，况俨然于大庭广众之间，男女杂处，猥亵时形。如本埠某戏园者以煽其焰而助之澜乎？试思此风一开，其为租界内人心风俗之害者，将何所底止？则商诸外人，悬为厉禁，在当道实为应尽之责而势有不容已者。

而或者谓：男女合演之戏剧，征诸欧洲各国，往往而有，即吾国天津一埠，固亦有类此之为者，独奈何于本埠而禁之耶？不知欧陆人民之程度，与吾国有异，而男女同席又为有风俗上之惯习，固有不能与吾国同年而语者。若夫天津之己事，则或有特别之原因，而非可遽目为成例者也。如谓本埠商务衰颓，用特破格通融，为振兴市面之计，则市面之不振，其故在于全国，而不在于本埠之一部分。即欲藉此招徕，则多设戏园，未始

---

① 黎维斯，李维乌斯·安德罗尼库斯（Livius Andronicus，约公元前284—公元前204），古罗马诗人、剧作家，被认为是罗马史诗和戏剧的创始人。著作有《阿基琉斯》《埃吉斯托斯》等悲剧。

② 福地氏，福地源一郎（1841—1906），号樱痴，日本长崎人。政治家、文学家、记者，日本明治维新时期的戏剧活动家。

不可，而奚必步武欧西，为此男女合演之举？况为此者，其获利仅于戏园而止，倘谓戏园以外之各业，举可蒙其影响而得其河润者，恐无是事也。

然则目下之所以欲禁而不能遽禁者，以其地属于租界，而其权操诸外人故耳。然以租界所定之章程而论，如妇女不得辄入烟间，书场不得演唱淫戏，其于整顿风俗，防范嫌疑等事，实较内地为尤认真。况各戏园之因扮演淫剧而被罚锾者，尤足征外人崇正黜邪之用意乎！故苟能酌理准情，与为商榷，谅外人亦必共表同情，而自能设法永禁，不至有起而反对之事。盖惩淫遏恶，为世界之公理，断无生长于文明国之国民，而不乐赞成此举者也。是所望乎当道之娴于外交而能造福一方者。

（1909年2月7日《中外日报》）

论改良戏剧与小说之必要（节录）
鲁嗣书稿

（前略）若戏剧则无人不可观，小说识字者可看之，不识字者能听之，其感发极易。奈我国旧日之戏剧与小说，以迷信淫词者为最多，不独无益民智，而反有害民智。当此宪政将行之时代，是非急于改良不可。近来某优妓所演各种新戏诚属改良，于淫荡迷信之处，均行除去，于紧要情景，作来悲壮苍凉，有声有色，描写尽致，最易感发，如《二县令义婚孤女》《杜十娘怒沉百宝箱》，尤为特色，颇为社会所欢迎。座客常为之满，可见除去淫荡迷信，只能作到好处，更足以引人入胜，不独有益于风俗社会，而该优妓之声价亦因之以高。谋公共之利益者，一己之利益亦即在其中矣！但望业此艺者，均能效法改良，于风俗不无裨益。（后略）

（1909年5月9日《中外实报》）

易无益为有用论
热心子稿

天下无益之事，而浪费资财者，不知其凡几也，而为无益之事之甚者，则莫如因病许愿，而唱戏唱影说书，以为酬谢神灵之举。唱戏之价值过昂，乡里之间，限于财力，尚不多见，惟说书唱影二者，计十数里，几于无日无之。唱影之费，其昂者以三四十元大洋计，说书之费，其昂者亦在十元左右。乃乡里之间，诸事多从俭约，而于说书唱影，则挥霍而不知惜，以故偶患疾病，则焚香祝天，谓病愈之后，愿说书三宿，唱影三宿，以酬谢神灵。此风之开，不知始于何年，而转相效尤，几于随在皆是。嘻，其愚也可悯，而其以有用之财，如此糜费，亦甚可惜矣。日前有某君，对于此举，独易无益之事，而化为有用，客岁病瘥之后，破除迷信，绝袭乡愚所为，如以上所云者，于是以说书唱影之费，制为棉衣数十袭，以施于贫人，则数十贫人皆藉以御寒，而受某君之实惠矣。我某君，我某君，有实惠之及人，不愈于说书唱影，费资财于无用之地哉？虽然，则某君之事，诚可法矣。吾愿其嗣后其患病之人，其不欲说书唱影，以酬谢神灵也，不必论矣。如其欲说书唱影，以酬谢神灵者，愿计其费之多寡，以施济贫人，则易无益为有用，庶不负某君提倡之苦心也。贫人幸甚，风俗幸甚。

(1909 年 7 月 27 日《中外实报·附张》)

论川省戏曲宜改良之理由

甚矣，云门之乐，大卷之音，久矣夫不入于里耳矣。其次以怡悦性情，移易风俗者，莫诗歌若。然属辞比事，庄言以规，寓言以讽，深意远旨，唯骚人墨客喻之不得以概，彬彬之士遑责世俗，而戏曲尚焉。尝闻诸西方之国矣，自希腊、罗马而远，以至近世，彼条顿民族、撒逊民族，发扬踔厉，蓬蓬勃发，日臻强盛，虽职于天机活泼，教育完备，而社会之感化、濡人目而染人耳者，优人与有力焉。盖翘然秀出之民，往往托足梨园，本其学术以发挥夫进取思想、冒险思想、竞争思想、国家思想于登场袍笏，为文明之鼓吹，以歌以舞、以喜以忧、以悲以壮、以慷以慨，引人入胜。而人情之趋向以移。然其旨率本乎当世之事，实与近时之历史缥缈无凭者不与焉。故有时而摹拟英雄矣，而社会则崇拜英雄；有时而激励忠爱矣，而社会则发舒忠爱；有时而描写哀艳矣，而儿女之爱情油然以生；有时而形容战阵矣，而尚武之精神勃然以起。甚矣！其感人固若是之深且易也。

还视中国，天宝之世，嬉笑怒骂，规时讽世，虽不逮今日泰西之美备，而优伶轶事，亦颇足有传者。易世而后，风流犹未泯也。自李亚子①被弑，庐陵②辑史，《伶官传序》抉其微隐，一发无余，优孟衣冠，遂为世所轻视。非惟轻视，且惮近焉，而操业贱矣。驯至今日，不列国民，而业愈贱矣！业愈贱而为之者愈非其人，而其业乃愈坏。故夫燕赵之歌，非不悲且壮也；秦晋之音，非不哀且激也；吴下之曲，非不和且乐也。然而其所演者，奸雄刺客、寇盗穿窬而外无豪杰，孤皇老夫、奴家小子而外无思想，争城夺地、杀人越货而外无事业，钻穴踰墙、挟妓饮酒而外无快

---

① 李亚子，李存勖（885—926），即后唐庄宗，小字亚子，突厥沙陀族人，赐姓李氏。李克用长子。天祐五年嗣立为晋王，同光元年即皇帝位，称帝后重用优伶，同光四年因兵变被杀。
② 庐陵，欧阳修（1007—1072），字永叔，号醉翁，晚号六一居士，江西庐陵人。北宋政治家、文学家，唐宋古文八大家之一。

乐，离人思妇、死伤疾病而外无悲痛。其间有忠臣义士孝子贞妇之事之足以资观感者希，偷影摹形①，曼音高唱，固未尝不悲壮淋漓，声泪俱堕，然而凤毛麟角，不数观焉。

矧以古之事，律今之世，时异势迁，格不能入，亦未免矣。然究不若吾川剧之无足观也。今所谓（乱弹）（高调）者，其所演之剧，为有价值者乎？无价值者乎？天堂地狱而已，仙神鬼怪而已，势利骄侈而已，乞儿措大而已，奸夫淫妇而已，村妪伧父而已。尤其奇者，宰相也，必以净演，演相之子，则必以丑，既陈陈相因而落于科白矣。而闺秀之举止，则与婢子无择焉。命妇之口吻，则与村妇无择焉。而其行演之事实，则又为顽固之事实，所演之历史，则又为腐败之历史。情形状态，大类于未开化以前，去今殊太远也。以如是之人演如是之剧，且又益以不堪入耳之歌（阿呀阿唉）之声，几于无出无之，无曲无之，于是尘容俗状、怨气愁声遂充塞于舞台，而了无生趣以观以感。故一般社会之思想，恒不越乎天堂地狱、仙神鬼怪、势利骄侈、乞儿措大、奸夫淫妇、村妪伧父之范围，而产出天堂地狱、仙神鬼怪、势利骄侈、乞儿措大、奸夫淫妇、村妪伧父之人物，以酿成天堂地狱、仙神鬼怪、势利骄侈、乞儿措大、奸夫淫妇、村妪伧父之习惯。而一切光怪陆离、凶横贪戾、柔靡鄙陋、淫佚愚蠢之现象，遂于以毕陈而牢不可破。何者？其感觉使然也。际此破除迷信、改良风俗之时，宁能使龌龊之戏曲常存于社会、为心理之障害哉？故欲破迷信，必破除戏曲之迷信始，改良风俗，必改良戏曲之风俗始。然必有学问深远、智识高尚之人，主持其间，而其事始举。

近闻川省谘议局已议决改良戏曲，为对症发药计，爰作是论，以阐明当改良之理由。

（《重庆商会公报》1909年第163期）

妇女不可听戏

说书唱戏，本是劝人学好的道，各种小说，没有不是谈因果，讲报应的。某朝某府州县某人，自出世以来，所作所为，俱是合天理，顺人情的事，每遇奇险，必是逢凶化吉，始离终合，高爵厚禄，大庆团圆。间有谈淫秽，演贼盗的，说一个天花乱坠，归期也是善有善报，恶有恶报。书皆是好书，仁者见之谓之仁，智者见之谓之智。因见解不一，致评论有殊。且淫盗各书，禁止出版，又有父兄师保，不准子弟生徒看闲书的，也就无甚妨害了。

---

① 原文为"影摹形"，疑脱"偷"字。

演戏一节，系有形的教育，悲欢离合，善恶成败，摆在当面上。有见有闻的人，一览无余。权臣当道，谋害忠良，如《下河东》之欧阳方①，《带剑入宫》之曹孟德等，观剧者指而唾骂，恨入骨髓，足感动后人忌奸姤佞之心。如夜奏十本之褚遂良②，铁面无私之包孝肃③等，观剧者点头赞叹，爱慕不已，足感动世人效忠爱国之心。当初的用意，本在这儿。世风不古，愈趋愈下，唱戏的人，投世俗之所好，听戏的人，另有个讲究，衣箱新旧，武行多少，外场打的怎么样，看的是点作排，听的是点嗓音，这还在情理之中。如今戏园子里你听罢，拍案惊奇，大声疾呼，叫好的，拍掌的，不用问，必是淫戏。手提着裤子，口咬着手巾，哼哼唧唧，胡琴随看，那一种声音，叫人听见，真不好受。甚至帐子动弹，解怀露胸，笑咪咪的眼，红敷敷的脸，嘴对嘴儿，手拉手儿，那儿看活春宫去。老成人见之，且不可奈，况血气方刚，初开知识的呢？这还不要紧，自男女平权，自由结婚之说兴，妇女看戏，是寻常事。改良新戏，文明新戏，全不爱听。那个园子有淫戏，那个园子多上女座，女座多男座就不少，不是为看戏，是为看看戏的，演至《遗翠花》歪歪歪，《翠屏山》偷和尚，《关王庙》解衣拥抱，《珍珠衫》乘醉诱奸的时候，女座眼也直啦，男座眼也斜啦，一边喝彩，一边回顾。叫好都是新鲜的，不是冬的一声，就是吱的一声，临完又饶个好傢活，在倚门卖笑，皮肉生涯者流，全不在乎。又学艺，又开心，又拉扯买卖，到是分内事。惟独良家妇女，素昔大门不出，二门不迈，端端方方，纯纯正正的人，为甚么也跟他们学？自己也不想想，家里也不管管，仿佛不仿佛，应当不应当哪。中国官场的公事，本是日久生懈的。从前各戏园，须将本日所演的戏，开呈该管巡警局区，佳者准演，劣者禁止。近来题不起这节事啦。淫戏固多，就不是淫戏，科白里也加上点葱花，为的是晕登登的，好多引人。那知道呢，中国地果真严禁，往租界园子里看去，你还管的了吗？单说这个开花炮④罢，俄国地不叫唱，现时又在日本租界唱啦，不信请到四面钟那儿瞧去，女座拥挤不动。没有别的法子，劝劝认识字、懂得体、顾廉耻、保名誉、管的了家里

---

① 《下河东》又名《斩寿廷》《龙虎斗》，演赵匡胤征讨北汉，欧阳方为元帅，呼延寿廷为先锋。欧阳方私通北汉，反诬呼延寿廷叛乱并将其冤杀。
② 褚遂良（596—658），字登善，浙江杭州人，一说阳翟（今河南禹州）人，唐朝政治家、书法家。唐太宗时历任秘书郎、起居郎、谏议大夫、黄门侍郎、中书令等职，以直言敢谏著名。
③ 包孝肃，包拯（999—1062），字希仁，安徽合肥人。宋仁宗天圣五年进士，历任天长知县、端州知州、监察御史、枢密副使等职。包拯以刚直不阿、清正廉洁著称，谥号"孝肃"。
④ 开花炮，即孙凤龄。

人、作的了女人主的诸君子，千万别叫妇女听戏。

（1910年3月10日《中外实报》）

蹦蹦戏亟宜严禁

每逢夏天，雨泽稀少，种葡萄的，多雇工人，拿着扇子赶马蜂，恐怕马蜂咬破葡萄珠儿，要把两三个珠儿咬破了，里头的水浸出来，这一球儿全烂坏了，这种植物，最怕好的叫坏的粘上。

就说吃鱼罢，先用刀割了，再用水洗了，配上油盐料物，烹熟了最好吃。假如内中有一个鱼，割破了苦胆，又没有洗干净，烹熟了的时候，这一锅鱼，全是苦的，连菜都吃不得。这个食物，也怕坏的把好的扯了。

前人留下唱戏的，本是演出孝节义，苦乐悲欢的情节来，教化世人，君子怎样收成，小人怎样结果，摆在当面叫人看，跟着好的学，别跟坏的学。后世作出点子淫戏来，人尽喜其秽亵，引诱的怨女旷夫，甚么事都作出来啦！把极好的一件事，弄成极坏。

世风愈下，人心不古，劝人学好的宗旨，一变而成宣淫的排场，没有好花旦，不成班子，没有女角扮花旦，不能上座。看淫书还有不识字的啦，唱淫词还有听不懂的啦，这儿眉来，那儿眼去；这儿脱衣，那儿解带；对面拉扯，当面拥抱；偷奸拐逃，谋害亲夫，都有榜样，能够学不会吗？

如今兴了一种蹦蹦戏，唱不成唱，打不会打，一味的宣淫。每出必是一男一女，说的都是歪话，摹的都是淫态。嗓子里哼哼唧唧，脚底下扭扭捏捏，中国地禁止，在俄租界唱，俄工部局驱逐，在日本租界唱，附近处的少妇长女，叫这群狂徒给引诱坏了的，实在不少。

男座拥挤不动，女座重重叠叠，演到不可开交的地方，就有两只眼直勾勾出神的，就有抵着嘴笑嘻嘻注意的，有人呼唤，也听不见啦，有人招手，也瞧不见啦。也有瞑着眼低头不看的，敢情心里琢磨真理呢！女座跟男座看对了眼，凑过来就答话，隔着座就伸手，得空儿一同溜出来，爱干甚么去，干甚么去。商量好了谁跟谁跑，爱往那儿去，往那儿去。好热闹的钓棒所，在那儿啊？在日本租界，四面钟后。

先前在中国地唱的时候，是容易禁止的，还到俄国租界去，地方绅士，在议事会递了好几张说帖，议事会详请关道宪，去了好几次照会，始能达其目的。如今在日本租界，闹的更不像啦，怎么也没有递说帖的了呢？怎么也不详请关道宪，照会日领事禁止了呢？岂俄租界有好绅士，日租界的绅士，不在乎这么？抑岂俄领事，恐怕把界内居民引诱坏了，日领事不怕把界内居民引诱坏了吗？岂议事会不给详请，关道宪不给照会吗？

　　一个葡萄珠，叫马蜂咬破，一球葡萄珠都烂了。一个鱼割破了苦胆，一锅鱼全苦的吃不得。一天唱一出淫戏，一个班子，一个园子的声气都不好听。这个蹦蹦戏，早晚演唱，出出是淫戏，于租界上的名誉章程，风俗民情，大有妨碍害，据吾看，决不是租界招致他们，叫他们引诱界内居民不学好，必是被人蒙蔽，不知道这一伙狂徒，有这么大坏处哇！

　　再说这个开花炮罢，实在是宣淫的魁首，种祸的班头，去年在审判厅也打过官司，不会把他羁禁起来吗？怎么又放出他去，叫他放心大胆的胡作非为去呢？人说没人告他，不能这么办。假如强盗，没人告他，拿获的时候，办不办呢？人说他唱他的，你知道不好，不许不看去吗？假如办完了他，别人也不敢这么唱啦，也就没人听啦，这不是剪草除根的法子吗？人说不能由著你，国家有法度，个人有运动，你也是干著急，白费事。

　　如此说来，吾也就是快乐快乐嘴罢咧，说了算没说，再说一句不热心的话罢，反正吾们家的妇女不听去，他爱怎么宣淫，怎么宣淫，爱种甚么祸，种甚么祸，禁止不禁止，吾全管不著。倘若有两位绅士，看了吾的演说，在议事会递一张说帖，详请关道宪，照会日领事，日领事不分畛域，恐界内居民，被狂徒引诱坏了，严行禁止，租界幸甚，居民幸甚。

（1910 年 3 月 25 日《中外实报》）

小　说　累　人

　　小说有益于社会，已为学界所公认，然以一无知识者阅中国之旧小说，亦常有流弊，固不仅贻笑柄已也。如庚子之变，人皆知为端王[①]所酿，而端之生平，惟知阅《施公案》等小说，曾在太后前指董福祥[②]为臣之黄天霸。及拳匪事起，遂竭力提倡，致召联军之祸。盖无不从《施公案》等书有所心得而来也。更尝见人记雍正间有长白某少宗伯，因保荐人才，引孔明不识马谡事。宪宗怒其以小说入奏，责四十板而枷示焉。又乾隆朝某侍卫擢荆州将军，人贺之辄痛哭，异而请其故，则哽咽而言曰："此地为东吴所必争，关壮缪尚守不住，今遣老夫，是欲杀老夫耳。"此二

[①] 端王，爱新觉罗·载漪（1856—1922），满洲镶白旗人。咸丰皇帝之侄，封端王。义和团运动时任总理各国事务衙门大臣，主张围攻大使馆。《辛丑条约》签订时被认为是"首祸"，充军新疆。

[②] 董福祥（1840—1908），字星五，甘肃固原人。本为回民起义首领，降清后因军功封为提督。后又加尚书衔，加太子少保。义和团运动时率军攻打东交民巷。《辛丑条约》签订后被革职禁锢家中。

事则均发生于阅《三国演义》也，小说累人岂浅鲜哉？

（1911年1月4日《民立报》）

请弛青浦县属朱家角镇戏禁意见书

来蝶轩主

我镇向有城隍行宫，亦称大庙，庙中恒产不多，其岁修杂支等费，皆取给于捐。若猪捐年收钱一百千，若花生捐年收洋四十元，此外又有各店铺统捐，名之曰万善缘，年收钱一百千。近十年来捐数渐短，每年约收钱八十千，而其大宗进款，则全恃米捐，抽捐之法，于乡民粜米时，每石提钱六文，由米商汇缴。光绪七年，每石加收一文，捐助接婴。十二年，由经董议定米捐每石七文，以二文作接婴捐，以一文半拨修阖镇水旱各栅，以四文半归入大庙。宣统元年复由经董会同米商议定，将米捐每石改收洋码一分，由商家包认，捐数年缴洋二千元，除以二百元拨助商会、以九百元拨助学堂、以二百元拨助接婴、以一百元拨助修栅外，尚余六百元，仍拨归大庙。盖是项捐款，取之于农，缴之于商，商家与农民固分担义务者也。顾捐户终岁担任义务，不能不思所以报酬之慰劳之，故于每年二三月间酌提捐款，演神戏三台。先期牌示，以娱大众，镇上铺户，乡下人民，莫不视此举为相当之投赠，遐迩来观。相传咸丰年间，有王姓庙董，因戏期迟误一天，被众扭捆庙门石狮子前，揪断发辫。由是凡为大庙董事者，于演戏一节，奉行罔敢或违。此例不知创于何代，大致总在兵燹以前，行之迄今，垂数十载。盖自有捐以来，即有演戏之事，亦自有捐以来，即未尝有抗捐之事。历任地方官亦从未出而干涉之意者。春祈秋报，歌舞升平，区区习俗相沿之举，诚有无烦贤父母之过计者。

初不料近年来官府迭有禁戏之谕也。顾官之禁戏，其斤斤焉为吾民虑者，大要不外六端：曰迷信神权，曰靡费巨款，曰殃民敛钱，曰集众聚赌，曰游手滋事，曰淫剧害人。而不知之六端者，胥不足以绳我镇大庙之戏也。

城隍之神，本非淫祀，文武官员，犹且朔望行香，春秋致祭。使必以演剧酬神者为迷信，则何不并朔望春秋之敬礼而尽废之，毋亦以祀典所关，不可无崇德报功之举耶？不然，圣如孔子，何犹美盛德于鬼神、敬乡傩以朝服耶？则迷信之说不足云也。

每届演戏，戏资不过二百元左右，而此三五日中，商家莫不利市三倍，其小本营生者为尤甚，霉令市面萧条，赖以补救，故公家输出之费少，而地方输入之费多，设必靳此区区，不独商业受其影响，并恐输捐之民不获观戏，即不乐出捐。因节有限之戏资，而失无数之捐款，恐始因禁戏而谋节费，继必因罢捐而遂无费之可节，又岂计之得者？则靡费之说不足云也。

他处往往因戏而筹资，独我镇则储资以待戏，无所谓敛钱，更安有所谓殃民者？况逐年戏价，既有比较，尤不便任意开支，经手者实用实销，照墙榜示，稍有舛错，即受万人指驳，故徇私分肥之事，尚无所闻，则敛钱之说不足云也。

乡村僻壤，每假戏场号召赌徒，故欲图聚赌，必先谋演戏。若我镇之戏，其宗旨本不在赌，查十余年前，间有光蛋游民在镇诱赌，近来禁令日严，此风已戢，而一般愚民，又以看戏热心，深恐因戏聚赌，必干官法，官将因禁赌而并禁戏，故相率戒赌，以期达必能演戏之目的，则聚赌之说不足云也。

我镇戏例，流传已久，历届开演，未闻有骚扰情形，惟绅董中苟有主张辍演者，则群起反对。故演戏未必滋事，而不演戏则难保其不滋事。况一镇之中，官界有淀山司，绅界有巡警局，举凡临事之弹压，与夫事前事后之保卫，谅所优为，则游手滋事之不足云也。

花鼓淫戏，久干例禁，若我镇所演系京昆两班之戏，要皆择忠孝节义故事，登场扮唱，俾愚夫愚妇于嬉游之中，得观感之趣，遇有稍涉猥亵者，虑渎神明，例不点演。故此举非徒与社会无损，且与社会有益，较之宣讲员之演说，藉以激发人心、开通民智者，何莫非异曲同工耶？则淫剧害人之不足云也。

如上所指六端，我镇既并不蹈此，似亦可以释官府之廑系矣！而蒙以为我镇之戏之不宜禁者，更有三大原因在，请得而缕析言之：

一曰揆之于理而不当禁也。查律例本无禁戏专条，故近时优人供奉内廷者，既时有所闻，而京外衙门遇喜庆则有戏，娱宾客则有戏，未闻有禁之者，至民间演戏，他处无论矣，即以上海一隅而论，南北两市，客帮会馆林立，馆皆供神，神皆有戏。而振市公司之创开新舞台，尤以是举为振兴市面之要点，未闻有禁之者，上行下效，理有固然，何独于我镇而歧视之？是理之所不当禁者，其原因一也。

一曰准之于情而不忍禁也。古人藏修不废息游，西人星期休假，即取此义。甚者若公园，若球场，若春秋赛马赛船，莫不各尽游兴。我中国富家贵族，佚乐终身，而贫苦小民通年力作，不能得片时乐境，斯亦极人世不平之事也。良有司苟体察及此，未必不恻然悯之。幸而有此神戏三台，俾若辈得以稍纾筋力，略旷心胸，其欣喜盼望，为何如者。推之近时报章所载震泽则赛双洋神会矣，嘉定则有竞渡龙舟矣，而松江郡城且结彩悬灯，庆贺国会矣。凡此皆迹近游戏，在上者既任之听之，而独于吾镇之戏苛绳之，将与民同乐之谓何？是情之所不忍禁者，其原因二也。

一曰度之于势而不可禁也。我镇演戏之举，相沿既久，此次禁止，适在创行新政之时，乡民无识，必且因此一端疑及新政，种种不便，势不至仇视学堂，仇视警局，仇视商会，仇视自治公所、禁烟分所等各项事宜不止，而筹备学堂、警局、商会、自治公所、禁烟分所等事者，惕于感情之恶，风潮之险，必至畏首畏尾，不出一谋，不办一事而后已。于是文明程度但有退化而无进步。语云："星星之火，可以燎原。"近如南汇之川沙，远如嘉善之西塘，暴动之案，相继而起。前车之覆，后车之鉴，是势之所不可禁者，其原因三也。

去冬各米商习闻叠次禁戏之谕，乃乘机建议，禀请将大庙米捐拨充警费，是盖严从禁戏之令，而因势利导也，并非特创禁戏之说而发凡开端也，愚民不知官府谕禁在先，反疑主张此事者均系本地绅董，因之积不能平，两月以来，匿名揭帖信函，日有数起。始而诋毁，继而恫喝。各米商亦知前议失于持重。第既经禀县有案，无从起灭自由，而庙董某君又以禁令煌煌，未便通融办理。于是相持观望，致谣言日甚一日，有谓将捣毁各局所者，有谓将殴辱某绅董者，有谓乡民此后将赴他埠粜米，永不载至我镇者。虽杯蛇市虎，所言未必尽真。第此时最可虑者，警局之月捐，商会之常年捐，各店铺皆藉词延欠。万一各项捐款，一律抗缴，恐举办地方公益，无所取资，顿形竭蹶。况我镇筹备新政，虽立各种机关，然办事者只此数人，兼筹并顾，故一端掣肘，全局即易于牵动。目下既有如此现象，若不亟筹调停之法，将响影所及，尚不知伊于何底。所谓调停之法奈何？则莫如仍开戏禁而已。顾戏禁宜开，而官绅面子尤不可不顾，否则无意识者，此后设有种种非礼之要求，更将何以应之？查官所禁者，神戏也。此外之戏本未尝尽禁也。若愚民则但求有戏可看，于演戏名目本不深求也。为今之计，莫若停止酬神之戏，改演恭祝万寿之戏。伏查正月初十、十四等日为两宫诞辰，率土臣民，理宜庆祝，今春以国制未除，自应另日开演补贺，从明年起，准于元宵节前演戏三天，专为祝嘏而设。如此办法，既与从前文告不相矛盾，且一则可以兴起其尊君爱国之心，一则使知宪政方新亦有俯顺舆情之举，庶一切猜疑疾视之心消弭于不觉，庸非一举而数善备欤？

抑鄙意犹未尽者。我中国全国政策未能大同，文网之疏密，动视上官之好恶以为衡。甚至一省之中，道府州县辄各自为风气，故有时法律所不禁者，命令得而取缔之。原其所以取缔者，何莫非息事安人之念所迫而出也。徒于社会上之心理、风俗上之习惯,未尽洞烛而无遗,故上种善因,下反报以恶果,至是而勤求民事者,亦将哑然失笑,自悔其多此一举也。是故官之禁戏,将以保护治安也,蒙之请弛戏禁,亦正所以保护治安也;官之禁戏,将以保存经济也,蒙之请弛戏禁,亦即所以保存经济也。衡量于常变经权之际,审择于从违可否之间,处事本无成心,为政惟求其是。必回护其最初政见而以反汗为难,坐使一乡一邑之间将因细故而酿巨衅,我知贤长官断不出此草茅下士管见,既伸天职,斯尽法号施令之权,请以俟之当世之临民上者。

  按,是篇甫脱稿后,已闻该区自治会各员董提议请弛戏禁,大旨以该会成立伊始,拟会同商会、学堂、警局择日演剧,悬灯作补庆国会之举,就商监督蒋邑尊①亦颇赞成。从此风潮可望平静,此举诚由就地绅董善于调停,而蒋邑尊之顾全大局,善体人情,尤足令都人士称颂弗知已。著者附识。

(1911 年 6 月 25 日《申报》)

禁止年青男女观剧②

化　民

  戏园扮演淫戏,原是极有关系的事体,那些年纪青青男女,起初倒也循规蹈矩的,因为这些事体引诱坏了的很多,所以禁止唱淫戏再好没有的了。不过禁的在那里禁,偷着唱的还在那里唱,这也真教人讨气极了。我想最好是各人自己家里先禁起,这话怎么讲呢?这看淫戏的坏处,是青年男女最要紧,各人家里有青年男女的,凡是这些地方,就不要许他们去,就自然不碍了。像这回亨白夜花园演唱淫戏,捕房里现在请新衙门去办这唱戏的。如果凡是有年青男女的人家,连夜花园都不许到,岂不是就不至受到那淫戏的坏处了么?不过照这样说法,不但那些青年男女看了不愿意,就连一班算是新界里的朋友也要觉得嫌这话说得太专制了。人人有自由权,怎么能妨碍他的呢?其实不晓得这本是现在世界上通行的,就像法国人是最讲自由的了,然而向来的规例,十八以前的男女,连戏园里都不许到的。大家如果不相信,可以找那熟悉法国情形的人问一问,就晓得我的议论不是专说那老霉话的可比了。

(1911 年 8 月 30 日《新闻报》)

---

　① 蒋邑尊,即蒋清瑞。
　② 标题为编著者所拟,该栏目原名为《白话》。

新　闻

1869年（同治八年己巳）

丁日昌示禁民间迎神赛会①

○江苏丁抚军②示禁民间迎神赛会，实系止民争、惜民财之至意也。示之全文未及备录，谨就示中痛指五害言之：一云赛会，即多演戏，戏场易开赌博之风。……有此五害，愚民反以有用之资，干此无益之事，诚为可惜。如敢抗违不遵，定将为首者拿获，照例从严惩办，此示中之大略也。俾明理者阅之，可知大宪爱民无非就民间应行之件导之使行、不可有之事禁其勿作而已。

（1869年8月10日《上海新报》）

丁日昌饬上海县与租界设法禁绝花鼓戏③（节录）

○闻得江苏丁抚军饬上海县朱邑尊④与各国领事暨理事同知先行设法将洋泾浜所有花烟间及花鼓戏园一律禁绝等语。按，……至于花鼓戏园，尤为风俗人心之害。近来淫词淫画禁除殆尽，而独留此甚于淫词淫画之戏，诱惑愚民，以视夫听淫词看淫画者流祸为更烈矣。屡见某花鼓戏园四处贴招，于某晚演《荤倭袍》，该死极矣。殊不知《倭袍》一书，已奉示销毁，而演此戏文者，反艳其名曰《荤倭袍》，其败常乱俗伊于胡底？倘能与花烟间一并驱逐，永不准开，民受其福，实非浅鲜，本馆亦当颂德矣。

（1869年11月2日《上海新报》）

丁中丞⑤禁花鼓戏花烟馆⑥（节录）

上海花鼓戏馆有五六处，花烟馆有数百家。夫花鼓戏以妇人说土话，当场演出，淫词秽语，此活淫画也，其害甚于淫画淫书。盖淫书识字者看，不识字者不看，花鼓戏则不识字（者）亦看，亦皆被诱被害。淫画观者一二人，花鼓戏观者千百人，一日数处，诱害千百人，岁计益多矣。且

---

① 该组新闻原题为《中外新闻》。
② 丁抚军，即丁日昌。
③ 该组新闻原题为《中外新闻》。
④ 朱邑尊，即朱凤梯。
⑤ 丁中丞，即丁日昌。
⑥ 本文亦被1869年11月20日《上海新报》转载，标题为《录〈中国教会新报〉》。

花鼓戏害更甚于他淫戏，论他淫戏则不知曲文者不懂，花鼓戏则句句土语，妇孺无不皆懂也。演者津津，观者跃跃矣。淫书淫画淫戏皆已尽禁，而此未禁可乎？乃中丞禁，观察禁，而演者仍演，何也？岂王法独不能加于此辈乎？

（《中国教会新报》1869年第61期）

虹口花鼓戏园当禁①

录华友原稿云，夫戏园演剧有忠孝节义、奸盗邪淫之分别，幸观者勿乱其心也。独花鼓之戏，男女现身说法，明明教人各种奸淫之势，真大坏风俗，引诱良家子弟，铁汉亦难逃网罗。戏一唱了，尾其女而入其家，比娼馆犹恶也。地方官奉上宪照会各国领事会禁谆谆，各国领事秉正心体，而洋商为巨买卖，皆不入花鼓戏馆观剧，浑不知是何无耻之态也。即正经巡捕亦不查察，所以误地方官之禁不应也。而不知各洋行所用上下人等，大都受此花烟间、花鼓戏之重害。应请领官严饬巡捕将花鼓戏全禁，并吩咐各戏园内不准演唱淫戏，其风俗自然而正也。最可笑者，地方官与各领事正在查禁之时，虹口地方有常州人阿三胆敢新开鼓戏园，名曰如意，观剧者每位五十六文。想地方官与该界之领事及总巡捕不得而知，否则中外衙门之中国人，巡捕房之中国巡捕，并包打听暨汛地武职、该处地保受私贿而蒙弊也，若经朱邑尊并美领事知觉，必会同驱逐尽尽，方为安靖地方。又虹口地方席地而赌，私家而赌，亦当会禁。正直子稿。

（1869年12月9日《上海新报》）

1870年（同治九年庚午）

禁男女合演戏文②

上海新北门外花鼓戏馆至今未能禁绝，有世道之忧者送来庶几堂③引古一则，托本馆印出以达同好：

陶石梁④曰，今之院本即古之乐章也。每演戏时，见有孝子悌弟，忠臣义士，激烈悲苦，流离患难，虽妇孺牧竖，往往涕泗横流，不能自已，其动人最恳切，最神速，较之老生拥皋比讲经义，老僧登

---

① 该组新闻原题为《中外新闻》。
② 本则亦被1870年第95期《中国教会新报》转载，题目为《论花鼓戏当禁》。
③ 余治《庶几堂今乐自序》云："庶几哉，一唱百和，大声疾呼，其于治也，殆庶几乎！"
④ 陶石梁，即陶奭龄。该段文字亦见余治《得一录》卷十之二。

上座说法，功效百倍。至于《渡蚁》《还带》等剧，更能使人知因果报应，秋毫不爽，杀盗淫妄，不觉自化，而好善乐生之念，油然而生矣，此则虽戏而有益者也。近时所撰院本，多是男女私媟之事，深可痛恨，而世人喜为搬演，聚父子兄弟并帻其妇女而观之，见其淫谑亵秽，备极丑态，恬不知愧。曾不思男女之欲，如水浸灌，即日事防闲，犹恐有渎伦犯义之事，而况乎宣淫以导之？试思此事观者，其心皆作何状？不特少年不检之人，情意飞荡，即生平礼仪自持者，到此亦不觉津津有动，稍不自制，便入禽兽之门，可不深戒哉！

以上所录，谓梨园子弟且不可以淫秽戏文当场演出，恐其害人心而坏风俗也，若男女合演者，词曲情景，无一非淫，此而不禁，流毒曷有终极？但草莽私忧，明知空谈无补，而必从旁饶舌者，亦聊尽热心焉耳。

（1870年7月5日《上海新报》）

赛会演戏之非

今岁秋收丰稔之处，以上海为大熟，而棉花尤甚焉。终岁勤劳，得逢乐岁，于岁晚之时，各村各庄，燕饮为乐，谁曰不宜？然当节俭，以备不虞。《礼》云："三年余一，九年余三。"正欲小民知物力艰难也。兹闻北乡真玉地方，欲于闰十月内，赛会演戏，以为谢神之举。噫，过矣！夫春祈秋报，自有常经，既演戏矣，何必赛会戏会并举？毋乃太夸张欤？殷实之户，多费无妨，小康之家，仅得一年丰足，而必竭其所有，以供赛会演戏之用，势必终归不足，恐神不来享，反触其怒也。且此家接亲，彼家宴友，日间酬应过烦，夜间疏于防察，鼠窃狗偷之辈，即可于此而施其技，安得明理人从中劝其省俭，勿过繁华，未始非挽回奢靡之一助也。

（录《上海新报》）（《中国教会新报》1870年第114期）

1872年（同治十一年壬申）

禁止女子弹唱

录华友来稿云：呜呼，淫书所在渔利者，倚为利薮，诱陷百端，害世非浅。其以淫色诱人之目者，莫甚于戏馆之演剧；其以淫声诱人之耳者，莫甚于茶馆之说书。虽然，演剧之地少，说书之地多，观剧之人少，听书之人多，何者？上海茶馆每多说书之处，即无不听书之人。况所费甚细，仅只数文，无论贫富，皆可听也。而弹唱之时，又始于上灯之际，斯时即事务冗忙者，亦可欣然往听矣。夫使所作文辞，苟无大害于人心风俗，吾徒尚欲何言？而小说诸书，断无有不伤风败俗之事。尤可恨者，传奇小说，本属子虚，偏被唱说之人艳词装饰说出往日宛然模样，遂使听者春情飘荡，神志昏迷。当此时也，纵无美色当前，犹将妄想冥思，猝难穷诘。乃近来风俗日下，茶馆主人及唱书者，竟暗邀少艾冶容，藉诱青年子弟，甚且张扬大众之前，思觅蝇头微利。彼年轻男女，逼处一堂，眼去眉来，输情授意，其能漠然不动心者，断无其人。而从此祸端百出者，比比皆是。嗟夫，谁无子女，而乐闻此情乎？其势甚便，其害甚深，其利甚微，其害甚巨，务望为民牧者，必严行示禁，为父师者，必随时训戒，庶令此风稍挽，不使听者如是受害耳。或曰，说书者多谈因果，不说淫词固善，然如此则无人听矣，其如若辈生意何？曰：未尝无人听也。昔杭州有李某者，尝弹说文书，说至淫亵处必抽去之，最喜弹说果报，藉以劝导多人，其生意颇忙，晚年生子光泰，甚聪俊，少年科第，荣历仕途。噫，世之说书者辄谓抽去淫词，必无人听，故不惜描摹刻酷，以蛊惑世人，其务为此也，以骗生意也，不知生意骗到手，而贵子骗不到手。岂惟贵子骗不到手，而现世恶报竟已赚到手，孰若李某之不图生意而生意仍忙，而子孙竟发达哉？普愿说者听者其三思之。

（1872年2月1日《上海新报》）

拟禁女弹词

　　录华友原稿云：呜呼，淫色艳声渔利者，倚为利薮，诱陷百端，害世匪浅。其以淫色诱人之目者，莫甚于花鼓戏馆之演剧；其以淫声诱人之耳目者，莫甚于茶馆之说书。然花鼓戏馆英国租界内已禁绝矣，而女弹词则否。此有心世道者所为起而议其后也。夫洋场茶馆，每多说书之处，即无不听书之人，况所费甚细，仅只数十文，无论贫富皆可听也。而弹唱之时，日间往听者尚少，晚间即事冗忙者亦可悠然往听矣。使所作文辞，苟无大害于人心风俗，吾徒尚欲何言，而小说诸书，断无有不伤败风俗之事。尤可恨者，传奇小说，本属子虚，偏被唱说之人艳词装饰说出往日宛然模样，遂使听者春情摇荡，神志昏迷。当此时也，纵无美色当前，尤将妄想冥思，猝难穷诘。乃近来风俗日下，茶馆主人竟邀少艾冶容，名曰女弹词，淫色淫声，合而为一，藉诱青年子弟，甚且张扬大众之前，思觅蝇头微利，彼年轻男女逼处一堂，眼去眉来，输情授意，其能漠然不动心者，断无其人，而从此祸端百出者，比比皆是。嗟夫，谁无子弟，而令睹此淫色，闻此淫声乎？其势甚便，其害甚深，其利甚微，其害甚巨，务望为民牧者，与花鼓戏一律禁止，为父师者，必随时训戒，庶使此风稍挽，不致听者受害耳。

（1872 年 7 月 19 日《上海新报》）

1873 年（同治十二年癸酉）

石 塘 赌 场

盖以岁晚务闲，农夫每有乘兴游嬉之举；村孤市僻，奸徒即有乘机窃发之心。即如赌博一途，苏松属邑早已严禁密拿，多方惩办，赌匪群知敛迹矣。乃近闻青浦之石塘有施逢春者，本为枪匪头目，其手下余党至今仍以数百计，因昔年上宪指名严缉，避太湖中冒为巡盐船，实则伺间行劫，无所不为。今以漏网之余，复施瞒天之技，竟在石塘镇上开设赌场，引诱农民，堕其陷阱，并且日夜开演花鼓淫剧，以为耸动招徕之计；又多方勾到妓船数十，环绕其间，分肥停泊。问其赌台至有数十张之多，远近数十里间趋之如鹜，伤风败俗，莫此为甚。殆所谓天高皇帝远者欤？亟为登录，以冀上达宪听，或可设法禁绝也。

（松江青浦县）（1873 年 12 月 2 日《申报》）

1874 年（同治十三年甲戌）

妇女观剧受辱

杭垣戏园向禁妇女看戏，惟庙社演剧，则不在禁例，而妇女之伴绿携红、约群同往者，固不特小家碧玉、巨室青衣等而已也，而何以不禁耶？夫戏园观剧，所能目注而手指者，不过座客及园中人耳。庙社之观剧，则蜂拥而来，鹭立而望者，贤愚百出，毂击肩摩，至少亦有千余人。妇女等涂脂抹粉，艳服明妆，任闲人之平视，供游客之笑谈。虽妇女无知，而其父兄翁婿独不一思及此时情景乎？况妇女观剧，每多滋事，一遭凶暴，夫复何言？如近日之观剧受辱者亦可鉴矣。

杭之童乘寺在清河坊大街，向为最热闹之区，亦即为无赖辈最聚集之地。日前因酬神演剧，其拥挤喧哗，自不必言矣。惟其寺之两廊向有看楼，每逢演剧之期，均为妇女租坐。是日，两廊看楼坐满裙钗，几令旁观目眩，突有无赖四五辈，忽然摄衣登楼，意图迫视，及至扶梯，为守者拦阻，不得遽登，无赖即逞强梁，直打进去。另有无赖辈从而和之。霎时间，寺内鼎沸，尽数登楼，梯忽中断，而楼中男妇错杂，竟无立锥隙地矣。旋经地保禀知保甲总巡委员，总巡委员赶即派役弹压，始各纷纷散去，人散尽后，视楼中妇女，有脂粉异色者，有钗环异处者，有衣裙之皱折者,有袜履之脱落者,恍忆《西厢记》所云:村的俏的老的少的,没颠没倒好似闹元宵云云。不觉失笑,然观人散后之形状,即可想人聚时之情景,真有不堪过问者矣。为之父兄翁婿者,更将何以为情哉?吾愿人之自禁其妇女,尤望官长之出示严禁妇女看戏也。

(杭州)(1874年12月17日《申报》)

1875年(光绪元年乙亥)

续闻都门演剧情形

京师演剧情形,前报叠经详载,近日则又有不同者。程长庚领三庆部脚色自十月中旬在西珠市口之天和馆饭庄开演,给孤寺西浙绍乡祠之剧即无人往观,势不能不停止矣。盖长庚演剧,久为都门巨擘,今虽年过六旬,老当益壮。现在开演月余,每日观者何止五六百人,所有大栅栏之临汾会馆、铁门之文昌馆生意顿为减色,虽四喜部之领袖梅巧玲及时小福,每日登台,必演擅长之剧,亦不足动人耳目。惟西珠市口汇元堂之秦腔双顺和班,邀来山陕名优,生意尚称茂盛。打磨厂福寿堂之秦腔全胜和班十三旦到京,已演剧十余日,每日所上之座倍于天和馆焉。秦腔之戏非极惨即极淫,十三旦所演者大半男女苟合之事,是以足使人心荡神怡也。昨春台部领袖余菊生纠合全班脚色,并约小班各脚色在浙绍祠复行开演。甫开之日,观者仅数十人,盖春台脚色自程宝云殁后,胡喜禄不肯登场,其余本无可观。今夏王长寿复殁,更无能唱之人。至小班脚色如回回李四、冯住儿之类,止知任意高呼,既未学口齿吞吐,复不审戏之情理,欲其传古人之神态,安可得乎?夫演戏一事,原以其善者可以感发人之善心,恶者可以惩创人之逸志,是以例所不禁。若十三旦之冶容诲淫,败俗伤风,未免坏人心术,乃观之者转举国若狂,良可慨已。

(1875年1月19日《申报》)

上海戏园不得不禁

《大清通礼》载遇有国丧之事,各直省于诏到日起,遏音乐期年,此定制也。普天之下,莫非王土,故西官亦曰:戏宜禁演。乃说者曰:"上海优人数百,若久禁开演,恐转滋事,似宜变通,以百日为率。"此等大不敬之言,不但不可以示外人,且于地方反为不便,何也?普天同禁,人人皆安之若素,倘只一隅开端,则近如苏、宁、杭、镇,远如京师、天津各处,优伶不下数千,将闻风兴起,势必群趋上海,定至多益加多,莫可安插,从此地方反生出无限事端,而租界断不能安静,工部局亦增累矣。

当局者其审之。塞耳人稿。

按，国有大丧，停止演戏，此固历来之正理。第华人终岁勤劳，惟此新政数日，无论老幼男女，士农工商，皆藉此娱乐，以快升平之景象。今戏园书场，一概禁止，在民人固未免扫兴，而作小贩者，或亦因之而减色矣。是故创为百日之说者，彼亦或见及于此，而因作此权宜之论欤？然有司者自有定衡，且俟诏书颁到后，当必明定章程，出示晓谕，静以待之可耳。静观道人附识。

(1875年2月12日《申报》)

宝兴茶园演戏

本埠南北各戏园主前已先后赴英法两租界会审衙门投票，恳请开禁演戏，经会审官以国有大丧，故谕止在案，此已列入前报。乃昨闻法租界吉祥街宝兴戏园竟于初八晚间挂牌复演，惟除其锣鼓等响器而已，意盖以为遏音乐不遏歌唱也。至英租界龙泉阁茶馆亦于昨晚唱戏，藉以招揽茶客。呜呼！号令不行，谁之责耶？抑煌煌禁令，固可以弁髦视之乎？

(上海租界)(1875年2月15日《申报》)

论上海戏园

国有大丧，遏音乐，例也，亦人心自然之理也。惟梨园素以此为生，未免有向隅之叹。是以都中虽有二十七月之禁，而一过百日，即有说白清唱名目，常服登台，听者颇不乏人，官宪知之亦不之究。大抵深悉此辈为衣食起见，故亦不复吹求于谨遵，国制之中仍寓体恤深意。上海洋泾浜虽系各国租界，然普天之下，莫非王土，百日之期，自应恪守，乃于新正法界宝兴园作俑于始，居然挂牌演唱，金桂等踵而行之，旋均奉官宪饬禁而止。独丹桂一园，竟甘缄默，即各园同赴公廨具禀，亦不附和其间。盖其管事诸人大半都门翘楚，且有曾奉内廷传演者，深谙例禁，故不妄为，是诚所谓庸中佼佼者矣。近有英法诸商暂借丹桂等园开演影剧，顷刻变幻，层出不穷，亦足令观者赏心悦目，因论戏而并及之，乞伏贵馆登报为幸。游目生稿。

(1875年3月23日《申报》)

淫书宜禁

从来恶有万端，惟淫居首，甚哉！淫之亟宜摈绝，固有目不愿见，耳不愿闻，斯为美矣。犯者虽曰咎由自取，而亦有以导之者焉。叹世固有文人薄行，妄诩风华伦父，谋金利，成稿本，原其始，悉是无中生有，装点风流，罔顾文字之造孽、心术之贻害。其命名最不堪者莫若《金瓶梅》

《玉蒲团》《隋炀艳史》等种，他如艳说小本，其名不一。业蒙前两江李制军①暨各大宪严禁在案，永远不准锓板再行，以是各坊间亦恪遵已久，保全几许子弟名节，厥功何其伟欤？近在友处检得有所谓《国色天香》《绿野仙踪》《品花宝鉴》诸名目，虽是袭售翻新，而其形容如绘，似有甚于前所禁者，知系近在坊间所购，则为私刊秘售无疑矣。然谋生图利之术颇多，奈何甘心自罹法网，不思流毒于无穷耶？况岁当诵诗舞勺之辈，文理稍通，情窦易开，此等寓目，大喜翻阅，显则致踰墙穴隙之非，隐则有积瘵成痨之祸，命名堕败，所关岂浅鲜哉！藉曰咎由自取，问之作俑之始，教猱升木，是谁之过哉？彼营私射利之徒，安计及此？余不假时权，徒多饶舌，所望知过必改，弗蹈旧辙，特见闻难周，不能一一劝导，想当道大宪闻此，定必重申禁令，继制军之志，务使毁板灭迹，未始非整顿风化之一端也。弗以余言为鄙陋者，谅同有翘首之望焉。鸿城汉滨士稿。

(1875年7月15日《申报》)

弹 词 宜 禁

宁波习俗于溽暑侵人之际，二三女伴往往初浴兰汤，纳凉小坐，然或夜深人静，难遣睡魔，招街坊歌曲者来，即谚所谓唱摊簧也。一声河满，四座风清，亦可谓为却暑良方也。及审其语意，则皆桑间濮上、投桃报李者居多，以深闺之淑女，听委巷之淫词，有不念瓜期而伤梅摽乎？吾愿牧民者毋视为等闲也。

(1875年8月10日《申报》)

金 陵 火 灾

上月十九日三更时，金陵油市大街突遭火灾，盖自某书坊起火也。据称店伙于灯下叠书，猝见灯花爆落书内，登即将书抛掷地下，不料余火散入纸堆，烟焰满室，该伙赶将棉被向纸堆盖上，冀或可免。不料在架之书已俱有火焰，一时满屋通红，始知势难向迩，由是东伙等只得开门奔出，大喊火起。迨街邻出救，而火已出头，兼风势又猛，旋将对面育兴油坊晒台烧着，遂至烈焰腾空，祝融肆虐，延烧二十余家，计屋数十间，幸水龙齐来施救，始得扑灭。嗣闻街邻约定不准某书坊再来开设。盖谓某书坊始以小书摊为业，专藏淫词小说，以致生意得手。嗣又自刊淫书一部，专门刷印换货，故年来颇觉小康，遂居然成一书坊矣。近又将此书刷成数千

---

① 李制军，李宗羲（1818—1884），字雨亭，四川开县人。道光二十七年进士，安徽即用县，历任安庆知府、两淮转运使、安徽按察使、江宁布政使、两江总督等职。1873年至1874年任两江总督。

部，就乡试之际与各处书铺换货，故此番堆积极多云。夫淫词小说，实与人心风化攸关，不徒官禁在所必严，即隐微中亦干天怒。又闻某书坊自刊此板以来，业经屡次遗火，幸皆扑灭，不致成灾。春间有雷火自渠楼脊上将楼板穿通，一声霹雳，从书堆内迸出，人已谓其刷印淫书所致，乃某犹不知自警，仍旧刷印换货。今番突遭此火，致将书板尽付一炬，且殃及比邻，有不同声归怨乎？然天不祸悔罪之人，某书坊主或能从此自新，日后重振旧业，是亦未可知也。

(1875 年 11 月 12 日《申报》)

1876 年（光绪二年丙子）

买 书 得 财

扬郡附生王某，年二十余，性端谨，闻人邪言，即掩耳而走，见淫书，虽他人物，必夺而毁之，同人咸目为痴，呼之赛木瓜。前月以乡试无旅费，称贷于其戚某，得六千文，忻然回家。讵料在邵伯船中，钱为同舟人窃去，身畔只剩青蚨数百，懊丧欲绝，行至城外，见地摊上有书数本，取视之，乃残缺之《金瓶梅》也，大怒曰："此物公然出售耶？设少年佳子弟得之，祸有底耶？"即倾囊购归，怒掷于案，呼妻速取火种至，妻见其有怒容，疑戚之未有货也，正欲诘问，适友人至，生出与闲谈。妻检其书，大疑曰："吾夫子素刚正，今此何来耶？"再检之，又见店票一纸，飘堕于地，生适自外入，见系某银号一千两之会票，夫妇大疑讶，再检之，又得一信，阅毕笑曰："吾正恐取此而误人事，今阅此信，乃贪官污吏物也，用之何害？"次日即假盛服，收取束装赴试云。

(扬州)(1876 年 9 月 28 日《申报》)

1877 年（光绪三年丁丑）

淫 戏 宜 禁

戏本贞淫杂出，独花鼓戏则有淫而无贞，虽曲文俚俗，而狎亵之状，足以惑人心志，败俗伤风，莫此为最。此各处地方官所以久经严禁也。昨有汉口书来云：向年土挡一带偏僻处，皮板为台，缚苇为烛，于夜静时开演，虽有寻声往听者，然犹男女分座，不至履舄交错也。近则肆无忌惮，竟敢在二府衙门之照墙外一小户人家，连宵达旦，锣鼓喧阗，招人观剧。听者固神倾意倒，但室如斗大，肩鬓厮磨，其情形尚堪设想哉？现又移至港边之沙家巷实仁观一带，每夕三更后，辄往密室之中高烧绛烛，巧扮红儿，锣鼓声故意轻敲缓拍，以逗珠喉，而闺房儿女之情，无不惟妙惟肖，男女看客，俱神摇意荡，甚有与年少伶人并肩叠股，互相戏谑者。此真为风俗之忧也。然揆度其情，当必有土豪衙蠹包庇其间，始敢显违禁令。安得贤有司严拿密访，尽法惩治也欤？

（汉口）（1877年4月2日《申报》）

荒诞戏宜禁

禁演淫戏一条，载明律例，毋庸赘述。所谓淫戏者如《翠屏山》《海潮珠》等剧均寓劝惩之意，欢梦未终，杀机已露，是在观之者之知所警觉，不得仅以淫戏视之。最宜禁者，莫若近年新出之《五福堂》一出，盖旧传《吕洞宾三戏白牡丹》，本属不经之谈，今京班竟演作淫剧，自《目成》以至《避劫》，荒谬绝伦，竟以人间秽行污蔑上界仙灵，我恐撰此剧者徒悦世人耳目，不顾身后沦入犁舌地狱。况乎佑帝君，已列本朝祀典，岂容任意亵渎，用特告沪上当道官绅赶紧劝谕各戏园班长，将此剧情节大加删改，或竟永远停演，不致上干天怒，获福正未可量，不胜跂予望之。彩云旧尹。

伶人演戏，贞淫杂出，然统观开场结局，其善者固所以劝人，恶者亦所以警人，报应昭彰，熟视之，而诚足为当头棒喝。但演全本者少，而节取者多。妇孺知识较浅，苟见淫戏，岂能目中有而心中无哉？荡检踰闲，往往职此。至昆班中近所演之《来唱》，描摹逼肖，尤足动人，实为风俗之害，贤有司能速为谕禁，是亦有裨于世道人心也。懒听丝竹人附识。

（上海）（1877年6月2日《申报》）

花鼓戏宜禁

上海租界地方向有花鼓之戏，男女合演，淫声浪态，不堪逼视，自中西各官会禁后，此风绝者二年。前月老北门外法租界之新街口，有无赖某纠合花鼓戏班，借楼开唱，男女皆坐而不演，已为人心风俗之忧。近闻女优二人，男优三四人竟于坐唱开篇之后，起而互演，煌煌禁令，视若具文。司牧者想已有所闻，务当除其根株也。

（上海法租界）（1877年10月1日《申报》）

违禁唱戏

为政不难，不得罪于巨家，子舆氏固有是言，然亦须看事势何如耳。至于州县官尤当审慎于此，盖一乡一邑之中，容有世家大族，我以七品官巍然孤处其中，势分本已悬绝，设再畏首畏尾，以致朝令而暮改，事同弈者举棋,将何以服民心而伸国法乎?宁波近因浙抚宪将来阅兵,故初八九两日鄞县沈司马①叠经出示禁止民间酬神演戏,煌煌告示,遍贴街衢,不意十四日为大庙菩萨上殿神驻醋务桥庙中,是处与某巨绅家相近,年例演剧。兹适值邑尊谕禁,绅意不洽,特赴县商请。沈司马答以黄岩、象山、乍浦、澉浦各营兵齐聚在城,诚恐生事,绅亦不待词毕,竟拂袖而起,及抵家,便饬当街搭台,雇吉祥班演唱,自午演至三更始罢。是日观者塞途,极行热闹,然亦未有滋事者。由是董孝子庙、贺秘监庙,皆接踵开演。司马知难厚于此而薄于彼,惟有自装痴聋,任之而已。在论者皆多巨绅之强,而余则深惜司马之懦,司马官虽卑,而究为民之父母也。父母之号令不行于宗子,则支子庶子,后将难以约束矣。自知力不足以伸其禁,毋宁默处琴堂之为愈乎?

(宁波)(1877年10月25日《申报》)

复拟开设戏馆

宁波江北岸戏园屡开屡禁,事亦可以已矣。不意昨传得又有人欲在兴圣街将楼房改造戏园开演。窃思贸易之途甚广,既有资本,何事不可为,而必设梨园以牟利耶?且沪上戏馆林立,亦未见利市三倍,吾谓官必悬禁固多事,民必违禁亦不驯。

(1877年10月27日《申报》)

1878年(光绪四年戊寅)

花 鼓 戏

英法租界之花鼓戏早经严禁,日前新街荣乐园虽仅男扮女装,尚经法捕头查拿,解送公堂押闭。不谓打狗桥南之三角地竟有男女合唱东乡调,曲曲演出,以致观听一倾,途人咸聚。按,是处逼近法捕房,何无顾忌若是耶?设未停歇,窃恐其徒欲以身试法,而后悔难追矣。

(上海法租界)(1878年2月19日《申报》)

男女说书宜禁

本埠法租界荣乐园近因演唱客串,由捕房获解公堂,令具切结,不准复开在案。至法捕房后三角地之唱书及说因果等书场本不干例禁,但不准妇女演唱,不意近竟有胆大妄为招合男女对唱者,且于稠人广众中备诸丑态,哄动愚妇游手之辈杂坐其中,挨肩擦背,不成风气,此亦足为时俗忧

---

① 沈司马,即沈宝恒。

也。禁革浇风，是所望于父母斯民者。

（上海法租界）（1878年2月21日《新报》）

导 淫 惨 死

松江某甲，寄居苏城，日手一胡琴，沿街唱花鼓戏为活，今已五十余岁。每唱淫词艳曲，必描头画角，务使闻者心荡神移。月初喉间忽生一疽，大若杯口，旬日之间，脓血交流，饮食不进，悲鸣叫嚎，求死不得，至二十七日抵暮，家人求某寺戒僧为之诵经忏悔，悉无效验。僧命焚其脚本，翌日仍毙，人皆谓诲淫之报云。

（苏州）（1878年4月11日《申报》）

邪 戏 宜 禁

沪北大马路之后有致远街者，向多妓馆，近数年渐次稀少，而俗所谓野鸡者又甚多。近又开设一仙园茶馆一所，名为卖茶，实则另雇花鼓戏班，每夜唱演淫词，聚观者几无隙地。与去年法界新街荣乐园所演戏剧相似，男女合演，悉皆邪戏。前已奉官谕申禁在案，乃日久玩生，又复阳奉阴违，岂不知有法纪耶？某等居近邻里，见闻较确，录请登报，以写不平。目睹人来稿。

（上海公共租界）（1878年10月7日《新报》）

违禁争演淫词

前报沪北大马路后致远街一仙园茶馆于每日夜间唱花鼓戏，戏中词调淫亵，观者如堵，但知图利而不顾败坏风俗，有干例禁。然竟有垂涎渔利之人相率效尤者，亦在致远街开设黄采记茶馆，于晚间特雇宁波串客班坐唱各淫戏，但虽男女同唱，装腔作势，尚不如一仙茶馆之摹绘入神，一家未禁，而相率效尤者已接踵而起。此坏风俗之一端也，为民上者必不听其违犯矣。

（上海公共租界）（1878年10月9日《新报》）

男 女 合 唱

花鼓戏久干例禁，本埠早经禁止。兹闻英租界珊记码头一老虎灶，有男女三人，虽不演剧，而居然坐唱，履霜坚冰，至所当防之于早也。

（上海公共租界）（1878年10月25日《申报》）

违禁复演花鼓戏

本埠租界地方自前任叶邑尊①禁止演唱花鼓戏以来，可谓弊绝风清，

---

① 叶邑尊，即叶廷眷。

不敢违禁演唱矣。阅时既久,藐玩顿生,近竟有开设花鼓戏场者,初在幽僻处,所以冀耳目难周,近则居然在大街市面上演唱矣。曾在法界新兴楼茶馆开场演剧,孙明府①查悉,即将演唱之人驱逐,并罚茶馆洋银。兹探悉又在老闸大街并无招牌之某老虎灶内搭台,每夜于七点钟开演,至十一点钟停止。其演唱之人大率涂脂抹粉,男扮女装,丑态恶形,令人不耐。查该处巷口演唱花鼓淫戏,而巷内住有地保,乃竟无闻无见,任其开场演唱。历经严禁,岂容男女混杂大坏风俗耶?询之附近居民,概云地保得贿庇护,以致肆无忌惮,未知果否?主持风俗者必不任死灰复燃矣。

(上海公共租界)(1878年12月28日《新报》)

1879年(光绪五年己卯)

茶馆热闹

天津茶馆内卖茶每碗六文,若客欲加叶一包,其价亦仅加一倍,故虽座客常满,而生意式微,鲜有能入敷出者。因是城厢内外大小茶馆,每当春秋佳日,多有杂剧或评书或唱时新小曲或说大鼓书词,每座加价数文或十余文不等。又或收拾明窗静几,聚客抹牌,馆主藉以抽头,名之曰阁局,是皆为津贴地步。若正初,则诸剧皆备,有出色者,茶馆主必争先罗致,评书如崇某,相声如王二福,时新小曲如张起龙,大鼓书词如宋玉、胡十,往来征逐,应接不暇。按,崇某善讲《三侠五义》《包公传》《绿牡丹》,日在义聚楼,晚在同庆轩。相声即口技之流,南北东西,男女老少,一概口音,惟妙惟肖,每发一语,令人解颐,破半日之功夫,花数文之茶价,尚属无伤大雅。惟时调小曲,则尽淫词浪语,拉杂成篇。而张起龙所唱各曲,皆独出心裁,浑名"百本张",尤粗尤鄙尤猥尤亵,实属不堪入耳。然有等人听之,则靡靡忘倦。每日登场,曼声长吟,低徊往复,或流目送盼,作诸淫狎状,浮浪子弟,志识未定,情窦已开,睹此声容,不觉手舞足蹈,连声叫好,而贩夫牧子,庸耳俗目,又从而附和之,于是举国若狂,张更得意。前任天津县萧明府②曾经访闻逮案枷责,讵知张自枷号后,如登龙门,声价十倍,现在大关某茶馆说唱,牌上大书特书张起龙时调小曲。噫!词曲有此,柳

---

① 孙明府,孙士逵(?—1881),字易堂,江苏候补县。1878年至1879年任上海法租界会审公堂谳员。
② 萧明府,萧世本(?—1887)字廉甫,四川富顺人。同治二年进士,历任天津知县、天津知府、正定知府等职。

七①之为祸烈矣。又有王某教两幼童名金福、金寿，除八角鼓子弟书外，擅长翻觔斗，凌空着实，备诸变态，舞腰一搦，柔若无骨。一日榜于通衢，金福、金寿准演双人头。是日戏服登场，袴下藏一纸壳人头，每一觔斗，舞衣倒垂，面目毕露，嗣以手为足，以足当手，摩娑头面，几不辨为手为足，亦武伶之流亚。然两童只十余龄，不知受几多扑责，然后臻至此绝技也，慈幼者未免尽焉伤之。

（1879 年 3 月 21 日《申报》）

违 禁 演 戏

花鼓戏为淫戏之尤，有关风俗，前经官宪严禁，此风为之一肃，盖已数年于兹矣。近以日久玩生，竟有复蹈前辙而妄干例禁者，如沪西正丰街之诚仁义烟室楼上，晚间大演花鼓戏，男女杂坐，嬉笑无忌，此风乌可长耶？不谓沪北致远街某酒店楼上亦科资请唱，男女杂坐，尤而效之，则何益哉！

（上海公共租界）（1879 年 6 月 1 日《新报》）

淫 戏 为 害

淫戏之害，甚于淫书，淫书则文理通达者能看，而淫戏则贤愚皆被所害。如读书子弟，朝咏夕吟，一看淫戏，攻苦由此抛，而欲念由此起矣。富贵子弟，履厚席丰，一看淫戏，家产由此消，而元精由此丧矣。农夫出作入息，寒暑不辞，一看淫戏，田地荒而精力疲矣。商人握算持筹，经营惨淡，一看淫戏，钱财轻而生意脱矣。淑女待字，白璧无瑕，一看淫戏，而春心挑动，玉楼前结莺哥缘矣。寡妇守志，劲节流芳，一看淫戏，而春色恼人，珠帘下伤燕子飞矣。贱而至于仆妇，琴瑟久悬，一看淫戏，托烧香点烛为名，而祸生一旦矣。苦而至于婢女，父母早离，一看淫戏，借淇上桑中之处，而丑露百端矣。尼姑本清修持诵，已谢尘缘，一看淫戏，念佛声几为卖花声矣。和尚本势利乖张，亦干例禁，一看淫戏，诵经楼变为望春楼矣。甚至祝万寿而点淫戏，敬神明而点淫戏，种种祸害，何日可已。想乐善君子，点演戏文，自有积福之处。彼爱点淫戏者，其好看乎？其害人乎？鸳湖知非氏来稿。

（1879 年 6 月 25 日《申报》）

---

① 柳七，柳永，宋代著名词人。原名三变，字耆卿，因排行第七，故又称柳七。

优伶侈肆

苏郡京班花旦吴兰仙①每扮演淫秽之出，不惜尽态极妍，使人荡魂摇魄，由是纨袴子弟见而悦之，缠头争掷，顷刻千金。刻乃自赁华屋，并制蓝呢大轿，出入肩舆，优孟衣冠，直与搢绅无异矣。

（苏州）（1879年7月5日《申报》）

花鼓戏干禁

花鼓戏有坏风俗，租界中禁不准唱已有年矣，今若辈竟乘夏季纳凉时，藉可招众敛钱，近竟移至八仙桥迤西乡落中，约离八仙桥一里之遥，每夜锣鼓喧天，大开花鼓之场，洋画影戏继之，以致男女混杂，虽徙避乎租界，实藐视乎国法。时值溽暑，远近居民，借乘凉为由，莫不同往观看，而涂脂抹粉，极形淫亵，女妆男扮，备诸丑态，此种伤风败俗之事，惟在贤有司之严行禁止耳。

（上海公共租界）（1879年7月21日《新报》）

黄梅淫戏

皖省北关外每年有演唱黄梅调小戏者，一班有二十余人，并无新奇，足以动人耳目，惟正戏后总有一二出小戏，花旦、小丑演出，百般丑态，与江省之花鼓戏无甚差别，少年子弟及乡僻妇女皆喜听之，伤风败俗，莫此为甚。而游浪之徒，每至兴高采烈时，群掷青蚨，名曰打采。又有以糖饼等食物抛上旦脚头面者，旦脚更得意洋洋，更现种种淫态，而愈出愈奇。又有将友人小帽巾扇夺取，以丢上台端，俟戏毕以钱往赎，以为笑乐。屡经地方官示禁，终不能绝。刻下已届秋成，此风又将复炽，有地方之责者，宜禁之于早也。

（安庆）（1879年10月14日《申报》）

坐唱淫词

沪城邑庙花园桂花厅门前并戏台廊下等处，有等无赖男女唱演花鼓戏，淫词小曲，节经巡防局员拿办，并示禁驱逐在案。昨见桂花厅门前仍有一瞽妇坐唱小调，娇声媚语，丑态百出，但不似前此之演串耳。然此等淫词邪说，最易坏人子弟，虽则坐唱，终属不成事体，与风俗总有关碍，地方小甲难免无包庇之事，否则何至如此之肆无忌惮耶？

（上海县）（1879年10月20日《新报》）

---

① 吴兰仙，女，号纫秋馆主，苏州人。光绪年间著名旦角，擅长《来唱》二奶奶、《双摇会》二娘等脚色。

淫 戏 宜 禁

英法两租界向有花鼓淫戏,早经当道官一体严禁在案。兹悉英租界大马路一洞天相近处有凤鸣茶馆,演唱花鼓戏,虽是坐唱,然履霜坚冰,宜防其渐,所宜早为禁止也。

(上海公共租界)(1879年11月23日《申报》)

1880年(光绪六年庚辰)

海 淫 宜 禁

章门近日来有一种似打鼓说书者,而实不同途,今日此处,明日彼处,帽侧插笔一枝,手执单张纸,淫曲或曼唱或朗诵,色舞眉飞,引人聚听,将散向人各讨钱一二文。其所执淫曲皆七字句,强叶以韵,秽亵不堪,而生意手艺中无识之辈及闲散游民如蚁慕膻焉。噫,坏人心术,莫甚于此,是亦有事权者所宜知也。

(南昌)(1880年2月5日《申报》)

淫 曲 宜 禁

宁郡花鼓戏俗名为串客,因其所演皆男女私情,屡经各宪严禁在案,嗣后在城市中虽不敢演唱,而乡间仍未能免。兹闻郡庙内自元旦日起,突有向演串客之脚色,胆敢终日聚集弹唱,虽非登台开演,然男妇杂坐共听,非特大失体统,而且最伤廉耻,是诚人心风俗之忧也。

(宁波)(1880年2月26日《申报》)

观 剧 害 命

苏人来言,苏城普安桥堍天桂戏园新岁以来,生意甚旺,上元日看戏者愈多。是日申刻看楼忽然坍倒,楼上楼下被压伤毙者不计其数。当时人声鼎沸,各伶人惊闻如鸟兽散,地保驰报县署。汪邑尊即往诣验,察勘情形,未知如何定夺,容俟探登。于以见观剧之无益也。

(苏州)(1880年2月26日《新报》)

听 曲 伤 人

英租界志远街口之庆兴阁老虎灶茶馆,近来夜间有男女坐唱花鼓戏,故听者颇为热闹。前夜八点钟时,人数众多,竟踏断楼板三块,以致人皆跌下,受伤者约五六人,内有一人被火油灯打落在身,焚及衣服,皮肉焦灼,幸经灌灭,虽不致死,然伤已重矣。呜呼!视禁令如具文,官其奈之何哉?

(上海公共租界)(1880年3月30日《申报》)

潜 演 花 鼓

昨报《坍楼伤人》一则，系沪北致远街口庆兴阁茶馆楼上，因有男女合唱花鼓淫词，集人太多，故遭坍塌。查此辈久经禁绝，乃胆敢于大街稠市之中，男女混杂，合唱淫词，实属目无法纪。且传闻非但庆兴阁一处，即会审衙门西首斜对面之大街有增凤园者，亦有唱演花鼓淫词客串。其店门首悬牌一面，上书"特请四明男女客串，唱演歌舞"等字样，比庆兴阁更加明目张胆矣，曷其奈何弗禁？

（上海公共租界）（1880年4月1日《新报》）

复 演 花 鼓 戏

花鼓戏久干例禁，今闻四明公所后之荒地上又有男女在彼演唱如《双望郎》《拔兰花》等出，种种淫亵声口不堪入耳，虽听者半系肩挑负贩之流及乡村妇女，然伤风败俗，莫此为甚。愿地方官及早禁止也。

（上海法租界）（1880年5月31日《申报》）

女 班 演 戏

离汉口十里之乡镇阳逻地方，近有新到女班，男女几十人，演唱诸般小剧，最足令人神往心移，日来远近乡民莫不欲先睹为快，故该市生意骤增，人亦接踵摩肩而至。逢场作戏，虽足动人观听，然伤风败俗，莫甚于此。更兼刻下农忙之际，尤宜勤东作之功，岂可使乡民耽此而失业？有地方之责者，曷不禁逐之？

（汉口）（1880年6月7日《申报》）

淫 戏 宜 禁

租界中唱演花鼓淫戏，早已禁绝，兹因日久玩生，英界一隅之地，凡唱花鼓戏之茶馆，共有四五家，虽则坐唱，并不演剧，然若再不设法严禁，恐将来效尤者日盛矣。

（上海公共租界）（1880年6月7日《申报》）

戏 园 违 禁

本埠租界戏园之盛，甲于他处，即选声征色，亦较他处为优，然其最足动人心目者，则莫如《迷人馆》《卖胭脂》《来唱》《打斋饭》诸淫戏，摹色绘声，丑态百出。子弟见而魄夺，妇女观之魂销，伤风败俗，莫此为甚。而《迷人馆》一戏，则更荒唐绝伦。现经关道宪访闻得实，札饬租界会审分府陈司马①出示严禁，并发出《庶几堂今乐》二十八种善戏，谕令

---

① 陈司马，即陈福勋。

各戏园限三月学成，按戏排演，以维风化而正人心。实善政也。司马奉札后，即日传到各戏园主，谕将善戏赶紧学习分演，并具以后不敢再做淫戏切结在案。乃阅大观园二十五夜之戏，仍演《迷人馆》一出，且于戏牌戏单上大书特书，是真视官谕为具文，以切结为废纸矣。为上者何不将是日唱演淫戏所收看资罚令全数缴出，充作善举，庶几惩一警百，然后浇风可革，恶习可除，亦免禁令空悬，视为弁髦也。

（上海公共租界）（1880年6月7日《新报》）

女唱弛禁

　　江西花园茶坊向有女弹唱者，嗣因滋事，经臬宪通饬保甲查禁，凡逢考试之期，尤为严厉。乃日久玩生，近来百花洲书院街仁寿宫各花园又大开门面，始犹以半老徐娘，当炉卖俏，每于夕阳西坠时，登场一曲，藉以招致坐客，今则日增月盛，选色征歌，务极绮丽。惟转盼间，武童府试，诚恐燕幕新营，方遂唱弹之乐而鹰扬思奋，或兴蛮触之争，谁为护花铃，尚其慎之。

（南昌）（1880年6月9日《申报》）

花鼓戏宜禁

　　洋场中唱演花鼓淫戏，早已禁绝，兹因日久玩生，英界一隅之地，凡唱花鼓戏之茶馆共有四五家，若不严禁，恐日甚一日矣。

（上海公共租界）（《万国公报》第十二年五百九十四卷，1880年6月19日）

违禁说书

　　北方之唱莲花落者，谓之落子，由妙龄女子为之，一曲登场，令人神往，虽于妓女外别树一帜，然名异实同，究亦若人之流亚也。天津茶馆中之有落子者，计有三所，名曰落子馆，其在东门外曰玉皇阁，侯家后曰天会轩，大关上曰鸿庆园。一日两次，粉白黛绿，不下十人，各炫所长，招人观听。于莲花落外，又有什不闲、大鼓书各名目，更有所谓兰亭者，并能唱西皮、二簧、京徽各戏，但非客点不轻引吭而歌。每点一曲，至少需津钱一千文，是即无伤风雅，亦足消耗金银。况貌则诲淫，词则多亵，是以天津府宜子望①太守现经出示禁止，诚为端风俗正人心起见。独无如言者谆谆，听者藐藐，且有目之为焚琴煮鹤者。噫，是何言欤？十万金铃护落花，特差保托词得规包庇耳。

（天津）（1880年7月12日《申报》）

---

① 宜子望，即宜霖。

违 禁 当 惩

沪北租界中演唱花鼓戏迭经禁止在案，现又日久玩生，故智复萌，无赖之徒竟纠聚男女开唱，殊属目无法纪。近日英租界之胡家宅及打勾桥沿浜西首之小木桥下乐云楼茶馆，每夜开唱花鼓淫词，门前悬挂招牌，大书特请四明小妹先生弹唱滩簧字样，登楼窥探，则中座一妇人抹脂涂粉，宛如九子魔母，两旁分坐两男子，檀板胡琴，各擅所长，唱者无非淫词。不独男女合唱，即听者亦男女杂坐，实为地方风俗之害。即胡家宅老虎灶所唱亦大略相同。查演唱之人，皆操宁波口音。若不严为禁止，恐效尤者相继而起，此风俗之忧也。

（上海公共租界）（1880 年 11 月 3 日《新报》）

优 唱 宜 禁

皖省游娼土妓前已为上宪谕饬，一律驱逐，无如若辈阳奉阴违，渐渐怀归，潜藏僻处，堂上之镜虽明，一时如何鉴察。不期前日大南门城外镇海楼茶室又到女童戏班，大小男妇十数人，逐日吹歌弹唱，声音幽雅，体态妖娆，闻由下江而来，皖之士庶自命风流者，争先快睹。恐淫词艳曲引诱迷人，必为良有司所禁逐也。

（安庆）（1880 年 11 月 25 日《申报》）

1881 年（光绪七年辛巳）

官 绅 干 禁

宁波向有串客淫戏以及斗会坐唱淫曲，曾经各绅士禀请前府宪边太守①出示永禁后，此风顿戢。不意日久玩生，兹闻宁郡四乡日来藉社祭为名，广延串客，间有一二端方耆老，闻而力阻，而牧竖村夫反以为阻挠清兴，往往图斗寻衅，邻右皆消其多事，家人反笑其迂执，耆老等只得故作痴聋，缄口不言，是以各乡效尤者愈多，然犹曰乡间无知小民罔顾禁令耳。更可笑者，近如某大员之僚属，亦雇斗会脚色，至公馆纵令坐唱淫书。在属下以为趋奉上司，而某大员亦顿忘禁令，任其锣鼓喧阗，坐唱一昼夜。又有某大绅近为伯兄之丧，亦雇斗会脚色，至家令其专唱淫剧，有以禁令为言者，某绅以为业经某大员开禁，不妨效尤，于是亦坐唱一夕。噫，此等淫书本宜禁止，乃官绅自撤乃官绅自撤其藩篱，不但大失体统，

---

① 边太守，边葆诚，直隶任邱县人，道光乙未科举人，历任山东司员外郎、嘉兴知府、宁波知府等职，任宁波知府时被抽调审理杨乃武与小白菜案，因草率结案而被革职。

而且大坏风俗矣。

(1881年2月18日《申报》)

戏园藐法

梨园演戏原属歌舞升平，若遇国忌之期，则定例禁止，盖是日皇上方降服弛悬，宫廷祇肃，民间尤不宜伐鼓鸣钲，大歌小唱，所以尊国体崇孝道也。惟上海租界则不然，以为地处西人租界中，各戏园经年开演，竟不知有国忌之期，不知普天之下，莫非王土，率土之滨，莫非王臣。租界亦中国之地，演戏实中国之民，何可任其荒谬不敬至此？本馆前经论列，正当拭俟示禁，昨果由英租界会审公堂陈宝渠①太守先行整顿，立传各戏园主到案，谕以嗣后凡遇国忌日，概不准演，各戏园主即遵谕具结而退。是多年未申之功令，至此而一肃矣。故昨日二十一日为孝穆成皇后忌辰，所有英租界之大观、天仙、金桂等戏园于日间皆不开演，独法界小东门外之禧椿戏园则依然锣鼓喧天，并将所演戏目登诸告白，若不知有此禁，并忘其为中国之民者，噫嘻，异矣！

（上海公共租界）(1881年2月20日《新报》)

藉端开赌

宁郡向有一种赌棍，藉庙会为名，开场聚赌，曾经宗太守②拿办示禁在案。无如日久玩生，复萌故智。近闻西南乡栎社礼拜殿以及黄公林庙又藉社祭为名，特雇名班唱戏，庙外搭厂聚赌，不特徒长斗殴之风，且恐或酿人命，有地方之责者其申禁之哉。

（宁波）(1881年2月28日《申报》)

演剧诱赌

苏垣各乡镇每届春明花媚，游手好闲之辈即向铺户村民醵资搭台演剧，其名虽为社会，实藉以抽头诱赌。因此倾家失业者不知凡几矣。兹探悉娄葑两门外之湘城、田泾、永昌、陆墓等乡镇，现均次第雇班开演，引诱乡愚大肆赌博，实为风俗之害，有地方之责者乌可不禁耶？

（苏州）(1881年2月28日《新报》)

演唱淫词宜禁

本埠小东门外招商局宁波轮船码头两旁隙地，常有卖拳弄棒戏法等技术者，一时观者如堵墙，鸣锣高喊，非不惹厌。因法工部局念此贫民末

---

① 陈宝渠，即陈福勋。
② 宗太守，即宗源瀚。

路，藉戏法以资糊口，不但听其自便，抑且不收捐钱，其加惠于贫民实非浅鲜矣。近以地面广阔，更有无耻年轻妇女结同三五人，聚唱花鼓淫戏，所唱无非戏狎之词，不堪入耳，演唱花鼓淫词，本干例禁，以年轻妇女而唱此淫戏，良家子弟之闻而被惑者，其害尚堪设想耶？不特华官当禁，想法工部局亦必将驱逐矣。

（上海法租界）（1881年3月8日《新报》）

唱戏诲淫

天津茶肆每于新正添设杂耍，招徕生意，其名目有弦子书、大鼓书、京子弟、八角鼓、相声、时新小曲等类，茶钱不过三五十文，小住为佳，亦足以消闲遣兴。第时行小曲皆系淫亵之词，留枕窥帘，铺排任口，断云零雨，摹拟尽情。少年情窦已开，血气未定者，易为移惑。前有唱曲张起龙者，浑名"百本张"，擅长此调，每居中高坐，曼声长吟，丑态毕作，经前任天津县萧邑尊①访闻拿案，笞责示儆，去春曾登于报，今正岁首，此人不见登场，抑非挟技之他，即已改弦易辙。方谓鸨媒已去，保全后生行检不少，讵料继起有人，变本加厉，茶肆中又有所谓假百本者，少年姣好，其淫亵则且假过于真，每日演唱，系两人合挡，作为一男一女，彼即自居巾帼，不特淫声入耳，绝类妖鬟，抑且眼角含情，一如荡妇，诚朴者谓之颜厚，轻猥者为之神驰，其引逗子弟，害更倍于"百本张"矣。所望地方官再伸前禁，俾无耻辈早自敛迹也。

（天津）（1881年3月11日《申报》）

玩禁宜惩

宁郡日月两湖之关帝庙每逢端节前后，恒有名班演剧，庆贺神诞，近因国制禁戏，是处便觉寂寞，惟郡庙转较往常热闹，评话弹词，坐唱淫书，益以赌博诗谜等摊，人多口杂，想地方官闻之定必严行驱禁也。

（宁波）（1881年5月30日《申报》）

违制演戏

苏郡自闻国丧之信，虽未奉到遗诰，而民间嫁娶已停，音乐已遏，服色招牌更素，盖不待三令五申，早已谨遵礼制矣。乃前月二十四日有贸易于苏之徽人甲乙两姓者，由城迁往洞泾里胜塘新宅，衣吉服，敞华筵，宾客盈庭，为醵金公贺之举，先唤优伶，而优伶不敢往，继呼乐部，而乐部不敢前。由是降格相从，招某班女优于晚间开演，弱燕翩翩，娇莺呖呖，

---

① 萧邑尊，即萧世本。

惟除金鼓喧阗，备觉笙歌嘹亮。是夕邻里观者如堵，宾主欢饮达旦，彼纵不念国制，亦何不畏官法耶？

（苏州）（1881年5月31日《申报》）

唱 演 淫 戏

花鼓戏诲淫败俗，本干例禁，况逢国制，更宜匿迹销声，乃近闻龙华镇西乡十五念二两图搭盖凉篷，居然演唱，闻已及一月矣。如此情事，既犯常禁，又违国丧之禁，虽村僻之处，官宪耳目难周，乡愚罔知忌讳，而该处地保何以置若罔闻？其社长何亦袖手旁观耶？

（上海县）（1881年6月2日《申报》）

违 制 演 戏

上海西南之马桥镇，离县七十余里，离松江府二十余里，兹闻前月十二三四五等日，该处城隍庙中演徽班戏，颇形热闹，刻下又复开演。今当国制期内，音乐一切禁尽，该处何独敢显违，岂以恃在乡僻，不妨肆行无忌？抑借名禁神，遂云可以从权耶？

（上海县）（1881年6月13日《申报》）

违 制 演 戏

客有自闵行来者云，该处迤北九里外驳桥地方及迤东四十二图之唐湾并马桥镇等处，近竟不遵国制，居然终日演戏，皆由就地棍徒专借演戏为由，招诱聚赌，热闹异常。闻有司官差役往查，辄托名酬神愿戏，或又称春祈秋报，农民例申虔福。然率土之滨，莫非王臣，今在国制期内，遏密八音，玩视国法，一至于此。有父母斯民之责者，曷弗严行查究耶？

（上海县）（1881年6月14日《新报》）

违 制 演 戏

南昌城厢各庙社会戏向以广润门外之关赵庙、进贤门外之黄司空殿为最繁盛，每年一处都有演戏至四五十台者，名为敬神，而实藉以赌博也。兹于月之初八日，黄司空殿居然首先违制，雇用鸿林班开演，观者倍形热闹，生意之旺，赌博之盛，自可获利十倍，惟蔑礼干禁，于斯为甚矣。

（南昌）（1881年7月16日《申报》）

淫 戏 复 演

本埠法租界小东门外有男女唱演花鼓淫调者，经白翻译[①]亲往查见，饬捕拘拿究责等情，曾经详细登录前报。昨又探得其男女二人，近来日则

---

① 白翻译，即白理格。

潜在英界老闸西首之绍兴会馆后面，仍前于空地上搭棚唱演，夜则在点石斋东首之永春园茶馆中建搭板台，男女二人上台演扮淫戏，妖形百出，观者团围数重，兼之男女杂坐，诚为风俗之大害，曷其奈何弗禁以安闾阎而挽风化耶？

（上海法租界）（1881年8月16日《新报》）

影戏又演

本埠乡村之间每于稻麦熟时，集资搭台演唱影戏，亦丰年乐事也，然易于滋生事端，故有司为之禁止。兹闻新闸桥北首里许，于前夜搭台演唱影戏，至天明始散，亚旅妇子兴复不浅也。

（上海县）（1881年8月22日《申报》）

淫戏类志

演唱花鼓淫戏，最伤风化，即沪北租界地方，亦奉关道宪照会各国领事官，一体严禁，叠经县署、会审署惩办驱逐在案。今上海县莫大令①访得沪西法华镇北新泾地方有上台演唱花鼓戏情事，饬差传到二十七保三图地保姚万春、六图地保张秋佳、十图地保侯福山等严加申斥，诘其如何贿庇。各地保连连叩首，禀称此系外来人在图演唱一日，小的们闻知，随即赶散，本欲禀明，因连日催粮甚忙，不及进城，拟俟缴粮时禀覆，求恩宽宥。邑尊闻其已经驱去，乃予宽免，谕令嗣后须留心查察，设再有所闻，定干重办。各地保叩谢退出，亦可谓善于词令矣。

又，迩来英租界新大桥南每夜黄昏时分，亦有花鼓戏，系搭布篷演做，男子二人，一作为女，穿白洋布衫，淡蓝洋布马甲，项间提毯，细长匀密，其亵态淫词，难以言述。观者除男人拥挤外，妇女亦不可数计，履舄交错，殊属不成模样，有坊保之责者，何尚未察及耶？

（上海公共租界）（1881年9月13日《申报》）

拟开戏园

天津戏园四所，因国制一概停演，惟杂耍馆有说白清唱，带串戏数出，为困苦伶人谋生之路。地方官施恩法外，不为驱禁。惟每日开场，必先说白，继以清串，初不如戏园之金鼓喧阗、鱼龙曼衍也。今年孝贞皇后②丧百日满期，天后宫后仁和轩即有是举，闸口之海顺轩继之，当经列报。仁和轩被人控告发封后，只海顺轩并龙王庙侧德声轩日或唱演而已，

---

① 莫大令，即莫祥芝。
② 孝贞皇后，即慈安皇后。

而地方逼窄，拥挤不开，遂有黠者拟避入紫竹林租界搭台开演，踌躇数月未果。兹闻海大道旁广隆洋行地界已经相度基址，高搭戏台，准备开演。是举若成，坐客不愁不满，获利不愁不多，特恐同业纷争，而官场诘责耳。

敬查毅皇帝①大事周年期内，有翟姓二品武员及巡检赵某就东浮桥畔集优演戏，一时车马纷纭，利市三倍，曾未数日即被访闻，适有同业控告，经县饬皂壮快随同营务处差弁到馆拿人，时正日中，台上座中十分兴会，而锁链响处锣鼓收场矣。差弁声称奉票只拿馆主，看客着即散去，免受牵连，众客一时夺门如鸟兽散。翟、赵本同在座，翟系武弁，性情质直，谓一身做事一身当，听其拘拿，而赵当忙乱之时随众溜出，过东浮桥遁入浴堂，脱衣卧暖池中避祸。翟被拿去，戏馆发封，旋翟干吏议，褫职问罪，而赵得幸免。今之所为，或谓广隆断不出此，殆有托名广隆者，事尚未成，似不如中止之为愈也。

（天津）（1881年9月26日《申报》）

玩禁诲淫

本埠会审署巡捕房之驱禁花鼓戏屡有所闻，无如若辈贪利玩禁，希图幸免，是以惩者自惩，犯者自犯。兹闻宝善街与三马路口及珊记码头西首某茶肆皆有宁波口音之男女坐唱花鼓戏，虽非演做，亦属干违例禁，想巡捕等一时未能察及，不久即当为拘办驱逐也。

（上海公共租界）（1881年10月11日《申报》）

玩禁类志

本埠租界内之花鼓戏虽叠经公堂禁办，总难尽绝，英界正丰街左近空地上仍有人搭棚演唱，日夜皆有，夜间至十点钟后始毕，聚观者男女杂沓，不可数计。而射利之徒除小生意外，尚有摆赌摊者，以为人多易于引诱。前晚有木匠帮人相与掷骰，以一文钱启衅，至于用武，嗣聚潮阳楼吃讲茶评理，此等事何理可评？几乎复打，后经邀到作头，始行散去。

按，花鼓戏既伤风俗，亦易肇事，愿有缉捕之责者及早驱之。

（上海公共租界）（1881年10月22日《申报》）

伶人藐法

苏垣阊门外升平、天桂戏园因今春恭逢孝贞显皇后丧服，遵制停演，各优伶改业营生，自应遵期年停乐之例，以尽哀诚。兹闻苏友来言，该处

---

① 毅皇帝，即清穆宗，年号同治。

两戏园刻下大兴土木，修饰装潢，似有开演之意。第念国制周年之期，尚需时日，岂该班头胆敢违禁开演耶？窃恐省会非租界，地方各官宪未必听其貌法耳。

（苏州）（1881年12月9日《新报》）

淫 戏 宜 禁

扬州十二圩沿江一带茶社，向有男女合坐唱花鼓滩簧，名曰坐戏，伤风败俗，尤足导淫。前日某处来若辈数人唱说，哀丝脆鼓，一曲移情，突有一武童，与座隅一少年争，该童赳赳桓桓，势将用武，少年笑而去，众以为知惧思逃，略不经意，唱如故。未几忽来差役数人，将唱头社主系累而去。县令随升堂发落，责唱头五百，枷示一年，责社主二百，枷示二月。自经此严惩，想此风可以少息矣。

（《益闻录》1881年第130期）

1882年（光绪八年壬午）

淫 曲 宜 禁

天津有杂耍馆，春初及年底热闹殊甚，国服期内四大戏园禁止演戏，此等馆子犹如蜂屯蚁聚，密不通风。杂耍者名目不一，有大鼓书、八角鼓、戏法、觔斗等。若只一醒木拍案而谈者，谓之评书；手一弦子，说余夹以唱篇者，谓之弦子书；其余又有叉曲、古曲、京子弟等名目。京子弟词多雅饰，曲音抑扬，无伤大雅；评书及弦子书等起伏接应，推波助澜，亦有可取。书中故事大抵武备为多，刀枪剑戟，斧钺钩叉，未免诲人生事。然尚不若叉曲之粗俗鄙俚，开口则男欢女爱，行踪则濮上桑间也。杂耍馆系游人麕集之区，茶资不过三五十文，无论谁何，皆可入坐。至于正月则各行之徒弟尤多，野性难驯，少纵即逝，何竟绝无顾忌，于大庭广众作此邪淫之语、郑卫之音也？又有时调描摹风月，大致与叉曲同。杂耍馆之制胜未必在叉曲一端，而叉曲实足贻人口实，何不将此免却，亦正人心端风俗之一助也。

（1882年3月6日《申报》）

优 伶 梗 令

本埠租界各戏馆优伶较众，前因无以谋生，姑有说白清唱，俾资衣食，是在上者体恤下情，可谓至矣。旋因各馆时演淫戏，屡次传案禁遏，从宽具结，未加责处，以征官宪政不尚苛，众所共晓。在该戏馆等应如何恪遵禁令，安分营生，乃近日各戏馆逐渐肆行，居然与寻常开演无异，甚至每演必有淫邪小戏杂乎其间，如《珍珠衫》《画春园》《卖胭脂》《送灰面》《打斋饭》《小上坟》《来唱》等，指不胜屈，难以枚举。即正本戏中，苟可生旦合演，无不恣意调情，穷形尽态，不堪寓目，引诱愚民，坏人心术，莫此为甚，实于地方风俗大有关系。叠经传禁，仍复不悛，何各优伶冥顽无耻至于此极？风闻现已密饬捕役，随时查报，如敢复蹈故辙，仍演以上各戏，以及诸如此类等戏，定将馆主提案严惩，并提扮演之优伶重责枷示各戏馆门首，以昭炯戒。噫，似此叠予宽容，倘再不知愧悔，则是终于梗令，断非语言文字所可感化者，虽尽法处治，夫何足惜哉！

(上海租界)(1882年4月24日《新报》)

藉 端 开 赌

宁郡向有一种赌棍，藉庙会为名，开场聚赌，曾经宗太守①拿办示禁，并饬属县一体严禁在案。无如惩者自惩，而犯者仍犯。近如东乡之五乡碶、梅墟、天童、宝幢，西乡之石塘澳、栎杜，南乡之它山庙、黄公林、姜山、鄞江桥，北乡之樟桥、沈帅桥等处，仍藉庙会为名，庙中日间雇班演戏，夜间客串，庙外搭厂聚赌。在若辈恃乡村幽僻，以为官宪耳目所不及，因敢玩视法纪，而绅董保正等何以亦纵容之耶？

(宁波)(1882年5月1日《申报》)

狮 林 演 剧

狮子林为吴会胜迹之一，夙擅盛名，兵燹后池榭亭台，荒芜满目，几令人有荆棘铜驼之叹。惟叠石玲珑曲折，乃当日倪迂结构，虽历红羊，犹存真面目，园主人黄姓日就凌替，无力葺治，每岁春秋佳日，往游者不过数人，如晨星之落落。刻下招集优伶在园内真趣厅架台开演京剧，于是裙屐纷来，盖输资甚微，而游园观剧二者均堪娱目。座客又女多于男，花韵衣香，令人心醉，惜所演皆小戏居多，如《卖胭脂》《双摇会》《小上坟》等剧，尽相穷形，其流弊实不可言也。

(苏州)(1882年6月22日《申报》)

茶 馆 违 禁

本埠花鼓淫戏久经禁绝，乃近来有等无业流民，暗在僻静茶坊搭台演唱，装腔作势，丑态百出，哄动男女，杂坐而听，甚至深夜始散，诚为风俗之忧。如沪北英租界茶业公所北有永祥园茶馆，因生意清淡，亦复邀集唱演，于每夜八点钟时开场，直至十一点多钟始散，男妇老幼往观者趋之

---

① 宗太守，即宗源瀚。

若鹜，几至室无虚座云。

(上海公共租界)(1882年7月3日《新报》)

淫 戏 为 害

北直敬奉药王，四月念八日相传为药王诞期，前后数日各处赛会演戏，颇称繁盛。王家口系直隶大城，县境内水陆通衢，人烟辐辏，镇有药王庙，据传神甚灵验，居人事奉极虔，诞前每异神出会，并雇河间府之恒庆武班演剧三天，以为酬报。该班著名北部，并有一旦脚擅长风月，小立氍毹之上，尽态极妍。该处有某氏妇，系文君新寡，前月归宁，遂留而观剧，不觉移情，每于该旦及一武生登场，注目不移，如是者三日，一点灵犀，台上下两相会意，深恐当面错过，后会难期，妇遂向卖茶汤人私叩两伶姓氏，并央通款，称有事相商。若辈与伶人无不相知，遂为撮合之山，约于人静黄昏领来相会。比来喜出望外，同归寓所，密订鸳盟，当为该妇改作男装，鸦髻不盘，发长委地，凤头卸却，履着登云。幸喜道路无人，藏之于村外芦苇中，约于五鼓戏散，船过接取芦中人，作妻孥一舸。讵人事虽周，天意莫测，夜半即雨，俄而如注，衣履尽湿，寒气侵肌，勉强隐忍，而长夜如年，逼不获已，且出芦丛再作区处。是时欲归不得，惟有硬着头皮向前行去，或天假之缘，船能赶上固佳，否则前途再定行止。转瞬东方已白，甫行至瓦头地方，该处系花业荟萃之区，瞥睹是人不伦不类，好事者上前问难，妇不能隐，遂将心中事和盘托出。王家口去彼不过十余里，有知妇家者，一面将妇送归，一面要截恒庆班，问其拐逃之罪，妇之母族不愿领妇，大费踌躇，而恒庆班因有此举，无人雇演，班子即散去。或云事已经官矣。

夫淫戏本干例禁，而妇人尤不可纵观，历来似此之事，不一而足，本馆曾著为论说，有治家之责者，尚勿疏防于前，而贻悔于后哉。

(河北)(1882年7月4日《申报》)

淫 戏 害 人

湖北江夏县北乡有甲乙二人，习演花鼓戏，色艺俱佳，乡人皆延唱恐后。春暮时，该班演唱至武昌县乡间，有女郎观之心醉，眉目间不无逗引，两伶胆大妄为，随至其家，被女兄撞遇，当时将二人喝令捆住，旁人议论纷纷，女羞忿交集，须臾投缳自尽，救之不及，遂鸣保报官请究。武昌邑侯审明各情，即囚解二犯到省覆审。夫花鼓戏淫词艳曲，最足坏人心术，各省均经禁止，何武昌禁令之宽耶？

(武汉)(1882年7月17日《申报》)

花鼓戏复演

花鼓淫戏，本干例禁，租界地方早经中西官一律禁止在案，兹闻英界万祥码头之小茶馆内，男扮女装演唱花鼓戏，及老闸大桥北首之唐家弄茶馆内用女人坐唱花鼓诸曲，若不严行禁止，则效尤者恐将日盛矣。

（上海公共租界）（1882年7月23日《申报》）

淫戏滋害

前报苏城狮子林开台演戏，杂以淫剧，曾言及恐多流弊。兹以生意日盛，竟在真趣厅对面池中搭台，逐日开演，座地益宽，看客益盛，妇女竟十居六七，少年浮荡之子谑浪轻狂，恣其调笑，为害何可胜言？所愿园主人速将淫剧停止，庶于牟利之中仍积阴德，否则恐地方有司耳目甚周，一经查禁，未免大杀风景也。

（苏州）（1882年7月28日《申报》）

演唱花鼓

虹口某姓家屡唤本地花鼓戏班到家演唱，前夜又唤宁波花鼓戏班扮演，外间乡人妇女均用板凳接脚，在花墙洞内偷看。一时人多拥挤，凳脚忽折，以致倾跌，幸未伤人。及演至十一点钟，夜差巡捕闻声往阻不听，直演至一点钟光景，经中西捕同往禁喝始罢。闻某姓系捐职之显宦也，以显宦之家而演唱淫戏，以致乡人嘈杂，巡捕噍呵，殊失体统矣。

（上海公共租界）（1882年8月21日《申报》）

演唱花鼓

本埠里虹桥堍之小茶馆每夜有本地花鼓戏班在内演唱，男女往听者甚众，而目下邑尊严谕地保查禁花鼓淫戏，告诫煌煌在，若辈但知获利，不畏官法，独不知该图地保何以寂无所闻耶？

（上海县）（1882年8月27日《申报》）

花鼓盛行

沪上近日花鼓戏盛行，有客舟夜泊周浦塘口候潮，闻岸上人声嘈杂，问之知茶馆内演唱花鼓戏，客因登岸往观，见男妇混坐，丑态百出，不觉为之慨然。按，上海新邑尊范公①下车后，颁发告示，有八禁之条，花鼓戏亦在禁内，何该茶馆之藐法乎？抑以该处偏僻，官宪之耳目有所不及耶？然保甲之容隐图利，于此可见矣。

（上海县）（1882年9月26日《申报》）

---

① 范公，即范寿棠。

私 唱 花 鼓

演唱花鼓,最易伤风败俗,历奉宪谕禁止,乃迩来沪上虽无扮演之人,而坐唱者正复不少。兹悉英租界会审署后西首荒地有宁人设台坐唱,听者殊众,共有三处,日中则晡后开场,薄暮始息;夜间则上灯开场,夜半始息。何若辈之愍不畏法耶?

(上海公共租界)(1882年10月7日《申报》)

违 例 演 剧

苏省繁华,本为天下首,以故升平鼓吹,踵事增华,不废管弦之盛。自去岁逢安太后①之丧,阊门外戏馆一律停止。盖八音遏密,须俟三年,而优人贫苦者多,自失业以来,窘难言状。兹闻上月初九日起,群伶于普济桥戏馆中,合班清唱,并施放烟火以集游人,嗣以游者甚多,该伶竟敢优孟衣冠,每日演扮两出。登场一曲,沨沨移情,可谓目无法纪矣。

(苏州)(《益闻录》1882年第144期)

小 说 害 人

吴江城南五里许,有红板桥焉,杨柳一堤,清溪几曲,盈盈绿水,相对柴门,围修竹而编槿篱者,则祝某宅也。祝某家小康,生一子,幼聪颖,八岁即毕《十三经》,十一岁入庠,十三岁食饩,屡荐未售,今十七岁矣。平生喜阅小说,而尤爱《石头记》,旦夕不释手,读至绝粒焚稿处,辄呜咽欷歔,泪涔涔下,因是得咯红症。尝谓天下至情,黛玉外不能复求一人,于是默思冥想,若有所得。去年父为联姻巨家,乃梅咏追今桃归之子,比吉辰已近,而祝生发狂,歌哭无常,言语失次。上月为合卺之期,强使成礼,交拜时,大言欲往寻黛玉。明日竟去,不知所之,父母遣人四侦不能得,痛苦欲死。呜呼!聪明误用,偏为重耳之出亡,似续难延,空望邓攸②之有后,小说之害人也如是,是不可以不禁矣。

(苏州)(《益闻录》1882年第192期)

1883年(光绪九年癸未)

淫 戏 盛 行

扬州近有一种游棍,品类繁杂,党羽众多,以唱花鼓戏为事,每晚上

---

① 安太后,即孝贞显皇后,即慈安皇后。
② 邓攸(?—326),字伯道,晋朝山西襄陵人。为河东太守时,石勒兵起,邓攸与妻子携儿子和侄子逃乱,为保侄子而丢弃亲子,后因故终无子嗣。

灯开场演剧，男妆者艳服轻裾，女扮者锦衣玉貌，而其所唱者，则俚词秽语杂出，其中大为风俗人心之害，而若辈所得之钱即遍贿地保差役，互相蒙蔽，官不得知，而保甲委员则因地方官既不禁止，亦不肯多事。此若辈之所以肆行无忌也。月初新城某商招入后园演唱，以媚其妻妾，乃二日后失去银钱衣物约八九百金，贼自高而下，涂面执刀者十余人，临去时，一操楚音者云："俟汝报案后，再来取程仪。"一跃而去，某竟不敢报案。初六日初更后，新城广储门内某绅家仆妪之女，年十六七，是夕代母往茶炉取水，闻锣鼓声即将手提之壶桶暂存于茶炉，而随人往观花鼓戏，至三鼓未回，妪至茶炉问之，见壶桶俱在，问知其故，即约人寻女，戏则散而人已无矣！妪乃愤急欲死。嘻！不意化日光天之下，而有桑间濮上之音也，世道日以坏，盗贼日以多，而深居卧阁者，犹泰然以塞聪蔽明为事，其何以寒奸胥之心而夺恶棍之魄哉？

（1883年4月1日《申报》）

淫戏宜禁

头壩之洪园小茶馆内，近于夜间演唱花鼓戏，甚为热闹。前夜有甲乙二人来听，靡靡之音，偶然争论，遂致用武，台凳茶盘，尽行打翻，复扭至第一楼茶馆评理。甲欲鸣捕，经洪园茶馆主劝解而罢。盖以唱花鼓戏，有干例禁，故不敢涉讼公庭也。然下情虽不敢上达，而整顿风化者岂遂以不见不闻、漫不加察耶？

（上海县）（1883年5月21日《申报》）

淫戏开演

花鼓淫戏，久干例禁，近闻英界新桥塊下之合记兴禄茶馆楼上每晚七八点钟时，有男扮女装者，在彼演唱，往观者大半均属妇女，其伤风败俗，岂浅鲜哉？地方官所当再申前禁也。

（上海公共租界）（1883年6月19日《字林沪报》）

淫戏宜禁

乡人蔡阿星与男扮女装之锦堂专以唱花鼓戏为生涯，日间在南市董家渡相近唱演，夜间则在北市陈家木桥迤西之某小茶馆内演唱，绘影摹声，极尽丑态，煽惑人心，被其害者不可胜数，光天化日之下，何来此桑间濮上之音哉？

（上海县）（1883年6月27日《申报》）

串戏宜禁

杭垣近来到有串客戏，一起不过十余人，而装旦者竟有其四，所演者皆生旦小戏，无非男女淫乱之辞，此外则无所闻也。初仅公馆墙门偶尔传演，外人不得与观，渐而远近传播，凡神会社庙等事亦有搭台高演者。本月十三日为关帝诞辰，下城之孩儿巷关帝庙中因传该班作长夜之欢，乃一更初起，戏才开台，而巷中之人已拥挤不堪。盖杭人少见多怪，远近闻者皆以目所未见，无不争先奔集，以致《戏凤》一出未终，而台下已殴打两次，且有一老妪一小儿皆遭踏伤。首会见此光景，恐致滋事，忙唤停锣息烛下场共散云。

（杭州）（1883年7月2日《申报》）

乡间淫戏

花鼓淫戏，本干例禁，乡间每遇夏末秋初，必有设台开唱之事。今夏且更早于往年，传闻宝山县属之彭王庙地方，现在连日开演，乡人废时失事，纷往麕观，丑态所呈，害难罄竹，于风俗人心，关系非浅，有地方之责者，其可付之不闻不见乎？

（宝山县）（1883年7月20日《字林沪报》）

淫戏盛行

虹口梅家巷某茶馆内唱花鼓戏，不啻璧月，夜夜琼树，朝朝乡人之往听者踵相接也。前夜忽又因事争斗，有某甲者被某乙者乘间攫去拷皮短衫一件，折扇一柄，昨早被甲寻乙扭交捕房矣。又闻南市前有无赖辈亦唱淫戏，经黎邑尊①访拿，无赖辈逃至浦东俞伯牙桥，乡人趋之若鹜，屡屡滋事。甚矣，花鼓戏之为害烈也。

（上海县）（1883年7月30日《申报》）

淫戏宜禁

花鼓戏本干例禁，租界一隅，良莠错处，公堂耳目或有未周，巡捕侦察或有未到，而卖技之流遂得潜身僻处，奏淫曲以惑乡愚。近闻英租界打狗桥西首某茶馆内竟有男扮女装，演唱花鼓，其余小茶馆比比皆是，绝非女唱书可比，若不从严申禁，恐淫风流行，廉耻道丧，风俗愈不堪问矣。

（上海公共租界）（1883年9月21日《申报》）

演唱淫戏

英租界陈家木桥西首小茶馆内近有无赖之徒，男装女扮演唱花鼓淫戏，想贤有司闻之必当重申禁令以挽颓风也。

（上海公共租界）（1883年10月30日《申报》）

---

① 黎邑尊，即黎光旦。

淫 戏 宜 禁

今岁松郡东南各乡木棉大半歉收,而禾稻则颇欣丰获,于是有群不逞之徒聚众敛钱,演唱花鼓淫戏,以为岁晚务闲之乐,沿黄浦江一带,随在盛行。前月中旬,有泖泾河东西各乡各欲搭台演戏,以先后相争,遂致率众械斗,幸地保力为排解始罢。男女混杂,互演淫戏,伤风败俗,为害最巨,想杨太尊①严厉勤明,一经访闻,必当饬县查禁矣。

(松江)(1883年11月30日《字林沪报》)

1884年(光绪十年甲申)

淫 戏 败 俗②

○京昆梨园城内外现设四所,连日风日晴和,游人咸联袂偕行,以洩年头之郁闷,故座客恒满。惟去年曾有禁止妇女观剧之示,风气为之一肃。新正以来此禁稍弛,而大户香闺、小家碧玉亦多有联翩入座者。所可恶者,各班优伶最喜扮演淫戏,猥亵谑浪之态,至有男子所羞见,而闺眷毅然逼视,其贻害胡可问耶?盖吴中各伶,与在本埠异,不独音节科诨可随意胡乱,其一切关目无不变本加厉,眉目传情,极意装点犹可也,莫甚于□逐于当台,活演秘戏,曲文秽污。京陕说白犹可也,莫陋于操吴语,直言谈相,毫不隐讳。同一卖艺,未必以一派淫靡便可赚钱,而一蹈忠孝节义之门立致折本?何若辈之甘于造孽如此?

(苏州)(1884年3月4日《申报》)

女 戏 盛 行

杭城去年盛行串客之戏,迎神赛社,各处传演,更其名曰秧歌戏,取其价廉而事易也。乃今则更有所谓帽儿戏者,计班中生旦净丑不过十余人,而粥粥群雌,都系迎奸卖俏之流。所演者皆生旦小戏,而淫荡者尤多,观者咸啧啧称羡。近则公馆私衙到处传呼,而富家巨族,亦皆尤而效之,虽女眷盈堂,垂帘平视,而此辈淫声浪语,绝无忌讳,是真风俗人心之大害也!安得贤有司尽驱而逐之。

(杭州)(1884年4月20日《申报》)

淫 戏 害 人

城内西仓桥某姓妇年近三旬,风姿秀美,其夫在外贸易,妇终日偕某

---

① 杨太尊,即杨岘。
② 该组新闻原题为《吴市丛谈》。

姓媪赴洋场游玩，至晚则往泥城外某小茶馆内听唱花鼓淫戏，春心忽动，与某洋行侍者有染，遂将家中物件搬至洋场，租屋居住。前日被其伯叔辈侦知寻获，某侍者仓卒逸走，伯叔等立将房屋退租，而搬各物回城。闻将妇关锁在房，一面信催其夫回家定夺。使非花鼓淫戏之害人清白，妇女曷至于此？为太息者久之。

（上海县）（1884年7月1日《字林沪报》）

淫 戏 宜 禁

英租界新桥堍复兴楼茶馆现有两男一女搭台演唱花鼓戏，痴男怨女都来倾听，何屡禁而屡犯耶？

（上海公共租界）（1884年7月22日《申报》）

淫 戏 宜 禁

花鼓戏为导淫之尤，伤风败俗，莫此为甚，本埠自前道宪沈仲复①观察严禁后，此风顿息。乃近闻又有不法之徒复萌故智，集有男女多人，在英界新桥堍复兴楼茶肆楼上设台演唱，每晚于八点钟开场，红男绿女，沓至纷来，兼之各无赖错杂其间，为害实非浅鲜。所冀地方官及早查禁，俾免别酿事端，亦是造福闾阎之一端也。

（上海公共租界）（1884年8月17日《字林沪报》）

淫 戏 宜 禁②

〇迩来城厢内外有一种匪徒，每于黑夜在僻静地方扮演淫戏，云情雨意，尽态极妍，举国若狂，皆以先睹为快，待士女鳞集之时，若辈即令党类潜入人家，鼠偷狗盗，或混至戏场，乘间攫取簪珥，且璇闺怨女，琼闺贞姬，目炫心迷，往往堕失名节，伤风败俗，无过于斯。官斯土者，曷其奈何弗禁？

（芜湖）（1884年10月30日《申报》）

藐 视 禁 令

本埠英界复兴楼等茶寮演唱花鼓淫戏，本报曾纪其事，旋奉会审委员黄太守③谕饬三图地保禁止驱逐，不准茶馆再容男女唱演淫戏，并饬差查覆在案。近闻该茶馆自奉查禁，停止二夜，兹复堂皇开演。

按，演唱淫戏，攸关风化，禁令何等森严，乃该茶馆主胆敢藐视，是

---

① 沈仲复，即沈秉成。
② 该组新闻原题为《芜湖杂录》。
③ 黄太守，即黄承乙。

(上海公共租界)(1884年11月13日《字林沪报》)
女棍宜惩
虹口新马路某小茶馆内,每夜有无赖之徒弹唱淫词小曲,盖即花鼓戏之流亚也。昨晚有里老某甲在座,正言厉色谓:尔等既欲弹唱,务将淫曲排去,俾少年妇女听之不致失节堕名。蓦有老妇五阿姐者,闻而大怒谓:何物老奴,擅敢管我等事,遂飞步上前,将甲胡须抓住,拔去数茎。甲愤极与理,五阿姐即纠集各女棍扭甲攒殴,并将衣服撕破。继又拖甲至一豫春吃讲茶。查沪北女流氓有名为十姊妹党者,动辄恃众撒泼,欺负乡愚,人以其妇女也,往往不屑与较,若辈遂肆无忌惮,益觉无恶不为,安得良有司尽法痛惩,庶胭脂虎稍知敛迹乎?

(上海公共租界)(1884年11月28日《申报》)
淫书害人①
昔有某生酷嗜《西厢记》,慕崔莺莺成病,有客绐之曰:"莺莺至矣。"生熟视之,则一老妪,曰:"非也。"客曰:"天下无不老之人,莺莺颜色虽好,然至今已数百年,安得不变红颜而为白发?宜其老态之龙钟也。"生遂醒悟,病立解。可见此等痴男子亦在去其心之蔽耳。白门有王生者,天资聪颖,年少风流,稗官野史,无所不窥,而尤好《六才子》一书,读至"檀口点樱桃,粉鼻倚琼瑶"之句,恒喟然而叹曰:"得妇若此,始可无憾!"于是掩卷凝思,神情恍惚,心中口中时有一莺莺在。未几奄奄成疾,瘦比黄花。母知之,急为之聘一某氏女,且佯谓曰:"汝所思者,不日当至矣。"嗣以生病益剧,亟为择吉完姻,比至洞房花烛,生叩问新人姓氏,始知受母之愚,悲鸣呜咽,呕血数升而逝。新妇尚是完璧,即送归宁。嘻!若王生者,何其愚也。然非淫书启之,必不至此,可不戒哉!

(《点石斋画报·酉集》第二期)

1885年(光绪十一年乙酉)

淫戏宜禁
迩来芜湖到有湖北戏班,专唱黄梅调淫剧,红氍初上,尽态极妍,舞态歌声,竟有仇实父②秘戏图中描摹不到之处,一时城厢内外铺户居民,

----

① 本则录自上海图书集成公司1910年版《点石斋画报》的史料,不明日期,因《点石斋画报》创刊于1884年,故将本则史料编于该年之末。

② 仇实父,即仇英。

老的少的，男的女的，村的俏的，莫不联袂挤裳，争先快睹。且戏资甚贱，肯舍青蚨二千头，便可尽一日之乐，以故此处尚未演竣，彼处又欲登场，败俗伤风，莫此为甚，举凡桑间濮上，待月迎风，种种荒淫，半由此起。有识者方尽然伤之，奈何为人上者竟尔不闻不见耶？或曰，其中必有护花铃在，虽欲禁之，乌得而禁之？

（芜湖）（1885年3月21日《申报》）

不法宜惩

虹口下海浦梅家巷地方某小茶肆日中聚赌抽头，夜间演唱淫戏，不分男女，不别良贱，蜂屯蚁聚，举国若狂，各处流氓闻风往赌，且有舞弄刀枪、试演拳棒等事。前日有某甲怀资往赌，众谓伊上年曾混用铜洋尚未掉换，岂容入局再赌？遂与口角争殴，甲见势不佳，抱头鼠窜而去。似此聚党胡行，非地方之福，想临民者必当访实严惩也。

（上海公共租界）（1885年3月25日《申报》）

请究淫戏①

〇迩来温郡各庙多演淫戏，不特亵渎神明，抑且有伤风化，经陈姓等生员联名呈请，温观察②出示严禁，诚哉良法意美也。无如温民积习难返，竟视宪示为具文，每一开场，依然故我，陈生等遂将夤夜开台、挟妓点唱淫剧之某人，指名赴县禀请究办矣。维风化而惩浮靡，是所望于为人上者。

（温州）（1885年3月29日《申报》）

串客难禁③

〇宗太守④去任未几，花会串客赶会开赌等事即已故态复萌，其中惟串客为尤多，离城一二里竟敢搭台开演，并未闻有一起获案者，非差保之容隐朦庇而何？

（宁波）（1885年5月14日《申报》）

金泽来函

〇金泽去春浦县城略远，地方官耳目难周，禁令有所不及。近有棍徒在镇东陈庄山寻东岑夹港任邓等处，高搭戏台，演唱花鼓淫剧，通宵达

---

① 该组新闻原题为《瓯东纪要》。
② 温观察，温忠翰（1835—?），字雨林、味秋，号鹤皋，山西太谷人。同治元年一甲第三名进士，历任四川乡试副考官、温处道道台、湖南学政、湖北按察使等职。著有《红叶庵诗文集》《古诗欣赏集》《名翰赏心集》等。
③ 该组新闻原题为《四明杂纪》。
④ 宗太守，即宗源瀚。

旦，男女混淆，风俗人心，大有关碍。安得贤有司设法严禁，有犯必惩，则有益地方岂浅鲜哉？

（青浦县）（1885 年 5 月 17 日《申报》）

男女演剧宜禁①

○近有一种男女在荒场上演唱杂剧，与南地花鼓戏无异，亵语淫词，不堪入耳，此诚风俗人心之害，地方官奈何充耳不闻耶？

（营口）（1885 年 7 月 4 日《申报》）

海 淫 宜 禁

客言宝山县之大场镇近有匪类招纳流娼，扮演花鼓淫戏，狂蜂浪蝶，喧闹成团，甚至此处尚未演完，彼处又欲招演，以致势不两立，酿成争斗之风。按，淫戏害人，有干例禁，其中安保无差役得贿隐瞒，以致官宪耳目未及，否则吴子佩②大令德威并用，明察秋毫，安有不逮案严刑、惩一儆百者耶？

（宝山县）（1885 年 9 月 17 日《申报》）

花 鼓 宜 禁③

○花鼓淫戏屡经官长严惩，乃近又故态复萌，偏僻之区，竟尔昕宵扮演，伤风败俗，莫此为尤。厉禁重申，是所望于民之贤父母已。

（芜湖）（1885 年 9 月 24 日《申报》）

淫 戏 盛 行

○距真如镇二里许一村，名曰桂行，向多游手好闲之辈，近更招集流娼扮演花鼓淫戏，预期布告，耸动人心，至期四方来观者约十里之遥，不下数千人，竹园踏成平地，花田尽作荒场，实堪骇诧。该镇南市人某甲，年近花信，在申为参行伙，适值回里，闻有流妓演戏，亦结队而往，但见人如潮涌，男女不分，甲性本风流，见有一二丰姿楚楚者，未免立与之近，不意挤轧间，用手推挽，适碰某姓女，女以为有意，大声疾呼，土棍闻之，即图索诈，甲不服，若辈即拳脚交下，致甲遍体受伤，狼狈而返。甲固咎由自取，然非淫戏以迷其心，曷至此哉？

○宝山县属之彭王庙乡间向来逢岁事有秋，民心悦豫，偶然借花鼓淫戏以娱耳目，未有秋稼在场而即肆无忌惮如今年者，未识司风教者其略有

---

① 该组新闻原题为《营口纪闻》。
② 吴子佩，吴观乐，字子佩，浙江仁和人。1884 年至 1885 年署宝山知县。
③ 该组新闻原题为《襄垣谈荟》。

所闻否也？

〇友人某致书本馆云，敬有恳者，近闻大场镇四乡演唱花鼓淫戏，最坏风俗，实为人心世道之忧，亟思整顿，而权不我操，徒呼负负，敬拟数言，乞登日报，俾若辈得以稍敛其迹，则贵馆之造福于吾乡者岂浅鲜哉？

(松江)（1885年9月26日《字林沪报》）

串 客 宜 禁[①]

〇戏本贞淫杂出，惟串客则有淫而无贞。近闻宁波四乡藉庙会为名，复萌故态，竟尔通宵扮演，伤风败俗，莫此为甚，急宜重申禁令，是所望于贤有司已。

(宁波)（1885年10月8日《申报》）

小 说 误 人[②]

〇又闻任明府[③]呈报丁艰之际，将经手事件分别赶理，以便移交后任，所有羁押人犯之情节较轻者，即行交保释放，网开三面，诚莫大之恩也。惟在押之详革生员嘉兴人胡叔琴，因奉大宪严批，拟照和诱奸拐办理。是日由押所提出，改判收监。噫！身列胶庠，竟至下场如此，真谚所谓风流两字误平生者耶？奉劝少年读书人，幸勿为《西厢记》《红楼梦》等书所误。

（1885年11月29日《申报》）

会 戏 宜 禁

醵金演戏，滋事甚多，往往为地方之害。近日金陵四乡赛会演戏之事日有所闻，初三日东北乡兴卫地方赛三茅神会，十二十三城北十庙出迎东岳会，初八至十二孝陵卫地方设台演戏，十二十三神策门外盘龙山亦建设野台招优演戏，适大雨骤至，观者卒不及逃，无不淋漓尽致。十五日盘龙山相亦演剧酬神，并闻十庙各处近日亦有梨园演唱，以有用之资，施无用之地，不亦慎乎？

(南京)（《益闻录》1885年第458期）

---

① 该组新闻原题为《甬江鲤信》。
② 该组新闻原题为《三吴会要》。
③ 任明府，任焕奎，原名秋元，字石芝，贵州镇宁人。光绪三年丁丑科进士，历任江苏金山、吴县等县知县。

1886 年（光绪二年丙戌）

女花鼓宜禁[①]

○自赌棍阿德裕被拿之后，凡以花骨头作生涯者，一时稍知敛迹，近则官府耳目所不及之处，不免故态复萌，曹泾僻处海滨，此风尤炽，且有少艾女子演唱花鼓淫词，浪蝶狂蜂，如水归壑。有地方之责者，其亦有以痛惩之乎？

（松江）（1886 年 1 月 22 日《申报》）

串 客 宜 禁[②]

○宁郡四乡日来藉灯祭为名，无赖扮演串客。闻有一二端方耆老闻而力阻，而牧竖村夫反以为阻挠清兴，往往图斗寻衅，其始犹在穷乡僻壤之间乘夜潜作，今则离城不出五里，且在白昼公然扮演，若不设法禁止，风俗实受其害也。

（宁波）（1886 年 2 月 22 日《申报》）

花鼓戏宜禁[③]

○花鼓淫戏，例禁綦严，近日偏僻之区，竟有登台扮演者，云情雨意，尽态描摹，败俗伤风，无过如此，官斯土者曷其奈何弗禁？

（芜湖）（1886 年 3 月 2 日《申报》）

唱 曲 宜 禁[④]

○每当夏令，即有瞽者于黄昏后负三弦胡琴，沿街弹唱，藉博蝇头。其业虽鄙，其情亦可怜也。不料近更有小青皮三五成群，游行街巷，一遇绮罗粉黛闲坐纳凉，即故意弹唱淫词，任情嘲谑，云牵雨引，贻害无穷。又有唱秦淮曲者，花丛浪子，落魄无聊，乃率其妻孥效郑元和歌莲花落故事，抑扬婉转，尽态极妍，禁革淫风，是所望于民之父母也。

（芜湖）（1886 年 7 月 16 日《申报》）

演戏聚赌贻害地方[⑤]

○宁郡各官禁赌不为不严，然游手好闲之辈每视荷校责臀为常事。日来设局抽头者仍复不少，即如新老城隍庙、真武宫前以及城厢内外各社演

---

① 该组新闻原题为《五茸话雨》。
② 该组新闻原题为《甬东琐纪》。
③ 该组新闻原题为《芜市琐谈》。
④ 该组新闻原题为《襄垣琐志》。
⑤ 该组新闻原题为《四明琐纪》。

戏热闹之处，无不呼幺喝六，打架之事无日无之。宵小亦乘机窃发，贻害地方，良非浅鲜。

（宁波）（1886年10月15日《申报》）

串 客 宜 禁①

○串客者即花鼓戏之流，唱演淫辞，大为风俗人心之害，前经宗太守②严拿重办，此风为之稍戢。太守去后，禁令渐弛，无耻之徒，又蹈覆辙。初犹穷乡僻壤，继且附郭之处亦有开演情事，虽经各宪禁令重申，终不及宗太守之风行雷厉。是以禁者自禁，而犯者仍犯。本月十五日夜，居民昇白龙王庙神出游，旋驻南门内采莲桥下，不肖社首竟藉神会为名，资雇串客开演，淫声浪态，入目难堪。安得贤有司尽法严惩，庶几此风不致复炽也欤！

（宁波）（1886年10月18日《申报》）

恶 俗 宜 禁

宁郡向有斗会名目，日间假托讽经，夜间唱淫曲，以博微利。前经宗太守饬鄞县差提各斗会头首李庆宝、张秋狗、张显扬、包正福等及各该图地保到案，当堂谕禁，取具永禁斗会切结，如敢阳奉阴违，从重惩办各在案。不意日久玩生，兹闻腰刀河某绅之丧，有亲戚陈某竟雇斗会脚色至某绅家，纵令坐唱淫词，在陈以为趋奉，而某家亦顿忘禁令，任其锣鼓喧阗，坐唱一昼夜。噫，此等淫曲本宜禁止，乃绅富自撤藩篱，不但有失体统，而且大坏风俗矣。

（宁波）（1886年12月26日《申报》）

1887年（光绪十三年丁亥）

淫 戏 宜 禁

宁郡之串客戏犹沪上所谓花鼓戏也，早经前府宪暨各宪拿办在案。此外又有哑戏名目，又名大头戏，演戏之人糊纸为假面具，所演皆乡村蠢贱故事，并不开口唱曲，此不过农家镇宅之意，以祈一岁风雨调顺而已。兹闻有段塘无耻之徒，暗结串客脚色，藉新正灯祭为名，在城中各庙开演，招人观看。其开演之时，间以哑戏，虽未唱曲，然其所演之状，无非织瑶想于秦楼，绘玉容于楚岫，与串客戏正复何所差别？实于风俗人心大有关

---

① 该组新闻原题为《甬上谈资》。
② 宗太守，即宗源瀚。

系，安得贤有司严申禁令，以维风化欤？

(宁波)(1887年2月14日《申报》)

男 女 混 杂

光绪十一年八月间，文侍御海①疏称，近年以来，街市之中，少年妇女甚众，虽亦有家贫无役，出于不得不然，而艳妆冶游，正复不少。尤可怪者，书馆书厂竟有妇女听书，饭铺酒肆亦有妇女宴会，男女混杂，顾忌毫无，有伤风化，若不严行禁止，恐世风愈趋愈下，关系实非浅鲜云云。旋奉谕旨，通饬查禁在案。凡在士民，宜如何防闲共懔哉？苏俗号称淫靡，妇女烧香吃茶之事，几于习为故常。自谭序初②中丞严行查禁，有犯此者立将寺庙住持、茶室堂倌枷号示众。百姓惧于宪威，大为敛迹，其俗丕变。迨中丞去职，而此风又炽，献岁以来，苏城各庙宇妇女出入无复禁忌，且浓妆艳服，裣衽而膜拜者，日有所见。至于圆妙观前各茶室如玉寿□、玉楼春等处，粉白黛绿之流，相约偕来，踵趾相接。更有年才及笄，装饰妖冶，相率而入书场听书者，卜昼卜夜，男女混杂，起坐喧哗，毫无顾忌。且凡有妇女所到之处，其听书之客必形拥挤。乐桥堍吉祥春茶室有朱三麻子在彼唱演女戏，围而观者，率常溢于户外，道塞往来。凤台茶室每至夜间，恒有一种无赖游民，藉此为品丝弹竹之场，名之曰赓飚局。是处为花客栈之渊薮，妇女至者更多，浪蝶游蜂，如猬麕集，每夜恒至二百余人，挤轧过甚，斗殴争闹之事，几于无日不有，场主恐酿大祸，旋于前日停歇，然此处未经停歇者尚多。窃思近日茶室所唱之书，无非男女私情，打诨淫谑，污秽不堪，试问少年男女于入耳之时作何邪念？淫奔苟合之风，安得而不盛？呜呼！殊令人遐想谭中丞不置也。

(苏州)(1887年2月17日《字林沪报》)

花 鼓 宜 禁③

○每届春初，即有江北花鼓戏班来芜寄宿旅店中，男女三五辈，行李十数件，逐日赴私街小巷，就地支板，或歌或舞，观者探囊中物掷之，便可极视听之娱。其所演情节，大抵桑间濮上赠芍采兰之事，较梨园中所演淫剧，有过之而无不及。万目纵眺之时，男的女的，老的少的，村的俏的，熙熙攘攘，无不为之摄魂勾魄，荡心轶志。因此而玷名败节者，何可胜道？而狗偷鼠窃之流，又得乘间攫取簪珥，败俗伤风，莫此为甚。禁遏

---

① 文侍御海，即文海。
② 谭序初，即谭钧培。
③ 该组新闻原题为《鸠江春汛》。

浇风，是所望于贤有司。

（芜湖）（1887年3月8日《申报》）

花 鼓 难 禁①

○日前江北花鼓戏在芜城僻静处支台演唱，经河口司恩福庭②少尹访悉，立派差役驱逐，不谓该戏班仍匿迹私街小巷中，登场一曲，荡魄丧心，其为风俗之害，实非浅鲜。推原其故，良由衙署蠹差、地方痞棍，贪得陋规，甘为护庇，以致若辈有所恃而不知恐也。

（芜湖）（1887年4月5日《申报》）

淫 戏 惑 人

九江小东门岳师门外一带，近有游棍于每晚二更后演唱采茶戏，淫词艳曲，亵态冶容，见者无不眉飞色舞，心荡神迷，引动男妇老少之往观者，举国若狂，大为人心风俗之害。并闻开演以来，附近各家时有被窃情事。有地方之责者似宜查办以正人心而端风俗也。

（1887年4月6日《申报》）

淫 戏 宜 禁③

○近日苏沪演戏，类多郑卫之音，有心人目击心伤，已非一日。常熟同乐茶园自开演后，无不效法苏沪，如近日所演《打樱桃》《双摇会》《卖胭脂》等杂剧，其丑态妖形，几于不堪寓目，而园中女客睹此等戏曲，谈笑自若。深愿贤有司力挽颓风，严行禁止，俾戏园中日演忠孝节义等戏，庶几维持风化也。

（常熟）（1887年4月7日《字林沪报》）

赛会花鼓败俗④

○十六日厦地迎赛胜会，游人奔走若狂。日正午，会始出，前导执事五彩飘扬，鼓乐亭细演迎神之曲，抬阁十三架，悉用童男女妆成戏出，人物齐整，彩饰鲜新，后则马上鼓吹数十对，其声悠扬，颇堪入听。更有奇形怪状之人，装作天魔，面目狰狞，赤身赤足，手舞长蛇。尤可哂者，有一种人名不怕羞，装男女如花鼓戏状，口唱淫词，作诸般丑态，见者无不粲然，错杂而行，不下数十对，此亦伤风败俗之一端也。有神十余尊，大抵生前有功德在民而崇奉之者，如妈祖、保生之类是也，驾过处，观者叠

---

① 该组新闻原标题为《襄垣纪事》。
② 恩福庭（？—1890），旗人，1886年至1890年任芜湖河口司巡检，卒于任上。
③ 该组新闻原标题为《虞山春色》。
④ 该组新闻原标题为《闽中纪事》。

背摩肩，道为之塞。少年纨袴更随会游行，见女色则品头品脚，相聚哗然，世风浮靡，于此可见。

（厦门）（1887年6月24日《申报》）

演戏聚赌宜禁①

○各处之诱赌串嫖者，每因神诞赛会，乘间肆其伎俩，近复借唱大戏之名，煽惑远近，此中引诱勾串，莫可究诘，又皆以看大戏为诟病。上月下旬，进贤门外二里许之燕子湖地方，不藉神诞，不借报赛，无端演唱大戏，一时往观者，人山人海，赌博竟有四十起，每日可收地资钱陆十串。此外烟花浪费则且倍蓰，至本月初旬尚未罢手，阛阓少年、良家妇女之被其蛊惑者，何可胜道？为民上者其亦有所闻否？

（南昌）（1887年12月30日《申报》）

1888年（光绪十四年戊子）

落子败俗②

○天津每届隆冬，棍徒多开设茶寮，招集各栏杂耍，夜以继日，演唱淫词，败俗伤风，莫此为甚。其尤可恶者为男落子，大抵即南省之花鼓戏也。宜春园男落子名桂德者，前为马兵苗七强逼，几至肇衅，不意争奇斗胜者。又有河东盐坨双庙街某茶寮向为著名某甲所开，近更花样翻新，除男落子外，杂以女班演唱，斗殴之事，且无日无之。噫！此风果何日可挽耶？

（1888年2月21日《申报》）

赶会开赌

宁郡四乡向有庙会，而不肖之徒往往藉此聚赌，前经府县拿办。近又闻西乡黄公林庙，自正月廿八至三十等日有棍徒等，或自远处来，或即系本地人，藉趁庙会，在庙内雇班演戏，而于庙之前后左右搭厂聚赌，约有数百处。该处首事并不禁止，胆敢串同地保，反向大赌场索搭地洋若干元，小者减半，是以开赌者更无忌惮。恐斗殴威逼等事从此多矣，地方有司如之何弗禁？

（宁波）（1888年3月17日《申报》）

---

① 该组新闻原标题为《章门杂志》。
② 该组新闻原标题为《津门纪胜》。

花 鼓 宜 禁①

○近有江北花鼓班在僻街小巷搭台演唱，云情雨意，口讲手摹，老的少的，男的女的，村的俏的，争来观看，亦人心世道之忧也。又有自湖北来之难民，泊舟江滨，男则挨门沿户，效郑元和唱莲花落故事，女则淡妆浓抹，口唱淫词小曲。轻薄少年多为所惑，亦贤有司所宜饬差驱逐也。

（芜湖）（1888年3月27日《申报》）

演 戏 聚 赌②

○日来宁波四乡多有春台戏，因此赌风大盛，或在岸上，或在舟中，乡人趋之如鹜。盖以官宪耳目较远，故更无忌惮也。

（宁波）（1888年4月2日《申报》）

花鼓戏宜禁③

○九江北岸小池口地方，近于白日欲坠、红灯待张时，每有无赖之徒百十成群，女扮男妆，扑朔迷离，登台演唱花鼓戏。淫词艳曲，引诱良家子弟，敛钱肥己，狗盗鼠窃，由是丛生，败俗伤风，莫此为甚。惜地方官不闻不见，尚未出示禁止也。

（1888年4月17日《申报》）

串 客 宜 禁④

○近来四乡仍有不法之徒每当深夜在偏僻之处扮演串客，云情雨意，尽态极妍，举国若狂，皆以先睹为快，以致轻年妇女隳名失节，败俗伤风，莫甚于此。地方官所当设法严拿，从重惩办，不徒以一张告示敷衍门面，庶几恶俗可挽也。

（宁波）（1888年6月16日《申报》）

维 持 风 化

夫清歌妙舞虽赏心娱目之端，而秽语淫词究败俗伤风之道，上干天怒，下坏人心，是不可以不戒矣。本埠城厢内外各茶肆其演唱女落子者虽在禁例，然每日以时调小曲引人听入，盖亦水陆通衢之套格也。乃近有一种无耻之徒创为《跳槽》《栽黄瓜》等淫曲，将其秽亵之语，罕譬曲喻，直令人耳不忍闻。后更衍为《栽豆角》《栽葱》多曲，一倡百和，甚至通衢狭巷白叟黄童几乎家弦而户诵。试思轻年子弟、少小闺媛情窦

---

① 该组新闻原题为《鸠江琐语》。
② 该组新闻原题为《四明杂纪》。
③ 该组新闻原题为《浔阳杂纪》。
④ 该组新闻原题为《甬东琐闻》。

初开，日闻此靡靡之音，亦复成何家教？甚愿有地方责者大发雷霆，严拿力禁，并前报所纪之东洋春宫照片，一律而禁绝之，有裨风化，想非浅鲜尔。

（天津）（1888年7月2日天津《时报》）

影 戏 宜 禁

前晚老闸北首王家宅开演影戏，男妇毕集，热闹异常。该处有张木胜者，恶少也，以看戏为名，环肥燕瘦，肆口品评，致犯众怒。该处乡人将张殴打而逐之，张忿甚，遂往各村纠集棍徒诸锦帆等三十余人，各持器械到王家宅寻衅。乡人见有械器，恐酿巨祸，相率暂避其锋，张等无隙可乘，只得将戏台立时拆毁，有老妇适经台下，致被压伤，张等始兴尽而返。闻今明尚欲开演，未知能免扰事否？是处系宝山县界，有地方之责者，所宜设法禁止也。

（宝山县）（1888年8月26日《申报》）

郑 卫 之 声

江北孔垅小池口地方于白日欲坠、红灯待张，每有无赖之徒，百十成群，女扮男妆，扑朔迷离，搭台演唱淫词艳曲，引诱良家子弟，敛钱肥己，狗偷鼠窃，由是丛生，败俗伤风，莫此为甚。惜地方官相距甚远，不闻不见，未曾一禁也。

（九江）（1888年9月16日《申报》）

演戏聚赌宜禁[①]

○自九月朔日为始，各奉社神木偶出游，所过之处，昼夜演戏，锣鼓喧闹。无业游民即藉此摆设露天赌台，引诱乡愚。一入其彀，立罄腰缠，受其害者，不止一处，亦不止一人，为民上者曷不早为禁止也。

（宁波）（1888年10月24日《申报》）

淫 词 宜 禁

九江某姓小茶馆内每夜有无赖之徒弹唱盲词小曲，柳梢上月，人约黄昏，古意淫词，令人荡心惑志。一夜有乡老某甲正言厉色，申饬再三，谓似此污秽不堪，即不被官宪提惩，亦属大伤阴骘，天下何术不可糊口，何必藉诲淫以博资财乎？语未既，突有兴国州老妇大声怒詈，谓何物老奴，敢预我等事，不有以惩创之，恐呶呶者尚未易息也。遂飞步上前，将甲胡须抓住，拔去数茎。甲愤极，扭住互殴，而娘子军群起为援，甲大受创

[①] 该组新闻原题为《甬上杂闻》。

痿，垂头丧气而返。

(1888年10月31日《申报》)

花鼓戏宜禁[1]

〇前月底西门外花园浜有无赖十余辈，游手好闲，演唱花鼓淫戏，红男绿女，结伴来观，几无容足地。闻某姓女年已及笄，竟为若辈所诱，遍觅无踪。所望贤有司火速严拿，是亦整顿风俗之道也。

(松江)(1888年11月12日《申报》)

串客宜禁[2]

〇所谓串客者，即花鼓淫戏之类，男欢女爱，獬雨云尤，刻意描摹，最足令人荡心惑志，屡经牧民者严禁，刻虽不敢在城市中登台开演，而乡村僻壤仍不能弊绝风清。有地方之责者，所急宜设法禁止也。

(宁波)(1888年12月22日《申报》)

1889年（光绪十五年己丑）

串客及庙戏宜禁[3]

〇宁郡恶俗最堪痛恨者，莫甚于串客、庙戏两项，屡经府县各宪严禁，无如禁者已不啻三令五申，而犯者仍视若弁髦。兹闻四乡各村落，自入正以来，无不藉祭神为名，违犯禁令，滋闹斗殴，恐不能免。有地方之责者，盍于此加之意哉！

(宁波)(1889年2月15日《申报》)

花鼓戏宜禁[4]

〇宁波郡邑二庙近来有花鼓戏班，终日歌唱淫词艳曲，男女杂坐，殊不雅观，整顿风化者，所宜留意也。

(1889年2月25日《申报》)

串客宜禁[5]

〇所谓串客者，即沪上花鼓戏之流亚。败坏风俗，莫此为尤，曾经府县各宪屡申禁令，若辈依然阳奉阴违。日来四乡藉灯祭为名，串客遂登场

---

① 该组新闻原题为《云间耳食》。
② 该组新闻原题为《明州问俗》。
③ 该组新闻原题为《宁波杂闻》。
④ 该组新闻原题为《四明琐纪》。
⑤ 该组新闻原题为《宁波消息》。

演唱，淫词艳态，刻意描摹，耆老闻而阻之，彼中人反以为阻挠清兴，寻衅斗殴，以致尤而效之。此风日甚，初犹在穷乡僻壤，渐移至附郭郊圻，近则南门内白龙王庙亦胆敢雇延串客，麇聚多人。呜呼，此非差保隐瞒，焉敢胆大如此？为民上者何惛惛无闻耶？

（宁波）（1889 年 2 月 26 日《申报》）

淫 词 宜 禁①

○江湖售技之流，多蚁聚于龙开河口大码头一带，吞刀吐火，走索弄缸，给以鹅眼三五枚，便可畅观半日。近有人新翻花样，支搭布蓬一架，围二三妇女其中，弹唱淫词，供人观听。其人亦颇妖冶，惟莲船泛泛，不能如宵娘之作新月形而已。

（九江）（1889 年 3 月 9 日《申报》）

花 鼓 宜 禁②

○松江南门外大南村，凫茨栉比，绿树成围，世外桃源，嚣尘迥隔。迩有游手好闲之辈，演唱花鼓淫词，藉草眠花，尤云殢雨，凡《控鹤监记》中所描摹未尽者，竟能当场演出，刻划精工，以致轻薄少年，妖娆荡妇，争先快睹，几于擦背捱肩，不特濮上桑中引人淫荡，抑且斗殴之事时有所闻。一日有甲乙丙三人因端互击，各伤数处，始得狼狈而归。不知有地方之责者能厉禁严申，挽回薄俗否也？

（松江）（1889 年 4 月 16 日《申报》）

菊 部 翻 新

英租界地方妓院林立，前年有雇女孩学习演戏者，名曰猫儿班，人家或有喜庆事，唤往开演，价值不贵，生理甚佳，因此效尤者日众。现在共有四处，清和坊仇如意家女班更添男孩扮演，以期别开生面，说者谓更犯禁令矣。

（上海公共租界）（1889 年 5 月 22 日《申报》）

菊 部 清 谈

○京师同春班以《战宛城》戏剧擅名，每一登场，座无虚位。盖老生小叫天扮张绣有色有声，惬心贵当，大净金秀山扮曹操，描写奸雄情状，亦能委曲传神，而其扮张绣婶母之田桐秋，玉软花嫣，脂柔粉腻，宛如十七八好女子，几令人忘其乌之雌雄，以故哄动一时，万人倾靡

---

① 该组新闻原题为《浔阳杂记》。
② 该组新闻原题为《泖峰春信》。

也。四月二十七日方在大栅栏庆和园开演，忽有中西坊署差役将园中掌柜传去，经坊官大加申斥，谕令不许再演，旋于五月四日又出示严禁。说者谓有某当道见此剧淫荡不堪，有关风化，故饬令一律禁演也。然乎？否乎？

（北京）（1889年6月16日《申报》）

淫 书 宜 禁

昨有触目惊心人来书云，淫书之干禁令，与淫画同，乃淫画虽不免阳奉阴违，尚不敢明目张胆，独至淫书一项，沪上各书摊如《金瓶梅》《倭袍记》《国色天香》《肉蒲团》《贪欢报》《蜃楼志》《品花宝鉴》《绿野仙踪》等类，无一不有。尤甚者为《杏花天》一书，秽词亵语，俗俚不堪，阅者贪其浅近，更觉利市三倍。在若辈沿街摊卖，不顾身家，不畏王法。每至薄暮时摊设，至夜间十点钟始收，专以租售此等书为生涯，而少年子弟，情窦初开，每喜购归贪看，丧身亡家，为祸甚烈。最可恶者，租看一法。盖淫书之价比他书较昂，自有租看而观者愈众。余家一子，年才弱冠，被人诱惑，租看以上各书，已过其半，而身亦已成弱症，余查知底细，系向宝善街满庭芳一带各书摊所租，深为痛恨。安得贤父母密拿重办，以端风化而正人心？其功德岂浅鲜哉！

（上海公共租界）（1889年7月31日《申报》）

串 客 宜 禁①

○串客演戏为宁波之恶俗，屡经官宪严禁拿办，近闻四乡藉秋报为名，竟有登台开演者，云情雨意，尽态描摹，伤风败俗，莫甚于此。官斯土者曷其奈何弗禁？

（宁波）（1889年9月18日《申报》）

小 说 误 人②

○城西某氏女年甫及笄，秀外慧中，喜阅《红楼梦》《西厢记》等书，对门有髹器店徒某甲，年少貌美，女心窃慕之，登墙窥玉，奚止三年？思欲一通款曲，而未得其隙。一日女母往外家，甲得间与女相会，喁喁私语。不意好事多磨，甲有叔父已为甲别联秦晋，迨吉有期，甲既大违素志，又不敢以情告，遂与女泣别，于初七夜，雉经而死，女闻耗亦曰："尔为我死，我何生为？"亦于初八晚，仰药以殉。论者咸以情种许之，道

---

① 该组新闻原题为《甬上杂闻》。
② 该组新闻原题为《东瓯纪要》。

学先生则以为背礼蔑义，为小说所误矣。

（温州）（1889 年 11 月 15 日《申报》）

1890 年（光绪十六年庚寅）

女伶开演

英界石路肇富里前有某号商王云峰等与妓鸨商拟开设女伶戏园，经麦总巡①禀达蔡太守②，饬差禁止各情已登前报。兹闻该园业于前夜悬牌重复开演，不知果否奉有弛禁明文也。

（上海公共租界）（1890 年 2 月 4 日《字林沪报》）

男女班宜禁③

○男女班唱戏，本干例禁，杭城新到脚色，名震一时，荐桥某公馆因贺灯节开演堂戏，妙舞清歌，通宵达旦，听者忘倦，见者消魂，恐继起者尚不乏人也。

（杭州）（1890 年 2 月 15 日《申报》）

恶俗宜禁

宁郡恶俗，莫甚于串客，屡经地方官严禁拿办，无如禁者自禁，而犯者仍犯。兹闻宁郡四乡，日来藉社祭为名，广延串客，登台开演，妙舞清歌，通宵达旦，且听者心荡，见者魂消，伤风败俗，莫此为甚。有地方之责者，何不重申厉禁，以挽颓俗也。

（宁波）（1890 年 2 月 27 日《申报》）

凡戏无益

○甬江馥兰戏园自开演以来，获利颇厚，近又雇得老生小月楼、贴旦牡丹花二名，年皆十五六，色娇音清，观者愈形热闹。日前有护洋红单船管驾某弁乘停泊之便，亦至该园一扩眼界。未踰时，其辖下粤勇寻踪而至，经守门人驱之使出，相互龃龉，勇即怒不可遏，聚众将园内铺陈灯彩门窗桌椅捣毁一空，人声鼎沸，座客鼠窜而逃。某弁亦亟返舟，召回众勇，速即开驶。闻该园毁失约值千金，亦可谓晦气矣。

○本月十六日下午，宁城新街口空地有山左人变演戏法，正在插科发诨之际，旁观中有七八龄之孩将戏箱启视，取其布包，方欲展玩，即被山

---

① 麦总巡，即麦根士。
② 蔡太守，即蔡汇沧。
③ 该组新闻原题为《吴山佳话》。

左人觉察，见而大怒，力殴孩面，血流如注，犹不干休。观者咸抱不平，同声斥詈，山左人亦势不相下。正在搅成一团之际，适孩母舅充当县捕之李阿金经过，将山左人扭至县前，有无禀控，容再续登。

（宁波）（1890年3月12日《字林沪报》）

花 鼓 败 俗①

○江北各乡村多有广济花鼓戏班，每至上灯时，就地搭台登场歌舞，观者但略舍囊中物，即可极视听之娱，以致怨女旷夫，因此而为苟且之行，采兰赠芍，秽迹彰闻，真世道人心之害也。

（九江）（1890年5月1日《申报》）

淫 戏 害 人②

○廿八日为药王诞辰，四乡男女入庙烧香，络绎于道。午刻郭家班花旦小六扮演《卖绒花》，庙内财神阁上妇女看戏者，约二十余人，中有一妇抱三岁男孩倚窗凝睇，正在得神，忘却手中有孩，竟将手一松，孩已跌地而死，妇尚不觉。他人大声疾呼，妇知始惊惶失措，不知归去何以见舅姑与丈夫也。淫戏之害人如此，可不戒哉！

（营口）（1890年6月23日《申报》）

演戏聚赌宜禁③

○青浦县属广富林地当险要，烟户如鳞，迩日招雇梨园酬神演剧，其有藉赌为业者，呼朋引类，一掷千金，何物棍徒，胆大乃尔？不知堂皇高坐者，亦曾有所见闻乎？

（松江）（1890年7月12日《申报》）

伤 风 败 俗

优俳杂剧原为贱艺，下而至于京师之八角鼓、十不闲、男落子则尤贱艺之极，优伶亦不屑为之。不谓都中有子弟八角鼓杂剧一班，聚集八旗兵弁世族少年，立有班名，置有戏具，且较走江湖者尤擅胜扬，盖局中人各具好胜之情，故务美其好胜之具也。局中诸人皆于平时学习精熟，然后出而奏技，以有邀请者为交游光宠。无论贵贱贫富之家，遇有喜庆大事，皆可相烦，该班中人即时齐往，名曰走局。不取主人一钱，虽车乘之费，皆由自付，主人家惟薄具疏酌而已。其登场也，与江湖杂技无少异，甚且扮

---

① 该组新闻原题为《浔阳近事》。
② 该组新闻原题为《辽阳夏景》。
③ 该组新闻原题为《五茸消夏》。

演女妆，婆娑跳舞以博人喷饭为胜。然所唱多鄙俗淫邪之词，所摹皆媟渎谑浪之态，乃都中簪缨家之女眷偏乐观之，伤风败俗，莫此为甚。殊不解该局中人何所乐而为之，且不解各间阎人家何所取而邀之，嘻，异矣。

（北京）（1890年8月12日《字林沪报》）

赛会扮戏宜禁①

○福茂宫炉主一年一易，易时必迎神赛会，游遍城厢，彼中人名之曰"绕境"。本月十三日，本拟异神像绕境，嗣因天公不做美，改期十八日，继又改至二十一二十二日。是日午后，正在布置一切，忽暴雨如注，平地成渠，迟至夜间，始得起驾，会中除旗罗伞扇外，好事者更扎成抬阁，扮演戏文，斗丽争奇，多至五十余起。所扮如《卖胭脂》《杀四门》《度药》《水漫金山》《闯关》《裁衣》之类，大抵皆青楼雏妓，意态淫荡，如观秘戏之图，俗谓之搁旦。当唐蓉石②司马分防厦门之际，恶其伤风败俗，出示严禁，有犯必惩。会中人遂易以男孩，断袖薰香，临风盷睐，迷离扑朔，益复不堪。此次忽又资雇江西档子班流娼及土著妙妓，装扮尽情，沿途弹唱淫词，以致举国若狂，争先快睹，评头品足，亵越异常。更以游兴未阑，订于二十三日再赛，约计所费洋银多至五六千元，以有用之钱作无益之事，谁为民牧而可置之不见不闻乎？查案禁之，是所望于为民父母者。

（厦门）（1890年8月15日《申报》）

淫词宜禁

演唱淫词小说，本干例禁，本埠近来日久玩生，每有不肖之徒以开设茶馆为名，或设立竹牌碰和挖花等一二桌，并招得弹词辈唱说小书，哄动愚民，辄生事端。虽经苏州藩宪黄子寿③方伯洞悉敝俗，出示禁止，而冥顽不灵如故。兹闻四马路胡家宅大兴里口之申阳楼每于入夜八九点钟，有男妇登台弹唱《双珠凤》小说及《来富唱山歌》一出，更觉丑态毕露，笔难尽述，并引动左近一带野鸡流妓群杂其中，嬉笑嘲谑，无所不至，所望贤宰官之早为禁遏也。

（上海公共租界）（1890年9月10日《字林沪报》）

中元节会宜止④

○邗上人家，每值中元佳节，皆延僧施食赈济之祀孤魂，名曰利孤，

---

① 该组新闻原题为《厦门杂志》。
② 唐蓉石，唐宝鉴，字蓉石，直隶天津人。咸丰元年举人，任内阁中书，历任厦防分府、福州知府、宁福督粮道等职。
③ 黄子寿，即黄彭年。
④ 该组新闻原题为《邗江鱼素》。

实则藉以娱耳目。当施放焰口之际，例必演唱小曲，如《剪剪花》《湘江浪》等淫词，俗谓散花，实瑜伽经所未载也。此一月内佛弟子生涯颇旺，无论为和畅为和障为和样，但须顶上光光，便可自诩为释伽摩尼高足。今岁旧城某姓施食利孤，有两鬅鬠居然披袈裟击铙钹，列坐其次，混充比邱，主人觑破情形，大为龃龉，观者莫不掩口壶卢。又某晚湾子街某店利孤，主僧不肯散花，致犯众怒，各以豆腐渣汁及他秽物抛掷满面，几如鸽粪之著佛头，僧不能支，抱头鼠窜。嘻！如此事同儿戏，乌能诚格幽冥？当兹北省水灾待赈孔亟，曷弗移此助彼，广积阴功耶？

（扬州）（1890年9月15日《申报》）

演戏聚赌宜禁①

○月之初三日相传为淳佑桥崇善庙惠灵王诞辰，里人鸠资出会，寻常旗牌伞扇未足以壮观瞻，先一日两廊开场聚赌，或麻雀、或天九、或摊或宝，不一而足，至傍晚开演大木人戏，锣鼓喧阗，卢雉呼喝，几至通宵不绝，为民上者当设法禁止也。

（杭州）（1890年10月28日《申报》）

恶俗宜惩

本月初十日恭逢皇太后万寿圣节，普天之下，共献颂忱。福州有一种无业游民，藉口祝厘，向各铺户敛钱，每夜迎赛会景，其有名为地下枰、肩头枰者，类以十二三龄小旦，装扮戏剧，站立壮汉肩头，遍历通衢，式歌且舞，千娇百媚，宛转可怜，有装卖西瓜之妙伶，秀色可餐，眉目如画。少年轻薄者，尾随其后，几如蚁之慕膻，败俗伤风，莫此为甚。未知地方官亦有所闻否也？

（福州）（1890年12月3日《申报》）

花 鼓 宜 禁②

○戏本贞淫杂出，惟花鼓戏则有淫而无贞，近闻江北四乡稻菽已庆丰穰，二麦亦俱播种，正农隙无事之时，乡村好事者乃相与敛资，雇花鼓戏班通宵扮演，淫词艳曲，锣鼓喧阗，引动红男绿女，贪夜往观，伤风败俗，莫此为甚。急宜重申禁令，以端风化也。

（九江）（1890年12月6日《申报》）

---

① 该组新闻原题为《凤岭晴晖》。
② 该组新闻原题为《浔阳杂纪》。

1891年（光绪十七年辛卯）

串 客 宜 禁

串客者何？其人名不隶于乐籍，而独爱淫词艳曲，每一登台扮演，无非描写儿女私情，雨逗云挑，恣为亵狎。闺中弱质，情窦初开，往往因此而失节败名，不堪闻问，郡治早经禁绝，而穷乡僻壤总难尽绝根株，遂有无耻之徒，乘黄绫裹篆之时，官宪稍宽禁令，公然演唱，顾忌全无，一时观者如堵墙，男女杂坐其间，毫不知耻。伏查优伶搬演淫戏，例禁綦严，况兹则淫浪，更甚于优伶，断袖薰香，甚且为优伶所不屑为之事。奈何官斯土者，竟甘为聋聩，任其肆意诲淫耶？呜呼！录宁波友人来信。

（宁波）（1891年2月22日《申报》）

恶 俗 难 除

宁郡各乡向有串客，男女合演，极为秽亵，乡村中每演一次，辄有寡妇失节，闺女踰闲，败俗伤风，莫此为甚。屡经府县严拿重办，并令各地保出具遵禁切结在案，乃日久玩生，近闻各乡又有无耻之徒，藉灯祭为名，广演串客，地保人等因得贿不报，而绅耆士庶亦不禁阻，是以若辈更无忌惮，为之上者宜如何严行申禁耶？

（宁波）（1891年3月5日《申报》）

串 客 宜 禁①

〇所恶于串客者，谓其专演淫戏，大庭广众，雨殢云尤，刻意描摹，更甚于仇十洲秘戏图中光景，以致少年子弟情窦初开，惑志荡心，为害无底，屡经地方官严禁。刻虽不敢在城市中登场，而离城一二里之遥，即不能绝此弊俗。不知有地方之责者，亦思设法禁之否也。

（宁波）（1891年4月2日《申报》）

串 客 宜 禁②

〇杭垣近有一种戏班，名曰串客戏，脚色不多，所演无非淫秽之事，摹拟入神，大伤风化。下皮市元帅庙于十六、十七、十八等连演三日，藉以敬神。夫聪明正直之谓神，以此敬神，神其飨之乎？为民上者，当与男女班一例禁止也。

（杭州）（1891年6月29日《申报》）

---

① 该组新闻原题为《甬东小志》。
② 该组新闻原题为《西泠小志》。

串 客 宜 禁①

○串客者，客串也。无赖游民，名不隶乎梨园，而偏喜学习歌唱，每当晚凉时节，沿街列坐，各逞歌喉，其曲无非男女私情，伤风败俗。有地方之责者，曷其奈何弗禁？

(宁波)(1891年8月5日《申报》)

男落子宜禁②

○北方无赖少年乔作女妆，登台度曲，谓之男落子，前曾奉宪驱逐，耳目为之一清，讵日久玩生，现复逼逃于法租界第一茶楼，早晚登场，引人入胜。茶楼地居偏僻，为领事所不见不闻，而地方官又以地在租界中不便为之庖代，遂任若辈扑朔迷离，海淫无忌，严而禁之，仍望于中西之南面者。

(天津)(1891年12月6日《申报》)

1892年（光绪十八年壬辰）

女弹词宜禁③

○近日新到女校书数辈，城内则在项祠，城外则在塘湾街五福园，登台演唱古今杂事，所带使婢，亦皆伶俐绝人，由是逐臭之夫趋之若鹜，珠喉乍啭，裾屐纷来。更有泛宅浮家者，风樯水槛之旁，时见花枝掩映，如官码头及荷花堤塘口处皆有妓船停泊，少年子弟误被牵引，失节败名，不可胜计。有整顿风化之责者，其亦有所闻耶？

(嘉兴)(1892年2月14日《申报》)

串 客 宜 禁④

○宁波恶俗莫甚于赶会、开赌、串客淫戏，屡经府县从严拿办，无如禁者自禁，犯者仍犯，且二者同恶相济，开赌之处必有串客，而有串客之处赌亦更多。兹闻奉化西邬以及西乡黄公林地方又藉灯祭为名，特雇名班唱戏，杂以串客，而开赌之人或搭厂庙外，或啸聚舟中，卜昼卜夜，肆无顾忌，不特长斗殴之风，且足为闾阎之害，有牧民之责者，曷其奈何弗禁？

(1892年2月14日《申报》)

---

① 该组新闻原题为《甬上杂记》。
② 该组新闻原题为《津沽寒色》。
③ 该组新闻原题为《禾中杂事》。
④ 该组新闻原题为《明湖柳色》。

淫戏宜禁

沪上各戏园扮演淫戏，伤风败俗，莫此为甚，前经蔡太守①一再申禁，稍觉敛迹，无如日久玩生，变本加厉，为患伊于胡底？日前某友人邀往宝善街某戏园观剧，见所演各戏，无非描摹亵态，荡人心魄。座中不乏少年子弟，两厢更多丽质名姝，而各优伶等左顾右盼，益复自鸣得意，尽情扮演。有心世道者怒然伤之，而该戏园戏目且以善游富游等字样，冀掩官长之耳目，谓此固寓劝善美富之意，而不知其所演各种情景，真有令人不堪寓目之处，较之淫画淫书为祸尤烈。所愿贤父母力挽浇风，严行惩创，务使该优伶等不敢再为尝试而后已，其造福当无穷也。又闻股开该戏园之优伶李某出入平康，凡沪上淫荡妓女多与缔交，戏台之上眉来目往，几于两不自知，彼既有此种情节，故更欲多演淫戏以广结善缘富缘。寄语人家闺阃，尚勿轻步戏园以供人嗤笑也。然而戏园之演淫戏者，岂仅该戏园哉？然而优伶之妍妓女者，亦岂仅一李某哉？请贵馆登诸报章，或能挽淫风于万一，幸甚。有心世道人来稿。

(1892年3月1日《字林沪报》)

串客暨演剧聚赌宜禁②

〇宁郡各乡近有恶习三端，如花会，如串客，如赶会开赌，此三端于风俗人心大有关系。为民上者宜密饬差役分投查访，庶此风或可稍息也。〇宁郡四乡近来各奉社神赛会演剧，到处皆然，其热闹转过于城市。惟赌风因之大炽，或搭棚于岸上，或聚众于舟中，远近各赌棍趋之若鹜，盖以官宪耳目较远，故益无忌惮也。

(宁波)(1892年3月14日《申报》)

儒家戏班宜禁③

〇福州梨园有大小班名目，大班唱官腔，小班则唱土音。又有所谓儒家班者，亦唱土音。班中皆系少年子弟，有招之使来，不受戏资，但备盛筵以款之，登台演唱时，不许人摆酒，其自待之尊如是。闽人遇有喜庆神诞，恒招演剧，亦习俗然也。班中生丑旦末，雏年美貌，虽借优孟之名，阴有龙阳之实。醋海生波，往往而有，每至一处演戏，必有棍徒为之保护。日前某处庆祝土地神诞，招儒家班演唱，时则玉貌花娇，珠喉莺啭，风流旖旎，艳绝一时。其唱《状元拜塔》一曲，宛然缟素，佳人嘤嘤啜

---

① 蔡太守，即蔡汇沧。
② 该组新闻原题为《四明要录》。
③ 该组新闻原题为《榕峤春阴》。

泣；其演《卖菊花》一出，则风情遐想，摹绘逼真。一时裙屐纷来，几至乐而忘倦，此亦伤风败俗之一端也。呜呼！可弗禁欤？

（福州）（1892年3月26日《申报》）

花 鼓 宜 禁①

○花鼓戏不知起自何时，大抵专以秽亵情形，导人淫乱，如《九连环》《十送郎》等曲，云情雨意，刻意描摹，俗人见而开颜，我辈闻之掩耳矣。芜地每有女伶演唱，取值极廉，一曲登场，只须青蚨一二百，冀以致小家妇女争往纵观，心醉神迷，以致酿成不堪闻问之事。兹若辈复在教堂左近搭台开演，昕夕不停。事为洋务局吴司马②访闻，立饬地保局勇严加驱逐。但地方辽阔，此逐彼窜，终难尽绝根株。侧闻王明府③嫉恶如仇，不知能尽法惩办否也？

（芜湖）（1892年4月12日《申报》）

花鼓及演剧聚赌宜禁④

○花鼓戏盛行于私街僻巷，最足坏人心术，近复明目张胆，肆无忌惮。曾家塘后黄姓妯娌，年皆少艾，其藁砧同业皮匠，日事生计，昕宵忙碌，不解风情，妯娌遂挢裳联襟，乐听靡靡之音。本月中浣，忽如窃药姮娥，双双遁去。黄姓昆季，急出寻访，碧海青天，渺无踪影。正在踌躇无计，旋闻人言，妯娌已随人逃至东梁山某处，驰往探访，则又转徙至宁国。于是闲关跋涉，一路追寻，究不知乐昌破镜尚有重圆之日否？○南门外二十里有白马山，不甚高峻，巨石撑云，清泉洒砌，野花斑剥，宛如世外桃源。山麓一小兰若，供奉木偶，不知为何神，土人因祈子辄应，遂以娘娘庙名之。每年三月十九日，相传为娘娘诞辰，四乡妇女不远数十里而来，皈依莲座，香车宝马，络绎偕来，庙祝更于是日雇梨园子弟登场演剧，笙歌嘹亮，观者如云。更有赌徒乘热闹时在山门内外大开博场，呼么喝六，使无知少年颠倒于其中，为民父母者其亦有所闻耶？

（芜湖）（1892年4月26日《申报》）

---

① 该组新闻原题为《神山春笑》。

② 吴司马，吴乃斌，字春农，浙江钱塘人。历任安徽阜阳知县、芜湖土药局同知、洋务局总办等职。

③ 王明府，王万牲，字字春，浙江钱塘人。光绪十五年任芜湖知县，十六年离任，十八年复任。

④ 该组新闻原题为《赭山晴霭》。

演剧无谓①

○上月二十三日，俗传天后圣母诞辰，九江府北门外及南门小壩两处天后宫皆先期结彩悬灯，并召梨园演剧，一时红男绿女，络绎于途，诚有如端木氏②所谓一国之人皆若狂者，甚无谓也。

(九江)(1892年4月27日《申报》)

祸由串客

串客者客串也，其风盛行于宁波各处，每有少年无赖，略习梨园歌舞，即相约登台演唱，以博缠头。艳曲淫词，尽情摹绘，广众大庭之际，故意云挑雨引，勾逗风情，以致绣阁娇娃，芸窗秀士，一经寓目，即致绮思萦怀，失节败名，事所恒有。地方官高悬厉禁，犯者必惩，无如若辈廉耻荡然，依旧不思敛迹。府治南乡铜盆浦徐周地方，有董星华者，迩忽创设庙会，赁得李姓地，雇匠支搭戏台，邀集串客之流，一连演唱七昼夜，痴男怨女，结队来观，如蚁附膻，如蝇逐臭，无明无夜，举国若狂。道前沈姓豆腐店主妇闻而艳之，托故归宁，冀得一恢眼界。其夫阻之不听，乘间邀邻女同往，凤头鞋窄，细步芳郊，驀见带水盈盈，无梁可渡，正在愁眉双锁，忽听一声欸乃出自芦苇丛中，乃呼招招者渡焉。既而扁舟一叶，放乎中流，忽起旋风，舟为之覆，妇及邻女同入波心。两家亲属闻之，均归罪于董、李二人，意欲兴师问罪。董畏祸逸去，李知事属犯法，一经到案，必受官刑，遂暗中贿以洋银数百元求免。鼠牙雀角，噫！钱神之力大矣哉！

(宁波)(1892年5月11日《申报》)

演唱淫戏

演唱花鼓戏，最足坏人心术，屡经官宪出示禁止，而此风终未尽绝。近日复有不法之徒，视禁令如弁髦，公然以身试法，是真毫无忌惮者矣。本邑人某甲在南门外佛阁开设来扇茶馆，生涯颇不落寞，甲更作招徕之计，雇得男妇四人，于晚间登台唱莲花淫戏，少年妇女，相率而来，几于乐而忘返。甲恐有人藉端滋事，遂暗雇著名流氓海全、福生二人为护身符，故得安然演唱，似此伤风败俗，诚为王法所不容，有地方之责者，其亦有所闻否耶？

(上海县)(1892年7月20日《申报》)

---

① 该组新闻原题为《浔阳杂录》。
② 姓端木，名赐，字子贡，孔子弟子。《礼记·杂记下》："子贡观于蜡。孔子曰：'赐也，乐乎？'对曰：'一国之人皆若狂，赐未知其乐也。'"

淫 戏 宜 禁

沪南小南门外某茶肆中近雇宁波男女四名,晚间登台演唱花鼓淫戏,描摹丑态,务令见者销魂,殊于风俗人心,大有关碍。且闻该茶馆主某甲预邀无类多人在店保护,以防寻衅等事,然则甲之设计亦狡矣哉!

(上海县)(1892年7月20日《字林沪报》)

淫 词 败 俗 ①

○天气炎热,茅檐氓庶,蜗居狭窄,无处引风,只得于晚餐既罢,静坐门前,以资纳凉,间有汝南碧玉,楚楚可人者,轻薄子弟,故意装作轻狂体态,勾引嘲笑。是以每日晚间,恒有三五成群之流,或挟管弦琴笛,在僻巷偏街周游弹唱,邗人谓之走街,哀丝豪竹,类都是淫词小曲,粗俗不堪入耳,勾人魂魄,荡人心志。此种恶习,恐临民上者未之前闻也。

(扬州)1892年8月3日《字林沪报》

戏 场 聚 赌

杭垣下皮市巷温元帅庙向例于夏间酬神演戏,上月二十一、二十二两日,传某梨园子弟搭台开演,一声檀板,游屐纷来,台之左右,摆设赌摊,五花八门,引人入胜,又有以两钱掷地上,覆以碎瓦,仍有青龙白虎进出四门,俗呼为颠颠俏者十居八九。说者谓戏场聚赌,在乡间或有行之者,若省城重地,此辈竟敢明目张胆,肆无忌惮,此风又乌可长耶?所望高坐堂皇者,严密查拿,毋使漏网,是则地方之幸也。

(杭州)(1892年8月22日《申报》)

中元节请僧唱曲败俗 ②

○每届中元节,邗上居民各在本坊起建盂兰盆会,名为超度九种十类无祀孤魂,实则演唱清音小曲,惑人听闻,屡经地方官示禁,无如习俗相沿,一时难以尽革。迩日新旧城利孤施食,无日无之,而以教场内及参府东辕门外大街等处最为热闹,高搭五色彩棚,悬挂各种明灯,灿若繁星,光明如昼,秃鹫十数辈,金铙法鼓,响彻云衢,高坐板台,口中喃喃不知作何语,手中扭之捏之,左顾右盼,俨若有无数鬼魂,向乞凉浆水饭者。然实则目灼灼似贼,其意亦自有专注也。迨召请后,则演唱小曲,如《老鼠告状》《叹五更》《散仙花》等类,词句鄙俚,不堪入耳,而更有一种善

---

① 该组新闻原题为《扬州拾零》。
② 该组新闻原题为《二分明月》。

男信女，侧耳细听，围立台前，几若堵墙，是真地方之恶俗也。

（扬州）（1892 年 9 月 12 日《申报》）

影戏宜惩①

○苣城东门外吕荡盐铁等庄演唱影戏，业经华亭吴大令②访拿盐七图某甲到案笞责，本月下旬又拘获吕六图某乙，讯取口供，笞责数百，惟盐三图某丙夜郎自大，性殊蛮横，差役叠次往拿，动恃族人某丁为护符，抗匿不出，而又扬扬自得，谓影戏非花鼓比，演唱与否于人何尤？此真冥顽不灵之甚矣。不识高坐堂皇者，果任其逍遥法外否？

（松江）（1892 年 9 月 18 日《申报》）

淫戏宜禁

花鼓淫戏，本干例禁，近闻宝山县境内江湾大场各乡，六七月间，花鼓戏盛行。靡靡之音，最足坏人心术，小家妇女因此失节堕名者，已属不少，加以人多嘈杂，逞凶打架，无日无之。安得贤有司严申禁令，惩一儆百，庶足维持风化也。

（宝山县）（1892 年 9 月 21 日《申报》）

花鼓戏宜禁③

○杭俗自中元节起，大街小巷，逐日举行盂兰盆会，施济孤魂，直至九月初始止，秃顶缁衣之辈，几如山阴道上，应接不遑。初七日某处释放瑜珈焰口，杂以花鼓调，淫词艳曲，入耳不堪，一时聚而观者人山人海，途为之塞。风俗之坏，竟至于斯，奈何地方官竟付诸不闻不见耶？

（杭州）（1892 年 10 月 3 日《申报》）

花鼓聚赌为害④

○近有无赖之徒纠集党羽在浦左三林塘一带开唱花鼓淫戏，引诱乡愚，开场聚赌，口角争殴，无时蔑有，诚地方之害也。

（上海县）（1892 年 10 月 29 日《申报》）

采茶曲宜禁⑤

○江西省垣前有不法之徒私唱采茶淫曲，鄙俚之声，不堪入耳，秽亵之态，且不可以入目，经保甲总局访闻示禁，以挽颓风。近有淫荡性成

---

① 该组新闻原题为《苣城秋草》。
② 吴大令，即吴成周。
③ 该组新闻原题为《平湖秋月》。
④ 该组新闻原题为《沪滨谈屑》。
⑤ 该组新闻原题为《章门琐录》。

者，竟敢仍蹈故辙，无非为聚赌窝娼起见，而其贻害闾阎，已足令人发指，若不严拘雇者唱者，一律重惩，则人心世道有不可问者矣。

（南昌）（1892年12月31日《申报》）

1893 年（光绪十九年癸巳）

蚕花戏宜禁①

○每年正二月间，时有西乡小民入城演唱蚕花戏，育蚕之户，争雇以款马头娘，比户筝琶，终宵丝竹，亦一年胜事也。迩年演者多系青年妇女，其戏为《荡河船》《十八摸》之类，恣为淫亵，触目难堪。不知地方官之耳目难周耶？抑日于黄绸被里放衙，不暇留心于此耶？

（嘉兴）（1893年3月4日《申报》）

串 客 宜 禁②

○宁波风俗莫坏于串客。所谓串客者，并非梨园子弟而能慢舞清歌，大抵抹粉涂脂，妆就妖娆荡妇，云情语意，刻意描摹，甚至娼妓所不屑为者，彼竟敢于稠人广座之中尽情搬演。少年子弟，一经入目，往往色授魂输。绸阁名姝，绿窗妙选，因此而香偷贾午，枕授宓妃，失节败名，更不可以数计。前任宗太守③曾出示谕禁，犯者必惩。迩来日久玩生，依旧登台演唱，枣花帘卷，座客如云。上元佳节，竟移官署之旁，或曰事经差役得贿隐瞒，故敢毫无顾忌。若是则精明如杨大令④者，亦且被若辈所朦矣。时事日非，积重难返，有心人能无引为隐忧乎。

（宁波）（1893年3月7日《申报》）

淫 风 流 行

芜地新年以来，有淮扬无耻男子，扑粉涂脂，改装女服，每当夕阳在山，冰轮初上，三五成群，往来僻街静巷，敲板拨弦，口唱淫词艳曲，一唱众和，百般献媚。流氓环绕其傍，向听唱之妇女肆行调戏，而且抢簪夺珥，时有所闻，鹰鹯之逐，是所望于良有司。

（芜湖）（1893年3月9日《新闻报》）

---

① 该组新闻原题为《禾中新语》。
② 该组新闻原题为《甬上述新》。
③ 宗太守，即宗源瀚。
④ 杨大令，即杨文斌。

花鼓宜禁①

○去夏时疫流行，死亡相继，愚夫愚妇咸归咎于春间未经迎赛龙灯。今年鄂城书院纠集资财，扎就各灯，极为绚烂，本拟于初八日迎赛，嗣因阴雨而止，一俟晴光大放，银花火树，胜于凤禁鳌山矣。大南门外各小孩亦集资扎一小青龙灯，每夜蟠舞，各街人家争助以鞭爆。此外有唱花鼓戏者，村中无赖搽脂抹粉，满头乱插纸花，口唱淫词，鄙俚不堪入耳，虽曰升平景象，然恶俗之宜除者也。

（宜昌）（1893年3月10日《申报》）

打山头

淫词艳曲，本干例禁，苏城近有无赖少年，聚集于茶肆内搭台演唱，谓之打山头。每有年轻妇女，呼姊唤妹，结伴而来，凝神以注，倾耳以听。若辈见有妇女在场，益发兴高采烈，加倍描摹。似此伤风败俗，彼高坐堂皇者，岂得置诸不闻不见乎？

（苏州）（1893年3月19日《申报》）

串客宜禁②

○宁郡四乡近有恶习三端，如花会，如串客，如赶会开赌，此三端皆于风俗人心大有关系。为民上者曷其奈何弗禁？

（宁波）（1893年3月30日《申报》）

淫词宜禁③

○本城西门内某茶寮，每于晚间弹唱淫词艳曲，妇女明妆艳服，杂坐其间，以致轻薄之徒乘间调戏，无所不为。前晚弹唱方毕，有殷某者向某姓女郎调谑，正在自鸣得意之时，为木匠阿二所见，顿含醋意，随至梦船堂外，扭殴蜂殴。当经旁人劝散，殷某殊不甘心，告知亲戚张某往诉该处地甲，向阿二等理论，不知如何了结。查茶肆内弹唱淫词，本干例禁，现有邑庙豫园内得意楼茶肆，亦弹唱《倭袍》淫传，引诱妇女入馆啜茗，实为风俗人心之大害。倘为民上者重申禁令，提案重惩，亦地方之德政也。

（上海县）（1893年4月8日《新闻报》）

花鼓又闻

花鼓淫戏，久著例禁，兹闻五福弄底小菜场内有宁、沪两帮人在内演

---

① 该组新闻原题为《彝陵客述》。
② 该组新闻原题为《甬江春浪》。
③ 该组新闻原题为《沪江琐谈》。

唱花鼓淫戏，插花扎扮，装腔作势，演唱情形，不堪寓目，四面均设长凳，男女混杂，流氓地痞借此为敛财计，惟风化攸关，所愿贤有司设法禁止耳。

（上海公共租界）（1893年4月10日《新闻报》）

海 淫 宜 禁

虹口永吉里外毗连美租界处有空地一区，每至日下西山，即有宁波流氓支搭篷寮，演唱花鼓戏，淫戏艳曲，入耳难堪，浮荡少年，趋之如鹜。而青年少妇亦间有列坐其中者，败俗伤风，莫甚于此。安得良有司高悬厉禁，革此浇风乎？

（上海公共租界）（1893年4月20日《申报》）

花 鼓 淫 戏

租界中演唱花鼓淫戏，久干禁令，近日五福弄小菜场仍有本地宁波两帮演唱花鼓淫戏，男女杂坐，谑浪笑傲，无所不至，兼之各流氓乘势拆梢寻衅，种种恶习，亦曾详述报中矣。前日有乡人陈某抱布至沪，卖得钱数百文，在五福弄立听花鼓戏，猝被流氓哄至老闸浜北僻处，将陈某之钱尽数攫取，略与撑拒，又被痛打而散，幸有江湾人某乙见怜，随给该乡人钱三百文，乡人感激不尽。

（上海公共租界）（1893年4月28日《新闻报》）

花 鼓 宜 禁①

○娄县管辖之石湖塘，地势幽僻，最易藏垢纳污。近有赌棍某甲，支搭蓬厂，聚赌抽头，永夕永朝，兴高采烈。又恐迷龙阵内，旗鼓不张，更资雇妖冶女子四人，演唱花鼓淫戏，云情雨意，描写逼真，伤风败俗，莫此为甚。有地方之责者，何竟效於陵仲子②无见无闻耶？

（松江）（1893年5月21日《申报》）

优 伶 无 分

广东新会县城阜宁里邓某氏有女，芳龄二九，艳绝尘寰。氏因家业凋零，欲将女居奇以索重聘，奈高门鄙其寒贱，小户又乏多金，故年既长，尚未字也。上月二十八日，潮连乡演剧，女之姨母家于潮连，氏携女往观。女艳妆而出，钗光鬓影，炫人心目。班中某旦见而悦之，访之乡人，知其氏族，因托蹇修往求婚焉。女母转询媒媪，媪言旦芳名噪甚，且富于

---

① 该组新闻原题为《五葺藻夏》。
② 陈仲子，居於陵，号於陵仲子，战国时齐国隐士。《孟子·滕文公下》："匡章曰：'陈仲子，岂不诚廉士哉！居於陵，三日不食，耳无闻，目无见也。'"此处用"耳无闻，目无见"之意批评官吏。

资，无论家道若何，即一年所得工银，亦以千数，谓若以女归之，嬷嬷亦一生吃著不尽矣。母为利所动，索聘金三百两，媒媪返命于旦，旦诺之，即在其姨母家交定银三十圆，容俟择吉迎娶。女知之，自怨母老而贪，致失身为伶人妻，因私与表姊妹言曰："为丈夫者，所贵有须眉气也，彼既丈夫而巾帼登场演剧，献丑态于万人属目之场，彼纵不以为羞，而妻妾不羞者几希矣！吾宁作农人妇，亲操井臼，实不愿作伶人妻也。"表姊妹以女言达其母，母言既受定金，势难休退，女遂郁郁不乐，辞姨母以归。自恨蕙阁英姿，下配梨园贱质，缄愁茹恨，顾影自怜。一日晓起梳妆，对镜含涕，将抹鬓所余之香胶之而绝。及母惊觉，则玉体已冰，乃抚尸而哭之曰："我误女矣，我误女矣！"旋为之备桐棺以殓。昔周子①云：莲出污泥而不染。若此女者，其真妙莲花后身耶？书此以嘉其志，并以告世之因贫而轻掷掌珠者。

（1893 年 6 月 1 日《申报》）

淫 戏 宜 禁

花鼓淫戏，大干例禁，无如禁者自禁而犯者仍更名演唱也。近有著名流氓某甲等借屋在彩市街中三河轩茶楼上邀得两瞽目妇人一老一幼，每于晚间九点半钟时开演对白花鼓，男女杂遝，观者甚众，均不愿出钱，该流氓思得一计，派流氓某乙倚坐于楼口，每人按取一二十文不等。似此伤风败俗之为，有缉捕之责者曷不起而逐之，俾地方得以清静乎？

（上海法租界）（1893 年 6 月 23 日《字林沪报》）

唱 本 败 俗②

○淫书之害人，夫人而知之，而唱本之为害尤甚。盖淫书之害，必稍识之无始能领略，唱本则巷歌户诵，到处皆然，入耳移情，不堪设想，不识字之妇女，每因此而失节隳名。际此露下纳凉，风前小坐，淫词艳曲，几于遍国皆是商纣靡靡之音，当亦无以过之。

（烟台）（1893 年 7 月 21 日《申报》）

滩 簧 宜 禁

沪上有一种无业流氓，三五成群，专习淫词艳曲，弹唱于茶寮书场之中，名为滩簧，实与地方风化攸关。英界谳员蔡太守屡次严禁在案，无如若辈阳奉阴违，仍蹈旧辙。近来四马路之福星楼、胡家宅之青云楼茶室，

---

① 周子，周敦颐（1017—1073），字茂叔，号濂溪，湖南道县人。北宋著名哲学家、文学家，宋明理学鼻祖。本则引文出自其名篇《爱莲说》。

② 该组新闻原题为《芝罘爽籁》。

每于晚间十点钟时，诸无赖手抱丝竹，搭台演唱，靡靡之声，不堪入耳，座上听者竟有百数十人，大半者马夫流氓，且有年轻妇女混杂其间，异常拥挤。若辈无耻之徒，藉此撩云拨雨，品足品头，甚至密约佳期，私相苟合。败俗伤风，莫此为甚。所望贤有司设法查拿究办，真地方莫大功德也。

（上海公共租界）（1893 年 8 月 14 日《新闻报》）

私 戏 官 做

花鼓滩簧，久干例禁，盖以有关风俗，诱惑良民故也。浦东严家桥地方，于前晚建设高台，演唱影戏，通宵达旦，彻夜不休，乡间男妇，混杂往观，而轻浮无赖之子，乘间嬉谑。闾阎之害，莫此为甚。塘桥驻防局近在咫尺，竟任其明目张胆，不往驱逐。大抵局差从中分肥，故意装聋作哑，一任横行无忌耳，否则恐无此胆大也。

（上海县）（1893 年 8 月 27 日《新闻报》）

风 俗 攸 关

松郡西南乡李塔汇相近定家港地方有大阿弟者，于本月初旬搭盖席厂，开设赌场并演花鼓淫戏以为赌局别开生面。各赌徒闻风而来者，踵趾相接，花骨头之声与锣鼓之声相应，卜昼继以卜夜，殊觉热闹异常。有名阿困者，既嗜赌博兼有登徒子之癖，于人丛中见妇女之稍有姿色者，尽情调戏，入以秽辞，其亵狎情形有非笔墨所能罄者，风俗之坏，至斯已极，操牧民之权者胡竟令其肆无忌惮耶？

（松江）（1893 年 8 月 28 日《字林沪报》）

滩 簧 愈 炽

花鼓滩簧，久干例禁，以所唱皆淫词艳曲，丑态横生，男女混杂，风化之坏，地方之害，莫此为甚。虽经各宪严行禁止，而若辈置若罔闻，依然如故。推其心盖有势焰之人为之庇护，故敢胆妄若是耳。日前保甲总巡张牧九司马亲至沪南金玉楼茶馆，将唱滩簧之姚锦荣、张庆生、金玉书、朱吉太及茶馆主姚来勋等获局，严加训斥，并罚洋充作善举等情，已录前报。查沪城内外藉此引诱良家，煽惑民心者，颇不乏人。自张司马提办之后，弊绝风清，口碑载道，自知改悔者亦各纷纷停歇，惟沪北四马路之洪园福星楼、胡家宅之共登青云楼，仍旧建搭高台，招摇演唱，淫词秽语，不堪入耳。并闻福星楼则野鸡齐飞，青云楼则秃僧胪列，弦管之声杂以笑傲，弹唱之间寓以戏谑，在彼纷纷，听客亦遂肆无忌惮，桑中之约，濮上之期，靡所不至。如此情形，尚复成何体统。然英公堂及巡捕房至今未闻查禁，谅此中有人碍难拘拿，但不知所拿何人，究系何人可往拿捉，俟探明续录。

（上海公共租界）（1893年9月1日《新闻报》）

淫 戏 肇 祸

浦东严家桥等处近有地棍朱庆云即朱小弟，每夜搭台演唱花鼓淫戏，乡民之往观者途为之塞，男女混杂，实为地方之害。日前又移至龙王庙左近西卫巷地方演唱，观者较前更甚。前夜正在锣鼓迭奏之际，砉然一声，台忽坍倒，台下之人纷纷逃避，有二人奔避不及，致为压伤。朱见势不佳，乘间逸去。现在受伤之家向地保哓舌，未知作何了局。但刻下各乡正收成之际，农民工作方殷，即不肇祸，亦属伤风败俗，有地方之责者，奈何充耳不闻耶？

（上海县）（1893年9月2日《字林沪报》）

影 戏 宜 禁

凡各乡之最坏风俗、耗民资财者，莫过于演唱花鼓戏及所谓影戏者。花鼓戏皆在镇市茶馆中，淫词秽语，信口狂喷，男女混杂，此嘲彼笑，忘廉丧耻，为害实深。至于影戏，则于荒野之处搭台，招集无赖于夜间演唱，竟有妇女不畏十余里之远，唤姑携嫂，结伴往观。所演之戏大半不堪寓目，而嗜之者不啻蚁之慕膻，蝇之逐臭。人声鼎沸，达旦通宵，其有两心相许未能如愿者，即藉此作月下佳期，桑中苟合。一年之中，四乡因演花鼓戏、影戏而堕名败节者，不知凡几；争风打降而酿事端者，亦不知凡几。为首搭台之人，俱该处著名流氓。虽有图董，莫敢撄其锋，盖以同居桑梓，不欲招怨故也。前者浦东严家桥地方有著名地棍朱庆云为首搭台演唱影戏，兹悉近日移至龙王庙后面魏港地方开台。前晚正在兴高采烈之际，所搭戏台本不甚坚固，复为看戏之人极力拥挤，以致戏台塌下，压伤乡民三人。当即诉知该处地保，向朱庆云理论，不知如何了结。然挽颓风惩薄俗，实所望于民之父母也。

（上海县）（1893年9月2日《新闻报》）

滩 簧 宜 禁

本城邑庙柴行厅茶肆中近日雇得吴人数名，搭台高唱滩簧，间以淫词小曲，描摹点缀，丑态可掬，以致座中常满，莫不利市三倍，惟男女混杂，年轻妇女听此淫歌最易贻害，伤风败俗之事竟敢于热闹场中肆其伎俩，有地方之责者何不设法严禁哉？

（上海县）（1893年9月5日《字林沪报》）

档子班宜禁①

○档子班系以妓女为之,名则征歌选舞,实则纳垢藏污,从前此风盛行,凡官场人员咸于此中寻乐趣,迨张香帅②到粤整饬吏治,首严此禁,笙歌脂粉,一扫而空。近则日久玩生,曳途集棁之流,又欲渐张艳帜,老城地面已有数家,时值科场士子云集,生意之盛,尤过于平时,弦管之声,昼夜不绝,未知贤有司能禁令重申、挽回风化否?

(广东)(1893年9月15日《申报》)

薄 俗 宜 惩

宁郡游手好闲之徒,每于街头巷口,席地而坐,拉胡琴敲扑板,名曰串客,又号滩头。作靡靡之音,唱淫奔之曲,效互相勾引之态,调弄风情,描绘形容,淋漓尽致,有识者闻之掩耳,见则低头,妇女乡愚则听之忘倦,日惟不足,夜以继之,坏风俗而伤廉耻,莫此为甚。更有中年盲妇,于夕阳将坠之时,敲锣打鼓,踝蹙往来,演唱桑间濮上之淫词,秽语村言,不堪入耳。蓬门小户于沿街纳凉时,最喜唤唱,男女杂坐,戏谑声喧。因是而荡检踰闲者有之,堕名失节者有之。窃念盲妇目既失明,已遭冥罚,何不效吴郡瞎媪演说因果报应,庶几移风易俗。是不得不望于贤有司禁令之颁矣。

(宁波)(1893年9月25日《新闻报》)

海 滨 恶 俗

川沙为海滨岩邑,人烟繁盛,良莠不齐,迩者秋稼登场,农民糶谷得钱,腰缠颇富,即有地方匪棍明目张胆唱演花鼓淫戏,诱人聚赌倾资,更有扎就龙灯,通宵迎赛,轻浮子弟,更薰香傅粉,扮为采茶女、蚌精之类,招摇过市,毫不知羞。灯过处,夹道纵观,人如蚁集,宵小每乘间窃物,以供烟赌之资,何官斯土者但知高坐堂皇,绝不稍申禁令耶?

(川沙厅)(1893年11月12日《申报》)

帽 儿 戏

帽儿戏或曰猫儿戏,不知起自何时,班主购得十余龄女郎,教成歌舞,长筵广座,藉以侑觞,盖以唱而兼娼者也。杭州访事人来信谓,迩者此风大盛,人家有喜庆事,非有帽儿戏不能得座客之欢心。班中多十余龄之幼童,傅粉薰香,婉丽如好女子,而又杂以娼妓诙谐嘲笑,淫亵不堪,

---

① 该组新闻原题为《羊城纪事》。
② 张香帅,即张之洞。

每日仅需番佛十二尊,赏号则多多益善,戏罢即筵前并坐猜枚饮酒,四座生春,甚有加诸膝者、探诸怀者,局中人虽欢乐异常,以局外视之,诚恶习也,为之咏坡仙句曰:"笙歌丛里抽身出,云水光中洗眼来。"庶几俗虑一清,仍不失我辈本来面目欤?

(杭州)(1893年11月29日《申报》)

1894年（光绪二十年甲午）

戏 无 益

○昨日南会馆仍在演戏,下午钟鸣四下,清歌妙舞,兴往情来,观者如云,惟见万头攒动。有某甲者正欲夺门而出,突被小船户某乙某丙误践其足,遂申申怨詈曰:尔岂两目青盲者耶?奈何竟举足乱踹也!乙丙不自引咎,反唇相稽。甲大怒,挥拳击之,战斗移时,扭结不解。忽有人排众而入,大呼曰:此某县武进士也,尔等竟斗胆开罪乎?乙丙闻而畏惧,潜身挤入人丛中,甲乃怏怏而去。

○当锣鼓喧闹时,众无赖就戏场畔支板为台,招人坐看,每演一折,即伸手乞数文钱。江北妇某氏,雌虎也,一啸风生,万人辟易。昨日正在台上高坐,忽台板欹倒,跌仆尘埃中,鬓乱钗横,异常狼狈。有流氓之曾受其侮者,见之鼓掌大笑曰:是可以复我仇矣!于是或按其头,或擎其足,拳如雨点,顺势饱殴。氏至此顿敛虎威,不敢与较,俟其殴毕,始垂头丧气而归。噫!演戏以敬神也,乃神未必果有灵感,而戏场祸事几于罄竹难书。然则敬神果何为也哉?是故君子曰:戏无益。

(上海县)(1894年1月5日《申报》)

淫 戏 宜 禁

山东戏班不行于营口四乡,封河以后,营街并不演戏,班中数十人无以支持,遂设法在西潮沟沿三海栈院开设戏馆,每客取青蚨六百,日夜开演。初时尚可敷衍,迨后天气寒冷,车马渐稀,掌班者遂令演《杀子报》一出,哄动远近,观者有数百人之多。

按,淫戏之害较淫书淫画为烈,该戏班只图渔利,不顾害人,其罪诚擢发难数,虽然上海租界戏园扮演淫戏,明目张胆有过于营口者,官府并不严密查拿,于营口乎何诛?

(营口)(1894年1月19日《申报》)

花 鼓 宜 禁①

○花鼓淫戏，久干例禁，每遇新春，地方官恐若辈仍蹈故辙，无不厉禁高悬，无如利之所在，辄置法令于不顾。近日仍有无赖子弟在隐僻处搭台演唱，败俗伤风，关系非浅，在上者曷其奈何弗禁？

（汉口）（1894年3月3日《申报》）

恶 俗 难 禁

各处地方，凡遇迎神赛会之时，往往有无赖赌棍藉此大开赌场，以倾人之腰橐，甚至荡人家产，坏人身命，殊堪痛恶，此地方官之所以必禁也。宁波赶会开赌之恶俗，屡经府县严禁拿办，而禁者自禁，犯者仍犯，所谓积重难返者非欤？兹闻西乡黄公林庙及奉化之西邬等处又藉灯祭为名，特雇名班，日则唱戏，夜演串客，而开赌者或聚集舟中，或搭厂庙外，其赌船赌厂之多，如鳞次如栉比，不特滋斗殴之风，而且大伤风化，有牧民之责者，宜如何重申禁令，以挽颓风耶？

（宁波）（1894年3月5日《申报》）

花 鼓 宜 禁②

○上元节后，好事者扎就狮子，沿门戏耍，杂以鞭爆锣鼓，喧哗拥挤，几将衢路阻塞。又有人在圆觉庵前搭盖草台，演唱花鼓戏，红男绿女，结队来观，伤风败俗，无过于此，在上者曷其奈何弗禁？

（宜昌）（1894年3月11日《申报》）

淫 声 复 起

日前本埠邑庙柴行厅茶肆主林丽卿同子柏堂招集无赖，演唱摊簧，经总巡叶司马③访闻，面谕本局委员王二尹查禁等情俱志前报，并饬该处地甲传谕各茶肆弹唱说词一律停止。事越三日，复经该地甲以已准开书，遍谕各茶肆，是以前日起，弦筝盈耳，故态复萌。不知此谕从何而来？闻得鹤厅茶肆竟雇弹词老手王石泉④演说《倭袍传》，谑态淫声，描摹尽致，以故听者甚众，男女杂沓，磬纸难书。前年该茶肆主曾邀王幼香者演说《倭袍》，经前东局委员访闻，立饬勇甲将茶肆主及王幼香拘局，分别惩罚，并令具不准复唱切结，乃未数年依然如此，若辈之憨不畏法亦可想

---

① 该组新闻原题为《汉水春鳞》。
② 该组新闻原标题为《巴山听雨》。
③ 叶司马，即叶大庄。
④ 王石泉，苏州人，同治光绪年间弹词艺人。早年从弹词名家马如飞学习《珍珠塔》，马爱其才，招为婿，并为其另编长篇《倭袍》，王即以此书成名，为清代弹词后四家之一。

见。兹闻前日午后王石泉正在登台演说，兴高采烈之际，突有勇丁二人，身穿号褂，至该茶肆中大声曰：弹唱淫词，久干例禁，局宪示谕煌煌，尔等岂不之见？当场逼王下台。茶肆主江子香见事不妥，即将二勇勾出密语至再，始转身而去。虽然，有挽回风化之责者，安有准唱淫声之理哉？鬼蜮伎俩，谅在该甲。

（上海县）（1894 年 3 月 13 日《新闻报》）

男落子败俗①

○前门外大街卖解者、变戏法者、唱乐子者、说因果者，棋布星罗，令人应接不暇。最奇者有一唱男乐子者，身穿一红洋布女衣，抹粉涂脂，双角插花，红线约髻，扭扭捏捏，装作村姑模样，口唱淫词俚曲，以博蝇头。嘻！是真无耻之甚者欤？

（北京）（1894 年 3 月 15 日《申报》）

演 戏 无 益②

○出南门里许有地名茶亭者，向有武圣庙一所，某日里人召祥升班演剧，以答神庥。正在袍笏登场，笙歌间作，突台畔某酒楼坍下，杯盘肴馔，狼藉不堪。楼下闲人伤至十余名之数，有甲乙二人血流被面，一息奄奄。并闻柏姬庙人某甲亦因看戏而被石栏压伤，舁回救治，不效而毙。谚云：戏无益，信然。

（福州）（1894 年 3 月 30 日《申报》）

淫 书 宜 禁

印售淫书，久干例禁，自丁雨生③中丞暨光绪十六年五月黄子寿④方伯刊印应禁各书名目，通饬各属严禁后，淫书种类为之一清。乃逾时未久，故智犹萌，十八年七月间又有坊贾冯姓以《红楼梦》改名《金玉缘》印售，嗣经兹业董事管某查获是书，禀请英公廨及上海县讯究，旋由冯某将所印之书具结销毁在案。近闻有某书坊将在禁极淫之《倭袍》《欢喜冤家》《肉蒲团》《隔帘花影》等改换新名，托北市某石印局印钉出售，购者踵接，而年轻子弟钟爱尤笃，故性情愈漓，败俗伤风，莫此为甚。惟愿该业中人早为自禁，若蹈冯某之覆辙，恐不免自贻伊戚也。

（上海公共租界）（1894 年 9 月 7 日《新闻报》）

---

① 该组新闻原题为《云中双凤》。
② 该组新闻原题为《闽客谭新》。
③ 丁雨生，即丁日昌。
④ 黄子寿，即黄彭年。

淫书又见

刊刷淫书，本干例禁，故经苏藩宪通饬各属将著名淫恶各书一律劈板禁售在案，近闻有某姓在法大马路某里第三十七号门牌租借房屋，于晚间在彼刷印《肉蒲团》若干部，现已工竣，将次出售。夫《肉蒲团》何书？而某乃胆敢刊刷，想贤长官知之定当严为查禁也。

(上海法租界)(1894年10月15日《新闻报》)

重唱淫词

淫词小说，本干例禁，前经英捕房好捕头将福星楼说唱淫词之人拿获解县会讯，科罚在案，继由捕头饬包探谕知各书场茶馆不准再唱滩簧及《水浒传》《双珠凤》《倭袍记》等各书，无如若辈日久玩生，复蹈前辙。兹查有宝善街公顺昌弄中曾经犯赌拿案之同义楼书茶馆，仍敢在彼说唱《水浒传》，改名《忠义传》。又胡家宅西首某茶馆亦有弹唱淫词之事，未知捕房有所闻否？尚望饬探查禁，将此等违犯之徒拿案重惩，于地方不无小补。

(上海公共租界)(1894年10月21日《字林沪报》)

1895年（光绪二十一年乙未）

演 戏 无 益[①]

汉皋梨园子弟统京伶汉优计约有四五班，要皆各擅其长，武剧以京班为最，若夫歌喉宛转，神态描摹，汉班独擅其妙。汉俗呼京班曰小班子，汉班曰大班子，盖曩日芜湖四喜班初至汉口时，其优伶年皆幼小，今虽更易壮优，日久相沿，其名遂不可改。南粤、北直、吴越等处寓公喜听京腔者多，汉班之角色较京优虽不相让，究以土音啁唧，远方初至者未能领会，不似京腔之易解也。广东香山各会馆于元旦敬神演戏，游人如蚁，场中设有板凳，高出人头，每人出青蚨二三十翼，即可寓目，零星食物，水烟瓜子，亦可随意购取。每逢名角登场，戏场之内，万头攒动，势如潮涌，非有力如虎者，断难挤入。甚至有先入之人被挤在内，欲出不能，随人转侧，失履落帽，折臂闪腰者，时有所闻。乘兴而来，败兴而去，戏之无益，于此可见。

(汉口)(1895年2月7日《申报》)

花 鼓 戏

杭俗每值新正十八日之中，即有无业游民沿街鸣锣唱花鼓戏，男女

[①] 该组新闻原题为《汉水笙歌》。

杂遝，每出或七八十文或一百二三十文，多少不等，所演者《游船》《补缸》《扒灰》《卖胭脂》等淫词艳曲，丑态毕露，至街坊所演者尤为醒龊，令人不堪入耳。班中人皆上虞产，遇有轻薄子弟见其油头粉面，招之便来，藉演戏之名相与嬉笑取乐，实有伤于风化，高坐堂皇者曷勿起而禁之欤？

（杭州）（1895年2月15日《申报》）

花 鼓 宜 禁①

○花鼓淫戏，久干例禁，近日仍有无赖子弟在隐僻处搭台演唱，红男绿女，空巷往观，败俗伤风，莫此为甚，在上者曷其奈何弗禁？

（镇江）（1895年2月26日《字林沪报》）

淫 词 宜 禁

花鼓淫词，久干例禁，乃近来英大马路五云日升楼后面之清心园小茶馆，每晚有口操宁波乡音男女两人演唱淫词艳曲，观者如堵，无不色舞眉飞，败俗伤风，莫此为甚。有整顿风俗之责者，曷其奈何勿禁？

（上海公共租界）（1895年5月13日《字林沪报》）

影 戏 宜 禁

花鼓淫戏与木人影戏皆属有干禁令，而花鼓戏一项屡经捕房查拿送廨，先后严办，惟影戏尚未惩过，虽是戏无甚淫恶，然所演必在暗隅，以致男女混杂，摸索嬉谑，无所不至，殊于风化有关。兹闻三茅阁桥堍丽水台与西新桥福心园等处，有流氓某某等在彼开场演戏，招揽野鸡妓女杂坐其中，任令无赖棍徒肆意嬉谑。前晚有某良家妇亦被轻薄，大肆口舌，后经场主出劝，各无赖始均散去，某妇亦恨恨而返，然已受辱难堪矣。

（上海公共租界）（1895年5月13日《新闻报》）

淫 曲 宜 禁

宁波信云，串客本干例禁，屡经地方官示禁拿办，无如禁者自禁，犯者仍犯，近来此风愈甚，每有无耻游民每晚在各街巷列坐唱歌，男女杂坐共听，描摩云态，点缀风情，败俗伤风，莫此为甚，有地方之责者曷其奈何弗禁？

（宁波）（1895年7月27日《申报》）

---

① 该组新闻原标题为《京口春潮》。

小 说 宜 禁

淫词小说，本干例禁，前有丁雨生①中丞出示严禁后，由黄子寿②方伯任苏藩时通饬各属一体严禁在案。迩来日久玩生，复蹈前辙，有沪北画锦里某书坊胆敢视诰诫为具文，目官司为傅舍，公然刊列口报告白，出售《金瓶梅》《野叟曝言》《欢喜冤家》改名《三续今古奇观》等名目，嘱人在四马路一带茶肆烟馆兜销。年轻子弟见之喜形于色，接踵争购，伤风败俗，莫此为甚，贤有司曷勿加之意哉？

（上海公共租界）（1895年8月13日《字林沪报》）

摊 簧 宜 禁

近有一种轻薄少年，弹唱摊簧，藉以引诱妇女，殊为风俗之害。前晚英界公兴里某姓家因主妇生日，招集无赖少年在家唱摊簧，正在吹竹弹丝，兴高采烈之时，忽有多人驰至，将台上所列笙箫笭笛之属尽行取去，并欲将各少年殴辱，旋经人劝解，始一哄而散。摊簧曾经捕房查禁，今少年竟敢公然聚众弹唱，且因此肇事，想捕房闻之必当从严查禁也。

（上海公共租界）（1895年9月8日《申报》）

淫 戏 又 见

租界各戏园每喜演唱淫凶极恶各戏，曾经各大宪通饬上海县英公廨分别示禁在案，兹因日久玩生，各园阳奉阴违，仍有扮演情事，以致少年子弟，良家妇女之因邪入邪者，不可以数计，殊为伤风败俗之尤。前晚某戏园演《来富唱歌》一出，有某栈客全包厢楼，遍请年轻妇女任意观看，不以为羞，有某甲之妻亦在其内，剧毕而返，甲因不知廉耻，与之反目，该妇几致觅死，幸经同居人救治得苏。嘻，戏已无益，况淫戏哉！惟愿良家宅眷，父戒其女，夫勉其妇，倘遇此等淫恶各剧，勿令纵目也可。

（上海公共租界）（1895年11月4日《新闻报》）

淫 书 宜 禁

售卖淫书，例禁綦严，探悉城内四牌楼有某书坊学徒某甲，将屡奉严禁之《肉蒲团》一书肆行翻刻，改名《觉后传》，冀图贪利，凡有等游手好闲之辈，阅此书者颇为不少，以故销场甚广，实为风俗人心之害，想贤父母一有所闻，定当从严拿办也。

（上海县）（1895年12月2日《新闻报》）

---

① 丁雨生，即丁日昌。
② 黄子寿，即黄彭年。

淫书宜禁

近来淫书小说日甚一日，即使律有明条均置不问，大约是书见于摊卖者多，摊卖为沾小利起见，圣经贤传本重利微，小说淫书轻年子弟最易动目，抑且获利较厚，然若辈不过藉以糊口，尚不足责。近见坊肆中亦复不少，且每一书出，必加以锦套，五色斑斓，彩然可观，令人悦目赏心，手不忍释。大约因近来有铅字石印，成本较易，缩板亦便，故《三国》《水浒》不足为奇，八美十姨，争先快睹，藉此以网利权，讵肯违其所欲？殊不知败俗伤风，莫此为甚，轻身失节，无所不为，以有用之银钱，作无益之浪费，淫书为害，实有无过于此者。有地方之责者，亟宜禁所当禁，吾当百顿首以祝之。

（1895年12月15日《字林沪报》）

1896年（光绪二十二年丙申）

花鼓宜禁[①]

〇武、汉二郡乡民每值新年，必捐资为赛灯之事。其中最为世道人心之害者，莫如花鼓戏一事，搬演诸般淫剧，无异后庭大体双，少年子弟情窦初开，见此情形，能不魂输色授？是在贤长官贤维持风化、严行示禁也可。

（汉口）（1896年2月25日《申报》）

花鼓宜禁

花鼓淫戏，原干例禁，汉镇自新正以来，幽街曲巷，常有一种藐法之徒，招引花鼓诸伶深夜到家，明目张胆，演唱诸般淫曲，种种丑态，令人对之欲呕，且有无识之轻年妇女，涂粉抹脂，呼姨挈妹，麕集一处，领略个中滋味，大为风俗人心之害，有父母斯民之责者，曷其奈何勿禁？

（汉口）（1896年2月25日《字林沪报》）

串客难禁

甬地湾头邵家渡居民罔知理法，日前竟敢敛资招无耻之徒登台演串客淫戏，卜昼卜夜，忌惮毫无，一时眼界未净者均纷纷插足而观，颇形拥挤。甚至居孀之妇、守贞之女亦逐队坐视其前，亵词悦耳，丑态迎眸，若辈神舞魂飞，俱脉脉若有所思，安保不依样葫芦，假戏而弗为之真做乎？其余各乡为之者颇众，贤长官虽屡出禁止，乃若辈视若弁髦，败俗伤风，

---

① 该组新闻原题为《汉上春声》。

莫此为甚，有心人不禁惕然忧之。

（宁波）（1896年3月13日《字林沪报》）

贩 卖 淫 书

贩卖淫书，有干例禁，原其最坏人心，最伤风化，所以为贤有司者禁之必严，究之必深也。今有张某者，姑隐其名，在苏曾犯此案，经地方官捉拿惩办，遂逃避至沪。岂料伊本性难移，仍蹈前辙，且有刘盘龙之癖，每日在石路中含香阁烟室聚赌抽头，通宵达旦，大为地方之害，容俟查明再行详登。

（上海公共租界）（1896年4月17日《字林沪报》）

串客聚赌宜禁①

○郡之四乡，每逢正二月间，向有串客赶会，专唱淫词艳曲，勾引痴男怨女，荡检踰闲，而迷龙阵中人更以五木诀诱人财物，浇风恶俗，莫此为尤。地方官闻而恶之，历次严禁在案。乃日久法弛，故智复萌。目下西乡鄞江桥、百梁桥等处，又有赌棍租地搭厂，聚赌花龙牌九，并招串客演剧，哄动游人。当此农事方兴，乡人最易废时失业，有牧民之责者，曷其奈何弗禁耶？

（宁波）（1896年6月5日《申报》）

串 客 宜 禁②

○甬上串客之多，诱人淫荡，地方官已屡屡申禁矣。无如若辈一至夏天，死灰复燃，妇女何知，每于街巷纳凉，而串客随处扮唱，形容尽致，实为风俗之害。更有一种河南、山东等人以西洋镜招人观看，内有春宫多张，雨意云情，毕现纸上，坏人心术，莫此为甚，安得贤有司严加立即驱逐，其功德岂浅鲜哉。

（宁波）（1896年7月2日《新闻报》）

香火戏宜禁③

○今夏中伏后，酷热异常，自入新秋，居民间有患瘄痧等症者。于是好事者每就本坊酾资赛会，或赁空屋，或度隙地搭高台，结彩张灯，雇香火演唱各种淫词艳曲，美其名曰太平胜会，实则无非藉饱私囊也。香火所诵之词，非经非忏，字句鄙俚，几令人入耳难堪。有时复涂面挂须，如

---

① 该组新闻原题为《鄞岭丛谈》。
② 该组新闻原题为《鄮山夏黛》。
③ 该组新闻原题为《小秦淮打鱼歌》。

戏剧中之金钩李胡子，有时更将男作女，易弁而钗，脂粉乱涂，装出鸠盘荼母，药叉恶状。小家妇女每喜往观，无夜无明，围坐如堵，非特坏风俗害人心，抑且匪类乘机攫物打降，或向小妮子恣行调戏，鞋杯口盏，秽亵不堪。安得贤有司严查而厉禁之，庶妖言惑众之流不敢肆行于化日光天之下乎？

（扬州）（1896 年 8 月 29 日《申报》）

售 卖 淫 书

售卖淫书，本干例禁，业经英包探拘获私刊及贩卖之甲乙丙三名惩办在案。近又有麻皮顺卿者，手持淫书，在麦家圈各烟馆兜卖，为害非浅，想良有司闻之，当必亟为查禁也。

（上海公共租界）（1896 年 9 月 11 日《字林沪报》）

淫 书 难 尽

前报载英探黄四福访获专在各烟馆售卖淫书之某某等三人，并起获《桃花影》等诸书解送公堂、经官判押惩罚一案。念谓自此以后此风或可稍息，乃不意近来又有本地人麻皮顺卿等手持淫书在麦家圈一带各烟馆售卖，毫不畏惧，前日因被人窥破，彼即收书怏怏而去。小贩之贪利犯法如是，恐一经官宪访闻，亦难幸逃法网也。

（上海公共租界）（1896 年 9 月 13 日《新闻报》）

花鼓戏宜禁①

○因果戏班又名大鹦哥戏，即花鼓戏之别名也。淫词艳曲，莫此为甚，大为风俗人心之害。演此者大抵皆绍兴人，每当财神诞时，各班来杭赶此生意。前经官宪严禁，会中人遂改用木人戏及弹唱滩簧，或雇用清音，若辈生意以此不旺，鲜有来杭者，今则此风几几乎复炽，不可不先事预防也。

（杭州）（1896 年 11 月 24 日《申报》）

1897 年（光绪二十三年丁酉）

淫 戏 宜 禁

江西省垣有等游手好闲，结党成群，串就淫词艳曲，至地方官耳目不到之处，登场演唱，讽讽移人，而其中节目无非幽期密约，男女私情，桑间濮上之音，为害于世道人心者，良非浅鲜。当其缓歌漫舞，装束登台，

---

① 该组新闻原题为《苏堤衰柳》。

不过一小生一小丑一花旦三等脚色，故人皆呼之曰三脚班，而若辈则自美其名曰采茶戏。虽迭经保甲总局严词厉禁，此拿彼窜，仍然阳奉阴违。近日永和门外离城三五里之某村，有三脚班日夕演唱，盖为各赌棍集资雇至，以为呼卢喝雉，欺弄愚民地步者也。神通广大，一至于此，凡有父母斯民之责者，竟学於陵仲子耳无闻目无见，斯则不可解已。

（南昌）（1897 年 1 月 1 日《字林沪报》）

人 心 不 古①

○银山门观音洞前，近日来一老叟，苍颜白发，龙钟殊甚，手持一纸，上书王元大，年七十六岁，长沙府人，有子某于数年前至福建某军门营中当差，至今杳无音耗；媳某氏在镇身故，求舍钱文云云。讵料哀祈竟日，罕有人舍一文钱者。旁有一女，浓涂艳抹，手拨琵琶，口唱淫词，一曲未终，而冶游诸浪子各掷金钱，争先恐后。噫！同一用钱也，不用于怜贫而用于游戏，江河日下，古道云亡。有心人能无忾然？

（镇江）（1897 年 2 月 28 日《申报》）

花鼓戏宜禁②

○花鼓戏淫情浪态，刻意描摹，穷乡僻壤之氓，目不读圣贤书，胸中有何见识，一睹云情雨意，未免心猿意马，拴缚不牢。自入新春，每当夜色苍茫，若辈即灯烛辉煌，登台演唱，伤风败俗，莫甚于斯。贤长官宜如何设法禁之以冀颓风稍挽乎？

（汉口）（1897 年 3 月 12 日《申报》）

演 唱 淫 词

沪城邑庙中各茶肆推春风得意楼首屈一指，无如新岁以来，生意颇觉寥寥，店主王兰亭等遂容留妇女吃茶，惟生理仍不起色，尔来又纠合年轻无赖之徒在店搭台演唱淫词小说，引诱良家子女，殊为伤风败俗，有防民之责者，宜亟为禁止也。

（上海县）（1897 年 3 月 13 日《字林沪报》）

诲 淫 逞 凶

演唱摊簧，大干例禁，乃以差役所开之茶馆亦公然藉此招徕，已属非是，讵因本报奋笔直书，遂迁怒于访事，竟在稠人广众前肆行殴辱，独不思茶馆摊簧何能掩人耳目，即本馆访事不报，安保无道路之传闻？又安保

---

① 该组新闻原题为《北固山寻春记》。
② 该组新闻原题为《神女珠光》。

他馆访事之尽皆佯作痴聋耶？乃据城内友人来馆述称，昨午后在县前三阳茶楼见有人向本馆访事逞凶，询诸旁观，盖因前报曾登县东新弄内凤裕茶园演唱摊簧一事，致该园主丁某即充县差之丁宝和坚指访事所报，故向逞凶。并称自登报后已被总巡局差讹诈去洋二十四元云云。被殴等情，按访事虽未来馆陈明，或系畏其凶焰，故尔隐忍不言，惟本馆所用之人，岂容他人轻侮？况该茶园明明演唱淫词小曲，尚敢挟嫌逞凶，若果属实，本馆定必请官查办，以儆淫凶，勿谓言之不预也。

（上海）（1897年3月17日《字林沪报》）

女伶宜禁①

○迩由省垣到来女优一班，在天兴茶园演唱，观者人山人海，后至者悉成门外汉，尤复伫立倾耳，以未经快睹为憾。附膻逐臭，何若是之多耶？夫贩卖人口，本干例禁，而良家子女坠入娼寮妓馆者何止千百万者计，似此娼而兼优，其苦况必当更甚，安得贤有司严为禁之，俾青莲花皆出诸火坑也。

（烟台）（1897年4月29日《申报》）

1898年（光绪二十四年戊戌）

浇风复煽

天津采访友人云，八十间房在马家口之南首，不特荒烟蔓草，古冢累累，且路若羊肠，跋涉无殊蜀道，现在中西商宦争购地基，每将坟墓迁移，辟为坦道，复兴筑马路，上接海光寺，下达小营门，中通溜米厂，海大道四通八达，攸往咸宜。其间禅臣洋行购地最多，本年鸠工庀材，大兴土木，现已一律告蒇，招人赁居。津城向有所谓落子班者，燕燕莺莺，登场献技，所唱莲花落，调极淫艳，足令人动魄消魂，业经禁绝数年。兹者若辈恃有护身符，重复大张旗鼓，不惜重价赁此处大厦作茶园，榜其门曰"天福"，择吉腊月初七日开张。兽蹄鸟迹之区，居然人语喧阗，车马络绎。相去数武，又有小广寒、宝丰茶园，类皆招集流倡以媚座客，不知官斯土者亦思厉禁重申耶？抑惕于投鼠之忌器，而居然充耳不闻耶？

（天津）（1898年1月19日《申报》）

郑声败俗

地方官不准妇女入庙烧香及入场听书，原所以别内外而防淫乱也。乃

---

① 该组新闻原题为《烟海涛声》。

吴俗每届新正，有种游手好闲之人，名为请客，邀集多人，在各茶肆支台设座，演唱滩簧，艳曲淫词，无所不有。少年子弟及少妇雏姬，莫不联袂入场，杂坐倾听，调笑谑浪，意动神移，甚至摸足评头，毫无顾忌，不独有坏心术，而且风化攸关。近日新年已过，若辈仍在道前街凤池茶园演唱如故，安得有地方之责者严禁查拿，以正风俗，未始非仁心仁政也。

(苏州)(1898年2月2日《新闻报·附张》)

串 客 宜 禁

宁波访事人云，宁郡串客戏，海淫海盗，实为恶俗之尤，屡经府县严禁在案，无如禁者自禁，犯者仍犯。迩者南门外离城约里许祖关对河三层楼仍搭台串演，哄动男妇，举国若狂，未免有伤风化也。

(宁波)(1898年2月10日《申报》)

淫 词 败 俗

苏垣各茶肆于新正邀集儇薄子弟演唱淫词，有坏人心风俗，已志前报，现闻各处均已次第收歇，惟道前街之凤池茶园向恃护符，竟敢贿通差保，仍留若辈日以继夜，演唱如前。而无耻妇女以为官司不禁，和脂傅粉，妆饰一新，密约所欢，群焉而往，名为听书，其实肆其淫荡。前日有流氓数辈杂坐其间，因与书客有隙，一言不合，遽启争端，掷碗飞盆，纷纷难解，各妇女互相逃窜，有遗簪脱履者，有面青目肿者，有呼儿觅女仓皇失措者，狼狈之形，令人可怜可恨。说者谓若再不行严禁，恐将别酿祸端也。

(苏州)(1898年2月16日《新闻报》)

演 戏 聚 赌①

○绍兴访事人云，绍兴城外相距三十里之山村花扈等五堡，向年赌风极盛，每逢正月灯节，轮流演戏，游手好闲者因之开场聚赌，竟至百数桌之多，后因酿成祸端，为绅衿禁止。今届不免，仍蹈故辙，惟不及往年之盛，然窃恐此风又将渐炽也。

(绍兴)(1898年2月27日《申报》)

花 鼓 宜 禁②

○离汉口数十里溾口、水口两处，每届新正之时，演唱花鼓戏，至三月则尤甚，通宵达旦，男女杂沓，大为风俗之害，不肖之徒遂亦溷迹其

---

① 该组新闻原题为《绍郡琐言》。
② 该组新闻原题为《汉皋杂俎》。

间，为诱拐地步，官斯土者，何竟置若罔闻耶？

（汉口）（1898年4月22日《申报》）

观 剧 肇 祸

镇江访事人云，东码头奶奶庙每届夏间必演戏数日以答神庥。本届定于四月二十五日雇同福名班登台演剧，金鼓喧天，笙歌沸地，游人来往，络绎如梭。两面看楼上人山人海，忽闻轰然一声，如天崩地裂，则东看楼已倒塌矣。妇女受重伤者数人，用板昇去，微伤者十余人。语云：戏无益，诚哉是言也。

（1898年6月23日《申报·附张》）

演 采 茶 戏

近台中有采茶戏前来台北，一昨夜在稻津教堂后搭台开演，惹得远近人民争先来观者络绎不绝。其一种妇女辈则又联袂而来，以致狂蜂乱蝶者假作看采茶名色，如蚁聚一般。但演采茶戏，亦有伤风败俗，只阿旦工于邪说，故来观者或与银圆，或送物件，无非被其邪说惑之耳。语云：看灯看戏看迎神，每有存心看妇人。殆所谓前夜看采茶戏者，非耶？

（台北）（1898年7月10日《台湾日日新报》）

淫 剧 宜 禁

松郡府城隍神勅封威灵公，素著神灵，由来已久，迩由府署某书办等凑集钱文，于五月二十、二十一两日招雇梨园子弟善于昆调者，至庙演剧，以答神庥，时则袍笏登台，管弦送响，凡红男绿女，白叟黄童，联袂往观，人山人海。惟闻其所演戏目，竟用《倭袍》全本，情状秽亵，颇不雅观。说者谓此书早经严禁，况在庙台，尤宜以诚敬为主，恐神灵有知，未必乐于观听也。

（松江）（1898年7月18日《新闻报·附张》）

艳 曲 重 闻

沪南沿浦一带前因有人设摊演唱花鼓淫戏，当经帮办总巡朱森庭明府拘办驱逐在案，迩来日久玩生，又有松江阿三纠集同党多人，每至夕阳西下，即在大关前空地演唱花鼓戏，秽语淫词，不堪入耳，实为伤风败俗之尤，不独各巡局置之不闻不见，殊觉可怪，即朱明府前后办理两歧，亦令人无从索解焉。

（上海县）（1898年8月16日《新闻报》）

香火戏宜禁①

○每届中元，居民咸醵资延缁流羽士，施放瑜伽焰口，振济无祀孤魂，月之中旬为最盛，盖亦习俗相沿也。今岁各居民花样翻新，皆雇香火，登台演唱。香火者，即江南之巫觋也。金铙法鼓，一变而为俚语村歌，巷尾街头，触目皆是。而香火因生涯陡旺，遂亦兴高采烈，踵事增华，向不过一钲一鼓者，今则丝竹管弦，袍笏咸备。本坊有庙宇，即假庙内戏台，无庙即择旷地搭台开演，清歌妙舞，粉面带须，俨然与梨园子弟无异。顾梨园只可卜昼，而若辈则张灯结彩，历三昼夜不息。红男绿女，联袂往观，真有举国若狂之势。说者谓以有用之财，置于无用之地，且伤风败俗，莫此为尤，是不可不有以禁之也。

(扬州)(1898年9月11日《申报·附张》)

禁 如 未 禁

沪北各小书坊出卖之《四大金刚》新书，事为会审公廨所闻，以此书不特语多淫亵，且有指摘已故某殿撰之处，含沙射影，大干法纪，因即出示禁止在案。乃不谓满庭芳之咏仙戏园竟又编成戏出，改名《海上繁华》，公然于前昨二晚登台演唱，抑何藐视禁令乃尔？恐贤长官如有所闻，未必任其如是妄为也。

(上海公共租界)(1898年9月21日《新闻报》)

斗 会 败 俗②

○宁俗向有斗会名目，个中人演唱淫词小曲，最为风俗人心之害，前经地方官出示严禁，此风稍息。近以日久玩生，若辈复萌故智，本月十九夜，城内万家弄某姓家因其祖殁后已届五七，招雇斗会中人，令唱盲词，丝竹嗷嘈，抑扬动听，邻近居民闻声麕集，男女混杂，笑语喧哗，诚恶习也。

(宁波)(1898年11月12日《申报》)

1899年（光绪二十五年己亥）

一 班 老 戏

天下间令人目不转睛者，惟此邪色一途耳。虽两足伫立，绝无倦怠之势，微特风流客受其所迷，即素非醉生梦死者，当此亦诚难为情。如稻津

---

① 该组新闻原题为《竹西凉月》。
② 该组新闻原题为《蛟川冬景》。

曩从厦岛来一班老戏,凡做出风流事,旦丑颇解人颐,以故近日在合兴门口搬演,每夜来观者,男女数以千计,惹得一群戏猪如蝶穿花,想将来难免起争斗之端。惟然则邪色始可以迷人,终自可以害人,古今来不章章可见乎?愿为戏猪者,尚其悟之。

(1899年1月21日《台湾日日新报》)

花 鼓 宜 禁①

○镇郡各乡,每值新年,即有无业游民集资唱演花鼓淫戏。每出敛钱七八十文,或一百二三十文。所演《游船》《补缸》《扒灰》《卖胭脂》之词,淫词艳曲,丑态毕呈,至街坊所唱者尤龌龊,不堪入耳。班中人皆盐城产轻薄子弟,每见其油头粉面,招之便来,藉演戏之名,相与嬉笑,风化人心,大有关系。高坐堂皇者,曷勿起而禁之欤?

(镇江)(1899年2月24日《申报·附张》)

风 化 须 端

浦左与本城浦江遥隔,地方官耳目较远,故每遇闹市巨镇,必设巡防局以专责成。今届新岁以来,六里桥及三里桥一带乡镇有等游手好闲之徒,明目张胆,于茶馆中男扮女装,演唱花鼓淫戏,男女杂坐,有关风化,且时有聚赌抽头之事,目下已经沿至塘桥一带,说者谓该镇巡防局近在咫尺,当必严加禁逐也。

(上海县)(1899年3月5日《新闻报》)

花 鼓 宜 禁②

○迩来溵口、沌口等处盛行花鼓戏,雨意云情,描摹尽致,青衫红袖,相约来观,几致万人空巷,伤风败俗,莫此为尤。有地方之责者,其亦有所闻否?

(汉口)(1899年3月12日《申报》)

花 鼓 宜 禁③

○试灯风里,好事之徒,迎赛龙灯,以资娱乐,虽曰点缀升平,实则劳民伤财,甚属无谓。本届地方官以各处饥民麕集,恐滋事端,先期出示禁止,此辈技无所施,乃改演花鼓淫戏。每当星月交辉之夜,灯光灿烂,锣鼓喧阗,无耻少年,易弁而钗,搬演种种丑态,游行六街三市间,令人

---

① 该组新闻原题为《铁瓮春涛》。
② 该组新闻原题为《汉水春鳞》。
③ 该组新闻原题为《隋苑莺声》。

目不忍睹，伤风败俗，莫此为甚。有地方之责者，盍起而惩之？

（扬州）（1899年3月14日《申报》）

酬神演剧劳民伤财①

○南海县属有地名官窑者，距城四五十里，每年自正月二十日起至二十六日止，好事者设为生采会。是处有观音寺一所，庙貌虽不甚宽宏，而香火极盛，附近民人之演剧酬神者，马龙车水，络绎如梭，劳民伤财，亦地方之陋俗也。

（广东）（1899年3月23日《申报》）

清音莲花宜禁②

○六月十九日俗传为观音大士诞辰，自既望起，红男绿女，咸爇心香一瓣，膜拜莲台，香火之盛，以城北观音楼、城西石观音为最。而通衢僻巷，二三里内，必盖蓬棚一二处，悬观音像，于中两旁分挂十殿阎王，藉敛资财，雇唱清音莲花之类。男女杂坐，最易滋事酿奸，且所唱者皆属淫词，靡靡之音，不堪入耳。所愿有地方之责者出示禁止，未始非正人心，厚风俗之一端也。

（南京）（1899年8月6日《申报》）

演 唱 采 茶

本岛最伤风俗者，莫如演唱采茶一事，故自昔各地官绅一例严例。日前埔社演唱数台，一时少年子弟辈见采茶旦眉目送情，无不为他所惑，或掷买笑之金，或赠缠头之锦，夸多斗靡，始则互相争竞，继则酿成勃溪，喧闹不已，卒赖该地区长出为调停，始各欣然而散。此亦一奇也。

（台湾）（1899年8月24日《台湾日日新报》）

花鼓戏馆宜禁③

○演唱淫戏，本干例禁，青阳地自开埠通商后，牟利之徒，趋之若鹜，争奇斗胜，不顾败俗伤风。迩有无耻奸民在二马路开设花鼓戏馆，描摹秽亵，尽态极妍，何嫉恶如仇之贤父母竟充耳不闻耶？

（苏州）（1899年8月25日《申报》）

香火戏败俗④

○扬城每届中元节前后，好事者多设盂兰盆会，延高行僧施放瑜伽焰

---

① 该组新闻原题为《粤海珠光》。
② 该组新闻原题为《秦淮打桨》。
③ 该组新闻原题为《糜台秋雨》。
④ 该组新闻原题为《平山揽胜》。

口以济无祀孤魂，积习相沿，虽甚无谓，然于风俗尚无大伤。不意本届众居民花样翻新，不用缁流，另招巫觋之徒，设为香火大会，到处板台高搭，结彩张灯。其人或挂须，或傅粉装饰，俨与伶人无异。所唱者类皆淫词小说，鄙俚不堪入耳。然每当锣鼓喧天，香烟匝地，即有一种无耻妇女，引类呼朋，日夜坐观，乐而忘返。吁！是诚伤风败俗之尤者也，不可以不禁。

(扬州)(1899年9月1日《申报》)

络绎不绝

近从台中来一班采茶戏，每夜演于大龙峒街。按，采茶戏极其伤风败俗，正士多鄙之，奈一辈痴男女勿论何处搬演，莫不以先睹为快。迩日此班搬演闻胜于前度，故每夜争观者但觉络绎不绝云。

(台北)1899年9月17日《台湾日日新报》

禁戏刍言

台俗喜演戏，全岛之中，一年费金不知几万，意欲藉戏以媚神，冀神喜而庇之也。不知神固聪明正直，本福善而祸淫，岂以戏之有无为喜怒？且戏场所演，半属淫污，欲以媚神，适以渎神，究有何益！而尤大不可者，梨园子弟一登场，则四方来观者众，善恶毕集，良莠不齐，恶少年辈每因之而滋事。是不演可节财，演之则多费；不演可省事，演之则生端。演与不演，孰利孰害，瞭如指掌，愿有移风易俗。

(台湾)(1899年9月22日《台湾日日新报》)

淫戏宜禁

杭垣俗传九月二十八日为赐福财神诞辰，日来各里民之预祝者，大半迭奏清音。今岁小街僻巷，有雇唱秧歌戏者，专演淫剧，亵神败俗，最为地方之害，未识贤有司能访查严禁否也？

(杭州)(1899年10月30日《中外日报》)

淫书宜禁

某甲在本埠开设石印书局，佯称资本不足，向业董借贷英洋一千元翻印著名禁书四种，在沪北各栈房茶寮兜售，获利颇丰，似此伤风败俗，所愿贤有司设法拿办，以儆刁邪，则幸甚。

(上海公共租界)(1899年11月26日《新闻报》)

续志淫书宜禁①

《淫书宜禁》一则已志前报，兹悉有向业书坊之周、赵、董、徐、王等五人纠股翻印《金瓶梅》等著名淫书四种，在本埠各栈房茶寮兜售，获利颇丰，为民上者若不设法拿办，以儆刁邪，则伤风败俗将何底止耶？

(上海公共租界)（1899年12月3日《新闻报》）

1900年（光绪二十六年庚子）

郑声宜放

地方官不准妇女入庙烧香及入场听书，原所以别内外而防淫乱也。乃吴俗每至新正即有游手好闲之辈，名为玩友，邀集多人，在各茶肆支台演唱滩簧，名曰打三头。艳曲淫词，无所不有，男女杂座，调笑戏谑，顾忌毫无。若辈见有妇女在场，益觉兴高采烈，加倍描摹，败俗伤风，莫此为甚。近日新年已过，而道前街凤池茶园仍复演唱如故。安得有地方之责者查拿严禁，以正风俗，未始非仁心仁政也。

(苏州)（1900年2月11日《新闻报》）

花鼓宜禁②

○花鼓淫戏，久干例禁，惟封篆期内，法令稍宽，若辈遂故态复萌，每于乡僻间开场演唱，云情雨意，极力描摹，败俗伤风，莫此为甚。有地方之责者，曷其奈何百弗禁？

(武汉)（1900年2月21日《申报》）

女优宜禁

去冬省城忽来女优一班，约三四十人，逐日开演，富家子弟莫不争先快睹，并有延入家中，俾眷属聚观者。数月以来，各处演唱殆遍。但去年水旱虫荒，地方元气未复，此等浇风，亟宜有以禁之也。

(汉口)（1900年3月18日《中外日报》）

灯会演戏难禁③

○松江访事友来函云，松地迎赛花灯日新月盛，虽官斯士者一再申禁，而个中人兴复不浅，仅将扮演各戏剧暂停，其余细巧诸灯如前迎赛。

---

① 本次新闻曝光的效果参见1899年12月9日《新闻报》所载《查禁淫书》。
② 该组新闻原标题为《鹤楼春眺》。
③ 该组新闻原题为《五茸春草》。

噫，何竟视禁令若弁髦耶？

（松江）（1900年3月27日《申报》）

淫戏宜禁

苏垣胥门外公园近以游人稀少，茶肆清寥，该园主人别出心裁，雇得花鼓戏全部，竟在园之东隅演唱诸般淫戏，穷形尽态，曲意描摹，卜昼卜夜，男女混杂，败俗伤风，莫此为甚。忆去春青阳地某茶园挂某商牌号开演花鼓戏，赖江建霞①京堂告之领事，一律禁止。事在华界，禁止较易，何竟无人禀报耶？

（苏州）（1900年9月4日《新闻报》）

禁修年例

每年旧历八月间，本岛各村镇例多鸠金演剧，以祝土地神寿。刻下其期已届，而拣东上堡管内各区大都进修年例。夫禁止演戏，则各色之人不来，设赌之辈不至，而且可节无益之费，以供日用有益之需，由此而言，足见禁戏一举而三善俱备矣。

（台中）（1900年9月14日《台湾日日新报》）

1901年（光绪二十七年辛丑）

整顿风化

扬州每有青皮地痞，乘新正无所事事，即纠集恶少土豪，装扮花鼓淫戏，挨户演唱，硬行索钱，稍不遂意，即起衅端。事为甘泉县周大令②访知，特派差保在外巡绰，至十一日在教场南市查获违禁演唱多人，想须严行惩治也。

（扬州）（1901年3月6日《新闻报》）

郑声宜放

地方官禁止妇女入庙进香及入茶肆听书，原为别内外而防淫乱起见。乃吴俗每至新正，即有游手好闲之辈，名为玩友，邀集多人在各茶肆支台设座演唱滩簧，名为"打山头"。艳曲淫词，无所不有，男女杂坐，调笑戏谑，顾忌毫无，败俗伤风，莫此为甚。近日元宵已过，而道前街凤池茶

---

① 江建霞，江标（1860—1899），字建霞，号萱圃，江苏元和人。光绪十五年进士，授翰林院编修，1894年任湖南学政，提倡新学，参与创办长沙时务学堂、强学会、《湘学新报》等。戊戌政变之后被革职。编有《灵鹣阁丛书》。

② 周大令，周懋谦，字石夔，湖南宁乡人。光绪二十年进士，历任江苏沭阳、甘泉等县知县。著有《木樨斋诗稿》《归庐诗文稿》等。

园仍复演唱如故,安得有地方之责者严申禁令,以正风俗,未始非仁心仁政也。

(苏州)(1901年3月9日《新闻报》)

花 鼓 宜 禁①

○花鼓淫戏,久干例禁,封篆期内,禁令稍宽,若辈遂复萌故态,每于乡僻之所,开场演唱,云情雨态,极意描摩,绿女红男,争先快睹,伤风败俗,莫此为尤,所冀良有司厉禁严申,恶俗其庶稍改乎?

(武汉)(1901年3月17日《申报》)

浇 风 宜 惩

余姚友人来函云,上虞、余姚两县近多花鼓淫戏,皆系本地轻薄子弟藉此引诱妇女,最为风俗之害,尚望官斯土者惩办一二,以绝浇风也。

(浙江)(1901年5月14日《新闻报》)

玩 票 无 耻②

○京师无赖子弟好唱词曲,俗呼之曰玩票,近时官员子弟亦有渐染此习而不以为耻者。东四牌楼北花枝胡同玉部郎纵子玩票,租屋一所,作为彩房,同玩票者有闺秀二人,履舄交错,毫不为怪。当此国家危急之时,不思发愤自强,而为此丧尽廉耻之事,真可谓全无心肝者矣。

(北京)(1901年8月3日《申报》)

郑 声 宜 禁

浦左洋泾镇东乡,其处新造房屋中,近有不法棍徒演唱花鼓,聚赌抽头,并均身带手枪利刃,以备拒捕,实于地方风俗为害不浅,所望有管辖之责者及早查禁以安闾阎也可。

(上海县)(1901年10月28日《新闻报·附张》)

茶 戏 兴 唱

岛俗采茶戏固相传久矣,而风俗不古,人类不齐,近用女人唱演采茶,盖此戏起自粤人,其夫唱而妇亦随。近见枋隙街黄昏之后,即有粤女唱茶歌于戏台中,而佃户溪丁恒以铜钱掷之盘中,每夜有数百人之多。噫!斯风竟不可灭欤?

(台湾)(1901年11月9日《台湾日日新报》)

---

① 该组新闻原题为《鄂渚嬉春》。
② 该组新闻原题为《宣南要语》。

1902年（光绪二十八年壬寅）

诲 淫 宜 禁

日前上海县主汪瑶庭①大令访悉本邑南市十六铺等处，时有流氓结队成群，演唱花鼓淫戏，种种丑态，令人心醉神迷，爰饬县差严密查拿，务获惩治。前日潮惠会馆左近正当旗鼓高张之际，忽见差至，逃逸无踪。说者谓大令素来嫉恶如仇，必能荡垢涤瑕，为民除患也。

（上海县）（1902年1月31日《申报》）

花 鼓 宜 禁②

〇杭州访事友人云，每届新岁，即有绍兴惰民来杭演唱花鼓淫戏，男女混杂，最足败俗伤风，历经官吏查禁，并由臬宪札饬各城稽查委员禁勿入。本年忽有江北流民在冷街僻巷中私行演唱，有维持风化之责者，正不可不严以禁之也。

（杭州）（1902年3月21日《申报》）

花 鼓 宜 禁

近闻汉口各幽僻处常有演唱花鼓淫戏之事，诲淫导邪，莫此为甚，所冀有地方之责者严申禁令也。

（汉口）（1902年9月24日《新闻报》）

淫 戏 宜 惩

小朱即朱锡臣，犯案累累，曾经英美租界公堂惩治，近在带钩桥北品仙髦儿戏馆执事，奈因生涯清淡，不敷开支，遂显违禁令，嘱各女伶搬演《乌龙院》等淫戏，秽亵之态，不堪入目。事经捕头查知，禀请谳员张柄枢③司马饬传小朱讯究，小朱抗传不到，捕头遂禀请签提。小朱知此次到案必被重惩，爰即乘机逃避。说者谓小朱前因搬演淫戏讯实罚锾，今又犯此，想南面者决不任其法外逍遥也。

（上海公共租界）（1902年10月1日《申报》）

演 戏 何 多

迩来戏班非常忙碌，接应不暇，盖作寿者多而堂会日甚一日，且嫁娶亦有演戏者。非北京之财源复旧，实人心愈斗浮华也。庚子九月，粒食难

---

① 汪瑶庭，即汪懋琨。
② 该组新闻原题为《柳浪闻莺》。
③ 张柄枢，即张辰。

艰，而今则"商女不知亡国恨，隔江犹唱后庭花"也。吁！

（北京）（1902年10月28日《大公报》）

何 心 演 剧

《周礼》以十二荒政聚万民，九曰蕃乐。注云："闭止乐奏也。"当兹疠疫为灾、哭声载道、人方送死之不暇，我乃演剧以为欢，揆之于心，忍乎？不忍则何如省其费，以舍药、送茶、施棺、助赙之为得乎？不书其名而著其事，隐之也，亦即以勖之也。

（泉州）（《鹭江报》1902年第10期）

1903年（光绪二十九年癸卯）

忌辰斋戒演戏

本月十一日为孝全成皇后①忌辰，十四日为宣宗成皇帝②忌辰，十二、十三、十四三日又因祭辛③，皇帝入斋宫，在三日斋戒之内，向例忌辰斋戒均不得演戏。某军门自十一至十四日在通州演玉成全班戏，四日后又流连二日，至十七日全班始能回京。

（北京）（1903年2月15日《大公报》）

糜 费 可 惜

定海孤悬海外，土瘠民贫，而俗尚奢侈，喜作无益之举，而最无益者莫如三月东岳会。查东岳会每届举赛非掷数万金不可，而民间耗费更难计数，会中如彩阁一事，最坏风俗，其初止用儿童装扮戏剧，继则兼用童女，今则踵事增华，必雇用勾栏中年在十六以上妓女装扮淫戏，沿街弹唱，以此为乐，举国若狂，而因此滋事酿成命案，往往有之。近因连年农田歉收，市面萧条，停赛已久，本年好事之徒复思大张旗鼓，地方绅士深知无益，然未敢遽拂其意，议稍为裁抑，不用妓女装点彩阁而已。讵当事者不以为然，今尚相持未决。

按，迎神赛会，本干例禁，况当此民穷财匮之秋，一切学堂警察诸新

---

① 孝全成皇后，钮祜禄氏（1808年3月24日—1840年2月13日），本名伊兰，清宣宗道光皇帝的第二位皇后，清文宗咸丰皇帝的生母。谥号全称为：孝全慈敬宽仁端悫安惠诚敏符天笃圣成皇后。

② 宣宗成皇帝，爱新觉罗·旻宁（1782年9月16日—1850年2月25日），即清宣宗道光皇帝。

③ 祭辛，清代皇帝一般于正月上辛日举行祈谷礼，祈谷之期前三日要斋戒，禁止娱乐、刑名、荤腥等。另据《光绪朝东华录》："辛未祈谷于上帝。"辛未日，正月十五日，此与本则新闻报道吻合。

政，地方官吏恒苦经费难筹，挹彼注兹，化无用为有用，是所望于有地方之责者。

(浙江)(1903年4月5日《大公报》)

淫 戏 宜 禁

同治季年法界花鼓淫戏盛行，经前道宪会商法前总领事官永远禁止在案，讵近日竟有无赖辈在法马路等处开设花鼓戏场，出银五两向工部局朦捐影戏照会，由是明目张胆，忌惮毫无，演时男女混杂，嘲谑互作，不复知有羞耻，事不有以禁之，非闾阎之福也。

(上海法租界)(1903年6月10日《新闻报》)

陋 俗 难 除

向例某省状元由某省会馆于赐及第之日开演吉祥戏，今届状元出自山东，山东会馆并未演戏，而榜眼及传胪均广东人，二十八日广东同乡在粤东会馆招梨园公贺。探花系贵州人，贵州同乡同日在贵州会馆招梨园公贺。越中先贤祠，浙江同乡同日招梨园公贺浙江新词林诸公。各处管弦嘈杂，车马屯集，真可谓醉生梦死者也。

(上海)(1903年7月3日《新闻报》)

光 蛋 聚 赌

苏垣元和属之章练塘镇近日有土棍杨某勾引巢湖光蛋于离镇一里许之南珠村开台聚赌，大张旗鼓，并招集花鼓淫戏，日事演唱，致无知乡愚趋之若鹜。闻每日赌费开销需洋一百五十元，输赢之巨，可想而知。农民被诱入局，因而倾家荡产者不知凡几。镇上文武三衙门均以日得陋规，漫不加禁，而抚标某水师驻扎此间，原为去年光蛋聚赌，由镇人禀请弹压而设，乃亦置若罔闻，并不驱逐。吾恐盘踞日久，根深蒂固，浦东之祸又不远矣。

(苏州)(1903年8月15日《新闻报》)

淫 词 宜 禁

小南门外西钩玉弄近有无赖阿毛与巴儿等招集流氓演唱花鼓滩簧各种淫词，引诱年轻男女入座倾听，伤风败俗，莫甚于此。所望为民上者及早查禁也。

(上海县)(1903年8月23日《新闻报》)

淫 词 宜 禁[①]

〇越俗信鬼，每届中元节后，城厢内外各设盂兰盆会，延缁流羽士施放焰口。最可异者，有等轻薄少年搭台道旁，品竹调丝，互唱《倭袍》《玉蜻蜓》等淫词小说，小家妇女呼姨挈姊，入座共聆，败俗伤风，莫此为甚。未识地方官何竟充耳不闻耶？

（绍兴）（1903年9月24日《申报》）

论演戏无益

我们绍兴小江桥地方，名为相公殿，素称闹热市场，今年因为庙宇污旧，所以重修整正，弄得焕然一新。又有许多店家，集得股份，连做十多日戏文，算敬重相公菩萨的意思。那日日请菩萨，点蜡烛，放鞭炮，做戏文，做到第十几日夜里，说是水澄桥火起了。列位想象，相公菩萨，虽然不能管火神菩萨的事，也好同火神商量商量，说是某店家请我看几天戏，请我吃几天酒，你若要去烧，千万不要烧着这几家店家。况且你们做戏的时候，神桌上也有火神牌位，火神一定到的，相公菩萨一定会同他说的。何以初一火烧的人家，都是一半出铜钱做戏文、出铜钱请菩萨、出铜钱放鞭炮、出铜钱点蜡烛的人家呢？这个缘故，稀奇不稀奇，难道这些店家做了戏文，相公菩萨把火烧起来谢谢你们么？列位，我有两句话，若有菩萨一定是保护的，若没有保护，一定是没有菩萨。

（绍兴）（《绍兴白话报》1903年第19期）

神 通 广 大

闻韶茶园各节叠登前报，兹竟各街张报定于本月初四日开演，风雨无阻，仍演夜戏云云。夫以夜戏恐招乱萌，是以前此禁止，乃凭名优婉求而复许之弛禁，不知是何神通，竟使当道之颠倒如斯也。噫！

（山东）（1903年12月16日《大公报》）

1904年（光绪三十年甲辰）

敛 钱 办 会

本埠市面奇紧，远近皆知，兼之年关在迩，商民穷窘迫已极，官府虽兴办各种教养兴利等事，以挽艰困，惟力尚不足。乃近日闻河北三太庙戏楼前、南门东倪家台先春园、河北窑洼等处，游手好闲者，引类呼群，苛敛钱资，排演秧歌等会。想出会为滋事之媒，历经本埠明理各宪严禁在

[①] 该组新闻原题为《镜湖秋月》。

案，刻当国家需款孔殷，本埠穷黎待赈甚急，何竟以有用之资财，办此无益之举耶？

（天津）（1904年1月29日《大公报》）

沪城年景

本年元旦虽雨师清道，路滑如油，而邑庙中往来游人依旧如云如水，上海县主汪瑶庭①大令、保甲总巡朱森庭明府各派捕役前往照料，适积窃某甲游行人丛中，将一试探囊之技，因即拘获，连批其颊，押令出城。各茶馆歌唱摊簧小曲，先经明府出示严禁，故绝不闻有丝竹肉之声。惟赌禁暂宽，以致喝六呼么，声闻衢巷，大约不久即须申禁矣。

（上海县）（1904年2月18日《申报》）

戏园又开

某侍御因向中和园索座不得，立刻饬司发封，已志前报，其封门之时，戏尚未散，座客如云，为之罢兴而出，以为该园将膺严办，乃次日即行开封，虽云钱能通神，然狐埋狐搰，亦大失乌台之身份矣。

（北京）（1904年3月21日《大公报》）

淫戏宜禁

刻下津郡戏园添设包厢，多有良家妇女幼童观剧，前晚大观茶园坤角王双凤与吕月樵演唱《傻子成亲》一剧，据闻所作之态十分淫荡，不堪入目。按，前坤角冯月娥演唱淫剧，伤风败俗，因此驱逐回籍，今大观茶园又演唱此等淫剧，想当道一经查悉，亦必禁止之也。

（天津）（1904年5月5日《大公报》）

戏诚无益

二十八日鲜鱼口天乐戏园开演新本《铁公鸡》，兴高采烈，观剧者人山人海，眼花撩乱时，忽东栏高凳为众力挤压，訇然而断，众人被惊蜂起，误为楼塌，一时风起潮涌，鼓噪如雷。迨园主解说少定，而衣物大半遗失楼上。某甲惊极，跳落台端，被伶人殴伤头面。此外幸未伤人，园中器皿毁坏无遗矣。

（北京）（1904年7月15日《大公报》）

不改恶习

有土棍张筱田者，专以蓄养幼女卖娼为生，刻蓄幼女六七名，教以淫词，在北门外路南开设天泉茶园一座，演唱时调淫曲，以图渔利，及至该

---

① 汪瑶庭，即汪懋琨。

女等稍长后，再买良家幼女相继。败坏名节，无所底止，殊属有伤风化。

按，张筱田前曾因贩卖妓女事发，由警局惩罚在案，刻下仍不敛迹，真可谓怙恶不悛矣。

（天津）（1904 年 8 月 23 日《大公报》）

风 化 攸 关

北门西有宝和轩茶园一处，为某署皂班头役张某所开，近来招集娈童二十余名，演唱包头男落子，扮成女装，淫状丑态，不堪入目，实属有关风化。棍徒因而生妒起衅者，时有所闻。

按，此项男落子，久为官府例禁在案，而张某竟敢仍蹈故辙，若不严为禁止，此则以娈童演唱落子，其对过天泉茶楼以幼女演唱淫词，引诱青年子弟耽逸其中，实足败坏风俗而不可挽救也。

（天津）（1904 年 8 月 26 日《大公报》）

被 逐 来 津

前纪北门西宝和轩张某勾集娈童演唱包头男落子一则，探悉该童等皆系北京产，前因在京演唱，曾被某大宪查知，实属伤风败俗，与世道人心大有关碍，理应禁止，以挽浇风，故饬地面一律驱逐肃清。该童等虽系惊弓之鸟，一自迁至本埠，以张为在官人役，足可狐假虎威，故尔有恃无恐云。

（天津）（1904 年 9 月 2 日《大公报》）

风 化 攸 关

本月初七八两日东单牌楼金鱼胡同某尼庵演戏，其生旦净末等戏，并不甚多，如《路三宝》《双铃计》《双钉计》《大五月仙全本》《杀子报》《珍珠衫》《卖胭脂》《小福才》《送灯》《双沙河》等出，按次开演，形容丑态。是日则专卖堂客，凡搭桌者，除戏价之外，尚须写香资缘簿，并不卖官客座云。

（北京）（1904 年 10 月 18 日《大公报》）

淫 戏 宜 禁

近来天津的风俗，比庚子年前，日见其坏，此后恐怕越来越甚，不知坏到什么样子，别的不用说，就说戏园子罢，要是没有女角，必没有人乐意看，要是没有演淫戏的女角，座客也必不多，必须多邀些个淫荡的女角，配搭男角，演唱极污秽的戏，在大众面前，活现一副秘戏图，你听那叫好之声，连连不断，唱戏的不知害羞，看戏的兴高彩烈，这算是怎么一回事呢？最难堪的，是包厢里的良家妇女，当这个戏演到极淫荡的时候，你是看是不看？当这无数男女的面前，一男一女在台上宣淫，所好者只是中衣未曾解下。嘻！怎么天津有这种坏事，官面竟不过问呢？近日更有用十一二岁女孩子扮演淫戏的，这是谁家的儿女，忍心教他落到这步天地？开戏园子的家里都没有儿女吗？伤风败俗，坏人廉耻，没有比这个事再烈害的了。我想官面不管的原故，大约是因为戏园子没有演淫戏的女角，不能兴旺，园子不兴旺，怎么纳捐钱呢？故此任着他们去罢。不管他怎么败坏风俗，只要是按月纳捐钱，在公事上就算交代下去了，要不然是因为什么不管呢？就有人说，官就是管也无益，租界里照旧的演唱，有什么法子办呢？那知道租界的章程，也是不准演淫戏，中国官要是真心维持风俗，不妨到各国领事馆，同领事官面商，中外地界，一律禁逐，各国领事官，也未尝不愿意维持风俗。况且租界曾有不准演淫戏的定章，演淫戏的是我们中国人，中国官同外国官商量，禁止中国人在租界演淫戏，也不算是中国官干预租界地面的事。即或是在公事上说不下去，也可在私交上商议，也算是保全租界名誉的一件好事，我想领事官也没有不愿意办的，即或是租界里办不到，我们中国地面，先除绝一件坏事，也未尝不好，为什么一点也不管呢？真是教人纳闷。

（天津）（1904年12月8日《大公报》）

女 优 何 多

本邑男女合演淫戏为全国绝无仅有之事，女优已登台者前后共有二百余口，大者二十余岁，小则八九岁，未登台者尚不知凡几。优人见其有利可图也，于是纷购女孩排演戏剧，不特各处拐案日多，而津邑风俗亦即从此败坏而莫可救药。有优人宁宝山①者，寓居道署西箭道，蓄养女孩数十口，每日排演戏剧，欲其速成，遂屡屡毒打女孩，哭泣之声，闻之令人酸鼻，不知道宪亦有所闻否？据闻该优曾设法运动署中某某等，故得为之弥缝掩盖云。噫！一优人而蓄养女孩数十口，此数十女孩皆从何而来耶？且蓄女孩排戏剧者，不止宁优一人，其余各优蓄养之女孩又皆从何而来耶？查警察制度，凡妨害公众德义之事，均在应禁之列，吾不知有巡警之责者亦曾留意此事否也？

（天津）（1904年12月13日《大公报》）

---

① 宁宝山，晚清天津早期坤班宁家班总管，与其妻子梆子演员杨红梅成立有宁家坤班，像小兰英、宁小楼等著名女演员均出自该班。

　　　　　教女学戏败俗①

　　昨天听见朋友说一件事，又可气，又可叹，是什么事呢？据说自从天津男女合演淫戏的风气一开，那些轻薄浪荡人全喜欢看，排演女戏的，也大获其利，四处购买女孩子。那良家女子败坏名节的，不知有多少，也有家贫自己将女孩儿卖去的，也有被人拐卖的。如今天津有一家，也不把女孩儿卖去，也没被人拐了去，是女孩儿的母亲看着这些唱女戏的女孩子，每一月就赚几百块洋钱，于是乎心中羡慕，竟教女孩儿学唱戏剧。嗐，这个风气一开，将来一家跟着一家学，不知要毁坏多少良家女子咧！这家住在什么地方呢？是住在城外，也不便说出他详细的住处，本是一个好人家。这女孩子十五六岁，他哥哥是估衣行，是个爱脸面的人，他母亲要教他妹妹学唱戏，他屡次劝阻，他母亲不听，后来果然教他妹妹学唱戏了。他自己想，我本是一个正道生意人，我家也是正道人家，如今我妹妹学唱戏，我还有什么脸见人，想到此处，心中一气，生意不做了，带点儿盘缠跑到上海去了，后来给家里寄来一封信，说是以后不必再惦念我，从此以后，家里就算没有我这一个人了。并且听说这学戏的女孩子，还有一个已出嫁的姐姐，因为妹妹流入下贱，脸上羞愧，也搬在上海居住去了。众位听听，这件事可气不可气？可叹不可叹？从此天津的风俗，就不必再打算好了，要打算好，除非是官长想法子维持。嗐，官长那里肯办这个好事呢？

　　这段白话刚写完了，有人来登一段告白，说是听说日本租界天仙茶园新演《烈女人头芳》一戏，内有毁谤中国大员等情，现由某都护某观察在津声明，经华洋官长严禁在案。众位明白事理的看看，毁谤大员的戏，该当禁止，这男女合演淫戏，当着大众宣淫，就不该当禁止了吗？毁谤大员的戏，既可以经华洋官长禁止，这男女合演淫戏，当着大众宣淫，就不可以经华洋官长禁止了吗？难道说做官的不怕宣淫，但怕人毁谤吗？真真教人不解。据我们看，那毁谤大员的戏，当着可以教作官的警警心，少作点儿误国害民的事，正是维持风化，大可以不禁止，男女合演淫戏，大众宣淫，那才算是的的确确伤风败化的一件事，为什么偏不禁止呢？

　　　　　　　　　　　（天津）（1904年12月17日《大公报》）
　　　　　　有　伤　风　化

　　金鱼胡同某尼庵，每年九月间，必演戏两台，专卖女座。所演戏目，顽笑居多，因为各处堂会戏，如有女眷在座，各种顽笑戏，都不便点唱，所以爱听戏的太太们，说嫌听得不畅快，尼姑体贴这个意思，特开此方便

---

① 本内容置于"附件"栏，无标题，题目为编者所加。

之门，专卖女座，以免有所顾忌。即此而论，已属有关风化。何况唱戏之外，还别有用意。愿地方官，速为查明封禁，定能造福不浅。

（北京）（《京话日报》1904 年第 66 号）

1905 年（光绪三十一年乙巳）

浇 风 宜 禁

本邑城内外各茶肆雇用无赖会唱淫词及妇女入馆听唱啜茗等事，本干例禁，讵近日南市一带各茶肆依然违犯，妇女入馆听唱者仍接踵而至，甚有无赖因此争风打架之事，在官者当从严惩办，以革浇风也。

（上海县）（1905 年 1 月 16 日《中外日报》）

髦儿戏又将开演

芜湖髦儿戏（即女戏），经前办巡警童观察①因其男女混杂，有伤风化，饬令停歇。自本月十二日更换黄观察②接办巡警局务，某髦儿戏馆，即于是日在门首黏贴大张红纸金字戏牌，大书到有某某名脚，择日开张云云。有谓该伶人情托委员说项，求蒙黄观察准予弛禁者，然黄观察甫经到差，该园尚未具禀奉批，即行黏贴戏牌，亦太自专擅矣。

（1905 年 3 月 25 日《大公报》）

传说将禁女戏

年前当道拟禁女戏未果，近来女角演唱之淫戏更不堪入目，外间传说又有议禁女戏之说，究不知确否？

按，人有评论天津、上海两地风俗者，皆云上海风俗太坏，天津不久亦将变成上海之恶俗等语。殊不知上海风俗虽坏，卒无男女合演戏剧者，天津所演之淫戏，且有为上海中外官所不准演者，以此观之，天津之风俗将有败坏至极而不可复救之势，甚可叹也。

（天津）（1905 年 3 月 27 日《大公报》）

髦儿戏一例弛禁

芜湖自有髦儿戏园，少年子弟因之迷惑者不少，故商业中人皆深恨之，前巡警总办童次山观察严禁后，因有某绅一再干预，遂禀请交卸。现委黄观察甫行接办，即将留春、富贵两女剧园开禁。有诘者，黄观察云：女剧何必禁，当禁者淫戏耳。然留春园开演第一日之报，即有《打樱桃》

---

① 童观察，即童祥熊。
② 黄观察，即黄再香。

《珍珠衫》诸淫戏，黄观察亦无异言。

按，童次山观察因禁女戏，至以去任争之，诚见其为害地方，实非浅鲜。有谓上海亦有此戏，未闻见害于地方，不知上海行商多，坐贾少，芜湖行商少，坐贾多，而生意又不及上海百分之五，黄观察到差后，他事未一整顿，而以开禁女戏为第一著，不解其用意何居也？

（1905 年 4 月 1 日《中外日报》）

有 关 风 化

侯家后东永顺茶园，每日昼夜演唱蹦蹦戏，每出妆扮一男一女，淫词丑态，难以形容，引诱狂蜂浪蝶及左近良家妇女并娼妓等混杂其中，殊为风俗人心之害，现在演此等戏者，约有数处，急宜一律查禁，以维风化云。

（天津）（1905 年 4 月 17 日《大公报》）

赛会几肇事端

本月中旬，愚民相传为南乡雪远桥总管神诞，附近数十村举行迎赛，极意铺张，每一村落，必盛饰童男女装扮故事，装架昇之，谓之抬阁，竞巧争艳，糜费滋甚。十四日迎神至西门外某村，此处距城最近，是日出观者尤夥，城内街市，为之阒然。有美国蓝教士亦乘兴往观，因用照相镜摄影，遂致启衅。其时人众，几肇事端。幸教士见机，奔避得免，惟伴往之某宦帐席，已大受殴辱矣。

按，胡俗赛会演剧之风颇盛，不惟浪掷资产，且往往肇事。近如程邑之上林村演戏祀神，竟以细故，兵民相斗，至于开枪误毙乡民。闻此后如杨溇桥、窑头寸等庙，皆将踵行赛会，所愿有司加之意焉。

（湖州）（1905 年 4 月 23 日《中外日报》）

天津的风俗可算坏透了

庚子乱后，天津地面从外乡来一种蹦蹦戏，淫情丑态，败坏人心，因此闹出许多暧昧不明之事，而西门外义兴茶楼演唱哈哈腔儿戏，近日亦复淫艳，特其诱人纵观，男女混杂，以致亦闹出不可告人之事。日前有该戏优人名唤坏小儿者，与看戏之某孀妇有暧昧事，被人查知，痛殴一顿。此系人所知觉者，此外尚有人所不知觉者不知凡几，尚复成何风俗耶？又五局地面所谓转子房者亦极多，败坏妇女名节，莫此为甚，望有警务之责者，严查而整顿之。

（天津）（1905 年 5 月 18 日《大公报》）

奉劝花钱的浪荡哥儿们（节录）

如今天津华洋杂处，各国租界里，全极力的想兴盛的法子，于是乎戏园妓馆，遍地都是，中国官恐怕租界以外的地方，被租界扯坏了，于是乎在整顿风俗上，不敢大为严禁，就任着他糟去。戏园子随便开，男女合演的淫戏随便唱，蹦蹦戏，哈哈腔，莲花落，再加上妓寮，嗐，无一样不是伤风败俗的事，所有的好处，只是官府里多得点儿捐钱。故此从庚子年以后，年轻的人不知坏了有多少。（后略）

（1905 年 5 月 28 日《大公报》）

有 意 抗 违

前经众留学生等在学务处禀请禁演淫戏及本埠绅士徐观察①同众举贡生员等在府县禀请按照申江租界章程，禁止淫戏及崩崩戏各等情，现经示谕煌煌，禁止崩崩戏，乃侯家后四合轩金福茶园，竟抗谕不遵，胆敢又于初七日仍开演崩崩戏，当此示谕未干，实属有意抗违也。

（天津）（1905 年 7 月 11 日《大公报》）

淫 词 互 答

日前大稻埕建成街中有一男一女，口唱淫词，互相酬答，台湾俗语称为报歌，时聚而听如堵，比之观剧加倍热闹，而所唱和皆男女相淫欲之词。有傍人言及此事，叹曰：污秽渎亵之词，发为新声者以惑人听，伤风败俗，必于是矣。不知官有例禁否？

（台北）（1905 年 7 月 25 日《台湾日日新报》）

淞镇乡人械斗

淞镇西首计家桥北沈宅因搭台演唱花鼓淫戏，与花村瞿李宅乡人争斗，沈宅以人少力不能敌，故遂密邀邻村四五百人以待。瞿宅侦知之下，亦号召全村百数十人各用凶器，互相械斗。瞿村伤四十余人，重伤三人。闻为首韩子渔、杨四俊均系土豪，犯案山积，族党颇众，刻下尚未报官，意图续斗。此二十一、二十二两日事也。

（吴淞）（1905 年 8 月 26 日《申报》）

淫 曲 宜 禁

内外城有一种匪徒沿街唱淫亵之曲及违法之歌谣，内城早经工巡局之示严禁在案，而外城此种匪徒较内城为尤多，实为野蛮风俗，何以东西分

---

① 徐观察，即徐士鉴。

局及总局所管各地并未闻有禁示晓谕耶？

（北京）（1905 年 9 月 14 日《大公报》）

采 茶 淫 戏

采茶戏之演，靡卜作俑何人？所取何义？俗有不知丑而竟为之赞赏者，吾所未解。夫食茶赠采，损财虽是无多，而见景生情，启淫正自不少。然此不待人言，而人人未尝不知也。乃无如明知之，而故犯之。满口淫词，认作古调独美，浑身恶态，反谓当世奇观。噫！伤风者不外乎是，败俗者又何过此？

（嘉义）（1905 年 9 月 28 日《台湾日日新报》）

花鼓戏之影响

英租界人和衣庄伙陈瑞生之妻林氏被唱花鼓戏之邹长根诱匿，被陈访悉，报探拘案，经陈明府①判押邹改过局一年，林氏发普育堂留养，月贴膳洋数元。讵氏情丝未断，串邹诈病，亦送普育堂养病，被陈访知有暗昧情事，诉于堂董，立饬邹仍发改过局在案。昨陈瑞生又投法堂禀请领回，自行管束，陈明府准之，即饬探持片往普育堂提案，俟下礼拜一当堂具领。

（上海法租界）（1905 年 10 月 15 日《南方报》）

上海福记书庄购毁淫书之纪念

世界上害人之物，若虎狼，若蜂虿，若水火兵戈，皆有形而可避者也。其为害最烈最毒、不惟不避而反欢迎以断送青年之生命者，莫甚于淫书。孤灯短榻，手执一编，则虽目中无妓，不啻身入花丛，冶态妖颜，千形亿貌，种种淫剧，一时齐集，人当少年，血气未定，往往沉溺迷信，不惮牺牲性命以徇故纸。呜呼惨哉！而腐败之书贾希图牟利，不惜展转摹刻，流毒于无穷，其去公德公益远逾亿万里。兹闻上海福记书庄购取各种淫书，效祖龙之手段，其进化亦云猛矣。噫！安得吾国之书贾尽如福记书庄之文明哉？书庄以福名，若此举实行，信可谓广种福田矣。爰记之以为世界之业书贾者劝。

（1905 年 10 月 18 日《大公报》）

风 俗 攸 关

妇女入园观剧，近年盛行，而奥界为尤甚，访闻日前河东于家厂德仙茶园于夜晚散剧时，竟有无数匪徒蜂拥而出，将某氏妇挤至野中，许久声

---

① 陈明府，即陈曾培。

喊遇救。噫，光天化日之下，竟容畜类蛮行，令人发指，然亦自取侮辱云。

（天津）（1905年12月13日《大公报》）

唱崩崩戏

天津侯家后永顺茶园，每天有唱曲儿的，妆扮一男一女，叫做崩崩戏。专唱淫词小曲，演出来的丑态，很是难看。引诱年轻子弟和娼妓人等，在那里观看，左近的良家妇女，也难免混杂一处，实在与人心风俗，大有妨碍。天津唱这种戏的，有好几处，急当一律严禁。

（天津）（《京话日报》1905年第240号）

鬼怪戏文宜禁

大栅栏戏园门口，一边挂著一个吊死鬼，门内还摆著许多怪物，这种戏文，虽说是劝善惩恶，装作出来的怪相，未免要引人迷信。民智不开，此等戏文，必须早早的改良，淫戏更当严禁，望工巡局随时稽查，实是莫大的功德。

（北京）（《京话日报》1905年第394号）

落子馆也该当改良

昨天下午，有人到天坛，看各学堂运动会，路过天桥街西五斗居，见门前围绕著许多人，不晓得是甚么事，挤上前去一看，原来是一个男的弹弦子，两个女孩子唱时调曲，你一言，我一语，满口的淫词滥语，实在的不受听，形容那种样子，更是不堪入目，伤风败俗，关系不小。按歌妓唱曲，地面上原不禁止，这也是一行生意，并且可以流通钱财，所以凡是一处大码头，必免不了戏园妓馆，没有这项生意，码头还不能兴旺呢！从前管仲治齐，先立女闾三百，曾文正公[①]克复南京，先修秦淮河，都是这个用意，这么看起来，这项生意，又何尝无用呢？但有一层，唱只管唱，可总得叫人家能听，专专的演唱淫词，又怎么怪地方官禁止呀！巡警部的章程定出来，连戏文都要改良了，何况这种落子馆，恐怕站不住罢。

（北京）（《京话日报》1905年第424号）

幼妓宜禁

城内有几处茶店里，每有十二三岁的大姑娘，带了丝弦家伙唱戏，好像上海清馆人的样子，此风实不可长，望地方官出示禁止才好。

（绍兴）（《绍兴白话报》第103期[②]）

---

① 曾文正公，即曾国藩。

② 该份报纸年份不详，根据该报创刊于1903年7月9日，初为旬刊，后为5日报推测，第103期当在1905年。

1906年（光绪三十二年丙午）

败 坏 风 俗

茶店口西陆河茶园内前晚演唱《和尚打茶围》之淫戏，百般丑态，满口淫词，妇女观剧，毫无避忌，实于风化有关。优伶无知，固不足责，而观剧之妇，不知回避，更属无知矣。示禁以后，尚复如此，敝俗莫挽，良可喟叹。

（天津）（1906年2月2日《大公报》）

恶俗亟宜惩革

湖俗每年春时，有等无耻乡民，或挈其妻女，或率其邻妇，来至城镇，演唱淫词小曲，谓之蚕花戏。城镇之浮薄少年，出资雇演，争先恐后，无间昕夕。驯至乡村妇女，苟略具姿色者，无不为乡里之佻达儿诱以偕行，四出卖笑，此种恶俗，近更日甚一日，似不可不有以惩禁之也。

（湖州）（1906年2月12日《中外日报》）

山东风气淫靡之一斑

此间自杨莲帅①到任后，淫靡之风大开，著名曲班陡增数十家，明湖花船添至二百数十只，同城官吏以及学堂内办事人员互相招邀，或至妓楼饮酒打牌，或狎妓游湖，兴高彩烈，济南直成一歌舞场矣。

（济南）（1906年2月18日《申报》）

演戏赛会之无益有损

二十一日起，郡庙连日演剧，观者异常拥塞，十二日有一衣庄伙，被挤于庙之树下，受伤甚重，闻一臂骨已断。是夜城中迎赛百花灯会，有一女挤于闹市，受辱不堪，后幸奔入某店铺，经人护送始归。十三日又有一斑白老人赴庙观剧，挤倒于地，几遭践毙，虽即救起，然头面已受重伤。

按，近人遇公益事，未尝慨解悭囊，略施臂助，而独于演戏迎会等无益之举动，不吝钱财，不惜身命以赴之，真可怪也。

（湖州）（1906年3月12日《中外日报》）

弁髦示谕

日前龙海茶园李灵芝演唱《罗章跪楼》之淫剧，态度横生，举坐喝采，惟与警局之示谕不免反对耳，闻之令人无从索解。

（天津）（1906年3月23日《大公报》）

---

① 杨莲帅，即杨士骧。

破 坏 风 化

近日本埠之小戏园星布各处，日见其多，专引良家妇女听戏，深夜男女混杂，易生意外之事。昨夜东南隅马路同义戏园内，有某甲听戏，于散戏后尾随某妇于家内，幸经有人看破，逐之而去，得免起风潮。

（天津）（1906 年 5 月 9 日《大公报》）

扮 演 淫 戏

淞镇近有无赖多人，结伴在后街演唱花鼓淫戏，每日下午诱集良家妇女、轻薄少年入座观听，最为风俗之害，曾经河盐厅景二尹[①]饬差驱逐，并取具再不演唱切结在案，不料近日复又纠得著名演唱之阿宁桂、李少堂等，终日扮演，观者愈众，地方公役均有陋规，遂不过问。

（吴淞）（1906 年 5 月 18 日《中外日报》）

又演花鼓淫戏

淞镇前有无赖在后街演唱花鼓淫戏，经河盐厅景二尹饬差驱禁，并取具不再演唱甘结，不料近日又有阿宁桂等在彼演唱，观者甚众，地方公役多有陋规。

（吴淞）（1906 年 5 月 19 日《申报》）

京师戏园改良

京师梨园曲艺之佳为各省之冠，惜所演皆陈腐之剧。现由梁巨川[②]侍读编《女子爱国新戏》，其命意在振兴女学，改良教育，情文兼到，共分四本，现经义顺和班排纂，于上月下旬分演，听者甚为拥挤，学界中人尤多，听至吃紧之际，有挥泪者，亦可见感人之深矣。所喜者经此创演得利以后，仿效者必接踵而起，腐败之戏，将不禁自绝，关系于风俗人心，实非浅鲜，殊甚为中国前途贺也。

（北京）（1906 年 5 月 28 日《新闻报》）

宝邑境内大演花鼓淫戏

宝邑刘行镇左近各村向有唱演花鼓淫戏恶习，男女登场，穷形尽态，积习既久，毫不为怪，当道亦不甚介意，是以若辈愈无忌惮。近该镇演唱此戏已有七日，卜昼卜夜，如醉如狂，不特打架之事时有所闻，且亦屡有桑间濮上之行。为首系一著名牛头贩，浑号牛头阿生及小罗卜干、阿柏

---

① 景二尹，景需，汉军镶黄旗人。清末曾任松江河盐厅同知、宝山县县丞、宝山县主簿等职。

② 梁巨川，梁济（1858—1918），字巨川，广西桂林人。梁漱溟之父。光绪十一年举人，曾官内阁中书、民政部候补员外郎、京师教养局总办。

春、阿相桂、阿和尚等，讹诈滋扰，无所不为。值此时局艰难，米珠薪桂，而犹作此伤风败俗之举，贻患闾阎，有地方之责者，何竟如纸糊泥塑也？

（宝山）（1906年8月11日《申报》）

花鼓淫戏有害地方

花鼓淫戏，男女登场，穷形极态，最为人心风俗之害。宝邑之刘行镇向有此习，近来更甚，其首事者系著名牛贩，浑名牛头阿生及小萝卜干、阿柏春、阿相桂、阿和尚等，值此青黄不继之时，倘不严行惩禁，不特有妨农业，亦殊非闾阎之福也。

（吴淞）（1906年8月12日《中外日报》）

唱演花鼓戏之害

宝山县西南各乡近有流娼勾结无赖，串演花鼓淫戏，昼夜不歇，因此时有集众械斗情事，地方之害，莫此为甚。大场、江湾、刘行、罗店等镇绅董均先后函禀县主王纬辰①大令签差驱逐，岂知此风仍不稍灭，其舍基滨、陈家行均因唱演花鼓戏起衅，有用刀伤人情事云。

（吴淞）（1906年8月21日《申报》）

禁 采 茶 戏

再昨夜九时顷，龙匣口庄十番户杨赤牛之家，因扮演采茶之戏，被该地警官闻知，即驰往命其中止。闻扮演者两人，一为新庄街五百〇五番户郭新助，一为同街王龟里，皆只十三岁，其脚色皆不恶，村愚颇多惑之者。盖其戏出多狎亵，最易诲淫，诚不可不早禁也。

（台北）（1906年9月29日《台湾日日新闻》）

大 伤 风 化

北门西天泉茶楼每日招集野妓演唱淫词，引诱青年咸往游荡，恐于学界风俗大有妨碍，惟有地方面之责者，不一过问，殊不可解。

（天津）（1906年10月25日《大公报》）

改 良 戏 本

演唱淫戏，最是伤风败俗的事，现时天津巡警总局传谕各戏园实力禁止。听说学务处打算改良戏本，编成了一出新戏，名为《绝迷传》，大概的意思，总是去人的迷惑，交给各家戏馆子，学习排演，不久必可以出台。唱戏这事，与人心世道，大有关系，多编些好戏，常常演唱，自然能

---

① 王纬辰，即王得庚。

感动多数人，比较学堂报馆，效验更快。

（天津）（《京话日报》1906 年第 520 号）

伤 风 败 俗

东城有个唱子弟什不闲的，名叫奎第老①的，是个包头角儿，东城下等的人家，有了喜庆事，专爱约他去唱。包上头装妇人，亚赛真的一般。卖弄风流，男子看见都替他肉麻，借此调戏妇女，实在有伤风俗。可叹住家的女眷，还爱听奎第老的什不闲，要是妇人还不要紧，年轻轻的姑娘，不知被他引诱了多少。请明白警务的评一评，现在内外厅都有正俗股，似这类败坏风俗的人，就应该派人查一查，趁他包著头，把他拿来办一办，才合乎"正俗"二字，别专专的跟追悼会为难了。

（北京）（《京话日报》1906 年第 600 号）

为甚么禁唱关爷的戏

关爷在蜀汉，本是一位忠义的丈夫，平生事业，都可以感化后人，惟有迷信人的见识，真不可解，把关爷看成降福降祸的神仙，一般愚民，但知道怕关爷，并不知道关爷可敬的实事。天津梨园人，有一个三麻子，见解独高，专演关爷的戏，要叫世人都明白明白，劝人学他，不必怕他。京城地方，这个风气还不开，玉成班把三麻子约了来，打算递禀声明，请开关爷戏的禁。从前的官事，常常自相矛盾，叫戏园子唱忠义戏，又不准扮演忠义人，这个迷信有多大。

（北京）（《京话日报》1906 年第 675 号）

宝胜和又唱《翠屏山》

前经总厅交派各戏园子，不准演唱淫戏，上月二十七日，宝胜和班照旧演唱《翠屏山》（《翠屏山》《代杀山》，未尝不警劝人，所不好的地方，就是做作的太利害），这一出戏也在应禁戏曲之内，难道警厅的交谕，能说不能行吗？

（北京）（《京话日报》1906 年第 741 号）

1907 年（光绪三十三年丁未）

无 赖 宜 惩

距北新泾镇里许地名卫家宅近，于无赖矮子启行在该处开设茶馆，聚赌抽头，并唱花鼓淫戏，附近居民皆受其害，有地方之责者，安可不拘而

---

① 奎星垣，晚清北京著名什不闲艺人"抓髻儿赵"的徒弟，俗呼"奎第老"。

惩之？

（上海县）（1907年1月4日《申报》）

淫 戏 宜 禁
伤心生寄

亘万古袤九垓，凡我人类所栖息之球面，求其为人类普通性之所酷嗜，而大欢迎者，莫可哀可乐可怨可怒可惊可恋可悲可感之戏若也。戏之威德，可以操纵众生，而支配人道，常能导人入于他境界，而变换其常触常受之空气。当夫观演时，而此身已非我有矣。度世之不二法门者，其以此乎？以此威德，教主可藉以立法门，政治家可藉以组织政党。反之，则祸亿兆人，而毒万千载，可不畏哉？前日有谋利的者，往福州聘一三庆班来，又祥升班继之，脚色之擅长，于海盗海淫之事迹为最，陈陈相因，递相为附，观者多以为英雄风流逸事，直化其身为戏中人而不自知。台北之淫风本炽，那堪复以淫戏而鼓吹之？则俗坏沦斁，更不知伊于胡底哉？如十一月廿八夜演《卖胭脂》一出，有某街白发翁观之，归睡后，梦中呼白牡丹者三，以如是之枯杨，尚为之触动春情如是，况本撒泼青年，怀春少妇者乎？此其尤者也。他若《乌龙院》《梅龙镇》《海潮珠》《关王庙》《打樱桃》《瞎捉奸》《双摇会》《掌鞋店》《翠屏山》及外种种，不可胜录，演得穷形尽相，科谐百出，丑态横生，活描得一窃玉偷香之韵事于咫尺间。言之秽耳，观者污目，此等败风沦俗之淫剧，警官岂无闻见？而使之于天书于戏单上曰准演，不亦甚乎？伏望当局者留意检查，使之演忠臣孝子义士节烈诸佳剧，以薰浸人心，刺激脑筋，而使与之俱化，比诸演说教育，其威德何如哉？

（台北）（1907年1月10日《台湾日日新报》）

青浦县赌风大炽

新正以来，闻青浦县境内赌风大炽，自张蓬仙①大令于初八日莅任后，一切概置不问，故城内赌局尤多，每夜更有赛灯之举，哄动市肆，游人如云，无耻之徒，复装扮种种淫戏，随从于后，是非徒有关风化，恐当此米珠薪桂之时，土匪亦将乘间混入，滋生乱事，南面者何竟充耳不闻耶？

（松江）（1907年3月7日《申报》）

---

① 张瀛，字蓬仙，云南石屏人。光绪十八年进士，1907年任青浦知县。

淫 戏 出 境

《淫声有碍学课》① 一节已志前报，兹悉该戏园业于月之九日出境矣。想此后各学生日则易于理课，夜则便于安眠，并足征学界之权利。

(铁岭)(1907年5月25日《盛京时报·市井杂俎》)

宜 严 查 禁

旧城西门外开有戏园，早晚专演哈哈腔各种淫戏，招集妇女及无业游民麕集，其间暧昧之事，不堪言状，实于风化有关，若不严行禁止，恐与地方治安大有妨碍。

(天津)(1907年6月30日《大公报》)

宜 禁 演 戏

长春四乡每有演戏酬神，耗资甚巨。前因农民望雨，演戏祈雨，现值龙神庙会，戏将演而各乡各庙耗资亦非浅，并可多生事端，有违新章，当轴者宜出示严禁也。

(长春)(1907年7月18日《盛京时报》)

高安赌风甚炽

江西瑞州高安县一二三都地方自今岁一月起演唱采茶淫戏，大开赌场，民人废时失业，败产倾家者不知凡几。该邑绅士与县差营役得规包庇，城内禁赌告示煌煌，而城外哄赌如故，该郡府县意若毫无闻见，是可异矣。

(江西)(1907年7月19日《新闻报》)

又演蹦蹦戏

月之十日在北门外开演蹦蹦戏，其淫词亵态均系违背伦理，而观者又多妇人，伤风败俗，莫此为甚。有地方之责者，曷不禁之?

(铁岭)(1907年7月25日《盛京时报·市井杂俎》)

淫 剧 宜 禁 ②

明谕煌煌，禁演淫戏，无处不遵，乃山海关天华茶园藉报效学堂学费为名，阴行渔利之技，专聘娼优，肆演淫戏，穷极丑态，不顾风化，所以演淫戏而脍炙人口者，独推该园为巨擘，而娼优金月梅为尤甚，伤风败俗，我榆关子弟受其影响者，指不胜数。图该园区区之报效，天津学堂未必教养几何人才，而山海关室家子弟已受有形之大害。更有逐臭之夫，趋恶附膻，尝有观剧者略加评论，该管者不问曲直，诬以搅闹戏园，即在园

---

① 《淫声有碍学课》载1907年4月7日《盛京时报·市井杂俎》。
② 原标题为《来函》。

中乱棍齐下，以媚女优，同为斯民，何幸不幸之判别如此？深愿上宪有鉴于此，力加整顿，毋使榆民独抱感感也。幸甚。临榆县士民同具。

（河北）（1907年8月18日《大公报》）

女大鼓弛禁

前门脸各项商人云集，诸色优伶歌舞多往此地，热闹无比，春间巡警局因维持风化，示禁女大鼓书，自此南门脸游人稀少，生意亦因兹萧条。日内又见有此项书场，听者挨肩挤背，极形众多，游人亦源源不绝，从此南门脸一带无难复原耳。

（奉天）（1907年8月28日《盛京时报·市井杂俎》）

浇 风 宜 惩

宝山县属大场镇附近，现有无赖乡民乘此农闲，秋收有获，多唱演花鼓淫戏，为敛钱肥己之计，有地方之责者，何竟充耳不闻耶？

（浙江）（1907年9月5日《申报》）

淫 戏 宜 禁

奉天之天仙戏园于某晚男女合演《珍珠衫》一剧，其丑态淫声，实令人不堪闻见，又《斗牛宫》本非淫戏，而男女优人亦故作出一种淫亵状态，殊于风化攸关。有警察之责者，宜留意而严禁之。

（奉天）（1907年11月8日《大公报》）

男女合演淫戏宜禁[①]

敬启，津郡自庚子之后，局面为之一变，一切政治进于文明者有之，变而伤风败俗者亦有之，为尤者二大端，如烟茶楼戏园是也。前者烟楼林立之时，引诱少年子弟坠入黑暗狱者不知凡几，幸有禁烟之令除去此害；若戏园者，天津大小不下二十余座，每日入观者男女不啻各半。余昨奉友人所约，入而观之，则见所演《珍珠衫》《关王庙》二出，调情淫乱，丑态百现，有令正人不忍听闻者，乃观者高声叫好，一唱百和，实乃败坏人心，有伤风化。孔子云："兴于诗，成于乐。"音乐者入于耳，而动于心，况又演为戏剧，装扮古人衣冠行事，宜皆演忠孝节义、奸臣贼子等戏，使善观者，视其贤否，善者以之为法，恶者以之为戒，便是自知学好之人。不然徒作戏看，已是无益。然而上智难概，而下智为多。况又演一男女嗜欲之事，穷形尽态，惟恐不工。兼之配戏者，男者以男角扮之，女者则用女角装之，尤为不雅。遂令观者神移心荡，丑事百出，实乃大伤风化之一

---

① 原标题为《来函》。

端也。夫戏者，乃古之乐章也，亦非无益。若所演皆是仁孝忠义节烈之戏，必能感化。每见所演忠臣孝子，所经之处，无不叹息流涕而羡慕者也。至奸臣贼子所为之事，亦无不切齿怒目而痛骂者也。盖演戏一事，最易感发人心者也。既入观者男女各半，更宜令演忠孝节义而得荣、奸臣贼子而受辱，以之感化愚众，不尤胜于老僧说法乎？在各租界之戏园为尤甚。以上各节，务祈登录报端，以备贤有司设法改良之，造福不浅矣。

（天津）（1907 年 11 月 10 日《大公报》）

女 书 宜 禁

省垣大南小西门脸素称热闹之区，颇有女子唱鼓词者，前经巡警局因若辈等有伤风化，禁止演唱，忽于八九月间突有女妓小朵者，公然在南门脸自行演唱鼓书，又有妇女数人相继接演，此风一开，竟有不能禁止之势云。

（奉天）（1907 年 11 月 21 日《盛京时报·市井杂俎》）

1908 年（光绪三十四年戊申）

戏 园 开 演

通州南厢建设戏园，定名韶春，略分看资为公园经费，已于元旦开演，观者尚盛，惟男女合演各种淫剧，有伤风化云。

（南通）（1908 年 2 月 19 日《新闻报》）

弹 唱 淫 词

虹桥南首某茶肆系沙鱼皮阿六所开，近雇戚某弹唱《倭袍记》淫词，听者云集，男女杂坐，殊于风俗大有所碍。

（上海县）（1908 年 5 月 8 日《中外日报》）

淫 戏 宜 禁

戏有大班、掌中班、车鼓歌、白字戏数种，就中最易启人淫乱，紊人纲纪，则惟车鼓歌为最。改隶后，此戏故属禁例之中，不见者殆将数年矣。不意尔来徐虱母如何夤缘，竟得给领鉴札，到处喧演，但属猥亵不堪之语。日前在台南制糖会社第二分工场演唱之中，殊属不堪耳闻，观者红男绿女，拥挤不开。似此丛集，奚堪秽语，世道人心，不为无关，牧民之责者，安可置之不闻乎？闻其鉴札系属俳优，果尔鱼目混珠，亦须惩戒于后云。

（台南）（1908 年 5 月 20 日《台湾日日新报》）

野 蛮 风 俗

津埠向有演唱崩崩戏者,因其有伤风化,均经禁止。现俄界又有某甲禀请俄工部局开演此戏,一及义界内又新开五戏园、福同发戏园两处,日夜演唱淫戏,丑态万端,殊属有伤风化,有该管地方之责者,不可不加之意焉。

(天津)(1908年6月16日《大公报》)

蹦蹦戏败俗①

大主笔先生惠鉴:敬启者,唐山自有戏园以来,于今数载,初以为我中国内地风气渐开,藉此可以补助商场之热闹,乃近发现一种野蛮淫戏名曰蹦蹦戏。自入春三月至今,日夜演唱,招引下等社会无知,男女混杂,一园几为之塞,淫声浪语,达于户外,似此伤风败俗,而巡警局宪非特置若妄闻,反派警兵轮流看门,岂我中国社会间理当有此陈列品可以移风易俗也耶?不然胡为乎如大公司之官督商办耶?事关公益,还恳登入来函一门,得荷梭改,非特唐山社会之幸,抑亦中国前途之幸也。肃此,敬请著安。唐山槁屯社朱紫贵具。

(唐山)(1908年7月13日《大公报》)

淫 词 宜 禁

河东义、俄两界演唱蹦蹦淫戏一节,前经该处绅商联名禀请禁演,义界已停捐严禁,以免交涉,而俄界仍旧,故该戏园随各迁往俄界,大张旗鼓,日夜演唱,男女入园观剧者拥挤异常,而有该管地方之责者,若不设法禁止,实属有伤风化也。

(天津)(1908年8月1日《大公报》)

淫 戏 宜 禁

初八晚宝春小金凤②演唱《珍珠衫》,穷极淫浪,男女座客均为腼腆,而下流人则拍手叫好,恬不知耻。淫戏最易败坏风俗,故北京、天津久已禁绝,独不知奉天巡警所司何事,于此等事漫不经心,岂以奉省素有郑卫之风,不屑与言教化乎?不然何视之若无睹也?

(奉天)(1908年8月7日《盛京时报·市井杂俎》)

巡 警 省 事

前报载巡警不禁淫戏,初疑局员未曾周知,奈日来宝春茶园每晚有巡

---

① 原标题为《来函》。
② 小金凤,广东人。金凤幼孤,为匪人转鬻至许邦彦家习曲。初习花衫,兼擅刀马旦、刺杀旦。后被许邦彦之子纳为小妾。

警局包厢，则演唱淫戏已为局员所目睹，其姑作不知，必有不得已之隐衷，不然必谓淫戏无关于风化，故不忍禁此活春宫，使灭影踪于舞台而扫个人之兴也。然则谓巡警诲人以淫，谁曰不宜？

(奉天)(1908年8月11日《盛京时报·市井杂俎》)

坤伶劣败

坤角九思红①、小三宝②演唱《■衣》③，颇有可观，倘专心演习，不难超上上乘，奈于花旦各剧好趋时尚，一味淫浪，殊为失策。小金凤初次来奉学步小菊芬④，做派颇高，近则揣摩时好，口眼飘动，股掌磨擦，备极丑态，已是花宝卿一流人物。尤鑫培⑤登台全为卖弄风流，意不在戏，故言语散漫，情节支离，的确又是一小白菜。奉省旦角之愈趋愈下，大抵皆下流人于淫戏上拍手叫好，不要颜面之举动有以鼓舞之，而亦有地方之责者有以姑纵之也。

(奉天)(1908年8月13日《盛京时报·市井杂俎》)

落子园宜行禁阻

营口风气淫靡，所有淫戏概行禁止。前有某甲请开落子园，曾以伤风败俗、鼓惑人民，莫有甚于落子园者，故特批斥不准。近因兴旺平康里，特许开设落子园，附近房屋价值陡涨，贫民力不能支，现故纷纷迁移云。

(营口)(1908年8月19日《盛京时报·市井杂俎》)

淫戏宜禁

辽阳全盛茶园有女伶荣贵演《刘二姐大游庙》，满口喷粪，毫无人话。小菊芬演《蝴蝶杯》，入洞房之时，俨如活春宫。诸如此类，不胜枚举。台上之丑声一出，台下之欢声四起，铜山西崩，洛钟东应，伤风败俗，莫此为甚，愿有地方之责者亟宜严禁云。

(辽阳)(1908年8月23日《盛京时报·市井杂俎》)

淫戏未禁

日前访闻巡警以淫戏有关风化，特通饬各分局一体禁止，乃中秋午后

---

① 九思红(1892—1938)，河北梆子女演员，工青衣。亦作九丝红，本名刘凤玮，字少卿，天津南郊人。民国初年被北洋军阀曹锟纳为侧室，遂脱离伶界。
② 小三宝，许邦彦家养女，工青衣，擅悲调，兼擅花衫。后嫁给许邦彦从弟为妾。
③ 按，疑为《裁衣》，即《挑帘裁衣》。
④ 小菊芬，姓张，山西介休人。初习须生，以喉瘩改习花衫，工技击。
⑤ 尤鑫培，一曰金培，字品三，嵊县人。习秦腔青衫、花衫。1910年嫁给吴禄贞为侧室，暂离伶界。1911年11月吴禄贞被害后，尤鑫培至天津重操旧业。

天仙茶园莺莺红①、小金凤、刘玉香合演《遗翠花》，飞眼摩股，备极淫浪，下流座客益发拍手呼好，声如雷鸣，护园巡兵则漠然不问，是禁淫戏其名，未禁其实也。官样文章误民误国，然巡警之全体已昭然若揭矣。

（奉天）（1908年9月12日《盛京时报·市井杂俎》）

淫词宜禁

营口平康路东开设落子园曾志前报。按，落子即俗呼为蹦蹦戏，演唱淫曲，摩弄丑态，实属有伤风化，例应禁止。有地方之责者，宜详加查验，如有淫词艳曲，宜一律禁止，不得演唱，庶于风教大有裨益云云。

（营口）（1908年9月18日《盛京时报·市井杂俎》）

淫戏宜禁②

苏垣阊门马路春仙髦儿戏园近来专演淫戏，致良家子弟妇女目眩心迷，乐而忘返，前经房主宋姓不愿租赁，禀请吴县押迁在案，讵园主于德安及该管班山东人王老大、王老二抗不迁让，一味延宕。并闻该管班等此次所带幼女数十余人皆由贩卖而来，夜间教授演戏，凌虐备至，哭声达于户外，言之甚惨，严禁而驱逐之，是所望于贤有司。

（苏州）（1908年9月21日《新闻报》）

淫戏宜禁

前星期五有南来友人邀观天仙早戏，压台者为《战皖城》，莺莺红去张绣婶母擦股啮齿，备极淫浪。入夜复往观焉，适又逢莺莺红演唱《紫霞宫》，盗坟剥衣时，仅留一汗衫，座客无不窃议。女子以洁身为主义，娼优虽贱役，亦当知有廉耻。今莺莺红不惜牺身以诲淫，与花宝卿、小金凤合成鼎足，俱可为女伶中品之淫且贱者。然淫戏之不禁，咎在巡警。

（奉天）（1908年9月29日《盛京时报·市井杂俎》）

淫词安康宜禁③

演唱安康（俗呼滩簧）动人最易，苏浙一带随地皆有，而莫盛于杭城，贫富人家，凡有喜事聚会以及消闲，大概用之，妇女喜听者尤占多数。其改良词曲，隐寓劝惩之旨者有之，而大都以淫亵之语摹轻薄之状，年轻妇女每为所惑，城厢内外业此业者不下数百人。日内又值财神会之

---

① 莺莺红，初名小金英，唱秦腔青衣。后易今名，改习小生及花旦。
② 本则新闻是否确实，尚有疑问，1908年9月24日《新闻报》以《戏园被诬》为题报道：前报志《苏州春仙戏园押迁》暨《淫戏宜禁》两则，兹据该园主函称均非真相，实有人见其生涯不恶，希图攘夺，有心污蔑之故。本馆以此为商人自保名誉起见，理合为之更正。
③ 此则亦被1908年11月5日《大公报》转载，题目为《安康淫词宜禁》。

期，大街各商号招集此辈，晚间演唱，男女混迹其间，毫不介意，伤风败俗，莫甚于此。有地方之责者，应如何查禁也？

（杭州）（1908 年 10 月 27 日《中外日报》）

男女合班演剧

营埠平康里东有某甲者，开设落子园，曾在工巡卫生总局呈请立案，声称男班演唱，不用女伶，自总局准其开演后，辄改前情，竟将男女角包聚在一处，昼夜开演。按，落子之剧，素以淫艳著称，况且男女合演，有伤风化，有地方之责者，固宜秘密侦查，严行禁阻也。

（营口）（1908 年 11 月 1 日《盛京时报·市井杂俎》）

再志淫戏宜禁

桂仙落子园即蹦蹦戏，其旦角有一支蜡、地八寸、羊毫、瞎扒子、白菜心、浪半台等名目，所演各剧如《双锁山》《绣汗衫》等，说白备极淫浪，其揣摩丑态，不啻一幅活春宫，诲人以淫，莫此为甚，实属败坏风化。兹访闻官府不加禁逐，系该园掌班任某与道署某员相交有素，为之斡旋故也。本馆守定维持风化宗旨，特志之以告有权力者。

（营口）（1908 年 11 月 7 日《盛京时报·市井杂俎》）

淫 戏 宜 禁

《杀子报》一戏，从前已经示禁，不意九月间改名《油坛计》，依旧开演，且未有过三日内而不唱此戏者，男女杂沓为之，败坏风俗，莫此为甚。有维持风化责者，何竟熟视而无睹也？

（辽阳）（1908 年 11 月 15 日《盛京时报·市井杂俎》）

国丧愤言其三

租界之中，戏园如故也，书场如故也，酒肆之轰饮如故也，妓院之征歌如故也。或曰：是盖有刑法以驱之耳。

虽然社会上下流之所以判，判于守礼与否耳，故上流社会之自制也以礼，若必俟刑法之驱而后俯首听命者，惟下流无耻者然耳。

新舞台之停演也，非有官长之驱迫也；租界之不停演也，未有官长之驱迫也。夫伶人之知礼者固足多，伶人之不知礼者无足责。所难堪者，提倡雅音之爷台耳，提倡雅音之爷台可耻，而过路客官商场大人与夫命妇名媛，殆欲以悦目赏心之事，稍解其悲切者，其已待复如何也。

呜呼！戏园、书场、酒肆、妓院之不停交易，固下流无耻者也。入戏园、书场、酒肆、妓院以为欢乐者，尤下流无耻者也。

（上海公共租界）（1908 年 11 月 19 日《新闻报》）

国恤纪·租界戏园

国丧停止演戏音乐，旧例也。公共租界会审公廨出有谕单，领袖领事不肯签字，各戏园主藉口未奉命令，依然开演，一异也。

二十六日，公廨传六家园主来廨，拟面加劝导，晓以大义，饬其自行停演，而忽半路折回，是明明各该园主出而运动，二异也。

今日报载日本领事谕令旅沪日民停止演戏、唱歌、作乐、跳舞三天。异国尚表哀思，该戏园主均系华人，乃敢仗外人势力与华官反抗，三异也。

合而观之，始也藉口未奉命令，依然开演，不过觊觎赢利，延不停市，其情尚可谅。继也运动捕房，中道截去，是特倚恃外势，务达其求利违制之目的，其心直可诛。卒也日本戏馆停演三天，华人戏园日夜不息，是国恤之礼行于外人而反自弃于华人，则真毫无心肝，毫无血气，为禽兽之不若矣。

君子曰：于此可以见伶界之程度。

（上海）（1908年11月20日《申报》）

国恤记·梨园

朔

我国不幸，叠遭大变，上海租界权力虽不我属，欧美各国国俗虽不尽同，而巡捕亦摘缨，公堂亦停讯，此西人敦睦邦交之意也。乃我华人所开之戏园，始则抗不遵谕，继而仅允停演三日。昨日各园大书国丧停演三天，其右则书准廿九日礼拜一日夜开演，右偏高悬工部局示谕，其意岂以为停演三天，乃由工部局之强迫，而非心之所愿耶？抑以为遵照向例，须停音乐百日，今乃以暂停三天自豪耶？优伶无识，诚不足责，惟闻各园园主不少体面之人，顾不能如旅沪日人之通晓大义，而甘为外人所笑，是则可怪之甚矣。

（上海）（1908年11月21日《申报》）

观 剧 思 春

市内近来多迎神赛愿、唱演梨园，每届夜间，则红裙绿袖，两两三三，逐队而来，名为焚香观剧，却暗里勾引情人，戏台下真桑间濮上也。

（宜兰）1908年12月12日《台湾日日新报》

有 伤 风 化

前门外达圆境胡同路北住着个李十，以作小买卖拉洋车为业，交了一个朋友姓傅，人都叫他小傅，此人有二十来岁，能弹会唱，可永不唱好的，就会唱些淫词荡曲。最可恨的，他本是个光棍儿，他专爱唱《光棍儿哭妻》，院内少妇长女，本来就听之不雅，尤可怪的还由外边招些个无知的妇女，来听唱儿呢！实在有伤风化，望有正俗之责者驱逐禁止，那才是警务的善政。

（北京）（《正宗爱国报》第 488 期）

想 必 可 乐

近日迭据义务访员报告，说大栅栏关闭之福寿金，每到了晚上，就听见里面梆子、二簧，大唱其唱，时调小曲，无一不备，恨不能把所有的话匣子都上上，还有风琴等等，就仿佛八仙过海，各显其能。要论没事的闲人儿，在更深夜静的时候，听着也倒有个意思，无奈临近的街坊，都是买卖弟儿，白日累了一天，晚上还吵得不能睡个安顿觉（念教），惹得人家都抱抱怨怨的说道：谁跟他们比得了，关着门吃，吃饱了睡，睡到半夜起来高乐呀！

按，夜深演唱，有违警章，况且阎氏父子之惨死，福寿全各号之关闭，路人无不叹息。该铺众伙，真能有心有肠的随便找乐呀！这话又说回来，处于这个境界，可乐的是那一门子呢？嗳！想必是可乐。

（北京）（《正宗爱国报》第 592 期）

淫 书 当 毁

后门大街路东广元成围子铺门首，有个卖唱本的摊儿，前两天见某区巡警，军穿便衣，手上带着个银戒指，鉴着丹峰，两个子，买了四本唱本儿，什么这个后悔咧，那个挑眼咧，没有一样儿正道点儿的。这些个曲词，最能坏人的心术，诱拐无耻之事，多有从此生出来的，望有正俗责任的，总得严严的查禁。可有一节，这些混账唱本，谁也不在大面上摊着，就是把他们那小书箱儿，一翻准有，翻着这个，就问他那里趸来的，彻底根究，焚其书而毁其板，还要从重惩办，从此惩一儆百，风俗渐可整齐了。

（北京）（《正宗爱国报》第 696 期）

不 成 事 体

前门外西河沿万寿关帝庙内，设立土药捐局，该局兵役人等每日在内弹弦作乐。

按，官所重地，弹唱等事，即平日也不应为，况在国服禁止之期，尤属不成事体，该管长官拦拦他们吧，别教人说出话来呀！

（北京）（《正宗爱国报》第 732 期）

1909 年（宣统元年己酉）

淫 戏 宜 禁

台南市内此回聘请福州省大吉升班，拟在南座开演。月之十日，全部搭定期轮彰州丸渡台，定旧历元旦日开台。但所演戏出，须要忠孝廉节有益于人心世道者方可，断不可演出淫戏，败坏风俗，以致观者无益反而有损。

（台南）（1909 年 1 月 13 日《台湾日日新报》）

演戏肇祸之原因

嵊邑去年经合邑绅士会议，将演戏糜费移购路股，禀请陈邑尊[①]出示晓谕在案，各处已办有头绪。嗣因戏子极力运动，旋即弛禁，遂致已禁各处地方乡民与绅士大起冲突。去月十九日，东乡拖胜地方演戏与塘头村看戏人互相口角，殴伤大小四人。二十日，施公亲往勘验，有二人伤痕甚重，大有性命之虞，国恤期内演戏，本干例禁，现在到处开演，何地方官毫不觉察也？

（浙江）（1909 年 2 月 22 日《中外日报》）

判 若 天 渊

《诗》云："普天之下，莫非王土。"而非所论于今日也。自遵国丧，各戏园均皆停演，惟租界内之戏园，于国恤二十七天后，鸣锣响鼓，毫无顾忌。中国界各戏园蒙昧无知，未奉明谕即行开演，均被查封，实属咎由自取，以视日界河东义奥俄各租界向时杳无人迹之区，今则变为繁华世界矣，谓非各戏园开演戏剧有以致之哉？租界内外咫尺之间，天渊之别，良可慨也。

（天津）（1909 年 3 月 7 日《中外实报》）

禁止演戏余谈

日俄义奥各租界戏园因中国界各园仍禁演戏，异常兴盛，观剧者殊形拥挤，其散座姑不具论，门前则马车列满，园中则包厢充盈，谅不尽富室之眷属，大约宦途居其大半。然不闻有禁止之者，何哉？是岂一入租界，即官场亦可肆行无忌耶？乃南市一带，高搭席棚，锣鼓齐鸣，酣歌恒舞，又有唱托戏者，任意击锣，（幸勿禁止，倘再悬为厉禁，则穷人无生路矣，势必尽行驱入租界不可。）抑岂止禁戏园，其他均不禁阻乎？皆非予所敢

[①] 陈邑尊，陈常铧（1862—?），字次耕，福建闽县人。监生，试用知县，曾任浙江永嘉、江山、嵊县等县知县。其任嵊县知县于光绪二十五年，寻他调，光绪三十四年复任。

知者矣。

（天津）（1909 年 3 月 11 日《中外实报》）

戏曲急宜改良

《杀子报》一出，省城已为例禁，而铁岭戏园于日昨晚台竟演《杀子报》一出，其残忍之态，不堪入目。他如《卖胭脂》《关王庙》等戏，最为淫乱，均宜改良禁止，以维风化云。

（铁岭）（1909 年 3 月 11 日《盛京时报·市井杂俎》）

少妇看戏之多

本报昨志《戏曲急宜改良》一节，兹悉戏园近日晚台演《斗牛宫》《十万金》《阴阳报》各戏，以致每晚少妇少女观戏者日益加多。按，妇女观戏，虽不必故为禁止，然必导之以淫，究属何为？若审是则戏曲改良更不可缓也。

（铁岭）（1909 年 3 月 13 日《盛京时报·市井杂俎》）

子弟班宜严禁

漳俗有子弟班，土名猴戏，系专为人家丧事及中元兰盆会之演唱，获利颇多。日前有管该戏之掌班托人引诱人家之子弟，前往学习，每年或百金，或七八十金之身价。按，伤风败俗，莫甚于此等戏剧，盖所有口白俱属本地方言，其动人尤易入也，安得有留心风化之官绅共起而禁绝之哉？

（漳州）（1909 年 3 月 16 日《厦门日报》）

淫 戏 宜 禁

演戏之宗旨本为劝善惩恶，默化人心，时至近日，则专为谋利计，故凡淫邪之戏，如《杀子报》《巧姻缘》《十二红》等出，但能得利，即屡屡为之，不问有伤感情，有碍风俗与否。其尤甚者则为同顺茶园前夜所演之《父子打茶围》一出，毫无道理，无唱无舞，无丝无弦，直以舞台变为娼窑，伶人变为妓女，且公然吸食鸦片，其有害于风俗人心，莫此为甚，愿有管理之责者随时禁止之。

（辽阳）（1909 年 4 月 25 日《盛京时报·市井杂俎》）

说书宜改良

城中寺观之内、市衢之间，有一科头跣足，手一卷书，坐短凳上，口讲指画，津津而道，而环而听之，有嬉笑者，有怒骂者，有倾耳寂坐无声息者，俗谓之说古。所说皆传奇小说。若《五凤吟》诸书，则美之曰风流才子，若《水浒传》诸书，则美之曰英雄好汉，诲淫诲盗，率令不识字青年闻之而造成许多孽事，是诚社会之患也，是宜劝戒说书人改良诸小说，勿说淫词邪语以败坏风俗人心焉可。

（泉州）（1909 年 5 月 8 日《厦门日报》）

事 宜 从 俗

迎神演戏，本干例禁，惟旧俗相沿，而必力为阻止，俯顺舆情，谓何也？昔者鲁人猎较，孔子亦不禁其猎较，州人殆有见于此，乃于本月廿三恭迎天上圣母，迷信之难除，独州人乎哉？

（龙岩）（1909 年 5 月 13 日《厦门日报》）

预 备 观 剧

云霄太史庙唱演广东名戏若干台，早详本报，但云霄俗妇女观剧，多以高凳安放台前，男女混杂，故倪司马[①]特申禁令（倪惟钦氏前特授云霄同知，后因亲老，请改贵州近省，在云大著政绩后，云人祀其禄位于六先生祠，现该祠名七先生焉，倪系云南进士）。自是以降，此禁稍弛。兹际热闹将届，富厚人家新制高凳，继长增高，无有底止，以为豫备妇女观剧之用。噫！奚阳刚弗振耶？

（云霄）（1909 年 5 月 13 日《厦门日报》）

淫 戏 宜 禁

奉天各戏园惯演淫戏，而一般下流社会及年轻少妇，凡遇演唱《杀子报》《十二红》《双钉计》《珍珠衫》《打樱桃》等诸淫戏，莫不叫好连天，去夏经本馆痛论后，即由巡警总局谕禁演唱。无如日久玩生，各戏园之演唱《珍珠衫》《打樱桃》者，几无日无之，加以杜云卿[②]等不要脸之诸女伶遇演此等恶剧，描摹入神，丑态万状，伤风败俗，莫此为甚。寄语警局起将此等淫戏尅日禁止，以敦风化而正人心。

（奉天）（1909 年 5 月 23 日《盛京时报·市井杂俎》）

淫 伶 急 宜 驱 逐

戏园演唱淫戏已违禁令，乃更有变本加厉之李宗亮，每与坤角演各种淫戏，该伶所作之淫语丑态，竟有越乎规矩之外者，观者无不唾骂于风化大有妨碍，计惟有驱逐该伶出境而已。

（铁岭）（1909 年 6 月 20 日《盛京时报·市井杂俎》）

---

① 倪司马，倪惟钦（1857—?），字俞宣，云南昆明人。同治十三年甲戌科进士。曾任莆田知县、云霄知县、贵州提学使、贵州粮储兵备道、云南警备队总司令部警务处处长、滇蜀铁路局局长等职。

② 杜云卿（1885—?），河北梆子女演员。原籍山东，十三岁被卖入天津一家妓院，后脱离妓院习河北梆子。不幸多疾，中年夭折。

淫 戏 宜 禁

初三日随同友人在庆丰茶园观戏，见莺莺红、小白菜①、姜桂喜②接演《玉堂春》一曲，淫声媚态，揣摩备至，令人生厌，奈一班无耻之徒，反心神出窍，齐声喊好，直不啻龟吵鳖闹，殊觉有害于风俗。吾望有管理之责者严行禁止，以造福于黎庶也。

(奉天)(1909年6月22日《盛京时报·市井杂俎》)

男 女 混 杂

东安市场丹桂茶园开演说白清唱以来，日见发达，惟男女分坐一事，不甚讲求。日前曾被某报讥评。今接访函云，该园非不男女分座，而查票、卖食物及送手巾把等人任意往来，几若习为固然，谓之男女混杂，殊不为过。

(北京)(1909年7月8日《中外实报》)

上 议 事 会

(为男女合演崩崩有伤风化，恳请提议禁止以挽淫俗而正人心事) 说帖 宋崇祺子筠稿。

窃查崩崩淫剧作俑于东八县，每剧二男伶，一装男，一扮女，演唱淫词，并形容许多丑态。盖该淫剧以调笑为专门，诲淫为善技，致污秽之词，不绝于口，摸索之象，复现诸形，种种不堪寓目之情，笔难罄述。前经河东众绅商禀请商会移请权宪照会义俄领事驱逐，虽未净尽，风亦少杀，不意日久玩生，近有不法之徒以洋人为护身符，租界为保险地，竟勾来无耻流娼金玉红诸角色，在俄界昼夜男女合演该淫剧。其淫形尽致，丑态百出，较两男演唱为尤甚，致引诱津郡男女朝夕奔集该园，昼夜杂坐一室中，笑谑声达于户外，就风俗言已属野蛮极点，按利害论难无淫奔等情。况茶园为下等社会之教育地，剧文犹如教科书，若该男女合演之崩崩戏多演唱一日，即于教育界多添一层障碍。且现今女学宏兴，该淫剧更宜亟为禁止，实有刻不容缓之势。童因维持风化起见，不揣冒昧，谨备说帖，恳请议事会诸大绅提议禁止，务使根除净尽，以挽淫俗而正人心，则津郡蒙福无涯矣。伏乞电鉴施行。

(天津)(1909年7月19日《中外实报·附张》)

---

① 小白菜，字佩珊，姓氏不详，清末民初秦腔女演员，亦善京调，初习秦腔，后肆力于老旦。

② 姜桂喜，清末民初河北梆子女演员，天津人。工青衣，其夫孙同明，亦为河北梆子演员。

落子园宜禁止夜演

小河沿落子园每晚至十二钟后尚不停演，该处与分局相隔本远，巡查去后，该园乃愈形无忌，邻近各菜园住户近日更多宵小之虞，是不可不设法以善其后也。

（奉天）（1909年7月31日《盛京时报·市井杂俎》）

徒縻虚费

圆山宫自月之朔日起至今演剧不辍，鼓乐喧天，炮声震地，士女肩摩毂击，焚香礼拜者不计其数，可谓一方热闹之极点矣！兹闻某鱼行题签要再演三天，而某富户亦愿步其后尘，被该宫董闻知，出为劝阻，事遂终止。否则此唱彼和，恐此事绵绵无尽期矣！

（厦门）（1909年8月28日《厦门日报》）

落子园宜禁

西门脸有落子园一处，所演者均淫词浪曲，丑态百出，令人生厌。按，警章行路者歌唱淫词，均宜禁止，若此辈则竟以此为常久之营业可乎？否也。望有管理之责者其念诸固。

（奉天）（1909年8月31日《盛京时报·市井杂俎》）

女功德理宜禁止

潮俗丧事，富家每延后生女尼唱曲（如白字戏所唱之《送寒衣》等曲），招一班弦索手和之（系男人），俗云效女功德，又曰打尼姑敬。直接则使丧家破财，间接则使少年狗沙少尼，最是伤风败俗，揭城本十三夜许厝因丧延女尼八九人，中有四五人善度曲，自十一点至三点始唱完，悦目赏心，观者如堵，有心世道者，盍速提倡禁止也。

（广东）（1909年9月4日《厦门日报》）

淫戏宜禁

本岛淫戏，采茶之外，又有所谓车鼓者。去三十一夜，当市松仔脚街，开盂兰小会，竟演车鼓，装腔作态，演出无数丑事，满口淫词，认作古调独美，浑身恶态，伤风败俗，莫此为甚。当道宜严禁而痛绝之。

（台南）（1909年9月5日《台湾日日新报》）

瘟疫后之演戏耗财

潮阳达豪埠因上半年瘟疫盛行，今已平息，遂拟于八月初旬酬神演戏，并请本埠戊洲岩僧近泉设坛建醮，殊有石泉岩僧凤兰谓愿捐已资，请佛友吹意多人托某号向经理者，恳将醮坛分作两班，将与戊洲岩比较胜负，乡愚无知，被其所惑，已允之。届期踵事增华，必多耗财。有地方之责者，未知能力为阻遏否也？

（广东）（1909年9月13日《厦门日报》）

戏 场 开 赌

建宁府属浦城地方赌博时闻，历志本报，兹复闻南乡溪源司所驻之石街及西乡前为浙匪刘加幅所窠之大羊墩，本念二日共起演戏，明目张赌。闻二处开赌，各署规费共得数百金之多。若将各差勇所得之规费查出以充地方公益之用，则不必禁赌而赌会自绝矣。但不知任斯土者肯认真公益、热心地方否？

（建宁）（1909年9月23日《厦门日报》）

妇女听崩崩戏者宜鉴

开花炮[①]演唱崩崩戏久已脍炙人口，该优日前到津，仍在河东俄界宴福茶园演唱，淫亵之状，浪荡之语，实不堪入人耳目，乃无知之妇女反乐听之，大有不能禁阻之势，伤风败俗，莫此为甚。不意于十五日晚十点余钟，正当演唱男女思情之际，喝采之声俨如雷动，忽然电灯爆炸，电火喷溢，男女观剧者仓皇失措，逃避不及，壶碗砸碎，履屦遗失，并撞伤数人，舁之归去，其呼姊觅妹，寻子失女者，不计其数，为家督者，不知从此能以禁止否？

（天津）（1909年9月30日《中外实报》）

伤 风 败 俗

伤风败俗之事，莫如乞丐歌戏，无论其调情猥亵，诚不堪目，即其歌唱互答，亦秽不可闻，而寡廉鲜耻之妇女，乃趋之若狂。昨南门外许火阵之家，扮演《魔镜传》一节，是时观者数百余人，或母挈其女，或娣携其妹，在此淫丑恶剧之下，皆恬不知羞。主演之家，亦以为不若是不能兴会淋漓也。而孰知风俗之坏，乃由此而渐生，在旧政府时代，屡加严禁，至改隶后，亦已鲜少，不图此次廖火阵唱之于前，而石仔山步之于后。噫噫！此风胡可长哉！愿当道早严斥焉可。

（台北）1909年10月2日《台湾日日新报》

携妓观剧宜禁

近日晚台有下等□等携二三等妓女坐头排座及楼座，观剧者甚众，坤角出台，大声疾呼，并与所携之妓作尽丑态恶习，有管理之责者，亟宜严禁也。

（铁岭）（1909年10月10日《盛京时报·市井杂俎》）

---

① 开花炮，即孙凤龄。

陋 俗 宜 除

漳属海澄辖三都一带，殷实之家每逢丧事则任意奢费演剧，奏乐钟鼓之声终夜不息，不知孝子事亲事死葬尽其礼耳，且丧致乎哀，而演剧已乖大节，如此陋俗，乡父老若不早禁止，恐习俗相沿，后必有视亲死为大庆，张设灯彩，大开胜会，而孝道丧矣！

（漳州）（1909 年 11 月 10 日《厦门日报》）

童 戏 何 多

云霄迷信神权，牢不可破，每年于神生佛诞演戏不下数千台，除本地自募之班不敷搬演外，多由潮属童班充满其额，其花费约需数万金。使移此项于创兴新政，又何患经费之难筹哉？本年自春徂夏，疫气流行，各社耆绅虔心许愿，许以冬间多演新戏而答神庥。现已届时，各社正在集资定戏，每日童班多至十余台，是亦不可以已乎？吾愿上等社会诸君出而维持之，庶漏卮之可塞也，幸甚！

（云霄）（1909 年 11 月 27 日《厦门日报》）

伤风败俗之咏乐戏园

自花捐停后，诸龟头徒手无业，不得已，众龟辈乃群集合议，往汕聘请旧演在厦之庆丰年女班，不知该班女伶近来死散者殆尽，余者皆集香、申。无名之土娼所演之戏，有碍地方伤风败俗，莫此之甚，任地方之责者，不知何以处之？

（厦门）（1909 年 11 月 27 日《厦门日报》）

有 伤 风 化

近来连接访友报告说，各卖女座儿的戏园子，常演伤风败俗的戏，作戏的穿场老断不了野蛮的体态，奉告有整理风之责者干预干预吧。

（北京）（《醒世画报》1909 年 12 月 22 日第 21 期）

有 伤 风 化

通州常营地方，近有首事白四，自二月十一日起，由北京约去落子班儿男女各三人，按户写钱，每家三吊两吊不等，阔著点的人儿，也有给三块两块的，已经唱了十几天了。所可怪者，净唱些个淫词浪曲，不但以有用之钱，花在无用之地，而且于人心风俗，大有妨碍，望有该管之责者，严行禁止，以保治安。

（北通州）（《正宗爱国报》第 819 期）

风 俗 之 害

张家口上下堡共有三座戏园，近来开演说清唱，每日所演，总占多一半儿粉戏，作的那份儿厌气，说的那些个村话，我们实难下笔。惟独听戏的堂客一多，那群爱挨骂的人，专花两吊（合北京钱二十吊）点个粉戏，演到难看的时候，可就不看台了，一边叫唤着，两眼直勾勾的望堂客堆儿里瞧。伤风败俗，再没有比这个厉害的了。请问该处的警察老爷们，莫非没看见吗？（为什么没看见呢？嘿！不看这个看什么去呢？别傻说啦！）

（张家口）（《正宗爱国报》第 860 期）

风俗之害

十三日白天，广德楼唱了一出《打樱桃》，这出戏作的别提够多厌啦，那天又是星期，小学生们还是上了个不少，耳闻目睹，心往神驰，为害不小。

按，警厅所定应禁戏目，《打樱桃》原不在内，然应禁之戏，若能往规矩里作去，又何尝不可听；其不在应禁之列，似此野蛮作法者，可就万不可听了。望有正俗之责者，设法变通，从严查禁，犯者重罚，以挽浇风。

（北京）（《正宗爱国报》第 867 期）

倒得瞧瞧

前些日子，德胜门外土城□桥一带，有一档子勒勒儿腔，又叫呵呵儿腔，又叫大锣腔，也穿行头，串村排演，所唱的多系粉戏，招了些个污儿鬼，诚心起哄，男女混杂，很不雅观。戏班里的某角儿，又在土城外某姓家，认了一个干妈，干的湿的这们一来，可就更闹不出好儿来。自初二那天，索性挪进土城儿来，在后寺的迤西搭棚，尚未开演，现有该处的巡缉姜某，前往拦阻（正办），可不知是官事官办呀，还是藉事找道□呢，嗳！但看唱不唱就明白了，瞧着吧。

（北京）（《正宗爱国报》第 887 期）

美中不足

初四那天，北城花园儿地方某姓家，大办小儿弥月。请了一档子西城最有名的什不闲，原打算是唱一夜，到了后半天，棚里宾朋满座，台上的活跨股轴儿，扭扭捏捏，闹哄了个挺欢，不料警务上认真，打算前去禁止，某姓听着风儿不顺，随给把儿头请了个大安，太阳高高儿的，就吹了呜嘟嘟啦（光棍不吃眼前亏）。

（北京）（《正宗爱国报》第 891 期）

排演叶子戏

崇文门外包头胡同，有位女把儿头王太太，约会些女角儿，排演叶子戏，午局带灯儿，净排梁山泊上的故事，警界中要打算请票，打听海什庆堂的万儿就得。

（北京）（《正宗爱国报》第910期）

各 显 其 能

二闸某茶馆，要唱女角儿义务莲花落，经提署批饬不准一节，已纪前报。现在二闸的女落子，还是唱了个挺欢，打听了打听，原来是如意馆茶社的王某，又在河阳汛递禀，后卖的票价，除开销外，统捐齐化门外官立自治局，该汛的石总爷，也挂了份儿，倒劲居然就给批准了。可有一节，唱可是唱，务必男女分座，界限分明，演些改良曲艺，禁止浪声淫词，雅雅趣趣儿的，别闹乱。至于捐入自治会，多吧少吧，那倒是末节，即便是堂官问下来，也还可以对付着往上回呀，您想这话是不是？

（北京）（《正宗爱国报》第952期）

有 伤 风 化

南门外斜新庄，现有人约请西关子弟什不闲莲花落，于六月二十三四在本村七圣庙连台演唱两昼夜，这必是以敬神为名喽。惟向来乡间庙会，那次也断不了出乱子，承头起哄办的主儿，是各有所图，或敛钱入己，或设赌骗人，真正实心照料的人，简直的没有，遂至男女混杂，什么憨蠢事都闹得出来，于正俗治安，大有妨碍，望有该管之责者，于地方上这些个事情，总宜概行禁止为是。

（北通州）（《正宗爱国报》第957期）

诚 心 找 罚

顺治门外粉房琉璃街中间路东剃头棚儿，每到夜间，胡琴儿弦子，弹拉了个挺欢，二簧咧，小曲儿咧，乱来一气，所唱的左不是浪曲淫词，反正没有正经的，吵得四邻不安，听说区里禁止过，仍然要上劲啦！不但不改，反倒更哄的热闹了，不知是怎么个意思。

（北京）（《正宗爱国报》第957期）

有 伤 风 化

京西四王府村底头门地方，有几位女会首，约了一个当子呵呵儿腔，昼夜演唱，招得附近的少妇长女，拥挤不动。所唱的净些个淫词丑戏，秽污难堪，还是男女界限不分，实于地方风化有碍，望有该管之责者，赶快禁止，省得出乱子呀！

（北京）（《正宗爱国报》第962期）

快听热闹戏吧

听见人说，十九、二十两天，阜成市场戏园子里头，准演说白清唱，凡爱听戏的主儿，何不帮个忙儿呀。

（北京）（《正宗爱国报》第983期）

全不够格儿①

初九日，孝钦显皇后升祔大典，礼部奏定前期致斋三日，经民政部行知内外城警厅禁止演戏作乐，惟东安市场东庆茶园所演的半班戏（又名蹦蹦儿戏），不但照常演唱，比上往常还更热闹的多，男女满座，少长咸集。所演的戏出儿，虽然不大懂，而那份淫荡态度，实在令人肉麻。听戏的男座儿，是多一半儿嬉笑起哄，难得女座儿，也就大模大样瞪著眼睛瞧，并且还是府第宅门夫人小姐们样式的很不少，您说够多糟！最奇不过的是，这样伤风败俗的现象，警界中竟自不管，真真要把人闷死，不怪外间喧传，该园有这位王爷那位太太的人情，看来这些话，也非无因而起呦。

（北京）（《正宗爱国报》第1072期）

淫书宜禁

宣武门外骡马市大街某米庄门首，有个书摊儿上，日前有人见摆着几种书，套上都没有写着字，拿起来一瞧，敢情是《灯草和尚》《金瓶梅》等等。还有什么男女□□卫生篇，这类书词意浅近，要是小学生们买了去一研究，那还有个不糟的吗？真正是害人不浅，望该管赶紧查查罢（追出原版一火而焚之）。

（北京）（《正宗爱国报》第1119期）

南宁迷信神权之陋习

广东南宁地方学风不振，绅商多迷信神权，上月十七日，俗传为观音诞期，预于前两日奉菩萨游街，绅商子弟百余人，戏服涂面，装作《西游记》《封神传》，种种怪相，招摇过市，举国若狂，消耗二千余金。此等陋习，为地球所仅见，乃地方行政官厅，既不能提此款以办学兴业，反纵而延入衙署，以博妇女之登台一粲，噫，异矣！

（南宁）（《图画日报》第4号）

夜花园之滩簧

上海之有夜花园，非今岁始矣，溯自西人研究卫生，每当夏秋之交，

---

① 此则禁戏舆论内容是否属实，尚有疑处。第1088号《正宗爱国报》之"来函"栏目认为此则报道失实。

禁止游人在各花园夜游后,知有利而不知有害者,乃纷纷在租界之界线附近,搭盖茅亭数座,藉供暑夜游客憩息,并亦俨以花园为名。除售茶酒之外,并雇滩簧、影戏等一切玩艺,以广招徕。而痴男怨女之藉此为幽欢密约地者,无不如蚁之附膻,蝇之逐臭,故夜花园之设,有不仅虚掷金钱,饱尝风露,足以耗人资财,致人疾病者。爰绘此图,以警社会,并占七绝二绝曰:

野田草露夜漫漫,丝竹声中拾坠欢。清净园林竟如是,痴蜂醉蝶一团团。

争向荒丘系玉骢,晚风料峭月朦胧。鬼声已罢秋坟唱,一曲滩簧尚未终。

(《图画日报》第19号)

妇女听戏之受惊

近有优人在天津河东俄界宴福茶园演唱崩崩戏,淫秽情状,不堪寓目,乃无知妇女,反乐听之,大有不能禁阻之势,伤风败俗,莫此为甚。不意于十五日晚十点余钟,正当演唱得意时,喝采之声俨如雷动,忽然电灯爆炸,电火喷溢,男女观剧者逃避不及,仓皇中致撞伤数人,各妇女之呼姊觅妹、寻子失女者,尤不可计其数,皇急情状,可笑可怜。不知为家督者,从此能设法禁止否?

(天津)(《图画日报》第55号)

戏园观剧吊膀子之无耻

妇女与优伶在戏园中,目挑眉语,互相勾引,俗谓之吊膀子。淫秽无耻,莫此为尤。沪上发现此事之最早者为杨月楼,即杨猴子,经地方官严惩,此风稍息。近十余年来,又有霍春祥①、郭蝶仙②、高彩云③、丁灵芝④、李春来⑤等诸案,报章记其事迹,里巷编为歌谣,风俗之坏,实可

---

① 霍春祥,丑角霍克明之子,十三岁即在九香园出台,童串小老生。善于修饰,专以勾引妇女为能事,旨在财色。后被江苏按察使朱之榛以流氓罪判处监禁20年,直到辛亥之后方出狱。
② 郭蝶仙,天津人,工花旦,名伶郭秀华之子。1907年因与冯翰之妾谢宝宝私自来往,被冯家告发,落下"淫伶"之名,被英租界会审公堂判处枷游示众、永远逐出租界。
③ 高彩云,湖北人,工花旦,隶属上海天仙茶园。1899年,金琴生控告高彩云与其妾顾彩林有私情,被英界公堂判责二百板,羁押半年。后来高彩云瘐死狱中。
④ 丁灵芝,天津人,原名丁剑云,工旦角。1903年,祝少英控告丁灵芝与其妾吴丽卿有私情,被上海县判羁押三个月。
⑤ 李春来(1855—1925),字起山,河北新城人,京剧表演艺术家。1908年,英界会审公堂以李春来奸骗已故四品京官黄开甲之妾黄朱氏之罪名,判处李春来羁押西牢三年,期满递解回籍。

为长太息矣。近者某伶之见弃于新舞台，闻其端，亦因与已故某星使之妾交涉而起。虽事关暗昧，未悉内容，然官场套语所谓事出有因，查无实据者，当亦可为此事定评也。偶集尚书句作《夏诰》，以寄讽焉。《夏诰》：

小子胡（借作和）既往背师保之训，作奇技淫巧以悦妇人，惟耽乐之从，朋淫于家，十旬弗反。

迪维有夏，若曰尔维和哉？惟尔率德改行，无戏怠，无俾世迷，无起秽以自臭。继自今敢有殉于货色，以自灾于厥身，挞以记之，自作孽不可活，汝无面从敬哉？

在今予小子旦人乃训之，颜厚有忸怩，此厥不听。呜呼！休兹离逖尔土。

（《图画日报》第 64 号）

官场耶？戏场耶？

淮安府署头门左右各差办事所，每于夜晚时，聚集丁役多人，演唱大小歌曲，和之以笙箫、管笛、胡琴、琵琶等具，异常热闹，观听如堵，男女混杂，署内置若不闻。此亦近来官场之新气象也。

（《图画日报》第 98 号）

书场与学堂之关系

松江西门外白龙潭大寺内，有官立高等小学堂，于今三年矣。不料近有潘子龙、吴福生等，胆敢在寺内大殿创设书场，特招姑苏男女说书，日夜演唱淫词，哄动远近听客纷至沓来，甚至男女混杂，屡酿事端。学堂为教育重地，而任令若辈蹂躏至此，是亦地方有司之责也。

（《图画日报》第 130 号）

1910 年（宣统二年庚戌）

有 伤 风 化

十六日晚七点多钟，崇文门外草厂八条胡同北口外路南剃头棚内，有个某甲在该铺剃头，可就说开了《水浒》上的西门庆的故事啦，实在难听，而且有伤风化。哎！奉劝某甲你若将这工夫给他们讲讲报纸好不好。

（北京）（《醒世画报》第 33 期，1910 年 1 月 3 日）

演 戏 消 厄

自秋徂冬，瘟疟流行，苦无救治之法。现则各处有建设清醮以为禳除，有祭祀神佛以求福祉者争演木头戏、指头戏如《目连尊者》《西游》《说岳》，每演七台或十四台，每台约三千钱，花费不赀，争为热闹，未稔可以戏而消厄否？噫！以有用之金钱而作此虚妄之事，而泉人之程度又如此。

（泉州）（1910年1月7日《厦门日报》）

淫 戏 宜 禁

铁岭清乐园日昨晚台演《卖胭脂》一出，郝凤英①与李吉红合演，丑态百露，大于风俗攸关，急宜禁止，以正人心云。

（铁岭）（1910年1月23日《盛京时报·市井杂俎》）

有 伤 风 化

城内大水沟戏园女座颇多，闻近有一花鞋大辫之流，每日在内，明为听戏，暗有伤风败俗情事，为家督者宜戒妇女勿往观剧，以免出丑。

（天津）（1910年2月20日《中外实报》）

元宵赛灯之无谓

昨日为元宵节，沪南高昌庙一带潮粤人扎就龙狮各灯彩，并扮演戏剧，杂以锣鼓清音，游行各街巷，旋进城至道署等处串演，锣鼓喧阗，聒耳可厌。其时蔡观察②适欲公出，不耐视听，驱令速出。其时观者甚众，各人仍兴高采烈。同时又有沪南南码头淮扬船户人等亦集资扎就龙狮虾蟹各种灯景，以男女童扮演戏剧竞赛。值此生计艰难，时绌举盈，甚无谓也。

（上海县）（1910年2月25日《新闻报》）

官场醉心猫儿班之真相

赣省官场春席宴宾，道班中多有资雇猫儿女班唱戏欢聚，近日兵备处总办张观察季煜③之太夫人于十二日六十生辰，会办陈观察旋枢④之太夫人于十六日六十生辰，均雇女班唱戏。惟贺客满门，以官场及军界人士居多，大兴麻雀，颇行热闹。

（南昌）（1910年3月1日《申报》）

戒 点 淫 戏

十三日元妙观方演新四喜大班，西廊石灯上有三四少妇，似南城人，

---

① 郝凤英，天津人，清末民初河北梆子女演员，青衣、花旦兼擅。
② 蔡观察，即蔡乃煌。
③ 张季煜，字子蔚，湖北江夏人。清末民初曾任江西省兵备处总办、陆军小学堂堂长、两淮盐运使等职。
④ 陈旋枢，福建连江人，由文童考充船政学堂学生。历任翻译、县丞、江西陆军教练处总办、江西测绘学堂总办。

到庙烧香，小憩游玩，时方演《峨眉山》一剧，正丑态毕形之候，栅下观者皆回头，眈眈注视诸少妇，少妇皆掩面相率而去。或言演戏将以敬神，演此淫亵之戏适以侮神，况环而观者有父子兄弟伯叔乎？有年少女人乎？愿点出者点此忠孝节义诸剧以振起人心，诲淫诸剧切勿演也。

（泉州）（1910年3月2日《厦门日报》）

禁演淫戏又成具文

南段巡警总局向章凡戏园应将本日所演之戏于午前呈送该管局区，详请该总局备查，盖为禁演淫戏，维持风化也。近来各戏园又男女合演淫戏，以致热心社会者多有不平之鸣。未知有维持风化之责者亦有所闻见否？

（天津）（1910年3月7日《中外实报》）

禁 如 不 禁

南段巡警总局规复旧制，严禁各戏园男女合演淫戏，已见各报。然近日各戏报仍多淫剧，依然演唱。有谓总局并未出告示，报载严禁恐系传闻之误者，有谓凡各戏园于该管局区皆有运动，故而阳奉阴违者，二说未知孰是。

（天津）（1910年3月17日《中外实报》）

看 戏 何 益

河东陈家沟居住某姓，初五日因妇女出门观剧，家中无人，至三点余钟，突然火起，炕席衣被均皆燃着，并烧毙幼孩一名，幸经邻佑往扑救，火始熄灭。

（天津）（1910年3月17日《中外实报》）

伤风败俗之尤

山海关天桂茶园近来艳装华服之妇女观戏者甚多，尤可恶者，有一班像姑及不肖子弟每于散戏时皆整衣排列两旁，评头论脚，种种轻薄，丑态令人难堪，该园弹压弁兵亦从不过问云。

（山海关）（1910年3月19日《吉长日报》）

淫 戏 宜 禁

演唱戏曲于风俗人心大有关系，奉省各戏园每因生意萧条，开锣数曲，即演淫戏以供众赏。前经大吏饬警长随时禁止，现在各戏园尚能逐渐改良，惟铁岭清乐茶园开演以来，无日不演《珍珠衫》《遗翠花》等出，一般下流社会中人见其描摹形容，大声疾呼，达于园外。

（铁岭）（1910年4月26日《吉长日报》）

迷 信 流 弊

本望日世传为真人神诞,四处黑暗,居民迎神奉佛演剧进香,大闹一场,而好事之徒又多扶神像往白礁宫乞奉香火,以真人在此处化身,大有灵应。闻数日来争求托庇者不下万人,皆以至宝金钱糜费无用,揆其原因,大都为跳神所作弄。迷信难除,亦地方之一憾事也。

(同安)(1910年4月29日《厦门日报》)

恶 习 宜 除

埠南五台子地方向有慈善会曰保生公所,每年于端节边以祈神祷福为名搭台演戏。今年又自初五日起,初九日止,演戏五日,凡埠内男女老少均往游览,男女杂沓,伤风败俗,有地方之责者当厉禁也。

(营口)(1910年6月18日《吉长日报》)

败 俗 宜 禁

河东韦驮庙前同心戏园,自开演以来,两廊票价铜子二枚,以故女客常满,而一班无知少年每日藉名听剧,眉飞色舞,丑态百出,甚至暗昧不经之事,亦时有所闻,未悉该管警局亦曾有所闻知否?

(天津)(1910年6月19日《大公报》)

演 剧 酬 神

有某署办公某甲之子前因抱病求神之时,曾许目莲戏普度等愿,嗣甲因公事太忙,忘记酬谢。昨其子忽又大病,自为鬼言,谓既许我于前,何以不谢于后?甲恐,即于次日在关帝演唱《目莲戏》一本,并建普度一场。可见闽人迷信鬼神之说真牢不可破者矣!

(厦门)(1910年7月11日《厦门日报》)

有 关 风 化

娼妓、幼女登台摆场,演唱淫词,久干例禁,甚有男扮女装,参杂其间,丑态怪象,尤足以诱惑人心,伤风败俗。近来平康里迤南空场上,有人搭盖席棚,内列座凳,正中高搭板台,上有男女数人,竹管丝弦,专唱淫艳曲词。又有男子一名,敷粉戴花,身穿女服,手执竹板,杂列其中,丑态万状。有时下台出门,大声招叫,见者无不视为怪物,而彼辈故作女子状态,恬不知耻,似于风化人心所关匪浅。

(营口)(1910年7月19日《盛京时报》)

和尚戏新改头之丑态

城中旧有所谓和尚戏者,十余僧人鸣鼓敲钵,演目连尊者救母事,亦谓之打城,七月孟兰会时,藉以娱鬼,余时不闻有演者。初只一台,去年道士亦仿而行之,人有笑其以天尊门弟子而说释迦法者。寻即并去年大开元寺僧云鼎复新整一台,思踊圆明之旧,凡音乐衣服甲胄及戏出科浑,悉改良翻新,率仿江西班,远近争延,真与梨园弟子媲美矣。可发一笑。

(泉州)(1910年8月13日《厦门日报》)

陈鸣山之下流

伶人陈鸣山①前在会仙茶园演某戏,丑态百出,大为一般顾曲者所唾骂,曾经本报揭载一次,意谓可惩其将来。不意该伶去会仙后,又运动入天仙茶园合演新剧,观其某某数晚演《十三妹》等剧,仍是满口秽言,不堪入耳。噫!如该伶人者,真可谓甘居下流也。

(奉天)(1910年8月24日《盛京时报》)

观戏无益

昨夜月眉池地方庆祝盂兰胜会,演唱官音,因该处地狭,戏台搭在池仔内。方演武戏,正在飒爽酣战之时,戏棚忽然倒塌崩坏,角色坠于水中者实繁。有人台前观戏,男妇老幼,拥挤争走,或溺于水,或仆于地,被人践踏,或为棚柱撞击,有流血者,有破头烂额者,不一而足。可见观戏之无益,而酬神演戏往往伤人,其事不但无益,而且有损也。迷信者尚其废然思返乎?

(厦门)(1910年8月25日《厦门日报》)

淫戏宜禁

二十五日晚,偕友人赴庆升茶园观剧,适女伶荣小芬演《小逛庙》一出,仿山西人口吻,颇觉毕肖,惟秽言浪语,丑态百出,以致座客哄堂。而该女伶乃自鸣得意,更加宣淫,狂荡笑骂,毫无顾忌。噫!当此戏曲改良时代,此种状态,久已悬为例禁,该女伶胡竟不知自戒耶?

(本溪)(1910年9月2日《盛京时报》)

演戏有何益处

前因松花江水暴涨,滨江厅章司马暨商会总理许演戏九天以酬圣德,现下江水暴落,订于八月十二日在四家子演戏九天。

(哈尔滨)(1910年9月6日《远东报》)

商民演戏之无益

傅家店商民拟江水落后在四家子演戏数日一节,早志本报,近闻各商

---

① 陈鸣山,清末民初武生,武净兼唱文武老生。

民因江水低落，会议实行演戏九日，以资祝贺。每家约出钱数十戈比，可集款千余元，而好事之徒又从中赞扬神佛之功德，于是无不赞成。然以日前上游水涨，又起惊惶，故演戏之议暂时从缓，惟各迷信家仍极力鼓动，以期实受神庥，而地方官亦以愚民迷信甚深，一时无法劝导，故亦不能为之禁止云。

按，本报前已登载此事，并谓与其筹款演戏，孰若用之筑堤？此次松花江水涨，若非由商民防御甚严，恐早已成为泽国。且本年如是，难免来年不再有此患，愿智者为之开导，再由商会地方官印刷白话告示，使家喻户晓，知筑堤与演戏之利弊。如此民虽下愚，未有不幡然觉悟者也。不然，以傅家店经济界之困难，尚敢为之浪费虚掷，虽不为将来水患计，宁独不为金钱可惜计耶？

（哈尔滨）（1910年9月9日《远东报》）

县令亦提倡迷信耶？

湖属归安县俗例以中秋日为城隍神诞生之期，向届会期一般书吏纠集愚民赛会演戏，综计糜耗为数不赀。前县朱大令鉴章①以时艰民困，米珠物贵，饬令禁止，以省糜费，遂于光绪三十二年停止，迄今每届惟准进香而已。讵今岁该县吴令②不知何故，竟雇名班于中秋节演剧酬神，以致赛会重兴，较往岁更为热闹，四乡男妇来者数千百人，途为之塞，人多嘈杂，几肇事端，而驻庙程安自治事务所及研究所、农务分会等亦因此旷停二礼拜之久，稍有智识者莫不浩叹云。

（浙江）（1910年9月26日《申报》）

淫戏将见

探闻蹦蹦戏诸优人刻复勾串法界某甲，在法领事署订一年合同，在梨栈后开设戏园，业经鸠工大作，指日告成，恐将来法界一演，日俄两界不免有所藉口矣。

（天津）（1910年10月11日《大公报》）

淫戏复来

七子班者，淫戏也。多因乡僻无赖之徒不识优伶之贱，学得三弦四管，聚三五孩童打扮生旦公末，以便糊口于四方。此恶孽最易惑人，所以

---

① 朱鉴章（1846—?），字达甫，号海琴，江苏无锡人。同治十三年进士，历任浙江钱塘、金华、归安等县知县。

② 吴令，吴继彪，字斌墀，安徽人。光绪十七年以试用县丞分发浙江，历任浙江归安、吴兴等县知县。

曩时石码、琯溪一带因七子班而酿成祸乱人命等情者，不堪枚举，故漳州上宪示谕森严，通行各属。云霄亦曾出示禁止，戏捐亦既除去此项之每班抽收三百文者，七子班遂致绝响。本年八月至今又有此种混入界内，天天演唱，有斯地之责者，盍重申其禁令也？

（云霄）（1910年10月20日《厦门日报》）

淫戏亟宜禁止

傅家甸前以各梨园演唱淫剧，有碍风化，经章司马实行出示禁止，俾其改良戏曲，专演忠孝节义之事，不得再以淫剧导淫，致干禁令。迄今奉行之后，各园稍知敛迹，近来又复演唱，巡警局亦不之禁止。

（哈尔滨）（1910年10月23日《远东报》）

新监司特权志

赣省布政公所田赋科襄办兼兵备处会办候补道杨会康前奉绥远城将军瑞良电调，经冯中丞挽留，委署南瑞袁临兵备道篆，年少气躁，自鸣得意。日前值观察太夫人生辰，此间各梨园又适禁止女班演戏，观察不得已，特令属史代雇女班演戏两天，一时贺客盈门，颇极热闹，以致地方人言啧啧，谓官场对于女班乃有特权耶？

（江西）（1910年11月14日《申报》）

诲淫宜禁①

贵报《菊部阳秋》评论剧界脚色，可谓详矣，然主褒而不主贬。如演佳人才子之剧，只可以意传神，不可失之显露，致流于诲淫。如前夜丑旦杨喜珊所演《卖胭脂》一剧，秽语喋喋，动作粗豪，最为有碍风化，而贵报不为攻击，殊失公道批评。谅监台官吏不久亦能严禁之也。

（观剧者）（1910年12月26日《台湾日日新报》）

淫剧又见

本埠各戏园男女合演各种淫戏，自经地方人民投递说帖于议事会，禀请巡警道出示严禁后，已略有成效。无如日久玩生，故态复萌，警界禁令亦暂废弛，因之《翠屏山》《打樱桃》《小上坟》《拾玉镯》种种淫剧，刻又公然开演，风化攸关，责任所在，未稔有该管之责者，亦曾有所闻知否？

（天津）（1910年12月30日《大公报》）

商 界 之 福

新正初三日，通桥东福庆茶园夜戏很是热闹，有一位阔老魏某，特烦

---

① 该组新闻原标题为《雪白梅香》。

坤角筱桂云，唱了一出《青云下书》，这出戏可叫他作活喽，淫情丑态，圆满十足，女座儿很多，实在难以为情了。最可怪的是，警界并不禁止（爱听）。听说该处各铺户，多有因该园演唱淫戏，不准伙友去听的，如有不遵，即行出号（好）。果然诸位大掌柜的认真这么一办，准可以少出点子小荒唐鬼儿，岂非商界之福吗？

（张家口）（《正宗爱国报》第 1144 期）

男女路线宜分

桥东福庆茶园，每日晚演唱夜戏，堂客楼上，官客楼下，总算文明喽。到了散戏的时候，可就拧啦，男女混挤，大起其哄，把门的警士，不但不管，还瞧哈哈儿笑呢！从先该园散戏，开放旁门儿，男女各分路线，近来把旁门儿紧闭，都走一个正门，不知是怎么股子劲儿（为的是乱吗？）。

（张家口）（《正宗爱国报》第 1183 期）

惨 无 人 理

西安茶园庆胜和班住在西四牌楼广济寺西廊下，学戏的小孩儿，大半是七八岁至十一二岁不等，除登台演戏外，终日在庙排演，最难不过的是，地下铺短被一床，教几岁的小孩儿，在被上翻无数的跟头，一个落在被外，这顿毒打，不死也得脱层皮，直视生命如儿戏。上月某日，有个几岁的小孩儿，不愿学戏，私自跑至前门外西车站，打算搭车逃命，不料车尚未开，就教那些野蛮找到，从车站揪回，这一下子差点儿没打死。并将这孩子锁在一条长板凳上，行走坐卧，叫他时刻背着，小孩儿终日啼哭。现已一个多月了，刻下形容枯焦，好像活鬼，这条小命儿，恐怕难保了。望该管地面干预干预罢，别教他们惨无人理，残害同胞啦！

（北京）（《正宗爱国报》第 1192 期）

提倡蹦蹦戏的请看

左安门外羊坊村，日前演唱蹦蹦儿戏（又名半班儿戏），原定是唱五天，唱到第四天上，就起了风潮。因为该班戏子某甲，与某村的某姓妇，也不是怎么定的约，竟自演了一出《蓝桥会》的活剧，被本村人查知，又闹了一出《棒打鸳鸯》，打完了还要送官究办，经首事人出来调处，等唱完了五天再说。不料是日晚啊，该班戏子们，全行逃之夭夭了，提倡蹦蹦戏的听着，爱看蹦蹦戏的妇女们，更得听着。

（北京）（《正宗爱国报》第 1215 期）

风 俗 之 害

北京干果行，日前在顺治门外皮库营太原馆，演唱行戏，叫作什么恭庆五神。是日天明亮，跟十三红演得是《翠屏山》，作的那份儿厌气，别提多难看啦（想来五神之内，必有爱看那种现象的）！众位老西西，如颠似狂，粗了脖子红了筋的大声叫好（留神醋糟），忽听正面楼底下，有些妇女们也叫开了好儿啦。原来都是听蹭戏的（那道心肠），又听上场门有个叫好儿的，声音极长，还外带着来回的勾儿，大家一看，敢情是位警爷，还挎着腰刀哪（累兵）。嗳！简直的这出戏把大家伙儿闹得都忘其所以啦！这样看来，淫戏之关系风化，诚然是不小呕，望有正俗之责者，别净糊弄事啦，当真的整饬整饬罢。

（北京）（《正宗爱国报》第 1218 期）

有 幸 有 不 幸

齐化门外振兴茶园，在提署递了几次禀，请演说白清唱，助捐各项公益，皆被批驳不准。现有某太监禀请提署，在振兴茶园对过，开设朝阳茶园，演唱梆子腔，经朗贝勒①批准，已于日前唱起活儿来了。

（北京）（《正宗爱国报》第 1244 期）

蹦蹦儿戏演唱捉放

蹦蹦儿戏那种丑态，有伤风化，各报全都说厌烦了，官家不去禁止，其中定必有原因。月内二十九那天，东安市场东庆茶园，演唱蹦蹦儿戏，该场公事房新总办，因是日系属斋戒，各戏园停演，也禁止他们演唱，该园倚着东家□□□的势力，不但看不起公事房，向来是不遵国制的，管他什么叫斋戒忌辰，概而不论，他就仍然大唱起来。公事房总办大怒，即饬巡警等拿办。于是乎把唱戏的角儿，穿着彩衣包着头，就给带到巡查所，随即送交内左二区。您猜怎么着，去的简捷回来的快，口大的工夫儿，就给放啦！大概不能是有什么人情吧？

（北京）（《正宗爱国报》第 1313 期）

女 伶 淫 浪

河北兴华茶园有女伶曰小七盏灯，十三日早演《小逛庙》一出，淫言秽语，不堪入耳，淫状秽态，尤属不堪入目。该管官盍查察之？

（天津）（《燕尘杂记·燕报附张》1910 年第 2 卷第 18 期）

---

① 朗贝勒，即毓朗。

1911年（宣统三年辛亥）

戏馆亦为自治事业矣

髦儿戏有伤风化，历年为各上宪所严禁，不料近日镇郡董事会某总董因与土娼朱奶奶有染，受其运动，竟借口为自治公所筹费，力任保护，已于前日开演。查所演之剧皆系《珍珠衫》等著名淫戏，议者大为非之。

（镇江）（1911年2月15日《申报》）

花鼓恶俗

定海自新政以来，演唱花鼓戏，几于到处皆然，海岛如王家墩、大毛等处，各乡如沈家门、大展等庄，近复此风流行，郊外如甬东小竹山一带，伤风败俗，莫此为甚。不解自治成立以后，又有此种恶俗，真可为长太息者也。

（宁波）（1911年2月15日《新闻报》）

闽侯城议事会之颠倒

闽侯城议事会前以别有天戏园售卖女票，男女混杂，有伤风化，呈请禁卖，已蒙巡警道严谕示禁。兹闻该戏园大有神通，运动该会，再为请卖女票，并将呈请情形遍街广告矣。

（福州）（1911年2月18日《新闻报》）

买良为优

河北电灯房后有民妇黄氏者，素以养人为业，今由外乡买来良家女子一名，每日教演淫戏，偶有不合，鞭打从事，乞怜之声达于户外，比邻皆为不平，至如何虐待，容俟访明续登。

（天津）（1911年2月22日《大公报》）

风化攸关

近来本埠各花茶铺，虽有不准演唱淫曲窑调之明示，然每遇女妓登台时，必作一种妖媚状态，加以一般无知恶少，怪声叫好，犬吠驴鸣，殊属大伤风化，望有该管之责者，急宜设法取缔。

（天津）（1911年2月23日《大公报》）

少奶奶提倡秧歌戏

秧歌戏乡间所演之淫曲也，演者为箔匠薙匠，以门板三两扇搭为台，借妇女之裙钗为装品，扮一男一女，串演丑态百陈。妇女趋而观者，更举国欲狂，奸拐之事，亦因之而丛生。初四日往观者多为下流社会之妇女，乃谓近日昌安门外斗门镇邻近某村，连演秧歌戏三夜，有某富绅之少奶奶亦携伴往观，于人丛中高坐观剧，并假与裙钗数事以助装品。噫，秧歌戏本干例禁，官吏不知查禁以维持风化，复得该少奶奶为之提倡，恐该淫戏之流毒将延及于上流社会之妇女矣。

（浙江）（1911年2月27日《民立报》）

王锡珍不恤人言

赣省警察东城三区警官王锡珍行为卑鄙，颇为地方指摘，且与髦儿女班有密切之关系。每遇女班演戏，该警官之公子必为上台配戏，后因梨园子弟禁止女戏，该警官力为庇护，并代在官绅场中招揽生意，尤敢囤留女优在区唱戏，召集一般官场敛钱以酬若辈之劳。论者咸谓王警官在女班附有股份，故遇事格为周到也。

（江西）（1911年3月2日《申报》）

淫戏之伤风败俗

定海黄家墩地方，日前演唱花鼓淫戏，以致红男绿女，混杂争来。兹闻有史姓女年甫及笄，略有姿色，同邻近黄氏养媳结队往观，至次日均未回家，谅为流氓奸拐。现虽四处找寻，然已杳如黄鹤，不知去向矣。

（宁波）（1911年3月7日《新闻报》）

孀妇可疑

孀妇不宜观剧，所以防春心之动也。昔者淫戏禁演，今则不似昔之严，市内聘新福连升班，在南开演，将近一年。该班屡演淫剧，而优伶又多非善类，彼因观剧而为破节者，不知凡几。即如其妇，少艾孀居，以观淫剧故，竟与某小生狎，现已怀妊，不敢见人云。

（台南）（1911年6月23日《台湾日日新报》）

活毁孩子

前晚东天仙戏末出乃王桂官、王桂花唱《双侠演艺》，该二童子大者不过十岁，小者只七八岁，初出时演唱帮子、二簧、时调小曲等，虽不出色，亦颇难得，惟最后乃令两小孩一倒竖，一弯腰，头俱向下，合唱《小放牛》一出。观者皆为不忍，纷纷起座而出。此等艺人但图标奇射利，不顾小儿生命，实残忍已极。前次韩秉谦以小儿演剧，人皆称妙，岂知倒立之各小儿经西医查验，皆受病甚深。况此既倒立又令其唱歌乎？按文明国法律，凡于街市倒悬牲畜以行者皆犯警章，诚以养人恻隐之心也。今竟以弱龄小儿如此折磨，其苦岂堪言哉？望有地方之责者，严行禁止，以重人道为幸。

（天津）（1911年10月23日《大公报》）

维 持 风 化

昨闻城议事会开会核议，以妇女听戏，有关风化，拟请巡警道宪照会各戏园一律禁卖女座，惟租界戏园碍难取缔，亦拟变通办法，商请各国领事官禁卖散座，未悉能否办到。

（天津）（1911年10月29日《大公报》）

杀之不足惜

排演新戏的钟声①，在会馆住时，男女混杂，有种种不法行为，经人告发，拿解总厅，转送审判厅讯办，与其往来之妇人嵇宗华②，既称女子某学堂教员，岂可不知自爱，跑到后台与伶人梳头。况带领良家子女，在迎宾馆勾引坏事，并时有将男子引至该妇所居之处所，刻下老成人，多有不敢令女子住堂者。嵇宗华一人不可信，焉能人人不可信？钟声与嵇宗华之种种，一经讯实，杀之不足惜。

（北京）（《正宗爱国报》第1650期）

警 察 之 责

近闻有人在北京请设落子馆儿，此等生涯，最能引诱子弟学坏，风化攸关，有责任者不可不慎。至于女戏一节，登台演唱，不必论其女不女，但看其作戏淫不淫，女人演唱胡子生好戏，较比男子演唱淫荡戏强的多。然男女合演，易滋流弊，尤宜预防，北京市面不得不维持，而风化亦不可不整顿。刻下景况萧条，警厅更当关心贫民之生计，应通饬警区，所有内外城各街道马路两旁，果于交通无碍，一律准其摆摊生理，以恤商民而维市政。

（北京）（《正宗爱国报》第1789期）

荒年行乐之迷信③

桐邑惯习每至秋收后，南北两乡皆须演戏迎神以为春祈秋报，演戏之多寡因村庄大小，三四至五六天不等，灯彩花炮热闹异常。一般无赖藉此机会开场聚赌，抽头渔利者有之，就地布篷私售灯烟者有之，至于酗酒滋事、聚众殴打，劫财窃物、伤风败俗之事，日有所闻。噫！当此年岁荒

---

① 钟声，王钟声（1884—1911），字熙普，浙江上虞人。光绪二十四年留学德国，光绪三十二年回国后在湖南、广西任教，并加入同盟会。光绪三十三年在上海创办国内第一个话剧团体春阳社。按，1911年7月，王钟声在北京演出新剧时被捕下狱，此则报道即言其事。

② 嵇宗华，即卷入王钟声案的乔稽氏，但是其人籍贯行止等不详。王钟声案中，清政府渲染嵇宗华与王钟声的艳情，有伤风化，冀以在道德上贬抑王钟声。

③ 此则舆论依据中国国家图书馆所藏《全浙公报》，该报缺佚严重，也不可知本则报道之日期。

歉，金钱紧急之时，无知乡愚竟以有用之金钱供之于无益之迷信，甚至酿成种种祸端，地方官尚可守放任主义乎？噫！

（桐乡）（《全浙日报》）

广　告

劝禁清客演戏

淫戏本不可演，而串客淫戏更不可演。盖大班正戏多，淫戏少，拣戏者既勿点淫戏，班内断不敢自做。若串客之花鼓淫戏，则全是丑恶可憎之淫戏，并无一曲正戏，且都系游手好闲、不习上流之子弟，平日毫无廉耻，专喜淫荡，把一种小本唱片卖来，你唱我和，及至上台，一花面，一旦脚，扮作男女，备极丑态，装尽油腔，而其齿口油子，又都是土话，使妇女小儿们听了，句句记得，做的既扬扬得意，唱的自恋不舍，所以大班演戏，妇女看的还少，若打听得某处有串客做，则约妯娌、会姊妹、带儿女、邀邻舍，成群结队，你拉我扯，都去看。到做一日看一日，做一夜看一夜，全然不厌。做串客的见了年轻妇女越多，他装作淫相越丑，顿使妇女们当下眼花心乱，欲火焚烧，已有按捺不住之势。再加以轻薄子弟，游荡淫棍，从旁百般戏谑，无所不至，此刻在妇人恐怕当场出丑，隐忍不敢声张，在男子私喜，暗地无知猖狂，任其戏弄。况情欲既动，胸中便无把握，其或素爱名节女子，虽不致失身于人，而情魔缠绕，难免因想成病、因病丧命之患。若是没廉耻妇女，淫念一起，奸情叠出，往往看此戏后，有私期偷会的，有密约拐逃的，有不顾贵贱主仆通奸的，有丈夫久出不归勾引狂童入室的，有孀妇空房难守招揽光棍当家的，种种伤风败俗之事，都从看串客起因。自有串客淫戏，直使人人走入禽兽一路。想到此处，令人不胜发指，这样匪类，尚不速为禁止，其流毒岂有穷尽？奉劝各处绅士乡耆，公禀县尊，请示严行禁止并惩，贤父母官饬差到处查察，见地方上有演串客淫戏者，立将为首之人及行头主一并扭送到县，重责不贷，庶几匪类永绝，淫风自清，请高明者细心想之。录翼化堂[①]原稿。

（1871 年 4 月 22 日《上海新报》）

[①] 翼化堂，由沪上大慈善家张雪堂（1837—1909）创办于咸丰七年，址设上海豫园。"翼化堂"者，取羽翼圣经、感化人心之意，主要刊刻出版四书、十三经、道经、佛经、善书等书籍。《翼化堂条约》详列了《水浒传》《西厢记》等应禁小说戏曲名目近 90 种，亦是晚清较重要的小说戏曲禁毁文献。

劝戒点演淫戏说

戏剧滥觞于优孟，其由来也久矣。取往事而流连，藉昔人为劝惩，偶遇忠孝节义诸大端，苟能摹绘入神，往往动人感泣，虽戏也，亦寓导民为善之意焉。以故沿习至今，不干禁令。乃近日上海各戏园中专演淫戏，榜诸门首，帖诸街衢。昆班如《倭袍传》《双珠凤》《借茶》《裁衣》《斋饭》诸剧，徽班如《晋阳宫》《打樱桃》《庙会》《瞎子捉奸》诸剧，百般秽亵，万种淫污，不顾衣冠之满堂，不问男女之杂坐，且有座上之客指名索点者。廉耻云亡，自居何等？此种过失，较之刊布淫书、描画春册者，尤为大伤阴骘。圣人之言曰：非礼勿视，非礼勿听。奉劝诸君于挥金买笑时少为留意，勿大荒唐。尤劝开张戏园者，既存图利之心，勿为丧德之事。托业已卑，为恶又大，天听不远，恐报应之机捷于影响也。可不惧哉！可不惧哉！

（1872年7月4日《申报》）

戒淫文（节录）

报莫速于贪淫，戒宜预焉。夫淫人妇女，妇女亦为人淫，此报施之常也，可不预戒哉？且天下善恶两端，其报应往往不爽焉。善必获报，故孝为百善之先，而大孝之后，天必昌盛。其子孙恶必获报，故淫为万恶之首，而纵淫之徒，人亦污辱其妻女。天地之生人也，原不禁情欲之事，男女别而联以冰人，姓名睽而通以月老，乃不听大造之暗牵，而为野田之暗合，何其轻也。父母之爱子也，各予以匹偶之常，男子生而愿为有室，女子生而愿为有家。乃不待高堂之相配，而效上宫之相要，何其急也？是所谓淫也，而吾以为戒之者宜先绝其端焉，破其迷焉，惩其欺焉，知其害焉。乡村演花鼓之班，触目者伤风坏俗，城市尚滩簧之曲，污耳者滑调油腔，至若会逢燕社，漫杂游女于春三，渡竞龙舟，少听歌娃于夏五，而其余春册淫方，俱宜投诸烈焰，更何羡《红楼梦》夸风人之韵，《西厢记》传才子之奇，此绝其端也。（后略）

（1872年9月24日《申报》）

劝毁淫书启

淫书小说艳曲盲词害人最甚，在作者不过以一时之谈笑逞其才华，务为绮丽妖艳淫亵秽鄙之语，凭空捏造子虚乌有之男女，以污及古来之男女，因而自戕其一家之男女，遂致陷溺天下后世之男女。试观读书子弟一见是书，即耗其精神，怠于进取，从此近狎邪削功名折禄寿矣。习贾少年一见是书，荡其情意，长其轻狂，从此窃银钱，迷烟花入乞丐矣。闺阁女儿一见是书，春情逗动，独宿冥思，或犯淫奔，或成痨疾矣。有夫之妇，若见是书，每至恣淫无度，非骤亡即多病。既寡之妇，若见是书，引其欲火，每至死灰复燃，有志者丧神，无志者丧节，纵遇老成之辈，苟非持守素严，亦鲜有不动心而惑志者。至若僧尼身入空门，业根未净，彼固犹是人情也，又安能不萌欲念而坏清修乎？总而言之，智者观之淆其志，愚者观之启其机，贞者观之易其操，荡者观之益其毒，是天下之坏人心术、丧人名节、害人性命，无有过于此者。

今奉劝人家有淫亵之小说盲词者，速送至辅元堂字局焚化，否则于家内置一炉焚之，必获善报，切勿藏匿在家，以误子弟妇女，自取冥罚。各书坊及赁书店现给价三月，限期已满，如有者查出必罚，速将各种淫秽之书缴局。幸勿存牟利之心，私自买卖，至官司阴谴。若于此造孽之书而获利，其获利一时甚细，而其取祸招灾甚大也。若家藏淫画，则比淫书之为祸更烈更速，倘能将淫书淫板淫画并春药招贴随时揭取，一并送局焚之，行见贤孙贵子，转盼可生，奇祸飞灾，霎时可免，介福高寿，随愿可增，大利厚资，操券可得。盖天道福善祸淫，有必然之理，善恶报应，固历历有明征也。海上江翼云①先生遗稿。

（1872年12月28日《上海新报》）

各茶园遵制改演清唱

启者，沪上各茶园现值国制遵例停演百日，但租界中房租极重，洋人又无让租之例。计沪上共有八园，每园中上下脚色各百有余人，食指浩繁，度支极为艰苦，查京师、天津各戏园亦一体遵制停演，只于二十七日后延至正月十七日始演说白清唱，地方官宪念其恪遵成例，而悯其亏累艰苦，准予权演清唱，暂度日给。本园遵制已久，同病相怜，因亦仿照此例于本月二十日开演说白清唱。盖于遵依定制外为度日计，因为期已逾七十日，而清唱亦不关例禁，合先行告启，诸祈原谅。贵客赐顾，请移玉步，祷甚幸甚。二月二十日，沪上各茶园告白。

（上海公共租界）（1875年3月30日《申报》）

戒藏淫词小说启②

贵报前登戒撰淫词艳曲等文，阅者谓深有裨于世道，而于收藏淫词小说者，则犹未之及，请更以《戒藏淫词小说启》继之。蒙以为自小说作而

---

① 江翼云，江驾鹏，字翼云，号果存子，晚清上海善士、医士，曾参与创办果育善堂。据王韬《瀛壖杂志》卷三载，其人"生平喜谈程朱之学，每持《阴骘》一编谆谆劝人，著《苦口良药》以儆世。沪之士林中，品方行直者，当首推及之"。

② 本启事1882年7月10日《新报》再次刊载，题目相同。

淫风炽，弹词兴而女德衰，世不乏聪俊子弟，闺阁庄女，而偶睹邪书，不觉送入禽门，此杀人不见血之弊政也。猛兽长蛇未足比其毒，刀山剑树未足比其惨，魑魅魍魉未喻其丑，狐精山魈未足喻其妖，大为人心风俗之害，言之实堪浩叹。请先以收藏小说之四害言之，四害伊何？

一曰玷品行。览此等书必非正人佳士，昔粤东南海县令某君好观《肉蒲团》，手抄小本，日逐览之，不意不乱入详册，为上司所见，怒其无行，黜革愧悔而死。

二曰败家门。喜藏淫书及好唱弹词之家，妇女率多丑声，其秉性幽贞者，或以痨瘵死，下此更不忍言矣。《诗》云："中冓之言，不可详也。"乌乎不惧？

三曰害子弟。藏此等书者，偶为子弟偷观，其佳者以此知觉破身，遂以瘵死。即转而自悔，而元气一散，断不能成为大器。世间尽有佳子弟，秀出一时，究无成就，精金璞玉早为微瑕之玷，皆乃父巾箱中密藏之物害之也。若中下之质，则必好此破家矣。昔金陵一名家子，过目成诵，年十三，博通经史。一日偷看《西厢》曲本，忘餐废寝，七日夜而元阳一走，医家云心肾绝矣，遂卒。悔何及哉！

四曰多恶疾。好此种书者，必多殀亡异疾。昔杭州某司马，人极丰伟，年甫五十即乞归，谓家人曰，我幼时喜看小说，风痰入肾，命不久矣。未几卒。看淫书之害如此，呜呼，真可为痛哭流涕长太息者也[①]。

不宁惟是，请更以四劝言之，四劝伊何？

一劝医家勿传艳方也。艳方之流行在乎医士，昔唐末多传不死方，元末多传宫方，世变之升降如此可见。近见锦囊等医书附载春方，最为害事，愿医者勿传于人，并削其书中一条，未始非积德之一端也。

二劝居官者严禁导淫恶习。士人有志救世，徒托纸上空言，若幸而居官，则明明有整顿风化之责、诛锄邪说之权矣。可为地方赤子造无穷之大福、去无穷之大害。而况妖蛊淫邪、国法所禁、例所必诛耶？所愿地方官长，每经所属街巷，见市肆中有淫书小说春方媚药，如墙壁上招贴等类，迅即飞饬妥役根究，着落店伙务毁卷帙方药，责令改业。再密访私行贷卖者，科以重罪，必尽削其书，火其板而后已。务使天下少卖一人即少害一人，少卖一日即少害一日，种福无量，此真居官第一快心事，亦真居官第一阴德事。其有奸人制造淫具，或角或铅，丑名不一，较之杀人，厥罪惟

[①] 本段"收藏小说四害"与余治《得一录》卷十之一《收毁淫书局章程》的"收藏小说四害"内容相同。

均。操治民之柄者而不力禁，是纵其白日杀人而不诛也。乌乎可夫？吾民犹吾子也，亲见吾子入陷阱中，为父母者忍心坐视而不援手救之，有是理哉？有是情哉？

三劝士人勿抄媚方。此种方剂，流传半由风流学士与夫莲幕高宾弄墨戏书，堕落孽海。夫抄良方以救人，此医国手也。抄媚方以毒人，则禽兽心矣。愿士人检点书囊，勿同枕秘，此尤要着，毋作陈言。

四劝画家勿画春册。世间造恶未有过于此者。将使天下识字不识字之人，一概心醉神驰，同驱于禽兽之域。吾见擅此技者，人必绝后，盖其画幅艳传，不知惑尽多少子弟，坏尽多少闺门，恐绝嗣尚不足蔽辜也。至其人之妻女子媳，鲜不以淫乱闻者，由其朝夕见闻，无非淫状，即有贞烈之性，将亦化而为邪，而其人亦夭而不寿。盖其执笔摹拟时，淫心摇荡，真精浮散，梦遗脱阳等症相继而作也。呜呼惨矣！夫百工技艺，何事不可为，而乃为此？山水花鸟，何物不可画，而乃画此？处心积虑，将使天下无人不好淫而后快，吾恐技愈精而孽愈重，时愈久而报愈酷，虽极悔悟，嗟何及矣！因戒藏淫词小说而并及之。冷眼热肠客来稿。

（1878年9月7日《新报》）

奸淫律条（节录）

从来恶孽，惟淫为大，阳罚虽轻，冥罚甚严，为罚极多，姑撮其要，见此篇者，各宜戒勉。

○造淫书律。造淫书者，减寿二纪。若有所害，罪坐己身。书不消灭，永不轮回。淫戏春宫，与此同罪。扬一淫事，减寿半纪。若有人命，减寿一纪。谈闺阃者，与此同罪。若能改悔，罪俱减等。……凡喜听淫戏者，一次减寿三日，有功名者，罚停迟功名；点淫戏者，一次减寿三月，若有所害，转兽一世。凡喜看淫书，三次减寿半月，致生疾病者，减寿三年。……阅者其凛之。（后略）四勿斋主抄。

（1883年1月26日《申报》）

劝毁淫书

窃谓小说作而淫风炽，弹词兴而女德衰。世不乏聪明子弟、闺阁庄女，而偶睹邪书，不觉送入禽门，真可慨也！此书一出，凿淫窦，炽淫心，因致乱人伦常，败人名节，破人家产，损人福寿，绝人后嗣。其毒人也，如蜜饯砒霜；其陷人也，如雪山坑坎，是乃奸民之首，乱贼之魁，王法所必诛，天律所不赦也。然近来风化卑微，各地方淫书杂出，最可恶者，售卖春宫以及小说淫词，因庸夫俗子喜以欢唱，乐以观摩，望空想像，未有不伤心术者，以致每年添出无数奸情命案，毒流海内，作淫书者之罪上通于天。奉劝馆阁名公，谏垣侍史，疏陈其害，请旨申明禁于天下，永远杜绝，著为令，方得斩草除根。又愿各直省守土官长，下车伊始，严行禁止，翻刻淫书者必究。禁人家毋许收藏淫板，禁画师毋许描绘春宫，禁奸徒毋许售卖春药，禁书坊毋许发兑淫书，禁匪流毋许制造淫具，禁钞胥毋许传播春方、编造淫集，有不遵者酌置典刑，毋稍姑息。又愿乐善君子广收淫籍，随买随焚，有巨力者尽劈其板，力稍逊者多毁其书，凡有遇见必买，归而焚化，日积月累，功德无涯。又愿寒素君子，无力买烧淫书及板，当手抄烧毁淫书果报，各处分送。倘无暇抄写，尽可逢人劝戒，以口代书，随缘指点，功亦不小。特刊此以有心世道人心者商之。兢惕子谨白。

(1883年4月15日《申报》)

劝惜字纸（节录）

盖闻庖羲①垂文，苍颉作字，为用至大，其功至神。后世视为固然，习焉不察，但知有字而不知字之当敬，但知用字而不知字之当惜，覆瓶拭凡，或随手弃抛，或裹物糊窗，忍心灭裂，道旁厕侧，何堪到处飘零？里妇村夫，遑问如何造孽多端？秽亵不可殚言。虽掇拾之有人，而践踏者自若。不加棒喝，何能挽此颓风？欲警沈迷未易，偿其宏愿，爰拟数条，谨书于后，唯仁人君子鉴而纳之，幸甚幸甚。

——淫书小说，最坏风俗人心，青年子弟阅之，精神易耗，坊刻流传，其祸尤烈。应请亟宜禁止，或收买焚化，并将刻板劈毁，永断根株，厥功均匪浅鲜。

归安五知老人谨述。

(1883年6月5日《申报》)

劝戒演淫戏说

盖惟福善祸淫，淫罪为首。凡淫戏淫书，均干例禁。演戏原为敬神，务点忠孝节义，使后人因之感发，若人点演淫戏，罪大恶极。每逢戏场，

---

① 庖羲，即伏羲，相传为帝王之始祖。古代有伏羲画八卦之说，《周易·系辞》：古者庖羲氏之王天下也，仰则观象于天，俯则观法于地，观鸟兽之文与地之宜。近取诸身，远取诸物，于是始作八卦。

男女混杂，而演戏者更加曲意描摹，极情演出，使其熟视淫态，乱人清操，坏人心术。博瞬息之欢，造弥天之罪，阴律报应，诱害一人，尚且谴责难逃，何况贻害千万人乎？且戏敬神乃为求福，若演淫戏，触怒神灵，非以求福，实求速祸，削禄减年，昭昭不爽。惟愿世人从此猛省，点戏者务宜各积阴功，戒点淫戏；演戏者务知羞耻，戒演淫戏；为民上者，违禁重责。果能互相警戒，则人心风俗庶可挽回，不致暗干罪戾。为此奉劝，惟望乐善君子有同志云。（来稿）

（1886年4月12日《申报》）

山阴金兰生先生[①]劝毁淫书说

收藏小说四害

一玷品行。览此等书，必非正人佳士。南海一县令好观《肉蒲团》，手抄小本，日玩之，不意乱入详册，上司怒其无行，参革而死。

二败闺门。凡好藏淫书、好唱弹词之家，妇女率多丑行。其秉性幽贞者，或以瘵疾死。下此不忍言矣，可胜痛哉！

三害子弟。藏此书者，子弟必然偷看，其佳者以此早知觉，早破身，或以疾死，或转而自悔，而元气一散，断不能成大器。世间尽有佳子弟，秀出一时，迄无成就，由浑金璞玉，早年玷缺，皆乃父巾箱中物所害也。若中下者，必好此破家矣。金陵一名家子，过目成诵，年十三，遍通经史，一日偷看《西厢》曲本，忘食废寝，七日夜而元阳一走，医家云心肾绝矣，遂死。

四多恶疾。好此种书，必多殀，必多异疾。杭州宋司马，人极丰伟，年甫五十，即乞归，谓家人曰："我幼时喜小说，风痰入肾，不久矣。"未几卒。看淫书之害如此，呜呼，真可为痛哭者也。

再详十法，普告同人。焚毁淫书十法。

第一法：奉劝馆阁名公、谏垣侍史，疏谏其害，请旨申明，禁于天下，永远杜绝，著为令，此斩草除根法也。淫书陷溺人心，大伤风化，显与圣法相违，以致每年添出无数奸情命案，毒流天下。著此等书、售此等书、蓄此等书者，当服上刑，绝此等书、禁此等书、焚此等书者，必受上赏。张君孟球[②]为河南按察使，居官廉洁，恩威并用，最喜刻印善书，广行善事，最恶淫书、淫画、春方及堕胎、赌具等物，必严禁之，首获有重

[①] 金缨，字兰生，浙江山阴人。道光、咸丰年间名士，编著有《几希录续》《格言联璧》等。按，《收藏小说四害》和《焚毁淫书十法》又见余治《得一录》卷十一，文字略有出入。

[②] 张孟球（1661—1740），字夔石，江苏长洲人。康熙二十四年进士，官至河南按察使。

赏。夫人闻公抄传善书，亦典衣饰相助，生五子，均登显仕，公无疾而终。

第二法：奉劝各直省守土官长，下车伊始，即严行禁止，翻刻淫书者必究，禁人家收藏淫板，禁画师描画春宫，禁奸徒售卖春药，禁书贾发卖淫书，禁匪流制造淫具，禁抄胥传布春方、编造淫集。有不遵者，酌置典刑，无稍姑息。此真居官第一快心事，亦真居官第一阴德事也。

第三法：奉劝胶庠吉士，不谈闺阃，不制艳曲。严戒生徒购藏淫书淫画。凡笔墨有伤风化者，必投诸火。朋友有犯戒者，务须苦口良言，婉转劝止。一生好撰淫曲，其妻妾颇解字义，一日窥见之，自此遂有外交，生闻而詈之，妻妾反唇曰："君好以淫曲教人，今日之事，乃谨遵台命也。"生无言可答，后遇恶疾而死。

第四法：奉劝富家人族，广收淫籍焚之。有巨力者，尽焚其板，力稍逊者，多毁其书。每一出外，必买归而焚化焉，日积月累，功德无量。倘贫亲友业此，务须劝其改业。彼或力足，更出资助之，又买其所藏之书，尽付丙丁。凡一切弹唱小说，不许进门。石琢堂①为诸生时，家置一字库，名曰"孽海"，凡见淫词淫曲及得罪名教之书，悉纳其中烧之，功德无量，不但惜字已也，后状元及第。

第五法：奉劝寒素人家，无力买烧淫籍淫板，当手抄烧毁淫书果报，各处分送。倘无暇抄写，尽可逢人劝戒，以口代书，随缘指点，功亦不小。

第六法：奉劝刻书店铺，议定行规，凡淫秽书籍，概不受镌，有私刻者，公同议罚。此则淫书不绝而自绝，阴功浩大，更不待言。

第七法：奉劝各省书坊，概不发兑淫书，免使天下识字之人，共趋孽海。江南书贾嵇留，积本三千金，每刻小说及春宫图像，人劝不听，其家财由此颇厚，不数年目双瞽，所刻诸板，一火而烬，及死，棺敛无措，妻子有不忍言者。

第八法：奉劝画家，不画春宫，免使天下不识字之人，共沈孽海。福建诸葛润，善画彩色春宫，而家遂自是富。一夕，盗入其室，润大呼，盗先砍其手，连挥数刃而绝，财帛席卷去。后广东李孝廉得其遗稿，悉火之。李于是年中式，子亦先后联捷南宫。

第九法：奉劝医家，不传春方，力辨其谬，免使淫徒矫揉造作，枉送性命。医书中有春方者，愿医者勿传，并削去书中此条可也。

---

① 石琢堂，即石韫玉。

第十法：奉劝宾僚宴会，勿点淫戏，免使年少士女荡心失魄，变生仓猝，且免暗中斫丧痨瘵夭亡，庶共跻仁寿云。若庙中敬神，尤宜痛戒，非但得罪神明，盖庙中做戏不能禁妇女之不来，或闺女看之而动情矣，或孀妇看之而失节矣，何苦以一时意兴，造此无穷之罪孽哉？愿与诸同志共戒之。

以上十法，法法相通，遵而行之，状元宰相操券可得，贤孙贵子转盼可生，美名大利立地可享，奇祸横灾霎时可免，介福高寿随意可增。尤愿仁人君子，将此说录出，或镂板印送劝化，或抄写分送劝化，区区之心，重有望焉。

（1890年4月18日《申报》）

二百三十号画报告白
点石斋启

日前黄子寿①方伯严申淫书之禁，论者谓此等淫书在书肆之出售者尚少，而书摊之牟利者居多。禁之之道，当先于此加意焉。本斋特录白门某生死殉双文一事②，以见淫书为祸之烈，而方伯禁之，实为造福无穷。他若贵阳雨粟及余姚某地产一两头小孩，皆足骇人听闻，后仍附闺媛图说，准于二十六日出售。此布。

（1890年7月12日《申报》）

《格言联璧》善书开印

谨启者，《格言联璧》一书，皆处世修身之道，凡从政齐家、农工商贾，莫不尽在范围，殊足挽颓风而敦教化。敝堂刊刻大版，续以《文帝劝孝文》《毁淫书说》《戒淫歌》《详注功过格》《求心篇》《惜字律真铨十二则》《惜字十八戒》，后附《经验秘方》，于世更为裨益。今书版告竣，已在开印，装订二本，合为一部，外用书套，不致散帙。窃以一时劝人以口，百世劝人以书，若得广为印送，风俗人心岂曰小补之哉！四方君子欲助印送者，敝堂代劳，止取工料，不计版资。请登报章，布照公鉴。上海六马路仁济善堂司董谨启。

（1890年10月28日《申报》）

---

① 黄子寿，即黄彭年。

② 双文，即《西厢记》女主角崔莺莺。元稹《杂忆》诗之一："忆得双文通内里，玉栊深处暗闻香。"赵令畤《侯鲭录》卷五："仆家微之作《元氏古艳诗》百馀篇，中有《春词》二首……其诗中多言双文，意谓二莺字为双文也。"按，《点石斋画报》所载此则新闻题目为《淫书害人》。

请禁淫书

淫画淫书最足荡人心魄，前者黄子寿方伯开藩吴下时，曾出示禁止，乃未及二三年，故态复萌。昨见沪北宝善街等处书摊上摆列种种淫书如《肉蒲团》等，或公然出售，或更易书名，少年子弟见之，大则丧身，小则累德，况沪北淫风素盛，复济以此等淫书，其害恐有不堪设想者，所愿贤有司出示禁止，或究办一二以儆其后，是亦无量功德也。似迂子告白。

（1892年6月3日《字林沪报》）

征印各种善书启
点石斋主人谨白

自石印盛行，凡素所难觅之书，今得以贱值购之，有裨学者固非浅鲜，不意牟利之徒辄将淫书易名印售，贻害无穷。前黄子寿方伯曾行查禁，奈稽查难周，根株不绝，有心世道者能无慨焉？窃思欲挽狂澜，非广印善书不可。如好善之士欲广种福田，以救其弊，本斋愿取工本，以副诸君好善之心。倘有新辑本欲绘图者，亦可代为任办。若谓图利而设此言，则亦听诸悠悠可也。

（1896年5月19日《申报》）

劝毁淫书①

昔人谓开卷有益，此指经史子集而言也。若闲书小说家言，则非徒无益，而又害之矣。兹有文宜书局主人将历年积下各种闲书不下数百部，悉数车至敝堂字炉中焚化，其宅心之仁厚，令人钦佩。因思沪上书庄林立，设有存下各种小说家言，似可以文宜主人为法，付之一炬，免致贻害人间。夫福善祸淫，古有明训，远者无论矣，前数年有某书贾将《倭袍》翻刻，改名《果报录》，印至万数千部，一时购阅者纷至沓来，几于不胫而走，获利不赀。迨后家遭回禄，所积造孽钱悉付劫灰，殷鉴非遥，可为戒栗。想各书庄执事类皆读书明理之人，必能俯采刍荛，而不责其越俎也。因文宜书局有焚毁闲书之举，而为之引伸其说如此。

---

① 本则亦载1896年10月13日《字林沪报》。

上海六马路仁济善堂①董事严信厚②、叶成忠③、杨廷杲④、黄宗宪⑤等谨志。

(1896 年 10 月 14、15、16 日《申报》)

今日报章附送关道宪蔡观察《戒淫编》

申报馆主人启

泉明⑥闲情，义山⑦绮语，少年血气未定，最易移荡性情，至淫书淫画，尤为伤风败俗，偶一失检，坠祖宗之家风，伤父母之遗体，可畏孰甚焉！关道宪蔡和甫⑧观察下车以来，善政多端，笔不胜纪，而尤留心风化，时以惩恶劝善为心，春间曾取《劝戒录》《科场异闻录》次第印行，兹又刊印《戒淫编》八千册，嘱附本报分送。盥读之下，危言悚论，宛如清夜钟声。倘得家置一编，则贻椒赠芍之风，可以从此永绝。惟本报销数极广，尚不敷遍为分派，不得已定于今日只送本地及苏州、杭州、宁波三处，余皆付之阙如。谨赘数言，以志敬佩，并祈阅报诸君垂谅焉。

(1898 年 10 月 19 日《申报》)

浙省阖业禁售淫书

启者，窃我等书业专售经史子集等，顾皆圣贤典籍、正经有用之书。虽名目繁多，向系有条不紊。乃自石印铅板盛行以来，所出小说弹词日多，其中不无稍涉邪淫者，同业不加详察，偶有售卖，亦出无心。现奉宪谕示禁各种淫书小说等因，我等本系儒门正业，理当遵照，公同查毁禁

---

① 仁济善堂，原名文明局，1880 年陈凝峰等创办于英租界逢吉里，开展惜字、放生、筹赈、施衣等善事，1883 年于北海路租格致书院房屋一所，易局为堂，取兴仁利济之义，名曰仁济善堂。

② 严信厚（1828—1906），字筱舫，浙江慈溪人，晚清实业家、慈善家，曾任上海商业会议公所、上海商务总会总理等职。辑有《七家名人印谱》等。

③ 叶成忠（1840—1899），字澄衷，浙江镇海人。晚清实业家、慈善家，幼孤贫，十四岁来沪，以驾小舟于黄浦江上为外轮供货起家，同治元年在虹口自开商店，不数年支店遍设通商各埠，遂成巨富。后拥有洋行、自来火公司、缫丝厂、火柴厂等企业，并投入巨资从事办学堂、赈灾等公益事业。

④ 杨廷杲，字子萱，江苏武进人。候补知府，曾任荆门矿物沪局煤炭销售事物经理、上海电报总局提调等职。

⑤ 黄宗宪（1839—1902），字佐卿，浙江吴兴人、晚清实业家、慈善家。早年在上海开设丝行，后开办多家缫丝厂，他创办"公和永缫丝厂"是中国民族资本家经营的第一家机器缫丝厂。曾任上海丝业公所会长、浙江丝业公所董事、苏浙皖三省丝茧总公所董事。

⑥ 泉明，即陶渊明。唐高祖名李渊，唐人讳"渊"，称渊明为泉明。

⑦ 义山，即李商隐（812—858），字义山，号玉溪生。

⑧ 蔡和甫，即蔡钧。

止，用特遵集同行，议定规约，凡在禁之书，毋得再行发售，上以遵禁令之森严，下以赔子孙之福泽。自议之后，慎勿再蹈危机。倘有违议私售以及徇情隐匿，一经互相察出，即照后开明议定罚规施行，以昭警戒。此系保全阖业声名之举，其各慎益加慎为要。兹将公禁书目议定罚规详列于左，以供众览：

《金瓶梅》《肉蒲团》《杀子报》《杏花天》《意外缘》《牡丹缘》《贪欢报》《果报录》《玉蜻蜓》《金如意》《换空箱》《双珠球》《风流天子》《蜃楼志》《痴婆子传》《三笑姻缘》《野叟曝言》《隔帘花影》《绿野仙踪》《灯草和尚》《品花宝鉴》《拍案惊奇》《如意君传》《各色小调》《花天酒地》《国色天香》《红杏情史》《名妓时调》《禅真逸史》《禅真后史》《名妓争风》《小南楼传》《续金瓶梅》《无稽谰语》《梼杌闲评》《四大金刚》《浓情快史》《飞跎子传》《今古奇观》（抽毁五回）

以上各书，化名繁多，不及细查，遇有察出，再行载明，得能尽尽销毁，功德无量。再，所有现存以上各种淫书，均由西湖协德善堂提款，一律尽行销毁。合并声明：

一议如有私行贩售以上各淫书者，一经察出，重则禀官究治，轻则照例议罚神戏一台，神匾一块，席五桌，由吴山文昌庙公叙。

一议凡有同行徇情隐匿不报者，察出公同议罚。

一议凡遇科岁乡试，考市外来各店云集，倘有违例私售，照例重罚，现已登报，布告同业。

一议凡书摊及肩贩，以后违禁私售者，察出照罚。

一议凡外省各号各商私行抖销淫书，一经察出，禀官究治。如同行徇情，隐匿不报者，照罚。

一议凡外人察出某处私售以上之书，知会各店指名该书者，设席鸣谢。如不愿，折洋两元。

光绪庚子年五月　日，浙杭书业公启。

（杭州）（1900年6月13日《申报》）

挚善社收毁淫书启

敝社原名同善，今更名挚善，仍照旧收毁淫书，并将新订章程列下：

一会审公堂及捕房搜获各店印售各种淫书，如价值十元，本社例酬谢差役劳金五元，多则照加；知风报信，因而搜获者，每次酬洋五元，决不食言。

一敝社收支在五十元以上，始登报一次，以节浮费。各省同志乐助仍寄上海后马路庆顺里费公馆内姚燕赓翁收入，挚回收条为凭。幸垂鉴焉。

孝耕沈宗畴①启。

(1902年3月2、4、6、8、10、12、14日《申报》)

维 持 风 化

余自顺德措资来津，探闻日本租界天仙茶园新演《烈女人头芳》一戏，内有毁谤中国大员等情，风化攸关，现由某都护某观察在津声明，经华洋官长严禁在案，令人可感之至。为此布闻。刘金泉稿。

(1904年12月17日《大公报》)

国 丧 停 演

谨启者，本园于二十三日惊悉皇上龙驭宾天，太皇太后仙驭上宾。噩耗频闻，普天悲痛，伶等同属子民，俱深哀恸，谨率全班于二十三日起停演数天，以志哀思，所有二十三日已卖出之票，均可退回。新舞台园主夏月珊、潘月樵谨白。

1908年11月17日《时报》

注意：关于请禁戏馆之函牍

潘绅鸿②领衔分呈抚院暨劝业巡警二道文：（上略）窃维振兴商业，为今要政，然必无碍于地方之治安，有益于人民之生计，而后行之，庶无流弊，资本亦不致虚糜。近日浙省风气渐开，商民争出其财以营新业，虽一时未收成效，持以恒力，当有可观。惟有数事，参诸地方情形，是否适宜，正须研究。往者绅等与商会曾议及之，今请重申其说。窃以为不可行者一，戏馆之于商务有无关系，姑勿具论。前车之鉴，乃九江、江南、苏州、嘉兴等处，皆因戏而肇事端。杭州拱宸一埠，戏馆二三，而官绅学商各界年轻子弟已深受其影响。况在城市，其害尤易及于风俗人心。虽历蒙批斥，而希图邀准者，尚接踵而来。绅等以为不可行者此也。（中略）上陈二事，均非杭州切要之图，实于公私无益有损，绅等咸关桑梓，用贡刍荛，理合具呈，仰祈大公祖大人俯赐察照施行。

抚院增③批：来牍备悉。所论各节系为统筹利害起见，仰巡警道劝业道核议详夺，并抄批照会潘绅等知照。

巡警道杨④批：呈悉。查戏园之事原于地方治安、人民生计均有关

---

① 沈孝耕，即沈宗畴。
② 潘鸿，字仪父，号凤洲，浙江仁和人。同治九年举人，官内阁中书，升侍读。著有《萃堂词录》一卷。
③ 抚院增，增韫。
④ 巡警道杨，即杨士燮。

系，前据倪永年等禀请开设，业已会同劝业道札饬杭州府邀集绅商公决，可否应俟禀复到道，再行核夺。(下略)

劝业道董①批：所呈戏园及人力车二事，于地方治安、人民生计确有关系，自宜慎之于始，既据分呈，仍候抚宪暨巡警道衙门批示可也。(以上录宣统二年二月二十八、三月初一等日《浙江日报》)

又，附录初三日报载省城开设戏园之绝望职商倪永年等分请开设业戏园一事，经董、杨二观察批示，饬仁、钱两县会同绅商各界，妥议具复。现苏、盛二大令会禀，于二月二十二日在同善堂邀集绅商各界提议前情，佥称杭垣本非商埠，商业向不繁盛。且近年来米珠薪桂，民食维艰，若戏园一设，徒滋糜费，尤恐无业游民麕集省城，难免不藉端生事，有碍治安等语，公同决议，多数赞成。察核情形，似系实在云云。(禀长不备录)

巡警道为牌示事。按奉抚宪批本道详职商翟福康等禀请开办文明第一戏园由，奉批：翟福康等请设戏园一节，已于商总务会呈内批示，并饬该道及劝业道查照矣。折开徐人骥禀请开设戏园，将及三月，批饬呈验资本，乃该商等初不照案请验，应将该原案撤销，且该道速饬遵照。近来时局艰难，本年又值水旱频仍、民不聊生之际，正宜提倡实业，以图补救。戏园一端，本属地方一大消耗，于民间资财、地方治安均有关碍，所有从前饬查开设戏园各案，一律毋庸置议。此缴等因。奉此。合亟牌示该职商翟福康、徐人骥等知悉，仰即一体遵照。(中略)毋违切切。(见《浙江官报》及各日报)

丁立诚②等附尾声明：启者，自振市公司发现以来，承诸公屡次来函诘问，云当日潘凤翁与君等请禁戏园，原连拱埠一并禁止，嗣后拱埠开设如故，诸君不复重请，致今日振市有复燃之举。诸君热心公益，固属可佩，而有始无终，未免可惜等语。查上年十二月间，由潘绅鸿主稿领衔呈抚，切实声明戏园不可行之理由。金君承朴③及立诚、云麟均与其列，当时只禁城内戏园，仰邀中丞批准，一律取销在案。拱埠为通商场，当时实未一并请禁，在原内稿具在，今抄登报端，以供众览。

(1911年7月26日《民立报》)

---

① 劝业道董，董元亮，字季友，清福建闽县人。光绪十七年举人，曾任复州知州、浙江劝业道等职。
② 丁立诚，字修甫，浙江钱塘人。光绪乙亥举人，官内阁中书。承继家学，精版本目录之学，工诗，著有《小槐簃吟稿》等。
③ 金承朴，浙江钱塘人。诸生，精目录学，喜藏书，与丁立诚熟稔。清末任杭州商会总办。

歌　曲

砭俗新乐府（录其二）
震泽韩森宝茶甫①

吴越之间，民贫俗奢，数年以来，日趋于荡游，闲子弟废事失业，目击时弊，有心者慨焉。仿香山新乐府播为长谣，亦风人惩恶之意云。

花　鼓　戏

一男结束真村夫，一女粉黛如妖狐。导以淫词兼亵语，插科打诨供壶卢。胡琴羯鼓哀而荡，靡靡之音魂欲逋。巴人下里听者众，大半狂且诱子都。君不见，徽班扮演忠孝事，武班铺陈争战模；佳人才子摹院本，昆腔尚与风诗符；岂有青天白日高台上，男女共观秘戏图？

女　唱　书

吴姬十五鬌鬋肩，玉手试弄琵琶弦。莺声一啭歌喉细，先唱唐诗乐府篇。街谈巷语工附会，小窗儿女情缠绵。两人赠答相尔汝，生旦净丑无不兼。座中侧耳多少年，春衫小扇何翩翩。香茗一杯果一撮，间以数筒兰州烟。夕阳西坠人初散，曲罢还期明日连。遣愁消寂颇不恶，止费几文当十钱。桑间濮上胡可训，移风易俗音为先。古人寸阴重尺璧，虚度韶光亦可怜。

（《瀛寰琐记》1874 年第 16 期）

沪城口占仿竹枝词二十首接录（录其一）
留月主人稿

北门书肆价尤腾，淫本缘描月与灯。此板不知何日毁，误他子弟学痴蝇。

近有《灯月缘》淫书最谬。

（1874 年 11 月 26 日《申报》）

鄂垣竹枝词接录（录其一）

花鼓咿呀操土风，绘声绘色诱愚衷（男女聚观大伤风化）。良家子弟春闺女，多少荒淫误此中。

庚辰桂秋阮溪棣华馆生泐于沙羡旅社。

（1880 年 11 月 30 日《申报》）

---

① 韩森宝，一名生宝，一字颂伯，一字茶甫，江苏震泽人。诸生。著有《茶甫词存》等。

戒淫诗三十首（录其二）
邗上无名氏著

○著作淫书实可嘲，词华漫说擅腾蛟。佳人才子缘都幻，小说山歌慎勿钞。

○楼台重叠起笙歌，淫戏能伤造物和。丑态毕呈真可恨，导人情窦罪尤多。

(1886年3月1日《申报》)

闻里人有演女伶者感赋二首
前　　人

舞衫歌袖小排当，逐臭真成举国狂。子弟梨园开别派，俳优菊部斗新妆。黄金买笑争投辖，红粉伤心是下场。闻道绿杨深院里，消魂不独李三郎。

沧海横流大厦倾，诸君犹自乐承平。美人工唱无愁曲，狎客宁知入破声。几辈衣冠成傀儡，一般巾帼出公卿。奈何聊为闻歌唤，幕燕鸳鱼迥不惊。

(《广益丛报》第120期，1906年10月27日)

卖山歌书

山歌句子真粗俗，大半不通难入耳。何况男女私情多，最是奸淫最龌龊。《拔兰花》《赵圣关》，《十望郎》《十勿攀》，种种山歌安得买来付一炬？不许再把刻板翻。

(营业写真)(《图画日报》第78号)

小热昏之瞎嚼蛆
碧

沪上有种似说书非说书，似唱曲非唱曲之人，手持竹片二爿，沿街卖唱，俗呼之曰小热昏。所唱之句，甚属鄙俚，然亦有劝人戒嫖、戒烟、戒赌、戒酒等歌，于社会或未尝无益。独是若辈人格极贱，故每喜摭拾里巷间一切淫秽之事，编成句调，随意乱唱，如所谓瞎嚼蛆者，意图多获曲资。此则大为风俗人心之害，有不可不禁者，为作是图，并戏仿其调，以供阅者一笑。

（仿小热昏调）切尺切尺，竹片拍拍。听小热昏，唱格一只。劝人戒嫖，提醒嫖客，勿进堂子，久后落魄。劝人戒烟，勿吃洋药，家当烧光，透如火着。劝人戒赌，保守田宅，勿要输光，田荒地白。劝人戒酒，酒是毒药，吃醉误事，自家勿觉。格种山歌，有点来脉。多听雨声，句句的确。连连牵牵，押遂韵脚。正正气气，呒倷戏谑。不过一样，说哩勿着。碰得勿好，舌头乱嚼。唱只奸情，佳期约约。唱只新闻，姘头拆拆。败俗伤风，赛过淫剧。我若做官，吓俚一吓。拖到就打，耳光一百。问俚下转，何敢屁撒。（叶如拆）

（上海社会之现象）（《图画日报》第 81 号）

唱　小　曲

　　唱小曲，句调熟，《闹五更》与《十八摸》，一只胡琴咿咿哑，一遍听过无还复。小曲从来最导淫，伤风败俗害人心。长官何不严申禁，灭尽街头郑卫音？

（营业写真）（《图画日报》第 178 号）

说　因　果

　　手敲小镲说因果，口唱还将手势做，乡人环听笑迷迷，只为乡音说得真清楚。因果字音通淫歌，满口说来淫歌多，淫歌那得称因果，嚼舌喷蛆说什么？

（营业写真）（《图画日报》第 187 号）

索　引

一、本索引之主题包括人名、书名、剧名、曲名等几项。
二、书名包括小说书名和剧名、曲名及史料中出现的书名。
三、小说同书异名及同剧异名现象突出，均分别立条，以便检索。
四、凡人名以官名、字、号称呼者，只将注释出的人名立条，以便参考。
五、索引主题词分别按词头的汉语拼音音序进行排列。

A

阿姆斯脱郎/395
爱德华七世/462
爱新觉罗·弘历（乾隆）/593，606
爱新觉罗·旻宁（道光）/771
爱新觉罗·玄烨（康熙）/515，592
爱新觉罗·胤禛（雍正）/653
爱新觉罗·载淳（同治）/160，163，415，708
爱新觉罗·载湉（光绪）/119，425，433，451
爱新觉罗·载漪（端王）/680
《庵堂相会》/276

B

八百红/480
《八件衣》/533
《八蜡庙》/39，670

《扒灰》/754，764
《拔兰花》/701，835
《芭蕉扇》/107
白保罗/286，301
白承颐/343，349
白静亭/666
白理格/182，706
《白蛇传》/427
《白水滩》/540
《白衣庵》/536
白藻泰/292
《百花赠剑》/24，201
《百花台》/74，75，295
《百家》/532
《百万斋》/99，104，545，645
《拜杆》/670
《棒打鸳鸯》/815
《包公传》/697
包拯/678
包宗经/236
《鲍公十三功》/53，54，67

《报仍还报》/24
宝纲/373
宝颐/409,416,454,456,473
葆亨/515
《北史》/634
毕保厘/13
毕公/507
俾炽/384
俾寿/384
《避劫》/694
《碧玉钏》/639
《碧玉环》/251
卞宝第/21
边葆诚/703
辫子飞/429
斌俊/477
《并吞中国策》/93,94,341
玻璃钻/467
伯依保/635
博安/429
博易/288,334
卜罗斯/120,395,397
《补缸》/754,764
布辣德/454
步亦步居主人/503

C

《裁衣》/734,792,821
《采花赶府》/670
彩云旧尹/694
蔡国喜/128
蔡炳荣/169
蔡汇沧/29,38,39,209,211,212,214,215,218,221,223,224,225,229,231,233,237,550,556,558,560,575,579,582,732,738
蔡钧/65,66,80,283,284,830
蔡济良/266
蔡乃煌/131,400,412,416,417,418,809
蔡蓉卿/233,269
蔡宗明/8,167,168,500
《惨睹》/514
仓颉/570,580,825
曹操/628
曹嘉祥/87
曹垣/474
曹允源/89
曹雪芹/154
《策府统宗》/593
《策海》/603
岑春蓂/309,311,322
岑春煊/380,654
槎溪小松/503
《茶坊比武》/6
《茶花女史》/643
《茶余客话》/154
《茶香室丛钞》/628,629
柴崇兰/133
《禅真后史》/82,83,831
《禅真逸史》/83,831
《朝野佥载》/542
《唱山歌》/39,84,151
《长坂坡》/652

陈宝颐/354
陈璧/86,344
陈曾培/376,378,379,387,
　388,401,781
陈常铧/797
陈独秀/652
陈法清/98
陈福勋/2,5,15,18,155,
　159,160,170,175,178,
　179,181,184,188,192,
　194,513,515,517,527,
　530,701,704
陈镐/337
陈国瑞/597
陈根宝/303
陈桂林/317
陈宏谋/576,594
陈季同/64,80
陈家熊/276,284
陈镜清/232,244
陈遹声/258,259,260,263,
　622,623
陈夔龙/125,432,462,465
陈良玉/354
陈纶/400
陈懋采/280
陈鸣山/812
陈其寿/415
陈平石/133
陈寿彤/417
陈树屏/321
陈漱山/21
陈熙亭/266
陈希贤/294

陈旋枢/809
陈元弼/81
陈元圃/154
陈玉树/653
陈状锦/265
程长庚/183,690
程德全/357
程凤翔/117
程颢/571
程士太/470
程鑫/264
程云骥/267
程云俶/23,55,59,60,202
程雨村/76,303
程子仪/651
程祖福/85
程忠诏/379
《吃人肉》/652
《痴婆子》/74,75,295,
　631,636
《痴婆子传》/82,83,618,
　831
池部政次/445
持正人/494
重耳/713
崇俊/44
《酬简》/509
仇英/536,718,736
《串淫空欲》/4
《闯关》/734
《春秋》/577,606
春治先/659
《鹑奔》/493
慈安太后（孝贞显皇后）/182,

186，707，708，713

慈禧太后（孝钦显皇后）/157，
　　220，425，447，448，804

《刺梁》/652

《刺媳》/39

《次柳氏旧闻》/542

崔国榜/177

《崔子杀妻》/24

《翠屏山》/6，24，107，198，
　　199，201，282，360，438，
　　472，473，510，533，534，
　　536，545，583，595，601，
　　611，652，670，678，694，
　　786，787，814

《错杀奸》/24，536

《错杀子》/482

《聪训斋语》/525

《从良后悔》/216

《丛钞》/470

存吴/667

D

《大别妻》/612

《大观灯》/670

《大风歌》/659

《大闹杭州府》/555

《大闹嘉兴府》/555

《大闹灵鹫寺》/350

《大闹天津府》/555

《大劈棺》/107

《大嫖院》/39，84，85

《大清得胜图》/598

《大清会典》/124

《大清通礼》/690

《大少拉车》/327

《大少拉东洋车叫出局》/326

《大题文府》/593，603

《大五月仙全本》/775

《大香山》/228

《大易》/568

达桂/357

《打扛子》/470

《打棍出厢》/533

《打花鼓》/273，352

《打樱桃》/39，84，85，107，
　　526，531，583，647，
　　652，725，778，787，
　　799，804，814，821

《打斋饭》/18，24，39，84，
　　176，201，281，513，533，
　　536，545，557，583，589，
　　595，609，611，612，614，
　　630，631，701，710

戴枚/7，165

戴名世/593

戴运寅/65，73，75，279，
　　283，294，295，323，418，
　　636

《代杀山》/786

《带剑入宫》/678

担文/288，412

《荡河船》/743

《荡湖船》/84，85，229，273，
　　283，563，652

《荡虏丛书》/93，94

《荡平奇妖》/75，295

《党人碑》/660

《盗马》/133

《盗甲》/39,670
《盗玉马》/670
德克吉讷/42
德清/141,473
《德象》/145
德馨/654
德元/292
《德政坊》/639
《得意缘》/58
《登殿》/657
《灯草和尚》/58,73,75,82,83,260,295,622,631,635,806,831
《灯草奇谈》/260
《灯月缘》/834
邓承嗣/98
邓承修/515
邓攸/713
迪比南/333
《帝国主义》/93,94
《第一报》/24
《第三奇书》/604
《第三奇书桃花梦》/607
《吊膀子》/256
丁翰年/479
丁鹤年/17,187
丁峻/235
丁立诚/833
丁灵芝/807
丁少坡/286
丁树保/133
丁日昌/1,4,17,26,28,38,39,172,194,247,251,530,565,567,576,685,752,755
东方朔/498
《东汉》/174
《东三省》/356
东瀛浮萍生/586
《冬青树》/659
董福祥/680
董元亮/833
董仲舒/571,647
《斗牛宫》/107,215,789,798,610
杜蝶云/166
杜鼎元/396
杜仁幹/308,310
《杜十娘怒沉百宝箱》/675
杜云卿/799
《读史标异》/571
端方/127,382,417
端贵/90
端木赐/740
《段家庄》/107
《断肠草》/131,132
《对银杯》/670
《夺头彩》/583
《多宝船》/603
窦如海/291,327
窦镇生/389
《度药》/734
《渡银河》/162
《渡蚁》/560

E

额勒精额/227
《恶棍张桂卿强奸乡妇》/639

《恶虎村》/652
《峨眉山》/810
鄂渚卧云山人/562
《二不知》/39，85，639
《二进宫》/540，657
《二京》/606
《二龙山》/670
《二十世纪之怪物》/93，94
《二十一史》/501
《二县令义婚孤女》/675
《尔雅》/576，606
恩福庭/725
恩寿/306
恩兴/65，68，73

F

《伐子都》/533，611
范高也/269
范寿棠/19，194，712
樊达璋/293
樊恭煦/132，134
樊国泰/21，25，29
樊增祥/126，426
《梵王宫》/6，157，280，535，670
方根生/133
方果卿/54
方孝孺/652
《方言》/616
《房中歌》/659
费亨禄/308，310，402
费信惇/454，470
《飞波岛》/668
《飞跎子传》/82，83，831

《飞燕外传》/595
《芬兰国被俄所灭》/356
《封神》/90，174，666
《封神榜》/376
《封神传》/641，661，806
《封神演义》/646
《封龙图》/653
《风流案》/74，82，83，295
《风流天子》/831
《风流天子传》/58，82，83，604
《缝搭缚》/652
冯启钧/449
冯汝骙/143
冯月娥/89，331，389，774
冯咏蘅/113
冯筊/440
冯煦/114，118，334
冯祖荫/418
《佛门点元》/107
《富春楼》/458，670
富美基/270
福地源一郎/674
福锟/220
《父子打茶围》/798
《芙蓉洞》/74，272，286，295，628
《赋海》/603
傅星崖/302

G

《改良古今时务新曲》/413
《甘凤池》/594
刚毅/46

《高彩云》/82,83
高彩云/807
高大令/371
高鹗/154
高明/629
《高伶彩云小说》/75
高士彬/325
高树南/98
《高唐》/581
高心夔/179
高英/77,81,299,314,325,328
高增爵/128,435
高庄凯/343
葛培义/225,253
葛绳孝/546
葛筱香/317
《割发代首》/583,612
《隔帘花影》/74,75,82,83,295,752,831
《各色小调》/82,83,831
《革命军》/94
《革命问答》/98
《格言联璧》/828
固威林/10,165
顾宝/475
顾炎武（亭林）/548,584,647
顾寅昌/98
《古文尚书》/576
《瓜分惨祸》/340
《瓜分惨祸预言》/93,94
《瓜种兰因》/649
管斯骏/58,623

管仲/782
关䌹之/362,385,394,434
《关雎》/546,577
《关王庙》/6,24,39,84,85,459,468,582,645,667,678,787,789,798
《光棍儿哭妻》/796
《广长舌》/93,94,341
《广陵散》/165,578,582,590,610,633,636,640
龚嘉儁/164
龚煦瑗/30,220,547
桂超万/4
桂锳/58
桂正华/17
归安五知老人/825
郭宝臣/106
郭重光/417
郭道直/94,95,348,351
郭蝶仙/807
郭璞/576
郭元昌/218
《国民捐》/356
《国色天香》/58,74,75,82,83,295,692,731,831
《果报录》/31,58,66,73,75,82,83,247,249,258,289,295,604,613,621,829,831

H

哈华托/328
《海潮珠》/6,104,107,536,540,545,639,652,660,

667,670,694,787
海德礼/471
《海上繁华》/763
《海上四大金刚奇书》/66
《汉书》/564
《汉书·礼乐志》/659
韩森宝/834
韩偓/581
好副捕头/198,239,240
《好男儿》/115
《好色》/571
郝凤英/809
何成浩/423,430
何黼章/406
何烈文/654
何荣烈/369,386,390
何咸德/54
《何珠佩》/670
《和尚不守清规》/474
《和尚打茶围》/783
河东逸史/485
贺纶夔/395
黑继贤/98
《黑沙洞》/533
《恨五更》/216
洪恩波/385
洪秀全/492
洪雨振/350
《红楼梦》/27,31,58,154,229,247,249,468,549,575,576,584,604,613,616,617,636,643,672,721,731,752,821
《红鸾禧》/653

《红梅阁》/652
红十二红/246
《红杏情史》/82,83,831
鸿城汉滨士/692
胡粤生/333
胡锦波/471
胡瑞澜/191
胡瑞龙/303
胡商彝/422
胡十/697
胡元洁/23,25,26,43,45,228
《狐狸缘》/670
《蝴蝶缘》/74,75,295
《蝴蝶杯》/792
华承彦/98
华德师/298
华荣荣/483
华以恪/98
花宝卿/470
《花蝴蝶》/133
《花铃计》/670
花四宝/387
《花天酒地》/74,83,295,831
《花天酒地传》/75
《花园赠珠》/107
《画春图》/18
《画春园》/280,536,583,710
化民/684
《还带》/560
《槐花谣》/334
《换空箱》/74,82,83,295,

629，831
《换子》/652
《欢喜奇缘》/58
《欢喜冤家》/74，75，88，295，752，755
《幻梦记》/31
黄承暄/47，50，52，55，61，63，65，234，238，244，248，250，252，257，259，261，264，295
黄承乙/20，198，200，201，534，535，546，717
黄诚志/666
黄大华/85，321，328
黄道周/652
《黄帝魂》/93，94，340，341
《黄帝内经》/605
黄国华/456
黄幡绰/173，545，553
《黄金台》/434
黄彭年/37，38，39，40，66，74，220，223，229，251，256，286，370，564，567，569，576，580，588，611，613，624，636，734，752，755，828
黄四福/230，237，239，256，257，615，758
黄天霸/609，680
黄庭坚/504
黄维翰/468
黄锡光/67
黄显祺/133
黄羡清/397，399

黄协埙/562
黄煊/345
黄以霖/415
黄允中/121，430
黄再香/350，352，376，778
黄祖徽/474
黄祖络/260
黄宗宪/830
《会典》/22，409
《绘图意外缘》/603
《悔前非》/115
《惠兴女士》/107，369，668，671
《惠兴女士全传》/374
惠尔生（惠而生）/252，429，433，449
惠格/248
《毁淫书说》/828
《回龙阁》/653
《荤倭袍》/685
霍春祥/807
霍必兰/245
《火烧第十楼》/212
《火烧第一楼》/212，583
《活捉乌龙院》/328
《后庭花》/655
《后笑中缘》/74，75. 295

J

《记》/513
《济公传》/646
稽宗华/819
吉兰亭/452
嘉顺皇后/161

《佳人奇遇记》/667
贾礼士/212,550
《简兮》/498,523
《剪姑子》/670
《剪剪花》/54,217,735
《奸淫录》/104,656
《坚瓠集》/629
江标/768
江承桂/3,5
江峰青/462
江驾鹏/822
江上钓徒/626
江毓昌/61,62,78,271
江召棠/76,88,91
蒋清瑞/478,684
蒋士铨/659
蒋攸铦/32,269
姜桂喜/800
《郊祀歌》/659
《借茶》/820
《皆大欢喜》/593
《劫狱》/39
《截尼姑》/6
《戒淫编》/830
《戒淫歌》/828
《金榜乐》/639
金承朴/833
金鼎/468
《金锅记》/536
金立生/84
《金缕衣》/545
《金瓶梅》/27,66,73,74,75,88,174,207,216,221,247,294,295,321,384,448,504,508,509,532,535,536,576,580,585,595,604,613,616,617,631,649,691,693,731,755,766,806,831
《金瓶梅第一奇书》/82,83
《金如意》/74,75,82,83,295,831
《金山寺》/535
金吴澜/187
金小宝/280
金玉书/747
《金玉缘》/58,229,576,752,604
金元烺/302,322,338
金缨/826
金月梅/459
《金镯记》/24,201
《晋阳宫》/6,526,531,821
《今古奇观》/74,75,82,83,295,315,604,831
《惊变》/514
《惊梦》/509
《荆钗记》/629
荆轲/652
静观道人/691
《警世钟》/98
《经策通纂》/593
《经国美谈》/643,667
《经验秘方》/828
《经艺宏括》/593
敬新磨/173,498,553,578
《镜花缘》/577,643
兢惕子/825

景霈/784
《九更天》/489，534，557，652
《九花娘》/583
《九连环》/739
《九龙杯》/670
《九美图》/629
《九巧传》/672
九思红/792
鹫/655
《旧金山虐待华工》/397
《绝迷传》/785
《觉后禅》/74，75，83，251，295，607
《觉后集》/248
《觉后传》/58，66，249，251，256，604，613，755
《觉复禅》/613

K

卡洛斯一世/422
恺自迩/208
《科场异闻录》/830
《看佛手》/39
《看佛牙》/84，85
康斯定/473
康有为/76，576
《烤火山》/670
柯逢时/264，327
《可怜虫》/133
孔繁杰/340
《控鹤监记》/730
《空谷香》/659
《酷吏传》/511

《苦旅行》/660
蒯光华/31
《魁星见》/514
《魁星现》/513，639，640
奎诚俊/666
奎芳/367
奎星垣/786

L

喇伯第/131
《来唱》/6，18，176，518，526，533，612，694，701，710
《来富唱歌》/755
《来富唱山歌》/734
懒听丝竹人/694
懒云山人/32
赖辉煌/430
《蓝桥会》/815
《狼心狗肺》/256，614，615，625
《老鼠告状》/54，741
老莱子/493
劳乃宣/444
冷眼旁观客/496
冷眼热肠客/824
《礼》/41，564，581，606，687
《离骚》/581
黎光旦/196，715
李伯元/665
李超琼/118，361，394，404，406
李传元/462

李春来/807
李存勖（唐庄宗）/524，676
李定国/652
李光久/45
李公麟/504
李龟年/173，524，545，589
李篁仙/235
李嘉乐/26
李锦源/98
李兰史/253
李隆基（唐玄宗、唐明皇）/
　　524，553，572，578，625，
　　631，634，670
李珉琛/274，275
李平书/398
李庆瑞/8，11
李瑞年/417
李商隐/417，830
李士铭/473
李澍恩/464
李维乌斯·安德罗尼库斯/674
李文彬/471，472
李向辰/98
李修梅/413
李小翰/7，8，167
李有棻/26
李宗镇/306
李宗羲/692
李义甫/605
李渔/594
李兆珍/330，336
李振远/363
李哲濬/472
李灼华/359

力挽狂澜人/549
梁诚/383
梁鼎芬/112，321
梁济/784
梁启超/643
《梁山泊》/608，609
梁树棠/265
梁仲斌/329
《两都》/606
《聊斋》/376，470
《聊斋志异》/470，593，
　　610，617
《烈女人头芳》/777
《临川梦》/659
林步清/240，327，413
林丙修/315，322
林黛玉/280
林尔嘉/420
林富/529
林景贤/478
林启/283
林如铃/317
林绍衣/48
林天龄/172
林殷臣/203
林行陀/469
林珍虞/52，244
《伶官传》/496
《伶官传序》/676
凌梦兰/42
凌焯/249
柳敬亭/173，220，238，273，
　　318，321，589，628
柳彧/634

柳永/698
《刘宾客嘉话》/542
刘承荫/98
刘崇照/262
刘倬云/216
《刘二姐大游庙》/792
刘桂林/573
刘建侯/448
刘骏/115
刘金泉/832
刘楷/502
刘坤一/80
刘丽川/492
刘穆庭/279
刘麒祥/244
刘庆汾/418
刘瑞芬/15,171
刘瑞祺/153,503
刘森堂/281,282,472,630
刘少峰/50
刘廷裕/173
刘响声/98
刘杏春/303
刘怡/447
刘镛/594
刘子壮/571
留月主人/834
《浏阳二杰》/93
《浏阳二杰集》/93
《浏阳二杰论》/94
《六才子》/618
《龙华寺》/655
《龙潭鲍骆新书》/593
《路三宝》/775

《鲁论》/524
鲁嗣书/675
陆机/572
陆九韶/526
陆菊芬/472,473
陆兰芬/280
陆生楠/593
陆桐华/322
陆顺裕/483
陆秀夫/652
《陆野臣卖妻》/276
陆云/572
陆元鼎/75,224,264,296,569
陆钟琦/124
鹿传霖/293
《论语》/581
《洛阳桥》/107,192,522
罗大佺/403
罗贯中/582
罗嘉杰/23,24,26,205,207,538,546
罗麟阁/117
罗缃/20
《罗章跪楼》/783
罗贞意/412
《律》/40
《绿牡丹》/39,555,593,597,598,608,609,641,672,697
《绿野仙踪》/66,74,75,82,83,216,295,585,692,731,831
吕承瀚/332

《吕洞宾三戏白牡丹》/694
吕尔森/205，539
吕金福/483
吕留良/593

M

马海曙/27，220
马庆麟/389
马清渠/287
马驷良/20
马仙期/545
《马叻加招工情形》/397
玛甘保（马甘保、吗甘保）/122，420，423，430
《卖饽饽》/201，545
《卖草屯》/589
《卖橄榄》/589
《卖灰面》/6
《卖菊花》/739
《卖绒花》/733
《卖首记》/534
《卖胭脂》/6，18，24，39，40，84，107，176，201，283，304，315，318，458，468，469，509，510，513，525，526，531，533，555，559，563，582，639，645，647，652，660，667，670，701，710，725，734，754，764，775，787，798，809，814
《卖油郎独占花魁》/459，469
麦根士/221，244，732
麦兰/387，410

《埋玉》/514
毛奇龄/594
《毛诗》/576
梅采/42
《梅村集》/544
梅尔思/70，79，281，283，285，286，298，299，301，303，304，305，306，630，640
《梅花影》/75，295
《梅绛雪》/667
《梅龙镇》/787
《美利坚虐待华人抵制美货》/356
孟庆云/61，62，67，76，266，271
孟宪彝/103
《孟子》/568
《梦游上海》/610
《迷人馆》/107，176，177，178，509，513，536，527，612，701，702
《庙会》/352，518，652，821
《庙中会》/24，107，670
《描金凤》/238，272，590
《名妓时调》/831
《名妓争风》/82，83，831
《明皇杂录》/542
《明珠缘》/613
莫祥芝/9，12，15，16，17，200，521，707
《魔镜传》/802
穆长寿/583
穆湘瑶/482

慕维廉/166,504
目睹人/696
《目成》/694
目击伤心人/509
《目连戏》/811
《目连尊者》/808
《牡丹奇缘》/58,256,257
《牡丹亭》/509,617,636,659
《牡丹缘》/74,75,82,83,257,295,831
《牧羊圈》/170,504

N

纳兰性德/154
那桐/346
《拿谢虎》/670
《难中福》/251,513,522
《南楼记》/552
《南楼传》/289,527,536,613
《南山集》/593
《南天门》/652
南霁云/652
倪恩龄/49
倪廷庆/327
倪惟钦/799
倪曾鎏/461
《霓裳羽衣》/545
《尼姑思春》/142
《尼姑养儿子》/440
《闹嘉兴》/533
《闹五更》/216,836
聂缉椝/61,65,68,73,249,281,569
聂宗羲/387,400,401,402,407,421,426,428,434,475
聂政/652
《孽缘报》/24
《孽冤报》/23,24
《廿世纪之怪物》/93
宁宝山/776
宁本瑜/36
《浓情快史》/82,83,622,635,831
《女店》/201,533
《女儿乐》/356
《女子爱国》/104,107,374,668
《女子爱国新戏》/784

O

欧阳懋/50
欧阳熙/50
欧阳修/676

P

《葩经》/577,636
《拍案惊奇》/58,74,75,82,83,295,831
《潘公投海》/115
潘鸿/832
潘汝杰/52
潘小圃/161
《蟠桃会》/668
庞鸿书/96
庖羲/825

《鲍子歌》/659
培拉生/298
《彭公案》/672
彭久余/4
彭玉麟/197
盆成括/572
裴大中/33,35,212,216,219
《琵琶》/545
《琵琶记》/629,659
《嫖院》/40,107
《品花宝鉴》/74,75,82,83,295,610,692,731,831
《平妖传》/74,295
《平倭战记》/245
《平山冷燕》/535
《葡萄架》/4
《浦缘觉后禅》/82

Q

戚扬/108,147,317,360,362,368,371,386,390,447,461,476,478
齐耀琳/436
齐耀珊/438,449
齐宗濂/372,376
《奇奇奇》/245
《奇僧传》/73,75,82,83,295
《奇妖传》/75
《奇冤录》/471
《奇中奇》/245
《旗开得胜》/251
《七美缘》/408

《七侠五义》/637,641
《七种才情传》/58
钱宝传/11
钱才良/133
钱大昕/566
钱金福/434
钱溯时/47,48,53,237,239,241
钱文伟/133
《乾隆朝宝训》/594
《乾隆下江南》/522
《乾元山》/555
《千文》/532
《墙茨》/493
《巧洞房》/24,201,533,612
《巧姻缘》/6,24,39,40,84,201,252,510,612,798
乔树枬/362
《秦淮河》/39,84,85
秦国钧/443,461
《钦定台规》/83
《青楼梦》/27
《青纱帐》/24
《青石山》/668
《青铜镜》/74,75,83,295
《青云下书》/667,815
《青枫岭》/39
《清风闸》/58
《清廉访案》/58,75,258,295,474,625
《清秘史》/373
《清平调》/545
《蜻蜓缘》/74,295

《秋灯录》/470
《秋风歌》/659
《求心篇》/828
邱景新/228，575
屈泰清/293，301，312，324
瞿式耜/652
蘧瑗/582
《劝戒录》/830
《拳匪纪略》/370
《裙边扫雪》/533
《群花鉴》/74，295
《群花录》/75

R

饶子敬/461
《热血谭》/93，94
热心子/675
《人头芳》/408
任焕奎/721
任文毅/146
《日月环》/251
《日知录》/647
《如意君》/74，75，295
《如意君传》/83，618，635，831
阮溪棣华馆生/834
瑞澂/135，347，360，363，378，380，385，470，480
《瑞大人私访》/470
瑞良/111，389
《瑞青天》/470
《瑞云庵铡女僧》/460
瑞璋/7，10，167，168，262
《荣归祭祖》/24，583，601，611
《肉蒲团》/58，74，75，82，83，88，221，227，229，247，248，251，256，295，321，509，552，553，585，595，604，607，613，616，617，631，635，636，731，752，753，755，823，826，829，831

S

萨允格/240，258
塞耳人/691
《赛桃源》/74，295
《三上吊》/39，202，242，295，355，429，477，533，557
《三笑》/82，272，370，629
《三笑姻缘》/74，75，83，295，593，831
《三笑姻缘传》/629
《三杰传》/73，75，295
《三国》/174，589，666，756
《三国演义》/174，635，681
《三国志》/329，589，593
《三国志演义》/617
《三门街》/655
《三世奇冤》/245
《三世修》/533
《三侠五义》/641，672，697
《三续今古奇观》/58，74，75，295，755
《三只手》/268
《散仙花》/741

桑宝/405
《僧王平匪》/53
《扫尽叛逆》/266
《傻子成亲》/774
《杀嫂》/39，133
《杀嫂上山》/24
《杀嫂投山》/24
《杀皮》/24，201，364，660，667
《杀子报》/23，24，39，40，58，74，75，82，83，84，85，99，104，200，201，211，222，249，270，295，296，303，319，404，469，474，481，533，536，545，552，555，558，582，611，624，625，639，645，656.661，663，750，775，794，798，799，831
《杀四门》/734
《山海经》/576，577，578
《山经》/606
《善恶报》/24，201
《善游斗牛宫》/215
单维廉/251，268
《上山杀嫂》/601
《上台基》/256
尚其亨/464
伤心生 787
《烧骨计》/652
邵禀经/45
邵虎伯/95
邵庆善/234
邵少泉/203，214

《少华山》/459
《舍玉镯》/670
《蜃楼志》/82，83，731，831
《神农本草》/605
沈宝恒/8，10，169，695
沈秉成/5，155，158，509，530，535，537，556，560，717
沈秉炎/439
沈潮/406
沈琮宝/460
沈嵩龄/3
沈鹤泉/379
沈佺/255，259，261
沈榕青/214，217
沈桐/428
沈熙廷/222
沈宗畴/79，305，832
沈稚泉/332
沈周/629
莘野山人/511
申时行/165，273，628
胜克斋/597
《升仙传》/672
《圣谕广训》/38，39
石金荣/283，289，290
《石十回》/536
石守谦/69
《石头记》/66，229，320，535，593，713
石韫玉/502，567，827
石玉麒/12，174
《诗》/41，507，556，564，797，823

《诗经》/659
《十八扯》/133,467
《十八摸》/743,836
《十打补》/224
《十二红》/533,798,799
《十美图》/218,583
《十三经》/501,713
《十三妹》/812
《十送郎》/739
《十万金》/798
《十望郎》/835
《十勿攀》/835
《十种曲》/594
《拾玉镯》/458,478,652,814
《世说新语》/542
世杰/74,291,294,295,316
世善/373
《施公案》/608,609,672,680
施兰庭/418,419
施耐庵/574
施谦/375
施善昌/572
史可法/652
《史记》/581,634
守黑老人/487
《寿山会》/583
舒霖/211
束泰/241
《书》/492,494,495,564,575,581
《庶几堂今乐》/16,175,176,523,557,558,639,701

《庶几堂今乐府》/518,528
《庶几堂善戏》/513,526,529
《庶几堂乐府》/514,560
《庶几堂新戏》/573
《双包案》/668
《双大杀子报》/625
《双钗记》/672
《双钉记》/6,107,510,595
《双钉计》/775,799
《双冠诰》/493
《双官诰》/653
双厚坪/666
《双铃计》/775
《双梦缘》/583
《双沙河》/24,201,239,592,595,775
《双锁山》/670,794
《双投山》/583,611
《双望郎》/701
《双侠演艺》/818
《双摇会》/6,201,583,647,652,710,725,787
《双珠凤》/49,242,249,315,369,370,447,466,590,591,604,607,734,753,821
《双珠球》/82,83,831
《水浒》/41,49,90,174,198,318,504,590,598,666,756,808
《水浒传》/66,216,247,287,322,504,557,574,589,597,637,641,649,661,753,798

《水怪贪欢》/603
《水漫金山》/734
《水火报》/212,214
《顺治过江》/522
《说唐》/672
《说文》/576
《说岳》/808
司马迁/581
司徒贻芬/70,287
似迂子/829
《思痛录》/98
《思志诚》/162
俟河清馆主人/644
《四大金刚》/82,83,763,831
《四杰村》/670
《四库全书》/577,606
《四老爷打面缸》/456
四明荥阳子周甫/553
四勿斋主/824
《泗州城》/652,668
宋崇祺/800
宋莘乐/223,230,238,239,240,245
《宋公平倭》/601
宋玉/697
松寿/418,430
嵩峋/142,476,477
《送灯》/670,775
《送寒衣》/801
《送盒子》/107,663,670
《送灰面》/18,24,39,84,85,107,201,268,318,509,526,531,533,582,614,639,710
《送银灯》/652
苏本铫/132,133
苏昆生/578,582
苏品仁/312,320,349
《算粮》/657
《隋炀艳史》/58,249,604,692
《隋唐》/589,590,672
《隋唐演义》/174
孙传桢/266,330,353,416
孙羹梅/471
孙凤龄/466,678,680,802
孙建臣/333
孙菊仙/505
孙潽/408
孙钦晃/654
孙尚绂/11
孙士遘/696
孙叔敖/524,545,572
孙熹/157,164
孙星垣/316
孙衣言/172
孙展云/366

T

《太上感应篇》/608
《贪欢报》/58,74,75,82,83,249,295,321,583,604,731,831
《叹五更》/741
谭继洵/246
谭钧培/14,590,599,724
谭泰来/223

谭鑫培/669
棠姜/493
陶侃/125
陶奭龄/559，686
陶渊明/830
《桃花梦》/249
《桃花扇》/659
《桃花影》/58，74，256，257，604，607，620，758
《桃花传》/615
《梼杌闲评》/82，83，831
桃源渔叟/486
汤斌/28，501，565，576
汤纪尚/237，278
汤沅宜/270
唐宝鉴/734
唐寅/629
唐则瑀/89，330，332，344，346
《替死》/652
《天开榜》/653
《天齐庙》/39，84，85，552，555，582，611，625
《天缘巧配》/24
田宝荣/140，312，441，449
田春航/610
田庚/95，353，356
田际云/107，214，668
《跳槽》/216，727
《挑帘裁衣》/6，39，40，84，85
《铁公鸡》/53，54，67，407，596，597，598，599，601，611，612，774

《铁弓缘》/670
童宝善/59，242
童祥熊/349，778
童兆蓉/312
《通鉴纲目》/501
《偷鸡》/670
《图绘台湾战事》/245
屠作伦/53，57，58，79，251，252，253，256，258，260，264，268，601，610，614，625
涂宗瀛/530
湍多布/316
《脱裤》/470

W

《万安情》/24
万国琛/371
《万年清》/592，593
万世章/261
万钟之/388
《皖北水灾》/479
王阿金/483
王步瀛/399
王宾/568
王昌龄/571
王俦生/459
王得庚/44，293，312，322，354，359，361，364，365，785
王二福/697
王鸿寿/276
王稼/544
王经畬/48，238

王莽/605

王念祖/108，360，366，368，369，379，381

王仁辅/98

王儒楷/436

王实甫/582

王十朋/629

王石泉/751

王绶卿/411，412

王树棻/198

王书瑞/2

王顺生/483

王韬/506

王万牲/739

王文韶/247，340

王锡奎/77，291，307

王喜寿/220

王西垞/208

《王孝子寻亲》/525，596

王旭庄/287

王阳明/652

王以憼/477

王幼香/751

王豫熙/68，281，282，284，287，288，289

王兆骐/254

王正本/152

王芝兰/56

王致廉/666

王钟声/819

王作綍/389

汪桂芬/573，669

汪辉祖/498

汪懋琨/273，307，308，309，312，314，317，332，334，342，348，353，355，361，362，770，774

汪瑞闿/393

汪守正/28

汪笑侬/646，649，651，660

汪忠增/567

韦王氏/489

魏长生/612

魏光焘/94

魏良辅/317，545

魏茂茂/363

魏桐/456

魏廷珍/630

伟晋颂/319

《卫风》/493

卫荣光/205

维多利亚女王/306

《文昌阴骘文》/608

《文帝劝孝文》/828

文海/22，204，724

文华/136

文焕/392

文聚奎/61，62，266，271

文天祥/652

《文昭关》/652

文征明/629

文治/75，293，296，297，298

温尚田/98

温忠翰/719

翁秉钧/181，183，323，327，330，620

翁延年/51，56，70，74，79，285，286，290，295，296，

297，298；300，301，305，318，456，639，640

《倭袍》/6，31，39，40，41，49，73，74，82，83，84，85，220，238，302，318，369，370，391，411，412，425，446，552，591，613，685，744，751，752，762，773，829

《倭袍记》/75，84，229，283，289，295，583，595，731，753，790

《倭袍传》/58，300，408，525，527，590，604，629，751，821

吴成周/230，742

吴承潞/264

吴重熹/372

吴观乐/720

吴凯元/438

吴继彪/813

吴吉士/270

吴趼人/570

吴笺孙/111，425，450

吴金福/265

吴筠孙/477

吴兰仙/699

吴乃斌/739

吴世绮/98

吴廷斌/413

吴蔚文/98

吴西庚/434

吴锡麒/196

吴下不才生/4

吴引孙/34，265

吴荫培/111，113，382

吴佑孙/294

吴振宗/4

吴正修/265

吴紫翔/139，140

伍肇龄/145

《无底洞》/107

《无稽谰语》/58，83，831

《无介寺》/536，583

《无政府主义》/341

《五百银》/389

《五代史》/496

《五凤吟》/798

《五福堂》/694

《五花洞》/668

《五经文》/603

《五经文准》/593

《五雷阵》/107，540，652

五月仙/282

《武十回》/39，652

武松/609

《武松杀嫂》/652

乌珍/414

《乌龙院》/652，770，787

《乌盆计》/668

《邬生》/470，471

X

西拂/412

《西黄庄》/670

《西京杂记》/542

《西厢》/504，509，545，585，823，826

《西厢记》/66，549，557，584，613，617，636，659，690，718，721，731，821
《西游》/666，808
《西游记》/180，641，646，806
惜时人/657
《惜字律真铨》/828
《惜字十八戒》/828
《洗耻记》/98
《戏凤》/670，715
《戏叔》/670
锡良/123
《夏诰》/808
夏槐/36
夏明钧/133
夏时/341
夏芝荪/245
《瞎子拿奸》/670
《瞎子算命》/24
《瞎子捉奸》/6，24，39，84，85，821
《瞎捉奸》/201，526，531，533，536，545，583，787
《下唱》/6
《下定兴》/670
《下河东》/678
《下情书》/652
《下山》/39，84，85
《仙踪缘》/74，75，295
《想五更》/216
向荣/53，597
《湘江浪》/735
《香祖楼》/659

《详注功过格》/828
萧韶/214
萧世本/98，697，705
萧应椿/403
《逍遥乐》/4
《销金帐》/612
小白菜/800
《小放牛》/818
《小福才》/775
小盖天/246
《小逛庙》/812，816
小金凤/791，793
小菊芬/792
《小南楼传》/83，831
《小荣归》/319
小三宝/792
《小上坟》/18，24，39，40，84，201，319，458，526，531，533，536，557，583，601，611，647，652，670，710，814
《小题文府》/603
《小五义》/641
《笑话新里新》/74，75，295
《笑中缘》/593
《孝弟因果图说》/151
孝穆成皇后/516，704
孝全成皇后/771
孝圣宪皇后/516
《谢宾》/139，141
谢国恩/168
谢家福/15，558
谢焜/50
谢履忠/503

谢延庚/17

谢少泉/286

谢岳松/326,335,336,341,342,344,345,346,347,349,350,351,354,358,360,368,383,385

解锟元/452

辛天成/357

《新安驿》/438

《新串三世奇冤》/601

《新广东》/93,94,98,341

《新湖南》/93,94,98

《新民丛报》/93,94,329,330,340,341

《新戏迷传》/133

《新小说》(《小说报》)/93,94,330,334,339,340,341,345,346

《新学伪经考》/576

《新中国》/93,94

《性理》/501

《杏花天》/74,82,83,291,295,620,731,831

《醒世第一书》/58,604

《醒世良言》/639

《醒世姻缘》/115

熊伯龙/571

《绣汗衫》/794

薛福成/22

薛福祈/246

薛文浩/133

薛文元/133

徐方诏/357

徐金贵/483

徐炯/137,138,473

徐清臣/438

徐人骥/125,126,833

徐人杰/98

徐人文/98

徐绍桢/109,135

徐士鉴/98,100,101,354,780

徐秀龄/4

徐云标/317

徐振翰/226,246

徐国柱/71,72,80,81,291,300

许树棠/116

许祐身/350

许元圃/262

许之本/133

许之荣/75,294

《续芙蓉洞后集》/628

《续今古奇观》/58,75,82,83,295

《续金瓶梅》/82,83,831

《续小五义》/641

《选楼》/636

《浔阳江》/39

Y

燕市游民/673

晏玛太/159

鄢二尹/227

严家炽/375

严世藩/508,610

严信厚/830

严组璋/218

严祖彭/250
严鸷昌/206
《眼前报》/536，583
偃师/553
延年/335，337
《杨白花》/544
杨昌濬/170
杨激云/195
《杨椒山写本》/525，596
杨开第/174，177，203，214
杨克明/299，301
杨士骧/411，424，425，437，783
杨士燮/424，832
杨枢/345，346
杨廷杲/830
杨文斌/56，228，229，243，246，574，743
杨文澜/116，117
杨岘/195，716
杨维桢/508
杨月楼/5，163，170，489，504，535，807
阳镇/197
姚长龄/28
姚炳熊/132，135
姚锦荣/747
姚来勋/747
姚肇椿/457
叶保庆/352
叶成忠/830
叶大庄/235，236，751
叶尔恺/123，141
叶孟纪/80，311

叶怀善/248
叶廷眷/2，3，5，6，155，156，160，696
叶昭敦/267
《也是斋》/107
《耶浦缘》/74，75，83，295
《野蛮之精神》/93，94
《野叟曝言》/66，74，75，82，83，257，258，295，379，585，604，613，621，755，831
《易》/507，564，602，606
易孟士/215
《意外缘》/74，82，83，249，295，613，831
宜霖/196，702
伊尹/646
《一片石》/659
《一捧雪》/489
《遗翠花》/107，453，454，468，663，667，678，793，810
《银匠还家》/670
《银坑洞》/533
《银纽丝》/54，217
《银瓶梅》/613
《阴阳报》/513，798
《阴阳河》/107
荫昌/387
《饮冰室自由书》/340
尹佑汤/302
英霖/442，443，444，480
《英烈》/589，590
英照皇太后/263

莺莺红/793，800
《影奇传》/75，295
《迎宾》/139，141
《雍洛灵异小录》/634
《永庆升平》/594，672
有心世道人/738
尤金培/387
尤鑫培/792
尤先甲/370
《游船》/754，764
《游虎邱》/611
《游龙戏凤》/282
游目生/691
游泽寰/120，432，446，455
《游张园》/583
《幽闲鼓吹》/542
《油坛记》/23，24
《油坛计》/794
《语》/40
俞复/98
郁少甫/347，367
郁熙绳/5
俞樾/628
喻兆蕃/373
裕禄/25，29
裕谦/567，576
毓朗/452，816
玉贵/352
《玉芙蓉》/628
《玉夔龙》/272
《玉蒲团》/692
《玉蜻蜓》/49，74，82，83，165，249，272，273，286，295，369，370，428，434，590，773，831
《玉蜻蜓弹词》/628
《玉泉子》/542
《玉搔头》/594
《玉堂春》/582，800
于成龙/14
余菊生/690
余联沅/294
余肇康/101，290
余治/15，175，557，560，573，639
於陵仲子（陈仲子）/745，758
《宇宙锋》/505
《遇仙奇缘》/82，83
《御颁劝善要言》/586
虞汝钧/339
《虞书》/124
《鱼藏剑》/652
袁昶/270
袁崇焕/652
袁国钧/337，381，403
袁嘉谷/134
袁克定/465
袁世凯/93，101，102，103，336
《袁世凯》/465
袁树勋/31，82，227，311，313，314，348，355
《袁项城》/436
袁祖安/9
《冤还报》/24
鸳湖知非氏/698
《鸳鸯楼》/39
《越南国》/356

《越南亡国惨》/452
岳飞/125，652
恽祖翼/274
《云仙杂记》/542
《云中落绣鞋》/603
蕴宝楼主人/614
《乐记》/638
《月华缘》/469，555，639，652
《月下调情》/142
《月英偷情》/24
《月英缘》/582
《月中情》/24

Z

《杂事秘辛》/225，595
《栽葱》/727
《栽豆角》/727
《栽黄瓜》/727
《载阳堂》/613
《则天外传》/82，83
《贼偷情》/583
曾国藩/53，251，782
曾纪渠/34
增春/467
增韫/126，408，428，443，462，480，832
《赠剑投江》/24
《赠珠》/670
《铡姑子》/536
《铡美案》/668
《斋饭》/6，525，526，821
翟比南/328
《战宛城》/99，104，107，583，730，793
张彪/134，382，396
张才宝/303
张灿文/98
张敞/602
张辰/79，82，83，84，286，303，304，305，306，311，313，314，315，319，320，328，639，640，770
张琮/22，33
张凤阳/125
张桂卿/301
《张桂卿》/301
《张桂卿吊膀子》/333
《张桂卿强奸乡妇》/638，639，641
张功镕/36
张鸿庄/480
张华园/299
张焕文/250
张集庆/91，325
张季煜/809
张嘉祥/53，597
张觐光/37
张良/652
张陆氏/483
张孟球/826
张鸣珂/226
张牧九/235，236，747
张庆生/747
张人骏/135，147，148，472
张绍华/232，244
张绳庆/133
张叔艾/98

张水云/152
张彤乔/98
张弢楼/392，394
张问陶/154
张霞峰/217
《张秀大战皖城》/464
张兴元/391
张英/525
张瀛/787
张蔚臣/662，663
张永灿/133
张有堞/465
张玉良/597
张玉书/280
张缵孙/503
张之洞/439，654，749
张智兰/666
章樾/221
章蕴卿/243
长叙/515
《掌鞋店》/787
赵秉钧/353
赵滨彦/387，393
赵承恩/6，9，12，15，16，17
赵承恩（天津）/98
赵尔巽/90，138
赵鸿/269
赵济川/232
《赵家楼》/39，533
赵梦泰/405
《赵圣关》/835
赵舒翘/248
赵受璋/42
赵银河/251，252，258，265，281，286，297，298，304，305，307
赵于富/111
赵祯（宋仁宗）/635
《浙江潮》/93，94
《珍珠衫》/18，24，39，84，99，104，107，282，307，404，458，526，531，533，536，595，612，645，652，663，670，678，710，775，779，789，791，799，810，815
《珍珠塔》/272
《正续四大金刚》/74，75，295
正直子/686
《征东》/637
《征西》/637
郑清廉/245
郑汝骙/66，67，264，276，281，283，630
郑元和/173，726
《支那革命运动》/93
《支那化成论》/93，94
《支那活历史》/93，94
《支那运动》/94
《治民记》/513
周邦彦/629
周春奎/505
周敦颐/746
周凤林/268，317，573，583
周馥/188，384
周镐/628
《周礼》/524，576，771
周莲/263

周穆王/553
周懋谦/768
周儒臣/398
周廷祚/338,341
周心梅/470,471,475
周庄王/173
《周说》/542
《周易》/576,577
钟大焜/407
钟尔谷/57,64,271,272
钟霖/98
《忠孝图》/241
《忠义传》/753
《中国魂》/93,94,340,341
《中国自由书》/93
中华友/487
中野熊五郎/442,443,445,462
《中庸》/576
《捉曹放操》/505
《捉奸》/525
《捉拿张桂卿》/301,302
《株林野史》/635
朱阿高/282,286
朱阿生/483
朱公纯/197
朱凤梯/2,685,686
朱厚照（正德皇帝）/282
朱吉太/747
朱家宝/456
朱鉴章/813
朱枚/343
朱其懿/96
朱庆云/748

朱庆镛/29,30,196,207,209,210
朱森庭/88,277,279,284,308,314,321,325,326,337,339,346,348,762,774
朱熹/577
朱耀笙/411,412
朱彝尊/594
朱由崧/592
朱友琪/483
朱紫贵/791
朱之榛/26,75,296,312,323,399
朱祖圻/479
煮石道人/497
褚成博/480
褚兰生/171
褚遂良/678
祝允明/629
《传》/40
庄人宝/68,69
庄廷钺/593
庄有恭/594
《状元拜塔》/738
《自由书》/94
《紫霞宫》/533,793
《最近之满洲》/93,94
《最近支那革命运动》/340
《醉菩提》/593
《醉仙楼》/527,533
《左公平西》/53,54,67,266,270,601
左良玉/174

《左氏》/493,564
《左传》/576,625,630
左宗棠/53,193,195
《坐花志果》/613
宗嘉禄/127
宗加弥/369
宗彭年/442,443
宗源瀚/10,12,14,18,19,25,169,175,180,181,187,199,200,208,226,267,512,543,704,710,719,723,743
邹福保/312
邹全俊/203
邹仁溥/316
邹振岳/226

后　　记

萌生编著兹编之想法可以上溯到2006年秋冬。

2006年秋，蒙恩师黄霖先生之厚爱，将我招入黄门，并将我研习方向规划为报刊与近代文学关系之研究。随后在查阅晚清报刊的过程中，我于兹编之资料偶有所见，见辄辑录，三年下来，累积已逾三十万言。2009年7月，我学业期满离沪之际，曾向恩师言及有关兹编的一些想法，先生当时称善，并勉励我戮力为之。岁月不待，倏忽之间，寒暑八易，先生的鼓励之词犹在耳际。记得2011年7月师门胜会于泰山之麓，我曾感言道："是先生为我开启了一扇学术之门。"此肺腑之言。我于近代文学上的些许纤微之想法，全仗恩师当初的指引之功。

兹编能够顺利出版，还要感谢几位匿名的国家社科基金后期资助项目和浙江省社科规划评审专家的提携，没有他们的无私支持和宝贵意见，兹编出版不知要待何年；在申请资助期间，恩师黄霖先生、复旦大学中文系袁进先生、华南师范大学文学院左鹏军先生曾拨冗撰写了推荐函，奖掖之情难以忘怀。

我远离近代报刊馆藏之都市，在兹编校对之际，同事沈卫星博士、李秀华博士慷慨地将沪上博士后宿舍借与我，使我返沪有若出入家门之便；同事高平博士、李国辉博士在博士后工作之余，替我查证了一些资料，省却了我不少舟车鞍马之劳；师弟李德强博士百忙中有求必应、为我复制了许多资料，让我常怀愧疚之情。人文学院罗华院长及图书馆王秀萍馆长热忱学术，游说并斥巨资购入《申报》等近代报刊影印本，夏哲尧先生于特藏书库为我设立专座，还有内助夏俊女士，帮我录入了诸多文字，在此一并致以谢忱！

还要感谢北京大学出版社王琳编辑的细致编校，她认真地指出并改正一些讹误，为兹编增色不少。

庄子云："吾生也有涯，而知也无涯。以有涯随无涯，殆已。"然而我却拥有诸多师长亲友之关怀与帮助，帮助我在知识的海洋中姗姗而行。我亦幸矣！是为记。

2015年8月8日